春潮NOV+

回到分歧的路口

晴恋桃花源

赖声川 著

中信出版集团 | 北京

图书在版编目（CIP）数据

暗恋桃花源 / 赖声川著 . -- 北京 : 中信出版社，
2019.6（2022.4 重印）
（赖声川剧作集）
ISBN 978-7-5217-0416-7

Ⅰ . ①暗… Ⅱ . ①赖… Ⅲ . ①话剧剧本 – 中国 – 当代
Ⅳ . ① I234

中国版本图书馆 CIP 数据核字（2019）第 073279 号

暗恋桃花源

著　　者：赖声川
出版发行：中信出版集团股份有限公司
　　　　　（北京市朝阳区惠新东街甲 4 号富盛大厦 2 座　邮编　100029）
承 印 者：河北鹏润印刷有限公司

开　　本：787mm × 1092mm　1/32　　印　　张：4.75　　字　　数：50 千字
版　　次：2019 年 6 月第 1 版　　印　　次：2022 年 4 月第 5 次印刷
书　　号：ISBN 978-7-5217-0416-7
定　　价：398.00 元（套装 9 册）

赖声川构思、规划、完成之戏剧创作

参与赖声川主持之创作型即兴排练的

– 全体原始演员 –

金士杰、丁乃竺、管管、施心慧、金士会、李立群

刘静敏、顾宝明、陈玉慧、游安顺、苏妧玲

1986

此版本由赖声川改编，2019

– 人物 –

《暗恋》

江　滨　柳　男，1948 年在上海的青年，20 世纪 80 年代末期在台北病房的病人

云　之　凡　女，1948 年在上海的青年，20 世纪 80 年代末期在台北的老人

江　太　太　江滨柳之妻，台湾屏东人

护　　　士　刚从护校毕业

导　　　演　《暗恋》一剧的作者，沉浸在自己的回忆中，未必是一位好导演

导 演 助 理　导演忠实但未必专业的学生

《桃花源》

老　　陶　武陵渔夫

春　　花　老陶之妻，不满现状

袁 老 板　春花的婚外情对象，鱼商

白袍女子　桃花源中好性情的飘逸女子，酷似春花

白袍男子　桃花源中好性情的飘逸男子，酷似袁老板

顺　　子　《桃花源》剧组不太灵光的助理

绘 景 师　《桃花源》剧组派上台完成布景绘制的师傅

舞台监督（声音）

陌生女子　行为有些怪异且谁都不认识的人

剧场管理员

– 时间 | 地点 –

现在，一个剧场舞台上。

– 关于舞台的说明 –

《暗恋桃花源》发生在正在进行演出的剧场本身。抢夺舞台的两部戏中，《暗恋》的剧中场景有 1948 年的上海及 20 世纪 80 年代末期的台北。《桃花源》的剧中场景有武陵老陶家、河上，及桃花源。

– 演出长度参考 –

在赖声川自导的版本里，本剧长 130 分钟，没有中场休息。云之凡出现在台北病房梦境中，是在演出开始后的一小时之内。也曾有版本设有中场休息，是在第九场之后。

第一场

从剧场的黑暗中传出江滨柳唱《追寻》一曲的声音。

江滨柳　（唱）“你是晴空的流云，你是子夜的流星……”

灯光渐亮，抗战后的上海公园，背景是外滩的夜景。一个秋千，三个街灯。

江滨柳和云之凡这一对年轻的情侣坐在外滩公园的秋千上，轻轻地摇荡。江滨柳穿着西装，云之凡穿着白色的旗袍，留着两条辫子。

云之凡　（望着周遭的景致）好安静。从来没有见过这么安静的上海。感觉上，整个上海只剩下我们两个人。刚刚那一场雨下得真舒服，空气里有一股说不出来的味道。（向前）滨柳，你看那水里的灯，好像……

江滨柳　（停止一直在哼着的歌）好像梦中的景象。

云之凡　好像一切都停止了。

江滨柳　一切是停止了。

（作诗般）这夜晚都停止了。月亮也停止了。街灯、秋千、你和我，一切都停止了。

（续唱）“我要，我要追寻……”

云之凡　天气真的变凉了。

云之凡感到一阵凉风。江滨柳把西装脱下来披在她身上。

这个夏天我过得好开心，想到前几年打仗的时候，怎么样也想不到还会有这么好的日子。你看到处都充满着希望，就像我们两个一样。

江滨柳 （轻声地，唱完）“……追寻那无尽的深情，追寻那永远的光明。”

二人静静地看着夜景。

云之凡 滨柳，我回昆明以后，你会不会写信给我？

江滨柳 我已经写好了一沓信给你。

云之凡 真的？

江滨柳 而且算好了时间，直接寄到你昆明老家。你明天早上坐船，隔十天，到了昆明，一踏进家门，你刚好就会收到第一封信，然后接着每一天都会收到我的一封信。

云之凡 （微笑）我才不相信。你这个人会想这么多？

江滨柳 所以我就没有寄。

云之凡 我就知道。

江从外套口袋中拿出一封信，放在云的手心上。

江滨柳 这样就可以确定它到你手上了。

云之凡 有时候我在想，你在昆明待了三年，而且还在联大念的书……真是不可思议！我家离联大那么近，我怎么会没有见过你？或许我们在路上曾经擦肩而过，可是我们居然在昆明不认识，跑到上海来才认识，这么大的上海，要碰到还真不容易！如果我们在上海也不认识，不晓得会怎么样？

江滨柳 （笃定地）不会的，我们一定会在上海认识！

云之凡 你那么肯定？

江滨柳 当然！我们就算在上海没有认识，再十年之后，我们在（想）……在汉口也会认识！如果十年之后在汉口没有认识，那么二十、三十甚至四十年后在（想）……在海外也会认识！（笃定地）我们一定会认识的！

云之凡 可是那样的话，我们都老了，那还有什么意思？

江滨柳 老了也很美。

两人默默地相望。

云之凡 （看表）时间晚了，我该回去了。（脱下外套还给江，回头，看见秋千旁的百货公司纸袋）滨柳，你把眼睛闭上。

江滨柳 干什么呀？

云之凡 你不要问，把眼睛闭上嘛！不许偷看！

江闭上眼，云将信放在纸袋中，从纸袋当中取出一条围巾，围在江的脖子上。

江滨柳 （张眼，意外）这是……？

云之凡 这是我给你打的。

江滨柳 （看着围巾）你哪来的时间？

云之凡 你不要管时间嘛！你看！多好看！我回昆明以后，这边天变凉了，你要常常围着。

云说得欢喜之时，江忽然地落寞起来。

我今天去永安公司还替我妹妹买了两双玻璃丝袜，也替我妈妈买了两块衣料。今年过年是我们家抗战以来第一次大团圆……

江坐到秋千上。

连我重庆的大哥大嫂都要回来！滨柳，你知不知道，昆明到过年，每家屋子铺满了松针，那个味道才叫过年！

江滨柳 （伤感地）回家真好……

云之凡 你怎么了？又想家了？总有一天你可以回到东北去的！东北又不会永远是这样子的！

江滨柳 东北不是说想回去就可以回得去的！

云之凡 （走到江的身边）总有一天你也可以回到东北过年嘛！滨柳，战争已经过去了，这年头能够保得住性命就不容易了，有些事情，不能再想了！

江滨柳 有些事情，不是说忘就能忘的！

云之凡 可是你一定要忘掉呀！你看我们周围的人，哪一个不是千疮百孔？

江滨柳 有些画面，有些情景是我们这一辈子没有办法忘得掉的。

云之凡 可是你一定要忘掉，一定要学着去忘掉！

江滨柳 （拉着云的手）像这段时间，我们两人在一起，我们会忘记吗？

云之凡 哎哟，我又没有叫你忘记我们之间！我是说那些不愉快的事，战争，逃难，死亡……你一定要忘记，才能重新开始！滨柳，这些年我们都辛苦够了，一个新的秩序、一个新的中国就要来了！

江沮丧地和云分开。

滨柳，如果全世界让你选的话，你会选择住哪里？

江滨柳 上海还不够好吗？

云之凡 我跟你说，三九年打日本的时候，有一次听说第二天会有一百多架飞机要来轰炸昆明。一夜之间，整个昆明市都逃光了！我妈妈带我们逃难，从滇池出发，到高桥，从高桥连续走了两天的路，到了一个好特别的地方，满山的野花，那儿的人说的话我们听不懂，可是他们都对我们很友善。说是逃难，我们在那儿整整玩了一个月！后来发现鬼子的飞机根本没有来，我们就下山了。到现在，我还常常会想到那个地方。

江滨柳 真的有那样的地方？

云之凡 有机会我带你去，好不好？

江滨柳 有机会我们应该一块儿去。

停顿。

云之凡 我真的要走了！没有时间了……

江向云伸出手。

江滨柳 之凡，再看一眼。

二人手拉着手，向前望着，江搭云的肩膀。

云之凡 滨柳，我回昆明以后，你要做什么？

江滨柳 等你回来。

云之凡 （头靠在江肩膀上）还有呢？

江滨柳 等你回来！

云之凡 然后呢？

二人相望，灯光渐暗。

第二场

灯光大亮。饰演“江滨柳”和“云之凡”的两位演员仍各自在前一场的位置，但他们之间站着一位老先生，就是这一出戏《暗恋》的导演，眼光望着正前方，沉入很遥远的回忆中。导演助理，一位年轻女生，站在他一旁，随时准备伺候他。

《暗恋》导演 我记得当时不是这样子。就是不知道哪里不对……不太对！

饰演“江太太”的演员晃上台，看看发生了什么事。

饰“江滨柳”的演员 导演，你是说戏里哪里不太对？

导演助理 老师的意思是……

《暗恋》导演 （打断助理）江滨柳！你要了解江滨柳的个性、个人遭遇与时代背景之间的关系。你是时代的孤儿，更是世纪的孤儿！（拉云手）所以说，刚才小手这么一握，是最甜蜜也是最辛酸的一握！

饰演“护士”的演员扶着医院用的点滴架走到台上，看了一看，去跟饰演“江太太”的演员一起调整路灯位置。

饰“江滨柳”的演员 导演，可不可以讲得更具体一点？

《暗恋》导演 江滨柳，在那种大时局里，你内心深处应该感觉到一个巨大的变化马上就要来临！

饰"江滨柳"的演员 所以你要我去感觉一个还没有发生的事情？是一种第六感吗？

停顿。

导演助理 老师的意思是……

布幕升起，露出剧场后台和一位打扮亮丽的陌生女子，她按下了布幕的开关，她意识到自己犯了一个错误就赶紧离开。导演分心。

《暗恋》导演 （看着布幕）干什么？！没叫你飞你飞哪儿去？

导演助理 停！停！吊杆停！（对导演）老师，您放心，我去了解一下……（对侧台）吊杆停！吊杆停！……

导演助理下。

饰"云之凡"的演员 导演，我觉得我们刚刚那样感觉不错。

《暗恋》导演 感觉？

饰"云之凡"的演员 问题是我们所有人里面，只有你一个人经历过那个时代的上海。我们是都照你的意思去想象了，这里是外滩公园，（指后方）那里是纸醉金迷的十里洋场，（指前方）前面呢是黄浦江……

《暗恋》导演 黄浦江？

饰"云之凡"的演员 对啊！

《暗恋》导演 我看你们看到的是肇嘉浜[1]！

大家不回应。饰"江滨柳"的演员一直玩手机。

江滨柳，请你不要玩手机了！请你不要再发朋友圈了，好不好！你现在不好好演，到下一场戏等你老了，躺在病床上，你就没有回忆了！你懂不懂？！

沉默。

饰“江滨柳”的演员　那现在要怎么样？

《暗恋》导演　我们重来！

饰“云之凡”的演员　从哪边开始？

《暗恋》导演　从“过年”开始！（对控制室大叫）灯光！（下）

两位演员回到秋千上的位子，准备重排的情绪。

其他人下。灯光变化。

第三场

灯光变化，背景中又是上海外滩夜景。

江滨柳 （伤感地）回家真好……

云之凡 你怎么了？又想家了？总有一天你可以回到东北去的！东北又不会永远是这样子的！

江滨柳 东北不是说想回去就可以回得去的！

云之凡 总有一天你也可以回到东北过年。（拉江的手）滨柳，战争已经过去了，这年头能够保得住性命就不容易了，有些事，不能再想了！

几位穿着现代便服的人从后台上，提着包包，手上拿着零碎的古装道具。他们站在后方看着秋千上的演出，彼此小声交谈讨论。

江滨柳 有些事情，不是说忘就能忘的！

云之凡 可是你一定要忘掉！你看我们周围的人，哪一个不是千疮百孔？

从侧舞台突然传出《暗恋》导演的吼叫声。

《暗恋》导演 （声音）后面在干什么？

舞台后方的人迷惑，其中一位男士走到前方，从秋千后面站在江、云二人中间，等着插嘴的机会。江和云在干扰下继续他们的表演。

江滨柳 有些画面，有些情景是我们这一辈子没有办法忘得掉的。

云之凡　可是你一定要忘掉，一定要学着去忘掉！

舞台上其余人围住秋千，有人还站在他们二人中间，近距离、迷惑地看着江、云的表演。

江滨柳　像这段时间，我们两人在一起，我们会忘掉吗？

云之凡　哎哟！我又没有叫你忘记我们之间，我是说那些不愉快的事……

顺子经过，云被干扰，顿。

战争，逃难，死亡……你一定要忘记，才能重新开始！

《暗恋》导演　（声音）你们在干什么？搞什么东西啊！

饰"云之凡"的演员　（情绪被打断）干什么呀！

灯光大亮。《暗恋》导演走上台来。所有人都呆愣在现场。

饰"袁老板"的演员　你在跟我说话？

《暗恋》导演　是！

饰"袁老板"的演员　（反问）我请问你们在干什么？请你们把东西移开好吗？

导演助理　导演，我已经了解到吊杆的问题……

饰"袁老板"的演员　我们要排戏了！

《暗恋》导演　你们排什么戏？这是我租的场地！

饰"袁老板"的演员　你租的？不可能？我们明天晚上要公演，现在要彩排，外面有一张海报，《桃花源》，你没有看到？

饰"护士"的演员　哦！《桃花源》就是你们啊？我有买票耶。

导演助理　我也……（发现说错话）

《暗恋》导演　我不管是不是你们，这场子是我租的！

饰“袁老板”的演员　不，不，一定是你弄错了！（叫自己的人）顺子，把这个秋千搬下去！

年轻人顺子上，欲将秋千搬走。

饰“江滨柳”的演员　（阻止）我们在排戏，你搬什么东西呀？

饰“老陶”的演员　大叔，我们可能有了误会……但是还是请你们让开好吗？

《暗恋》导演　老弟，这是我租的场地！你不要跟我开玩笑！

饰“老陶”的演员　阿伯，你看我们样子像是来开玩笑的吗？

顺子和打击乐手将锣鼓车搬上台，顺子敲了一下拿在手上的锣。

饰“袁老板”的演员　（喊口令）认真！

老陶、春花、袁老板　（齐声练功）呵！呵！呵！

《暗恋》剧团的人看呆了。

饰“江滨柳”的演员　等一等，你们今天晚上真的订场地啦？

饰“袁老板”的演员　对！

饰“江滨柳”的演员　这怎么会呢？这场地今天晚上明明是我们订下来的……

饰“老陶”的演员　（对饰“江滨柳”的演员）你们在排什么戏？

饰“云之凡”的演员　《暗恋》。

饰“老陶”的演员　（复诵）《暗恋》。《暗恋》是讲什么的？

饰“袁老板”的演员 （推饰“老陶”的演员）你管他们是讲什么的?!

饰“江滨柳”的演员 是这样，我们后天就要演出了，所以我们今天晚上非得彩排不可！

饰“老陶”的演员 所以是你们弄错了。因为我们明天就演了，所以我们今天晚上彩排，谁急呢？

饰“袁老板”的演员 当然是我们急！（对自己的人）快！来，搬！

饰“江滨柳”的演员 （对导演助理）你跟剧场怎么办的手续？

导演助理 啊……

饰“江滨柳”的演员 那怎么会撞在一起呢？

《暗恋》导演瞪助理一眼。

导演助理 导演我真的有订……

《暗恋》导演 好！我去问！（生气地往侧台走）怎么在这节骨眼上给我来个这个？

饰“老陶”的演员 （对《暗恋》导演）对！你去问一问就知道了！

《暗恋》导演 （边走）没时间了还搞这个？等着瞧！（下）

导演助理 导演，对不起，是我没有处理好……（下）

舞台上两出剧的道具并存。

饰“袁老板”的演员 （边指挥着）顺子！把这东西搬走！

饰“江滨柳”的演员 （阻止）我们在排戏，你搬什么呢？

饰“老陶”的演员 你们导演都不在了，你们能排么？……来！我们争取时间！

顺子将秋千搬到侧台。

饰“云之凡”的演员　（对饰“江滨柳”的演员）真的不排了？

饰“江滨柳”的演员　我也不知道，他们跟剧场不知道怎么办的手续！

饰“云之凡”的演员和饰“江滨柳”的演员下。

饰“老陶”的演员　我跟你说过，我排戏不能受干扰！

饰“袁老板”的演员　我知道你不能受干扰……

饰“老陶”的演员　这剧场每次都不靠谱，刚刚我还搬那个那个那个……

饰“袁老板”的演员　那是街灯！

饰“老陶”的演员　搬得我半死啊！

饰“袁老板”的演员　你哪有搬？你在那里耍大牌。

饰“老陶”的演员　上一次那个那个那个什么什么什么……

饰“袁老板”的演员　那是长城。

饰“老陶”的演员　长城。搬得我腰都断了。

饰“袁老板”的演员　你哪有搬？是我搬的！你在6楼吃生煎啊！我跟你讲，这一次没有问题，我保证今天晚上场地是我们的！

饰“春花”的演员走过来，手上拿着手机。

饰“老陶”的演员　（再一次强调）我不能受干扰！

饰“袁老板”的演员　我知道你不能受干扰……

饰“春花”的演员　（从后面拍饰“袁老板”的演员的肩膀）导演！

饰“袁老板”的演员 （学饰“老陶”的演员）我不能受干扰！（再平静）什么事？

饰“春花”的演员 待会儿从哪边开始？

饰“袁老板”的演员 从“武陵三角”那一场开始。

饰“春花”的演员 （对手机）他要从头，可能会比较久……

饰“春花”的演员走向翼幕。饰“袁老板”的演员看见仍在舞台上的一盏《暗恋》道具街灯。陌生女子正好站在一旁。

饰“袁老板”的演员 这是什么？哎……（喊）顺子！！

顺子上。

（指街灯）我问你，这个是什么？

顺　子 这是个妞。

饰“袁老板”的演员 我不是说这个妞，这个是什么东西？

陌生女子走到《桃花源》的桌子旁坐下。

绘景师将老陶的饼和刀上放上桌子。

顺　子 （努力想）哦……这个是一盏街灯。巴洛克风格……

饰“袁老板”的演员 我不是问你这是什么东西！

顺　子 可是，老板，如果我没听错，你刚才明明问我这是什么东西。

饰“袁老板”的演员 （严厉地）我是问你它为什么现在还在这里？

顺　子 （努力想）它为什么现在还在这里？我想是因为他们忘记拿下去……

饰“袁老板”的演员 （暴怒）我不是问你它为什么现在还在这里！

顺　子　（不解）可是，老板，你刚才明明问我……

饰“袁老板”的演员　请你把它搬走！！可以吗？！

顺　子　早说嘛！

饰“袁老板”的演员　欸……（对控制室）灯光！麻烦一下！灯光！……

传出《桃花源》音乐的声音。

我说的是灯光，你有听我说“音效”吗？！

音乐停止，灯光变化。

（敲桌子）什么玩意儿？

饰“袁老板”的演员坐在椅子上，陌生女子拍桌，两人互看一眼，陌生女子瞪饰“袁老板”的演员，然后下台，饰“袁老板”的演员感到莫名其妙。饰“老陶”的演员上。

时间有限！从“武陵三角”那一场！（边走边练功）认真！呵！呵！呵！

饰“袁老板”的演员下。顺子和绘景师在左舞台锣鼓的位置就位，灯光变化。

第四场

戏曲打击乐。顺子和绘景师在舞台左侧架起锣鼓点，太声敲打，配合戏中的动作。

武陵，老陶和春花的家。舞台中央一张简单的小桌、三张凳子；桌上有菜刀、两块饼，后方一张供桌。

老陶着古装站桌前，背对观众，用力试图开一瓶酒，怎样也拔不开瓶塞。他努力拔，就是打不开。

老　陶　（自言自语）这是什么酒？这根本不是酒！

老陶拿起大菜刀，试图用刀口将瓶塞挖开。努力了半天，无果。

这什么刀？这根本不是刀！

老陶不小心一刀把桌边剁掉了一角，惊讶。

这什么家？这根本不是家！买药能买一天还不回来？我不喝可以吧！吃饼！

老陶把酒和刀放下，拿起桌上的大饼来却另有心思。

武陵这个地方，根本不是个地方！穷山恶水，泼妇刁民；鸟不语，花还不香！我老陶打个渔，鱼都串通好了一块儿不上网！老婆满街跑也没人管！这是什么地方？

老陶拿起手上的饼，送进嘴里，怎么也啃不动它。

这是什么饼？

与饼挣扎半天，拿起菜刀猛力一切，也对付不了。

这什么刀？（顺手将菜刀扔在地上）这根本不是刀！

（抓桌上一饼，摔地上）这根本不是饼！

（抓桌上另一饼，摔地上）这也不是饼！

这不是饼，不是饼，不是饼……

老陶疯狂地跳到地上两块饼上，拼命地踩，换不同的步子踩，造成奇异的韵律感。将饼黏在鞋底，继续跳，好一阵的发泄。离开，又立即回头。

（指着地上的饼）不要动！站好！两个还叠在一起？（把地上的饼分开）给我分开！不许笑！买药能买一天？买到哪儿去了？（对另一饼）你也不要笑！你也脱不了关系！看你脸大的跟张饼一样。（对地上的刀）还有你，你在那边干什么？没用的东西！你有本事就把他们分开来啊！

老陶继续踩。

我压死你！压死你！我压死你！压死你……

春花着一身红，拎着药包，捧着一束鲜花，无限陶醉地哼哼唱唱着进来。

春　花　（唱小调）“……我的心里一大块，左分右分我分不开……”

老陶正头下脚上地倒立着，见了春花，赶紧自动地蹲着，顺手拿着大饼，温驯地用大饼擦地板，同声哼歌。春花陶醉地在后方插花，赏花。

好香的花儿啊……

老陶发现自己行为的荒谬，将饼丢掉。春花坐下，一个动作轻松地开酒瓶，顺子在一旁加上音效。老陶看傻眼。春花倒酒，喝，顺子加上音效。老陶怒。

老　陶　春花！我说你买药能买一天，买哪儿去了？

春　花　你那么大声干什么？不会讲话温柔一点？

老　陶　温柔？（做作地温柔）春花，你买药买了一天，买哪儿去了？

春　花　（跟着温柔）药啊？（翻脸）在这儿！！

春花将药摔往老陶身上。老陶护私，药掉在地上，老陶自动踩一脚。

（不耐烦地）你要的都有：海龙、海马、海狗鞭……

老　陶　（认真地）那有没有鹿鞭？熊鞭？兔鞭？马鞭？飞鼠鞭？

春　花　众鞭齐全！可把你打几条小鱼打回来的钱全花光了！

老　陶　没关系，值得。（研究药包）好……好……拿到后边炖一炖，慢火细炖，咕嘟嘟，咕嘟嘟，等三碗熬成一碗，然后你把它给吃了。

春　花　（惊讶）我把它给吃了？！这不是你要的药吗？

老　陶　是我有问题还是你有问题？

春　花　大夫说我没问题，当然是你有问题！

老　陶　（大怒）我有问题？笑话！我怎么会有什么问题？我像是有问题的人吗？我哪里会有什么问题？

老陶右手无意识地指向私处，试图拍开，最后用左手把右手压制在桌上，持刀威胁右手。

不许动！

用刀砍手，将手藏在袖子里，假装手被砍掉。

春花反应。

老　陶　伸缩自如！

春　花　无聊！你这个人是怎么搞的？要我去买药，（把药捧起）药给你买回来你又不吃，人家袁老板说这个药很有效！吃不吃随便你！（发现自己说错话）

老　陶　（抓到把柄）袁老板怎么知道这个药有效啊？

春　花　（心虚）人家是路过，一番好心！

老　陶　路过……？人家路过就能知道我们家生不出孩子？

春　花　人家是好心好意的嘛！

老　陶　好心好意？我们生不出孩子，他怎么会知道？

春　花　你吃不吃？（把药塞给老陶）

老　陶　（大吵）他怎么会知道？

春　花　你吃不吃？

老　陶　他怎么会知道？

春　花　你吃不吃？

老　陶　你告诉我他怎么知道？……

春　花　你到底是吃还是不吃？啊……

两人把药包大力摔往地上，同时一脚踩上去，然后拼命踩烂。

老陶、春花　我踩我踩我踩……

老　陶　（爬到桌子上）让开！！

春花让开，老陶高空跳下，踩烂药包。

春　花　（爬到桌子上）让开！！

春花正要跳的时候，外面传来袁老板的声音。

袁老板　（唱小调，上）“……我的心里一大块，左分右分我分不开……”

春花听见歌声，立即陶醉。袁老板上，手里捧着一床红色的新棉被，看到老陶惊讶。

老　陶　（结巴）袁……袁老板！

袁老板　（发现老陶）老陶，你在家呀？

老　陶　啊！

袁老板　（自语）那我今儿可费事了！

老　陶　啊？

袁老板　（接续老陶）啊……？我是说……近来可好？

老　陶　托福！婚姻生活幸福美满！（刻意将裤子拉得很高）

袁老板　（一边听老陶说话一边看着春花）那就好！

春　花　（亲热）袁……

老　陶　嗯？

春　花　（发现语气太亲热）老板！

老　陶　嗯。

袁老板　（亲热）花……

老　陶　嗯？

袁老板　（发现语气太亲热）春花！

春　花　上来玩吧！

老　陶　嗯？

袁老板　你在上面我不好玩。

老　陶　嗯？

袁老板　我是说下来坐坐吧！

春　花　好哇！

袁老板扶春花下桌，老陶欲扶，扑空。袁老板把带来的棉被拿给春花。

袁老板　春花！你来看看我送什么东西给你！

老陶一听见，拿刀敲桌子。

袁老板　（发现措辞不当，补一个字）……们！

春　花　哇！好新的一床棉被！

袁老板　可不是吗！

老　陶　（远远地站在一旁）没听过还有人送棉被的！

袁老板　你们家棉被又破又旧不能用了，盖上去会感冒的！

春　花　就是嘛！

老　陶　（看袁老板）我们家棉被又破又旧，你怎么知道？

袁老板　嗐！老陶，你看看你想哪儿去了？哈哈哈……

袁老板、春花　（同时）哈啾！

袁老板　（欲解释）哎呀！我是关心（对老陶）你！

春　花　（赌气）哼！

袁老板　（对一旁撒娇的春花）……们嘛！（装没事地从春花手中把被子拿给老陶）老陶！这床被子可是我托人从苏州带回来给我们的——（不漏一拍地更正自己）你们的！

老　陶　饭都吃不饱了，要这么花里花俏的棉被干什么？你自己看吧……

老陶不悦地接过被子来，摊开被面，春花顺势接着，棉被成为一张大幕，三人——老陶、袁老板、春花依序并排站在被子后面，只露出头。

袁老板　（低头指着被面子）老陶，这棉被的料子有多好，我就不用多说了，关键是这个手工……

春花用右手偷偷摸着袁老板的右脸，袁老板摸着春花的手，袁老板右脸边于是出现两个手，袁老板陶醉在花嫩手的触感和偷情行为中。

（陶醉地）我说这手工……这手工……这手工巧，我是怎么摸怎么舒服哟！

老　陶　干什么呀？

老陶看袁老板。袁老板自己的手立刻移到被下，留春花的手在他脸边。春花的手非常有默契地配合袁老板的话，看上去像是袁老板的手在动作。春花的手指老陶。

袁老板　你！别看（春花的手指袁老板）我，看（春花的手指被子）被子！

老陶、袁老板低头看被面。春花的手指被上的花纹。袁老板眼神突然专注在春花的手上。

看这手工，上面绣的是有龙有凤……（春花的手移到袁老板眼前）还有凤爪，又白又嫩！……

袁老板直接大胆地亲春花的手。老陶看了傻眼，好像袁老板在亲自己的手。

……嗯！嗯！嗯！

老　陶　什么毛病？

袁老板　（借春花的手打呵欠）啊～～（春花的手再抓袁老板的头）哎呀……！（春花的手指老陶）你，不要看（春花的手指袁老板）我！（春花的手指被面）你看被子呀！

老　陶　被子有什么好看？睡觉用的！不重要！

袁老板　（春花的手挥三下）不、不、不，睡觉才重要！（春花的手比大拇指）嗐！（春花的手打老陶一巴掌）你（手指老陶）不要看（手指袁老板）我，（手指春花自己）你也不要看她！（春花的手指被面）看被子呀！

老陶又看被子，袁老板、春花得意。

你看这龙的眼睛绣得多好？（袁老板双手举起）雄壮威武，炯炯有神……（袁老板双手又下去）再说这个凤的身材那更是没话说，腰是腰，腿是腿，怎么摸怎么舒服……

春花双手往后抱住袁老板的脖子，一松手，被子落在地上，露出袁老板双手环抱着春花的腰。老陶没看到，摔下被子，转身走。

老　陶　我不喜欢！

春花、袁老板仍忘我地互相拥抱，但面前已经没有被子了。

袁老板、春花　（齐声）我们喜欢哪！

春花、袁老板发现面前已经没有被子了，本能反应好像没穿衣服，遮住私部，同时感到冷。

（同时）哈啾！

两人立刻分开，走动，装作没事。

春　花　老陶，你就把这被子收进去吧！

老　陶　这别人的东西我们不能随便拿……

春　花　你给我拿进去吧！

老陶拿棉被下。袁老板一旁见地上的药包。

袁老板　（不屑地）生孩子靠这个？

袁老板欲踢药包，没踢中。春花一脚将药包踢到翼幕里。两人浪漫地转向彼此。

春　花　（甜蜜地）袁！

袁老板　（柔情地）花！我送给你的花呢？

春　花　（指花）在那儿！

二人陶醉地看着供桌上的花。

袁老板、春花　（齐声地陶醉）噢！

春　花　（忽然清醒）你别管花，你赶快走，他已经怀疑了！

袁老板　（夸张的文艺英雄式地）不！我不能再等了！

春　花　（无奈地）可是我们只能等啊！

袁老板　不！我恨不得现在就把你带走，（抱起春花）离开这个（无意地喷口水）破地方，离开这个（喷）破日子！

春　花　（边抹脸，喷回去）不可能！我们能（喷）去哪儿呀？

袁老板　去哪儿（反喷回去）不重要！只要我们俩真心相爱，哪怕是到了天涯海角（望着远方），都是我们自己的园地！

春　花　（跟着陶醉）噢！（梦醒）可是……可是……

袁老板　不要再“可是”了！（英雄式地，双手张开，春花摔倒在地）我——

春　花　（痛）噢！

袁老板　有一个（英雄式地展开双手，但右手正打到春花的脸）伟大的抱负！

春　花　（痛）噢！

袁老板　（指前方）在那遥远的地方，我已经看见了我们（手肘打到春花的头）绵延不绝的子孙——

春　花　（痛）噢！

袁老板　在那儿手牵着手，（踩春花一脚）肩并着肩，一个个只有（食指和拇指比出一点点长度）这么大。

春　花　（原本陶醉，忽感怀疑）为什么只有（比）这么大？

袁老板　因为远嘛。

袁老板、春花　（齐声、陶醉）噢！

春　花　真有这样的地方吗？

袁老板　只要你我共同期……

春花脸刚好转过来，袁老板又喷。

盼……

春　花　（搽脸，指里面的老陶）可是他……

袁老板　放心！有我……（又把春花抱起，很吃力地）在！！

袁老板、春花　（陶醉地、齐声）噢！

从房间里传出老陶的声音。

老　陶　（声音）活逮了！

袁老板、春花　哇！！！

两人大吃一惊，努力分开，春花抱起袁老板，又慌张地放下。春花跳到袁老板身上，正好成一性姿势。

老　陶　（声音）不要脸的东西！

两人慌张地移动却分不开，袁老板把春花抱到桌上，又正好成一性姿势。

袁老板、春花　快，快……哇！！！

老　陶　（声音）往哪儿逃啊你们臭东西！

两人努力挣脱彼此，春花坐在袁老板身上，不小心又成另一性姿势。

袁老板、春花　哇！！！

老　陶　（声音）打死你个臭蟑螂！

老陶上，到处打地上。

袁老板、春花　哇？（迅速分开）喔！蟑螂！打！打！

两人分开，到处假装找蟑螂。袁老板不小心从背后撞上春花，成一性姿势。老陶转头看，看到。

三　人（齐声大叫）哇～～！！！

袁老板和春花紧张地分开，袁老板倒退几步，一边指责春花，一转头又不小心从背后撞到老陶，又成一性姿势。

停顿。尴尬。

两人互看一眼，分开。

春花、袁老板在屋内到处闲逛，假装没事。老陶看着他们。

老　陶　二位！

袁老板、春花　（停下步子，紧张地齐声）啊？！

老　陶　咱们家就这么一丁点大，没什么好逛的吧？

袁老板、春花　（齐声）喔！

春　花　对！来来来，大家坐。喝酒！喝酒！

老　陶　袁老板，您是无事不登三宝殿！除了送我们一床棉被之外，还有什么事，坐下来直说吧！

袁老板　好！

春花取酒杯，三人坐下。以下过程中，老陶试图开酒瓶，还是打不开，顺手放下，春花却轻易地打开，顺子音效配合。老陶惊，春花给袁老板倒酒，又给自己倒了，自然没给老陶倒，又盖上了酒瓶，老陶还是空杯。

老　陶　如果是要谈房租的事……

袁老板 房租我就暂且不谈了，每个月收你这么一点房租，讲出去给人家知道怪不好意思的。不过我正想跟你谈谈打渔的事。我说老陶啊，最近，你的鱼打得是愈来愈……

春　花 小！

袁老板 打渔的事先不提了，咱们先干一杯！

春　花 先干一杯！

老　陶 （望着手中的空杯）我这……

袁老板和春花一口干尽，老陶苦着。

袁老板 （赞叹）好酒！

春　花 （赞叹）好酒！

老　陶 （失落）没酒！

袁老板 我说老陶，二三十个人打的鱼全都交给我来卖，我为什么单单照顾你一个？

春花又开酒瓶倒酒给袁老板和自己。

老　陶 （紧张地注意酒瓶的动向）袁老板，这么多年您照顾我们生活，我很感激您，可是打渔这件事情是靠天吃饭，不完全靠本事……

春花正要盖上瓶盖，老陶边说话边突然即时一手挡住瓶口。以下过程中，老陶将酒瓶举起，准备替自己倒酒，春花和袁老板又不顾老陶，大声干一杯，袁老板把杯子递上去，老陶自然地倒了一杯给他，又帮春花倒一杯。

（得意地）……多少也靠一点运气，是不是？我也想打大鱼，谁不想打大鱼啊……每天出门我都想打大鱼，可是我没办法……

老陶边说话，不知不觉放下酒瓶，春花顺手盖上瓶塞，配合顺子的打击乐。

（望着酒瓶，无奈地）……我打不到哇！

袁老板 老陶啊，打大鱼的方法很多，咱们先不谈，再干一杯！

春　花 再干一杯！

袁老板、春花 请！

袁老板和春花又是一饮而尽。老陶跟着做喝的动作。

袁老板 （豪放）痛快！

春　花 （豪放）痛快！

老　陶 （痛苦）痛苦！

袁老板 老陶，做人要努力，要有理想！想得到什么，（用手比喻把春花一抱抱过来）你就闯进去把他硬抢过来，你明白我这话的意思吗？

春花陶醉在袁老板大男人的狂妄中。

老　陶 （看着左右二人）我……

袁老板 （指远方）上游有大鱼，你为什么不到上游去看看呢？

停顿。

老　陶 袁老板，这上游有大鱼谁不知道呢？可是上游也有急流啊，我的船就那么一丁点大，去嘛，去嘛！我一去就回不来了！

春　花　你要是有点本事，往上游去打打看！

老陶盯着春花看。

老　陶　（站起）那我现在去，好不好？

沉默。

那我现在就到上游去，最好一去就不要回来！就死在那儿好了！

春　花　你看看你说的这是什么话？

老　陶　你这不就是要我去死吗？

快速对话。

春　花　你说这个话干吗？

老　陶　你这话就是要我去死嘛！

袁老板　她没有要你去死！

老　陶　她说这话就是要我去死！

春　花　我没要你去死！

老　陶　我本来就没有想要去死！

袁老板　没有人要你去死！

老　陶　你们就是想要我去死！

袁老板　（拍桌）老陶！我们没有要你去死……

袁老板、春花　（齐声）……我们只是要你去……（做出砍人的动作）

两人发现失言，三人同时掩口不语。

停顿。

老　陶　袁老板，咱们谁也别装蒜，“鼓不打不响，灯不点不亮！”这屋子底下，（豪迈地拍桌子）就咱们三个人！

春　花　（也拍桌）就咱们三个人！

老　陶　（也拍桌）没什么好隐瞒的！

袁老板　（也拍桌）没什么好隐瞒的！

老　陶　（也拍桌）把话说明白！

春　花　（也拍桌）明明白白！

三　人　（同时拍桌子，齐声）好！

袁老板、春花　（指老陶）……你说！

老　陶　（弱）为什么是我……？（又硬豪气）说就说吧！

袁老板、春花　（拍桌）好！

老　陶　（起身）我这个人……

袁老板、春花　（期待）嗯？

老　陶　……是不大会说话。

袁老板、春花　（泄气）嗐！

老　陶　我只能打个比方来描写我现在的心情……

停顿。老陶心中找词。

春　花　（不耐烦）说！

老　陶　（受挫）好……好比……在一个深夜的夜晚……

袁老板　（突然打断）“深夜”就是“夜晚”！请不要重复！

春　花　这人怎么这么啰唆啊？

老　陶　（受挫）谢谢指正。（继续叙述）……太阳在傍晚的黄昏中已然下山了……

春　花　（又打断）“傍晚”就是“黄昏”！！

老陶又受挫。

老　陶　……月亮……被漆黑的乌云挡住了。

袁老板　（再次打断）乌云它本来就漆黑！！

春　花　会不会造句啊？！

老　陶　……所以，这月亮……

袁老板　（凶，起身）怎么样？！怎么样？！怎么样？！

老　陶　（坐下）……就下去了。

春　花　你说了半天那个什么，你到底说了什么？

老　陶　我说了半天那个什么还不够那个什么吗？！

春　花　怎么可能够那个什么呢？

袁老板　（拍桌）老陶，你说了半天这个这个那个那个的，你干脆把话直接说出来不就那个什么了？

老　陶　我这话真说出来不就太那个什么了嘛！（坐）

春　花　你要是不说，不是更那个什么吗？

袁老板　（拍桌，站，豪气）老陶，这个话你说得不清楚，干脆我来说好了！（右脚跨在椅子上）

春　花　（开心）对对对，让他说！

老　陶　好！

袁老板　（指老陶）我说你呀！……

老　陶　我怎么……？

袁老板　你那个那个那个（找词）……

老　陶　（站、指自己）我哪个哪个哪个……？？

袁老板　……那个那个……

老　陶　……哪个哪个……？？

袁老板　（指春花）……对她！

老　陶　喔对，还有她。

袁老板　你对她……不太那个什么吧！

老　陶　（想一想）好，就算我对（指春花）她是那个那个……什么了点，但是我对她再那个什么，（指春花和自己）那是我们之间的一个……什么！

袁老板　（没听懂）啊？

老　陶　可是（指袁老板）你这个这个这个……

袁老板　（指自己）我哪个哪个哪个……？？

老　陶　……你这个这个……

袁老板　……我哪个哪个……

老　陶　……你这个这个……

袁老板　……我哪个哪个……

老　陶　……你这个这个这个又算什么呢？

袁老板　（想一想）好！（拍大腿）我这个不算个什么！好不好？（指老陶）可是你这个这个这个……

老　陶　（缩身子）我哪个哪个哪个……？？

袁老板　当初！

老　陶　哪个当初？

袁老板　最当初！

老　陶　最当初……

春　花　最当初……

袁老板和春花左脚跨在椅子上，手指着同一个方向。

老　陶　最当初（冷静地）我们都不是什么。

沉默。

三人到这个结论，欲哭无泪，坐下。

这样好了，简单点，我去死好了。

袁老板大声打嗝。

袁老板　（打嗝）呵……！

老　陶　（看着袁老板）就当我没听到。袁老板，我是说我去死好不好？

袁老板　（再打嗝）呵……！

停顿。

老　陶　（爆发）那我去死嘛！那我就去死！我死我死我死！

老陶开始用夸张的动作勒自己的脖子。

春　花　你这是干什么？说你这么两句就要死要死的！

老　陶　我死了你多开心啊！

春　花　（放弃，爆）好！那我去死好了！我死好了！

春花用夸张的动作捏鼻子捂嘴，憋气。

我死！我死！我死！

袁老板　（好心劝架）不要这样……

老　陶　（边勒自己的脖子）你死？你舍得了你那口子人吗？

袁老板　（听懂了，爆）好！搞了半天，是在说我，是不是？！要我死是不是？！好，那我就去死嘛！

袁老板抽下自己腰带绕着脖子，用夸张的动作勒住自己。

三　人　我死！我死！我死！……

三人各站舞台左、中、右，拼命做出夸张的自杀动作并同时尖叫。

袁老板、老陶　（划拳）我死！我死！啊！……

三　人　我死！我死！我死！……

袁老板、春花　（划拳）我死！我死！啊！……

三　人　我死！我死！我死！……

春花、老陶　（划拳）我死！我死！啊！……

三　人　我死！我死！我死！……

袁老板、老陶　（又划拳）我死！我死！啊……！

春花站到桌子上，三人成一直线，成千手观音状。

三　人　我死！我死！我死！……

春　花（大喊一声，三人停止动作）哎……呀！

春花跳到地上，三人双飞燕加前滚翻。

三人一同做功夫“十三响”，整齐同步拍打自己的肩、手、臂、胸、头、腿、脚，同时飞腿落地，一同向观众一揖，摆定漂亮的姿势。

三　人（齐声）死！

灯立即暗。

第五场

暗中传出老陶高唱着渔夫划船的歌谣。顺子从侧台拉着一只小船。

老　陶　（唱）嘿……嘿……哟……！

灯光亮，老陶手上握着桨，站在一个小布幕前。幕上画有鲜艳的河景。老陶用默剧动作，自左到右，配合桨和双腿，做“划船”状。顺子拉动小船配合老陶的动作。

（唱）嘿……嘿……哟……！（庄严地念白）“晋太原中武陵人，捕鱼为业”……（停顿，无奈）我是夫妻失和，家庭破碎，愤世嫉俗，情绪失调！我就往上游去吧！

老陶边唱边“划”下。布幕画面变化，绘景师拉动布幕换成另一幅比较宽一些的河景。

（唱）嘿……嘿……哟……！我……去……死……啰……！

老陶往布幕后跑，从另一端出来。
老陶继续“划”。

（唱）嘿……嘿……哟……！

顺子将小船推回舞台左侧，他跑回去再拉时突然“啪”的一下，绳子断掉了。绘景师从小布幕后边跑出来，人工推着小船往前走。绘景师卡在老陶的桨中间。

（继续唱）嘿……嘿……哟……！

"缘溪行，忘路之远近"……

老陶用力剁了一下桨，竟意外打到了绘景师，他翻倒在地上。

绘景师 啊！

老　陶 对不起，对不起……

绘景师回到小船内。

忘了！忘了好！什么"春花",忘了！什么"袁老板",忘了！（望着前方）咦？这里不是应该有急流吗？

没有人回应。

不管，往前再说，（唱）嘿……嘿……（突然见到侧台《暗恋》组人员，大惊）导演他们又来了！

灯光大亮。《暗恋》导演、演员上。老陶泄气地停下来。《暗恋》导演拿着一份公文夹，冲着老陶说话。

《暗恋》导演 你看！我有场租租约！

饰"老陶"的演员 （泄气地回头大叫）他们有场租租约！

《暗恋》导演 今天晚上这个场地是我的！

饰演"袁老板"的演员冲上台来。

饰"老陶"的演员 （对饰"袁老板"的演员）我跟你说过我排戏不能受干扰！

《暗恋》导演 （对饰"袁老板"的演员）这是我的场租租约，你看！

饰"袁老板"的演员 场租租约谁没有？我有一点事情要马上解决，等一下再跟你谈。（叫顺子）顺子！顺子！麻烦你来一下！

《暗恋》导演 老弟，你是故意给我找麻烦，是不是？我这个戏很严肃，是我一生的结晶，你不要给我惹麻烦！

饰“老陶”的演员 （插进来辩论）我们寻找桃花源也是很严肃的事情，你不要给我找麻烦好不好！

饰“袁老板”的演员 （不耐烦了）顺子！麻烦你来一下好不好？

顺子上，从袁老板的背后走来。

顺子，我们《桃花源》那一块主要布景到哪里去了？

顺　子 你说画满桃花树的那块布景？已经装上卡车了！

饰“袁老板”的演员 装上车了？那怎么到现在还没有到呢？

顺　子 你是说……到这里？

饰“袁老板”的演员 （顿）不然你以为它该到哪里呢？

顺　子 崇明[2]。

饰“袁老板”的演员 （努力平静）我请问你……它为什么要到崇明去？

顺　子 老板，你不是说后天崇明要演一场吗？

导演助理 （对饰“袁老板”的演员）你们有问题了？

饰“袁老板”的演员 我没有问题！（憋气）顺子，你记得我们后天要在崇明演一场，我感觉很欣慰，可是，我再请问你，我们是否应该明天在美罗城的上剧场先演一场呢？

顺　子 （想一想）是！

饰“袁老板”的演员 是？

顺　子　是！

饰“袁老板”的演员　是！

《暗恋》导演　老弟，我不管了，我们要排戏！

导演助理　上道具了！

绘景师将河景撤下。饰“袁老板”的演员和顺子仍不动。《暗恋》组上病房道具。

饰“袁老板”的演员　（对顺子）现在是不是该有人赶快去把装幕的卡车拦下来？

顺　子　是！

饰“袁老板”的演员　是！

顺　子　是！

饰“袁老板”的演员　是！

小顿。

那我一个人冲到沪闵高架上去拦那个9米6乘2米4的20轮大卡车好不好?!

顺子没反应。

顺　子　那老板你叫我来干什么？

饰“袁老板”的演员　是啊！我叫你来干什么？（快哭了）搞什么飞机！（从后门冲下）

导演助理搬椅子上台。

顺　子　飞机？老板，到崇明不用搭飞机啦！

《暗恋》组的人趁《桃花源》组混乱的时候都已将下一场戏的道具安置妥当，同时已将《桃花源》的桌、椅搬下。舞台上摆成一个医院病房的样子，有病床、点滴架、轮椅等。

《暗恋》导演 来，我们争取时间！我们准备排“病房”那一场！（对导演助理）投影准备好了吗？

导演助理 准备好了，老师。（向侧台叫）投影！投影！

饰“云之凡”、“江太太”、“护士”的演员上。

音乐起。出现台北历史的照片。导演助理得意地看着幻灯片。

《暗恋》导演 这什么？

导演助理 老师，很多年轻的观众不了解这个戏的历史背景，我是想说可以加一些照片帮助观众。

《暗恋》导演 没必要，看不懂就不要来看戏！（对观众席）我们直接来“寻人启事”那一场！

后砖墙上出现一张江滨柳、江太太和他们小孩的相片，时间约 1971 年（民国六十年），江滨柳接近五十岁，江太太接近四十，小孩约十岁。陌生女子晃到台上看。

《暗恋》导演 错了！不是这张！我们直接来“寻人启事”那一场，不是这一张！

导演助理 等一下！老师，我感觉先放这张比较好。因为这张全家福会让观众先看到江先生后来在台湾的状态。

《暗恋》导演 （严厉地）先看到后来干什么？

导演助理　老师，很多著名的导演都会让观众先看到后来，所以我想……

《暗恋》导演　你可以不要想了！这里是剧场！剧场是神圣的！说故事就说故事！干吗弄一大堆非关重要的东西？

导演助理　（快哭了）是的，老师，我一定会努力的！

《暗恋》导演　（叹气）布景准备好了吗？

导演助理　好了！

《暗恋》导演　好了？窗帘？时钟？

导演助理　老师，马上降下来

《暗恋》导演　怎么没有门呢？！

导演助理　老师对不起，我马上去找门！门！门！

导演助理下。

投影出现一张年轻江滨柳和云之凡的照片，拍于1948年的上海。

《暗恋》导演　错了！不是这张！我们从报纸的第一页开始。

投影执行　（侧台声音）这不是他老婆吗？

《暗恋》导演　这是江滨柳在上海遇见的女人。

投影执行　（侧台声音）对啊。他不是跟她结婚了吗？

《暗恋》导演　如果他们结婚了，我就不用写这破戏了！你看一下剧本，好吗？

投影执行　（侧台声音）导演我们是专业的，请你给我们编个号码好吗？

《暗恋》导演 所以你的意思是把我的戏编成号码？好！那我们把剧本扔了吧！文学已死！你爱投什么投什么吧！不重要了！随便你！

投影变成《联合报》报头下的“寻人启事”，上面登了云之凡已泛黄的1948年相片。

不要动！就是这张！我们可以开始了。演员就位！

台上的陌生女子突然走向《暗恋》导演。

陌生女子 对不起，你有没有看到刘子骥？

《暗恋》导演 谁？

陌生女子 刘子骥。他跟我约好在这里见面。

投影执行 （侧台声音）导演，你确定是这张没错吧！不要再变来变去了，好不好！

《暗恋》导演反应。

《暗恋》导演 对，我们准备开始！

《暗恋》导演正要走，陌生女子急迫地追上来。

陌生女子 有看到吗？

《暗恋》导演 （迷惑地）你在说什么？刘什么？

陌生女子 刘子骥。（突然激动）我一定要见到他！他说好要来把事情说清楚的！

《暗恋》导演不知怎么办好，顺子正好晃上台来。

《暗恋》导演 （对顺子）喂，小弟！这位小姐大概是找你！

《暗恋》导演顺势把陌生女子往顺子的方向送过去。

顺　子　（惊奇）找我？

陌生女子　（对顺子）我要找刘子骥！

顺　子　（边带她下去边问）谁？

陌生女子　刘子骥。

顺　子　刘子骥？他姓什么？

两人下。

《暗恋》导演　（见他们走了，直摇头）好了，就位就位！

《暗恋》组就位。灯光变化。

第六场

1990年前后台北一间医院的病房。病床、点滴架、一张轮椅、一个床头柜，上摆电话、一台录音机。面对病床有一张椅子。床背后有一悬吊的百叶窗。左舞台是病房门的位置，暂时是空的。旁边有一个衣架，上面挂着一件长袍。舞台中间空中悬挂着一个大时钟。后方投影幕上亮起报纸“寻人启事”的投影片。

江滨柳坐在病床上静静地看报纸。他已经年老，化了老妆，头发已白，身体憔悴。他穿着病人的睡衣，围着一条围巾。

护士在门的假想位置开门上。她年轻、活泼，从护校毕业不久，手上拿着一份《联合报》，还有水杯跟药。

护　士　睡得好不好？

护士走近病床，准备递上手上的报纸，发现江已有。

你已经有报纸了？

护士把报纸夹着，准备药物。

来，江先生，时间到了。（递药给江滨柳）

江滨柳　（声音比前一场缓慢、憔悴）怎么又是这种红色的药丸子？

护士把轮椅推来靠近床边。

护　士　（充满朝气）今天天气不错，我们起来坐一坐！

护士把江滨柳扶到轮椅上。

江滨柳　每次吃这种红色的药丸，小便都变成红色。

护　士　这个药吃了对你有帮助。

护士将轮椅推到舞台前方，望着前方窗外。

今天天气真好。

江滨柳 今天的太阳还真不错。

护士拿出那份她带进来的报纸，偷看着头版。

护　士 江先生，这个“寻人启事”真的是你登的？

江滨柳直望前方。

（兴奋）真的！我第一次认识会登“寻人启事”的人耶！（念报纸）“云之凡：自从上海一别，至今已四十余年，近来身体一日不如一日……”（对江滨柳笑）你好无聊喔！在报纸上写这个干什么？还有还有，（又念）“……自友人处得知你早已来台。盼见报后，速来与我晤面。长庚医院一一二〇病房，江滨柳。”（兴奋地）她是你什么人，跟我说好不好？

江滨柳 （指自己身上的围巾）你看这围巾……1948年，在上海，她亲手织的，到如今我还戴在身上……

护　士 （摸了摸围巾）哇塞！是古董呀！那你们一定不是普通关系，对不对？（江滨柳不语，护士对他撒娇）怎么回事？讲给我听嘛！

江滨柳 你今年几岁？

护　士 十八。

江滨柳 （摇头）跟你说了也不会懂的。

护　士　你说说看！说嘛！我会懂的！

江滨柳　（慢慢叙述）四八年夏天……我们两个人在上海认识。那个夏天，是我一生中最快乐的夏天。到了十月，她要回昆明老家，我们在上海公园中分手。原以为只是小别几个月，就可以再相聚，没想到就一辈子没碰到面了……

护　士　你们不是很要好吗？怎么会让她跑掉？

江滨柳　“跑掉”？（摇头）你没办法懂，在那个大时代里……人在里头好小。哪像现在这种小时代里，这人……他就更小了。

护　士　那你这四十多年一直都在想她呀！

江滨柳　有的事情不是说忘就能忘的。

护　士　谁说的？像我……我那个男朋友小陈……你见过的嘛！

江滨柳　他怎么了？

护　士　我们前几个礼拜分手了，这两天我努力地在想他的脸长得什么样子……可是我都想不起来耶！

江滨柳沉默下来。

那你为什么会这个样子？为什么会到今天才要找她呢？

江滨柳　我一直以为她在大陆上，生病之后，大陆开放，我也回不去了。终于决定，打听看看，我就托一个老乡，老韩，回到她老家去打听……

护　士　就是常来看你的韩先生？

江滨柳　原来四九年她就已经出来了！我都不知道！她可能一直都

在这儿！

护　士　什么啊？你的意思是说她一直都在台湾？

江滨柳　不知道。只知道她当年出来了。人现在在哪儿，还在不在，都不知道。

护　士　那江太太知不知道这件事？

江滨柳不语。

那你登那么大一个广告，在“联合报”三个大字下面，你花了多少钱？

江滨柳　你说这张照片好不好看？

护　士　（努力想看清楚）很漂亮啊，但是看不太清楚……（怕伤害到江滨柳）不过她的名字很浪漫啦！

江滨柳　这是我唯一一张她的照片，在上海拍的。这些年我一直搁在皮夹子里头，你看相片都发黄了。

护士走去整理床铺，江滨柳独自回忆着。

那时候她留着两条长辫子。那时候我们都好年轻……

（回过神来）你说她看到报纸会不会来？

护　士　拜托，这么多年了……（看到江滨柳的表情，改变态度）我想她应该会来！这样才够意思嘛！

江太太提着包包和花进来。两人顿时都停下来，回头看。她是年约五十的家庭主妇，穿着整齐。

（掩饰着报纸）早哇，江太太！

江太太　早。

护　士　又有新的花？

江太太　欸。

护　士　我来。

一边接过花。

江太太　欸。睡得好不好？

江滨柳没有反应。

护　士　还好。

护士将报纸藏在椅子上的被子下。护士拿花时发现另一份《联合报》在桌上，连忙同新花和旧花一起拿下。江太太推轮椅。

江太太　我推你回床上去。

江滨柳　再晒一会儿。

江太太　太阳都晒进来了，回头你又要说你头昏什么的。

江太太将江滨柳扶回床上，动作费力。

江滨柳　（喃喃抱怨着）老躺，老躺，整个人身子都躺硬了……

护士上，拿着一盆热水。

江太太　我刚刚有回家，听了电话录音，阿舅跟舅妈打来，说是想从屏东过来看看你。

江滨柳　不要来了……叫他不用来了！

江太太　人家是一番人情好意……

江滨柳　叫他不用来了，来干什么？大眼瞪小眼的，眼看着就没救了，还来干什么？

江太太 （略带责备）你哟！你哟！你就是这样子。你说这些干什么？你如果说了会高兴，你就多说一点好了！（擦着江滨柳的手脚）昨天儿子打电话来说他放心不下，想回来看看你，我是跟他讲，你爸爸最希望的就是你拿到学位，你学位不是快拿到了吗？等拿到了再说。你说我这样说好不好？

江滨柳闭着眼不语。沉默。

听说……韩大哥回来了。

江滨柳似乎是睡着了。沉默。

护　士 （化解尴尬）对！韩伯伯来过几次，刚好你都不在。

江太太 哦，你知道他哦。他好像常常跑大陆。说以前不能回去，现在可以回去，就补偿补偿。有什么好补偿的，还不就是去大吃一顿！有什么好吃的？什么大闸蟹的，台湾又不是吃不到。

停顿。

不知道……上海以前是个什么样子？

王小姐，我们江先生的病是很麻烦的。（闽南语）他这个人又很孤僻……我说孤僻你听得懂吗？

护　士 听得懂，孤僻。

江太太 这些日子如果没有你帮忙，我真的不知道该怎么办才好！

护　士　没有啦，都是我该做的嘛！而且我很少碰到像江先生这么好的病人，有些病人喜欢乱按铃，又喜欢大吼大叫的，还有想吃豆腐的！

江太太　（转回主题）王小姐，你有没有发现江先生最近好像有很多心事？

护　士　是啦。（顿）可是病人都是这样子的嘛！

沉默。护士走去拿脸盆，江太太走向椅子。

江太太　王小姐……

护　士　（紧张）啊？

江太太　（拿起椅子上的被子）你有没有看到今天的《联合报》？

护　士　没——有！

报纸掉到地上，被江太太发现。尴尬的沉默。

江太太……江先生人真的很好！

江太太　是啊，他一直是这个样子，没事就喜欢自己泡一杯茶，我泡的他还不要呢，然后就自己拿着那杯茶去房间里坐着。（闽南语）反正到后来谁都不敢过去，连小孩也不敢过去吵他，我就不懂一个人心里怎么会有那么多心事可以想？（见床头柜上的一卷录音带）王小姐，这是韩大哥带来的吗？

护　士　不是，是我帮他买的。

江太太　喔。谢谢！谢谢！

江太太放录音带。传出四〇年代上海流行歌曲的声音。灯光变化。

江滨柳在床上睁眼，仿佛在梦中。江太太、护士静静地各自掉进各自的思绪中，呈静态，时间好像停止了。

美丽的云之凡出现在病床后方，还是四十年前的样子。江、云互看一眼。云飘逸地横过整个病房，出。

护　士　江太太，你们结婚多久了？

导演助理和陌生女子推着上海公园中的秋千出现在左舞台，云之凡在秋千边。

江滨柳缓缓从床上起身，到衣架旁，换上西装，从抽屉取出一大公文袋。江太太望着窗外，病床已经空了。

江太太　好久了！从 1971 年我们结婚，就从屏东搬到台北来了……那个时候，台北不是这个样子的。没有这么多的车子，也没有这么多的人。变得好快，从我眼前这么一晃就过去了，我还来不及看懂，人都已经老了。

护　士　那你们是怎么认识的？

江太太　我们是相亲。好土，喔？

护　士　不会啦，你们那时候相亲是什么样子？

江太太　我们那时候跟你们不能比啦。

护　士　你告诉我，我很想知道。

江太太　我记得那时候，我们是在冰果室。

护　士　“冰果室”？

江太太　哎呀，你不要嫌，那时候冰果室可是最高级的。

护　士　啊！真的？

江太太　真的，我家来了一大堆亲戚，你所有想得到的阿姑、阿婶、三叔公都来。他喔，他就是一个人。那天，大家在聊天，我就觉得他一个人从大陆来到台湾，这样孤家寡人一个，也是蛮可怜的。

护　士　相亲的时候江先生就一个人去？

江滨柳走到秋千边。他回到1948年（民国三十七年）的情景，但他已经是个老人了。年轻的云之凡坐在秋千上，仍然美丽，仿佛永远是这么美丽。病房的现实、梦幻的回忆，同时出现在舞台左右。

江太太　那个时候很少吃过冰激凌。

护　士　真的？

江太太　他就请我们所有的亲戚朋友吃冰激凌，大家是夸得不得了，说这个人好，这个人慷慨，这件亲事就这样嘻嘻哈哈谈成了！

江滨柳　（唱）“你是晴空的流云，你是子夜的流星……”

云之凡　（秋千上，望着周遭的景致，词与第一场一样）好安静……从来没有见过这么安静的上海……

以下对话左右穿插进行，两个时空互不侵犯。

江太太　我们以前住在景美的时候，卧房窗外有一棵树。

云之凡　……感觉上，整个上海只剩下我们两个人。

江太太　其实这些年他对我也很好，对小孩子更好，我也没什么好抱怨的……

江滨柳 （哼）“……一片深情紧紧锁着我的心……”

云之凡 刚刚那一场雨下得真舒服。空气里有一股说不出来的味道。

江、云望着眼前水里的灯。

江太太 ……我们背景实在太不一样！

云之凡 （向前指）滨柳，你看那水里的灯……好像……

江太太 （闽南语）那时我煮的料理他不喜欢吃，他喜欢吃的我又煮不来……

江滨柳 好像梦中的景象。

江太太 （闽南语）他从来都不跟我的朋友说话。

云之凡 好像一切都停止了。

江太太 （闽南语）不然能怎么办？小孩也就这样子养大了。

江滨柳 一切是都停止了。

沉默。

病房电话铃响。

江太太 我来接。

江太太接电话。

江太太 喂？……（闽南语）是你喔……没有啦，就是半年前做了个身体检查，怎么知道一检查出来……

云之凡 天气真的变凉了。

江太太 最近好一点，可是痛起来还是很厉害……

江滨柳在秋千边疏离了，望着病床旁的江太太。

云之凡 这个夏天我过得好开心，想想前两年打仗的时候，怎么样也不会想到还会有这么好的日子。

江太太 （电话上）……有啦，最近有在试新的药，中西药都有在试，是最新的……

云之凡 你看，到处都充满了希望……就像我们两个一样，你说对不对？

江滨柳望着不同时空的江太太。

江太太 （电话上）路途那么遥远，不要来啦……

云之凡 你怎么了？

江太太 我有问医生……

云之凡 我在跟你说话……

江太太 ……医生有说……最多三个月……

云之凡 ……你有心事？

江太太 没有关系，没有关系，我很好，我会照顾我自己……谢谢……谢谢……

江太太挂电话。江滨柳回神，看云之凡，掏出纸袋中的信。

江滨柳 （字越来越难脱口）之凡，我……已经写好一沓信给你……

云惊讶。江拿信给云。

我写好了好几年的信给你……好多好多年……

云之凡 你这个人是怎么搞的？你怎么都没寄？我不要！

江滨柳 这根本不是我能做主的，这里头有很多我们的理想，很多的想法……我要当面交给你。

云之凡 想法？你有想法你就做！滨柳，新中国就是被你这种人给拖垮了！你还看不清楚？……

江滨柳 之凡……之凡……

云把信往空中一丢，信散开洒了一地，她梦幻般地往上舞台走。

江弯腰欲捡信，灯光渐暗。

第七场

灯光亮。《暗恋》导演站在舞台中央，凝视着虚空。饰“云之凡”的演员坐在轮椅上，饰“江滨柳”的演员坐在病床上，其他演员站着。导演助理捧着一杯茶给导演。

导演助理　老师……

《暗恋》导演　江滨柳，你要我怎么跟你说？你不能让她这个样子对你啊……

饰“江滨柳”的演员　导演，我是不能让她这个样子对我？可剧本写的就是这样！

《暗恋》导演沮丧。

导演助理　老师的意思是……

《暗恋》导演　江滨柳啊，（咬牙切齿地指饰“江滨柳”的演员）你根本不是江滨柳！

饰“江滨柳”的演员　对，我本来就不是什么江滨柳。（帮忙其他人捡信）

陌生女子上。

《暗恋》导演　（对饰“云之凡”的演员）而你……你也不是云之凡！云之凡是一朵白色的山茶花，一朵在夜空中开放的……最美丽、（陶醉）最动人的白色的山茶花！

饰“云之凡”的演员　导演，你老是说“白色的山茶花”，那很难演耶！

饰“江滨柳”的演员　“世纪的孤儿”也很难演！

饰“江太太”的演员笑出声。

《暗恋》导演　（指饰“江太太”的演员）还有你！江太太！你那台湾话讲得也太蹩脚了！

饰“江太太”的演员　导演，我的台湾话可都是你教我的啊。

《暗恋》导演　不是！你根本就是不对！

饰“江太太”的演员　我怎么不对？

《暗恋》导演　你就是不对！

饰“江太太”的演员　我哪里不对？

《暗恋》导演　你长得不对！

饰“江太太”的演员　你跟我说哪里不对？！

《暗恋》导演　你个儿太高，分明就是个东北大妞。

饰“江太太”的演员　好，那你找长得顺的啊？！你有本事你去找林志玲啊？

导演陷入自己的怀念中，无法自拔。

《暗恋》导演　我想你们是演不出来的。可是我是永远都不会忘记的。

饰“云之凡”的演员　导演，我们知道这是你的故事……

《暗恋》导演　部分。

饰“云之凡”的演员　大部分。

饰“江滨柳”的演员　绝大部分。

饰“云之凡”的演员　导演，你要弄清楚，是“我”在演“云之凡”……我是我，她是她！我永远不可能成为真的“云之凡”，云之凡也不可能出现在这个舞台上！

饰“春花”的演员边打着手机边横越舞台。《桃花源》组人员陆续走上台来。《暗恋》导演已经无法工作下去。

饰“春花”的演员　（对手机）……怎么不可能？怎么不可能？旁边小区都已经涨到十万一平米了[3]……

饰“江滨柳”的演员　小姐，你能不能别在这儿说房价，讨论房价会影响大家的心情！

饰“春花”的演员　（挂电话）欸老头，我这有套房子，内环，靠地铁，七十年产权，学区房，有没有兴趣？

饰“江滨柳”的演员　你给我留个电话！

饰“云之凡”的演员　你看，每一次演到这里就卡住了，你要我们怎么办呢？

饰“老陶”的演员和饰“袁老板”的演员上，乘机插话。挂桃花源布景的吊杆，降。

饰“袁老板”的演员　对不起，我们布景到了，我们要排戏。

饰“江滨柳”的演员　我们在排戏！

饰“袁老板”的演员　（指《暗恋》导演）你看他那个样子还排得下去吗？

饰“云之凡”的演员　好了，我们休息一下好了。

饰“江滨柳”的演员 又休息呀？……

饰“云之凡”的演员 （对饰“江滨柳”的演员）你看他这个样子……（对导演）导演，我请你喝杯咖啡，好不好？放松一下再来谈这些事。

饰“云之凡”的演员拉起垂头丧气的导演，下。助理跟在后。《桃花源》组人员开始搬进一块卷着的大布景。吊杆上下，技术人员调灯、绑幕。

饰“袁老板”的演员 对对对，不过你最好走得远一点，还是过去内街的星巴克，咖啡尽量多喝几杯，最好是休息到天亮喔。

《桃花源》剧组乘机大动起来，《暗恋》组撤道具。

（对饰“江滨柳”的演员）谢谢你了，老头！（饰“江滨柳”的演员并不握他的手，抹了一下头走掉）（对饰“护士”的演员）谢谢你，小……

饰“护士”的演员 无聊！

饰“袁老板”的演员 无聊——护士！

（对饰“江太太”的演员）谢谢你，哦这位……

饰“老陶”的演员 （告知）江太太。

饰“袁老板”的演员 江太太！

饰“江太太”的演员瞪饰“袁老板”的演员一眼。饰“袁老板”的演员开始指挥《桃花源》组。

来来来，赶快把布景吊起来！遮住他们那个什么玩意儿！

饰“老陶”的演员 吊起来！

饰“袁老板”的演员 （对饰“老陶”的演员）差一点！好危险！还好上海现在已经是国际大都市，随时交通堵得死死的，刚好沪闵高架上不去，我把那卡车司机给拦住了，要不然的话，顺子会把这布景送到崇明去了！！

饰“老陶”的演员 他们导演没事吧？

饰“袁老板”的演员 你管他们导演干什么！我们快来不及啦！来，抓紧抓紧，吊起来！

饰“老陶”的演员 那个助理小姑娘好像很需要关怀。

在忙碌中，陌生女子站在小路灯旁，自言自语。

陌生女子 ……那一天……在南阳街……在街灯下……下着毛毛雨……

饰“袁老板”的演员 顺子！

陌生女子 （自语）……我跟他约好了去吃酸辣面……

饰“江太太”的演员 （对饰“江滨柳”的演员，不解状）我们怎么啦？不排啦？

饰“江滨柳”的演员 （无奈）怎么排呢？

陌生女子 （自语）……我永远也忘不了那种酸酸辣辣的滋味。

绘景师欲把秋千推下。

饰“江滨柳”的演员和饰“江太太”的演员和绘景师推着秋千下，饰“老陶”的演员跟在后头也下场。

饰“袁老板”的演员 （看着工作人员搬秋千）帮帮忙好不好？

饰“袁老板”的演员不经意地拍拍陌生女子，以为是饰“春花”的演员。

你看！连秋千都搬上台了！真是天才……

陌生女子 （严肃地对饰“袁老板”的演员）我要找刘子骥。

停顿。饰“袁老板”的演员发现陌生女子在跟他说话。

饰“袁老板”的演员 好，很好！

饰“袁老板”的演员见状况不太对头，转身想走。

陌生女子 我告诉你，我很急。

饰“袁老板”的演员 我告诉你，我也很急。

陌生女子 （突然大声）他是不是打算跟我避不见面？是不是？你说！你说啊！

饰“袁老板”的演员 （被吓到）谁？

饰“春花”的演员边打手机边穿过舞台。

陌生女子 刘子骥。

饰“袁老板”的演员有些慌张，四处张望，抓住饰“春花”的演员。

饰“袁老板”的演员 他……是这么跟你说的吗？

陌生女子 （激动）他怎么这个样子？怎么这么不负责任？我不管，是他说要把事情当面说清楚的！

饰“袁老板”的演员 （对饰“春花”的演员）这女的是谁啊？

饰“春花”的演员 隔壁剧团的吧！

饰“袁老板”的演员 隔壁剧团什么人都有！

陌生女子 我不管，我今天要把事情说清楚！

饰“江滨柳”的演员晃上台来欲搬走《暗恋》组台上剩下的道具轮椅。

饰“袁老板”的演员 （对饰“江滨柳”的演员）老头子，这个女的找你！

饰“袁老板”的演员和饰“春花”的演员下。饰“江滨柳”的演员停住。

饰“江滨柳”的演员 找我的？（看到她手上的花）噢？粉丝啊，直接给我就好了！

饰“江滨柳”的演员向前要花，陌生女子不给。

陌生女子 （对饰“江滨柳”的演员）你为什么要把他藏起来？你们把他藏在哪里？（激动）那我怎么办？我怎么办？

饰“江滨柳”的演员 小姐，你先不要急，你说你找谁？

陌生女子 （绝望地大喊）刘子骥～～！

陌生女子绝望地抱着饰“江滨柳”的演员。正好顺子上来，见二人抱成一团。顺子恍然大悟。

顺　子 （指饰“江滨柳”的演员）喔，原来你就是刘子骥？久仰、久仰！喔，刘先生，刚才有一个妹妹在找你！

顺子下。

饰“江滨柳”的演员 （拖着陌生女子往台下去）今天很乱，要找人，到后台来找。小妹妹，你来，我们后台说。

陌生女子 我已经不是小妹妹了。

饰“江滨柳”的演员 哦，看出来了，大姐，我们走。

二人下。饰“袁老板”和饰“春花”的演员从侧台走上来。《桃花源》

组的大布景已挂好了，等着吊杆升起。

饰“春花”的演员　那老头什么事都干得出来！

饰“袁老板”的演员　你不要管他。你看我们这块主布景。（对工作人员）拉起来！

饰“春花”的演员　（边打手机）拉起来！

大布景缓缓升起，一幅巨型的中国山水，在神秘的高山中有一个小村庄，梦幻、美丽，山中遍地是粉红色的桃花。整个布景一尺一尺地展露在众人面前，又暂停一下。

饰“袁老板”的演员　（得意地对饰“春花”的演员）你看好不好？你看！这打上灯光，远看跟绣的一样！小林这次连夜硬赶出来的。

饰“春花”的演员　（边打手机，不专心）小林连夜硬赶的？那干得了吗？

饰“袁老板”的演员　放心。他说他昨晚用吹风机把它吹干了。（对工作人员）高一点……再高一点……你看这饱满的色彩，这个云，那个雾，整个粉红一气呵……

布景继续往上升，忽然在下方出现一大块完全没有画的空白。停顿。二人呆看空白处。

小林！你来一下，好不好？！（大叫）小林！！

饰“春花”的演员　小林！

饰“袁老板”的演员　小林！过来！！

绘景师急忙跑上来。

（指布景上空白的一块，大怒）这一块是怎么搞的？

绘景师 老板，这不是您要的吗？

饰“袁老板”的演员 我什么时候说过我要这样的？

绘景师 前几天画布景的时候，顺子说老板您就爱这个味儿！

饰“袁老板”的演员 顺子说我“就爱这个‘味儿’”？

绘景师 对呀，顺子说您会喜欢这样的一块“留白”。

饰“袁老板”的演员 （快疯了）“留白”？我还告白呢！小林！你过来！（努力地平静）这样好了……我说什么不重要，好不好？那么，顺子说什么，我们也暂时不考虑……我请你自己判断：（指空白）这一块东西，你觉得怎么样？

绘景师 可是……

饰“袁老板”的演员 不要再“可是”了！我明天就要演出了，你现在给我一块这“玩意儿”，你到底什么玩意儿，我要不要演呢？你现在给我补满好不好？

饰“春花”的演员 （打圆场）好了，好了，补起来，补起来。

饰“春花”的演员带绘景师往下，饰“老陶”的演员上。

饰“老陶”的演员 我跟你说我排戏不能受干扰！

饰“袁老板”的演员 哪有干扰！没有干扰啊！

饰“老陶”的演员指空一块的布景。

（解释）那叫留白……

饰“老陶”的演员不发一语，下台。

顺子这时搬了一棵布景桃树上台，形状刚好跟大布景下方的“留白”形状一样。饰“袁老板”的演员没看到他。

放心，真的没有干扰。

饰“袁老板”的演员回头，看到那棵“桃树”。

小林！

小林跑上台。

（指桃树）这……这又是什么东西？

绘景师 老板，这不也是您要的吗？

饰“袁老板”的演员 我要这么一棵桃树杵在那儿干什么？

绘景师 顺子说您会喜欢这个感觉。

饰“袁老板”的演员 我会喜欢哪个感觉？

绘景师 就是一棵桃树逃出来的感觉。

饰“袁老板”的演员 一棵桃树逃出来……？

饰“春花”的演员 好了！快逃！快逃！

饰“春花”的演员急速将绘景师带下。

饰“袁老板”的演员 （接近崩溃）一棵桃树它为什么要逃出来？！

你告诉我！（大怒）顺子是个什么东西？

饰“袁老板”的演员一屁股坐在一直没有被搬下去的《暗恋》轮椅上，向左方侧台大叫。

顺子！顺……

顺　子　（在左舞台，声音）有！

饰“袁老板”的演员　（转身，狂吼）你给我滚得越远越好！

顺　子　（声音）好！！

饰“袁老板”的演员　“好”？！你他妈还答词？你他妈的顺子！！你给我滚过来！

顺子站在悬浮板上出现。

饰“袁老板”的演员　（手指布景）什么？（手指树）什么？（手指二者）什么跟什么？

顺　子　老板，这叫“蒙太奇”！

停顿。饰“袁老板”的演员难忍。

老板，你不知道什么叫“蒙太奇”？我告诉你：蒙太奇是个法国人。听说电影就是他发明的。

停顿。饰“袁老板”的演员深吸口气。

饰“袁老板”的演员　这些屁话是谁告诉你的？

顺　子　我姐。

饰“袁老板”的演员　你姐？你姐他妈的就是个屁！（吐痰）呸！

顺　子　（摇头）姐夫，你这么说就不对了嘛！

顺子掏出手机，拨号。饰“袁老板”的演员痛苦。

（讲电话）喂，姐，姐夫说你是个屁。还吐痰，而且还骂脏话……

饰“袁老板”的演员　蒙太奇现在是个人了，是不是？

顺　子　是个法国人。

饰"袁老板"的演员　一棵桃树它为什么要逃出来？？！！

饰"袁老板"的演员追着顺子下。

灯光、布景变化。

第八场

老陶的渔歌声起。

老　陶　（唱）嘿……嘿……哟……！！

老陶默剧动作划船由左至右出来，后方摆着如同第五场的河川风景小布幕，但没有船，也没有浪。

（唱）嘿……嘿……欸船呢？浪呢？（小顿）不管了！

接着第五场断掉的地方，重新再演。

（念白）“缘溪行，忘路之远近。”（突然疏离）忘了！忘了！忘了好！什么“春花”？……忘了！什么“袁老板”？……忘了！咦？这里不是应该有急流吗？（左看右看，突然大叫）哇！！急流来啦！！

布幕被拉开，呈现另一块小幕：一个急流的景。老陶用默剧的方式疯狂地对抗急流。

老　陶　咦呀！哇呀！

老陶翻滚，穿过假想的急流。

布幕变成一个漩涡的景。

还有个漩涡呢！

顺子突然冲上，手上拿着京剧的水旗，到处乱蹦乱跳乱挥。

顺　子　漩涡！漩涡！……

顺子成为老陶障碍，老陶好不容易突围，划到布幕后，顺子下。

老陶又划回布幕前。

老　陶　（将水吐出来）好险！过了，过了！……

绘景师探出头来发现小布幕还没换，迅速拉动布幕呈现另一幅鲜艳的河景，两岸都是桃树。老陶继续划。

布幕随着老陶身体的转动而改变视角。

“忽逢桃花林。”（左顾右盼）“夹岸数百步，中无杂树。”（疏离）这怎么可能呢？（划着）等等！（用默剧动作抓河边草，闻）哇塞！“芳草鲜美。”哟吼，落英……落英……

老陶抬头看。舞台上没有反应。绘景师跑出来探头看，发现出错了，他跑回去开始扔一些桃花瓣出来。老陶看到掉下来的桃花瓣。

“落英缤纷！”（心情愉快）“复前行！”

（唱）嘿……嘿……哟……！

老陶又跑到布幕后边转一圈，布幕换成水源处有山的布景。老陶再跑回来。

（念）“林尽水源，便得一山，山有小口，仿佛若有光”，干吗“仿佛”？根本就是有光啊。“便舍船！”干吗“便”？没有船，舍！

老陶将桨丢到侧台。

上了岸怎么还晃呢？我晕船可以吧？（看山）“山有小口”，我“从口入”可以吧？

老陶奋勇地模拟入山洞，再绕一圈。

布景转成美丽的乡村景色。老陶侧手翻，洪亮地报告。

“豁然开朗”！

老陶用默剧动作原地行走，面对左。景色跟着往右移动。他看看景色。

也没什么嘛！“土地平旷……屋舍俨然……阡陌交通……（用手比喻两个动物相亲嘴）**鸡犬相闻。其中往来种作，男女衣着……”**

老陶步子暂停。布景也跟着停。老陶注视着他前方，后退用实步走。布景下。

……“悉如外人！”（从左下）

灯光转变，上桃花源道具。

第九场

传出遥远笛声。

舞台中央有一口古井，左后及右前方各有一块大石头。迷雾中，在后方的石头上坐着一位身着白袍的女子，背对观众吹笛。上方落下美丽的桃花片。老陶由右上，四下张望。

老　陶　这是什么地方？好大的桃花林！（听笛）风声？水声？好像好遥远，又好像好熟悉……（老陶在右前方大石上坐下）春花一个人在家不知道怎样了？（想一想）唉！不可能是一个人！不提春花，看看桃花！（闲散地逛着）空气中好像有一股说不出来的味道………我好像来过这个地方！不可能，武陵没有这种地方！武陵怎么可能会有这么好的空气！没有！不可能！武陵人人都是戴口罩的。（吸空气）太好了！！

老陶发现笛声的来源，看见后方白袍女子，吓一跳，然后小心接近。

（端正地）这位姑娘，您的笛子吹得实在好好听，好美，好纯……

白袍女子回过头来，竟长得跟春花一模一样。

……好恐怖！（指）春花！你怎么也到这里来了！

停顿。

白袍女子 （温柔而天真的声音，不像春花）这位大哥，有什么事吗？

老　陶 你叫我“大哥”？你跟我装什么糊涂？春花。

白袍女子 您是不是认错人了！我不叫“春花”！

老　陶 （开始怀疑自己）怎么可能不是？

白袍女子 我跟您从来没有见过。我看您是累了，（从井里舀一瓢水）来，喝点水吧！（对水）水，谢谢你！

老陶喝水。

您在找一个人？

老　陶 这是什么地方？

白袍女子 桃花源啊！

老　陶 （想一想）“‘桃’花源”，“桃‘花’源”，“桃花‘源’”……没听说过！

绘景师上，架一个梯子，拿着颜料和刷子，开始补后方桃花林山水画上突兀的白缺块。他专心画画，不受台上任何事的影响。

白袍女子 您是来做什么的？

老　陶 （脾气暴躁）我是打渔的！（大男子气魄）我是来打大鱼的！！

白袍女子 您刚才是不是在找一个叫“春花”的人？

老　陶 （突然）不要提春花！

白袍女子 我可不可以帮您忙？

老　陶 你能帮什么忙？

白袍女子　我帮您找她。

老　陶　（指白袍女子）你帮（指自己）我找（指白袍女子）她？

白袍女子　她是您什么人？

老　陶　她是我老婆！

白袍女子　您老婆怎么了？

老　陶　（暴躁）不要再提我老婆！

白袍女子　您老婆怎么一回事？

老　陶　（怒）不要提我老婆！

白袍女子　为什么不能提您老婆？

老　陶　因为我老婆偷人！（立刻自责，打自己耳光）

白袍女子　（体贴地）这位大哥，请问，什么叫偷人？

老　陶　（崩溃）啊！！……

老陶欲踩地，白袍女子制止他，老陶脚悬空。

白袍女子　小心！小草会疼！

老　陶　小草？

老陶欲打石头，看白袍女子，白袍女没有制止。

白袍女子　石头可以。

老陶疯狂地捶打石头。

石头，谢谢你。（对老陶）来！慢慢地把事情说给我听。

您打哪里来的？

老　陶　（坐回石头上）武陵。

白袍女子表示不懂，老陶手一指。

外面！

白袍女子 “武陵”是什么地方？

老　陶 “武陵”你都没听说过？

白袍女子 我从小就生长在这里，从来没有离开过。

老　陶 也没听别人说过？

白袍女子 他们也都没有离开过。

老　陶 （不可思议）你们都没有人出去过？

白袍女子 去哪儿呀？

老　陶 武陵啊！不然去哪儿？

白袍女子 去武陵干什么？

老　陶 （喊）去武陵干什么干什么？

白袍女子 武陵到底是个什么样的地方？

老　陶 武陵……？武陵就是……（比手画脚，怎么也描绘不清楚）所有的人……所有的事……武陵，我死我死我死（跳针）……武陵……就是……武陵……！！

白袍女子 （无法明白）这位大哥，您老婆……

老陶做出警告之手势。

我只是想问一下您老婆在武陵……

老陶再次做出警告之手势。

我只是想了解一下您老婆在武陵偷什么人？

老　陶　（几近疯狂）啊……！！（回过神）那个人，我说出来你都不会相信，我画出来你都没见过这种长相，长得真是难得呀！（比手画脚）他长得就像，就像……

长得跟袁老板一模一样的白袍男子拿着两只捕蝶网悠闲地从右方出来，将其中一个捕蝶网给白袍女子。

（指白袍男子，不经意地）……就像这个样子没错，就是像……（发现）啊……！！袁老板！！你怎么也来了？

白袍男子　（跟白袍女子一样柔和而天真地）对不起，我不叫"袁老板"！

老　陶　（笃定）袁老板，你还跟我装糊涂？

白袍男子　您认错人了，我不叫袁老板！

白袍女子　（上前安慰）您真的认错人了。

老　陶　你不叫……？怎么可能……？你……？

白袍男子　（对白袍女子）他怎么啦？

白袍女子　他累了。

白袍男子　（对老陶）累了？嗐！来，喝点水吧！

白袍男、女　（对水）水，谢谢你！

老陶崩溃，接过水喝。

白袍男子　（对白袍女子）他是从哪里来的？

白袍女子　他说他是从"武陵"来的。

老　陶　（对水）谢谢——！（突然怒）我谢你个头啊！（将水瓢

丢在地上）

白袍男、女 小心！

老　陶 小草会疼是吧？

白袍男、女 水瓢会受伤。

老　陶 （崩溃）袁老板！春花！你们不要装糊涂！一个人长得像就算了！两个人都长得像！啊？你们是约好了来的？

白袍男、女 （齐声，老实地）我们是约好了来捕迷路的蝴蝶……

老　陶 捕蝴蝶，你们好残忍啊。

白袍男、女 （齐声）帮它找回家的路。

老　陶 你……（指白袍男子）你无耻！

白袍男子 （没听懂）对不起，（指白袍女子）她五尺，我七尺。

老　陶 下流！

白袍男子 不好意思，这里是上游！

老　陶 （逼问）那你们怎么来的？

白袍男、女 我们是走路来的啊！

老　陶 你们走路来的会比我划船还快？

白袍女子 对不起，是我先来的！

白袍男子 我是后到，因为咱们家里有事！

老　陶 （更吃一惊）你们家？你们都有家了？你们已经是……（狂吼）那我死好了！（像第四场一样动作，掐着自己的脖子）我死！我死！我死……！

白袍男、女赶紧过来安抚老陶。

白袍男、女 （齐声）放轻松，放轻松……

桃花瓣落下，老陶疯狂地到处奔跑，又像是被催眠，安静下来，成打太极拳的姿势，定住。

白袍男子 （对白袍女子）他怎么回事？

白袍女子 他大概难过……为了他老婆。

白袍男子 （对老陶）您老婆怎么了？

老　陶 （醒来）我警告你，不要提我老婆！

老陶愤怒地欲踩地，被两人制止。

白袍男、女 小心！

老　陶 （脚悬空）这儿没草！

白袍男、女 让蚂蚁先过。

老陶崩溃。

哇，它长这么大了！

白袍男子 （比蚂蚁大小）去年它才这么大！

白袍女子 （比蚂蚁大小）今年它已经这么大了！

老　陶 （激动，比蚂蚁大小）它明年还是这么大！（崩溃）这么大……

白袍男子 （对白袍女子）对了，他老婆怎么了？

白袍女子 （意图小声，但却很大声）他老婆偷人……

白袍男子 （没听懂）啊？

白袍女子 他老婆偷人……

白袍男子 （还是没听懂）啊？

白袍女子 他老婆偷人（回音很大的样子）人人人人……

老　陶 （狂吼）我死好了！！（用手掌砍杀自己）我死！我死！我死……！！

白袍男、女 （同前，耐心地劝导）放轻松，放轻松……放轻松……

桃花瓣落下，老陶疯狂地到处奔跑，又像是被催眠，安静下来，成跳芭蕾舞的姿势，定住。

白袍男子 他到底是怎么回事？

白袍女子 噢，我明白了，可能是他打不到大鱼，所以他老婆偷人。

白袍男子 原来是这么一回事！

老　陶 （醒来）这怎么会是一回事，这分明就是两件事！这是两件事！这两件事绝对不可能变成一件事，永远不可能变成一件事（两手一合）……啊就是一件事！（狂吼）那我死我死我死……！

白袍男、女 放轻松，放轻松……放轻松……

桃花瓣落下，老陶疯狂地到处奔跑，又像是被催眠，安静下来，成做瑜伽的姿势，定住。

老　陶 （醒来）你们这个地方真奇怪……你们来这个地方多久了？

白袍男、女 我们一直住在这里。

老　陶 为什么会来到这地方？

白袍男子　是我们的祖先带我们来的。

老　陶　你们的祖先？

白袍男子展开演说的架势，跟第四场袁老板对春花的演说一样。

白袍男子　我们的祖先……有个伟大抱负！“先世避秦时乱，率妻子邑人来此绝境。”他们让我们这些绵延不绝的子孙，手牵着手，肩并着肩……

老　陶　（插嘴）你们的祖先是谁？

白袍男子　他们……（一时迷惑）他们已经不重要了。现在看过去，他们在那遥远的地平线上，一个个都只有这么大！

老　陶　为什么只有这么大？

白袍男子　因为远嘛……（词穷）我也觉得不好笑。好了，我们不谈这些无谓的问题！我想您大概累了，肚子饿了吧！我让她烧两样小菜，好好地招待您。家里那几条小鱼干还在吗？

白袍女子　在！

老　陶　（倔强）太残忍了！太残忍了！我不饿！

白袍男子　来嘛！

白袍女子　要是您愿意的话，您可以在我们这儿住下来！

白袍男子　要是您家里有什么问题，您可以在我们俩家里多住几天……

白袍男、女　轻松轻松。

老　陶　（爆炸开来）袁老板！春花！我在你们两个的家住下来，

我能轻松吗？

白袍男子　走吧！

白袍男、女拉着老陶往台下去。

老　陶　（叫）春花……！

白袍女子　（边拉老陶下）忘掉春花！

老　陶　（哀声大叫）袁老板……

白袍男子　（边拉老陶下）忘掉袁老板！

老　陶　（还不死心）这是什么地方？

白袍男、女　（齐声）桃花源。

老　陶　“桃花源”？！……

三人下，灯光变化。

第十场

灯光亮。顺子手里拿着一根缠着布条的杆子，得意地站在舞台前缘，几次甩动都没能把布条从杆子上甩开。饰“袁老板”的演员上。

顺　子　你来得正好，快帮帮忙。

饰“袁老板”的演员帮忙顺子把布条从杆子上解开，上面写着“时间愉悦地过去了”。

怎么样？不错吧？跑起来更漂亮。你跑跑看……

饰“袁老板”的演员　（刚想转身跑）我跑？

顺　子　我跑我跑。

顺子跑。飞扬的布条穿过舞台，轻快的笛声起，灯暗。

灯光亮起。白袍男、女舞上，手持捕蝶网，姿态优美，往水井挥动网子，已经换上了白袍、惬意微笑的老陶从翼幕后面出现，手里拿着很小的一个网子。老陶已经变了一个人，没有愤怒、焦虑，快乐地挥动网子，跟着舞动。灯光暗。

灯光立刻又亮。三人在舞台上的位置瞬间完全变了。三个人扑蝴蝶，到处舞动。灯光暗。

音乐转变为柔和而优美。灯光又亮。三人都蒙上眼睛慢动作捉迷藏，三人表情愉悦。画面中《暗恋》导演和导演助理站在后方，手插着腰瞪着。三人皆未察觉到外人的侵入。灯光暗。

灯光立刻又亮。画面中又多了《暗恋》中饰“江滨柳”和“云之凡”的演员各站左右，《桃花源》组三人继续蒙着眼，快乐地玩捉迷藏。

灯光暗。

灯光立刻又亮。《暗恋》的人到齐，充满舞台，同时陌生女子也在台上。烟雾、笛声如前，《桃花源》组三人排成一排，手拉着手，蒙着面站在舞台的正中央，陶醉的表情。三人各自将蒙眼的手绢拉开，慢动作地微笑；齐步回颅望着桃花林山水画，只见后头站了一排《暗恋》剧组。三人大惊，灯光突然大亮，笛声的录音带也突然停止。

《暗恋》导演　我们非要把事情解决不可！

饰“袁老板”的演员　怎么解决？没有见过这种事情！

饰“老陶”的演员　把人吓一大跳！

所有人的情绪已经到爆炸点。

饰“云之凡”的演员　慢慢说……这件事对我们导演很重要！

饰“袁老板”的演员　难道这件事对我们不重要吗？

饰“云之凡”的演员　（耐着性子）我们排了一天了，一直在受到干扰……

饰“袁老板”的演员　受到干扰不是我们的问题哎！你们去找管理员嘛！有没有人去找？

饰“老陶”的演员　有。

饰“袁老板”的演员　谁？

饰“老陶”的演员　顺子。

饰“袁老板”的演员　完了。

饰“江滨柳”的演员　能不能商量一下啊……

饰“袁老板”的演员　我们现在没得商量。我现在是内忧外患！我好好的一出喜剧给你们搞得乌烟瘴气！

《暗恋》导演 老弟，你不说，我还不好意思说！我看你的喜剧我很伤心！我很崇拜陶渊明，你怎么可以这么糟蹋他？

饰“江滨柳”的演员 （对导演）好了，好了，你别讲了……

饰“袁老板”的演员 你不说我也不说……我看你的悲剧我很想笑！

《暗恋》导演 什么话？

饰“袁老板”的演员 什么话？一个快要死掉的病人从床上爬下来嘴里哼着歌跑去荡秋千！什么玩意儿？还有，我问你：“山茶花”怎么演？你演那朵山茶花给我看看好不好？你怎么不演呢？

《暗恋》导演 哎！他看过戏没有？低俗，你低俗！……

饰“袁老板”的演员 （对《暗恋》导演）高雅，高雅！艺术的殿堂！……

饰“云之凡”的演员 （打断）不要吵了，（对饰“袁老板”的演员）商量一下该怎么办嘛！

饰“袁老板”的演员 我也不知道！都没时间了……

饰“云之凡”的演员 我们也没时间了。

陌生女子 （冒出来）大家都没有时间了！

饰“袁老板”的演员 我没有办法！

陌生女子 （对饰“袁老板”的演员）那你要想办法！你要想办法！你要替我想办法！

饰“袁老板”的演员 （不经意地对陌生女子）你先不要急。（对众人）这样好不好？我们把舞台分成两半。舞台的这一半，（指左边）我们排演，另一半，你们看怎么办就怎么办！

《暗恋》导演 什么？一半一半？我没听说过！

饰“袁老板”的演员 那我也是没办法了！

饰“云之凡”的演员 （对导演）导演，就这样吧！

导演助理 上道具！

饰“老陶”的演员 一半一半怎么演？

饰“袁老板”的演员 将就一下，将就一下！

饰“老陶”的演员 那我就只演一半！

饰“袁老板”的演员 你得演全部，全部！拜托拜托！

所有人都开始行动。

《暗恋》导演 （问助理）哎，门怎么又没了？

导演助理 老师，我刚才忘记报告了，门……不见了。

《暗恋》导演 什么叫不见了？

导演助理 就是……不见了。

《暗恋》导演 我不管，你给找个门！

导演助理 是，老师，我会努力的。

导演助理下。

饰“春花”的演员 （手上拿着手机）那待会儿我们从哪里开始呀？

饰“袁老板”的演员 （想）“桃花源的河边”。

饰“春花”的演员 （对手机）“桃花源河边”，快了……

饰“袁老板”的演员 你能不能不在剧场打电话呀？挂了，你挂了。

饰“春花”的演员 挂了！（继续说）喂，刚才我们说到哪儿了……

顺子用黄色胶带在地上当分界线。《暗恋》导演和饰“袁老板”的演员摇头。顺子向二人指上方，然后用手指挥吊杆人员把“桃花源”布景中垂下来的花絮在空中往中间赶，然后停。顺子得意地对观众敬礼。两人瞪顺子，一起叹气、离开。

所有人下，剩陌生女子一人。她看着道具井，趴在井边。

陌生女子 （爬上井，自语）刘子骥……刘子骥……

饰“江太太”的演员瞪着陌生女子。

饰“江太太”的演员 喂！喂！（停顿）超过了哦！

饰“江太太”的演员把井推回《桃花源》组那一半舞台。陌生女子跟着水井一起移动。饰“江滨柳”的演员躺到病床上。陌生女子黯然离去。

导演助理紧张地把《暗恋》的两个街灯搬上来，放在病房门的位置，暂时代替门。

两人下，灯光变化。

第十一场

四〇年代上海流行歌曲的声音起。压缩在右舞台的是《暗恋》病房道具，病床、点滴架、矮柜、轮椅、椅子等。投影出现在"桃花源"布幕上。绘景师仍然努力在画满背景上那空缺的一块。

老年的江滨柳躺在病床上，静听着周璇老歌。

护士以一贯的职业忙碌步伐从代表病房门的街灯中间进来。

护　士　你醒了？（听见歌曲）怎么又在听这首歌？我跟你讲过多少次，不要听这首歌！每次听了心情就不好。关掉好了！

江滨柳　不要！这歌好听。

护　士　有什么好听？我听了那么多遍还不知道她在唱什么！你看你，每一次听这首歌你就这个样子！（骂）你不能老想那一件事情。你算算看，从你登报那一天起，都已经……

护士扳着手指头算，不小心踢到还没有搬走、一直在右下舞台而现在越界的《桃花源》组石块道具。护士一脚把石块踢过去到《桃花源》组一边。

……五天了。你还在等她？我看不必了！第一天云小姐没有来，到第二天我就知道她铁定是不会来的。再说，云小姐还在不在这个世界上都不知道，你干吗这样？

江滨柳眼光注视遥远的方向。护士望他一眼，心中又不忍。老陶上。

对不起，我不是那个意思，我是说……说不定云小姐真的来的话，事情反而会更麻烦，因为你可能更难过，对不对？（江滨柳不语）那还不如像现在这样，安安静静地过日子多好。

江太太拿着零钱包进，和老陶相撞。同时《桃花源》组的人穿着白袍古装往台上来，开始布置舞台的左半。

江太太 （边说《暗恋》的台词，但注意力却被《桃花源》那一半的活动牵走，看白袍女子分心）你们这个医院也真是的！天天催着我去缴钱，我们病人躺在这儿又不会跑掉……我刚才去缴钱，那个小姐又说要下班了要结账了，又要我明天去缴……

白袍女子搬动石头到正确的位置，接着移动《暗恋》的椅子。

（回到台词）我每天就在这个医院里……（不自在地）走来走去，走来走去。

饰“春花”的演员 （对饰“老陶”的演员）来吧！

江太太 （对护士）王小姐，我不是说你，我是说……（望《桃花源》组）你们这个医院……好奇怪哟！

《桃花源》组已开始进入表演的情绪。白袍女子坐右边道具石头上，老陶仍着白袍在石头前漫步，望着眼前假想的河景。老陶脸部表情极为平静，似乎是在桃花源住久了，换上了白袍，和武陵的老陶判若两人。

老　陶 （《桃花源》剧的台词）这地方真好！……

桃花片开始落下。江滨柳努力抓着床边的轮椅，但抓不到。

江太太　（对江滨柳）你要下来你就说嘛！

江太太和护士赶到床边，一同将江滨柳扶上轮椅；江太太推着轮椅往台前走，但一直被空中落下的桃花片分心。

老　陶　“芳草鲜美！”……

江滨柳　（对江太太）这里没你的事，你回去吧！

江太太　我回去干什么？我留在这里陪你嘛。

江太太推的轮椅撞上《桃花源》的道具石头，白袍女子被撞开成狗吃屎的姿态，江滨柳整个人趴在石头上。

白袍女子　搞什么？！

江太太　对不起。

老　陶　（《桃花源》词）……“落英缤纷”。

江太太、江滨柳拂着身上、床上不胜其扰的桃花片。

老　陶　（叹气）唉！

江太太　唉！

江滨柳　唉！

白袍女子　干吗叹气？这里不是很好吗？

《暗恋》只有重来一遍。江滨柳又回床上，江太太出门。

老　陶　这儿是很好，但是我在这儿并没有得到我真正想得到的。

护　士　从哪里开始？

《暗恋》导演　从关录音机开始。

护士按下录音机，却出现《桃花源》的音乐。《暗恋》组又受挫。

白袍女子 （对老陶）怎么了，来我们这里这么久了，没看你不高兴过！

护　士 （无奈对江滨柳）你看你，每一次听这首歌，你就这个样子！

老　陶 （对白袍女子）我想家！

护　士 （对江滨柳）你不能老想那一件事情。

白袍女子 （对老陶）你已经来了这么久了，回去干吗？

护　士 （对江滨柳）你算算看，从你登报那天起，到现在都已经……（扳手指头）

老　陶 （对白袍女子）多久了？

护　士 （对江滨柳）……五天了！

白袍女子 （对老陶）好久了！

两组的人停顿，互看一眼。

护　士 （对江滨柳）你还在等她？我看不必了！

老　陶 （对白袍女子）我怕她还在等我。

护士和老陶互看一眼。

白袍女子 （对老陶）她不一定想来！

护　士 （对江滨柳）……第一天云小姐没有来，我就知道她铁定是不会来的。

老　陶 （对白袍女子）不！她会来！

两组的人停顿，老陶把白袍女子注意力转回来。

白袍女子 （继续，对老陶）她可能把你给忘了！

护　士 （对江滨柳）……再说，云小姐还在不在这个世上都不知道，你干吗这样？

老　陶 （对白袍女子）你怎么可以这么讲？

护士、白袍女子 （巧合地同时说出）对不起……我不是那个意……思！

台上全愣。

左舞台烟雾喷出，白袍男子带着两个捕蝶网踱步从左上，微笑着，继续演《桃花源》的戏。《暗恋》组又泄气地四处站着。

白袍男子 哪一个意思呀？

老　陶 大哥！

白袍男子 （温柔地）你们在说什么呀？

白袍男子将其中一个捕蝶网给白袍女子。

白袍女子 他以为他已经可以“那个”了，其实如果他真的可以“那个”的话，才可能会那个什么嘛！

白袍男子 （听明白了）哦……！不要回去吧！

老陶入戏，不小心走过分界线。

过去那边干什么？（发现老陶过线）你现在过去会干扰到他们的生活！

老陶向《暗恋》组致歉，退回《桃花源》边。护士重新起台词。

护　士 （对江滨柳）我是说，说不定云小姐真的来的话，事情反而会更麻烦。

老　陶　（对白袍男子）这话怎么说？

护　士　（对江滨柳）因为你可能更难过！……

老　陶　（答护士的话）不会！

白袍男子一把将老陶推过界。

白袍男子　接谁词儿啊？

饰“老陶”的演员向白袍男子表示无奈。

白袍女子　（打白袍男子）你打他干什么？

白袍男子　你打我干什么！

老　陶　我不能受干扰！

《桃花源》组三人在一边运气、调气后，安静地讨论台词。

护　士　（边瞄《桃花源》组）……还不如像现在这样，安安静静地过日子多好。

《桃花源》组三人　（齐声）认真！呵！呵！呵！

顺子上敲锣，一声。江太太重新进来，被《桃花源》组声音吓到。《桃花源》组三人重组，拿捕蝶网在左方走步子。

江太太　你们这医院也真是的！天天催着我去缴钱，我们病人躺在这儿，又不会跑掉，我刚才去缴钱，那个小姐又说要下班了要结账了，又要我明天去缴……（看着左方走步子的《桃花源》组）我每天就在这个医院里走来走去，走来走去……

江太太回神，白袍男子的捕蝶网把她整个人套住。

（骂白袍男子）套什么套啊，套你妈个头啦，（上海话）去吃屎！（看护士，道歉）王小姐，我不是说你噢！我是说，这个地方，（又瞄《桃花源》组）好奇怪哪！（崩溃）

老　陶　我想回去看看，我就死心了！

江滨柳如前，伸手去够轮椅，但轮椅这次位置更远了，他只能伸手。

白袍男子　不要回去了！你回去想得到什么？我想你是……（转身，见江滨柳欲够轮椅）你是……（顺嘴说）你抓不到！

江滨柳摔下床。白袍男子发现自己接错台词，立即给自己一嘴巴子。江太太和护士醒过来。二人赶忙去扶江滨柳上轮椅。

江太太　（对江滨柳）你要下来，你就说嘛！

老　陶　（接回自己的戏，越线，往右舞台走）我还能说什么？

白袍男子　（对老陶）没有事，最好不要回去！

江滨柳　（对江太太）没你的事，你回去吧！

江太太　我回去干什么，我留在这里陪陪你嘛。

老　陶　（对白袍男子）我想回去看看我就死心了！

江滨柳　（词是对江太太，但面对老陶）没你的事，你回去！

轮椅已经停在老陶和白袍男子中间。

白袍男子　（对老陶，但边瞄着轮椅上的江滨柳）回去会惹事，不要回去！

江滨柳　（对江太太，但边瞄着老陶）你回去吧！

江太太、老陶互瞄。

江太太　我……

江太太将轮椅往后推。

老　陶　我……

白袍男子　（语气由柔和改为凶悍，半针对江滨柳）你不要回去！

江太太将轮椅往前推。

江滨柳　（对白袍男子）回去吧！

白袍男子　回去就回不来了！

白袍男子和江滨柳开始互相对骂，其他人在旁不知如何是好。

江滨柳　（指白袍男子）我命令你快回去吧！

江太太将轮椅往后推。

白袍男子　（指江滨柳的鼻子）我警告你不许回去！

江滨柳　（站起身）你他妈浑蛋！给我赶快滚回去！

白袍男子　（大喊，站到石头上）我看他妈的谁敢动！

江滨柳　（站到石头上）我去你妈的！

《暗恋》导演　（从侧台狂吼，声音）停……！！

饰“老陶”的演员　不要再停了！

灯光大亮。《暗恋》导演走上台来。全体呆站着。沉默许久。

《暗恋》导演　（对白袍男子）袁老板……

饰“袁老板”的演员　我不叫“袁老板”！

《暗恋》导演　（更正）大老板！你们到底还有几场戏？

饰“袁老板”的演员　是这样……他还要从桃花源回到武陵。就剩这么一场戏！

《暗恋》导演　好！我们让！你们赶快。

饰“护士”的演员　你就这样让啦？

《暗恋》导演　不让我们能排吗？

饰“袁老板”的演员　（欣喜地）所有人动起来！顺子，上道具……

两组人上上下下换景。陌生女子上，站在《暗恋》轮椅前。饰“春花”的演员到处找道具。

饰“春花”的演员　欸，孩子呢？孩子找不到了？？

饰“春花”的演员下。

饰“老陶”的演员　（对导演助理）小姐，其实在这一场结束之后还有一场，就是老陶要再回到桃花源，但是他迷路了，他找不到自己做的记号了，所以……

导演助理不理他，下。

第十二场

武陵，老陶和春花的家，摆设和第四场一样，但是时间过了好几年，内部破了很多，并且高桌上摆着供品和老陶的牌位。

春花一人在桌旁叠一堆尿布。她脸脏脏的，表情臭臭的，衣服也破旧了，整个人失去了第四场的光彩。

春　花　我苦啊！天天叠尿布，这是什么日子？天天睡大觉，什么男人？一晚不回家，一天不起床，这什么家？什么什么绵延不绝的子孙？什么什么美丽的田园？这根本不是尿布！这个也不是尿布！

春花把尿布摔到地上，突然疯狂地跳上去，踩着揉着，扫堂腿。

我踩死你！踩死你！踩死你！（唱）“我的心里一把火……”

袁老板从房间晃出来，身上披着已经破旧不堪的棉被，手拿酒瓶，脚步不稳定，一直想打开手上的酒瓶，但打不开。

袁老板　“……我左开右开我打不开！”（打不开酒瓶）

春　花　昨晚上哪儿去了？

袁老板　（用力拔瓶盖）手气不好，不要问！

春　花　你又去鬼混！

袁老板　我的事，你不要问！

春　花　不要问？那我们住在一起干什么？

袁老板 不要管……我有我的法子！

春　花 法子？我看你好歹找个事做！

袁老板 （人格尊严被打击似的）我找事？我这种人去帮人家做事？我说过多少次了……（站起来，以一贯的英雄式文艺腔，欲说第四场雄壮的台词）我……有一个伟大的……

春花用力将尿布甩到他头上，袁老板闪躲。

没打着！

春花又用尿布丢他，打着。

哎哟喂，打着了。而且很疼！（坐下）为什么我在最那个……的时候，你就偏偏给我来一个……这个！

春　花 你也不想想看，你要不是那个什么，我们今天怎么会成了这个什么……？

袁老板 我哪个？我看是你心里还想着以前的那个！

春　花 哪一个？

袁老板 （指灵位）喏！

春　花 喏？！“那个”啊？你不是说他早就（用手比）“那个”了吗？

袁老板 是！是！他是已经“那个”了没错，那你为什么每天还给他烧那个什么的？好像他在你心里头比我还那个！那在你心里我算哪个呢？

春　花 你还敢说！当年他还不是被你……害“那个”的！（对着灵位上香、拜拜，模糊地念经）南无……南无……吃饼，吃饼……

袁老板看了直跺脚、叹气。

老陶一袭白长袍，从入口晃上来，开心地回家了。他手中拿着桨，背后插着捕蝶网，四处张望。袁老板和春花吵得热烈，没注意到。老陶陶醉在归乡的气氛中，也没看到他们。

袁老板　（语无伦次地咒骂）啃呀！

春　花　你要是真的那么那个的话！我现在就把他那个掉好了！（走去把纸钱狠狠地摔在地上）你高兴了吧？得意了？满意了吧？

袁老板　没有用！你把他“那个”了也没有用！我知道他还在你心里“那个”来“那个”去！有时候我甚至于可以具体感觉到他的冤魂就在这屋子里晃过来，晃过去，晃过来，晃过……

袁老板刚好指到老陶，惊讶。

老　陶　（温柔、真诚地打招呼）春花、袁老板！我回来啦！

二人认定见鬼了。

袁老板、春花　（齐声）他回来啦～～！！

二人紧抱成一团。老陶往二人靠近，二人便往别处逃，他说话都慢慢地、平和地、甚至不正常地温柔。

春　花　你回来干什么？

老　陶　（亲切地）春花！我回来就是要带你走！

袁老板、春花　完啦！！

老陶不明白两人反应。

老　陶　春花，我可能没说清楚，我现在给你解释一下……（将桨放下）

袁老板　（边向老陶拜拜边说）注意啊，他是回来交代后事的！

老　陶　前几天，我不是从这里往上游打渔去吗？

春　花　前几天？

袁老板　阴间一天，人间一年！

老　陶　（专心回忆）划着划着就碰到一个好急的急流……接着又碰到一个好旋的漩涡……

袁老板　他就是在那儿完蛋的！（全身一阵哆嗦）

老　陶　……这个时候我的小船就要舍弃了！

袁老板　（认命地感叹）要舍！要舍！什么都带不走了！

老　陶　然后我就看到一片粉红色……

袁老板　一般人嗝屁后是先看到颜色。

老　陶　……然后又钻进一个好小好黑的洞……

袁老板　（对春花）黑黑的！

春　花　好可怕……

老　陶　挤过去一看……豁然开朗！

袁老板　解脱了！

老　陶　一切烦恼都没了！

袁老板 （小心翼翼地问老陶）那是……另外一个世界？

老　陶 （思考，诚恳地作答）可以说那是另外一个世界。

袁老板 你……一定要带她（推春花）去？

春花吓瘫。

老　陶 我回来的目的就是要带春花（春花发抖）走！

袁老板默默要离开。

怎么？袁老板，还是您也想一块儿走？

袁老板 （被发现）我就知道他放不过我！

老　陶 没关系，我们可以一起去，那里地方很大……

袁老板 我知道……有十八层！有刀山、有油锅。

老　陶 什么？

袁老板、春花 阴曹地府。

老　陶 你……你们以为我……那个了？我没有。

老陶走向二人，二人害怕，春花向老陶丢纸钱。

袁老板 （吩咐春花）拿钱砸他！拿钱砸他！（念咒）"急急如律令！……急急如律令！……定！"他妈的没用！

袁老板、春花 （齐声）啊……！！

二人昏过去。

老　陶 袁老板？春花？你们怎么了？

袁老板、春花 （抬头）我们死了。（又倒下去）

老　陶 （明白过来了）起来！我没有"那个"啦！（以身证明，

拉二人起）春花你看！你看！你摸得着我！你们可以碰碰我，咬咬我，没关系的。

两人对老陶又掐、又捏，又打。

嗷！啊！！你看，我会疼啊。你们看，我没有“那个”！

春　花　老陶，你没有“那个”？！

老　陶　没有！

春　花　那你这些年消失到哪里去了？

老　陶　这些年？我不是只出去了十天半个月吗？

老陶去看灵位，走过去看。

袁老板　（对春花）他没有那个（比死翘翘），他是那个（比神经病）了……

春　花　喔！

老　陶　我的牌位……（看看屋子，突然明白）太妙了！太妙了！就像一场梦一样！

袁老板、春花二人互望一眼。

袁老板　（试探性地）老陶，你到底是去了个什么地方？

老　陶　那个地方真好！里面有很多人，多少男女老幼多少年都没有出来过！

袁老板　他们是被关在里面的。

春　花　（对袁老板）他当年受了太大的刺激！都是你！都是你！

袁老板　都是我？都是你！

老　陶　什么？

袁老板、春花　（同时改变态度对老陶微笑）嘘……

袁老板　没事！我说那一定是一个好地方啊！

老　陶　（回味）好地方！对了，那里面还有一对夫妻长得活像你们两人！大哥！大嫂！你们对我实在是太好了……（哭）

春　花　好可怜！（走向老陶）老陶，（指老陶的衣饰）那你这身打扮是……？

老　陶　（把白袍一掀，两手一抱）我一到了那儿，他们就给我换上了。

袁老板　（对春花）那是病号服！你没看他是绑着吗，现在挣脱了更危险！

春　花　（春花把袁老板甩开，摸着老陶的脸）那里的人……都像你这个样子？

老　陶　对！（想一想）不！……我必须承认，那儿的人境界比我高多了。

袁老板　听到没有？他是属于比较轻微的，还有比他更严重的。

春　花　越严重的肯定拿的网越大！

袁老板　你管他大不大！（应和地）老陶，你们那地方叫什么名字啊？

老　陶　桃花源！

袁老板　（对老陶）哎呀！好名字呀！（小声对春花）疯人院起这

个名字真他妈缺德啊！

老　陶　你知道吗？那里的人“黄发垂髫，并怡然自乐”。

袁老板、春花　自乐自乐。

老　陶　他们都从来没出来过，搞不清楚外面的事。跟他们说武陵，他们都没听过。

袁老板　哎！没关系关系！

老　陶　他们连现在是什么朝代都不知道：（唱京剧）正所谓“问今世何世？乃不知有汉，无论魏啊晋”。（花脸唱法）哈哈哈……

春　花　（学老陶）哈哈哈……（可怜地）他已经开始唱起大戏了！

老　陶　（花脸唱法）那真是太幸福了！

袁老板　（与春花边笑边咬牙讲话）真是太严重了！……

老　陶　二位！

老陶拍拍春花和袁老板的肩，把二人吓了一大跳。

（指桌子方向）咱们坐下叙叙旧！

袁老板　叙你个妹……（发现自己说错话）是！您怎么说怎么是！

老　陶　请。

袁老板　（对春花）疯子，杀人不偿命，不要激怒他！应付他！应付他！

老　陶　哦！回家真好！（停顿）袁老板，这段时间我不在家，您是……常常来我们家……玩？

袁老板　唉，我玩遍了！

春花立刻丢尿布砸他。

我是说……我……路过！

春花再丢尿布砸他。

（文艺腔，起身）我是在人生的旅途中……暂时路过！（马上缩脖子准备再挨打）

春　花　（火大一拍桌子，袁老板缩得更小）路过？！你终于说出来了！路过？！你当我这里是开客栈的啊？

袁老板　什么客栈啊！为什么我每次说话，你都要顶我，从来不给我留面子……

二人居然在老陶面前大吵起来。

春　花　为什么要给你留面子？

袁老板　为什么每次当着外人的面都……

春　花　（并未放松）什么叫外人的面？

袁老板　（完全不自觉）这是谁？这是谁？

春　花　（不自觉地跟着吵）这是谁？这是谁？

袁老板、春花　（同时）这是谁？

两人惊觉地刹住，不安地看着老陶。老陶倒是镇静。

老　陶　（挥着捕蝶网）放轻松，放轻松……

春　花　（挥掉老陶的捕蝶网）放你妈个屁呀！

停顿。老陶温和地寻找恰当的措辞，但掩不住内心的挣扎。

老　陶　我想……离开这么久，事情会有些变化这都是很自然的，你们不必多说，我已经看出来，你们已经在一起……（说不出口，用手比在一起的样子）嗯哼嗯哼！

袁老板、春花　（齐声抢答）……聊天！

老　陶　不，你们不用避讳，我看得出来，你们已经在一块儿……（双手相碰）咘唧咘唧！

袁老板、春花　（齐声抢答）……工作！

老　陶　不是！我是说我已经看出来，你们在一块儿……（双手比亲嘴的动作）姆啊姆啊！

袁老板、春花　（齐声抢答）……吃饭！！

老　陶　不是！在一块儿……（双手合十放在耳朵旁，做睡觉状）嘿咻嘿咻！

袁老板、春花　（齐声抢答）……想事情！

老　陶　（已经笑不出来）很好，没想到你们俩在一块儿（所有动作的综合）"嘿咻嘿咻"的时候，还能（用手比想事情的样子）想事情！（顿，比赞）真是高啊！

袁老板　（乱找客套词）托福……

老　陶　要我脑子都糊涂了！

沉默。袁老板和春花低着头，老陶望着两人。

我这个人哪……

袁老板、春花　（齐声）啊？

老　陶　（泄气）……是不大会说话。

袁老板　他又来了！

老　陶　（开始结巴）在这一长段时间的光阴里……

袁老板　（突然打断）"时间"就是"光阴"！！

春花立即丢尿布到袁老板头上。

老　陶　……在这一长段时间的光阴里，我很快乐、很愉快……

袁老板欲指正，被春花制止。

……很高兴、很开心。

袁老板欲指正，被春花制止。袁老板受不了，不停跺脚。

可是，我心里还是想念着你春花。（对春花）对，就是你，春花。本来这一次回来，是希望能带走你，春花……

袁老板　（终于忍不住了）好了！我们早就知道她是春花了！干吗还"你，春花"、"你，春花"、"你，春花"？！

春花愤怒地举起椅子。

老　陶　（阻止春花）没关系，没关系，没关系，我们三个：我、老陶，你、春花，他、袁老板……

春花慢慢将椅子放下。

袁老板　（控制不了地大喊）好了，我们就是我们！大家早就知道了！干吗你，你啊、我啊、他啊，你、我……

春花一手抄起香炉，香灰向袁老板照头扑来。

……他！

老　陶　没关系，我们三个，我、老陶，你、春花，他、袁老板，（袁老板痛苦地反应）我们三个还是可以一道去，（袁老板用棉被将自己盖住）因为那个地方实在太好了，太好了，太美好了。（袁老板跪到地上）到了那里，再也不会有这样的情况。那地方的每个人都不再为自己，而是为别人着想。每一个人，看起来都是那么地平静，那么地祥和、平和……（袁老板在地上打滚）每一个声音传到耳朵里，都好像是从遥远的、远方的、远远的地方传来的，美丽的、悦耳的、动听的、好听的音乐 and music。

袁老板整个人瘫在地上。婴儿哭泣声，三人大愣，哭泣声渐转为焦躁的号啕。

春　花　孩子哭了！（立刻往右方卧室跑去）

袁老板　（对着房里的孩子，极为不耐烦）听到啦！你哭就哭，哇就哇，哇一声就够了，干吗哇哇哇哇哇哇、哇哇哇哇哇？人生就是这样不断重复是不是？你哇完我哇！我哇完他……

春花手上抱着孩子出来，不住地哄着、摇着。

（突然发怒）你把他抱出来干什么？

春　花　孩子哭了不抱他行吗？

袁老板　孩子怎么这么烦呢？给他两巴掌嘛！孩子哭了给他吃两口奶嘛！

春　花　看这个样子，他不是要吃奶！

袁老板　（大怒）怎么不是？小孩哭不是要吃奶就是要拉屎！难不成他还要打嗝？嗝嗝嗝！他会吗？他会吗？！

春　花　（更怒）你懂什么小孩？

袁老板　我不懂小孩？我从小孩长大的，我不懂小孩？

春　花　他妈的，你懂个屁？他妈的你根本就是个七尺的屁！

袁老板　好，你终于讲出来了！（对老陶）老陶，你也听到了，你帮我评评理，我老婆说我是个七尺的屁！

老　陶　（拍拍袁老板）放轻松，放轻松……

袁老板　（推开老陶）手不要乱摸。（对春花）你终于说出来了，现在我是个屁了，是不是？叫你不要生，你非要生，你们两个把我锁在这里，（哀号）让我动不了，动不了……！

春　花　喔！现在你说孩子是我要生的？你嫌弃孩子，是吗？那我把他给摔了！

袁老板　摔！！你敢摔我的孩子？有种你就摔摔看！

春　花　你以为我不敢摔！

袁老板　你摔你摔！

春　花　我现在就摔给你看！

孩子被春花抛到高空中。三人疯狂地齐声大吼，像第四场一样地拍打自己。

三　人　（齐声大吼）啊！！！——

孩子落到老陶怀里。三人齐停。孩子也不哭了。春花、袁老板把老陶当作歹徒似的，春花拿起桌上的菜刀，自卫。

袁老板　（像警员劝歹徒一样）老陶，冷静！不要害一个无辜的生命！

春　花　（乞求）老陶，我求求你，把孩子还给我！

老陶把手上的孩子捧给春花，但春花慌张到看不见。

袁老板　来人啊！有个疯子把春花的孩子抢走了！

春　花　老陶，把孩子还给我！我就一个孩子！

袁老板　老陶，我知道你龌龊的心里在想什么！人在做，天在看！

袁老板、春花　老天爷开开眼啊！

老陶怎么还都还不了孩子给二人，只好把孩子放在桌上，站开。孩子又开始大哭。

二人发现桌上的孩子。春花把菜刀放下，把小孩抱起。老陶去拿酒瓶，依然打不开。

袁老板　（对春花）疯子走开了，快把孩子抱起来！

袁老板、春花　（抱孩子，齐声）爸爸在这儿！妈妈在这儿！（看老陶在开酒瓶）哎哟……变态。

袁老板　变态！

春　花　人渣！

袁老板　败类！疯子，滚出去！

春　花　神经病，滚出去！

袁老板 社会就是因为有你这种败类才不得安宁！（对春花）好！刚刚是你说要摔我的孩子？要摔我来摔！这是我的种！

春　花 没我你有种有个屁用。

袁老板 我力气比你大，摔得比你狠！……

春　花 你力气大就去上游打渔……

袁老板 好，那我死好了，我死我死我死。

二人吵下。老陶呆看四周，慢慢地捡起地上的桨，往外移走，站在门口，向内看，再向外，仰天长叹。

老　陶 嘿……嘿……哟！！

老陶拿起桨，敲地，音乐声出，动身往外走，顺子也跟着下台。灯光变化。

第十三场

灯光变化，台上两组正在搬道具，老陶划船穿来穿去。

老　陶　（唱）嘿……浮标呢？留下的记号怎么找不到？

顺子上，看着左侧台的方向。

顺　子　姐夫！管理剧场的人来了！

管理员手上一大串钥匙，权威十足地上来。

管理员　时间到了！收了！收了！

《暗恋》导演　（急了）哎！我的戏还没排完呢！

管理员　奇怪了！你的戏没排完，干我什么事啊？（看表）都这么晚了！

《暗恋》导演　搞什么？你们怎么会让两个剧团在这儿排戏啊？

管理员　这哪有两个剧团嘛？

《暗恋》导演　哪！你看！（指向《桃花源》组人员）

管理员几分惊讶地看着饰“袁老板”的演员。

管理员　你怎么会在这里？

饰“袁老板”的演员　你叫我今天来排戏的！你知不知道我今天怎么排的戏？

管理员　我管你今天排的什么戏！

《暗恋》导演　你怎么可以这样说话呢？

管理员 我在这里这么久了，怎么可能让两个剧团同时在这儿排戏呢？

导演助理 这不是摆明了两个剧团吗？

管理员 不管了，有什么问题，你们明天早上八点钟来找杨小姐好了。

饰“江滨柳”的演员 我们明天早上八点钟来找杨小姐干什么呀？

管理员 不管了！收啦！收啦！（转身要走）

饰“江太太”的演员 （恳求）可是，你知道，这出戏对我们导演来说，是很重要的。

管理员 （指着自己的手表）这对我也很重要！（欲走）

饰“江太太”的演员 对对对，可是今天我们排了一整天，后天就要演出了，到现在还没有排完过！

饰“江滨柳”的演员 也只剩一场戏了嘛！

《暗恋》导演 我拜托你，我受了一天的干扰，你再多给我几分钟，让我把它排完，好不好？

陌生女子 你就可怜可怜他们嘛，他们好可怜喔。

管理员 （想一想）到底要多久？

《暗恋》导演 就十分钟！

饰“袁老板”的演员 对嘛，差不了你几分钟嘛！

管理员 可是我还要锁门咧！

饰“袁老板”的演员 （为《暗恋》争取时间）锁门一样锁嘛！

管理员 真的十分钟？

《暗恋》导演 （鞠躬）是！

护　士 谢谢，谢谢！

管理员 （站在原地嘀咕）十分钟，十分钟，一辈子都在等这十分钟！（往下）

《暗恋》导演 好了，我们赶快！

《桃花源》的人员开始收拾道具。

陌生女子看着经过眼前的管理员，突然用手指着他。

陌生女子 （突然大喊）不要动！！

众愣。陌生女子指着管理员。

（对管理员）刘子骥，你别想跑！

管理员 什么？

陌生女子 刘子骥，你样子变很多啰。趁今天大家都在，我们把话说清楚！

管理员 这谁啊？是你们哪个剧团的？

两个剧团互相指对方，这才发现两团的人都不认识这个女人。

陌生女子 刘子骥！你不认我没关系，可是你不能不认你自己！是你说好的，我们要开开心心地一起去！我知道你计划要去，可是你找不到的。然后你之后，就没有人会去了。

停顿。

管理员 有什么问题明天早上八点钟来找杨小姐好了。

管理员往下。《暗恋》导演安慰陌生女子。

绘景师完成了后方布幕的山水画，收拾着工具。

绘景师 画好了。

大家鼓掌。

饰“袁老板”的演员 你画好了？我戏也排完了。

饰“江滨柳”的演员 枕头呢？

饰“春花”的演员夹着枕头从饰“江滨柳”的演员跟前走过，将枕头递给饰“江滨柳”的演员。

谢谢。

《暗恋》人员迅速就位检查道具。助理带着一扇门出现了，她将门放到正确的位置。

《暗恋》导演和助理下台，陌生女子静静地坐到左舞台后方角落阴影中。灯光渐暗。

第十四场

《暗恋》病房，《桃花源》画好的背景幕成为《暗恋》的背景。

江太太和护士服侍着江滨柳上轮椅坐好，推着往舞台前方假想窗户走，灯光渐亮。

江滨柳 这里没你的事，你回去吧！

江太太 我回去干什么？我留在这里陪陪你嘛。

江滨柳摇摇手，表示不用。

我帮你买了你最爱吃的凤梨酥，我给你拿来。

江滨柳又摇手，江太太停顿。江滨柳指床头的柜子。

江滨柳 美如，抽屉里……有一个信封是给你的。

江太太打开抽屉，拿出大信封袋，交给江，江戴上老花眼镜，取出信封内容。

（慢慢交代）这上面写得明明白白的。（指文档）打这个电话给陈律师，赶快把我们房子的名字过户到你的名字下面去。（换一份）这个单子是……

江太太 你现在讲这个干什么？

江滨柳 不是，你不懂！这一张你不知道，这是我的一张保险单，十五年到期，还差两年就满了。到时候凭这张单子你就可以领钱。

江太太站在旁边，默默不语。

（又翻开一张）这是我东北老家的地址……这是两张机票。等我走了你跟儿子就……把我带回去……

江太太抢过保险单和信封。《暗恋》导演不由自主地站在舞台后方，近看他自己剧本的高潮。导演助理跟在一旁。

江太太 你好好地养病，你说这些干什么？你这个人就是这个样子，把事情想得这么复杂。你只要安心好好养病，一切都会没事的。

江滨柳 这儿没你事，你就先回去吧。

江太太 我推你走走嘛。

江滨柳 你回去吧！让我一个人在这儿安安静静，你快去把该办的办了！

饰“老陶”的演员换上便装走上台来，本要穿越舞台，被戏吸引住，在右前方角落席地而坐。

江太太 （不理会江滨柳）我没有什么好办的，我来就是要陪你嘛。趁着现在还有点太阳，我推你去走走。

江太太推着轮椅又走，江滨柳强拉停，回身推开江太太双手。

江滨柳 你不要来，你不要来，谁都不要来，好不好？让我自己一个人安安静静地坐一坐，好不好？用不着人在这儿陪我！

江太太 你不要这样固执，你根本不会照顾自己，不要像小孩一样！你听我最后一次好不好！

江滨柳 （暴躁地）美如！你让我一个人静静行不行？

敲门声。停顿。

护士去开门。暮年的云之凡站在那里，穿着整齐，手里提着一袋礼盒。她老了，但仍然保有当年的一种光彩，她头发短了、白了。

云之凡 （轻声）请问……有没有一位……江滨柳先生？

护士回头望着尴尬的江先生、江太太。江滨柳呆望着云之凡。

护　士 江太太，我现在陪你去把药钱缴了吧！

江太太 他跟我说明天……我……（想一想）好。

江太太走去拿包包，无言地从云的身旁过去。护士、江太太从门下，江太太坐在一旁《桃花源》的石头上。

江滨柳和云之凡面对面。沉默。

云之凡 （打破沉默）我是看到报纸来的。

江滨柳 （指沙发）坐！

云之凡 我给你带了点水果。

云坐在椅子上，把礼盒放在地上。沉默。

你的身体是……

江滨柳 我不知道你一直在台北。

云之凡 我也不知道……

沉默。云之凡看到江滨柳身上的围巾。

这围巾是……？

江滨柳 （微笑）这些年天冷了，我一直披在身上。

沉默。

云之凡 你一直住在台北？

江滨柳 四九年年初就来了。我写信到昆明给你，都没有消息……

沉默。

云之凡 四九年……（慢慢回想）我重庆的大哥大嫂就决定把我带出来。我们从滇缅公路到泰国……经过河内到香港。过了两年我们就到台湾就住下来了。

沉默。

江滨柳 什么时候看到报纸的？

云之凡 啊？

江滨柳 什么时候看到报纸的？

云之凡 今（停顿）……登的那天就看到了。

沉默。

江滨柳 你身体还好？

云之凡 还好。去年动了一个手术。没什么，年纪大了。我前年做了外婆了。

江滨柳 我记得你留的两条辫子……

云之凡 结婚第二年就剪了。好久了。

沉默。

你住在台北什么地方？

江滨柳 一直住在景美。

云之凡 我本来住在永和，后来搬到天母。

江滨柳 我前几年搬到民生社区。

长沉默。

想不到，想不到，好大的上海，我们还能在一起，想不到……小小的台北把我们给难倒了。

沉默。云之凡看看手表。

云之凡 我该走了。我儿子还在下面等我。

云慢慢起身，往门口缓缓走去。开门，正要出去。

江滨柳 之凡……

云停住，背对着江。

这些年……你有没有想过我？

云一直在门口站着，终于感性地道出心中的感受。

云之凡 我写了好多信到上海去……好多信……

停顿。

后来我大哥说："不能再等了。（停顿）再等……就要老了。"

长沉默。

我先生人很好。他真的很好。

江默默地伸出手来。云望着江，然后慢慢走到江轮椅前面，轻轻地拉着江的手。两人手握得紧紧的。
云放开江的手，抬起头来。

（轻声地）我真的要走了。

云慢慢走出病房门，下。江在轮椅上，呆看前方。

门开，江太太上，回首望了一下门，上前安慰江，江竟是拒绝她的手，继续呆看前方。江太太无奈地站在江身旁。

江手伸向空中，江太太望着江的手，默默地拉住他，江把头倚在江太太的怀里。

门开，护士上，站在门口观看这生命中的小片段。

灯光渐暗。

第十五场

灯光渐亮。两组演员把道具撤下，分别往后门离开剧场。《暗恋》导演仍站在前一场戏的位置，低着头，陷入自己的回忆。导演助理依然随侍在旁。饰“老陶”的演员、陌生女子还坐在原位。

剧场管理员上。

管理员 你们还在干什么？好了，好了，我要关灯了，（对还在台上的众人）还不走？我真的要锁门了！有什么问题，你们明天早上八点钟来找杨小姐好了！

饰“老陶”的演员起身，见《暗恋》导演，跟他打招呼，《暗恋》导演像是梦醒一样，慢慢跟着饰“老陶”的演员离开剧场。导演助理跟在后头，下。

桃花片落下，管理员看一眼，觉得莫名其妙，下。

陌生女子起身，往舞台中央站着，往上撒手上的桃花片。

《桃花源》的大桃花布景仍然明亮地挂着，散发出神秘的力量。

大桃花布景突然掉下来，掉到地上，露出整个裸的剧场。

灯光渐暗。

剧终

注释

1　根据演出地点，应该把这地理名词改为当地类似的河流的名字。

2　根据演出地点而改变。

3　随着时事更正。

–《暗恋桃花源》世界首演 –

1986 年 3 月 3 日，台北南海路艺术馆
由表演工作坊制作、演出

–编剧、导演–

赖声川

–演出–

金士杰 饰 江滨柳 / 丁乃竺 饰 云之凡 / 金士会 饰 江太太 / 施心慧 饰 护士 / 管管 饰 《暗恋》导演 / 李立群 饰 老陶 / 刘静敏 饰 春花 / 顾宝明 饰 袁老板 / 陈玉慧 饰 陌生女子 / 游安顺 饰 顺子 / 苏妩玲 饰 剧场主管 / 张一成 饰 画家 / 汪惠龄 饰 老汪

舞台及灯光设计：聂光炎 / 服装及造型设计：靳萍萍 / 舞台监督：钟宝善 / 技术指导：张一成、周凯 / 舞台执行：汪惠龄 / 排演助理及即兴创作记录：施心慧 / 制作人：丁乃竺 / 执行制作：蓝大鹏

–《暗恋桃花源》1991 年版 –

1991 年 9 月 25 日，首演于台北两厅院戏剧院

由表演工作坊制作、演出

–编剧、导演–

赖声川

–演出–

金士杰 饰 江滨柳 / 林青霞 饰 云之凡（台北、香港）/ 萧艾 饰 云之凡（其他场次）/ 林丽卿 饰 江太太 / 陈立美 饰 护士 / 丁仲 饰 《暗恋》导演 / 李立群 饰 老陶 / 丁乃筝 饰 春花 / 顾宝明 饰 袁老板 / 刘亮佐 饰 顺子 / 李伟惠 饰 陌生女子 / 程健雄 饰 管理员 / 林丽钦 饰 画家

舞台及灯光设计：聂光炎 / 原创美术：陈朝宝 / 服装及造型设计：黄嘉纯 / 服装及造型设计顾问：张叔平 / 舞台监督及技术指导：刘培能 / 制作人：丁乃竺 / 执行制作：曾珍妮、杨惠如

－《暗恋桃花源》电影版－

1992 年 9 月 11 日，首映于台北中国大戏院
由表演工作坊电影公司与龙祥电影公司联合制作

－编剧、导演－

赖声川

－演出－

金士杰 饰 江滨柳 / 林青霞 饰 云之凡 / 林丽卿 饰 江太太 / 陈立美 饰 护士 / 丁仲 饰 《暗恋》导演 / 林如萍 饰 导演助理 / 李立群 饰 老陶 / 丁乃筝 饰 春花 / 顾宝明 饰 袁老板 / 刘亮佐 饰 顺子 / 李伟惠 饰 陌生女子 / 汪惠龄 饰 剧场管理员 / 林丽钦 饰 画家 / 石明玉 饰 米歇尔

摄影：杜可风 / 美术指导及服装设计：张叔平 / 原创音乐：板桥文夫、梅津和时 / 出品人：丁乃竺、王应祥 / 监制：丁乃竺、余淑 / 制片人：蓝大鹏

– 《暗恋桃花源》1999 年版 –

1999 年 9 月 4 日，首演于台北国父纪念馆
由表演工作坊制作、演出

–编剧、导演–

赖声川

–演出–

金士杰 饰 江滨柳 / 萧　艾 饰 云之凡 / 林丽卿 饰 江太太 / 梅若颖 饰 护士 / 赵沛明 饰 《暗恋》导演 / 赵自强 饰 老陶 / 丁乃筝 饰 春花、白袍女子 / 冯翊纲 饰 袁老板、白袍男子 / 蔡灿得 饰 神秘女子 / 李建常、刘亮佐 饰 顺子 / 谢东宁 饰 管理员 / 余威欣 饰 绘景师 / 刘培能 饰 舞台监督

舞台及灯光设计：聂光炎 / 服装设计顾问：靳萍萍 / 原创音乐：板桥文夫、梅津和时 / 技术总监及舞台监督：刘培能 / 制作人：丁乃竺、谢明昌 / 执行制作：陈雅惠

–《暗恋桃花源》明华园版 –

2006 年 9 月 1 日，首演于台北两厅院戏剧院

由表演工作坊与明华园歌仔戏团联合制作、演出

–编剧、总导演–

赖声川

《桃花源》歌仔戏剧本改编：孙富叡 / 《桃花源》导演：刘光桐、陈胜在

–演出–

尹昭德 饰 江滨柳 / 陈湘琪 饰 云之凡 / 徐堰铃 饰 江太太 / 赖梵耘 饰 护士 / 时一修 饰 《暗恋》导演 / 李羿萱 饰 导演助理 / 陈胜在 饰 老陶 / 郑雅升 饰 春花、白衣女子 / 陈昭香 饰 袁老板、白衣男子 / 陈昭玮 饰 "问心" "大块" / 王雅婷、许沥月、张宜欣、阙辰芳 饰 仙女 / 梁朝凯 饰 绘景师 / 刘美钰 饰 陌生女子 / 刘培能 饰 舞台监督（声音）/ 黄圣凯 饰 剧场管理员

舞台设计：聂光炎、聂先闻 / 灯光设计：简立人 / 原创服装设计：张叔平 / 服装设计暨制作：铃鹿玉铃、铃鹿玉静 / 影像设计暨制作：王志伟、聂先闻、陈琼珠 / 摄影作品：郑桑溪、邓南光、王志伟 / 《暗恋》原创音乐：板桥文夫 / 《桃花源》音乐设计：陈孟亮 / 《桃花源》锣鼓设计：庄步超 / 《桃花源》身段动作指导：刘光桐 / 《桃花源》文场：陈孟亮、姬禹丞、姬沛莹、吕冠仪 / 《桃花源》武场：庄步超、陈劭竑、刘尧渊、吴承翰、黄建铭 / 监制：丁乃竺 / 制作人：谢明昌 / 技术总监及舞台监督：刘培能

–《暗恋桃花源》北京版 –

2006 年 11 月 18 日，首演于北京首都剧院

由中国国家话剧院、表演工作坊共同主办

–编剧、导演–

赖声川

–演出–

黄磊 饰 江滨柳 / 袁泉 饰 云之凡 / 李梅 饰 江太太 / 赖梵耘 饰 护士 / 盛才新 饰 《暗恋》导演 / 焦阳 饰 导演助理 / 喻恩泰 饰 老陶 / 谢娜 饰 春花、白袍女子 / 何炅 饰 袁老板、白袍男子 / 杨默 饰 顺子 / 闫锐 饰 绘景师 / 蒲伦 饰 陌生女子 / 李晏 饰 剧场管理员

– 北京版首演后，其他陆续加入或替代的演员包括 –

田雨 饰 袁老板 / 赖梵耘 饰 春花 / 曾晖 饰 江太太

舞台设计：聂光炎、聂先闻 / 灯光设计：简立人、王琦 / 原创服装设计：张叔平 / 监制：赵有亮、丁乃竺 / 总策划：罗大军、水晶 / 制作人：袁鸿

–《暗恋桃花源》斯坦福大学英语版 –

2007 年 2 月 22 日

首演于美国加州斯坦福大学纪念礼堂 (Memorial Auditorium)

由斯坦福大学戏剧系制作、演出

–编剧、翻译、导演–

赖声川

–演出–

George Wyhinny 饰 江滨柳 / Paz Hilfinger-Pardo 饰 云之凡 / Johanna Sophie Santos Bassetti 饰 江太太 / Maggie Anchondo 饰 护士 / Kenneth Lam 饰《暗恋》导演 / Rosie Hallet 饰 导演助理 / Juan Batiz-Benet 饰 老陶 / Stefanie Shih 饰 春花、白袍女子 / Richard Liu 饰 袁老板、白袍男子 / Jeff Norman 饰 顺子 / Rachel Yong 饰 陌生女子 / Lauren Hayes 饰 绘景师 / Ethan Kung 饰 剧场管理员

–《暗恋桃花源》两岸三地版 –

2007 年 7 月 27 日，首演于香港文化中心大剧院

由表演工作坊与香港话剧团、中国国家话剧院联合制作

–编剧、导演–

赖声川

–演出–

黄磊 饰 江滨柳 / 袁泉 饰 云之凡 / 李梅 饰 江太太 / 赖梵耘 饰 护士 / 高惠彬 饰 导演 / 焦阳 饰 导演助理 / 辛伟强 饰 老陶 / 冯蔚衡 饰 春花 / 高翰文 饰 袁老板 / 韦罗莎 饰 陌生女子 / 刘守正 饰 顺子 / 孙力民 饰 剧场管理员 / 黄建东 饰 绘景师 / 黄树辉 饰 舞台监督（声音）

舞台设计：聂光炎、聂先闻 / 灯光设计：简立人 / 原创服装设计：张叔平 / 原创音乐：板桥文夫、梅津和时 / 出品人：陈建彬、赵有亮、丁乃竺 / 监制：梁子麒、王晓鹰、袁鸿 / 制作人：水晶、谢明昌

-《暗恋桃花源》香港粤语版 -

2007 年 8 月 2 日，首演于香港文化中心大剧院
由香港话剧团制作、演出

-编剧、导演-

赖声川

-演出-

潘灿良 饰 江滨柳 / 苏玉华 饰 云之凡 / 潘璧云 饰 江太太 / 黄慧慈 饰 护士 / 周志辉 饰 导演 / 陈煦莉 饰 导演助理 / 辛伟强 饰 老陶 / 冯蔚衡 饰 春花 / 高翰文 饰 袁老板 / 韦罗莎 饰 陌生女子 / 刘守正 饰 顺子 / 孙力民 饰 剧场管理员 / 黄建东 饰 绘景师 / 黄树辉 饰 舞台监督（声音）

舞台设计：聂光炎、聂先闻 / 灯光设计：简立人 / 原创服装设计：张叔平 / 原创音乐：板桥文夫、梅津和时 / 出品人：陈建彬、赵有亮、丁乃竺 / 监制：梁子麒、王晓鹰、袁鸿 / 执行监制：张婷 / 策划统筹：水晶、谢明昌

－《暗恋桃花源》越剧版－

2010年4月23日，首演于杭州红星剧院
由表演工作坊与杭州文广演艺有限公司、都市快报联合制作

－编剧、总导演－

赖声川

《桃花源》越剧剧本改编：严全毅 / 《桃花源》导演：展敏

－演出－

黄磊 饰 江滨柳 / 孙莉 饰 云之凡 / 刘薇 饰 江太太 / 赵兆 饰 护士 / 周斌 饰 《暗恋》导演 / 甘甜 饰 导演助理 / 赵志刚 饰 老陶 / 谢群英 饰 春花、白袍女子 / 徐铭 饰 袁老板、白袍男子 / 金一帆 饰 顺子 / 吕品 饰 绘景师 / 郑冬晴、张露萍、陈群谣、许鑫 饰 仙女 / 滕彦玮 饰 陌生女子 / 余腆 饰 剧场管理员

演出团体：杭州越剧院、上海越剧院、杭州话剧团 / 《桃花源》音乐设计：刘建宽 / 《桃花源》越剧唱腔设计：陈钧 / 舞台设计：戴晓云、许希稷 / 灯光设计：祝世明 / 服装设计：蓝玲、张颖 / 监制：丁乃竺、程俊、朱建 / 制作人：蓝大鹏、陈国欣、谢明昌

–《暗恋桃花源》回归经典版 –

2012 年 6 月 8 日，首演于北京保利剧院

由表演工作坊与央华文化联合制作

–编剧、导演–

赖声川

–演出–

黄磊 饰 江滨柳 / 孙莉 饰 云之凡 / 赵焌妍 饰 江太太 / 焦阳 饰 护士 / 吴兵 饰 《暗恋》导演 / 陈明昊 饰 老陶 / 谢娜 饰 春花、白袍女子 / 何炅 饰 袁老板、白袍男子 / 戴芸忆 饰 神秘女子 / 蔡鹭 饰 顺子 / 李晏 饰 剧场管理员 / 张露 饰 绘景师

–回归经典版首演演出后调换的演员包括–

赵蕙梓（赵子锌）饰 春花、白袍女子 / 吴彼 饰 老陶 / 金珊 饰 护士、江太太、导演助理 / 焦阳 饰 导演助理

舞台设计：赖声川、张哲龙 / 灯光设计：简立人 / 原创服装设计：张叔平 / 原创音乐设计：板桥文夫、梅津和时 / 服装重建：林瑜玲 / 动漫：赖仙耘、裴顿天（Peyton Syler Harrison）/ 监制：丁乃竺 / 制作人：王可然、黄磊、谢明昌 / 舞台监督：陈立梅

-《暗恋桃花源》俄勒冈莎士比亚戏剧节版-

2015年4月15日，英语演出
首演于美国俄勒冈州艾序兰得市包莫剧场（Agnus Bowmer Theatre, Oregon Shakespeare Festival, Ashland, Oregon）
由俄勒冈莎士比亚戏剧节制作

-编剧、翻译、导演-

赖声川

-演出-

Cristofer Jean 饰 江滨柳 / Kate Hurster 饰 云之凡 / Vilma Silva 饰 江太太 / Susana Batres 饰 护士 / Joseph Anthony Foronda 饰 《暗恋》导演 / Kevin Kenerly 饰 导演助理 / Eugene Ma 饰 老陶 / Leah Anderson 饰 春花、白袍女子 / Paul Juhn 饰 袁老板、白袍男子 / Regan Linton 饰 神秘女子 / Joe Wegner 饰 顺子 / Tony DeBruno 饰 剧场管理员 / Robert Vincent Frank 饰 绘景师

副导演：Mei Ann Teo / 舞台设计：Michael Locher / 服装设计：Helen Q. Huang / 灯光设计：Alexander V. Nichols / 音场设计：Valerie Lawrence / 京剧动作指导：Carol Chia-lin Ma / 语言指导：David Carey / 打斗指导：U. Jonathan Toppo / 创意顾问：丁乃竺

–《暗恋桃花源》青春版 –

2015 年 9 月 26 日，首演于中国传媒大学
由央华文化制作

–编剧、导演–

赖声川

–演出–

靳川川 饰 江滨柳 / 杨琪芳 饰 云之凡 / 姜骁桐 饰 江太太 / 王婷羽 饰 护士 / 郑一凉 饰 《暗恋》导演 / 吉克吾果 饰 导演助理 / 杨雨光 饰 老陶 / 管乐 饰 春花、白袍女子 / 刘宜林 饰 袁老板、白袍男子 / 李阔 饰 顺子 / 袁帆 饰 陌生女子 / 马一傲 饰 绘景师 / 张童 饰 剧场管理员

–青春版首演演出后调换的演员包括–

杨朕 饰 顺子

副导演：闫楠 / 舞台设计：赖声川、张哲龙 / 舞台美术：郭家铭 / 灯光设计：陈智康 / 原创服装设计：张叔平 / 服装重建：白玉海 / 舞台监督：张瑞 / 监制：丁乃竺 / 制作人：王可然

–《暗恋桃花源》30 周年纪念版 –

2016 年 3 月 25 日，首演于上海上剧场

由表演工作坊制作、演出

–编剧–

赖声川

–导演–

赖声川、丁乃筝

–演出–

樊光耀 饰 江滨柳 / 朱芷莹 饰 云之凡 / 范瑞君 饰 江太太 / 周宇柔 饰 护士 / 陶传正、张复建 饰 《暗恋》导演 / 杜知晨 饰 导演助理 / 唐从圣 饰 老陶 / 谢盈萱 饰 春花、白袍女子（上海、台北、彰化）/ 张本渝 饰 春花、白袍女子（新竹、台中、南投、台南）/ 屈中恒 饰 袁老板、白袍男子 / 翁铨伟 饰 顺子 / 林妤柔 饰 陌生女子 / 林维哲 饰 绘景师 / 张洛君、叶育德 饰 剧场管理员

原创舞台设计：聂光炎 / 舞台设计：赖声川、张哲龙 / 舞台美术：郭家铭 / 灯光设计：简立人 / 原创服装设计：张叔平 / 服装造型设计：Klintonn / 原创音乐设计：板桥文夫、梅津和时 / 动作指导：林维哲 / 锣鼓点设计：梁琼文 / 监制：丁乃竺 / 制作人：蓝大鹏 / 舞台监督：丁昱文

–《暗恋桃花源》上剧场专属版 –

2017 年 3 月 10 日，首演于上海上剧场

由上海表坊制作、演出

–编剧–

赖声川

–导演–

赖声川、丁乃筝

–演出–

闫楠 饰 江滨柳 / 凤莉 饰 云之凡 / 孙毓才 饰 老导演 / 刘婉玲 饰 江太太 / 马静雯 饰 护士 / 孙晟昊 饰 导演助理 / 王萌 饰 老陶 / 丁珊珊 饰 春花、白袍女子 / 丁辉 饰 袁老板、白袍男子 / 杨朕 饰 顺子 / 呼日瓦 饰 绘景师 / 金晶 饰 陌生女子 / 刘晟 饰 剧场管理员 / 王皓 饰 剧场管理员

– 专属版首演演出后调换的演员包括 –

王玮、赵伟钢、杨智斌 饰 江滨柳 / 杨朕 饰 袁老板 / 林丽卿 饰 江太太 / 孙晟昊 饰 护士 / 窦进、宋毓敏 饰 导演助理 / 袁信力、崔宪和、杨智斌、刘宜林 饰 绘景师 / 杨雨光、郝埔萱、刘宜林 饰 剧场管理员

舞台设计：赖声川、张哲龙 / 原创服装设计：张叔平 / 原创音乐：板桥文夫、梅津和时 / 监制：丁乃竺、黄磊 / 制作人：杨采薇

赖声川

1954 年出生于美国华盛顿，籍贯江西会昌，生长于美国与台湾，美国加州伯克利大学戏剧博士，前台北艺术大学戏剧学院教授及院长。世界上最著名的华人戏剧家之一，被誉为"现今最顶尖的中文剧作家"（BBC）、"亚洲剧场导演之翘楚"（《亚洲周刊》）。

三十余部原创编导戏剧作品对当代华人剧场艺术及文创产业影响甚深。台湾表演工作坊创始人及艺术总监、上海上剧场艺术总监、乌镇戏剧节发起人及常任总监，创意理论学者（著有《赖声川的创意学》），曾任教于美国斯坦福大学及加州伯克利大学。

赖声川剧作集

《如梦之梦》

《宝岛一村》

《圆环物语》

《水中之书》

《如影随行》

《暗恋桃花源》

《十三角关系》

《红色的天空》

《在那遥远的星球，一粒沙》

赖声川历年作品清单

《我们都是这样长大的》
《摘星》
《过客》
《那一夜，我们说相声》
《变奏巴哈》
《暗恋桃花源》
《田园生活》
《圆环物语》
《西游记》
《回头是彼岸》
《这一夜，谁来说相声？》
《台湾怪谭》
《红色的天空》
《又一夜，他们说相声》
《先生，开个门！》
《我和我和他和他》
《十三角关系》
《菩萨之三十七种修行之李尔王》
《如梦之梦》
《千禧夜，我们说相声》
《新加坡即兴》
《在那遥远的星球，一粒沙》
《乱民全讲》
《这一夜，Women 说相声》
《上海 · 故事》
《如影随行》
《陪我看电视》
《宝岛一村》
《那一夜，在旅途中说相声》
《梦想家》
《大桥上的对话与独白》
《梦游》
《水中之书》
《蓝马》
《隐藏的宝藏》
《鲸鱼图书馆》
《游园 · 流芳》
《幺幺洞捌》
《曾经如是》

扫 码 加 入

春潮线上读书会

图书策划　中信出版·春潮

总 策 划　杨　爽
特约策划　叶匡政
策划编辑　刘　晴
责任编辑　杨心怡
营销编辑　毛海燕
装帧设计　周滕家二郎　周蕾　侯明洁 | 创意工场

出版发行　中信出版集团股份有限公司
服务热线：400-600-8099　网上订购：zxcbs.tmall.com
官方微博：weibo.com/citicpub　官方微信：中信出版集团
官方网站：www.press.citic

春潮NOV+

回到分歧的路口

圓環物語

圆环物语

赖声川 著

中信出版集团 | 北京

图书在版编目（CIP）数据

圆环物语 / 赖声川著 . -- 北京 : 中信出版社 ,
2019.6（2022.4 重印）
（赖声川剧作集）
ISBN 978-7-5217-0416-7

Ⅰ . ①圆… Ⅱ . ①赖… Ⅲ . ①话剧剧本 – 中国 – 当代
Ⅳ . ① I234

中国版本图书馆 CIP 数据核字（2019）第 073274 号

圆环物语

著　　者：赖声川
出版发行：中信出版集团股份有限公司
　　　　　（北京市朝阳区惠新东街甲 4 号富盛大厦 2 座　邮编　100029）
承 印 者：河北鹏润印刷有限公司

开　　本：787mm × 1092mm　1/32　　印　　张：3.75　　字　　数：40 千字
版　　次：2019 年 6 月第 1 版　　印　　次：2022 年 4 月第 5 次印刷
书　　号：ISBN 978-7-5217-0416-7
定　　价：398.00 元（套装 9 册）

服务热线：400-600-8099
投稿邮箱：author@citicpub.com

赖声川构思、规划、完成之戏剧创作

参与赖声川主持之创作型即兴排练的
—　　　　　　　　　　　　　—
全体原始演员

李国修、李立群、丁也恬、邓安宁、金智娟、丁乃筝、顾宝明

1987 年

2017 年修订

– 人物 –

小贾（甲）　男，电视台现场指导，三十多岁

以乐（乙）　女，著名电视编剧，其作品连续剧《雾非雾》正风靡全台湾，三十多岁

炳忠（丙）　男，建设商，以乐之夫，中年

阿丁（丁）　女，炳忠的秘书，刚从学校毕业

小悟（戊）　男，台大历史研究所学生，阿丁的未婚夫

吉欣（己）　女，开进口时装店的风尘女子，小悟高中时的女友

雨耕（庚）　男，汽车进口商，小贾的长兄，吉欣的男友

其他角色（全由饰演以上人物的演员饰演）

日本军官、玉如（连续剧《雾非雾》剧中女主角）、国豪（连续剧《雾非雾》剧中男主角）、导播、阿珠（电视台制作助理）、制作人、工地主任、建设公司经理、建设公司职员、丁母（操闽南口音）、丁父（操山东口音）、阿丁的阿公（耳背）、圆环小吃摊老板、男吃客、女吃客、打手、搬运工（两位）

– 时间 | 地点 –

台北，1987 年。

– 演出长度参考 –

在赖声川自导的版本里，本剧长约 125 分钟，没有中场休息。每一场平均 15 分钟多一点。

序场　圆环物语

右舞台一把藤椅，背对着观众。一张小桌，一杯茶。

扮演日本军官的庚拿着一台留声机，上，安摆在小桌上。他放一张黑胶唱片，坐下。

肖邦钢琴演奏的圆舞曲音乐出。

舞台上方陆续呈现幻灯片字幕。

字幕：

《圆环物语》

一些属于圆环的故事

（跑动字幕）蚵仔煎　卤肉饭　鱼翅肉羹　鸡卷　四神汤

排骨汤　火鸡肉饭　润饼　蚵仔面线　蚵仔面线　蚵仔面线

字幕渐暗。

舞台上灯光亮。七位穿着便服的演员，分别站、坐在舞台上，自在地面对观众，包括归队的庚。

以下的故事是直接向观众述说的。七位演员流畅衔接，有如一个人。

丙　光绪二十一年。

丁　就是1895年……

己　发生了中日甲午战争。

丙　大清国轻易战败，双方签订《马关条约》。

乙　其中不重要的一小项是把台湾割让给日本。

庚　割让的意思，就是送给你。

甲　当时的台湾90%还是未开垦的荒地。

己　接收台湾的那一批日本人是明治维新时代最优秀的一批人。

戊　他们一年之内做完人口普查和土地测量，开始筹备各种农业、经济、教育计划。

丁　从建筑物的风格，都市街道的规划，看得出他们真的很珍惜这块土地。

庚　他们计划在百年之后，这片美好的土地上将再也听不到汉人的语言，见不到汉人的遗迹。

丙　也就是说，他们想消灭我们，因为他们"珍惜"我们。

乙　当时的台北盆地属艋舺和大稻埕最为热闹，中间是一片荒凉的坟地。

戊　就是今天的西门町。

己　大稻埕的东南郊区是一片荒地。日本人种了一排圆形的树，形成了一个圆形的公园。

甲　公园以东呢？

庚　就是今天的新光百货那一带，是一些零碎的农舍、鱼池、耕地和荒地。

丁　有很多人喜欢从大稻埕散步到这里，享受树荫下的宁静。

庚戴上一顶帽子，从队伍中出来，扮演日本军官。

戊　大正年间……

丙　就是民国元年到十五年……

丁　就是 1912 到 1926 年……

甲　有一位被派来殖民台湾的日本军官。

戊　他每天下午下班后，就带着一台留声机在那安静的圆形公园散步。

乙　他当众用那一台手摇留声机播放出他心目中最美丽的音乐……

己　一些振奋人心的军歌、进行曲……

庚放唱片。

甲　还有一些欧洲古典名曲。

丁　包括贝多芬。

己　莫扎特。

乙　当然还有肖邦的圆舞曲。

丙　他静静坐着、看着、听着，想象他一代一代的子孙将在这一片美丽的土地上生活下去。

己　每天来这圆形公园散步的人们都能享受到他音乐的献礼。

甲　他每天坐在圆形公园里，看着大正五年……

丁　也就是 1916 年……

甲　日本人开始执行的大台北都市计划。

丙　这是一个百年大计，完全设想到了百年后台北市居民的所有状况。

乙　他看着四周的建设，心中感到无比的骄傲。

庚　（用国语扮演日本军官）我看到许多美丽、庄严的建筑物一一落成：从多少张建筑图竞赛中选出来的仿欧洲古典式的“总督府”……

戊　就是位于今天凯达格兰大道的那幢大大的红砖房……

庚　“总督官邸”……

丁　就是今天的台北宾馆……

庚　“博物馆”和“法院大厦”……

丙　就是“博物馆”和“法院大厦”。

庚　甚至宽大的道路计划已经规划到偏远的郊区了——

己　就像今天的仁爱路四段，敦化南、北路等地……

庚向像军人般走来走去。

庚　（日本口音）我坐在圆形公园里，放着我最喜爱的肖邦，生活真是惬意。可是，有一天，突然来了几个乱七八糟的小摊贩闯进公园卖东西，后来越来越多，搞得根本就没办法！我的音乐声中夹杂着各种叫卖声！

其他演员扮演小贩。

乙　（闽南语）肉粽——肉粽——热肉粽——

戊　（闽南语）蚵仔面线——蚵仔面线——

丁　虾仔面——

甲　拉面——

丙　寿司——

己　沙西米——

声音杂成一团。庚受不了了。

庚　我一气之下立刻请调回日本。真是（日文）糟糕透顶一马嘶[1]！

庚脱帽归队。

己　那是因为日本人的大台北都市计划中整肃了大稻埕汉人聚集最热闹的两个地方——

戊　霞海城隍庙和永乐市场。

丁　这两个地方之前的小贩被赶走了，他们只好往郊区发展。

乙　据说第一个进到这圆环的是一个卖虾仔面的。

甲　他发现生意不错。

丙　当然别人也会发现生意不错。

己　于是一窝蜂都进来卖东西。

丙　中国人嘛！

己　问题是……这个地方根本就不准摆摊。

庚　当然，规定是不足以成为戒惕的。

乙　所以日本警察就开始来取缔汉人的摊子。

丁　警察一来。

戊　小贩就跑。

己　警察一走。

甲　小贩就来。

丙　中国人嘛！

丁　这不是长久之计，于是这些临时摊贩在昭和年间就组织了起来，干脆找个人去跟日本人说情！

丙　这个人是个懂规矩的士绅，跟日本人博感情之余，依照传统中国美德，送了日本人一个大红包。

戊　于是圆环就可以正式、合法地贩卖小吃了。

己　不过日本人定了三个规则，是所有小贩必须遵守的——

甲　（乙在甲头上方用手指头比“一”）公园内不准有固定设施。

庚　（丁比“二”）需保持清洁。

戊　（己比“三”）营业时间从下午5：00到晚上12：00。

甲　严格执行。

庚　并摇铃为号。

丙　因为是日本人摇铃，所以是准时的。

甲　每天到了下午5：00就会有个日本人来，手上拿着摇铃开始摇，小贩一听到铃声就开始做生意。

乙　于是每天下午5：00的圆环就成为台北市多年的一个奇观。

丁　所有的摊贩集合在圆环的东边。

庚　所有的吃客集合在圆环的西边。

己　摇铃的人站在圆环中间。

丙扮演摇铃人，举起手作猛摇铃状。

乙　　铃声一响——

戊　　摊贩进去开始卖！

己　　客人进去开始吃！

其他人扮演摊贩、客人。

甲　　从此，圆环声名大噪！

丁　　而各种精彩的小吃应有尽有，包括闻名半个世纪的……

庚　　（闽南语）蚵仔煎。

丁　　刈包。

己　　鱼翅羹。

戊　　蚵仔面线。

丙　　等等。

停顿。

庚　　春去秋来。

己　　时来运转。

乙　　台北市不断成长。

甲　　圆环以北的稻田不久变成了楼房。

丁　　以东的鱼池也填满了。

丙　　以南的坟场也迁走了。

戊　　圆环附近很多别的生意开始做起来了……

丁　　算命的。

乙　　杂耍的。

戊　　卖花的。

己　　卖药的。

甲　　卖春药的。

丙　　还有卖春的。

庚　　他们中间突然出现了一个摊位，专治性病。

乙　　这几家是连锁店。

己　　家族企业。

丙　　中国人嘛！

庚　　大正年间随着酒家、妓院的兴起——

甲　　江山楼。

丁　　蓬莱阁。

己　　东瀛阁。

丙　　等等。

戊　　圆环夜市成为全台湾最热闹——

乙　　也最复杂的地方。

丁　　在日据时代这里发生了太多太多的故事……

庚　　“物语”……

丁　　就是“人物”和“言语”。

乙　　足以拍摄无数连续剧和电影。

甲　　这些物语涵盖了三教九流。

丁　　贩夫走卒。

庚 风花雪月。

己 黑白两道。

戊 蚵仔面线。

丙 等等。

众人用怪异的眼光瞄演员丙一眼。

己 每年农历五月十三日是圆环附近最忙碌的时候。

庚 因为这一天是护城的霞海城隍的生日。

甲 附近及从台湾南部上来的佃农纷纷到圆环附近拜拜。

丙 顺便缴税。

丁 做生意的也来结账。

戊 这时圆环附近有长达七八天的庆典，

己 到处可以看得到摆摊的，什么都卖！

乙 草鞋。

甲 布鞋。

丁 皮鞋！

乙 男装。

甲 女装。

丁 童装！

丙 贩卖童装后面顺便贩卖儿童！

庚 嘘！

丙 中国人嘛！

丁　兵来将往，圆环啊！真是热闹非凡！

戊　但好景不常。

己　昭和十二年。

乙　就是 1937 年……

丁　日本天皇军队在一个遥远的地方，叫卢沟桥，正式展开对中国的侵略。

己　为了这件事，圆环附近许许多多的壮丁也为日本天皇效忠，下南洋去打仗。

甲　也有许多亭亭玉立的台湾青少女们上东北为天皇的日本军队“服务”。

庚　昭和十六年。

乙　1941 年……

庚　太平洋战争爆发，美国正式参战。

戊　圆环生意一落千丈。

己　原因是战争期间台北市的晚间是不准点灯的。

丙　可是卖春是不需要点灯的。

乙　从此日本人有了个新规定——

庚　卖春的不准发出声音。

甲　后来圆环多了一个摊位，是卖口罩的。生意很好。

丁　老美的轰炸机在夜空中飞行在这个像番薯的岛屿上方……

戊　投炸弹的那个美国大兵一边投炸弹一边喊——

丙　（扮演正要投弹的美国大兵）我为珍珠港报仇！ ×死你小日本！

乙　1943年台北大轰炸，到处起火。

戊　圆环附近的天主教堂被炸了个大洞。

己　总督府也被炸了个大窟窿。

丁　为了消防的必要，日本人把圆环整个挖掉了，变成了一个大蓄水池。

庚　旁边有防空壕和一排树。

己　圆环一切活动——停止了。

停顿。

乙　春去秋来。

戊　时来运转。

甲　1945年。

戊　也就是昭和二十年。

丁　（伟大、兴奋地）在一个万里晴空的夏日，日本投降了，台湾光复了！

丙　“光复”的意思就是光复原了。日本把台湾这块番薯还给了中国，圆环又可以点灯了，然后又可以……

戊　民国三十四年十月二十五日。

乙　也就是1945年10月25日。

戊　在台北市公会堂。

庚　　也就是本来演出日本传统歌舞伎的中山堂。

戊　　举行受降典礼。

己　　国民政府接收了这个被异族统治 50 年的岛屿，重新照顾，细心教育——

丁　　（扮小学生，机械式地念日文）阿伊乌耶呕[2]……

丙从丁背后作势地狠狠打一巴掌。

（立刻改口）ㄅㄆㄇㄈㄉㄊㄋㄌ[3]……

丙又打丁一下，吓到旁边的甲，甲慌张地念起英文。

甲　　ABCDEFGHI……

庚大声地清了一下喉咙，甲停止。

乙　　光复以后，蓄水池拆了，小贩又来了！

庚　　日本人不管了，小贩比以前还多！

丙　　中国人嘛！

甲　　圆形空地里根本容纳不下，泛滥到旁边空地上……

己　　小吃贩。

乙　　流浪汉。

庚　　打着鼓卖唱。

丁　　打着拳比谁棒。

丙　　唱歌仔戏啊哐起啷当哐。

戊　　帮派拿铁棍互相杠。

乙　　原住民来卖行当。

甲　外省人也来卖炸酱！

乙　圆环再度热闹起来了！

己　而日本人 12 点钟的禁令解除了，吃客直到天亮才散！

戊　到了天亮，许多赤脚的孩童就在圆环的空地上搜索着。

丁　看看有没有前一天晚上从吃客口袋中掉出来的铜板或酒瓶盖……

甲　1949 年以后，国民政府将圆环周围的地归还给原地主。

己　在五六十年代，圆环又成为台北市最热闹的一个据点。

庚　而这一次的吃客是来自大陆各省的——

丙　中国人！圆环有多好吃，我告诉你……

戊　首先你要了解，圆环真的是一个交通圆环，所以你要吃好吃的，要先穿过马路——

乙　穿梭在台北疯狂的汽车、巴士、自行车、摩托车中间才能到达。

丙　也就是冒着生命危险去吃那口感简直完美的鱼翅羹。

庚　色香味十全十美的蚵仔煎。

己　连最平凡的台湾料理——卤肉饭，都有人为了吃，杀人不眨眼！

戊　过马路时，远处飘来正在平底锅上煎的蚵仔煎味。

己　掺杂了炒米粉的香味。

丁　夹杂着卤肉饭卤汁的香味……

甲 过了马路，抢到了位子，跟三五个长得跟流氓一样的人共桌。

乙 小弟送来了绝世美味的卤肉饭和赤肉羹时，你得这么吃——

众人面无表情地吃。

丁 为什么要这么面无表情地吃？

甲 圆环都是这样吃！

庚 明明你知道吃的是全世界最好吃的，但是脸部表情不能漏。

丙 中国人嘛！心里爽就行了！

己 光复以后的圆环故事更多了。

戊 随着大台北的成长，这里有多少的悲欢离合。

乙 有人白手起家。

丁 结婚生子。

甲 宏图大展。

己 得意忘形。

庚 卷款潜逃！

戊 逍遥海外！

丁 强制遣返！

甲 锒铛入狱！

戊 （乱搭）蚵仔面线！

丙 等等。

众人再以怪异的眼光瞄丙一眼。

乙　1966年，那曾在清静的圆形公园里放古典音乐的日本军官，在台湾所生的儿子已经在大阪长大了。

己　他非常怀念他的出生地，于是参加了一个旅行团，到台北来寻找他的根。

庚扮日本军官之子，脸上有着恭敬的表情。

丁　他带着白色的野菊，怀着肃穆的心情先到“日本公墓”去……

戊　就是南京东路、林森北路那一边。

甲　去他祖先的坟前凭吊一番。

庚　结果发现“日本公墓”根本不在了。

戊　被迁到十八分去了。

己　他就徘徊在圆环以及附近的街道，想找寻他童年的回忆。

丙　寻找他儿时的玩伴。

演员庚在舞台后方徘徊。

丁　一个都找不到。

乙　他漫无目标地晃进了圆环旁边的“黑美人”大酒家，喝得烂醉。

戊　临走时还带走了一个酒家女，到旁边的小旅社。

丙　经过几番风雨之情，他突然发现这个酒家女——原来就是他童年的玩伴。

己　二人彼此讪笑一番，下了楼，走进圆环，找了一个位子，叫了两份四神汤。

丁　炒米粉。

庚　杨桃冰。

戊　蚵仔面线。

丙　等等。

停顿。庚归队。

戊　1972年，台北市政府展开了万大都市计划，重新规划圆环及附近地区。

丁　有人觉得这么脏乱跟欠缺秩序的地方，怎么能与大台北市这么干净及不欠缺秩序的形象相符呢？（愈说愈心虚）简直是……不搭调。

众人用怪异的眼光看丁一眼。

乙　所以到了1973年，圆环附近的摊位开始拆迁。

庚　然后虽然一个大都会不应该在马路中间有这么一个热闹的夜市，但想拆也是花了很多时间……

甲　春去秋来。

戊　时来运转。

乙　终于在九十年代，圆环在两场火灾里被烧掉了。

丙　它终于成为一个纯粹的交通圆环。

己　后来有人觉得应当恢复都市记忆，在2003年又把它盖回来了。

丁　　而且加盖了二三楼。

庚　　但原来的老摊贩都已经全部搬走了或者不做生意了，老客人都不去了。

乙　　新客人也不想冒着生命危险穿越道路去吃……

己　　不怎么样的小吃。

戊　　后来在去年，圆环再次拆除，现在又变成一个蓄水池。

甲　　这么一个重要的都市记忆、文化地标，要终究被遗忘吗？

丙　　于是我们针对圆环的未来，在这儿提供一个综合性的方案给各位做参考。

丁　　（高昂地）我们主张盖一个圆形大楼，地下室依旧是卖小吃。

戊　　一楼打通，只留下几根仿欧洲古典式的柱子，让车子在其中穿梭。

其他众人　好！

乙　　二楼还是蓄水池。

其他众人　好！

甲　　三楼是卖药的。

其他众人　好！

己　　四楼是卖春的。

其他众人　好！

庚　　五楼是个性病医院。

其他众人　好！

丁　　六楼是“圆环历史文物陈列馆”。

其他众人　好！

丙　　七楼到了屋顶阳台，各位，为了本着怀旧的使命感，我们先种它一排圆形的树再说；然后为了要连接传统和现代的无力感，我们再义无反顾地盖起一个全世界最高的楼，直入云霄，证明我们台北是最有规模最有秩序的现代大都会！

众人鼓掌。

乙　　这就是圆环的故事。

戊　　（小声地）“圆环物语”。

灯光变化。

第一场 甲 / 乙

肖邦圆舞曲。舞台慢慢旋转着，从序场空场转成一个电视台摄影棚的内景。

舞台上方陆续呈现幻灯片字幕。

字幕：

1987 年，台北。

如果你爱我，就跟我说你不爱我。

字幕渐暗，灯光亮起。华丽、浪漫的西餐厅里的一张桌椅，红色桌布，餐具摆设整齐，水晶灯等。

以乐和小贾坐在桌子的两边，举起红酒杯，碰杯，喝。

以　乐　真华丽。（看四周，诗意地）我置身璀璨之中。想不到，小贾，我们要在这么华丽的场景中……分手。

小　贾　以乐，你在说什么？

以乐摇头，难过，将酒杯向下倒，没有酒。

以　乐　再华丽，都是空。

小　贾　啊？

以　乐　而且是塑料的。

以乐把手上的空酒杯丢在地上。不会破。

小　贾　（捡起地上的酒杯）以乐，你怎么回事啊？

以乐把一个购物袋拿给小贾。

以　乐　我今天把房子退了，押金拿回来了。房东扣了两个月，还剩一点。（拿出购物袋里的钱和文件）这里是细账，然后这是你的一半……

小　贾　你这是干什么？

以　乐　（从皮包中拿出一张照片）照片。

小　贾　给我干什么？

以　乐　我们单独在一起就这么一张。你我注定只能在黑暗的角落，远离正大光明。我真的很珍惜，但必须结束这一段见不得天日的关系。

小贾细看相片。

小　贾　你的头呢？

以　乐　挖掉了。

小　贾　干什么？

以　乐　身体还在，留给你作纪念。

停顿。

请你把钱点一下，我要走了。

起身。

小　贾　你走吧。

停顿。以乐往外走。

你走我就死给你看！

以乐停住不动。

以乐，你是我存在唯一的理由。你走了，我就自动消失。在你走进我生命之前，我没有活着，现在，你不能夺取我的生命。

停顿。以乐回头。两人相望。

摄影棚的灯突然大亮，两人僵在那里。从音响系统中传出导播的声音。

导　播　（声音）小贾！在不在现场？戴耳机！（小贾忙着戴耳机）《雾非雾》片头字幕呢？送上来没有？

连续剧中饰演“国豪”和“玉如”的演员上，他们是俊男美女偶像明星，打扮亮丽而俗气。后面跟着脱线的助理阿珠。

小　贾　哦……（对舞台外侧吼叫）小杨！《雾非雾》片头字幕赶快送上去！

导　播　（声音）旁边站的那位闲杂人等，戴墨镜的小姐……哦！康大编剧，你好！

以乐对上方控制室方向打招呼。

以　乐　（职业化地）导播好！好久不见！

饰“玉如”的演员　康大编你剧本写得真好！

以　乐　那是你演得好。

饰“玉如”的演员　下次专门帮我写一个好不好？

以　乐　没问题。

阿珠开始布置餐桌，倒假酒（果汁），放道具牛排等。

小　贾　（对耳机）我现在跟他讲。（对饰“国豪”的演员）阿伦，现在是你跟玉如坦白的最好时机。

饰“国豪”的演员 （搞不清楚剧情）哪里？

小　贾 “在蓝天中的白云”。

饰“国豪”的演员 “在蓝天中的白云”？哦！这一段早上我配过音啊。

小　贾 对，等一下就是放你的录音，take 你们的特写。

饰“国豪”的演员 那就没词了。

小　贾 有，（指演员手上的剧本）在后面，这一段。

演“玉如”的演员开始切牛排。

导　播 （声音）各位大牌，我们收视率很高。现在打起精神来录影。麻烦康大编也挪一下位置。

小贾拉以乐走开，将袋子顺手给以乐。

小　贾 导播请 cue。（对仍在背台词的饰“国豪”的演员）剧本收起来！

饰“国豪”的演员将剧本摊开来放到椅子底下。

正式录影！（数秒）五、四、三、二……

音响系统中放出肖邦浪漫的《B 小调圆舞曲》音乐。国豪的旁白声音叠在音乐上。饰“玉如”和“国豪”的演员悲情地随着国豪的旁白做表情。

旁　白 （国豪的声音，忧郁地）在蓝天中飘荡的白云，它们有目的吗？天啊！我怎么会干出这么愚蠢的事？无明的种子带来的是痛苦的果实。望着她美丽的容颜，怎么可能想到她的过去是如此曲折坎坷？她的出生、身份，是如此低微？而我，又深深地爱上了她……

以下的对话中，两位演员都极尽表现每一句话的清楚反应，连咬字都带有浓厚的文艺腔调。

国　豪　玉如，你的过去……我已经都知道了。

玉　如　（极度惊讶）国豪……你！（生气）怎么可能？

国　豪　我……派人去调查。

玉　如　那……完了……完了……

小贾蹲在地上用手指示饰“国豪”的演员，注意摄影机的方向，致使国豪、玉如二人所看的方向不同。演员熟练地配合，嘴里仍继续说台词。

国　豪　不，玉如，我想告诉你的是……我……

玉　如　不要说了！说了只会增加我的痛苦！

国　豪　不是，玉如……我要说的是，我不在乎！

玉　如　你……？

国　豪　我不在乎！我不在乎你光鲜亮丽背后那贫穷与低贱！只要你给我机会爱你，我不在乎！

停顿。饰“国豪”的演员趁机低头瞄地上的剧本。

玉　如　（激动地起身）没有机会了！一切太晚了！国豪！（怒）你怎么可以派人调查我？！

国　豪　玉如，我……

玉　如　国豪，你……

玉如猛烈地做出打国豪耳光的动作，小贾在旁边准确地击掌做音效。

国　豪　（手扶着脸上被“打”的位置）玉如，你……

玉　如　（发抖）国豪，我……

国　豪　玉如，我……

国豪做出打玉如的动作，小贾又准确地配音效。二人保持姿势静止不动。

《雾非雾》主题曲响起，表示这一小单元结束了。停顿。两位演员静止在怪异的肢体姿势中。

小　贾　OK！接广告，两位请把头发整理一下。

摄影棚中赶工的样子，所有人忙着做自己的事。

制作人上。他穿着俗气、油腻。

阿　珠　制作人好！

制作人　哈！宝贝儿们！你们猜昨晚收视率多少？43.5！（胜利状）友台垮了！等一下切蛋糕庆祝！阿伦，演得好演得好！

制作人看到站在旁边的以乐。

康大编剧啊！什么时候来的？

以　乐　刚到。

制作人　你的剧本写得真是太好了！我看得都哭了！

以　乐　制作，我有件事想告诉你（将制作人拉到一旁）……我不能再做了。

制作人 （大惊）啊？以乐，你是在开玩笑吧！

以　乐 （拿稿子和合约给制作）这是到20集的稿子。玉如跟国豪结束了。这是合约，我单方面毁约，你看着办。

制作人将稿子和合约硬塞还给以乐。

制作人 以乐，不要开这种玩笑！现在广告满档，已经要加到80集了！欸，以乐，你是我们的黄金招牌，没有你我们就完了！是不是缺钱？我明天叫阿珠把80集的钱一次送过去。好不好？好不好？拜托拜托！拜托拜托！

制作人快速离开以乐，对着饰“国豪”和“玉如”的演员。

宝贝们，下礼拜我们节目停播一集，改成特别节目！《关爱山区贫困儿童募捐大会》！（对饰“国豪”的演员）要练两三首歌啊。

饰“国豪”的演员 啊？我？

制作人 紧要关头，继续努力，再接再厉，共创佳绩！

制作人下。

小　贾 （对众人）直接来了！

直接接前面的，音乐直接进来。来！（数秒）五、四、三、二……

《雾非雾》主题曲响起，两位演员立刻收拾情绪，摆出刚才打耳光后静止的姿势。

玉如手摸着被打的脸。

国　豪　（严重地后悔）玉如，我……我错了，我错了！请你原谅我……（抓玉如）我愿意用一辈子来弥补我愚蠢的行为！

玉　如　一切太晚了！

玉如挣脱开，欲冲下，国豪将玉如拦住，抓紧她肩膀，激动地摇晃她身体哀求她。

国　豪　（疯狂地）玉如！我错了！我会用一辈子弥补你的！……

玉如被摇得快摔倒。

玉　如　国豪！

国　豪　（再摇）一辈子弥补你！

玉如被摇得往后退。

玉　如　国豪！

国　豪　（再摇）一辈子弥补你！……

玉　如　国豪！……

国豪抓着玉如，使她上半身后仰，造成像交际舞的荒谬姿势。

停顿。二人悬在那儿。

小　贾　Cut！补特写，是两边对跳的。（对耳机）导播请看一下镜头。

二人保持最后姿势。

怎么样？（对饰“玉如”的演员）侧一点。（演员立刻调整身体的位置）导播怎么样？

停顿。

（对饰“玉如”的演员）你不用了。

饰“玉如”的演员退出镜头，留下国豪单独站着，手里抓着假想中的玉如。

（对饰“国豪”的演员，用手比到胸的位置）对，到胸。来……

（数秒）五、四、三、二……

国豪单独重做摇玉如的动作，猛烈摇动着。

国　豪　我会用一辈子弥补你的！（再摇）一辈子弥补你！（再摇）一辈子弥补你！……（静止不动）

小　贾　Cut！好！刘小姐麻烦，（比向右边）往这边退。

饰“玉如”的演员单独就位，酝酿自己的情绪。

（对侧台骂）Camera 1，导播叫你调焦距，你吃什么花生米！

（对耳机）导播请 cue……（数秒）五、四、三、二……

玉如单独重做刚才被国豪摇动的后退动作。

玉　如　（独自猛摇身体）国豪！（再摇，身体向下倾）国豪！（再摇，身体几乎要碰到地上）国豪……

小　贾　Cut！ OK。换！换服装，换服装。

所有人各忙自己的事。阿珠把西餐厅换成中餐厅，桌子摆横，桌布换成白色的。

饰“玉如”的演员　哪一场？

忙乱中，以乐将袋子硬塞给小贾，然后下。

小　贾　换你们一见钟情的回忆那一场……

饰“玉如”的演员和阿珠下。

饰"国豪"的演员 欸，小贾，你老哥是卖车的，是不是？

小 贾 你怎么知道？

饰"国豪"的演员 听说他那里很多好车。

小 贾 他收一些古董跑车。

饰"国豪"的演员 我就是想找这种……

小 贾 你自己跟他联络好了。

小贾掏口袋中的名片，不自觉地将手上的袋子交给饰"国豪"的演员，饰"国豪"的演员顺手接过来。

饰"国豪"的演员 那是你哥哥！拜托你跟他通个电话，好不好？

饰"国豪"的演员不自觉地手上拿着袋子下。

小 贾 （对耳机）是，演员换装去了。你要去哪儿？割肉？我都被套牢很久了！……好……那等你回来。

摄影棚的灯光暗掉一部分。

以乐回，小贾看到以乐在旁边角落中。

小 贾 所以你认为国豪跟玉如……就这样？

以 乐 必须。

小 贾 但是玉如的丈夫不爱她。她幸福的机会没了。

以 乐 很难说。她可以努力捡回她生命中曾经砸碎掉的一切。玉如她要走到她生命的下一个章节。

小 贾 玉如要快乐，只有跟国豪。而国豪只有一个要求，就是要玉如快乐就好。只要玉如快乐，国豪哪怕永远见不到她都没关系。

以　乐　不用说那么多，小贾，我已经写完了，18集玉如发疯，19集自杀，20集完结篇。这样……皆大欢喜。

沉默。

再见。我不会再回来了，你不会再看到我。

以乐欲下，小贾跟上。以乐走到摄影棚出口处突然回身抱住小贾，小贾情不自禁地抱住她，但想起可能会被别人撞见，又快速推开以乐。二人背对背。

小　贾　以乐，给我一句话，告诉我你不爱我，我就让你走！

以　乐　你明知道不是这个原因。

小　贾　给我这句话我就甘愿。

以　乐　我说不出口。

小　贾　（恳求）如果你爱我，你就给这句话。

沉默。

以　乐　（鼓起勇气）我不爱你。

停顿。

小　贾　（绝望地）不是真的！都是我的错！都怪我，怪我那次在餐厅里遇见你就爱上你！怪我当你在我面前跌倒时把你扶起来！怪我勇敢地跟着感情走，怪我相信爱！你打我！……

小贾突然抓住以乐的手，猛往自己身上打。

不然你打我，你打我嘛！

以　乐　（边打小贾）我不要！我为什么要打你？

小　贾　（不看以乐，边拉着以乐的手往自己身上猛捶）来！都是我的错！都怪我。

二人拉拉扯扯。

以　乐　你干什么！你干什么啊！（突然采取主动攻势，拿起皮包疯狂地打小贾）

打完，二人安静，各站舞台一边。

小　贾　谢谢。我会永远珍惜这每一下。

以乐下。小贾追上两步，停，向门口的方向发呆。
灯光乍亮，小贾大愣。饰"玉如"和"国豪"的演员换好装，上。
音响系统突然大声传出导播的声音。

导　播　（声音）小贾……小贾戴耳机……我回来了。赶一赶吧！待会儿放饭了。

饰"国豪"的演员　（高举袋子，发出疑问）这个袋子是谁的？也不是化妆师的，怎么会在我手上？

小贾接过袋子，饰"国豪"的演员拿出一张照片。

这是什么？女生的头怎么会被剪掉了？小贾，原来你这么行！

小贾快速收袋子，面无表情。

看起来身材很正点嘛。介绍一下嘛！

小贾将袋子往后一扔。

小　贾　（对耳机，无力地）导播，请 cue。

饰“玉如”的演员　嗯？哪一场？

小　贾　上午排过的，“一见钟情”。（边听耳机）好。

演员快速瞄剧本，强记台词。

（数秒）五、四、三、二……

演员快速而熟练地就位。饰“国豪”的演员坐在餐厅的位子上，独自饮酒。饰“玉如”的演员站在右上舞台，低头准备跑入镜。

音响系统放出肖邦浪漫的圆舞曲，国豪旁白声出。

旁　白　（国豪的声音，忧郁地）颓丧时，我总是带着微笑，回想着我们第一次见面时那美丽的情境……

玉如匆匆入镜，突然在国豪座位前摔倒，国豪赶快去扶。

国　豪　小姐有没有受伤？

玉如呆看国豪，慢慢起身。

二人一见钟情的表情，背对背地走了几步路后，又情意难舍地同时回头相望。

阿珠在旁边不断地吹着肥皂泡泡，以增加场内效果。

小贾陷入自己的情绪，望着虚空。

肖邦圆舞曲渐强。

灯光变化。

第二场　乙／丙

肖邦圆舞曲响起。旋转舞台慢慢地从摄影棚的场景转至以乐的家，台北郊区一个豪华别墅的起居室。舞台上方陆续呈现幻灯片字幕。

字幕：
在蓝天中飘荡的白云，它们有目的吗？

同一天晚上。起居室家具非常雅致。右侧是通往外面的门，左侧是通往卧房的门。场上是一张别致的小桌、两把椅子、一个小茶几，上有热水壶。
桌上一叠稿纸。以乐独自在房间内走来走去，自言自语，手上拿着一支笔，边思考边咬笔头。
音乐逐渐消失。

以　乐　（自言自语）我有一件很严重的事要告诉你……
（换一个方式）我……
（再换一个方式）我有一件严重的事情要告诉你……

炳忠疲倦地从外面回来，他穿着整齐的名牌三段西装，手拿着公事包，面无表情，宽衣，到小茶几倒水。

（不自然地）你回来了？……（炳忠不语）炳忠……你没事吧？

炳　忠　没事，跟几个地主应酬，没事。我先去休息了。

炳忠往房间走。

以　乐　聊聊吧。你好久没跟我聊你的事了。

炳　忠　（停住）我的事有什么好聊的？就那样。

炳忠拿着茶杯又往房间走。

以　乐　炳忠……（炳忠又停住）我有一件很严重的事要告诉你。我……

停顿。

炳　忠　又是剧本写不出来了？

以　乐　嗯……

炳　忠　欸，我那天看到一篇文章，说好莱坞编剧碰到瓶颈时，就一直写、一直写，就会写出来。

以　乐　你这是废话。

炳　忠　（改变口气）啊，你那种连续剧，把智商调到最低，然后闭着眼睛就写出来了！

以　乐　（气馁）你根本就不看，你怎么知道？

炳　忠　我是没办法看。不过，我听说你这个《花非花》……

以　乐　（更正）《雾非雾》。

炳　忠　对，《雾非雾》……你这个《雾非雾》收视率那么高，我们公司小姐每天都在谈。那女主角叫“玉如”，男主角叫“国华”……

以　乐　（不耐烦地再更正）国豪。

炳　忠　对，国豪。他们两个谈恋爱嘛！

以　乐　现在玉如出问题了。

炳　忠　哦？是怎么样？

以　乐　其实全世界都不知道——玉如她已经结婚了。

炳　忠　啊？

以　乐　而且婚姻是那种大家梦寐以求的，任何少女都向往的。

炳　忠　必须是高富帅。

以　乐　差不多。

炳　忠　大家族，大企业，大格局。

以　乐　嗯。

炳　忠　就是我！（大笑）我明天到公司跟她们讲，她们非乐死不可！

以　乐　你不够高也不够帅。

炳　忠　然后那个国华必须是无名小卒，白手起家，对不对？

以　乐　国豪。

炳　忠　国华比较顺，你不觉得吗？

以　乐　你来编好了。

炳　忠　不是，等一下。她有丈夫，就表示，她跟那个国什么的是婚外情！这样玉如的形象不是就毁了吗？

以　乐　没办法，她已经做了，所以必须受惩罚。她必须跟正雄坦白。

炳　忠　正雄？

以　乐　她丈夫。

炳　忠　那还不如不要说。你考虑过吗?

以　乐　玉如必须说。

炳　忠　可是这种话很不好说出口。

以　乐　所以你帮我扮“正雄”,我扮“玉如”,我们把这场戏对出来。

炳　忠　又要我帮你发展剧本!不要啦!

以　乐　(央求地拉起炳忠)要啦!要啦!

炳　忠　我当年是在话剧队演过几次戏，但那是年轻时玩的，我现在不会了!我是总裁欸!明天一大早有个会，工地的纠纷……

以　乐　你多久没有帮我了?上一档你完全没有管，前一档你在忙你的造镇计划，你自己算一算吧!

停顿。炳忠走到书桌边。

炳　忠　OK。你说这个建雄……

以　乐　正雄。

炳　忠　建雄、正雄，差不多。随便。

以　乐　不随便。建雄是健康的英雄,正雄是正宗的英雄。差别很大。

炳　忠　OK。不管。正雄爱不爱玉如?

以　乐　如果爱，玉如是看不出来的。可能麻木了。玉如是那种需要强烈感受的。

炳　忠　跟你一样。

停顿。

可是这样的理由不足以造成外遇。还有什么?

以　乐　不知道。人生有时很随机,不需要理由,也可以发生很多事。

炳　忠　(笑)你这么说确实就写不出来。玉如总不能说:“老公,没有任何理由,我有了外遇!”

以　乐　当然。所以,我还是有安排一些事情。

炳　忠　什么事情?

以　乐　我让正雄以前在军中康乐队当兵的时候爱上了一个小歌星,把她肚子搞大了。

炳　忠　正雄也是康乐队?话剧队的,对不对?然后因为他家世显赫所以两人无法在一起,小歌星就嫁给乐队里吹小喇叭的,然后两个人就一辈子见不到面了?是不是?

以　乐　不要这样!

炳　忠　我所有见不得人的你都写出来好了!上回那批石棉瓦怎么买怎么卖都给你写出去了。同行都笑我!那是商业机密!

以乐在炳忠身后,温柔地搂着他脖子,安抚着。

以　乐　来嘛!

炳　忠　好了,快一点,现在是什么情况?

以　乐　嗯……玉如在家等正雄,正雄刚从外面应酬回来。你准备好就来!

停顿。炳忠思考了一下。

以乐又收拾起刚才的情绪。

炳忠走到门口，做演戏前的准备状进来，站定。正准备说话时，突然像泄气般地呆住。

以　乐　你说话啊。

炳　忠　说什么啊？

以　乐　随便你。

炳忠又重新回到门口，培养情绪，大步迈进。

炳　忠　（不自然的腔调，犹如在演传统话剧）玉如，我回来了！

以　乐　这样太老套了，而且你的话一点意义都没有嘛！

炳　忠　（极不耐烦地）怎样才有意义？

以　乐　反正你自然一点。

炳　忠　好……我知道。

炳忠重新上，如同刚才回家的样子，不语，倒水。

炳　忠　不然你先。

以　乐　（扮演“玉如”）正雄，我有件很严重的事要告诉你。

炳　忠　什么事？

以　乐　我在外面交了……（难以启口）认识了……一个男人。

炳　忠　（跳出扮演的身份）我还认识了一个女人！谁不是天天在外面认识男人女人的？这太平常了，不刺激嘛！你就直接告诉他你在外面怎样怎样。

以乐起先吓一跳，后点头。二人再就位。炳忠再倒水。

以　乐　（扮演“玉如”）正雄，我有外遇了。

停顿。

炳　忠　（边点头）嗯……这样比较好。（又进入“演”的身份，突然地）是伟杰？志杰？健明？

以　乐　（愣住，跳出角色）“健明”是谁？

炳　忠　（仍在角色中）是不是健明？

以　乐　我问你“健明”是谁？

炳　忠　一定是健明！

以　乐　你哪里来的“健明”这个名字？

炳　忠　（跳出角色）健明比较好听嘛！健明、志杰、伟杰，随便你选哪一个名字！要不然你说那个人叫什么名字，我都可以！

以　乐　你把我弄乱了！就不要提那个人的名字，好不好？

炳　忠　（发现以乐情绪不稳定）你还要不要我帮忙？

以　乐　要。

炳　忠　（较认真）那你要多跟我说一点。我现在情绪是空的。

以　乐　好。玉如刚跟那国豪大吵了一架，他们分手了。玉如从外面回来，感到需要告知正雄这一年半的一切，不然她要崩溃。所以我想这样写……两个人闲聊，然后正雄跟玉如说话的过程中看到她的表情，突然明白了他这一年半来所看到玉如一切怪怪的表情、一些冲动的行为……他完全明白了……

炳　忠　这样不错。好，我们试试看。

二人重新就位。炳忠再上，不语，倒水。

以　乐　（扮演“玉如”）正雄……我有一件严重的事情要告诉你……我有了……外遇。

停顿。

炳　忠　多久了？

以　乐　不重要。

炳　忠　这么说表示已经很久了，你干脆直接说出来。多久了？

停顿。

以　乐　一年半了。

炳　忠　一年半了。你很爱他？

以　乐　我……不知道。

炳　忠　反正你不爱我了。

以　乐　我没有这么说。

炳　忠　怎么认识的？

以　乐　不重要。

炳　忠　是同事？（以乐不语）是不是同事？（激烈地）还是浪漫的巧遇、一夜情？（以乐不语）他是什么样子的人？

以　乐　（小心地）他很敏感，很重视生活小节，做人非常慷慨……

炳　忠　就是拥有一切我所没有的，对不对？

以　乐　（小声）对。（看着炳忠）可是那不是重点……

炳　忠　（反讽）那什么才是重点？

沉默。

一年半好久了，你为什么到现在才告诉我？

以　乐　你真的一直都不知道吗？你难道一点感觉都没有吗？

炳　忠　我感觉很多——但不是那一种。

以　乐　其实我一直试着在告诉你。

炳　忠　你什么时候说了？

以　乐　不是用说的。

炳　忠　不是用说的，那我怎么知道？

以　乐　这就是问题……我一直不断给你各种暗示。可是，不知道是不是生活让你忙碌到盲目，你已经听不到了。

炳　忠　我有到那个地步吗？

以　乐　最近都还有暗示你。你记不记得……那一次我们跟你的客户出去吃饭？

炳　忠　是在希尔……（改变饭店名）在喜来登请客户吃饭的那一次？

以　乐　不是，就是在希尔顿。吃日本料理那一天。其实我已经跟他约好了，他在我们一起租的小公寓里等我，我紧紧抓着你的手，希望你能拉着我不要我去，可是那天晚上……我还是去了。

沉默。

炳　忠　原来那一天晚上是这样的。你不说我一辈子都不会知道。

沉默。

以　乐　其实已经结束了。

炳忠慢慢地走到以乐背后，静静地看着她。

我们已经分手了，但是不知道有没有毅力真的分手。

沉默。

（诚恳地）炳忠，我实在不知道该怎么办，我想或许你能救我……所以我向你坦白。我们之间必须坦白面对问题，才能走下去。

气氛凝重。二人情绪十足。

炳忠情绪突然松懈下来。

炳　忠　（平实地）"正雄"。

以　乐　（愣）啊？

炳　忠　你叫错了，你应该叫我"正雄"。你叫我"炳忠"干吗？

沉默。

炳忠拿起他的西装外套、公事包，准备回卧房。

讲了这么多，你记得住吗？

停顿。

我是觉得很多地方还是不自然，太肉麻了。人不是这样讲话的。你自己修饰修饰，我去睡觉了。

炳忠走进卧房。以乐不语，呆坐着。

灯光变化。

第三场　丙／丁

日本演歌[4]起。旋转舞台转至炳忠建设公司办公室的场景。舞台空间隔成两半，右舞台是炳忠的总裁办公室；隔着一个隔间，在左舞台是他秘书阿丁的办公桌。

舞台上方陆续呈现幻灯片字幕。

字幕：

人生有时很随机，不需要理由，也可以发生很多事。

灯光渐亮，炳忠呆滞地坐在他右边办公室桌前，工地主任站着。阿丁在隔壁左边办公室工作，她商校刚毕业不久，打扮清纯、整齐。主任一直快速地在对炳忠说话，炳忠一直没有什么反应。

音乐逐渐消失。

工地主任　（混合的闽南语和普通话）喂！总仔……反正我跟你说，我们明天不能动工了！（炳忠没有反应）啊！总仔，你有没有在听我说话？（炳忠不语，喝茶）我说半天说得嘴巴都干了，连一杯水都没有！

炳忠拿起电话，按钮。阿丁接起桌上的电话。

炳　忠　（对听筒）丁小姐，麻烦你给这位江领班倒一杯茶过来。

阿　丁　（对听筒）好。

阿丁去倒茶。

工地主任　哎哟！什么“领班”？“主任”啦！我主任那么多年，

你还叫我“领班”。你什么时候听过工地有领班的？酒家才有领班！

阿丁端茶进总裁室。

阿　丁　（对工地主任）请喝茶。总裁要不要？

炳忠摇手，阿丁出，回自己办公桌。

工地主任　我跟你讲，反正我们那个拖拉车开到“天王皇宫城”去没有用，人家不让我们动工！那个林财旺啊，会带另外五户人家到现场工地去示威抗议，你晓得吗？因为他们的问题没有解决，那全部的人都要听林财旺的，他说不能挖就是不能挖，那个……

炳忠拿起合约书，欲言。

没有用，这个合约书没有用！当初我和那个林财旺说啊，你们不是有六户人家的坟墓在我们工地上？有五户签名都拿20万，对不对？为什么林财旺没有拿，你们就可以这样子？他说：“你少来这一套！什么少数服从多数？我们不吃这一套！所有人都要听林财旺的！”那合约书，我跟你说，根本没有用！我就问他，现在最大的问题是什么？他们为什么不让我们动工？我告诉你啦！总仔，那是因为林财旺他太太做了一个梦，说是他阿嬷托梦，不让我们动工。

炳忠看工地主任，像是恢复焦距一样，进入话题。

炳　忠　他阿公上次不是也托了一个梦说是可以动工吗？

工地主任 对，我就是这样跟他说。“对啊！你阿公上次不是托梦说可以动工，为什么这次你阿嬷托梦说我们不能动工？”

炳忠思路又飘走了，眼光呆滞地凝视着虚空。

那林财旺就和我说，这个可能是他阿嬷和阿公两人在阴间意见不合。反正我跟你说这件事（闽南语）“大条”啦！

阿丁的女同事进。

职　员 （对阿丁）小丁啊，“天王皇宫城”要领两万块钱的杂支费，明天要用。

阿　丁 两万块？我可不可以下班再给你，我现在这里好乱！

职　员 下班？我过一个钟头来拿。

阿　丁 好！我尽量。

女职员下。

工地主任 ……要解决问题，其实很简单。林财旺跟我说：“要把我们的坟墓迁走可以，但是给他们盖一个庙。”他跟我开价1500万，那我就学你，带他们去花天酒地。你知道吗？当场就跟他杀到1300万！所以明天要动工可以啊，我们要给他1300万就搞定了。

炳忠有如梦中惊醒。

炳　忠 多少钱？

工地主任 1300万。你想一下。

炳忠表情懊恼地走出自己办公室，到隔壁倒水。阿丁见炳忠来了，立刻起立。

阿　丁　总裁，我帮你倒嘛！（将茶杯接过来）顺利吗？（炳忠不语）你太太打电话来说她下南部去了，要过两天才回来，所以今天晚上没办法和你吃饭。（炳忠无神地点头）还有那个王先生也打电话来，说他调给你的400万到期了，要你赶快给他一个答复。

炳　忠　（温和地）没有关系。不重要。

炳忠端着茶要走回去。

阿　丁　总裁……王先生他口气很不好……

炳　忠　不重要。

炳忠顺手拉住阿丁的手，阿丁有点不自在。

（温柔地）明天就要开工了，很多事情你要多费心了，辛苦了！

阿　丁　（委婉地挣开手）没有啦，这是份内的事。

炳忠回到隔壁总裁室。

工地主任　（拿出一份估价单）总仔，这个是那个1300万的估价单。你看一下，他们写得很清楚。那钢筋水泥要多少都写得很详细。你看一下。（炳忠接过估价单）他们说计划要盖一个情人庙，我是觉得他们的构想真的很好。他跟我说一进那个庙就可以看到两副对联……上联写什么……我忘记了，那个下联写的是“谁先变心谁先埋”！

炳忠呆看着估价单。

我就问林财旺说:“你为什么要盖情人庙呢?”他就跟我说……因为他太太做了一个梦——他阿嬷托梦说——如果没有盖情人庙的话，那他太太会有外遇!

炳忠突然把手中的估价单揉成一团，丢地上。

工地主任吓一跳。停顿。

总仔，那个只是给你做参考。其实林财旺跟我说这件事，说他太太会有外遇……我一想到这件事就觉得很好笑!(大笑)

炳　忠　外遇有那么好笑吗?

工地主任　不是，总仔，外遇是不好笑。问题是你没有看到林财旺他太太那种长相啊!他太太那种长相的女人都会有外遇，那才好笑!

工地主任仍笑，炳忠仍无反应。

总仔，你听不懂啊?就是说林财旺他太太会在外面遇到一个男的，然后跟他(闽南语，顺便用手比画二人上床做爱之意)“合一下”，“合一下”!

总仔，你娶太太的人怎么会听不懂?

炳忠走出自己办公室，到隔壁办公室。

阿丁见总裁来，立刻起立。

阿　丁　(拿出一份报表)总裁，有空的话，请你看一下。“合兴”

的 720 没有回来，还有王总的秘书打来跟我说他那张 420 也跳票了！这要怎么处理？

炳忠接过报表。

炳　忠　不重要。

停顿。炳忠将手搭在阿丁肩膀上。

你今天晚上有没有空？

阿　丁　（不自在）嗯……我今天晚上有事。

炳　忠　有男朋友了？

阿　丁　嗯。其实是未婚夫。

炳　忠　好，真好。他是干什么的？

阿　丁　他还在学校，台大历史研究所的。

停顿。

炳　忠　我祝福你们两位！

炳忠将阿丁按回座上，缓慢地回到自己办公室。

阿　丁　总裁，那……王先生的事？

炳　忠　不重要。

炳忠回到隔壁。

工地主任　（继续）总仔，这个是林财旺他们提供的情人庙的建筑结构图。

工地主任摊开结构图在桌上，专心地解说。过程中，炳忠将手上的报表卷成了圆筒状，站在工地主任后面呆看工地主任的头。

那是林财旺的弟弟叫林财进，在南部盖一个庙做“大家乐”的，听说很赚钱。这是他找人设计的。我是觉得这个设计漏洞百出，譬如说这六根圆的大柱的设计太粗了，我们可以用偷工减料的方式给它改小一点。还有这个距离……（比）这个距离也太大了，像这些窗户……（指）这些窗户也开太多了……

炳忠突然毫无警告地，用手上的圆筒大力打工地主任的头一下。工地主任吓一跳。炳忠回过神来。

炳　忠　（不知说什么好）对不起。

工地主任　（不知怎么回答好）没关系。

停顿。

（边摸头）我是说……总仔，这六根柱子实在是太粗了……这……（转头向上看天花板，怀疑刚才是天花板上掉下来的东西）这……

隔壁有一位经理气急败坏地走进来。

经　理　（激动地摊开一份晚报）阿丁，这是不是我们公司今天登的报纸广告？

阿　丁　（看，愣）“爱的小屋”？

经　理　是。

阿　丁　（惊讶）这是今天报纸？

经　理　是。

阿　丁　（不敢相信）怎么会有这种事？我查查看。

阿丁赶快翻档案柜，拿出一份资料，愣住。

经　理　（质问）我们今天推出的是什么？“天王皇宫城”怎么会变成“爱的小屋”？这到底是怎么回事？

阿　丁　（快疯了）我拿错了！我发了手稿！“天王皇宫”的完稿还在这里！

经　理　（暴怒）那你叫我怎么办？“爱的小屋”是我们下半年度的进度！你现在登出来叫我怎么办？怎么处理这件事呢？你怎么会出这么大的错误！

炳忠闻声冲进阿丁的办公区。

炳　忠　什么事情？什么事情？

经　理　（不知如何解释）嗯……报告总裁，这是我们公司今天发的报纸全版广告。

经理将报纸递给炳忠。炳忠看报纸。

炳　忠　“爱的小屋”？“天王皇宫”呢？

经　理　登错了。

炳　忠　（加强语气）“天王皇宫”呢？

经　理　（加强语气）登错了！

炳　忠　（将报纸揉成一团）你叫我怎么办？经理！你现在叫我怎么办？

阿　丁　我现在马上打电话去报社更正！

经　理　你赶快打电话去更正！

炳　忠　对。更正个屁！都已经登出来了，有多少人看了报纸！经理，"爱的小屋"现场是什么样子？

经　理　（心虚）是一栋老日本房子。

炳　忠　而且里面还住着人呢！你让一两百人看了报纸，到了现场买房子，你叫我怎么办？ 我的信誉怎么办？

经　理　这……我……

炳　忠　我的信誉全给你们毁了！信誉！你们懂不懂？！信誉！！

经　理　是……我们疏忽了！

炳　忠　你们怎么会犯这么大的错误？！

经　理　这个……

炳　忠　（指报纸）等一下，这条小蛇是干什么的？

经　理　……这是设计师还没有完成的手稿，这是他无聊时候画的涂鸦……

沉默。

炳　忠　（快疯了）没有完成的手稿？你们会把它送到报社去！我佩服你们！

经　理　我……

炳　忠　经理，你赶快给我改这个东西！

经　理　这个……报告总裁，这个实在……

炳　忠　（突然笃定）不要改了！卖！

经　理　卖？……卖“天王皇宫”？

炳　忠　卖“爱的小屋”。

经　理　可是“爱的小屋”不能卖……因为它现在是一栋老房子还没拆……

炳　忠　不管了！

经　理　可是……里面有人住……

炳　忠　不管了！

经　理　产权根本不清楚！

炳　忠　统统不管了！你就是必须给我卖掉，你赶快想办法，你要负这个责任……

经　理　那……我们先盖一个样板间！

炳　忠　对！

经　理　可是，我觉得很困难，因为里面有人住，他们不会让我们盖的……

炳　忠　不管了！你去想办法！（接近歇斯底里）事情不可收拾，你要负你该负的责任！不要逃避！！

经　理　是。（想一想）报告总裁，那这样好不好？我跟他们讲他们中奖了，然后给他们两张机票，叫他们出国旅游好不好？

炳　忠　好。

停顿。

（暴怒）好个屁！我拜托你，赶快给我处理掉！你还站在这里做什么？

经理冲出去。阿丁难过地站在一边。

你们这些人做事之前为什么不想清楚？你们以为你们在我背后做什么，我会不知道？做完以后你们负得了责吗？

炳忠颓丧地靠在阿丁桌子前面，几近崩溃状态。

阿　丁　总裁，你……不要难过……我尽量想办法。总裁，你不要难过，好不好？你难过，我都不晓得怎么办才好……我……我帮你倒水。

阿丁倒茶，端给炳忠。

总裁，请喝水……

炳忠突然一把抱住阿丁，把阿丁搂在怀里，疯狂地猛抱。二人挣扎，阿丁终于挣脱开。

沉默。阿丁无法相信所发生的事。

总裁，你干什么？你怎么了？

炳忠仿佛梦醒，看着周遭，羞愧地捂着脸。

总裁……你到底是怎么了？

炳忠收拾自己的情绪，恭敬地向阿丁鞠躬。

炳　忠　对不起。对不起。

阿丁过去扶炳忠。

阿　丁　你……要不要休息一会儿？

炳忠坐在阿丁的位子上。

炳　忠　（自责）我都可以做你爸爸的人了，我保证以后不会再这样。

阿　丁　总裁，你是不是……最近有问题？

炳　忠　很多……问题……很多问题。

阿　丁　王先生的事，我尽量帮你想办法。

炳　忠　那个事情不重要。

停顿。

以后有空，我希望跟你谈一谈，你就明白了。

炳忠起身，往隔壁走，突然停。

哦……你今天晚上有没有空？

阿　丁　我今天晚上有事。

炳　忠　哦……对……对……对……

炳忠又往隔壁走，又突然停。

那……明天怎么样？

阿　丁　明天也有事。

炳忠微笑地做手势表示没关系，走回隔壁总裁室。

工地主任　（正在打电话，看到炳忠来了结束电话谈话）好！我今晚打电话给你！（挂电话，对炳忠）总仔，我刚才和林财旺说这个事情，我已经跟你报告过了。那……我希望你也注意一下，明天你和会计小姐说，我会去拿钱，然后我拿去给林财旺，那个“天王皇宫”就可以准时动工了。那明天……

炳　忠　江主任，这个事情很简单……

工地主任　对对对……很简单。

炳　忠　解决了。

工地主任　对！解决了。我刚才和林财旺说解决了。

炳　忠　（慢慢地）你回去帮我跟林财旺说……我很感谢他！

工地主任　对！你很感谢他！

炳　忠　他辛苦了！

工地主任　对！人家本来就很辛苦嘛！

炳　忠　同时请你帮我转告他一句话。

工地主任　……转告一句话。

炳　忠　一个字都不能少。

工地主任　……一个字都不能少。

炳　忠　你跟他说……我说……（慢慢地）我操他妈。

尴尬的沉默。

工地主任　（小声）……总仔，我要跟他说……“我操他妈”哟？

炳　忠　然后再帮我谢谢他。

工地主任　我说完“我操他妈”还要说“谢谢”？

炳　忠　做人要懂得礼貌！

工地主任　总仔……其实我很了解你的心情……林财旺他们实在是太过分了……

炳　忠　（不耐烦）你懂了没有？

工地主任　我晓得，我晓得，他们价钱开得太高了……

炳　忠　（指向门口）你懂了对不对？

工地主任　（边收拾自己的东西）我完全明白。那……总仔，这样好了。明天我带七八个兄弟，带刀带枪去给他们威胁……

炳　忠　（生气地赶工地主任出去）你懂了没有？！

工地主任　（惊吓地鼠窜）怎么会这样？（下）

阿丁站在她办公室桌前，呆看着遥远虚空，炳忠在总裁室门口望着她。灯光变化。

第四场 丁／戊

江蕙《酒后的心声》响起。旋转舞台慢慢地转着，从建筑公司换成永和阿丁的家。

舞台上方陆续呈现幻灯片字幕。

字幕：

圆环就是圆环……它一直在那里，也没有什么变化……

过了三天之后的晚上。一个一般台北中产阶级家庭中的客厅。舞台的右侧是大门，左侧通往厨房的门，另有门通往卧室。场上摆着一组颇为陈旧而缺乏选择性的沙发。墙壁上挂一个匾，上写一个大“忍”字。

阿公穿着很厚的冬季棉袄，戴着帽子和口罩，坐在一台非常小的7寸电视机前，电视有影像，但无声。

丁母拿着锅铲当话筒，跟着音乐狂唱。她是家庭主妇，但像是演唱会主角一样卖力地歌唱。

丁　母　（唱）“我无醉，我无醉，无醉，请你不要同情我！……”

门铃响，丁母不理，继续唱。门铃继续响，丁母整理杂乱的衣物，发现太脏太多，干脆扔在地板上，跑进厨房。

钥匙声。阿丁开门，带小悟上。小悟年约24，端正，穿着整齐但缺乏品味的西裤和夹克，戴着老实的黑框眼镜，有些害羞和不自在。

阿　丁　（边拉小悟）来啦！来啦！这就是我家。

小悟看着四周。

小　悟　你们家这个是军工教住宅啊，属于台北市文教区的公寓样式，大约建筑时间是1961年（民国五十年）左右。看到这个磨石子地板，给人一种很安定的感觉，真的很好。我现在了解阿丁你常常跟我讲，你追求安定的那种感觉。

阿　丁　你坐。

小悟坐在沙发上，突然发现坐在角落看电视的阿公，略惊，立刻起立。

小　悟　这是……

阿　丁　是我阿公。

小　悟　（赶紧礼貌地鞠躬）阿公好！

阿　丁　（做手势表示阿公重听）他听不见。

小　悟　电视怎么没声音？

阿　丁　反正他听不见，开再大声也是听不见。

小　悟　可是，也没有画面啊？怎么都是雪花，是不是没有接天线啊？

阿　丁　他眼睛也不好，调了也没用，坐吧。

两人坐下。小悟看着四周。

小　悟　那我们现在是要等你爸妈回来？

阿　丁　嗯……

小　悟　阿丁啊，看到你们家让我感觉到我们社会还是有一种强烈的中产阶级安定的力量。毕竟这是社会的主流价值……

丁母自厨房出来，边唱歌，没有发现他们回来了。

丁　母　（唱）“我无醉，我无醉，无醉，请你不要同情……”

丁母已经站在沙发上高歌，突然转身看到二人。

哇～～～！！

小悟又赶紧站起。尴尬。

阿　丁　妈，这是我朋友，陈悟宁。（对小悟）这是我妈。

小　悟　小悟。

丁母下来，用锅铲戳阿丁。

丁　母　（带闽南口音）你死哪儿去了？

阿　丁　我上班啊。

丁　母　你不是要带朋友回家吃饭吗？

阿　丁　我带回来了啊。

丁　母　几点了？都8点多了。

阿　丁　可是我们都讲好了。

丁　母　讲好了有什么用？（指阿公）阿公要看《雾非雾》，我刚刚把菜都摆出来，你们不回来，饭都被他吃光了。

阿　丁　那怎么办？

丁　母　那不然，妈去楼下给你们买两碗面。

阿　丁　妈，朋友到家里来，就是要吃家里的味道啊……

丁　母　好了好了！我去看一下。

小　悟　伯母……不麻烦了……

丁　母　不会不会！你坐你坐，不用客气！

丁母下。

搞什么东西，这个时候带人来……

小悟仍恭敬地站立着。

阿　丁　坐嘛。

小　悟　你妈好风趣……

小悟坐。丁父从卧房上，他穿着拖鞋及一般家居服，手上拿着一套鲜蓝色乐队制服。小悟又立刻起立。

丁　父　（很重的山东口音）你妈呢？

阿　丁　在厨房热菜。

丁　父　叫她把这衣服拿去洗洗。

阿　丁　爸，这是你的制服……万一要穿……

丁母闻声而上。

丁　母　什么？

丁　父　（将制服塞给丁母）拿去洗一洗。

丁　母　干什么？万一要穿怎么办？不要洗啦！

丁　父　（突然暴怒）不会穿了！夜总会都关门了！不穿了！

丁　母　不要洗啦……

丁　父　（破口大骂）我叫你洗就洗，怎么这么啰唆？洗完就扔了！他妈的！

丁父生气地冲回卧房。

沉默。

丁　母　不要洗啦！

丁母将制服放在沙发上，又回厨房。

阿　丁　爸那一家餐厅突然倒闭了，乐队解散了，他是领班，他这几天不习惯晚上在家里，心情不好。

小　悟　那今天来……实在不太方便。

阿　丁　（温柔地）小悟……（安抚）跟爸提说不定心情会好一点。

丁父上。

丁　父　（看到衣服）他妈的……

阿　丁　爸，这是我朋友，陈悟宁。

小悟又起立要打招呼。

丁　父　（自言自语）我操他妈！

小悟愣住，尴尬。

我干了十多年！那个破乐队还是我带出来的！他妈的，说关门就关门……

小　悟　伯父在那儿那么久了？

丁　父　我在大陆，在上海是跟法国师傅、俄国师傅学的。1949 年到台湾就在康乐队干，退伍了就给它干到今天，今天它说关门就关门！

丁母上，手上拿着一颗卤蛋。

丁　母　冰箱还有一颗卤蛋，我帮你下碗面好不好？

阿公突然转过身来，指着丁父。

阿　公　（慢慢地，大声地，闽南语）你……没去上班？

丁　父　（大声）我今天不上班了！

停顿。阿公未听到，再问。

阿　公　（大声）你……没去上班？

丁　父　（更大声）不上班了，以后都不上班了！

丁　母　（大声地用闽南语说）阿公！你看你的电视啦！

丁母下。

丁　父　（比丁母还大声）你小声一点！

阿公转回去看电视。

阿　丁　爸……今天有一件事要跟你们商量一下……

阿公又转回来。

阿　公　（大声）你今天不……

阿　丁　（失去控制地用闽南语大吼）阿公，你看你的电视啦！

沉默。阿公慢慢地转回去。

（懊恼）爸，妈，今天我带朋友回来，主要就是有事想跟你们商量……你们……

丁　母　（安抚阿丁坐下）小娟，坐，坐。

丁母也坐到丁父旁边。

阿　丁　他叫陈悟宁。（小悟点头）是台大历史研究所的，今年毕业。

丁　母　那毕业以后要做什么？

小　悟　继续研究。

丁　母　……研究？

阿　丁　（对小悟）你跟他们讲……（对父母）他研究的都是台湾近代的历史。

小　悟　我的硕士论文题目是"大稻埕的兴衰与台北文化变迁的关系"。

沉默。丁父、丁母愣。

丁　母　那……写完以后要投什么报？

阿　丁　妈……这不是投报的。

丁　母　（小声地）不是投报的，那写来做什么？

丁　父　（大声对丁母）人家是做学问的！写来做学问的！

丁　母　（对丁父）写来又不投报那放在家里做什么？

丁　父　（暴怒，对丁母大吼）放在家里做什么？放在家里放把火把它烧了！我操他妈的！

尴尬的沉默。

阿　丁　（打圆场）爸妈，小悟有很多事想请教你们，妈，你小时候不是住在圆环附近？

丁　母　对。

阿　丁　（对小悟）以前爸妈都在康乐队做事，爸吹小喇叭，妈是唱歌的。妈那个时候在小歌厅还蛮红的！爸，那个歌厅是不是就在圆环那里？

丁　父　（平静些）对，在延平北路。那个时候有很多小歌厅在圆

环那里，现在都成了脱衣舞、透明秀。我……（摇头）

小　悟　是。我一直想请教伯父伯母关于大稻埕、圆环一带的变化。

丁　父　（想一想）圆环就是圆环……它一直就在那里，也没有什么变化。

丁　母　我是很小就住在那里，可是很早就搬走了，也没有什么印象……啊！阿公知道啦，问阿公。阿公在日据时代就一直住在圆环旁边那个叫“西脚环”的地方。那个时候阿公在做生意，日本人都很尊敬他！你问他！

丁　父　（指责）你问他吗？他耳朵听不见，你问他！

丁　母　可以啦！

电话响，丁母起身接。

（对电话）喂？哦……陈经理，是……好……有！有空！……对啊，还不是一样在家里喝酒……

丁父不悦，起来抢电话，丁母站一边。

丁　父　（对电话）喂……老陈啊！怎样？……什么？（点头）哦……哦……（摇头）我没空……谁说我有空？……她？她懂个屁！弹吉他我实在没有空，你找个年轻的，谢谢你，有空来家里玩啊……再见！（生气地挂掉电话）

丁　母　你干什么？人家陈经理好心帮你找工作……

丁　父　要我去弹吉他？随便找个年轻人去就好了，干吗找我！

丁　母　谁不知道你整天没事干都在家里喝酒……

丁　父　我是乐队队长！你知不知道？乐队队长！叫我去跳脱衣舞的场子弹吉他？我谢谢他，我操他妈的！

丁父下。

小　悟　丁伯母，今天很冒昧，第一天来就……本来我跟阿丁有件事想跟伯父伯母商量的，我看今天大概不太合适……算了……

丁　母　不会啦，他都是这个样子，有事就说，没关系啦！

小　悟　因为……是这样子的……我跟阿丁认识有一段时间了，那……交往得也很好，很合得来……所以……

阿　丁　我也有去他们家……

小　悟　我爸妈都很喜欢阿丁。

从卧房传来吉他的声音。丁父拿一把老吉他上，弹《酒は涙か溜息か》的日本演歌，也就是国语歌曲《是酒是泪》的原调，是标准酒家"那卡西"伴唱的歌。丁父坐，弹。

我们是想……我们两个……

丁　父　（对丁母）弹吉他？好啊！脱衣舞、透明秀，我操他妈的！

丁　母　人家好心让你去在赚钱，我最近都在练嗓子了，现在这个家，我不去赚钱谁赚钱啊？

丁　父　好啊！你去跳脱衣好了！你脱我弹，你也脱吧！赚得更多啊！我操他妈！

丁　母　（闽南语）讲什么疯话！

丁父专心地弹吉他，小悟继续和丁母说话。

小　悟　我是说……我们什么时候来跟伯父伯母好好谈一下，因为……我想…… 我们很多同学都结婚了……

阿　丁　我们想请爸妈帮我们选个日子。

小　悟　对，如果可以的话，帮我们选个日子。

沉默。吉他声持续。

丁　母　喂……喂……你听到了没有？

丁父停止弹吉他。

丁　父　（眼光看地板）我听见了。

丁　母　有什么意见啊？

丁　父　我没有什么意见。

丁　母　你是一家之主嘛。

丁　父　（怒）谁是一家之主？

丁　母　选个日子嘛。

丁　父　我选什么日子？

丁　母　不要这样，今天小娟来问你，你就选个日子嘛！

丁　父　（暴怒）选个日子来找我了？别的事怎么不来找我？女儿又不是我生的！选日子，可以啊！（疯狂地大吼）你跟谁生的就找谁选！我操他妈的！

丁父冲往卧房下。

丁　母　（闽南语大骂）你说什么疯话！

丁母冲往厨房下。

沉默。

阿　丁　对不起……你第一次来我们家就……

小　悟　没有关系。阿丁，刚才伯父说的……

阿　丁　过两天好不好？过两天我跟你讲我的事。

小悟拉阿丁的手。

小　悟　没关系。大概今天来得不是时候。

阿　丁　你会不会觉得我不一样了？

阿丁委屈地靠在小悟的胸前，突然又难过地哭着跑进卧房。

小　悟　阿丁……我……

沉默。场上只剩小悟和阿公。

阿公缓慢地回头，望小悟。

阿　公　（指小悟，慢慢地，大声地，闽南语）你……你怎么没去上班？

灯光变化。

第五场 戊/己

日本演歌《港町布鲁斯》逐渐响起,也就是国语流行歌曲《谁来爱我》的原调。

旋转舞台转成台北市南京西路圆环里面一家小吃摊。墙壁上贴满了“牛肉场”脱衣秀的海报。

舞台上方陆续呈现出字幕。

字幕:

春去秋来,时来运转。三星期之后,小悟来到圆环,寻找他童年的回忆、儿时的玩伴、蚵仔面线,等等。

三个星期之后,晚上8点多,路人稀少。林吉欣站在小吃摊前,小悟正和老板点菜。吉欣艳丽,穿着亮丽的名牌套装,品味不俗,发型和化妆都很细致,但在她身上稍稍能够感到一种风尘味,与前一场朴实的阿丁成强烈对比。

小悟转身看看吉欣,吉欣坐在旁边的长板凳上,两人侧身可以面对面。他的穿着与前一场差不多,书生模样也和世故的吉欣成对比。

音乐逐渐消失。

老板将两碗羹端来。

小 悟 (看周围环境)好久没来了!

吉 欣 小悟,现在还有谁来圆环?你常来吗?

小 悟 不常。有时来搜集论文资料。我们以前常来。

吉 欣 那多久以前了!

小　悟　东西还是一样好吃。

吉　欣　这是什么？

小　悟　你忘了？

吉欣看着菜，想不起来。

以前我们每一次来都要吃的。（吃一口）7 年了，味道都没有变！吉欣，吃一点嘛！

吉　欣　（不动）慢慢来。你吃。

小　悟　想不到今天会找到你。

吉　欣　对。真是意外，多少年了？

小　悟　7 年了。你那个店是卖什么的？

吉　欣　衣服。

小　悟　那算是水货吗？吓我一跳，我看到一件衣服一万多块！

吉　欣　这没什么，我们对象不太一样。你现在在干什么？

小　悟　我在念研究生。

吉　欣　你念研究生？什么专业啊？

小　悟　历史。

吉　欣　研究历史啊？真不简单！不过想一想，你的个性蛮适合的。你还有多久念完？

小　悟　今年就毕业，论文已经交了。

吉　欣　很好。那你毕业以后打算做什么？

小　悟　开餐馆。

吉　欣　嗯？念完历史研究所开餐馆？你开玩笑吧！

小　悟　（故作奸诈样）也许哦……！（微笑）没有啦……几个朋友找我嘛……有几个同学想合伙开一家火锅店。

吉　欣　开了请我吃饭。

小　悟　那没问题。

吉　欣　有没有女朋友？

小　悟　（边点头，慢慢地）这些年当然会有……认识。（转身再叫小吃）老板！再来两碗汤。一碗香菜多一点。

一位男吃客从左舞台上，坐在吉欣的身旁。

其实我还是蛮喜欢做研究的。研究历史很有意思……不是唐朝、宋朝的才叫历史，过了一天都是历史，走过的路都是历史，我们吃过的小吃也是历史。我研究的是光复以后的延平区，就是圆环这一带。像圆环，一直说要拆，也没有拆，其实拆了就没有了，多少故事……人物……对话……日本人，等等。

老板上汤。

老板，还记得我们吗？

老　板　（看看他们想一想，闽南语口音）不记得了。

小　悟　我们好久没来，可是七八年前常来。

老　板　七八年前太久了，如果你们七八年一直来我倒是会记得啦。

小　悟　老板，圆环到底拆不拆？

老　板　这个……不知道啦！有一阵子没一阵子，前一阵说要把我们拆到林口去，林口在哪里我都不知道，我不知道客人怎么会知道？如果真的要拆的话我不干啦！

小　悟　不要不干嘛！东西这么好吃！

老　板　没有关系，我的小孩长大了，我可以去游山玩水啦！

一位女吃客从右舞台上，坐在小悟的身旁。

小　悟　（对吉欣）你看老板还是这个样子。你不记得？

吉　欣　好像是。不太记得。

小　悟　我常常想起我们那个时候，都约在成功新村国宅那边，都是空空的一栋栋公寓，也没人买、没人住。现在可是住满了人。说实话，我蛮珍惜那一段日子，你的头发那么短，穿个制服……我背个书包……我们在空国宅那边散步……我后来没跟任何人再去过，好像那是神圣的、不可侵犯的。

停顿。

吉　欣　你今天约我出来就是要跟我说这些吗？

在一旁一直看着一台小电视的老板突然大声说话。

老　板　太难看了！这个《雾非雾》完蛋了！玉如怎么会跑去当地下情报人员？

小　悟　老板，你不爱看可以关掉。

老　板　没办法，我已经看下去了！我现在要看它到底有多烂！

小　悟　（对吉欣）老板实在很有趣。

吉　欣　你有没有固定的女朋友？

停顿。

小　悟　有。

吉　欣　长的什么样子？

小　悟　我刚好有带她的相片。

小悟从他的口袋拿出阿丁的相片，吉欣接过来看。

吉　欣　很漂亮……在做什么呢？

小　悟　刚出校门，在一家建设公司工作。

吉　欣　好年轻……

小　悟　像以前的你。

小停顿。

吉　欣　那……你们有什么打算？

小　悟　我们明天就要结婚了。

小悟从西装上身口袋拿出喜帖，交给吉欣。吉欣看着喜帖。

吉　欣　很好。恭喜啊！你们认识多久了？

小　悟　很快。三个月。

吉　欣　哦，闪电式结婚。

小悟不知如何回答。

（放下喜帖）那你明天就要结婚，今天来找我做什么？我是说……你应该很忙。

小　悟　没有……该做的事都交代好了，我想找你聊一聊，看看你。

其实我一年前就知道你……在开店……一直想来看你……

吉　欣　你怎么会知道？

停顿。

小　悟　在一个同学家，偶然间翻到一张相片……是他父亲和你合照的……

小悟有些难以启口。

在酒廊里。

停顿。

吉　欣　（大方地）对，我以前在酒廊上班。

小　悟　现在还有吗？

吉　欣　没有。我已经退休了。

小　悟　有没有固定的朋友？

吉　欣　有。

小　悟　男的？

吉　欣　废话。

小　悟　他做什么？

吉　欣　做生意的。

小　悟　什么生意？

吉　欣　很多。像做汽车进口生意。

小　悟　我最近需要一部车子。可以找他帮忙吗？

吉　欣　可以，我把电话留给你……（从皮包中拿出名片）这是我的固定电话。

小　悟　（看名片）是不是在你店附近？

吉　欣　对。（大方地）他在农安街帮我买了一个小套房。

小　悟　他……帮你开的店？

吉　欣　当然。

小　悟　他出钱？

吉　欣　（大方地）他养我！

停顿。

小　悟　你们住在一起？

吉　欣　人家都结婚了，怎么住在一起？他会每天来看我。

沉默。

小　悟　吉欣……你怎么会……？我是说你没有必要……

吉　欣　你是问我为什么要干这一行？

小　悟　没有必要嘛！凭你的条件……

吉　欣　我的条件是很好！

小　悟　吉欣……

吉　欣　（第一次露出情绪）我爱刺激可以吧？我想看看天底下的男人是不是都跟你一样！贱！

男、女吃客，老板都注意到他们的谈话。沉默。

小　悟　我同学他爸爸说你很“活泼”……

吉　欣　加点钱我就活泼！

小　悟　（摇头）他这个老头很浑！

吉　欣　我专爱跟浑的男人在一起！

小　悟　他还说下一次有机会要把你介绍给我。

吉　欣　可以啊！欢迎你！看你玩得起玩不起！

小　悟　（难过地）他说你的名字叫 Jennie。

吉　欣　我是叫过 Jennie，也叫过 Julie，也叫过 Hanako。看你在哪一家找到我的。

小　悟　日本名字？

吉　欣　对。我们日本业务非常好。日本人爱搞嘛！

沉默。

小悟，你今天约我出来就是要谈这些吗？

男吃客吃完，起身。

吃　客　老板，多少？

老　板　40。

男吃客掏钱，女吃客突然看到他，起身。男的看到女的立刻跑下，女追下。

……喂……还没付钱……阿中！……阿中！……

打手阿中拿着扫把慢慢从后面走出来。

没拿钱！（指着男女吃客跑的方向）

打　手　（闽南语）干你娘！（举着扫把追出去）

沉默。两人无视于周围发生的事情。

小　悟　以前都是日本人坐在这里吃……吃寿司、串烧……大稻埕街道整整齐齐的，江山楼就在那一边（指）。到了深夜，所有的艺伎都出来到圆环吃宵夜……

吉　欣　我不是艺伎。

小　悟　从江山楼走过，楼上窗户传出艺伎的歌声，多么雅致的情调！

吉　欣　情调？现在人谁还讲究情调！要情调可以啊！去宾馆开个房间，300 块两个钟头，紫色窗帘一挂，红灯一亮，裤子一脱，就干了！那不是很有情调吗？

沉默。

小　悟　吉欣，你还恨我。

吉　欣　你明天就要结婚了，我还恨你干吗？

小　悟　可是我们那时不能有小孩。

吉　欣　那个之后，你对我就开始……好像你一辈子都是最优秀的、第一名的，我的存在让你难堪。

小　悟　我承认……我身边有许多美好的事，我们之间又那么……那一件事算是我生命的一个（找词）瑕……

吉　欣　（替他说完）瑕疵。

小　悟　一种污……

吉　欣　（替他说完）污点。我是你生命中的污点。

小　悟　吉欣——请你原谅我！

吉　欣　可以啊！反正我们那个小生命才活 4 个月，而且路程那么短，生命的开始就在那边那一家小旅社（指），4 个月以后我就一个人到隔壁的小诊所拿掉。路程很短，没有什么好留恋的。

在一旁的老板好像听到什么，一直仔细在听。

老　板　（上前，关心地）有问题是吗？（二人不语）没关系，我有一个表弟台大毕业的，在日本学医，现在在对面那个“人之初”妇产科的隔壁开了一家叫“性本”妇产科。（指）可以看得到的。（递一张名片）参考一下！

小悟接名片，呆滞地看一下，放进口袋中。老板回头看电视。

吉　欣　小悟，我们不要再谈这些。都过去了。你明天就要结婚，我也没时间准备礼物——这样好了，你带新娘子来我店里挑几件衣服，我那里的衣服都很漂亮……

小　悟　这些年……我在台北，你也在台北的某一个角落。我们各自生活着，我一直在圆环附近徘徊，搜集资料，其实脑子里都是你的画面。我在想……你在想什么？……你在你的小角落恨我吗？我必须见你。真的！我必须今天看到你……（握着吉欣的手）

吉　欣　（平和地安慰小悟，慢慢地）你明天就要结婚了，我当然原谅你。（握紧小悟的手）而且祝福你。真的。（起身）老板！多少钱？

老　板　120。

吉欣拿出1000元钞票。小悟仍呆坐着，望着前方。

吉　欣　不用找了。

吉欣快速离去，老板不知所措。

小悟沉默了一会儿，呆呆地也掏出钱放在桌上，黯然地往另外的方向离去。

老　板　给过……给过……

老板拿着钱两边张望着。

灯光变化。

第六场 己／庚

肖邦圆舞曲音乐起。旋转舞台慢慢转至吉欣家，台北市农安街的一间小套房，一组仿欧洲古典式的餐桌以及一组略微陈旧的沙发。
舞台上方陆续呈现出字幕。

字幕：
谁都忘不了初恋的感觉……

第二天晚上。吉欣穿着雅致的家居服，正在摆桌上餐具及几样精致的小菜，等待雨耕回来吃饭。
贾雨耕上，年约40，他神情专注，心事重重。
音乐逐渐消失。

吉　欣　雨耕，回来了？（指着桌上的菜）都是你爱吃的。

雨耕靠在沙发上。

雨　耕　小曹有没有电话？

吉　欣　小曹？干什么？

雨　耕　没事。

停顿。

吉　欣　你吃米饭还是喝粥？我都有准备。

雨　耕　吃不下。

吉欣不悦，雨耕发现，走到餐桌的位子。

我吃一点菜好了。

吉　欣（讽刺地）在家里吃过了？

雨　耕　我……嗯……

吉　欣（猛收筷子）那就不要吃！

雨　耕（阻止动作）吉欣，不要这样子。

吉　欣（缓和一些）那喝一点酒好了。

吉欣帮雨耕倒一杯桌上的法国白兰地。

雨　耕　可能是小曹打电话来的时候你不在。

吉　欣　怎么搞的？

雨　耕　小曹出事了。

吉　欣　出什么事？

雨　耕　我跟小曹不是合开了一家理容院吗？

吉　欣　我哪知道你跟什么人开什么店？

雨　耕　昨天晚上我还去店里请几个客户“马”了两节，脚也洗了，还做了一个耳烛。今天早上去一看，什么都没有！连会计小姐都不见了！

吉　欣　怎么可能？

雨　耕（不可思议地）100多个小姐……全都不见了！就好像那个地方从来没做过生意一样！

吉　欣　雨耕，你怎么会跟小曹那种人合伙？

雨　耕　他昨天晚上还跟我说有一个点子，在每一张理容椅外围挂一道布帘，就可以隔成独立的空间。他说别家都这么做了，我还说这点子不错！谁知道今天他就不见了！我做生意做那么久还第一次碰到这种事！

吉　欣　是不是需要钱？我这里有。

停顿。

雨　耕　（突怒）干什么？开店就神气了，是不是？不要忘记那还是我帮你开的！

吉　欣　你怎么这样讲话？

雨　耕　（摇头）我今天打了十几次电话到他家，连他太太也不知道他去哪里了！

吉　欣　（欲拨电话）我认得他外面那个女人，我帮你找一找，好吗？

雨　耕　不用了。她也不见了。

吉　欣　我看你是愈老愈糊涂了，怎么跟小曹这种人做生意？

雨　耕　（自言自语）他跟我要这一套，看谁狠！走着瞧！

吉　欣　不要急，一定找得到的。

沉默。

雨　耕　你昨天晚上去哪儿了？

吉　欣　（愣一下）……逛街。

雨　耕　（很注意吉欣的语气）我昨晚 8 点钟过来，你不在，也不在店里。

吉　欣　没事，跟朋友逛逛街。

吉欣端碗下。

雨　耕（对厨房方向）你有一个朋友打电话来找你。

吉　欣（从厨房传来的声音）哦？

雨　耕男的，叫“小悟”。

吉欣拿一个苹果上，开始削。

吉　欣哦！小悟，我高中同学。

雨　耕很奇怪。他打电话找你，我说你不在，他说没关系，他其实是想找我！

吉　欣（愣）找你？

雨　耕蛮奇怪的。他问我是不是做汽车生意的。

吉　欣他要买车嘛。

雨　耕我说我做进口车。他就问我手上有没有“法拉利 328”。（吉欣惊讶）我说他要的话我可以帮他找。他就问我多少钱，我说难讲，但至少也要二三百。

吉　欣二三百……？

雨　耕他接着就说“不必了”，然后问我手上有没有二手的“桑塔纳”。（怒）搞什么东西？这个人怎么一回事？

吉　欣他还说什么？

雨　耕他还说……他有空要来看看我！你说他到底在干什么？

吉　欣他要来看你？

雨　耕他是不是你的初恋情人？

吉　欣什么！他今天就要结婚了。

雨　耕　（迷惑）今天就要结婚，那昨天他找你干什么？

吉　欣　雨耕，你不要这样子！我们高中约过会，就这样子而已！我们已经7年没见面！

雨　耕　他家做什么的？

吉　欣　不知道。他爸爸好像是老师。

雨耕长叹一口气，摇摇头。

怎么？老师有什么不对？老师得罪你了？

雨　耕　分开7年，他还能找到你，真不容易！（边摇头，带一点自怜）谁都忘不了初恋的感觉……7年前他长什么样子？很年轻？还是很无邪？

吉　欣　雨耕，你不要提他，好不好？他一点都不重要！

雨　耕　（冲动）那什么重要？你告诉我啊！什么是最重要的？！

吉　欣　（跟着激烈）你真的要知道？好！我告诉你！我们的事重要！你跟我的事重要！雨耕，我们的事你跟你太太提了没有？

雨　耕　（呆看地板，小声）……有……

吉　欣　有吗？你有提我们俩的计划？

雨　耕　我有……试过。（吉欣摇头）吉欣，你不要这样子逼我好不好？你怎么搞的？你又不是不了解……我一直在找机会……每一次想提，小孩就在旁边。小孩睡了，她也睡着了；第二天她醒来，孩子也跟着醒了。上班的上班，上学的上学，买菜的买菜……不是我不提，实在是我找不到机会！我求求你，以后不要再提这件事来烦我，好不好？

沉默。雨耕烦躁地躺在沙发上。

吉　欣　雨耕，你从来不肯提你家的事。

雨　耕　那有什么好提？

吉　欣　两个人聊聊天嘛！你跟你太太怎么认识的？

雨　耕　朋友介绍。

吉　欣　你们两个以前怎么约会？

雨耕瞪吉欣一眼，怀疑她在玩什么游戏。

雨　耕　很普通嘛！吃吃饭、看看电影、逛逛西门町。

吉　欣　（边点头）逛西门町……那有没有去圆环吃小摊子？

雨　耕　（想一想）有……你问这干什么？

吉　欣　她以前是什么样子？

雨　耕　她？她以前很天真，很纯洁。

吉　欣　纯洁？那表示你是她第一个？

停顿。

她有没有为你拿过孩子？

雨　耕　（气急地跳起来）你这是干什么？你把我当什么东西？

吉　欣　只是在聊聊天，你干吗那么敏感？

雨　耕　这叫聊天啊！讲了半天原来就是要套这句话？

吉　欣　没有……我……

两位搬运工人上，搬进一张长沙发椅。

搬　工　（边搬）老板……这……

雨　耕　（不耐烦地指原沙发位置）就放在那边。

吉　欣　（惊讶）雨耕……这是干什么？

雨　耕　哦……吉欣……我不是答应要送你一套新沙发？拖了好久，我……

吉　欣　（开心地过去看）啊！这是给我的新沙发？

雨　耕　嗯……（小声地）半新。

吉　欣　贵不贵？

雨　耕　嗯……还好。

两位搬运工人拆开包装，露出沙发鲜紫色的颜色。

吉　欣　（有些惊讶）只是这颜色……不是我想要的……

搬　工　（指着原来的沙发）老板，是不是这一套要搬到天母东路？

雨耕挥手叫他们搬走。搬运工人将原沙发搬下。

沉默。吉欣表情由乐转怒。

吉　欣　这是怎么一回事？我的沙发要搬到天母东路给你老婆？

雨　耕　你说你要新沙发，我就给你弄一套，旧的我搬走有什么不对？

吉　欣　（疯狂）那你全搬走好了！把我的饭桌、椅子、床也全部搬过去……你为什么不连我也一起搬过去？

雨　耕　（大声硬辩）你不喜欢的旧沙发我把它搬走有什么不对？

吉　欣　你哪里不好搬，要搬给你老婆！

雨　耕　你又不是不知道我有老婆！

吉　欣　对！我当然知道你有老婆……（停顿）而且……我还跟她说过话。

停顿。雨耕愣。

我今天早上打电话给她，把我们的事全都告诉她了。

雨　耕　（狠狠地瞪着吉欣）你说谎！

吉　欣　我干吗说谎？你不信？打电话问她！

雨　耕　（用夸张的动作举起听筒，边拨电话边说）量你也不敢！

吉　欣　你有胆就拨！

吉欣往厨房下。

雨　耕　（对电话筒，温柔地）喂？小熊？妈妈在不在？叫妈妈来听电话……（突然翻脸）我管你谁生日！叫妈妈来听电话……

吉欣上，抓起水果刀，目光凝视着刀刃。

喂……有没有人早上打电话来？……呃……女的？没有？……没有吗？……（逼问）真的没有？……（下结论）真的没有就是有！……（语气立刻又改）不是，没事，没有，我在外面，晚一点回来……你叫小熊再来听一下电话……（温柔地）小熊？爸爸刚才不是骂你，爸爸记得你生日……爸爸要带你去木栅动物园……对！……一定……对，去看大象象……小兔兔……小羊羊……小猴猴……

吉　欣　（插嘴）我怀孕了。

雨耕大愣。停顿。

雨　耕　（对听筒）爸爸今天有事要下南部不回去了，你跟妈妈说一下……不要唱啦，现在不要唱……不要唱！回家再唱……（转身，小声地）“祝你生日快乐，祝你生日……”

两位搬运工人又搬一张大型鲜紫色理容椅上，放在鲜紫色沙发边。下。雨耕唱完生日歌后挂掉电话，转头看着吉欣。

你刚才说什么？

吉　欣　（目光仍凝视刀刃）我怀孕了。

雨　耕　多久了？

吉　欣　三个多月。

雨　耕　你看过医生？

吉欣不语。

你骗我！

吉　欣　我干吗骗你？

雨　耕　是不是那个叫什么“小悟”的？

吉　欣　（瞪雨耕）你什么意思？

雨　耕　（笃定地）一定是那个“小悟”的！

吉　欣　你这是什么话？

雨　耕　可以，他要车子，我送他一部好了。

吉　欣　你不要的话，我就把他拿掉！

雨　耕　现在根本就不是拿不拿掉的问题，现在是我必须搞清楚你跟“小悟”是怎么一回事！

吉　欣　我可以拿掉。

雨　耕　是在什么情况下发生的?

吉　欣　你是不是不要？不要我就拿掉！

雨　耕　我要知道实情！

吉　欣　我看你是不要。

吉欣慢慢举起手上的刀，对准自己，不动。

雨　耕　你把刀放下。（吉欣不动）你少跟我耍这一套……

吉欣颤抖，做出自杀的架势。

这一次我不会救你……不会再送你去医院……把刀放下……

吉欣突然高举刀欲自杀，雨耕熟练地一大步跳过去，两人挣扎片刻，雨耕一把将刀抢过来。

（突然暴怒）每次拿把破刀割啊割啊！什么玩意儿？为什么不找一点新花样玩玩？你不会开个瓦斯，或者跳个楼？！每次拿把破刀，割呀割呀割，什么玩意儿？（生气地把刀往地上砸。）

沉默许久。二人无奈。

两位搬工又搬理容院的彩虹旋转灯及一件紫色垫脚沙发上。

搬　工　老板，没事了，我们走了，到天母东路去了。

搬工看二人没反应，下。
吉欣突然拿着皮包往门口冲。

雨　耕　（吼）你给我坐下！

吉欣沉默地坐在紫色的沙发上。
雨耕走到鲜紫色沙发前，欲坐在吉欣旁，又改变主意，坐在旁边的理容椅上。
沉默。

吉　欣　（诚心地反悔）对不起。

雨　耕　你每一次都说"对不起"。

吉　欣　（边摇头）我不该逼你……我该认了……我该认了……

雨　耕　（诚心地自责）是我不好，没勇气跟我太太说……

沉默。

吉　欣　（小声地）雨耕，你是我最后的希望，你知不知道？

沉默。

雨　耕　（拿出决心与义气）这孩子我要了！把他生下来，我想办法跟我太太谈……然后，我会想办法认养！相信我，吉欣，我们可以有个更美好的未来！

沉默。

吉　欣　其实，我骗你的。我根本没有怀孕。

沉默。雨耕起身，慢慢走向餐桌，坐下。

雨　耕　（拿起筷子）来点稀饭。我饿了。

吉欣起身到餐桌，默默地开始帮雨耕夹菜。

灯光变化。

第七场 庚／甲

肖邦圆舞曲逐渐响起。旋转舞台慢慢地转回第一场的电视台摄影棚场景。

在黑暗的舞台上方陆续呈现出幻灯片字幕。

字幕：

事情的经过太复杂了，在此不加以详述。

小贾坐在空空暗暗的摄影棚第一场的西餐厅内，安静地写东西。右舞台多了序场的老唱机和藤椅。

雨耕从左上，看一看。他看到了小贾。

雨　耕　欸？小弟，你在这儿？

小　贾　大哥，你怎么来了？

雨　耕　写东西？

小　贾　（收起稿子）嗯……啊。没。

雨　耕　我来找你们那个演员，叫阿伦的？

雨耕拿他手上车钥匙给小贾看。

小　贾　你的捷豹？你要把车卖给他？

雨　耕　已经卖了！

小　贾　你不是很爱这一台车？怎么会卖给他？

雨　耕　哎，就是一台车嘛！要换就换！没什么大不了！有这个能力，今天想开跑车就开跑车！想开房车就开房车！想开红的就开红的，想开绿的就开绿的。想开保时捷就开保时捷！想开法拉利就开法拉利！就是一台车嘛！没什么大不了！

小　贾　大哥，你有事啊？

雨　耕　我没事。

小　贾　你有事要跟我讲。

雨　耕　我怎么会有事？倒是你，你是怎么一回事？衣服都没换？澡也不洗，你是怎么回事？昨天一晚都没回家？

小　贾　不是，我……你怎么知道？

雨　耕　我昨天半夜一点多去找你。你跑去哪儿？

小　贾　没有啦，就是去喝一点酒啦！

雨　耕　跟谁？

小　贾　不认识。其实，大哥，我告诉你啊，跟不认识的人聊天还蛮好的。欸，你半夜来找我干什么？有事啊？

雨　耕　没事。路过。

小　贾　那我去叫一下阿伦。你等我一下。

小贾下。

沉默。雨耕望着左方。

以乐从右上，拖着一件行李，仍戴着太阳眼镜。雨耕看她一眼，她四处张望，仿佛在找人。二人眼光相会，礼貌地打一个招呼，以乐下。

饰演“国豪”的演员上。

饰“国豪”的演员　贾大哥？

雨　耕　阿伦？你好。我今天把车开过来了，钥匙给你。

饰“国豪”的演员 这么快！我钱都还没有打给你欸。

雨 耕 没事，你喜欢就开走。你要的这一型还不好找，这一台是我自己的，你去试试看。

两人笑。摄影棚灯光乍亮。

饰“玉如”的演员上，阿珠跟着。所有人表情苦恼又激动，情绪极不稳定。整体气氛之低迷，完全异于第一场的能量。饰“玉如”的演员穿着睡衣。

饰“国豪”的演员 那你怎么舍得把车子卖给我？

雨 耕 一台车子嘛，想换就换嘛。

饰“玉如”的演员 什么玩意儿？阿伦！你要去哪儿，给我站住。突然发通告说是录最后完结篇，还要我变成这个样子？

饰“国豪”的演员 发生什么事？

导播匆忙上。

导 播 （慌乱地）小贾！小贾！现场准备好了没有？（看向现场布置）啊呀！搞什么？景还没换！阿珠，搭景班呢？

阿珠去找搭景班，下。

饰“玉如”的演员 导播，怎么会给我穿这一件？

饰“国豪”的演员 到底在搞什么？

导 播 你们到现在还不懂？我们今天要把10集浓缩成1集！我们被友台打垮了！只好把最后10集浓缩成1集，懂了没有？他们被我们打垮的话也是要把10集浓缩成1集！所以我们赶快录完，要赶在今晚 11 点半播出！

饰“玉如”的演员 （愣）11 点半？我们是 8 点档连续剧！

导　播 （安慰）我知道！（气馁）8 点已经改动画片了。

小贾站在旁边开始对耳机说话。

饰“国豪”的演员 他妈的！我为了这个戏还推掉两部电影！

导　播 （失去理性地大吼）大家安静好不好？！听我说！不要慌！（众人听）早上开会决定用这个方案做完结篇，直接让玉如疯掉，然后剪进最后 10 集的片段加进回溯，配上主题曲，让视觉节奏更强烈，（打拍子）“砰、砰、砰……”，11 点半播出就可以了！

饰“国豪”的演员 你是在拍 MTV？

导　播 （自然回话）对。（突怒）什么 MTV？！？！我们现在只要……（失去控制地大吼）安静！不要慌！要稳住！阿珠！赶快换景！

阿珠上。

阿　珠 换什么？

导　播 （指餐桌椅）把这个换成疯人院。

停顿。阿珠不解。

疯人院你懂不懂？（发疯）疯子住的地方！

阿珠仍无动静。

疯子你有没有看过？疯子呀！

阿　珠　（直瞪导播）有啊。

阿珠将餐桌布取下，双椅一并，桌布再放在双椅上，墙上的画翻面，背对着观众，场景就成为医院内景。

导播看到一旁的老唱机和藤椅。

导　播　阿珠！这你搬进来的？

阿珠摇头。

下一档的道具已经搬进来了？什么玩意儿？你们这些人一点规矩都没有了？能不能稍微尊重一下我的感觉！

饰“国豪”的演员　下一档是什么戏？

导　播　下一档是什么戏？还不是跟我们一样，胡乱凑合拼出一个他妈的乱七八糟的东西，成功了也不知道为什么就庆功，失败了也不知道如何检讨起！瞎凑合吧！

饰“国豪”的演员　导播，请你冷静一点。

导　播　对！冷静！大家冷静！不要慌！听我说！我们现在只要拍两场戏。第一场是玉如在医院，已经疯了。

饰“玉如”的演员　导播，请问玉如是怎么疯的？

导　播　（爆）怎么疯的你还要问？！疯了就是疯了！现在来问我这种细节，我怎么知道？自己想办法！是不是个演员啊！（平静，拿剧本给饰“国豪”的演员）来，这是你的旁白。

饰“国豪”的演员　（边翻）什么玩意儿？他妈谁写的？

导　播　（爆）他妈谁写的？他妈我写的！康大编剧已经到欧洲度

假疗伤去了，他妈谁写的？当然我写的！不然谁写？快点动作！各就各位！

众人慌乱地各就各位。

导播看到雨耕呆站一旁。

（指雨耕）你……就是你！你站在那边干吗？！

雨耕不知所措。

小　贾　（解释）导播，那是我哥。

导　播　（赶紧过去和雨耕握手）对不起！对不起！其他人快点！（下场）

饰“玉如”的演员坐定在椅上，将头发弄得非常散乱，准备录影。

饰“国豪”的演员站在一边，手拿着稿子，对着一架麦克风准备录旁白。

小　贾　好，凭感觉直接来，旁白中玉如自由发挥，然后你念完以后去探望玉如，跟她互动。

饰“国豪”的演员　直接来？可是我还没换衣服啊！

小　贾　导播说不用管了！

饰“国豪”的演员　时代都不符合啊！

小　贾　导播说就用这种！（愤怒）现场准备！（数秒）五、四、三……

国　豪　（拿着剧本念，忧郁地）去年，我在国外收到玉如朋友写来的信，知道她已经疯了，朋友说：“事情的经过太复杂了，在此不加以详述。”（停顿，偷瞄控制室一眼）我赶紧回台北，看着她，我想着（文艺腔）：“天啊！事情怎么会变成这样？

是造化作弄我们？还是10年变成1年？”

国豪迷惑，入镜，走进“疯人院”。玉如呆坐着。

玉如……你……天啊！！

（抓玉如的手）玉如！我是国豪！我来看你！

玉如呆滞地看着前方。

国豪看着玉如，突然夸张地做出痛苦的表情。

我是国豪！（玉如没有反应）国豪！（玉如没有反应）国豪你都不记得？

玉　如　国豪？（国豪期望状）不可能。国豪死了。

国　豪　（痛苦至极）天啊！……啊！……啊！

国豪表情痛苦地颤抖着。小贾在过程中听耳机，不断示意国豪继续“啊”，持续20秒。

小　贾　Cut。好！

演员放松，恢复正常。

现在需要几个连续特写：跳接刚才“天啊！”之后，国豪非常难过，然后用头撞桌子。

饰“国豪”的演员　什么？10集变成1集还要我头撞桌子？

音效系统传出导播的声音。

导　播　（声音）不服气是不是？不服气我下来撞给你看！

小　贾　（还安抚国豪）导播，没问题，他愿意。（停顿，听导播讲镜头）好，玉如，你没有。去换装。

饰“玉如”的演员下。

直接来。（数秒）五、四、三……

国豪重复动作，难过状，然后连续用头猛撞桌面。

国　豪　啊～～～！！！！

小　贾　（边指导）好……好……激烈一点，再来……（国豪已经快昏了）好！ Cut。很好。你没事吧？

演“国豪”的演员摸头，摇头，突然欲指控制室的导播，但举手指的方向错了。他昏昏地发现方向不对，转向前上方指着控制室骂。

摄影棚的灯部分暗掉。

饰“国豪”的演员　什么玩意！欸！小贾，我出去一下可以吗？

小　贾　干什么？

饰“国豪”的演员　我去试下你老哥的车子，不然我要疯了。

小　贾　哦好，反正导播正好也不在，你去，赶快回来。欸导播你去哪儿啊？现在要录影啊！

导　播　我要去买菜！我老婆让我去买菜可以吗？！

饰“国豪”的演员　贾大哥，我去试你的车了！转一圈我就回来。

雨　耕　（豪爽地）就停在门口，资料和证件我都放在车上。只要你看顺眼了，我包你爽！

饰“国豪”的演员　好。我去看看。小贾，我马上回来。（兴奋地下）

雨耕、小贾互看。

小　贾　（无奈地）就这样，昨天 high 到爆，今天跌到谷底；昨天加到80集，今天10集变1集。唉。

停顿。

雨　耕　弟，其实我最近很多事想跟你说，我呢……

饰“玉如”的演员上。

饰“玉如”的演员　（不耐烦地）小贾，我还要换衣服啊？

小　贾　导播不是有跟服装阿姨讲吗？

饰“玉如”的演员　她根本不理我。谁还管《雾非雾》？人家早在准备下一档的戏啦！（生气下）

小　贾　好……不要这样……大哥，我去一下。（追下）

沉默。台上只有雨耕一人。

以乐和饰“国豪”的演员突然兴奋地上，笑。

以　乐　我都被贴在座椅上！真够狂野！

饰“国豪”的演员　是不是？老板是这么说的！

雨　耕　怎么样？爽不爽！

饰“国豪”的演员　没话讲！（对以乐）车子是跟他买的。

以　乐　（对雨耕）你好。

饰“国豪”的演员　（对雨耕）我们《雾非雾》编剧，康以乐。

雨　耕　（精神莫名其妙地来了）啊！康大编剧！久仰！久仰！我们都很欣赏您的剧本！

以　乐　（客气）哪里……

雨　耕　可是我从来没看过。

停顿。众人大笑。

以　乐　你这个人挺幽默的，他车子是跟你买的？

雨　耕　对！

以　乐　那你是做中古车还是……

雨　耕　我做进口车。

以　乐　哦……那你对修车厂熟不熟？

饰“国豪”的演员　对呀！康大编，你不是说你要写个单元剧是有关修车厂的？（指雨耕）找他就对了。

雨　耕　我跟你讲，这个修车厂的内幕我是太清楚了，他们把一台二手桑塔纳怎么变成奔驰 600 我都一清二楚。

饰“国豪”的演员　那我的捷豹原来是什么东西啊？

雨　耕　你那台捷豹说实话它是一台本田小绵羊。

众人笑。

以　乐　那太好了，改天我请你吃饭，然后你提供我一些有关的资料，好不好？

雨　耕　不好！

以　乐　啊？

雨　耕　干吗改天嘛！（果断地）改在今天晚上，不知道你有没有空？

以　乐　今天晚上？我晚上的飞机欸。那如果你送我，就可以啊。

雨　耕　可以啊，送你什么呢？

众人笑。

饰“国豪”的演员　等一下，（半开玩笑地提醒）我们康大编剧可是有老公的人！

雨　耕　（立刻反应）我也是有老婆的人！

饰“国豪”的演员　那应该很安全嘛！

雨　耕　当然很安全！你想去哪里吃？

以　乐　都可以啊！

雨　耕　去淡水吃海鲜好不好？我们吹着海风，沿着海岸线，然后我送你去桃园机场。

以　乐　好啊！我喜欢吹海风。

雨　耕　我喜欢在海边走一走。

以　乐　你喜欢在海边走一走？为什么？

雨　耕　哦！你不知道啊？我三岁的时候就晓得了——台湾是个岛屿，四周环海。

停顿。众人乐。

以　乐　这个人好幽默……那就走吧！

雨　耕　好，走吧！（看表）我就怕塞车！

雨耕带着以乐走，走了两步，雨耕突然停住。

啊……（指饰“国豪”的演员）我的车子已经卖给他了！

饰“国豪”的演员　我不会还你的。

饰“国豪”的演员下。

以　乐　没关系，我们就在公司附近随便找一家。

雨　耕　（豪气）不，讲好淡水就淡水！我现在去打个电话，十分钟之内我调一部车来。你喜欢坐什么样的车？奔驰、宝马，还是凯迪拉克？

以　乐　最好要刺激一点的！我现在非常需要刺激。

雨　耕　刺激？好！我给你刺激！配合你的身材，我开部 24 轮大卡车来！

二人大乐。雨耕下。台上只有以乐一人。

小贾上，见以乐，愣住。

以　乐　（装自然）嗨！

小　贾　（很不自然）你不是去欧洲疗伤了吗？疗的什么伤，跟我无关吧。

以　乐　我只是……最后一集了，来看看……看看他们把我的戏搞成什么样子。

小　贾　（转身）那你慢慢看吧！（欲下）

以　乐　我是来看你的。跟我走吧。

二人相看。

摄影棚灯光乍亮，音响系统传出声音。

导　播　（声音）小贾，小贾，现场准备好没有？怎么不戴耳机？准备录影了！

饰“玉如”和“国豪”的演员上。“玉如”穿着第一场亮丽的洋装，外面罩着医院的长袍。

小　贾　好！来！直接收音……

饰"国豪"的演员　收什么？没有稿子了！

导　播　（声音）对啊，没有稿子了。那随便！

饰"国豪"的演员　随便什么？

导　播　（声音）随便说！想说什么就说什么！哎呀不管了！我还要回去炒菜呢！快点！反正不通了，怎么弄也通不了！

小贾把口袋里的笔记本拿出来给饰"国豪"的演员。

饰"国豪"的演员　啊？

小　贾　你就念。

饰"国豪"的演员在麦克风面前就位，手拿着稿子，准备配旁白。饰"玉如"的演员坐在椅上。

来！（数秒）五、四、三……

国　豪　（念稿子，极有感情的文艺腔）"春去秋来，时来运转，不知怎么的，春天已过去了，只留下残酷的西风陪伴着我。玉如已经远离了，远离了。这是我必须承认并永远承担的事实。我还是不放弃，我甚至更爱她。爱，多么荒唐，不离不弃。多么愚蠢啊，多么疯狂，但也只有这个力量能让我在废墟般的灰烬中继续撑下去，期待一切到了尽头还能起死回生。"

小　贾　Cut！好！

国　豪　这什么？你写的？

小　贾　把带子倒回来，我们要准备来了。

饰“国豪”的演员念完后表情迷惑，不知道自己刚才那么有感情地念了什么。

雨耕上。

雨　耕　（对以乐）大卡车 5 分钟就到了。

以　乐　好。

小贾讶异地看到自己的大哥在和自己的情人说话。

雨　耕　（对小贾）小弟，我跟你们这位康大编剧约好到淡水去吃海鲜，要不要一块儿去？

在一旁的以乐愣。

小　贾　（不知如何反应）……导播要回家炒菜……我晚上要过带子……可能没办法……

以　乐　（讶异地问小贾）他是你的……？

小　贾　我哥。

雨　耕　他是我亲弟弟。

以　乐　（愣）哦。（想）哦。

小　贾　（对耳机）导播，现场好了，Camera 2 准备！

饰“国豪”的演员　我要干什么？小贾。

小　贾　随便干什么都可以，把时间填满就可以了。大哥、康小姐，你们躲一下镜头，好不好？

以乐、雨耕躲镜头，各往中间走，不小心互撞一下。小贾、以乐、雨耕三人并排在舞台前缘，背台而立。

国豪入镜，旁白随着优美的肖邦圆舞曲响起。

在旁白中，国豪照顾着发疯的玉如。玉如发现桌上放着阿珠在第一场所用过的肥皂泡泡。她拿起泡泡机，开始吹。空中呈现许多的泡泡。国豪发现附近的老唱机，拿出唱片，摇一摇，放出音乐，肖邦的圆舞曲。他再拿起小桌上的日本军官帽子，戴起来。玉如看了，笑。国豪向玉如敬礼。

旁　白　（国豪声音）春去秋来，时来运转，不知怎么的，春天已过去了，只留下残酷的西风陪伴着我。

国　豪　啊！

旁　白　玉如已经远离了，远离了。这是我必须承认并永远承担的事实。

国　豪　啊！

旁　白　我还是不放弃，我甚至更爱她。爱，多么荒唐，不离不弃。多么愚蠢啊，多么疯狂，但也只有这个力量能让我在废墟般的灰烬中继续撑下去。期待一切到了尽头还能起死回生。

灯光开始渐暗。在逐渐变暗的舞台上方，陆续呈现出幻灯片字幕。

字幕：

在废墟般的灰烬中

我继续撑下去

春去秋来

时来运转
万物回春
《圆环物语》

圆舞曲奏着。国豪照顾着玉如。
小贾、以乐、雨耕三人并排观看着。
泡泡飘浮在空中。
灯光渐暗。

剧终

注释

1 此处是对日语语气词的一种营造和模仿，没有具体含义。

2 此为日语音符音译。

3 这是台湾使用的注音符号，相当于汉语拼音。

4 日本演歌，是产生于日本大正时期的一种音乐形式。

－《圆环物语》世界首演－

1987年3月3日，台北南海路艺术馆

由表演工作坊制作、演出

－编剧、导演－

赖声川

－演出－

李国修 饰 贾耘伟、工地主任、阿公、吃客 / 李立群 饰 导播、赵炳忠、老板、搬运工 / 丁也恬 饰 康以乐、丁伯母、吃客 / 邓安宁 饰 国豪、陈悟宁 / 金智娟 饰 玉如、丁娟娟、搬运工 / 丁乃筝 饰 阿珠、职员、林己欣 / 顾宝明 饰 制作人、经理、丁伯伯、打手、贾耕伟

舞台及灯光设计：聂光炎 / 服装设计：靳萍萍 / 造型设计：铃鹿玉静 / 技术指导：詹惠登 / 舞台监督：简佑明 / 排演助理及即兴创作记录：林维 / 制作人：丁乃竺 / 业务经理：蓝大鹏

-《圆环物语》上剧场版 -

2016 年，首演于上海上剧场

由上海表坊制作、演出

-编剧、导演-

赖声川

副导演：栾岚 / 助理导演：田弘毅

-演出-

赵伟钢 饰 小贾、经理、丁公、食客 / **金晶** 饰 康以乐、丁母、食客 / **宗俊涛** 饰 赵炳忠、导播、店老板、搬运工 / **窦进** 饰 丁娟娟、玉如、搬运工 / **李元太** 饰 国豪、工地主任、陈悟宁 / **凤莉** 饰 阿珠、职员、林吉欣 / **杨朕** 饰 制作人、雨耕、丁父、阿忠

-上剧场版首演后调换的演员包括-

杨智斌 饰 赵炳忠、导播、店老板、搬运工 / **顾雪炜** 饰 康以乐、丁母、食客 / **袁信力** 饰 国豪、工地主任、陈悟宁、制作人、雨耕、丁父、阿忠 / **刘宜林** 饰 国豪、工地主任、陈悟宁 / **陈国辉** 饰 小贾、经理、丁公、食客 / **司雯** 饰 阿珠、职员、林吉欣

服装设计：珊卓 · 伍德尔（Sandra Woodall）/ 灯光设计：克里斯汀 · 布瑞达（Kristin Bredal）/ 舞台监督：陈祥纯 / 监制：丁乃竺 / 制作人：杨采薇

赖声川

1954 年出生于美国华盛顿，籍贯江西会昌，生长于美国与台湾，美国加州伯克利大学戏剧博士，前台北艺术大学戏剧学院教授及院长。世界上最著名的华人戏剧家之一，被誉为"现今最顶尖的中文剧作家"(BBC)、"亚洲剧场导演之翘楚"(《亚洲周刊》)。

三十余部原创编导戏剧作品对当代华人剧场艺术及文创产业影响甚深。台湾表演工作坊创始人及艺术总监、上海上剧场艺术总监、乌镇戏剧节发起人及常任总监，创意理论学者(著有《赖声川的创意学》)，曾任教于美国斯坦福大学及加州伯克利大学。

赖声川剧作集

《如梦之梦》

《宝岛一村》

《圆环物语》

《水中之书》

《如影随行》

《暗恋桃花源》

《十三角关系》

《红色的天空》

《在那遥远的星球，一粒沙》

赖声川历年作品清单

《我们都是这样长大的》

《摘星》

《过客》

《那一夜，我们说相声》

《变奏巴哈》

《暗恋桃花源》

《田园生活》

《圆环物语》

《西游记》

《回头是彼岸》

《这一夜，谁来说相声？》

《台湾怪谭》

《红色的天空》

《又一夜，他们说相声》

《先生，开个门！》

《我和我和他和他》

《十三角关系》

《菩萨之三十七种修行之李尔王》

《如梦之梦》

《千禧夜，我们说相声》

《新加坡即兴》

《在那遥远的星球，一粒沙》

《乱民全讲》

《这一夜，Women 说相声》

《上海·故事》

《如影随行》

《陪我看电视》

《宝岛一村》

《那一夜，在旅途中说相声》

《梦想家》

《大桥上的对话与独白》

《梦游》

《水中之书》

《蓝马》

《隐藏的宝藏》

《鲸鱼图书馆》

《游园·流芳》

《幺幺洞捌》

《曾经如是》

春潮NOV+

回到分歧的路口

红色的天空

赖声川 著

中信出版集团 | 北京

图书在版编目（CIP）数据

红色的天空 / 赖声川著 . -- 北京 : 中信出版社 ,
2019.6（2022.4 重印）
（赖声川剧作集）
ISBN 978-7-5217-0416-7

Ⅰ . ①红⋯ Ⅱ . ①赖⋯ Ⅲ . ①话剧剧本－中国－当代
Ⅳ . ① I234

中国版本图书馆 CIP 数据核字（2019）第 073278 号

红色的天空

著　　者：赖声川
出版发行：中信出版集团股份有限公司
（北京市朝阳区惠新东街甲 4 号富盛大厦 2 座　邮编　100029）
承 印 者：河北鹏润印刷有限公司

开　　本：787mm × 1092mm　1/32　　印　　张：3.25　　字　　数：30 千字
版　　次：2019 年 6 月第 1 版　　印　　次：2022 年 4 月第 5 次印刷
书　　号：ISBN 978−7−5217−0416−7
定　　价：398.00 元（套装 9 册）

赖声川构思、规划、完成之戏剧创作

原始灵感来自荷兰

“阿姆斯特丹工作剧团”的《黄昏》（*Avenrood*）

参与赖声川主持之创作型即兴排练的

— 全体原始演员 —

金士杰、陈立美、李立群、陶传正、丁乃筝、冯翊纲、林丽卿、邓程惠、陈立华

1994

– 人物 –

老人院的八位老人

老　　金　男，安徽口音

陈老太太　重河南口音

老　　李　男，河南口音

老　　麦　男，山东口音

小　　丁　女，云南口音

二　　马　男，北京口音

李 太 太　闽南口音

邓老太太　北京口音

其他角色

老人院员工、陈老太太之子、社会工作人员、老麦之女、高中女生、灵骨塔推销员、老李和李太太之子

– 时间 | 地点 –

1994 年（可随演出时间更新），台北近郊一家老人院。

– 场景 –

舞台主表演空间基本上是空的，不搭景，仅以家具界定空间。

上舞台排了八张椅子，面向左侧台，观众像是在侧看一列火车车厢中的乘客；椅子在一宽平台上，往下舞台有一宽斜坡，供演员离开座位区到下舞台主表演区。原则上，演员没有主表演区的戏时就回自己的座位，静静坐着。

舞台左右两侧各有一台数位定时器，由“120:00”（戏长）开始倒数计时，戏结束时刚好到“00:00”。

– 关于表演的说明 –

《红色的天空》虽诠释的是人老年以及生命末端的种种情境，但饰演八位老人的演员在台上不化老年妆，纯以肢体及声音的，尤其是乡音的用法，来表现老年。

– 关于剧中音乐 –

剧中有许多音乐，包括中国民歌、流行老歌、西洋舞曲，以及巴赫钢琴曲。表演工作坊演出时选用的巴赫钢琴曲版本是钢琴家迪努·利帕蒂（Dinu Lipatti）20 世纪 50 年代天籁般的录音。

– 演出长度参考 –

在赖声川自导的版本里，本剧长 122 分钟，没有中场休息。舞台上的两个定时器从“120:00”开始倒数，到“0:00”是老金的临终时刻。“火车”一场结束时全剧约进行至三分之一，“访问”一场结束时全剧约进行至三分之二。

第一场 月台

舞台左右两侧的数字定时器由“120：00”开始倒数计时。

幕起。巴赫的《请来吧，异邦人之主》合唱曲前奏之钢琴独奏版音乐出。

灯光亮。八位演员侧身坐在上舞台八张椅子上，像是火车车厢里的乘客。

火车声入，出。八位演员面无表情。

第二场 离家

饰“二马”和“陈老太太”的两位演员缓慢起身，从月台区往表演区左边行动，动作过程有如在缓慢的梦境般。

从右舞台滑出一个像机场运送行李的输送带，横滑过舞台，上装陈老太太的行李以及一把椅子。

两位演员移到表演区，动作“解冻”般地正常起来。饰“二马”的演员活力十足，此时扮演“陈老太太之子”（以下简称“陈子”）。他刚好配合输送带的时间，从带上取下行李及椅子，摆在左舞台。

陈老太太坐椅子上，仰头看着天。

陈　子　（不耐烦）妈，走了吧！车来了。

陈老太太　（浓浓的河南腔）我浇花去。（往旁边走）

陈　子　浇过了，我早上浇过了。

陈老太太　浇过了？（停顿）王伯伯什么时候来？他昨天打电话来说他今天要来看我，叫我在家里等他。

陈　子　王伯伯不会来了。

陈老太太　他昨天打电话了，怎么不会来？

陈　子　（极不耐烦）王伯伯已经死了3年了！公祭我们还一起去了！

陈老太太　胡说八道！我浇花去。（往旁边走）

饰“老金”和“邓老太太”的两位演员缓慢起身，从月台区往表演区右边行动，动作过程有如在缓慢的梦境般。

输送带再次滑动，新的行李越过舞台，被饰“邓老太太”的演员领取。她动作凌厉，此时饰演“社会工作人员”（以下简称“社工”）。二人动作“解冻”般地正常起来。

陈　子　（大声）不要浇了！我们都不回来了，浇它干吗？

陈老太太　（往旁走）我炸个肉丸子给你吃？

陈　子　不要，走了！

陈老太太　（找东西）我那个扇子，我怎么找不到我的扇子了？

陈　子　你现在要扇子做什么？

陈子帮忙，二人在左舞台空间中找扇子。

在右舞台，老金失落地望着周围。

社　工　（在右舞台）金老先生真的要快了，时间要来不及了！

陈老太太　（在左舞台）你给我找出来。

老　金　（安徽腔）……我那些信……那么多年累积的信……都还没整理好。

陈子在左舞台找到扇子，陈老太太坐着慢慢扇。

社　工　金先生，如果你一定要带，我找个盒子装，好带过去给你。

老　金　可是有的信要回，我都没回，我还没有整理……

（突然转头，对着后方）谁？

停顿。

社　工　什么谁啊？

陈　子　（左舞台）好了，扇子扇凉了！我们走了，（拿走母亲手上的浇花器）这个不带了。

陈老太太　（指行李）我说你那么大的行李要去哪儿？

陈　子　我哪儿也不去，我是要送你去！

陈老太太　（看陈子）我要去哪儿？

陈　子　（不可思议）昨天晚上都讲好了，你不可以现在又反悔！

老　金　（右舞台）我们在这个房里一起住了40年……没有吵过一次嘴！

汽车喇叭声。

社　工　不好意思，不是我要催你，人家已经等很久了。

陈老太太　（左舞台）我哪儿也不能去，王伯伯说要来，要我们在这里等他。

老金在右舞台翻箱子找东西。

陈　子　（哄他妈）好，我们不能在这里等他，王伯伯在他们家门口等我们，我们要过去接他……

陈子拉母亲往门口走。

陈老太太　他在那儿等？他对你说的？

陈　子　嗯。

陈老太太　好，好。

老　金　（右舞台）我口琴的琴谱找不到了！

饰“老麦”和“小丁”的两位演员缓慢起身，从月台区往表演区中间行动，动作过程有如在缓慢的梦境般。

输送带再次滑动，新的行李越过舞台，被饰“小丁”的演员领取。她动作凌厉，此时饰演“老麦之女儿”（以下简称“麦女”）。二人动作“解冻”般地正常起来。

社　工　我刚刚里面都看过，没有东西了，要不到院里我再买给你。（汽车再次按喇叭）我先下去了，你要快一点！

社工下。

陈老太太　（右舞台）那我不带钥匙了，门不要锁，我一会儿就回来。

陈　子　对，对……（看看周围）一下就回来了。

陈老太太、陈子下场，带走行李。

老　金　（左舞台）那是惠芳10年前送我的琴谱……（突然转头，对着后方）谁？……（看周围）谁？……

舞台中央，老麦望着周围，他女儿整理两包行李。

老　麦　（山东腔）差不多了。

站台上最后两个人物，老李和李太太，起身，从月台区往表演区中间行动，动作过程有如在缓慢的梦境般。

输送带再次滑动，新的行李越过舞台，被老李辛苦地领取。二人动作“解冻”般地正常起来，李太太在上舞台找东西。

麦　女　（中间）这两袋子都打包好了。

老　麦　好。

麦　女　你柜子里还有衣服没有收……

老　麦　没关系，到那边生活简单一点。

麦　女　你要不要再检查一下？

老　麦　（指）那包小布包都收好了？

麦　女　有。（拿起小布包）那是什么，好重啊！

老　麦　你妈妈的金子。

麦　女　黄金你应该放在保险柜。

老　麦　你妈妈的相片？

麦　女　都带了。

老　麦　在哪里？我看看。

老麦看女儿从其中一包中取出相片。

老李在右下舞台，望着右方窗外。

老　李　（河南腔，非常唠叨）谁的车又挡在我们家门口？无能的里长[1]什么事都不会干，等一下我们两个老人怎么出去？

老　麦　（中间）两个存折还有图章呢？

麦　女　都收好了！

老　麦　一个包摆一个！

麦　女　（指其中一包）我都帮你摆在这一包……

老　麦　（指两包）不，我叫你一个包摆一个。

麦　女　爸，你听我说，我都摆这里面，我怕你搞不清楚。图章、存折都在一起，你才不会忘记……

老　麦　（急了）你听不听我的？现在还有没有人听我的？！

麦女吓一跳，停顿。

你就听我的，一个包摆一个！

老　李　（右下）羊毛出在羊身上，选他当里长有个屁用！里长只会装聋作哑，“立法院”请客他就去，路灯坏了也不修！只会当国民党的走狗！

老　麦　（中间，镇定）我的房子都卖了，仁爱路卖的房子钱在华南银行，忠诚路卖的房子钱在第一银行。

麦　女　爸，你这是为什么？

老　麦　那个浑蛋有没有消息？

麦　女　弟弟上个月打过一次电话来，说他很好。

老　麦　他跟你借钱了？

麦　女　没有，我哪有钱借他？

停顿。

老　麦　你现在有钱了。（拿起行李）这一包给你，那一包什么时候给那个浑蛋，走吧！（往旁边走）

麦　女　爸！这两个包是帮你整理的！

老　麦　（脱下手表）这个给你。

老麦将手表递给女儿。

麦　女　可是，爸，你何必呢？

老　麦　（取下钢笔）给你弟弟。

老麦把钢笔给女儿，往外走。

麦　女　爸！

麦女不知如何反应，抬头一看，老麦已经走了，麦女追下。

李太太提一袋东西进来，包括胡琴。

老　李　（指窗外）喂，喂，出来看那无能的里长，又把车挡我们家门口！

李太太　（闽南腔）我们都要走了，你还一直念！

老　李　当里长还花了200万！……200万给民进党还能当个常委！

李太太　好了，好了！（指）怎么会多出这个箱子？

老　李　没事只会干这种窝囊事，选他当里长有什么用？

李太太　（指箱子）这里面是什么？

老　李　（用拐杖指着箱子）我的文档。

李太太　啊，你没事带个文件去那边干什么？

老　李　文件就文件，问那么多干什么？

李太太　你臭耳人[2]，我问你没事带文件去那边干什么？

老　李　我带我的文档去写回忆录，我专门把国民党的浑蛋写出来！

李太太　那些文件放几十年也没看你看过，才两平（方米）大的房间，睡觉都不够，我看你晚上抱着睡好了！

老　李　你有完没完？

二人正要大吵，及时刹车。

老李、李太太　（同时，不屑地）算了，算了！

李太太拿起胡琴，往外走，欲丢。

老　李　那什么东西？这把破胡琴我说不要带了！我 20 年不用的东西，你还带去干什么？

李太太　（胡琴在手上）对啊，我丢了。

老　李　你给我丢远一点！

李太太　我已经丢了啊，丢了啊！

老　李　我说过，我要就要，不要就不要，你给我拿去丢掉！

李太太　好，我丢掉，我把全部的东西都丢掉！

二人正要大吵，及时刹车。

老李、李太太　（同时，不屑地）算了，算了！

老李往外走，李太太不动。

老　李　（回头）你到底走不走？走不走？

李太太　等一下。你不等小宝了？

老　李　谁啊？

李太太　儿子啊！

老　李　我不认识。

李太太　我等他过来帮我们搬家。

老　李　你等他啊？你等他？你还不如等捷运开到你家门口来接你！（轻蔑地）等他？你还不如等里长来接你！

李太太　他有说他今天一定会来帮我们。

老　李　谁？

李太太气到嘴边，又忍住了。

李太太 算了，算了！

老　李 （一波才息，一波又起，指行李）那一大堆东西我搬不动，你搬。

李太太 你搬！

老　李 你搬！

李太太、老李互相推脱。

李太太 我搬不动！

老　李 我也搬不动！

输送带自动动起来，把他们行李送往左，下。两人呆看输送带运行。灯光渐暗。

第三场 入院

黑暗中单音的口琴声起，简单的童歌《来，来，来跳舞！》。

灯光亮。一家老人院中的文康室[3]，众老人，也就是前一场看到的人物散坐其间。是春天，屋里还有点寒意。

老金和老麦坐左边下象棋，老李观棋。

邓老太太坐右边桌前化妆，李太太在同一桌打毛线，小丁坐轮椅，在中间，陈老太太用一把椅子撑着自己，缓慢地走来走去。

老 李 （鼓动老金下棋）老金，你动“车”！就堵他门口！

老 金 上“车”干什么？没有用嘛！

老 李 你听我的，堵他门口！我告诉你，以前我们家门口，里长没事就专门挡车子在你家门口！

老 金 走这步没意义，没有用嘛！

老 李 对啊！就是没有用！对啊！堵着气他！……（仔细看棋盘）哎哟，不对，对不起，没关系……

老金继续想。

下象棋一定要跟懂得打仗的人下！沉住气，上“马”！

老 金 我上“马”干什么？

老麦走一子。

老 李 你上“马”准没错！啊……等一下，老麦，你真来了？老麦，你不要这样，你心胸宽大，你不是来修的吗？你不是已经看开了，你房子都给儿女了，什么都不要了？你给他吧！你不是车子也给儿子了，下棋你就让他一下，（擅自动老麦的“车”）车子开出来给他……没关系，你放着！

老　金　那我就不好意思了！（吃一子）

老　李　老麦说可以，好！

老麦吃老金一子。

老　李　唉，老麦这是太阴谋了！半天不吭气，阴谋哦！……（看局势）哎哟,他把“车”让了,把“马”跟“炮”给堵着了！

老　金　这……

老　李　走“兵”，堵他家门口……

老　金　堵他们家门口干什么？

老　李　你就堵！

老　金　堵家门口没有用啊！

老　李　有用！以前啊，那个什么单位的，他堵你们家门口，24 小时听你讲什么话，你讲错一句话，他就用吉普车把你带走 3 年！我回忆录写出来你们就全明白了！ 3 年啊，老金！

老　麦　（终于开口）3 年太短了，13 年你就不会这样啰里啰唆的。

老　李　老麦，你不要这样，走这……

老　麦　（起身，对老李）你坐，你坐，给你下……

老　金　（也起身）对，你坐！我也不会下了……

老　李　（无辜状）你们怎么都这样……

老人院员工（以下简称“员工”）带新入院的二马从右上。二马害羞，不善于交际。

员　工　（向二马说明）我们这里很自由，一切都是自己来，非常的自由。这边是文康室，你可以在这里随便逛逛。我们的吃饭时间是早上 6 : 30、中午 11 : 00、晚上 5 : 00。吃过饭就可以就寝，一切都很自由。

二　马　（慢吞吞的北京腔）哦……

员　工　（拿手上的数据）差一点忘了，冯先生，你还有一份授权书没有签名。

二　马　什么授权书？

员　工　（把授权书给二马）就是最后……您同意我们照您的意愿……最后替您做一些处理。（指纸）就在这里签名就行了。

二马看老人院员工。

这只是一个形式，您就签。

二马签字。

员工继续带二马参观。

这里一切都很自由。（指一张椅子）这把椅子你可以坐，刚空出来的。

二马做反应。

我们这边真的很自由，你要看电视，一、二、三楼都有，选台都帮你们选好了，随便你看哪一台。哦，选台器你不要乱动，我们都设定好了！你在这里等一下，我把保证金的收据给你。

老人院员工下。

沉默。众看二马，二马傻笑。

陈老太太 （突然冒出来）等一下我们一起去门口送包修女，好不好？包修女今天要上飞机去美国，这是很难得的事情，我们一起去送她好不好？

沉默。没人应声。

李太太 （捧场）好……好……

小　丁 （轮椅上，对二马）你不要理她。

邓老太太拿起一瓶药。

邓老太太 （标准京片子）李太太，你看看这个药是不是有霉味？

李太太 没有霉味啦！

邓老太太 （换一瓶）那这个？

李太太 （闽南话）怕就不要吃。

二马晃到左边男人那一桌，看棋。

老　李 （问二马）新来的？

二　马 （微笑）对。

邓老太太 （右边，对刚喝的水起疑）这个开水没有煮开！

李太太 我刚刚才喝了一杯。

邓老太太 （慌张）这昨天的，没有倒掉！我昨天就发现！（向全体宣告）你们都没有发现？

现场突然停电。

黑暗。众静止在原位不动。沉默。

邓老太太 （恐惧）啊……啊……

小　丁 小邓，你不要怕！

李太太 （大声）陈老太太，你在哪儿？

陈老太太 （大声）嗯！

李太太 （大声）你站着不要动。

陈老太太 （大声）好！

沉默。

老　金 （转头，突然冒出）谁？

老　麦 我啊。

老　金 谁？

二　马 这里常停电啊？

老　李 停电还是要小心！停电他还是会把你带走！

二　马 哦，谢谢！

老　李 （叫他太太）喂喂，你快去拿蜡烛。

李太太 我去拿。

李太太起身。

老　李 你快去拿。

李太太 （往旁边走）我去了。

老　李　那就快！

李太太　我说我去了！

李太太下。沉默。

小　丁　（担心，大声）陈太！……

没有回答。

陈太！……

没有回答。众人在黑暗中眯着眼睛找陈老太太。

陈太！……

电来了，舞台亮了起来。陈老太太在舞台正中央。

陈老太太　我在这儿！

众人松一口气，恢复停电前的各自活动。

过场　小丁的日记

灯光变化，凸显左下舞台的小光圈。小丁将自己的轮椅移动到聚光下。她拿出一本日记，对着观众念。文康室活动照常。

小　丁　“3 月 25 号，天气晴。院里最近常停电。这样也好，让我们渐渐熟悉这不可避免的黑暗。邓老太太觉得我的文笔太冗长，这是因为她不愿意面对我的才华。她不愿意面对的事太多了，比如说，她眉毛的毛已经没有了，但是她每天要花很多时间把她的眉毛一根根地画出来。我常常坐在这儿埋头写我的东西，但是她总是想尽办法引起我的注意，我想她可能很想成为我笔下的女主角……”

念完日记，小丁又将轮椅向文康室中央移动。

男人的棋局终于有结果。

老　麦　（下一子，起身）将军！

老　李　（下结论）完了！

老麦、老李下，老金静看棋盘。

第四场 “严俊”

时间仿佛停止了，或是一下过了好几天，已经分不清楚了。邓老太太一直在画自己的眉毛，李太太在一旁打毛线。小丁坐着轮椅，她回到邓老太太身旁。邓老太太喝口水，不小心呛到，直咳嗽。

小　丁　怎么了，邓老太太？……（看她的妆）你在担心什么？

小丁将轮椅移到邓老太太面前。

你嘴巴嘟得像小猪一样，真难看，你还在生我的气？昨天我叫你老处女是逗逗你，你今天叫我老处女……

二马走向小丁、邓老太太面前自我介绍，打断二人。

二　马　（极礼貌）对不起，打扰一下……敝人姓冯，“二马”冯，前两天刚来这儿，一直没有机会过来跟您打个招呼，从现在起非常荣幸能和大家在这里过日子，往后请大家多多指教，如果有什么不周到……

老金下场。

小　丁　小邓，听到没有？他叫“我们”多多指教，指教“他”。

二　马　谢谢！

邓老太太　小丁丁，不行啊，我跟人家约好了，我要开始打扮打扮。

小　丁　你又有约会了？拜托你不要把脸涂得又红又绿的，真难看！（对二马）那个谁……？

二　马　叫我“二马”。

小　丁　二马，你看看她的眼睛是不是画得像谁？

二　马　（看一看）很好，很漂亮！

小　丁　是不是很像李丽华？

二　马　（惊）啊？

邓老太太　李丽华的眼线都是画这样又黑又长，看起来很媚。

小　丁　（对二马）二马，你知不知道，李丽华从头到脚全身都是美容过的？

二　马　（更惊）啊？

邓老太太　没有，她乱说！

小　丁　有，有，她这儿（指胸部）也美容过……这儿（指臀部）也美容过。

二马被吓得不知道怎么办，进退两难。

邓老太太　（边画）你不知道不要乱讲。

小　丁　我当然知道！

邓老太太　你怎么会知道，你又不认识李丽华！

小　丁　我怎么会不认识李丽华？！

邓老太太　好，就算你认识李丽华，她也不会告诉你这种人。

小　丁　是，她是不会告诉我这种人。

邓老太太　那你就不要乱讲。

停顿。

小　丁　是他先生告诉我的。

顿。二马眼睛睁大，不可思议。

邓老太太　（平常心）他先生？（小丁点头）严俊？（小丁愣一小拍）啊？

小　丁　啊？（恢复镇定）嗯……严俊。

二马礼貌地鞠躬，离开，同时摇头。

邓老太太　严俊都没有告诉我，为什么会告诉你？

小　丁　（短停顿）我们的关系是外人不能了解的。

邓老太太　你说谎！你根本不认识！那我问你，他开什么车？

小　丁　他……

邓老太太　你就没坐过他那台大型凯迪拉克吧！

小　丁　我是不记得那个车的名字，可是我记得车子的座位是红色丝绒！

邓老太太　（不屑）凡是看过“南国电影”的人都知道严俊有那样的大车，但是你就不知道他车上还带两个人。

邓老太太得意。

小　丁　（短停顿）你说的大概是……阿福跟阿贵？

在旁打毛线的李太太终于加入话题。

李太太　谁？

邓老太太　没什么。

邓老太太停顿片刻，收拾思绪，准备应对小丁新来的挑战。

（对小丁）阿福跟阿贵？（不屑地点头、窃笑）好，好……阿福跟阿贵！就算你知道他们俩的名字，但是你就不知道他们是干什么的！阿福是比较多人看见，他是开车门的，给李丽华跑跑腿的，比较多人看过他；可是阿贵就很少人知道他是做什么的。

小丁顿。邓老太太得意。

小　丁　对……其实我根本没有见过阿福跟阿贵……

邓老太太　（胜利姿态）那就对了！

小　丁　（打断邓老太太的得意）因为……小严每次来接我……

邓老太太　（愣）谁？

小　丁　小严每次来接我……他都是一个人开车来，他不带人，他坚持单独跟我在一起。

停顿。

邓老太太　（硬转）没错，嗯，这件事我跟严哥……

小　丁　（愣）谁？

邓老太太　严哥跟我提过这些事。

小丁泄气。

严哥外头是有很多花花草草的女人，所以我告诉他："你到外面去见那些花花草草的时候，就不要带阿福跟阿贵吧！因为他们毕竟是下人，你管得住他们的人，管不住他们的心，不要落人口舌，风言风语地传到李丽华的耳朵里可不好听！”这些事严哥是蛮听我的。

停顿。

小　丁　有一天下午，我正在洗澡，门铃忽然响，我匆匆忙忙地穿上浴袍，我一打开门，George 就站在门口。

停顿。邓愣，但无言以对。丁瞄邓一眼，得意地继续。

George 一看到我，他满脸通红，眼泪就要掉下来。他告诉我，他非常不幸，他外头认识一个女人，缠上了他，她占有欲非常强，一直想要控制他，但是这个女人不能满足他。我正要安慰他，他一把抱住我，走进我那小小的房间，把我往床上一扔，扒开我的浴袍，我就都给他看到了！他喘着气看着我……

邓老太太猛咳嗽。

你又输了啊？

邓老太太　（咳嗽）不行了……赶快找人来……我快不行了……快出来了……按铃！忍不住了！

李太太起身看望邓老太太，但太晚了，邓身体由绷紧转松软。

（小声）不行了。你去叫人拿块布来。

小　丁　来真的！我去叫人来帮你擦一擦。

小丁滑轮椅下。

灯光转。员工来清理邓的座位，李太太扶邓老太太下场。

过场　老麦的演唱会

老麦出现在右舞台前方凝聚的光圈中，姿态像是在开个人发布会，态度诚恳而感性。过程中，文康室中的人继续活动。

老　麦　……现在我要唱的这一首歌，是我年轻时候学的。这首歌……是描写年轻的生命是多么的多彩多姿……就像杜鹃花一样，就像溪水旁边的村家小姑娘……

老麦陷入自己的感动，开始小声地唱《杜鹃花》。

“淡淡的三月天，杜鹃花开在山坡上，
杜鹃花开在小溪旁，多美丽啊……
像村家的小姑娘，像村家的小姑娘……”

唱完了，老麦继续作说明。

我年轻的时候，在家乡，一到春天，山坡上开满了杜鹃花，我常常在春天到郊外去看花，那时候看花都没有什么感觉，现在想起来，我……

老麦词穷。灯光转至主表演区。

第五场 健忘

文康室。邓老太太又在她位子上化妆。老李一个人坐在棋盘面前想棋。陈老太太撑着她那一把椅子当拐杖辅助她的行动，到处走，在找东西，终于找到老李棋盘附近。陈老太太欲掀棋盘。

老　李　找什么？

陈老太太　老李，你帮我找一张纸。

老　李　做什么的？

陈老太太　上头有个名字。

老　李　谁的名字？

陈老太太　一个花的名字。

老　李　花的名字？

陈老太太　昨天有一个人给我送一朵花来，那个味道好香啊，我好喜欢那个味道，可是那个花叫什么名字，我忘了。我有拿一张纸叫那个人给我写下来，可是那个纸放哪儿去了？

老　李　你就是要那个花的名字？

陈老太太　是……是一张纸。

老　李　你放哪里？

陈老太太　我搁手上。

老　李　在手上。那你最后一次看到是什么时候？

陈老太太　最后一次……我搁手上……

老　李　你搁手上，散步去了？

陈老太太　然后，就去吃午饭！

老　李　那你吃午饭的时候还有吗？

陈老太太　有，还在手上，我吃饱了去洗手还在手上。

老　李　完了，洗手洗丢了。

陈老太太　我搁台子上，洗完手还拿着。

老　李　洗完手去哪里？

陈老太太　我就走、走、走，走到这儿（指）……走、走、走，走到那儿（指）……

老　李　看到纸没有？

陈老太太　（指邓老太太）看到邓老太太在化妆……

老　李　她每天坐这儿化妆！

陈老太太　（岔题）邓老太太，你气色很好耶！

老　李　等等，过来这里之前，你有没有掉在走廊？

陈老太太　（想）邓老太太看了我一眼，我对她说："邓老太太你化得很漂亮。"

邓老太太　谢谢！

老　李　（自言）我多管闲事！

邓老太太　（对陈老太太）怎么了？

陈老太太　花好香啊，我去买一朵放你房间里，你都会很喜欢，好香！

老　李　是什么花不重要，人老了，什么都不记得了，但是大事就不能忘，要写下来，不能黑的说成白的，要好好地交代给下一代。等我回忆录写下来，什么是是非非就全尘埃落定，你们就会全明白了！

陈老太太　那叫什么花？好香啊！想不起来了。

邓老太太　（指桌上化妆品）老李，那个给我。

老　李　邓老太太，邓老太太，干吗？你大门不出，二门不迈，七老八十还往脸上瞎画，给谁看？

邓老太太　我最讨厌你这种论调！人老了，也要打扮打扮，要整整齐齐、干干净净，这是对别人的一种尊重！

老　李　尊重别人，折腾自己。

陈老太太　我不整理了，我丑八怪了。

邓老太太　年纪大也要打扮，我帮你画画就会很漂亮，不一样了！

邓老太太拉陈老太太坐下，开始帮她化妆。

陈老太太　（边被画）我十七八岁的时候都不用化妆就很漂亮，脸蛋像个苹果一样，红红的！

老　李　那会儿女孩都是跟苹果一样。

邓老太太　（边画）腮红画在陈太脸上就比较有精神。

老　李　老了就算了！（看看陈老太太）嗯，是比较有精神。

邓老太太　（边画）这眉毛也要画，才不会霉霉的，比较有精神。

陈老太太　（边被画）张家小子喜欢带我在河堤上看月亮，他在院子里等我，院子的花好香，香味会从院子里飘到房里……

陈老太太仿佛听到声音。

（对"声音"）来了！来了！（对邓老太太）他在吹口哨叫我了！我说我要不要梳个头发？

邓老太太　老李，来帮忙撩个头发。

老　李　撩什么头发？

老李帮忙弄陈老太太的头发。

陈老太太　（对"声音"）好了！来了！（对邓老太太）张家小子在吹口哨了……（对"声音"）好了！好了！（对邓老太太）我是要穿个裙子好还是穿个裤子好？

邓老太太　（拿镜子给陈老太太照）陈太你满意吧？

陈老太太照镜子。

老　李　不错！

陈老太太放下镜子，起身往前走，完全陷入回忆。

陈老太太　好了！来了！来了！……我想吃个炸豆腐，他说好，我带你去吃个炸豆腐。我说我要去吃个糖葫芦，好，好，带你去吃糖葫芦……

老　李　（对邓老太太）你看，又讲年轻的事儿，又在说什么"张家小子"。

邓老太太　你别管。她好像说的是昨天的事！

陈老太太　……月亮好漂亮，我从来没有见过这么大的月亮！……

栀子花的香味好香啊……真是……

（突停，想一想）……就是栀子花！

邓老太太、老李惊讶地看陈老太太。

对啊，我想起来了！就是栀子花！……

邓老太太、老李互笑，摇摇头，望陈老太太一眼，分别下场。

……我喜欢那个味，空气里都是这个香味，你把那个名字给我写下来，我就是喜欢这栀子花的味道！……

陈老太太一面叙述回忆，一面走下场。

灯光转。

第六场 火车

转场中，老人院员工已经清掉了文康室的所有家具。场上已经变成户外的空间。老人院主建筑外部阳台。

老金坐着轮椅移动出来，李太太追在后。春末，空气中仍有凉意。

李太太 老金，你要去哪儿？

老　金 到窗口。

李太太 我推你，你的腿怎么了？

老　金 没事，没事，跟着季节跑。

李太太推老金到舞台中央。停顿。二人感受阳光。

老　金 太凉了，（指脖子后面）这边都冰了，耳朵都麻了，好疼。

李太太 那你要不要进去？

老　金 我喜欢凉。凉天很多事情保存得比较久。味道、声音、颜色……

李太太 这种天晒太阳最舒服了！

二人感受阳光。李太太轻声唱民歌。

“小黄鹂鸟儿呀，

你可曾知道吗……”

停顿。

老　金 好听，好听！

李太太 这是我年轻的时候，第一次跟老李出去玩，他教我唱的歌。

李太太哼唱，老金掉入自己的沉思。

“……马鞋上绣着龙头凤尾花，

两朵花呀绣一只鞋呀……”

老　金 （向远方轻声地呼唤）惠芳……惠芳……

李太太 （停唱）惠芳是谁啊？

老　金 我老婆。

李太太哼歌。老金回忆往事，越讲仿佛画面越在他眼前。

……火车站台上挤满了人……到处是难民，所有人都要逃到台湾……我在人堆里一直叫“惠芳，惠芳”……

李太太仿佛回忆同时被触动。二人同时进入不同的回忆，而回忆中的情景似乎穿插着共同出现在二人眼前。

李太太 （进入回忆）你想，我家里这么保守，怎么会让我跟他这种人出来玩？第一次坐火车就是跟他。他那时候不老，可是我就喜欢叫他老李，我们偷偷摸摸地出来玩，（闽南语）心里亲像[4]在做贼仔……

老　金 整个南方，通信全断，我在贵州，她在杭州，万一同时我去接她，她也来找我，这么一错过，怎么办？……

李太太 算了，算了！……

老　金 我就在每一站停车的时候，跳到站台上，朝对面火车叫她的名字！快上百个车站啊！……

二人各说各话，并无交集，陶醉在自己的回忆中。

李太太　（以下讲闽南语）火车晃啊晃的，沿着淡水河走，偶尔我们的肩膀不小心会碰到。我闻到他身上肥皂的味道……

老　金　上百个车站！嗓子都喊哑了！快要没有声音了！……

李太太　他说要带我去一个没有人知道的海边，我心里在想，我跟这个人在一起，一定会做很多我从来没有做过的事情……

老　金　每一节车厢都要找！一站都不能错过！三天三夜没有阖眼！不敢睡！……

李太太　那天好开心，一个人都没有！天跟海连在一起！真的一个人都没有！他不知道说了一句什么话，衣服没有脱就跳到海里面去了！……

老　金　整个车厢的人都睡着了，都是打呼声，我就一直瞪着眼，看着天上的月亮……

李太太　蓝色的海，一点风都没有，水面很平，没有浪，太阳反射在水面上的光好亮……

老　金　黄色的月亮，橘黄色的月亮！……

李太太　水淹到我的脚，到我的膝盖，到我的腰，裙子都漂起来了！我真不好意思，我压都压不下去，啊，他怎么不见了？……

老金自己推轮椅前进，在李太太周围绕圈子，像火车站站长在吆喝。

老　金　（边滑自己的轮椅）独山站过去了！宜山站也过去了！……

李太太　他突然从我背后出现！把我一举，我没站稳，身体一歪，吃了好几口水！

老　金　（边走）桂林！东安！柳州……（模拟火车节奏）晃荡晃荡，晃荡晃荡……

李太太　我大声骂他！好大声哦！我从来没有那么大声过……

老　金　……衡阳过去了！……

李太太　……我一边泼他水，他拼命往前跑！……

老　金　……惠芳！惠芳！……

李太太　……他以为我跑不快！我跑好快！……

老　金　……惠芳！惠芳！……（继续绕圈）

李太太　……我一边跑，一边笑！一不小心"啪"地摔了一跤，脸上都是沙！他又回过头来，扑在我身上！我们在沙上滚来滚去，什么都不管了！……

两人回忆开始缓慢刹车，仿佛渐渐回到现实。老金的轮椅也缓慢地停了下来。

（小声）真的什么都不管了……

沉默。二人向前呆看，感受阳光。

老　金　（小声）惠芳走了以后，我到现在还常常梦到在站台上叫她的名字。我怕她坐错车，就永远看不到了。

沉默。

李太太推老金的轮椅走。

老　金　你刚才说……？

李太太　算了，算了……

二人下。

第七场 小脚

小丁坐轮椅上，手上玩着一个类似溜溜球的玩具。

陈老太太扶着椅子慢步上，自言自语，双脚上缠着工地用的鲜黄色塑料长布条，上有“请勿靠近”“工地危险”字样。

陈老太太 （自言）……那时候我是不想裹小脚，可是有一回我跟村子里的人一起坐车，我最后一个下车，他们看着我的脚都笑我！谁家的姑娘脚这么大？像两块砖头从天上掉下来！这种女孩子谁要？……

小丁惊见到陈老太太脚上绑的工地塑料布条。

小　丁 陈老太太，你怎么了？

陈老太太 我就是没有小脚，我爸爸说：“这个最小的女儿让她舒服一点，不要裹小脚了，让她长大可以跑快一点，跑远一点……”可是不行啊！他们都笑我啊！气得我回家我拿个碗打破，（模拟）我就用破碗片用力割我的脚底，把肉挖掉，然后拿个布缠起来。他们说我脚大，我就拿布缠，我两个脚都缠，我要小脚！……

小　丁 （看看陈老太太，想安慰她）陈老太太，现在女孩子不流行小脚了，现在年轻女孩子脚都很大，你看她们穿的球鞋都很大。

陈老太太 不行啊，我要小脚！

小 丁 （滑轮椅靠近，看陈老太太的脚）你这是什么？你又到工地里去了？

小丁开始解开陈老太太脚上的塑料条。

你不可以再到工地去了，危险啊！再去你会掉到那个坑里去，没有人找得到你，要救都救不了你！……

陈老太太边说，小丁边将解开的布条固定在她的溜溜球上。

二马上，好奇地看着二位。

陈老太太 ……我是没有办法，不能解啊！张家小子常常带我去看月亮，他从来不看我的脚，后来有一天，我穿了一双红色的绣花鞋，他就看了我的脚一眼，一个晚上都不说话……

停顿。

张家小子他娶了别人……就是因为他不喜欢我这双大脚，可是张家小子不要，谁要？……谁要？……

停顿。小丁突然甩动手上的玩具，像彩带般地带动了工地黄布条。快节奏的巴赫钢琴乐渐起。

小 丁 （边甩）陈老太太，你看你的小脚绑在我的手上了！……

小丁将塑料布舞动起来，二马加入，拉着小丁的轮椅在台上绕圈子，成为奇妙的双人舞。

三寸金莲飞起来了！……飞起来了！……

快节奏的巴赫钢琴乐，一号降B调钢琴组曲“Allemande”段奏起。

陈老太太自言自语地慢步离去，无视旁边二人的玩耍。

音乐欢乐地奏着，二马跟小丁拼命绕圈子，小丁舞动塑料布条，在空中飘起。

小脚飞起来了！……

灯光渐暗。

第八场 比痛

灯光亮。老人院餐厅。老麦摆碗筷，准备吃饭。老金、陈老太太坐着。邓老太太从医务室进来。

邓老太太 （指医务室骂）蒙古大夫！他懂什么？他以为他读几年书就知道每个人的身体状况？！我才最懂我的身体，唉，我只是肚子胀气，给我瞎整，今天才不上他们的当！蒙古大夫！只要我活着的一天，就不让他们做实验！等我走了，他要什么给他什么！你要眼角膜给你眼角膜，你要肾给你肾，你要心脏给你心脏，但是现在，我在！我还有感觉的一天，他们别想动我？我决不给他们瞎整！

老　麦 今天哪个大夫？

邓老太太 蒙古大夫。

老　麦 吴大夫？那个小孩他懂什么？我懂的比他多。

邓老太太 你有同感？但是你也没有我懂。（指肚子）我是肚子胀气，他哪里知道我从小就胀气？痛起来，肚子会一直打转，脸色发白、一直流汗，我这痛起来没办法形容，肚子拧在一起，他怎么会懂？瞎整！我今天弄了半天，他一点都不知道，还叫我放轻松！

老　麦 胀气很难过，但是不能算痛，不能跟我的肾结石比。我肾里面的石头上面都是刺，后来掉下去卡在尿道里，不上不下，我尿尿就痛，不尿又憋着受不了，头顶在墙上，满头都是汗珠，一使劲一阵刺痛，一看水池里都是血，那才叫作痛！

停顿。

陈老太太 我生过孩子。

众愣。沉默。

你不知道吧？生孩子有多疼？

老　麦 （不屑）生孩子，那是自然现象。

老　金 （跟进）是女人都生孩子。

陈老太太 自然的就不疼？（比）小孩子身子这么长，（比）头这么大，（比）肩膀这么宽……你要从肚子里生出来，下头要多大洞？那是拼命的事，你们就不知道吧？

老　麦 生到后来，早上生一个，中午还可以起来做饭，这哪叫痛？

老　金 我的心脏扩大，呼吸困难，他们拿管子从我的鼻孔穿，（模拟）经过喉咙再往里面戳，通到肺，抽痰，抽出来一碗都是血，红色的血，然后又说不对，又重来一次，他又一节一节地拔出来，我无法呼吸，唉，我的天啊，又抽一次，抽出来都是血块，（记忆犹新）痛得不能讲！你们都不晓得那个有多疼！

老　麦 大夫告诉我，科学已经证明：肾结石的痛是最痛的痛。

陈老太太 我跟你说，我枕头下面有一把枪。有一天我丈夫回来，我拿着枪对他，我问他："你说，你今天给我说清楚，你外头是不是有一个女的？"他外头有个女的。"你是不是没有良心，你给我说！"我就拿枪指着他。你们知不知道我的心里头有多疼？我跟他生了七八个小孩，他外头还弄个女的！街坊邻居都笑我，我心疼啊！我拿枪对着他，我的心多疼你们知不知道？有什么痛比心痛还痛？从那天开始，我就当他死了，我想了就心痛，我难过啊……

陈老太太哭泣。

众人沉默。

老　金 我老婆去世以后，我就对什么东西、什么事情都没有感觉了，心也死了！

沉默。

感觉不到痛的痛有多痛？

全部沉默。

二马端盘子出。

二　马 吃饭了。

二马上菜，众人开始吃。

老李从医务室走出来，往餐桌夹口菜。

老　李 吃饭了！

二　马 （用手挡他）老李，这桌有回锅肉你不能吃。

老　李　回锅肉为什么不能吃？医生说，我现在什么都可以吃！真是好消息！医生说，你想干什么就干什么！老金，好消息吧！我真的什么都可以吃！

众人用奇异的眼光看老李。

陈老太太　红烧蹄膀可以吃？

老　李　可以。

陈老太太　麻辣火锅？

老　李　可以。

陈老太太　螃蟹？

老　李　可以。

邓老太太　猪头肉？

老　李　可以。

老　麦　酒也可以喝？

老　李　没问题！医生说，想喝什么就喝什么！医生说我太辛苦，他说我要吃什么都可以，再也没有限制！我以前要吃猪脚都要到外面偷吃，现在不用了，真是好消息！

老李继续兴奋地夹菜，众人开始离桌，下。

邓老太太　（起身）老李，你保重了。

邓老太太下。

老　李　（拿出口袋的药）老麦，这药丸也不用吃了！你要可以给你！这些高血压的药，是荣总[5]最好的药，我都不需要了，给你。我现在就要好好计划计划，这是应该的……我明天中午就到圆环去吃那个卤肉饭……老金你说什么？（老金没有说话）反正就好好地在圆环吃吃，叫一碗鱼翅羹、蚵仔煎……吃完了再去吃甜点，叫个八宝饭，然后再去唱歌，买包烟……

老金递烟给老李，然后起身。桌上只剩老李一人自言自语。

……烟我可以抽了，不要跟我太太讲……晚上再去中华路，老金我请你去！（老金已经离远了）叫个蹄膀、鸡汤、炸葱油饼、炸银丝卷，老金你说什么？

老金下。
没人了，舞台上剩老李一人。老李继续说。

再吃个腊肉炒蒜苗、三杯兔、肠旺、蒜泥、粉蒸肥肠、无锡排骨、宫保鱿鱼、炸虾球裹糖醋、黑胡椒牛排……

老人院员工上来收桌子，并将舞台清干净。老李面前的菜、盘、椅，甚至桌都不见了，老李还在念。
灯光转换。

过场　老麦的演唱会（二）

老麦出现在左舞台前方聚光中，寂寞的心情。过程中，老李继续不断念出一堆他想吃的菜名。

老　麦　（孤独地望着观众席）你们都走了？所有的人都离开我？全世界的人都走了，还有谁在？还有谁在？萍萍，你还在吗？你还听得见我的声音吗？我已经不是当年的小伙子，我已经70多岁了……都怪我当时太年轻，不懂得珍惜你。我现在要为你唱一首歌……用我的老嗓子……谢谢你给我的青春……给我的快乐。

（轻声而感性地唱）“我走遍茫茫的天涯路，我望断遥远的云和树，多少的往事堪重数，你呀，你在何处？

我难忘你哀怨的眼睛，我知道你那沉默的情意，

你牵引我到一个梦中，我却在别的梦中忘记了你。

啊！我的梦和遗忘的人，啊！给我最初祝福的人……”

过场　小丁的日记（二）

老麦的歌声渐小，光也在他身上渐暗。小丁坐轮椅出现在右舞台光圈中，念日记。老李仍在念菜名，老麦仍在哼歌，形成一个多声部合唱。

小　丁　“……8月20号，天气晴。好不容易吹了一个风，让天空都变得比较蓝了。这个风一吹，我们大家的思绪也跟着被吹到了外头！这是个晒棉被的好日子！棉被往竿子上一挂，我们的骨头也酥了！……”

第九场 太阳天

巴赫《耶稣，人类欲望之喜悦》改编钢琴曲奏出。

台上主表演区灯光大亮，众老人慢慢上，带着棉被出来晒。夏天，众老人感到炎热。原分别在左、右、中进行独白的老麦、小丁和老李从他们各自的位置慢慢加入大家。

吊杆降，众老人在吊杆上放棉被。

李太太 （大声，对陈老太太）天气好！大太阳！

陈老太太 拿棉被出来晒一晒，棉花一晒太阳就发眩了，小虫子就出来了。

小　丁 （轮椅上拿着棉被）天气好啊！老李啊，来帮忙……

老李有如从梦中被打醒。众人把棉被挂在吊杆上。

远方传来气象报告的声音。

气象报告员 （声音）……中央气象局发布陆上、海上台风警报……

部分老人仿佛听到警报，其他继续晒棉被。二马趁机恭敬地寻找老李，想感谢他的照顾。

二　马 （抓到又在发愣的老李）老李，我刚来这里的时候，承蒙您的照顾，给我很多帮忙，咱们中国人有句话说得好："在家靠父母，出外……"

老　李 （突然大声把他的话砍断）好了！

沉默。气象报告声、音乐声继续。

小　丁　（看着天）天气真暖和。

邓老太太　要是拿个相机拍个照留念好啊！

二　马　（极热心地）相机我有！我去拿！

二马下。

气象报告声、音乐声继续，台上的老人在各自位置上渐呈静止状，仿佛生命中没有理由的停滞。气象报告声渐远。

全部活动静止。老人朝着不同的方位，呆望着不同的方向，各自沉入自己的状态中。

静态。老金突然打喷嚏。

老　金　（喷嚏声）阿嚏！

众老人无意识地向老金的方向看，然后也无意识地，像梦醒似的各自缓慢散开。唯有老麦和老李原地不动地继续发呆。

陈老太太　好热呀，我进去了。

陈老太太往下走。

老　金　发昏了！

老金往下走。

李太太　日头晒太久手会酸。（对老李）我进去了。

李太太往下走。

小丁和邓老太太也相继下去了。二马兴致勃勃地拿相机上，但台上只剩发呆的老麦和老李。

二　马　……拿来了！我刚装好24张！……

（发现人都走得差不多，对发呆的老麦）老麦，我帮你拍一张个人的独照！

二马细心地选好拍照位置，准备为静止不动的老麦拍照。二马正要拍的时候，老麦突醒，惊觉到有人要帮他拍照。

老　麦　（不悦地挥手）我不照！我不照！

老麦下。

二马暂时受挫，再看一旁老李望着远方，呈静止状，兴致勃勃地拿相机对着发呆的老李。

二　马　（边取镜头）老李，稍微自然一点。

老李突醒，不理二马，一句话不说，下。

二马面对空台，亦觉有点无趣，下。灯光渐暗。

第十场 跳舞

夜。老人院户外庭院中。前一场晒的棉被已经吊到空中，形成空中美丽的图案。老李穿着夏天的睡衣，拿着胡琴上，自言自语。

老　李　……这个破胡琴，讲好给我丢了！硬给我带来了！

老李坐下，调音。

20多年前还没有大陆货，买个大陆货还要躲躲藏藏，怕又被抓了，他妈的，现在满街都是！

老李边发牢骚，边调音，牢骚渐化成拉胡琴的音符，《苏武牧羊》的音符飘浮在夜空中。

老金上。

老　金　你半夜三更吵人睡不着觉！……（老李不理，继续拉琴）你在……（听）“牧羊”啊？

邓老太太上。

邓老太太　好热。（对老李）今天晚上不吵架，拉琴啊？（老李不理）音乐对人的陶冶还是有用的。

老麦上，望着天空。

老　麦　月亮挺大的，睡不着觉。

邓老太太　天气好，月亮看起来就清楚了！

老金从口袋中掏出一把口琴，与老李对坐。老金用口琴吹奏《苏州河畔》。老李胡琴调从原曲转变，跟进，一口琴，一胡琴，由不搭嘎渐成曲调。邓老太太、老麦一旁听。

邓老太太 老麦，唱首歌来听听。

老　麦 我不唱。

邓老太太 从来就没有听你唱过歌。

老　麦 （不悦）我从来不唱歌！

小丁自转轮椅上。

小　丁 你们在开音乐会啊？

老　麦 看月亮。

小　丁 （望天空）月亮给人一种很奇怪的想法……（看着老麦，再看邓老太太）你们在约会啊？

老　麦 开玩笑！

小　丁 打扰你们了。

老　麦 你说什么？

邓老太太 （对小丁）我们已经聊很久了。

老麦愣。

小　丁 原来今天来接你的是老麦！

老　麦 （不可思议）啊？

邓老太太 别看不起老麦，老麦可是见过世面的。

小　丁 老麦，你是开凯迪拉克的？

老　麦 什么？

邓老太太 他当然换了另外一部车。你不要小看他，他舞跳得很好。

小 丁 他会跳肚皮舞。

老麦已经被二女包围。

邓老太太 那种舞没有格调！老麦的交际舞跳得可是一等一的！他在舞厅，伦巴、探戈、恰恰，都很会。

小 丁 这么说小邓，你终于找到一个不错的长期舞伴了？

老 麦 你说什么？

邓老太太 舞伴是不缺的，可是“小白兔”（指老麦，下同）是撑得上场面，带得出去的。

老麦起身欲走，又被邓老太太拉回。

小 丁 “小白兔”，辛苦你了！

老 麦 说什么？！

其他老人也都出来乘凉、听演奏。陈老太太扶着她的椅子，在一旁听小丁和邓老太太的对话，跟着起哄。《苏州河畔》的音乐仍奏着。

陈老太太 老麦跳舞！

众 人 跳啊！

陈老太太 年轻人动一动好！

老 麦 （不动）我不跳。

邓老太太 她不相信你会跳，你就跳给她看。

二 马 老麦跳啊！

邓老太太 老麦，你把刚才教我的技巧再跟陈老太太说一遍，来，

Music！《苏州河畔》！

老李、老金像乐队一样，从头奏起《苏州河畔》。

老　麦　我不会跳。

众　人　跳啊！

老麦硬被拱起，刚好陈老太太在他面前，脸带微笑地拉着老麦的手。

老　麦　我不会跳！

邓老太太　乐队！

老李、老金奏乐，老麦与陈老太太跟着音乐晃，众人在一旁高兴地看着。

小丁突然把轮椅转到老麦、陈老太太的中间，陈老太太也累了，众人扶她坐。

小　丁　老麦，我来跟你跳！

老　麦　你做什么？

小　丁　（从轮椅上起身欲跳舞）我以前是个舞棍，踢踏舞、探戈我全跳过，我教你跳！

老　麦　你干什么？腿这样子还跳舞？你小心点！

邓老太太　（对小丁）“小白兔”借给你试一试！

小丁靠在老麦身上，二人跳舞。

小　丁　老麦比你的严哥浪漫多了！

老　麦　（完全迷糊了）干什么？

小丁突然闪到腰。

小　丁　哎哟！

邓老太太　怎么啦？

小　丁　没事！再跳！

老麦不知如何是好。

邓老太太　没关系，她撑得住！

小丁坐回轮椅上。

小　丁　音乐来啊！二马，你帮忙推啊！

音乐继续。众人哼唱《苏州河畔》。小丁与老麦继续跳舞，老麦拉着坐着的小丁的手，小丁的轮椅由二马推。

三人的配合形成奇异的节奏。老麦极不甘愿，小丁和二马愉悦地舞着。

众　人（跟着音乐唱）“……我们走着迷失了方向……

竟在暗的河边彷徨……

不知是世界遗弃了我们……

还是我们把它遗忘……”

二马、小丁失控，轮椅不小心撞到老麦，老麦跌倒在地，音乐停。

老　麦（暴怒）你怎么搞的？跟你说不能跳了，你还跳！！

二　马（打圆场）怪我好了！

邓老太太（对小丁）叫你不要跳了，你还逞强，搞成这样！叫你不要跳是为你好……

老　麦　你不照照镜子，看你那个什么样子了，还跳什么跳？！

小　丁（反击）你凶什么凶？不跳就不跳！你知道我以前是做什

么的？我以前是……是……歌星！现在坐轮椅了，你就看不起我！你就以为我现在残废！

小丁自己推轮椅走。

邓老太太 “小白兔”，你真小气！（往下）小丁丁，干吗不高兴啊？……

邓老太太追小丁下，陈老太太、二马跟下。

尴尬的沉默。

老　麦 （暴怒）你们还玩什么？玩到我头上！我才不跟你们玩！！

老　李 好了，你看你搞什么东西，人家说她是歌星，你还这样跟人家讲话。

老　麦 （怒气转向老李）她什么歌星？关你什么屁事？你啰唆！

老　李 我说你两句，你干吗这么大声？

老　麦 我大声，你那个破胡琴吵死人了，还拉什么拉！

老　李 没事又怪到我胡琴来了！人家说她是歌星……

老　麦 我不讲了！

老麦下。

老　李 （火了，对老麦下的方向吼）你走！你讲不过人家就走！你走！你前院后院走！你楼上楼下走！你餐厅厕所走！你走不完！你已经是无期徒刑了！你进来就是无期徒刑！！……

老麦回，手里拿根棒球棒。老李见棒，气衰。

二人对峙。李太太上。

李太太 怎么了?

老　李 (不屑)算了,算了!

老李、李太太下。老麦瞪他们下去的方向。

沉默,唯一留下的老金吹出的一声口琴。老麦瞪老金一眼,老金停止吹口琴。

灯光暗。

第十一场 访问

灯光亮。文康室，一小型迷你撞球[6]台。老金、老麦、老李、二马打撞球；老金一直目测球路，一直没有人动手打球。

老金极仔细地测角度，退到几乎摔倒的一个地步。他瞄准球，但在打下去那一刹那又收手。

老 李 你打不打？

老 麦 （跨到白球位置）你不打，我打。

老 金 好，我打！球太小了，瞄不准！

众人不乐意地让老金打。老金又搞半天。

一位年轻的女高中生上，带着笔记本，穿着年轻、活泼。

女高中生 各位伯伯好，我是对面高中的同学，我们最近有一个作业，想访问老人院的老人。

众愣。四男呆看高中女生。

老 李 （不客气）谁让你进来的？

女高中生 门口那一位……

老 李 他收你多少钱？

女高中生 （无辜地）他没有拿我钱……

老 金 （对老李）你不要吓唬人家！（对女学生）你进来坐。你要不要打球？一起来嘛！

女高中生　不用，不用，谢谢！

老金引导女高中生坐在他旁边的位子上，并拉着她的手。另外三位站一旁看。

老　金　（热情地）你要写什么报告？

女高中生　这是一篇要登在校刊上的报告。

老　麦　（冷冷地）我认识你。你是不是每天早上骑脚踏车从我们门口经过？

女高中生　对，对。

老　麦　（指）你穿的裙子太短。

女高中生　这不是裙子，是裤子。

停顿。

老　金　（热心地）要不要喝水？

女高中生　不用，我刚喝过可乐。（打开笔记本）我们老师有指定几个问题是一定要问的，第一个问题就是针对老人院里头最没有人探望的那一位，他的名字……（找）刚刚写在这里……（翻阅笔记本）外面的伯伯刚刚告诉我……

众老人紧张，怕被点到。

哦……冯……

老　李　二马，人家访问你。

老李把二马推到女生面前。二马害羞。

女高中生　冯伯伯，您好。（看笔记本）第一个问题是，您为什么要来老人院？

停顿。

二　马　这不好说。

老　金　（鼓励）人家访问你，你讲，你讲！

二　马　这个……

老　李　（不客气）你回答，人家问你，你就讲啊！

二　马　（起身）这不好说……

老　李　（大声）人家问你，你讲啊！

二　马　（失态）我跟你说了我不好说！你会，你厉害，你说嘛！

老　李　我？这有什么不好讲？二马，我讲了！

二马起身，老李坐下。

女高中生　请问这位……

老　金　李。

女高中生　（起身）李伯伯你好。

老　李　你坐，坐！

女高中生　李伯伯，您为什么来住老人院？

老李本要回答，但也停顿。

老　李　老了嘛！

女高中生记录。

女高中生　李伯伯来这里多久了？

老李突然安静。这个问题打到他内心深处。

老　李　（慢慢地）3 年……7 个月……22 天。

众愣。

你写下来，记好！

女高中生记。

女高中生　这里的伙食怎么样？

老　李　（摇头）唉！

老　金　（打圆场）够吃。

女高中生记。

女高中生　你们每一天都做些什么？

老　李　活动？！……

老李火快上来。

老　金　（抢答）撞球，下棋。

女高中生记。

女高中生　你们看不看书？

老李不语。

老　金　有，有！

女高中生记。

女高中生　你们会不会做手工艺品？

老　金　有，有，老先生不做，都老太太做。

女高中生记。

老　李　（突怒）门面！做给外头看！让别人都觉得我们很忙！社

会上很忙的人就会受人尊敬！（女高中生愣）你写下来！

女高中生记。

老　麦（对女高中生）你问这些干什么？

女高中生　我们学校想让我们学生多关怀老人，这一期校刊上想要发扬敬老的精神……

老　李（酸语气）小妹妹，校刊不行！要上真正的报纸！要不上电视上讲也可以，就说有个老头，不知道为什么到养老院来了！这个老头有个儿子，3年没有来看他！（极酸）忙嘛！3年没有来看他一次！忙嘛！这才叫新闻！！记下来！头条新闻！……

女高中生记。

老　麦　你少说两句，小孩子你跟她说什么？.

老　李　事情就是这样！我哪句说错了？

老　金（对女高中生，客气）你再问。

女高中生　最后一个问题。能不能请各位伯伯给我们校刊一个忠告，告诉我们，生命是什么？

停顿。

老　金　生命是什么？

女高中生　对，请用"生命"两个字起头！

老　金　"生命"……

一直静静坐旁边的二马自动地站起来，陶醉地说起来。

二　马　我小的时候在我老家，我们家大人经常给我说一个故事，它给了我很大的启示。走遍大江南北，这几十年来，它支持着我直到今天。这个故事哦，是说的……说是有……

众人期待。二马呆站许久。

老　麦　他想不起来了。

老　金　（对女高中生）他忘了。（指老麦）你问他。

老　麦　我？

女高中生　可不可以用“生命”两个字起头？

老　麦　“生命”？……“生命”就是……（想一想）好好读书啊，好好做人，孝顺父母……（想不起来）差不多了！

老　李　（主动发言）你真要知道“生命”是什么？小妹妹，你记清楚，我讲给你听，你不要害怕，“生命”就是——你记好——你记好——（激烈地）生命他妈的就是我操他妈的，我操他妈的，我操！！

众愣。

老李往下走。

老　麦　你干吗跟小孩子说那些乱七八糟的？

老　李　（狂妄地）我说错了再关我 3 年！

老李下。

老　金　（对女高中生）他就是这样，你不要管他，你不要在意，他都乱讲话。

女高中生　（似乎不受影响）那你呢？给我一个忠告，关于生命是什么？

老　金　（想一想）生命就是……生命就像一朵花……

女高中生　像一朵什么花？

老　金　（甜美地）很漂亮、很好看、很香，盛放的花，就像你一样。

女高中生　然后呢？

老　金　然后呀，然后……

老金接不下去。一直呆站一边的二马此时想起他要讲的故事。

二　马　……有一只耗子走在路上。它非常着急，因为它不知道这条路走向哪里。它跑着、跑着，见到一只黄鼠狼，就问黄鼠狼："黄鼠狼啊，黄鼠狼啊，请问这一条路到哪里去？"黄鼠狼说："没时间，没时间，别问我！"说着就往前冲了。

女高中生看看表，在故事当中起身，向大家鞠个躬，下。

耗子继续跑，就见到一只乌龟。它问起乌龟："乌龟啊，乌龟啊，这一条路到哪里去？"乌龟说："把自己管好就好了，别问我！"说着就缩回到自己的壳里。

众老人在故事当中看女高中生走了，也无意识地慢慢离开。二马继续专注地讲。

耗子走下去，心情更是着急，走着走着碰到一棵大树，挡住了路。树上有一只黑乌鸦。耗子见到黑乌鸦就问："黑乌鸦啊，黑乌鸦，请问这一条路到哪里去？"黑乌鸦说：

“你已经到了路的尽头。”

耗子说：“这么快？”它叹了一口气，说：“如果我没有那么着急，如果我慢慢地走，就可以欣赏欣赏路边的风景，那么或许这一条路就不会那么快走完。”

众老人已离开。二马看四周，只剩他一人。连文康室的撞球台、椅子也都在二马的故事中被老人院员工收走，舞台是空的。二马用惯性的微笑隐藏他的尴尬，慢慢下。

灯光转换。

第十二场 非礼

巴赫一号降B调钢琴组曲“Menuet：I”奏起。夜。老李、老麦、二马、李太太、邓老太太坐在上舞台“列车”座位上，面朝右舞台方向。从现在开始，没主戏的演员原则上坐在这里，而他们后面的那棵树，不知什么时候长出了许多叶子。

老人院外。中秋节餐会刚结束。小丁坐老金的轮椅，老金推着小丁由左舞台上。

小　丁　（拍肚子）吃太饱了！

老　金　再这样吃，会吃出人命。

小　丁　我想吐。

老　金　（向前推轮椅）吐到池里，呼吸……

小　丁　再呼吸我头会昏，年纪大不能这样呼吸，我要站一站，老金你去坐着。

老金坐在轮椅上。

小　丁　（望前方）老金啊，月亮在池子里，给人一种很奇怪的感觉。

老　金　什么奇怪的想法？

小　丁　我小时候不懂事，大人说叫我去看月亮，我就跟他去看月亮，看着看着他就说一些奇怪的话。

老　金　那时你几岁？

小　丁　12岁。

老　金　小孩子。

小　丁　就是小孩子不懂事！他说："妹妹，我们看月亮。"我穿着裙子，他就叫我弯着腰看池子的月亮，看着看着，他就摸我（手摸着屁股）……

老　金　真的摸你？

小　丁　他从左边摸到右边，右边摸到左边，然后他拍拍我的屁股说："嫦娥就是长这样……"

老　金　这个叔叔真是岂有此理！

小　丁　"妹妹，你要不要拉叔叔的手？"（对老金）"你想不想拉拉我的手？"

停顿。二人互看，小丁拉老金的手。

"想不想坐叔叔的腿上？"……

老　金　后来？

小丁边说边模拟动作，坐到老金腿上。

小　丁　后来……他说："妹妹，很多人瞧不起叔叔，可是叔叔不是他们以为的样子。来，坐叔叔的腿上，陪叔叔一起看月亮，叔叔慢慢一点一点讲给你听。"

老　金　（承受不了小丁的重量）哎哟！好重啊！你不要把重量都压在我一个腿上。

小　丁　（跨两脚）这样？

老　金　轻一点……后来呢？

小丁继续模拟动作。

小　丁　他用手摸着我的头发（摸老金发），摸着我的脸颊（摸老金脸），他什么也没说，可是我知道他心里在想什么。他说："妹妹的皮肤好漂亮、好青春，叔叔就是没有青春……"

停顿。

老　金　叔叔接下来又说了什么？

小　丁　叔叔说："妹妹，陪我一起看月亮。"

停顿。两人闭着眼睛，在轮椅上身体缓慢地移动，呼吸，有如一种迟缓的性行为。

老　金　（身体磨着小丁，小声，缓慢）陪我一起看月亮……陪我一起看月亮……陪我一起看月亮……

两人缓慢的动作到达一种高潮，停。

小丁从轮椅上下来，老金坐着，二人整装。

你现在还恨不恨你的叔叔？

小　丁　我恨，为什么不恨？我到今天还恨。

顿。老金望着远方。

老金，可是我不恨你！我不恨你。

老　金　不知道明年中秋节我们还能不能看得到月亮。

二人一起静静地看着月亮。巴赫一号降B调钢琴组曲"Menuet：I"段又奏起。灯光暗。

第十三场 唱戏

灯光亮起。文康室。老李跟二马练京剧，邓老太太在一旁不安地看着天花板。

二　马　（极客气）老李，这些日子承蒙你的指导，经常给我照顾，我心里头感觉到非常的……

老　李　（打断他）好了！唱什么？

邓老太太　（看天花板）老李，你坐这边有没有觉得有东西掉下来？我昨天坐在这儿，感觉有一点一点的东西滴下来！

老　李　有裂缝？

二　马　我想唱诸葛亮的词。

老　李　诸葛亮什么词？

二　马　因为诸葛亮在卧龙岗隐居，一直到刘备来请他，他才一展长才，从来没有跟人争……

老　李　（打断他）好了！唱什么？

二　马　唱《空城计》。

邓老太太　如果滴到了，我拿药给你擦，很可怕，有腐蚀性。

老　李　《空城计》哪一段？

二　马　《空城计》“城楼”那一段，诸葛亮唱的二黄原板。

老　李　二黄原板什么词？

二　马　“本是卧龙岗……”

老　李　“我本是卧龙岗……”？那是二黄慢板！

二　马　哦。

老李开始拉胡琴，二马准备唱，但到二马该唱的时候又犹豫一下，没跟上。老李忽停。

老　李　唱啊！

二　马　哎哟，我没对上！

老　李　你要专注！陈小楼你知道吗？在京沪一带很有名，他说的，唱戏一定要专注，这才是个角，台上、台下干扰很多，一定要专注！你只要听到（哼）“拉戈拉咚”就唱！

二马点头，准备。老李开始拉胡琴，但到了点二马又没跟上。老李忽停。

你唱啊！

二　马　你过得也太短了！给长一点，好吗？

老　李　前面都唱过，都知道了。

老李拉胡琴。

二　马　您再给一点。

老李拉胡琴，前奏特别长。二马终于跟上。

（唱）“我本是卧龙岗散淡的人，

评阴阳如反掌，

保定乾坤。

先帝爷下南阳御驾三请……”

二马唱的和老李拉的起先还对得到一起，但越唱越合不到一起。老李胡琴渐渐变调成为《茉莉花》一曲，但二马未发现，继续唱下去。邓老太太仔细地查看天花板有没有滴水，不断走到二马唱戏的位置，二马调整不久，邓老太太又过来，手伸出来，眼望着上方，仿佛要接上面滴下来的水，又好像在跟二马要东西似的。三人形成有趣的画面。

老李拉完《茉莉花》，突停。二马还在唱《空城计》。

老　李　好了！我拉完了，你唱完了没？

二马停，失落地向另二人鞠躬。

第十四场 灵骨塔

外来的女推销员唱戏过程中在一旁看，听完戏拍手鼓掌。老李、二马、邓老太太看她。她打扮整齐，手里拿着公文包，跟院内人士成鲜明的对比。

推销员 各位伯伯好！老太太好！我今天来跟你们聊聊……

邓老太太 你跟外面登记了？

推销员 有，有！是这样，这是一个很难得的机缘，我一年前因为生过一场大病住进了医院，感觉人的生命实在很脆弱，我能死里逃生、恢复健康，所以想要来做点服务的事情，来回馈社会。

老　李 你来传教的？

推销员 不是。

邓老太太 你有跟院里说过？

推销员 说过了。

邓老太太 我们这里不能拍照。

推销员 不会，你放心！我要跟你介绍一种可以投资又可以自用的产品。现在要谈的东西，希望你们不要避讳，很多学者专家都呼吁我们在身体还健康的时候，就要注意身后的处理问题……

邓老太太 呸！我们这里不可以讲这种事情！

李太太进场。

推销员 （发手上的传单）刚刚我已经说过，希望你们不要避讳，因为这我们早晚都要面对。这是我们的说明书，是第二期的产品，我们第一期的产品销售一空，预期第二期也会造成同样的轰动，公司特别再开发这个山明水秀的山坡地，而且又请风水师来看风水，这个绝对是个好去处！

李太太 （指着传单）这是什么？

推销员 （对老李）请问这位是……

李太太 （闽南语）这阮头家[7]。

推销员 这太好了，恭喜您，好难得，在养老院还能看到两位这样恩爱的银发夫妻住在一起，请问你们有小孩吗？

老李气得快要爆炸地瞪着推销员。

李太太 （打圆场）有，有！

推销员 请问两位都过了 70 岁了吗？

李太太点头。

那太好了！你们两位完全符合我们公司的老人优惠条件！

老李起身欲走。

对不起，请问这位伯伯有问题吗？

老　李 （忍气）我要去休息。

推销员 我还没有讲完，我怕你不太清楚。

老　李　我完全清楚，我已经计划好了，我要葬回大陆。

推销员　您太太呢？

老　李　她……她时间还长，以后再说。

邓老太太受不了这个话题，下场。

推销员　是，是，我们非常了解你们的心情，但是我们公司非常不推荐您葬回大陆！

老　李　我不需要你们推荐，我就是要葬回大陆的祖坟。

老李欲下。

推销员　（挡住老李的路）对不起，再耽误您几分钟。祖坟就是我们的重点！如果您葬在大陆您就是他们的子孙，但是，您葬在台湾，您就是外省人的第一代，也就是我们的祖先！这两边的待遇是不同的！所以我们公司非常诚心诚意地建议你们把根留在台湾，这样子以后你们的小孩逢年过节、初一十五要来探望也是非常的方便！

老　李　（终于爆发）好了！我就是要葬回祖坟！我们祖先的坟墓！！你懂不懂？祖坟？！……什么事都有……

老李下。

推销员　是，是。

推销员略受挫，但仍继续推销，走向二马。

老先生您好，我刚刚还没有讲完，我们针对 70 岁以上的老人有一个优惠的条件，我是专程来服务的，现在打九三折……

二　马　谢谢，承蒙您跟我们解释得这么清楚，我已经全明白了……

推销员　对，这真的是一个投资跟自用的好机会！

二　马　谢谢，可是我没有钱。

二马下。

沉默。推销员望着二马下去的方向。

李太太　（对推销员）小姐，你可不可以再跟我解释清楚一点……

推销员　我们一次买两个可以打8折，可以省5000元，分期付款一个月只要交1000，很划算！

李太太　如果要去大陆……

推销员　这个我们也有特别服务，可以请旅行社来做，但是要付特别的服务费，如果您现在不用，卖了还可以赚钱……

推销员与李太太讨论“传单”的内容，边谈边走下场。

过场　小丁的日记（三）

灯光变化，凸显左下舞台的小光圈。小丁坐轮椅在光圈里写日记。已经进入秋天，天气开始冷了，她也多加了一件衣服。巴赫的《耶稣基督，我向你呐喊》合唱曲前奏钢琴改编版奏起。

小　丁　“10 月 30 号，天气阴。今天的生活点滴是，有一个很不懂事的年轻人来院里推销灵骨塔，我想她不是一位很好的推销员。

秋天到了，最近天气阴冷，雨要下不下的，好难受。记得我年轻的时候，有一次就是这种天，我刚结束一段轰轰烈烈的爱情，一个人走在碧潭桥附近的小路上。突然之间，雨下下来，像是天空爆开一样，把秋天的落叶吹得满天飞！我就在大雨中大叫，我脱光了衣服，一丝不挂地在山里头跑啊！跑啊！在那狂雨中跑啊！跑啊！在那落叶中跑啊！跑啊！……”

第十五场 雨天

庄严的巴赫钢琴曲持续。室外，众老人缓慢地上，看着天气好像要下雨。

邓老太太 好像要下雨了！小丁！要下雨了！

小丁从“日记”的位置加入大家。陈老太太望着右边的天空。

陈老太太 （指）那边天好漂亮！红色的！

众老人向右转，望天空。天空出现一道美丽而奇异的红光。

就像在“太阳天”一场中那样一切停滞，众老人静静地望着右方的天空。许久。

美丽的秋天五彩树叶由上方落下，布满全台。众老人看着树叶，一时仿佛个个掉入自己的回忆中。

李太太 （像是从梦中醒来，指天）快点，下雨了！

吊杆降下，众老人开始收挂在吊杆上的棉被。

老　金 天气说变就变。

老　李 （向侧台喊）老麦！快来收被子，要下雨了！

过场　老麦的演唱会（三）

老麦出现在右舞台前方凝聚的光圈中，又像是在开个人发布会，态度诚恳而感性。过程中，众老人继续收棉被。巴赫的音乐持续。

老　麦　秋天是收成的季节，秋天也是落叶的季节。你听，收成的大合唱！红色的落叶飘满我的四周！我们来跳舞吧！红色的叶子像着了火一样，红透了就掉了下来，飘落一地，满山满谷都是红色！然后……它们腐烂……然后……没有了。

为什么人们只会赞美春天新芽冒出来，不会赞美秋天生命的枯萎、凋落、腐烂？（大气魄）我就是秋天！你愿意和我跳支舞吗？

老麦开唱《秋的怀念》。众老人已收完棉被，进去了，台上主表演区只剩下小丁和邓老太太在一个小聚光圈中。邓老太太拉着小丁的轮椅转圈子，两人闭着眼，张着嘴，双手张开，奔放地转圈子，而树叶继续落，打在她们身上。

小　丁　（发泄地对天大叫）啊……！！

此时台上老人已收完棉被，老人院员工出来扫树叶。

老　麦　（唱）“秋……静静地徘徊，静静地徘徊。

红叶为他涂胭脂，白云为他抹粉黛，

秋……静静地徘徊。”

小丁、邓老太太 （一边转圈一边齐声对天大叫）啊……！！

邓老太太拉着小丁的轮椅，二人边笑，边奔放地下。老人院员工搬下一场的道具上。老李、李太太缓慢地上。

老　麦 （唱）“他永远怀念，永远怀念，

怀念着代代慈祥的草原。

他永远怀念，永远怀念，

怀念着年年可恋的村间，

秋……静静地徘徊，静静地徘徊。”

灯光转换。老麦下。

第十六场 儿子

老李和李太太之卧室，一张木头床，一把藤椅和一只箱子。老李坐藤椅，一脸严肃的样子，但格外地沉默。李太太坐床上。他们的儿子端着两杯水进来，他穿着稍显花哨，在这个空间里颇不自在。

儿　子　这个地方好难找，把我腿都走断了！这门牌号码也不清楚。（给自己扇风）好热，有一个味道，像樟脑丸的味道。

李太太　（指地上放老李文件的木箱）可能是这个……

儿　子　这什么玩意？

李太太示意儿子别问。

这里环境不错，外面都是稻田。

李太太　大陆那边怎样？

儿　子　本来以为……不要提了。

李太太　垮了？

儿　子　反正做生意都是这样，有赚有赔，你们……

李太太　你有没有欠人家钱？

儿　子　没有关系，欠了我会还人家……天津那边不堪回首……别提了……有一天我心情不好，半夜醒来想写信给你们……不要再提了！……（拿出手提袋里的东西）这是我从天津带来的，两瓶高粱酒给爸爸，这鞋子给你，是羊毛鞋，暖和。

李太太 你带回去，你爸爸很久没喝酒，你也不要花这个钱。

儿　子 （放木箱上）没有关系，给叔叔伯伯喝，老人喝点酒帮助血液循环。

李太太 你爸爸都不喝酒了，我们用不上，你拿回去。

儿　子 拿去，还有你的鞋，都拿去。

老李一直静静的，不理会儿子。

李太太 （拿出围巾）这个我在这里没事的时候钩给两个小孩的。小孩怎样，谁在带？

儿　子 一个阿姨在带。

李太太 你跟那个阿姨处得怎么样？

停顿。

儿　子 您别管，这是我们的事情！（停顿）爸，你们伙食好吧？

老李不出声，眼睛直直往前看。

李太太 可以啦，我们不挑。

儿　子 要注意营养，身体要照顾。（停顿）你们的钱够用？

李太太 够，还好你爸爸有人寿保险，靠那个红利可以付这里的费用。

儿　子 保险到期了？

李太太 到期了，现在放着可以每个月领红利。

儿　子 领出来吧！

李太太 不行，我们现在靠这个保险金的利息生活……

儿　子　你可以领出来，钱放那里是死钱，利息是蝇头小利，可以领出来做一点生意……

老　李　（突然出声）他就是来借钱，是吧？

沉默。

人寿保险的钱？人寿保险的钱就是等人死了才能拿出来！

李太太阻止老李，停顿。

李太太　你爸爸的意思是说，你去找个稳定的工作做，不要再做生意了。

儿　子　这次这个我已经看准了，绝对稳赚不赔，合伙的人都是可靠的！

老　李　小毛最不可靠了！小毛从小就来家骑走你的脚踏车没还！

停顿。气氛火爆。

儿　子　（发火）谁跟你说是小毛？！算了！算了！我不说了！

沉默。

李太太　我们还有什么钱？我们就是两个人住在这边，没什么钱，好好住这里到老，也不求什么，你在外面怎么拼就尽量拼，不用管我们了！

儿　子　你们不要相信保险公司会给你多少利息，他们是一个骗局！他拿我们的钱做他的大生意，什么红利，都是为他们自己，你们快取出来……给我，现在可是一个好机会……

老　李　领出来？你拿菜刀把我们杀了就有钱！看你爱干吗干吗！

儿　子　（爆发）我有说这样？你什么意思！我只是来借钱，你什么态度？！

父子失控地大吵。

老　李　我什么态度？你要你妈妈的钱，你……你从小就这样，你都没念好书过！……怪我？你从小就不好好听我的话！

儿　子　怪你！

老　李　怪你！看看你自己！我怎么了？

儿　子　你不要讲话！

老　李　我为什么不要讲话？

儿　子　我喜欢来这里跟你们要钱？我在我人生最低潮的时候向你开口借钱，你是这个态度对我！

老　李　你一辈子都是那个“低”！

儿　子　那是因为你从来没“高”过！

老　李　我“高”的时候你没看过！我拿砖头垫你，你还是“低”！你一辈子就是“低”！

儿　子　你又什么时候“高”过？（大叫）你给我嘴巴闭起来！！你现在听我把话说完！！你从来就没有听我把话说完！！（老李又开口）你闭嘴！闭嘴！闭嘴！你从来就没有听我把话讲完！

老李安静。

你听我说，我从这里走出去以后，我就不会再回来。我今天一定要把话说清楚！我老婆离开我时，什么话都没讲，她临走丢一句话，说……她没有办法再活在这个暴力的家庭里。（停顿）我会有暴力？（激动）我跟谁学的暴力？！……

老　李　你现在又把事情怪在我的头上？你从小就没有听过我一句话，还怪到我头上，我从头到尾就不是人！你不学好也是我的事！

儿　子　我就是不要学好！我活了好多年还是这样！我叛逆，我暴力，我从小就希望不要像你，我没有办法，我就是像你！我越大越发现，我就是你！！（接近崩溃）我没有办法，我根本改不了，我就是这样到死，我就是你的样子！！

李太太　好了，不要再讲了！

儿　子　（歇斯底里）我到老就像你们一样，住在这样一个鬼地方！

李太太　（指着儿子）你再讲一个字，我就打你！

儿　子　（停顿，向妈妈求情）妈，我今天……

儿子一开口，李太太立刻快速拿起围巾，全力地扑打儿子，打得儿子到处躲。李太太几乎要把自己手打断。老李在一边，视而不见，但内心极为激动。

打完，三人沉默。

儿子拿包，下。

李太太从另一边下。

沉默。

老李开始轻声唱歌。是他回忆深处的儿歌。他边唱，边抓着藤椅的把手，用惊人的力量把自己撑起来，像是在练双杠。

老 李 （唱）“芬芳美丽满枝丫，

又香又白人人夸。

让我来把你摘下……”

老李已经把自己撑起来了。

（辛苦地）“送给别人家……”

（用力大喊）“茉莉花！啊，茉莉花！”

绷紧的老李突然松懈，身体垮回藤椅上，呆看前方。灯光暗。

第十七场 同乐会

黑暗中单音口琴声起，简单的童歌《来，来，来跳舞！》。

灯光渐亮。文康室。八老坐成一排面对观众。邓老太太起立当主持人，穿着过年的棉袄。老金在吹口琴，以口琴音当同乐会的衬底音乐。

邓老太太 （热心、欢乐地）各位好朋友，今天很高兴在我们8周年的院庆和大家在这里共聚一堂。8年不算长……

老麦起身想走，被老金阻止，又坐回。

……但是因为养老事业在台湾也算是新兴行业，所以也算经过很漫长的路途。你们不要以为我们年纪大了，但是我们之中卧虎藏龙、各怀绝技……

老　金 （对陈老太太的耳朵大声解释）卧虎藏龙！

陈老太太点头。

邓老太太 ……因此趁着今天的机会，让大家在这里表现表现！那……我们首先请我们这儿年纪最大的、最不负众望的（老金起身）……陈太……！首先为大家表演。

众老人吆喝，老金坐下。陈老太太缓慢起身，站到舞台中间。

陈老太太 他们说我活到这么大岁数不简单，我觉得人活一辈子没有什么了不起，我今天就表演……我活着。

（举起双手，微笑，大声）我……活着！

众老人鼓掌。

我活着，我觉得很高兴！

小　丁　陈老太太真是了不起！

陈老太太跟众老人一一握手。

众　人　（鼓掌）活得好！

陈老太太回座。

邓老太太　非常感谢陈老太太的表演，接下来，我们请我们之中很有表演才华、最会模仿的……（老金起身）老金！

老金欢乐地走到舞台中间。

老　金　我先模仿我自己。我在家里……发呆！（作坐下发呆状）再来我表演我太太。（指）我坐在这边，我在家里，我的太太惠芳回家看到我，她10年前就死了，那时候她还没死，她回家一看到我，就说（模仿）：“老金啊，你怎么一个人在家里发呆？”她说：“你一个人发呆没有意思，我来陪你发呆。”（作坐下发呆状）我们就一起发呆。我女儿放学回来了，书包一放，看见爸爸、妈妈，说：“爸爸，妈妈，你们怎么坐在这里发呆？我陪你们一起发呆。”（作坐下发呆状）我们三个人就坐着一起发呆。后来，我们家的狗，狗也回来了，它叫老黄，它20年前也死了，它没有书包，它说：“主人啊，主人啊，你们怎么坐在这里发呆？”（作坐下发呆状）我们四个一起发呆！……这是我们全家福最难忘的画面！我表演完了！

老金坐回，小丁自动开始表演。

小　丁　（念白）“花落水流，春去无踪，只剩下遍地醉人的东风。”我年轻的时候被星探发现参加电影试镜，我在长城电影公司表演了这一段，差一点当上了第一女主角。那天的表演一直映在我的脑海里，是我最灿烂的一个下午……

老麦起身欲走，又被旁人拉回座位。

（唱《魂萦旧梦》）“青春一去永不重逢，海角天涯，无影无踪……”

小丁从轮椅上起身，非常沉醉，走音，荒腔走板。众人不知怎么办，主持人请她坐下，众人将她连轮椅一起塞回座位行列。

李太太直接走上舞台中央表演。

李太太　我没有念过什么书，我小时候有背唐诗三百首，我最喜欢一首《金缕衣》，后来我从收音机那里听过，就自己编，都唱给小孩听，小孩子长大，就唱给孙子听，我从来没有唱给老李听，你们不要笑。

老　金　（对老李）唱给你听的！

老李没反应，呆看前方。

李太太　（唱，闽南语）“劝君莫惜金缕衣，

劝君惜取少年时。”

老李在李太太的歌声中黯然地走下场，旁人挡不住。

“花开堪折直须折，
莫待无花空折枝。”

李太太唱完后，下。

尴尬。众人沉默。邓老太太打圆场，到台中央表演。

邓老太太 （对老金）Music！

老金用口琴吹起《风流寡妇》华尔兹舞曲。邓老太太拿出一袋药。

一些好朋友，我今天要介绍的这一群多彩多姿的好朋友，他们陪伴了我好多年……（掏出一药瓶，一本正经）首先为大家介绍第一位，它叫周仔，是黄色瓶子，中间有个小凹槽的绿色的药丸。这个药丸，如果我白天不想睡，要晚上睡，吃了就有效，晚上就可以好好睡；（再掏出一药瓶）这个是我特别怀念的，叫阿豪，看到它就想到我的口水，因为我的口水很少，饭粒容易黏在嘴上，吃了以后，口水就会多；（再掏出一药瓶）这个叫George，是小丁送我的，我偶尔吃，周末吃最有用；（再掏出一药瓶）这个是我捡来的，我叫它阿龙，不知道干什么的，我还没有试过；（再掏出一药瓶）这个是……我忘了……效果很好；（再掏出一药瓶）特别介绍这个，它叫阿宝，这是我流眼泪的时候可以吃的。（解释）我流泪不是悲伤，是因为我的泪腺太发达了！我现在就很想吃一个。（收起药瓶）我个人觉得我在药学方面累积了70多年的经验，算是有点研究，但是跟一些前辈比起来，造诣还是很浅薄。我希望在有生之年，还可以继续在这一方面能更加努力，因为人要活到老、学到老，这样才能使自己更上一层楼！

邓老太太表演完毕，老金用口琴吹奏节奏轻快的《来！来！来跳舞》。大家跟着哼。

（兴奋地）现在我们已经到了节目的高潮！大家一定不知道我们之中有一位非常有才华、不太显露歌声的歌王！（老麦坐立难安）我希望在今天这个场合，他可以出来为大家献唱一曲！（老麦起身，被众老人制止）现在我们就请——老麦！

二　马　（扶起老麦）老麦！

老　麦　（坚决不起）我不唱！

邓老太太　我们热烈鼓掌！

大家鼓掌，老麦硬是不起。众人鼓动他，老麦突然发火。

老　麦　（爆）我说不唱就不唱！！

众愣。

老　金　好好的，不要生气。

老　麦　（大发雷霆）我不唱就不唱！我最不喜欢同乐会！同乐会有什么意义？我一个人就很快乐，我为什么要和你们同乐？要唱，我自己有自己的计划，当最后一天来临的时候，我要开一个盛大的演唱会，我要唱给全世界的人听！台下坐的都是规规矩矩的人，我要对全世界的人唱出我的心声、我的感受！你们现在要听我唱歌，门都没有！！

老麦下。众老人扫兴，缓慢移动，离开现场。老人院员工开始收椅子。邓老太太向观众打圆场。

邓老太太　哦……我们今天的同乐会就到此……谢谢……

灯光转换。

第十八场 临终

老人院员工把所有同乐会的椅子搬走，只剩老金一人坐着，其他众老人已经从同乐会现场走到“月台”的座位。老金在座位上，隐隐不舒服的样子。陈老太太动作缓慢地往上舞台走，回头看老金。灯光收缩，聚集在老金的位置，“月台”上的老人成剪影。舞台边的定时器此时已经只剩下两三分钟。

老金呼吸困难。陈老太太在他面前走过。

老　金　（无法转身，只能往前看）谁啊？

陈老太太　没有人啊。

老　金　你把……那个窗子打开。

陈老太太　已经打开了。

老　金　把它打开……

陈老太太　窗子已经开了。老金……你怎么了？（老金呼吸困难，无助地看着陈老太太）手给我……

老　金　来不及……来不及了……来不及了……

陈老太太　（拉老金的手）你不要怕。什么来不及了？

老　金　痛……

陈老太太　我知道。

老　金　我要呼吸……

陈老太太　好，我抱你。

陈老太太抱着老金。老金的呼吸更急促。

老　金　我的抽屉……还没有锁好……

陈老太太　（安详地）好，我会帮你锁上。

老　金　（恐惧渐渐扩大）爸爸……妈妈……惠芳……

陈老太太　他们都在那里了……不要用力……（老金无助地看着陈老太太）放掉了！

老　金　痛……我要……呼吸……

老金呼吸停止。

舞台边的定时器此时刚好到“00：00”，陈老太太温柔地抱着已断气的老金。

陈老太太　（小声地）你看啊，没什么难，很简单，就是一口气而已，一口气。（停顿）我很高兴我现在陪着你，你现在好安静，这样不是很好，对不对？（顿）老金，接下来这条路就只有你一个人走，我没有办法陪你，你要勇敢，不要害怕。老金啊，我只能送你到这儿，（温柔地扶着老金）好好走……

灯光渐转。

第十九场 月台

陈老太太扶老金上“月台”位子。

8人坐“月台”上，侧着身子，呆望前方。

与第一场同样的音乐起。

输送带又出。

老人院员工戴口罩上，将台上最后一张椅子，也就是老金的椅子，放在输送带上，并用扫把扫地。

输送带送椅子下，员工也下。

后方的那一棵树已经长满叶子，在光中灿烂而茂密。

灯光渐暗。

剧终

注释

1 台湾的里长是村级干部，由选举产生。

2 臭耳人：闽南语，指失聪的人。

3 文康室：养老院的文化健康活动室，一般有娱乐、健身设施。

4 亲像：闽南语，“真像”“就像”之意。

5 荣总：即台北荣民总医院。

6 撞球：即台球。

7 阮头家：闽南语，意为“我老板”，这里是“我老伴”的意思。

–《红色的天空》世界首演 –

1994 年 9 月 7 日，台北两厅院戏剧院

由表演工作坊制作、演出

–编剧、导演–

赖声川

–演出–

金士杰 饰 老金、老李之子 / 陈立美 饰 陈老太太、女推销员 / 李立群 饰 老李 / 陶传正 饰 老麦 / 丁乃筝 饰 小丁、老麦之女 / 冯翊纲 饰 二马、陈老太太之子 / 林丽卿 饰 李太太 / 邓程惠 饰 邓太太、社工 / 陈立华 饰 老人院员工 / 赖梵耘 饰 女中学生

副导演：陈立华 / 舞台及灯光设计：王世信 / 服装及造型设计：靳萍萍 / 制作人：丁乃竺 / 即兴排练记录：许瑞芳

–《红色的天空》香港粤语版–

1998年9月19日，香港西湾河文娱中心剧院

由香港话剧团制作、演出

–编剧、导演–

赖声川

–演出–

林尚武 饰 二马、陈老太太之子 / 冯蔚衡 饰 邓老太太 / 黄先洸 饰 亚金 / 叶进 饰 肥佬李 / 潘碧云 饰 李太 / 欧阳奋仁 饰 欧阳（原老麦）/ 刘红荳 饰 陈老太太 / 龚小玲 饰 亚丁、欧阳之女 / 郭志伟 饰 老人院员工 / 梁菲倚 饰 高中女生 / 雷思兰 饰 灵骨塔推销员 / 辛伟强 饰 肥佬李和李太之子

舞台设计：罗佩贞 / 服装设计：区宇刚 / 灯光设计：崔婉芬 / 技术监督：林菁 / 舞台监督：颜尊历 / 制作经理：梁世聪

–《红色的天空》北京版–

1998 年 12 月 24 日，首演于北京儿艺剧院

由中国文化研究会表演艺术专业委员会、中国戏剧影视研究院主办

–编剧、导演–

赖声川

–演出–

林连昆 饰 老金 / 唐纪琛 饰 陈太太 / 鲍占元 饰 老李 / 孟庆良 饰 老麦 / 严帆帆 饰 小丁、老麦之女 / 秦焰 饰 二马、陈太太之子 / 张志彤 饰 李太太 / 韩静如 饰 邓太太、社工 / 李梅 饰 灵骨塔销售员、中学生 / 赖梵耘 饰 中学生（北京场）/ 阿丁 饰 儿子 / 田卓 饰 老人院职员

–北京版首演后，其他加入或替代的演员包括–

张芷坤 饰 李太太 / 田卓 饰 儿子 / 冯翊纲 饰 老李（天津场）、儿子（台北场）/ 金士杰 饰 老金（台北场）/ 陶传正 饰 老李（台北场）/ 杜思慧 饰 灵骨塔销售员（台北场）/ 陈立华 饰 老人院职员（台北场）/ 刘宜慈 饰 中学生（台北场）

副导演：严忠颖 / 舞台及服装设计：毛金刚 / 灯光设计：林丁 / 制作人：阿丁

赖声川

1954 年出生于美国华盛顿，籍贯江西会昌，生长于美国与台湾，美国加州伯克利大学戏剧博士，前台北艺术大学戏剧学院教授及院长。世界上最著名的华人戏剧家之一，被誉为"现今最顶尖的中文剧作家"(BBC)、"亚洲剧场导演之翘楚"（《亚洲周刊》）。

三十余部原创编导戏剧作品对当代华人剧场艺术及文创产业影响甚深。台湾表演工作坊创始人及艺术总监、上海上剧场艺术总监、乌镇戏剧节发起人及常任总监，创意理论学者（著有《赖声川的创意学》），曾任教于美国斯坦福大学及加州伯克利大学。

赖声川剧作集

《如梦之梦》

《宝岛一村》

《圆环物语》

《水中之书》

《如影随行》

《暗恋桃花源》

《十三角关系》

《红色的天空》

《在那遥远的星球，一粒沙》

赖声川历年作品清单

《我们都是这样长大的》
《摘星》
《过客》
《那一夜，我们说相声》
《变奏巴哈》
《暗恋桃花源》
《田园生活》
《圆环物语》
《西游记》
《回头是彼岸》
《这一夜，谁来说相声？》
《台湾怪谭》
《红色的天空》
《又一夜，他们说相声》
《先生，开个门！》
《我和我和他和他》
《十三角关系》
《菩萨之三十七种修行之李尔王》
《如梦之梦》
《千禧夜，我们说相声》
《新加坡即兴》
《在那遥远的星球，一粒沙》
《乱民全讲》
《这一夜，Women 说相声》
《上海·故事》
《如影随行》
《陪我看电视》
《宝岛一村》
《那一夜，在旅途中说相声》
《梦想家》
《大桥上的对话与独白》
《梦游》
《水中之书》
《蓝马》
《隐藏的宝藏》
《鲸鱼图书馆》
《游园·流芳》
《幺幺洞捌》
《曾经如是》

扫 码 加 入

春潮线上读书会

图书策划　中信出版·春潮

总 策 划　杨　爽
特约策划　叶匡政
策划编辑　刘　晴
责任编辑　杨心怡
营销编辑　毛海燕
装帧设计　周滕家二郎 许诺 侯明洁｜创意工场

出版发行　中信出版集团股份有限公司
服务热线：400-600-8099　网上订购：zxcbs.tmall.com
官方微博：weibo.com/citicpub　官方微信：中信出版集团
官方网站：www.press.citic

三十三角关系

赖声川 著

中信出版集团 | 北京

图书在版编目（CIP）数据

十三角关系 / 赖声川著 . -- 北京 : 中信出版社，
2019.6（2022.4 重印）
（赖声川剧作集）
ISBN 978-7-5217-0416-7

Ⅰ . ①十… Ⅱ . ①赖… Ⅲ . ①话剧剧本－中国－当代
Ⅳ . ① I234

中国版本图书馆 CIP 数据核字（2019）第 073272 号

十三角关系

著　　者：赖声川
出版发行：中信出版集团股份有限公司
（北京市朝阳区惠新东街甲 4 号富盛大厦 2 座　邮编　100029）
承 印 者：河北鹏润印刷有限公司

开　　本：787mm × 1092mm　1/32　　印　　张：3.75　　字　　数：40 千字
版　　次：2019 年 6 月第 1 版　　印　　次：2022 年 4 月第 5 次印刷
书　　号：ISBN 978-7-5217-0416-7
定　　价：398.00 元（套装 9 册）

– 编剧 –

赖声川

1999 年

2012、2015 年修订

– 关于此版本 –

《十三角关系》首演以来，曾经更改为四人版，去除了“阿公”一角。2012 年的谢娜、宋少卿版就是四人版。在 2015 年，赖声川恢复了五人版。

– 人物 –

花　　姐　台北知名电台主持人。在节目中，她是“爱情通”

小　　蔡　花姐之夫，台湾“民意代表”

叶 小 姐　股市女强人，知名交际花，小蔡之情妇

安　　琪　花姐、小蔡的女儿，称自己是来自天上的天使

阿　　公　花姐之父、安琪的外公，研究植物的老人

水 电 工　由小蔡伪装

欧 巴 桑　由花姐伪装

林 阿 姨　由叶小姐伪装，法院观护人[1]

众 听 众（声音）

搬运工人

众“民意代表”（声音）

警　　察（两位）

– 场景 –

舞台分为主表演区和侧表演区。

主表演区包含蔡家客厅及叶小姐的公寓客厅。

侧表演区的左侧是一个圆锥形空间，上方是小蔡的“民意代表”讲台，

下方是一个公用电话亭。

侧表演区的右侧是一个圆锥形空间，是花姐的录音室。

一个拥挤的车站。

– 演出长度参考 –

在赖声川自导的版本里，本剧长约 130 分钟，有一次中场休息，在第二幕结束后。

上半场、下半场时长相等。

-第　一　幕-

第一场

黑暗中,柔美的音乐起。舞台右下侧灯光渐亮。某电台的现场播音室。花姐戴着耳机正在主持节目。

花　姐　（文艺地）“爱”为何物？在上苍创造的伟大秩序中，山川、湖泊、神秘的星河系、缤纷的流星雨，在这一切的一切当中，“爱”的位置在哪儿？……

音乐转变。左侧灯光渐亮，小蔡在民意代表会议厅讲台上发表谈话，我们听不到他的内容，他背后挂着布条写着“拯救青少年的灵魂”。舞台中央，安琪在涂鸦。

是的，欢迎又来到由我花姐主持的“花花世界”节目，恋爱疑难杂症通通报过来，让世界更美好！我们情感互动专线是 5438-3838，我是 38-3838……

小　蔡　（接花姐话尾）各位代表，青少年是我们的未来，我们一定要放下党派之争，合力通过“青少年文化加强方案”，给辍学少年一个温暖的归属，给问题青年一个光明的方向……

警铃声起。灯光转。蔡家,台北市宽敞的公寓。安琪对着空气喷涂鸦。阁楼放了很多盆栽，阿公在中间，照顾着一盆兰花。

安　琪　怎么办？阿公，只要一天没有跟他在一起就很伤心。一天。就算我活一百岁，这一天就过去了，永远不会再回来。阿公，你跟外婆在一起是不是这样的感觉？……

阿　公　（对兰花）秋子，今天天气不错，出来晒太阳好不好？

警铃响。

安　琪　阿公，我肚子饿了。

阿　公　（对兰花）不要说不舒服就什么都不想动啦。玛莉亚。

安　琪　玛莉亚不见了。她带了几个朋友把爸的保险箱搬走了，就没有再回来。可能她觉得在我们家做没什么意思。

阿　公　（对兰花）秋子听到没有？玛莉亚不见了。

安　琪　对啊，我不怪她，有时候我也觉得在我们家做也没什么意思。不过我不能想那么多，我还是要专心我的任务！（边喷边喊）我的任务——！！

安琪突然用力喷出一个大“爱心”。

阿　公　安琪，你这样把外婆吓一跳！（对兰花）来来来，不要怕，吃糖糖……

安　琪　阿公，我出去买泡面了。对了啊，你要哪一种？

阿　公　（对兰花）什么是最好吃的糖糖？一道阳光，几滴水……“汤达人”……

安琪戴着耳机，拿着喷漆往下。

安　琪　对啊……

阿　公　“汤达人”。

安　琪　（回头）知道了。

安琪下。轻松的音乐，播音室灯亮起。花姐继续主持节目。

花　姐　好的，我们今天的“花花话题”是，如果你正在上班，而你先生正在外面跟另一个女人在一起（性暗示）“嗯哼”，你会怎么样？喂，台北的咪咪，你好……

听众甲　（声音，兴奋）花姐，我太崇拜你了，没想到可以这样跟你说话！

花　姐　谢谢！请说。

听众甲　（声音）花姐，我老公最近鬼鬼祟祟的，打他手机都不开机，他都说没电了！他会不会真的趁我上班的时候……啊——（崩溃）

花　姐　我们咪咪小姐感情比较脆弱，根据花姐我的分析，是属于双鱼座“崩溃型”。你要多注意情绪喔！

听众甲　花姐，你好幸福，你老公不可能发生这种事啦！他那么棒，那么优秀……我有投他一票耶！

中央区灯光变化，布景转成叶小姐家客厅，典雅的欧式装潢配上中国古董展示。叶小姐端着红酒、红酒杯等。

花　姐　谢谢咪咪对我老公的支持！来，跟花姐一起喊一声本月通关密语！“美好人生”！哦耶！

听众甲　（声音）“美好人生”！哦耶！

花　姐　哦耶！（按下喝彩的音效声）我们听一段好听的音乐……

花姐放音乐。灯光转，叶小姐家。

叶家门铃响，是《天鹅湖》的音乐，叶小姐去开门。小蔡上。小蔡脱鞋，走向客厅的单人沙发，坐下。

叶小姐 今天好吗？怎么了？法案又触礁了？

小　蔡 唉，讲了一天话，好累。为什么要推一些真正有理想、对人民有利益的法案？大家会认为我在中间有什么好处？在勾结谁谁谁？

叶小姐 嗯。

小　蔡 我们是从有理想、有抱负的年轻人进入政治，为什么在台湾我们这么容易就变成每天盘算利益、钩心斗角尖酸刻薄的政客？一定要这样吗？

叶小姐 嗯。

小　蔡 我们哪一点出了问题？哪一步走岔了？

叶小姐 嗯。

两人喝酒、调情。灯光转，播音室。

花　姐 ……哦耶！101黑寡妇，哟，您这名字取得太刺激了。来，如果你在上班，而你先生正在外面跟另外一个女人在一起“嗯哼”，你会怎么样？

听众乙 （声音，深沉）我觉得这个问题应该问你自己。

花　姐 （愣）呃……您是说……？

听众乙 （声音）你不是正在上班吗？

花　姐 我……？

听众乙 （声音）然后你先生正在外面跟一个女人“嗯哼”……

叶小姐和小蔡亲吻，起身，脱掉部分衣服，往卧房方向下。

花　姐 这位小姐，请你不要乱讲！我先生正在民意代表会议上质询。

听众乙 （声音）是吗？

花　姐 政治抹黑！请你现在给我挂电话！

听众乙 （声音）干吗要我挂？你把我切掉不就完了？

停顿。

注意喔，松高路那一位不是简单的角色。有种的话，你现在打你老公的手机。

停顿。

怕了吧？

花　姐 101黑寡妇再见！不要再打来！（挂电话，按嘘声音效）好像有听到很多听众朋友的嘘声哦！好，谁怕谁？现在我来打电话给我老公！

花姐拨电话。叶小姐家沙发上手机响，是《命运交响曲》。小蔡没穿裤子从卧房冲出，接电话。叶小姐跟在后，手上拿着拖鞋，帮他套。

小　蔡 （接电话）喂？（对叶小姐）不要套了，不要套了。（对电话）喂？

花　姐 喂？

停顿。

小　蔡　（对叶小姐）嘘。（对电话）哪一位？

花　姐　我。

叶小姐　（嗲嗲地）谁啊？

小　蔡　（对叶小姐）嘘！

花　姐　哦耶——！亲爱的森森，我的老公，也是我选区的民意代表蔡六木先生你好！你现在是现场实况，live，一秒对一秒！哦耶！

小蔡用手势叫叶小姐躲远一点，叶小姐进卧室拿闹钟再出来。

小　蔡　（对电话）喂……我不是叫你不要随便打吗？我在开会！现在周围……（突然听清楚，吓一跳）什么？Live？（清了清嗓子，温柔地）各位“花花世界”的听众朋友，大家好，民意代表蔡六木，在此诚挚地问候大家……扶持青年就业，完成青年梦想，这是我的理念，我……

叶小姐按闹钟，发出电池没电的音效声音，小蔡凑过去。

（客气地）哎呀，这是什么声音呀？快没电了！……喂？喂？……

小蔡挂电话，咬牙切齿。播音室电话忙音。

花　姐　哎呀，这个开会现场收讯太差！好！我们待会儿再聊。哦耶！……

花姐放音乐，然后不安地起身，播音室灯渐暗。

安琪从右上，横穿过舞台走向电话亭。

小　蔡　怎么会这个时候打来？真会抓时间！

叶小姐拉小蔡坐，倒酒。播音室，花姐情绪明显受影响。

叶小姐　（拿小蔡电话过来）就不要开机嘛。

小　蔡　（拿过来开机，拨电话给助理）你懂什么？丰达那一边万一打电话来怎么办？……（电话接通）喂，丰达有没有打来？……叫他直接打我手机。（挂电话）给她一点自由，让她出去做做事打发时间，她居然给我搞起事业来了！！家里搞得乱七八糟，晚上回去有没有饭吃都还不知道咧！

小蔡解掉领带，把手机扔到单人沙发上。叶小姐进厨房。
灯光转，左舞台已经变成一间公用电话亭。安琪在打电话，手上拿着一个 7-11 的购物袋和喷漆罐。

安　琪　（打公用电话）喂？我找老板，对啊。高老板。对啊，高德先生。我已经等很久了。

叶小姐门铃响，小蔡躲到卧室门口，换上围裙的叶小姐从厨房出来开门。

对啊。你跟他说是我，安琪。员工编号0928，对啊。什么叫“什么事”？员工找老板讲话不行吗？要跟他说什么话？……

两位搬运工人送一座半拆封的大型观音像进来，叶小姐指挥工人，再回到厨房，小蔡出来看观音像。

你真的想知道？也没什么，我只是想跟他说，我想他。（稍停）对啊。我爱他。我愿意等。对啊。让我听音乐。你们公司的等候音乐好好听。是一种……从天上来的感觉……对啊……

重金属摇滚乐，安琪陶醉。灯光转。

小　蔡　这什么？

叶小姐　（在厨房内，声音）古董啊。

小　蔡　我知道是古董，是谁给你的？

叶小姐　（在厨房内，声音）什么？

小　蔡　谁给你的？

叶小姐　（在厨房内，声音）什么谁给我的？

小　蔡　（嫉妒）是不是那个罗委员？上次你出现在那个财经小组他就一直在看你的屁股。

叶小姐　（在厨房内，声音）什么？

小　蔡　我就知道是小罗！多少钱？多少钱？

叶小姐　（走出来）不要吵了，这是我上次拍卖会自己收的。你看，（指墙上）这个位置正好空的。我自己的观音像。好神圣。

小　蔡　走了。

叶小姐　我螃蟹都蒸上了。

小　蔡　蒸螃蟹？那不是要吃半天？

叶小姐打开收音机，转到花姐的节目。

花　姐　（在播音室）……在我们回到重点话题之前，先来进行新闻："经济部"今天公布今年第一季的生产指数……

叶小姐拿着收音机走近小蔡，小蔡抢过收音机，摁掉。

小　蔡　干什么？你喜欢听她的声音？

叶小姐　她在上班就表示她还没回家，她还没回家就表示我们还有时间。（嗲嗲地）来嘛……

小　蔡　等一下！来你这里就是要做这件事吗？这么样板吗？我是来做工的吗？我没有自己的主见吗？我不能拒绝吗？

叶小姐不语，帮小蔡解皮带，脱裤子，扔到单人沙发下。

叶小姐　嗯。

小　蔡　其实不能。男人有个脑，也有个鸟。有时候听脑的使唤，但大部分的时候都是听鸟的使唤。所以人类根本就没有脱离原始丛林的逻辑，都是听鸟的使唤！你说一个听鸟使唤的人怎么会去选民意代表呢？

叶小姐　（天真又慵懒）嗯。

小　蔡　权力是最强的春药，基辛格说的，知道吗？

叶小姐　嗯。

小　蔡　这就是原始森林法则，这就是男人的世界，懂不懂？

叶小姐　嗯。

小　蔡　嗯你个头！你懂什么？你就会嗯，你还会什么？

叶小姐　嗯。嗯。（亲他）嗯！……

两人调情，叶小姐把小蔡拉到卧房去。

公共电话区出现电话卡用完的提示声。

公共电话声音　您的余额已用完，再见。

安琪漠然离去，穿越舞台，回家。

播音室。

花　姐　哦耶！永和的鸳鸯蝴蝶妹，请说……！

听众丙　（声音）花姐，你说的这个事真的发生在我身上。

花　姐　你是说你老公真的趁你上班的时候在外面跟别的女人“嗯哼”？

听众丙　（声音）对！后来我就去找那个小三。

花　姐　打死了没？

听众丙　（声音）打她干什么？

花　姐　哎哟，人生难得碰到这种状况，当然要一哭二闹三上吊，然后大喊一声：“我不想活了——！！”接着痛揍她一顿，这样才够本嘛！哦耶！

听众丙　（声音）花姐，你好没创意喔。这样弄到玉石俱焚是要干什么？

花　姐　不然呢？

听众丙　（声音）你想喔，居然我老公为了那个女人连股票都不炒了，那她一定有什么过人之处是我没有的。

花　姐　嗯……所以呢？

听众丙　（声音）所以我去找她上课。

花　姐　找那个小三上课？

听众丙 （声音）啊，跟她学习怎么变得更迷人、更性感、更销魂！我想跟她学就能吸引我老公回心转意。花姐，你觉得我这样做会不会有希望？

停顿。花姐进入沉思。

花姐？

花　姐 哎呀，我们鸳鸯蝴蝶妹真是犀利人妻啊！属于疯牛座的！好了！时间到了，明天同一时间继续收听“花花世界”！美好人生！哦耶！……

灯光转换。中央区转化成蔡家。

第二场

电话间断响着。安琪在二楼煮泡面给阿公，阿公在照顾兰花“秋子”。

阿　公　安琪，你把外婆上次吃剩的阳明山土拿来。

安　琪　（边讲边照做）外婆是怎么了？

阿　公　不知道，我还在研究。她这个人喔，就是多愁善感，心理把身体搞坏了。（对秋子）你喔！说你两句，不要不高兴！

安　琪　阿公，我觉得你实在很酷耶！

阿　公　为什么？

安　琪　因为你真的以为外婆死了以后，是怎样？“轮回转世”成为一棵兰花？哇塞，超嗨的！

阿　公　（讨好秋子的语气）当然是这样啦……外婆生前最喜欢兰花……

安　琪　所以死了以后就轮回成为兰花？阿公，这不太通耶！那妈妈以后要轮回成手机？

阿　公　（怒）啊呀！小孩子不懂就不要乱讲！（把安琪拉到一边）你不要在外婆面前讲这些！她现在身体不好，心情也不好，经不起这些话！！

安　琪　你是说她不敢听一些怀疑自己存在的话？我每天都在怀疑耶！阿公，我知道了，在人生的大幻影中，我们都需要依赖一些假象才好过下去，是不是这样，外婆？

阿　公　（对秋子）你看，秋子，安琪是不是长大了？现在讲话还很有哲理呢！

安　琪　可是等假象吞没了真相，全部只剩下假象。对啊。

阿　公　（对安琪，不耐烦）嘘！（对兰花）她说什么？秋子，我也听不懂。

电话响。

（客气）安琪，请接电话！

安　琪　不想接啦！（接电话，学菲佣声）Hello?... Madam Tsai not home. Angel? Also not home… I don't know... What? ... Who? ……“法——院——观——护——人”？ ...Who that?... Wait a minute! Oh! She's coming, she's coming...

（假装刚接到电话，换一种语气，可爱地）喂？我是安琪。是，陈姐姐您好……嗯，刚才是我家菲佣玛莉亚……很乖，都没有出去乱喷了！……

花姐从左上侧蔡家大门进，神情失落。

啊，我妈回来了……可以。（叫花姐）妈，电话，陈姐姐。（花姐想）我的观护人。

花　姐　（坐到沙发上，接电话）喂，你好，我是花姐，陈小姐请说……很好……很乖……没有再出去乱喷了……

安　琪　（戴着耳机讲话很大声）……你们要了解我为什么要去喷

地铁车厢……

花　姐　我知道她再去搞一次涂鸦就会被关起来！我们是在管她！……

安　琪　其实大家不知道，涂鸦是天使的语言。当任务触礁，又联络不到上面的时候，只好靠涂鸦来请求支持……

花　姐　我当然关心我女儿，欢迎你过来……可以，那我们明天同一时间……啊……哦耶！……啊……陈小姐再见。（挂电话）

安　琪　对啊。

花　姐　好了！安琪！你不要再扯什么天使了，你闯的祸还不够吗？你怎么会去喷地铁车厢？你以为这里是纽约啊？你就不能像别的小孩一样吗？

安　琪　（一直在动）妈，别的小孩，就不是你们的小孩啰。

花　姐　又在讲什么废话？站好，安琪！我在跟你说话！你可不可以不听音乐？！

安琪拽出没有插线的耳机，甩了甩。花姐无奈。

好了！我问你，你们同学知不知道怎么去找一个手机讯号的位置？

阿　公　（对兰花）请你小声一点，好吗？你妈妈在休息。

花　姐　爸，请你不要讲话好吗？

安　琪　（顿）妈，我没有同学。

花　姐　什么叫你没有同学？你又在胡说什么？

安　琪　妈，我已经很久没有在念书。对啊，你不知道吗？

花　姐　我……（转）当然知道。我是说你的朋友。

安　琪　妈，我在上班。我有一份很严肃的工作。你不知道吗？

花　姐　我……（转）当然知道。所以说，我是说你的……同事。

安　琪　我的同事？其他的天使？

花　姐　安琪！！

阿　公　（对兰花）好了，我知道你不喜欢用这个罩子，但是这样可以安静一点。

阿公帮兰花罩一个玻璃罩子。

安　琪　妈，你不知道我在做什么事吗？

花　姐　我……当然知道……你是……你们公司是……（安琪比画“飞行”）……哦……你们老板是……（安琪指上方）……哦……在网上……卖饼（安琪比画爱心）……联络……移动通信……哦耶！——

安　琪　妈，你是说我们老板是搞移动通信的啊？也算是吧……答对了！

花姐、安琪　（两人一起）哦耶！

安　琪　妈，我跟你说，我爱他。对啊。

花　姐　是，我们都应该对老板有一种敬意。

安　琪　是“爱”。

花　姐　快点啦，怎么弄？赶快问问你老板。

安　琪　妈，你怎么了？

花　姐　我怎么了？（大声）我很好！你看不出来吗？！

阿　公　（对兰花）没关系，秋子，我们换房间睡就好了！

阿公把兰花搬下。

安　琪　妈，我们要不要谈一谈？

花　姐　要，当然要，但是不是现在。现在你赶快打电话找你老板！快！

停顿。安琪失落地看着花姐。

安　琪　（从容）妈，这事就不用麻烦我老板了。对啊，很多年轻人都会。

安琪拿出一个简单的仪器。

截取讯号……我有一次用这台机器截取到外层空间来的讯号。对啊。

花　姐　安琪，快一点。

安　琪　（又沉溺进自己的世界）妈，你不相信吗？在最深的外层空间里，一个声音对着你说话……告诉你一些秘密，关于自由，关于爱……

花　姐　安琪，手机！

安　琪　（边弄仪器，自语）手机就是一种在空气中漂泊的讯号，像鸟一样，鸟以为自己有翅膀就自由，但它被猎人一打就打下来。对啊。天使也是一样，有翅膀，但很多天使被锁在自己的责任区域里。

花　姐　手机！

安　琪　妈，你真的想知道爸现在在哪儿？

停顿。

花　姐　我有说我要测爸的手机吗？

安　琪　不是吗？

花　姐　（主持人的圆滑）我们就假定是在找你爸手机的讯号……来，怎么弄？

安琪把小蔡的手机号码输入机器中。

安　琪　不是太远。对啊。

花　姐　不是太远？在哪里？

安　琪　你心里应该清楚吧。

花　姐　我心里……？

安　琪　可是你已经不愿意听你自己的心在说什么。对啊。没关系，这不稀奇，大部分人也都已经失去了这个能力。对啊。松高路。

花　姐　松高路？

安　琪　对啊。

灯光转换，布景转移。

第三场

中央区转成叶小姐家，闹钟响声。叶小姐由卧房方向上。

叶小姐 （看闹钟，对卧房）森哥，你该回去了。

小　蔡 （声音）好吵，他们不能让我安静一下吗？我要的算多吗？

闹钟继续响，小蔡的《命运交响曲》手机铃声也响起。

叶小姐 （对卧房）森哥，你的手机也响了。

小蔡穿衬衫和四角短裤上。

小　蔡 几分钟算多吗？……（突然清醒）啊！丰达打来了！在哪里？

叶小姐 （找）本来在这里啊……

小　蔡 （边找）那怎么会不见了呢？把闹钟关掉好不好？

闹钟、手机继续响，门铃也响起。

把闹钟关掉！

叶小姐 已经关掉了。

小　蔡 那是什么声音？

叶小姐 那是……（听清楚了）门铃！

小　蔡 把门铃关掉！（惊讶）啊？！谁要来？！

叶小姐 森哥，不要紧张，没有人要来。

小　蔡 没有人要来怎么会有门铃响呢？

叶小姐 大概是修冷气，或者打扫卫生的。我来处理。

小　蔡 （找到手机，接）喂……喂？妈的，挂了！

小蔡把手机扔到单人沙发上。

叶小姐 森哥，可不可以麻烦你……

小　蔡 麻烦我什么？谁要来？

门铃继续响，掺杂着敲门声。

是不是吴代表？啊？我知道那怂包很哈你，在车上一直盯着你的乳沟！

叶小姐 森哥……

小　蔡 还是林处长？还是证管会那个报内线消息给你的那个猪头……？

叶小姐 森哥，你先……

小　蔡 我告诉你，你不要以为我不知道你在玩什么……

叶小姐 （温柔但严厉地）蔡六木，不要讲话。

小　蔡 没关系，如果你以为我会嫉妒的话，你就算错了！感情是弱者玩的游戏！我是谁？你放他进来！谁怕谁？……

叶小姐开门，花姐站在门口。

花　姐 给我活逮了！你给我出来！

小蔡大惊，立刻扑倒在单人沙发后。花姐的角度看不到小蔡。

叶小姐 啊？你在说什么？

花　姐 我老公人呢？出来！

叶小姐 不知道你要找的人长什么样子？……

花姐冲入卧房，叶小姐催促小蔡快走，小蔡躲到观音像后，拉着观音往门口溜。花姐冲出，小蔡被困在观音像后面。

花　姐 往哪儿跑！！活逮了！啊——！！

花姐崩溃，花姐坐到右舞台的沙发上，离小蔡很近，刚好是小蔡留下领带的位置。花姐放下衣物，试图冷静，又抓起衣物，无意识地连着领带一起抓起。

叶小姐 一定是误会。请慢慢说。

花　姐 （冷静些）我真的希望是一场误会，真希望我今天是白跑一趟……

叶小姐看到小蔡的领带在花姐手上，惊讶，试图暗示她放下。

叶小姐 （像催眠师）放下……放下……

花　姐 （继续无意识地用手扯领带）人在冲动的时候确实有可能判断出错，甚至会开始自己吓自己，幻想出一些根本不存在的事实……

花姐缠着手中的领带，到面前，看清楚了，跳起来，跑到台前。

我不想活了——！！

叶小姐 （也跳起）您这是干什么？！

花　姐 （大喊大叫）让我死！让我死！

叶小姐抢下领带，暗示小蔡快走。小蔡走到门口，发现没穿裤子。叶小姐带花姐坐在三人沙发上，一边偷偷挥手让小蔡快找。

叶小姐 你不要这样！这整件事真的是个误会。

花　姐 没错，我一直误会我老公的感情！

叶小姐 不要激动。来，我给你倒一杯……

叶小姐看到眼前只有华丽的红酒，十分尴尬。

花　姐 红酒？

叶小姐 误会！

花　姐 （难过）两个杯子？

叶小姐 误会！这一个是……（硬转）闻香杯！（尴尬）来，（倒翻）……啊呀！！

花　姐 你干什么？

叶小姐 啊！对不起，对不起！我不是故意的，你看我笨手笨脚的……

叶小姐收拾酒杯，小蔡趁机进房间找裤子。

花　姐 （看到酒瓶的标签）“拉菲——”？！

叶小姐 假的！我专门收藏假酒！！……

花　姐 （仔细闻一闻）八二年的！

叶小姐 （硬转）欸……我是80后没错。

小蔡在房门口暗示叶小姐找不到裤子。

你现在不要慌。慢慢找。

花　姐 （迷惑）找什么？

叶小姐 （对花姐）找回你自己的信心啊！你自己是爱情专家，对自己的婚姻要有信心嘛！

《命运交响曲》的手机铃声响起。尴尬的停顿。小蔡躲在双人沙发后。

（干笑）我的。

花姐、叶小姐忙乱找电话，花姐先抢到。

花　姐　（接电话）喂？……找蔡代表啊？听说他不在。我是谁？……惊讶？蔡太太为什么不能接蔡先生的电话？……手机为什么在我这边？我也想知道手机为什么在我这边！……再见！（挂）

叶小姐　花小姐，你情绪这么激动，我先扶你进房里去躺一躺。

花姐几乎要崩溃。叶小姐拉她往房间下，看到地上的裤子，把裤子往台中一踢。小蔡找到机会了，推着观音意图来捡裤子。花姐又突然冲回，小蔡又要立即趴在地上。

花　姐　床上还装镜子？臭不要脸的！

叶小姐　这样我化妆很方便，躺在床上就能化……

花　姐　（无意识抓起面前地上的裤子往后猛扔）什么乱七八糟的！……

花姐难过，正好转身看到观音像，顺手拜了拜。小蔡躲在观音像边不敢动。

菩萨啊，我的心好乱！

叶小姐　你冷静一点。

花　姐　我冷静？你说，他给你什么好处来换取你对他的爱慕、你对他的“服务”？

叶小姐 事情不是你想的那样，我对他没有半点爱慕，我其实很讨厌他的。

叶小姐把花姐拉开，小蔡往长沙发后面爬去拿裤子。

花　姐 （笑）讨厌他！讨厌他……？！哈哈！！

花姐突然跑到门口，小蔡拿到裤子，跑到单人沙发后。

这么说你们就是一笔交易！

叶小姐 其实，是。如果你在乎的是感情，我跟他之间没有任何感情可言。

小蔡停住一愣。

花　姐 （笑）编，继续编！房间里面摆着镜子，客厅里面摆着裸女，什么东西！

花姐看着墙壁上的画，小蔡趁机跑到房间当中的观音前，穿上一边裤子。

（猛回头看到观音，绕过观音走）什么感情？！他来你这里只是为了打一炮，然后提供一些内线消息给你，你承认吧！

花姐走着走着顿住，叶小姐不停摇手否认。

叶小姐 （装可怜地）那也无奈啊！

花　姐 啊？

小蔡停住在观音的右侧，背对观众，偷听，沉思。

叶小姐 不是每一个女人都像你这么幸福，自己事业成功，丈夫有成就，孩子可爱。这是大家渴望的生活，但是很少人可以做到。对我们做不到的人来讲，感情变成一个多余的奢侈，我跟你先生没有感情，因为我对任何男人都不可能有感情。

花姐走到了小蔡旁边，但两人陷入沉思，彼此未发现。

花　姐　难道……

小蔡惊醒，赶紧绕到观音左侧。

你是周旋在众多男人之间，我先生只不过是其中一个？

叶小姐　你说对了。

花　姐　他们被你玩弄在股掌之间，晕头转向，给你各种好处，让你成为投资高手。

叶小姐　讨生活不容易。

花　姐　（醒来）什么话？！讲了半天，好像受害者是你！

花姐顺手推观音的台车，正巧撞上小蔡。花姐绕到佛像面前连忙拜拜赔罪。

（拜拜佛像）对不起，对不起……罪过！罪过！

叶小姐　（拉花姐转回）你听清楚，不是“好像我是受害者”，我根本就是受害者！

花　姐　什么？

叶小姐突然乱吼乱叫，引花姐随她入内。

叶小姐　所以我就崩溃了！崩溃了你懂不懂？你为什么不趁我崩溃的时候走？我砸！我把所有的东西都砸掉！我死！我死给

你看！怎么还不走？！……

小蔡移动观音到门口，匆忙下。叶小姐抓着一个古董大瓷盘上，花姐在后。

我要把我卧房里的这个宋朝瓷器……！（四处看，发现小蔡已出去，突然冷静）……这个就不砸了。

停顿。花姐愣。

对不起。我自认为我比较超越，我也以为你会比较超越……

花　姐　（努力镇定）超越？

叶小姐　说实话，我对你今天的表现很失望，我以为你不会像其他那些……

花　姐　其他哪些？

叶小姐　一进门就砸东西，带着私人侦探搜证据，搞得一塌糊涂，事后都是谁来收烂摊子？

花　姐　其他太太们有来过这里？

叶小姐　这种事在我这边好像周期性地会发生。你现在看到的都是我上次被砸烂后重新装潢的。（指墙）这边本来有一尊弥勒佛，被砸烂了，那一尊菩萨就是要填这个空缺的。

叶小姐指观音像原来的方向发现不在。花姐迷惑片刻。

（改指花姐，大声）所以你！……

花　姐　我？

叶小姐　就是你……你节目里面访问的什么“民意代表”夫人啊，

董事长夫人啊，大概都来过。她们冲进这里，想找回先生的爱情，可是那是她们自己弄掉的，我怎么还她们？我知道总免不了有一天，你也会来这里，可是我以为见到你的这一天会与众不同，可以和平理性一点，也许两个人坐下来喝个下午茶，不过我现在看是不可能了，所以，就来吧。

花　姐　来什么？

叶小姐　砸啊，踹啊，反正厨房很多刀啊，你拿刀杀我啊，然后再杀自己，反正整个场面搞得越难看，你原配的尊严好像就可以被保住还是什么的。

花　姐　尊严？……

叶小姐　（自怜）大概我天生只能是别人婚姻中的那一小段插曲，这些年来的小插曲串联起来，就是我破碎的一生。

停顿。

花　姐　（开始感动）你……一直都在做别人的小……？

叶小姐　随风飘荡、任人摆布。一般人的旅程只要搭一班车，就能安心地待在车上，直到终点。而我的旅程，中途不断换车，每换一班车要开到哪里，我不知道，我也没有权利去问。

花　姐　（同情）你好不幸，好可怜哦！我……

叶小姐　没关系。

花　姐　（醒来）我在干什么？！我在可怜你？！哼！你真的很厉害，你真的是很有魅力。你不简单，不愧是情场高手！

停顿。花姐扯住叶小姐衣领，然后突然跪下。

救我！

叶小姐 什么？

花　姐 救我，教我，我怎么赢回我先生的心？

停顿。

叶小姐 你先起来，我有没有听错？

花　姐 教我如何变得更迷人、更性感、更销魂。我来跟你上课，你来教我怎么赢回我先生的心！

叶小姐 你要我教你怎么去赢回你先生的心？

沉默。叶小姐看着花姐。叶小姐态度由哀戚转为自信。

你现在讲的就比较超越俗套了。

花　姐 那你答应了？

叶小姐 你真的要跟我上课吗？

花　姐 （笃定，九十度鞠躬）老师。

停顿。花姐殷切地期待。

叶小姐 有意思。那就每星期一三五，下班之后来我这里，下礼拜一开始。

花　姐 谢谢老师。我们能不能从今天开始？今天是星期一。

叶小姐 你那么急呀？

花　姐 我真恨不得能早点认识你，老师，因为我是属于双鱼座“崩溃型”……

灯光变化。

第四场

中央区变回蔡家。水烧开的笛音一直响。安琪在喷漆。

阿　公　（摸着叶片）安琪，你看外婆病了那么久了，皮肤还是这么漂亮……

安　琪　嗯。

阿　公　她在世的时候，每到了秋天就特别美。

安　琪　阿公，你们以前分开的时候，会不会想对方？

阿　公　我们没有分开过。

安　琪　一天都没有？

阿　公　一天都没有，到现在也没有。

安　琪　我听说当年外婆是病了很久才走的。

阿　公　对啦。

安　琪　多久？

阿　公　好多年。躺在病床上，动都不能动。

安　琪　植物人？（停顿）对不起，阿公，我不是那个意思……那你一直照顾她？

阿公不语。

一天都没有离开？

阿　公　那是阿公应该的。安琪，你看，所有的植物，都在做它们该做的。人啊，也要做我们应该做的事。

阿公在秋子身上加肥。

安　琪　可是你怎么确定她死了以后重新投胎变成这棵兰花？

阿　公　啊，安琪，你只要耐心地看，就会看出来。植物是多么伟大的作品啊！

安　琪　人类才是伟大的作品。

阿　公　人类？安琪，从我年轻的时候教化学，我的实验就证实了，所有物种中，人类是最落后的，植物是最先进的！所以人类进化的终极目标就是成为植物。

安　琪　植物为什么比较先进？

阿　公　所有生物中，植物动作最慢，对外的需求最少，在生命的巨浪和波折中，最沉得住气。你看你外婆，她病成这个样子，紧张的是我！她还是这么安然地面对生命中的每一天。这种安然就是我们追求的境界。

小蔡冲上，情绪混乱。

安　琪　爸……

小　蔡　（害怕，自语）妈的，死了！……等一下她回来怎么办？！什么都不要说。就是没事……（想一想）开什么玩笑？男子汉大丈夫摊牌算了！结束这可恶的骗局！……（再想）我在讲什么？我的事业、我的家庭、我的人生规划……不行，拗到底！打死什么都不承认！（又翻案）何必呢？谁是男人？！谁是一家之主？！我怎么做，她管得了我？！

门铃响起。小蔡畏缩，不敢开门。

Maria!（门铃再响）Maria, open the door.

安　琪　玛莉亚出去了。

小　蔡　去哪里？

安　琪　出去了。

小　蔡　那安琪，open the door！

安琪开门。

安　琪　（对门外）陈姐姐，你好！（探出身来）爸，陈姐姐来了。

小　蔡　（下意识闪躲）我哪有认识什么陈姐姐？跟她说我不在啦！

安　琪　（对门外）陈姐姐，他说他不在啦。好，谢谢你，我会请他们填问卷……

安琪拿了几份问卷进来，关门。

爸，这些问卷………

小　蔡　这是什么声音？

安　琪　爸，你要不要跟我一起吃泡面？

小　蔡　泡面？水开这么久，这个屋子都没有人管？

安　琪　对啊！

安琪往厨房方向下。

小　蔡　（自语）对啊！我就理直气壮！让她不得不接受！（狂妄）怎么样？大丈夫有能力！就让她们以姐妹相称！以姐妹相

称！一个住楼上，一个住楼下。等一下她回来看我怎么对付她。

花姐上，戴着一副太阳眼镜，手里拿着包和一个名牌购物袋（里装拖鞋）。小蔡表情由霸气转温柔。

老婆你回来了？你忙了一天，吃饭没？

安　琪　（捧着泡面上）妈，你也回来了。你们不会再出去了吧？我有重要的话要跟你们说……

停顿。二人对峙，紧张片刻。花姐突然嘴上露出微笑。

花　姐　（温柔地）森森，老公啊，你累了一天了，过来坐下！

拿出背后一双拖鞋，小蔡闪躲，以为要打他，吓一跳。

对不起，森森，都是我不好，你的拖鞋都坏了三年，我到今天才帮你买新的。来，我帮你穿拖鞋！

花姐欲帮小蔡套上拖鞋，跪在他面前。

你一定饿了，我去叫玛莉亚做饭。Maria！ Cooking 啊！Dinner 喔！

花姐入厨房，再出。

奇怪，玛莉亚怎么没准备晚饭？安琪，玛莉亚为什么没准备晚饭？

安　琪　玛莉亚没准备晚饭。

花　姐　为什么？

安　琪　因为她带了几个朋友把爸爸的保险箱搬出去以后就没有回

来了。

停顿。花姐、小蔡大惊。

小　蔡　（疯狂地）我的保险箱，我的文档——！！

花　姐　（疯狂地）我的 Cartier！我的 Tiffany 啊——！！

小蔡疯狂冲进卧室，花姐跟入。

安　琪　她大概觉得在这边做没什么意思。其实，我也经常觉得在这边做没什么意思。

小蔡又冲出。

小　蔡　真的不见了！警铃有个屁用！丰达的文件！他妈的，下次会期我就提案，把菲佣全部赶回印度尼西亚！

小蔡往卧室方向下。灯光变化。安琪拿着手机直接走到台前，往电话亭走。

-第　二　幕-

第一场

安琪在左舞台的公用电话亭打电话。中央区随着安琪的叙述过程转换，先是蔡家，花姐帮小蔡倒酒，细心地服侍着小蔡。

安　琪　（从台前走到电话亭，对电话）……从那天开始，我妈行为举止变得非常怪异，对啊，好像是日本偶像剧看多了，全部都用一种日本温柔的小女人方式对待我老爸，真不知道她哪里来的灵感，对啊，搞得我爸都不知道要怎么反应才好。家里的气氛被她弄得很僵……不是，我不是说以前的气氛不僵，我是说现在的这种“僵”，比以前的僵还要……“僵”……

中央区转成叶小姐家。花姐在叶小姐家上课，叶小姐手拿评分板，花姐向叶小姐展示新装，叶小姐很不满意，加以指导。

妈现在一三五下了班不回家，不知道在干什么。好像去参加培训班什么的，大概就是那种“美丽达人”之类的吧。而且她连在家里都戴着墨镜耶，应该是去割了双眼皮，对啊。反正她现在每天都换一套不同的衣服喔。可是我觉得她越换越难看，越找不到自己的风格，对啊……

安琪拿着手机走出电话亭，走到台中。左舞台转换到民意代表机构，小蔡疯狂而无声地发表政见，手里拿着一套工人服。讲台前的海报写着“唤回工人的灵魂”。

时间过去了，爸经常心不在焉，不知道他在想什么。我知道，男人到中年有各种压力，必须重新证明自己，对啊，他在问政的时候，带着一种超级霸气的气势，可是他讲话越大声好像越没内容……

中央区转成蔡家，二楼，阿公继续照顾兰花。

外婆的病情持续恶化中。阿公嘴巴不说，但是我看到他心里的着急。他好不容易找到了外婆，怎么忍心看她又走一次？

右舞台播音室灯亮，花姐和叶小姐。花姐又换了一套很不搭调的套装和一副很夸张的眼镜。花姐对叶小姐的态度非常尊敬。

妈最近常常有事没事就乱笑。（花姐怪笑两声）她的节目也越来越奇怪，常常请一些有的没的特别来宾。其中有一位投资顾问，那个小姐说话很有意思，可是她从来不在节目里头谈投资，她都谈一些两性之间的关系。可是她每次上，节目的收听率都会变得很高……

早上。安琪继续在电话亭讲电话。花姐、小蔡二人从右舞台上，恍恍惚惚，游魂似的。

至于我，我还是乐观地活着，对啊，虽然我意识到我在这个世界上的日子可能不会很久。我的任务要加速进行。好了，差不多就酱紫，不跟你多讲了。我要回去了，回到那种怪怪的气氛里去了。我也不能说很假，因为我也不觉得以前有多真，对啊，但是起码以前，爸妈还觉得很真。

小蔡和花姐撞到，两人都毫无感觉。花姐递手机给小蔡，小蔡无表情出门，花姐回到客厅闲晃，看表，出门。

喂，喂？你还在吗？（停顿）你不讲话没关系，我还是感觉到你的感觉。你的感觉是一种……无所不在的感觉。好了，我爸妈要去上班了，我要回去睡了。晚安。（用嘴亲听筒）

灯光变化。电话亭灯渐暗，音乐渐大，安琪横穿舞台，下。

第二场

中央区转成叶小姐家。叶小姐门铃响，叶小姐端着两个纸仙鹤上，放在茶几上，去开门，小蔡上，脱鞋子，不悦。

叶小姐 怎么啦？今天电视新闻没拍到你？还是又跟谁打架？

小蔡不语。

不会是你上次保险箱里面的文件被人家用了吧？

小蔡不语。

华盛又涨停板耶。（嗲）还是你最厉害。你最行。

小　蔡 我们不要讲这些可不可以？

叶小姐 喔。来这边不是要谈这些吗？不然谈什么？你的家庭生活？

小　蔡 我的家庭生活？开什么玩笑？我那老婆每天不知道在搞什么！还有一个阿公每天跟一朵兰花讲话，安琪每天说自己是天使……

叶小姐 安琪？好可爱的名字。

小　蔡 可爱？？

叶小姐 她说自己是天使？那是什么意思？

小　蔡 呵，每天在那里说她是被派来救人的，救我们的！乱七八糟！！

叶小姐 她几岁了？

小　蔡 几岁了？安琪她就是一个小孩子嘛，然后她现在就……长大了。啊，烦死了！你快把我搞疯了！你每天在给我老婆上什么课？！（拿起茶几上的折纸）这是什么？手工？你在给我老婆上手工课？？

叶小姐 有些概念比较抽象嘛！

小　蔡 有些概念比较抽象？！你是说，（拿起来）这只比较呆板的鹤是老婆型，这只比较风骚的是情妇型？

叶小姐点点头。

什么东西！乱七八糟！

叶小姐 你不觉得她最近有进步吗？

小　蔡 我要她进步干什么？我……？你们是合起来整我，是不是？一三五上课？搞得我都不认识我老婆了！

叶小姐 森哥，你不要我教我就不教。

小　蔡 唉，本来你这个地方是我的避风港。我可以把外面的世界暂时关掉，我可以得到很多我想得到的东西，女性的温柔，男性权威的印证，还有所谓的“爱”。我们两个这样的人应该是不可能尝试到什么叫“爱”，但是我以为我在这里曾经感觉到那个东西。那让我回到以前的一种……一种……唉！可是现在我来到你这里，到处都是我老婆的影子！

叶小姐 森哥，你不喜欢我就不教了嘛。一切还不都是为了我们两个。

小　蔡　为了我们两个，冷气坏了你还不修？

叶小姐　（嗲）人家叫修理都不来，森哥，冷气坏了，就少穿一点嘛……

叶小姐为小蔡脱衣服。

播音室。

花　姐　哦耶！我们又回到节目中，下一通电话是……喔，又是永和的鸳鸯蝴蝶妹，真高兴你又再度地打电话进来。上次你告诉听众朋友们说，你勇敢地面对人生的课题，去找先生的情妇上课，给大家很大的启发……

听众丙　（声音）够了，花姐，我今天打电话进来就是要跟你讲，那根本就是一个骗局！

花　姐　啊？

听众丙　（声音）那一天好死不死我先生跟他情妇两个人在喝咖啡被我看到了！我就在旁边偷听！呵！她说话根本就是两面人！在我面前说跟我老公没感情，在我老公面前又说另外一套！

花　姐　会吗？她说什么？

听众丙　（声音）好比说……

叶小姐家。

叶小姐、听众丙　（声音同时）我一定要告诉她我们之间没有什么。

我一定要让她觉得我跟她是同一边。

听众丙 （声音）然后她抱着他撒娇……

叶小姐家，叶小姐抱住小蔡。

叶小姐 森哥，我好害怕……

小　蔡 害怕什么？

叶小姐、听众丙 （声音同时）我害怕失去你。我只有这个方法。（哭泣）

听众丙 （声音）撒完娇就抱着他哭啊什么的。我看了快吐出来！男人就是吃这一套啦！花姐，你要看清楚！那个小三从头到尾的目的就是希望我不要去闹！这样她可以维持现状，继续得到利益。花姐，我跟你讲，我已经看清楚了，我现在就要去闹啦！如果明天这个时候我没有打电话进来，就表示我们已经玉石俱焚了！你打开报纸的社会版就会看到我！我现在就要去了！（挂电话声）

花　姐 （愣）呃……鸳鸯蝴蝶妹这个是……我们祝福她，还是冷静一点吧……我们节目时间到了，大家明天空中再见……（虚）美好人生！哦耶……

叶小姐家，两人到单人沙发上相拥、互吻。

叶小姐 森森，我们生个小孩吧。

小　蔡 什么？

停顿。播音室，花姐收工，下。

叶小姐 我好想要一个小孩。要你的小孩。森哥，我觉得人生像是破了一个大黑洞。一个孩子，我们自己的孩子，可以弥补那个洞，让我再完整起来，就像是自己的保护天使一样……

停顿。

小　蔡 那以后就要戴套子了。

叶小姐 你不要？

小　蔡 我？不是……我是说……

叶小姐 你是说你不要我和你的孩子？

小　蔡 不是……你现在要一个小孩干什么？

叶小姐 （突然不悦）一个女人想要一个小孩很奇怪吗？只有你一个人什么都可以要？！成功的事业、漂亮的妻子、可爱的孩子、温暖的家、艳丽的情妇、辉煌的人生，别人什么都不可以要，是不是？

小　蔡 不是，不是这个意思，我是说你现在……

叶小姐 （大声）你现在可以走了。

小　蔡 （发火）我为什么要走？我才刚来。

叶小姐 因为今天是礼拜一。

小　蔡 因为今天是礼拜一，那又……？（想一想）妈了个头！“一三五”！我每天这么多事情，现在还要记“一三五”？！是不是要我秘书写在行事历上？我老婆跟我抢我情妇的时间？！没关系，走就走！

小蔡气愤地在门口把拖鞋踢开，自己套上皮鞋，气起来又怎么都穿不好。

叶小姐 （温柔）让我来。

小　蔡 我自己来！我会穿鞋！我是“民意代表”！好了！我要走了！

安琪手拿咖啡从右上，走向电话亭。

叶小姐 （温柔抱住小蔡）人家会想你喔。还有，明天开始有人要炒宏达电子，要不要我先帮你进个五万股？

停顿。

小　蔡 怎么会是你报内线消息给我？记住，华盛还要做两天。后天才准你卖。

小蔡下，叶小姐回到卧室。灯光变化。

第三场

下雨声。安琪在电话亭打电话。

安　琪　（对电话）……喂？你在吗？我还在这边。对啊，我的任务没有什么进展。他们越来越迷失的样子，我好沮丧，觉得对不起你。对啊。我好想你。我好想回去。这边天气又不好，天天下雨，看不到天，看不到天……

小蔡撑着伞，背着袋子从右上，走向电话亭，边打手机。

小　蔡　没错，目标：松高路豪杰大厦十六楼 F……我就在你说的位置……

敲电话亭门。

安　琪　你等一下喔……

小　蔡　（惊讶）安琪？！你在这边干什么？

安　琪　（对电话）等一下……（对小蔡）爸，我在打电话啊。

小　蔡　我知道你在打电话。爸爸要用这个电话亭。

安　琪　爸，你不是有手机吗？

小　蔡　那你不是可以回家打？

安　琪　我喜欢公共电话的气氛，有一种即将绝种的感觉，尤其是下雨天的时候。跟天使一样。

小　蔡　不要啰唆，赶快。

安　琪　（对电话）我爸啦……他要用这个电话亭。不，他不是超人。他好像要用这里当作一个窃听的基地。对啊，这里好像是一个龙穴……那我走了。我好想你。我爱你。（亲电话，挂）爸，我走了。

安琪走出电话亭，经过小蔡面前准备往台右走。

小　蔡　等一下！你刚在干什么？“打啵”啊？……乱七八糟！你才几岁？你懂什么叫爱？乱搞男女关系！要爱是不是？回去爱爸爸、爱妈妈！妈了个浑蛋！你上梁不正下梁……（想想不对）……哪家的野孩子……我……你妈！（急刹车）赶快回去，不要站在大马路上乱吼乱叫！……

安琪横穿舞台从右下。小蔡拿出一堆仪器。

（骂器材）这什么？这样就可以窃听？什么玩意儿！这些助理都是猪头！我又不是工程师！给我这什么东西！乱七八糟！纠缠不清！……

小蔡对着电线烦恼不已。《天鹅湖》门铃响。灯光变化。

第四场

叶小姐家。花姐上，身上是时下最流行的服饰、配件。

叶小姐 小花，你今天迟到啰，去接女儿放学啊？

花　姐 谁？安琪？

叶小姐 对啊，什么感觉？（陷入沉思）站在校门口，看到几百个孩子走出来，然后立刻从人群中跳出来的那个！她就是我的！是不是？

花　姐 老师，我们都是保姆接送的。

停顿。

叶小姐 好。（指沙发）来坐，躺着也可以。我们今天就来聊一聊，我们必须找到关键点，你跟你先生之间爱情火花是什么时候熄灭的？说说当年。

花姐躺在沙发上，像是接受心理治疗似的。在以下的过程中，小蔡在电话旁因无法窃听花姐和叶小姐的对话而烦恼。

花　姐 当年？怎么说？我们是同学嘛……好自然……我们什么都没有，但我就爱他，他就爱我，没有那么多问题，没有那么多细节……人生好简单！

叶小姐 今天你一身打扮这么清纯，就是潜意识想追回当年单纯的感觉。

花　姐　拜托，老师，是你规定我只准一百块，到批发市场买最卡哇伊的哪！

叶小姐　我没有说“卡哇伊”,我是要你找到自己的风格……（噪声）

公用电话区，小蔡收到一大堆噪声。

小　蔡　（受不了）他妈的，讲什么啊？听不清楚！

电话亭中的小蔡继续努力。以下是噪声和对话的混合。

叶小姐　（指花姐的服饰）你到底喜不喜欢这套衣服？……（电流噪声盖住“这套衣服”）

花　姐　讨厌死了。

叶小姐　那就把它换掉啊……（噪声）这不用考虑，不用怀疑，换！

公用电话区，小蔡越听越受挫。

小　蔡　他妈的，要把我换掉？！什么机器？！什么助理？！根本什么都听不见！她们到底在里面干什么？我快要疯了！

小蔡下。噪声停。

叶小姐　小花，你很努力，进步很多。

花　姐　谢谢老师！

叶小姐　不过那都不重要。真正的学习现在才开始。

花　姐　啊？

叶小姐　我们的课程分为“内功”和“外功”。现在，我要开始教你内功。

花　姐　内功？

叶小姐 外功能够让你抓住一个男人，但每天都要找新招，很累耶！真正的胜利——是让你超越对蔡六木的感情，让你不需要他！这样你就赢了！

花　姐 啊？不对，你说帮我上课是要让我赢回我老公的心！

叶小姐 没错，但我现在要教你更高的境界，解决根本问题。

花　姐 可是我不想解决根本问题。我就是爱他，要他回头！

叶小姐 这就是身为女人的悲哀啊！你爱他，你就注定被他玩弄、抛弃。看我就知道了，我在玩这个游戏时，如果自己掉进去，我怎么能保全自己呢？

花姐思考。

爱本身就是虚幻的。告诉我，你爱蔡六木的什么？有什么值得你爱的？

花　姐 当然有啊，他……

叶小姐家门铃响。

叶小姐 你仔细想一想。

花姐走到三人沙发坐下，叶小姐去开门。小蔡穿着工人服，扮演水电工上。

水电工 （伪装的口音）我来修理冷气。

叶小姐 你们这家公司很奇怪，我叫了好多天了，为什么现在才来？（指客厅的冷气）那边那一台。

水电工 没办法，公司忙，最近大家冷气都坏了。

叶小姐　（对花姐）修冷气的。没事，我们继续。

水电工拿出工具箱，开始“修冷气”，一边偷听。

说啊，你老公有什么值得女人爱的？

水电工反应。

花　姐　他很聪明，办事能力也很强啊……

叶小姐　很聪明，办事能力很强的人很多，你怎么不去爱他们？

花　姐　他……他其实人还不错啦。

叶小姐　那你去爱全世界不错的人！这些条件哪是重点？事实上，在我的眼里，你老公根本就是庸俗、平凡的小痞子。

水电工的工具失手掉落。二女转头看他，他表示不小心。

他跟你在一起是因为在你身上可以找到印证自己男性权威的东西，等那些东西消失了以后，他有一点钱了，有一点权了，就可以跑到我这边来，买我对他的印证，重新证明他是个男人。

水电工　啊？……（假装找到问题）啊！……

叶小姐　但说实话，他是个男人吗？平心而论，小花，他有给过你真正的满足吗？

花　姐　其实，（害羞）结婚前后那段时间还不错啦。

叶小姐　（学花姐的语气）“其实，有时候还不错啦。”（大声）这什么态度？！

水电工的工具又掉了。

花　姐　（大骂水电工）你到底会不会搞啊？不会搞就不要瞎搞嘛！！

叶小姐　对！我就是要你这股气！当年你对他不满的时候敢不敢这样骂出来？

花姐摇头，委屈不语。

叶小姐　所以啊，所有原来给他满足的东西渐渐失效，他当然要跑出来寻找新的满足，这不就是一个小痞子会做的事吗？这时他不得不掉入我的圈套。

花　姐　你的圈套？

叶小姐　就是我教你这一整套啊！这一套适用于任何肤浅的男性，而政治人物通常就是肤浅大男人中最肤浅的大男人。你老公唯一高过其他大男人之处，在于他可以看穿我的行为，他知道我在用什么方式来给他他所要的，来得到我所要的。

花姐、水电工　（同时，低声）哇塞……

叶小姐　但是这种自觉并没有让他不掉进我的陷阱里。

花　姐　感情的陷阱？

叶小姐　感情？利益？问他他都会否认，但是我们都知道是怎么一回事。

水电工的梯子倒地。二女看水电工。

水电工　这个梯子要换了！

花　姐　老师，你讲的话好玄喔，我要好好地想一想。（看表，拿包）

我该走了。

叶小姐 记住，唯有看清这些事，你才能得到真正的自由。下课。

花　姐 （又振奋起来）谢谢老师！

与叶小姐交臂相互鼓励。

叶小姐 记得喔，这是我跟你之间的秘密。

花　姐 老师再见！

花姐又要交臂。

叶小姐 一天一次就好了。

花姐收回手，下。

水电工 （进入自己的沉思）我干！……

叶小姐看水电工。

（修正）干吗少一个螺丝？我回去拿，回头再来。

叶小姐 你们公司很奇怪，叫了那么久才来，来了一下又要走。

水电工下。
黑暗的播音室，花姐开一盏小灯，坐到主播位置。

花　姐 （轻轻地对自己）超越……更高的境界……如果她从头到尾没有骗我，这都合理；但是如果她从头到尾都在骗我，也都合理。（看表）啊，他应该这个时候会去找她。他们一定正在我背后笑我，喝着伏特加，吃着鱼子酱，一直在笑我！我怎么这么懦弱？不行！我一定要搞清楚！

叶小姐家门铃响，叶小姐端着 vodka 上，去开门，小蔡上，表情严肃。

叶小姐 森哥，我以为你生气不来了……

小　蔡 （不悦）不要什么“森哥”来，“森哥”去。

叶小姐 森哥啊，今天有 vodka，配你最喜欢的伊朗鱼子酱。

小　蔡 那是你最喜欢的伊朗鱼子酱。我以前根本不懂什么叫作鱼子酱！

叶小姐 （停步）不想吃？你想直接……

叶小姐开始给小蔡解领带。

小　蔡 别搞了！我今天不是来这边搞这种事情的！

叶小姐 那你是来做什么？（下）

小　蔡 （坐双人沙发）你到底想把我老婆变成一个什么样的怪物？

叶小姐 （声音）什么？

小　蔡 她本来就没有太多的主见，是一个很容易被人影响的人，被你这么一弄，快要变成一个怪物了！

叶小姐拿着鱼子酱上，拧盖子。

叶小姐 森哥，你怎么突然之间那么关心她？

小　蔡 她是我老婆啊！她是我孩子的妈！

叶小姐 （突怒，摔瓶盖和汤匙）是你孩子的妈就跩了？不是到我这里来就不提你老婆吗？干吗呀，今天东一句西一句，人家心里听了很难过。

小　蔡 可是你们上课的时候到底都在讨论什么？

叶小姐 （把鱼子酱涂在饼干上）很多啊，今天在讨论你有什么值得我们爱的。

小　蔡　结论？

叶小姐　我们的结论是：你根本就是个屁，一点都不值得我们爱。你根本是个能力非常有限的小痞子。

小　蔡　（自尊受损）你为什么要这样讲我？我给你的感觉真的是这样的吗？

叶小姐　森哥，你还当真啊？我要让她感觉我和她是同一国的。我要表示你来我这里，我也得不到乐趣啊。

小　蔡　那怎么会说小痞子，这么难听？起码说“痞子”也不要说“小痞子”嘛！

叶小姐　我只是脱口而出，因为那天我听人家说罗委员是个“小”痞子！

小　蔡　真的吗？

叶小姐　大家说罗委员的能力有限。（忍不住笑）

小　蔡　笑什么？我在跟你说很严肃的事！罗委员是谁？罗委员是我的天敌！……真的外面都在传？

叶小姐　对啊，大家都在传。

两人狂笑。门铃响。叶小姐一边笑一边去开门。

小　蔡　等一下，谁要来？

叶小姐　别紧张，是来打扫的阿珠。

小蔡躲到卧室门口。伪装成欧巴桑的花姐上。小蔡又放松，回来。

欧巴桑 （伪装的口音）不好意思，我来打扫！

叶小姐 打扫？哦。你是来代阿珠的班的？

欧巴桑 对啦，阿珠回乡下了，楼下的那个王伯伯叫我直接上来。

叶小姐 好吧，（指地上瓶盖）先把这里收拾了。

欧巴桑 喔。

叶小姐、小蔡继续笑。欧巴桑开始打扫，但内心极为痛苦。

小　蔡 他平时还自以为人模人样的，原来……（大笑）

欧巴桑 有那么好笑吗？（哼起歌）“我得意地笑……我得意地笑……”

停顿。小蔡看着欧巴桑。

小　蔡 （对叶小姐）这人是谁啊？

叶小姐 没有啦，来代阿珠的班，打扫卫生的阿姨啦。

小　蔡 阿姨，你扫你的地啦！

叶小姐 好了，森哥，赶快喝点伏特加，吃点鱼子酱……然后我们两个……

欧巴桑 不可以！（停顿）阿珠不可以椅子底下都不扫！好脏喔！

叶小姐 森哥，走……

小蔡把叶小姐横抱起进卧房。欧巴桑追上。叶小姐探出头。

叶小姐 （对欧巴桑）阿姨，今天不需要你，你可以走了。

欧巴桑 我可以走了？可是……

叶小姐 你明天再来。我不在的话，门卫王伯伯那里有钥匙。

卧房传出小蔡、叶小姐打情骂俏的亲热声音。

欧巴桑 （颓然坐在沙发里，变回自己的声音）真的在喝伏特加！吃鱼子酱！在背后笑我！（意图闯入）我要忍！我一定要忍！

（方言，举手）我要忍！我一定要忍！

灯光暗。

-第　三　幕-

第一场

灯光渐亮。蔡家。安琪和阿公在楼上，阿公在照顾秋子。

阿　公　秋子，你要加油啊，你一定会好起来的，来，这是最好的阳明山土。

阿公给秋子添加养料在透明的养分棒内。

安　琪　阿公，你这个玻璃罩搞了半天是加护病房的意思啊？外婆为什么要住在加护病房？

阿　公　（说反话）因为外婆最近身体很好啊！对不对啊？

阿公对安琪摇摇头，脸色凝重，把安琪拉到一旁。

你不要在外婆面前一直讲。外婆最近对生命有一种放弃的感觉。

安　琪　可能是外婆的时间快到了。对啊。

阿　公　你怎么可以这样讲？

安　琪　我的时间也快要到了啊。对啊。阿公，外婆该走的时候，你还是应该让她走的。

阿　公　胡说！胡说！（对秋子）小孩子乱讲话，没关系的。秋子，你再等我一下，我快找到办法了。

安　琪　什么办法？

阿　公　转化。

安　琪　转化？那你就去转啊。

阿　公　我还不行啦。（拿起试管）但是我方程序已经解出来啦！

安　琪　解出来怎么样？

阿　公　解出来就能转化了！

安　琪　你说这个喝下去你就变成植物了？

阿　公　喝的只是辅助。如果没有修炼到一个程度，喝什么都没有用！

安　琪　搞了半天，你就是要把自己修炼成一棵盆景？

阿　公　哎！你怎么……？！（想一想）也差不多这个意思啦！哎，阿公研究了一辈子，安琪，没有人相信阿公没关系，事实胜于雄辩！

小蔡从外上，烦恼状。

安　琪　那你现在还差什么？

阿　公　只缺一种特殊的能量就可以转化了。

安　琪　特殊能量？

阿　公　我的方程式里面已经解出来了，但是这个元素还找不到。它很奇怪，是一种没有任何特质的能量，没有方向性，很难找……

安　琪　是爱。

阿　公　哎！你怎么……

安　琪　对呀，真正的爱就是没有特殊的特质，不去选择对象，也不考虑自己，天下万物一样平等对待的啊。对啊。

阿　公　爱……？

小　蔡　（大喊）可不可以给我安静一点！！我快要被你们烦死了！一个老的、一个小的，喷喷喷！念念念！这屋子有没有人在做正经事呀？我告诉你们：我！我！我正在做很重要的事！可不可以全部给我闭嘴安静？

阿　公　秋子，我转成 echinopsis multiplex（仙人球）来陪你好不好啊？

小　蔡　阿爸！请你认清楚！阿母死了！而且早就死了！难道全世界只有你一个人老年丧偶吗？！你不会学一下别人，出去跳跳土风舞，泡泡茶，谈个黄昏之恋？多谈几个我都可以接受，可是怎么会抱着一盆兰花跟兰花谈恋爱？！阿爸！我觉得不是我做儿子的不孝，要大声跟你讲话，隔壁若听到，叫我要怎么做人？我是“民意代表”耶！

沉默。

阿　公　一棵仙人掌，陪着一棵兰花，不错哦。

安琪下楼。花姐由外上。

安　琪　妈，你也回来啦？（花姐坐下）爸、妈，你们都在家，我执行任务的机会来了！

安琪往卧房里跑。

花姐失落地坐在沙发的一边，与小蔡对称。小蔡也失落。

花姐、小蔡有如梦中惊醒，互看一眼，眼光由呆滞转成敌意。

花　姐　你回来啦？

小　蔡　（抬头看花姐）什么我回来了？是我坐在这里，是你回来了！

花姐发现自己态度不好，立刻又转温柔。

花　姐　老公，对不起，我不知道刚才是怎么了。我回来晚了……我帮你换拖鞋。

花姐帮小蔡脱掉皮鞋。安琪上，手里拿着一台手提音响。

安　琪　爸、妈，我跟你们说，我的时间不多了，所以要请你们坐好，注意听喔。

花姐和小蔡互看一眼。

小　蔡　她在干什么？

安　琪　（做手势指自己双眼）看我，看我！……

花姐和小蔡坐好。安琪按音响，音乐出。安琪展开翅膀，庄严地念白。

我是来自很远很远的地方，“天”才是我的家乡，我来到这边，是带来了很重要的讯息要告诉你们，重要的讯息，关于自由、关于爱！这个世界上最美丽的事情……

小　蔡　（对花姐）她在讲什么？

安　琪　我是说……

小蔡的脚翘在花姐面前，花姐不自觉地跪下继续脱小蔡的鞋。

小　蔡　（起身，对花姐）你在干什么？（暴怒）你给我停！（花姐停）

不要再跟我搞这些！你以为我男性的尊严这么便宜？套两下拖鞋就可以了？这么容易就可以得到？够了！不要再虚伪了，不要再讨好了，看不顺眼就说清楚，得不到也不要强求！

停顿。小蔡坐回原位，示意花姐回位，安琪继续。

安　琪　我被派到一个神圣的任务，才来到这个世界上，我必须传达这个讯息。

花　姐　（突然爆发）我才够了！我在干什么？哈巴狗还比我有自由呢！

两人有如梦醒一样，态度又转变。

（恢复温柔）森森，对不起，我不知道我在干什么。

小　蔡　（笑，感到抱歉）我也是。我刚说了什么？乱七八糟。

花　姐　你一定是饿了，我去帮你煮碗泡面，再加个蛋。（往下）

安　琪　（恳求）妈，等一下！我接下来说的事真的很重要。

安琪继续，放音乐。小蔡和花姐坐回，呆呆地听，想别的事。

时间越久，这个世界越来越老，可是重要的事情越来越少。我要说的是，我是被派来做你们女儿的，关于这一点，我感到很荣幸。我现在要传达一个重要的讯息：其实，大家以为天堂是很遥远很遥远的，可是我可以告诉你们喔，其实天堂是随时可以看得到的……在一个女儿的眼睛里，它就存在。对啊。（指自己的眼睛）

停顿。小蔡的手机铃声《命运交响曲》响起。

小　蔡　（接电话）喂？……丰达怎么样？……什么数据？……就是上次那菲佣拿走的……这样就可以恐吓我？关键还在我家抽屉里！人家问你的话，什么都不要讲！（挂）

花　姐　怎么了？保险箱找到了？

小蔡往房间冲，花姐跟在身后。

安　琪　爸、妈，这真的很重要。你们要听！

两人冲出，小蔡手里拿着信封袋资料，安琪指着自己。

花　姐　森森，你要去哪儿？

小　蔡　我要去找一个安静的地方。一个可以思考的地方。一个有一点属于人吃的东西的地方。（对花姐）我再吃泡面的话就会变木乃伊了！！（对安琪）还有你！我看到你了，你给我站好，我的生活已经够复杂了，你不要再在我面前疯言疯语！！上梁不正……

小蔡冲下。花姐跟下。

安琪落寞地将音响收起，下场。灯光变化。

第二场

中央区转成叶小姐家。小蔡和叶小姐从卧室出来，小蔡手上拿着信封袋。

小　蔡　（拿出文件）还有这个。这个印章就是专门盖这个户头的。（收拾文件）妈的，这些钱都有去处的！不是给我的！我只想这个工程不能给小罗那边那种四流的建设公司盖！妈的，什么年头？要做一件好事都要鬼鬼祟祟的！

叶小姐　可是这些东西拿出来，你是解释不清楚的。

小　蔡　他们这样想摆我一道，这些拿出来他们一起死。你把它们放好。

叶小姐　（接过）这些要交给我？

小　蔡　于是有几种方式来解读我这莽撞的行为：第一就是说全世界我只相信你一个人。我把我命运交到你手上，让你把它锁在保险柜里。

第二就是我已经看穿所谓“信任”，甚至于感情这件事。这些东西交给你的理由就是你这里最安全，然后看准在一个利益互相交换的状况下，量你也不敢轻举妄动。

叶小姐　有没有第三？

小　蔡　第三就是说以上两点全对，但基于某一些因素，都不重要。

停顿。

叶小姐 所谓的“某一些因素”就是，你爱我。

停顿。叶小姐家门铃响，叶小姐去开门。欧巴桑上。

欧巴桑 不好意思，我来打扫。

叶小姐 怎么还是你？阿珠呢？

欧巴桑 阿珠还在乡下。

叶小姐 那你先到房间里去扫。

欧巴桑 喔。

欧巴桑往卧室，但没进去，偷听谈话。

小　蔡 “我爱你”。我们还有能力爱吗？我他妈每天脑子里想的都是跟爱相反的事，怎么干掉别人，怎么踩在人家头上往上爬！现在每一个人说这世界需要“爱”，其实说的是每一个人都需要“被爱”。所有人都懂什么是“被爱”，没有人懂什么是“爱”。我说“我爱你”其实真正的意思是“我想被你爱”！我现在就是需要被你爱！来！爱我！你做不到！

叶小姐 我可以做。

小　蔡 你每天做！

叶小姐 （开始大声）对，我每天做，我天天做，我做得很开心！

小　蔡 （吵起来）你当然开心！你……

叶小姐 （突然平静）森哥，我们不能这样吵！

叶小姐推着小蔡坐到双人沙发上，小蔡平静下来。

全世界，我只有你。

小　蔡　（难过）全世界，我也只有你。

叶小姐、小蔡拥抱在一起，欧巴桑在一旁看，心情复杂。

叶小姐　我们生一个孩子。

欧巴桑水桶掉落，又被她踢倒，她扑倒在地追水桶。沉默。叶小姐抱着小蔡，想引小蔡往卧房的方向。小蔡停住。

（对小蔡）你在犹豫。

小　蔡　可是，现在不行。

欧巴桑呆滞地边擦地，边听，机械性地自言自语重复。

欧巴桑　（自语）不行……

叶小姐　你是说，我跟你不可能有孩子。

欧巴桑　（小声自语）不可能……

小　蔡　不是，是现在不行。

欧巴桑　（小声自语）现在不行……

叶小姐　为什么现在不行？

欧巴桑　（小声自语）为什么现在不行？

小　蔡　因为她要来了。

欧巴桑　（小声自语）因为她要来了。

叶小姐　谁要来了？

欧巴桑　（小声自语）谁要来了？

小　蔡　我老婆。

欧巴桑　（小声自语）他老婆。

叶小姐　你老婆？

欧巴桑　（小声自语）他老婆。

小　蔡　（看表）今天星期三！妈了个——！

欧巴桑　（小声自语）对，今天星期……（发现状况，大声）妈了个——！！我去……！下一家了！不好意思，再见，（日文）阿里阿朵！谢谢光临！……

小蔡、叶小姐惊讶地看欧巴桑。欧巴桑急忙下。

小　蔡　（看门口）阿珠什么时候回来？（走回茶几，拿文件）我们之间到底是什么……接下来就看清楚了。东西放你这儿，你看着办。

小蔡把文件扔茶几上，下。叶小姐拿起信封袋，入卧房。

门铃响，叶小姐去开门，手上还是拿着信封袋。花姐上，衣服、头发都不整齐，好像很赶的样子。

花　姐　老师好。

叶小姐　干吗这么慌慌张张的？

花　姐　刚才……有点事。

叶小姐　你“内功”练得怎么样？

花　姐　老师，说实话，我觉得要超越很难……

叶小姐　没关系，我们今天来机会教育。（拿起信封袋）我这一份资料是丰达公司贿赂你老公的关键账本和存折。

花姐惊讶。

不用惊讶，这些是你老公亲手拿给我的，要我帮他保管。今天我要问你的问题是，如果你是我，你应该如何处置？

花姐伸手想拿信封袋，叶小姐抽回，扭头走开。

花　姐　这是他亲手交给你的？

叶小姐　他全部交给我了。

花　姐　你应该知道他，他不是要这些钱的……

门铃响，叶小姐叫花姐去开门。水电工上。

水电工　我又来修理冷气了。

叶小姐指冷气的方向，水电工去修冷气，一边注意二人对话。

叶小姐　小花，我只是想提醒你：不管你老公是怎么想的，这都是害死你老公的最佳证据。

花　姐　（沉思）好，那我们要怎么样才能保护他？

叶小姐　小花，你有没有搞错！我现在没有在跟你讨论怎么保护他，我在跟你讨论怎么保护自己！

花　姐　保护自己？

叶小姐　这么严重的东西放你手上，事情弄不好你都被拖下水了。

花姐、水电工　（同声）啊？

叶小姐　在此最正确的态度就是要保护自己的利益，而在保护自己利益的同时，你会发现你有很好的机会来增进你自己的利益。

水电工 操……（二女看水电工）潮啊！潮湿对冷气是不好的。

花　姐 增进我自己的利益？那不就是出卖了他？

叶小姐 为什么要用那么难听的字眼？什么叫“出卖”？只有在一个彼此信赖的状态之下才可能发生所谓的“出卖”。

水电工摔工具。

花　姐 难道你们之间没有彼此的信赖吗？

叶小姐 小花，像你这种人很难看懂我这种人的所作所为。我们就不要辩了，各自去拯救自己的灵魂吧！现在很简单，你该做的事就是我现在正要去做的事，那就是把这些文件放到一个可靠的地方。

花　姐 然后呢？

叶小姐 然后无论如何它就值钱了。下课。

叶小姐把文件放在茶几上，往卧室门口，回头看花姐，花姐呆站发愣。

你还不走？

花　姐 谢谢老师。（惯性地欲交臂，自己又放下）

花姐趁机拿信封袋，正想带着冲出去。

叶小姐 喔，还有一件事。永远不要把值钱的东西放在可能被诱惑的人手上。

花　姐 啊？（看手中文件）

叶小姐 真正的信封已经被我锁起来了。那个上课用的道具给你玩玩没关系。

停顿。

花　姐　（尴尬地）啊哈哈……！道具，道具，摸一下而已（把信封放下）……没事。我走了。老师再见，哦耶。（做出交臂的样子）

花姐下。叶小姐进卧室。水电工晕眩地站起。叶小姐拿着外套上，拨电话。

叶小姐　（电话上）喂？……老罗啊（水电工摔）……有一个很有趣的东西在我手上。半个钟头后在我们的小秘密地方见好吗？好……拜拜。（挂，穿起外套，对水电工）你好像修得很累的样子哦？

水电工　超过想象，这全都超过我的想象。

叶小姐　那你弄完走的时候，帮我把门关上。

叶小姐拿着信封，下。水电工晕眩地倒在沙发上。

水电工　（自语）我……被卖了……原来从头到尾就是所有人说的……她就是要这些，而我，我要的……我要的是什么啊？乱七八糟！

水电工崩溃。

钥匙声响。水电工仿佛从梦中惊醒。欧巴桑上，没想到房里有人，吓一跳。

欧巴桑　（又踢到水桶）不好意思……

水电工 来打扫的啊?

欧巴桑 对。(东张西望)小姐呢?

水电工 带着所有的东西出去了!

欧巴桑看着水电工。

我是修冷气的。

欧巴桑 我知道。

水电工 你怎么知道?

欧巴桑 (愣一下,指工具)看就知道。

水电工 喔。

欧巴桑 那你修你的,我扫我的。

水电工 好,你扫,我修。

二人开始做自己的事,做着做着,各自开始难过。

(自语)想不到她真的把那个东西拿给……

欧巴桑 (自语)想不到,她真的这么狠心……

水电工 (对欧巴桑)什么?

欧巴桑 啊?

水电工 你刚刚说什么?

欧巴桑 没有啦。我只是觉得很奇怪耶。

水电工 奇怪?哼,你觉得奇怪?我告诉你,这屋子里奇怪事可多着呢。

欧巴桑 你也这样认为喔?

水电工 可不是嘛？

欧巴桑 哎呀，这位小姐喔，她真是……

水电工 太厉害了！

欧巴桑 我告诉你喔，我算是见识到了。

水电工 你见识到什么？

欧巴桑 有一个先生常常来这里，你有没有看到？

水电工 哪一个先生？

欧巴桑 就是长得不怎么样，领带打得乱七八糟，哈挫挫瓜兮兮的那一个。

水电工 （顿）干，有。

欧巴桑 常常来这里找小姐啊，两个人在这边也没别的事，就是直接躲到房间里去“那个”。

水电工 干，被看得那么清楚。

欧巴桑 那又怎么样？最后还不是让人耍得跟瓜娃子似的！

水电工 耍得可厉害了！

欧巴桑 这是他应得的报应啦！

水电工 对，这种男人他该死！

欧巴桑 （感伤）唉！

水电工 你叹什么气？这种男人死了活该！

欧巴桑 其实也不能这么讲，我在这边看到他的时候，也是觉得他其实很可怜。

水电工 啊你……啊你真的觉得他很可怜？

欧巴桑 是啊，算他有一点好心眼才会被这么耍得团团转！

水电工 没错！他没有好心眼，怎么会被骗？呜……

欧巴桑 你不要太快可怜他，有人比他还要更可怜！

水电工 是谁啊？

欧巴桑 就是有位太太常常来这边跟小姐上课那一个，你有没有看过？

水电工 就是自己觉得时髦可是穿得乱七八糟的那个？完全没有自信，长相非常平凡的那一个？

欧巴桑 （咬牙）是。

水电工 怎么样？

欧巴桑 你晓得她是谁吗？她其实就是那个先生的老婆。

水电工、欧巴桑 （同时叹气）唉……！！

水电工 这么可耻丢脸的事情，怎么全世界都知道了！

欧巴桑 事情怎么会这样？

水电工、欧巴桑 （同时叹气）唉……！！

欧巴桑坐下，拿起茶几上的酒瓶。

欧巴桑 大哥，你要不要喝一点酒？

水电工 不好啦，这是别人的东西，不能喝啦。

欧巴桑 你不要这么娘娘腔啦，（把酒打开）反正他们有钱人喝不完都倒掉，不喝也是浪费。

水电工 说的是，喝！（抢过酒瓶直接喝）喝他个痛快！

欧巴桑 唉，留一点给我。

水电工 好啦。这个酒还真不错。

欧巴桑 （伤感）你知道吗？（拿过酒瓶）我刚刚说的那个太太，我真的很看不起她，我不知道她怎么会把自己搞到那个地步。（喝一口，把酒瓶还给水电工）先生有外遇不说，自己还低声下气来这边向情妇讨教。你说这种人她是不是犯贱？（从水电工那里拿回酒喝）

水电工 你也不能这么说，我在这边有看见，她也是为了要挽回她先生的心嘛。结果最后还是被人家耍了。哎，真的是蛮可怜的！

欧巴桑 大哥，你真的觉得这个太太很可怜吗？

水电工 是啊。

欧巴桑突然开始哭泣。

（温柔地看着她）唉，大姐，你哭什么呢？你太容易感动了，我好久都没有看见这样好心的女人了。不要哭了嘛，你……这……

两人对视，欧巴桑放声哭。水电工脱下手套给欧巴桑拭泪。

好啦，拿去给你擦一擦。

欧巴桑 大哥，（擦脸）你人真好，肯这样安慰一个陌生的人。

水电工 （温柔对视）别这么说，你也是个好心人。

欧巴桑　（对手套）什么味道？

水电工　不好意思，是我做工的润滑油。

欧巴桑　（着迷地）好久没有闻到真正男人的味道了。谢谢你喔。

水电工　不好意思。大姐，我看你这个样子，肯定有一个不幸的故事。

欧巴桑　我感觉你一定也有一个悲惨的过去。

水电工　悲惨？！我这一生……我这一生……（吼）我是猪头！我跟你讲哦，男人以为一切在他控制之中，想不到到头来，都不是自己想象的。（边哭）我到最后居然会把自己……（抽一口气，哭）

欧巴桑　大哥，你不要哭啦。你这样哭，我心里会难过。

欧巴桑递抹布给水电工。

来，擦把脸。一个男人家哭得也太丑了点。

水电工　（接过抹布，擦脸）什么味道？

欧巴桑　“威猛先生”。

水电工　（陶醉地）好香啊！我也好久没有闻到这种顾家女人的味道了！

欧巴桑　来，大哥，不要难过，把你心里面的事讲给我听。

水电工　讲给你听？哎呀，这么可耻的故事怎么能讲给别人听？

欧巴桑　只要你愿意讲我就愿意听。

水电工　不行，我不能讲，我要听。你说给我听！

欧巴桑　我说啥给你听？

水电工 你把你的故事讲给我听。

欧巴桑 这种丢人现眼的事情怎么能说出来？

水电工 没关系，只要你愿意说，我就愿意听。

欧巴桑 你真的想听？

水电工 我洗耳恭听！

停顿。二人相望。

欧巴桑 大哥，我平常说很多话，可是我这辈子讲的话都没有人真正在听。

水电工 大姐，其实我这辈子也一直有人要讲话给我听，可是从来没有真心听过别人说话。来！你说，我听。

欧巴桑 那我就说啰！

水电工 说！

停顿。二人脸上各自露出甜蜜的微笑。

（陶醉）好好听。

欧巴桑 啊我还没有说耶。

水电工 （继续陶醉）还是好听。

两人偷看对方，彼此眼光正好接触，又闪开。欧巴桑看表。

欧巴桑 哦……不好意思，我要走了。

水电工 可是你还没有打扫完啊。

欧巴桑 我会再来扫的。

水电工 那我们后会有期！

欧巴桑 后会有期！

欧巴桑欲下，水电工发现抹布还在自己手里，叫住她。

水电工 您这……？

欧巴桑 就先留在你那边啦！……

欧巴桑下，水电工沉醉地晕倒在地。灯光变化。

第三场

轻快的音乐起，中央区转成蔡家。阿公在楼上，像是在打坐。安琪病倒，趴在沙发上，身上的翅膀还在。她拿着手机。

安　琪　喂，你在吗？天气在改变了，大地已经在做它一年一度的大整合了。春天，春天给我一种说不出来的感觉，好像很容易兴奋，可是我不知道他们在兴奋什么？……

小　蔡　我回来了！

小蔡上，轻松愉快的样子，但他还没换下水电工的衣服。安琪呆看这个奇怪的陌生人。小蔡半走半舞，突然发现。

（方言）我走错了！（下）

安　琪　春天到了，一切都在改变了，只有我的日子还是一样的无聊。有的时候，还是会有一点小小的刺激啦……

花姐上，但她穿的还是欧巴桑的衣服，愉悦地边舞边上。安琪呆看欧巴桑。花姐发现她在看她，停下来。

花　姐　有什么问题吗？（突然发现自己还没换衣服）……（方言）我去……搞错了……！！

花姐下。

安　琪　关于我的任务，算是触礁了。我好沮丧。我不舒服。我在想，可能是我的时间快到了吧。喂，你可不可以告诉我，我的时间是不是真的快到了？

灯光变化。

第四场

中央区转成叶小姐家。门铃声响起，无人应门。欧巴桑用钥匙开门入。

欧巴桑 喂！……小姐……（发现没有人）大哥……（看表）他怎么还没有来修冷气？

欧巴桑去开冷气，发现开不了，暗自高兴。

还是坏的！

欧巴桑陶醉在待会儿约会的甜蜜中。

轻快的舞蹈音乐响起，房子突然转化成一个幻想的空间，欧巴桑陶醉在期待的喜悦中，闭着眼开始舞起来了。水电工上，立刻感染到这气氛。二人在客厅中跳起国际标准舞来了，跳得有模有样。

歌曲结束，灯光变化，两人回到原位。一切恢复正常。

水电工 （扬声咳嗽）咳！大姐……

欧巴桑 大哥，你来啦？

两人不好意思地尴尬着。

水电工 你……

欧巴桑 我……我扫，你修啦。

水电工 好，我修，你扫。

沉默。二人做事，但偶尔瞄着对方。

水电工、欧巴桑 （同时说话）哎！……

水电工 你说啊。

欧巴桑 不要啦，你先说。

水电工 没关系，你先说啦。

欧巴桑 好，那我就先说啰。是……是这样子的，我带了一个东西，要给你的。

水电工 给我？

欧巴桑 对啦，你不是有跟我讲过，说你那个冷气很难修吗？我就带了这个东西来给你试试看。

欧巴桑替水电工套上夹头灯并开启。

你看，会亮呢！还可以转角度呢！

水电工 （十分感动）大姐……谢谢你。

欧巴桑 没什么啦。

水电工 其实……大姐，我也带了一个礼物要给你。

欧巴桑 你也……

水电工 （从口袋中拿出一块神奇抹布）是啊，就是这个。

欧巴桑 这是……？

水电工 （模仿电视购物）当你发现桌子上有这种污渍很难处理，你只要用这个抹布轻轻一抹，马上就清洁溜溜了。接下来你只要用一张面纸……

水电工拿出一张面纸拍在抹布擦净的茶几上。

欧巴桑 见证奇迹的时刻到了！（吹起面纸）好神奇哦！你是哪里买的？

水电工 电视购物。

欧巴桑 大哥，你人真好。

水电工 大姐……

欧巴桑 我……我继续扫，你继续修。

两人拿着对方送的礼物，甜蜜地陶醉着。

欧巴桑假装扫不起一个角落中的灰尘。水电工同时假装处理冷气的问题。

欧巴桑 唉！

水电工 （对欧巴桑）怎么啦？

欧巴桑 我真的有一种很奇怪的感觉啦。

水电工 什么感觉？

欧巴桑 就是……这么多年来，没有人这样关心过我……的事情。

水电工 那你也是关心我……的冷气啊。

欧巴桑很不好意思。

其实，这么多年来，也只有你真正关心过我……的冷气。

欧巴桑 是这样吗？

水电工 唉……大家关心的只是怎么利用我。

欧巴桑 咋个利用你？

水电工 对。他们看的都是我的一些关系、我的权力、我的钱……

欧巴桑 你的钱？

水电工 我是没钱，我也没什么关系和权力，但是我觉得人们要的就是那个。那还有什么意思呢？

欧巴桑 对对。没意思。

水电工 所以说我很难得有一种感觉，有人是因为真正的我而关心我。

欧巴桑 真正的你？

水电工 是！真正的我！唉，有时候我甚至都不知道真正的我是谁。

欧巴桑 真正的我们到底是谁？

水电工 这么多年来我终于看清楚我是谁了。

欧巴桑 看清楚之后，就会觉得过去很多事情实在是像一场梦。

水电工 一场游戏。

欧巴桑 一个笑话。我不知道为什么，来到这里打扫，遇见你，我感觉到一种奇妙的自由。

水电工 我懂你的意思。（神圣地）自由。

欧巴桑 这很好笑，因为我是这样子替人家做事，这样子来讨生活，这样子的一个阿姨懂什么自由？

水电工 对。但是……

欧巴桑 但是抛开所有的……所有的……

水电工 社会压力。

欧巴桑 对，社会压力！

水电工 社会地位。

欧巴桑 对，社会地位！

水电工 金钱压力。

欧巴桑 对，钱！

水电工 这些全部抛开了，就可以看到一种真实的面貌！

欧巴桑 就是人与人之间最真诚的感觉！！

水电工 最真诚的感觉！！

两人对视。停顿许久。两人拉手，一起深呼吸。

你相信吗？

欧巴桑 是不是叫“一见钟情”？

水电工 “Love at first sight.”

欧巴桑崇拜地望着水电工。

我国中英文念得还不错啦。

欧巴桑 （崇拜地）你教我！“Love...”

水电工 “...at first sight.”

欧巴桑 （重复）“Love at first sight.”

水电工 You good!

欧巴桑 You good too!

水电工 你知道吗？认识你这么久我还不知道您芳名。

欧巴桑 认识我有多久？

水电工 好像好久好久。

欧巴桑 好久好久。嘘。

水电工 干什么？

欧巴桑 就这样，不要再问了。

水电工 芳名?

欧巴桑 嘘。不需要知道。我认识你，你认识我，就好了。

两人拉手，像触电一般，相望。

好美喔。

水电工 真的好强烈好强烈的感觉。

欧巴桑 一种最自然的单纯!

水电工 一种找不回来的感觉找回来了!

欧巴桑 我们走吧。

水电工 离开这里。

欧巴桑 离开这里!

水电工 去任何地方。

欧巴桑 任何地方!

水电工 你是不是跟我一样，有一个复杂的过去，需要花一点时间来处理?

欧巴桑 嘘。不用说。

水电工 不用说。

欧巴桑 不用说。我一定比你复杂。

水电工 你的“他”?

欧巴桑 不提了。我的“他”是不可能理解这一切的。

水电工 我的“她”根本搞不清楚状况。

欧巴桑 不用说了。

水电工 不用说了。我会把事情处理好。

欧巴桑 我会把事情处理干净。

水电工 处理干净。

欧巴桑 再复杂，我也有把握！

水电工 牺牲再大，我会让你未来问都不会想问这个事情。

两人拉手、接近、吻。

欧巴桑 好熟悉的感觉。

水电工 就是这样！

欧巴桑 好像认识好久好久了。

水电工 就对了！

欧巴桑 明天……No see no san！

水电工 啥？

欧巴桑 不见不散！（下）

水电工独自一人，陶醉片刻。

水电工 （陶醉）“No see no 散！”

水电工下。灯光变化。

第五场

轻快的舞蹈音乐。播音室中花姐正在播音。

花　姐　（对麦克风，情绪极为温和、喜悦）各位亲爱的听众朋友，我不知道你们是不是也有这样相同的经验。就是你所担心的一切，突然间就消失在空气中了！你好像整个人飘在空中，飘啊飘的，说不出是什么感觉。那就是……就是幸福，就是美满。呵呵呵……

“民意代表”质询讲台，小蔡在演说，极为温和、喜悦。

小　蔡　本席今天要发表一些小小的感想：我觉得我们好像每天谈的都是大事，事实上都是小事。我们大部分时间都花在社会利益如何分配，说得更准确一点，就是把社会资源如何分配到我们代表的口袋里。

台下发出嘘声。

嘘什么嘘？说两句真话就被嘘？难怪大部分选民都不相信我们做的是正经事！各位，这是本席最后一次在这里发言，我觉得我们每天在这里吵吵闹闹的所有问题，其实有一种非常简单的方法就可以解决，那就是：我们每一个人要心中有爱！……

众代表　（声音）干！下台啦！下台！

小　蔡　这位代表，不是“干”，是“爱”。对，跟着我念一遍：“爱”。

众代表　（声音）干！

小蔡在讲台上贴“心中有爱，何需政府？”字条。

小　蔡　“心中有爱，何需政府？”……

播音室中，花姐在播放歌曲，拨电话给叶小姐，中央区叶小姐电话响。

叶小姐　喂？

花　姐　喂？老师，是我，我有事。

叶小姐　（小声）是你啊，有什么话，等一下上课再说。

花　姐　就是这个问题。（语气突然从客气转到骄傲）我不想上课啦！

叶小姐　小花，你怎么了？

花　姐　我没怎么，我好得很，所以，我不想上你那狗屁课了！

叶小姐　小花，你的课才上了一半。你要挽回你先生的心。

花　姐　我先生？谁？我告诉你，我现在在做节目，没有太多时间跟你扯。

左区，小蔡在电话亭外面拨手机给叶小姐，叶小姐的另外一个电话响起，叶小姐赶忙接。

叶小姐　不是，小花，你等一下……（对另一个电话）森哥……

小　蔡　不用“森哥”来“森哥”去……

叶小姐　森哥，你等一等。（对花姐）小花，你听我说……你的口气不对，我教你超越，不是这种感觉喔。

花　姐　我管你妈什么感觉！你去超越你自己吧！我不干了！

花姐挂断电话，通话中断声响起。

叶小姐　……挂我电话？（对小蔡）森哥啊？

小　蔡　你听好，我觉得我们之间的游戏已经玩够久了。时间到了，该分手了。你说你要什么条件。该是你的，我全部会给你。

叶小姐　森哥……你这……我……

小　蔡　震惊？不可思议？

叶小姐　森哥，上次你交给我的那份文件我都放得好好的，都没有动哦！

小　蔡　那份文件重要吗？我跟你说，我已经豁出去了。我以前在乎的很多事现在都不重要了。

叶小姐　是不是你不喜欢我跟她上课？我马上停！

小　蔡　我以为我们有一种更好的默契，好聚好散，不是你的哲学吗？

叶小姐　（开始哭泣）森哥……

小　蔡　好了。你戏演得怎么样我还不清楚？这种演技，不需要用在我身上。这样太看轻了我们之间的关系。

叶小姐　（继续哭泣）森哥，这不是戏。

小　蔡　“这不是戏。”这句台词不错。如果一声“对不起”会让你舒服一点的话，你听好：“对不起。”

小蔡快乐地把电话扔掉，边跳舞横穿舞台，从右下。

叶小姐失落地拿着两个电话。灯光变化。

-第　四　幕-

第一场

中央区转回蔡家。安琪躺在沙发上。阿公对着兰花说话。

阿　公　秋子，正是一个春光明媚的好日子，记得以前这种日子，我们就去公园散步，然后去吃小馆子，吃你喜欢的串烧，我们一起分一瓶清酒，然后手牵手走出来，走到人群里，空气中有姜花的香味……

安　琪　阿公……外婆她……?

阿　公　（摇摇头，难过）嘘……外婆在休息。

蔡家门铃声响。

我先去开门喔。

安琪去开门。叶小姐伪装的观护人林阿姨上。她环顾四周，凝视着安琪。

林阿姨　你就是安琪?

安　琪　你是谁?

林阿姨　我是你的观护人——林阿姨。

安　琪　我的观护人是陈姐姐。

林阿姨　陈姐姐今天不来了。她已经被调职了。她去观护别人了。

林阿姨走到客厅里，四处张望。

原来……一个家是这个样子的。

安　琪　啊？

林阿姨　我说原来可爱的安琪住在这么一个可爱的房子里。

安　琪　阿姨，你不是要问我很多问题吗？你要赶快问，我的时间真的不多了。就像泡面包装上，有效日期快过了。对啊。

林阿姨　安琪，是这样。你爸爸妈妈对你很不好，已经很久了，以至于你辍学、乱喷涂鸦……是这样，安琪。社会局决定让你进入监护家庭保护计划。从现在开始，你跟我走。

阿　公　（对兰花）撑着一点，秋子，快要转化了……快要译码了！……

林阿姨　哇，你也在？我还真的以为你是一棵盆栽呢！哈哈！好严重的一家人，我赶快把安琪带走，带到一个正常的地方！

安　琪　阿姨，我本来就不是正常的，为什么一定要我正常？

林阿姨　不，安琪，你没懂我意思，你是天使！我不像他们，忽略你，虐待你，我要保护你！

安　琪　那是幻想。我是说，你在幻想。阿姨，我没办法给你你想要的。对不起，我的时间快到了，我有急事要处理。

林阿姨　天使就是从天上到人间来救人的……

安　琪　阿姨，我要走了。

安琪拿起喷气罐，转身欲下。林阿姨跪下，抱住安琪的腿。

林阿姨　安琪，救我。

安　琪　救你？阿姨，你怎么了？

林阿姨 我怎么了？我空了！我没有了！

安　琪 阿姨，我也快要没有了，有什么差别？

林阿姨 安琪！你做我的孩子，做我的天使！

安　琪 阿姨，我没有办法救你。你不在我的名单上。

停顿。

林阿姨 什么？我不在你的名单上？

安　琪 你不在我的管区内。我的名单上只有两个人名。我的任务是针对他们两个。

林阿姨 什么？

安　琪 我能力有限，我没办法。

林阿姨 你没有办法，那谁有办法？！

安　琪 也许我老板可以。

林阿姨 你老板在哪里？你带我去找他！

安　琪 他不好找。我都是用电话来跟他联络。

林阿姨 那你帮我打，我来跟他讲！

安　琪 没有用，我每天打，（停顿）可是从来没有一次打通过。

停顿。

对啊。再见，阿姨，抱歉我不能帮你，祝你早日找到你的天使。（鞠躬）

安琪虚弱地下。

林阿姨 安琪，你不要走。安琪……

阿　公　（对兰花）快要转化了，秋子，快要转化了……

林阿姨在地上轻声哭泣。停顿，表情转哀为愤。

林阿姨　哈哈哈！我要天使有什么用？

起身，坐到三人沙发上，拨电话。

喂？……老罗？没事……小感冒。我交给你的那样东西，把它送去"调查局"吧。那份文件……是丰达和蔡六木的往来账本……少废话，我叫你送就送！由你出面，让他们全死，（冷静）我从头到尾都不知道这件事。

林阿姨下。阿公在楼上忙碌地调化学试管。

阿　公　要转化了，要译码了！……

灯光变化。

第二场

安琪由外上，拿着一罐喷漆。

安　琪　我是不得已，我的时间快到了，得不到上面任何的指示，只好去喷地铁淡水线。那个车厢是距离日落最近的地方，希望你看到。对啊。他们没有抓到我，然后我就坐地铁回来，看着日落在观音山上，我觉得好烫，好像日落要跟我联络。是不是？然后我就睡着了，睡到不知道自己在哪里了，睡到我整个人离开了自己，飘在空中看着自己躺在那儿，然后我就去摸我自己，好烫，好烫……

阿　公　秋子……我的秋子……不可能……秋子！安琪！……安琪？

安　琪　太阳已经下山了，但我抬头往上看着天，天突然开了一个洞，好大的一个洞，我听到一种声音，好棒的一种声音……然后好强的一道光从那个洞里射下，照到我，照到世界上每一个地方，每一个角落，每一个城市，每一个富人，每一个乞丐，每一条街道，每一栋房子的每一间厕所的每一个马桶盖上的每一瓶洗发精旁的每一块肥皂边的每一支牙刷……然后那我站了起来，迎接那个光，去感觉那个光照在我身上，每一块皮肤，每一个细胞，每一串

DNA……！！

阿公在二楼醒来，发现秋子已经枯死。他看着秋子，不可思议，悲伤地掀起玻璃盖。

阿　公　安琪……外婆死了。（抱起兰花）秋子！你就这样走了？我懂了！！不能再等了！要转化了！要译码了！秋子！你再撑一下！我来了！……

阿公抱着兰花下楼，另一只手上拿着一个试管。

电话响，安琪虚弱地接电话。

安　琪　（对电话）喂……不在。我爸爸会有什么严重的事情？……官商勾结？可能你以为吧，但谁说什么也都没用。他是被人陷害，那个人就是他自己。再见！

安琪挂电话。阿公抱着兰花，坐在一人沙发上，难过。

小蔡上，心不在焉地想事情，坐到沙发上。

爸……你还好吗？这个时候是需要冷静的时候。

小蔡不语，拿出一个小笔记本，开始做一些计算。

花姐上，心情沉重。站在进门处，两人互相仇视。

妈，你回来啦？我可以想象你现在的心情很复杂……

花　姐　（边走进客厅边说）你不要走，我有话要跟你说。

小　蔡　什么叫你有话跟我说？是我有话要跟你说！

花　姐　（坐在长沙发上）你看你什么样子？

小　蔡　我什么样子？

花　姐　烂样子，拿个小本子在那里记来记去记什么？又跟谁要勾搭什么？

小　蔡　这什么态度？（藐视的语气）给我进去做饭，我肚子饿了。

花　姐　做个屁，我不饿！我要做饭是因为我饿了，才懒得管你。

小　蔡　喔，翅膀硬了，上了几天鸟课懂得几句鸟话，就以为自己可以飞了！

花　姐　我上什么课关你什么鸟事？

安　琪　（劝架）爸、妈……

小　蔡　好，我们不提上课的事，我只要问你，这个家被你搞成什么样子？什么时候我们可以坐下来好好吃一顿人类吃的饭？！乱七八糟！

花　姐　（被激怒）怎么是你在跟我抱怨？你难道不知道这些年我根本就活在一个地狱里面？这个地狱随着你人到哪儿，它就在哪儿。最大的地狱就是，我们活在一个骗局里面！

安　琪　（劝架）爸、妈……外婆死了。

停顿。花姐、小蔡瞄一眼阿公。

小　蔡　什么叫骗局？这个骗局你能忍受多少年？不瞒你说，跟你结婚不到一年，我已经没有办法跟这样的疯子生活在同一个屋檐下！

花　姐　你现在要怪阿公，是不是？你一年就受不了他？那我告诉你，我三个月就受不了你！要不是怀了安琪，我哪里可能会撑那么久？

小　蔡　喔，你现在要怪安琪，是不是？你所受的所有痛苦都是因为安琪，对不对？好嘛！随便你！安琪，你听到了，你妈妈说："都是你害爸爸妈妈在一起痛苦这么久！"

安琪靠在三人沙发上。

花　姐　你外面的狗屁事让我忍了多久！搞到我都不知道你知不知道我在演戏！我只有一句话要告诉你：（大声）我不需要你！

小　蔡　喔，你现在很跩喔？怎么，你在外面偷汉子？有别的男人给你靠哦？

花　姐　我外面有没有男人关你屁事？对！我就是在外面偷汉子，怎么样？我告诉你，他比你帅，比你年轻，比你有干劲，而且他长得比你高！

小　蔡　比我有钱，是不是？钓到大户了，啊？罗委员是不是？我就知道，上次新春团拜的时候，他就一直盯着你的大腿看……

花　姐　不要用你那些狐群狗党空壳子来跟他比！他有原则，是个脚踏实地的人。他在乎我的感觉。

小　蔡　他是做什么的？

花　姐　我不在乎他是做什么的，不管他做什么都比你有尊严！哪像你外面那个。

小　蔡　哪个？我外面哪个？

花　姐　还问我哪个？就是那个嗲声嗲气、就只会给你套套拖鞋的那个狐狸精！

小　蔡　喔，那个！你不提我都忘了！

花　姐　啊？你又换了？又找了个新的妹？

小　蔡　你不要用蔑视的字眼来形容她，她是我的女神！

花　姐　你还真了不起，交完神女交女神。说，这回又是什么助理？还是哪个“民意代表”用剩的施舍给你的？

小　蔡　你不配提她！她所有的条件你都没有！

花　姐　我懂了，她就是比我年轻嘛！这种妹，酒吧里随便挑！

小　蔡　错！她年纪比你大。

花　姐　啊？

小　蔡　她年纪不但比你大，她学历比你差，口才没你好，还没你会打扮，可是她就是比你可爱！说实话，我也非常惊讶自己会有这种眼光，因为以前的蔡六木是不可能会爱上像这样的人。可是她有一颗真实的，会爱人的心！我爱她！

停顿。

花　姐　（平静地）好了，你现在要怎么样？

小　蔡　我们不要再扯了。这样好了，你该得到的我一定会给你的。

花　姐　你又知道我该得到什么？你又能给我什么我该得到的？

小　蔡　（拿出小本子）说吧。这栋房子，没问题，你的。车子，你开你的，我开我的。翡翠湾的别墅，我们每人每年享用半年的权利。存款，我们一人一半，让我会计师来处理。俱乐部的会员证，你拿你的，我拿我的，费用平均分担，球杆全部送你。

沉默。花姐摇头。

安 琪 （小声地）爸，妈……

小 蔡 这个房子里的所有东西，你要什么你拿吧。那张结婚照送你。

花 姐 你好狠。

小 蔡 这样还狠？对你不公平，是不是？没关系，那我什么都不要，全部给你！

花 姐 什么？

小 蔡 我什么都不要，我也什么都不需要，你懂不懂？我要的都不是这些东西！

花 姐 你赢了，是不是？

小 蔡 随便你怎么讲。

花 姐 随便我怎么讲，那我告诉你，我才是什么都不要！

小 蔡 不行，你通通要！

花 姐 什么叫我通通要？我本来就不要，是你在那边叫来叫去，分来分去。全部给你！那一切对我都没有意义！而且还是累赘！

两人争吵中，把客厅的家具打翻，疯狂地彼此对抗。安琪默默地拾起一样样散落的家具，试图将它们恢复原状。阿公仍坐在沙发上，悲痛地抱着兰花。

小　蔡　我不要。

花　姐　我才不要。

小　蔡　我不管你怎么做，我反正都不要！

花　姐　我不要得比你更潇洒！我什么都不要！我告诉你，所有的家具……

小　蔡　给你！

花　姐　给你！我都不要！电器……

小　蔡　全部给你！

花　姐　全部给你！我都不需要！连我的首饰……

小　蔡　全部给你！

花　姐　什么全部给我？！那本来就是我的！

小　蔡　照样给你！

花　姐　全部给你！给你！我彻底不要！

小　蔡　你不可能比我彻底！

花　姐　我绝对比你彻底！我什么都不要！

安　琪　爸、妈，我没有时间了。

花　姐　（指安琪）安琪……

小　蔡　给我。她是我的！

花　姐　放屁！她是我生的！你不要想动她一根汗毛！

小　蔡　你不是什么都不要吗？

花　姐　我是什么都不要！

小　蔡　那你还要？

花　姐　我是不要！我是什么都不要！

小　蔡　那就给你！

花　姐　什么叫“给我”？给你！

小　蔡　给你！

花　姐　给你！我什么都不要！

安琪被推倒在地上。花姐、小蔡继续疯狂地吵，掏出皮包、皮夹里的证件、零碎物品往对方身上扔。

小　蔡　我才什么都不要！

花　姐　我不要得比你绝对！给你！

小　蔡　我绝对不要！给你！

花　姐　打死我我也不要！给你！

小　蔡　你打死她我都不要！给你！我的运通卡，给你！

花　姐　我的花旗卡，给你！

小　蔡　我的海底捞 VIP 打折卡给你！

花　姐　我的优衣库会员卡给你！

小　蔡　我的美车卡给你！还可以打三次蜡，做一次室内！

花　姐　我的影城充值卡给你！附送爆米花、可乐，还有公仔！

小　蔡　我的棒约翰至尊卡给你！买 9 寸送 14 寸！

花　姐　我的钱柜 8 小时代金券给你！唱到你破嗓！

小　蔡　我的私人会所尊龙卡给你！还可以叫女人，一条龙服务到底！

花　姐　我的协和医院挂号卡给你！

小　蔡　我要你的医院挂号卡干吗？

花　姐　因为你现在应该去看病了！

小　蔡　我告诉你，等我走出这个门，我就自由了！

花　姐　我走出这个门，我就有希望了！

小　蔡　在门外有一个真正爱我的人在等我！（冲下）

花　姐　会爱你的人是个猪头！（跟下）

安琪在地上，阿公仍安静地坐沙发上抱着兰花。

灯光渐暗，黑场。

第三场

灯光渐亮。第二天。蔡家，两位警察戴着手套，搜索凌乱的屋内。没有人，但原来阿公坐的位置是一棵仙人掌，抱着原来的兰花。警察在旁边发现一个空的试管，拿起来研究。

播音室内灯渐亮，叶小姐在主持节目。她戴着耳机，动作不熟练，态度害羞。

过程中，警察研究着仙人掌和兰花，拍照留证。

叶小姐 （嗲嗲地）……所以说这是叶琳我第一次主持节目，有什么服务不周之处请多多包涵……

（抬头，看着工作人员给她的指示）喔，时间显示又到了播新闻的时候。（看新闻稿）今天的新闻焦点全部在“民意代表”蔡六木和丰达公司涉嫌官商勾结的工程案全面曝光，检方正在全力通缉丰达涉嫌人员及蔡某到案，并查明其私人存款账号资金流向。境管局已经封锁所有的海空港口，以免嫌犯潜逃出境。检警人员现在正在蔡六木的住处进行全面的搜索，目前最新消息就是，蔡某已和他电台界的妻子，也就是本节目的前主持人花姐，八十岁的父亲，以及十七岁的女儿蔡安琪，全部神秘失踪。警政署长已经向社会保证，在最快速度之内，将嫌犯缉捕到案。

叶小姐喘一口气。

同时水电工和欧巴桑出现在下舞台，一人一边，各自提着简陋的包包和生产工具。他们仿佛在一个拥挤的车站寻找彼此，仿佛中间有庞大的人群。他们努力走向彼此，同时看表，但就是找不到彼此。

叶小姐 希望我们明天有些比较好的新闻。唉……我现在要按哪一个钮呢？我真笨！……好了，我们现在回到今天“金枝玉叶”话题：“两性关系能够建立在金钱上吗？”（生疏地看着控制台）我们来接台北咪咪的电话。喂……？

听众甲 （声音）喂？是我吗？

叶小姐 是的，咪咪请说。

听众甲 （声音）哇，叶小姐，我太崇拜你了，没想到我可以跟你这样子说到话！

叶小姐 哪里哪里……

听众甲 （声音）我们都好崇拜你！我们要的你通通都有：丰富的学识、丰沛的理财经验、美妙的身材……

叶小姐点头。
蔡家，警察在地上捡到一封信。警察看信。
安琪的声音出现。水电工和欧巴桑仿佛听得到片段，不时向上看。

安　琪 （声音）“亲爱的爸爸、妈妈：

本来来到你们家，我心中充满着喜悦。我认为我在世界上的日子可以在欢乐中度过。

后来我发现‘欢乐’并不见得是一件容易的事，也不是人类活在这个世界上确定能享有的权利。对啊。

老板交代我做的事，我以为不难。我的任务是：让你们二位从我身上看到天国的景象。对啊，我以为不难，因为我在你们身上看到了。

时间久了，我开始失去信心，我越来越不觉得人类有条件可以得到快乐。爸、妈，关于这一点，我不会怪你们的，我只能怪我自己能力不足，方法不好。”

警察在过程中收拾工具，离开。

“爸、妈，我们每一个人在世界上的日子都是有限的，只是有些人比有些人更有限。我的时间到了，我没有完成任务。对不起大家，我失败了，带着一片想念你们的心，我走了。

祝你们：美满，欢乐，哦耶！

安琪敬上

P.S. 不要想找我。我去的地方，你们找不到的。”

水电工和欧巴桑找到彼此，在远处招手，走近，拥抱。

突然之间，一道光束从上方出现，一根羽毛从上方轻轻落下。二人惊讶，看着羽毛落在舞台中央光圈里。二人互看。

两人拉着手，寻找要去的方向。

灯光渐暗。

剧终

注释

1　观护人的职责是给予刑满释放人员必需的指导和帮助，此处指台湾地区专门人员，负责管束已满十八岁的缓刑犯及假释犯。

-《十三角关系》世界首演 -

1999 年 4 月 10 日，台北新舞台
由表演工作坊制作、演出

-编剧、导演-

赖声川

-演出-

郎祖筠 饰 花香兰及欧巴桑 / 赵自强 饰 蔡六木及水电工 / 萧艾 饰 叶玲及林阿姨 / 唐从圣 饰 蔡六木及水电工（新竹、中坜、台中、台南）/ 陈立华 饰 阿公 / 蔡灿得 饰 安琪 / 戴若梅 饰 扣应者 / 陈竹升 饰 扣应者、警察 / 梁哲维 饰 搬运工、警察

舞台设计：赖声川 / 灯光设计：曹安徽 / 服装设计暨造型设计：柳龙、潘黛丽 / 音乐设计及制作：黄舒骏 / 编剧助理：仇泠 / 制作人：丁乃竺、谢明昌 / 技术总监暨舞台监督：刘培能

– 《十三角关系》北京四人版 –

2012 年 3 月 8 日，首演于北京保利剧院
由表演工作坊与北京央华文化联合制作

–编剧、导演–

赖声川

–演出–

谢娜 饰 花姐、清洁工 / 宋少卿 饰 蔡六木、水电工 / 周扬 饰 叶琳、林阿姨 / 邓家佳 饰 安琪 / 赵蕙梓（赵子锌）、高深、李蓓 饰 电台听众（声音演出）/ 许迪 饰 搬运工、警察 / 梁朝凯 饰 警察

–北京四人首演后调换的演员包括–

赵蕙梓（赵子锌） 饰 叶琳、林阿姨 / 丁昱文、梁礼安、刘士桢 饰 电台听众（声音演出）/ 张瑞 饰 搬运工、警察 / 梁朝凯 饰 警察

舞台设计：张哲龙 / 灯光设计：简立人 / 服装设计：何琼、兰玉 / 舞台监督：程健雄 / 监制：丁乃竺 / 制作人：王可然、谢明昌

-《十三角关系》北京五人版 -

2015 年 8 月 25 日，首演于江西会昌采茶歌舞剧院

由表演工作坊与北京央华文化联合制作

-编剧、导演-

赖声川

-演出-

王茜 饰 花姐、清洁工 / 赵自强 饰 蔡木六、水电工 / 赵蕙梓（赵子锌） 饰 叶小姐、林阿姨 / 罗永娟 饰 安琪 / 郑无言 饰 阿公 / 陈立美 饰 电台听众（声音）/ 杨旭发 饰 搬运工、警察 / 洪大山 饰 警察

副导演：钟欣志 / 舞台设计：赖声川、张哲龙 / 灯光设计：简立人、陈智康 / 服装设计：铃鹿玉铃 / 监制：丁乃竺 / 制作人：王可然

赖声川

1954 年出生于美国华盛顿，籍贯江西会昌，生长于美国与台湾，美国加州伯克利大学戏剧博士，前台北艺术大学戏剧学院教授及院长。世界上最著名的华人戏剧家之一，被誉为"现今最顶尖的中文剧作家"(BBC)、"亚洲剧场导演之翘楚"（《亚洲周刊》）。

三十余部原创编导戏剧作品对当代华人剧场艺术及文创产业影响甚深。台湾表演工作坊创始人及艺术总监、上海上剧场艺术总监、乌镇戏剧节发起人及常任总监，创意理论学者（著有《赖声川的创意学》），曾任教于美国斯坦福大学及加州伯克利大学。

赖声川剧作集

《如梦之梦》

《宝岛一村》

《圆环物语》

《水中之书》

《如影随行》

《暗恋桃花源》

《十三角关系》

《红色的天空》

《在那遥远的星球，一粒沙》

赖声川历年作品清单

《我们都是这样长大的》
《摘星》
《过客》
《那一夜，我们说相声》
《变奏巴哈》
《暗恋桃花源》
《田园生活》
《圆环物语》
《西游记》
《回头是彼岸》
《这一夜，谁来说相声？》
《台湾怪谭》
《红色的天空》
《又一夜，他们说相声》
《先生，开个门！》
《我和我和他和他》
《十三角关系》
《菩萨之三十七种修行之李尔王》
《如梦之梦》
《千禧夜，我们说相声》
《新加坡即兴》
《在那遥远的星球，一粒沙》
《乱民全讲》
《这一夜，Women说相声》
《上海·故事》
《如影随行》
《陪我看电视》
《宝岛一村》
《那一夜，在旅途中说相声》
《梦想家》
《大桥上的对话与独白》
《梦游》
《水中之书》
《蓝马》
《隐藏的宝藏》
《鲸鱼图书馆》
《游园·流芳》
《幺幺洞捌》
《曾经如是》

春潮NOV+

扫 码 加 入

春潮线上读书会

图书策划　中信出版 · 春潮

总 策 划 杨　爽
特约策划 叶匡政
策划编辑 刘　晴
责任编辑 杨心怡
营销编辑 毛海燕
装帧设计 周滕家二郎 杨泳琪 侯明洁 | 创意工场

出版发行　中信出版集团股份有限公司
服务热线：400-600-8099 网上订购：zxcbs.tmall.com
官方微博：weibo.com/citicpub 官方微信：中信出版集团
官方网站：www.press.citic

春潮NOV+

回到分歧的路口

如梦之梦

赖声川 著

中信出版集团 | 北京

图书在版编目（CIP）数据

如梦之梦 / 赖声川著 . -- 北京 : 中信出版社，
2019.6（2022.4 重印）
（赖声川剧作集）
ISBN 978-7-5217-0416-7

Ⅰ . ①如… Ⅱ . ①赖… Ⅲ . ①话剧剧本－中国－当代
Ⅳ . ① I234

中国版本图书馆 CIP 数据核字（2019）第 073273 号

如梦之梦

著　　者：赖声川
出版发行：中信出版集团股份有限公司
（北京市朝阳区惠新东街甲 4 号富盛大厦 2 座　邮编　100029）
承 印 者：河北鹏润印刷有限公司

开　　本：787mm × 1092mm　1/32　　印　　张：12.5　　字　　数：120 千字
版　　次：2019 年 6 月第 1 版　　印　　次：2022 年 4 月第 5 次印刷
书　　号：ISBN 978-7-5217-0416-7
定　　价：398.00 元（套装 9 册）

– 编剧 –

赖声川

– 参与赖声川主持之创作型即兴排练教学的全体原始演员 –

– 美国加州伯克利大学教学工作坊 –

Fred Chen, Grace Chen, Michael Cheng, Peter Kang, Daniel Lai, Thao Luu, Cindy Lu, Hann Mao, Maya Maravilla, Daniela Melgoza, Allison Minami, Duy Nguyen, Homer Rabara, Erica Rangel, Ethan Rogers, Cheryl Seet, Adia Shy, Dennis Somera, Christie Wang, Jane Wang, Ruirui Wang, Lily Wang, Gabrielle Wolodarski, Marie Uy, Tad Yagi

– 台北艺术大学教学工作坊 –

梅若颖、严艺文、时一修、林佛安、李育芳、林玉琪、张文梁、金勤、高煜玟、张显魁、郑仁纲、吴维纬、萧正伟、江谢保、黄士伟、刘湘湘、刘美钰、蒲建铭、潘书慧、徐堰铃、雷煦光、王诗淳、刘佳仁、蒋孟和、萧祯洁、巫沛芳、丁肇元、沈韶姮、周姮吟、李依璁、易晓玲

2000 年

－人物－

医　生　A	女，台大医学院毕业的年轻医生
医　生　B	与医生 A 为同一人，可以理解为不同时间的同一个人
五号病人 A	男，三十多岁，建筑师，得了一种医学无法诊断但确定是绝症的病
五号病人 B	与五号病人 A 为同一人，可以理解为不同时间的同一个人
妻　子　A	五号病人之妻，流行音乐经纪人
妻　子　B	与妻子 A 为同一人，可以理解为不同时间的同一个人
江　红　A	女，曾经学美术。偷渡到法国的餐厅服务生，过着简单的生活，碰到中国人假装不会说中文
江　红　B	与江红 A 为同一人，可以理解为不同时间的同一个人
顾 香 兰 A	1999 年住在上海医院中的老太太
顾 香 兰 B	20 世纪 30 年代上海年轻的顾香兰，是当年上海长三堂子最红的妓女
顾 香 兰 C	从上海到法国的顾香兰
王 德 宝 A	20 世纪 30 年代上海南京路丝绸铺小开，迷恋顾香兰
王 德 宝 B	20 世纪 50 年代的王德宝
伯　　　爵	男，法国派驻上海的外交官

其他角色

台北，1993—2000 年

医生之父、同事、护士、病人数人、家属数人、工友、清洁工、林医师、陈医师、探病者、堂哥、堂姐、准男友、堂弟（声音）、堂妹、电影院售票员、买票行人、小贩、妻子的梦中敌人、梦中行人、梦幻医生、医学院代表、警员（两位）、各医院医生、旅行社员工、旅客

法国，1998—2000 年

餐馆老板、餐馆老客人、餐馆客人、台湾客人、中医、吉卜赛人、书店老板、书店顾客、街头行人、火车服务生、火车乘客、诺曼底小酒店老总管、孙女、小酒店客人（两位）、城堡柜台职员、城堡经理、男服务生、女服务生、城堡餐厅领班、侍者、法国客人（八位）、玛莉、总管、煎蛋的江红（九位），非洲式房子新夫人、千年仪式狂欢者

上海，1999 年

机场海关、检查人员、旅客、徐教授、雪雪、上海医生、护士

上海，1932 年

天仙阁十里红、金姨、翠琴、宝霞、媛媛、如玉、萍香、妙莲、二宝、笛师、保镖（两位）、茶水工、张老板、杨大少、钱老板、教授、马老板、翻译、伯爵夫人、中国仆人（两位）、茶馆跑堂、茶馆客人、街头行人、小贩

法国，1932—1950 年

船员（三位）、船客、家属、城堡总管、玛莉、男服务生、女服务生（两位）、行李夫（两位）、皮耶、贾克、贵客、贵妇、蒙巴纳斯咖啡馆中的艺术家萨尔瓦多、维若妮卡、科学家、岗蒂夫人、超现实主义者、路易、共产党人、女摄影师、艾丽斯、作曲家、神秘舞者、咖啡馆老板、男服务生、市长、随从、火车站车掌、乘客、家属、警察局警员、银行经理、银行职员、保安、代书、学画者、新模特儿、街头行人、女主人、男主人、非洲式房子新夫人、男孩、女孩、新仆人、高级餐厅侍者（两位）、巴黎医院医生、神父

笛子、吉他、手风琴乐手

– 时间 | 地点 –

台北，2000 年

台北，1993—1998 年

法国，1998 年

上海，1999 年

上海，天仙阁妓院，1932 年

法国，1932—1950 年

法国，2000 年

– 演出长度参考 –

世界首演版本剧长约 8 小时，现在版本剧长约 7 小时。演出时可一天演完全本，也可分两天演，第一天在第五幕演完后休息。一天演全本有三次中场休息，分别在第二幕、第五幕及第八幕之后，第二次中场休息较长，可以让观众用餐。

- 序　幕 -　集体故事《如梦之梦》

0-1 绕场

环绕

全体

观众进入到一个庄严的空间，坐在表演区中央的旋转椅上。四周都是演出展开的空间。

“旅行音乐”奏起，表演者从剧场的四方上，穿着平时的便服，提着自己平时走在马路上拿的提袋及包包。

所有表演者进入剧场的时候，表情仿佛不太知道自己在哪里。他们一边看着环境，一边缓缓上场，开始依顺时针方向，在主观众席四周环绕着观众走。

人越来越多，不久之后，所有演员都依顺时针方向绕着主观众席走。他们的表情木讷，和任何日常生活中常见的行人差不多。

不知不觉地，其中一两位演员动作开始急促，好像在人群中赶时间。他们在行人之中穿梭，造成一种不安的气氛。无形中，好像是潜意识的作用，其他演员也跟着急促起来，步伐越来越快，甚至有的开始跑步。整个队伍形成一种忙乱、躁动的样子。

全部人在跑，互相推挤，拼命超越，但表情仍然木讷。

也不知道为什么，整个队伍渐渐又开始缓慢下来。原来奔跑的人也不知道什么理由，已经不那么匆忙了。队伍恢复原先步调，开始缓慢下来，个别人以不同的速度和节奏在四周不同方位停下来，放下各自的包包，面对观众。不久之后，所有演员已经围住观众四周，面对观众。

其中饰演顾香兰A的演员在正南停下来，把自己的包放地上，从包中取出一个铃铛。

安静片刻。

饰演顾香兰A的演员摇起铃铛。

0-2　“如梦之梦”

环绕

全体

接着，演员开始以接力方式，集体说出以下这个故事。

全　体　（轮流）“在一个故事里，有人做了一个梦；

在那个梦里，有人说了一个故事。”

但是不管是故事里的梦，还是梦里的故事，它都是真的。

（一位演员怀疑）啊？

（另一位演员肯定）它都是真的。

传说中，在战国时代末期的齐国，有一位诗人名叫庄桁。当时是个充满暴力的乱世，地处西边的秦一步一步吞灭邻国。在齐，远方的战火消息不断，传来的都是残酷的肉搏战，人杀人，人砍人，人杀不认识的人，人砍不认识的人。在不同气氛之下，这些人或许不是在战场上相遇，而是围着饭桌喝酒高歌。在庄桁的齐国，日子变成一种漫长的等待，等待不可避免的毁灭。

庄桁原来在齐国朝廷中任官，也因为他的诗作而成就了一点小名声。有一天他突然清醒，看清在这恐怖的等待中，追求名、利，甚至简单的家庭温暖都是多么不合理的愿望。他辞去了朝廷职务，到齐鲁两国边境的山林中隐居修行，远离一切的暴力。

山林中的隐士散居在简陋的茅屋中。庄桁静坐求道的同时，继续写诗吟诵。这个时期他最著名的一首诗叫作“如梦吟”，让他得到一个称号叫“庄如梦”。

山中岁月如流水般快速过去，在外面的世界里，秦国大军如预料般灭了庄如梦的家乡，一统天下，顺便杀了庄如梦全家人。本来这红尘琐事对山中修行的庄如梦来说是没有差别的，但秦始皇的焚书坑儒政策使得庄如梦成为要逮捕入坑最重要的儒生。

秦国衙吏夜间秘密地到达庄如梦山边的茅屋，发现里面空无一人。庄生已经事先逃匿他方了，到遥远的一个美丽湖泊，隐居湖中小岛上，附近的村民偶尔能看到他乘着小舟，静静地划向烟雾弥漫的湖中央。有人传说他是一位通天地万物的仙人，但又有人说他其实每天啥事不干，成天在湖中小岛上睡觉，还有人说他其实在做一种特殊的“梦中修行”，在睡梦中禅定，慢慢培养能力，控制自己的梦。

秦始皇的部队还是找到了那美丽的湖泊，湖畔的村民全部当场被歼灭，庄如梦直接被抓到体弱气衰的秦始皇面前。

秦始皇一见鹤发童颜的庄如梦，立刻相信他拥有长生之术，但庄如梦什么都不说，只会微笑，然后睡觉。秦始皇把他丢到一个暗无天日的小牢房中，就让他腐烂算了。但他没有腐烂，成天睡觉，醒来的时候神采奕奕，吟诵诗歌，把秦始皇气得下令在一段节庆过后的吉辰良时，把庄如梦和其他一千位儒生一起活埋在一个大坑中。

庄如梦的生命只剩下几星期了。在这段日子里，他的睡眠时间开始日益增长，到后来几乎整天都在睡觉。

行刑的日子到了。牢房内非常安静，牢狱的伙食几天下来摆在门口，原封不动。日出之前，狱卒来到庄如梦的牢房，准备拖他出去处决，但他们赫然发现他已经死了。庄如梦安静地躺着，面带微笑，没有任何生命迹象。狱卒心想，其实无所谓，反正本来就要把他活埋，结果还不是一样？他们还是把尸体拖出牢房，丢进大坑，跟着其他儒生一起埋了。

说到这里，这个奇怪的小故事似乎说完了，但传说中还有这么一段，说明庄如梦在牢狱中最后睡眠逐渐增加的理由：

相信在一个旅程之前，我们都会做些准备。在牢狱中最后一段时间，庄如梦正为人生中最特殊的旅程做准备。

传说中，在湖畔的日子里，庄如梦的特殊修行能让他控制自己的梦境。到后来，他在自己的梦中能够来去自如、随心所欲，然后醒来过着日常的生活。被秦始皇囚禁之后，他每天加紧努力睡觉，在睡眠中耕耘，忙着一点一滴地建构一个梦中世界，一个与这个现实世界同等复杂而美丽的世界，那个世界里同样拥有山河日月、城郭村庄，甚至熙来攘往的人群。当然，也有一个美丽的湖。

这一切梦中的庞大景象被细心营造出来，在庄如梦行刑前的那一天完成。那一天，他整整睡足了二十四小时。他旅行前的准备做好了，他的世界准备好了。在庄如梦活在这个世界上最后的黎明前夕，他悄悄地走了，消失到他自己创造的梦中世界中，不再回来。

停顿。

当然，想象力是虚的。

但是面对如梦般的人生，它是否有它的作用力？

停顿。

庄如梦后来在另外那个梦中世界写了多少诗，我们不知道。在这世界上，岁月只让他留下《如梦吟》残篇四句：

浮生若梦。若梦非梦，

浮生何如？如梦之梦。

饰演顾香兰A的演员摇铃，众演员依顺时钟方向缓缓离去。

-第　一　幕-　医学之外

1-1 医生的独白 / 父亲的忠告

西南、环绕、北；东——父亲办公室

医生A、医生B、父亲、同事

众演员多数已下，南灯光亮起。医生A站着，对观众说话。她是一位年轻的职业女性，穿着便服。在以下的过程中，父亲的办公室微微出现在东；父亲坐在办公桌前面，默默地处理公事。穿着和医生A同样衣服的医生B和同事一直绕场，像是街上行人一样，以不同速度不时通过医生A面前。医生A边说，边往西走，最后位置在北。

医生A 我的人生一直在很正常的轨道上。也许正因为如此，我一直没有机会碰触最……怎么说？应该说是最“正常”的一件事，好像我们在人生中唯一敢确定绝对会发生的那一件事。

我是医生，我们家族都是医生。我从小在医院长大的，每天放学都要经过门诊挂号，上楼到爸爸办公室等他下班，一种好熟悉的气味陪伴着我的童年。一般人会说那是酒精的味道，（激动起来）其实它是酒精加上病人集体带来的身上不同退化和腐朽过程中的味道。（发现失态）对不起。我从小习惯那个味道。

北一女[1]，台大医科，一切在被预期的优秀中进行着，我戴上医学士的方帽，顺利分发到我最想去的医院服务。记得我三个哥哥第一天上班做医生的前一天晚上，我爸爸都会把他们叫到他书房去训话，亲口传达关于医生这个行业的真正意义。那个时候我还小，但是我还会躲在门边偷听。我记得每一次爸都会讲到医生神圣的责任，对人类永远的义务，我都会热泪盈眶。

我满怀期待地准备第二天正式上班，更期待爸爸叫我到他书房，进行那个像仪式般的训话，给我力量，带我跨过某一道神秘的门槛，进入医生的行业，我选择的人生行业。可是他一直没有跟我联络，我想可能他太忙，所以那天晚上，我决定主动去找他。

焦点转到东。一直在绕场的医生B进入父亲的办公室，站在父亲面前。父亲忙着处理医事文书数据，一时没有注意到医生B的出现。

医生B 爸。

父　亲 （抬头）哎……小梅，你怎么会来？坐。

医生B坐。停顿。两人相看。略为尴尬。

医生B 我只是来看看你。爸，你很忙啊？

父　亲 不会啊。

一直在绕场的同事到东敲父亲的门。

请进。

同　事 严医生，不好意思，（拿一张纸给父亲）您开的这批处方上，这药有问题。没打错吧？

父亲看着纸，停顿。

父　亲　有什么问题？

同　事　医院已经不使用这家厂商的药。

停顿。

父　亲　没有问题。你们新进的那些，就说我用不习惯，好不好？我还是开我开的。

同　事　可是医院明白地已经有新的规定。副院长让我正式通知您，希望您本着专业精神，以后不要这样。

父　亲　（严厉地）副院长什么专业精神？跟药商勾结很专业？开出来的药效用差异就不管了！

同　事　严医生，这就不妥了吧？

父　亲　什么不妥？副院长有意见请他直接跟我说，不要通过中间人传话，好不好？

停顿。

好不好？！

父亲把处方笺递还给同事。同事下。

现在这些小孩子，学校才刚毕业就这么搞……！

停顿。

医生B　爸，如果你今天忙的话，我就……

父　亲　没事，没事。你是……？

医生B 没事。我只是想来跟你聊聊。你知道，就是，明天……我的工作……

父　亲 你的工作？

医生B 就是我明天开始在台大医院……

父　亲 （点头）对对对，你明天开始在台大实习！

医生B 爸，我已经实习完了。

停顿。

父　亲 （打自己的头）唉……（感伤）时间过得真快，我们家小梅要做医生了！

父亲看着医生B。停顿。

医生B 爸，我今天晚上过来，就是因为我明天第一天上班，我想……你是不是有什么话要告诉我？

停顿。

父　亲 （慢慢地）小梅，你要记住，人要为自己活。

停顿。

医生B 还有呢？

父　亲 还有什么？

医生B 关于医生的使命、人性的价值……？

停顿。

父　亲 原来你要听我跟你大哥、二哥说的那一套？那好久以前，你都听过。

医生B　爸，我就是想听你说。

父　亲　我已经说很多了。小梅，爸希望你多为自己想想。然后……多为自己想想。

父亲起身，医生B也起身，两人相拥。

同时，东北灯光亮起，医生A一边说话，一边缓缓走动经过父亲办公室前。

医生A　（旁白）那不是大哥、二哥得到的一番话，但爸也只说了那么多……

拥抱后，医生B从父亲办公室走出来，走在医生A后面，把旁白接过去。医生A继续往前走，在东南的位置，从父亲办公室的衣架上取下一件医生白袍，穿上，继续前进到南病房；医生B一边讲，一边走到东南，定位，面向观众。

医生B　……我就这样走进那昏黑阴湿的台北夜里。第二天一早，我去医院报到，人事室给了我新的医师袍和名牌，我骄傲地挂上了我梦想一辈子的名牌。我被分配到十楼五之二号病房1024到1028号病床。我带着微笑，深吸一口气，走进病房，迎面而来的还是那一股熟悉的酒精味，可是我反而觉得很陌生。我总觉得自己哪里还没准备好，还没准备好……

东父亲办公室中，父亲仍在工作，灯光渐暗。

1-2　第一天上班：四种死亡

南——台北病房

医生 A，病人一、二、三、四，五号 A；家属一、二、三、四，护士一，护士二，林医生，工友一、二，清洁工一、二

灯光在南亮起。医院病房。五张病床直放，从右舞台到左舞台，一号至五号病人依序躺着，家属坐在各个床边。五号病人没有家属陪同。护士一、二正在为病人做一些例行检查。医生 A 上，紧张但客气地面对病人。在背景中，一种像是人心跳正常的声音节奏持续着。

医生 A　（对一号病人）今天感觉怎么样？

家属一　你是谁？

医生 A　我是新来的医生。

家属一　他好像没有办法呼吸。

医生 A　（替一号病人检查）我来看看。

家属一　他一个晚上都没有办法呼吸，我看晚上那个医生根本搞不清楚状况。

医生 A　没有关系，我们今天在药物方面稍做修正。

家属一　又修？修来修去还不是都一样。

男性的林医生上，过来和医生 A 说话，谈话语气中有搭讪之意。

林医生 第一天？

医生 A 对。

林医生 今天比较拥挤，但是应该还好。有什么事的话，叫我一声。敝姓林。

医生 A 谢谢你，林医师。

林医生 （把医生 A 拉到一边）今天我们有办一个庆生派对，要不要来一下？

医生 A 好啊。

林医生 那我们等一下是在……

林医生和医生 A 在一旁讨论事情，心跳的节奏声渐渐急促，像是强劲的脉搏声。一号病人开始有状况，家属一在病床旁，突然大叫。

家属一 他怎么了？医生！医生！快点过来！

医生 A、林医生冲过去，护士一、护士二也围住一号病人，忙成一团。家属一在一旁大叫。节奏声越来越激烈。

怎么搞的？！你们怎么这么慢？！快点！救命啊！你们没有看到吗？

节奏声停止，一种遥远的音乐起，一号病人已经死亡。护士一看表，确定死亡时间。

快点急救啊！他怎么了？

护士二 小姐，你可不可以……

家属一 他昏倒了！

护士一 他死了。

家属一 他怎么会……？

停顿。家属一歇斯底里。

还我丈夫来！你们还我丈夫来！我要跟我丈夫在一起，你们医院医死人！

护士二将一号家属带走，林医生下。

两位工友上，为病人铺上白布，将一号病人的病床推下。

护士一拿死亡证明书给医生A。医生A失落地站在原地，一直在注意被带走的一号家属的情绪。

护士一 医生，请你签一下。

医生A 你们把刚刚那位太太带到哪里去？

护士一 没事，不用管她，她每天都吵得别的病人不得安宁。

医生A 这样的程序对不对？

护士一 对啊，就是这样。

医生A签字。

医生A 应该多给她一点时间让她陪陪她先生。

护士一将医生A拉至一边。

护士一 医生，是这样的，病人死亡后一定要尽快隔离，否则后果不堪设想。你要是等病人家属一闹起来就没完没了，你不知道，这些病人家属最难缠了。

医生A 我们难道不能在医院里多加一点人性的尊严吗？

停顿。

护士一 医生，我从昨天上大夜班到现在很累耶……

节奏声再起，渐急促。二号病人感到不对劲，医生A及护士一发现，上前急救。

家属二 医生！

医生A 氧气罩！快点啊！

护士二及林医生冲上，上前急救。

节奏声停止，遥远的音乐起，二号病人死亡。护士一看表。两工友上，为二号病人铺上白布。护士二拉着二号家属，请她离开。

家属二 急救啊！再救啊！

护士二 这位太太，请您先到一边去，医生他们还有别的事情要做……

家属二 不要拉我！再救啊！我不走！

两工友推二号病人病床离开。

我不走！我来推！

护士二 这是他们的工作，小姐您这样会妨碍他们。

护士二带二号病人家属离开。护士一拿死亡证明书给医生A。

护士一 医生，请你再签一下。

医生A签字。

林医生 严医生，你要不要休息一下？我带你去喝一杯咖啡，好不好？楼下弄了一个新的咖啡厅，咖啡不错。

尴尬的停顿。节奏声又起，渐急促。众医疗人员忙于急救。

家属三　护士！医生！他昏迷了！

三、四号病人同时情况危急。

护士一　怎么又一个？！

护士二上，众人忙着急救，一团混乱。

节奏声停止，遥远的音乐起，三、四号病人相继死亡。

先生，麻烦你到外面休息一下，我们医生还有事要……

家属三　医生！医生！我哥哥他昏迷了！

护士一　他不是昏迷，他是死了。

护士二带三号家属离开。

家属四　（激动）谁是这间病房的医生？我一定要告你！医生，快点！急救啊！你们搞什么啊！我要告你们！操你妈！我告你告到你没裤子穿！你完蛋了！……

两工友上，为病人铺上白布，将三、四号病人病床推走，三号家属被带离。四号家属追出去。医生A无助地站着。

护士一　（对医生A）你好"旺"哦。

护士一下。医生A呆看仅剩下的五号病人。清洁工开始收拾空椅子。灯光渐暗。

1-3　弱者的心态

西南、西；北——外双溪别墅、东北二楼——车上；东北平台

医生 B、医生 A、堂姐、堂哥、准男友、堂弟；堂妹

西南灯光再亮起，一直站在那里的医生 B 对观众说话。

医生 B　以前在学校，我们都是在死人身上做解剖……那一天，当我一个一个失去他们，当我看着他们眼神的时候，我没有想到是那么的……（找词）无助、孤单，那种茫然，寻找着线索、寻找方向……我说的是我。

独白中，医生 A 从医生 B 面前走过，到西一个衣架旁，把自己的医生袍脱下，拿着皮包，继续前进到北。北的灯光亮起，外双溪一座豪华别墅楼上的客房，医生 A 望着窗外，沉思。

……下了班本来想一个人独处一下，可是我叔叔在家里请客，说是要恭喜我这个第一天上班的医生，其实我知道他们真正的目的，是堂姐想介绍男朋友给我。

南灯暗。北堂姐进。

堂　姐　干吗一个人躲在房间？没事吧？

医生 A　没事。

堂　姐　爸妈一直想把这一间改成客房。记不记得？我们小时候都

是躲在那边的衣柜里。

停顿。医生A呆望窗外。

我告诉你,“他”很棒哦,我们医院里头最有身价的单身汉!脑神经外科喔。

医生A 我现在不想下去。

堂　姐 出了什么事?

医生A 没有。

堂　姐 医院有人欺负你新手?还是哪个医生吃你豆腐?是不是那个陈主任?还是病人吃你豆腐?

医生A 不是。都不是。

堂　姐 那到底出了什么事?你快说。

停顿。

医生A 今天第一天上班,我被分配到五个病人。

堂　姐 你是菜鸟嘛,当然要给多一点。

医生A 也许吧。其中四位今天死了。

停顿。

堂　姐 我想我了解你的感觉。等你做久了以后就会比较好。

医生A 不知道为什么,我觉得我没有尽到责任。

堂　姐 你有照程序吗?

医生A 有。

堂　姐 如果没有,赶快说,让我爸去处理,越早处理越好。如果惹上什么医疗纠纷的，你就麻烦了。

医生A 这就是你处理事情的态度吗？你没有其他感觉吗？

堂　姐 小梅，我们是医生！我们最忌讳的就是“感觉”，任何对工作或者病人的“感觉”都会妨碍我们在紧要关头的专业判断能力。如果你在专业上都尽了力，可是病人还是走了，你也只能对自己说，这事情本来就每天都会发生的。

停顿。

医生A 你花了多少时间才这样麻痹自己？

堂　姐 啊？

医生A 我要花多少时间才会变得像你这样？谈论病人的时候好像在谈论一些数据，像是在指铁架上的一团肉，等着被推进来，切开来？

停顿。

堂姐，对不起。

堂　姐 没关系。

堂姐拍拍医生A的肩膀。

医生A 我只是当时感觉好无助、好无力……

堂　姐 我了解。

医生A 你知不知道，我们的训练根本没有让我们准备面对这个？

停顿。堂哥带着准男友上。

堂　哥 原来你们躲在这里！

堂　姐　欢迎！

准男友　（看着窗外）这边的景观真不错。

堂　姐　小梅，我跟你说，这就是我们医院大名鼎鼎的脑神经外科主治医师，李医师。他很快就要升主任了！

准男友　哪里。

堂　姐　坐嘛！坐嘛。这我堂妹，跟你说过的，今天第一天上班。

准男友坐在医生 A 旁边。

准男友　恭喜，恭喜。

堂　姐　她很优秀的！

堂　哥　堂妹，李医师高尔夫球不是盖的。这个周末带我堂妹去打吧，教教她。

堂　姐　对嘛！

准男友　可以啊。

停顿。

堂　姐　上场前总要在练习场学一学。

准男友　不然哪一天晚上我请你吃饭，然后带你去打。

医生 A　最近刚上班，可能比较忙。

准男友　比较忙，对啊，刚上班都比较忙。

停顿。

堂　姐　楼下怎么样？

堂　哥　妈在试验一种新的羊排做法——“普罗旺斯蒜烤羊排”。快要烤好了，就差那么一点点。

堂　姐　妈的菜永远都是“差那么一点点”！

准男友　很香，真的很香。

停顿。

堂　姐　今天医院怎么样？

准男友　没有什么，开了几台。

堂　哥　哈！待会儿让你在妈的羊排身上再开一台！

众笑。医生A沉默。

堂　弟　（声音）吃饭了！

堂　哥　吃饭了。

堂　姐　下去吃饭吧。

堂哥与准男友下。堂姐看着医生A。

医生A　我马上来。

堂　姐　快点喔。

堂姐下。

东北平台灯光亮起，医生B站在那里，对观众说话。

同时在北，医生A拿起手机，然后拨电话。

医生B　“把自己拔掉，你是专业的”。我没想到堂姐会这样说！我突然觉得很孤独，想起我堂妹。她和我们都不一样，她是家里唯一叛逆的，唯一选择另外一条路的。她离家好久了，到什么尼泊尔、印度去了。听说她回来了……

东北二楼灯亮，堂妹正在开车。堂妹电话响。北的医生A和东北二楼的堂妹两区同时进行。

堂　妹　（边开车边接电话）谁？

医生A　小玉，是我。

堂　妹　小梅？

医生A　你在哪儿？

堂　妹　我在开车。我在台北。

医生A　太棒了！我以为你还在尼泊尔还是什么地方。

堂　妹　对呀！我刚从加德满都回来。你现在在哪里？

医生A　你家。

堂　妹　妈又在表演她的新食谱？

医生A　“普罗旺斯蒜烤羊排”。（堂妹笑）你在做什么？

堂　妹　我？我在往阳明山的路上。

医生A　真的？这么晚了，你要去那边做什么？

堂　妹　唉，你不会有兴趣的。

医生A　没关系，你说。

堂　妹　我回台湾之后，我遇到一些人在谈论自然疗法，这跟我在尼泊尔听到的一些东西很类似，他们说阳明山上有个磁场……唉，很驴[2]，你不会想听的。

医生A　不会啊，你带我去好不好？

堂　妹　你不是在我家吃饭吗？

医生A 你姐想把一个脑神经外科医生跟我凑到一起。他们谈的都是高尔夫球。小玉，我必须跟你说说话。

堂　妹 听起来很严重，我……好吧，我现在正在转弯，我大概……五分钟以后来接你。

医生A 太好了！

堂　妹 你到巷口那家便利商店等我好了，我不想跟他们讲话。

医生A 了解。

堂　妹 还有，拜托一件事。

医生A 什么？

堂　妹 帮我弄一块那个什么……

医生A “普罗旺斯蒜烤羊排”。

堂　妹 对。

医生A 没问题。

医生A和堂妹挂电话。东北二楼灯暗。
堂姐又上。

堂　姐 小梅，你怎么不下来？我们要开饭了。

医生A 堂姐，我……真的需要出去走一走。

北灯光渐暗。

1-4　勇者的心态

东南二楼——阳明山车上

医生 B、堂妹

蝉鸣声。东南二楼灯光渐亮。车子重新出现在二楼。堂妹和医生 B 坐在车上。车上可以看到一个便当盒，堂妹正在啃羊排。

堂　妹　……其实没有什么好难过的，做医生本来就是这样。这不是你一直想要的吗？

医生 B　我都已经不知道我要的是什么了。在尼泊尔，他们都怎么做？

堂　妹　尼泊尔那边医学很落后。

医生 B　我是说，除了医学之外，他们如何……辅助濒临死亡的病人？

停顿。

堂　妹　我想，如果你修行很厉害的话，应该是有很多方法的，但是像我们比较平凡的，大概有两种方法。

医生 B　哪两种方法？

堂　妹　第一种叫作“自他交换”。

医生 B　“自他交换”？

堂　妹　就是你面对一个濒临死亡的病人，然后你用你的脑子，运用你的想象力，想象当你每吸一口气就好像在吸收他的所有病跟痛苦；吐气的时候，想象你在吐给他你自己所有的健康、幸福和快乐。

医生B　干吗？这样对他有什么好处？

堂　妹　我也不知道，但是据说这样病人会比较舒服。

医生B　可是你只是在用你的想象力，又没有给他什么实质上的帮助。

堂　妹　那你又给了他什么实质上的帮助？

医生B　我……

堂　妹　你觉得它是想象力就没有用吗？是可能没有用，但是我也不知道，反正我们就试试看嘛。其实我跟你说，我就有过一次经验：加德满都有很多弃婴就在街头上长大。有一天晚上，我在马路上看到那样一个小孩子躺在那里，状况非常不好，有一群人围着他。天气蛮冷的，有人去叫医生了。他一直在咳嗽，咳的都是血。我在那一刹那间就对自己说，“试试看吧”。我就站在旁边，集中注意力，吸气，想象自己把他身上所有的痛苦和疾病都吸收过来，很可怕，那些病、细菌、虫、血，通通往我身上吸过来。然后吐气，也希望把我的健康、我的幸福、我的欢乐、我爸妈的钱……全部给他。后来我在那里做了一阵子，等到医生一来，我也就回家了。

你说想象力没用？但是那天晚上很奇怪，我突然胃痛得要命，半夜起来吐了好几次，我也没吃什么东西。第二天早上，我好了，出去到马路上打听了一下，才知道那小孩昨天半夜已经死了。

停顿。

可能我真的没有给他什么实质上的帮助，但是我总有一种感觉，我在最后是不是对他有那么一点点的帮助？

停顿。

其实可能我是在安慰自己、催眠自己。别当一回事。现代医学不需要这个。

医生 B 不会啊，我觉得这个举动很勇敢，我刚刚听了很感动，我想是我还不敢做呢。

堂　妹 你可以去试试看，反正你们医院病人那么多，是修这个最好的地方。你只要（示范）吸气……（示范）吐气……

蝉鸣声持续。东南二楼灯光渐暗。

1-5　接近五号

南——病房、东南二楼——阳明山车上；东南拱门

清洁工一、医生 A、五号 A、护士二、陈医生、探病者；医生 B、堂妹

南灯光亮。第二天早上。病房中只剩下五号 A 一张床。五号 A 在睡觉。清洁工一在清洁房间，清洁工用吸尘器。医生 A 上，看着五号 A，等机会试验“自他交换”。清洁工感觉医生 A 希望他离开，下。

医生 A 站在病床床脚的位置，开始准备做深呼吸。

医生 A 闭着眼睛深呼吸一会儿。

护士二上，医生 A 睁开眼睛看到她，医生 A 被打断。

护士二　（对五号 A）先生，我们要量体温了。

护士二用耳温枪帮五号 A 量体温。

医生 A　几度？

护士二　38.5。跟昨天差不多。

护士二做例行事务。

医生 A　他一直都是这样吗？

护士二　从我调到这里来他就是这样。

医生 A　（看着文件）这病例真奇怪，也不是癌症，也不是 HIV，就这样一直烧，做过什么检查都不是。怎么会一直烧呢？

护士二　林医生说就是这样，有些病人就是这样子。

护士二下。医生 A 看着五号 A。灯光变化。

东南二楼灯光亮起，医生 B 和堂妹还在车上。

医生 B 又是学校没有教过的。现在越来越多的病人都是因为不知名的发烧而住院，其中百分之七十左右都会找到理由，但是百分之三十，就是永远找不到原因，一直到他们死亡为止。他就是其中一个。

堂　妹 现在世界上越来越多奇怪的病。大概这个世界已经失去平衡了吧。

停顿。

医生 B 你知道吗？他发烧已经不是一天两天的事了，已经好几年了。我好想帮助他。我很愿意尝试去吸收他的痛苦，可是，怎么做？我能靠我的想象力吸收他的痛苦吗？我只能想象自己的痛苦多么微不足道。你教我怎么做——“自他交换”。

堂　妹 我也不知道。可能就是要专注吧。

医生 B 专注……

南灯光再亮。呼吸的声音。医生 A 又站回病床床脚的位置，又要开始做“自他交换”的深呼吸。

男性的陈医生上。医生 A 又被打断。

陈医生 你好，敝姓陈。你是昨天刚到的？

医生 A 我在观察他的病情。

陈医生 他很有趣。他的病例只有在科索沃还有一个。我们私底下在讨论，搞不好能靠他弄到什么奖之类的。

停顿。

对了，你试过楼下餐厅没有？

医生 A 楼下餐厅？

陈医生 这个月福委会换了一位大厨，伙食改善了不少。

停顿。

好，那有事情的话随时叫我。

医生 A 谢谢。

陈医生下。

（自语）好难哦。

医生 A 又站回病床床脚的位置，继续对五号 A 进行“自他交换”的深呼吸。五号 A 有些微的反应。

突然之间，五号 A 惊醒过来，在床上跳起来，看医生 A。

（对五号 A）对不起，我把你吵醒了。

五号 A 吸尘器。

医生 A 啊？

停顿。

我是新来的医生，我姓严，你今天还好吧？

五号 A 不好。

医生 A 哪里不舒服？

五号 A 什么叫“舒服”？

医生A 如果有不舒服的地方你可以跟我说。

五号A 我在睡觉。

五号A背对医生A。停顿。

医生A 如果你需要什么的话，尽管跟我说。

五号A （翻回）那这样好了，请你帮我端一份麻辣火锅来。

医生A 麻辣火锅？先生，我想您的病况不允许吃麻辣火锅。

五号A 我的病况？我的病况是什么？你读了七年医学院，你也不知道。

医生A 先生，我们在尽力。

五号A “小姐”，不要叫我“先生”，叫我“五号”就好了。

医生A 什么？

五号A “五号”。就是“一二三四五”的“五号”。人到最后反正就是一个病床号码。

一号病人的朋友上，手上带着水果。他犹豫一下，不确定是不是走对了地方。

医生A 有什么事吗？

探病者 我在找我的朋友，范正德。

医生A 范正德？

探病者 对。

医生A 你是他的……？

探病者 我是他朋友。

医生A 我需要跟你谈一下。

医生A把探病者拉到一边。五号A仔细地看。

很抱歉，我要告诉你，范正德先生昨天下午因心脏病突发而过世。我们院方尽了最大的努力，但是……

停顿。

探病者 可是我上星期三才来过……我本来昨天要过来的……我……

医生A 事情发生得很突然，我们尽了最大的努力。

探病者 他的家人……

医生A 他过世的时候，太太在身边。

五号A （对探病者）喂，这医生不是很有说服力吧！她昨天一天之内就死了四个！一号、二号、三号、四号，我看这个星期之内还有五号呢！

尴尬的停顿。灯光变化。

东南二楼灯光亮起，医生B和堂妹还在车上。

医生B 如果我做不到呢？

堂　妹 如果你做不到的话，还有第二个方法，那就是听他说故事。

医生B 听他说故事？

堂　妹 一个人在生命末期的处境是很独特的，如果能够让他有机会说自己的故事，然后你在旁边安静地听，等于是给他一个机会无形中整理他一生的一切，可能会从中冒出他自己都想不到的智慧。

医生B 说故事？

堂　妹 你不要以为很容易。人家不一定愿意……

南灯光亮。第三天早上。五号A在一个本子上记东西。

医生A上。

医生A 早。

停顿。五号A收起本子。

我这两天在研究你的病历。

五号A 很长。

医生A 我看了一下你的血液检验报告和断层扫描……

五号A 你可以下班了。

医生A 啊？

五号A 你可以下班了。

停顿。

医生A （坚持）我想知道你家人的状况。怎么都没看到你太太？

五号A 我太太离开我了。

医生A不知道怎么接词。

抛弃我了。失踪了。死了！我可以一个人吗？

（摸着痛处，爆发出来）我不舒服！你可以下班了。

医生A 现在才早上八点，我干吗下班？

五号A 我放你下班。

停顿。

医生A 你有写日记的习惯？真好！我很想多知道你的事情……

坐在床上的五号A用被单盖住自己，形成有趣的画面。

你不觉得这样空气很不好吗？你没事吧？

五号A在被单里刻意咳嗽。医生A无奈。灯光变化。

东南二楼灯光亮起，医生B和堂妹还在车上。

医生B 叫病人说故事多奇怪？我是医生耶！哪有医生追着病人要他们说故事？给人家看到了不是很奇怪吗？

堂　妹 那你可能要利用下班时间。

医生B 下班时间？

堂　妹 带个礼物去，就当作是在探一个朋友的病，不要想自己是医生。

医生B 这样好吗？

堂　妹 试试看。

南灯光亮。第三天晚上。五号A在睡觉。

护士二上，把五号A叫醒，拿药给他。

护士二 吃药了！

穿便服的医生A上，手里拿着一个包装好的礼物。

五号A边吃药，边看到医生A。

医生A 还好吧？（护士二下）这是送你的一个笔记本。我知道你喜欢写日记。

五号A 我的还没写完。

医生A 没关系，你留着用。

五号A “留着用”是有时间的人才会说的话。

停顿。

医生A 我最近想帮你试一种新的处方，这种处方也许可以改变发烧的周期。

五号A没有反应。

灯光转移到东南二楼车上。

堂　妹 不要说一些白天说的话，你要把白天和晚上区隔开来，让气氛变得比较轻松……

灯光转移到南病房。

医生A 这几天天气变冷了……

灯光转移到东南二楼车上。

堂　妹 不要讲一些很无聊的话题像是天气之类的……

灯光转移到南病房。

医生A 说说你的故事嘛，我看你一直在写日记，告诉我你的事。你一定有一番特别的遭遇。跟我分享嘛，我愿意听。

五号A没有反应。灯光转移到东南二楼车上。

堂　妹 如果你发现你一直在说话，他一句话都不理你，你就输了。那也无所谓，明天请早就是了。

灯光转移到南病房。

医生A 对不起，打扰了。好好睡。祝你有个好梦。明天见。

灯光转移到东南二楼。

堂　妹 ……如果你真的可以得到对方的信赖，你可以成为一个重要的管道，在有限的时间里，帮助他发现自己生命的一些真理。

医生B 可是，好难。

灯光转回到南病房。第四天早上。五号A在睡觉。医生A穿医生袍上，看一眼，然后帮他量脉搏。五号A醒来。

五号A 你怎么像个幽魂一样！几点？

医生A 早上八点半。

五号A 你早该下班了。

医生A 你刚刚一定在做梦吧？你做了什么梦？

五号A 我一直以为梦属于私人的领域。

医生A 可是分享梦也是一件很有趣的事啊。

五号A 你都不睡觉吗？你到底想做什么？

灯光转移到东南二楼车上。

堂　妹 他如果先主动问你问题，那就是好的征兆。

灯光转移到南病房。

医生A 没有，我想你好像都没有朋友来看你，大概会想找人说说话。

灯光转移到东南二楼车上。

堂　妹　小心，不要把他塑造成很孤独的样子，病人最讨厌这样子……

灯光转移到南病房。

五号A　我不想说话，如果可以的话，多给我一床棉被。

医生A去拿被子。灯光转移到东南二楼车上。

堂　妹　……如果他对你有任何要求的话，你就要耐心地去执行。

灯光转移到南病房。医生A帮五号A盖好被子。

医生A　这样可以吗？

五号A　还没暖，你可以走了。

灯光转移到东南二楼。

堂　妹　……绝对要有耐性，绝对不可以发飙，如果你发飙，你跟他的关系就完了。这是最重要的一个禁忌，要有耐心，千万不要发飙！

灯光转移到南病房。医生A忍不住，大骂五号A。

医生A　（大骂）五号先生，你很跩哦！我只是想接近你，了解你，结果你他妈的毫无响应！你以为你得了一个全世界都没有人知道的病就很了不起！我操！无聊！

停顿。五号A坐起来。

五号A　你把我吵醒了。

医生A　对！那又怎么样？我牺牲我的睡眠时间来陪你，我仔细研究你的所有档案，我愿意听你说，你就这样子！高贵！自以为了不起！好了！你就这样子孤独下去好了！祝你好好享受你他妈的孤独的生命！

医生A往外走。

五号A 等一下。

医生A停住。长停顿。

你真的想听我的故事？

停顿。

今天下班后过来。带一根蜡烛。

医生A 蜡烛？

五号A 一根蜡烛。希望在蜡烛烧完之前，能讲完我的故事。

医生A （态度转缓和）谢谢。我今天晚上过来。

五号A 我不能保证你听多少。你心里最好有准备，听一个很短、很破碎的故事。

医生A 谢谢。我会到的。

灯光渐暗。

西南楼梯上灯光亮起，医生B站着对观众说话。

医生B 就这样，展开了我个人的“天方夜谭”，只是这个故事能不能到一千零一夜，我不知道。

灯光渐暗。

-第　二　幕-　台北生与死

2-1 “天方夜谭”— ——游牧夫妻故事

南——病房、环绕；西南楼梯上

五号 A、医生 A、护士二；五号 B、妻子 A；医生 B、乐手

南灯光亮。第四天晚上。医生 A 穿便服上，手里拿着一根蜡烛，五号 A 从床上起身，从矮柜抽屉里取出一个古董烛台，细心地把烛台放到矮柜上，再把蜡烛放上，点上。

以下，医生 B 坐在西南楼梯上看。

医生 A 好漂亮的烛台。是古董吗？

五号 A 差不多。

我先不说自己的故事，我先讲另外一个故事。

护士二进，本来要进行一些例行的事务，但是听到故事，觉得很好听，就停下来了，站在一旁聆听。

故事的过程中，乐手出现在西二楼，安静地演奏。

西藏高原上的夏天很短暂。几天之内，小小的野花就会开满整个草原，将草原染成一片彩色，不久之后，又会凋落、褪色。

在深山里的一个游牧部落中，有一对新婚的夫妻，在结婚第二天下午，手牵着手散步到草原上，眼前景色的绚烂，

让他们沿路觉得人生一切都像个奇迹一样。

五号B、妻子A开始绕场；在以下故事中一直各自以日常速度环绕，好像在街上走路一样。五号B拿着一个公文包，穿着时髦；妻子A头发是棕色的，穿着流行，手上带着移动电话。

走着走着，他们来到一棵大树下休息，牧羊人把头靠在妻子腿上，睡着了，鼻子里充满野花的香味。过了一段时间，他醒了，但是抬头一看，看不到他的妻子。天色已经变了，他站了起来，在远方看到他妻子小小的背影，在地平线越走越远。

牧羊人急忙往妻子的方向追去，一边喊着她的名字，可是跑再快，就是追不上。渐渐地，妻子从他的视线中完全消失。天黑了，牧羊人只好露宿于荒野之中。

第二天，他继续找，沿路大声喊叫。一天又一天，不知道过了多少天，他终于有了回头的念头，却发现已经走太远，不知道自己在哪里了。在这个时候，远远的前方出现两个黑黑的人影。走近一看，是一个女人拖着一个男人的尸体。这个女人的丈夫刚死，她要把尸体拖到天葬场去葬，可是太重，拖得很辛苦。女人问牧羊人可不可以帮忙。于是，他们合力把尸体抬到天葬场，在简单的仪式中葬了女人的丈夫。

天色也暗了，女人请牧羊人在她附近的小屋留下来过夜。

他那一晚就留了下来。一晚，又一晚，又一晚，他们两个自然而然就开始生活在一起，展开一种全新的生活，生了两个小孩。

几年的光影轻快掠过。偶尔，牧羊人会回想，是什么样的遭遇把他带到这个陌生的地方来，让他失去过去的所有？但是在他儿女的笑声中，他感觉到人生一切的美满，心中对过去生活一切的遗憾和疑惑顿时消失。

有一年，到了深秋，牧羊人在山坡放羊，地上已经积雪了，他在盘算这个冬天要往哪儿迁徙，忽然传来急促的脚步声，邻居紧张地跑来告诉他，他儿子突然生了一种奇怪的传染病，情况严重。牧羊人狂奔回家，但是一切已经太晚。在短短一个下午的时间，他的小孩和妻子全都快速染上这个恶疾，先后在他面前死去。

他无助地冲向冷酷的草原，在雪地中迷惑、愤怒，他抬头望天。远方云层暗黑，他悲愤地对天狂吼，天空瞬间爆出火花，天地间雷声震耳……

突然间，牧羊人张开眼睛。夏天野花的香气轻轻拂过他的鼻端。原来，他还在那棵大树下，还是他新婚后第二天下午。他的妻子一直轻拍他的脸颊，说着：“时间晚了，我们该回家了……”牧羊人看了他妻子的脸好一会儿，心想：她怎么这么的美？

他们起身，手牵着手，散步回家，展开他们共同的人生旅程。

停顿。五号A吹熄蜡烛。

好了，这就是第一个故事。今天就到此。

医生A和护士二起身。

医生A 谢谢。

护士二 谢谢。

五号A转头发现护士二原来一直在一旁听。

医生A 晚安。

医生A和护士二下。

灯光转移到西南楼梯，医生B对观众说话。

医生B 好美的故事。第二天上班的时候，我一直还在想。我迫不及待地希望赶快下班，晚上能够到他的病房，听他的故事。

灯光渐暗。

2-2 “情欲的轮回”第一回：神秘广场一

南——病房；环绕、西 / 西北——电影院票亭；西南楼梯上

五号 A、医生 A、护士二；五号 B、妻子 A、售票员、电影院队伍；医生 B

南灯光再亮。第五天晚上。五号 A 已经坐起来了，在等待。医生 A 穿便服，又上。五号 A 把蜡烛点上。一直在绕场的五号 B、妻子 A 还在绕。

五号 A 你还要听？

医生 A 当然。

护士二手上拿着一根蜡烛，上。

护士二 可以一起听吗？

停顿。

五号 A 那一根不算哦。

医生 A 和护士二坐在五号 A 的病床上，五号 A 开始说故事。

昨天我说的不是我的故事，那个故事的结尾是一场梦。我今天要说的才是我自己的故事。那是残酷的人生，但这才真正像一场梦。

我是做建筑的。在台湾，这是一个很辛苦的行业，不只是工作量。在学校，我们都学习如何创造各种美丽的空

间形式，但是实际做起来，我们创造的竟然是一些让大家睁一只眼、闭一只眼的功能性盒子。我做得还不错，前些年，有一家公司想挖我，要我到上海去帮他们发展。薪水不错，我正在烦恼要不要去。

喧哗的人群声扬起。西走廊电影院队伍灯亮，有一群人排队买票，慢慢向西北的票口移动，买完票，人群陆续从西北的门出去。

在一个特别忙碌的下午，我溜出办公室，到了附近一家电影院，我也没有特别要看哪一部电影，我就是需要出来走一走，透透气……

已经绕场多时的五号 B 和妻子 A 自然地融入买电影票的队伍中，五号 B 刚好排在妻子 A 后面。妻子 A 手上拿着移动电话，一直在说话。

妻子 A ……在哪里？你在哪里？……还在绕？我跟你说，停停车场就没错！……

摊　贩 小姐，你的“烧番麦”好了！！要不要辣？

妻子 A 回头，看声音的方向。

妻子 A （对电话）等一下……（对五号 B）先生，你帮我看一下位子好不好？

五号 B 点头。

谢谢。

妻子 A 下，过不久回来，手上拿着两只烤好的玉米回队伍。

（望着远方，对电话）……我看到你了！我看到你钻进巷子！不可能！这里是哪里？……等一下……（站回原位，对五号B）谢谢。（对电话）你就停到停车场就对了……什么？……我真搞不懂！一个小时才20块！你等一下乱停被拖走了那又是多少钱？停停车场！……那我付，好不好？！我付！……（大声）你这个人是怎么搞的？我叫你停停车场你就给我停停车场！……你在跟我玩什么游戏？……什么叫作你停停车场就算是我赢了？我操你妈的！我才没有这个闲工夫跟你斗！……你停不停？已经轮到我了！等一下……（对票口）两张全票。

售票员 440。

售票员收钱。

妻子A ……你说什么？你要回家？（售票员给票）我操你妈！去呀！他妈的，你以为全世界只有你一个人能陪我看电影？！

妻子A挂电话。她站在票口，让排在后面的五号B一时无法买票。售票员向她招手，叫她让开。

停顿。尴尬。妻子A转过身来，面对五号B。

（对五号B）先生，你要不要看电影？

五号B 什么？

妻子A 有一只猪不来了。

停顿。

五号B 多少钱？

妻子A 不用钱。

妻子A把一张票拿给五号B。

五号B 谢谢。

妻子A 还有……

妻子A把一根玉米拿给五号B。

2–3 回转寿司

北；东——回转寿司餐厅

五号 A、医生 A；五号 B、妻子 A

北灯光亮起。五号 A 坐在一张轮椅上，医生 A 推着轮椅。
在以下的独白中，五号 B 和妻子 A 从他们后面过，穿过北，慢慢地往东移动。

五号 A 就这样，我就看了一场免费的电影，吃了一根免费的烧番麦。那天电影院爆满，看的是《第六感生死恋》。电影结束时，她哭得一把鼻涕一把眼泪的，我就把我的手帕借给她。我们一起慢慢地顺着楼梯下楼挤进人群，走了出来。我问她要不要一起去吃一点东西。我们就在附近找餐馆。不知道怎么搞的，好像所有人都出来消费，我们好不容易找到了两个可以并坐的位子……

餐厅的喧哗声。东灯亮。五号 B 跟妻子 A 坐在两张高脚椅上，手上拿筷子。没有其他布景道具，由演员操作表现餐厅的风貌。两人模拟挑选前方的回转寿司。妻子 A 一直看着五号 B。

五号 B 这家你有没有来过？

妻子 A 没有。

五号B 反正上面都是寿司，有鲑鱼、鲔鱼、青花，东西到你面前你就拿下来吃，有的东西它上面没有，你要另外点。来……

妻子A 好久没有人跟我这样说话。

五号B 啊？（停顿）要不要？（模拟拿一些寿司给妻子A）

妻子A的移动电话响起。尴尬。

……要不要……？

妻子A 不要管他。

电话停。

五号B 没有问题吧？

妻子A 我说不要管他就是不要管他。

五号B 他是……你老公？

妻子A 他是一只猪。

妻子A的呼叫器响起。妻子A把呼叫器关掉。

五号B 没关系，如果你觉得要跟他打电话的话，我可以……

妻子A 我们不要谈那只猪了，好不好？

沉默。

爱情可以超越生死，真的好感动。

五号B 超越生死……

妻子A 就是不可能才会让所有人哭得一把鼻涕一把眼泪的。

五号B 这……

妻子A 这种电影里面从来就看不到人与人之间彼此的厮杀与虐

待。那样才真实：把对方折磨到半死，然后等他报复。

沉默。

五号B 你今天心情真不错。来，吃寿司！

五号B帮妻子A拿一盘寿司，妻子A沉入自己的情绪中，模拟用大量的芥末调出她的蘸酱。

你在干什么？

妻子A 没什么。

五号B 没什么？没有人调那么多哇沙米。

妻子A 就是要够呛！（指）敢不敢？

五号B 谁怕谁？

两人一起把寿司蘸满芥末，一口吃下去。

停顿。两人同时大呛。

五号B、妻子A （同时）哇——！！

五号B 被你害惨了！

妻子A 过瘾！

五号B （转头对假想的侍者）两杯生啤！

两人收拾情绪。

妻子A 好奇怪，我觉得好多事情在变，跟季节一样。

五号B 你是说你的生活里？

妻子A 对。

五号B 我也是。

妻子A 怎么样？

五号B 没什么。我是做建筑的，现在有另外一家公司要挖我，要我去上海帮他们发展，薪水不错。

妻子A 那你干吗不去？

五号B 可是我又觉得现在这个公司对我不错。你觉得我应该怎样？

妻子A 我觉得啊？你这人道德感很强。

五号B 什么道德感？我要跳槽，有什么道德感？啊，不要谈我了，你在做什么？你的职业是不是每天看电影，跟猪吵架？

妻子A 差不多。

五号B 真的吗？薪水多少？介绍一下。

妻子A 没有啦！我做的事其实很无聊，就是找几个长得漂亮的ABC[3]啊，有潜力变偶像的外来小孩还有日本青少年歌手来台湾唱唱歌啊。

五号B 上个礼拜那个什么“外星人”合唱团的演唱会……

妻子A 你觉得还好吗？

五号B 你做的？不错啊！新闻蛮大的。

妻子A 反正现在只要是外来的文化，他们都喜欢，现在要再做出一个“小虎队”已经不可能了。

五号B 那当“外星人”的经纪，头发就要像外星人那样子啰？

妻子A （指自己头发）这不是染的。

五号 B 晒黄的？

妻子 A 摇头。

你是不是有外国血统？

妻子 A 像吗？

五号 B 你眼睛好大粒。对不对？有没有？

妻子 A 有一点啦。

五号 B 多少？

妻子 A 一半。（停顿）听说啦。听说我爸是法国人。

五号 B 怎么会"听说"呢？你不认识你爸？

妻子 A 我从小就没见过我爸，我妈在还没生下我的时候我爸爸就溜掉了。

五号 B 怎么回事？

妻子 A 怎么回事？我妈啊……还不就是那些彼此厮杀、虐待、背叛、报复之类的事，要不然我怎么会……

五号 B 法国人？

妻子 A 那是我妈说的，可是我看法国的东西没什么感觉啊，也不会想去寻根什么的。说实话，如果有一天我爸爸真的找到我，譬如说他就在这个门口说要跟我见面，我想我可能不敢去见他。

五号 B 为什么？

妻子 A 我会怕。

五号B 怕什么？

妻子A 我不知道。那一直是我很痛的东西，我不知道我有没有能力面对。

五号B 试试看。

妻子A 怎么试？

五号B 眼睛闭起来。

妻子A转头。五号B转身，面对妻子A。

（扮演想象中的“父亲”，声音刻意衰老）女儿啊！回头看爸爸一眼吧！爸爸对你有很多亏欠，原谅爸爸，我也是很想念你的啊！好孩子！爸爸买了一个好漂亮的洋娃娃来看你了！

停顿。妻子A趴下。许久不动。

五号B觉得不对，发现妻子A在哭泣，赶快走回座位，安慰妻子A，递卫生纸给她。

2-4　妻子的梦

南区纱幕后；环绕——街景；西二楼——梦幻餐厅；东北——梦幻诊所

妻子 B；妻子 A、梦中行人、敌人、梦幻医生

南灯光亮起。妻子 B 出现在南区右舞台纱幕后。在她独白的过程中，她慢慢走向南左舞台。同时，东餐厅灯光渐暗，妻子 A 从寿司店走出来，在东南停顿片刻，走向南，与妻子 B 同步越过南区。她们两个是同一人，但两人眼睛没有共同焦点。

妻子 B　有一个梦一直在我生命中重复出现，每次出现的时候好像有什么重大的转变要发生。第一次做这个梦，我十六岁，正要离家去上高中，我妈妈把我拉到一边，说出她所知道的一点点，关于我父亲。看电影的那天晚上又做了一次。那天之前，我一直在一个长期彼此虐待的恶性关系中翻滚。那天似乎感觉到了，脱离这个关系的最佳出口也是一种最佳的报复。

这是很怪的一场梦，不知道为什么，我得了一种怪病，是一种绝症，是我最大的敌人给我的。

环绕灯光起。行人进入表演区，缓慢随着顺时针方向绕着观众。妻子 A 跟进，在所有行人之中，只有她的动作是“正常”速度。她穿

梭在梦幻般行动缓慢的人群中。

这个天敌，也不知道是谁，根本不认识，也不知道他怎么能够把病给我。在梦中，我的医生跟我说我只剩几个月可以活。我非常沮丧，为什么这么一个陌生人可以毁灭我的生命？我孤独地走上台北街头，毫无目标，所有行人都缓慢地走着，像是在梦游一样。

（对行人喊）对不起，可不可以跟我说话？

妻子A （同样对行人喊）对不起，可不可以跟我说话？

行人都面无表情，没有反应地继续前进，妻子A继续穿梭其间。

妻子B 我病了。

妻子A 我病了！

妻子B 有个男人，他害了我。

妻子A 有个男人，他害了我！

妻子B 你能帮助我吗？

妻子A 你能帮助我吗？

妻子B 拜托，请你帮助我。

妻子A 拜托，请你帮助我！（对其中一个行人说话）喂，对不起，我病了。你要去哪里？你知不知道你要去哪里？你知不知道我要去哪里？可不可以跟我说话？可不可以跟我说话？……

妻子B 没有用，他们帮不了我。我累了、饿了，在马路的北边我看到一家餐馆，我平常就喜欢在那里吃饭。我从楼下入口进去，里面什么人都没有，连服务生也没有，我上了长长的楼梯到二楼，那也是我平常习惯坐的位子。

环绕区的灯光渐暗，行人渐离去。妻子A上西二楼；西北二楼坐着一位男士，静静地在吃饭。他的脸不清楚。妻子A慢慢接近他。

二楼也是空的，除了窗边的桌子有一个人正在那儿吃饭。仔细一看，他就是我的敌人。我站在那边看着他，心想，好奇怪，我们还是又碰头了，真巧。在这个时候，他似乎感觉到有人正在看他，注意力从他的菜上转移，渐渐抬头看我，我平静地看着他，他一时也没认出我。突然之间，他的表情从正常转成恐慌，他的眼睛突然睁大，惨叫一声、往后一蹬，摔到窗外，跌到马路上。

随着叙述，男士（敌人）抬头看妻子A。暴力的碎玻璃和撞击声。男士大喊一声，灯突然暗。

敌　人　（大叫）啊——！！

西北灯光乍亮。一群路人围观，妻子A从楼上冲下来，站到人群旁。

妻子B　我冲到楼下马路上，我听到他血液流动的声音，看到生命离开他的身体。

妻子A　（在尸体边）发生了什么事？你到底是谁？

以下妻子A穿过人群，穿过北，走向东北。

妻子B　就这样，他死了，照理说我应该感到一种满足，我报仇了，但是我完全没有这种感觉。我走开了，发现马路上已经没有人了，医生的诊所就在附近，我想我应该去看他。

东北灯光起。梦幻医生在东北诊所办公桌面前坐着，安静办公。妻子A进入办公室，坐下，梦幻医生不看她。

妻子A （对梦幻医生）医生，刚刚发生了一件很怪的事，一个男人……他……他从窗户中摔出来。他……他死了。他就是害我生病的那个人。他就是……医生，我……你可不可以告诉我，你知不知道，我还有多少时间可以活？

停顿。医生抬头。

梦幻医生 你啊？……请张嘴。

梦幻医生做检查。

你已经死了两个星期了。

梦幻医生拿出一个玩具娃娃给妻子A。

这个拿去，你可能会需要。下一位。

妻子B 每一次到了这里，我就会惊醒过来。

妻子A慢慢起身，手上抱着娃娃，缓缓走向东。东北灯光渐暗。

2-5　丧子

东南；东——卧房；西南——医学院办公室

五号 A、医生 A；妻子 A、五号 B；医学院代表

东和东南灯光亮起。五号 A 跟医生 A 在东南。

五号 B 坐在东家居沙发上。在以下的过程中，妻子 A 抱着梦幻医生给她的娃娃走过来，五号 B 起身迎接，夫妻两人抱着孩子，温暖而幸福的景象。

五号 A　从那一天开始，我们就在一起，然后我们结婚了。我想我们的生活就跟很多都会夫妻一样，有高潮，有低潮，但那一切在儿子诞生的那一天改变了。我们给他取的名字叫“和平”。有了孩子，人生就不一样，有一种新的期待，一种新的联结。

但是和平不对劲，他的脖子立不起来。头两个月，我们都觉得没有什么问题，大家都说这很正常，婴儿都是这样的。但是过了三个月，我们觉得不对劲，就带着和平去看医生，医生发现他得了一种很稀有的病，让他整个骨骼结构没有办法正常发展。没有治疗的方法。我们听说在美国有一家医学院正在做研究发展。他们需要三个

罹患这种疾病的婴儿来做实验。我们通过这一家医学院在台湾的代表提出申请……

五号B和妻子A抱着婴儿，从东南走过五号A和医生B面前。西南灯光渐亮，长得跟梦幻医生一模一样的医学院代表坐在西南一样的办公桌面前办公。五号B和妻子A抱着婴儿到他面前，妻子A坐下，五号B站着。

医学院代表 美国方面委员会已经从一百多位申请者里面审慎地筛选了三位婴儿。我们非常感谢两位对我们实验计划的热诚，但是很抱歉。

停顿。

妻子A 可是这是我们的儿子……

医学院代表 很抱歉。

妻子A （急）不可能！……

五号B 医生，请你替我们想想办法！

医学院代表 这是委员会的最后决定。

五号B 钱不是问题，我们怎么样都愿意！

医学院代表 请你们体谅……

五号B 拜托，医生……

妻子A 拜托，拜托……

医学院代表 真的很抱歉。你们也知道，这个计划本来就在早期的实验阶段，就算你们入选了，也不可能保证效果……

妻子 A 骗人！

五号 B 是不是可以重新申请一次，通融一下……

医学院代表 真的抱歉。对大药厂来讲，这种类型的研究发展看不到近期利润的。就算发展成功，也没有市场。所以他们现在这实验……

妻子 A （愤怒地）你是人吗？你有没有感觉？这是我儿子！我儿子！我就只有这么一个儿子！

医学院代表 对不起，我个人非常同情你们的遭遇，但是我只能建议你们去寻找其他的治疗方法。

死亡的音乐起。灯光变化。妻子 A 缓缓起身，把婴儿放在桌上，离开，五号 B 和妻子 A 互相拥抱。

2-6 恶化

西、环绕；东——卧房

五号A、医生A；妻子A、五号B

医生A推着五号A的轮椅从西逐渐向北走。五号B和妻子A穿过他们，五号B往东，妻子A从东北下。

五号A 和平走了之后，我们之间对话变得很少。我们各自投入工作，很少在家，好像在比谁晚回家一样。过了半年左右，我就开始生病，一开始以为只是感冒，但是很奇怪，就是不会好。我一直会发烧，没有体力。无形中，我变成她的负担，无名的病情也造成我们生活中很大的张力。这种难受的日子又过了半年，我在半夜开始接到一些不出声的奇怪电话……

电话铃声。东灯光渐亮。五号B和妻子A的家中。五号B坐在沙发上，手上拿着水杯，听到电话声，看表，把电话接起来。

五号B （对电话）喂……喂……说话……喂……找哪位？……

沉默。

……我听到你的呼吸声。这样很好玩喔。电话费算你的……没关系，我时间多，我也不困，我跟你拼了！……

妻子A从外上，穿过卧房，到厕所，偶尔看着电话旁的五号B。

……我老婆刚回来……她现在洗手……没什么不方便……她出来了。你要不要跟她说话？……这么见外！……好，今天陪你玩到这里。晚安。

五号B挂电话。沉默。

这么晚回来？

妻子A 在跟人家谈一点事。

沉默。

谁啊？

五号B 不知道。

妻子A 不知道？那你跟他讲什么？

五号B 最近半夜常有这种怪电话。

妻子A 无聊透了。

电话又响。

五号B 换你接。

妻子A 我接干吗？

五号B 搞不好是你的。

妻子A 怎么会？

五号B 神秘恋人啊！

停顿。六声之后电话自动停。

你应该接。

妻子A 为什么？

五号B 因为是你的。

停顿。电话又开始响。

每一次他打来，不久之后，你就会回来。我想他有话还没跟你说完。

五号B起身，拿起电话，送到妻子A面前。妻子A拒绝。

你接。

妻子A 干吗？又不是我的。

妻子A走到厕所空间，五号B拿着电话，追在后。

五号B 接！

妻子A干脆大方地把电话接起来。

妻子A 喂……

五号B回到床上，躺下来睡觉。

（小声对电话）……现在已经很晚了，明天再说。

五号B抬头看，妻子A拿着电话，慢慢走进卧房。妻子A坐在沙发上他旁边。

有一件事我一直没跟你说，可是我觉得现在应该让你知道。你记得我们认识的那一天，你还记得那只猪吗？

停顿。

她是个女的。

停顿。五号B没有反应。

我知道现在讲这些都不重要，可是，我觉得我应该要告诉你。

灯光渐暗。

2-7 神秘广场二

南区纱幕后；西 / 西北——电影院票亭、环绕——街景

妻子 B ；妻子 A、五号 B、电影院售票员、电影院队伍

南灯光亮起。妻子B又出现在南区右舞台纱幕后。在她独白的过程中，她慢慢走向南左舞台。同时，妻子A与五号B从东卧房走出来，慢慢走向南，与妻子B同步越过南区。

妻子 B 那天晚上，我又做了那个在我生命中不断重复的梦。我醒来，不知道有什么要发生了。清晨，我抱住熟睡的他，哭。我觉得自己好弱。我的弱，害了他。

我努力抓回一些感觉，毕竟他是我儿子的爸。但是，我儿子死了……

喧哗的人群声再度扬起。西走廊电影院队伍灯亮，有一群人排队买票，慢慢向西北的票口移动。买完票，他们不出去，反而开始以慢动作绕场。

五号B和妻子A从南走入西的队伍中，所有位置和前次电影院场景一模一样，造成一种平凡但超现实的感觉。

我努力抓回一些感觉，我们彼此承诺要多花时间在一起，多沟通。有一天，我们约好去看电影。我们已经好久没有一起去看电影了。进到买票的队伍时，我突然发现，

那就是当初我们相遇的地方！我突然觉得，自己好像在一场大梦中，我好想醒来，好想醒来……

妻子A有如在梦中，惶惑地东张西望。移动电话响声。

妻子A 你的还是我的？

摊　贩 小姐，你的“烧番麦”好了！！要不要辣？

妻子回头，看声音的方向，然后接电话。

妻子A （对电话）喂？……（突然大声而愤怒）你可不可以不要再打了？……

摊　贩 小姐，你的“烧番麦”好了！！要不要辣？

妻子A冲下。

五号B 赶快回来。

队伍越来越短。五号B一直回头，但妻子A一直没回。
队伍到了五号B。

（对售票员）两张全票。

售票员 500。

五号B买完票，冲往摊贩的方向。

五号B （对摊贩）老板！刚刚跟你买“烧番麦”的小姐呢？她刚刚才过来跟你买两只“烧番麦”……

五号B发现妻子A不见了，开始绕场，到处寻找，频频询问正在绕场的行人，但路人反应一致地木讷地持续缓慢向前走。所有人中，只有五号B的速度“正常”。

（对其中一位行人）……对不起，请问有没有看到我太太？……（对另一位）不好意思！有没有看到我太太？……对不起！有没有人看到一个拿了两只“烧番麦”的小姐？她头发黄黄的，她很漂亮，眼睛很大，她拿了两只“烧番麦”……（对另一位）不好意思！有没有看到我太太？她是混血儿，她没见过她爸爸。我们的孩子死了，她很难过……我身体很不舒服……有没有人看到我太太？她买了两只“烧番麦”……

环绕区，行人渐渐疏散，留着五号 B 一人失魂落魄地绕场。

2-8 罗生门

东二楼；东北——警察局

五号 A、医生 A；警员、警官、五号 B

东二楼灯光渐亮。医生 A 跟五号 A 出现在东二楼。

五号 A 她就这么不见了。我起先担心她会不会被人绑架，可是我也没接到任何的电话。我到处找，到处问。我每天跑警察局，都没有消息。

东北灯光渐亮。警察局。五号 B 面对一位警员和一位长官。

警 员 先生，你不需要每天这样来，这几天下来你也蛮累了，你要不要回家休息一下？

五号 B 你们到底有没有在找？

警 员 先生，真的，如果有什么状况，我们会通知你的。

警 官 先生，我们已经把你太太的数据输入失踪人口的档案，也跟社会局报备过了……

五号 B 输入档案有什么用？

警 官 输入档案，才能开始帮你找。

五号 B 拿什么去找？

警 官 先生，坦白说……我们每天看这么多类似的案子，这其实是你们夫妻之间的问题，我们也无能为力。

五号B 你在说什么？！

警　员 先生，我们基层警员的能力也很有限，我们每天追小偷抓强盗的，甚至弄丢什么小猫小狗的也要我们……

五号B （激动）你讲什么东西啊你？

警　员 先生，请你小声一点，看清楚你在哪里，我不希望你做出任何让自己后悔的事。

五号B 你是在威胁我吗？

警　员 是。

警　官 好了，回家吧。她说不定已经在家里等你了。

警　员 你打回娘家问问看嘛。

灯光渐暗。

2-9 看诊

东二楼；南——三个诊所；西南——第四诊所

五号 A、医生 A；五号 B；一号医生、二号医生、三号医生、四号医生

五号A和医生A在东二楼。五号B在他们正下方，坐在公园板凳上。

五号 A 接下来那一段日子里，我几乎每一天都在找我太太。那是一种很荒谬的感觉，走在台北的任何地方，总以为会看到她。我心底终于觉得答案可能非常简单：她就是需要离开。不见得是离开我，就是需要离开。我的病况变得更严重。那个走不掉的感冒变成一个持续性的发烧，常常呕吐，有一次往公司的路上我还昏倒。同事叫我一定要住院好好检查。我做了，查不出来。又有朋友推荐另外一家医院，我也做了，也查不出来。他们都叫我回家，说这种发烧的现象应该在一两个星期之内会自己走掉。但是没有。那一段日子，我几乎每天都在跑不同的医院……

五号B到南。南灯光亮起，一排医生坐在那里，面朝东。最后一个在西南。五号B面对第一个，站在他面前。

一号医生 （看着检查报告）……我们已经排除所有滤过性病毒的可能性。基本上你的血液、白细胞、血小板、尿酸、血糖都

没有问题。

五号B 我知道。

一号医生 这半年有没有什么危险的性行为？

五号B 我太太离开我了。

一号医生 我没有要知道你太太是不是离开你了，我是问你有没有危险性行为？

停顿。

这样好了，我帮你安排再住院，这次三天就好，再帮你做更仔细的检查。

五号B 检查什么？不是都已经检查过了吗？

一号医生 先生，说真的，你的case很奇怪。所以请你住院，我们要确切地排除脑炎、淋病、梅毒、伤寒、鼻咽癌……

一号医生在报告上写字，五号B走到二号医生面前。以下过程中，一号医生把自己的办公椅搬走，往右舞台下。

二号医生 （顺接）……鼻咽癌、伤寒、梅毒、淋病、脑炎……我们透过细部检查排除了这些可能。不过，我们现在已经可以确定一件事，就是你每个礼拜上升的体温在正负零点五的幅度之内。请你再住院一个礼拜，让我们做一些更进一步的检查。

五号B 还要再住一个礼拜干吗？

二号医生 因为如果这一切你都没有的话，你就，你就……

五号B 我就怎么样？

五号B起身，走到三号医生面前。以下过程中，二号医生把自己的办公椅搬走，往右舞台下。

三号医生 因为这一切你都没有，我们必须把你放在一个特别的类型里面。

五号B 什么样的类型？

三号医生 在无法诊断的发烧类型之中，终究有百分之七十的病患会被诊断出来，全世界的病例之中，这些到后来多数都属于滤过性病毒感染或者某一种癌症。

五号B 这我都知道。

三号医生 剩下的百分之三十，就算今日医学那么发达，终究还是诊断不出来，我们也不知道怎么说。

五号B 你到底在跟我说什么？可不可以请你说大白话？我听了那么多不同的医生，为什么没有人跟我说实话？

五号B走到西南四号医生面前。以下过程中，三号医生把自己的办公桌搬走，往右舞台下，留下西南四号医生办公桌。

四号医生 ……因为你是属于剩下诊断不出来的百分之三十那一类型，我建议你还是先住院。

五号B 医生，我不可能再继续跟公司请假了。

四号医生 呃……先生，你可能没有听懂我的意思。

五号B 求求你说清楚，到底是什么意思？

停顿。四号医生看着五号 B。

四号医生 请镇定。我老实告诉你好了。你已经转了这么多次不同的医院，听过那么多不同的意见，我老实告诉你为什么大家的意见都不同，那就是虽然我们找不出病因，但是你这种病例到目前为止……是没有办法对付的。

停顿。

全世界同样的病例，到最后也都找不到病因。

五号 B 什么意思，“到最后”？

四号医生 你可能要做最坏的打算。

停顿。

五号 B 医生，谢谢你跟我说实话。你再跟我说，接下来会怎么样？

四号医生 照其他的病例来看，你这个烧可能就不会退。在十九世纪的欧洲，感冒就可以致死，而他们把感冒叫作“consumption”，就是“耗”的意思。持续的发烧就会把你“消耗”掉。耗到最后，肌肉功能也耗尽了，免疫系统也耗尽了，你就……我想，可能我只能这样解释。你最好住院，这样，你可以得到比较好的照顾，也比较不容易染上其他的感染。

五号 B 那我……我大概还有多久？

四号医生 （翻数据）谁都不敢讲，如果病例统计数字有意义的话，快则两个月，最慢也就是两年吧。

停顿。

五号 B　医生，谢谢你。我终于听到一种比较实在的说法。

四号医生　抱歉。

五号 B 起身，与四号医生握手，缓慢离去。

2-10 旅行

南；环绕；东二楼 / 西二楼——旅行社；南——机场大厅

五号 A、医生 A、护士二；五号 B、旅行社员工、旅客、乐手

南灯光渐亮。五号 A 又回到他自己的病房里，医生 A 和护士二在他病床旁听他说故事。

五号 A 我想要旅行，在有限的生命里尽量去感受这世界的一切。

东二楼、西二楼灯光渐亮。旅行社员工分布在东、西两边，有的对着电话说话。他们的话会重叠，形成一种持续的声音。乐手开始演奏，渐渐地，一些带着行李的旅客上，跟着环绕。他们停顿在南，看着上方假想的机场指示板。

旅行社员工一 ……先生，听您的口气就是想休息一下。没问题，我们现在有特惠价，泰国六日游一万两千八，包括曼谷、清迈、普吉岛……不过如果您想要久一点也可以，我们有一个特别泰国普吉之旅八日游一万三千八，你也可以自己延长时间，海滩上的饭店或者比较原始的外岛也有五星级饭店，我们也提供包船的旅客服务……

旅行社员工二 ……先生，我们的苏杭京沪八日游一万九千九，黄山杭州八日游两万两千九，上海六日游一万七千九……什

么？可以，我们可以帮你安排西安、敦煌、长江三峡……你说你想去云南？丽江？大理？西双版纳？都可以订，只是你会划不来哦，我还是建议你走我们的苏杭京沪，口碑很好，每周一三五出团……

旅行社员工三　……基本上，您如果想去尼泊尔比较特别的地方，我们公司建议尼泊尔古都深度之旅十一天，一般人想看的景点应有尽有，包括加德满都、巴丹古城，但是我们最特别的是在十一天的行程中还安排了三天二夜 trekking（徒步旅行），山中健行，海拔四千公尺[4]以上，比拉萨还高，连交通工具都到不了，先生，我们建议您去锻炼锻炼体力，不用担心，雪巴族会帮您扛行李，还会帮您搭帐篷，早上中午下午帮您煮奶茶，先生您比较看看……

旅行社员工四　……是的，先生，我们公司专办欧洲旅游，最近推出的特惠专案德卢法比荷九日游，特价两万五千八，这包含一晚住在著名的法国罗亚尔河边的城堡中，这是我们老板特别安排的……啊？您想久一点，是不是？你想偏重文化方面？没问题！我们有一个特别的英法十四日美术馆之旅，而且有特别学美术的导游来带，所以这个你可以带你全家，包括小孩一起来接受一点文化的熏陶……

旅行社员工五　……现在纽约来回，如果你走 UA[5]，Y Class[6] 大概是三万四，C Class[7] 的话要六万五。但是如果你走 UA 就没办法用 AA[8] 的 coupon（优惠券），这就有点可惜。其实，先生，既然你想去那么多地方，我建议你干脆买一个“Round-the-world”（环球旅行套票），现在 CX、LH[9]、UA 联合起来推出一年限期的“Round-the-world”……对！你只要顺着一个方向走，不回头，停多少景点都可以，对，很方便，就是不能回头，现在不错喔，现在 Y Class 只要八万三，C Class 的话……我看一下，大概十四万二多，实在很划得来……

音乐起。随着旅行社员工声音渐小，东西二楼灯光渐暗。

五号 B 在南定位，站在五号 A 和医生 A 前面。其他旅客站在他旁边。

巨大的飞机起飞声。

护士二吹蜡烛。

灯光渐暗。

第一次中场休息

-第　三　幕-　寻找生命线索

3-1　环游世界

北；环绕；南——巴黎小餐厅；东北

五号A、医生A、护士二；五号B、旅客；江红A、餐厅老板、老客人

中场休息后，观众入席时，五号B和一群旅客散坐在东北附近，像是在机场等待误点的班机。
一个人的呼吸声遍布全场。病床已经移到北，五号A躺在病床上睡觉。
医生A穿着便服，站在床头，静静地做“自他交换”的深呼吸。
护士二上，穿过东北的旅客，去摸五号A的头。

护士二　好烫。

医生A细心地帮五号A擦汗。五号A突然惊醒。呼吸声停。

五号A　几点钟？

医生A　没有关系，继续睡吧。

五号A　（努力爬起来）没有时间，没有时间。

医生A　今天不要讲了，你需要休息。

五号A　（奋力地坐起来）我不需要休息。我需要……说话。我需要把话……说完。说到哪里了？

医生A　说到旅行。

五号A　旅行。

模糊的广播声播出班机信息。五号B听到机场广播后，从东北起身，

旅客跟随着他，环绕到西北，渐渐散去。五号B一个人继续环绕，穿过北。

我开始旅行。买了一张环游世界的机票，只要航空公司飞的地方你就可以去，停多少站都没有关系，只要你顺着一个方向不回头都可以。那是一种享受。远离自己的家，谁也不认识，不需要跟人讲话。我从台北出发，到香港，进大陆，沿着丝路走，后来转到尼泊尔，再到印度，慢慢地，从中东转到欧洲，土耳其、希腊、意大利，我虽然身体不好，还是故意绕到巴尔干半岛，想看看人类在战争的状态里面是什么样子。因为我觉得自己体内像是某一种战争中的受害者。问题是，是什么战争？

医生A　（自言）科索沃……

五号A　什么？

医生A　没有。

五号A　科索沃没去成。我去的时候，他们不让外人进去。

南灯光渐亮。巴黎一家小餐厅，已经快要打烊了，剩下一桌客人还在吃饭，一位女侍者在擦窗户，餐厅老板在柜台算账。五号B走累了，在门口徘徊，然后走进去，坐下。
没有人理他，他看着窗外。

前年秋天，我到了法国。第一次看到树叶全部一起变色，让我更意识到时间就这么过去着。十月底了，天开始冷了，我在巴黎找到一家小旅馆，远离观光客聚集的区域，有体力就出去看看，没有体力就在房间睡觉。有一天晚上，我睡了一天，起来已经蛮晚了，旅馆附近没什么东西可以吃，我就用破碎的英文和柜台人员交谈，想问问附近有没有餐馆还开着。他们告诉我，说这附近有家叫“诺曼底小屋”的餐厅，或许可以去试试看。我就去了那一家餐馆。在那里，我坐了好久都没有人理我。服务生是东方人。“她是中国人”，我对自己说，因为我怎么看都是……

3-2　巴黎餐馆

南——巴黎小餐厅；西南

五号 B、江红 A、餐厅老板、老客人；江红 B

南，五号 B 向女侍者（江红 A）招手，女侍者终于过来。

江红 A　（法文）晚安，欢迎光临“诺曼底小屋”。（Bon soir, bienvenu à la maison de Normandie.）

五号 B　对不起，你会说中文吗？

停顿。

江红 A　（法文）你想喝什么？要不要来一杯红酒？（Qu'est-ce que vous voulez boir? Un verre de vin rouge?）

五号 B　对不起，我不会说法文。你会说中文吗？英文也可以。

江红 A　（法文）我们也有一种特别的红酒。（Nous avons également un vin rouge bien particulier.）

五号 B　你不是中国人吗？

江红 A 装作听不懂。

江红 A　（法文）先生，你想要单点还是点我们的“今日特餐”？（Monsieur, voulez-vous choisir un plat à la carte, si non, le plat du jour?）（五号 B 听不懂）“今日特餐”。（Plat du jour.）“今

日特餐”……

五号 B “今日特餐”？那是什么？

江红 A （法文）你看，有一个前菜，然后在四种口味的可丽饼中让你挑选一种，餐后会附上咖啡或茶。（Vous voyez, vous avez une entrée, puis, choisir une crêpe. Vous avez quatres parfums differents:jambon fromage, complete, ratatouille, et saumon. A la fin, un café ou un thé.）

五号 B “咖啡”。我听懂了。起码听懂了一个字。（比手画脚）你刚刚说什么我都听不懂。我肚子饿。

江红 A （装作不懂，法文）什么？（Pardon?）

五号 B 你真的不会说中文？你从哪里来？大陆？台湾？

江红 A （法文）什么？（Quoi?）

五号 B （比手画脚）你从哪里来？大陆？越南？

江红 A （表示听不懂，法文）对不起。（Désolée.）

五号 B 这个……（指菜单）你真的不会说中文吗？

江红 A （自作主张，法文）你要“今日特餐”？要哪一种口味？（Vous voulez prendre le plat du jour? Quel Parfum?）

五号 B 什么？

江红 A （法文）火腿奶酪好不好？好。（Alors, Jambon fromage? D'accord.）

五号 B 什么？

江红A收菜单，转头就走。

西南灯光渐亮。与江红A饰演同一人的江红B对观众说话。

江红B 今天餐厅没什么客人，本来以为可以提早下班。我缩着头正在收拾别桌的餐具，看见窗户边坐着一个东方面孔的男人。他的脸贴在玻璃窗上，月亮透过窗户，照在他脸上。玻璃窗上是“今日特餐”的菜色。我从来没有看过一个人这么认真地在看“今日特餐”这几个字。

在以下的叙述中，江红A拿餐具给五号B，然后又到后面去收桌子。

我很久没有说中文了。长期以来，我已经不跟巴黎的中国圈子有任何来往。照惯例，碰到亚洲客人，我假装不懂中文。为什么？很难解释。想让生活单纯一点吧。

江红A上主餐给老客人，拿色拉给五号B。

我的名字叫江红，我不存在。北京没有我，巴黎也从来没有过我。八年前，我跟我最爱的人一起离开中国。“离开”是好听的，正确的说法是“偷渡”。我们的路途遥远，最后他没有到。所有人都没到，不知道为什么只有我到。来到巴黎之后，我起先投靠了一些不熟悉的中国人，不久之后，我没有办法适应。我开始反感我在巴黎看到的所有中国人，不管是观光客还是留学生，或者像我一样的偷渡客。我脱离了中国圈子，开始在一些很小的法国餐馆打工，那种老板不在乎员工有没有身份的小餐馆。

大概我不太想去想中国，或者北京，或者那一次的旅程。我甚至都不太想去想巴黎。我就是想隔离自己，在都市里面做一个隐士。

餐馆中，五号B望着色拉许久，决定不吃了，站起来，拿钱出来，放在桌上，然后出去。
江红A正要端主菜上，老板娘发现五号B已经走了。

餐厅老板 （法文）你的客人走了。

江红A迷惑地看着门的方向，再看桌上的钱。灯光渐暗。
焦点回到西南，江红B继续对观众说话。

江红B 他就这么走了，桌上留了很多小费。在餐馆打工打久了，这种事就不会多花脑筋去想。就把钱收起来吧，把餐打包回家自己吃。
话是这么说。那几天，我还经常想起这个客人。想不到，过了一个星期，我又意外地碰到他……

灯光渐暗。

3-3　洗衣店

西——洗衣店

五号 B、江红 A

国语流行音乐和洗衣店的声音。西灯光亮起，一家自动洗衣店。江红 A 头上戴着一副耳机，坐在洗衣机面前，正在听王菲的音乐，手里拿着一本琼瑶的小说。她一边看书，一边摇晃，跟着歌曲大声歌唱。五号 B 从外上，手里捧着一个洗衣篮。他正准备洗衣服，突然听到江红 A 耳机里窜出来的音乐，再看到江红 A 以及她所看的琼瑶小说。五号 B 走到江红 A 面前，大声地对着她说话。

五号 B　这本书不错！

江红 A　（法文）什么？（Quoi?）

五号 B　你听的音乐也不错！

江红 A　（法文）你在讲什么？（Qu'est ce que vous dite?）

五号 B　王菲配琼瑶！

江红 A　（法文）对不起，我只会说……（Desolée, je ne connais que le français...）

江红 A 发现自己手上的书。停顿。尴尬。

（中文）我想……我必须跟你解释。

五号 B　不用。没关系。我可以了解。

五号 B 开始洗衣服。

江红 A 走到五号 B 面前，拿出口袋里的钱。以下他们的对话以中文进行。

江红 A 这个要还你。

五号 B 不用，那是你的。

江红 A 给你。

五号 B 给我干吗？那是你的钱！

江红 A 你那份特餐被我吃掉，而且我那天不太礼貌。

停顿。

五号 B 这样好了，你欠我一顿饭，好不好？

江红 A 这样行。

五号 B 任何地方都可以去，只要不要去转弯那家叫“诺曼底”的餐厅就好。那里服务太差了。

停顿。两个人开始笑。江红 A 突然看着窗外。

江红 A 喂。（走到左舞台窗前）下雪了，你看！

两个人走到窗前，一起看雪。

灯光渐暗。

3-4　“情欲的轮回”第二回：小公寓

北——江红公寓；西北；东北

五号 B、江红 A、街头艺人；五号 A、江红 B

西北灯光亮起。五号 A 坐在轮椅上，医生 A 推着他。

五号 A　十月下雪是不平常的。那场雪好像打开了她内在的什么。我们两人一起叠衣服。我从来没有和别人叠过衣服。后来她邀我去她家坐一坐。我开始旅行之后从来没有进过任何人家里。

黑暗中，两个人辛苦的喘气声。灯光在北右舞台亮起。五号 B 和江红 A 在舞台准确的小光区中绕圈子，模拟往上爬楼梯。

雪飘下来，整个城市变得很安静。因为衣服热热的，所以雪一掉下来就融化了。转两个弯就到了她家，是一栋古老的建筑物，一进大门，是一个旋转楼梯，阴森森的，她直往上冲，我追不上她……

两个人爬楼梯。江红 A 速度远超过五号 B，在小光圈绕圈时一直超越五号 B。五号 B 边喘气，边往上看。灯光突然暗。

江红 A　你左手边。

五号 B　啊？

江红A 摸摸你左手边啊。

五号B （摸）有个东西。

江红A 就是啊！按下去。

灯再亮。江红A站在“上面”看着“下面”绕圈子的五号B。

还好吧？我家在七楼。

五号B 你不早说……

江红A 我说过了吧。

五号B 连电梯也没有。

五号B辛苦地走到江红A的位置。灯光又突然暗。

你经常在黑暗中走？

江红A 我走惯了，这儿我家啊。

五号B 你摸黑可以找到钥匙孔？

江红A 门没有锁啊。

江红A做推门的动作。北左舞台一个小小的空间灯亮。准确的小光区定义出一个拥挤而狭窄的小房间。除了一张床、一个画家用的画架，和一个小料理台，几乎放不下其他任何东西。这就是江红A的小公寓。两人进入。

因为空间太小，五号B不知道自己的洗衣篮要放在哪里。

（指地上）放这儿好了。

五号B 门要关吗？

江红A 随便你。

五号B不动。

坐啊。

五号B 你一个人住?

江红A 这儿还能几个人住?坐。

五号B 床不方便坐吧。

江红A跨到床上。

江红A 我都站在上面了,有什么不好坐的?

五号B坐在床上。

要不要喝点东西?对了,我有台湾来的什么……“冻顶……”?

五号B 冻顶乌龙。

江红A 对对对。冻顶乌龙!

五号B望着窗外。

五号B 景观不错。

江红A 是啊,我特爱这景观,你看,那边小山上就是白教堂,今天下雪挺特别的。(要五号B让位子)借过借过……

五号B (看到画架)咦?你画画啊?

江红A 是啊,以前。

五号B发现画架上放了一排小船。

五号B 这是什么东西?你做的啊?

江红A 没什么,小东西。

五号B (拿起一个小船)这是什么?

江红 A 到处找茶叶，站在床上往高处找，趴在地上往床底下找，找了很久终于找到。

江红 A 找到了！“冻顶乌龙”。这是很久以前一个台湾朋友给我的。

五号 B 多久以前？

江红 A 七八年了。还能喝吗？

江红 A 打开盖子。

五号 B 我来好了。你这儿有热水吗？

江红 A （指炉子）有啊。

五号 B 开始泡茶，发现料理台上属于江红 A 打工餐馆的餐具。

五号 B （拿起盘子）这很眼熟。

江红 A 这不稀奇，哪个餐厅员工家里没有那家餐厅的一些盘子筷子碗的？都是这样的。平常上班的人还不是一样？哪一家公司的人家里没有公司的什么信纸信封打印纸？

五号 B 发现另一家餐厅餐具。

五号 B （拿起另一个盘子）那这一家是吃什么的？

江红 A （看一看）这是以前打工的餐馆。这一家做意大利菜。

五号 B 又发现另一家餐厅餐具。

五号 B （看着盘子下面）“香满楼”？

江红 A 啊，那是好多年前的，我打工的最后一家中国餐馆。好多年了。

五号 B 之后你就不说中文了。

江红 A 不语。

你到巴黎多久了？

江红 A 我不算时间的。多少年，多少月，多少天，对我来说都一样。

五号 B 不用算时间多好。你是留学生？你学美术的？

江红 A 曾经。

五号 B 你喜欢船？这些船做得好精致，当艺品卖，一定不错。

江红 A 这不是卖的。

五号 B 那是做什么的？

江红 A 太复杂了，不知道怎么解释。

五号 B 说说看。

江红 A 是用来埋的。

五号 B 埋？

江红 A 埋在地下。

五号 B 埋在地下做什么？

江红 A 减少一些伤痛。我只要感觉什么地方发生过什么悲痛的事，我就会埋一个在地里，心里祈祷一下。很驴吧？都是我的幻想啦。其实是为了纪念一个朋友。

五号 B 这个男生坐船死了？（江红不语）说，我想听。

江红 A 从五号 B 手上接过一只船，凝视着它。

江红 A 我们一起长大的。后来我去北京学美术，有一回他跑到北京来，跟我说："你看得到未来吗？我们离开吧。未来在另外一个地方。我带你去。”然后有一天晚上，我们就出发了。一边笑一边唱歌。谁知道那一条路那么远。我们被藏在一艘开往东欧的货柜轮船里，在贝尔格莱德郊外被塞到一台卡车的底部、翻山越岭，最后在南斯拉夫海边上了一艘小货船。一百多人被塞进下面的船舱里，空气很差，声音很多，海浪很凶，船摇来摇去，他紧紧抱住我，叫我无论如何也要撑下去。

江红 A 渐渐放开自己。五号 B 坐在床上，静静地听。

有一天，他们让我们到甲板上，用海水喷我们，算是洗澡。让我们再下去，有人不肯，就和那些水手吵起来，打不过，就被活生生丢到海里，所有人被处罚。我们被关在一个更窄、放渔网的船舱里。门被关上，很热，很闷，快没有空气，怎么不开门？有人开始受不了了，好热，透不过气，好热，我听到有人在尖叫，有人在捶墙壁，说放我们出去，他抱住我，把我的脸压到墙壁上，我不知道他想干什么，他只是叫我撑下去，怎么样都要撑下去。原来墙壁上有一个小洞，他要我从那里呼吸，过不知道多久，我醒来，好安静，可是这是怎么回事？所有人都死光了，我远远听到上面的人在吵架，说人全部都死光，交不了差，怎么办，谁忘了开气窗？我没有力气反应，不知道过了多久，听到了很大的声响，所有人的身体翻到我身上。水开始进来。我拉着他的手，说："快醒来，快醒来，我们机会来了，我们走吧，我们走吧，我们到了……！"

沉默。江红 A 看着窗外。五号 B 看着江红 A。
东北平台灯光亮起。江红 B 对观众说话。

江红 B 没想到我竟然会跟他说那么多。我一边说，一边发现我很久没有说中文了，都不太会说了。然后我发现，我其实很久没有真正地跟人说话。

焦点回到北。五号 B 拿杯子给江红 A。江红 A 把茶接过来，两个人一起望着窗外。

五号 B 你能够活下来已经不简单。

江红 A 为什么是我？为什么是我？

停顿。

你没事吧？你怎么出汗出得这么厉害？（摸他脸）你的脸好烫！

五号 B 没事。我感冒了。我生病了。我能不能躺下来？

江红 A 当然。

五号 B 躺在江红 A 的床上。灯光变化。
东北平台灯光亮起。江红 B 站在上面，医生 A 在五号 A 轮椅后面，江红 B 和五号 A 轮流对观众说话。

五号 A 我就在她那边睡着了，醒来已经是半夜了。她坐在那里，望着窗外。雪已经停了，都市看起来特别明亮。我们聊了一个晚上，我跟她说了我所有，我太太、我儿子、我的病……

江红 B ……他的病，他旅行其实在寻找线索，想为他的遭遇找到一种说法、一种解释……

五号 A 怎么说呢？她告诉我好多关于她自己的秘密，她告诉我这些年她都会用黏土做一些小船，然后在感觉有煞气的地方埋起来，也不为什么，好像是她个人的某一种仪式。

江红 B 他告诉了我一个属于他自己的一个秘密的仪式，他说自从他生病以后走路一定先踏左脚。

五号 A 她说我住的旅馆很贵，竟然邀我一起住。那个地方几乎连一个人都住不下，想不到……

两个人辛苦的喘气声。灯光又在北右舞台亮起一个小光圈。五号 B 和江红 A 又在右舞台绕圈子，仿真爬楼梯，但是这次手上都拿着行李。同样的，江红 A 跑得很快，五号 B 慢慢走。

江红 B ……想不到我还邀他住下来……他一直发烧流汗，七楼对他而言是一种折磨……

五号 A ……其实我还蛮喜欢爬这楼梯的，有一种每天面对新挑战的感觉。呵！七楼……

北。江红 A 突然停下来，对“下面”喊。

江红 A 哎呀！我的牛奶忘在楼下了！你帮我下去拿，好不好？拜托拜托。你不知道法国人都很糟的，贼死了。

停顿。五号B喘气，犹豫。

下去拿，拜托！

五号B无奈地转身往“下”。

用跑的！

五号B开始小跑步往“下”跑。

喂！

五号B （停下脚步）啊？

江红A 骗你的。

五号B又转身往“上”爬。北灯暗。
东北灯亮。

江红B 这个空间里从没住过另外一个人。我刚搬来的时候想养只猫都嫌放不下，可是现在来了一个大男人，他一躺下，床全用完了。

北左舞台江红公寓灯亮。五号B直接躺在床上。

江红A 喂！你不能一个人霸占一张床！

五号B 问题是你只有一张床。

五号B坐起。

这样好了，我们轮流睡。四个钟头换一班，你先睡的话，我就去外面街上晃晃。

江红A 按一三五、二四六好了。

五号B 一三五你先睡，二四六我先。

江红 A 那星期天？星期天就一起睡。

五号 B 今天星期几？

江红 A 星期天。

江红 A 拉着五号 B 一同躺在床上。两人亲热。

灯光渐暗。

3–5　生活

东北；南——巴黎小餐厅

医生A、五号A、江红B；五号B、江红A、把脉者、餐厅老板、老客人

东北灯光亮起。医生A推着坐轮椅的五号A与江红B。江红A和五号B牵着手经过他们面前，往南走。

江红B　我们开始生活在一起。我打工的时候他就陪我走过那条长长的小街，然后再自己去逛巴黎，下班时他来等我，我们一起走回家。有时候他状况不好，发烧，没力气，就待在家里。

其实不只是他，我也一直很害怕掉进一个关系。

五号A　我在想，她有必要掉进一个关系吗？跟一个剩下没有多少时间的人？而我又何必呢？

江红B　虽然我不知道他的病有多严重，但是以他现在的状况来说，他有必要浪费他的生命在我身上吗？……

南灯光亮。"诺曼底小屋"餐馆，快要开张的时候，老板娘在擦玻璃，江红A和五号B手牵手从东走过来，走进餐馆，把脉者进入为五号B把脉。

虽然我没有钱让他去看法国医生，但是我还是认识一些

中国朋友，有中医，有特异功能气功师父，等等。我又去找他们的时候，他们都很惊讶。“你不是回北京了吗？”我笑了一笑，“回来了”。看了半天，他们对他的病还是没有办法。后来我想到我认识的一个吉卜赛人，在马黑区……

灯光渐暗。

3-6　吉卜赛

西二楼——吉卜赛的家

五号 B、江红 A、吉卜赛

西二楼灯光渐亮。吉卜赛的家：一张桌子，两张椅子。桌子上有一个水晶球，上面罩着一块布。江红 A 带五号 B 入，五号 B 非常怀疑的眼光。

吉卜赛人从隔壁房间进。以下对谈在表演上都是用中文，但在表达的意义上是两种语言——法文和中文。虽然吉卜赛人嘴里说的是中文，但是五号 B 听不懂，需靠江红 A 来翻译。

吉卜赛　我就知道是你们。

五号 B　（对江红 A）她说什么？

江红 A　她说她知道我们来了。

五号 B　废话。不是有预约吗？

吉卜赛　看水晶球就知道。

江红 A　（对五号 B）她说看水晶球就知道。

吉卜赛人坐下。

吉卜赛　（对五号 B）你的心里有很多怀疑。

江红 A　（对五号 B）她说你的心里有很多怀疑。

五号 B　这不用看水晶球，看我表情就知道。

五号B坐下。

吉卜赛　（对五号B）你必须先相信它，它才会告诉你实话。

五号B　她说什么？

江红A　她叫你乖一点。

五号B故作认真状。吉卜赛人瞪着他，起身离去。

江红A　你看你那什么态度？！

五号B　你不是叫我乖一点吗？我不是够乖了？

江红A瞪五号B，再去请吉卜赛人出来。

吉卜赛人回，手上拿着一瓶清洁剂，慢慢擦拭水晶球。

吉卜赛　像看爱人一样看着它，看好。

江红A　（翻译）像看爱人一样看着它，看好。

吉卜赛人看水晶球。五号B回头看江红A。

哎哟，我求求你行不行啊！

江红A示意五号B转头回去。

吉卜赛　我看到一片黑压压的……

江红A　（翻译）黑黑的……

吉卜赛　一群人……

江红A　（翻译）一堆人……

吉卜赛　好像在排队看电影……

江红A　（翻译）好像在排队看电影……

吉卜赛　我看到你……

江红A （翻译）她看到你……

吉卜赛 有一个女人站在你旁边……

江红A （翻译）一个女人站在你旁边……

吉卜赛 这是什么插在一根棍子上？

江红A （翻译）什么东西……插在一根棒子上……

五号B突然注意听。

吉卜赛 多奇怪？什么地方还会这样吃玉米？……

江红A 你们台湾是这样吃玉米的？

吉卜赛 走了……

江红A （翻译）走了……

吉卜赛 她走掉了……

江红A （翻译）她走掉了……

吉卜赛 什么事使她受不了？她怎么走掉了？她跑了……她就这样跑掉了……她往哪儿走啊？她以为这样就可以解决问题吗？

江红A （翻译）她就这样跑掉了……

吉卜赛 过了很久很久都没回来。

江红A （翻译）没有回来。

沉默。五号B全神贯注。

吉卜赛 你在……买票，是吧？这个人是你老婆吧！

江红A （翻译）你在买票，这个人是你老婆吧？

停顿。

五号B （严肃地）她在哪里？

江红A （对吉卜赛人）他问她在哪里？

吉卜赛 蓝色，只剩下蓝色。她失踪了，对不对？

江红A 她失踪了。

五号B （严肃地）她在哪里？

江红A （对吉卜赛人）他问她在哪里？

五号B 她没有死，对不对？

江红A （对吉卜赛人）她没有死，对不对？

吉卜赛 你生病了，莫名其妙常常发烧，不舒服……（停顿，起身）啊，是我不舒服。

吉卜赛人又离开。

五号B （对江红A）什么意思？你为什么带我来这里？你告诉了她什么？

江红A 我跟她说什么？！

吉卜赛人回，又专心地看着水晶球。

吉卜赛 雾，雾里有湖……看见自己……有鹿、鸭子、鹌鹑……等一下……城堡，一个城堡……一群人在跳舞，头上戴着……什么东西？花花草草编成的环。花环。旁边烧着火……冬天，很冷，一艘船，带着什么……从湖边……带走了……走了……（停顿）没有了。

沉默。

（对五号 B）去那里，（指江红 A）你跟他去。

五号 B 她说什么？

江红 A 她叫我们去。

五号 B 她说这些跟我有什么关系？

吉卜赛 （对五号 B）你这一生中的谜，必须用别的谜来解。就像有的梦要穿过其他的梦才能醒来，你必须一个个走过，才能走出这场连环梦。

灯光变化。

3–7 书店

西南；南纱幕后、环绕、西——书店

五号 A、江红 B；五号 B、江红 A、餐厅老板、老客人；路人、顾香兰 B、书店老板、书店顾客、街头艺人、点灯人

西南灯光亮起。坐轮椅的五号 A 和医生 A，以及江红 B 还在那里。

五号 A “穿过其他的梦才能走出来——”什么梦？谁的梦？从那天之后，我每天都在想，那个吉卜赛人叫我们去，去哪里？怎么找？怎么走？……

江红 A 和五号 B 在南“诺曼底小屋”餐馆门口。

江红 A 今天去哪里？

五号 B 不知道。随便。罗浮宫吧。（指向左边）这一条巷子到哪里？

江红 A 看着左边。

江红 A 你没有走过？（五号 B 摇头）它就是……奇怪，我也没有走过。应该可以穿出去到地铁那边吧。

江红 A 和五号 B 在餐馆门口亲嘴。

五号 B 开始环绕。路人从四处上，有如在梦境一般，动作缓慢，但不是慢动作。五号 B 走在人群当中，是唯一速度正常的。他四处张望，迷惑。

在南出现一位穿着中国旗袍的美丽女子（顾香兰 B）。她的速度正常，

体态诱人、神秘，好像不属于这个时代，自信地在人群中逆向而走。

点灯人将四个角落的街灯点亮。

五号 B 停下来，回头，看，试图追上去，但是没有办法，一方面是身体虚弱，一方面是穿越不过迎面而来的人群。五号 B 非常着急。

神秘女子逆向走入西区一家书店，五号 B 追。

五号 B 看到，神秘女子走进书店。赶紧冲向书店。但是他进去的时候，神秘女子已经不见了。

五号 B 在书店中到处寻找，就是找不到神秘女子。他擦着头上的汗，四处张望。他走向柜台。

五号 B （对老板，缓慢地）对不起，你有没有看到一位女子——

老板迷惑地看着五号 B。

一位中国女子——中国——

书店老板 中国——？

五号 B 穿着旗袍——中国旗袍——旗袍——

书店老板 什么？

五号 B 发现没有用，老板根本不知道他在说什么。他退后一步，转身，刚好面对一个展示台，上面都是书。有一本掉到地上，五号 B 捡，惊讶地发现他手上拿的是一本关于城堡的书。他仔细看，再转向老板。老板把书接过来。

书店老板 250。

五号 B 翻开其中一页，指着。

五号 B （慢慢地）城堡……

书店老板 对，城堡。城堡。这本书都是法国的城堡。

老板仔细看着书。五号 B 付钱。灯光变化。

3-8　寻找线索

南——巴黎小餐厅

五号 B，江红 A，餐厅老板，老客人，台湾客人一（男）、二（女）、三（男）、四（女）

南餐厅灯亮，喧哗的声音。四位台湾来的客人从餐厅门上。江红 A 去招呼客人。

台客一　哇，台湾没有这种店！

台客四　（指老客人）法国人耶！哇，台湾没有这种店！

台客二　我们跟团那么久，都没那么近看过法国人耶！

四人一阵喧哗，跟老客人合照。

台客二　（看到江红 A）东方人耶！（对江红 A）你会中文吗？

台客一　我们是台湾来的。

江红 A 不语。

台客三　唉，她听不懂啦。

江红 A 手势表示“四位吗”。

台客一　对，四位。

江红 A 带他们入座，客人坐到中间桌。江红 A 递上菜单。

台客四　（看菜单）看不懂。

台客三 好饿。

台客四 （对江红 A）我想吃牛排。

台客二 她听不懂啦！

台客三 好渴！（比）我们可不可以喝一点水？

江红 A 点头，去拿水。

台客四 怎么办？没中文怎么看？

台客三 这种店怎么会有中文？

台客二 （对台客一）都是你啦，谁叫你要脱队？

台客三 对啊，吃中国菜就好了。

台客二 我宁愿吃难吃的中国菜。

江红 A 拿一瓶酒，倒在杯中。

台客一 不是，我们没有叫这个。我要喝水，水！ Water！

台客二 你不要这么凶嘛！

江红 A 表示听不懂，帮他们倒酒。

台客一 怎么这样子？不行，不行，倒回去倒回去……

台客四 看一下标签，多少钱？

台客二 你不要丢脸啦！大家出来玩就好好玩嘛！

台客一 你怎么知道多少钱？我告诉你，（指着江红 A）这种人，到时候怎么被她杀了，你都不知道。

台客三 算了，算了！

江红 A 倒完酒，五号 B 从外上，手上拿着城堡书，坐下。

五号 B 江红！赶快看！

江红 A 把酒放在客人桌上，让他们自己倒，然后到五号 B 的桌旁。

江红 A 怎么样？

停顿。客人们愣。

台客四 她刚刚是不是说中文？

台客三 听错了吧。

台客一 法文，法文。（自己念）“怎么——样——”……？

江红 A （看书）哇！不可思议！你听！（念）“这迷人的城堡位于诺曼底，从古代传下来的外号叫作‘看见自己’。”

江红 A 看着五号 B，台湾客人看着他们。

（继续）“现在这一座城堡已经从私人住宅转成观光旅馆，供民众住宿。”你看！有湖！然后这些人，他们头上戴着不晓得是什么，好像是鹿角……（念）“仪式，在冬天……”

台湾客人全部注意江红 A 的中文。五号 B 拍拍江红 A，江红 A 看台湾客人。

停顿。

五号 B （对台湾客人）你们要不要听她唱王菲的歌？

台湾客人愣住。

台客二 （对台客三）“怎么——样——”……？

灯光渐暗。

-第　四　幕-　看见自己

4-1 往诺曼底

西；西二楼——快速火车上

江红 B；江红 A、五号 B、火车乘客、火车服务生

“旅行音乐”起。快速铁路的声音。西灯亮。江红 B 对观众说话。

江红 B 我们搭上一班通往鲁昂的 TGV[10] 高速火车，去寻找那座城堡。上了车以后我发现，来到巴黎这么多年，都没离开过这个不是故乡也不算异乡的地方。

江红 B 正上方的西二楼灯光渐亮。一节法国快速铁路的车厢，乘客散坐；江红 A 和五号 B 提着行李上车，看着自己的车票，找位子。车上服务生指导他们。

十二月下旬的法国乡下，遍地都是雪景，外面一些雪片打在车窗上，融化。我大概真的困在巴黎太久了，看得傻傻的。他也陪我看。

火车上江红 A 和五号 B 脸贴着玻璃，静静地看着窗外。他们正楼下的江红 B 往北移动。

关于诺曼底，我知道的不多，只知道“第二次大战”的时候战火猛烈。关于鲁昂，我只知道圣女贞德在那里被疯狂无知的群众烧死，也知道莫奈在很多不同的光线下画了很多幅那边的教堂。我们到了鲁昂换车的时候，参观了这两个地方。

火车厢灯光渐暗。

我们坐慢车到一个叫布里昂的地方，那个地方小到不小心会坐过站。从这里，我们不太确定怎么走。在雪地中什么都听不到，除了雪。我们在小镇的广场里看到一家小酒馆，那好像是那个小镇里唯一有人的地方……

4-2 小镇酒店

东——诺曼底小酒店

老总管、孙女、男客一、男客二、江红 A、五号 B

灯光转到东，一家法国诺曼底乡下小镇的酒店，只有两张桌子，一桌是客人，一位老先生，也就是老总管，坐在另外一桌，手上正在编织一个手工艺品。江红 A 跟五号 B 一边拍着大衣上的雪，一边进门。以下语言规则同前场[11]。

孙　女　你们好，请坐……

没有位子，孙女引导江红 A 和五号 B 在老爷爷那一桌坐下。二人坐。

江红 A　我要一杯热咖啡。

孙　女　好的。小姐，你的法文讲得很好啊。

江红 A　谢谢。（对五号 B）你要什么？

五号 B　Vodka（伏特加）。

同桌的老人听见五号 B 的声音，缓缓抬起头来，一直注视着他。

江红 A　给他一杯热牛奶。

孙　女　热牛奶，好的。

五号 B　（对江红 A）我听得懂，我要的是 Vodka。

江红 A　你不说法文她是不会理你的。

江红A注意到老总管的手工艺品。

你看，那个老先生在做的东西。

五号B 你问他。

江红A 先生……先生……

孙　女 小姐，我爷爷耳朵不好，你要大声一点，他才听得见。

江红A （放大音量）先生，请问这是什么啊？

老总管 戴头上的！

江红A （对五号B）戴头上的。（对老人）很好看！（大声）好看！……为什么要做这个呢？

老总管注视着五号B，没有回答。

孙女上热咖啡和热牛奶。

孙　女 你说这个花环哪？是这样的，我们这里最近会有一个节庆，这花环是要在节庆上戴的。

江红A 节庆？（对五号B）他说这里有戴花环的节庆，就这个就这个……（对老总管）节庆是什么时候？

孙　女 第十二夜。圣诞节过后第十二夜。

江红A 那还早。

孙　女 对你来说，还早。对我爷爷来说，他已经在准备了。

旁边一桌客人加入话题。

男客一 你们对这个有兴趣吗？大部分来参加节庆的观光客都是下个月才来。

男客二 两位是来这边玩吗？

江红A 呃……我们来找一个城堡。

男客一 杜象城堡。有订房吗？

江红A 需要吗？

男客二 这一段时间，它们城堡举行一些特别的活动，会请专人带你们去打猎，客人蛮多的。

江红A 城堡离这边多远？

孙　女 五六分钟就到了。你们租车吗？

江红A 没……没关系，很近，我们可以用走的。

孙　女 走路可能走不到。

五号B （对江红A）怎么样？知道在哪里吗？

老总管突然指着男客二。

老总管 你带他们去！

停顿。

孙　女 爷爷请他们开车带你们过去！（对男客二）拜托你跑一趟啰！

男客二 （起身）没问题，没问题。

江红A 会不会太打扰了？你们酒还没喝完呢！

男客一 没关系，回来再喝，酒只会喝掉不会跑掉的。

男客二 我去开车，你们跟我来。

男客一、二下。

江红 A （对五号 B）走吧！到你的城堡！他要带我们去。

五号 B 和江红 A 喝完饮料，结账，穿外套，准备离开。老总管仍看着五号 B。

老总管 （突然地）等一下。

孙　女 怎么了？爷爷……

老总管 （对孙女）你来。

孙女走到老总管身旁，老总管把花环给她，对她耳语。

孙　女 （走至五号 B 身旁）爷爷说，这个给你。

江红 A 爷爷他要给你的！

五号 B 接下花环，抬头看着老总管。他们互相注视了一会儿。

五号 B 谢谢！

灯光渐暗。

4-3 进入城堡

东二楼；南——城堡大门、观众席、北——柜台、东北、西、西二楼

江红 B；江红 A、五号 B、城堡经理、柜台职员、男服务生、侍者一、侍者二、贵妇（法国客人一）

东二楼灯光渐亮。江红 B 在楼上对观众说话。

江红 B 结果那位善心的年轻人开的是一辆农耕用的推土机。我们坐在后面，沿着乡下森林道路。雪花飘在我们身上，雪大到我们眼前全部变成白色。突然间，白色之中出现一个像童话般的城堡……

江红 A 与五号 B 从东南，拿着行李上，一边互相拍身上的雪，五号 B 头上戴着老总管送他的花环。

江红 A （对外面）谢谢……再见……小心开车，不要超速！（回头对五号 B）我告诉他不要超速！

五号 B 我看他再快也超不了速。

江红 A 与五号 B 在南，望着城堡大门。停顿。

江红 A 哇！后面真的有一个湖！

五号 B 真的是十七世纪的。

两人互相拍雪，穿过观众席走入城堡，看着四方。

观众席上方一座华丽的水晶灯亮起，照亮整个城堡内部空间。

柜台出现在北。城堡庄严华丽。

江红A突然感觉不对。

江红A （突然有感）你有没有感觉到？

五号B 什么？

停顿。江红A突然走出城堡，到南。

江红A 好重的一股味道……说不出来。

五号B 煞气。

江红A 等我一下。

江红A出去。五号B一人走到北，站在柜台面前。柜台职员上。

柜台职员 先生，欢迎欢迎，请问您订房的名字是……（发现五号B听不懂）订房……订房。

五号B 等一下，我朋友马上回来……

柜台职员 请问你的名字……名字……（指登记簿）

五号B 江红。江红。

柜台职员查登记簿。

柜台职员 对不起，我这里没有记录。今天是客满，如果没有订房，可能就没有办法。

五号B 什么？

柜台职员 对不起，我们客房本来就有限，尤其这一段时间，我们有特别活动……（拿柜台上的简章给他）打猎的特别活动……

江红A回。城堡经理从旁边办公室出，向柜台职员问情况。

江红A 怎么了？

五号B拿简章给江红A看。

五号B 你看……

城堡经理 （对柜台职员）怎么啦？

柜台职员 这位先生说他订了今天晚上的房间……

城堡经理 （对五号B）什么名字？

五号B 什么？

江红A （对五号B）他问你用什么名字？

五号B 江红。

江红A 怎么用我的名字？

城堡经理 （边重复声音，边找）江——红——？

法国客人一从西北上，她穿着一件漂亮的雪衣，经过柜台，看见五号B和江红A，突然停下来，惊奇地指着五号B。

法客一 Kato（加藤）桑？

五号B迷惑。

Kato桑？（对江红A）Suzuki（铃木）桑？真的是你们？好高兴在这里看到你们！

众愣。

（对城堡经理）你知道他们是谁吗？他们是日本驻伦敦大

使的公子和媳妇！他们是著名的艺术家！我们夏天才在普罗旺斯住同一家城堡！（对江红A）我刚刚在外面看到你在挖雪埋东西的时候，我心想不可能是你！我太高兴了！欸！贝赫那先生打到两只野鸭呢！

柜台职员　那……贝赫那夫人，您先生呢？

法客一　呃……（发现自己刚刚从外入，衣冠不整）啊呀，我乱七八糟的，晚上再说！

法国客人一冲下。

停顿。

城堡经理　（对柜台职员）给他们十八号。

柜台职员　可是那一间还没有开放。

城堡经理　可以开放了。

柜台职员　可是刚刚装潢好！

城堡经理　就给他们吧。

城堡经理在订位本子上写字，下。

柜台职员　（对江红A）对不起，应该是我们的疏忽。我们今天特别给你们十八号房，是这个城堡世世代代主人翁住的主卧房，我们翻修了三年，今天就照一般房间的价钱给你们，1550，包含早餐、晚餐。

五号B　什么？

江红A　（对五号B）杀了我吧，1550，我那一间公寓三个月也不用这么多钱！走了走了！

五号B 差不多啊，都是这个价钱啊！很合理呀！

江红A 不要了。

五号B 不管了，我要，钱我付。

柜台职员按柜台上的铃，男服务生上。

男服务生带着他们的行李，跨过西区餐厅。在餐厅区，侍者们已经在豪华的餐厅中准备晚餐的摆设。男服务生把行李搬到西二楼卧房。北柜台职员带二人往卧房方向走，上西二楼。

4-4　十八号房

西二楼——卧房

江红 A、五号 B、柜台职员、女服务生、男服务生

西二楼灯光渐亮，豪华的城堡卧房，保有原有的华丽装潢。因为这个城堡原来是贵族打猎用的，室内设计和打猎的主题相关。床的上方横挂着一把猎枪。

女服务生正在整理房间，男服务生正在放行李。柜台职员引导江红 A、五号 B 进卧房。

柜台职员　你们这一间房间的装潢是完全按照二十世纪初的样子和材料精心重建的，你们的运气非常好，从窗户看出去可以看到以前城堡主人打猎的森林和湖。你们明天要不要去打猎？（看见五号 B 和江红 A 疑惑的表情）喔，我们会有专人指导。这个房间刚刚装修好，可能还有一点味道，我们是完全按照原来的感觉去装修的。如果明天想要参加打猎活动，或是还有什么事，可以拉我们这复古的铃，（示范）服务生马上会来。

五号 B 拿小费给男、女服务生和柜台职员，三人下。江红 A 探头进左边的厕所。

江红 A　你看你看……我的天啊！为什么有两间厕所，为什么每间都比我的房子大，连澡缸都比我那间公寓大！

五号B （研究装潢细节）你看，连装饰性线板都是找跟过去时代一模一样的。

江红A 天啊！这种水龙头，看都没有看过，这水怎么开都搞不清楚！等一下一定闹笑话。

江红A走回卧房。

五号B （指着窗上的枪）床前面挂一把枪干吗？

二人静静地看着窗外。

江红A 湖真的很漂亮。

沉默。

我们在做什么？

两人安静地看湖。灯光渐暗。

4-5　日本游戏一——发现艺术家

西——城堡餐厅；西南

江红 A，五号 B，女服务生，领班，侍者一，侍者二，法国客人一、二（男）、三（女）、四（男）、五（女）、六（男）；江红 B

灯光在西亮，华丽的城堡餐厅，后方有一座大壁炉，壁炉上方挂了一幅画，但是只有框，没有内容。两桌客人已经坐定——法国客人三、四（一对），已经在点菜。餐厅气氛正式而拘束，坐着的客人穿着讲究而奢华，但是话很少，非常严肃，看来都不是很快乐的样子。法国客人五、六进。

领　班　两位，你们的位子已经准备好了，这边请。

五号 B 跟江红 A 从西南楼梯下楼，至西。五号 B 穿着休闲的西装夹克，江红 A 穿着平常的便服和球鞋。五号 B、江红 A 走至餐厅。领班在门口看五号 B 衬衫一眼。

哦……先生，这边请。

领班把五号 B 引到柜台后面，给他一条领带。五号 B 起先不明白。

五号 B　（懂了）喔！

五号 B 到旁边去打领带。江红 A 笑。领班回头看着江红 A 的球鞋。停顿。

领　班　这边请。（对侍者一）四号座。

侍者一带江红 A 到位子上。所有人都看着她的球鞋。江红 A 无所谓，反看大家。

五号 B 打好领带，到座位。

江红 A （看着五号 B 的领带，笑）干吗？装绅士？好驴。

五号 B 你脚底下才难看，下次没人敢带你出来了。

侍者一 两位，这是我们今天特别的菜单，其中有贝赫那先生提供的野鸭。

侍者二带法国客人一（贵妇）和她的先生（法国客人二）上，坐在他们隔壁桌，法客一一直凝视着五号 B 和江红 A。

法客一 （热情的）Kato 桑，Suzuki 桑，这是我先生丹尼尔，就是巴黎银行的，今天的鸭子就是他打的，记得吗？我们特地去了一趟伦敦的泰德画廊看你们的展览！真精彩！

法客二 （不耐烦地对其妻）你不要打扰人家。

五号 B 她又来了。跟她解释吧。

法客一 （又热情地）Kato 桑，Suzuki 桑……

法国客人二低头，觉得难为情。

法客二 （小声但严厉地对其妻）好了。

法客一 （不客气地对其夫）你不要管我。（起身，对众客人）各位，我跟你们介绍一下！你们知道吗？这两位是日本驻伦敦大使的公子和他的夫人。他们都是著名的艺术家，不过他们不大会说法文。（指五号 B）这位还会说一点，（指江红 A）

她可就完全不会说。

五号B （比手画脚）不不不……

法客一 日本人都很谦虚，他们的作品非常特别，一种装置……

法客二 （不耐烦地）够了。

法客一 表现一种……我不会说，一种后现代的艺术观……

法客二 （失去耐性）我说够了！

法客三 我知道！是不是那一对用战争武器制成小孩玩具的？

法客一 对！对！在泰德画廊展出。

法客三 很轰动！

法客一 你有去看？

法客三 没有，没有。我那个时候很忙，但是我有听说。

法客五 我有看到——在精品店有卖。非常可爱，而且有意义。

法客一 真的好感动，我们来喝酒，来，（对侍者一、二比手势）我们带来的这酒非常好，我先生没办法喝太多，他的身体……

侍者一、二为大家倒酒。法国客人二忍无可忍。

法客五 那我们一起敬他们，好不好？我好喜欢日本的当代艺术。

众举杯。

法客三 我也是。

五号B （小声对江红A）怎么办？

江红A （对五号B）就接受吧！反正明天他们就走了。

法客一 敬生命，敬艺术，敬法兰西共和国跟日本国的美好友谊！

Santé[12]！

所有的客人跟江红 A 和五号 B 敬酒。

五号 B 和江红 A 互看一眼。西灯暗。

西南灯光亮起，江红 B 对观众说话。

江红 B 就这样，我们俩莫名其妙变成日本人，而且是搞装置艺术的艺术家。反正也好，在这种游戏角色的扮演当中，我跟他似乎从一种一路走来的使命感和悲情中跳脱出来，反而享受到人生的另一种乐趣。

4-6 日本游戏二——服务生

西二楼——城堡卧房

五号 B、江红 A、女服务生

西二楼灯亮，五号 B 和江红 A 开房间门，一边笑。

江红 A 我们真的变日本人了？

五号 B （日文）嗨！

江红 A 我们想解释都没有机会！

五号 B 嗨！

江红 A 日本话怎么说？教一下。

五号 B 阿里阿豆！

江红 A 这一句谁都会！

女服务生敲门。

趁机赶快练习练习。

江红 A 开门。

女服务生 对不起，帮你们铺床。

江红 A （对五号 B，像日文的声音）她要帮我们铺床。

五号 B （顺回江红 A，像日文的声音）她要帮我们铺床？

江红 A （像日文的声音）没错，她要帮我们铺床。

五号B （像日文的声音）那我们要不要让她铺？

江红A （像日文的声音）好啊！

五号B （像日文的声音）麻烦你了。

江红A （同时，日文）请！

五号B （同时，日文）请！

江红A一边笑，一边走进厕所。女服务生开始铺床。

五号B看着窗上挂的古董枪，开始用“日文”跟女服务生说话。

五号B （像日文的声音）这一把枪是不是可以拆下来？

女服务生 什么？这把枪是以前主人打猎用的枪。

五号B （像日文的声音）这一把枪……是不是可以拆下来？

女服务生 这一把枪？你喜欢这把枪？

五号B （像日文的声音）你觉得好看吗？你喜欢睡觉的时候，上面放一把枪吗？

女服务生 什么？喔，你不喜欢这把枪。

五号B （像日文的声音）这里应该放一幅画，你不觉得吗？一幅漂亮的画，有花，有草，有山，有水……

女服务生 什么？把它变成什么？枪变成花？……枪变成……玩具！把枪变成小玩具？您的作品？

江红A 我都听不懂，她竟然听懂了？

江红A从厕所大笑。

女服务生 我想我了解你的意思。我去跟经理商量一下。你们的床已经铺好了，晚安。

五号B （边给小费，日文）……再见！……

女服务生下。

江红A关上门。停顿。

二人大笑。

江红A 讲得不错嘛！

五号B （像日文的声音）讲得不错吗？

江红A （像日文的声音）不错。

五号B （像日文的声音）不错。

江红A （恢复中文）他们真的以为我们是日本人。

五号B 偶尔当一下外国人也不错。外国贵族。（对江红A，做作）夫人。

江红A 嗨。

二人看湖。

五号B 这湖真美。

江红A拿起茶几上的饭店说明书。

江红A （看着说明书）这地方叫"杜象城堡"，它的座右铭叫"看见自己"。这是十七世纪贵族打猎用的一个别墅，路易十四也来过这里打猎。往北不远也是古代经常打仗的战场，圣女贞德也带过兵经过这里。再往北就到海边，就是"二次大战"诺曼底登陆的战场……

五号 B 那和“看见自己”有什么关系？

江红 A （看说明书）重点来了：城堡十九世纪第十二代主人特爱打猎，有一天晚上，他跟猎友坐在外面那个湖边喝酒烤肉，然后他看到一头鹿。

五号 B 在湖边？

江红 A 不是，在湖中间。

两人望着窗外。

（看说明书）所有人都以为他发疯了，一开始不信，后来陆续有人都在湖上看到东西，从此传说就开始了，如果你坐在正确的角度……你看，还画红线……正确的视野看湖，你就会看到“自己”。

五号 B 他是看到一只鹿，又不是看到自己。

停顿。

江红 A 因为他打了太多鹿，他觉悟了，了解他杀的其实是他自己。

五号 B 这上面这样写？

江红 A 最后两句我编的。原来这是这一座城堡吸引观光客的主要原因。

五号 B “看见自己”？（往湖看）什么角度？

江红 A 不是这里。（去拉铃）问问吧。

灯光渐暗。

4-7 看见自己

北；观众席 / 南——湖边；湖上

城堡经理、女服务生、江红 A、五号 B、伯爵

观众席亮起特殊光，全是水纹波动，好像整个观众席都在水底下的感觉。

北灯光渐亮。暗暗的湖畔，深夜。一把户外椅子在北中央正对南。城堡经理手上拿着手电筒，带江红 A 和五号 B 从右舞台上，女服务生带毛毯。

城堡经理 ……请跟我来……这边来……慢慢走……小心，这地有一点湿……

城堡经理、女服务生带他们到椅子旁边。

就是这个位子。这是当年城堡主人坐的同一个位子，坐在这里看湖，说是如果心情平静，（指远方）就会在那边远远的，看到自己。很多人是没看到什么，我是没看过。好了，我不打扰了。

城堡经理、女服务生下。

停顿。

五号 B 怎么样？

江红 A 试试看。

五号 B 坐下，江红 A 站他旁边。两人视线穿过观众席看着远方的南。

沉默。

五号 B 什么都没看到，站起来。

五号 B 看不到。你来。

江红 A 你的事情你做。我看到的又不是你的。

五号 B 帮我看一看。

江红 A 坐下。两人一起安静地看。

沉默。

渐渐地在南黑暗中传来船笛声，接着是一些模糊但嘈杂的声音，人的挣扎、呐喊……

在南远岸的湖水中，似乎出现一道红红的光。

声音渐远，和光一起消失。

江红 A 情绪激动，起身，五号 B 抱住她。

江红 A （小声地）你听到了吗？

两人安静地拥抱片刻。五号 B 又坐下。

南迷雾中，一位外国男人，穿着整齐，出现在远方的湖水上。外国男人坐在湖边同一把椅子上，坐姿和五号 B 一模一样，好像成为五号对照的影子一样，但他手上拿着一把猎枪。两人着迷地互看。

远方传来火车的声音。外国男人对北开了一枪。

火车声和光渐弱，南已经看不见什么了。

五号 B 看江红 A。

五号 B 你看到什么？

江红 A 看五号 B。

为什么？

城堡经理上。

城堡经理 进去喝茶吧！太冷了，进去吧。我们已经为你们准备好茶了……

城堡经理领二位下。灯光渐暗。

4-8　日本游戏三——战争与武器

东北；西二楼；西——城堡餐厅

江红 B，五号 A；女服务生；江红 A，五号 B，领班，侍者一，侍者二，法国客人一、二、三、四、五、六

西南灯光渐亮。江红 B 站在五号 A 旁边，但是他们是分开的两种空间。江红 B 对观众说话。西二楼，女服务生用鸡毛掸子在清洁，清理到小桌上江红 A 放的小船。她拿起一个小船，好奇地看着，干脆坐在豪华沙发上，仔细研究小船。

江红 B　（对观众）那一天晚上，我们没有说什么话。

五号 A　（对医生 A）我做了很多梦，有动物，有枪、刀……

江红 B　第二天早上，我们继续寻找线索，但是找不到。我们几乎所有时间都花在湖边，想看到什么，但是什么也看不到。

五号 A　同时我们无法抗拒的日本装置艺术家新身份让所有人都好奇。他们误认为我们是来收集战争用过的武器，然后制成各种可爱的玩具。

江红 B　那个铺床的服务生误会了，以为我们想收集房间那把枪。

五号 A　可是因为那是属于那房间原本装潢的一部分，所以没有办法。没关系，这个城堡收集过非常多兵器，他们说过两天

看有没有办法，帮我们这两个艺术家安排一下。哈！艺术家！

灯光渐暗。

灯光在西亮，城堡餐厅。晚餐时间。三桌客人已经坐定——法国客人一、二、三、四、五、六。他们在聊天。原本墙上空白的画框变成有内容的：一男一女合在一起的油画，男的是湖上五号B所见同一人。

五号B跟江红A上。

侍者一 两位晚安，今天晚上有新鲜的鹿肉。还是贝赫那先生打的。

侍者一带位，下。大家都看着五号B跟江红A。

领　班 两位，那把枪我们经理正在处理。

法客五 Suzuki小姐……Kato先生……你们好！

法客四 我们敬大家！敬我们的艺术家朋友！

众人举杯喝酒。

众　人 敬艺术！

法客五 （对五号B，热情地指着自己的先生）这是我先生！我先生是做纸箱的，（比）装东西的纸箱……

江红A （对五号B）他先生是做纸箱生意的。

法客五 （慢慢地，比手画脚）他年轻时是想做艺术的，跟你们一样……后来没办法，要生活，要赚钱……艺术，向往，他非常向往艺术的人生……可是没办法，他现在还是做纸箱的生意。（停顿）是什么动力？是什么动力让你们支持下去？什么动力？

五号B （对江红A）他好认真，他在问什么？

江红A （小声，对五号B）他在问是什么动力让我们在艺术方面支持下去。你想回答吗？

法客五 战争让你看到什么了吗？战争给你们什么样的灵感做艺术吗？广岛、长崎，炸死了那么多你们无辜的同胞，柬埔寨全国布满了那么多地雷，许多小孩子在玩耍时就被炸死了！或是没有手没有脚！战争真是残酷啊……

江红A突然从翻译转为评论，法客五被吓得退后一步。

江红A 这些有钱人到底懂什么呀？自以为很有格调，（看看这些法国客人）连日本人中国人都搞不清楚。艺术、战争，他们懂个屁呀！世界上发生什么大事的时候，他们在哪儿？他们在高贵的餐厅里，喝着高贵的红酒，吃着自己亲手杀死的鹿和野鸭！看到电视上的画面，看到人对人残酷的事情就关心一下，然后就转台，跟你们一点关系都没有，然后继续享乐！

众人看情绪失控的江红A。

法客五 我虽然听不懂，但是我真的很感动。那么先生，你呢？是什么力量让你走到这一步？

江红A （已收拾情绪，小声对五号B）不要回答。走了走了！

江红A向法国客人微笑。五号B突然起身。江红A尝试将五号B拉走。

五号B （庄严地，像日文的声音）你问我我在寻找什么？不知道。你问我什么是我的动力？也不知道。我只知道……

停顿。众愣。所有人被五号B的诚恳和激动所打动。

法客五 （感动）哇……

五号B语言突然从不知名的声音转成中文，法国客人们还是一样听不懂。

五号B （清晰的中文）自从有一天，有个我不认识的病找上了我，一切都改变了。我没有选择！我认识这个病菌吗？它为什么要找上我？不知道。可是它就是来了！就好像你说的柬埔寨到现在都还有小孩子，被地雷炸得缺一只手、少一条腿的！（激动）战争已经结束了二十五年了！是谁放的地雷？他认识那个小孩吗？哪里来那么大的仇恨，要去炸死一个你不认识的人？我跟那个小孩又有什么不同？他就和你我一样，然后有一天，站在阳光下，站在马路上，突然就，砰！完了！我们嘴巴上每天喊的"自由"根本就是个屁！我们哪儿来的选择？！……

江红A起身安慰失控的五号B。

沉默。

法客三 好感动……

法客六 他说什么？

法客五 你不要管！要感受！感受！好伟大。我们敬你们。

法国客人一、二、三、四跟着附和。众人向五号 B 跟江红 A 举杯敬酒。法国客人一伤感。她突然去抢她先生西装夹克里面的钢笔。

法客二 你干吗?

法客一 你别管我!

两人争执,法国客人一站到五号 B 面前,拿钢笔给五号 B。

Kato 桑……这是我跟他打架……(比)打架……的时候,他用这支笔戳我……(比)戳我哦!很痛!(将笔放在五号 B 面前)请你一定要收下。

法客二 你在搞什么?你丢不丢脸啊!

法客一 我呢……(脱鞋子)我就拿这只鞋子砸他!(比)砸他……他戳我……我就打他……打他。

法国客人一将鞋子放在五号 B 桌上。

这也给你,请你收下。

法客二 (用手遮脸)你回来,你太丢脸了。

法客一 这些对你们来说可能是不重要的东西,可是对我们来说,这是战争!战争!我们用这些来打仗!这就是武器!兵器!我想终止这一切我跟他之间的冲突,所以我把这些给你们!

法客二 (极度难为情)够了没有?

法客一 (继续)我跟我先生感情不好,我说出来也不在乎大家听,我希望能跟我先生感情变好,因为我真的很爱他。

沉默。场面尴尬。众人拍手。法国客人二下。

法国客人一先后跟法国客人五和法国客人三拥抱。五号B突然看到墙壁上的画。

五号B （对江红A）你看……

江红A 什么？

五号B 那一幅画。

停顿。众人看男女主人肖像。

江红A 它本来在那里吗？

五号B 怎么以前没有看过？

五号B起身，走到男女主人肖像面前，看。所有人看他。领班向江红A和五号B靠近。

江红A 对啊……

五号B （看）法国男人跟中国女人？这就跟我们在湖上看到那个人一样！……

江红A （看画下面的铜牌，念）“亨利·杜象，布维尔伯爵，法兰西共和国驻中华民国上海领事，1895—1938。”看，这边有个签名，K—O—O—……

五号B KOO？

停顿。众人看。

灯光渐暗。

4-9 启示

西南；西二楼——城堡卧房；环绕区；南、观众席、北、西——六十年前

五号A、医生A、江红B；江红A、五号B、城堡经理、柜台职员、侍者一、女服务生、男服务生、孙女、老总管；顾香兰B、伯爵；回忆中的总管、男仆、女仆、玛莉

西南灯光渐亮。江红B站在五号A和医生A旁边，但是他们是分开的两种空间。

五号A 那一幅画……我们在这城堡待了好多天，好像就是为了它……

江红B 他看到画里的人物，整个人呆住了。有一下子，我感觉他被吸进去，好像完全忘了自己的存在。

同时，城堡经理、柜台职员从他们面前过，指挥着男仆跟侍者一搬一箱武器，上西南楼梯到西二楼。

西二楼卧房灯光渐亮。江红A和五号B在房间，五号B拿着钢笔和高跟鞋，两人心情低落。

五号A 画中的两个人，男的我在湖上见过，女的在巴黎的街头，我发现城堡书里的那个下午见到过。他到底是谁？一个中国女人怎么会出现在这样一个城堡里？我问了他们，他们

也没有答案。

江红 B 看那画的风格，不会是太久以前的作品，他们说不定还活着。我故意用一点破碎的法文跟他们沟通，询问我们有没有办法购买那一幅画。

五号 A 他们一直听错江红的意思，以为我们要花钱买兵器。

江红 B 可是我们要的是画。

五号 A 江红讲得嘴都快破了，他们还不是很明白……

城堡经理敲房门。五号 B 起身去开门。城堡经理、柜台职员入卧房，侍者一跟男仆搬一箱武器进。

城堡经理 Kato 先生，晚安。

柜台职员 我们选了一件武器，（比开枪）“砰砰”……送给您。

城堡经理 对对，（比开枪）“砰砰”……我们特别为您找出了一把十八世纪的枪，确实是战争用过的。是城堡前主人家族收藏的，希望对您的工作有帮助。

侍者一拿出枪。

五号 B 看着江红 A。

江红 A 他们决定送你一把枪。

五号 B （对城堡经理）阿里阿豆……

城堡经理 我们公司非常期盼您将来完成的作品能够让我们长期陈列在大厅，一方面让后来的旅客欣赏到您的作品，同时为世界和平而祈祷。这是我们集团的一个小小的心愿。

五号 B （对经理）可是我们要的是画呀！……

江红 A 他们要你用武器做艺术品！

侍者一跟男仆搬画架与画上。

城堡经理 接着我们有一个惊喜给你们，关于你们接洽的画。我们已经查出来，画中的人，是以前城堡的主人和他的夫人。

柜台职员 巴黎银行那一对贝赫那夫妇，今天下午已经回巴黎了。他们知道你们对这幅画有兴趣，所以在走以前，贝赫那夫人购买了这幅画，要送给你们，还有一封信。

五号 B 什么意思？

江红 A （对五号 B）给我们的。

城堡经理 对，给你们的，这是他们给你们的礼物。

江红 A （对五号 B）就是送你鞋子的那个女的啊！她买的，给我们！

五号 B 那女人真是的……

女服务生领老总管跟孙女上西二楼房间门口，敲门，柜台职员开门。

柜台职员 关于这幅画，我想这位老先生应该很清楚，所以我们特地请他来为您解说。

女服务生引导老人和孙女入房间，然后下。

五号 B 就是我们在镇上遇到的那个。

老总管 又见面了。

城堡经理 原来你们早就认识了，我们就不打扰了。

城堡经理跟柜台职员下。

江红A等到城堡经理和柜台职员确定离开了之后，才大胆地跟老总管和孙女开口说话[13]。

江红A （对老总管）请进，请坐。谢谢你们赶过来。外面风雪这么大，还让你们这样赶来，你们店今天不开了吗？

孙女 今天提早打烊。

江红A （对五号B解释）他们今天为了你提早打烊赶过来。

五号B 真的？（对老总管）谢谢。

老总管 听说两位有事找我？

江红A 对。这个……

江红A跟五号B拿画给老总管看。

五号B 谁？

江红A 这是谁？

孙女 爷爷，你应该知道吧？

停顿。

老总管 我们家族在这个古堡为杜象先生家族服务了一百多年，（指孙女）我跟她奶奶是最后一代，后来杜象家族有一些变化，于是我们就没有再替他们服务了，我跟我太太在小镇上经营一家小店，一直到今天，后来是我们女儿在管，现在都是我孙女在管。

环绕区灯亮。伯爵和顾香兰C由东北开始绕场，走入观众席，走向北。

江红 A 一边在五号 B 耳边帮他同步翻译。

停顿。老总管看着画。

画中是一对夫妻。那是六十多年前的事了。他们就住在这房间。男的叫作亨利·杜象,女的叫(发音不准)香——兰——顾。这一幅画就是香兰顾画的。每天早上我会准时地敲门，送上早点。她刚来的时候，我好迷她，她长得好漂亮。她是杜象先生从上海带回来的。

南灯亮。城堡大门，但一切像是罩上了回忆的薄纱一样，呈现的是六十余年前的景象。

江红 A （翻译完毕后，对老总管）从上海带回来的?

老总管 是啊，杜象先生曾经是法国驻上海领事，当年从我们这里出发的时候，他还带着他的前夫人和小孩。

江红 A 同步翻译着。

过了好几年，我记得那一天，我收到一封电报，伯爵要从中国回来，结果带来的不是前夫人，反而是一位新的夫人，而且是中国人。

一直环绕的伯爵和顾香兰 C 进入北，城堡大厅，与员工一一问好。

我还记得她第一天来的时候，大家都好惊讶，我太太……（胸前画十字架）好难过。不过香兰她人很好，杜象先生为她在这儿和在巴黎请了很多老师让她学画，天天请客，热闹得很，高朋满座，多少名流贵族在这儿进进出出，很多人还只是为了看我们新夫人一眼来的。表面上他们是一对恩爱的夫妻，但事实上，香兰顾很不快乐。

伯爵和顾香兰C穿过西，上西二楼，如幻影般从总管、五号B、江红A背后过，消失在西北二楼。

后来伯爵在一次惨烈的车祸中丧生，那是……一九三八年的事，然后……有一些奇怪的事情发生。总而言之，城堡就卖给别人，我们也搬出去了，香兰顾搬到巴黎去了。

江红A帮五号B翻译完。

停顿。

五号B 那她什么时候过世的？

江红A （向老总管翻译）那她什么时候过世的？

老总管 我不知道，我不确定她是不是过世了。她是五十年代回到上海去，后来只联络过几次，但是我知道她如果要走的话，我会知道的。

江红A （翻译完毕后，对老总管）什么意思？

孙女 我爷爷的意思是，他感觉她没有死。我爷爷感觉很灵的。

五号B 有没有办法找到她？

江红A （向老总管翻译）有没有办法找到她？

老总管 这个难啦。

江红A 怎么了？

老总管 我最后一次有她的消息，是听说她住在巴黎的小公寓，那个时候刚打完仗，后来她就回上海去了。她从中国有寄几封信给我，我也回了，后来是一九六几年，中国发生什么大革命啊什么的，就再也没联络了。

江红A帮五号B翻译。

五号B 那地址可以给我吗？

江红A （向老总管翻译）有地址吗？

老总管 她最后一封信写给我，叫我烧了她所有的信，因为海外关系对她不方便，所以就叫我给烧了。

江红A （对五号B）她叫他把信烧了。（对老总管）烧了吗？（老总管点头）一封都没？

老总管 不过地址我记下来了。

江红A （对五号B）不过他记下来地址。

五号B 记记……

老总管努力地想地址。

老总管 四号——（不准确的发音）枯——林——路——上——海——中——国。

江红A （揣摩译音）古林？估领？哭领？

五号B 确定没错？

孙女 我爷爷他记性很好，不会错的。现在时间晚了，我爷爷要回去了。

老总管和孙女起身，再看看房间，向门口走。

五号 B　那我们明天还可以去找你吗？

江红 A　（对老总管）我们明天还可以去找你吗？

老总管　我年纪大了，我这个年纪都不敢跟别人说再会。

老总管向他们鞠躬，孙女把他扶出门外，二人下楼梯。江红 A 和五号 B 目送。

灯光渐暗。

4-10 回程

东二楼——快速火车上；北——湖边；南 / 观众席——湖上

江红 B、五号 A；江红 A、五号 B、火车乘客、火车服务生

快速铁路的声音。西北灯光亮起。同前场，五号 A、医生 A 和江红 B 都在同一个区位，但二组在不同的时空中。

江红 B 第二天，我们一早搭上回巴黎的快速火车。在出发之前，我们一直在犹豫，他们送我们的那把枪该怎么处理。

东二楼灯光渐亮。同前火车场，法国快速铁路的车厢，但是反方向。乘客散坐。

五号 A 江红不准我把那一把枪带回巴黎，我们两个就偷偷地把它埋在城堡的花园里。然后我们又到湖边一次。

北灯光亮起。江红 A 和五号 B 在湖边看湖。他们的行李在一旁。观众席亮起水纹波动，南远方烟雾弥漫，什么都看不清楚。北两人静静地望着黑暗的湖。

江红 B 我们就静静地在那里，什么都没有看到。

沉默。

五号 A 我们离开了诺曼底，离开这个城堡，开始下一段旅程。我真谢谢江红陪我，在诺曼底这个美丽地方，一个美丽的

冬天。

江红 B 在火车上我们很安静，几乎一句话都没说。这段日子很短暂，我们知道我们在一起的日子要结束了。

江红 A 和五号 B 慢慢回头，开始爬旋梯。

五号 A、医生 A 跟江红 B 下。

灯光渐暗。

-第　五　幕-　第七颗煎蛋的轨道

5-1 分手的准备

北——巴黎小公寓

五号 B、江红 A

两个人喘气的声音。北灯光渐亮。江红 A 和五号 B 搬行李上舞台左区灯光准确切割出来的旋转楼梯，他们手上拿着画和行李。

五号 B （边“上楼”）上面灯先帮我按住。

江红 A （边“上楼”）好日子过惯了，连爬个楼梯都不行。每天吃鹅肝，吃到血都变蓝色的。

五号 B 贵族的血号称是蓝色的。

江红 A 是啊。

江红 A 走到“顶”，用模拟动作打开公寓的门，北左区准确的灯光切割出公寓的范围，江红 A 入。

还是回到自己的窝好，多快乐。

五号 B （入公寓）这落差太大了。

江红 A 进来啊。

五号 B 城堡的澡缸都比你这窝大。

江红 A 还是回家舒服，住那么大地方多浪费。（望着左边窗外）哇，我的白教堂。这才叫“景观”。

五号 B 躺床上。沉默。

五号 B 你觉得她到底是姓“辜”？还是“顾”？还是“古”？

江红 A 你去上海找找看。

五号 B 你跟你老板请一下假，跟我到上海一趟，我找到人就陪你一起回家。

停顿。

江红 A 回什么家？我不存在，从中国出来的江红已经死了，来到巴黎的江红根本没有存在过。为什么到现在你还不懂？

五号 B 你在说什么？你不敢面对，你不敢面对他，你不敢面对我。你不存在就算了，我活得很好。就当我们这段时间也没有在一起！你不去面对，怎么过关？

江红 A 在湖边你也看到了，我过不了这一关。你去。你去过你那一关，去找你那个神秘的上海女人好了。

沉默。

不要去。能知道什么？能发现什么？知道又怎么样？知道你踩到的地雷是谁放的又怎么样？

沉默。

不要去。我愿意陪你。到最后。

江红 A 温柔地拥抱五号 B。

沉默。

5-2 煎蛋的梦

东；东二楼、东北二楼、西二楼、西北二楼——巴黎小公寓梦境；南

江红 B；江红 C、江红 D、江红 E、江红 F、江红 G、江红 H、江红 I、江红 J；

五号 B

东灯光亮起。江红 B 对观众说话。

江红 B 来到巴黎之后，发生过这么一件事：

几年前，有一天早上，我醒来，在床上顿了一下，确定我在哪里。我经常会这样，不知道自己在哪里。如果窗户在左边，我想那是巴黎，如果窗户在右边，应该是北京，除非我半夜做了一个一百八十度的旋转。那一天阳光从我左边的窗户射进来。没有错，这是巴黎，我那小小的公寓。来法国已经几年了，但是有时候起床的那一刹那还是不太确定。

东二楼灯光亮，江红 C 从床上坐起来，起床，照叙述中的动作，煎蛋。

有时候，为了确定我人在巴黎，我喜欢做洋人的早餐。打开我那小小的冰箱，看到牛油、柳橙汁、奶酪，我就笃定了，没有错，我在巴黎。

照惯例，我从冰箱中取出一个蛋，把锅热了，油放下去，

然后用清脆的动作把鸡蛋壳一打，看着那生蛋往锅里下。但是这一天，当那蛋黄蛋白大声地碰触到锅中热油的那一刹那，我突然之间发现我又坐在床上。

打蛋的声音，接着是蛋下锅的声音。楼上煎蛋的江红C身上的灯突然暗，同时瞬间东二楼床上灯突然亮，另一个江红——江红D坐在床上。她慢慢起床，照叙述中的动作，煎蛋。

我停顿了一下，看了一看我左边的窗户射进来的阳光。没有错，这应该是巴黎吧，但是怎么会变成这个样子呢？我怎么又跑回床上？没关系，我想，再来一次吧。于是我重新再来，从左边下床，重复以上所有的步骤，打开冰箱，从冰箱中取出一个蛋，用清脆的动作把鸡蛋壳一打，但是……当那蛋黄蛋白大声地碰触到锅中热油的那一刹那，我突然之间发现我又坐在床上。

打蛋的声音，接着是蛋下锅的声音。江红D身上的灯突然暗，同时瞬间东二楼床上灯突然亮，江红C、E坐在床上。她们慢慢起床，照叙述中的动作，煎蛋。这个时候楼下有一个江红在叙述，另外两个在楼上做动作。

怎么一回事？我对自己想着。我开始有点紧张。没关系，我再来一次。但是……当那蛋黄蛋白大声地碰触到锅中的热油的那一刹那，我突然之间发现我又坐在床上。

打蛋的声音，接着是蛋下锅的声音。东二楼煎蛋的江红C、E身上的灯突然暗，同时瞬间，东二楼、西二楼床上的灯突然亮，江红 D、F、G 坐在床上。她们慢慢起床，照叙述中的动作，煎蛋。

我开始非常地紧张。我是不是走进一种走不出来的煎蛋轮回？我坐在那里，看着左边窗户射进来的早晨的阳光，我想不出别的办法，只好再试一次。但是结果一样，当那蛋黄蛋白大声地碰触到锅中热油的那一刹那，我突然之间发现我又坐在床上。

打蛋的声音，接着是蛋下锅的声音。东二楼、西二楼煎蛋的江红 D、F、G 身上的灯突然暗，同时瞬间东二楼、西二楼、西三楼床上灯突然亮，江红 C、E、H、I、J、K 坐在床上。她们慢慢起床，照叙述中的动作，煎蛋。

我只能凭着一股信念继续坚持下去。五次、六次，到了第七次，当那蛋黄蛋白大声地碰触到锅中热油的那一刹那，它居然继续煎了下去。我站在炉子面前，惊讶地看着那透明的生蛋白变白的过程，那蛋黄凝结的过程。

楼上各处煎蛋的江红 C、E、H、I、J、K 继续煎蛋。

煎好了，把蛋放在盘子上，面包烤好了，吃了，然后，我的日子就这么过，到今天。

这一件事让我想到，我的今天，来自那第七颗煎蛋。我的整个道路，完全来自蛋煎下去的那一刹那，而不是前一颗。如果第五颗蛋就煎成功，我在想，我是不是进入了另外一个轨道？那一条道路就不会走到今天这一步？

各处灯光渐暗。众多江红的画面消失。东一楼，五号B带着行李，穿着旅行的服装，慢慢由北向南走过江红B身边。

5-3 分手

南——巴黎餐厅

餐厅老板、江红 A、五号 B、老客人、客人、街头艺人

南灯光渐亮。巴黎餐厅。只有两桌客人，每桌各有一个人。老板娘在柜台算账，江红 A 在整理桌子。

五号 B 从东走过来，站在门口片刻，把行李放下。江红 A 过来。

江红 A 其实你何必过来？直接在家门口叫出租车就好了。

五号 B 有办法的话我会回来找你的。

停顿。江红 A 跟五号 B 拥抱。

客　人 （回头向厨房）小姐，给我一点胡椒，好吗？（看见两人拥抱的画面）

江红 A 来了。

江红 A 进厨房，五号 B 趁机拿起行李，走出餐厅，开始以顺时针方向慢慢绕场。

穿着旗袍的年轻顾香兰 C 开始慢慢绕场，一边走，一边望着四周，好像一个许久没有上场的人物，做上场前的准备。

江红 A 带胡椒罐上，看着空桌子。

一盏聚光灯照在江红 A 的脸上。餐厅的其他灯光渐暗，整个南只剩下江红 A 一张脸，固定在时空之中。

5-4　旅行

西二楼；北、环绕、西北 / 西北二楼——上海海关

五号 A，医生 A，护士二；五号 B，旅客；上海海关一、二、三、四；顾香兰 C

五号 B 继续绕场。带着行李的旅客们从西南上，排列成一列队伍。飞机场的各种声音。顾香兰 C 也跟着绕场，她年轻、穿着旗袍，没有带行李，带着一分好奇，冷眼看着所有绕场的旅人。她尤其好奇地看着五号 B。

西二楼灯光渐亮，五号 A、医生 A 和护士二在二楼。

五号 A　假如我可以跟她……到最后……那会是多好，在那小小的阁楼……

停顿。

医生 A　可是你选择走下去。

五号 A　不知道为什么，不管是欧洲飞亚洲的飞机，或者是亚洲飞欧洲的飞机，大部分都是晚上飞。晚上的机场有一种梦幻的特质，旅客都像是梦里的人物，看得到他们身体的晃动，看不太到他们的脸。

上飞机之后，又是进入一种永无止境的夜，直到到达目的地为止，好像一个很长很长的隧道。

上海海关出现在西北。旅客开始在西排队，往西北过关。海关人员也在西北二楼巡逻。

我到了上海，终于到了上海。在我认识我太太的那一天，本来已经想好要到上海去工作、生活。绕了这么大一个圈，我还是来了。但是，我是来做什么的？我怎么说得清楚？……

五号B在队伍中，刚好排到海关。

海关一 （看着五号B的证件）来做什么的？

五号B 我？找人。

海关一 什么人？

停顿。

五号B 是这样，（拿出地址）我不晓得你能不能帮助我……

海关官员迷惑地看着地址。五号B脱离开海关区，站到西北。特殊的光在他身上，创造出一种疏离的时空感。五号B突然变成叙述者对观众直接说话。

好疯狂，让我从台北到巴黎，从巴黎到诺曼底，再到上海。我在找一个我不认识的人，一个我不知道还是不是活着的人。我手上只有一张三十年前的地址，而且是法文拼音，连她的名字、地址也都是法文拼音——Ku-ling Lu……HSIANG-LAN KOO，就算找到她，我要说什么？

旅客渐渐地过关。顾香兰C出现在五号B身旁，实实在在地、活生生地望着五号 B，研究着他，但是又像一个幻想、一个回忆。五号 A 由西北上，跟着五号 B 的描述在寻找。

花了很多时间，终于找到牯岭路四号，但是那里十几年前就被拆掉了，在那里，我得到一个消息，关于一位会绘画的老太太。我找到浦东外滩的高楼，到古董字画商场、上海美术学院，最后问到了一位姓徐的退休教授，她专门研究中国女画家。我去拜访她，把画拿给她看……

叙述完毕，五号 A 上东二楼，五号 B 下。

5–5　徐教授

东二楼——徐教授家；环绕；南——上海病房

五号 A、徐教授；顾香兰 A、雪雪、五号 B；顾香兰 B、顾香兰 C

东二楼灯光渐亮。徐教授家。徐教授坐着，五号 A 拿着从诺曼底搬来的画上，拿画给徐教授看。徐教授一直看着画。

停顿。两人对看。

五号 A　（看签名）“KOO”。

徐教授　（上海话）顾香兰的画并不多。

五号 A　（听不太懂）“古——香——兰”？“顾——香——兰”？

徐教授　顾香兰。

五号 A　她姓……？

徐教授　（上海话）“古”。

五号 A　“古”？

徐教授　欸，顾。（在纸上写）

五号 A　哦，顾。哦。请问她现在在哪里？

徐教授　（上海话）听说她前一阵住在瑞金医院。

五号 A　（听不太懂）水……金鱼？

停顿。

徐教授 （重复）住医院……医院……瑞金医院……（在纸上写）

五号 A 哦……医院。我可以去看她吗？

徐教授 （上海话）她从来不见人的。你确定你要去看她吗？

五号 A 科——伊——我可以。

徐教授 （上海话）哦。

徐教授在纸上写。

五号 A 对，看，看她。我确定我要去找她。

徐教授 （上海话）这个人很古怪，不好搞的……

徐教授写一个地址给五号 A。

音乐起。同时南灯光渐亮。南已经变成上海病房。病房中只有一张床。顾香兰 A 躺在床上，一位八十多岁的老太太。她的看护雪雪坐在旁边的椅子上，年轻、时髦，头上戴着耳机，随着随身听的音乐摇摆。南纱幕后，穿着三十年代服装的顾香兰 B 非常缓慢地从高处向观众方向走过来，手里捧着一个茶杯。她一步一步缓慢地走下一个很长的斜坡。

像是一架飞机下降需要很长的航道行程，顾香兰 B、C 两位好像从遥远的地方准备下降到顾香兰 A 的回忆中，到这一出戏的故事中。

五号 B 手上拿着一张纸在右舞台病房门附近张望。一直绕场的顾香兰 C 在左舞台看着五号 B 和病房中的画面。

灯光渐暗。

第一部分结束
第二次中场休息

过场

如果是一天看完全本，这里到了晚饭的休息时间；如果是两天看完全本，这是第一天的结束。

如果是分两天演，这里有个小小的谢幕：医生 A、B 会同时出现在南左右舞台的楼梯上，向观众道晚安。

医生 A 五号的故事说到这里，要告一个段落。谢谢你们一起陪我听。

医生 B 时间晚了，祝大家有一个好梦，明天我们继续为大家演出。

医生 A、B 晚安。

说完后鞠躬，灯暗。

-第　六　幕-　寻找顾香兰

6-1　自他交换：继续说故事

西南——台北病房、南纱幕后——上海病房；环绕

五号 B、医生 A；顾香兰 A、雪雪、五号 A；顾香兰 B、顾香兰 C

一个人吸气、吐气的声音。

观众进场时，西南区纱幕前摆着台北病房的病床。医生 A 穿着便服，安静地站在五号 B 病床床脚，做深呼吸。

五号 B 突然醒来，呼吸声停。

五号 B　你在做什么？

医生 A　没有。

五号 B　你在呼吸。我听到你在呼吸。好大声。

医生 A　会吗？（摸着五号 B 的头）

五号 B　现在几点？

医生 A　已经过十二点了。我回去了。

五号 B　这么晚？你为什么不叫我？

医生 A　你睡得很好。

五号 B　你在这里待了两个钟头？就在那边呼吸？

医生 A　人总是要呼吸的。蛮好的。你休息吧，我走了。

五号 B　不行。点蜡烛。

停顿。

不说就算了，要说就好好说……

医生A点蜡烛，扶五号B起。

南纱幕后灯光微亮，隐隐约约看到上海病房中的老顾香兰（顾香兰A），以及她背后高处捧着茶杯，慢慢走下斜坡的年轻顾香兰B。五号A在病房门外徘徊。

说到……？

医生A 暴力、命运、艺术……

五号B 啊？

医生A 那个研究中国女性画家的老教授跟你说顾香兰还活着。

五号B 她劝我不要随便去找她。

医生A 为什么？

6-2　接近顾香兰

南——台北病房、南纱幕后——上海病房；环绕

顾香兰A，雪雪，上海医生，五号A；顾香兰B，顾香兰C；五号B，医生A

南纱幕后灯光亮。上海病房中，顾香兰A躺在床上，她的看护雪雪拿一个杯子给她。

顾香兰B继续在南纱幕后缓慢下斜坡。

顾香兰A　（拿起杯子，喝，上海口音）怎么这么烫？

雪　雪　你不是说要热水吗？

顾香兰A　我说要这么烫吗？你存心想把我烫死，是不是？

停顿。雪雪欲从顾香兰A的手中拿走杯子。顾香兰A不给她。

雪　雪　那……你不要热水。

顾香兰A　我有说我不要热水吗？你们现在年轻人是怎么搞的？只有黑、白，只有烫死人或者是冻死人，中间没有任何层次吗？（上海话）层次到哪里去了？

雪　雪　你不要热水。

雪雪欲从顾香兰A的手中拿走杯子。顾香兰A不给她。

顾香兰A　算了。将就吧。也将就够久了。有一天我会被你毒死，

然后顾香兰就终于死了。

雪雪已经没有在听。五号A在门外鼓起勇气，敲门。

雪　雪　谁呀？

雪雪去开门。五号A站在门口，呆看里面。

五号A　请问有没有一位叫顾香兰的老太太？

雪　雪　她在。

五号A看着顾香兰A。顾香兰A的眼神也慢慢注意到五号A，两人相看。停顿许久。

顾香兰A　什么事啊？

停顿。

五号A　我不知道。

顾香兰A　不知道？不知道就滚！没事滚。（五号A愣）滚！

雪　雪　（对五号A）伯母今天不太舒服。改天来吧。

五号A出门，雪雪关门。五号A呆站在门外。

顾香兰A　雪雪，给我加点凉水……

南灯光渐暗。

西南，五号B坐在他病床上对医生A说话。

五号B　我知道这个人不是很容易接近的，可是好奇怪，我们对看的时候，不知道为什么，我有一种很特别的感觉。

南灯光再亮起。上海病房第二天。五号A在走廊上徘徊，手上拿着一盒包装好的茶叶。

雪雪在听随身听，声音很大，她一边摇摆。

顾香兰A （哼法国香颂）雪雪，给我泡一杯咖啡……我今天想喝咖啡欧蕾，我可以教你怎么做。雪雪？

雪雪没有反应。

（大声）雪雪！！

五号A敲门。

雪雪！！你耳聋了啊！开门！

雪雪发现有人在敲门，去开门。五号A站在门口。

雪　雪 （对五号A）又是你。伯母，你朋友来了。请进，请进。

顾香兰A 哪个朋友？

雪　雪 上次来的那个。

五号A站进来一步。停顿。两人相看。

顾香兰A 小赤佬又来了。

五号A 伯母，我带了一个礼物给你，台湾来的茶叶。我是台湾来的。

顾香兰A 台湾来的没一个好东西。

尴尬的停顿。

你站在那儿干吗？柱子啊？

雪　雪 请坐。

五号A坐下。

顾香兰A 你到底是谁？什么事情，鬼头鬼脑的？

五号A （给名片）我是台湾来的。这是我的名片。我是做建筑的。

顾香兰A 做建筑跟我有什么关系?

五号A 我刚从法国来。我在诺曼底的城堡里看到了一幅画……那个城堡，好漂亮，它的绰号，“看见自己”，好迷人……（拿出城堡的酒店说明书）我带了这个资料给您，我想您会喜欢。

五号A把说明书拿给顾香兰A。顾香兰A看一会儿，还给五号A，五号A再拿给顾香兰A。

这座城堡现在变成一个观光旅馆，非常好，我想你会想知道……

顾香兰A （突怒，上海话）你哪里来的这些乱七八糟的东西?出去!你出去!

雪　雪 （引五号A出门）先生，今天不大方便。你先走吧。伯母今天身体不舒服。

雪雪送五号A出门。

顾香兰A 对，对，我身体不舒服，我每天都不舒服，你可以不用来了!我不舒服!（上海话）你称心如意了吧!

雪雪拿水给顾香兰A。

我要咖啡!

南灯光渐暗。

西南，五号B对医生A说话。

五号B 我又被赶了出来，可是在她看那些资料时，我发现她的眼光露出了那么一刹那说不出来的……感伤和怀念吧。我知道事情开始不一样了……

南灯光再亮起。上海病房第三天。雪雪在一旁睡觉。上海医生正在帮顾香兰A把脉。

顾香兰A （对医生）找不到吧？懂了吧？你就去写个报告，就说我死了，你就可以回家！

上海医生拿药给顾香兰A。

（上海话）啥么子？

上海医生 蓝色是给糖尿病，红色是给胃溃疡。

顾香兰A 那其他的怎么办？我还有很多毛病就算了？是不是？你给我安眠药，这样我们都好了。

上海医生 不是，你现在……

顾香兰A 帮我去买一包香烟。

上海医生 现在吃什么香烟？

顾香兰A （上海话）我给你钱，帮我去买一包香烟。

上海医生 乖乖吃药，不要啰唆。

顾香兰A 现在只要用钱就可以买到任何东西。所有人要的只是钱，一点层次都没有了！不然以为雪雪在这里干什么？还不是为了钱！听清楚，两位，（大声，上海话）我需要一包香烟！

上海医生 乖乖吃药。

五号A在门口敲门，手上拿着包装好的、从法国带来的油画。

上海医生开门，下。五号A自然进来。

停顿。

五号A 伯母，拜托您，让我跟您说话。

五号A坐下。顾香兰A不语。

伯母，我病了很久，可是没有医生可以告诉我我生的是什么病。我剩下没有多少时间。前天你问我，我来有什么事，我真的说不出来，因为我真的不知道。我旅行到法国，一个吉卜赛人叫我去这个城堡，我就去了诺曼底，从那边，有一些指示把我指向你这边的方向。我不知道为什么，可是在我心中，我想你应该可以告诉我一些关于我自己……为什么我是现在的处境？

顾香兰A 我？告诉你？我自己都搞不清楚自己！

五号A打开画的包装，把画拿给顾香兰A看。

沉默。五号A指画。

五号A 我好想知道这画里面所有的事情，你的，还有这幅画里的男人。他是谁？

停顿。

顾香兰A 他……曾经是我丈夫。

五号A 他很帅。

顾香兰A 那是因为我把他画得很帅！画都是虚构的！假的！空的！你懂不懂？（法文）Tu comprends（你明白吗）？

沉默。

五号A 伯母，跟我说，跟我分享您的生命。

沉默。

顾香兰A 你想听我的故事？

停顿。

那就答应我一件事情。把这幅画拿出去，把它烧了。

五号A 是。

停顿。

顾香兰A 然后晚上回来，带一根蜡烛。

五号A 蜡烛……？

顾香兰A 雪雪，送客。（转头发现她还在睡觉）唉，算了。

五号A 谢谢您，伯母，您好好休息。

五号A起身，把画收起来，下。

五号B和医生A下。

灯光渐暗。

6-3　“天方夜谭”二——进入上海

南——上海病房；环绕

顾香兰 A、五号 A；顾香兰B、顾香兰C；十里红、金姨、二宝、翠琴、媛媛、如玉、妙莲、萍香、宝霞

南灯光再亮起。上海病房当天晚上。顾香兰 A 坐在床上哼歌，五号 A 上，手里拿着一根蜡烛，顾香兰 A 起身，从矮柜抽屉里取出一个古董烛台。顾香兰 B 仍继续缓慢下斜坡；穿旗袍的另一个年轻顾香兰 C 开始以顺时针方向缓慢环绕着观众走。

五号 A　好漂亮的烛台。是古董吗？

顾香兰 A　差不多。

顾香兰 A 指示五号 A 坐在一旁椅子上，细心地把烛台放到矮柜上，再把蜡烛放上，点上。她开始说话的时候，有一点像是对烛台说。

一位远来的年轻人要我说出我的故事。我老了，快要死了，说不说没有什么差别，也不会造成世界的任何改变。

停顿。顾香兰 A 对着烛台，但不知道她在跟谁说。

我先说另外一个故事。

进入自己心思。

有一只美丽的小鸟，关在一个华丽的笼子里。她每天展开彩色的翅膀，让笼子外的人们看到就高兴。笼子外面的人都说：“你是全世界最漂亮的鸟。高兴吧？”可是那只鸟每天不快乐，总想脱离那个鸟笼。有一天，不知道为什么，鸟笼开了，她飞了！飞得好远好远，飞到一棵奇异的火红色的树上，累了，睡着了。第二天醒来，一看，她还在鸟笼里，但是鸟笼已经挂在一棵火红色的树上。她很伤心，但是一碰笼子的门，竟然笼门是开的！于是她又飞出去了，飞得好远好远，飞到一个紫罗兰色的山边。累了，又睡着了。第二天醒来一看，她又在鸟笼里面！但她发现笼门仍是开着，抖搂抖搂翅膀，又飞了出去，飞得好远好远，飞在黑色的海洋上面，突然发现翅膀上原有的色彩全都已经褪了。她叹一口气，一群野鸽子打她身边上方飞过，滑过天空，不留下任何痕迹。她飞呀飞呀，飞得累极了，但找不到可以落脚的地方，终于，她在海洋上看见漂着一片浮萍，她终于可以休息了，她使尽全力飞近，但飞近一看，发现漂在海上的仍然是个鸟笼……

停顿。

这故事没有结局。

沉默。

顾香兰A突然把蜡烛吹熄。灯光暗。

遥远的音乐起，五号A正在点蜡烛，灯光再亮，已经是第二天晚上。

顾香兰A 那个时候，我好年轻，二十岁都不到。你一定好奇，在一九三二年，一个洋人贵族在上海认识一个中国姑娘，然后娶她回法国，你一定以为这位姑娘必定家世显赫，跟他门当户对。是不是？

停顿。

那你就不清楚啰！我年轻的时候做什么的，你猜猜看？

五号A 您不是艺术家吗？

顾香兰A （笑）艺术？！艺术是骗人用的！

（摇头）我出生在哪里，自己都不清楚。我是在上海闸北一带被遗弃在街上的小孩。那是一个乱世，相信我爹娘是自己活不下去才会这么做。我很小就被带到一个窄窄的地方，学习琴棋书画和各种技艺，不是为了“艺术”，是为了男人。

我是做妓女的。怎么？第一次认识妓女？你不晓得，那个时候上海有十二万个妓女，我只是其中的一个而已。但我是顶尖的。顶尖的。

笛师在西二楼演奏。“天仙阁”的妓女们出现在南后方特殊光中，分别从病床两侧上，像是从一个时光隧道一样走出来散步，在南下舞台会合，再由观众席慢慢走向北妓院。

我们那叫“长三”堂子，最高级的，（上海话）没身份的人不能去的，（对五号 A）没身份的人是不能去的，那是最高级的地方。我可是红透半边天的顾香兰！（上海话）顾香兰。大老板都排着队想见我。想见我一面都不容易！我的花头几个月前就排得满满的！

五号 A 花头？

顾香兰 A 唉……花头你都不懂？看你没见过世面啊。你看看，现在这个世界早就没有任何层次感。大家以为找妓女只是为了跟她睡觉。当年哪是这样的？我们卖的哪里是身体？我们卖的就是中国男人从古以来得不到的一种玩意儿，那个玩意儿叫作：（法文）L'amour。“爱情”。

好久的事，好像昨天一样。

南灯光渐暗。

- 第　七　幕 -　危险游戏

7-1　天仙阁——张老板做翠琴的花头

北——天仙阁大厅；环绕；东、东二楼

十里红、金姨、二宝、翠琴、媛媛、如玉、宝霞、萍香、妙莲、王先生 A、张老板、钱老板、杨大少、马老板，保镖一、保镖二、茶水工；顾香兰 B、顾香兰 C、王先生 B

北灯光亮。一九三二年上海天仙阁妓院。过去时代的华丽出现在我们眼前。妓院中家具古典，上方悬挂着灯笼，左右舞台各自摆放一个花瓶。左上舞台摆设一张洋式沙发椅及高茶几、台灯。

顾香兰 B 从东二楼继续捧着茶碗慢慢往北走。

顾香兰 C 继续绕场。

一位穿着西装的中年男子，王先生 B，也开始绕场。他撑着拐杖，身体憔悴。

年轻丫头二宝在收拾东西。右侧舞台一阵喧哗，二宝从左下，保镖一带着张老板、钱老板、杨大少、马老板、王先生 A 从右边大门方向上。金姨招呼客人。

所有语言带着上海口音。

金　姨　欢迎……请进，请坐……

客人在沙发区坐下。二宝送干果点心给客人，再下。客人之中，大家都表现很熟练，都是老客人，除了王先生 A 第一次来，不自在，四处观看。

二宝、茶水工、保镖二随时穿插人群中。

张老板 （对金姨）这个……大姐怎么没看到？

金　姨 大姐？马上出来，马上出来。

张老板 这样啊，我跟你介绍一下，这位是南京路做丝绸的王老板的二公子。

金　姨 王老板？（对王先生A）哦，你就是那个王老板的二公子。

张老板 第一次来。

金　姨 久仰。

张老板 今天带他来见识见识。

姿态老练而优雅的老鸨十里红带着艳丽的翠琴、媛媛、如玉和宝霞上，众妓女熟练地分别给客人送上漂亮的茶碗，然后站到他们身后。

十里红 哎呀！张老板！

张老板 哎呀！大姐！……

十里红 钱老板！杨大少！马老板！欢迎！欢迎！欸……这位先生是？

张老板 大姐，我来跟您介绍一下！这位先生是大马路彩大祥王老板的二公子啊。

十里红 大马路王老板的二公子？

张老板 今天第一次来。

十里红 欢迎欢迎……

二宝给王先生A一个破旧的茶碗，然后下。

（对王先生 A）最近生意可兴隆？

王先生 A 好。

十里红 好。大家吃茶嘛，吃茶。张老板！我们今天晚上都给您准备好了在翠琴的妆阁里做花头，我们知道您要来，大厨特别准备了一道您最喜欢的鲫鱼。

张老板 谢谢你！谢谢你！

十里红 翠琴，你下去安排安排打点打点啊。

媛媛、翠琴、如玉和宝霞向客人鞠躬，下。

张老板 是这样的，大姐，我上个礼拜在外头做的一个东，我有请香兰啊，还有媛媛一起过来，（指王先生 A）我们德宝老弟看了香兰是很欢喜，今天来这边，第一次嘛，来想说麻烦您给他稍微引荐一下。

停顿。

十里红 王先生你想见顾先生，是吧？是这样的，我们家香兰今天出局，待会儿就回来，请多多包涵。

张老板 顾先生很忙的。

金姨下。

十里红 第一次来我们天仙阁，好久没看到令尊了。他身体还好？

王先生 A 好。谢谢你。

十里红 令尊啊，一向是我们天仙阁最尊敬的客人了。

张老板 （对王先生 A）我们以前常来这边谈事情。

钱老板 谈生意。

马老板 对，谈生意。

张老板 今天第一次带你来这边看看，见识见识，（对十里红）好好招待他喔。

十里红 没问题。阿金啊……

十里红下。

张老板 好了，德宝啊，今天香兰出局了，也许等一下就回来了，不过我想等一下大姐会给你介绍另外一位。

王先生 A 另外一位？可是，我要见香兰啊！

钱老板 小老弟，你真是劝不听，真有你的。

杨大少 人家是初生之犊不畏虎。

王先生 A 啊？

张老板 不过德宝啊，如果你真的只要香兰，等一下那个先生来的时候，你不要喝她的茶就好了。

杨大少 看到没？人家在教你呢！

马老板 记得啊！

钱老板 德宝老弟啊，这香兰可不是省油的灯喔，不是普通人玩得起的。

王先生 A 啊？

杨大少 （对张老板）告诉他告诉他……

张老板 我们有一个朋友，老谭，前一阵子说要把香兰赎出来。

马老板 娶进门做小的。

杨大少 有有有……

钱老板 香兰说:“你要把我赎回去，还要看我瞧不瞧得起你呢……”

马老板 结果你猜谭老板说什么?

张老板 “你以为你值多少?连我新的那台雪铁龙的轮胎都比不上!”

王先生 A 然后呢?

张老板 然后谭老板新的雪铁龙就被推进黄浦江里了。

王先生 A 谁干的?

众人笑。

张老板 巧合，巧合而已。

王先生 A 香兰?

钱老板 你不怕就好了。

十里红上。

十里红 来了……

二宝把破茶碗收起来，十里红带萍香从楼上下来。萍香手上端着一个漂亮的茶碗，给王先生 A，站到王先生 A 后面。客人互看。

这位是我们方先生，方先生啊，在我们天仙阁里面，唱功一流的……

尴尬的停顿。王先生 A 不喝茶。
场面僵住。

那……张老板，酒席已经在翠琴的妆阁准备好了，各位老板要不要上去用了？

张老板 （起身）当然……

钱老板 （起身）也是时候了。

众客人往楼上走，继续喧哗。张老板突然停下，客气地拦住王先生 A。

张老板 呃……那德宝啊，你就先回去吧。

王先生 A 啊？

张老板 你第一次来，没关系。下一次。走……

众往楼上移动，留王先生 A 在楼下。
王先生 A 迷惑地看着楼上。
保镖一站在门口等待王先生 A 下。王先生 A 下。
灯光渐暗。

7–2　杨大少做嫒嫒的花头

西北；北——天仙阁大厅、环绕、东二楼

王先生 B；十里红、金姨、二宝、翠琴、嫒嫒、如玉、妙莲、萍香、宝霞、王先生 A、张老板、钱老板、杨大少、马老板、教授、保镖一、保镖二、茶水工；顾香兰 B、顾香兰C

穿着西装、撑着拐杖一直在绕场的王先生 B 走到西北，向观众说话。他的声音沙哑，像是声带受过伤。

王先生 B　一个茶杯就代表一个人的身份。拿破破烂烂的茶碗，表示啥事都干不了。（对自己笑）没有关系，我可以慢慢等。他们笑我，说香兰不是普通人玩的，玩不起就别玩……

王先生 B 拄着拐杖继续绕场。北天仙阁灯光再亮起。二宝在收拾东西。右侧舞台一阵喧哗，二宝从左下，保镖一引张老板、钱老板、杨大少、马老板、王先生 A、教授从右侧大门方向上，动作、声音跟前一场几乎一样，客人多了一个个性古怪的教授。金姨招呼客人。二宝、茶水工、保镖二随时穿插人群中。

金　姨　欢迎……请进，请坐……

众客在沙发上就位，教授不坐，一直四处张望。

教授，您也来了！

教　授　你们这里变了。

金　姨　什么？

教　授　变旧了。

二宝送干果点心给客人，然后下。

教　授　阿金，你也变了。

金　姨　怎么？

教　授　变老了。

金　姨　啰唆得很！来来来……吃点干食！

十里红带翠琴、媛媛、如玉还有宝霞上，一阵喧哗，翠琴、媛媛、如玉还有宝霞各自上茶给张老板、杨大少、钱老板还有马老板，然后站到他们身后。二宝帮王先生A跟教授送上一个破旧的茶碗。

十里红　哎呀！各位老板啊！

张老板　大姐啊。

十里红　今天杨大少在媛媛的妆阁做花头，我们大厨应杨大少要求做了西餐。

钱老板　西餐！呱呱叫！

杨大少　好。

教　授　（酸）赶时髦。听不懂？崇洋！

金　姨　教授您真爱开玩笑，上次您在这里享用的那顿西餐吃得“金当光”！

十里红　（看到王先生A）王先生，您又来了。

张老板　他第二次来。

十里红 是，我知道，吃茶。嫒嫒啊，下去把酒席摆一摆。

妓女们下。

杨大少 大姐啊，我说香兰今天是……？

十里红 真是巧啊，阿金你说对不对？香兰她今天又出局了。

杨大少 是是。

金　姨 香兰忙得很啊。

张老板 这么忙啊。

金　姨 你一定要见她吗？

沉默片刻。教授突然说话。

教　授 我们都退化了。我说这里面只有我们德宝老弟还像个人，还有真感情！所以他是我们之中唯一玩得起顾香兰的！其他人都不敢正眼看香兰，怕真感情被勾出来了，不小心变成人了！多可怕！

众笑。

金　姨 王先生你同教授很熟的吧？

王先生A 第一次见面。

金　姨 难怪他这么说你，（指破茶碗）来，吃茶……

十里红 教授他爱开玩笑。

教　授 （举拇指）老弟，有真感情了不起！当然，他的真感情比不上顾香兰那么多！

金　姨 你多多包涵。顾先生一下就回来了。

十里红 这样好了，王先生，我帮你安排一个天仙阁新出来的倌人——妙莲。阿金好久没这么得意的学生了，（使眼神）阿金……

金姨下。

王先生，妙莲是我们天仙阁里最年轻的倌人，连蜡烛都还没点，我可是第一个就想到你呢。

钱老板 是啊，妙莲今年才十四岁，（指二宝）以前跟二宝一样是送茶水的。

二宝收拾茶杯，替客人添茶。

教　授 （酸）我说这德宝老弟啊，十四岁才刚刚出道的，这真感情虽然比顾香兰少，可难保以后不会越来越多的。

十里红 教授真不愧是教授，说的笑话都没人听得懂的。

教　授 别人听不懂没关系，你听懂就好了。

金姨带妙莲上，妙莲捧着漂亮的茶碗给王先生A，十里红起身，下。妙莲站到王先生A身后。停顿。

杨大少 小老弟，你看怎么样？不会比顾香兰差的。

钱老板 而且没有顾香兰的“风险”。

金　姨 钱老板您说这什么话？

停顿。王先生A不喝妙莲的茶，张老板故意大声喝茶。尴尬。教授终于打破沉默。

教　授 多尴尬的场面！这什么规矩？逼人家喝茶，人家要找顾香兰，那个真感情最多的顾香兰，你们还一直给人家推销，要推销到什么时候？

众客笑。十里红上。

十里红 酒席已经摆好了，请各位老板上楼吧。

一阵喧哗，所有人都站起来要走上楼，王先生A跟着走，张老板又把他拦住。

张老板 你先回去吧。

王先生A 又要我回去？

张老板 茶还没碰，你不能上去啊，回去吧。

众人上楼，留下王先生A一人。他迷惑地看着楼上。

保镖一站在门口等待王先生A下。王先生A下。

灯光渐暗。

7–3　钱老板做顾香兰的花头

西北；北——天仙阁大厅、环绕

王先生 B；十里红、金姨、二宝、翠琴、媛媛、如玉、妙莲、萍香、宝霞、王先生 A、张老板、钱老板、杨大少、马老板、教授、顾香兰 B、保镖一、保镖二、茶水工、顾香兰C

一直在绕场的王先生 B 又在西北，向观众说话。

王先生 B　我那段时间像是在梦游，一切是虚幻的，只有到天仙阁，人生才是真实的。我一定要认识顾香兰，那成为我生命中唯一的目标。

王先生 B 继续绕场。

北灯光亮。二宝在收拾东西。右侧舞台一阵喧哗，二宝从左下，保镖一引张老板、钱老板、杨大少、马老板、王先生 A、教授从右侧大门方向上，动作、声音跟前一场几乎一样。金姨同样地招呼客人。二宝、茶水工、保镖二随时穿插人群中。

金　姨　欢迎……请进，请坐……

众客人在沙发区坐下。二宝上场送干果点心给客人。教授上来后不坐，在后面晃。

吃点干食……王先生！您又来了。

张老板　今天香兰跑不掉了吧？

金　姨　什么话，张老板！

张老板　王先生今天是第三次了，香兰这次总该让你见到了！

十里红率众妓女上。

欸……大姐！

十里红　张老板！

众人寒暄。十里红看到王先生A。

王先生。

王先生A　大姐。

十里红　又见到你了，今天钱老板在香兰的妆阁里做花头。

钱老板　香兰准备好了没？

十里红　钱老板，你请多多包涵，香兰还没回来。

钱老板　香兰她还没回来？

十里红　马上就回来……香兰的妆阁已经在安排了，大家吃茶……这桂花糕跟核仁酥是最地道的。

张老板　哦。那我尝一个。好吃。

十里红　（对教授）教授吃点吧，这是最地道的。

教授拣干果吃，但是不说话。

杨大少　教授今天已经保证一句话都不说。

金　姨　怎么可能？什么原因啊？

杨大少　刚刚我们在外面跟他打赌，钱老板赌他没有办法一晚不说话。

钱老板 我就不信教授一个晚上都不说话。

张老板 我们都不相信。

金　姨 教授！我说你这场赌是输定了。

十里红 那真是可惜啊，我正好有一个问题要请教教授，看来今天是问不成啦……

张老板 什么问题啊？

十里红 我有一个朋友说中国人不会做甜点，我倒觉得我们的核桃酥、桂花糕比外国人的巧克力蛋糕好吃？

教授欲言又止。

教　授 这——

杨大少 咦？说了说了……

张老板 这不算这不算……

众笑。

张老板 教授最近愤世嫉俗，看什么都不顺眼。

金　姨 教授愤世嫉俗也不是一天两天的事情。

钱老板 话说多了火气大嘛。

张老板 我们让他一个晚上消消气，这样对身体比较好。

十里红 我看他今天晚上消了气，明天气就又会上来了。

钱老板 他绝对忍不住的。大家等着瞧好了。

杨大少 我说钱老板，今天一定是你赢。

钱老板 稳赢的。

教授转身，欲言又止。众笑。保镖一从右方大门处上。

十里红 回来了，我们香兰回来了……

从第六幕开始就一直在绕场的顾香兰C由右方环绕区直接进，脱大衣；保镖一接下她的大衣，下。王先生A在一旁看呆了，说不出话来。

顾香兰C （向钱老板鞠躬，腼腆地）钱老板，对不起，在路上耽搁了。

钱老板 香兰啊，我们等你等好久了。

顾香兰C 我马上上去准备一下，一会儿就下来。

十里红把顾香兰C拦住。

十里红 来，香兰，妈妈跟你介绍一下，这位是王先生。人家可是来了第三次才见到你的。

杨大少 王二少。

顾香兰C （向王先生A鞠躬）王二少。

十里红 香兰赶快给他换杯茶。

顾香兰C往左方上第二层，从第六幕开始，这一长段时间里一直捧着茶碗的顾香兰B已经越过东二楼，下到一楼，刚好和正上楼的顾香兰C错身而过。

王先生稍待一下啊。

王先生A呆看楼梯方向。
教授转头，又欲言，又止。
顾香兰B端着漂亮的茶碗，慢慢下楼，奉茶给王先生A。
灯光变化。王先生A像是掉入自己特殊的时空中，从顾香兰B手中接下茶碗，痴痴地望着服侍着他的顾香兰B。所有人都呈静态，好像时间停止了。

顾香兰B弯下身奉茶，王先生A接下茶碗这个画面定住在两人相看的一刹那中。许久。

灯光变回，时间恢复正常，顾香兰B下。

张老板 （向杨大少、钱老板）看到了吧，你看看眼睛……

杨大少 口水要接一下！

十里红 你看看王先生脸都红了。

钱老板 是啊，哈！

杨大少 小老弟？

张老板 你看我们香兰这不是给您换茶杯了吗？

王先生A仍然痴痴地望着顾香兰B的方向。

杨大少 老弟，喝茶啊。

张老板 茶都在你手上了。

钱老板 老弟，喝茶。来了三次了，该喝到了。

王先生A终于“醒”过来，喝茶。众笑。

金姨上，众人起身，王先生A跟着。

十里红 妆阁准备好了，请……

众喧哗，往楼上走。金姨拦住王先生A。

金　姨 王先生……

张老板 （对金姨）我来。（对王先生A）香兰这不是给你换茶杯了吗？你放心，你现在已经吃了一颗定心丸了，回去睡一觉，明天再来找她吧，回去……

王先生A 我还不能上去呀？

张老板 （用手制止王先生A）回去回去。

众人上楼，到东二楼顾香兰的妆阁。牌桌已经准备好了，众客坐下，开始打牌，只有教授一人站在楼梯上。王先生A拿起茶杯闻，教授下来对王先生A说话。

教　授 嘘……我可没说话喔，你不能说我说话喔——（指茶）这茶碗深不见底的。年轻人，我可没说话喔……！

教授上楼，大厅中留下王先生A一人。他迷惑地看着楼上作乐的画面。保镖一站在门口等待王先生A下，并指着王先生A手上的茶碗。王先生A把茶碗放在茶几上，下。

灯光渐暗。

7-4　王先生做顾香兰的花头

西北；东二楼——顾香兰的妆阁、北——天仙阁大厅；环绕

王先生 B；十里红、二宝、王先生 A、张老板、钱老板、杨大少、马老板、教授、顾香兰 B、保镖一；伯爵、沈先生

东二楼灯光渐亮。顾香兰的妆阁里，左舞台一张床、雅致的台灯，右舞台是麻将桌。王先生 A、杨大少、张老板、钱老板、马老板、教授正在打麻将，顾香兰 B 在一旁看。场面活泼、热闹。二宝穿梭其中，倒茶。十里红偶尔也会出现，寒暄。在过程中，北大厅中其他妓女偶尔会上、下。

一直在绕场的王先生 B 又在西北，对观众说话，边走边移动，到东北。

王先生 B　我还不能上去。没关系，不过是个规矩，挡不住我，这些都是游戏，他们需要，他们不懂什么才是真的。反正有了这第一碗茶，我就有资格到她房间吃饭喝酒了。过了两个月，十里红就让我做东。听其他人说这算快的。从那一天开始，我就每天在她妆阁中做东，期待一件事发生：堂子的规矩很多，到倌人妆阁做东绝对不表示能够留下来过夜，我不在乎，我慢慢等，我每天能看到香兰，我人生就满足了……

东二楼王先生A盯着顾香兰B看，楼下的王先生B也看着楼上。二宝找机会偷偷地把王先生A挂在妆阁门口衣架上的外套及地上的鞋子拿走。众人继续打牌。

钱老板 德宝，该你了。

张老板 德宝，专心点。

杨大少 德宝是很专心啊！

钱老板 欸，德宝，你放炮。

杨大少 走了走了……

牌局结束。所有人站起来，结麻将的账。

教　授 唉！大家又退化了一个晚上！

杨大少 谁的荷包退化最多啊？走了！……

众人出妆阁门，边从衣架上取外套。

教　授 这感觉真好！唉！又荒废了一个夜晚！这种感觉非常合乎这个时代！

众人往楼下走，边穿外套，王先生A找不到自己的外套。

王先生A 奇怪，我的鞋跟外套怎么不见了？

众人停下来，互看。

杨大少 （对张老板）他连这都不懂？你这规矩都没教他啊？

张老板 德宝啊，我说你辛苦了两个月，今天真的可以留步了。

王先生A 啊？

张老板 你没有鞋子，你不能走。他们现在正忙着帮你找鞋子，你只好勉为其难在这儿过夜！

教　授　（指着王先生 A）德宝老弟，真感情终于来了！

众笑，然后从大门方向由保镖一带下。顾香兰 B 已经在妆阁里床上等王先生 A。王先生 A 慢慢走到妆阁床边。顾香兰 B 已经在宽衣。

灯光渐暗。

王先生 B 从楼下望着楼上情景。

7–5 谈心

东二楼——顾香兰的妆阁；环绕

王先生 A、顾香兰 B；伯爵、沈先生、王先生 B

东二楼灯亮。半夜三点。做完爱，王先生 A 在床上坐起，穿上一件单衣。

顾香兰 B 下床，走向桌子，准备点心。

伯爵开始绕场，跟在他后面的是翻译（沈先生）。

顾香兰 B 要不要吃东西？

王先生 A 起身，到桌旁坐下。在以下的对话中，他的语言带着一种脱节的天真。

王先生 A 我两个月前还不知道天仙阁是什么地方，今天……今天我……

顾香兰 B （帮他夹菜）吃菜吧。

王先生 A 我不知道人生还可以有这样的感觉，我本来不认识你，可是突然我坐在这里，我不知道我还缺少什么……

顾香兰 B 吃饭吧。

王先生 A 你跟他们说的不同。他们说我会很惨。

顾香兰 B 那你为什么还来？

王先生 A 因为我不惨啊！我坐在这里我觉得我什么都得到了！我

一生没有比这再好的，怎么会惨呢？我没想到我们在一起两人可以这么……近。

停顿。

顾香兰 B　每个客人都可以这么近。

顾香兰 B 起身，站到窗边，望着窗外。

王先生 A　我不是每一个客人。你懂我在讲什么，别的客人绝对不是我这种感觉，这么近，跟他们说的都不同。你知道我的意思，刚才我们两个像是一个人，真的，我感觉我们是一个人，我了解你就是你了解我，你站在那儿就是我站在那儿。

香兰不语。

我知道你懂我的意思。香兰，从今天开始，我人生已经改变了，我已经不是原来的我。我会每天来，跟你在一起。我现在接下家里的事业，我会努力赚钱，把你变成我的。我做得到。

停顿。两人拥吻片刻。顾香兰 B 推王先生 A。

顾香兰 B　你回去。

王先生 A　啊？

顾香兰 B　以后也别来了。

王先生 A　为什么？你告诉我啊？

顾香兰 B　你不适合这里！

推王先生 A 出去。王先生 A 抵抗。

你出去啦，出去！

王先生 A 香兰，不是我不适合这里，是你不适合这里！

停顿。

顾香兰 B 推王先生 A 出去。

灯光渐暗。

7-6 恋爱

北；东二楼——顾香兰的妆阁；环绕

笛师、妙莲；顾香兰 A、五号 A、王先生 B；顾香兰 B、张老板、教授、钱老板、杨大少、二宝、保镖一、保镖二；伯爵、沈先生

音乐起。笛师、妙莲在北练习昆曲。

五号 A 推着顾香兰 A 在北，王先生 B 跟着。伯爵和沈先生继续绕场。

顾香兰 A 感受真奇妙，一种从来没有过的感受……就像他说的，我们像是一个人……

王先生 B 我知道她就像她知道我。

顾香兰 A 那是一种投降……我顾香兰这一辈子怎么会对任何人投降？

王先生 B 那是一种……

顾香兰 A 对自己的投降。

王先生 B 把自己放出来。

顾香兰 A 好可怕！

王先生 B 好过瘾……

顾香兰 A 好过瘾。我顾香兰这一辈子没有享受过的……

王先生 B 我每天去找香兰。

顾香兰A 那段时间，我们每天沉浸在欢乐的笑声中，和鲜花的香味里……

东二楼灯亮，音乐起。顾香兰妆阁内热闹的气氛，张老板、教授、钱老板、杨大少跟马老板又在打麻将。顾香兰B靠着栏杆，望着窗外。

北灯光亮起。茶水工、保镖二带入王先生送来的花。二宝帮忙。

二宝领保镖带花上东二楼。东二楼霎时花团锦簇。顾香兰B欣喜，下楼。

杨大少 谁送的花？

张老板 老钱，你送的啊？

钱老板 我送什么？哪个傻瓜花这么多钱买花？一定是德宝！

众老板喧哗。同时楼下，王先生A上，顾香兰B在大厅与他相会。

顾香兰B 怎么这么晚？

王先生A 家里有点事。

顾香兰B 怎么最近家里事情这么多？今天可是你做的东啊！你看看，人家都打了几圈了？

王先生A 我这不是来了吗？

顾香兰B 可是楼上那些……

王先生A 那些大老板交给我来解决。

二人深情对看，王先生A一把激情地拉住顾香兰B，又松开。二人上楼，入东二楼顾香兰的妆阁。

教　授 人类退化了！花好好地在树枝上，你把它剪下来干什么？多折腾？

杨大少　教授你不知道，这叫“罗曼蒂克”啊！

教　授　罗什么？不认识！

张老板　教授这你就不懂啦！

王先生A　（对众赌客）打了几圈啦？打完了没？

教　授　还差八圈。

杨大少　慢慢打吧。

王先生A　什么慢慢打？（给众人钱）吃红！这样八圈不是打完了吗？

张老板　德宝老弟懂事啦！

教　授　退化得好啊！

钱老板　唉哟！这真感情还真多哩！

众人被打发走，开心地离去。

王先生A送顾香兰B一匹布，顾香兰B和王先生A欣赏布料。

顾香兰B　好漂亮的花色！

王先生A　香兰，这块衣料是我们工厂最新的布料，你喜欢的话我就带回去给我们师傅做。

顾香兰B　要做旗袍啊？

王先生A　哎呀，香兰你怎么说外行话，做旗袍十二呎[14]就够了，这块布我给你剪十五呎，给你做洋装。

顾香兰B　差不多嘛！

王先生A　不可以差不多！这么外行，当家怎么办？来，我教你，你要用看就知道是几码。你看！这里先握着……你看，这里到这里是三呎……这样，就是十五呎了！

顾香兰B 不要做这个也不要做那个了，这块料子叫师傅给你做一套。

王先生A 帮我做什么？

顾香兰B 做西装。

王先生A 做西装？这怎么成呢？这么花！

顾香兰B 我看那画报上面，那些巴黎男人就是这么穿，很时髦的！

王先生A 这样好了，这块料子我们做了衣服一起穿。

顾香兰B 怎么一起穿？

王先生A 这样！

王先生A把布围在两人身上。

东二楼灯光渐暗。顾香兰A、五号A和王先生B在东北。

顾香兰A 花是奇妙的东西，正在盛开，同时也在凋萎。我正在享受爱情的同时，爱情也在离我远去。

王先生B 一个人一生中最重要的一天，竟然事后才知道。

顾香兰A 有一天，天仙阁把所有原来安排好的局都取消了。这种事从来没有过，原来是一个法国人要来。

王先生B 家里还有个重要的会要开。我不想回家，我想我如果去了天仙阁，他们还是会让我见香兰。可是那天是怎么了？我一直在马路上走，一直走，我哪儿都没去……

灯光渐暗。

-第　八　幕-　异国之恋

8-1 伯爵来访

北——天仙阁大厅、东北平台；环绕

十里红、金姨、翠琴、媛媛、如玉、妙莲、萍香、宝霞、二宝、教授、伯爵、沈先生、顾香兰 B、保镖一、保镖二；王先生 B；王先生 A

北灯光亮。气氛比平时紧张。二宝在收拾东西，金姨在替妙莲、如玉检查仪容。十里红比平常紧张地检查摆设。东北左舞台暗处，教授静静地坐着，没有被他们发现。王先生 A 在绕场。

十里红 快点，快点，好了吧？

如　玉 干吗多戴一条链子啊？

十里红 叫你戴你就戴，不要啰唆。（指翠琴跟宝霞）张老板送你们一人一套洋装，还不赶紧去换。

翠　琴 妈妈，洋装换了，头顶要怎么戴？

金　姨 来不及了。

十里红 好，就这样了。哎呀！这个花瓶怎么放这里呢？

茶水工搬花瓶到正确的位置，翠琴上。

翠　琴 妈妈，等一下是不是就全都不做生意了？

十里红 是啊。

翠　琴 那张老板叫我的局就取消了？

金　姨　改期，改期。

萍　香　我看那王先生今天大概也来不成了呀！

媛　媛　天天来，天天来，让香兰放假一天不好啊？

如　玉　香兰哪舍得放一天假啊？她要天天看着王德宝，天天看！

萍　香　香兰，你不是眼光挺好的，这回怎么看上这种人？

媛　媛　对啊，连谭大老板她都不要，偏偏看上这个丝绸铺的小开。

翠　琴　香兰就是眼光高啊，要最特别最好的，谁她都看不上，但我看那个王先生啊……

顾香兰B拿烟往翠琴身上丢过去。

顾香兰B　大家是怎么搞的？吃了蛤蟆加大蒜膏了是不是？二宝，拿香烟来！浪费了一根烟，真可惜。

顾香兰B下。

众　人　哟！生气了！

十里红　好了，差不多了，上去准备啦，人家马上就来了。就这样子了！

金　姨　哎呀！就这样子了！上去，上去。

妓女们下。

十里红突然发现坐在暗处的教授。

十里红　哎？教授，你怎么跑进来的？

教　授　（有一点醉意）我哪有跑进来？我是走进来的！

金　姨　你看！他又混进来了！你怎么没有看到外面写得清清楚楚

的“今天不做生意”！

十里红 谁让他进来的？

金　姨 （对二宝）叫你把大门关上！去去……

二宝下去关大门，十里红拉教授，请他出去。

十里红 好了，教授……（请他出去）

教　授 我不走！二宝上茶！

十里红 （对金姨）喝醉了。

教　授 今天不是有洋人要来吗？

十里红 谁跟你说的？

教　授 那正好，今天可以让我证实我的“退化论”！

金　姨 不要闹了！

教　授 我要好好看一看，为什么一个洋人来，我们中国人就可以对外打烊不做生意了？他到底是哪一点比我们强？说准确一点，他是哪一点比我强？

金　姨 你最强，好不好？（拉他）教授你先出去！出去！

二宝端茶上。

（对二宝）二宝！不要上茶，不要上茶！

十里红 （对二宝）哎呀，二宝，茶给我。教授，让你喝口茶，就请你慢走，好不好？

十里红拿茶给教授。教授呆住。

快一点啊！

教授喝完茶，将茶杯一扔，仿佛清醒过来。他一手抓住十里红，让十里红坐下。

教　授　（突然严肃而浪漫）小红，你这一口茶让我鼓起勇气跟你说一句话，证明给你看我彻底退化了……

停顿。

我爱你！嫁给我吧！

金　姨　唉啊！不要闹了！教授！出去，出去！小龙！

茶水工、二保镖上。

出去，出去！

教　授　我是没有钱，但是我有真感情的，我爱你！……

金　姨　出去，出去！

茶水工、二保镖将教授抬下，十里红站起转身看他被抬走。

沉默片刻。其实受感动的十里红收拾情绪。

十里红　唉……阿金……

金　姨　好了，好了，不要再说了。

十里红、金姨喘一口气。

门铃声响。

保镖一　客人到。

十里红　哎呀！来了……

金姨下去开门。一阵混乱。

金姨带一直在绕场的沈先生跟伯爵上，十里红在门口接应。沈先生是法国领事馆的中国雇员，穿着整齐的西装。伯爵是法国贵族，西装、首饰都非常讲究。以下语言规则与前任何一场双重语言出现的场景相同，虽然嘴里说的都是中文，但是需要靠翻译才能够沟通。

金　姨　请进……欢迎……

沈先生　（对十里红）你是……十里红，是不是？

十里红　沈先生是吧？

沈先生　是是。（介绍）这位是我们法国领事，亨利·杜象先生。（对伯爵）她就是老板娘。

伯　爵　（礼貌地向十里红点头）老板娘……

沈先生　（对十里红）他不会说中文。

十里红　（有一点尴尬）我们……应该怎么跟他打招呼？

沈先生　没关系，跟他握手就好了。

十里红伸出手，伯爵拿起她的手，亲。

十里红　这……？

沈先生　（对伯爵）他是金姨。

伯　爵　“金——鱼——”？

金姨伸出手，伯爵拿起她的手，亲。

沈先生　这是他们一般向女性问好的方式。

十里红　跟电影里头一样。

金　姨　我们应该怎么回礼？

沈先生　都可以。

十里红 （对沈先生）那你帮我翻译。（对伯爵，过度礼貌）在这个春意盎然的下午时刻，欢迎亨利先生今天来光临我们天仙阁，您的到来，使我们心里万分欢喜，使我们天仙阁蓬荜生辉！

伯　爵 （对沈先生）她说什么？

沈先生 她向您问好。

伯　爵 （对十里红）谢谢。

沈先生 他说谢谢。

十里红 我们要不要……？（引大家往大厅沙发）来，请坐……沈先生啊，请亨利先生坐这边。

伯爵脱大衣、帽子，二宝接下。

媛媛、翠琴……阿金，去叫一下。

金姨起身，到楼梯口看一下。

伯　爵 （小声，对沈先生）现在在做什么？

沈先生 没事。她们在给我们准备上茶。（对十里红）两位，亨利先生不只是一位外交官，他也是一位贵族。

十里红 贵族？

金　姨 那真是身份不同。

伯　爵 （小声，对沈先生）他们说什么？

沈先生 （对伯爵）我在跟他们说您是一位贵族。

十里红 （对伯爵）亨利先生第一次来？

沈先生 （直接替伯爵回答）是，他第一次看到这种……（找词）场合。其实我也是第一次。一切是不是都……安排好了？

十里红 那当然。

金　姨 当然。

翠琴、媛媛手里捧着茶碗上，分别送给伯爵跟沈先生，然后站在他们后面。

十里红 喝茶……这位是翠琴，这位是媛媛。

金　姨 喝茶……

沈先生 （对伯爵）喝茶……

伯　爵 谢谢你。

沈先生 （对十里红）他说谢谢你。

他们喝茶。伯爵好奇地看着一切。

（对伯爵）注意，他们拿给你的是好茶杯。

伯　爵 是，非常精致。

沈先生 你没听懂我意思。（掩嘴，对伯爵）通常第一次来的客人不会给这种杯子。

伯　爵 什么意思？

沈先生 等一下再跟你说。

翠琴跟媛媛鞠个躬，往下。伯爵望着她们离开，感到疑惑。

伯　爵 怎么走了？

十里红 （察觉伯爵的疑惑）怎么回事啊？

沈先生　（对十里红）他说干吗走了？

十里红　（对翠琴跟媛媛）回来。

翠琴跟媛媛站回原位，望着十里红，面面相觑。

伯　爵　请她们坐嘛。

沈先生　这时候她们习惯站着。

伯　爵　没关系，坐。

十里红　（对沈先生）怎么样啊？

沈先生　（对十里红）他说请她们坐。

十里红　（对翠琴跟媛媛）坐下。

翠琴跟媛媛更疑惑了，她们看了十里红，分别坐到伯爵的左右。

（对伯爵）沈先生啊，请您告诉亨利先生，因为现在是下午时间，而且才过端午不久，我们大厨特别准备了一套江南点心，相同于《红楼梦》里头一套著名的佳肴，有松穰鹅油卷、藕粉桂糖糕，还有富贵醉鸡。

停顿。沈先生不知所措地站着，伯爵看起来有点着急。

伯　爵　（对沈先生）她说什么？

沈先生　（对伯爵）呃……等一下有东西吃。

伯　爵　（对十里红）谢谢。

沈先生　（对十里红）他说谢谢。（想起刚才没有说完整，对伯爵）还有，吃的……跟中国古典小说有关。

伯　爵　太好了。请你跟他们说，我对中国文化有深厚的兴趣。

沈先生 （对十里红）他的意思是说他……（想不出怎么翻译）对文化交流很有兴趣。

伯　爵 我喜欢收藏古董。

沈先生 （对十里红）他……喜欢老东西。

十里红 沈先生啊，请你告诉亨利先生，在我们天仙阁这么多美丽的先生里面，我们今天特别挑选了翠琴先生来陪伴亨利先生。

伯　爵 （对沈先生）什么？

沈先生 （对伯爵，指翠琴）等一下这个会陪你睡觉。

伯　爵 哦。

停顿。伯爵略为拘束。

十里红 翠琴是我们这里顶红的先生，唱功一流的！昆曲啊、弹词啊，都是出自名师教导的！

伯　爵 （对沈先生）怎么样？

沈先生 （对伯爵）她会唱歌。

十里红 亨利先生对我们的安排满不满意啊？

沈先生 （对伯爵）他问你这样安排你满不满意？

伯　爵 啊？（停顿）满意，满意，很好……

伯爵客气地瞄翠琴一眼，眼光又回。

停顿。

十里红 阿金，请香兰下来。

金姨起身，下。

翠琴啊，你先下去吧。

停顿。翠琴因为被拒绝而显得不太高兴，但很快行了礼，收回茶杯，下。

伯　爵　（惊讶，对沈先生）怎么了？怎么又走了？

沈先生　她们觉得你不满意刚才那个女的。

伯　爵　怎么会？她……（自语）她怎么知道……？

金姨领顾香兰B上，顾香兰B端着茶碗一步一步走过来，伯爵看着顾香兰B，看呆了。

灯光变化。像王先生一样，伯爵像是掉入自己特殊的时空中，从顾香兰B手中接下茶碗，痴痴地望着服侍着他的顾香兰B。所有人都呈静态，好像时间停止了。

伯爵接下茶碗这个画面定住在两人相看的一刹那中。许久。好像一刹那被拉长了。

灯光变回，时间恢复正常，顾香兰B上完茶，往楼上走，伯爵跟在她后面。

十里红　沈先生，那我们是不是就上楼了？到香兰的妆阁去吃酒。

沈先生起身，将十里红拉至一边耳语。

哦。没问题，那就让亨利先生跟我们香兰到香兰的妆阁，我们其他人就到嫒嫒的妆阁去吃酒好了。

嫒　嫒　妈妈，第一次来，你就这样让他……？

十里红瞪嫒嫒一眼。灯光渐暗。

8-2　“醉鸡”

东二楼——顾香兰的妆阁、环绕、东一楼神秘空间

伯爵、顾香兰 B；王先生 B；王先生 A

东二楼灯亮。顾香兰 B 在帮伯爵夹点心。伯爵入迷地看着香兰的一举一动，然后看着房间雅致的布置，尤其是墙上的一幅蝴蝶画。两人听不懂彼此的话。

王先生 B、王先生 A 继续环绕，王先生 B 有时站在东，看着楼上。

伯　爵　（指墙上的蝴蝶）你画的？

顾香兰 B　什么？

伯　爵　你……你画的蝴蝶？

顾香兰 B　什么？对不起，我不会讲法文。（夹一块鸡肉）来，试一试这个，这个是鸡肉。不晓得你爱不爱吃。

伯　爵　真是精致。令人想到宋代绘画。

顾香兰 B　啊？

顾香兰 B 帮伯爵拉椅子，伯爵也帮顾香兰 B 拉椅子。

伯　爵　这让我想到中国有一个哲学家……哲学家……

顾香兰 B　啊？

伯　爵　叫作（发音不准确）庄——子——。庄——子——。

顾香兰B （学声音，不知道意思）庄——子——？

伯　爵 他梦到自己变成一只蝴蝶，然后想，会不会是蝴蝶梦到变成他？

顾香兰B 啊？（指食物）鸡。吃鸡。

伯　爵 我现在就是这种感觉。有一个亨利，他过着非常单调而不快乐的日子。他是不是梦到自己走进这个不可思议的华丽地方，被不可思议的艳丽围绕着？还是说，会不会是亨利的生命本来就是多彩多姿，是他不小心梦到那不快乐的他？

香兰看着伯爵，不明白他的意思。

你很美。你知道吗？不可思议。

顾香兰B 什么？要不要喝汤？

伯　爵 像法国里牟吉[15]做的瓷娃娃一样，那么的精致。

顾香兰B 什么？对不起，我不会讲法文。（夹一块鸡肉）来，试一试这个，这个是鸡肉。不晓得你爱不爱吃。

伯　爵 你的眼睛……你的脸颊……我好想摸……

伯爵欲摸顾香兰B的脸颊，手又收回。

顾香兰B “醉鸡”……这个叫“醉鸡”。要花一整天用酒腌。这是我们大师傅今天特别做的，做给你吃的。

伯　爵 你根本不知道我在说什么，我可以跟你说我现在得了黑死病，或者说我刚到西安盗墓，挖出十个货柜的文物，还没洗手，你也会照样坐在这里陪我吃饭。

顾香兰B （指鸡，慢慢念）鸡——醉——鸡……怎么跟你说？

伯　爵 你一直会这么遥远吗？我不相信你一定一直会这么遥远。我们可以很接近。接近……

顾香兰B （比）要不然你用叉子吃也行啊……

伯　爵 吸引我的是不是你的遥远？……

顾香兰B （看着他）这个男人长得真的很奇怪。高高的鼻子，粉粉的皮肤，眼睛像海水的颜色。居然不会拿筷子！（起身）我们有刀叉……我去帮你拿……

顾香兰B起身，伯爵把她拉住。

伯　爵 坐下。

顾香兰B坐回。

我不饿。我们现在不要再吃了……我们聊聊天……聊——天——

顾香兰B （指鸡）醉——鸡——

伯　爵 （学她的声音）醉——鸡——？

顾香兰B 醉——鸡——！来，吃一块。

顾香兰B喂伯爵吃。

伯　爵 什么东西啊？

伯爵吃。

（表示好吃）嗯——

顾香兰 B （学他的声音）嗯——

伯　爵 真好吃！好——吃——

顾香兰 B （学他的声音）好——吃——？

伯　爵 看起来真难吃。

顾香兰 B 醉——鸡——

伯　爵 （学她的声音）醉——鸡——是鸭子？

顾香兰 B 鸡——

伯　爵 鸭子？（比）“呱呱……”是鸭子——？

顾香兰 B （跟着比，点头）对！鸡……鸡！

伯　爵 （点头肯定）鸭子！

二人愉悦。灯光渐暗。

8-3　点蜡烛

东二楼——顾香兰的妆阁；北；环绕

伯爵、顾香兰 B、十里红、金姨、二宝、沈先生；五号 A、顾香兰 A；笛师、宝霞；王先生 A；王先生 B

王先生 B、王先生 A 继续绕场。

北灯亮。顾香兰 A 和五号 A 坐在妓院沙发上。

顾香兰 A　那天违反了堂子里所有的规矩。这个法国人有他的特权，不用经过那一大套规矩，直接就可以跟我睡了。但是他很有意思……（笑）他不知道哪里听来的，听说我们堂子里如果是先生的第一夜，妈妈会替她点起一根蜡烛。他觉得很浪漫。

五号 A　给你点蜡烛？可是你不是……

东二楼灯光再亮起。伯爵和顾香兰 B 吃完了，准备上床。十里红、金姨和沈先生在妆阁门口沟通，嫒嫒倚在门边看。

同时东一楼神秘空间中灯光亮起，笛师吹笛，妓女翠琴练习舞步。

以下过程中，二宝带一个烛台上，十里红点上蜡烛，放在顾香兰B床头。

众下，只剩下顾香兰 B 和伯爵。

顾香兰 A　我当然不是！所以才好玩！他还找那个沈先生来翻译了半天，结果弄清楚他的意思，就如了他的愿，给了他要的。

五号A 他要什么？

顾香兰A 点蜡烛！那一个烛台对他非常重要，事后他一直叽里咕噜地跟我说话，我只听懂一个意思，就是“第一次，第一次”。

楼上，顾香兰B已经脱下衣服，上床，伯爵在床边看着蜡烛。

我就指他，表示是他的第一次，但是他一直指我，好像特别珍惜跟我的这一次，好像他多么地渴望我的第一次就是那一次。

五号A 这老外真的很浪漫。

伯爵在床边吹熄蜡烛。王先生A下。

顾香兰A 可不是吗？他走的时候，还把那个烛台带走了。

五号A （指顾香兰A旁边的烛台）就是？

顾香兰A不语。

顾香兰A 那天晚上我心里一直在想着德宝。他到哪儿去了，他为什么没来呢？接着这段日子，亨利每天带我出去玩，买衣服、坐汽车、拍照，热闹得不得了，他白天带我出去玩，晚上也陪我一起回来。德宝简直都排不进来了。

灯光渐暗。

8-4 访谈

东二楼——顾香兰的妆阁；环绕、东一楼神秘空间

顾香兰B、十里红、金姨、二宝；笛师、宝霞、萍香、翠琴、媛媛、如玉、妙莲

东二楼灯亮。顾香兰的妆阁里有一些王先生A送的东西，珠宝、相片、洋装。深夜，顾香兰B正在画画。

东一楼神秘空间中，萍香上，与翠琴一起练舞步。众妓女陆续隐隐约约出现。

王先生B站在楼下往上看。

金姨跟十里红进顾香兰的妆阁。

十里红 香兰啊……

顾香兰B （起身）妈妈。

十里红 画画啊？

十里红把顾香兰B画的画拿起来看。

画得顶不错的。哟……画的是你自己吗？

顾香兰B不语。媛媛在妆阁门口偷听。

画得还真不错啊。

金　姨 是啊。

顾香兰B 妈妈、金姨，这么晚了，有事吗？

十里红　来看看你。你最近这么忙，我们很少有机会跟你聊聊天。这花真漂亮！伯爵送的啊？

顾香兰 B　不是，是王德宝送的。

金　姨　（拿起一件衣服）这件衣服式样真新，还是伯爵的品位高！蛮好的！

顾香兰 B　这也是王德宝送我的。

十里红　其实香兰啊，王先生对你这么好……

金　姨　我们有一点担心。

十里红　不能太认真。

顾香兰 B　不用担心。

十里红　妈妈要保护你。

顾香兰 B　他准备帮我赎身。

停顿。金姨跟十里红互看。

金　姨　喏，这就是我们担心的！

十里红　他跟你说过吗？

顾香兰 B　他说过些日子要跟你们提。

十里红　香兰，不要太认真。他没这能力。

顾香兰 B　啊？

十里红　他们家生意快做不下去了。

顾香兰 B 愣。

金　姨　他家里每天多少人来讨债啊！钞票都吐不出来了！

十里红 端午都过了快一个月都还没收到王先生上一季的钱，家里的生意都照顾不了，哪能照顾你呀？我说人家用什么帮你赎身？

顾香兰B不语。

金　姨 他这样哪里是对你好？他又不是不知道照规矩如果客人不给钱，倌人要负责的？还花那么多钱买花，这就不对嘛……

十里红 今天开始，我们不能让他再进天仙阁了。

顾香兰B站起来，把更多首饰拿出来，放在她们面前。

顾香兰B 这些东西你们通通拿去啊！全部拿去！这债就算在我头上！这本来就不是我的东西！我不要这些东西！

十里红 （劝阻）我说香兰啊……

金　姨 这就不对了！你看看！你脑筋都糊涂了！伯爵送你的东西，你拿来抵王先生的债，这是在帮王先生赎身，不是帮你自己赎身哪！

十里红 这也是妈妈今天找你的原因。

顾香兰B 这些不够是不是？还差多少？

金　姨 钞票是小事情！最重要的是你的感情，我们最关心啊。

十里红 都会过去。感情也会过去。这花开，花也会谢嘛！不要太认真。

停顿。

香兰啊，你那么聪明又那么漂亮，多听妈妈的话，好好

服侍伯爵……

好了，没事了。阿金……

两人下。

顾香兰B一人站在窗口，望着窗外。

灯光渐暗。

8-5　斗心

东珠帘后——妓院秘密区、北——天仙阁大厅；环绕

翠琴、媛媛、如玉、妙莲、萍香、宝霞、十里红、二宝、金姨；茶水工、王先生 A、伯爵、顾香兰 B、保镖一、保镖二；王先生 B；顾香兰 A、五号 A

东神秘空间亮起。媛媛、翠琴、宝霞、如玉、萍香、妙莲坐着。因为透过一层帘，妓女们的人影模糊出现，给人一种偷窥隐秘空间的感觉。

顾香兰 A、五号 A 仍在北天仙阁大厅。王先生 B 继续绕场。

萍　香　不晓得香兰那个王先生是怎么了？

翠　琴　听说生意做垮了，那老爷又赌得厉害……

萍　香　那香兰？

媛　媛　还是香兰最厉害。

如　玉　没错！看那丝绸铺王先生不行了，马上就巴上伯爵。

十里红跟金姨从东南内门上，保镖二跟，又下。

翠　琴　这伯爵还真强，爱怎样就怎样！

媛　媛　我们堂子什么规矩都没有了！

金　姨　干什么啊？说话这么大声？

媛　媛　本来就是！那个王先生没给钱怎么算？总不能什么事都由着香兰吧！

翠　琴　妈妈啊，你要说句公道话！以前我的客人欠个一块两块的，你把我身上打的……现在香兰的钱都可以欠着不给了？

媛　媛　车子说来就来，人说走就走……

翠　琴　别人的局都让我们出，我们忙都忙死了。

十里红　（打了翠琴一个耳光）我说翠琴啊，你知不知道妈妈跟金姨今天去干什么？我们是去交保护费。他们不收了，你晓得吧？

金　姨　不收了！为什么？还不是因为香兰！香兰接待伯爵大人就不收保护费了。

茶水工上。

茶水工　妈妈，那位王先生来了。

十里红　让他进来好了。（对妓女们）好了，听妈妈的话不要大惊小怪的……

金　姨　不要再说这些了！

茶水工带十里红与金姨由东北内门下。

萍　香　又是王先生？这人有什么毛病啊？

媛　媛　他哪里有毛病？他爱香兰！

翠　琴　爱！

如　玉　什么是爱？

翠　琴　我知道！爱！嫒嫒！我好爱你啊！（两人笑闹）我现在是乞丐了，可是我好爱你啊！

如　玉　香兰爱的是那洋猴子。

妙莲　（突然发言）你们都错了！香兰爱的是王德宝！

众人惊讶妙莲开口发言，起哄调笑。

如　玉　外国人比较强！强！你懂不懂？

翠　琴　妙莲妹妹，就像教授说的啊，外国人比较强，多学学啊！

北妓院大厅，保镖一已经带王先生 A 上。十里红和金姨面对他。

金　姨　不好意思，王先生，如果你有什么好消息，赶快说，要不然，我们是很忙的。

王先生 A　两位大姐，我就直说了，我是来找香兰的。你们不了解，我这一段时间，我，我是不能没有香兰的！

金　姨　哦，还是香兰，是不是？顾先生最近很忙，时间都排满了。我们这里有这里的规矩，王先生你做生意的，应该最了解。

王先生 A　请放心，大姐，我们公司没有问题。下礼拜我会来把账清掉。

十里红　王先生，你家都破产了，我是不晓得什么叫破产，但是下礼拜如果问题可以解决，我十里红明天就能开银行了。

金　姨　你了解我们的规矩，客人不给钱，倌人要负责的。

王先生 A　开玩笑！我怎么可能让香兰付？

金　姨　这有什么关系？香兰最近很有钱！

王先生 A 气冲冲地看着金姨。

伯爵带着顾香兰B从外上，从他们面前走过。顾香兰B意气风发穿着华丽，伯爵手上拿装点心的袋子。沈先生跟在后面。

伯　爵　（发音不准确）油——墩——子？

顾香兰B　油墩子。

王先生A　香兰……香兰……！

伯爵带着顾香兰B上楼，往香兰的妆阁。香兰看王先生一眼。保镖一、二冲上。

十里红　（对沈先生）请伯爵先上楼……

金　姨　（对保镖）把他带走！

王先生A　香兰，我会想办法的！

十里红　王二少，没钱谈什么恋爱！

王先生A被两保镖架出去。东珠帘后，众妓女仍神秘地坐着。
沈先生带伯爵上楼，顾香兰B仍看着王先生的方向。

金　姨　（推顾香兰B上楼）香兰，没你的事，不是你什么人……

二宝收茶杯。
北，顾香兰A在和五号A说话。

顾香兰A　花开，花会谢，妈妈讲的没错。可是感情的花谢了，花香还在心里，散不掉。

灯光渐暗。

8-6　求婚

东二楼——顾香兰的妆阁；东

伯爵、顾香兰 B；翠琴、媛媛、如玉；王先生 B、王先生 A

东二楼灯亮。伯爵在床上坐起，穿衣。香兰在桌子旁准备宵夜。东神秘空间亮起。媛媛、翠琴、如玉整场端坐着不动。

顾香兰 B　吃点小笼包，这是上海点心，来，小笼包，（指）小——笼——包——

伯　爵　不吃东西了，不吃东西了，（比）不——吃——

顾香兰 B　你不喜欢啊？那吃蒸饺好了。（指）蒸——饺——

伯爵坐到桌旁。

伯　爵　香兰，跟你相处的日子我不知道怎么形容……

顾香兰 B 迷惑的表情，听不懂。

顾香兰 B　你不想吃，怎么了？

伯　爵　我要告诉你的是这几个星期太疯狂了！啊……（对自己）我要怎么说？

顾香兰 B　他在讲什么？跟以前不太一样。

伯爵拉着顾香兰 B 的手，认真地对她说话。他知道顾香兰 B 不能听懂他很多的话，但是他非常严肃地开口。

伯　爵　香兰，你心中有没有什么感觉？对我的感觉？

东，王先生B在东北，王先生A在东南，两人慢慢往中央靠近。

顾香兰B　你不舒服？（比）发烧吗？

伯　爵　对对对，我发烧了，（把香兰的手贴在胸上）我很热，我真的发烧了。你爱我吗？（顾香兰B迷惑地看着他）爱——爱——爱——（努力地让她了解）我——爱——你，我——爱——你——

顾香兰B仍然迷惑地看着伯爵，但是在她的迷惑中，她似乎感觉出伯爵的意图，因而心中情绪掺杂着焦虑、困惑，和一种深层的兴奋。

（继续解释）爱就是兴奋，快——乐——（双手指自己）我——快——乐——因为（双手指自己）我——爱——（双手指她）你——

顾香兰B　他今天怎么了？

伯　爵　香兰，跟我走，跟我回法国。

顾香兰B　我听不懂你在说什么。

伯　爵　（流畅地，从内心流露出来地，一边比手画脚）法国跟上海完全不一样，你会住在漂亮的房子里，我有一个很大的城堡，比这个地方大一百倍，后面有一个湖，一个很漂亮的湖，那是我全世界最心爱的地方。跟我去法国，跟我去巴黎，香兰，你自由了！懂不懂？自——由——！自——由——！

顾香兰B看着伯爵。

顾香兰 B 他要带我去法国？

伯 爵 （双手指远方）法国。

顾香兰 B 什么？他要带我去法国？（摇手）不可能。

伯 爵 你担心什么？你担心妈妈阿姨？没关系，我可以帮你解决一切……

顾香兰 B 不可能。

伯 爵 你一定没听懂。我有钱，我可以帮你解决！

伯爵拿出裤子口袋里的皮夹做比喻，把钞票放在桌上。

钱——钱——钱——我有很多很多钱——（指远方）跟我去法国，跟我走。你自由了！

香兰拿起伯爵的皮夹，在皮夹中找出一张伯爵的全家福照片。

顾香兰 B （指）这个人是谁？这两个人是谁？你不是有老婆吗？你的老婆呢？你不是有小孩吗？你的老婆怎么办？小孩怎么办？

伯 爵 （挥手）没有，没有他们，我会处理，我会安排一切。

顾香兰 B 那德宝呢？德宝怎么办？

伯 爵 太太，（挥手）没有，小孩，（挥手）没有。他们不会在。（挥手）不在。

顾香兰 B 德宝怎么办？

伯 爵 （比手画脚）我会负责，我会让他们继续享有他们所习惯的生活方式，我会负责我儿子的教育。

顾香兰B　王德宝，德宝怎么办？

伯　爵　我怎么跟你说？你就是我太太，你就是伯爵夫人！我给你自由！自——由——！

在这时，他们各自开始进入自己的思维中，像是在对话，但事实上在各说各话，说出内心深处彼此无法理解的话。他们的话，随时会重叠。

顾香兰B　德宝要给我自由……

伯　爵　（比手画脚）我给你自由！自——由——！你跟我去法国，你就是我的太太。我带你去博物馆，去我的所有贵族朋友的家，我们可以在湖上面划船，船也是你的，一切都是你的……马上要秋天，巴黎的秋天很漂亮的，我带你去香榭丽舍大道喝咖啡。你跟我回去，一切都是你的，仆人、车子，一切都是你的。我带你去买珠宝！要多少买多少，老板我很熟！给你打扮得漂漂亮亮！我们可以去打猎！（双手指她）你——（双手指自己）我——（比彼此）一起去（双手指远方）法国——（双手指她）你——（双手指自己）我——（双手指远方）法国，巴黎……

顾香兰B　法国那么远，我从来没有离开过这个从小长大的地方……我连外面都没出去过几次……我只认识你一个人，我现在都听不懂你的话了，到法国要怎么办，我怎么办？

伯　爵　我给你自由！自——由——！香兰，跟我回去。你喜欢画画，我们可以去罗浮宫，我们可以去巴黎铁塔，我们可以在巴黎铁塔上吃饭！法国多好！比这里好多了！你要相信我。

停顿。

顾香兰B 你的眼神跟王德宝一模一样。

伯　爵 我爱你，香兰，我爱你！

顾香兰B 你是什么人？

伯　爵 你听懂了，对不对？

顾香兰B 你要带我到什么样的地方？

伯　爵 香兰，跟我去法国！

顾香兰B 什么是法国？

伯　爵 跟我去巴黎！

顾香兰B 什么是巴黎？

伯　爵 你自由了！

顾香兰B 法国是自由吗？

伯　爵 我爱你！

顾香兰B 巴黎是爱吗？

伯　爵 （双手指她）你——（双手指自己）我——（双手指远方）法国——

顾香兰B 法国是什么东西？

伯　爵 （双手指她）你——（双手指自己）我——（双手指远方）

法国——

顾香兰B 你是谁?

伯　爵 香兰,(双手指她)你——(双手指自己)我——(双手指远方)法国——

顾香兰B 我是谁?

伯　爵 法国……法国……

伯爵说什么都无效，无奈地坐在桌前。楼下王先生A和B交会，背对背停在东一楼，好像在不同的时态里看着共同的回忆。

长沉默。

香兰终于开口，长久以来这是他们第一次说话有交集。

顾香兰B 好。(双手指他)你——(双手指自己)我——(双手指远方)法国。

停顿。

伯　爵 (不敢相信)好?(双手指自己)我,(双手指她)你,(双手指远方)法国?

顾香兰B 好,(双手指他)你,(双手指自己)我,(双手指远方)法国……

伯　爵 我的上帝!我的天!我的天!

两人相拥。王先生B、王先生A无奈地下。

楼上灯光渐暗。

8-7　最后的晚餐一

环绕；南——伯爵上海官邸

伯爵夫人、仆人一、仆人二、伯爵；顾香兰C

顾香兰C开始绕场。南灯光渐亮。伯爵上海官邸。餐厅。欧式殖民地装潢，一切布置很仔细，但是有一种封闭的感觉，一切似乎是想唤起法国家乡的感觉。

伯爵的法国夫人坐在长餐桌的一边，等待。仆人一、二站在两侧待命。在语言上，两位仆人说话稍嫌不流利。

伯爵夫人　他又迟到了。玛莉，有没有电话？

仆人一　没有。

伯爵夫人　看一下牛肉怎么样。

仆人一　是。

仆人一下。

伯爵夫人　（叹气）牛肉是好不了的。牛肉不对嘛，红酒也不对。

仆人一回。

仆人一　夫人，牛肉没问题。

伯爵夫人　怎么没问题？我用闻的就知道，我的鼻子告诉我味道不对，他是不是放了酱油？

仆人一　没放酱油。

伯爵夫人　那一定是放错酒了。我叫他不要用中国酒！怎么搞的？

伯爵从外入，非常公式化地脱下帽子、大衣与公文包，仆人一接过来。

仆人一、二　晚安，先生。

伯爵坐在长餐桌的另一边，仆人二立刻帮他掀开餐巾、倒酒，准备吃饭。他不抬头，不看夫人。

伯　爵　对不起，晚了。

伯爵夫人　办公室很忙？

伯　爵　很忙。你呢？你一天过得如何？

两仆人开始上菜。

伯爵夫人　好多了。今天好多了。这是第一天站到门外以后，回到屋里不用洗澡。

伯　爵　（开始吃）那就好。

伯爵夫人　尚·路易今天在学校跟那个加拿大来的新小朋友打架。

伯　爵　加拿大人很鲁莽。没事吧？

伯爵夫人　没事。解决了。

伯爵在吃的过程中，用餐具发出声响。

天气变得好舒服。知道吗？我们很久没有两个人这样坐下来吃饭。我们应该挪出更多时间在一起。

伯　爵　我要离开你。

停顿。

伯爵夫人　什么？

伯　爵　我要离开你。

停顿。

伯爵夫人　我一定是听错了。你在跟我开玩笑吗？这是一个残酷的玩笑。

伯　爵　不用这么情绪化。

伯爵夫人　（哗然）牛肉是老了一点，但是我们都能够忍耐。

停顿。伯爵夫人挥手示意仆人一下。

是什么问题？

伯　爵　我不爱你。

停顿。伯爵夫人不接腔。

难道这段时间你快乐吗？

伯爵夫人　我可以撑。

伯　爵　可是你不快乐，我不快乐。我们不快乐！

伯爵夫人　我们在这里不快乐。我们应该在法国。

伯　爵　你没有在听我说话。

伯爵夫人　什么时候决定的？

伯　爵　不重要。

仆人上菜。伯爵夫人看着盘子，边摇头，在略微脱节的语言中透露细腻的思维。

伯爵夫人　季节……季节到哪里去了？巴黎快要秋天了，我们在这里已经失去时间了……失去时间了，一切在混乱中，你在绕……在绕……一切在绕……有别人吗？

伯　爵　这不是重点。

伯爵夫人　（肯定）有别人。你都去哪里？去哪里？我以为我们在这里过得很好。（对仆人）你们可以下去。

伯　爵　（对仆人）今天晚上不需要你们了。

伯爵夫人　其实，玛莉，我需要一杯白兰地。

仆人二下。仆人一帮伯爵夫人倒一杯白兰地。

（严厉地）跟我说，她是谁？

伯　爵　玛莉，你可以下去。

仆人一下。伯爵帮自己倒一杯白兰地。

伯爵夫人　（坚持）她是谁？

伯　爵　不重要。

伯爵夫人　不重要。一定不是什么好东西。

伯　爵　（同样严厉地）伊莎贝尔，结束了。我们结束了。

伯爵夫人　就这样，你的责任心？你的责任心呢？

伯　爵　这就是为什么我要离开，我对自己的责任心，对自己！我快要闷死了！我快要窒息了！

伯爵夫人　那我呢？尚·路易呢？她是谁？

伯　爵　一切会帮你安排好。一切你习惯的生活方式都会保持下去。

伯爵夫人　一切物质性的生活方式都会保持下去。我了解。是谁让你这么做？谁？

伯　爵　不重要。

伯爵夫人转变节奏，到伯爵那一端，抚摸伯爵。

伯爵夫人　我现在看到你眼神里有一种力量，一种新的力量。她是谁当然重要。

伯　爵　如果不是她，会是别人。

伯爵夫人　（抱着伯爵）跟我聊聊嘛，跟我说说她。难道你会难为情，不敢让她来见我？

仆人上，换盘子。伯爵夫人站开。

伯　爵　那个……玛莉，可以下去了。今天放假。

伯爵夫人　（大声）她是谁？

仆人下。

伯　爵　（同样大声）你真的要知道她是谁？告诉我你快乐，我就告诉你她是谁！

停顿。

伯爵夫人　我撑着。

伯　爵　你撑着，你撑着，你根本不喜欢这里。

伯爵夫人　可是我是为了你来的。

停顿。

我以为很清楚，我是为了你来的，不是为了这半吊子的文化，这套俗气的东西。

伯　爵　可是重点就在这里，伊莎贝尔，你应该为自己而活！这里是上海，这里是中国，可是你从来不出门，从来不吃中国菜，不去认识中国人，你把这里装潢得跟法国一样，连仆人都给取个奇怪的法国名字！这和在法国有什么差别？（摔餐具）你看看我们被逼着吃什么东西？！

伯爵夫人 我承认，牛肉是有一点走样，但是总比……外面那些东西好些。（略为歇斯底里）亨利，我担心你。自从你开始收集那些营养不良的中国画，我就知道你有问题。我好担心你！

伯　爵 伊莎贝尔，这是一场梦。你我是一场梦。明天我醒来你就不在我生命里。我开始我一场新的梦，你开始你一场新的梦。

伯爵夫人 你看，自从你开始学习那些虚幻空洞的东方哲学之后，我就知道你有问题。

伯　爵 亲爱的，这不是东方哲学，这是标准西方人的做法。一切都安排好了。法律上你该得的我都会加倍给你。

伯爵转身往下。

伯爵夫人 （摔餐具）她是谁？

伯　爵 我们之间谁都不欠谁了。

伯爵夫人 （摔餐具）她是谁？

伯　爵 够了！

伯爵下，留下伯爵夫人一人。灯光渐暗。

8-8　赎身

东二楼——顾香兰的妆阁、北——天仙阁大厅

顾香兰 B、十里红、金姨、翠琴、二宝、保镖一；顾香兰 C

顾香兰 C 继续绕场。

东二楼灯亮。香兰的妆阁中，顾香兰 B 一人，心情复杂，手里握着笔，随性地画画。十里红与金姨入，慢慢走到香兰背后。

十里红　事情你知道了吧？

顾香兰 B 继续画。

沈先生今天来过，钱都给清了。你过几天可以走了。

顾香兰 B　走？

十里红　王德宝欠的账也已经结清了，你可以去法国了。

顾香兰 B 停下来了。

顾香兰 B　妈妈，我可以不去吗？

十里红　什么话？！伯爵都给你赎身了，你懂不懂！钱都拿来了，你不能不去！

香兰开始难过。十里红拍拍香兰。

好了好了，这是最好的结果啊。妈妈真替你高兴啊！

十里红与金姨下。香兰心情复杂，她看着妆阁里的一切，开始流泪。

二宝入香兰的房间，边打扫，边传一张纸条给香兰。香兰看着字条，起身。

顾香兰B 帮我叫小龙。

二宝下，香兰打扮一下，手上拿着一件外衣，下楼到北大厅。

保镖一上，看见香兰。

保镖一 什么事情？

顾香兰B 小龙，帮我一个忙，就这么一次，带我出去。

保镖一 那怎么行？都没有交代。

顾香兰B 就这么一次，小龙，到三马路一下，很快就回来。我就要走了。我拜托你。

保镖一看着四周。一切很平静的样子。

8–9　茶馆

东；环绕——街景、西二楼——茶馆、西北

顾香兰 B，保镖一，王先生 A，小贩，路人，乞丐，茶馆客人，跑堂，琴师一、二；王先生 B；顾香兰 C；顾香兰 A，五号 A

街头声音。环绕区灯光亮起。上海的街景环绕着观众。小贩、路人，保镖一背着顾香兰 B 从东快速环绕。顾香兰 B 用手挡光。顾香兰 C 继续绕场。

顾香兰 A 跟五号 A 在东北平台上。

顾香兰 A　我不习惯那样大白天的强光，我遮着脸，看着上海，我从小唯一知道的地方，这个又熟悉又陌生的城市。四马路到三马路，那么短的距离，但一条街之隔，我走进人生全新的旅程。

保镖一背着顾香兰 B 从西北绕一圈，到达西南目的地，一间茶馆门口。保镖一把香兰放下。

保镖一　就是这里。

顾香兰 B　你在这里等我。不会太久。

香兰上西二楼，客人不多。在西北二楼有一张桌子，王先生 A 坐着等她。香兰看到德宝，过去到他的桌子，坐下。

王先生A跟以前不太一样，相当憔悴，有一点脱节。

我要走了。

王先生A 我知道。

茶馆的跑堂端上茶点。

顾香兰B 你家里的生意……

王先生A 不用你担心。香兰，今天想见你一面，只不过是想谢谢你。

顾香兰B 谢什么？

王先生A 谢谢你帮我做很多事，我都知道。你们那边的问题，你都帮我解决，我都记在心里。最重要的，香兰，我要谢谢你，让我能够看到，什么叫作人生。这样我就够了。我这一生已经满足了。香兰，谢谢你。

顾香兰B 你在说什么？你不要这个样子。

王先生A举起茶杯，敬香兰。香兰不知道怎么处理，也举起茶杯。

王先生A 谢谢你。

王先生A拿出一个小瓶子，把瓶子里的粉倒到嘴里，然后把茶喝下去。他脸色突然发白，喘不过气来。

顾香兰B 德宝，你在干什么！德宝！

一阵混乱。王先生A猛抓自己的喉咙。

王先生A （大喊）啊——！！

灯光突暗。暴力的玻璃破碎声。

顾香兰B （黑暗中大喊）德宝！

灯再亮，一群路人围在西北，王先生B也在内。保镖一冲上楼，将顾香兰B带离二楼。

保镖一　先生，赶快走！

保镖一背起顾香兰B，快速离开现场。

灯光渐暗。

8-10 离别

北——天仙阁大厅；东二楼；观众席通道、南

顾香兰 B、十里红、金姨、二宝、翠琴、媛媛、如玉、妙莲、萍香、保镖一、保镖二；五号 A、顾香兰 A；顾香兰 C

顾香兰 C 继续绕场。

北灯亮。天仙阁大厅中，十里红、金姨都在，顾香兰 B 安静地站着。沉默。

金　姨　看你们平常叽里呱啦的，怎么今天一句话都不说？

十里红　（对顾香兰 B）妈妈七八岁就把你买过来，娘姨也花了很多时间教你，现在你要去做伯爵夫人，我们心里都替你高兴，媛媛，对吧？

媛　媛　是啊。

翠　琴　（带有妒意与酸味地恭维）我们香兰已经有伯爵夫人的样子了。

顾香兰 B　哪里的话，不知道张老板是不是也打算讨你回去呢？

十里红　外国人容易喜新厌旧，如果去法国待不下去，存点钱再回来。你在这里做那么久了，也像我们亲生女儿一样。

顾香兰 B　香兰一直是你们的人。

茶水工上。

茶水工 车子到了。

十里红 车子到了。

停顿片刻。顾香兰 B 开始脱外衣、首饰还有鞋子，把身上的首饰给旁边的妙莲和二宝，让她们收起来。

香兰脱到只剩下单纯的衬裙。最后，她光着脚站在众妓女面前。

顾香兰 B （感性地）妈妈，娘姨，各位妹妹们，今天就要去法国了，香兰要离开从小生活的地方，到一个什么都不知道的地方，也不知道生活会变成什么模样。为的是什么？为的是香兰心中的一种追寻吧。也不知道这个追寻会带我到哪里去，或许我们这一辈子都不会见面了。希望你们生活得好好的，找到一个好的归宿。

东二楼灯光亮，顾香兰 A 和五号 A 在楼上。顾香兰 A 开始只动嘴巴，不发声音，和楼下妓院大厅的顾香兰 B 同步向大家告别。然后顾香兰 A 发出声音，和楼下顾香兰 B 同时说话，形成两种音源。

去法国了，是好是坏也不清楚，我只知道，我要走下去。以后不管情况怎么样，我都会想办法自己顶下来……

顾香兰 B、顾香兰 A （同步）……翠琴，媛媛，这阵子我害你们吃了不少苦头，心里也是过意不去，现在我要走了，希望你们能好好照顾这些妹妹，多顺妈妈娘姨的心，替香兰尽些孝道……

渐渐地，楼下的顾香兰 B 不说话了，开始拥抱众妓女，道别。独白由楼上的顾香兰A接手。

顾香兰A 我们都是苦命人，这二十年我也苦够了。如今可以离开这里，接下来的日子如果不好，我也会拼着命让它好……

妓院大厅中的顾香兰B和十里红、金姨拥抱道别。气氛伤感。两位保镖从大门方向入，手里各拿一把大伞。

笼中的小鸟飞出去了，一定要摆脱这个笼子才是……

在两位保镖指引之下，顾香兰B赤脚走出妓院，走入中央观众席，直接穿过到南。二位保镖护送。众妓女看。

其实我想我是摆脱不了的，笼中的小鸟虽然飞出去了，但是它已经受了伤，它的心已经死了。我到法国去就像换了一个笼子一样。也许笼子变大了，跟世界一样大……你们大家要互相照顾，互相体谅，往后再有什么事，都要坚强地活下去。

香兰会记得你们。

顾香兰C站在南等待顾香兰B；保镖撑开两把大伞在顾香兰B的头上。南灯光变化，一条光道出现在顾香兰B眼前。顾香兰B回头看一眼，停顿许久，然后顾香兰C转身，慢慢地走向那长长的道路。

保镖把伞收起来离开。

东二楼，老顾香兰A沉醉在自己的回忆中。

北，天仙阁大厅之中，像一幅静态的油画一样，众妓女望着南看，十里红、金姨呆望着虚空。

南，顾香兰C慢慢走入光中，走上原来下来的斜坡。

四处灯光渐暗。顾香兰C漫步消失在南深处。

第三次中场休息

-第　九　幕-　新伯爵夫人

9-1 前进法国

东二楼 / 东北——码头、东、环绕

顾香兰 C、伯爵、船客、船员、服务生、总管、行李夫一、行李夫二

汽笛声、欢乐的音乐。东二楼灯亮。一九三二年秋天的法国港口。一艘游轮靠岸的景象。乘客由船员指示，从东北二楼下楼梯到东北一楼下船，服务生帮他们搬行李。顾香兰C和伯爵也在队伍之内。乘客下船之后，慢慢绕场。

顾香兰C睁大眼睛，兴奋地迎接新的景象、新的国度。

在陆桥下迎接他们的是总管、带着行李夫一、二。总管和第一部分饰演老总管的演员相同，但在这里，他年轻、动作利落。

总　管　先生！先生！

伯　爵　（见到总管）尚·保罗！好久不见！

总　管　这——夫人呢？

停顿。总管看着他们。

伯　爵　尚·保罗，这是香兰——香兰。（对顾香兰C）香兰，这是尚·保罗。什么事都是他和他太太玛莉在帮我们处理。

顾香兰C对总管鞠躬。

顾香兰C　（慢慢地）尚·保——罗，你——好。

停顿。

总　管　（对顾香兰C）夫人。

伯　爵　车子……

总管叫行李夫一、二帮伯爵整理行李。乘客往四处下。灯光变化。

9-2　诺曼底新夫人

北——诺曼底城堡大厅、观众席、西二楼——卧房

总管，玛莉（总管之妻），女仆一、二，男仆，行李夫一、二，顾香兰C，伯爵

北，诺曼底城堡前厅，一九三二年秋天。此景与第一部分的诺曼底城堡为同一城堡，但是为六十多年前。水晶灯同样在观众席上方。所有仆人都在准备家中迎接伯爵回来的事项：女仆在擦烛台，男仆在扫地，玛莉准备一个玩具木马要送给伯爵的儿子，正在上面系丝带。语言的设定规则与前同，顾香兰C听不太懂法文，其他人都听不懂中文。

女　仆　玛莉，这木马真漂亮！

玛　莉　尚·路易一直想要这种木马，他今天回来看到这个一定乐死了！好久没看到夫人，好想她！

总　管　回来了！

玛　莉　回来了！请大家准备！

仆人们列队站好。行李夫一、二带行李上。伯爵从南带着顾香兰C穿过观众席。

伯　爵　玛莉！好久不见！

伯爵兴奋地拉顾香兰C参观，大家好奇地看着顾香兰C。

香兰，这里是大厅，那边就是湖，我们明天去划船……这几位都是我们的仆人，（对大家）这是香兰……香——兰……

停顿。玛莉不可思议，尴尬地扶着木马，呆站在原地。总管对她使眼色。

总　管　（鞠躬）夫人，让我代表城堡上下全体员工向您致上最热诚的欢迎，希望您来到法国，生活能够感到舒适、快乐。

顾香兰C　（听懂两个字）快——乐——？

总　管　夫人，您一定累了，要不要到楼上休息一下？

伯爵跟顾香兰C往楼上走。总管本来要跟玛莉解释，但玛莉扶着小木马，几乎要晕倒。

女仆扶着她。

西二楼灯光亮起。伯爵和顾香兰C在卧房。行李夫一、二在放行李，然后下。男、女仆继续整理。香兰坐窗边，看着窗外。她表情遥远，也不是完全听得懂伯爵的话。

伯　爵　香兰，有任何需求，你就吩咐就好。是不是口渴？

顾香兰C　（没有完全听懂）口——渴？没有。

伯　爵　（对仆人）去为夫人泡一杯茶。

女仆二　哪一种茶？

顾香兰C　没有关系，我不口——渴……

伯　爵　（不耐烦）当然是中国茶！我们带回来的！

女仆二　可是，先生……

伯　爵　（对仆人们）停！夫人吩咐的一切，任何事，你们都要完成！

懂不懂？所有以及一切！没有正确的茶壶，想办法！去！

顾香兰C拉铃，发出声响。女仆回头。伯爵示意女仆下。

仆人下。

（指着铃）这个是叫仆人的。没有事不要拉。

顾香兰C 叫——人——

伯　爵 叫下人。

伯爵坐香兰旁，二人看湖。

我们的湖很美吧。

顾香兰C 很——美。

伯　爵 它背后有一个传说。你知不知道？一个传说？

顾香兰C 传说？

伯　爵 如果你晚上静静地坐在湖边，据说你可以在湖中看到自己。

顾香兰C 看到——自——己？

两人安静看窗外。

伯　爵 香兰，来到法国，我所能给你的就是属于你自己的自由。那是世界上最珍贵的东西。所以你想做什么就做什么，你想去哪里，就去哪里。你出门没有人会跟踪你，这就是自由。

顾香兰C 自——由。

伯　爵 自由。

伯爵拉香兰往床上。香兰的表情遥远，仍然看着窗外。伯爵抱着香兰。女仆上，带着一杯茶，欲拿给香兰。伯爵做手势，让女仆下去。女仆下。

伯爵继续把香兰拉到床上。香兰突然起来。

顾香兰C 亨利……我——想——看——湖。我现在想看湖——

伯　爵 你想看湖?

顾香兰C 对。

伯　爵 现在很晚了，外面很冷。

顾香兰C 但是我现在想看湖，现——在——

伯爵带香兰往外。灯光变化。

9-3　看见自己 / 流水席

北——湖边、观众席 / 南——湖；西；西——城堡大厅；西北

总管、伯爵、顾香兰 C、顾香兰 B；顾香兰 A、五号 A；贵客、贵妇、皮耶、贾克、男仆、女仆、玛莉

风声。观众席水纹起。

北湖边，烟雾弥漫。总管拿着油灯，拿着伞，带伯爵和顾香兰 C 到湖边。

总　管　我想今天天气这么不好，夫人要看湖不是最好的时候，可能看不到什么……

像在第一部分一样，湖边有一把户外椅。他们接近的时候，顾香兰 C 走在前面，竟然发现椅子上坐着穿旗袍的顾香兰 B。

……夫人，我想伯爵已经事先说过这位置很特别……

顾香兰 C 和椅子上的顾香兰 B 面对面，互看。顾香兰 B 起身让座。

伯　爵　香兰，怎么了？不是这里，是那里。

顾香兰 C 坐下，看远方。

总　管　这地方天气好的时候，说是在远方可以“看见自己”。可是这天气可能不行……

远方南“湖面上”灯光微亮，老顾香兰 A 出现在对面的椅子上。

顾香兰C　有。

伯爵、总管努力看。

伯　爵　看不见啊。

总　管　没有，雾这么大……

顾香兰C和站在一旁的顾香兰B对着顾香兰A，专注地相看。

顾香兰C　好老……

远方灯光渐暗，顾香兰C看不见什么了。

总　管　（撑伞）飘雨了。赶快走吧。

顾香兰C　等一下，等一下，她好像要跟我说话。

伯　爵　要下雨了。

总　管　夫人，这雨可能会很大。

总管撑伞，伯爵和总管欲带顾香兰C往屋里走。

顾香兰C　再让我看一下，她有话要跟我说。

伯　爵　好了，香兰，太冷了，我们回去。

顾香兰C和顾香兰B相看。顾香兰B转身离去。

玛　莉　（声音）先生，您的电话。

伯爵匆匆下，总管替他撑伞一起下。

顾香兰C　不要走。你不要走，这样只剩我一个人……

顾香兰C不舍地看着顾香兰B离去，转身看远方，已经看不见顾香兰A。

顾香兰C淋着雨，望着远方。

北、南灯光渐暗。

西灯光亮，五号A推着轮椅往西北，对顾香兰A说话。贵客、仆人们如走入顾香兰A的回忆中，穿过五号A和顾香兰A陆续走入西区。停顿在西北。顾香兰A摇手。灯光变化。

一九三二年十月，伯爵为顾香兰C举办一个流水席。西城堡大厅，添上了许多东方色彩。许多客人，都是贵族和政商界名人。仆人穿梭在客人中间，端着茶点。客人正进行着一些琐碎无聊的话题。

贵妇一 以前这里放了伊莎贝尔最心爱的柜子，现在放了一个这样的屏风。

贵妇二 不知道柜子去哪里了？

贵妇一 运走了。

贵妇二 伊莎贝尔呢？

贵妇一 也运走了。一点消息都没有。

贵妇二 我太惊讶了，那个女人有什么本事可以把亨利抢过来？

贵妇三 她是中国人。

贵妇二 听说中国女人那一方面有特殊的……

贵妇三 法术。

贵妇一 嘘，来了！

伯爵穿着长袍，打扮过度东方，有些别扭。众看。他手上拿着一把中国扇子。亨利到处帮香兰介绍这些朋友，极为热情，像一个小孩子在炫耀他的新玩具一样。男士们对香兰极有兴趣，女士们议论纷纷。

伯　爵 欢迎大家！香兰，你看！这全都是我的好朋友，他们都是巴黎的重要人物！（对一位绅士）皮耶，跟你介绍一下，这是我太太，香兰。（对香兰）皮耶是我从小一起长大的哥们儿，也是巴黎国会最有分量的政治明星，所有人都预计他过几年就能当上总理！

顾香兰C （伸出手）你——好。

皮耶惊艳，亲香兰的手。停顿。

皮　耶 哎呀！我已经被迷倒了！（凝视着顾香兰C）

伯　爵 来，大家喝，这是我们城堡上世纪末自己酿的酒。好年！好酒！好朋友！（指贵妇们）香兰，来，这几位都是巴黎社交圈的名流……

顾香兰C （伸出手）你——好。

贵妇一不理香兰，反而看伯爵的扇子。

贵妇一 亨利，这一把扇子在哪里买的？我有机会去中国的话，一定要买一把！

伯　爵 （得意）这一把你买不到！这是原始森林的檀香木，那还不是问题，上面的画，那是香兰亲手画的。

贵妇一 香兰画的？

皮　耶 啊呀，亨利，原来你的新夫人是一位……艺术家？

顾香兰C （不明白词句）艺——术——家？

其他客人过来看扇子和扇子上的精细国画。伯爵热情地炫耀。

伯　爵 是！她是艺术家，艺术家！皮耶，你好像认识很多艺术家，是不是？

皮　耶　我前妻收藏这些什么“现代艺术”，什么野兽派、颓废派，我是不敢领教。

伯　爵　香兰对西洋画法也很有兴趣。你可以帮他介绍老师?

皮　耶　没问题。我前妻收藏的画作，那些画家的经纪人我统统很熟，因为都是我出钱！我一招手这些穷艺术家全部过来了。毕加索、达利、马蒂斯，随便挑。（对顾香兰C）美人，你想学立体派还是超现实派?

顾香兰C　（不明白词句）超——现——实——?

伯　爵　当然要从写实底子开始！不然皮耶，改天带我们认识一下这些人,好吗?（对香兰）香兰,你要去认识那些艺术家——艺术家——自由！自由！

皮　耶　（举杯）大家来敬自由！敬我们的艺术家！

众　人　（举杯）敬艺术！

众举杯喝酒。灯光变化。

香兰站开，看着大家。她觉得自己格格不入。客人对她微笑，但是笑中没有温度。她离开大厅，好像疏离了，从西走向北。大厅里面众人冻结。

西北，顾香兰A对五号A说话。

顾香兰A　秋天就这么在每天的宴会中过去了。

风声。观众席水纹起。从流水席出来的顾香兰C超过他们，走向北湖边。

北，顾香兰C一个人在湖边逛，看着湖。

也不能说不好，城堡非常美，尤其是湖，亨利带我划船、打猎，真是新奇，当然，他每次要打猎都气死了，因为我早上都爬不起来。

楼下宴会渐渐散去。

五号A 怎么会？

顾香兰A 我是做什么的？什么叫作“早上”？我早就不记得了！（笑）啊呀，激情过后，两个人还得生活在一起，是不是？亨利的美梦那时就开始有些裂缝，可是真正的问题在我。不知道为什么，我觉得那一切的奢华与璀璨没有温度。我也无法融入他们的社会，我感到很孤单，我每天在那美丽的湖边徘徊……

顾香兰C坐在北湖边的椅子上，认真看湖。
南烟雾弥漫，什么都看不清楚。
玛莉和总管突然跑过来，玛莉手上拿着一件大衣。

总　管 夫人！夫人！

玛　莉 夫人小心不要着凉了！

总　管 夫人！是这样，有位皮耶先生特地来接您到巴黎！车子已经到了。赶快去吧！

玛莉和总管围住顾香兰C，帮她披上大衣。他们把香兰从座位上扶起，往东北。灯光变化。

9-4 车上

东二楼——车上

顾香兰 C、皮耶

东二楼，皮耶的轿车上。顾香兰 C 和皮耶坐在后座。皮耶不断望着香兰。

皮　耶　亨利搞什么今天不来？我比他忙，我今天国会都不去了，他说什么人要来跟他谈亚洲古董生意什么的，有那么重要吗？你不知道我在说什么。我们就快到巴黎了，你常去巴——黎——吗？

顾香兰 C　（稍流畅的法文）巴——黎——？很——少——去。但——我——喜——欢。

皮　耶　美人，你的法文真好听！有一种口音……

顾香兰 C　上——海——口音……

皮　耶　对对对，中国口音。迷死人！香兰，今天要带你去的巴黎是一般人看不到的巴黎，艺术家的巴黎。

顾香兰 C　艺术家？

皮　耶　穷艺术家的巴黎。你以为光鲜亮丽，其实破落不堪，我每次到蒙巴纳斯[16]都觉得进了难民营。（对假想的司机）前面左转，我们直接去蒙巴纳斯。（端看着香兰）啊，香兰，我看到你第一眼就被你迷倒！亨利是和我从小长大的哥们儿，但他这种日子不跟来，谁知道会发生什么事？哈哈！还好你听不懂我说的。

香兰不语，看着前方。

灯光变化。

9-5　蒙巴纳斯咖啡馆一

西／南——蒙巴纳斯咖啡馆、南——上海医院附近的咖啡馆

咖啡馆老板、超现实主义者、哲学家、顾香兰 C、皮耶、萨尔瓦多、共产党、路易、摄影师、艾丽斯、岗蒂夫人、维若妮卡、神秘舞者、服务生、音乐家、乐手；顾香兰 A、五号 A

西／南区灯亮，波希米亚式蒙巴纳斯咖啡馆。热闹气氛。客人都是艺术家，包括已经喝醉、不省人事的萨尔瓦多。客人之中，有两位穿着奇怪的，正在热烈地辩论。他们是超现实主义者和哲学家。他们的对话几乎成为这一整场戏的背景音乐。超现实主义者同时用一只怀表催眠在座的岗蒂夫人。整场过程中，神秘舞者随时即兴舞蹈，收缩身体，到处跑动。

顾香兰 A 跟五号 A 坐在南区，同时也是上海医院附近的咖啡馆，服务生帮他们上咖啡。

哲学家　现实根本是一个无法捉摸的幻象，问题是，这幻象持续不停。

摄影师　说得好。

超现实主义者　我们以为的现实其实是一些随机片段的组合，不具有任何代表性或含意！

艾丽斯　（对摄影师）也对。

哲学家 所存在的一切只有原子和虚空，除此之外，一切的一切是我们附加的概念。

超现实主义者 你说的本身就是概念，唯有在梦境之中才能找到真理！

作曲家突然掉笔。

作曲家 停！！太烂了！什么烂曲子！

作曲家拿起稿纸一撕，往外走。两位乐手哗然。

哲学家 天空可能根本就是绿色的，而我们集体色盲！

超现实主义者 用催眠的手法模拟梦境可以解放我们的心灵，让我们进入自动写作的境界！开始！（岗蒂夫人开始写字）

哲学家 你有看过猫在抓纱窗的时候，说那是写作吗？

顾香兰C和皮耶上。香兰好奇地看着四周，皮耶不自在地找人。

咖啡馆老板 （对香兰）哇——欢迎光临。

超现实主义者 只有自动写作才是真正的写作，因为自动写作没有被思考污染！来！继续！

哲学家 我们不得不达成一个越来越严重的结论：所有我们想的、吃的、穿的、做的一切都是多余的。多余的！

共产党 废话，你等着，以工农联盟主导的无产阶级专政到来，你们就明白了。

摄影师故作醒来状，不屑地打一个大哈欠。

摄影师 呵——！

艾丽斯 对不起，刚刚她睡着了。

皮　耶 （发现很脏乱破旧）抱歉，香兰，我跟画画老师约了这边见面，我第一次来，没想到是这样的地方，你多包涵啊。等一下谈完之后，我们再去别的地方吃晚餐。（对服务生）Garçon（小伙子），我们在找一位萨尔瓦多先生。

服务生指瘫坐在椅子上的萨尔瓦多。

皮耶碰碰萨尔瓦多，他没有反应。一直在注视香兰的路易靠过来接近香兰。他蹲下来，手靠近香兰，像是在抚摸她，但是肉体没有接触。

路　易 我想雕你……

顾香兰 C 雕——？

路　易 我需要感觉你的一切：你的眼睛、鼻子、眉毛……

皮耶把路易推开。

皮　耶 走开，走开。（对香兰）这什么地方啊？！

神秘舞者接近香兰，突然神秘地向上看，闭着眼睛。

作曲家 我在这屋子里感觉到一股力量……一股情欲推动的力量！音乐！狂乱的、骚动的、快的。

神秘舞者收缩身体，自由地到处跑。香兰看得很开心。

顾香兰 C 他在做什么——？

皮　耶 艺术家。即兴。我不知道。（指作曲家）歌手，来唱首歌！

作曲家摔笔，走出咖啡馆。皮耶错愕。

咖啡馆老板 她从来不唱歌的。

共产党 那是个作曲家，她正在写她最经典的作品。

哲学家 在那一番幼稚的表现之后，我们继续刚才的交谈。花豹在草原上奔跑时，它有说那是“舞蹈”吗？

超现实主义者 （对岗蒂夫人）醒来！

岗蒂夫人 太精彩啦！我刚刚被催眠！真是太不可思议！你们知道吗？人被催眠之后会把整个潜意识放出来！太精彩了！

摄影师 你放了什么出来？

岗蒂夫人 太精彩了！我到了一个地方，然后我看到了一座桥……

摄影师 在潜意识的象征中，桥是屌。

岗蒂夫人迷惑。

艾丽斯 亲爱的，你不要打断她，让她讲完。

岗蒂夫人 桥旁边有一棵树。

摄影师 树也是屌。

岗蒂夫人 我在树旁边唱歌……（歌剧式的高音）“啊……”！

摄影师 唱歌就是操。

众哄堂大笑。摄影师跟艾丽斯走到顾香兰C桌，坐下。

顾香兰C 她说什么？大家笑什么？

皮　耶 没有没有，他们在……

摄影师 （对香兰）“屌”。

香兰没反应。

艾丽斯 她听不懂？

摄影师 你不知道“屌”是什么？

艾丽斯 谁来告诉她吧！

萨尔瓦多 （突然站起来，正经地）“屌”……是一个孤儿，四处流浪，寻找家的感觉！

众人起哄。萨尔瓦多拿起共产党的酒喝，共产党抢回。

不是共产主义吗？

摄影师 （近看香兰）“东方神秘主义”！我已经疯狂地爱上她了！（问艾丽斯）你呢？

艾丽斯 我还是比较喜欢“西方野兽派”。

艾丽斯拉摄影师到椅子上，二人互相亲热。香兰好奇地看着。

服务生 （对萨尔瓦多）耶，这人找你。

萨尔瓦多 一个穿西装的人找我一定没有好事。不用怀疑，我是萨尔瓦多！

皮　耶 你好。我是议员皮耶。

萨尔瓦多 找我教画，是不是？我跟你讲，我现在很忙，没有时间教！是谁要学？

皮　耶 这位。

萨尔瓦多 （仔细看香兰）我现在价钱是每小时三百五，一块都不能少！因为我是谁你知道吗？我现在在巴黎的地位是怎样，你知道吗？

突然维若妮卡拿着刀和一件胸罩冲进来。萨尔瓦多立刻趴在地上。

维若妮卡 （冲向萨尔瓦多，展示内衣）萨尔瓦多！谁的？这是谁的？

萨尔瓦多 （向众人）误会！只是误会！

维若妮卡 你快告诉我！为什么我会在你家里发现这东西？今天我跟你拼了！

维若妮卡用刀刺向萨尔瓦多，共产党将维若妮卡挡住、抱着，摄影师将她的刀拿下来。

萨尔瓦多跑出咖啡馆。

摄影师安慰维若妮卡。

摄影师 何必为男人弄成这样？

维若妮卡 他不爱我了！他去操别人。

摄影师 不要哭了！

艾丽斯 （对香兰）"东方神秘主义"，维若妮卡是我们蒙巴纳斯最著名的人体模特儿。毕加索、莫帝格瑞安尼[17]、马蒂斯，都画过她。

摄影师 不只"画"吧？

维若妮卡 我必须声明，我是一个演员，不是人体模特儿。你告诉她！

萨尔瓦多突然回。

萨尔瓦多 没错，她是个演员，但是所有的导演都把她当模特儿看。（笑）

维若妮卡　你还想活吗？

萨尔瓦多下，维若妮卡追下，香兰接下维若妮卡手中的胸罩。

摄影师　不要动，你不知道你现在有多美。（拿起相机对着香兰拍）错置的异国风情、近在咫尺却遥不可及的天真的火爆的性欲，你是无法解开也无法得到的谜。

顾香兰 C　（对皮耶）我想喝酒……（对服务生）给他们……酒，（指皮耶）他付钱，他付。大家喝酒。

皮　耶　大家喝酒！

众人欢呼。舞者突然灵感发作。服务生收拾。

灯光变化，众人持续动作，没有声音。南区上海咖啡馆，顾香兰 A 对五号 A 说话。

顾香兰A　来到法国，我第一次感觉到体内的细胞开始苏醒。在蒙巴纳斯，我真正地开始呼吸。我每天沉醉在艺术、激情、新概念、咖啡、欢笑之中。那一群艺术家之中，有真的，有假的，有天才寻找灵感，有蠢材寻找温暖，但怎么说，他们都对生命充满了我没见过的热度和追寻。到现在那些气氛还在眼前，那些音乐、旋律还在我脑海中。时间过去了，亨利因为我，他外交部回不去了，事业也放弃了，但是他真的无所谓，他有钱。他在巴黎有一栋公寓，很方便，我们轮流住城堡跟巴黎。我在蒙巴纳斯学画。他和一些朋友投资做亚洲古董的生意，每天都在研究东方古董……

服务生帮顾香兰A的咖啡续杯。

干什么？

服务生　帮你续杯啊。

顾香兰A　我有说我要续杯吗？

服务生　免费的啊。

服务生帮顾香兰A续杯，回柜台。

顾香兰A　现在人啊，要小心，你搞不清楚他在干什么！

灯光变化。

9–6　古董

东——画室、东二楼——巴黎公寓、西 / 南——蒙巴纳斯咖啡馆

顾香兰 C、伯爵、仆人、贵客一、贵客二；超现实主义者、哲学家、顾香兰 C、萨尔瓦多、路易、摄影师、艾丽斯、岗蒂夫人、维若妮卡、神秘舞者、服务生、共产党

东二楼灯亮，伯爵在巴黎的公寓和贵客一、二拿放大镜研究古董。同时东画室，香兰在学画。萨尔瓦多在教她，维若妮卡是模特儿。同时，横跨西、南蒙巴纳斯咖啡馆里的人物继续生活着。

伯　爵　（对贵客一、二）你看……我上海的古董专家教我怎么分辨明朝和清朝的瓷器。主要是看冰裂纹，看到没有？这个是清朝的，这个就是明朝的，是不是不一样？

贵客二　搞不懂。耶，你不是在写一篇小说？想不到你还有这个本事！

伯　爵　那是被中国哲学家——一个叫“庄子”的，启发。

贵客二　庄——子——？

贵客一发现墙边有一些油画。他拿起一幅写实风格的画，是伯爵和香兰的夫妻像，与第四幕五号 B 在城堡发现的是同一幅。

贵客一　亨利，这是什么？（看签名）“KOO”。你老婆画的？

伯　爵　（得意）香兰最近学画，我就知道她有绘画天才！她好快就学成了写实技巧，我特别喜欢香兰在这幅画里画自己的感觉——你看她的眼神，有一种——超越的……（找词）

贵客二　忧郁。

伯　爵　去你的，那是一种深度。之前没有的！一种……自由。我认识她这么久，以她的背景，都没想过她会有这样的深度。

贵客二在另一边发现另一幅画，举起来。是马蒂斯风格，色彩鲜艳，一个大鸟笼，一个东方裸女在鸟笼中跳舞，鸟笼外的桌面上是一件抛弃的旗袍。

贵客二　耶？这又是什么？

伯　爵　啊？……耶？这……

亨利迷惑，走过去和贵客一、二一起看签名。

贵客一　（也在看）“KOO”。

顾香兰 C 离开楼下画室。

伯　爵　（迷惑）是的……香兰最近的画有些……风格上的尝试。玩玩而已，她重点还是在写实。这玩意儿不行的啦！

贵客一　不，不，我觉得不错。虽然有些过度受马蒂斯影响的痕迹，但这是一幅有趣的画。亨利，你不能就这样摆在地上！这些未来可能都很值钱！

伯　爵　是是。（指“夫妻像”）那一幅明天要拿去裱，要挂在城堡。其他的，我特别在巴黎银行租了一个大保险库，香兰的所有画，我都全部帮她放里面。你放心！

贵客二 （形容）“鸟笼中的东方女子”。你看，这鸟笼旁边是……

贵客一 一件旗袍被丢在鸟笼外面。有趣。

停顿。

贵客二 哦亨利，我随便说说哦，我有听说马蒂斯那老头很“欣赏”香兰。

伯　爵 胡说八道。

贵客二 不，亨利，外面有些话传的……

三人看画。伯爵把鸟笼画收起来。

伯　爵 这些都是香兰玩玩的，不算什么严肃的作品，来来来，看这个中国古董，这个冰裂纹才是耐人寻味！

三人看古董。顾香兰C从外回来，脱外衣。仆人接。

顾香兰C 你们好。

伯　爵 香兰回来了。去哪儿？

顾香兰C 去画画。

贵客一、二呆看香兰。香兰悠闲地走到窗边，拿出一根香烟，仆人帮她点。

伯　爵 我看出来了，原来这是清朝仿明朝的，被骗了！被骗了！你看，破绽在这里！香兰，我研究出来了！

停顿。

顾香兰C 那我呢？你研究出来没有？我是清朝还是明朝的？

伯　爵　啊？你要去哪里？

顾香兰C　我要去有空气的地方，再待下去我要变成古董了。

香兰下。

贵客二　（看古董）看出来了！这破绽太玄了！

灯光变化。

9-7 画室

东——画室、西 / 南——蒙巴纳斯咖啡馆

顾香兰 C、萨尔瓦多、维若妮卡、伯爵、总管

香兰回到东画室，萨尔瓦多指导香兰画画，维若妮卡躺在躺椅上。

萨尔瓦多 香兰，我现在教你，那些写实技巧可以全部丢掉，丢掉！

顾香兰 C 什么意思？

萨尔瓦多 来，（指沙发上的维若妮卡）你现在看她，看到什么？一个贱货，对不对？妈的，她不是个东西，懂不懂？好！有这个正确认知之后就可以开始画。画一个不是东西的东西，懂不懂？不要管她的形体，他妈的，不是东西！画！

顾香兰 C 像这样？（在画布上乱画两笔，拿酒杯泼向画布）

萨尔瓦多 对！就是这样，这样就对了，香兰，你解放了！

萨尔瓦多拥抱香兰。维若妮卡起身。

维若妮卡 你们解放了，那还需要我吗？

萨尔瓦多 需要需要，虽然你不是个东西！

维若妮卡 萨尔瓦多，我们就到此为止！（离开）

萨尔瓦多往维若妮卡走去，抱住她，两人亲密。

萨尔瓦多 亲爱的，别生气，我对你疯狂……

顾香兰C 你们两个！（两人停下来）你们都不是东西！

萨尔瓦多 对！香兰说太对了……

顾香兰C 继续！让我画！

萨尔瓦多 不是东西的贱货！……

维若妮卡 只有贱货才懂什么叫作贱货！操！……

两人在沙发上继续亲密。香兰画他们，画的都是抽象的大笔触。

伯爵上。伯爵第一次进到画室，感觉画室很奇怪，呆看萨尔瓦多跟维若妮卡亲密，看香兰画画。

香兰看到伯爵。

顾香兰C 亲爱的？你怎么会来？

伯　爵（怀疑地）香兰，不是约好在这里画我的画像？你……他们……

顾香兰C 请你暂时不要说话。

香兰继续画。

伯　爵 哦香兰，老师呢？

香兰指萨尔瓦多，伯爵惊讶。萨尔瓦多和维若妮卡衣冠不整地爬出去。

一定要换一个老师。这人……在搞什么？

顾香兰C 亲爱的，这个老师最好。你应该加他钱。你看，我已经突破了，向前走了，你不觉得吗？（指自己的画）

总管带着茶壶跟鸟笼上，伯爵指示他抽掉香兰的画，换上新画板。

伯　爵 亲爱的，我没有时间跟你胡闹。来吧。

伯爵在躺椅上坐下，举起茶壶跟鸟笼。总管帮他整理衣服。

规规矩矩地帮我画这幅画像。城堡壁炉上我父亲的老画已经拿去修了，这一幅要取代它！来吧。

香兰不太情愿，站着，收拾一下情绪，又坐下，开始画。

萨尔瓦多衣衫不整，拿着一根烟，上，晃到香兰后面，指导。灯光变化。

9-8　蒙巴纳斯咖啡馆二

西／南——蒙巴纳斯／上海咖啡馆

顾香兰 A、五号 A；咖啡馆老板、超现实主义者、哲学家、顾香兰 C、萨尔瓦多、共产党、路易、摄影师、艾丽斯、岗蒂夫人、维若妮卡、神秘舞者、服务生、作曲家、乐手、皮耶

南咖啡馆中，顾香兰 A 对五号 A 说话。

五号 A　伯爵的画像？还有你们的“夫妻像”？就是我们在城堡里看到的……

顾香兰 A　已经被你烧掉了。

五号 A　因为你不想回忆这一段？

顾香兰 A　才不！画得太烂了！一个字，假！当然要烧掉。后来我画的东西远远超过亨利的想象。那些东西是真的。是一个女人赤裸的表白。

五号 A　《鸟笼中的女人》。好想看。这幅画现在在哪里？

顾香兰 A 不语。

顾香兰 A　时间过去了，一切开始远远超过亨利的想象……

灯光变化。

西咖啡馆中，顾香兰C、共产党、哲学家、摄影师、艾丽斯、超现实主义者坐在咖啡馆，抽烟或喝酒，岗蒂夫人也在，但呈现被催眠的状态，共产党跟顾香兰C辩论，神秘舞者一直在场上随意地跳舞。

哲学家 所谓的“现实”只不过是一个集体的猜测，一个方便性的集体合约，因为人类其实是无法接受真正的现实。

超现实主义者对共产党吹泡泡。

作曲家 停！这么好的曲子，怎么写不出歌词，都是你们两个，太烂了！

作曲家丢笔，撕掉谱，往外走。

共产党 香兰，你知道，只有无产阶级革命才能推翻资本主义的剥削和压迫，让我们翻身做主，我说的就是你！你老公！你们这些资产阶级！

顾香兰C 那你今天做主你买单啊！你们这些人，我不来你们今天有酒喝吗？

作曲家 （看香兰手上的本子）香兰，这是你写的吗？

顾香兰C 是，写得不好。

作曲家 不，写得太好了，可以借我吗？（拿香兰手上的本子）

顾香兰C 当然。

共产党 （不自在）这……这……只有全世界的无产阶级联合起来，才能消除一切剥削与压迫，你懂吗？

顾香兰C ……你想不想跟我上床？

超现实主义者对共产党吹泡泡,共产党离开该桌。路易跟维若妮卡上,拥抱,顾香兰C发现他们在一起,打招呼。

维若妮卡 好久没跟香兰聊天,(往香兰方向)香兰?

顾香兰C 你们……?路易?

维若妮卡 我现在开始了解画家跟雕塑家的不同。

顾香兰C 差很多吗?

维若妮卡 差不多。

顾香兰C 那萨尔瓦多……?

路易往哲学家的桌子坐下。

维若妮卡 他已经是过去式了。

顾香兰C 多少次了?

维若妮卡 这次是真的!

顾香兰C 真的?

维若妮卡 这次不一样,我们真的分开了,我彻底看透了!我摆脱了,我根本……我永远不要回到那种折磨,那种厮杀,还有那种报复!

顾香兰C 好!有志气!

维若妮卡 香兰,(态度转变)教教我怎么办,怎么样回到他身边?

顾香兰安慰维若妮卡,路易换桌,到摄影师跟艾丽斯的桌子。

路易望着摄影师跟艾丽斯。

路　易 我想雕你们两个。

艾丽斯 凭什么？

路　易 我很想知道，跟两个异性的同性恋做爱是什么感觉……

路易看两人，维若妮卡听到，注意他的方向。

维若妮卡 喂！我没想到，你是这种贱货。

摄影师 他是。

维若妮卡 街上野狗也很多，你快去！我们两个之间完了！（转身离开）

路　易 （追上维若妮卡，抱住她）亲爱的，我离不开你！

萨尔瓦多上，拿着刀，看见两人拥抱。

萨尔瓦多 放开那个姑娘！路易，你死定了！

路　易 误会、误会！！……

维若妮卡 （对众人）他还是爱我的！

两人开始追逐，维若妮卡追出。

共产党 （突然站起来，脱节地）全世界的无产阶级团结起来！

岗蒂夫人 （突然清醒）团结起来！

共产党 推翻资产阶级！

岗蒂夫人 推翻资产阶级！

共产党 消除剥削与压迫！

岗蒂夫人 消除剥削与压迫！

共产党 保护动物权利！

岗蒂夫人 保护动物权利！

皮耶上，皮耶看到香兰。皮耶眼神有些散乱，凝重地对香兰说话。

皮　耶　香兰……

顾香兰C　皮耶？你怎么会来这里？

皮　耶　对！我怎么会来这里？香兰，你都不回我的电话……从认识你那一天，我就无法控制自己，你日夜在我脑海中徘徊，我……香兰，不要说那么多，今天晚上有国宴，我都不去了，我就是来这个破烂地方找你。走，我带你去吃饭，然后我一定要带你去我最隐秘的公寓，我们可以在那里……

顾香兰C　皮耶，你忘了，我丈夫是你最好的哥们儿。

皮　耶　是……没错。我们从小一起长大，什么都是我赢他，只有一件事情我赢不了他，他的老婆总是比我的漂亮，还有一件事情我永远赢他很多的：那就是我完全缺乏道德感。抱歉，香兰，政治人物道德感必须低下才能成功！跟我走！

顾香兰C　皮耶，你喝多了。

共产党看到皮耶。

共产党　（对皮耶）停！就是你！堂堂国会代表，你就是利益团体的走狗，广大无产阶级的死敌！大家站起来！打倒特权！

岗蒂夫人　打倒特权！

皮　耶　（微笑）年轻人，回去多读点书吧！马克思我比你熟。这本书第249页，“劳动创造财富，财富创造权力！”（对所有人）今晚喝多少都算我的！

众喧哗。

众　人　耶！万岁！万岁！……

众人在舞者带动之下集体舞动、喧哗。吧台一直开酒，皮耶掏钱。伯爵上，非常错愕地看着四周。总管拿着旗袍跟上。

维若妮卡　资本主义万岁！

众　人　资本主义万岁！万岁！万岁！……

共产党　共产主义万岁！

众　人　共产主义万岁！万岁！万岁！……

艾丽斯　狗屁万岁！

众　人　狗屁万岁！万岁！万岁！……

伯爵拉住狂欢中的香兰。

伯　爵　香兰，这……？！简直是胡闹！我们走了！

顾香兰C　去哪里？

伯　爵　你忘了，今天晚上有国宴，请的都是中国的领导人！外交部还是希望我参加！赶快走，旗袍我都帮你准备好了。

顾香兰C　亨利，不行，我这边很忙。

伯　爵　你……？！（看到皮耶）皮耶，你也来了？你……

皮　耶　我来催香兰去国宴！国宴！

众　人　国宴！国宴！国宴！……

舞者即兴高歌，带领疯狂。伯爵看着这一群艺术家，疯的疯，醉的醉。

岗蒂夫人 大家去国宴！

众　人 国宴！国宴！国宴！……

岗蒂夫人 大家去放屁！ Oh yea...

众　人 国宴！国宴！国宴！……

伯　爵 香兰，你原来都在这种地方混？

顾香兰 C 嘘！不要打断他！

伯　爵 香兰。我给你自由是为了让你追求美好的事情，和我一起追求高尚、美好的事物。不是走向低处，像你这样往泥巴去，（大声）在这些破烂地方，跟这些破烂的人！

众安静下来。舞者灵感尽失。

艾丽斯 弄断了啦！谁啊？

顾香兰 C 亨利，这就是生命！错过了当下，生命离你而远去！

伯　爵 这就是生命？香兰，你把粪土当作黄金？我错了，原来你真的改不了你的本性。

顾香兰 C 我的本性？什么是我的本性？

伯　爵 你就是低，你怎么弄都往低处爬！

顾香兰 C 什么叫作低？

伯　爵 你就是一个妓女！你就是我买来的！低，脏。你这个妓女，现在跟我走！

停顿。香兰不动。伯爵将旗袍扔在地上，愤而离去。

顾香兰 C 喝酒！

众　人　喝酒！喝酒！喝酒！……

岗蒂夫人　（又兴奋了）喝酒……！ Oh yea...

舞者兴奋地带着众人从咖啡馆走出来。

9-9 出笼

南／西——咖啡馆；东——情人画面；环绕区

顾香兰 A、五号 A；顾香兰 C、皮耶、服务生、路易、萨尔瓦多、维若妮卡、摄影师、艾丽斯、乐手；伯爵

南咖啡馆中，顾香兰 A 在和五号 A 讲话。

顾香兰 A 我其实一直尊重亨利，直到那一个时刻为止。那天之后，我觉得对他已经可以了。接着，我真的自由了！我百无禁忌，我彻底解放了！

五号 A 自由……

南咖啡馆中，服务生把零钱放在顾香兰 A 桌上。

服务生 （对五号 A）先生，这是找您的钱，我们打烊了。

五号 A 打烊了？你们这不是 24 小时的？

服务生 改了。谢谢光临啊。

顾香兰 A 什么玩意儿？（对五号 A）钱要算清楚！这帮人很贼的！

服务生 （对作曲家跟乐手）打烊了，走了，你们要锁门。

顾香兰 A、五号 A 起身，服务生赶还在蒙巴纳斯喝酒的超现实主义者。作曲家灵感出现。

服务生 （对超现实主义者）先生，打烊了！怎么还不走？什么意

思啊？

顾香兰 A　笼中的小鸟出笼了，你能叫它不飞吗？以前都不用想，妈妈、金姨叫我做什么就做什么，男人叫我做什么就做什么。现在一切我自己选择！我看到一个全新的我，想到以前在中国，一切都是那么保守落后封闭，现在我已经漂洋过海来到法国，大大地开放，拥抱自由、拥抱生命，尝试各种经验，又过瘾，又刺激……

以上过程中，咖啡馆内，吉他手和手风琴手伴奏，作曲家唱歌。

作曲家　等一下！有了，香兰的词，刚好！

（唱）走进你的梦，

走进你的心，

走进缤纷如幻的梦土，

春天的梦，

春天的心，

遍地芬芳花开燕飞蝶舞。

顾香兰 A 仿佛掉入回忆中，跟着合唱。

作曲家、顾香兰 A　梦深不觉，

春日已去，

你我飘入梦中深深的迷雾，

花落时节，

梦醒时分，

心孤独。

以上歌中，东呈现一些色调浓厚的小空间，每一个独立空间都有顾香兰的情人，正在脱衣服。顾香兰C先和皮耶出现在其中一格，香兰拥抱皮耶，然后是和众情人一一约会的画面，包括皮耶、路易、萨尔瓦多和维若妮卡、摄影师和艾丽斯。四组人进行一种自由、暧昧及充满情欲的舞蹈。

伯爵环绕，在画面前停下，再走下去。

环绕的四个角都有街灯。一位点灯人慢慢把四个都点起来。

伯爵、香兰，各自下。

9–10　忠告

西——城堡餐厅；西二楼；西二楼——卧房；北——湖边；观众席及南——湖

总管、玛莉、行李夫、女仆、顾香兰 C、伯爵；顾香兰 A、五号 A

西灯亮，总管从西北上。玛莉在看照片，一边哭。

总　管　玛莉，麻烦你到酒窖去……（发现他的妻子情绪不对）怎么一回事？东西还没整理啊？快点啊，伯爵跟夫人就要从巴黎回来，你还坐着？怎么了？

停顿。总管抢走玛莉手上的照片。

这不是前夫人跟小尚·路易的照片吗？她写信来了？信呢？

玛莉不语。总管推玛莉，从她屁股下拿出信。玛莉表情不悦。

藏着干吗？你又不会看。

玛　莉　我看照片就看懂了！

总　管　很好，衣服穿得这么漂亮，（收信）信我先收起来了。

玛　莉　喂……（态度缓和）你念给我听。

总　管　你不是看照片就都知道了吗？还要念什么？

玛莉向她先生撒娇。总管翻开信，念信。

“一九三七年七月十号，里昂，亲爱的玛莉，当你看到这封信的时候，我已经在往美国的路上了。我并不想去，只是回法国以后身体一直不太好，家人要我换个环境试试看。要不然要回那可怕的精神疗养院。我是没办法再承受那种拘束。

“你们好吗？现在是夏天，院子里的樱桃应该已经要采收了，做果酱吧。城堡里一定很忙。我经常想念你们，也怀念我在诺曼底的美丽时光。

“尚·路易现在已经是个懂事的孩子了。我本来要他写几个字问候你，可是……”

玛　莉　可是?

总　管　“可是他已经不记得你是谁了。其实这样也好，幸好人类还有遗忘的本能。我没忘记你们，以及诺曼底的一切。

“但愿你能在此生找到快乐，你的朋友，伊莎贝尔。”

玛莉静静地站着，摇头。

好了……工作了，（收照片）不要想太多了……

停顿。女仆上。

女仆一　来了……伯爵跟夫人来了……

总　管　（看右侧）伯爵回来了。

顾香兰C直接上二楼，女仆和玛莉跟上去。久久看不到伯爵。

伯爵上，留在餐厅，不上楼。他封闭，遥远，脸色表情木讷。

伯爵，我们照中国规矩，准备了一点宵夜，要不要请夫人下来一起吃一点？

伯爵坐下，尝一口桌上的菜。

伯　爵　鹿肉。

总　管　我们知道今天伯爵跟夫人要回来，所以打了一只鹿回来。

伯　爵　鹿是全世界最漂亮的动物。

伯爵拿桌上的酒，总管帮伯爵倒。

总　管　对了，主卧室第二间卫浴照您的指示施工已经完成了，可以用了。后墙稍被破坏，但已经修好了。

伯爵不语。

季节到了，可以请朋友来打猎，我记得夫人刚来的时候，您有带她出去打过几次，她应该还蛮喜欢的吧……

伯　爵　她爬不起来。

沉默。

尚·保罗，我记得小时候做错事，妈妈会骂我。骂完了，哭完了，她会带我到一边，跟我说故事，教我怎么做才是对的。

总　管　（胸前画十字架）老夫人很有智慧。

伯　爵　然后就没事，一切都可以重来。

停顿。

再错，还是可以重来。

（激动）再错，还是可以重来！一切都一笔勾销！一笔勾销！

伯爵头趴到桌上。总管安慰伯爵，把他扶起。
伯爵突然振作起来。

尚·保罗，带我去看湖。

总　管　现在？

伯　爵　对，现在。

总　管　可是伯爵，今天是满月，可能看不到什么。

他们带着酒下。灯光变化。
观众席及南纱幕后水纹起。西二楼微亮。顾香兰A、五号A和顾香兰C站在西二楼窗边，向外看。

顾香兰A　那天我洗完澡出来，走出阳台上一看，发现他在看湖，手上拿着一瓶酒和一把猎枪。湖好美。整个月亮照在湖上……

北灯亮，湖边。伯爵坐在湖边的椅子上，手上拿着枪和酒，总管站在他旁边，往湖的方向看。

我看着他的背影。亨利·杜象。我们是怎么了？什么力量让两个人在一起，彼此折磨？

北，伯爵往南湖上看，伯爵将枪指向自己，总管阻止，拉扯中，伯爵突然对远方开一枪，然后从内心深处发出呐喊。

伯　爵　啊——！！

总管安慰伯爵。北、南灯光渐暗。

西二楼，顾香兰A和五号A与顾香兰C站在一起，静静地看窗外。

顾香兰A 虽然如此，不知道为什么，过了一年，亨利突然热心地帮我办了一个画展，在金碧辉煌的一个小皇宫里。

灯光变化。

9–11 画展

东南西北——画廊

总管、玛莉、男仆、顾香兰C、伯爵、市长、随从、萨尔瓦多、摄影师、艾丽斯、路易、岗蒂夫人、哲学家、共产党、神秘舞者、乐手、皮耶、贾克、维若妮卡、超现实主义；顾香兰A、五号A

东南西北灯光亮。巴黎一家画廊，观众席上方空中挂着几排有框但无画的空心画框，想象中，伯爵和香兰的"夫妻像"在旁边，《鸟笼中的女人》在正中间。南区一张桌子上摆了一些餐点、杯子等。玛莉和总管拿着抹布、鸡毛掸子在帮顾香兰整理画展场地，做最后的检查，女仆在摆餐点。

玛　莉　（对女仆）我觉得这碟子好像不太够，你去下面再拿二十个上来。

女　仆　这样不够吗？

顾香兰C上，穿着波希米亚风的服饰。

总　管　（注意到顾香兰C的服装）夫人。

顾香兰C　尚·保罗、玛莉，谢谢你们。你看这一切都布置得这么好，真是太感谢你们了。

玛　莉　哪里，我们也要非常感谢夫人，让我们来巴黎见识见识。

顾香兰C　（对女仆）你在干吗？不用准备那么多盘子，我那些朋友都是野蛮人……艺术家！他们都直接用手抓着吃。不用盘子叉子了！

香兰到一旁整理空中的画。伯爵从西南上，没看到香兰。

伯　爵　准备好了吗？这么一点盘子怎么够？市长等一下要来，是要叫客人用手抓着吃吗？那像什么样子！

伯爵看画的位置。他指旁边，就是"夫妻像"那一幅。

耶？那一幅怎么放在旁边？我说过了，那要挂在中间！

玛　莉　可是那是夫人要我们挂旁边。

伯　爵　开玩笑！（指《鸟笼中的女人》）那一幅怎么会在中间？（指"夫妻像"）那一幅才是香兰的代表作！赶快换！！这笑话闹大了！

香兰突然在北说话。

顾香兰C　亲爱的，我就是你的代表作。所以《鸟笼中的女人》本来就是在中间。

停顿。总管和玛莉不知所措。伯爵看香兰一身波希米亚装扮。

伯　爵　（泄气）唉……！天哪，不是叫你穿旗袍吗？（对玛莉）我不是叫你从城堡多带一些旗袍来吗？

玛　莉　有啊，带来了。

伯　爵　怎么没有拿给夫人穿？

玛　莉　有啊，我……

顾香兰C　旗袍已经脱了。

伯　爵　赶快去拿！（对顾香兰）天哪，今天开的是中国画展耶！市长要来耶！你怎么穿得像个乞丐一样，你是中国画家！你要穿旗袍！

顾香兰C　拜托，亨利，旗袍领子那么高，把身体裹得紧紧的，要穿你来穿哪！

伯　爵　你以前不都是这样穿吗？

顾香兰C　那是以前。今天这是我的画展，我爱穿什么就穿什么！

伯　爵（大声）你的画展？谁出的钱？谁定的场地？谁请的贵宾？凭你的画，你真的以为你有办法在巴黎这种地方开画展吗？你不穿旗袍，一点特色都没有！你给我换！市长马上就来了！（下）

停顿。香兰一人站在众画中。玛莉捧着一件旗袍上。

玛　莉　夫人……

顾香兰C下，玛莉跟在她背后。灯光变化。乐手开始演奏。
众客人在看画，包括市长、随从、路易、哲学家、摄影师、艾丽斯、萨尔瓦多、维若妮卡、神秘舞者、岗蒂夫人、共产党、超现实主义者、作曲家、乐手、皮耶和贾克。

皮　耶　市长，这边请。

总　管　市长好。

皮　耶　这是亨利他夫人的画。

哲学家　大象会把水柱喷在帆布上，框起来，然后说那是一幅画吗？

岗蒂夫人 你有没有注意到？那个路易一直对我放电。

哲学家 这一切只能证明一点：人类无法安逸地活在当下！

岗蒂夫人 跟艺术家上床不知道是什么感觉？

哲学家 我们混乱的思绪正在奔向一个不知名的未来！

岗蒂夫人 不知道那个维若妮卡跟萨尔瓦多在干什么。

哲学家 你搞错了，维若妮卡现在跟催眠师有一腿。

岗蒂夫人 真的？我太惊讶了！难怪他最近都不帮我催眠了。

两人对话终于有交集，但是很自然地，又没有交集，感觉是一样。伯爵在南发言。众人听。过程中，香兰穿着旗袍从西北上。

伯　爵 （感性）感谢所有贵宾今天的到来。香兰的故事是一个奋斗的故事，一个勇气的故事，一个爱的故事。香兰从中国到法国，走了很长的一段路，寻找在艺术上的自己。在中国……以她的情形……怎么可能？过去的香兰，在上海、在中国，你们没看到，只有我了解，现在她可以在我们世界文化之都开画展，她可以展翅高飞……我觉得，实在是……香兰，你要不要跟大家说点话？

众鼓掌。香兰在北，与伯爵相望。

顾香兰C 我只是一个穿着旗袍的弱女子。今天我能在巴黎开这个画展，都是我先生亨利的关系。你们看到这一切，都是亨利的功劳，我的画展就是亨利的画展。亨利，我永远都是你的！

众鼓掌。维若妮卡倒地。灯光变化。

东南，顾香兰 A 对五号 A 说话。

顾香兰 A 那个画展有点像亨利对我的某一种告别。好像办完了，他对我也没什么义务了，从此，他也不管我了。画是卖了几幅，剩下的，亨利又全部地运回保险库。接着，他大部分时间待在城堡，我待在巴黎，有时候好像故意在躲避对方。有一天，他突然出现在巴黎。我那天原本约了人到家里来，弄得好尴尬。

灯光变化。

9-12　最后的晚餐二

东二楼——巴黎公寓

伯爵、顾香兰 C、巴黎女仆、路易

东二楼，一九三八年九月，香兰在巴黎公寓里摆两人的浪漫餐桌。她正点着蜡烛，穿着一件相当诱人的裙子。桌上有上海烛台。

女仆二冲进来，脸上表情紧张。

女仆二　夫人……

顾香兰C　什么事？

伯爵带着公文包进入巴黎公寓。他表情严肃。香兰和女仆突然安静。女仆把灯光弄亮一点。

伯　爵　（表情严肃）没关系，继续。这么晚了还有客人哪！

女仆把蜡烛吹熄，然后抽走一份餐具。尴尬。伯爵带着行李进房间，又走出来。他把夹克脱下，坐下来。

对不起，打扰了，香兰。明天我要去一趟英国，处理一点生意。

顾香兰C　什么事？为什么要到英国？

伯　爵　没什么，就是一艘船沉了。装满我们公司古董的船，没什么，一点小事。本来我是要带你一道去，不过我想你现在很忙，所以我只买了一张火车票。没关系，不用操心这件事。一艘船沉了而已。事情谈好，我就回诺曼底。

顾香兰C　哎呀，你现在才说要去英国，我没办法帮你准备东西。

伯爵不正视香兰，仿佛凝视遥远地方，喃喃自述。

伯　爵　（沉默）我的小说写完了。

顾香兰C　啊？

路易带着花在楼下，女仆示意他离开，路易请女仆转交信给香兰。

伯　爵　庄周不知道梦了蝴蝶还是蝴蝶梦了他，我的庄如梦被外在世界追到没有安身之处，梦到另外一个世界，然后去了，一笔勾销……真不错。

香兰不语，不知道他在说什么。伯爵大笑。

顾香兰C　什么时候叫你起床？

伯　爵　香兰，你不用这样对我说话。你对我没有什么义务的。其实我今天来也只是住一个晚上，毕竟这是我的公寓吧。到了巴黎，去住旅馆总是说不太过去。

顾香兰C　要不要吃？我可以马上上菜。

女仆上。

女仆二　夫人，你的信。（小声）他在楼下等你回复。

女仆下。顾香兰C当着伯爵的面拆信，读完，揉掉，不动声色。

伯　爵　有事吗？

顾香兰C　没什么事。

伯　爵　有事还是去处理一下吧。

女仆上。

女仆二　夫人，对方还在等回音。

顾香兰C　你跟他说他可以离开了。

女仆二　可是他样子怪怪的。

顾香兰C　请他马上离开。

女仆下。

就是一个雕塑家朋友，你大概不认识。他最近有一些困难，需要找朋友帮忙……

伯　爵　你是说那个路易，是不是？失意的人是需要有心人鼓励鼓励的。

顾香兰C　我也帮不上他什么忙，顶多就是听他说说话。

停顿。伯爵起身。

伯　爵　香兰，对不起，我明天行程很满，必须起个大早，我先去休息。你如果还有什么事，就去处理好了。没关系。（看到烛台）我的烛台怎么在这里？看来这个烛台对你一点意义都没有。其实对我也没什么意义。晚安。

伯爵进房间，留下香兰一人坐在客厅。灯光变化。

9-13 火车站：神秘广场三

环绕、南 、观众席上方——车祸现场

五号 A、顾香兰 A ；火车乘客、家属、顾香兰 C、伯爵、巴黎女仆、车掌；受伤者、搜救人员

西二楼灯亮。顾香兰 A 对五号 A 说话。

顾香兰 A 那是一九三八年九月的一个早上。秋天来晚了，天气还有点闷热。

火车乘客和家属开始环绕。顾香兰 C、伯爵、女仆也在行列之中。他们到西北，等待车掌让他们上车。行李夫帮他们先上行李。

前一天晚上，虽然亨利来了，但是我还是要处理路易的事，等我回来，已经快天亮了，我听到亨利在他房间已经醒了，我赶快上床睡，没多久就被仆人摇醒，说亨利已经要出门到火车站去了，我赶快起来，想反正送走他以后我还可以回来睡，换了衣服，陪他到巴黎北站。从巴黎到卡雷的一一二〇班次老早在第六站台等候着。一路上，我眼睛都睁不开，眼睛一合上，杂梦立刻升起，眼睛一张开，眼前一片杂乱……

车掌吹哨子。

车掌　巴黎往卡雷第一一二〇班次，现在可以上车了。

客人开始上车，家属向他们道别。伯爵也上车，顾香兰C、女仆向他道别。乘客们过了车掌的关卡，绕场走到南。南有一列长长的火车座椅。伯爵跟着大家一起坐下。

灯光渐暗。

全场暗。黑暗中，火车声音起，越来越快，越来越快，声音越来越大。快速的灯光环绕、闪烁着，火车汽笛声响起，多次听到对方来车汽笛声通过，从低音到高音，从远到近到远。

突然之间，巨大的撞击声。安静一秒。

哀叫声四起。观众席正上方高处灯光突然亮起，烟雾弥漫，光影复杂，有十几具尸体躺在上面，五六位搜救人员忙碌地搜寻灾难现场。

搜救人员　（声音）谁能听到我的声音？谁能听到我的声音？（此起彼落地）

灯光渐暗。

9-14 警察局

观众席上方——车祸现场；东北——巴黎警察局；东三楼

受伤者、搜救人员；顾香兰 C、法国警员、法国警官、总管、警官；伯爵

观众席上方高处搜救继续。东三楼，伯爵一人，望着前方。

东北灯光渐亮。巴黎警察局。顾香兰 C 紧张地在和警察理论。

顾香兰C 快一点告诉我！是怎么一回事？

警 员 夫人,麻烦你先填一下这个单子。我们知道你一定很急……

顾香兰C 到底是怎么样？快跟我说！

警 员 夫人，因为速度特别快，死伤很多。到目前为止，光是第一列车厢，就死了六十七人，其中许多还无法辨认身份。

顾香兰C 你们要快！带我去！

警 员 夫人，你的情绪太激动，我们可以了解。

顾香兰C 我看到你们的无能。

总管从外冲上来。见到顾香兰 C。

总 管 夫人！

顾香兰C 尚·保罗！

总 管 我听到消息立刻赶过来，现在怎么样？

顾香兰C 还没找到……他……

警官上。

警　官　您是杜象夫人？

顾香兰C　是。

警官拿出一个公文包。

警　官　您能不能指认这个公文包？

停顿。顾香兰C呆看着公文包。警官打开公文包，拿出一份文稿念标题。

《庄如梦的故事》？

顾香兰C　亨利……

顾香兰C倒在总管的怀里，总管安慰她。警员开始写报告。

灯光变化。

观众席上方继续发出声音：生还者哀叫、搜救者呼叫……

伯爵仍旧望着前方。

9-15 银行

观众席上方——车祸现场；东——银行、南——保险库；东三楼

受伤者、搜救人员；顾香兰 C、银行行员、经理、警卫

观众席上方高处搜救继续。

东灯光亮。银行柜台。几天之后。

行员拿顾香兰 C 存折，到档案柜找数据，又回。

过程中，伯爵仍旧在东三楼，望着远方。

银行行员 夫人，这个账户已经结束。我帮您把存折注销。

行员注销存折。

顾香兰C （惊讶）结束了？钱是给谁领走的？你是不是什么地方弄错？

银行行员 （仔细看）这个户头已经结束了。

顾香兰C 结束了？谁来领过这个户头？我想你们作业上面一定有什么地方弄错了！

经理上。

银行经理 夫人，让我代表本行库向您致上最深的慰问。杜象伯爵上个星期发生这种不幸，至今还找不到……我们都非常难过。有任何能够为您效劳的地方，尽管说。

顾香兰C （开始慌）我来领钱，可是这位小姐告诉我账户里头已经没钱了。

银行经理 （看存折）夫人，这个账户确实已经在本月十六日结束了。

顾香兰C 十六日？就车祸那天？钱是谁领的？

银行经理 以本行的信誉保证，当然只有存款人本人。

顾香兰C 本人？（激动）不可能！他八点出门，我亲自送他上车的，火车十点开。你们见鬼了？难道他那天下午有来吗？我要看他的签名。

银行经理 夫人，您先不要激动，您要看签名绝对没问题，（对行员）给她看……

行员去找签名单，给顾香兰C看。

顾香兰C （看到签名，对行员）他是几点钟来领的？

银行经理 （对行员）他是几点钟来领的？

银行行员 这上面没有记……

顾香兰C 是十点以前还是十点以后？

银行行员 上面没有记。

顾香兰C （开始骂人）没有记，你自己不记得吗？你们是不是给亨利买通了！

银行经理 请您节哀……

顾香兰C （突然大笑）他以为我要的是那些！亨利！你从头就没搞清楚！

银行经理 夫人……

顾香兰C　（又平静）我们的保险库。请把钥匙给我。

银行经理　是……

银行经理指示行员带香兰进南保险库。

香兰进保险库，是空的。

香兰呆。

顾香兰C　弄错了吧？

银行行员　夫人，没有错，是您的保险库。

顾香兰C　我的画？

银行行员　夫人，都搬走了。说是……

银行经理欲言又止。

顾香兰C　说！

银行经理沉默。行员突然说话。

银行行员　拿去烧了。

停顿。

那天搬走的时候，这是卡车司机跟我说的。

观众席上方继续发出声音：生还者哀叫……

各处灯光渐暗。

-第　十　幕-　活着

10-1 扫地出门

南——城堡餐厅、观众席通道

代书、顾香兰 C、玛莉、总管

北城堡大厅灯光渐亮。很冷，所有人穿着大衣。家具、水晶吊灯不在。代书和顾香兰 C 坐在一张小桌子面前算账，面前一沓文件。

代　书　……夫人，这一笔是伯爵以前投资诺曼底信托公司的债务……

顾香兰C　什么？

代　书　您不知道？伯爵投资的信托公司，前两年倒闭了。

顾香兰C　所以？

代　书　所以我们必须承担 523812 块法郎，这部分我们已经帮您处理了。所以在扣掉遗产税之后……

穿着大衣的玛莉上，将小桌上的咖啡杯收下。

顾香兰C　遗产税？有人能证明我先生死了吗？

代　书　夫人，当然我们很不愿意这样想，但是在法律上您先生已经算是……

停顿。代书拿许多债务的文件给顾香兰 C 看。

您看，最后结算下来您是可以拿到 1550 法郎，请您点收。

代书拿出纸袋，交给顾香兰C。

夫人，我们是一直有劝您，这么急着脱手是很难卖到一个好价钱……

顾香兰C 好了！这些我都知道了！结束了吗？

代　书 这两份文件麻烦您签名。

代书放两张文件在顾香兰C面前。香兰签字。

这半年以来到现在，本事务所一切的义务都到此为止。很高兴我们之间有很好的合作。

代书起身，和顾香兰C握手，代书再坐下整理东西。

顾香兰C 好了，你可以走了。

代　书 夫人，我还有一些事情要处理。

顾香兰C 什么事？你刚刚不是都算完了？

停顿。

代　书 夫人，您好像不太了解。应该是我叫你出去。这栋房子已经不是你的了。

停顿。顾香兰C平静下来。

顾香兰C 可以让我一个人在这边坐一下吗？

代　书 夫人，我就在门口，您好了就跟我说。

代书收东西，往东北下。
停顿。顾香兰C突然发泄，将桌椅往上舞台推倒。

顾香兰C 亨利！我知道你还在外面！没关系，我们走着瞧！我要你好看！

玛莉跟总管上。

总　管　夫人……

顾香兰C　（平静下来）我没事。谢谢你们，这几年多亏你们照顾。你们对我这么好，很抱歉的是，我不知道新来的屋主会带自己的用人……（拿出纸袋）我这边有一些钱，就当作是给你们的遣散费吧。我知道这个一定不够，（把耳环和首饰等给他们）这些都留给你们吧，你们可以到镇上去做点小生意，我想你们感情那么好，一定会很成功的。

总管和玛莉不知如何是好，收下纸袋和首饰。

总　管　可是……夫人，您不就什么都没了吗？

顾香兰C　我有，我还有。

总　管　可是这样真的不行……

玛　莉　是啊……

顾香兰C　没关系，你们放心。我没事，我会活得很好。

代书上，咳嗽。

玛莉过去阻止代书，总管跟上。

顾香兰C　该走了。

上海音乐起。顾香兰C开始脱衣服：外套、洋装、鞋，剩下衬裙，跟离开天仙阁一样。总管和玛莉看见顾香兰C在脱衣服。

玛　莉　夫人，您在干什么？夫人……

顾香兰C往观众席通道走去。

总　管　夫人……

玛　莉　夫人……

顾香兰C穿着一件单衣往外走，像是当年她离开上海妓院一样，穿过观众席，往南。雪花飘下。

10-2　新模特儿

东二楼、东——萨尔瓦多的画室

顾香兰 A、五号 A；顾香兰 C、萨尔瓦多、新模特儿、学画者

东灯亮。萨尔瓦多的画室，萨尔瓦多在教学生画画。顾香兰 C 从南绕到东，在沙发画室上躺着当人体模特儿。

东二楼灯亮。顾香兰 A 对五号 A 说话。

顾香兰 A　一九三九年，战争已经开始，纳粹已经占领了波兰和捷克。不是只有我顾香兰一个人没钱，大家都没钱。（停顿）我从城堡到巴黎，一个人静静地思考一些问题，一般人做的事情我都不会，我该怎么养活我自己？但是没关系，我是顾香兰，我还是拥有我一向拥有的。

新模特儿上，与萨尔瓦多热情拥抱。

新模特儿　萨尔瓦多！

萨尔瓦多　香兰，我们换人了，你可以先走了。

顾香兰 C 起身，新模特儿坐到沙发上，代替她。

顾香兰C　萨尔瓦多，那我的……

萨尔瓦多　喔。

萨尔瓦多掏钱。许久萨尔瓦多终于掏出一个铜板，给香兰。

不好意思，就这一点，其他的以后再说。（对顾香兰C摆手）走走走。

顾香兰C到画室的衣架前穿上衣服。

10-3 活着

东二楼；环绕区；北——克里西七楼用人房；南——天仙阁画面

顾香兰 A、五号 A；顾香兰 C；街头行人、萨尔瓦多、学画者、维若妮卡；总管；十里红、金姨、翠琴、媛媛、如玉、萍香、妙莲

顾香兰 C 在画室衣架换上工作服，到东南拿一把扫把，开始缓慢绕场，一边扫街。她整个样子变了，变得很朴素，头上绑着工作用的头巾。环绕区有其他路人上，开始绕场。

东二楼灯亮。顾香兰 A 对五号 A 说话。

顾香兰 A 巴黎一九四〇年被纳粹占领。找工作更难了，我找到一个我喜欢的工作，一个完全不需要跟人说话的工作。每天我在路上，养成了一种习惯，不时地抬头注视街上的路人，我想有一天我会在街上碰到他。亨利。我知道他一定躲在某一个角落里，正拿着那一大笔钱逍遥着……有一天我一定会找到他，我会在他身上加诸十倍我所受的痛苦……然后我就从这一场梦中醒过来，重新开始……

环绕区，维若妮卡在路上发现香兰。

维若妮卡 香兰？香兰？

香兰未语，反而越走越远。人群渐渐散去。顾香兰 C 顺时针走到北公寓，

和第一部分五号跟江红一样，准确的光定义出旋转楼梯和房间的空间。她到七楼，拿钥匙开门。

顾香兰C进小房间，看着窗外。

顾香兰A 那一段时间，我住在克里西七楼的一间用人房，非常狭小，但是打开窗户可以望见蒙马特的大教堂，视野算是不错。看着窗外，我经常觉得自己可以看到很远很远的地方，我又开始画了起来……

南面舞台灯亮。天仙阁的众先生出现在纱幕后。

一九四一年，我的上海被日本人占领，到处都是战争，我只能从报纸上看到一点点消息。有时我会想起我的姊妹们，不知道她们在遥远的中国遭遇怎么样……翠琴、如玉、妈妈、金姨，我好想跟她们说话，但是她们听不到我的声音……

南灯光渐暗。

10-4 新工作

东；东——第一个帮佣家庭；西——非洲式房子

顾香兰 A、五号 A；街头行人、顾香兰 C、女主人、男主人；新夫人、小男生、小女生；王先生 B

东二楼灯亮。顾香兰 A 对五号 A 说话。

顾香兰 A 那段漫长的日子，只能做一件事：活着。一九四四年，巴黎光复了。（狂欢群众上，欢呼拥抱）多年来残酷的战争眼看就要结束了。那天我和所有的巴黎人一样，在街上抱在一起，唱歌跳舞、大声尖叫，可是，第二天醒来，狂欢后的街道还是归我扫。

西南一张简单的沙发椅，居家的感觉。女主人坐沙发上抱着一个婴儿。男主人站她后面。

顾香兰 C 换成保姆装。

战争过后日子好一点。我给自己取了一个法文名字，找到一个我一直向往的工作……

五号 A 那很好。是……？

顾香兰 A 我自己没有孩子。帮人家带一带，我还蛮喜欢的。不过有的老板对我不错，有的根本不像人。

婴儿的哭叫声。顾香兰C到西南，女主人把婴儿给顾香兰C，然后下。男主人从香兰后面走过来，摸顾香兰C的屁股。香兰强忍，看到女主人出来，终于把婴儿给女主人，下。

后来我运气不错，找到一家好的。很单纯的一个家庭，刚从非洲搬来，一对混血的双胞胎，好可爱。太太人很好，是非洲人。我记得，第十二区勒汤道56号，文生森林旁……

顾香兰C绕场进入西非洲房子。房子有些非洲装饰品，但因为主人刚搬家，到处都是新搬来的木箱。香兰在帮新夫人整理刚搬来的东西。新夫人穿着传统非洲服装，优雅而好心。

新夫人 安吉利克，这一箱搬到那边去。

香兰搬东西，都是异国情调浓厚的非洲装饰品。

顾香兰C 好多。

新夫人 今天到的才是一小部分。尚·路易收集太多这种东西。我不管，我们先帮他搬出来，等下个月他来了他自己还会再重新弄一次。

顾香兰C 是。

新夫人 安吉利克，你是哪里人？你的法文有一种口音，你是……？

顾香兰C 我是从越南来的。

新夫人的小孩，小男生、小女生（双胞胎）放学回来。

新夫人 你先帮双胞胎做点心。

顾香兰C 是，夫人。

小男生　安吉利克，救我！

小女生　安吉利克，不要帮他！

新夫人　（对小孩）不准拿这个！

小男生　安吉利克，我要喝汤！

小女生　喝汤！

新夫人　他们好喜欢你做的菜。（对小孩）先去洗手！

小男生、小女生下。

等一下。

顾香兰C停下来。新夫人拿一个信封带给她。

本来你的工作只是带小孩，可是你又常帮忙做菜，做得那么好！所以我这个月要多给你……

顾香兰C　（收下）太多了吧。

新夫人　希望你长期在我们家做下去。

顾香兰C　夫人，你人真的很好。

新夫人　我们要努力一点。这边整理完，下星期还有一些家具要来。

灯光变化。

10-5 说故事

西二楼——非洲式房子卧房

顾香兰C、小男生、小女生

西二楼灯亮。非洲式房子卧房，双胞胎在床上打闹。香兰正在帮他们盖被。

顾香兰C 睡了。

小男生 安吉利克，我要听故事！

小女生 听故事！

顾香兰C 睡了。

小男生 我们要听故事！

小女生 很久很久以前……

香兰笑一笑，想一想。

顾香兰C 很久很久以前，在中国有一位诗人叫庄如梦。有一个坏人叫秦始皇。他不准任何人写诗。他要把所有的书烧掉，把所有诗人抓起来埋在一个坑里！

小男生 为什么要把书烧掉？

顾香兰C 他就是不想留下任何过去的事，懂不懂？

双胞胎在床上听得津津有味。

坏皇帝把庄如梦也抓起来了！结果等到要把他活埋的那一天，狱卒来到庄如梦的牢房，打开门一看，他已经死了！好了，讲完了，睡觉。

顾香兰C站起来。

小男生　还要听。

小女生　一定没讲完！

小男生　大人都是这样！

顾香兰C　那你们要闭眼睛，睡觉。

双胞胎闭眼睛。

其实庄如梦还是赢了。

小男生　怎么会？

顾香兰C　嘘。听。原来庄如梦有一段日子住在一个湖畔，练了一种特殊修行，让自己能够控制自己的梦。他在自己的梦中能够来去自如，随心所欲，然后醒来过着日常的生活。所以说，庄如梦被秦始皇囚禁之后，他每天努力睡觉，在睡眠中努力工作，创造一个梦中世界，在行刑前的那一天完成了。然后他悄悄地逃走了，消失到他自己创造的梦中世界中，不再回来。

停顿。

小女生　（半身起）你编的。

顾香兰C　不是，是我在另一个生命里认识的人编的。睡了，晚安。

（下楼）

小女生　我也要梦出一个自己的世界。

小男生　我梦得一定比你更好。

灯光暗。

10-6 发现

西——非洲式房子

顾香兰C、新夫人、小男生、小女生

西灯光亮起。顾香兰C和新夫人在西继续整理一些不同的木箱。房子摆满了更多非洲东西。

新夫人 安吉利克，后面还有个箱子没开，帮我拿过来。

顾香兰C 这么多东西。你先生品味真不错。

新夫人 什么品味？他乱七八糟什么都收集。有时候我都觉得我是他收集来的！

二人边工作，边笑。

你呢？一直没有问，安吉利克，你结婚没？

顾香兰C 我？我先生死了。

新夫人 对不起。多久了？

顾香兰C 十几年了。

新夫人 （突然难过）你先生走后你才做这个……？对不起。

顾香兰C 没关系。

双胞胎跑到楼下玩，小男生手上拿着木箱里面找出来的烛台当剑跟小女生玩。顾香兰C和新夫人见状站起来，制止他们两个。

小男生 看剑！

新夫人 （不耐烦）尚·保罗！不准闹了！这是爸爸重要的东西，弄坏怎么办！放回去！

双胞胎继续玩烛台。香兰惊讶地看烛台。

放回去！

新夫人把烛台抢过来。

跟你说不准玩！去房间！乖，上去了！安吉利克马上帮你们做点心。

双胞胎继续玩，下。

顾香兰C （指烛台）夫人，那个是烛台吗？我能看一下吗？

新夫人把烛台给香兰。香兰惊讶地看。是上海那一座。

这也是非洲来的？

新夫人 我也不知道是从哪里来的，从我认识尚·路易的时候，就一直在他身边了。

顾香兰C 尚·路易？

新夫人 就是我先生。

顾香兰C 对了，我从来没有看过他的照片。

新夫人 他这人从来就不爱照相。一看到相机就躲得远远的。不过我记得有一张。等一下。

新夫人起身找相片，在木箱里翻，找到相片。

有了！来。这张还是我趁他不注意的时候偷拍的。

新夫人拿相片给香兰。香兰吓一跳，照片里就是伯爵。

这就是我的尚·路易……

香兰呆呆地看着照片。双胞胎又跑出来玩。

小男生 我要去拿宝盒里的战剑。

小女生 我要去拿隐形魔球对付你。

新夫人 尚·保罗！不准动木箱里的东西！弄坏了怎么办？爸爸会生气。

小女生 你没有战剑，你完啦！

双胞胎继续玩。香兰准备离开。

新夫人 安吉利克，尚·路易下星期就要从非洲回来了，我希望你这个周末帮忙加班，把事做完，好吗？

顾香兰C （到衣架拿外套）夫人，我不知道怎么跟你说。我只能做到月底，就是今天。

新夫人 什么？

顾香兰C 对不起，夫人，我……有些私人问题要解决。谢谢你。你对我很好。

顾香兰C转身离开。新夫人愣在那里。灯光变化。

-第 十 一 幕- 一切可以重来

11-1　跟踪一个不存在的人

北；东二楼 / 南——码头、环绕、西 / 西二楼——非洲式房子、东北

顾香兰 A、五号 A；顾香兰 C、伯爵、新夫人、小男生、小女生、新仆人；船员、乘客

西北灯光亮。顾香兰 A 对五号 A 说话。

顾香兰 A　那是亨利没错！这么多年了，他终于回到巴黎！我太惊讶了！

汽笛声，船员吹哨子。在以下的叙述中，汽笛声响起，东二楼灯亮。一艘游轮靠岸的景象。乘客由船员指示，从东北二楼下楼梯到东北一楼，画面热闹。伯爵下船，招手，新夫人、小男生、小女生、新仆人都在楼梯下迎接他。顾香兰 C 躲在家属后面看。王先生 B 也在下船行列中，开始绕场。

从那一天开始，我就没有做事，每天偷偷地看着他们一家，像一场梦一样，跟踪一个不存在的人！

伯爵一家进西非洲式房子，一家四口围在餐桌旁用餐，新仆人服侍他们，房子里是一副和乐融融的景象。屋内布置典雅而带有异国风情。顾香兰 C 走到西南，一直在外面注视着他们。

我就这么白天、晚上偷偷在他们家附近徘徊，看着房子里面的动态。有时候是一家人围着吃饭，有时候是妈妈在跟

小孩说故事。有那么一秒钟，我以为是我站在里面，餐桌旁的女主人是我，顾香兰，这个家庭原本是我的……

晚上。观众席水纹起。伯爵出现在南，顾香兰C退在一旁黑暗处看。

偶尔亨利在吃完晚饭之后，会走到他家对面的文生森林，散步到公园的湖边，我通常躲在树下的阴影里，偷偷地、仔细地看他。

五号A 你没有跟他说话？

顾香兰A 讲什么呢？“嗨！亨利，你好，好久不见！”太便宜他了！这么多年，我这么多痛苦，我要慢慢等，找到最适当的机会，把这一笔账算清楚！

伯爵在南公园里小湖边丢石头，顾香兰C躲在一旁看，伯爵无意地转向顾香兰C的方向，但没发现她，伯爵转身离开，回家。

五号A 他都没发现你吗？

顾香兰A 他不会去注意一个梦中的阴影。

11-2 入侵

西——非洲式房子、环绕、西南

顾香兰C、伯爵、新夫人、小孩一、小孩二、新仆人

光线从晚上变成白天。顾香兰C在西南偷窥。在新仆人协助下，双胞胎出门上学，边走边向新夫人招手，接着，伯爵从家中出门办事，手上提着公文包。新夫人送他，在门口，他和新夫人拥抱，不特别热情。送完先生和孩子出门，新仆人进屋子，新夫人坐在南户外椅上许久，然后开始哭泣。

顾香兰C在一旁看。顾香兰C接近新夫人，拿出自己的手帕给她。

顾香兰C 手帕。

新夫人 （接下手帕）安吉利克？

顾香兰C 我刚好经过这里看到你。夫人怎么了？

新夫人 （抱住香兰）安吉利克，怎么办？

顾香兰C 夫人，不要这样……

新夫人 （摇头）尚·路易生病了。

顾香兰C 谁？喔，“尚·路易”。

新夫人 医生说是癌症。（难过）对不起，让你看见我这个样子，进来喝杯茶。

她们走进房子，客厅已经摆满非洲装饰。顾香兰C在沙发上坐下，到处看。烛台在茶几上。

安娜，请你帮我们准备茶。

顾香兰C一直看着茶几上的烛台。

顾香兰C 房子现在弄得好漂亮。

新夫人 那都是尚·路易弄的。我才无所谓。只要大家能够在一起，健健康康的……

新夫人哽咽。香兰安慰她。

（稳定下来）对不起。谢谢。

顾香兰C 没关系。你们是在非洲认识的？

新夫人 没错。我们是在科特迪瓦认识、结婚的。

顾香兰C 哪一年？

新夫人 一九四一。那时尚·路易到我们科特迪瓦来，跟我父亲买了一个农场，开始种咖啡。

顾香兰C 他本来就做这种生意吗？

新夫人 我不知道。

香兰好奇地看着新夫人。

也许你觉得奇怪，但我们觉得过去的事不重要。尚·路易年纪比我大很多，当我们决定在一起时，他很严肃地对我说，他不想提过去。

顾香兰C 这样也好。

停顿。新仆人上茶。新夫人难过起来。

新夫人 其实我在巴黎没什么朋友，我实在无法想象没有他的日子。我是那么依靠他，还有这两个孩子……

顾香兰C 我真的不知道如何帮你。

新夫人 你已经帮我很多了，真的，谢谢你。

新夫人起身。

安吉利克，我身体不太舒服，我进去休息。你再坐一下。

顾香兰C 我也该走了，你好好休息。

新夫人 你要来看我。

顾香兰C 会。

两人拥抱。新仆人扶着新夫人下。

香兰走到门口，又转回，将茶几上的烛台拿走，下。灯光变化。

11-3 记忆中的脸孔

北——克里西七楼用人房；环绕；东北

顾香兰 C、王先生 B；顾香兰 A、五号 A

北灯光亮。顾香兰 C 上旋转楼梯进北小公寓，把烛台放下。

穿着西装、拄着拐杖的王先生 B 继续绕场。

西北灯亮。顾香兰 A 对五号 A 说话。

顾香兰 A 命运真难测。我每天都在盘算怎么对付亨利，可是没想到居然是这样。在这时我的生命中出现了一个重大的转折……

王先生 B 爬上旋转楼梯，站在顾香兰 C 门前。

一个原本在我记忆中消失的人竟然出现在我面前。

王先生 B 看看门牌，再看看手上的纸条，敲门。

顾香兰C 谁啊？

王先生 B （慢慢地）对不起，我法文不太好，我说中文好吗？（流利，带上海腔）请问是不是有一位顾香兰顾小姐住在这里？

顾香兰C 你是哪个？（上海口音）

停顿。

王先生 B 香兰！我是德宝啊！上海的德宝。你还记得我吗？

顾香兰C　王德宝。（停顿）王德宝？你不是……？

王先生B　香兰，开门啊！我是专程从上海来看你的。赶快开门啊！

顾香兰C　（上海口音）你先到楼下去，十分钟以后我下来。

王先生B　香兰，我不下去，我都已经走这么久了，我就在门口等你。

顾香兰C　你下去嘛！

王先生B　香兰，你早一分钟开门，我就早一分钟见到你。

停顿。

顾香兰C　你等等。

顾香兰C开始疯狂地整理房间的杂物和自己的服装仪容。门外的王先生B也在整理自己的头发和服装。

顾香兰C快速地擦口红，检查一下，然后开门，站在门口。

两人相看许久。

王先生B　香兰，我终于看到你了，你还是这么美。

顾香兰C　德宝，真的是你……？

王先生B　真的是什么？我好得很！只是那次之后……声音变成这个样子，行动也比较不方便。

香兰用身体顶住门口，不让王先生看到里面。两人在门口交谈。

顾香兰C　什么时候来到巴黎的？

王先生B　我从意大利过来，我现在在那边有个工厂，这几年一直在其他国家来回跑，现在我在英国、法国、意大利都有生意。

顾香兰C　嗯。那一天……？

王先生 B　我们去吃饭嘛。

顾香兰C　现在?

王先生 B　就现在。我车子在楼下。

五号 A 和顾香兰 A 在东。

顾香兰 A　王德宝……

五号 A　王德宝?

顾香兰 A　王德宝，我看着他的脸，这个曾经是我生命一切的人，我认识他吗?

顾香兰 C 和王先生 B 绕着旋转楼梯下楼,走向东边餐厅。北灯光渐暗。

11-4 回中国

东——高级西餐厅

顾香兰 C、王先生 B、侍者

东灯光亮。

侍者一 那瓶特别的香槟准备好了没？

侍者二 有预订吗？

侍者一 就是这桌客人的。

顾香兰 C 和王先生 B 进入东边餐厅。

顾香兰C 到底怎么回事？

王先生 B ……我想全世界没几个活着的人知道砒霜是什么味道。那个味道今天还在我嘴里。那一天，我半条命都没了。路边善心人士把我救起来，养了半年才把命捡回来。但是只捡回一半。一直是半条命，一直没好，根本没好。家里事业垮了，天塌下来了，我拼命让它活过来。事业活了，可是我活着就是半条命。直到今天。

香兰看着王先生 B。

多吃一点，这家餐厅可是巴黎出了名的高贵。

顾香兰C 我知道，我以前常来。

停顿。

王先生B 香兰，跟我回中国吧。

顾香兰C 回中国？

王先生B 回中国。

停顿。

香兰，这么多年来我所有走过的路就是为了这一刻。我做生意，赚钱，把家里事业全部翻回来，在国外成立公司，扩展业务，只是因为……因为无奈。我只知道我活着，我必须走很多路，不断地往前走，一直到有一天，我找到你为止，你懂吗？香兰，时候到了，我现在找到你了，跟我回中国。

停顿。

顾香兰C 你还是没有变。你有没有看清楚你在跟谁说话？

王先生B 我清楚我在干什么，我不是以前的王德宝。

顾香兰C 我也不是以前的顾香兰。你要的也不是我，你要的是二十年前那个在天仙阁的顾香兰，刚刚在我那个小到不堪的用人房里，你有看到她吗？

停顿。

王先生B （殷切地）香兰，跟我回中国！一切都不一样了！中国也已经不一样了！过去的一切都不算，你懂不懂？！一切可以重新来！

顾香兰C　一切重新来……（大笑）

王先生B　重新来！跟我回中国。

顾香兰C　中国？

王先生B　中国。

侍者上菜。灯光渐暗。

11-5 伯爵之死

南——并排台北病房、上海病房、巴黎病房

五号 A、医生 A、护士二；顾香兰 A、五号 B、雪雪、上海护士、上海医生、工友；伯爵、新夫人、小男生、小女生、新仆人、顾香兰 C、神父

南主舞台灯亮。画面出现三种并排的空间，在三种不同光线之中：从右到左舞台——

右边是台北病房 2000 年，中间是上海病房 1999 年，左边是巴黎病房 1950 年。

右舞台医生 A 点蜡烛，护士二扶五号 A 坐起。

五号 A 说到哪里？

医生 A 王先生邀顾香兰回中国。

灯光转到中间区，上海医院。顾香兰 A 接下故事。王先生 B 由东南上。

顾香兰 A ……王德宝终于得到我了，可是他还是像以前一样天真，以为带我回去就是给他幸福。更天真的是他一辈子爱的是一个回忆。他非常爱我，但是他根本不认识我。但是他真正最天真的是他相信“新中国”需要他这回事，带着我一块儿回来投入祖国的建设。那个时候多少海外各地的中国人全都回来了，回来贡献自己。那是一个很残酷的笑话。

接下来几十年的故事反而很平凡，我的遭遇就跟所有千千万万的中国人一样。还好我在巴黎的时候已经学会扫街了，知道怎么样让自己活下去。

“文化大革命”的时候，德宝死了，以他的身家背景，这是最好的结果。“文革”是个死亡的好时机。我在那个时候没死成，活到现在。这其实就是我的问题，我最大的问题就是我活太久了。

王先生B经过上海病房，由西南下。上海护士上，准备帮顾香兰A打针。

什么事？你干什么？

上海护士 止痛……

顾香兰A 不要打，你告诉她不要打了。

上海护士 一下就好。

顾香兰A （激烈地）不要再打！……（咳嗽）不要再打！……

五号B 不对，赶快叫医生。

同时右舞台灯亮，五号A同时呼吸困难。

医生A 还好吧？放轻松……呼吸……

同时左舞台巴黎病房中，伯爵也一起发作，一群人跟着紧张。

右舞台五号A安静下来。

医生A 没事了，我在你旁边。

五号A 我那时真的很难过……

医生A 你不要讲了。

五号 A 不行，我一定要讲，看到顾香兰这么痛苦，我真的很难过，我想，她死了，我也没有活下去的意义了。死亡已经逼得这么近了。

中间，上海医生带急救人员进场急救。

急救人员 好了，请让开！喂，让远一点！

顾香兰 A （激烈）不要！我不要这些东西！……

上海医生和急救人员粗鲁地抓住顾香兰 A 的手臂。

五号 B 医生，你可不可以轻一点？

顾香兰 A 我活太久了……你走，你给我走！

五号 B 可不可以让她照自己的意思来？

上海医生 她现在很不舒服，我们必须给她打止痛针。

顾香兰 A （爆发）够了！你们要折磨我到什么时候？让我把我想说的话说完！我这一辈子还不够吗？到最后还被你们插一些管子，捅一些针的，你们就不能放过我吗？出去！都给我出去！

停顿。医护人员下。

（对五号 B）我剩下的时间不多了，但是我告诉你，我顾香兰不是这一辈子都活得这么窝囊的。曾经有那么一天，我是灿烂的！离开巴黎回中国的前一天，我终于在准备了这么多年之后，完成了我这辈子最得意的事……

左舞台灯光亮。巴黎病房中，气氛凝重。

伯　爵　埃玛，我想看看窗外。埃玛，扶我到窗边看一下。

两个小孩、新夫人扶伯爵到窗边的椅子坐下。

你们都站远一点，我想一个人看看窗外。

穿着艳丽旗袍的顾香兰C横越舞台，从右到中间，站到巴黎病房门口。新夫人发现了她，起身。

新夫人　（感动地）安吉利克，谢谢你来。

顾香兰C　不会，雷诺夫人。我明天要去中国了，所以我想今天来看一下……亨利。

新夫人　谁？

顾香兰C　亨利。

新夫人　亨利？

顾香兰C走到伯爵面前。

顾香兰C　亨利，我来了！好久不见了！

伯爵抬头，惊讶地看着顾香兰C。

新夫人　尚·路易，这是安吉利克。

伯　爵　安……？

新夫人　你回来之前，她一直在我们家帮忙打扫、做饭。

伯　爵　打扫……？

顾香兰C　没关系，亨利，你不要伤心，明天王先生就要带我回中国了，就是上海那个王德宝，你还记得吧？我明天就走了！今天来给你上杯茶。

香兰打开披风，露出手上的茶碗，上茶给伯爵。

你放心，我会活得好好的！

话说完，顾香兰C从右下。

伯　爵　香兰……

伯爵错愕，望着香兰下的方向，突然之间心脏痛，无声地，头垂下，全身无力，断气。新夫人发现。

新夫人　尚·路易！！……

新夫人、两个小孩冲到椅子边，围住伯爵。神父上。

南左舞台灯光渐暗。

11-6　顾香兰之死

南——并排上海医院、台北医院

顾香兰A、五号B、雪雪、上海医生、工友；顾香兰B、顾香兰C；五号A、医生A、护士二

南并排医院，巴黎医护人员收掉左舞台巴黎病房中的病床。左舞台空。舞台中间灯亮。上海医院。右舞台台北医院在影子里。

气氛凝重。顾香兰A呼吸困难，拉住五号B的手。

顾香兰A　亨利，我的时间不多了，我就快要走了……我现在看到的所有东西，好清楚，好像都是透明的……墙壁、你的手、我都抓不住了，好像它们原来真正的面貌开始要出来了……

顾香兰C从右舞台上，顾香兰B从左舞台上。她们穿着离开妓院与城堡时的简单内衣，赤脚。她们站在下舞台左、右侧，面对面，但是眼光焦点遥远，像是两个守护神，站在老顾香兰的床边两侧，守住这最后的时刻。

其实我们一辈子就好像一出戏，这出戏是我们自己编的，戏中谁是好人、谁是坏人，是我们自己在决定。到后来，时间久了，也都不重要。等戏演完了，落幕了，我们可以走出剧场了。

顾香兰A紧紧拉住五号B的手，直接对他说话。

亨利，我真的很高兴可以有这个机会跟你说说话，我知道你心里头难过，所有这些你对我做的，还有我对你做的，你欠我的，我欠你的，就不要再紧紧捉住不放了吧！……

右舞台台北病房中的五号A起身，站在旁边顾香兰A的床边，和五号B一起聆听顾香兰A最后的话。医生A和护士二也靠过来听。表面上，也可以解释成五号A站在自己病房窗边看着外面，好像看到了上海医院一样。

顾香兰A直接对五号B说话，好像意识已经不清楚了，但说话又很清晰。

我对你一直有很深的歉意，我曾经恨你好多年，现在我终于有机会可以跟你说说心里的话，说出来，我的心里也轻松多了……

五号B 这样很好。

顾香兰A 不要说话，亨利，就让我们安安静静的。

沉默。

顾香兰A安静地闭眼。站在床两侧的顾香兰B和顾香兰C慢慢走向彼此，在顾香兰A的床前交叉，两人身体重叠的那一刹那，挡住顾香兰A，一走开，顾香兰A已经安详地躺着。顾香兰B和顾香兰C继续向前走，于左、右消失。。

右舞台台北病房，医生A、护士二扶五号A回床躺好。

中间上海病房中，非常平静。五号B安静地拉着顾香兰A的手。看护、上海医生突然闯上。

雪　雪　医生，我告诉你伯母这个人就是倔强。

看护发现不对劲，顾香兰A已经没有动静了。

怎么了？伯母？

五号B用手势叫看护小声一点。上海医院员工二人进场在顾香兰A身上盖上一块白布，他们将顾香兰A推出去，安静地。

五号B目送顾香兰A的尸体被抬下的方向，然后回到病房中，面对老烛台上还点着的蜡烛。五号B柔和地弯下身，把蜡烛吹熄。

五号B把烛台收进自己的手提行李，离开上海病房，开始拿着手提行李绕场，旅行。

-第 十 二 幕- 最后的旅程

12-1 最后的旅程

南——台北病房；环绕、北——巴黎公寓、西——非洲式房子、北——小酒馆；东 / 西二楼——城堡

五号 A、医生 A、护士二；五号 B，江红 A，中年妇人，小酒馆客人一、二，孙女，城堡经理，柜台职员，城堡侍者

南右舞台灯光加强。台北病房中，五号 A 也渐渐地到了他故事的结尾。

五号 A （虚弱地）今天我要把故事讲完。点蜡烛。

医生 A 她叫你亨利。

停顿。

五号 A 我今天要把所有的故事讲完。

顾香兰死了以后，我盲目地生活了一阵。我又回到台湾。一九九九年年底接近了，为了远离千禧年一切的庆祝与欢乐，我想回到诺曼底的城堡，想单独一个人过这个新年，在寒冷的城堡中，被白色包围，希望能够睡一觉醒来，还在白色中。

北灯亮，五号 B 在准确光区中绕巴黎公寓旋转楼梯。

经过巴黎的时候，我去找江红。我沿着路走回去，回到那个公寓，那个熟悉的楼梯，我花了更长的时间才爬到顶楼。

到了门口，跟我想象的一样，门依然是坏的。

北，五号B开公寓门，面对一间空空的房间。

医生A 她走了？

五号A 她不在了。

北，五号B在小小空间里看着窗外。

我在那熟悉但现在却又空空的房间里待了一个晚上。我透过窗户看出去，看到月光照在那个白色的教堂上，我心想，她会不会也在另外一个地方，看着白教堂，想我是不是看着白教堂，想着……

停顿。五号B在公寓里开始翻地板。

你记不记得我们在诺曼底城堡玩一个艺术家的游戏？我就想她是不是埋了什么东西给我？房间里也没剩什么东西，我翻了两下，我就在一个夹层中发现了……

南，五号A挣扎在台北病房矮柜抽屉里翻东西。

医生A 什么？

护士二 我帮你找。

北，五号B从巴黎公寓的地板中挖出一个小船，附带一封信。
同时南五号A在台北病房矮柜抽屉里找出同样的小船和信。护士二看信，医生A看小船。

五号A （指护士二）你念……

护士二 （念信）“嗨，发烧的人……”

北，五号 B 在公寓里开始念信。

五号 B （念信）“嗨，发烧的人，当你看到这封信的时候，表示你很聪明，身体健康，而且房东还没有把房子租出去……”

江红 A 出现在北，绕光区中的旋转楼梯，往上爬，但她好像不是在同一个空间里。她手上拿着一个小船，进五号 B 正在念信的小公寓中，但也好像不是在同一个时间里。她接过念白。

江红 A “嗨，发烧的人，当你看到这封信的时候，表示你很聪明，身体健康，而且房东还没有把房子租出去。

“你走了以后，好长一段时间，我陷入一种长期的忧伤，那个忧伤为我每天的日子涂上色彩。也许你会说，这没有什么，江红本来就一直都陷入一种长期的忧伤中。

“有一天，看着窗外的白教堂，我也对自己这么说，自从那一艘船以后，本来就如此。那一天，我发现那个忧伤是我自己要的，我靠那个忧伤过日子的：（握紧手上的小船）‘你永远在我心里……我会永远跟着你，永远跟着你……’这是我离开中国之后生命的主题曲。为什么我们最爱的东西给我们最大的快乐，也给我们最大的痛苦？我决定改变。我觉得，让一刹那的时间扩大成永恒不散的记忆，还不如满满地活在那一刹那之中。就好了。

“我和你可以有那么一段时间在一起，而且可以那么的好，就好了。

"江红于巴黎。"

停顿。江红A蹲下，把小船埋在地板里，然后起身往楼下走。

五号B在地板里埋一个小东西，然后跟着出去。两人绕楼梯小圈，但也好像不是在同一个时间里。

绕到楼梯的"下面"，江红A消失在西北；五号B继续往南绕场。

南病房。五号A咳嗽，医生A和护士二靠近他。他说话的声音已经听不见。以下的声音是他很小的声音被扩音到充满整个剧场。

五号A 我走在巴黎冷冷的街头，起了一个疯狂的念头，找了一个地址：第十二区勒汤道56号，文生森林旁。

医生A 伯爵后来住的家？

五号A 我找到了。就在公园旁。我敲了门，一位混血的中年妇人开门。我站在那儿看她看了好久，不知道要说什么。我好想亲亲她的额头，摸摸她的头发。但我什么都没说。

五号B通过南，走到西非洲式房子，敲门。中年的双胞胎女生开门。停顿许久。中年妇人请五号B入，五号B看着房子，开始哭泣。

她说那是她妈妈留下来的房子。我们看了一些相片，她问我是不是她妈妈的什么人，我不知道为什么，我在那儿哭了好久。

西灯渐暗。

第二天是千禧夜。我往诺曼底的城堡出发。到了下火车那个小镇，我想到小酒馆去看一看。

北灯亮。五号B走到北，穿着大衣的孙女在扫雪，回头看到五号B。

刚下过雪，那位年轻老板正在门口扫雪。她一下就认出我来。

我跟她说，我只是经过……我只是想看看她爷爷……她爷爷……

孙女在胸前画十字。

她跟我说，她爷爷过世了。那是年初的事了。然后她问我要不要进去坐一下，我说不用，我还要往下走，要往下走，我就真的用走的，在雪地中走了快一个小时……

五号B走入东南。城堡经理、柜台职员和男服务生带五号B经过南往西二楼十八号卧房。

城堡以一贯的专业欢迎我，并给我同一间房。城堡经理问起我，说城堡一直在期待我的“作品”。我带来了。

南，五号A挣扎在病房矮柜抽屉里翻东西。

医生A 什么东西？

五号A 还剩两个。刚好给你们。

五号A拿两个小东西给医生A和护士二。

医生A 你真的做了？

西南城堡楼梯口，城堡经理也出来看“礼物”，与五号A握手致谢。

五号A 铁我是化不掉。我就拿剪刀和其他工具把那一位太太给我的鞋子和钢笔变成一小块一小块的，然后又黏起来了，变成这个。

医生A、护士二、城堡经理分别在两处看小东西。

我一个埋在江红的公寓里，一个送给城堡，刚好还剩两个。

西二楼灯亮。城堡经理和男服务生带五号B上西二楼卧房。

到了房间，我看着湖，看到在湖边有一艘船。我问城堡经理，那是在干什么？

西二楼，五号B和城堡经理比手画脚。

他说我来得正是时候，今年镇上有一个非常特别的千禧夜仪式。我心想，我怎么跑都逃不掉这个热闹。但他们诚恳地邀请我参加，说这个仪式非常特别，是从上个千禧年，一千年前保存下来的，属于他们这个区域的，而且马上要展开，从我的窗户就可以看到。

在这个仪式中，村民要把所有不想带到新千禧年的东西，包括各种病菌，战争，穷苦，不平等，等等，装到箱子里，放到一艘小船上，给镇上长者带到湖中间去倒掉，仿佛神秘地跨过了一个隐秘的门槛，把所有不想带过去的东西留在那个神秘空间里。

12–2 千年仪式

北 / 南——湖边及水上的小船

五号 B、狂欢者、城堡经理、柜台职员、城堡侍者、民众

乐手在北奏起喧闹的节庆音乐。狂欢者上，跳舞，民众欢呼。民众之中，也有五号 B。他已经下楼了，身体虽然虚弱，但是融入了人群之中，头上戴着节庆的花环。

热闹的舞蹈。过程中，四个男人带着包裹穿越观众席到南，一艘小船边。

舞蹈完毕，所有人站在北看南远方。

小船从南慢慢驶向南方深处，载满包裹，无人驾驶。水纹照着它。

众人安静下来，手拉着手，静静观看远方。船慢慢地开。

南方灯暗。众人拍手，然后开始互相拥抱。

众　人　新年快乐！新年快乐！

一阵热情的拥抱。五号 B 也参与。

城堡经理　（对五号 B）天气冷了，我们进去吧。

众人开始疏散。五号 B 一人站在观众席边，静静地看着远方的湖。船在高处仍慢慢地开。

灯光全暗。

12-3 自他交换：五号之死

南——台北病房

五号 A、医生 A、护士二、清洁工、五号 B

南灯光亮。像一场梦，湖已经不见了。全场焦点回到台北病房，五号 A 的病床在舞台正中央。清洁工缓缓在上舞台拖地。

五号 A （微弱）后来我就回台湾了，然后我的病开始恶化，住进了这家医院。

然后来了一个医生，她一定要我说出我的故事。

然后我说了我的故事。

故事里的人很多。你们也都在里面……你们都在里面……

现在故事结束了，我谢谢你们，我可以走了。

医生 A 你说什么？不要这么说，我在你旁边。

五号 A （摇头）顾香兰走的时候，我摸着她的手，她跟我说一切感觉都是透明的，我现在知道那种感觉了，连你的手摸起来都是这样……

五号 B 已经从北绕场到南，在病房附近停留，看着五号 A。

医生 A 不会的，我在这里。

五号 A 你在这里吗？这像一场梦一样。

一场梦不管是一秒钟还是一千年，不会因为它的长度而改变它是一场梦的事实。

谁知道？说不定死亡就像一个人去买电影票，旁边另外一个人永远不见了，或者像一个人从一个车祸中站起来，发现没事，拍拍自己，就从此走开了，去过一个全新的生命。

医生 A 不要说话，你不要说话……

医生 A 抱住五号 A，深呼吸。

五号 A 我现在才知道这个世界，我们的身体，是我们自己一砖一瓦盖起来的，我们是自己的建筑师，盖了自己的房子。

我故事讲完了，终于懂了，这次这个房子没有盖好，希望以后有机会盖得更好。

医生 A 不要说话……

医生 A 抱住五号 A，深呼吸。

五号 A 你干什么？你又在呼吸？

我懂了，现在一切是透明的，我看到了！你想吸走我的痛苦，给我你的快乐。

要走的是我，这件事情应该让我来完成，让我带走一切你不要的东西吧！

五号 A 努力挣扎地坐起，紧紧抱住医生 A。

吸气是吧？（吸气）吸收你的痛苦……（吐气）给你我的快乐……（吸气）你的痛苦……（吐气）我的快乐……

两人一起呼吸。大而缓慢的呼吸声遍满剧场。

五号A对医生A呼吸。五号A动作慢慢静止下来。呼吸声停止。

医生A安静地把五号A的头放回枕头上。

医生A将矮柜上的蜡烛吹熄。护士二用床单把他的脸盖住。

12-4 我们可以走出剧场

南、观众席走道、环绕、西南楼梯

全体

灯光很暗，几乎只有蜡烛发出来的光。

护士二在下舞台开始点许多蜡烛。一直在病床旁边观看五号A死亡过程的五号B转身，拿起一根护士点的蜡烛，面对观众。其他角色缓慢上场，跟进，拿蜡烛，然后开始进入观众席走道，穿过去，绕场，包括妻子A、顾香兰B、顾香兰C、伯爵、总管等。

灯光在西南楼梯上。医生B对着观众说话。过程中，所有剧中人物继续上场，经过护士旁边，拿取蜡烛，绕场到原先说“庄如梦故事”的位置。

医生B 五号走了，我的日子还是一样过下去，每天看无数的病人，经常被推到麻痹的边缘。在这个时候，我就会想起，每一个病人背后都有这么一个故事。

剧中人物继续上场，包括上海天仙阁的人物、巴黎的艺术家们、诺曼底城堡中的人物、江红等等，他们安静而严肃地到护士身边拿取蜡烛，走到定位。

医生A 五号走了，他没有留下什么东西，也没有任何亲人。我收了他那一段日子里写的日记，以为里面会记载他故事里许多的细节，但是里面只有一些简单的句子。我翻到他最后一天写的一首诗：

（念）“有没有谁，到过这个地方？”

站在南的五号B呼应医生A的念诵，开始歌唱。

五号B （唱）有没有谁，来过这个地方？……

医生A （念）“有没有谁，看见过我的脸？……”

医生B下楼，跟着五号B一起歌唱。其他演员继续缓慢过桥，包括三位顾香兰。过程中，病床上的五号A也慢慢被医生A扶起，两人一起拿蜡烛，走过桥。

五号B （续唱）有没有谁，看见过我的脸？

我想我记得，我想我忘了，

你曾经在我梦里徘徊；

我想我记得，我想我忘了，

我曾在你的故事里歌唱；

我想我记得，我想我忘了。

歌曲结束。全体演员整整齐齐围住观众，每一个人手里都有一根蜡烛。

饰演顾香兰A的演员拿出铃，敲。

全部演员同时把蜡烛吹熄。

全场暗。

剧终

注释

1 北一女：台北市第一女子高级中学简称，是台湾最著名的女子高中之一。

2 很驴：台湾方言，意为“很蠢”。

3 ABC：美籍华人。

4 一公尺等于一米。

5 UA：美国联合航空。

6 Y Class：经济舱。

7 C Class：公务舱。

8 AA：美国航空。

9 CX：国泰航空。LH：德国汉莎航空。

10 TGV：法国高速铁路系统。

11 这里指 3–6 场。

12 Santé：“健康”，祝酒词。

13 因为在小镇酒馆那一场，江红 A 和孙女、老总管都是用“法文”交谈，现在他们见面也是很自然用“法文”，而老总管和孙女也不会怀疑江红不懂法文。

14 “米”旧作“呎”。

15 里牟吉：Limoges，大陆常译作“利摩日”，法国城市，盛产瓷器。

16 蒙巴纳斯：大陆通常译作“蒙帕纳斯”。

17 莫帝格瑞安尼：大陆通常译作“莫迪利亚尼”，意大利著名画家。

–《如梦之梦》世界首演 –

伯克利工作坊演出的首演分为两天

2000 年 2 月 23 及 24 日

伯克利采乐巴克剧场 7 号房间（Room 7, Zellerbach Auditorium)

内容全长三个半小时，用英语演出

由美国加州大学伯克利分校戏剧系制作、演出

台北艺术大学全本演出的首演分两天

2000 年 5 月 18 及 19 日

台北艺术大学戏剧厅

由台北艺术大学戏剧系制作、演出

–编剧、翻译、导演–

赖声川

–伯克利工作坊演出–

Grace Chen Doctor, Madam / Cheryl Seet Doctor / Duy Nguyen Patient #5, Old Customer, Chateau Servant, Hypnotized Man / Michael Cheng Patient #5, Old Customer, Sculptor / Daniela Melgoza 5's Wife, Prostitute, Model / Adia Shy 5's Wife, Patient Family, Gertrude / Thao Luu Jiang Hong, Alice / Maya Maravilla Jiang

Hong, Countess / Christie Wang Gu Xianglan / Erica Rangel Doctor's Cousin, Gu Xianglan / Homer Rabara Other Doctor, Dream Doctor, Patient #5 / Ethan Rogers Doctor's Father, Count/ Hann Mao Dying Patient, Doctor's Date, Wang, Chateau Servant, Politician's Assistant / Jane Wang Dying Patient, Shanghai Doctor, Nurse, Count's Household Servant / Fred Chen Dying Patient, Doctor's Cousin, Zhou, Salon Servant / Ruirui Wang Dying Patient, Prostitute / Jaiping Liu Colleague, Wang, Chateau Servant, Policeman / Lily Wang Patient Family, Shanghai Helper, Cafe Waitress / Tad Yagi Patient Family, Tough, Count's Household Servant, Communist, Policeman / Marie Uy Patient Family, Prostitute, Chateau Servant, Exotic Dancer Nurse, Bistro Owner, French Prostitute / Gabrielle Wolodarski Bank Official / Dennis Somera Orderly, Tough, Artist / Daniel Lai Orderly, Translator, Marcel, Bank Official / Peter Kang Black Sheep Cousin, Chen, Politician / Allison Minami Auntie, Salon Servant / Cindy Lu Water Girl / The Ensemble Storytellers, Moviegoers, Dream Pedestrians

-台北艺术大学演出-

梅若颖 饰 医生A、咖啡店侍者 / 严艺文 饰 医生B、煎蛋的江红、十里红、爱玛 / 金勤 饰 五号A / 黄士伟 饰 五号B / 刘湘湘 饰 五号妻子A、伊莎贝尔 / 刘美钰 饰 五号妻子B、城堡客人、煎蛋的江红、翠琴、科学家 / 徐堰玲 饰 江红A、金姨、保葛楚 / 王诗淳 饰 江红B、二宝、双胞胎 / 易晓玲 饰 顾香兰A / 李依璁 饰 顾香兰B、煎蛋的江红 / 周姮吟 饰 顾香兰C / 郑仁纲 饰 王德宝A、西南医生、城堡侍者、侍者 / 张显魁 饰 王德宝B、堂弟、梦幻医生 / 雷煦光 饰 伯爵、老客人 / 丁

肇元 饰 城堡客人、教授、萨尔瓦多 / **江谢保** 饰 病人朋友、钱老板、路易 / **吴维纬** 饰 堂妹、海关、共产党 / **巫沛芳** 饰 城堡侍者、仆人、乐手 / **李育芳** 饰 护士、台客、城堡客人、如玉、岗蒂夫人 / **沈韶姮** 饰 煎蛋的江红、雪雪、媛媛、乐手 / **林玉琪** 饰 护士、台客、城堡客人、煎蛋的江红、妙莲、双胞胎 / **林佛安** 饰 同事、警察、旅行社、台客、城堡侍者、米歇尔、法国警察 / **时一修** 饰 医生父亲、老总管、旅行社、张老板、总管 / **高煜玟** 饰 堂姐、老板娘、仆人、艾丽斯、警察 / **张文梁** 饰 林医生、城堡客人、翻译官、代书、巴黎医生 / **蒲建铭** 饰 旅行社、城堡经理、银行人员、神父 / **刘佳仁** 饰 台客、海关、琴师、皮耶 / **潘书慧** 饰 旅行社、孙女、仆人、玛莉 / **蒋孟和** 饰 酒馆客人、保镖、乐手 / **萧正伟** 饰 叫卖声、酒馆客人、城堡客人、保镖、贾克、警察、乐手 / **萧祯洁** 饰 柜台职员、煎蛋的江红、上海医生、超现实主义者、银行人员、乐手 / **全体演员** 饰 行人、旅客、病人、狂欢者

视觉创意咨询：珊卓 · 伍德尔（Sandra Woodall）/ 舞台设计：王世信 / 灯光设计：简立人 / 制作人：马汀尼、林国源 / 执行制作：傅裕惠、房国彦 / 编剧助理：杨美英、许正平、李季纹、黄淑锦、陈幸琪 / 导演助理：梁文菁、董维琇、钟欣至、蔡明璇、赵毓英 / 排演助理：黄智宏、林婉瑜 / 史料搜集：陈幸琪等 / 舞台监督：李强、汤佳玲、钟自宏、杨忠颖 / 舞台技术指导：施顺晟 / 服装技术指导：颜良夙、凌诗芬、陈映芬 / 音效技术指导：宋正宏

-《如梦之梦》香港话剧团版-

2002年5月4日，首演于香港文化中心剧场

由香港话剧团制作、演出

-编剧、导演-

赖声川

-演出-

陈煦莉 饰 医生A、煎蛋的江红、妙莲、仆人（上海）、仆人（法国）/ **郭紫韵** 饰 医生B、煎蛋的江红、雪雪、如玉、仆人、狂欢者 / **高翰文** 饰 五号病人A / **潘灿良** 饰 五号病人B / **洪迎喜** 饰 妻子A、城堡客人、煎蛋的江红、媛媛、模特儿、银行职员、狂欢者 / **黄哲希** 饰 妻子B、餐厅老板娘、城堡柜台、煎蛋的江红、伯爵夫人、女作家 / **冯蔚衡** 饰 江红A、萍香、贵妇 / **潘璧云** 饰 江红B、煎蛋的江红、翠琴、占卜家、新夫人 / **汪明荃** 饰 顾香兰A / **秦可凡** 饰 顾香兰B / **彭杏英** 饰 顾香兰C / **毛俊辉** 饰 伯爵 / **辛伟强** 饰 王德宝A、堂兄、城堡侍者、自然主义者、狂欢者 / **周志辉** 饰 王德宝B、医生父亲、死讯医生、城堡客人、舞台演员、贵客、银行职员 / **王维** 饰 医生父亲同事、城堡领班、海关、马歇、狂欢者 / **刘红荳** 饰 护士、孙女、煎蛋的江红、海关、十里红、玛莉 / **黄慧慈** 饰 护士、香港游客、城堡服务生、煎蛋的江红、二宝、美美 / **雷思兰** 饰 堂姐、警察、吉卜赛女人、城堡客人、煎蛋的江红、金姨、女同性恋者、警察、新保姆 / **邱廷辉** 饰 堂弟、警察、旅行社职员、香港游客、沈先生、咖

啡厅服务生、狂欢者 / 刘守正 饰 男友、旅行社职员、香港游客、城堡服务生、仆人（上海）、共产主义者、仆人（法国）、导游、狂欢者 / 郭志伟 饰 郭医生、旅行社职员、城堡侍者、海关、保镖、乐手、车掌、代书、狂欢者 / 欧阳奋仁 饰 病人朋友、城堡经理、教授、超现实主义者、贵客、车长 / 陈丽卿 饰 戏院售票员、旅行社职员、城堡客人、岗蒂夫人 / 叶进 饰 梦幻医生、医学院代表、城堡客人、钱老板、莫里斯/周昭伦 饰 旅行社职员、海关、保镖、美国导演、警察、狂欢者 / 孙力民 饰 书店老板、城堡客人、徐教授、杨大少、皮尔、警察 / 李子瞻 饰 老总管、张老板、总管 / 刘浩隽 饰 小孩 / 雪雪 饰 小孩

副导演：冯蔚衡 / 视觉总指导：珊卓 · 伍德尔 / 灯光设计：简立人 / 舞台设计：谭孔文 / 服装设计：黄智强 / 音乐设计：洪瑞琪 / 技术监督：林菁 / 舞台监督：冯国彬、颜尊历

–《如梦之梦》台北版 –

2005 年 4 月 24 日，首演于台北中正文化中心两厅院戏剧厅

由表演工作坊、中正文化中心、台北艺术大学联合制作

–编剧、导演–

赖声川

–演出–

赖梵耘 饰 医生A、咖啡馆服务生、茶馆跑堂、船客、火车乘客 / **李羿萱** 饰 医生B、路人、快速铁路车掌、煎蛋的江红、上海街景行人、船客、贵客、火车家属、搜寻者、双胞胎、狂欢者 / **朱宏章** 饰 五号病人A / **金士杰** 饰 五号病人B / **刘美钰** 饰 五号妻子A、旅客、伯爵夫人、上海街景行人、船客、艾丽斯、火车乘客伤者、狂欢者 / **谢盈萱** 饰 清洁工二、五号妻子B、旅客、路人、快速铁路乘客、城堡客人、煎蛋的江红、翠琴、船客、维若妮卡、火车乘客、伤者、新仆人、狂欢者 / **徐堰铃** 饰 江红A、十里红、船客、搜寻者 / **周品辰** 饰 病人家属、看电影的人、江红B、如玉、船客、即兴舞者、火车家属、伤者、狂欢者 / **卢燕** 饰 顾香兰A / **朱芷莹** 饰 清洁工、看电影的人、顾香兰B / **丁乃筝** 饰 顾香兰C / **李奇勋** 饰 王德宝A、同事、看电影的人、医生四、旅客、乘客、法国客人二、船客、科学家、伤者、狂欢者 / **陈彦廷** 饰 王德宝B、准男友、看电影的人、旅客、路人、乘客、法国客人四、船客、服务生、车掌、搜寻者、狂欢者 / **汤志伟** 饰 伯爵、妻子的敌人 / 时

一修 饰 医生父亲、看电影的人、旅客、老总管（尚·保罗）、张老板、上海街景行人、总管、狂欢者 / 刘郁岑 饰 看电影的人、台北各医院医生、旅客、路人、台湾客人、回忆中的城堡员工、煎蛋的江红、雪雪、伯爵夫人之中国仆人、上海街景女仆、火车乘客、伤者、狂欢者 / 高煜玟 饰 堂姐、看电影的人、各医院医生、旅客、巴黎餐厅老板、回忆中的城堡员工、上海护士、伯爵夫人之中国仆人、上海街景行人、船客、贵妇、火车乘客、银行职员、女主人、狂欢者 / 吴维纬 饰 堂妹、看电影的人、旅客、吉卜赛人、徐教授、金姨、船客、西蒙、乘客、上海家属、清洁工 / 刘丽君 饰 病人家人、看电影的人、警员、旅行社员工、旅客、书店客人、城堡柜台、煎蛋的江红、海关、上海医生、上海街景、船客、船员、贵妇、新模特儿、狂欢者 / 徐尹戈 饰 病人、看电影的人、梦幻医生、医学院代表、旅客、书店客人、快速铁路乘客、城堡客人、杨大少、上海街景、船员、萨尔瓦多、火车家属、搜寻者、狂欢者 / 吴亮群 饰 陈医生、看电影的人、旅客、书店客人、城堡侍者、回忆中的城堡员工、海关、沈先生、船员、贾克、火车乘客、搜寻者、巴黎医生、狂欢者 / 吴霞 饰 病人家属、看电影的人、旅行社员工、旅客、路人、台湾客人、城堡服务生、煎蛋的江红、二宝、船客、巴黎仆人、双胞胎、狂欢者 / 王樱陵 饰 病人、售票员、旅行社员工、旅客、路人、总管孙女、煎蛋的江红、妙莲、玛莉、火车乘客、伤者、狂欢者 / 曹庭佳 饰 护士一、看电影的人、旅客、路人、快速铁路乘客、城堡客人、煎蛋的江红、海关、媛媛、船客、岗蒂夫人、火车乘客、伤者、新夫人、中年妇人、狂欢者 / 林劭翰 饰 病人、看电影的人、旅客、路人、小酒馆客人、回忆中的城堡员工、保镖、船客、路易、火车乘客、伤者、巴黎餐厅侍者、男客、狂欢者/宋厚宽 饰 堂哥、看电影的人、旅客、路人、台湾客人、回忆中的城堡员工、教授、船客、贵客、代书、巴黎餐厅侍者、狂欢者 / 徐丞 饰 工友、看电影的人、旅行社员工、巴黎餐厅老客人、城堡侍者、保镖、男仆、警员、巴黎餐厅侍者、巴黎医院工友、狂欢者 / 黄缘文 饰 病人家属、看电影的人、旅行社员工、旅客、书店老板、小酒馆客人、回忆中的城堡员工、琴师、船客、行李夫一、超现实主义者、火车乘客、伤者、搜寻者、巴黎餐厅侍者、狂欢者 / 陈柏清 饰 工友、烤玉米小贩、警员、旅客、路人、台湾客人、城堡服务生、笛师、行李夫、共产主义者、巴黎医院工友、狂欢者 / 林治廷 饰 林医生、看电影的人、旅客、路人、城堡经理、钱老板、茶馆客人、船客、皮耶、火车乘客、伤者、狂欢者 / 许乃涵 饰 护士二、路人、快速铁路乘客、城堡客人、煎蛋的江红、萍香、船客、贵妇、火车乘客、伤者 / 詹辉振 饰 病人、看电影的人、台北各医院医生、旅客、路人、城堡领班、海关上海急救人员、上海街景、船员、贵客、银行经理、男主人、狂欢者

舞台设计：王世信 / 灯光设计：简立人 / 服装设计：沈筑 / 音乐设计：洪予彤 / 彩妆及发型设计：铃鹿玉静 / 形体指导及编舞：伍宇烈 / 技术总监及舞台监督：刘培能 / 舞台技术指导：斯建华 / 灯光技术指导：方渌芸、李智翔 / 舞台制作：景翔舞台设计有限公司 / 监制：丁乃竺 / 制作人：谢明昌 / 执行制作：刘士祯、简玉婷

台北艺术大学戏剧学院制作群 制作人：林国源、简立人 / 执行制作：詹惠登、陈婉丽 / 舞台技术指导：杨金源 / 服装技术指导：凌诗芬、颜良夙 / 音效统筹与执行：陈杰骏 / 副导演：钟欣志 / 导演助理：詹辉振、王希捷、高煜玟、王序平 / 排演助理：张嘉芸、徐福君、周文婷

－《如梦之梦》北京版－

2013 年 4 月 1 日，首演于北京保利剧院

由北京央华文化制作、演出

－编剧、导演－

赖声川

－演出－

李宇春 饰 医生A、说故事者 / 赵蕙梓（赵子锌） 饰 医生B、翠琴、梦中行人、买票行人、旅客、街头行人、火车服务生、法国客人五、煎蛋的江红、船客、贵妇、乐手、乘客、银行经理、路人、说故事者 / 孙强 饰 五号病人A或伯爵（部分场次）、说故事者 / 胡歌 饰 五号病人B、说故事者 / 张艺霖 饰 妻子A、伯爵夫人、模特儿（维若妮卡）、清洁工一、街头行人、快速火车乘客、煎蛋的江红、旅客、船客、乘客、女主人、狂欢者、说故事者 / 孙铭晗 饰 妻子B、萍香、新伯爵夫人（部分场次）、咖啡馆老板、病人家属、旅行社员工、旅客、台湾客人四、城堡柜台、煎蛋的江红、海关、船客、女仆一、乘客、街头行人、中年妇人（部分场次）、说故事者 / 徐堰铃 饰 江红A、说故事者（部分场次）/ 刘美钰 饰 江红A或堂妹、宝霞、艾丽斯、新伯爵夫人、买票行人、梦中行人、旅客、街头行人、法国客人三、船客、乘客、中年妇人、狂欢者、说故事者 / 吴浇浇 饰 江红B、媛媛、哲学家、病人、买票行人、梦中行人、旅客、医生一、船客、贵妇、乘客、街头行人、新仆人、狂欢

者、说故事者 / 史可 饰 顾香兰A、说故事者 / 谭卓 饰 顾香兰B、说故事者 / 许晴 饰 顾香兰C、说故事者 / 金士杰 饰 伯爵、说故事者（部分场次）/ 闫楠 饰 王德宝A或五号病人A、堂哥、买票行人、梦中行人、医生四、旅客、街头行人、法国客人二、家属、市长随从、警卫、船客、狂欢者、说故事者 / 李宗雷 饰 王德宝A（部分场次）、萨尔瓦多、马老板、陈主任、买票行人、梦中行人、医生二、旅客、台湾客人一、法国客人二（部分场次）、船客、乘客、街头行人、神父、狂欢者、说故事者 / 罗巍 饰 王德宝B、妻子的敌人、林医生、买票行人、旅行社员工、旅客、小酒店客人、回忆中的总管、船客、贵客、市长、乘客、街头行人、狂欢者、说故事者 / 陈溱 饰 十里红、岗蒂夫人、堂妹（部分场次）、徐教授、清洁工二、买票行人、梦中行人、旅客、街头行人、法国客人一、煎蛋的江红、船客、贵妇、乘客、狂欢者、说故事者 / 杨雪 饰 金姨、堂姐、作曲家、买票行人、梦中行人、餐馆老板、法国客人三（部分场次）、煎蛋的江红、船员、贵妇、乘客、街头行人、上海护士、狂欢者、说故事者 / 萧慧文 饰 摄影师、二宝、护士二、梦中行人、买票行人、台湾客人二、城堡女服务生、煎蛋的江红、船客、女仆二、街头行人、说故事者 / 金珊 饰 玛莉、妙莲、孙女、护士一、买票行人、梦中行人、旅客、书店顾客、煎蛋的江红、中国仆人一、家属、女孩、狂欢者、说故事者 / 牛婷婷 饰 吉卜赛人、如玉、雪雪、病人家属、电影院售票员、旅行社员工、旅客、街头行人、快速火车乘客、回忆中的玛莉、煎蛋的江红、家属、贵妇、艾丽斯（部分场次）、银行行员、新模特儿、船客、狂欢者、说故事者 / 傅兴 饰 皮耶、张老板、梦幻医生、医学院代表、病人家属、买票行人、旅客、书店顾客、城堡经理、船客、乘客、街头行人、说故事者 / 王鹤鸣 饰 老总管（尚・保罗）、医生之父、买票行人、梦中行人、旅客、街头行人、教授、船客、狂欢者、说故事者 / 顾浩然 饰 超现实主义者、翻译（沈先生）、上海医生、同事、病人、买票行人、梦中行人、旅行社员工、旅客、书店老板、法国客人六、餐馆客人、茶馆客人、船员、贵客、车掌、代书、街头行人、狂欢者、说故事者 / 屠楠 饰 路易、钱老板、病人家属、买票行人、梦中行人、台北警察、旅行社员工、旅客、把脉者、小酒馆客人、城堡领班、茶馆跑堂、船员、贵客、家属、法国警察、街头行人、狂欢者、说故事者 / 孙小乐乐 饰 共产党、杨大少、病人、堂哥、准男友（部分场次）、买票行人、梦中行人、侍者二、家属、贵客、警卫（部分场次）、街头行人、狂欢者、说故事者 / 曲浩天 饰 贾克、咖啡馆服务生、工友一、准男友（部分场次）、买票行人、梦中行人、台北警察、旅客、街头行人、快速火车旅客、侍者一、验关、保镖一、行李夫一、家属、法国警察、男主人、船客、狂欢者、说故事者 / 阮力 饰 神秘舞者、男孩、病人、堂弟（部分场次）、探病者、烤玉米的小贩、梦中行人、旅客、台湾客人三、城堡男服务生、煎蛋的江红、茶水、中国仆人二、卖花小贩、船客、男仆、乘客、街头行人、狂欢者、说故事者 / 胡帅 饰 笛师、乐手、买票行人、梦中行人、旅客、法国客人四、船客、贵客、家属、学画者、街头行人、说故事者 / 王路 饰 乐手、街头艺人、工友二、买票行人、梦中行人、旅客、保镖二、行李夫二、乘客、船客、街头行人、说故事者

–《如梦之梦》北京版首演后调换的演员包括–

卢燕 饰 顾香兰A / 赖梵耘 饰 医生A / 刘璇 饰 萍香、翠琴、维若妮卡等 / 巴晨旭 饰 准男友、共产党、马老板等 / 牛婷婷 饰 江红B等 / 徐堰铃 饰 十里红等 / 刘美钰 饰 妻子A、伯爵夫人等 / 马琦 饰 乐手等 / 罗永娟 饰 护士、二宝、摄影师等 / 马思纯 饰 医生B、翠琴等 / 孔雁 饰 医生B、翠琴、岗蒂夫人等 / 铁伟光 饰 王德宝B等 / 李响 饰 钱老板、路易等 / 靳川川 饰 翻译、超现实主义者等 /

任薪橦 饰 医生B、媛媛等 / 郑星源 饰 神秘舞者、男孩等 / 翟天临 饰 伯爵 / 孙坚 饰 王德宝 / 苏晔 饰 妻子B、新伯爵夫人、岗蒂夫人等 / 闫楠 饰 伯爵 / 张本渝 饰 顾香兰C

服装造型总监：叶锦添 / 舞台设计：张哲龙 / 灯光设计：简立人 / 原创音乐：洪予彤、胡帅、赖声川 / 花艺设计：HAUS 658 / 形体指导及编舞：陈武康 / 副导演：栾岚 / 监制：丁乃竺 / 制作人：王可然、段嵘、谢明昌

赖声川

1954 年出生于美国华盛顿，籍贯江西会昌，生长于美国与台湾，美国加州伯克利大学戏剧博士，前台北艺术大学戏剧学院教授及院长。世界上最著名的华人戏剧家之一，被誉为"现今最顶尖的中文剧作家"（BBC）、"亚洲剧场导演之翘楚"（《亚洲周刊》）。

三十余部原创编导戏剧作品对当代华人剧场艺术及文创产业影响甚深。台湾表演工作坊创始人及艺术总监、上海上剧场艺术总监、乌镇戏剧节发起人及常任总监，创意理论学者（著有《赖声川的创意学》），曾任教于美国斯坦福大学及加州伯克利大学。

赖声川剧作集

《如梦之梦》

《宝岛一村》

《圆环物语》

《水中之书》

《如影随行》

《暗恋桃花源》

《十三角关系》

《红色的天空》

《在那遥远的星球，一粒沙》

赖声川历年作品清单

《我们都是这样长大的》
《摘星》
《过客》
《那一夜，我们说相声》
《变奏巴哈》
《暗恋桃花源》
《田园生活》
《圆环物语》
《西游记》
《回头是彼岸》
《这一夜，谁来说相声？》
《台湾怪谭》
《红色的天空》
《又一夜，他们说相声》
《先生，开个门！》
《我和我和他和他》
《十三角关系》
《菩萨之三十七种修行之李尔王》
《如梦之梦》
《千禧夜，我们说相声》
《新加坡即兴》
《在那遥远的星球，一粒沙》
《乱民全讲》
《这一夜，Women 说相声》
《上海·故事》
《如影随行》
《陪我看电视》
《宝岛一村》
《那一夜，在旅途中说相声》
《梦想家》
《大桥上的对话与独白》
《梦游》
《水中之书》
《蓝马》
《隐藏的宝藏》
《鲸鱼图书馆》
《游园·流芳》
《幺幺洞捌》
《曾经如是》

扫 码 加 入

春潮线上读书会

图书策划　中信出版 · 春潮

总 策 划　杨　爽

特约策划　叶匡政

策划编辑　刘　晴

责任编辑　杨心怡

营销编辑　毛海燕

装帧设计　周滕家二郎　杨泳琪　侯明洁｜创意工场

出版发行　中信出版集团股份有限公司

服务热线：400-600-8099　网上订购：zxcbs.tmall.com

官方微博：weibo.com/citicpub　官方微信：中信出版集团

官方网站：www.press.citic

春潮NOV+

回到分歧的路口

在那遥远的星球，一粒沙

赖声川 著

中信出版集团 | 北京

图书在版编目（CIP）数据

在那遥远的星球，一粒沙 / 赖声川著 . -- 北京：中信出版社，2019.6（2022.4 重印）
（赖声川剧作集）
ISBN 978-7-5217-0416-7

Ⅰ . ①在… Ⅱ . ①赖… Ⅲ . ①话剧剧本－中国－当代 Ⅳ . ① I234

中国版本图书馆 CIP 数据核字（2019）第 073271 号

在那遥远的星球，一粒沙

著　　者：赖声川
出版发行：中信出版集团股份有限公司
（北京市朝阳区惠新东街甲 4 号富盛大厦 2 座　邮编　100029）
承 印 者：河北鹏润印刷有限公司

开　　本：787mm × 1092mm　1/32　　印　　张：3.25　　字　　数：30 千字
版　　次：2019 年 6 月第 1 版　　印　　次：2022 年 4 月第 5 次印刷
书　　号：ISBN 978-7-5217-0416-7
定　　价：398.00 元（套装 9 册）

– 编剧 –

赖声川

2003 年

2015 年修订

– 人物 –

叶　　樱	音同“夜莺”，摆地摊的中年女子，认为她二十年前失踪的先生被外星人绑架，正等待先生从遥远的星球归来
怪　　怪	叶樱的女儿，叛逆的电影系大学生
乖　　乖	叶樱幻想中的怪怪，一个可爱贴心的女儿，与怪怪由同一演员扮演
阿　　高	怪怪的男友，电视制作助理，看似前卫，实际上很现实
小　　范	音同“小贩”，与叶樱一起摆摊的商贩，三十多岁的男子，曾“购买”一越南新娘，但新娘于两年前逃跑
老　　钱	富裕但行为怪异的中年男子
大　　伟	叶樱的先生
风尘女子	口音像外地人

路人数名

– 时间 | 地点 –

台北，现在。

– 演出长度参考 –

在赖声川自导的版本里，本剧长约 125 分钟，没有中场休息。

第一场

神秘、遥远的灯光和音效，最后落在下舞台中央的一个光圈中。怪怪在光圈中，对观众说话。她样子叛逆，打扮中有着许多伪装自己的东西。

怪　怪　（指观众）喂，你准备好上去没？你的芯片在哪里？你没有？那他们来接我们的时候，你上不去喽。（指自己手腕）我的在这里。她从小就这么告诉我。要证明的话只能把这里割开。上次试过，没找到。你不要不相信哦，他们快来了。什么时候来、在哪里降落、几点几分，只有她知道。

在另一个光圈里，叶樱在她的路边摊旁拿着望远镜，向天空看。

对，就是她，这个女人叫叶樱。“树叶”的“叶”，“樱花”的“樱”，很阳光的名字。但她每天晚上带着她的望远镜观测星空，竟然变成名副其实的“夜莺”。但是，现在都市有星空吗？（突然跳出来，“卡”一下）

阿高上，手上拿着一台摄影机。他是怪怪的男友，另类，孤僻。

怪　怪　（对阿高）你觉得我这样的开场白会不会有一点……？

阿　高　（少话）做作。

二人收拾器材，下。

马路声，灯光亮起，热闹的街景环绕着叶樱。她卖的是一种特殊的、有两个指针的手表。小范，一位三十多岁的男子，正在她附近卖一些会发光的外星人玩具。他们叫卖，路人穿梭。

叶　樱　时间有两种！喜欢看一下！……

小　范　外星人，外星人，赶快买，小孩喜欢，大人更爱，赶快给可爱的外星人一个家！（对客人）小姐，对不起，小心不要踩到……

叶樱好奇地看着小范的货。

叶　樱　（对小范）你怎么又换了？昨天好好的一批围巾怎么不做了？

小　范　围巾？什么围巾？

叶樱拿起小范的外星人看，小范从叶樱手中抢回。

小　范　外星人！外星人！

客人一　多少钱？

小　范　100就好。

客人一　60！

小范包装一个玩具给客人一，并收钱。目送客人一。

小　范　60块怎么可能？60块完全可能！外星人很可爱，晚上把它看好，小心宇宙飞船来了，把它接走了！哈哈！

叶　樱　你这个人是怎样？旧的没卖完就换新的，难怪你老婆会离开你。

小　范　（爆）不要提我老婆！就是你这种人，永远都是搞同样的东西，你老公才会被外星人绑架！（对路人）外星人，外星人……

叶　樱　你根本不相信外星人，还在那边卖！真不要脸！

小　范　（对街大声喊）不要脸！老板不要脸！跳楼大甩卖哟！（对叶樱）有人来了……

叶樱照顾前来的客人。客人正在看她摊子上的表跟说明书。

客人二　你这个表是坏的啊。

叶　樱　小姐，我们的表没有坏，是这样：时间有两种，所以这表有两个指针，一种就是往前走，属于大家的……另外一种就是停在那里，冻结的，属于你自己的。用我们的表，你可以让时间停止在你人生中最想纪念的时刻……

小范过来帮忙。

小　范　听不懂，是不是？小姐，我来说明：（感性地）“每一个人一生中都有一个刻骨铭心、无法忘怀的时刻，用这只表，可以永远把那个时刻带到你的日常生活中……”

客人二把表甩回，往左走。小范语气突然变凶，骂。

不要也不能用丢的！你根本不配买这只表！你不配逛街！下次不要给我看到！

客人三不小心撞到小范。

（对客人三，凶）怕什么？！没看过坏人？！

客人三被吓跑。

叶　樱　你脾气怎么那么坏？控制一下嘛！

小　范　（缓和）看起来很坏呀？太好了。我是演的。

叶　樱　演的？

小　范　我小范有这个本钱进军娱乐圈。等有一天星探来了，你就知道了。

叶　樱　切！

小　范　欸！外星人！外星人！

叶　樱　（摇头）时间有两种……

小　范　（看到新客人）外星人,外星人……小姐,看一下没关系……不会咬人哦！

行人开始慢动作行进。小范看着行人，叶樱用望远镜看着天空。

（自语）奇怪，现在怎么走在路上的人都不像人？我的意思是说，看起来人很多，但是所有人都不看左、不看右，好像全世界只有我一个人眼睛是张开的，只有我一个人孤独地存在于宇宙间。

叶　樱　不可能。

小　范　啊？

叶　樱　光是我们这个星河系二十五兆星星中，至少还有一百亿条件还可以的。

小　范　还可以什么？

叶　樱　还可以有生命啊！所以不要以为自己那么特别。

小　范　不是，我……

叶　樱　也不要以为自己那么孤独。

小　范　你在说什么？我只不过是跟你说我今天生意不好，你……

行人走路恢复正常。

以下过程中，老钱，一位中年男子，上，在附近徘徊。他头发是小卷，穿着有一点像一个过时的情圣，花衬衫，白皮鞋，脖子上绑着领巾，手里拿着一瓶酒。他首先看着小范的外星人，其实注意力全部在叶樱所卖的手表上。他站在旁边看叶樱示范。

客人三　哇！有望远镜！我要买望远镜！

叶　樱　对不起，小弟，这个望远镜是我的，不卖。看看手表吧？

客人三　（看表）欸？这个指针不会动啊？有人戴吗？

叶樱拿自己手上的手表给客人看。

叶　樱　有啊，我自己有戴！

客人三　十一点四十二分。

叶　樱　那是……二十年前的十二月五日晚上十一点四十二分……发生我人生中最……你可以说我这是在记录我人生停止的那一刹那。

客人三　神经病！

客人三突然走。

叶　樱　等一下，小弟弟你回来，你说人家“神经病”不好哦，神经病也是人！

客人三　外星人！

叶　樱　哦，更不好哦，外星人和神经病都有人权哦。

客人四　走走走！

客人四带着客人三往下。

叶　樱　这位家长，你这孩子怎么教的啊！不尊重外星人的小朋友长大以后就不会尊重宇宙间所有的生命，所有的星星所有的月亮所有的太阳！我们要尊重宇宙所有的生命，要不然以后就再也看不见星星，听不见鸟叫……

客人四呆住，带着客人三离去。

客人四　回家！

叶　樱　不客气！

小范看着叶樱，摇头，对自己比“神经病”的手势，刚好叶樱转头，看到。他的手势立刻转为竖大拇指。

小　范　好。说得好。

叶樱气馁。她再看一眼自己的手表，想着过去的事。

叶　樱　收了。

叶樱开始收摊。这时老钱上前问话。

老　钱　嗯……对不起，老板……你说，这时间可以不动？

叶樱看着老钱。老钱仔细地看手表，然后摇头，笑。

（仿佛自语）两种时间……一种往前走……属于大家……一种冻结了。永远。多少钱？

叶　樱　这一款350。

老　钱　这么便宜？

叶　樱　不是，先生，那是因为这是一个特别的模子，别的地方买不到。所以……你说什么？

老　钱　这么便宜？

叶　樱　啊？

老　钱　可不可以卖贵一点？

叶　樱　可不可以卖贵一点？这……

小　范　（突然抢话，但不入状态，越说越虚）怎么会算你贵呢，先生？我们都已经在收摊了……什么？

老钱戴上手表，拿出皮夹，交一张100美金的钞票给叶樱。

叶　樱　这什么啊？

小　范　美金啊！

叶　樱　这……先生，100块美金我找不开……

老钱再交一张100美金的钞票给叶樱。

先生，200块美金我更找不开！

小　范　先生，你这样我们很为难，你拿美金给我们，我们做小买卖的怎么会算汇率？

老钱再交一张100美金的钞票给小范，再在街上丢两张钞票，然后走了。叶樱和小范看着他离去的方向，呆住了。

警察哨声响起，街景声变混乱。

小　范　赶快跑！条子！

他们快速地收起自己的地摊货，各自逃跑。

灯光变化。

第二场

叶樱卧房。一个窗户，窗边有一架立起的望远镜及一把椅子；一张小桌、一把椅子、一张简单的床、一张婴儿床；墙上有一个时钟，时间停止在11:42。一个手提音响在柜子上。

乖乖在插花，她跟怪怪长得一模一样，但非常乖巧，完全不像怪怪。叶樱站在窗口，望着窗外。

叶　樱　乖，爸爸的拖鞋……

乖　乖　在窗口摆好了。

叶　樱　那床头要放他喜欢看的报纸和杂志。

乖　乖　马上去准备。

叶　樱　那他喜欢的音乐？

乖　乖　已经放上了。

叶　樱　乖。爸在外面很久，回家的路又很远很远，我们一定要把一切弄好给他。

乖　乖　嗯。爸爸什么时候回家？

乖乖、叶樱　（齐声、兴奋）十二月五号！

两人笑。有些不真实。

叶　樱　真是聪明，我的孩子！

传来钥匙开门声。

他来了。

乖　乖　我去看一下。

乖乖下。叶樱继续插花。怪怪上，恢复原来的叛逆。

两人对峙，表情都怒怒的。怪怪从皮包中拿出一包烟，欲点，拿起打火机。叶樱一把抢过来，用剪刀剪断香烟。

叶　樱　你知道要是世界上的每个人同时点一根烟的话，大气层会多出多少一氧化碳，地球会窒息，你知道吗？

叶樱背对怪怪，继续插花。怪怪看着叶樱。

怪　怪　你今天又在搞什么？这花插给谁的？

叶　樱　什么日子快到了，你心里有数。

怪　怪　又是宇宙的“第三窗口”要开了？什么“虫洞”的负能量要启动了，还没玩腻？

怪怪走回左舞台，在台口拿出打火机，点烟，下。

叶樱起身，到怪怪抽烟的地方把烟挥开，停在原地，叹气。

乖乖又上，拿着一沓报纸。

乖　乖　妈，爸喜欢看的报纸和杂志。

叶　樱　放着，乖。

乖乖把报纸放在后面柜子上。

爸以前怎么疼你，你知道吗？

乖　乖　我知道！他每天一回家第一件事就是抱我，跟我玩！

叶　樱　如果你睡了，他还是会把你抱起来，让你睡在他身上。

乖　乖　真的？！那，我为什么叫“怪怪”呢？

叶　樱　因为你出生的那一刻，你爸爸把你抱起来说："乖乖隆嘀咚，生命真是太奇妙了！"所以你叫"怪怪"！

乖　乖　妈，我听你说这说了很多遍，但是还是听不腻！

叶樱将椅子靠窗，坐下。在以下过程中，乖乖下，怪怪上，用摄影机拍叶樱。

叶　樱　你爸爸这个人很纯。他常常喜欢坐在这里，看着窗外，想一些事情，世界、宇宙……有一天，就坐在这里，他跟我说："小樱子，我第一次看到你，你对我微笑，那个微笑，就改变了我一生。所以，如果你无意间做的一件事可以影响别人一生，那，在这世界上，一粒沙吹动了，你一定相信它可以影响一个遥远的星球。"……

叶樱从情绪中被打出来，发现怪怪在拍她。

干什么？

怪　怪　不要管，继续说。蛮疯的。很好。

叶　樱　我刚刚说的不干你事。

怪　怪　我现在拍的也不干你事。

叶　樱　不干我事你就不要拍。

怪　怪　要不是为了拍这毕业作品，我也才懒得拍你。

叶　樱　噢，现在我变成你毕业作品的主题？！我真荣幸！做第一女主角！你拍一个疯子，来让大家看到做这个疯子的女儿有多痛苦？我知道，你是不是去拍那个早餐店，因为你的妈妈从来不做早餐？你的童年就是在那家美而美早餐店度过的。

怪　怪　不要说美而美，连晚餐的那个面摊阿姨我都访问过了，我每天放学后都在她那边做功课，她觉得是她把我带大的！我是不是从明天开始要叫她“妈”？

叶　樱　没关系，你尽量讲。你说多一点。到下星期，十二月五号你就会了解了。

叶樱坐下，靠窗口的椅子。

怪　怪　十二月五号十一点四十二分。爸爸会回来，对不对？他会从那个窗户进来，对不对？然后你们要放那几首老歌，让时间回到过去，是不是？十二月五号爸爸不会回来，然后你怎么办？你让我怎么办？（去扯婴儿床）妈，你醒一醒，还有这个，这是什么东西？我都已经长大了，这小床你留着干吗？！

叶樱冲上前阻止，二人争执。

叶　樱　怪怪，你讲这种话就是没有良心，难道你没有记忆吗？那天晚上我们是一起上去的！明明是你、我、爸爸，我们是一起上去的！我们身上都有芯片！

怪　怪　当然！

叶　樱　我会回来是因为生你的时候剖腹生产、身上有疤……

怪　怪　不适合星际旅游……妈，你小声一点好不好？邻居会听到！

叶　樱　你因为要吃我的奶所以你必须要回来！难道你没有记忆吗？你当然没有记忆！因为你才八个月，你是我唯一的证人，可是你却没有记忆！

怪　怪　哇靠，你嗑的是什么药？比我那些朋友还要 high 耶，挡几颗来用用吧！

叶樱叹气。

OK，你说你老公下星期回来，那我告诉你一件比较早确定会发生的事情。我呢，要搬出去了。

叶　樱　跟那个不成气候的电视制作人？

怪　怪　跟谁都不重要。

叶　樱　他摆明在玩你。

怪　怪　应该是我摆明在玩他吧。

叶樱起身，认真。

叶　樱　妈没有疯哦，妈看男人是很准的，那个什么高的我一看就知道，他是靠不住的男人。

怪　怪　这点我绝对相信你的眼光，你专门看靠不住的男人。

叶　樱　你爸爸可是靠得住的男人！

怪　怪　当然，二十年前就遗弃我们，遗弃我们之前失业、酗酒，还打人。不错，真靠得住！

叶　樱　你听谁说的？是不是面店老板娘说的？她根本不认识你

爸！早餐店的老板娘，根本是你爸走了几年才搬过来的！她们根本不认识你爸！怪怪，你不懂男女，你不懂爱情，你不懂两个人为什么要在一起。

怪　怪　开心就好。

叶　樱　看样子一点都不开心。

怪　怪　不开心也好。

叶　樱　你在荒废你的人生。

怪　怪　跟你学的。

叶　樱　学得不像！

叶樱到窗口，坐在椅子上，看窗外。

怪　怪　妈！我跟男人在一起，起码让我有活着的感觉，你每天都对着那个望远镜，你有活着的感觉吗？我拜托你，面对现实！那个叫爸爸的男人，他在上海。阿高他有朋友是狗仔队，他们都有帮我们调查，好像有看到，有老婆小孩，大的八岁，小的……

叶　樱　（爆）胡说八道！狗仔队拍什么？！你爸又不是电影明星，谁会知道他长什么样子？要拍，他们应该要到巴纳菲尔，才可以拍出你爸爸真实的故事！

停顿。

怪　怪　妈，不要再玩了，好不好？你玩了我二十年，我都老了！

怪怪掏烟，点起来，从左下。

叶樱打开音响，音乐起：苏芮的《是否》。叶樱回窗边，坐下。

乖乖从右上，拿着一杯茶给叶樱。

乖　乖　妈，我给您泡了一壶这一季首选的高山乌龙，我亲手上山去采的！（停顿）骗你的啦！我怎么可能！但是我亲自上山去买的哦！

叶　樱　乖，女儿真贴心……

乖　乖　妈，我好爱你！……

叶樱没有表情，望着窗外。灯光变化。

第三场

街景。路人的声音比较少。小范在卖光盘。

客人五 有没有《复仇者联盟 5》？

小　范 还没有拍呢，你放心好了，我们这边比院线还快，拍完马上就有。只是有一点晃罢了。

客人五 我要这些。

小　范 80 块。

客人五打包走。

小　范 （对客人五）谢谢，慢走……

叶樱推她的车从右上，到小范的摊边，翻着盘片。

叶　樱 （对小范）小范，你是怎么了？我快不认识你了。你昨天卖什么我都忘了！……（翻）卖盗版碟！小范！你不尊重知识产权，怎么会尊重宇宙的所有智慧呢？

客人六 （对小范）这怎么卖？

叶　樱 （对客人六）不要买！不要买！这不可以买！

小　范 你在干什么？你这样我没有办法做生意啦，走开走开，我不认识你！

客人六走。

叶　樱 说吧，你这个摊又是怎么来的？

小　范　我昨天听到一个消息,有很多越南新娘在一家 DVD 工厂里。

叶　樱　压 DVD ?

小　范　屁！她有那个本事？包装 DVD！不过我告诉你，叶樱，那地下工厂其实不在地下，在一个大楼的二十五楼！我消息灵通，我想我这一下就要抓到我老婆了！当场可以给她好看！结果我一闯进去，全部是欧巴桑，保安过来了，还好我见过场面，我说我来批货。他们一看就知道我是做生意的人，就批了这一批好货。

叶　樱　你前一批外星人，是不是听说玩具工厂有越南新娘在打工才去批的？小范，你不能每去抓一次，就改行一次！

小　范　对！明天做个了断！叶樱，明天我们去林森北路摆。

叶　樱　干吗？为什么去林森北路？

小　范　我一直在避开那里，你没有发现吗？我老婆那么漂亮，她的下场一定是去林森北路卖！我们就摆到堵到她为止，然后（闽南语）一刀给她死！

叶　樱　好，明天我陪你去林森北路摆。今天，你陪我上（指）对面那栋大楼。

小　范　干什么？

叶　樱　如果我计算得没有错，今天晚上就应该有一些征兆出现。

小　范　噢,你今天要我来这边摆摊是有目的的？又是“征兆”？好！什么征兆？

叶　樱　今天晚上，前哨、红光会出现。

小　范　等一下。什么“前哨”？什么“红光”？

叶　樱　母舰啊。宇宙飞船来送我先生回来。

小　范　当然。赞，太赞了！跟你摆摊最开心了，有这种故事可以听。可以请问从哪里来的？

叶　樱　巴纳菲尔。

小　范　（笑）怎么又改了？

叶　樱　什么改了？

小　范　不是“巴菲纳尔”吗？

叶　樱　巴纳菲尔。跟你说了多少次！

小　范　OK！不管！那这个星球在哪里？我知道！在我们星河系的东北角，七千什么光年……

叶　樱　七千六百二十七光年之外的星河系中！

小　范　它环绕着一个编号什么的恒星？

叶　樱　AG1142，有三个月亮环绕着。

小　范　（笑）又有新内容。三个月亮！那巴菲纳尔的晚上肯定很亮。中秋节要看哪一个？

叶　樱　巴纳菲尔！

小　范　随便啦，随便啦！

客人七上。

叶　樱　笑那么开心？下星期宇宙第三窗口就开了。

小　范　好，第三窗口，第三窗口。第几窗口开，干我屁事？

叶　樱　欸？搞不好不只是带来我老公的消息，你老婆也说不定！

小　范　（突爆）讲得好好的，干吗讲人家老婆？！（突然严肃）叶樱小姐，请你听清楚！我老婆不是被外星人绑架的。再说，你老公也不是被外星人绑架的！我们都希望自己所遭受的不幸都有一个浪漫的解释，但是不是所有失踪的人都是被外星人绑架的。面对现实！我们的故事都一样！我们被人家甩了！遗弃了！（对客人七）不卖了啦！你几岁？年纪轻轻买盗版碟？！败坏社会风气！

客人七哭着跑掉。

小范生气地收摊。

叶　樱　小范！其实我是哄哄你的！外星人要那么多人干吗？他们才不一定要绑你老婆……

小　范　（爆）不要再提我老婆！

叶　樱　我只是想给你一点希望而已，希望懂不懂？！希望！！人就是要有希望才活得下去，知不知道？！

停顿。两人不自觉看着天。

警哨声响起。

小　范　不要"哔"了啦！本来就要走了！

叶樱、小范冲下。灯光变化。

第四场

风声，远远的交通声。灯光亮起。高楼楼顶，老钱一个人在平台上徘徊，眼光一直往下看。他手里握着酒瓶，情绪偶尔会从无所谓到突然沮丧。

老　钱　（看表，自语）“时间有两种”……对！错！等一下两种都停了！停了！

老钱脱他那双白色的皮鞋，整齐地放在平台上。

叶樱上到顶楼，拿着她的望远镜，一直看着上方。

老钱在平台上往下看。他一下微笑，一下哭泣。

叶樱走着走着，一直看着上方，绕来绕去。绕到老钱附近。老钱吸三口气，准备跳，在老钱正要跳下去的时候，叶樱不小心背对背撞到他。

老钱、叶樱　（齐声）啊……！！！

老钱差一点摔下去，猛然抽回。

停顿。叶樱瞪着老钱。

叶樱把老钱推上平台。老钱反而开始抵抗。

叶　樱　那是我的位置，你占了我的位置，我以为只有我一个人知道这个位置。让我先，好不好？

老　钱　你要先？

叶　樱　算了，你先到，所以你先用吧。请！

老　钱　请？

叶　樱　我能看吗？

老　钱　你看什么？

叶　樱　向您学习。

老　钱　向我学习什么？

叶　樱　只有行家才会知道这个看似平凡的楼顶，在今天这个时刻所扮演的伟大意义！老前辈，请！

老　钱　我不来了，我不来了！

老钱惊恐。

叶　樱　看样子你是上去过的。

老　钱　上哪儿？

叶　樱　（自己想象）咻——！飞出去了！没有重量！那个光……那个光……

老　钱　哪个光？

叶　樱　好平静！

老　钱　好可怕！

叶　樱　来嘛！我们一起！

老　钱　一起什么？！

叶　樱　一起体验！

老　钱　（蹲下）这种经验还可以一起体验？！

叶　樱　（张手）伸开双手，来迎接辽阔无边的宇宙！

老　钱　我不能！

老钱下平台，走远。叶樱也下平台，走到另外一边。

叶　樱　对不起，先生，我今天有一点亢奋，话比较多，影响你的情绪。请问，你对这个研究多久了？

老　钱　我对这个……不敢有研究。

叶　樱　你客气，我研究二十年。

叶樱又走回平台，上去。

老　钱　二十年你都还站在这儿没下去呀？

叶　樱　（没听到）我想了解，你为什么要把鞋子脱掉？是不是跟磁场有关？

叶樱研究老钱的皮鞋。

老　钱　磁场……？

叶　樱　前辈，我今天又多学了一样！

叶樱效仿老钱，也脱鞋，放。

这样对不对？

老　钱　这……你下来你下来……

老钱欲拉叶樱下来，反而被叶樱拉上平台。

叶　樱　不，你快上来！

老　钱　啊？

叶　樱　（看表）时间快到了！

老　钱　（害怕）我的时间还没到！

叶　樱　九点四十三分五十二秒……你要准备好！

老　钱　（害怕）我没准备！

叶　樱　冷静！冷静！重要时刻要沉得住气！

老　钱　我沉不住气！

叶　樱　（看表）就是现在，来了！我来读秒！……

老　钱　不要读秒！……

叶樱伸出手迎接不明飞行物。老钱害怕得缩起来。

叶　樱　五、四、三、二……

飞机发出巨大响声及闪光从他们头上飞过。

停顿。

你看到什么？

老　钱　好像是国泰航空。

停顿。叶樱蹲下，情绪陷入低潮。

叶　樱　我又算错了。

老　钱　怎么突然难过起来？

叶　樱　这样，他会不会不来？

老　钱　谁？

叶　樱　我丈夫。

老　钱　你在等你丈夫？

叶　樱　你不是也在等你亲人吗？

老　钱　我……我……

叶　樱　我等了二十年。今天应该跟上次一样，有红光在上面……

前哨。但是……

停顿。叶樱又站上平台，这次往下看。老钱有些着急，已经下平台了。

老　钱　嗯……其实想开一点。没关系的。

叶　樱　对。没关系，如果他十二月五号不会回来，十二月六号我就去找他。巴纳菲尔没有你想的那么远，一步就到了。

老钱扶叶樱下平台。

老　钱　小心点……下来，下来……

叶樱收拾东西。

叶　樱　（笑）跟你开玩笑的！先生，人错了没关系，明天还是会有希望。我祝福你！人哪，就是要活得有希望！

叶樱走，又突然回头。

先生，我有没有见过你？

叶樱下。老钱伸出手臂，想给她看他已戴好的手表，但叶樱已经走了。老钱呆呆地望着星空，然后发现叶樱的鞋子。

老　钱　鞋子！鞋子！唉……连鞋子都不要了！

灯光变化。

第五场

叶樱卧房。阿高和怪怪在房间，阿高在弄监控器，怪怪走来走去，阿高指挥她。

阿　高　走，走，走，好，停。往左转。走，走，走，停。这 960H 镜头真不错。

怪　怪　把音乐关掉。

阿高关掉音乐，退出卡带。

阿　高　哇靠！你妈听磁带啊？

怪　怪　我妈妈就听几卷磁带，她的人生就停止在二十年前那些歌里。

阿　高　（突然肃然起敬）哇靠，我不敢相信。

怪　怪　啊？

阿　高　Un-believable! 这就是案发现场。

怪　怪　什么“案发现场”？

阿　高　你老爹就是在这间房间被带走的，你也是在那张床上“咻！”地飘走。很酷耶。

怪　怪　我妈的疯话你也相信啊？

阿　高　你妈真酷。你难道不记得了吗？难道夜深人静的时候你没有飘起来的感觉？我现在开始感觉到了。

怪　怪　你镜头装好没有？装好就撤。

阿　高　等一下！你有没有看到？太完美！假如下礼拜外星人真的把你爸带回来了……（拉椅子到窗边）……到时候，你妈坐在这儿，外星人站在这儿，你爸和你妈久别重逢，然后我的960H广角镜头就在这边拍得一清二楚！尼斯湖水怪是个屁！外星人才是真理！

怪　怪　960H镜头什么也不会拍到,因为你说的事情根本不会发生。

阿　高　（笑）不发生没关系，下星期外星人不来，起码我们还是拍到你妈一个人坐在椅子上，孤独地在等待：人性的渴望，幻灭、崩溃，被命运压扁的一个女人，就像在人生的高速公路上从小货车上滚下来的一颗孤独的小橙子被大货车无情地碾过去、压扁、汁汁溅一地！（指地上）你妈。不够！我再去找狗子的狗仔队朋友，去上海拍你爸和你后妈在床上。然后我们就分割画面，一边你爸一边你妈；一边在尬，一边在苦等；一边在爽，一边在惨；一边已经在抽烟了，一边用餐巾纸抹眼泪在哭，经典！一定入围！

怪　怪　讲完了没？

阿　高　但不会得奖，因为这是事实。事实或许精彩但终究无法令人满足，人们要看的是修正过的事实。

怪　怪　什么是修正过的事实？

阿　高　到下礼拜，我们让他来！

怪　怪　下礼拜没有人会来！

阿　高　我找两个演员来嘛！一个演外星人，一个演你爸。唯一的观众就是——你妈！立刻成为经典以及所有媒体争先报道的焦点！

怪　怪　我只是想拍个毕业作品。

阿　高　毕业作品算个什么东西？柏林影展才是真理！

怪　怪　什么？

阿　高　我是说戏剧治疗才是伟大的！

怪　怪　“戏剧治疗”？

阿　高　戏剧治疗你没听懂？我现在就要给你妈安排一场戏剧治疗！透过一种扮演，让这颗烂掉的橙子重获新生！

怪　怪　你说我妈？

阿　高　看到没？她已经变成茂密的橙子树！因为她看清事实的真相！

怪　怪　可是这个真相是你做的假象。

阿　高　透过这个假象，我们让她了解真相。下个礼拜我们从窗外打强背光，两个演员，外星人把你爸带回来，你爸妈重逢，交代完所有的事情，又被外星人带走，强背光收。超感人，超震撼！金熊奖！

怪　怪　两个演员……戏剧治疗……

怪怪看窗外。钥匙开门的声音，怪怪和阿高吓一跳，没地方躲，贴着墙壁站着。

叶樱带着望远镜从外上，赤脚，一边自语。

叶　樱　不合所有的推测。我担心这样的话，五号会有问题……（发现椅子位置变了）欸？这椅子怎么会在这儿？

叶樱回头，看到阿高和怪怪贴在墙边。停顿。

阿　高　（尴尬地）怪妈好……呃叶妈好……

叶　樱　来我房间干什么？绝对没好事！

阿　高　怪怪带我来看看怪爸被绑架的现场。

叶　樱　你想绑架我女儿？

阿　高　啊？

叶　樱　你又不是外星人，你凭什么把她带走？

怪　怪　妈！拜托你不要什么事情都扯上外星人！你听清楚，不是他要带我走，是我要跟他走！我需要感受真实的世界！这里全部都是假的，我快闷死了！妈！你放过我吧！面对现实，面对你的失败！

叶　樱　你才要面对你的失败！你从小，我要是劝你做什么事，你总是跟我唱反调，我想你跌跌撞撞总有一天会撞醒！

怪　怪　没错！我撞不醒，我也不会消失！所以妈！看清楚！我，我就是你的失败！如果我跟一个不守信用的痞子谈一场失败的恋爱，你也要面对！就像你老公一样，你要面对你的婚姻！你老公就是你最大的失败！面对现实！你就是失败！

阿高拉着怪怪往外走，下。

乖乖从左舞台上。

乖　乖　妈妈，你不要难过，爸爸下个礼拜就回来了！他们都答应了嘛，不是吗？

叶　樱　万一……

阿高上场，为了取忘在桌上的摄影机。

乖　乖　不会有万一的！妈妈，你不可以在这时候失去信心！

叶　樱　孩子，你怎么总是那么有信心？我觉得你有时候有一点不太实际。

阿高吓一跳。

乖　乖　妈，不会啊！因为你的星空观测跟计算都一直是那么的准确！

叶　樱　妈妈这次可能算错了，你知道吗？

乖　乖　不会啊，妈！宇宙第三个窗口开的话，虫洞才能充满负能量，撑起足够时间让爸爸折射回来！星际旅行折了空间，时间也会被折啊。所以呢？

叶　樱　所以……爸爸到巴纳非尔二十天，就是我们地球上的二十年，你看妈都老了，到时候他是个年轻小伙子……

乖　乖　不一定！这都是理论！没有任何人证实过！而且，妈，爱是超越这一切的，不是吗？

乖乖笑。阿高吓死了，悄悄地拿东西，下。

叶樱看阿高的方向一眼。

灯光变化。

第六场

街景。雨夜。小范一夜之间改卖香肠了，正在和一位客人掷骰子。他的配备齐全，一辆脚踏车，后面一个烤肉架及香肠。他的左边有一张板凳，给自己坐的。

客人八　（丢骰子）西八拉，十二点！！

小　范　BG，三点！

客人八　西八拉！！

小　范　BG！（指骰子）啊！真的BG！先生，你今天运气……超屌。

客人八　超臭！

客人八泄气。小范拿一只烤肉架上的香肠给客人八。
过程中，老钱由右上，醉醺醺的，手里拿着一瓶私人用的随身携带式酒瓶及叶樱的鞋子。老钱看小范看半天。

小　范　不好意思哟，花那么多钱没吃到，请你一只啦，加辣自己来，大蒜自己剥……

客人八　老板，这不会是老鼠肉吧？

小　范　什么？你说我这是老鼠肉？不可能给你吃那么好啦！老鼠肉很贵的耶，比猪肉还贵耶！……

客人八　走了。

小　范　有时间常来哦！

客人八 不来了！不来了！

客人八下。

老　钱 老板，不认得我？

小　范 哦，美金！

老钱伸出左手，给小范看他的表。

“时间有两种”！戴上了。

老　钱 那个谁呢？卖手表的那一位女士？

小　范 叶樱，奇怪，今天她还没来。你找她干吗？

老　钱 这鞋要还给她。

老钱拿鞋子给小范。

小　范 （收下）她的鞋怎么在你那边？

老　钱 我就是经过这儿想跟她说谢谢，她帮我很大忙。

小　范 谢她干吗，她应该谢你，连我都应该谢你。来，现烤两条给你，比较新鲜。我请！我请！

小范弄香肠。老钱掏钱包。

老　钱 我买！我买！

小　范 我请！我请！

小范阻止老钱。老钱拿酒给小范喝。

老　钱 你喝！你喝！

小　范 （指板凳）你坐！你坐！

老钱坐在摊边的小板凳上。

老　钱　老板，你的外星宝宝呢？

小　范　啊？那是好久以前的事。

老　钱　放屁，前天！

小　范　是吗？

老　钱　生意不好是吧？就你在这儿卖香肠！多喝点！

小范拿香肠给老钱。

小　范　你知道这个摊子怎么来的吗？其实蛮玄的，我昨天晚上下班以后去林森北路，我去堵我老……（改口）老朋友，我听说她在林森北路的某一家店……我一看，那一家是不正当的！做黑的！（愤怒改为缓和）但是我等的这个人是很正当的，可能是在厨房洗碗。我又不好意思进去找她。后来我就在那边堵，我想说不管怎样一定要下班！总会堵到她！

老　钱　结果她陪日本客人是吧？

小　范　陪日本人？！

老　钱　不然就是陪韩国人！

小　范　韩国人？！

老　钱　韩国人那个大男人主义厉害的，带出场之后根本不把女人当人看，踩在脚下！

小　范　（暴怒）韩国烤肉哪有我小范烤香肠香？！（烫到自己）哦！

老　钱　老板，不瞒你说，林森北路，我也是熟客。

小　范　（爆怒）你！熟客？！你……

老　钱　很多年以前的事！

小　范　（平静）那还好。那里的女人别碰，会倒霉的。

老　钱　你倒是说说看你老婆怎么到那边去的？

小　范　我是听说我老婆跑那边去……我什么时候跟你说是我老婆？

老　钱　你没说吗？

小　范　我有说吗？

停顿。

对啦！我就是去堵我老婆的！我就站在门口等，就像你说的，看到一个个出来，搂的搂、抱的抱，还有用拖的，样子都醉醺醺的，很难看。门口有一摊赌香肠的，我就干脆赌一赌，我越看越气，就越赌越豪气，一条变两条，我就凹下去，两条变四条，四条变八条。结果你知道我赢了多少？我连赢了十几次，一千多条香肠，我吃两年都吃不完。后来那个老板干脆把摊子让给我了。老哥，这就是所谓“赌场得意，情场失意”！

老　钱　老板，我看你是一个男子汉，这么一个女人，在林森北路卖，为什么不一刀两断？过去的事不能再想了，斩干净。

小　范　一刀两断？怎么可能？老哥，你结婚了吧？那应该懂吧。你自己去想想看，你老婆跑了……不要讲那么乌鸦嘴，就说你跑了，你老婆会跟你一刀两断吗？

老　钱　我就做到了！

小　范　哈！那就只有一种可能：你跟你老婆之间的感情一定不好。

老　钱　还好，结婚三十年，小孩都大了……

小　范　要是感情好的话，就像我一样，要一刀两断，只有一种可能：其中一个死了。（豪迈地）找到她，我一刀给她死，要是有男的带走她，也给他死！一人一刀！给他死！这样才会一刀两断！……

老　钱　幼稚！太没见识了！

小　范　（激动）为了她，我出国几趟，我花三十几万买回来的！一人一刀！一刀给她死！

小范走到雨里，沉入自己的心思中。

（类似自语）有必要吗？那又怎样？她死了又怎么样呢？我其实只是想找到她，叫她给我一次机会再试试看嘛，以前我不好我也知道啊，又没有钱，脾气不好，她讲的什么我也听不懂。我……我是有打她，可是我又不是故意的，我要是不凶她不管她，她那么漂亮，不就跟人家跑了吗？……可是我越凶她她就越想跑，她越想跑我就越怕她跑，越怕她跑就越凶，然后最后她就……（虚）跑了。

老　钱　好了，老板，不要淋雨了。

小范发现自己在雨中，走进骑楼中。

小　范　老哥，讲那么多……还不知道你贵姓？

老　钱　钱。

小　范　钱大哥，你没看过我老婆。真漂亮，真的很漂亮，对我小范来说，简直是天上掉下来的礼物。我知道很多人滥用这句话，但我是真心的，夫妻怎么可能说一刀两断就一刀两断？……（手表给他看）你看，半夜两点半，大概啦，就是她离开我的时候，我人生最重要的时刻，我在干什么？我在睡觉！迷迷糊糊。这就是我人生最重要的时刻，居然我在睡觉。两点半，两点半……

小范无意间掷骰子，看结果。

看！我撒个 BG 都有三点，什么两点半！……

老钱突然发言。

老　钱　四点二十七。

小　范　（自语）两点半……

老　钱　四点二十七分。

小　范　啊？

老　钱　加州没有冬天。

小　范　美国？

老　钱　那是加州冬天下午阳光最艳丽的时刻。

小范注意听。

我从病房走出来。一个漫长漆黑的隧道，唯一的声音是我的脚步声……

停顿。

小　范　病房？什么病呀？

老　钱　医院大厅墙壁上的大钟写着“4 : 27”。阳光白色刺眼没有温度，照在树上、草上、街上、人身上、医院的外墙上。我冲着那个光走出去，眼睛都花了。我走着、走着……就再也没有回头。

停顿。

小　范　你……你老婆住院？

老　钱　胃癌，末期。

停顿。

我刚刚有说是我老婆吗？

小　范　你没说吗？

老钱喝一大口酒。

你留她一个人在医院病房？

老　钱　（忙解释）不是，我请了看护！很贵的！三个，二十四小时轮班，专业的！

小　范　有人陪，应该还好。

老钱起身，跟小范掷骰子。

老　钱　要陪多久？六个月七个月八个月九个月十个月都过去了，你知道吗？每天把屎把尿的，那个味道……她想洗头，好几天没洗，全部都是头皮屑，可是不能洗呀，全部插满了管子……（掏皮夹中的相片）你看你看，这是她住院前一年我跟她的合照……都已经半百的女人了，妈的，还能选中国小姐！现在她那个样子……唉……本来我们都计划好了，游山玩水，坐游轮到希腊、爱琴海……

小　范　钱大哥，等一下。一般人是受不了啦，可是你是她老公耶，你留她一个人在医院病房？你就这样拍拍屁股，走了？

老　钱　这是男子汉做的事情，你懂不懂？

小　范　这是浑蛋做的事情，你懂不懂？！

老　钱　一刀两断。男子汉。毅然决然，我没有回头，直奔机场。

小　范　去哪儿？

老　钱　希腊！（把骰子甩到街上）西八拉！

小范忙捡地上的骰子。

小　范　老哥，下雨天不要把骰子丢到雨里！

老　钱　希腊一天都没下！蔚蓝的爱琴海，豪华的大游轮。

小　范　你自己一个人？

老　钱　那多没劲呀！伦敦我有一个老相好，我叫她过来陪我。年轻、漂亮，那妞的身材……要钱是吗？钱是个屁！我一叫就来！她穿那个晚礼服，我们在甲板上没有一个人不转头看！黄昏，那马子站在甲板上，阳光洒在她那光滑的背上……简直是上帝完美的作品！我们在那个船上两个月，爱琴海数不尽的小岛，一个比一个美，一个一个过，过一个看一个，但是过了就过了，绝不留恋！一刀两断！……

小　范　跟小岛一刀两断？

老　钱　两个月玩完了，我送她上飞机，“拜拜！”连电话都没有打，绝不留恋，一刀两断！然后男子汉就这么回了台北！

小　范　你在船上没有打电话回美国问你老婆？

老　钱　一刀两断你听不懂啊！一刀两断！干吗打电话？我那两个月没有一天想起这件事。我们在那里两个月，玩得实在是……（一口气之间喜转悲）太开心……！

小范看崩溃的老钱。

小　范　钱大哥，玩得那么不开心，干吗去？

老　钱　（逞强）我有说我不开心吗？

小范吃香肠。

老板，我跟你讲一句真心话。我劝你跟你那个林森北路混的女人、那个越南新娘就一刀两断！没什么好说的！

小　范　我有说是越南新娘吗？

老　钱　你没说吗？

小范喝老钱的酒。

你要跟她安乐死，义无反顾，一刀两断，生命没什么好回顾的！

老钱晃下，回头指空摊位。

你跟那卖表的讲，我这条烂命是她救的，她是我的救命恩人！你一定要帮我把话传到呀！老板，我走了……

小　范　钱大哥你慢走！

老　钱　我快走！我跟你一刀两断！男子汉！人生嘛！就是这样！

老钱跑下。

小　范　男子汉！

小范回摊边，发现老钱的雨伞忘在地上，然后发现老钱的皮夹忘在摊上。

耶……耶……钱大哥，你的皮夹……！

小范发现老钱已经不见人影了。他拿起老钱的皮夹，看。

突然有路人，客人九来玩骰子。

（对客人九）来！比大比小？……

客人九　大！西八拉！

小　范　BG！

怪怪、阿高上。阿高拿着摄影机拍，怪怪对着麦克风说话。

怪　怪（对麦克风）这就是我妈平常摆摊的地方。这个时间，她通常都在，给人家讲地球十六个光年之内的五十一个星河系中有多少个星球有足够的因子可能产生生命，但是今天她没来，不知道是怎么搞的。这应该更凸显她不稳定的个性。（看四周）我常来这里，看一看，想一想，有时候偷偷在旁边看她卖东西。我想：我妈一生就耗在这街头上。

她的人生现实就是这里。

小范开始注意他们。

难怪她必须每天仰望天空，（往上指）在浩瀚不知名的星河中寻找一种梦幻的感情寄托。而今天偏偏又是雨天……（对阿高）OK 啦。

阿　高　OK 个屁！太滥情！好像新闻主播！

怪　怪　拍环境！

阿　高　欸，你妈很厉害耶，我看到她对空气讲话。

怪　怪　你看到了？

阿高点头。

她不是在对空气讲话。她在跟我讲话。

阿　高　你？

怪　怪　我不合格，我妈就创造了一个我。

阿　高　一个理想的你？

怪　怪　对，一个理想的我，她心目中完美无缺的我。

阿　高　一个理想的你，我也想认识！介绍一下。

怪　怪　一个理想的我啊，你也把不到！

阿　高　不用把，一夜情就好了。

怪　怪　少废话，拍环境！

怪怪到小范的香肠摊，发泄地掷骰子。

来啊！靠！“西八”！老板，你输了。

小范知道是怪怪，来不及说话。怪怪发现老板原来是小范。

小　范　怪怪，我本来要请你们吃，还来不及，你已经赢了！

怪　怪　小范哥！你怎么在卖……

小　范　一言难尽。

怪　怪　我妈呢？

小　范　还没到。欸，怪怪，你妈最近怪怪的。你要留意一下。

阿高开始拍小范。

（对阿高）你在拍吗？我上镜头其实还可以。

怪怪伸出麦克风到小范面前。

怪　怪　小范哥，我妈最近有没有什么异常的状况？

小范整装，一本正经对镜头。以下过程中，怪怪指挥阿高推进镜头，然后像拍MTV一样地晃动镜头。

小　范　大家好，我是小范，我是跟叶樱一起摆摊的好朋友……（对镜头的移动不自在）我们一起摆摊也有一年了，平时她蛮照顾我的……阿高，你这样一直动来动去，我……

怪　怪　小范哥，这是我要的风格，你不用管他。

小　范　不管他？那……

怪　怪　不用看镜头。

小　范　不用看镜头？

怪　怪　看我就好了。

小范看怪怪。阿高移到左舞台去拍小范的侧面。小范一开口就转向阿高。

小　范　叶樱常常说她老公是被外星人绑走的，我是觉得她没有害人啦，所以她要这样想也没关系。人都要有梦想。她的梦想最彻底！我怕你的这个访问会很无聊，我来提供一个余兴节目，我知道叶樱最喜欢唱一首歌。我唱副歌就好。

小范准备唱歌，找 KEY。

（唱《一样的月光》）“一样的笑容……一样的泪水……一样的日子……一样的我和你……”

阿　高　“卡”，“卡”！

怪　怪　小范哥可以了。谢谢。

小　范　可是这样很不完整哦。

怪　怪　没问题，很好。

小　范　我是天生的演员，只是都没有遇到伯乐。我都是看《电视周刊》长大的。

阿高向怪怪使眼色。

阿　高　小范哥，“人都要有梦想”，但是最惨的莫过于实现梦想的机会就在眼前，却没有抓住。其实，我跟怪怪最近手上有一个很有趣的案子，我觉得 very, very 适合你。

小　范　阿高，你八百年前就应该来找我了啦。我很多朋友都说我早就该进演艺圈了。我私下都有练习，要不要表演给你们看？好！我们就当作试镜，对不对？对！我现在表演最基

本的“喜怒哀乐”给你们看！喜……（表情）怒……（表情）

阿 高 不用，不用。

小 范 还有我的绝技。我不到五秒就可以流出一滴眼泪。不然你可以拿秒表测。

小范难过表情。

怪 怪 可以了，可以了，我相信你！感动了，感动了，看到泪光了。

小 范 （得意）收放自如啊。我怎么这么有天分？不然你要我演一个死人，我也可以死得比别人难看。我现在就演给你看！啊！！……

小范当场痛苦地滚到地上，表演死亡。

这是“中毒死”……（继续演）啊！！……还有一种完全不一样。这是心肌梗死。还有一种最悲壮，我要用慢动作来表现，是“乱枪打死”。冲到雨里去。（继续演）“老子跟你们拼了！”（向前冲，慢动作）啊！！……

二人阻止他。

阿 高 不要死，不要死！我相信你！我感动了！

小 范 怎么样？有没有在大雨里血肉模糊的悲壮感？我告诉你哈！死有二十八种，我现在练了二十七种。第二十八种不能练。

怪 怪 为什么？

小 范 第二十八种就真死了！哈哈哈！

阿高陪笑。

很冷哦。我也会讲笑话哦。你们要什么样的角色，你说！我私底下都有练啦，你看你需要的是性格小生、火爆浪子、搞笑、大反派，我都可以，你说！什么角色？

阿　高　外星人。

停顿。

小　范　外星人……？

阿　高　哦……你是在挑……？

小　范　不是不是，“没有小角色，只有小演员”。这句话好像是成龙大哥说的。

阿　高　谁说的不重要，观念对最重要。

小　范　请问这个外星人，有没有内心戏？

阿　高　当然有！

小　范　没有内心戏，我是很难发挥的！

怪　怪　有！有！很多层次！

小　范　那我想知道，什么样的戏？说说剧情。

怪怪来说明。

怪　怪　是这样的，小范哥，你应该知道我妈幻想着我爸下礼拜会从外星回来。

小　范　怎么可能？

怪　怪　对嘛，怎么可能？所以阿高就出了一个主意，我们就做一出假戏，透过戏剧治疗，也许让我妈能够好起来，回到真实世界。

小　范　这算表演吗？

阿　高　当然算！我们会全程录影这一场戏剧治疗！

小　范　全程录影？哎哟，怪怪，你们这样讲我很感动，我一直以为你很叛逆，想不到你有这份孝心，我真替你妈高兴。

怪　怪　那就看你要不要帮这个忙？

小　范　这个忙我帮定了。我就把这部作品当作是我跨入演艺圈的处女作，我觉得非常有意义。问题是谁来演你爸？

怪　怪　我们还在找。很难找，我们希望是新人，又要长得像我爸。我们在街上逛的时候都有在注意。

小　范　不是我说你们年轻人，做事不能这样做。这种事情你一定要把通告发出去，让很多人知道，然后要花大价钱，不然怎么能请得到好演员嘛！茫茫人海，你这样做简直是大海捞针嘛！

小范手上挥动着老钱的皮夹，苦思。怪怪看见皮夹，从小范手中拿过来看。

怪　怪　（指照片）这个人是谁呀？

三人看老钱的皮夹。停顿。

灯光转变。

第七场

叶樱家灯光亮起。衣架上面挂了一件西装。

乖乖在整理一件旧西装，叶樱在清洁望远镜。

叶樱的态度不太积极，对乖乖比较冷漠。

乖　乖　（乖巧地）妈，这西装是准备给爸的？

叶　樱　对。

乖　乖　我懂了！爸爸回来以后，如果有人请吃饭，总要有一套西装穿。是不是？

叶樱不语，继续整理西装。

妈！这件西装就是爸妈结婚的时候买的！对！照片上就是这一件！妈好漂亮！爸好帅！

叶　樱　孩子，这不是什么讲究的西装。我的新娘装是借来的，爸这西装是买二手的。

乖　乖　我知道！重要的是，它有你们所有的回忆。这比什么都有价值！是不是？

乖乖傻笑。

叶　樱　好了，不懂的事，不要在那边傻笑。

乖乖愣。

乖　乖　妈，你没有这样跟我说过话。

叶　樱　我讨厌你永远是那样子。

乖乖难过，强忍。

乖　乖　可是……妈，你要我怎么做，我一定努力！

叶樱摇头、叹气。

叶　樱　没有用。妈不想要你了。

乖乖震惊。

乖　乖　为什么？（慌）不会的！妈妈，只有我相信你耶！只有我会跟你讨论巴纳菲尔的事！

叶樱望着窗外。

在门口出现一个人影，是从香肠摊回来的怪怪。她静静地听。

巴纳菲尔本来和我们地球一样，有着丰富的生命，但是，它面临很严重的问题，所有星球上的生命面临终极灭亡。所以说，它要向我们地球求救。对不对？对不对？

叶　樱　你不要说了，听我说，孩子，后天，十二月五号过了，不管怎么样，我不会再看到你。

乖　乖　（慌）妈！为什么？为什么？

叶　樱　妈太久没做改变了。妈想做一些改变。我要面对一个很遥远的星球，叫作“现实”。

乖　乖　妈妈，你在开玩笑，对不对？一定是我做错事了，我会乖的，我一定会乖的。你不要赶我走好不好？我可以做家事！我可以跳舞给你看！……

叶　樱　（激烈地）孩子，我也只有能力这样做。你走吧！

乖乖沉默，挣扎。怪怪在门口低着头，听。

乖　乖　（平静些）妈……再说一次，好吗？

叶　樱　什么？

乖　乖　巴纳菲尔的故事。让我再听一次。那么好听，让我再听一次。

停顿。

叶　樱　好。（慢慢地）有一个星球枯干了，成为沙。很多很多的他们，每天巨量地死亡。但他们还挣扎，要活下去。他们到宇宙各处去寻找挽回的方式……没有人能够帮助他们。后来他们改变策略。他们决定不去研究死，他们决定去研究生命是如何联结到其他生命。

以下，乖乖悄悄地拿着行李，离开。怪怪上，取代她，静静地听。

他们来到我们的星球，想知道我们是怎么联结在一起的。完美的联结或许可以拯救他们。他们用最先进的方式分析，可是用再多的化学方程式也拼凑不出我们相互联结的原理。他们想，一定是少了什么元素。他们研究来、研究去，不如找一个特别的人，从他身上找。

停顿。叶樱仿佛感觉到乖巧的乖乖已经离开了，她也就不说下去了。她走向放在椅子上的西装。
怪怪静静地看着她。片刻。

怪　怪　爸爸。

叶樱看怪怪一眼。停顿。两人对看。

爸爸是一个特别的人？

叶樱仔细看怪怪。

叶　樱　爸爸是一个平凡的人。

怪　怪　那为什么要选他？

叶　樱　说实话，我也不知道。这二十年来，我只能一直去想，一直去猜。

怪　怪　那你说，你猜的结果是什么？

叶樱把西装顺手递给怪怪，又走开。怪怪专心听。

叶　樱　我回想那一段日子，结婚后，生你的时候，我们是怎么过的。那一段日子很简单，很美妙。我们没什么钱，可是每天都很快乐。刚好爸爸要换工作，就有一个空当可以多陪我们。我们每天到河堤，抱着你，在河堤上，下午的阳光把整个台北变成金色！不用说话，我们就那么看着、看着，享受着彼此，还有你，直到晚上，月亮升起，我们就回家。

怪　怪　新店溪。

叶　樱　有一天在河堤上突然下大雨，我们抱着你，冲去躲雨，没地方去！我一直笑，你爸也是！后来全身湿透，去路边买葱油饼吃，那是我吃过最好吃的葱油饼。老板一直叫我们进骑楼下面躲雨，我们还不要呢！

停顿。

我们融在雨里。我、大伟、雨、你。

停顿。

雨过天晴，我们又融到太阳里。我们看着河，看着台北，天黑了，月亮升起，我们又融到夜里。

停顿。

就是那天晚上，河堤那边出了一些奇特的红色光点。前哨已经在观察我们。过一个星期，他们就把我们带上去了。他们就是要研究我们这一家，想分析我们里面的一个什么，是什么把我们三个联结在一起，又是什么把我们联结到世界、到宇宙、到那刹那间。这是他们要找的。他们想下载我们体内的那个特殊的“东西”，最后把爸爸带走。

停顿。

怪　怪　那个“东西”是什么？

叶樱不语。

叶　樱　我不知道。它没名字。或许它根本不应该有名字，不能有名字。

怪　怪　他们在下载？

叶　樱　嗯。

怪　怪　从爸爸身体的哪一部分下载？

叶　樱　（笑着说）不知道。或许这就是为什么要那么久。

两人安静。

怪　怪　这些都是我们一起上宇宙飞船的时候，外星人说的？

叶　樱　你一点都不记得？

怪　怪　记得？

叶　樱　那道黄绿色的光，从窗户进来。没有引力……上去了，好亮的一个地方……我心想，那是什么灯泡？怎么会那么亮？

怪　怪　黄绿色……？好像……

叶樱看怪怪。怪怪沉入自己的回忆中，仿佛感觉到什么。

叶　樱　怪怪，你相信吗？

怪　怪　我实在很想，但是好难。

怪怪仿佛醒过来，发现自己不该在那里。她把西装挂回衣架，往门口走。叶樱把她叫住。

怪怪下。灯光转变。

第八场

左舞台，一间叶樱家附近的空屋，暂时充当阿高“假戏计划”的工作室。老钱坐着，穿着一件航天员的服装。小范、阿高、怪怪在看老钱的造型。房间空旷，只有一把椅子、一个活动衣架，衣架上挂了老钱原来的衣服。

老钱从椅子上站起来，又倒下，阿高、小范赶忙扶他。

阿高、小范　钱大哥……

老　钱　（坐回去）太重了。

小　范　钱大哥，要克服。这个造型真的很棒。

阿　高　对对对，还有头盔。

小范从活动衣架上取下航天员的头盔，阿高和小范把头盔盖在老钱的头上。

小　范　经典，经典。

老钱难受。

怪　怪　高盛美，这造型是怎么一回事？他快闷死了，都不能讲话了！

小　范　奇怪，面罩都起雾了，这样看不到他的脸。

阿高拿掉头盔，老钱终于能呼吸。

老　钱　这戏我没办法演！

老钱突然站起来，往外走。小范、阿高拉住老钱，忙劝回。

阿　高　钱大哥……！

小　范　钱大哥！男子汉耶！

老钱勉强回。

怪　怪　这是什么东西呀？又是狗子他们弄的，对不对？很没创意！他是《玩具总动员》看太多，是不是？还有那个鱼缸是怎么回事？高盛美，为什么你要做一个靠不住的男人？这些人服装丢了就走，现在我们想改都找不到人！我就知道找你做事就会是这样，什么都弄不好！

小　范　怪怪，外星回来的都是这样啊，不然星际旅游的人怎么办？

阿　高　专业就是这样呀！服装拿来就走，这就是专业啊！

怪　怪　我妈是疯子，不是白痴，你们连小孩都骗不过！这是什么东西嘛！

阿　高　（对怪怪）不懂就不要乱讲！你没有头盔就看到脸了嘛！穿帮了嘛！

老　钱　好了！要我出钱没问题，钱他妈的是个屁……你们不明白，我不能演……

老钱把服装上两个袖子都脱掉，要走，又被小范、阿高拦回来。

小　范　钱大哥！你不要忘了，叶樱是你的救命恩人！你不是答应想办法报答叶樱吗？

老　钱　我是要报答叶樱，但不是假扮成她丈夫然后跟她重逢！

阿　高　放心！没问题！

老钱犹豫。

怪　怪　阿高，这个造型一定要改。

阿　高　等一下。他回来应该是变老还是变年轻？

怪　怪　废话！当然是年轻！“时间扩张现象”你都不懂？你看过爱因斯坦没有？

小　范　哇，怪怪，厉害！

阿　高　错！这你就不懂！我听狗子他们说，虫洞原理其实有另一种可能，就是星际旅行回来变老！

怪　怪　怎么可能变老？他是加速，所以时间变浓缩！呆子！

阿　高　谁呆子？“时间扩张”在他身上，对不对？

怪　怪　对，所以……

阿　高　所以……反正狗子他们跟我说虫洞只要是逆风，就会变老，变老我造型上就有解了！

小　范　漂亮！大家都不知道她爸爸老了之后长什么样，所以就不用担心了啊。导演，发剧本。

阿　高　对对对，看剧本。看剧本，一切照剧本就没有问题。

阿高发剧本。每人研究。

怪　怪　“王八”是谁？

阿　高　哪里？

怪　怪　第二行。“王八”。

阿　高　“王爸”。打错了。

怪　怪　我爸变王八呀？

老　钱　我演王八呀？

阿　高　妈的，微软输入法很难打耶！

小　范　笔误，笔误。

怪　怪　笔误？你不是搞电视的吗？早不笔误晚不笔误，明天要演了，现在来个笔误，很不专业耶！

小　范　好啦好啦，怪怪。听导演的啦。导演，说明一下。

怪　怪　（对阿高）快一点！

阿高把衣架弄倒。

阿　高　它自己倒的。

阿高把衣架拉起。

（比）怪妈的房间。窗，窗台，我的隐藏镜头。

小　范　（对老钱）注意听。镜头的位置。

阿　高　（比衣架前）记住这个位置！到时候你们就在这里。

老　钱　等一下。

阿　高　怎样？

老　钱　我们要怎么站到那里？

阿　高　不要担心。我兄弟都已经去看过现场了。

小　范　看过现场就没问题啦。就不用担心嘛！

怪怪突然说话。

怪　怪　“就不用担心嘛”！阿高你怎么想的？我告诉你怎么到这个

位置：直接从窗户飞进来就好！阿高你现在开始教他们！手张开！跳！跳！

阿　高　你不懂就不要乱讲！

怪　怪　我不懂？不然是怎么样？你根本没有想清楚！不然你要怎么样到我们家四楼的窗口？搭鹰架，他们安静地爬到我妈窗口，装作擦玻璃，趁我妈不注意的时候偷偷跳进来！跳！你要不要先训练他们攀岩啊？

阿　高　你不懂就不要管嘛！演员不要管技术！都安排好了，我兄弟正在跟一个剧组。他们已经从你们家电箱接出一条线，到时候我们可以控制电流，灯光忽亮忽暗，气氛一级棒！

小　范　哦，电视剧？

阿　高　电影剧组。这部戏有很多夜戏，我兄弟正好可以借一颗 5K 的。那个光打出来比白天还亮！

老　钱　（终于说话）所以怎么样？趁那道光飘进来，是不是？你们都疯了！没一个清醒！

老钱起身，又要走了，又被小范拦住。

小　范　钱大哥！阿高，讲戏，讲戏。

老钱又被拦回来。小范向阿高打手势，叫他继续说明。
同时，舞台另一区灯光渐亮。微弱街景声音。
叶樱一人推着地摊货，在马路边摆摊。

阿　高　是这样的，要演这个戏首先要了解外星人的生活形态。据怪怪她妈说，当年是先从窗户进来一个强烈的光。然后，没有过程的，他们就出现了。

小　范　没有过程？

阿　高　就是说，她妈没看到进来的动作，就来了。据我们小组的研究，百分之八十的外星第三类接触范例，也就是所谓“ET3”类型的都是这样的。

小　范　好专业。

怪　怪　所谓“小组研究”就是他到诚品书店买了一本《遇见外星人》的小册子。

阿高不耐烦，突然发怒，冲出衣架，像是跳楼，在地上翻滚。

阿　高　我操！还排不排了？！不要做通通拉倒！我跳我跳我跳，我摔死算了我摔死算了！摔个稀巴烂我摔稀巴烂！

反而老钱突然忙着平复阿高的情绪。

老　钱　（大声，有威严）阿高！不要这样！男子汉！！要做好好做！

停顿。众惊。老钱起身。

这里就是缺乏士气，走！买酒去！回来得好好排！ Shit!

众人下。

第九场

灯光移转到街景。叶樱在卖手表。

叶　樱　（对客人十）是这样的，小姐，时间有两种。在人生中，你一定曾经感觉过……

客人十　喂，啊？几点？啊？

客人十接电话。客人十走了，叶樱目送。

（把话说完）……时间停止了，然而……

叶樱望着天空，自语。

在浩瀚的宇宙中，一切是那么完美地联结在一起……对不对？

神秘女子上。她艳丽，打扮时髦而高雅，但仍然露出过度华丽背后，属于声色场所的痕迹。她到叶樱的摊前。

神秘女子　（带越南口音）老板……这手表……这指针怎么不动？

叶　樱　（快速、不耐烦）是这样的，小姐，时间有两种。一种就是往前走的，另外一种就是停在那里的，冻结的。要不要？我想你不要。再见。

神秘女子　等一下。（望着表）想不到。

叶　樱　啊？

神秘女子　我一直想象这样一只手表，但从来没有想到有人真的会做出来。台湾真是厉害！

叶　樱　小姐，你是外地来的?

神秘女子不安。

没关系，不用担心我。我这样也是非法的。

神秘女子　非法?我是合法的!我……（停顿）我曾经是合法的。

神秘女子陷入一种悲伤的情绪。

有没有三个的?

叶　樱　三个?

神秘女子　“时间有三种”。

叶　樱　一种前进，两种冻结?

神秘女子　“冻结”?

叶　樱　就是停止了。

神秘女子　（点头）对。

叶　樱　那第二种是……?

神秘女子　离家的时刻。

叶　樱　离乡背井。

神秘女子　八点三十一分。车子转弯，看不到家了。

叶　樱　第三种?

神秘女子　两点二十九分。

叶　樱　半夜?又离家了?

神秘女子　离开世界上最后唯一的亲人。就开始流浪，到今天。

沉默。神秘女子突然“醒来”。

对不起，老板，站在大马路上听我胡说八道，你还一直听。谢谢！你是一个好人！

神秘女子掉头走。

叶　樱　等一下，小姐！

神秘女子停。

有。

神秘女子　有什么？

叶　樱　三种时间的款式。

神秘女子　有？

叶　樱　有！在家，我很少摆出来。

神秘女子　真的？

叶　樱　我要跟人家解释两种时间已经够累了，很少客人会需要三种的。

神秘女子　那你可以帮我拿？

叶　樱　当然可以。

神秘女子　（掏皮包）多少钱？

叶　樱　没关系，现在不用。你方便留一个电话吗？到时我会 call 你，你就过来拿。

叶樱将神秘女子电话抄在一张纸上。警哨起。

神秘女子　警察！快跑！

叶樱和神秘女子逃跑。街景灯渐暗。

第十场

工作室灯光亮。工作室中，众人就位，拿着剧本排戏。小范已经换上他戏服的一部分，是一件银色的短裙子。他有些尴尬。

小　范　导演，我是没有意见哦，但是这个服装……

阿　高　哦，这个造型还没做好，到时候会更完整。狗子说有一种特别的穿法。等我弄清楚再跟你说。

小　范　哦，没问题吧？

阿　高　没问题。到时候你就知道了。

大家就位，准备排戏。

我们试一次。准备……三、二、一。

小　范　（夸张地）人类！注意！我来自一个遥远的星球，遥远的星球！我！

阿高在一旁泄气。

阿　高　小范，照念就好。

小　范　啊？

怪　怪　不要重复。谢谢。

阿　高　有什么就念什么。

小　范　你觉得不好？

阿　高　不是，你现在的角色只不过是开……开篇点主题，挑出整个戏剧内涵的一个角色，所以说你很重要。

小　范　很重要。

怪　怪　所以一定要简短有力。

小　范　简短有力。你是觉得我的情感太浓?

阿　高　啊……对。

小　范　我的情感是很浓。不过没问题，我可以调哦。(想一想)我想我知道你要的是什么。

阿　高　准备。Action!

小　范　(继续，但改用机械式的语言，像机器人)人类注意我来自一个遥远的星球二十年前的今天我们把你先生带走了到我们遥远的星球巴菲纳尔……

阿高泄气。

怪　怪　(插话)巴纳菲尔。

小　范　啊?

怪　怪　那星球名字叫“巴纳菲尔”。

小　范　啊呀，差不多就不要打断我的情绪!我本来……那个feel刚刚到啊!唉!

阿　高　对不起，继续。准备。Action!

小　范　(继续)二十年前的今天，我们把你先生带走了，到我们遥远的星球……

阿　高　(打断他)可以加一点感情。

小　范　是加一点还是加两点？你要说清楚。

阿　高　（用手指比）差不多这样就好。

小　范　OK！我懂你意思！

小范继续，机械化中带一点奇怪的感情。

我们感谢你的耐心，今天，我们把他送回来，短暂地与你相聚……

阿　高　很好。这时灯光再起！比白天还亮！你用手指那边！

小　范　（指）人类！珍惜这短暂相聚！

（跳出来）加这句好不好？有一种悲壮感。刚那个 feel 一到，马上就有一种悲壮感！

怪　怪　可以啦，可以啦。

小　范　我觉得这样多了一种悲壮感。

阿　高　是，是，老钱！上场！

小　范　钱大哥，加油！

老　钱　我还是不知道怎么上。

阿　高　放心，到时候光会很强。小范会引她的注意，你就站在门边，走出来，你就“在”那里。

老　钱　合理吗？

阿　高　绝对合理，保证逼真。准备，三、二、一……

阿高用小录音机放出怪异的音效。老钱就位，手上拿着稿子。许久。

小　范　好感人！

阿　高　嘘！

老钱继续站。

怪　怪　说话啊！

老　钱　不是，她人在哪里？

阿　高　哦，她……她到时候在哪里就是哪里。

老　钱　什么叫作“她到时候在哪里就是哪里”？！

小　范　钱大哥你太不专业啦！我知道你的意思！来！

小范去拉椅子，并伸出拳头，比作是叶樱头的位置。

说话！

老　钱　对着……

小　范　这就是叶樱的头，专业都是这样。（对怪怪）这叫“借视线”。《电视周刊》你要看啊！！

怪怪无奈。

阿　高　怪怪，帮忙代一下。来，我们准备，三、二、一……

怪怪坐下。老钱看着怪怪，再看剧本。音效再起一次。

老　钱　对不起。

停顿。

我要怎么称呼她？剧本上没写。

阿　高　什么“怎么称呼”？

老　钱　我不能随便叫。夫妻之间可能有昵称、有小名呀。不知道就立刻穿帮了！

小　范　厉害！

阿　高　（对怪怪）你爸怎么称呼你妈？

怪　怪　我怎么知道？没听她说过。

小　范　没关系，我来分析一下。叶樱、樱妹、樱樱、Honey、达令、马麻、马迷。还有一种我最推荐你用，你一进来，你就叫她一声“哎”。大部分的夫妻都是这样的。

老　钱　我叫她“哎”？

阿　高　所以我们剧本上就没有写。你就不要叫。

老　钱　不是呀，写了我也记不住！年纪大了，词这么多我记不住呀！

小　范　演员就是要背词呀！老钱，我听专业的都是这样做，词记不住，就写在手上嘛！需要的时候就偷瞄。

老　钱　这太低级了！

小　范　备而不用嘛！我听人说成龙大哥就是这样，不然他怎么总是那样。（摆功夫架势）

阿　高　都不用担心！我都想好了！万一，我是说万一有任何问题、任何穿帮，你就笑一声，大喊：“Happy anniversary（纪念日快乐）!!”就好了！大家开开心心，懂不懂？

老　钱　Happy anniversary，然后呢？

阿　高　然后就可以稳住，抓回那个感觉！啊呀，钱大哥，剧本只是一个导览，一个参考，你随时可以脱稿，表达你心里想说的话！

老　钱　我可以什么？

小　范　（不耐烦）啊呀，老钱，即兴！懂不懂？现场即兴发挥！就是讲你自己心里的感觉嘛！你在房间里走一走、看一看就会有灵感嘛！你想，她二十年没有看到你，她会是什么感觉？你穿过流星带克服万难回来了！你是什么感觉？你离开那么久，回到这个家里，你是什么感觉？你要直接掉进那个情境，让心里的感觉自然流露嘛！这种戏最过瘾，你都不懂！急死我！

老钱喝酒。

阿　高　哎！这时候不能喝酒！我们再来一次！准备，三、二、一……

老　钱　我回来了。

怪　怪　你回来了。

老　钱　我迫不及待地想看到你。

怪　怪　我感觉到了。

老　钱　（念本）我也感觉到了。你的心情……你的等待……这么多年，没有人相信你，没有人了解你，我只能说，你辛苦了。

怪怪不语，但她听了这些话，进入到母亲的心境。

怪　怪　二十年了。

老　钱　二十年了……你好吗？

怪　怪　（脱稿）我好吗？你那个星球，为什么那么远？为什么我不能随时拥抱你，随时跟你轻声细语，说说我的一些感觉？爸，我长大了，我都还不认识你。你教了什么给我？你为什么教我人生就是要流浪？我为什么会学你，流浪，流浪到台北，流浪到上海……上海是不是离巴纳菲尔更近一点？

老钱跳出。

老　钱　Happy anniversary!! 她这样我怎么回答？！

小　范　即兴！脱稿！……

怪怪情绪崩溃，往外跑。

怪　怪　我们都疯了！！都疯了，就没问题了！明天！来吧！明天十一点四十二分就这样演就是了！谁怕谁呀！

怪怪冲下。阿高喝老钱的酒。

灯光转变。

第十一场

叶樱的房间。十二月五号。叶樱端菜上，已经做好摆设，静静地在窗口等待。

怪怪站在门口，看叶樱。

叶樱回头，看到怪怪。二人不语。

叶　樱　孩子真乖。

怪怪不语。

孩子知道今天要回家。

怪怪不语。

其实孩子不用陪妈。当然，爸爸回来，能看到孩子最好，但是如果……（停顿）孩子知道妈的意思。如果他不……（停顿）妈还是一个人面对比较好。

叶樱又坐下，面对窗户。怪怪打破沉默。

怪　怪　妈，是我。

叶　樱　我知道是你。

怪　怪　那就不要叫“孩子”。

叶　樱　为什么不能叫你“孩子”？你不是我的孩子吗？

怪　怪　我不是“她”,OK？我永远不可能变成“她”！妈！醒醒吧！真的！面对世界！走出来！面对你的人生，不要一直躲在你的幻想中！看清楚你在跟谁说话！是我！我！

叶樱突然大声。

叶　樱　我当然知道是你！这我还分不清楚？我很清楚！我的人生是怎么样，你看一看，我不能保留幻想的权利吗？

怪　怪　可是你不能全部活在幻想中！

叶　樱　什么是幻想，什么不是幻想，我最清楚！“她”是我创造出来的，我要她在，她就会出现。我不要她在，她就会走！她不会像你，随便出现！

怪　怪　“随便出现”？

叶　樱　你就是我一辈子需要你的时候，你都不在，所以你出现的时候当然是随便出现！

怪　怪　你才是我一辈子需要你的时候，你都不在！可是我也没创造一个“你”！

叶　樱　那是因为你太懒，懒得做！

怪　怪　（爆）好啊，现在你需要她，她在哪里？是不是在这里？我叫怪怪她是不是叫乖乖？你叫她出来呀！乖乖你在哪里呀？是不是在婴儿床上呀？乖乖你出来呀！来！帮忙摆碗筷啊！爸爸就要回来了，出来呀！哦！她来了！“妈，我来陪你。妈，我爱你。妈，全世界都爱你。”她在哪儿？她不在！在你最重要的时刻她却遗弃了你！谁出现了？我！一个真实的我！

叶樱强忍。怪怪努力平静。

妈，我们不要这样。我是来陪你的，这么重要的日子。

灯光变化。

右下角灯亮。手机响声。阿高一个人在空屋中接电话。

阿　高　喂……狗子，没问题，他们都就位了，等一下一定很精彩，到时候我在柏林影展上台领奖的时候，一定喊你名字！我衷心地感谢我的挚友，“狗子！”“狗子！”“狗子！”……什么？导演临时改通告？……十一点半就要灯？！你太不够意思了吧？……狗子，你上次服装出问题害我上淘宝，我还没跟你算账呢！……你让我现在抢戏，可这完全不符合我们设定好的剧情啊！……不管怎样都要撤灯？OK！好，我现在抢。狗子，我记住你了。

阿高挂电话，愣。灯光变化。

注意，AG1142 行动提早开始。Everyone stand by, ready, go.（大家做好准备，开始。）

叶樱房间，叶樱和怪怪静静地坐着。

怪异音效起。电流不稳，灯光一闪一闪的。怪怪看手表。

从窗口，一道强光射进来。叶樱和怪怪感觉到光，光越来越强。

叶　樱　来了！

怪　怪　妈……

怪怪有一点想告诉叶樱这一切是假的，但她看着光，决定不说话。

叶　樱　孩子，不要说话！

一阵特效，包括干冰喷射，小范出现在窗口。他戴了一个头盔，看不太清楚他的脸。叶樱把怪怪推到衣架后面，专心地看。

小　范　人类！注意！我来自一个遥远的星球。二十年前的今天，我们把你先生带走了，到我们遥远的星球……“巴——（想一想）纳菲尔”！（停顿，想一想，没错）我们感谢你的耐心，今天，我们把他送回来，短暂地与你相聚！（悲壮地）人类！珍惜这短暂相聚！

灯光闪烁，小范退到一旁。灯光越来越强，一个人的剪影出现。假扮叶樱先生的老钱站在窗边，整个造型是老的，长白发遮住脸，一根拐杖。叶樱看着他。

两人对看，许久。

叶　樱　大伟，是你吗？

老　钱　我回来了。

叶　樱　真的是你吗？我眼睛看不太清楚……

老　钱　我……迫不及待想看到你。

叶樱看老钱。

叶　樱　你回来早了。

老　钱　啊？我也感觉到了。

叶樱走近老钱。

叶　樱　你的样子变了……

老　钱　啊？（停顿，一边看手上的小抄）你的心情……你的等待……这么多年，没有人相信你，没有人了，解你——哦！了解你！我只能说，你辛苦了。

沉默。叶樱看着窗外。

你不说话？那……Happy anniversary!!

沉默。

你……好吗？

叶　樱　我？你看看我好不好。

老　钱　我看看这个房间好不好……我看看这个房间就会有灵感。

老钱走动，看着周围，看到钟。

那个钟……原来它是真的停了。

叶　樱　人走了就停了。

老　钱　我以为只有我真的停在那个点，原来你……

叶　樱　十一点四十二……

老钱掉入对自己妻子的怀念。

老　钱　四点二十七……我想都不敢想你。

叶　樱　不管你在多遥远的地方，我都很想你。

老　钱　远不在距离，在人的心。我……对不起你。我就这么走了，我就这么走了！

叶　樱　（看着老钱）不用太自责，人生有太多事情是无法自主的。

老　钱　我知道我这么说，一点用都没有，但是，我还能怎么说？

对不起。

叶樱在窗边，望着窗外。强光仍照进来。老钱看着叶樱的剪影。

你在那里好吗？

叶　樱　“那里”？

老钱已经完全陷入自己的情绪，仿佛看到病房中的妻子一样。

老　钱　你那里。你那里是一个好远的地方，好远，比任何地图能显示的还远。你那里，超过时空。我就那么走了，把你留在……那里。一刀两断，毅然决然，像男子汉一样地走了。

停顿。

好冷，你那里。

叶樱同情地望着老钱。

其实是我这里冷。（激动、大声）好冷！好远！我这里最远！超过时空，我在流浪，在宇宙间！时间已经停了！时间死了！我永远走不回去！走不回去！

老钱难过、哭泣。叶樱过来安慰。

叶　樱　来，来，不要……

老钱抓着叶樱。一旁的小范紧张片刻，本想干涉，被一旁的怪怪阻止。

老　钱　小玲……

叶　樱　啊？

老　钱　我……对不起你。除了这个，也只有这个。对不起！我死一百万遍也没办法挽回！你能原谅我吗？

叶樱抱着老钱。

叶　樱　能。

叶樱安慰着老钱。

你要放心地回去。安心。少喝一点酒。

小范看状况失控,赶紧打手势。音效起,强光再度来。小范站到强光中。

小　范　（即兴地）人类！宇宙第三窗口即将关闭！我们必须趁宇宙间风浪顺势而去！再会！再会！看那边！

一阵特效，包括干冰喷射，小范拉着老钱，强光再强，叶樱用手遮脸。强光退，小范、老钱已经消失。

房间恢复正常。叶樱望着窗外，看钟，再看自己的手表。
怪怪起身，到叶樱面前。
两人拥抱在一起，互相安慰。

怪　怪　妈……

叶　樱　嘘……不要讲话。

怪　怪　我想跟你解释一下。

叶　樱　不用。

怪　怪　我们当初用意是好的，就是刚才那个人……

叶　樱　他看起来蛮痛苦的，让他说说也好。

怪　怪　啊?

叶　樱　他好就好了。希望他好。

怪怪极度难过。叶樱抱着怪怪。

怪 怪 妈，我会不会也有机会这样跟你说话？就像刚刚那个人对你说的那样？

叶 樱 随时，孩子……但现在不要。孩子你的表几点？

怪 怪 十一点三十七。

叶 樱 还有五分钟。你陪我。

怪 怪 我在这里。

叶樱抱着怪怪。

灯光变化。

第十二场

工作室灯光亮起。阿高坐着，在看电视，倒带。

小范入，换了服装，放松了。

小　范　怎么样？

阿　高　还好。

小　范　都拍到了？

阿　高　你看嘛！

阿高放带子，小范看。小范的画面出现在投影幕上。

影像中的小范　（声音）人类！注意！我来自一个遥远的星球……

小　范　（乐）你看！脸对着镜头！我有注意。

阿　高　不错。

小　范　最后那一段完全要靠现场那种感觉。

阿　高　临场发挥。

小　范　可是你知道吗？老钱出状况了，突槌[1]了，你看到了吗？本来都很感人，后来不知道他在说什么，最后说什么“小玲”，哇，我吓死了！害我差一点在旁边喊“Happy anniversary!”。

阿　高　这种状况出了没关系，这就是艺术的本质。活生生地、血淋淋地裸露自己的疮疤，然后痛苦。这就是人生。可是不应该是老钱崩溃，应该是叶樱崩溃才对。

小　范　为什么？

阿　高　叶樱才是主角！这样怎么剪？来，我让你看现场。

阿高切换电视。怪怪、叶樱画面同时出现在投影幕上。

小　范　还在拍？

阿　高　当然。接下来就看她们母女俩暴露原形，互相啃食对方的伤口。

小　范　啊？

阿　高　现在如果怪怪聪明的话，就应该歇斯底里，做一件很猛的事，才有看头。

房间里，怪怪仿佛听到了阿高的话一样，突然望着音响。

叶　樱　做什么，孩子？

怪怪起身，走到音响前面。工作室中，小范和阿高看到怪怪接近镜头。怪怪的脸出现在投影幕上。

阿　高　怪怪，你想干什么？

怪　怪　阿高，我再也不陪你玩了，你自己玩吧！

怪怪突然拔出隐藏摄影机。工作室中的小范和阿高闪躲。

小范、阿高　哇！

小范和阿高下。

叶　樱　怪怪！

怪　怪　没事，妈。你对了，我不懂男人，我不懂很多事。

叶　樱　孩子……（突然）现在几点？

怪　怪　（停顿）十一点四十一。

叶　樱　不对，我的表已经十一点四十六了。过了。

怪　怪　妈……

叶樱绝望地望着窗外，然后坐下，哭泣。

叶　樱　过了……没了！永远！你爸爸不回来了！

怪怪试图安慰叶樱。

怪　怪　妈，算了……

叶樱平静。

叶　樱　孩子，乖。你能不能让妈……一个人？

怪　怪　不行，我在！我就是来陪你！

叶樱温柔地阻止怪怪。

叶　樱　孩子，记住妈妈跟你说的，人生很多事情，一定要自己单独面对。

怪　怪　妈……

叶樱的眼神引导怪怪离去。

妈，我相信你。你好好的。

怪怪下。

叶樱起身，从地上捡起音响，发现还能用。她开音响。

叶樱坐下，自己一个人哭泣。她闭着眼睛。

灯暗。

第十三场

一种特殊的宁静。叶樱在椅子上睡着了。神秘男子上，温柔地看着她许久。他是一个年轻的小伙子。

神秘男子环顾房间。神秘男子帮叶樱盖被子，盖完被子，站开。

叶樱醒过来，看到神秘男子。场景安静，安静到一切好像在梦境中。

神秘先生 小樱子？

叶樱惊讶。

叶　樱 是我，大伟。

神秘先生 我回来了。我答应过你的，不是吗？

神秘先生慢慢走向叶樱。

叶　樱 不是，不可能，我不可能算对。

神秘先生 小樱子，我好高兴看到你。

停顿。

都一样，家里也都一样。

叶　樱 都不一样，世界都变了。

神秘先生拉住叶樱的手。

停顿。

神秘先生 小樱子，让我看看你。

叶　樱 都是皱纹。

神秘先生摸叶樱的脸，叶樱回避，神秘先生拉回叶樱。

神秘先生 我不在乎，我就是要看看你。

叶　樱 大伟。

神秘先生第二次摸她的脸。叶樱看神秘先生，摸他的脸。

神秘先生 真的是二十年了……

叶樱又转身，避开神秘先生。

神秘先生 这些年，你的生活？

叶　樱 还好，我在摆地摊。

神秘先生 路边？

叶　樱 不是你想象的。不错的，有一种别的行业没有的自由。我蛮喜欢的。

停顿。

神秘先生 怪怪？

叶　樱 怪怪，她已经长大了。

神秘先生 我好想见见她。

叶　樱 刚刚还在。她很好。你要放心，她是个很有才华、很有前途的电影导演。

神秘先生 我相信她是遗传你的。

叶　樱 我帮你准备了一些你喜欢吃的东西，都凉了。我已经很久没做了。

叶樱给神秘先生夹菜，神秘先生大口吃。

神秘先生 真好吃。

叶 樱 你喜欢的话，我以后每天都做。

神秘先生 小樱子，我今天……不能留下来。

叶 樱 （大受打击）啊？

神秘先生 小樱子，我等一下就要走。

叶樱慌，神秘男子安慰。

叶 樱 大伟，你不是回来了吗？

神秘先生 工作还没有结束，我只能待一会儿。

叶 樱 只能待一会儿？……

神秘先生 我在那边……很好。他们对我很好。他们对你……一直感到抱歉，可是……小樱子……

停顿。冷静。

叶 樱 我想……也是这样。人生是不是就这样，大伟？二十年不见，然后见一面……然后，你就走了……是不是？所有的期望，所有的梦想，成真，然后，又像一场梦，又要醒来。

停顿。叶樱难过。

神秘先生 小樱子，不要难过……如果你能看到他们的星球，你会接受的。他们……他们好惨。他们不能呼吸，东西种不出来，渐渐地，一切在眼前都在消失、干枯，变成沙，无法挽回。我们这么一点牺牲，如果能帮助他们，是值得的。

停顿。

我每天就是身上贴满了细细的电线，下载我身上的资料。我只有左手大拇指、无名指可以动，那里到处都是沙，我每天就用手搓揉着沙，每一粒，我都叫你的名字。

叶　樱　我听到了。

神秘先生　每一粒？

叶　樱　每一粒。

神秘先生　心可以穿越宇宙，比什么都快。

停顿。

小樱子，不要难过了。只要我们真正活着，时间是不存在的。让这来自一个遥远星球的一粒沙随时提醒你……

神秘先生从手上拍下几粒沙，到叶樱的手上。叶樱接住沙。窗上出现微光。神秘先生回头，望着窗外的光。

神秘先生　小樱子，我要回去了。

叶　樱　大伟……让我跟你走！

叶樱冲向神秘先生。两人相拥。窗外强光射入。

神秘先生　没办法……你无法承受那旅程……

叶　樱　他们一定有办法！

神秘先生　不可能，小樱子……

叶　樱　大伟，没有什么是不可能的！带我去！大伟……！

两人相拥。灯光渐暗。

第十四场

灯光亮起。街景，与第一场同。一个摊，是叶樱的摊，但是小范在卖。

小　范　（对路人）时间有两种……注意哦，两种哦……

怪怪上，手里拿着摄影机，对着小范拍。

欸，怪怪！

怪　怪　小范哥……

小　范　还在拍？

怪　怪　收尾。（想起来一件事）对了，小范哥，我有一个朋友在筹拍一部微电影，在找演员，有没有兴趣？

小　范　这种事不要找我了。

怪　怪　做演员不是你最大的梦想吗？

小　范　梦想就是做做梦，想一想。你妈留下这摊子给我，那才是天上掉下来的礼物！我跟你说，人生没有奇迹的，是你的就是你的，不是你的也就不是你的。

怪　怪　对了，小范哥，我糊涂，今天才看清楚妈留下的一张条子，要我联络一个客人，她要来拿这只表。

怪怪拿出一只手表给小范。小范接手。

小　范　三种？

怪　怪　对。

小　范　这还没卖过。算多少？

怪　怪　她没说。

小范照顾新来的客人十一，把表放摊上。

怪怪把摄影机架在脚架上，准备拍摄自己。

客人十一　欸，这款表有没有金链子的？

小　范（对客人十一）……什么？金表链？我记得有。你等一下，我去车上拿。

（对怪怪）帮我看一下。

小范下。

神秘女子上，看到怪怪。

怪　怪　戴一戴，喜欢哦？

客人十一　我觉得还是金链子比较好看。

怪　怪　试一试喽？

神秘女子　小姐！

怪　怪　啊……？

神秘女子　我是吴小姐。我们是不是通过电话？

怪　怪　哦，对！拿来了！

怪怪拿摊上的表给神秘女子。

神秘女子　谢谢你！我以为你们忘了！

怪　怪　对不起，我妈妈交代了这件事，可是我疏忽了，拖那么久，我都不知道你还要不要。

神秘女子 没关系，拿到就好！真的是三种！多少钱？

怪 怪 这就要问老板。他等一下就来了。

小范上，怪怪指小范。

小 范 （对客人十一）……你看，金光闪闪，物美价廉……

神秘女子 （对小范）老板，多少钱？……

小 范 这个算你便宜点……

小范看到神秘女子，吓一大跳。神秘女子发现小范。他们相看，他们冻结在那里。

灯光变化。怪怪把摄影机放地上，站到摄影机面前，开始对镜头讲话。

怪 怪 那天之后，我就再也没有看到妈妈。在房间，我找到她匆匆留下的一张字条，上面写着：

“怪：开心一点吧！巴纳菲尔没有你想象的那么远。妈。”

后来我到处找她，小范也陪我。我们急死了，跑遍了警察局，甚至连医院太平间都去了。

在我最绝望的时候，有一天我接到一张奇怪的明信片，是她寄来的。没有日期。看到那热带海洋情景，我以为是来自地中海或者加勒比海中的一个度假胜地还是什么。仔细一看，邮戳上面居然盖着“Penefere”的字样。我去翻地图，找不到这个地方。我跑去问邮局，他们也很迷惑，不知道那是哪里，他们说，他们只管送信，信从哪里来的，不是他们的事。

后来我仔细一看，明信片上远方有两个小小的人物，一个是我妈，另一个好像真的是年轻时的我爸。他们对着镜头微笑，灿烂地微笑。

再仔细一看，我发现那个海滩只是一块假的布景板，在它后面，是漆黑怕人的夜空，和到处流转的沙。

我再仔细一看，人物突然不见了，夜空及细沙也都消失了。难道是我幻想出来的吗？还是我脑子里第三个窗户之类的突然开了，让我短暂地瞥见那一刹那？

谁知道？或许真的有一个地方叫作“巴纳菲尔”。或许那个地方天空中真的有三个月亮。又或许，在那遥远的星球上，真的有一种东西叫作“完美的联结”，把我们联结到世界、到宇宙、到每一个刹那间。

怪怪收拾摄影机，下。

小范和神秘女子仍相看。

台上街景全暗。

剧终

注释

1 突槌：闽南方言，原意指打桌球的球棍没有捅在球上，引申为歌星在台上假唱。这里指老钱忘词。

-《在那遥远的星球，一粒沙》世界首演-

2003年5月9日，台北两厅院戏剧院
由表演工作坊制作、演出

-编剧、导演-

赖声川

-演员-

张小燕 饰 叶樱 / 卜学亮 饰 小范 / 金士杰 饰 老钱、大伟 / 柳翰雅 饰 怪怪 / 李建常 饰 阿高 / 丁乃筝 饰 风尘女子

舞台及灯光设计：聂光炎 / 服装设计：柳龙、潘黛丽 / 音效设计：杜笃之 / 影像设计：Thomas Lo、Richard Lo / 舞台监督：刘培能 / 监制：丁乃竺 / 制作人：谢明昌 / 执行制作：陈瑄婕

–《在那遥远的星球，一粒沙》上剧场版 –

2015 年 12 月 5 日，首演于上海上剧场
由上海表坊制作、演出

–编剧、导演–

赖声川

–演员–

郑佩佩 饰 叶樱 / 宗俊涛 饰 小范 / 杨智斌 饰 老钱 / 马静雯 饰 怪怪 / 杨朕 饰 阿高 / 周子丹 饰 风尘女子、路人 / 赵伟刚 饰 神秘男子、路人 / 曹真、顾雪炜、陈国辉、窦进、凤莉 饰 路人

–上剧场版首演后调换的演员包括–

樊光耀 饰 老钱、大伟 / 郭威 饰 阿高 / 宋扬、窦进 饰 风尘女子、路人 / 杨雨光、陈国辉、窦进、廉惠子、倪顺洁 饰 路人

副导演：栾岚 / 舞台及服装设计：珊卓 · 伍德尔（Sandra Woodall）/ 灯光设计：简立人 / 影像设计：王奕盛 / 舞台监督：杨惠君 / 排演助理：葛礼艺 / 监制：丁乃竺 / 制作人：杨采薇

赖声川

1954 年出生于美国华盛顿，籍贯江西会昌，生长于美国与台湾，美国加州伯克利大学戏剧博士，前台北艺术大学戏剧学院教授及院长。世界上最著名的华人戏剧家之一，被誉为"现今最顶尖的中文剧作家"(BBC)、"亚洲剧场导演之翘楚"（《亚洲周刊》）。

三十余部原创编导戏剧作品对当代华人剧场艺术及文创产业影响甚深。台湾表演工作坊创始人及艺术总监、上海上剧场艺术总监、乌镇戏剧节发起人及常任总监，创意理论学者（著有《赖声川的创意学》），曾任教于美国斯坦福大学及加州伯克利大学。

赖声川剧作集

《如梦之梦》

《宝岛一村》

《圆环物语》

《水中之书》

《如影随行》

《暗恋桃花源》

《十三角关系》

《红色的天空》

《在那遥远的星球，一粒沙》

赖声川历年作品清单

《我们都是这样长大的》
《摘星》
《过客》
《那一夜，我们说相声》
《变奏巴哈》
《暗恋桃花源》
《田园生活》
《圆环物语》
《西游记》
《回头是彼岸》
《这一夜，谁来说相声？》
《台湾怪谭》
《红色的天空》
《又一夜，他们说相声》
《先生，开个门！》
《我和我和他和他》
《十三角关系》
《菩萨之三十七种修行之李尔王》
《如梦之梦》
《千禧夜，我们说相声》
《新加坡即兴》
《在那遥远的星球，一粒沙》
《乱民全讲》
《这一夜，Women 说相声》
《上海·故事》
《如影随行》
《陪我看电视》
《宝岛一村》
《那一夜，在旅途中说相声》
《梦想家》
《大桥上的对话与独白》
《梦游》
《水中之书》
《蓝马》
《隐藏的宝藏》
《鲸鱼图书馆》
《游园·流芳》
《幺幺洞捌》
《曾经如是》

图书策划　中信出版·春潮

总 策 划　杨　爽

特约策划　叶匡政

策划编辑　刘　晴

责任编辑　杨心怡

营销编辑　毛海燕

装帧设计　周滕家二郎　赵一泽　侯明洁 | 创意工场

出版发行　中信出版集团股份有限公司

服务热线：400-600-8099　网上订购：zxcbs.tmall.com

官方微博：weibo.com/citicpub　官方微信：中信出版集团

官方网站：www.press.citic

春潮NOV+

回到分歧的路口

如影随行

赖声川 著

中信出版集团 | 北京

图书在版编目（CIP）数据

如影随行 / 赖声川著 . -- 北京 : 中信出版社 ,
2019.6（2022.4 重印）
（赖声川剧作集）
ISBN 978-7-5217-0416-7

Ⅰ . ①如… Ⅱ . ①赖… Ⅲ . ①话剧剧本 – 中国 – 当代
Ⅳ . ① I234

中国版本图书馆 CIP 数据核字（2019）第 073281 号

如影随行

著　　者：赖声川
出版发行：中信出版集团股份有限公司
（北京市朝阳区惠新东街甲 4 号富盛大厦 2 座　邮编　100029）
承 印 者：河北鹏润印刷有限公司

开　　本：787mm × 1092mm　1/32　　印　　张：3.75　　字　　数：35 千字
版　　次：2019 年 6 月第 1 版　　印　　次：2022 年 4 月第 5 次印刷
书　　号：ISBN 978-7-5217-0416-7
定　　价：398.00 元（套装 9 册）

赖声川构思、规划、完成之戏剧创作

根据 2006 年赖声川在美国斯坦福大学创作之英文版本

《为死者说故事》（*Stories for the Dead*）改编

参与赖声川主持之创作型即兴排练教学的

– 全体原始演员 –

Samia Abou-Samra, Naree Chan, Daniel Chavez, Carolyn Chen, Will Gutierrez, Paz Hilfinger-Pardo, Tiffany Hawthorne, Andrew Keaveney, Richard Liu, Solina Tith, William Lowell Von Hoene, Jill Wurzburg, Yu-Ting Yeh, Rachel Yong

2007 年

2016 年修订

– 关于此版本 –

2006 年赖声川应美国斯坦福大学邀请创作了 *Stories for the Dead*。2007 年赖声川将此剧本翻译成中文并加以改编，成为《如影随行》。该剧本 2016 年再次被翻译回英文，加以改编，在纽约 Lark 剧本发展中心做了两场英语读剧活动，剧中故事地点改为美国加州，与 2006 年版本相同。此版本参考 Lark 版，又翻译回中文并加以改编。

感谢斯坦福大学多元艺术学院 (Stanford University Institute for Diversity in the Arts)、纽约 Lark 剧本发展中心对此剧本的支持。

– 人物 –

大　　桥　渔产商人

梦　　如　大桥的妻子，艺术治疗师

真　　真　大桥和梦如的女儿

祥　　哥　大桥的挚友及邻居，银行经理

吉　　儿　祥哥的妻子，房地产从业者

露　　露　祥哥和吉儿的女儿

B o s s　“堕落天使”重型机车行老板

V　　　　一个不存在的人

音乐家的灵魂

警察一（男）

警察二（女）

茶餐厅老板

女 服 务 生

机车行客人一、二、三、四

<u>其他角色</u>

路人、电影院观众、童年的真真（声音）、送花小弟、艺术治疗个案

– 时间 | 地点 –

现在及闪回的二十年前；

台北祥哥及大桥两家，

“堕落天使”机车行以及许多其他场景。

– 舞台 –

本剧适合《如梦之梦》的环绕型舞台，英文原版是用这种形式演出的。若用传统剧场，应使用方便快速换景的设计。首演版本舞台上有两片界定空间的大方形移动屏壁，左舞台演出某场景时，右舞台成为预备区，演员布置下一场的道具，反之亦然。

– 演出长度参考 –

《如影随行》从未以此版本之形式演出。2007 年在赖声川执导的版本里，本剧长 135 分钟，没有中场休息。此版本的演出长度应在 120 分钟左右。

序场

灯光渐亮。一位爵士乐手，“音乐家的灵魂”，站在左下舞台，自己的空间中。她吹起萨克斯风，《梦如之歌》——一首旋律简单，但氛围孤独、隐秘的即兴曲。

演员陆续出场。在以下独白中，布景及影像转化，最后成为第一场的场景。

一束光打在站在右下舞台的“V”身上。V是一个打扮特异的女生，像是受过创伤似的。在她说话的过程中，一个穿着维多利亚式服装、撑着一把小阳伞的女人——梦如，和一位不时摸着后脑勺的中年男人——大桥，从她面前经过。

V 嗨，我的名字叫“V”。就是那个（比胜利手势）“V”。这个故事由我来说不知道合不合适，因为我是隐形的。我不是说隐形就有什么了不起，这里很多人都是隐形的。我只是觉得，隐形地看世界，看着一切的来来往往因因缘缘，还蛮有趣的。

话说从头，这是关于一个叫大桥的人的故事。（指在她附近徘徊的大桥）大桥是一位进口渔产的商人，他追求的跟大部分男人不经思考自动追求的差不多一样：成功的事业、很多的钱、漂亮的老婆、聪明的孩子。等一下，不好意思，这可能不能算大桥的故事，（指面前经过的梦如）应该算是他老婆梦如的故事。OK。梦如是学艺术的，后来不知道是画得不够好还是怎么，变成一位艺术治疗师，这样讲好像也不太合适。OK。大桥和梦如有一个女儿叫真真，真真有一个好朋友叫露露，要记住露露呦！因为露露跟我有关系。露露就是他们邻居祥哥和吉儿的女儿，然后祥哥和吉儿又是大桥和梦如的老朋友……（指乐手）还有她，她很重要，因为……（停顿）不好意思，我已经搞砸了。但没关系，因为我是隐形的，所以我说的你们也没听到。

V站开。灯光转换。

第一场

祥哥和吉儿家客厅。一张长沙发，一张单人沙发，一个茶几。

傍晚时刻，大桥坐在沙发上。他是一位接近中年的男人，穿着体面，但衣服看起来好几天没有换洗过。他不时摸着自己的后脑勺，好像哪里不舒服。

祥哥和吉儿上，心情沉重。他们也接近中年，穿着整齐、肃穆。他们缓慢地走入客厅。女儿露露跟在后，手上拿着一束花，进房间把花放下后再上。祥哥和吉儿也坐在沙发上。在以下的对话中，祥哥和吉儿都不正眼看大桥。

大　桥　回来了？你们晚上打算吃什么？

吉　儿　冰箱里还有昨天剩的那个鸡，但是……

大　桥　哎呀，吉儿，那个鸡不行欸！我刚刚看过。还有，你们冰箱已经没有饮料了。

吉　儿　我们冰箱已经没有饮料了。

大　桥　我就这么一说。

吉　儿　喝水好了。

祥　哥　当然，水好。

大　桥　我不用。欸，我们家冰箱有澳洲塔斯马尼亚野生龙虾，我等一下叫梦如拿过来蒸一下就可以吃了。

露露起身要离开。

吉　儿　露露，你去哪里？

露　露　我要去找真真。

吉　儿　（严厉地）不行，我叫你在家吃饭！

露露不理吉儿，下。吉儿看祥哥一眼，两人无奈。

大　桥　（笑）吉儿，你又没东西给她吃，还叫她留下来，难怪她不理你。

吉　儿　我还是去把那个鸡拿出来热一热。

吉儿往厨房方向下。

大　桥　吉儿，我那个龙虾一只批发价就要1200元欸！尝尝看吧？那不然我们还是去茶餐厅吃算了，（边找身上手机）我打电话叫梦如直接过去……

大桥打手机，但手发抖，手机摔在地上。祥哥起身到窗户边，若有所思地向外看。大桥走向祥哥。

祥　哥　（轻声）大桥啊，大桥，靠，你是怎么了？

大　桥　祥哥，哥们儿，有事跟你说：我找不到梦如。我担心她出事了。

吉儿从厨房回。

吉　儿　（勉强微笑）等一下就可以吃了。

大　桥　（也勉强微笑）确定不要出去吗？我车就在门口。

吉儿突然崩溃，坐在沙发上哭泣，祥哥过去安慰她。

祥　哥　怎么了？吉儿，怎么了？

吉　儿　（一边哭泣）我真的没办法想象，梦如她已经……

大 桥 梦如怎么了？发生了什么事？祥哥，跟我说话！

停顿。吉儿强忍泪水。

吉 儿 等一下就可以吃饭了。

吉儿往厨房方向下。祥哥坐回沙发上。

大 桥 吉儿，你为什么不跟我说话？为什么不理我？你们在搞什么？祥哥！

祥 哥 大桥，我操你妈的！

大桥不知所措。灯光、布景转换。

第二场

机车行的声音。一家重型机车行。柜台，等待区有一张长板凳，修理区有一台破旧的机车。门通往后室。墙壁上一个牌子写“专修天使”。真真正在修理那台老机车。她是一个辍学的高中生，穿着工作服。露露上。

露　露　真真！

真　真　露露，你终于来了！

露　露　这台破车你还在修啊？

真　真　二十几年的老车，野狼125，其实我想修哈雷，我不明白Boss为什么一定要我修这一台。

机车行客人——骑士一，从外上。

欢迎光临“堕落天使”机车行，很高兴为您服务。

骑士一依旧站在原地，手上玩弄自己的钥匙串，并没有跟真真说话。

露　露　你妈那告别式办得还蛮热闹的。很多人有来，都是你爸妈的朋友。对。

真　真　那好。

露　露　现场布置很美，你妈的名字“梦如”那两个字还是用花拼起来的，超漂亮的！我还拿了一束花回家。其实你应该去的。

真　真　就不想。

露　露　没关系，我想大家都会谅解啦。其实很尴尬，因为很多人上台说了很多话，可是大家都不知道要说什么，又要避免说这个那个，因为你妈是那样死的……

真　真　现在不要讲这些。

骑士一用奇异的眼光看露露，然后按柜台上的铃。

露　露　他们还放了很多很漂亮的幻灯片，配上弦乐四重奏，还有你小时候的照片。你妈穿着洋服好漂亮，还撑着一把小阳伞。然后你真的好可爱，穿着天使服装，还有翅膀呢！

Boss 从机车行的内室上。一开门便从内泻出大声的圣乐，一关门又消失。他一头长发，穿着很嬉皮。

Boss　拼不回去，对不对？孩子啊，问题不在零件，问题在于你自己没拼装好。机车引擎转动时，它有考虑自己是如何拼起来的吗？

露　露　老板你讲这个，根本没顾虑她最近的状况。

Boss　（对骑士一）请问什么事？

骑士一　没有，就是轮胎需要打点气。

Boss　（非常刻意地，好像在引对方深入说明）就此而已？

骑士一　对啊，就是昨天漏的，差一点而已。

停顿。

Boss　（刻意地）那我们就去打气吧。

Boss 和骑士一下。另一位客人——骑士二从外上。

真　真　欢迎光临“堕落天使”机车行，很高兴为您服务。

骑士二　我今天上路以后出现问题。我上不去。

真　真　你是说你……（刻意地）上不去？

骑士二　就是，好像要上到山顶的时候，应该有那么一下就“砰”上去了，对不对？可是奇怪欸，就是上不去！

真　真　这问题需要我们老板来解决。请等一下。

Boss 从外面上。

老板，他说他（刻意地）上不去。

Boss　翅膀本身有受伤吗？

骑士二小心地观看四周，尤其是露露。

骑士二　这里说话方便吗？

Boss　放心，我带你到（暧昧地）后面，在内室可以解决你的问题。

Boss 和骑士二往内下。

露　露　欸，你今天实在不应该上班，我带你回去吧！就住我们家。

真　真　不好吧。

露　露　不会啊！

真　真　你妈总是会……

露　露　我妈没问题，我会跟她讲啦，他们一定没有问题啦！

Boss 和骑士二从内上。骑士二做出很舒坦的表情。

骑士二　感恩你，没想到这么容易！

Boss　真真，请帮他结一下。

真　真　没问题。

真真到柜台，拿出收据。

这是我们的保单，保修期 6 个月，这是一个责任证明书。

骑士二　（签名）嗯嗯。

真真把收据撕给骑士二，骑士二摸摸自己的肩膀，下。露露起身，看着他下。

露　露　欸，他就这样走了！机车都不要了！

Boss　他内心的引擎已经回复到无我的境地，他已经不需要形体上的支撑。

Boss 开门入密室，音乐出。灯光、布景转换。

第三场

梦如家中的画室。画架，一张舒适的单人沙发椅，像是主人经常在这空间里的感觉，一张圆凳，一个衣架；墙上一幅画，是一男一女背对我们。

吉儿正在接受警察的询问。

警察一 陈太太，感谢您花时间来协助我们。请问您有来过这一间房间吗？

吉　儿 （非常情绪化）当然！这是梦如的工作室！

警察一 受害人的工作室。

吉　儿 我经常跟梦如坐在这儿，大桥他们在楼下聊男人的事，我们女生在这边聊我们的，一直聊一直聊，聊一些不能跟别人说的。（观看四周，难过）唉！梦如……！

警察一 陈太太，我们想先问你几个问题，关于受害人。

吉　儿 （突然愤怒）我搞不懂，你们搜她的工作室干什么？她是受害人欸！受害人！

警察一 我们在抽屉里找到很多收据，一些机票登机牌，还有精品酒店的资料……

吉　儿 她是艺术家，常常要出去吸收灵感！灵感！问这些干什么？

警察二 请问你有没有听说一个男人叫作“浩帆”？

吉儿惊讶。停顿。

吉　儿　谁告诉你的？只有我一个人知道浩帆的事！

警察二　显然不是。“浩帆”的“帆”是“帆船”的“帆”吗？

吉　儿　当然！“浩”大的“帆”船！他是……他……

停顿。

警察一　说说。

吉　儿　浩帆就是梦如认识大桥之前的男朋友。他是个……生命家。

警察一　生命家？

吉　儿　这是我的说法啦。应该说他是一个探险家。

警察二　探险家？

警察一　那你知不知道这位浩帆先生贵姓？

吉　儿　当然啊！他姓……（想一想）奇怪，我们都叫他浩帆。他……？我怎么会不知道？我认识他这么多年！

警察二　多少年？

吉　儿　这么多年。天啊！是我现在一时想不起来，还是从来就不知道？！

警察一　请问你是在什么场合之下认识这位浩帆先生的？

吉　儿　就是在那个……欸？好像不是，那天我好像没有看到他，就是后来在那个……不对，他后来没有来……

停顿。

警察二　所以说，你从来没有见过他。

吉　儿　不可能！我……奇怪。

警察一　可是你说你认识他？

吉　儿　非常熟。

警察二　什么意思？

吉　儿　不是，我的意思是说，我……

停顿。

警察一　所以说，受害人和许先生结婚之后，继续和这位浩帆交往？

吉　儿　没有！她……怎么说呢？偶尔吧，他们偶尔会见个面，就叙旧嘛！

警察二　所以说我们可以认定这是一个婚外情关系？

吉　儿　（烦躁）你怎么可以这么说？梦如有多爱大桥，你就不知道！梦如有多爱真真，你也不知道！只有我知道！只有我清楚这一切！只有我！！

停顿。

（小声）没错，他们在一起。

警察一　多久了？

吉　儿　她跟大桥结婚之后就跟他分手了。然后，怎么说？应该是过了几年之后，他们又开始联络了。

警察一　这房间里会不会有什么东西是受害者藏起来不让她先生看到的？

警察二　好比说，浩帆给她的礼物或信件？

吉　儿　你们这是干什么？你们要我怎么对得起梦如？

吉儿起身，从沙发椅垫下取出一把小钥匙，然后把书桌上的一个盒子打开，取出里面的许多纪念品。警察一、二检查这些纪念品。

这里就是一些浩帆给她的东西。他们出去玩的照片，他写给她的信，还有他帮她创作的一首歌……

警察二　这么说，浩帆不但是探险家，还是音乐家？

吉　儿　没错，他写过电影配乐。

警察二　这位浩帆先生开的是什么车，你知道吗？

吉　儿　一辆宝蓝色的古董阿斯顿马丁。他还有一艘游艇，国外还有一架私人飞机。他很有钱。

警察一　这么说，他是一个在游艇上写信、私人飞机上作曲的探险家？

警察二　请问他长什么样子？

吉　儿　他是运动型的，个子很高，不过他比较有魅力的还是他忧郁的气质。

警察一　请问浩帆先生住在哪里？

警察二突然哼起手上乐谱的旋律。

警察二　（哼）“La—fa—mi—fa—”

警察一拍警察二，示意停止。吉儿焦躁。

吉　儿　我曾经向梦如发过誓，我不会跟任何人讲这些。请你们尊重我好吗？

警察一 是是，我相信这对你来说很辛苦，但是，这一点一滴可能对我们都是很重要的。

吉　儿 （突然情绪化）这干浩帆什么事？怎么会要查他呢？事情很清楚！是大桥干的嘛！浩帆跟这有什么关系？你们能不能多尊重一点我的感受？！

警察二 请不要激动，我们只是在研究嫌疑犯可能的动机。

吉　儿 动机很清楚嘛！你们都已经知道了！大桥一定是发现了浩帆，然后梦如又跑到龙泉阁，然后他……

吉儿崩溃。

警察一 陈太太，请节哀。你说得都没错。所以说，我们更有理由去保护这位浩帆先生，不管他在哪里。

吉　儿 对！赶快保护浩帆！快！

灯光、布景转换。

第四场

祥哥和吉儿的客厅。祥哥坐在单人沙发上，拿着他的大学毕业纪念册，想着过去。大桥站在附近。

祥　哥　（对自己念）“梦想彩虹，飞跃云霄，茫茫人海，勇往直前，我与你如影随行。同学们，互勉之。”

大　桥　那好像是我写的。有些幼稚吧。

祥　哥　大桥，这就是你。

大　桥　祥哥，你毕业纪念册还找得出来？我的早不知道丢哪里去了！

祥　哥　（感慨）大桥啊，那个时候一切都好单纯！

大　桥　你今天是怎么了？

祥哥难过地哭泣。

跟我说没关系。是吉儿吗？有问题吗？

吉儿上，手上拿着原来在梦如工作室中的盒子及一瓶红酒。

欸，吉儿，你回来了？

祥　哥　（强欢欣）盒子里什么东西，老婆？

吉　儿　没什么，就是一些梦如留给我的东西吧。

停顿。祥哥走向吉儿，他们相拥，互相安慰彼此。

我真的好难过！

祥　哥　我知道，我知道。我们要坚强，要坚强。

大　桥　（看着吉儿放在桌上的盒子）什么叫梦如留给你的东西？梦如到哪儿去了？

吉　儿　（对祥哥）我拿了他们一瓶酒。

祥　哥　不好吧。

大　桥　干吗？那一箱本来就说好放着给你们喝的。

吉　儿　那一箱本来就说好放着给我们喝的 。

大　桥　对嘛！尽量拿吧！

吉　儿　我就是想喝嘛！

祥哥不语。吉儿带着盒子跟酒瓶下。

大　桥　那个盒子我在哪里见过？里面是什么东西啊，吉儿？

大桥跟下，同时露露和真真从外上。

露　露　爸，我们回来了。

祥哥不语。

（对真真）他都这样，不用管他。那我带你去房间好了。

祥　哥　欸，回来了？真真也来了？

真　真　叔叔好。

露　露　爸，你都这样，从来不理人。真真暂时就住我们家，好不好？

祥　哥　本来就应该这样。我本来就想提。

露　露　后知后觉。

真　真　我觉得还是太麻烦了。

祥　哥　真真，你一个人住隔壁怎么行？

露　露　对啊，早该过来的。

吉儿上。

吉　儿　露露，你说真真来了，是不是？

露露坐在沙发上，拍拍沙发，叫真真坐她旁边。

祥　哥　（对吉儿）老婆，我看真真住过来我们这边好了。

真　真　可以吗？

吉　儿　当然可以！

祥　哥　本来就应该这样。

真　真　真的太麻烦了。

露　露　不会啊，反正多一个床垫，就铺地上嘛！

吉　儿　以前也这样睡过，没有问题！真真，你来我们家，我们一定给你弄得好好的，我马上帮你准备棉被、拖鞋、牙刷、牙膏……

露　露　妈，她有自己的牙刷。

吉　儿　当然，当然。

祥　哥　就是要确定她什么都有。

真　真　谢谢你们。

停顿。祥哥和吉儿呆站着，各想各的。

露　露　她说谢谢。你们怎么搞的，都不理人家啊？

真　真　没关系啦。

祥　哥　（回过神）真真，你不要客气。

吉　儿　真真，你太客气了！

露露起身向卧房走，祥哥与吉儿跟。

露　露　那我们就去弄床。

真　真　我来帮忙。

露　露　不用不用，我们来就好了。

祥　哥　（边走，边小声地）真真，真不好意思，我们都没有好好照顾你，我最近心情也是……

露　露　爸，你这么小声讲给谁听啊？这样根本不尊重人嘛！

真　真　真的没关系啦，露露，大家心情都不好。

祥　哥　（仿佛清醒过来）没错！大概是我自己太难过，有点恍神了。（转身）真真，对不起哦！把这边当自己的家！

真　真　谢谢。

三人下。留下真真一人。

大桥再上。真真看到大桥，惊讶。

真　真　爸？

大桥观看四周，迷惑状。

爸，你怎么会在这里？

大　桥　你在跟我说话吗？

真　真　他们知不知道你在这里？

大　桥　当然啊。我认识你吗？

真　真　爸，不要再玩了，我觉得你应该直接去自首。

大　桥　我干吗要自首？你是谁？

真　真　爸，是我。真真，你女儿。

大　桥　乱来。

真　真　你才最乱来呢。不要逼我，不要变成是我去报警。

大　桥　我才应该去报警，我老婆梦如不知道跑哪儿去了。

真　真　（欲哭）爸，这一点都不好笑。

真真听到别人的脚步声。

爸，有人来了，要不要躲起来？

大　桥　我干吗躲起来？

露露上。

露　露　真真，房间弄好了。你没事吧？我怎么好像听到你在跟别人说话？你在跟谁说话？

真真看着大桥。

真　真　你……（指着大桥）没有看到这里有人吗？

停顿。露露窃笑。

吉　儿　（声音）露露，真真，来帮忙……

露　露　哦！走吧！

露露带真真下。真真回头看大桥一眼。

灯光、布景转换。

第五场

一家茶餐厅，像是开了很久的样子。两张桌子，各配有三把椅子。年轻女侍者和茶餐厅的中年老板正在清理其中一张桌面。他们都穿着制服。音乐家的灵魂坐在另一桌，面前一杯茶，一直埋头写谱，她的乐器盒在桌边。

茶餐厅老板 （重新调整桌上酱料罐）有没有搞错啊？要这样放。酱油放右边，醋放左边，男左女右，懂了吗？

女侍者 （时下年轻人含糊口气）这样有差哦？

茶餐厅老板 我们这边都做老客人。这个餐厅开的时候你还没出生呢！

真真和露露上，坐一张空桌。

女侍者 欢迎光临！

茶餐厅老板 （对女侍者）这老客人，我来好了。

茶餐厅老板上前给她们菜单，然后带女侍者下。

露　露 阿汤哥好。

茶餐厅老板 （对二人）来了啊，露露？

真　真 我告诉你，我真的看到了。

露　露 到底谁啊？

真　真 我爸。

露　露　怎么可能？！他不是在逃吗？

真　真　超怪异的。他就在你家客厅晃来晃去，可是他不认识我欸！

茶餐厅老板上前给他们冰水，然后点菜。

茶餐厅老板　两位晚安。是不是想吃晚餐？

露　露　今天有没有餐肉双蛋通粉？

茶餐厅老板　有。

露　露　那我要一个餐肉双蛋通粉，外加一个瑞士鸡翅。

茶餐厅老板　好。

露　露　今天有没有新鲜的菠萝包？

茶餐厅老板　当然有！

露　露　那我要一个冰火菠萝。

茶餐厅老板　那真真呢？

真　真　我要一个鲜虾腐皮卷。

露　露　她要一个鲜虾腐皮卷。

真　真　谢谢老板。

茶餐厅老板　不客气，真真。

真　真　我还要荔湾艇仔粥跟冻鸳鸯。

露　露　她还要荔湾艇仔粥跟冻鸳鸯。

茶餐厅老板　你们今天晚上很饿欸！

露　露　真真啦。

真　真　没有啦。

茶餐厅老板　跟你妈妈喝的都一样。其实在这种时候有一点胃口是好的，真真。你家里发生这么大事情，我们都很难过。你妈在认识你爸之前就常来这里，是我们常客。后来，你爸也常来，你们全家……唉，怎么说呢？实在是听了好难过……

真　真　谢谢你，阿汤哥，你真好。

茶餐厅老板　不好意思，真真，我实在是控制不了自己情绪。我帮你们准备去了！

老板含泪下。

真　真　你确定我住你家对你爸妈不会太不方便吗？

露　露　当然不会。不过说实话，其实他们根本不关心你或我。

真　真　我看还好吧。

茶餐厅老板和女侍者在她们背后谈论两人，指来指去的。

露　露　我的状况跟你没差太多。我爸妈其实早就不在了。他们早就搞不清楚我要什么，更搞不清楚自己要什么，你没有发现吗？他们人生已经进入一种自动驾驶模式，每天睁开眼睛就往前冲，碰到我们就讨好一下，然后继续乱七八糟冲下去。都这样啦。像以前我那个朋友，V，就是。

真　真　V？

露　露　V，你不记得啦？（比手势）

真　真　哦，（比手势）“V”。她呢？

露　露　我不想提她了，以前我们之间无话不说，我们没事就在电话上一直说一直说，后来他们就一直瞪我。“都是你，一直占线！人家都不能用电话！”我占线是没错，但你暂时不能用电话跟我心理平衡比起来，哪一个重要？他们根本搞不清楚，一直念一直念，碎碎念。有一天V跟我讲了一些莫名其妙的话，搞得我很不爽，我就跟她约好在山上要把话讲清楚，我就叫我爸赶快带我去找她，可是他好像根本没有听到我说话，就在那边看报纸，跟我“嗯嗯嗯”，碎碎嗯。然后我跟他说这事情的严重性，他才跟我说：“谁是V啊？”哇靠！　谁是V？！我从小除了你之外最好的朋友他不知道是谁？！

茶餐厅老板和年轻女侍者上，手上各拿着一盘食物。女侍者看着老板，老板向她做手势，叫他把她手上的盘子拿给真真。

女侍者　（对茶餐厅老板）这里吗？

茶餐厅老板点头，他们上菜。

真真，我们都听到你家里的事情，真的好难过。你要节哀。

真　真　谢谢。

茶餐厅老板　不客气。

女侍者和茶餐厅老板下。女侍者露出奇怪的闷笑声。老板指责她，二人下。

真　真　后来呢？

露　露　其实我爸在等我妈，他们要出去参加一个什么愚蠢的颁奖典礼，叫作“戴维斯国际杰出房地产业者奖”。

真　真　听起来很大。

露　露　听起来都很大，根本都是假的，他们做出来的。

真　真　你怎么知道？

露　露　因为我妈本来想拼另外一个奖，叫作“莫许森优秀房地产业者国际奖”，是他们业界颁给同行成绩最好的团队的奖，可是被另外一家公司的人弄走了，所以我妈他们就发明了这个“戴维斯奖”，然后颁给自己。都这样啦！

真　真　谁是戴维斯？

露　露　谁知道？随便挑的吧！反正听起来像个外国人就行了！啊！不管戴维斯啦，反正我就在那边叫他们带我去找V，然后我妈还在那边说：“没关系，V可以等一下啦！”靠！天那么黑，夜那么深，V怎么等哪？！根本搞不清楚状况！然后，他们就开车走了。然后，就是那天晚上，那天晚上……

真　真　怎么了？

露　露　（崩溃）我就再也看不到V了！！

音乐家的灵魂起身，开始吹奏。灯光变化。V出现在下舞台。

V　（对观众）又是我。你们看得见我吗？那就有问题，不要自欺欺人。她以前看得见我，我是说露露。我是因为有露露才有我。我是被露露幻想出来的。以前我们有过很美好的日子，有一天我跟她说了实话，我告诉她她不是天使，她很生气，她把我放逐到山上去，雾很大，然后我就变成现在这样，她就再也看不见我了，我好想她。我好希望有人能听到我说话，告诉露露我还在，我一直都在，我一直都在等她重新想起我。如果一个人从生到死，没有人看过他，没有人发现他，那他……？我思故我在，我知道，但讲这些没用。我必须承认我卡住了，我在一个奇怪的地方。只能叫这个地方“之间”。什么之间？我不知道。死亡和投胎之间，睡着和睡醒之间，吃饭和吃饱之间，幻想和停止幻想之间，日日夜夜之间，春夏秋冬之间，吸气吐气之间，被人创造跟被人遗弃之间，在虚空中流浪和等待被发现之间，反反复复，直到永远！

在V的话中，露露和真真付钱，离开餐厅，走到V旁边，仿佛在雨中等计程车似的。车超过她们，她们追上，下。老板与女侍收拾桌子。

自从露露把我抛弃之后，我就这么漫无目标地飘荡着。像大海中的一个浪，像天空中的一个电波。在这个地方，我能够认识许多其他被抛弃的魂，像是（指着乐手）克莉丝汀。她是一位音乐家的灵魂。那一位音乐家本来坚持艺术，后来出卖了自己，到新加坡去做电玩音乐去了，然后她就永远失去了——克莉丝汀。克莉丝汀会吹萨克斯风给我听。有时候，我蛮确定露露可以听到我们。就像……就像，我有时候可以看到他们一样。

乐手吹着《梦如之歌》。灯光转换。

第六场

露露房间。一张单人床，一把椅子。清晨。真真睡床上，露露睡地上。真真睡不着，坐起，发现大桥站在门口，看着她。

真真起身，拿起外套，拿着桌上一束花，引大桥跟着她出门。

马路。转化成街头艺人的音乐家的灵魂在路边即兴吹奏。路人慢动作在舞台街道上由右往左走着，穿过穿着维多利亚服装的梦如。真真从左上，逆向穿梭在路人之中，速度正常，她偷偷回头看，确定大桥在跟着她。路人由左下，真真和大桥由右下。

纱幕下。真真上，到右下舞台的墓园，母亲梦如的墓前，蹲下，将花献上。她瞄着一边，确定大桥跟来了。大桥仔细地看着真真。

真　真　（对墓碑）妈……对不起，我昨天没来。太多话想跟你说，但又不会说，所以就……

真真起身，看着大桥的方向，走开。大桥上前，仔细观看墓碑。

大　桥　（惊讶）梦如……？

大桥抬头看，真真已经不见了。

灯光、布景转换。

第七场

祥哥和吉儿家客厅。吉儿正小声地讲电话，祥哥沉入自己的心思。露露和警察一、二从内上。

警察二 真的谢谢你，露露……

吉　儿 （发现警察）啊！！警察！

停顿。

警察一 打扰了。

吉　儿 我去倒茶。（下）

露　露 警察阿姨，可不可以请你不要询问真真，我想她可能会受不了。

警察二看着祥哥，祥哥向她做个手势。

警察二 没问题，露露，真真已经够辛苦了，我们没有问题要问她。

露　露 谢谢你，警察阿姨。

吉儿带两杯水上，露露提包包往下。

吉　儿 出去啦?

露　露 对啊，星期二。

吉　儿 对啊，星期二，啦啦队练习对不对?

露　露 妈，那是前年。现在高三早就没有啦啦队了。

吉　儿 当然，当然。哈哈，那是前年，我当然知道。

祥　哥　对对，所以你现在是去……？

露露下。停顿。

吉　儿　小孩子！……

祥　哥　对对……（自语）他妈的到底是去哪里？

停顿。

警察一　来得真不是时候，看来你们很忙。

吉儿、祥哥　（突然大声）没有！！

警察二　你们两位都是社会精英，陈太太还是“戴维斯奖”的得主，好优秀！

吉　儿　不敢，不敢！

警察二　我刚在跟露露聊天，她提到一个女孩子叫“V”。

停顿。

祥　哥　“V”？

吉　儿　啊，V就是露露小时候的假想朋友！她以前每天都会跟她说话。

祥　哥　对对对……等一下，我们现在在讲梦如的命案，这跟V有什么关系？

警察二　很难说哦。

祥　哥　（不可思议）什么叫很难说？V是幻想出来的！以前小时候露露、真真玩在一起，又有假想的V，她们都说自己是天使，来自天上……露露现在又扯V干什么？你们这些警察办案在搞什么啊？！

警察二 没事，我只是好奇而已，想多了解一下。我想知道，露露是几岁开始跟V说话的？

吉　儿 我也不知道，反正有一天就开始了，然后有一天，就结束了。不再讲了，没事了，也不觉得自己是什么天使了。

祥　哥 我们有一个朋友是心理医生，也跟他提过这事，他说小孩有幻想的朋友是很正常的事，就算幻想自己是天使也是没有害的。玩嘛！

吉　儿 又没抢劫，又没怀孕。

祥　哥 V是假想出来的！她不存在！这样可以吗？

警察二 哦……这不算侦查啦！我只是有时候自己在想……怎么说呢？如果我也是别人幻想出来的，你也是别人假想出来的，那会怎么样？

停顿。

吉　儿 什么呀？

警察二 假如我们都不存在？

停顿。吉儿和祥哥互看一眼。

吉　儿 我们存在！我们绝对存在！

祥　哥 看一下我房屋贷款就知道我们确定存在！

祥哥和吉儿笑，警察二也微笑。停顿。警察一打一下警察二。

警察二 没事，我该回去了。

祥　哥　对，坐上你假想的警车，回到你假想的派出所，去上你假想的班！

警察一　感谢二位。尤其是陈先生，感谢您今天到局里来协助我们。

警察一、警察二向祥哥鞠躬，下。

吉　儿　什么意思？你今天去警察局干什么？

祥　哥　我还没时间告诉你。一切发生得太快。我去帮他们（停顿）……认尸。

吉　儿　啊？

祥　哥　他们早上在日月潭找到大桥的尸体。头部中枪。没有他杀嫌疑。

停顿。

吉　儿　你怎么不跟我说大桥自杀了？！怎么会这样？

大桥上，陷入自己的心思。

祥哥突然难过，一直摇头。停顿。大桥注意到他们。

对不起……我想你今天去局里看他，心情一定很……

祥　哥　老婆，你不会想看到他的……

吉　儿　为什么？

祥　哥　他……他整个脸都没有了！

祥哥崩溃，吉儿安慰祥哥。

吉　儿　我去做晚饭。今天吃牛排。

吉儿下。祥哥摇头。

大　桥　刚刚是怎么回事？

祥　哥　大桥，你他妈的是干什么？你怎么会……？我都认不出你！

大　桥　祥哥，我不是很明白……

祥　哥　你都不会考虑一下你的朋友吗？你都不会想到他妈的谁要去派出所认你那狗屁尸体！

大　桥　祥哥，你有话就直说，不要一直在那边比喻。

祥　哥　你太残忍了，大桥，你……你他妈的，愚蠢！！浑蛋！！我操！！

大桥站着，呆看祥哥。灯光、布景转换。

第八场

机车行的声音。“堕落天使”机车行。真真正在为一位客人——骑士三填单子。骑士四站在一旁观看。露露坐在作业区的板凳上。

真　真　这算是恐高症吗?

骑士三　不只，更严重，我害怕自己能力不足。在宇宙的大结构中，我实在太渺小。

真　真　不要在意，可能是星际磁场，最近我们都会受影响。暂时性的，不像我，我的翅膀根本就掉了。

骑士三　不会吧！真的吗?

骑士四　喂……要修车就排队。要看心理医生，对面有一家还不错。

真　真　（对骑士四）请你稍等一下好吗?（对骑士三）还有没有其他问题?

骑士三　我需要见 Boss。

真　真　我帮你看看。

真真到后室去，开门音乐响，关门音乐停。

骑士四　没听过骑车还需要自信心！没信心就不要出来马路上飙!

骑士三　我们讲的可能是不同层次的飙车，以及不同的一种道路吧!

Boss 从后室上，带着真真。音乐。同时，露露上，来店里跟真真混。

露　露　（对真真）我来了，真真。

Boss　（对骑士三）这位是……（刻意地）恐高？

骑士三　一种更广泛的恐惧。

Boss　你感受到人类处境的沉重要把你压垮，你觉得再努力，你一切所作所为都毫无分量、毫无建树。

骑士三　（感动）Boss……

Boss　那要到后面内室去，我帮你（暧昧地）修一下。

Boss把骑士三带到后室去，二人下。音乐。

骑士四　后面那一间是干什么的？

露露甩甩肩膀，表示不知道。

真　真　跟你无关。

骑士四　欸，我搞不懂欸！为什么是他先？还有，后面内室到底是干什么的？

祥哥和吉儿从外上，站在门口，犹豫。吉儿手上拿着机车行的地址。

真　真　有些人的问题在车，有些人的问题在其他地方，你的车有什么问题，跟我说。很高兴为您服务。

Boss从后室上，音乐。

骑士四　（对Boss）你是这边的Boss？

Boss　欸。

骑士四　贵姓？

Boss　叫我Boss就好。

骑士四 好的，Boss。我需要马上上路。现在！

Boss “堕落天使”机车行不管上路，我们管的是上天。

骑士四 那好啊！让我飞！现在！

Boss 这位先生，本店有权利拒绝对任何客人的服务。

骑士四 太过分了！后面到底在干什么？！

真　真 对面还有一家啊，你去那边好了！

Boss 本店是为真正天使服务，好吗？请。

骑士四 什么？谁是真正天使？我跟你说，我参加过真正“地狱天使”旅行团！小心我告你！

骑士四冲下。Boss 由后室下。祥哥和吉儿一直在门口，心中充满恐惧。二人入店。

吉　儿 （对露露）原来这就是真真上班的地方。

露　露 你们跟踪我！

吉　儿 不是，露露，我们关心你！

祥　哥 我们关心真真。

露　露 跟踪我来这里就可以表示关心吗？真真，你说是不是？

真　真 谢谢大家关心，今天我真的很忙，你们是不是都可以离开？让我一个人。

吉　儿 真真，现在是我们在照顾你，所以我们需要知道你……还有露露，每天往哪里跑。

Boss 从后室上，后面跟着骑士三。骑士三整个人放松了。

骑士三 哇！太棒了！

Boss 很高兴为你服务！

骑士三 一刹那间，我脑子好像炸开了，我现在好像换了一个宽镜头鸟瞰世界！

Boss 检查骑士三的肩膀。

Boss 这样算修好了。真真，请你帮他结一下。

真　真 没问题。（对骑士三）系统里有你的资料吗？

骑士三 可能全部需要更新。

真　真 没问题。更新后你就能随时随地下载所有资料。

真真帮骑士三处理资料，吉儿和祥哥互看。吉儿拿出名片。

吉　儿 （对 Boss）你好，敝姓林，中庆地产，叫我吉儿就好了，我现在是真真的监护人。

Boss 是吗？我才是真真的监护人。

吉　儿 （迷惑）啊？

祥　哥 你是……？

Boss 叫我 Boss 就好。

祥　哥 好。随便。那……我们应该谢谢你，这段时间给真真……虽然，她是一个辍学生，但是我非常相信，只要有正确的引导和实习的机会，每一位辍学生都可以……（突然暴怒）这简直荒唐！

停顿。骑士三突然拥抱 Boss。

骑士三 （激动地）我怎么感谢你，Boss？你让我又飞得起来了！想到要回街上工作，已经不是那么孤独了！

Boss 去吧，我的孩子。

骑士三含泪下。吉儿和祥哥不知所措。

吉　儿 露露，这边到底怎么回事？

祥　哥 后面是怎么一回事，露露？真真！你老实告诉我，没关系。

真　真 你们不要说她，她是来接我的。

祥　哥 我们都年轻过，我们也都狂野过！

吉　儿 老实告诉我，你们在这儿干什么？

祥　哥 （对 Boss）真真一个小时工资多少？我加倍给你！

真　真 叔叔，请你们不要这样！我真的很好，我在这里学习，拆装、拼装，我一辈子都没有这样的机会。我真的很好，我就是想一个人，请你们让我一个人，可以吗？

Boss 真真，这些人其实是好意的。

祥　哥 欸，我很不喜欢你的态度，你这样跟着玩等于是共犯，你知道吗？

Boss 真真，跟他们讲一下“堕落天使”机车行的故事。可能会有帮助。

真　真 一定要吗？

Boss 或许，我们应该说这是你“疗程”的一部分吧。

祥　哥 我们还要听故事？！

吉　儿　我们在赶时间！

露　露　（对祥哥和吉儿）嘘，坐！听！

露露带吉儿和祥哥坐在工作区的板凳上。真真对他们说话。

真　真　"堕落天使"机车行不是修理机车的地方，是修理天使的地方，修理"堕落天使"的地方。我就是一位堕落天使。我在这里服刑，因为我把翅膀弄丢了。

祥　哥　简直荒唐。

露　露　嘘……！

真　真　其实我的翅膀是被我父亲偷走的，那是我7岁的时候发生的。现在我父亲已经死了，所以我就被困在这儿，永远回不了家。

停顿。

吉　儿　这……

露　露　妈，耐心点。

Boss　坐下，我的孩子。

露露让位给真真，真真坐在祥哥和吉儿中间。二人不时瞪她。

现在到了一个关键时刻。你必须努力去更了解自己，你现在的处境、现在实际真实的状态。很不幸，你的父母已经双亡。你的母亲好像已经往前走了，走向她该去的地方，可是你的父亲似乎滞留原地。这是为什么？他留恋着什么？可能他不了解，他已经死了。这不能算不正常。其实我们所有人都没有真正理解，从根本来说，我们都已经死了。如此不理解自己真实的状态，使得我们滞留原地，飘浮在一切之间。于是，真真，你的神圣任务就是要让父亲醒过来，让他认识到他死亡的事实。成功的话，你也会得到解脱。

真　真　怎么让他醒过来?

Boss　跟他说故事。跟他说他的故事，重新提醒他，他是谁、他如何成为他的一切、他所有的因如何小火慢炖成所有的果。他已经忘记他是谁，这就是为什么他卡住了，这就是为什么我们所有人卡在这里。（对祥哥和吉儿）注意一点，我说的也是你们两个！

停顿。祥哥生气，起身。

祥　哥　我受够了！什么玩意儿?！谁在滞留?你在滞留！（指真真）她在滞留！（在空中到处乱指）所有人都在滞留！这太简单了！你骗小孩呀?搞什么东西啊！

露　露　爸，求求你！现在讲到重点！

吉　儿　露露，够了！不管真真跟不跟我们，你现在马上跟我们走。

祥哥、吉儿强行带露露下。

沉默。

真　真　跟爸爸说他的故事?可是我很多地方不清楚。

Boss　你的观点、你的关心，对他都很重要。跟他说你所知道的。他的记性或许会被其他人和事填满。

真　真　其他人?

Boss　在空中，在雨中，一个陌生人的脸孔，一个声音……

停顿。

去吧，我的孩子。

灯光、布景转换。

第九场

露露的卧房，夜。真真和露露睡着，大桥坐在椅子上看她们。

同时，祥哥站在床脚看她们。他帮地上的露露温柔地把被盖好，然后坐到床上，望着真真躺着的位置，用手抚摸真真脸附近的床面，然后叹一口气，起身，下。

真真醒来，看到看着她的大桥。

真　真　爸。

大　桥　不要一直叫我“爸”，我已经弄清楚了，这是一场梦。我只要醒过来你就会消失，一切就 OK。

真　真　爸，这不是梦，除非死亡是一场梦。

大　桥　随便你说，等一下我就会醒来，转头就会看到我老婆梦如躺在我身边，然后我会亲亲她，跟她说，梦如，我做了一场疯狂、疯狂的梦，在那梦中……

真　真　你杀了她。

停顿。

大　桥　你怎么知道？

真　真　大家都去参加了葬礼。棺材是封起来的，因为她的样子太难看。

大　桥　胡说八道！

真　真　你后来到了日月潭，面对湖水，举枪……

大　桥　没有！

真　真　对着自己后脑袋……

大　桥　荒唐！如果有的话，我怎么可能现在坐在这里跟你说话？

真　真　我也不懂！我还在等你消失呢！因为如果你是我的梦，我就会醒过来，然后妈妈还会在，就跟小时候一样，我可以抱着她，跟她说，妈，我做了一个好可怕好可怕的梦，在那梦里，你死了，然后……（激动地）爸！为什么？！妈到底做了什么让你要这样对她？！

真真崩溃，哭泣。

大　桥　对不起，我不知道我做了什么。请你帮我搞清楚这一切。

停顿。真真镇定。

真　真　爸，请坐。我们从头来。你要听我说一个故事。

大　桥　一个故事？

大桥坐下。音乐家的灵魂出现在右下角落，吹起音乐。灯光变化。

真　真　很久以前，有一个男人叫大桥，他的太太叫梦如，他们的女儿叫真真。他们过着美好的日子，在一个很遥远很遥远的地方，叫作台湾。他们不知道真真其实是一个天使。

大桥静静地听。

大桥的名字叫许建桥，他对人生充满希望与计划，后来做进口海产，赚了很多钱。

梦如是一个艺术家，不知道为什么，一直不快乐。后来她变成艺术治疗师，帮助很多个案做心理辅导，但我一直觉得，她认真工作的主要目的是，她需要治疗自己。你还记得吗？这一切，从 20 年前的一家电影院开始。

灯光、布景转换。

第十场

右舞台，20 年前一家电影院中的三排观众席，座椅布局为 4-3-3。入场时间，梦如坐在第一排，她旁边一个空位。祥哥入场，左看右看，在找大桥。

真真把大桥带到电影院场景边。

一位观众入场，他坐到梦如旁边的座位。

梦　如　（亮出票根）先生，对不起，这里有人坐。

观众一　不好意思。

观众一换座位。祥哥发现梦如。

祥　哥　欸，梦如？来看电影？

梦　如　祥哥？！你跟吉儿一起吗？

祥　哥　没有啦。我带一个朋友来。

梦　如　一个“朋友”？

祥　哥　少来！一个哥们儿。他是工作狂。我要逼他停下来，所以抓他来看电影，不然他太亢奋，我担心他会崩溃。他现在又跑去打电话。什么时候回来的？

梦　如　哦，上星期。

大桥看着看着，便走了进去，从旁观者变当事人。

祥　哥　那你那一位……？

梦　如　浩帆？（拍拍旁边的位子）

祥　哥　浩帆一起回来的？

梦　如　嗯。他大概马上来。

祥　哥　我还以为你一个人。

梦　如　今天这一部这么恐怖，怎么敢一个人？

祥　哥　今天这一部是哪一部，我都不知道！随便买票进来的。

梦　如　《致命的吸引力》。

祥　哥　《致命的吸引力》。对，对。

大桥走近。

好了，他来了。待会儿看有空跟浩帆一起喝个咖啡，我叫吉儿下班过来，聊一聊。

大　桥　祥哥，我看我还是没办法留下来。胜洋雷总要我去开会，谈一批北海道的帝王蟹。

祥　哥　大桥，你看看你一分钟都停不下来！我一定要你安静下来。两个小时就好。

大　桥　两个小时？祥哥，命运可能就在这两个小时决定了！

另一位观众坐到梦如旁边的座位。

梦　如　先生，对不起，这里有人坐。

观众二　哦，这里还要对号哦？

观众二换座位。大桥看到梦如。停顿。

祥　哥　梦如，这位是我哥们儿许建桥许先生。大桥，这是郑小姐，郑梦如。

停顿。两人相看。

我们在后面，那待会儿再说！

祥哥、大桥往后找座位。大桥一直看梦如，梦如也回头看大桥。

大 桥 她旁边有位子……

祥 哥 你别想了，我们的座位在这儿。人家男朋友马上就来！

两人坐梦如后面第二排。

电影院灯暗。在舞台另一方，音乐家的灵魂奏起音乐，光影闪动，电影开始。

大桥突然爬过其他观众的座位，往梦如旁边钻。观众们嘘声四起。

观众三 欸！搞什么？……

大 桥 不好意思……！

大桥坐在梦如旁边的空位上。

梦 如 许先生吗？不好意思，我这边有朋友要来。麻烦你……

观众四 嘘！

大 桥 （对其他观众）不好意思，不好意思……！

梦 如 不是……我朋友一下就来了……祥哥……！

观众三 小声一点好不好？

大 桥 嘘，开始了。

梦 如 许先生，真的，请你……

音乐、投影变化。观众们随着剧情表现出各种紧张反应。

电影院灯亮。电影结束。

观众散场，但大桥和梦如不动。祥哥过来，看着他们，不知如何反应。

观众四 （对观众三）“致命的吸引力”，哇靠，就是这样。

大桥、梦如互看。停顿。

大　桥 谢谢你给我这个机会，让我可以坐在你旁边两个小时，感觉真好，谢谢。

祥　哥 梦如，浩帆没来呀？

梦　如 他应该是录音室有点事。他最近在帮一部电影配乐。我先走了！

梦如起身，下。大桥呆望着。

祥　哥 （对大桥）听到没有？他是一个音乐家，做电影配乐的！

灯光、布景转换。祥哥摇头，直接往茶餐厅走，大桥则慢慢走过去。

第十一场

左舞台，茶餐厅，20 年前。祥哥坐一桌。老板上奶茶。

祥　哥　老板，你们奶茶道不道地？

茶餐厅老板　先生,我们师傅是“红宝石”出来的,喝喝看就知道了。

祥　哥　我有一个朋友赶时间，我先帮她点一杯咖啡。先来好了。

茶餐厅老板　没问题。

老板下，大桥从餐厅厕所方向上，一坐下就开始喝祥哥的奶茶。

大　桥　祥哥，你约这什么地方？一点都不浪漫。

祥　哥　梦如在这附近要开画展，这里是她约的，你还嫌呢？

大　桥　祥哥，太不可思议，完全符合我人生规划的时间点！我有种感觉就是她了，真的，就是她了！

祥　哥　我也有种感觉，就是你，真的，就是你把事情搞砸了。梦如这男朋友很优秀，你等一下不要给我乱搞。

大　桥　你可以放心的是，我一定会把她追到。

祥　哥　唉，之前是谁说心里没有别的事情，只有冲事业，现在看到商机，不能分心，连看个电影都死拖活拖的？还有，你那个奶茶可不可以自己点一杯？

梦如上。祥哥发现梦如。大桥打翻奶茶，祥哥打翻椅子。老板上。祥哥忙整理自己湿衣服时，大桥和梦如相看。

茶餐厅老板　没关系，我来就好了，咦？郑小姐，原来他们说的朋友就是你呀！（对祥哥）先生，她不是喝咖啡的。（对梦如）一样冻鸳鸯吗？（对大桥）那先生你要喝什么？

大　桥　郑小姐喝什么我就喝什么。

梦　如　谢了，阿汤。不好意思，我迟到了。

祥　哥　我们才不好意思，你这么忙还把你叫出来，跟许先生（强调）谈事情。

两人握手。

大　桥　叫我大桥就好了，那天真是不好意思，我也不知道我是怎么了。

梦　如　没关系，跟我作画一样，我也常跟着感觉，不知道自己在干什么。

停顿。大桥和梦如相看。祥哥发现，把二人手分开。

祥　哥　坐！坐！

大　桥　其实我期待今天已经很久了。

停顿。梦如看表。

梦　如　祥哥，我只剩下 8 分钟。

祥　哥　是，我也是，我们都很忙，我待会儿还要到银行有面试。我们快速说重点好了：他的意思是说他公司有笔预算要赞助你的画展。

梦　如　许先生他知道我的画……？

祥　哥　他不知道，他什么都不知道，他对艺术一窍不通，他是做进口水产的，生鱼片他懂，其他的他懂什么呀！

大　桥　我昨天经过你画展的地方，特地在外面看了一下。

梦　如　你昨天来过？

大　桥　我看到有一幅画着一个女人跟男人的背影，我有一种特别的感觉，好像看到我自己。

祥　哥　他对背影有兴趣。

梦　如　所以说，那个咖啡是你送的吗？

大　桥　当我看到你喝下咖啡的时候，我站在后面觉得心里很满足。

祥　哥　（自语）好恶心……

停顿。

茶餐厅老板　郑小姐，前台有您电话。

梦　如　对不起，我去接一个电话。

梦如下。

祥　哥　（嘲讽地）“哦！我看到你喝那杯咖啡的时候好有感觉”，你恶不恶心啊你！（做手势）停！现在停！不要玩下去！

梦如回座，回座前塞了小费给茶餐厅老板。茶餐厅老板顺手接下，心照不宣。

谁呀？

梦　如　浩帆啦。

祥　哥　对，（强调）浩帆。

大　桥　就是那天我坐到他位子的那个？容我说，我是他的话绝对不会这么大意。

吉儿和警察二上。她们在不同的时间来到茶餐厅，坐在另一桌。

梦　如　祥哥，我大概再5分钟。

祥　哥　我也要走了，我们都很忙。

大　桥　我没事，我待会儿送郑小姐回展场。

祥　哥　你不是今天下午要骑车送我去银行面试吗？大桥，这个面试很重要，可能我下半辈子的命运就靠你那一台摩托车欸！

大　桥　可能我下半辈子的命运也就靠我那一台摩托车。

祥　哥　我跟你讲，浩帆会在画室等梦如的，浩帆会照顾她的，轮不到你的！

梦　如　浩帆他出国了。

停顿。祥哥起身。

祥　哥　好好，我是多余的，我搭公车，可以吗？我现在出发还来得及，你们两个现在停下来也还来得及，（对大桥）你买单！（对梦如）你保重！老板，你的茶很好喝，但是我一口都没喝到！

祥哥下。

大　桥　不急，我们还有3分钟。

梦如和大桥起身，一起下。老板目送他们。灯光、布景转换。

第十二场

礁溪龙泉阁宾馆。梦如和大桥穿着浴袍躺在一张床上。梦如看着窗外夜景。房间里有一幅包装好的油画。

梦　如　安静。随着海浪。增长。

大　桥　这个地方真不错。

梦　如　这间房最特别。夏天从这边可以看到海豚，走到外面有一条小路就可以到海边。

大　桥　你常来这里看海。

梦　如　看自己。

大　桥　看自己？

梦　如　看海。找自己。

大　桥　好像看到无限的可能。

梦　如　嘘。安静地看。

两人安静地看水。

大　桥　你的画展……你的画，打动了我。我是一个俗人，不懂艺术的。

梦　如　那你为什么会买这一幅？

大　桥　不知道。你的画里有一种脆弱的隐秘性，一些不为人所知的很深的情感，想被看到，想被听到，又不敢。

梦　如　我不敢相信你能看到那么多。

大　桥　看得到表示自己也一样。

梦　如　抱歉。

大　桥　干吗抱歉？

梦　如　我觉得艺术好粗暴。逼着你掀开自己的脆弱，逼着你重新体验那痛。

大　桥　好的画不都是这样吗？

梦　如　作画对我来说越来越像是一种心理疗程。摆出来展览不是很奇怪吗？有人会随时公开自己的心理疗程吗？

大　桥　不知道。罗斯科、波洛克，所有画家吧。

梦　如　这么隐秘的情感，展出来都有种——猥亵的感觉。

大　桥　这只能证明你的道德感比他们都强。

停顿。

这么隐秘的地方，你是怎么发现的？

梦　如　就发现了嘛。

大　桥　哦，我懂了。

梦　如　你懂什么？

大　桥　没事，没关系，我也不在乎。

梦　如　大桥，请你不要往那边想，好吗？

大　桥　没有……

梦如抱着大桥。他们拥抱。

梦如的寻呼机响起。

梦　如　神经病！

梦如忙着去床边关机，拨床边的电话。

（对电话）喂，已经结束了，懂不懂？你不可以再打电话给我！……我在干什么，已经跟你无关！……我不需要你了，懂不懂？不需要！……

梦如挂电话，安静地哭泣。大桥看着梦如。

真真上，音乐家的灵魂跟着她。梦如下。

灯光转换。

第十三场

真　真　爸，你想起来了？

音乐家的灵魂奏起哀怨的音乐。

你要加油！我没办法告诉你很多我不知道的事情。

大桥似乎开始听到音乐。V出现在右下舞台“说故事空间”中，继续叙述。大桥走过来，听。

过程中，演员慢步跨过舞台，无声的，台上呈现慢动作街景，好像到另一个街角，时间流过去。

V　那天晚上，在礁溪附近海边的龙泉阁宾馆，他们相爱。联结他们在一起的是脆弱，于是那联结本身是脆弱的。他们结婚了，到北海道度蜜月。他们生了一个美丽的宝宝。

大　桥　真真。

V　大桥事业成功，台北高级寿司店的鱼几乎都是他进口的，他买了一个别墅区的房子，他哥们儿祥哥就买隔壁，梦如也在自己宽敞的家中成立工作室。人生有一段时间挺惬意。

大　桥　惬意……

V　梦如在事业上转向做艺术治疗。就在家里的工作室，她帮忙指引许多失去方向的灵魂找回自己。两家人经常一起旅行。连续好多年，他们都会去北海道泡汤。那边有一家复古式的摄影社，他们每一年去都要穿不同的服装拍照……

街景消失。下舞台，一个日本的摄影社。摄影师在整理摄影器材。梦如边穿维多利亚式的洋装，边上。

梦　如　大桥，愣在那儿干什么？快换衣服。

大　桥　换什么衣服？

梦　如　我们不是要穿维多利亚式的服装拍一张全家福？

大　桥　哦。

梦　如　欸不是有一把阳伞？（对摄影师）伞？阳伞？ Umbrella？

摄影师回应不懂。

没伞怎么拍？欸怎么一回事？不是说好了吗？还不快！

大　桥　什么维多利亚、巴伐利亚、诺基亚，随便。拍照嘛。

大桥开始换衣服。

梦　如　什么“随便”？奇怪，我们不是说好要拍维多利亚时代式的吗？这事有这么困难吗？去年没拍成，今年说好了！欸真真呢？

大　桥　啊？真真？

梦　如　是不是跟露露跑去玩天使游戏了？（喊）真真！真真！

大　桥　（喊）真真！真真！

灯光变化。V 继续说话。

V　真真就是露露最好的朋友。露露最好的朋友就是我。梦如一辈子最大的遗憾就是没拍成那张维多利亚式的家庭照。这是露露告诉我的。

大　桥　（喊）真真！真真！怎么搞的？

V　对，怎么搞的？许先生，跟我们说说。

大　桥　生意大好。日本供应商每次来就带他们去酒家喝酒，把他们乐死了！

V　你是不是在那一家认识了小芳？

大　桥　什么？你怎么知道小芳？

V　从我小小的观测站，能看到一些事。说说她。

大　桥　她不重要。

V　（突然严厉）她很重要。

大　桥　她……我就是在那一家酒家认识她的。她……

V　很妩媚，胸部很大。

大　桥　完全不是！她……她其实……

V　她其实很方便。

大　桥　不是！她……

V　从方便到更方便到不可或缺。

大　桥　胡说！我可以随时把小芳……

V　你还让她进公司。

大　桥　刚好有缺。

V　情妇的缺。你确定你老婆不知道这件事？

大　桥　当然！我们非常隐秘！我们……不是，你不理解，事情不是你想得那么简单……

灯光变化。门铃响。

第十四场

大桥家门口，12年前。大桥开门，送花小弟带着花上。

送花小弟 郑梦如小姐吗？

大　桥 有什么事吗？

送花小弟 麻烦签收一下。

大　桥 （边签）郑小姐？

小弟下。大桥把花捧到客厅，祥哥坐在客厅。

祥　哥 给梦如的？

大　桥 （看花上的卡片）“生日快乐”？完了，忘了。

祥　哥 谁送的？

大桥偷看卡的内容，愣。

大　桥 什么玩意儿？

祥　哥 什么什么玩意儿？

大　桥 你还记得有个人叫……浩帆吗？

祥　哥 浩帆？你说王浩帆啊？

大　桥 他姓王啊？

祥　哥 不，汤。（想一想）不……黄，黄浩帆！

大　桥 他现在是怎么样？他是要钱还是要我去扁他？

祥　哥 不要激动。

大　桥　我一点都不激动，很简单，做人要有礼貌。有人送花到家里给我老婆，我想认识他一下，我要当面谢谢他。

祥　哥　你不要幼稚了，浩帆他绝对不是要你的钱。你在台湾玩生鱼片，人家可是在法国的普罗旺斯玩城堡、玩酒庄，还开私人飞机呢！你跟他比，那不是什么比鸡腿[1]了吗？

停顿。

大桥拿出书架上一大本《辞海》，放在茶几上。

祥　哥　大桥，你摆一本《辞海》在这边干什么？你要找出正确的词句来问候你的情敌？

大桥打开《辞海》，祥哥楞。大桥从中取出一把手枪。

靠！

大　桥　大惊小怪什么？这不是你那号称混黑道的哥们儿大雄说要送我的？

祥　哥　他不是我哥们儿，他是你哥们儿！真送来了？

大　桥　老早送来了，放在这本《辞海》中一直很寂寞地吸收学问。看那个叫浩帆什么的明年敢不敢再送花！

停顿。

跟我说说这个什么浩帆。

祥　哥　浩帆？怎么说？个子挺高的，挺帅的，家里很有钱。

大　桥　好了，知道了。他马上要发现癌症治疗方法得诺贝尔奖，对不对？我只想知道他跟梦如为什么会分手？为什么把我扯进来这没完没了的游戏？

祥　哥　不是这样的！

大　桥　那是怎么样？

祥　哥　浩帆说是无法长期承诺。

大　桥　对梦如？

祥　哥　对任何人。对爱。吉儿跟我说的，说他身上有一个阴暗的秘密。好像是他之前的未婚妻出了意外，死了，他就……

大　桥　你见过他本人吗？

祥　哥　当然。

大　桥　在哪儿？

祥　哥　有一次公司聚餐，刚好我们老板买了几幅梦如的画，他也来了。

大　桥　什么样子？

祥　哥　我其实不太记得。那天喝得有一点多。他好像后来来接梦如的。还有一次约好了我们跟梦如和浩帆吃饭，然后……奇怪，那次他好像没来。好了，别闹了，赶快收起来，赶快收起来。

大桥把枪放回《辞海》里。

靠！大桥你没事吧？

大　桥　靠！我老婆以前的男朋友送花到我家，我怎么会没事？

祥　哥　不会啦！

大　桥　我只是在想……我没有多心啊，上个礼拜梦如跟她一群同行去做一个三天两夜的闭关。

祥　哥　怎么样?

大　桥　她没跟我说去哪儿。她说不能说。

祥　哥　哎呀你怀疑这个?！有没有搞错?你真的怀疑就查查她的信用卡，手机……

大　桥　查了。干净的。

停顿。

祥　哥　我说嘛！别紧紧张张的！

祥哥起身，顺手拿着那一本《辞海》。

好了，这本借我看。

灯光转换。

第十五场

梦如的画室，花已经插在桌上漂亮的盆里。梦如的一位艺术治疗个案正画完画，梦如在分析。

梦　如　画得真好，你看你的内心开始透露了这么多东西。不过还有很多东西被黑暗捆绑住，出不来。

个　案　是我。

梦　如　你在怕什么？

个案开始哭泣。

个　案　你怎么能看到这么多？

梦　如　看得到表示自己也一样。

个案与梦如拥抱。吉儿上，梦如看见吉儿，示意她进来。

梦　如　那今天就到这边。

个　案　郑老师，谢谢。

梦　如　下次见。

个案下。梦如往右下下，到画室边的洗手间洗手再回。

吉　儿　梦如，你好厉害，我每次看到有人走出去，都觉得他们收获好多，也放下好多。

梦　如　谢谢你吉儿。

吉　儿　你好厉害，好像都知道他们内在是怎么一回事。

梦　如　人类全体内在是怎么一回事，就是每一个人都有一个很深的基础欲望没有被满足。

吉儿看到花。

吉　儿　好漂亮的花！大桥还是这么浪漫！应该给我老公看看，让他学习学习。

吉儿拿下绑在花上的卡片，梦如试图抢过来。

看看浪漫的人怎么写！

梦　如　不！

吉儿打开来看，愣。

吉　儿　梦如！你怎么可以把这种东西就这样放在桌上？大桥看到怎么办？

梦　如　是他签收的。

吉　儿　什么？！然后呢？

梦　如　没事。

吉　儿　没事？你……（惊讶）你又开始跟他见面了？

梦　如　我们已经三年没有联络了，他还记得我生日！

吉　儿　真浪漫！可是你有没有跟他说你现在已经结婚了，有孩子，一切幸福美满，他最好不要……

梦　如　他刚经历一段互相厮杀折磨的感情。他状态不好。

吉　儿　他状态不好？

梦　如　他说他怀念我跟他一起在普罗旺斯的日子。他希望我去那边陪他。啊我怎么会跟你说这些？说到底，我是不可能去的！

吉　儿　这就对了！梦如，我太骄傲了！

停顿。

确定吗？

梦　如　不可能！

吉　儿　我觉得你可以考虑……一趟。欸，你辅导那么多人，为什么不能帮助一下浩帆？

梦　如　不可能！

吉　儿　为什么不可能？

梦　如　你真觉得可以吗？

吉　儿　不可以！绝对不可以！

灯光变化。

第十六场

大桥走入梦如的工作室，真真和V跟在后。

V 第二年，浩帆没有送花来。

大 桥 （对真真）可能是我盯梦如比较紧吧，有一段日子比较平静，很干净，可是我还是心中怀疑，可是我找不到证据。时间久了，有点麻木、放弃。在无奈中，我找到报复的方式。

真 真 怎么报复？

大 桥 我记得就是有一天，真真大概七八岁吧，冬天，她们学校搞一个圣诞节舞台剧，她要演天使，她妈妈在帮她洗澡。

真 真 我的翅膀……

灯光转换。梦如的画室，夜，10年前。大桥坐在黑暗中。衣架上挂着小孩玩具的天使翅膀。画室的内门开着，透光，里面发出浴室的浴缸放水声。童年的真真正在一边洗澡，一边唱歌。

梦如（声音） ……对对对！泡泡！这就是你要的啊！你吵了好几天要洗泡泡澡，今天就洗泡泡澡啊！……

童年的真真（声音） 妈咪，我不想洗泡泡……

梦如从浴室中出来，手是湿的。

梦 如 （对着浴室的方向）乖，妈咪特别去买的泡泡哦！……

停顿。二人对峙。

（对大桥，怒）我只有一个问题，请你老实回答："小芳"是谁？

远方雷声。浴室传来的歌声停止。

大　桥　我不知道你在说什么。

梦　如　别装糊涂。她打电话来还说要找"桥桥"。她跟我说你已经不需要我了，因为你有她了。我挂她电话，她还立刻打回来。

大　桥　神经病。

童年的真真　（声音）妈咪，妈咪……

梦如走进浴室去照顾真真，下。

梦　如　（声音）好可爱哦，真真，都是你弄的吗？这泡泡山泡泡云都是你弄的吗？真可爱！

真真、童年的真真　（声音，同步）谢谢妈咪。

梦如再走出来。童年的真真开始唱歌。

大　桥　你要把话说清楚？那你先吧！

大桥拿出一把小钥匙。

梦　如　什么？

大桥从沙发椅垫底下取出钥匙，打开桌上的盒子，取出浩帆给梦如的纪念品。

大　桥　这盒子放在这里多少年？我有说过话吗？你认为我发现这把钥匙多久了？三年了，我可没说话，就慢慢看你这些东西一件一件累积起来。垦丁、溪头、拉拉山，还有国外的呢！巴厘岛、普吉岛、京都……

梦　如　所有你没时间去的地方。

大　桥　所有你有时间跟浩帆去的地方。

停顿。梦如笑，远方雷声。

你是不是该跟我交代一下你跟这个叫什么“浩帆”的是怎么一回事？

梦　如　你还搞不清楚浩帆吗？难怪我们之间问题这么大！

大　桥　不要拖时间，说。

梦　如　好，我现在就跟你说全世界最伟大而我以为你知道的秘密：浩帆是我编出来的。

大　桥　对对对，这个人是你编出来的。

梦　如　没错，这全部都是我做出来的。

大　桥　对对对，这封情书是你写的，这个邮戳是你跑到国外去盖的，这张照片是你请替身拍的……

梦　如　那是一个路人的背影。

大　桥　没错，一个路人的背影。那一年你生日，浩帆送的花也是你订的？

梦　如　没错。

大　桥　没错，卡片也是你写的，名字也是你签的……

梦　如　你看不出来吗？我以为你已经找你万事通的朋友大雄调查

了浩帆的底细呢！

大　桥　还有这什么《梦如之歌》？是哪一部电影的配乐？你什么时候学会的作曲？！

梦　如　你看啊！看清楚歌词是什么啊！念啊！

大　桥　“梦想彩虹，如飞跃云霄，我的爱……”太恶心了！

梦　如　太恶心了！你还认不出来？你的毕业纪念册。

大　桥　什么跟什么？！浩帆拿我毕业纪念册里的话写情歌给你！

梦　如　对！什么跟什么！这全部都是我自己写的。你觉得很不正常吗？可是我本来就很不正常，你没有发现吗？浩帆给我一种存在的感觉，浩帆让我不孤独，浩帆让我在别人眼里更有价值感。我们第一次在茶餐厅见面，浩帆的出现难道没有让你觉得我更有价值吗？难道我是你追过的所有女孩子里面唯一用过这一招的吗？你确定吗？那次生日的花，你不觉得是我在跟你求救吗？“请注意，我们危险了！”

停顿。

等一下，我在解释什么？是你在跟小妹妹鬼混！你还跟我讲什么啊！

大　桥　我们现在不是在讲小芳。

梦　如　所以你承认喽！

大　桥　这不是重点。

真真、童年的真真　（声音，同步）妈咪，妈咪，可不可以来一下？

停顿。梦如不动，大桥走到浴室门边。

大　桥　小宝贝，要什么？

童年的真真　（声音）我要妈咪。

大　桥　妈咪现在在忙，跟鸭鸭玩好不好？鸭鸭陪你好不好？

大桥从浴室门口走回。

（对梦如，突然低调）讲讲浩帆吧，我想听。

梦　如　浩帆怎么样？

大　桥　完美的男人，情圣，才华洋溢，作曲家，一手好菜，床上功夫一等一。

梦　如　全世界最棒的。

大　桥　告诉我，在古堡，对着薰衣草园做爱是什么感觉？

沉默。

梦　如　大桥，他不存在。你真的相信浩帆的城堡？！你真的相信他比存折比你行，比厨房比你行，比床上比你行？他是我幻想出来的。如果是真的，我怎么可能让你找到盒子的钥匙？藏在椅垫底下难道不是最明显的地方吗？电影里面都是这样的嘛！奇怪，怎么又扯到浩帆？这里的重点是小芳！她还建议我赶快跟你协议离婚，因为你跟她说你会给我优厚的赡养费，抚养真真到大学毕业为止。这种屁话是你说的吗？

大　桥　这种屁话在酒廊里每天都有无数人说无数次。

童年的真真（声音） 妈咪，妈咪……

梦　如　你认识小芳多久？

大　桥　3个月。你认识浩帆多久？

梦　如　一辈子。（指着自己的头）在我脑袋里！

童年的真真（声音） 妈咪，妈咪……

梦如走到浴室中。远方雷声。

真　真　妈咪，你为什么在哭？

梦如从浴缸中抱出童年真真的声音。梦如抱着童年的真真从浴室中冲出来。

大　桥　你在干什么？你要去哪里？

梦　如　（边往外走）你忘了吗？今天她要上台，学校的圣诞剧。她演天使！天使！

梦如仓促地裹起真真，冲出去。

大　桥　我不准你出去！外面下这么大的雨，我不准你出去！

童年的真真　（声音）妈咪，我的翅膀……

真　真　我需要我的翅膀，妈咪……

大　桥　梦如！……

大桥呆滞地看着前方。小真真的道具翅膀在衣架上开始发光，大桥被翅膀吸引，从衣架上取下翅膀。灯光转化。

第十七场

茶餐厅。大桥与真真坐在一桌，老板在收拾其他桌子，音乐家的灵魂坐在另一桌。

真真继续她的故事。

真　真　从那天之后，他们就形同陌路。大桥对女儿就好像对空气一样，好像她是隐形的。真真总是一个人上学。他们从来不送她，也不接她回家。她爸爸从来不陪她，不陪她做功课、陪她玩，从来没有带她去迪士尼，甚至从来没有带她出去吃过饭。之后，她就辍学了。不知道是她爸爸从来没有发现，还是从来没有在乎。她被困住，在这充满秽气的地球上，被放弃了，被放在烂泥堆里腐烂，没有翅膀，无法飞出污泥。

大　桥　那翅膀只是道具！小孩子的道具！

真　真　爸，我需要我的翅膀。请你搞清楚一切，搞清楚你是谁、我是谁。还我翅膀。求你。

露露上，看见真真。

露　露　原来你在这儿，我到处找你！

露露坐下，茶餐厅老板带着两本菜单上。

茶餐厅老板　露露早，跟平常一样吗？

大　桥　我们应该吃点早饭。

露　露　我想来一份烧卖、虾饺，还有萝卜糕。

茶餐厅老板　没问题。

真　真　我只想喝白粥。

露　露　真真说她只要白粥。

茶餐厅老板　没问题，要不要配咸鸭蛋？

真　真　不要。

露　露　太肥了。

茶餐厅老板收起菜单。

茶餐厅老板　没问题！

大　桥　来，给我一份广州炒面，加蛋。我知道你们早上不卖炒面，但是厨房一定会帮我炒。

真　真　能不能再给我一份广州炒面，加蛋？

露　露　什么？你要广州炒面，加蛋？

真　真　给我爸的。

茶餐厅老板　那附送一碗云吞或奶茶。

大　桥　云吞。

真　真　云吞。

露　露　云吞。

茶餐厅老板　那就云吞。真真今天饿了，是不是？

真　真　其实是给……

大　桥　没错，今天饿坏了。

茶餐厅老板下。

露　露　你在跟谁说话？

真　真　我爸。

露　露　他在哪里？

真　真　就在这里。

大　桥　露露好。

露　露　我是应该看得到他吗？

大　桥　露露，我就在这里。

真　真　他就在这里。如果你想跟他说话，我可以传话。

露　露　可是他死了。他来这边干什么？

真　真　好问题。看到没，爸？

大　桥　露露是怎么回事？

真　真　露露没有怎么回事。你死了。

露　露　你的意思是说你爸坐在（指）这张椅子上？

真　真　对。

大　桥　没错。露露你没事吧？

露　露　叔叔好。对了，V 也来这儿了。V 你好！

茶餐厅老板端菜上。

茶餐厅老板　女士们，我们来吧。多的这一碗云吞要放在哪里？

大　桥　那是我的。

露　露　放这里就好了。

大　桥　这家伙在这里做了不知道多少年。

音乐家的灵魂开始演奏。V上。

V　（对大桥）仔细看他。

V看见露露，站在她面前，但露露看不见V。

茶餐厅老板　这样好了，那一份广州炒面就先不下单。你们需要的时候再跟我说。就怕你们吃不下，到时候还要付钱。

露　露　感谢你阿福叔，你总是那么体贴。

大　桥　等一下。那是我的炒面！赶快下单！现在！给我带一点辣椒酱！

茶餐厅老板下。

唉！搞什么？为什么大家不理我？我已经受够了！你们自己买单吧！

大桥起身准备下。

真　真　爸，等一下！我必须说完我的故事！

V　许先生，请你仔细听。

大　桥　不要！走开！不管你是谁！不管你们所有人是干什么的！

大桥冲出去。

露　露　（反讽地）嗨，V，很高兴今天见到你。山上怎么样？雾散了吗？

真　真　我没有乱说。

露　露　（开心地大笑）当然没有，是不是，V？

真 真 露露，这一点都不好笑。

V （指自己）我在这里，露露！这里！

真真下，茶餐厅老板看着。灯光变化。

第十八场

梦如的工作室，下午。大桥蹲在角落，梦如从浴室方向上，手上拿着新的画板，准备做辅导工作。大桥静静地看她。

梦　如　大桥？你在这儿干什么？

大　桥　我……在这儿干什么？

大桥起身。

梦　如　你今天不上班啊？

大　桥　你不是星期三下午都不排个案吗？等一下。这话我说过。

梦　如　今天刚好有一个特殊的个案，临时排进来。

大　桥　你就是这么回答的。

梦　如　你没事吧，大桥？

大桥站到门口。

大　桥　我就站在门口说：（对梦如）本来以为我们去一起去看个电影，那就把它取消吧。（停顿）对，我是这么说的。

梦　如　不行。

大　桥　你就是这么回答的。谁？

露露上。

梦　如　来，进来，你可以坐那边。

大　桥　露露？

露　露　是我妈要我来的。我来是要做治疗哦？

梦　如　（对大桥）再见。

大桥往下。以下，他一直站在门口看，恢复旁观者身份。

露　露　要画画，是不是？（看一看周围）哇，这边都是精神病患来的地方哦！你知道吗？我跟真真从来不敢到这一间来玩，都觉得里面气氛……对啊。

梦　如　做艺术治疗的不一定是精神病患。

露　露　但我是，对不对？

停顿。梦如不知如何反应。

梦　如　当然不是！

露　露　没关系，随便啦。我也无所谓啦，那我们开始画吧。

梦　如　阿姨这边什么材料都有，要用铅笔还是用蜡笔？用蜡笔画好不好？

露　露　你觉得我是小孩子才叫我用蜡笔吗？

梦　如　不是，阿姨有很多个三四十岁的人也用蜡笔，这样画出来比较多颜色。

露　露　那我要画什么？

梦　如　很简单的，你就随便画。

露　露　随便画？

梦　如　我们不是要画很漂亮的图，也不是要去比赛，你就按照你自己的意思随便画就好了。

露　露　其实就是要用来分析我们这种怪怪个性的，对不对？

梦　如　对啊。也不是啦！我是说……

吉儿上，手上拿了珍珠奶茶。

吉　儿　（不自然地）嗨。

露　露　妈，你来干吗？

吉　儿　我买了你喜欢的珍珠奶茶，如果画累了，你们可以喝！

露　露　妈，下次你也应该来画画看。

吉儿把梦如拉到一边，露露继续画。

吉　儿　（对梦如）她现在怎么样？

梦　如　没问题，不要担心。结束以后我打电话给你。

吉　儿　好好，就交给你了。（对露露）妈妈先回去喽！加油！

吉儿下。

梦　如　怎么样？画得怎么样？

露　露　画好了。

梦　如　上面两个女生，是谁啊？

露　露　这是我，另一个是我最好的朋友。

梦　如　谁呀？

露　露　就真真啊。

梦　如　（停顿）好啊，真真都在跟你玩哦？

露　露　对啊，就刚刚。

梦　如　啊？

露　露　就今天，刚刚。

梦　如　玩得开心吗？

露　露　应该还不错，我是很开心，我不知道真真开不开心，不过真真是我在世界上最要好、最要好的朋友。我画我刚跟她去吃冰激凌，今天是她生日，我们还切蛋糕呢！

梦　如　今天是……？

露　露　24号，真真的生日啊。

停顿。梦如有些难过。

梦　如　她今天开心吗？

露　露　还不错吧，真真就那个样子，没什么表情，你知道的嘛。可是你们可能都不知道，因为她很不会表达，她其实心里是很爱你们的。她时时刻刻都想着你们，希望你们都好。

梦如一时说不出话来，抱住露露。许久，放开，进浴室。

我画完了，可以走了吗？拜拜。

露露下。灯光转换。

第十九场

梦如的工作室，奇异的灯光。吉儿坐在椅子上，双腿翘在书桌上，喝着一瓶威士忌。桌上有葱油饼。警察一和警察二用风格化的动作上场，站在吉儿左右。

警察一 陈太太，你有没有听过一个叫浩帆的人？

吉　儿 （惊讶）我以为我是唯一知道浩帆的。

警察一 显然不是。

警察二 可是我们知道，你知道得最多。

吉　儿 你们想知道什么？

警察一 他姓什么？

吉　儿 郝，郝浩帆。

警察一 （开始吃桌上的饼）住址？

吉　儿 阳明山仰德大道二段155巷3号，就是山上那栋大房子。

警察二 所以说，你去过他家？

吉　儿 对啊。

警察一站到一边去打电话。

不必查啦，他不可能在那里的。梦如发生那么大的事，他早就离开这伤心地，到他在法国南部的城堡。

警察一 法国南部的城堡？

吉　儿　普罗旺斯。一面看出去是薰衣草花园，另一面看出去是葵花田。早上在阳台上吃早饭的时候，你可以闻到薰衣草的清香。

警察二　你有没有察觉到梦如和浩帆出去旅行的时间点有季节性的因素？

吉　儿　季节性？就是她跟大桥吵架之后，浩帆就会带她走。尤其是后来她发现大桥在酒廊认识了一个22岁的公关小姐，她当然更需要离开，到遥远的地方，让浩帆宠她，为她写歌，听她诉说她的心情、她的人生。

警察二　浩帆真体贴。

吉　儿　完美。

警察二　梦如真过瘾。

吉　儿　天堂。

警察二　但是，反过来说，梦如又为浩帆做了什么？

吉　儿　对，她又为浩帆做了什么？

警察二　可怜的浩帆。有需求的时候，从来就没有人照顾他。

吉　儿　错，浩帆有需求的时候，我在。

警察二　你？

吉　儿　浩帆有任何需求，都会来找我。其实梦如不是很清楚很多事，其实到法国去的是我！到他城堡去的是我！他带我远离祥哥，远离露露，远离房地产，远离台北，远离一切……

你们都搞错了！跟浩帆发生关系的不是梦如，是我！

停顿。警察记笔录。

哦，不要跟祥哥讲哦……

吉儿手机发出很大的声音，吉儿惊醒。灯光恢复正常，两位警察消失。

喂！！……（镇定）没事，我在梦如这边……没有，等一下就回来。对，我爱你……哦，我买了你喜欢的葱油饼……

吉儿收起酒瓶，闻一下自己嘴巴是不是有酒味，收拾葱油饼，下。灯光渐暗。

第二十场

茶餐厅。深夜。大桥坐在老位子，老板清理大桥那桌。一个流浪汉坐在另一桌，背对观众，吃东西。音乐家的灵魂坐在她自己那一桌，写作。

大　桥　阿汤，我要一个及第粥！

老板摇头叹气，累了，坐下。

一天下来很辛苦，脾气很差是不是？我比你严重多了！我这一天怎么过的？！我头痛！一直听到巨大可怕的声音。有没有阿司匹林，借两颗？

老板起身，把桌上的东西清走，下。

欸，阿汤！你不能因为现在是凌晨两点半就不做生意，你餐厅不是不打烊的吗？欸，我讲话你听见没有？

V上，坐到大桥旁，看着大桥。

小姐，那边空位子很多，我们没有必要共桌……

老板回，坐在大桥同桌，拿出账本算账。

V　你寂寞吗？

大　桥　这……阿汤，你的餐厅完蛋了！以前规规矩矩的，现在有幼齿拉客援交啊！

V　你知不知道为什么都没人理你，没人听到你说话？那是因为你不只寂寞，你死了。

大　桥　阿汤，你还纵容这种事？听清楚：一碗状元及第粥，快一点！我饿死了！

V　你不是饿死的。你叫得再大声也没用，他看不到你也听不到你，你看！

老板仿佛感到一阵冷风，起身，换座位，继续做账。V走到老板面前，在老板眼前挥手，老板没反应。

大　桥　如果我死了，那你不是也死了？

V　我不是。

大　桥　所以我们都不是死了。

V　（摇头）你的逻辑真是……单薄。（伸手）我是露露的朋友，V。

大　桥　我应该认识你吗？

V　“我应该认识你吗？”这就是我一辈子的痛。

大　桥　老板！未成年少女跑来这边拉客援交啊！

老板继续做账。

V　许先生，你还弄不明白？他看不见你。其实他在这里做了很多年。请你仔细看老板的名牌，有没有看过？应该是没有。我们通常会去看人家名牌上的字。

停顿。大桥仔细看着老板的名牌。

大　桥　（看）“汤浩帆”？什么意思？

V　　你还联系不起来？你认识他这么多年，你到今天才知道他叫什么名字啊？

大桥仔细看着老板衬衫上的名牌。

大　桥　他是“浩帆”？

V　　你老婆的情人。

大　桥　（开始怒）不可能。他是阿福！你是什么意思？

V　　灵感的火花多奥妙，当梦如需要编出一个名字，作为她逃避的对象，她就从这位随机认识的先生身上得到灵感。于是她创造了浩帆，一个白马王子，一个不存在的人。

大　桥　（开始看清楚事情）不可能！这怎么可能？

一直在另外一桌吃饭的流浪汉突然把长大衣脱下，转身，他是Boss。Boss直接对大桥说话。

Boss　这完全不合理，因为已经开始合理了，对不对？

茶餐厅老板有些愕然。

大　桥　什么？谁？

Boss　我思故我在，但我思未必是事实。

茶餐厅老板看到Boss，有些害怕。他站开，Boss过来坐在茶餐厅老板的位子上，面对大桥。

大　桥　没关系，随便你说。你们都属于我的一场梦，等我一醒来，你们全部就会消失。

Boss　想得美，大桥。你现在在中阴里。

大　桥　什么？

Boss　你在“之间”，卡在一个死亡后的缝隙中。我是来帮你的。我来帮你念诵。你听，这段来自《西藏度亡经》。你听完了告诉我是不是如此。

他拿出一本很厚的书，开始念诵。音乐家的灵魂随着伴奏。

“尊贵的某某，就是你，许建桥先生，所谓死亡这件事情已经来临。在死生之间的境地，你的体验像是在梦中飘浮。你必须醒来，了知你一切所作所为，然后放下，不要依恋了！……”

茶餐厅老板　对不起先生，这里不可以这样。

Boss　不可以怎样？你完全无法理解我在做什么！

茶餐厅老板　可是……

Boss　我没害人，因为这里没有人，对不对？

大　桥　什么叫没有人？

Boss　不要讲话。你现在就是要听，仔细听！

茶餐厅老板不知所措，下。

“有着这样的身体，看到自己的家、自己的家人，犹如在梦中相会，虽然你对他们说话，他们不会回答你。而你会看到家人与亲戚哭泣，这时候才会想到：我已经死了。怎么办？然后你会感受到剧烈的痛，像是一条鱼在热沙子上滚动。”

大　桥　可是没有人在哭泣，我也没有感觉到任何疼痛。我也可以跟女儿说话。至少，这个人号称是我的女儿。

Boss　但愿能持续下去，可能性不大。你已经上路了，大桥，走向你该去的地方。我怀疑那会是什么好地方。

停顿。

你用自杀结束自己的生命，大桥。你被心中的愤怒、嫉妒、混乱，战胜、操控，在疯狂暴力之后，从脑勺后头用枪，扣扳机。

大　桥　（摇头）不可能。

Boss　你自己看看，大桥，你呈现不了影子。站起来，对着光看看。

大桥指着 V。

大　桥　她也没有。

V　从来就没有。这就是重点。

警车灯闪烁着。茶餐厅老板再上，带着警察二。

Boss　不管你在跟谁说话，这都属于中阴的幻象，懂不懂？

警察二　你现在在跟谁说话，先生，这才是你的幻象。我必须请你离开。

Boss　（对大桥）不要理她！你必须集中！必须想起故事的结尾！

大　桥　我的故事的结尾？

Boss　才一星期前。

大　桥　一星期？

Boss　（大声）集中！

警察二　先生，请你注意，我最后一次警告你……

Boss向警察二示意，表示他可以处理。

大　桥　我那天开车去上班。然后不知道是什么会议，我记得我非常愤怒地离开了。

Boss　对。

大　桥　谁呢？我对谁生气？小芳？她不能没有我。

Boss　你在董事会上给她塞了一席。为了报答你的大恩大德，她把你害死了，把公司的财产吸光了，然后让所有人认为是你干的。董事会把你开了，大桥！

茶餐厅老板　（害怕）大桥？

茶餐厅老板看着四周的空气。

大　桥　不可能！董事会不可能把我开了。这是我的公司！我一个人做起来的！

Boss　否认也没用。开始想起来了吧？

大　桥　（想起来了）原来她在玩我！

Boss　她把你开了！

大　桥　这……

Boss　集中！现实的层次很多。你必须认清你现在是属于什么现实！

警察二突然抓住Boss。

警察二　这位先生，请你……

Boss　请你现在不要动！这是关键时刻！他正在开始理解自己被困住的事实。这是他解脱的机会，这是关键时刻。

警察二　抱歉，这位先生，你要让什么众生解脱的话可以，但请你到外面去，好不好？

警察二抓着 Boss，带他出去。

Boss　不！不！（对大桥）回想一周以前的事！那一天发生了什么事情？集中！你必须想起来，才能往下走！

警察二带着 Boss 下。

茶餐厅老板　等一下！没给钱！

Boss　（对大桥大喊）吉儿的姑妈！！……

沉默。大桥一人坐在桌边，思考。V 下。

茶餐厅老板回，清理桌子，做自己的事情。

大桥起身，没有目的地离去。

灯光变化。

第二十一场

祥哥家客厅。吉儿在喝酒。露露上，偷偷往外走。

吉　儿　（异常焦躁）露露！上哪里去？

露　露　我……

吉　儿　不要又跟我说去找真真！

露　露　妈，我就是去找真真。

吉　儿　停！我受够了！你到底是去哪里？！

露　露　妈，我就是去找真真。

吉　儿　再一句我就打你！

露　露　妈，你在干吗？

吉　儿　我在干吗？你在干吗？我们日子还要不要过下去？！你告诉我，怎么过下去？！

露露摇头，往外走。

你要是给我走出去一步，你试试看！

露露下。

好！你是这样！那……好！好！好！！！

吉儿发疯似的丢沙发上的枕头，发泄。大桥上，精神散乱。

大　桥　吉儿，祥哥在哪儿？不接电话，搞什么？

吉　儿　（边哭泣）他在开主管会议！

大　桥　狗屁！公司没人！

吉　儿　他们上级全部去翡翠湾闭关，不能见任何人。

大　桥　我怎么不知道？

吉　儿　临时决定的，他下午才被通知。

大　桥　你不要唬我！你……你不是跟梦如约了去花莲找你姑姑玩？

停顿。

吉　儿　我……我公司有一点临时状况，所以……

大　桥　所以梦如就在昨天一个人去了花莲找她不认识的你姑姑，玩？

吉　儿　她……

大　桥　搞了半天你们是一伙的？我以为浩帆这件事已经结束了。跟我说，她跟浩帆去哪里？

吉　儿　浩帆？你以为这跟浩帆有关？这不是浩帆的问题，这是你跟那些所有花花草草之间的问题！

大　桥　（开始失去控制）商场上的事你懂个屁！男人的事你懂个屁！好！今天你们全部给我搞失踪！说谎也不打草稿！快跟我说，浩帆什么时候回国的？

吉　儿　（笑）你还真搞不清状况。浩帆去年就回国定居，这一年都在国内。

停顿。

大桥，请你搞清楚，每一个人都需要自己的空间，你每天这样逼着梦如，她根本受不了。她需要时间，她需要空间，她需要寻找自己的地方，她必须离开城市，去他们每次去的后山龙泉阁，去度个周末，不然她会疯掉。

大桥从祥哥家的书架上找到《辞海》，取出手枪，下。

你就让她去吧，让她安静地去，然后……（转身）大桥，你在哪里？大桥，我在跟你说话，你……（想一想，对自己）天啊！我刚刚说了什么？！我有说龙泉阁吗？

灯光变化。

第二十二场

水声。龙泉阁温泉旅馆。梦如一人坐在窗边，沉思，她穿着日式浴袍。梦如感觉到房间有人，但没有任何反应。大桥已经站在房间里。

大　桥　叫他出来。

梦　如　我觉得你很滑稽。

大　桥　叫他出来。（突然大声）快！男子汉！敢作敢当！

梦　如　小声一点好不好？这里是一个很幽静的地方。来这里的人都是来修身养性。

大　桥　不要啰唆，叫他出来。现在！

梦　如　你还搞不懂吗？这里只可能有我一个人。

停顿。大桥看着四周。

大　桥　你怎么做得出来，梦如？这是我们的房间！我们的！我们第一次做爱就在这张床上！它是神圣的！

梦　如　对啊，所以。

大　桥　所以你们两个人这些年就一直来这里，来这间房间，亵渎我们的爱。

梦　如　大桥，我都是一个人来这里，悼念我们的爱。来看看海，享受寂静，看看我要坐什么船驶出我人生的废墟。

大　桥　别拖时间。叫他出来。

梦　如　省省吧，大桥，你每天在搞什么，你还不给我一点时间。

大　桥　跟浩帆在一起的时间。

梦　如　跟浩帆？对！随便你怎么说。“我们”就是来这里“厮混”，“我们”来泡温泉，然后“我们”跟野兽一样疯狂地做爱。

大　桥　你承认了。

梦如笑。

梦　如　大桥，其实你应该带小芳来这里泡汤、做爱。用这一张床。

大桥从口袋中拿出手枪，梦如很冷静。

大　桥　小芳不用我了，现在公司让她去搞了。

梦　如　啊？

大　桥　她把我搞下来了，董事会把我赶走了。我已经没有……我失去了一切……

梦　如　（反讽地）真没料到。不可思议。绝对没有人能够想到这个结果！

大　桥　你闭嘴！

梦　如　可怜的桥桥！是不是要到我怀里痛哭一场？真抱歉，我今天可忙着！

大　桥　忙着跟浩帆厮混！叫他出来！

大桥到处找，疯狂地找，用枪对着四处。

梦　如　现在是怎么样，桥桥？你一无所有啊！你老早就已经失去你的老婆。现在你的公司又没了，给那可爱的女人骗走了！

哇！你现在还有一把枪！想找一个叫“浩帆”的做祭品。浩帆绝对是你所有问题的根本，对不对？

大　桥　别在那里嚷嚷，叫他出来！

梦　如　真够猛！管不管用啊？有没有浩帆那么猛？

大　桥　他在哪里？是不是在浴室？

大桥到处找，疯狂地找，用枪对着四处。

梦　如　他在啊，你看不到吗？

大　桥　在哪里？

梦　如　你找啊，你找啊，床底下找一找。

大　桥　有种给我出来！

梦　如　来这里找一找！他是不是从阳台跳出去了？他怎么不见了？

大　桥　孬种！给我出来！

梦　如　我告诉你他在哪里？他就在这里！

大　桥　（快要接近崩溃的临界点）哪里！哪里？！

大桥枪对着梦如的头。梦如一把抓住枪，对准自己额头。

梦　如　这里！这里！他在这里！就在这里面！我早跟你说过了，他就在我的脑袋里！

大　桥　哪里哪里？

梦　如　他就在这里！你再伟大，还是永远比不上浩帆。他就是比你强，样样强！他比你爱我，他比你关心我，他就是比你强！

你要赢他只有一个办法，就是把他干掉。开枪！你这孬种！开枪！

大　桥　不！不！不！……

梦　如　孬种！快！……

灯光突暗，一声枪响。

第二十三场

黑暗中，庄严的音乐起。

灯光渐亮。大桥的告别式。祥哥正在讲台上致词，爵士乐手在弹钢琴。讲台后面是大桥的棺材。大桥站在棺材边，看着自己的棺木。坐在讲台面前的有吉儿、露露和真真。后排包含Boss、茶餐厅老板、警察二及V，警察一站着看。

祥　哥　我记得在大一那一年，宿舍几个同学要出去玩，问他要不要一起去？他说："不用了，我这计划还没做完。"我还以为是什么功课，原来是他一生的计划。几岁要成立公司，几岁要赚进第一个100万，几岁结婚、生子……这就是他。而大桥做到了，每一样……

祥哥哽咽。

他是我的哥们儿，我只要有事，他一定立刻来相挺。而我呢？（突然大声）我是个什么东西啊！！大桥！你为什么不把我毙掉就好了！！

停顿。祥哥恢复正常。

大桥，安息吧。

祥哥到观众席坐下，吉儿上台。同时梦如上，在附近穿梭着。

吉　儿　今天我要跟大家分享……其实不是分享，是忏悔。我要向大家忏悔。大桥他其实是我害死的！

祥哥立刻上来想把吉儿领回观众席。

祥　哥　好了，好了，不要讲这个。

吉　儿　梦如的命也算在我这笔账里！他们都是我害死的！

祥　哥　好了，够了！

吉　儿　不是，是真的！我崩溃了！！

吉儿崩溃，祥哥把她领回观众席。

警察二起身，上到讲台。

警察二　我独醒，众人全睡？抑或我独梦，一觉睡完一生？

停顿。

大家好，我今天不是以警察的身份跟你们说话，因为今天早上我已经辞职了。我跟许建桥先生相处的这段日子，让我发现，警察并不是我的真实身份。现在跟大家报告一个好消息——下个月28号，可以在全省各大书店买到我的第一本小说：《魂断梦桥》。许先生，谢谢你。

警察二回观众席。真真上台，在以下的过程中，所有人起身，除了大桥和露露。其他人慢慢地走到棺材旁边。

真　真　爸，我看到你了。你不要再跟着我了。为什么还在这里？你到底在想什么？你是不是在想，有那么多次，你没有跟着我？你没有到学校接我？你没有送我上班？你是不是在算，在我生命中有多少日子你不存在？爸，放下一切就走吧，不要留恋。你已经知道所有的故事了，你必须走了，我求求你，请你把我的翅膀还给我，然后走。

停顿。此时，所有人都在棺材边，除了真真、大桥和露露。

大　桥　我开始感觉到你老板说的那一切，我看到好多景象，听到好多声音。我知道我开始要走了，我的小宝贝，我真的开始看懂了。没错，真真，你就是我的小宝贝真真。

真　真　当然啊，爸，看懂我是谁是最容易的，看懂其他才难。

大　桥　你根本就不懂，看懂你是谁最难。

真　真　我不懂？我不懂什么？

大　桥　小真真那天晚上出车祸，死了。

停顿。

真　真　什么？

大　桥　就是你妈抱着你冲出浴室的那天晚上！那天狂风暴雨，我求你妈不要开车，不要带你出去，因为她的状态已经完全歇斯底里了……

真　真　因为你。

大　桥　因为我。车子在快速道路上失控，撞到护栏，闯到对面车道，整个右边都毁了。那就是你坐的位置。真真，我的小宝贝，你当场……

真　真　你在说什么？

沉默。真真转向露露。

不可能，不可能。露露，告诉我这不是真的。

露露沉默。

大　桥　我怎么样都没想到，有一天我会看到你长大了。我最后一次看到你，你才 7 岁，还是一个可爱的小孩。想不到你……

真　真　不可能！露露！

露露沉默，真真转向 Boss。

Boss！跟我说这不是真的！

Boss　你爸爸说的都是真的。

真　真　可是我在你店里打工，我当然在啊！如果我不在的话，怎么能每天服务那么多客人？

Boss　你帮谁服务啊？看得到你的客人都是真的天使，其他所有人都看不到你也听不到你，你仔细回想一下就知道了。

停顿。真真转向露露，期待她的说明。

露　露　Boss 说的是真的。

Boss　狂风暴雨那天晚上发生的事，让小小的真真招架不住。你就停留在那快速道路上好久好久。有一天我经过，看到一个小女孩走在快速道路上，完全迷失。我就决定收养你。

真　真　可是我是天使。

Boss　我捡到你的那天晚上你也这么说，可是你从来就不是天使。我看到当时你这么孤苦伶仃，我怎么忍心告诉你事实？时间久了，你也不相信别的说法了。（指露露）你们两个小时候都以为自己是天使？她长大了就知道了，而你……

露露难过地解释。

露 露 真真，你死了之后我好难过。可是有一天，你又出现了，我又开始看到你了。我跟我爸妈说，可是他们都不相信我，后来我发现你自己也搞不清楚自己已经不在了，我也不敢跟你多说，怕你会离开我。我爸妈到处找心理医生，但没差，后来他们只好陪着我玩，表示关心。

真 真 你爸妈看不到我？

吉儿和祥哥站在旁边，但是他们看不到真真。

露 露 妈，告诉她。

吉 儿 告诉谁？

露 露 告诉真真，在她死了之后你就看不到她。你只是在跟我玩。

停顿。祥哥和吉儿愣。祥哥向露露做手势，问："哪里？"露露指着错误的方向。

祥 哥 （对着露露指的方向）不会啦，我们怎么可能会这样呢？对不对，真真？

真真看到祥哥对着错误的方向说话，开始感到极度恐惧。

真 真 叔叔！阿姨！

祥 哥 （乱答话）不客气，真真。

露 露 他们完全搞不清楚你在哪里。（拍拍她旁边的座位）爸，她在这里。

吉 儿 当然！

祥　哥　你怎么说怎么是。

祥哥和吉儿走到露露指的位置面前，对真真鞠一鞠躬。

真真，你要节哀。

吉儿将祥哥拉往旁边走。茶餐厅老板过去安慰他们。

露　露　而像茶餐厅老板，他最上道。只要我去吃饭，有在跟人说话，他就知道你在，用尽一切方式让你感到舒服，技术又好，不像我爸妈节奏那么差。

真真接近崩溃，Boss 又拿出那一大本书。

Boss　现在我要为你们两位一起念诵。大桥，真真，你们的时间终于到了。（念）“尊贵的许建桥、许真真，现在你的心，已经失去形体的支撑，像羽毛一般随马蹄般的风缥缈。你会看到送葬的亲友，你会跟他们说，‘我在这儿，不要为我哭泣’，但他们看不见、听不见，这时你就能确定，‘我已死亡’，然后，就会开始感受剧烈的疼痛……”

大　桥　不！

真　真　不！

警察一上。他突然拿出手铐，把 Boss 铐住。

Boss　你这是……？？你不可以！！

警察一　陈旺，你已经被警方逮捕，涉嫌贩卖禁品、诱拐儿童。

Boss　这……？（大喊）冤枉！全是假的！全没根据！我是 Boss！ BOSS！逮捕我会有严重的后果，知道吗？

警察一　跟我走。

Boss　逮捕我会严重影响宇宙更高磁场，你必须向更高权威负责！你必须……（弱）妈的……

警察一把 Boss 带下。

音乐家的灵魂演奏《梦如之歌》。

大　桥　（对真真）时间到了。

祥　哥　（对吉儿）老婆，我们该走了，该走喽……

真　真　爸……

大桥拥抱真真。

吉　儿　露露……

露　露　（激动）妈，她要走了。

真真与露露拥抱。

我会想你，真真。

所有演员开始聚集，让出一条路给大桥和真真走。大桥和真真看一看大家，转身，慢慢往上舞台走。露露跟着，不愿意放掉真真的手。

吉　儿　露露……

露露放手。远处一道光。远方，穿着维多利亚式洋服的梦如站在一张古董椅旁，仿佛仍然在摄影社等着要拍照。大桥、真真走向梦如。羽毛静静地从天降下，落在他们身上。

V　（唱）"梦想彩虹，如飞跃云霄，

我的爱，我与你同在。

茫茫人海，勇往直前，

我与你如影随行。”

梦如、大桥、真真各自走向不同的远方。

露露刚好站在V旁边，两人互看。

露　露　我认识你吗？

大桥、梦如和真真消失在远方的光影中。茶餐厅老板到钢琴边，帮忙伴奏，让音乐家的灵魂拿起萨克斯风，继续演奏。其他人缓慢离开，走向左方，消失在侧台。

灯光渐渐暗下，直到全黑。

剧终

注释

1　× × 比鸡腿：台湾俚语，比喻很差的东西和很好的东西比较。

–《如影随行》前身 *Stories for the Dead* 世界首演 –

2006 年 3 月 15 日，美国斯坦福大学 Roble Gym 剧场
由斯坦福大学戏剧系及多元艺术研究所（IDA）制作、演出

–编剧、翻译、导演–

赖声川

–演员–

Samia Abou-Samra 饰 "V" / Naree Chan 饰 机车行客人、警察 / Daniel Chavez 饰 Daniel（祥哥原型）/ Carolyn Chen 饰 音乐家的灵魂 / Will Gutierrez 饰 男服务生 / Tiffany Hawthorne 饰 警察、机车行客人、客栈柜台员 / Andrew Keaveney 饰 George 2 / Richard Liu 饰 Boss / Paz Hilfinger-Pardo 饰 Liz（真真原型）/ Solina Tith 饰 机车行客人、女服务生、摄影师 / William Lowell Von Hoene 饰 George（大桥原型）/ Jill Wurzburg 饰 Jill（吉儿原型）/ Yu-Ting Yeh 饰 Joan（露露原型）/ Rachel Yong 饰 Pam（梦如原型）

舞台设计：赖声川 / 灯光设计：Michael Ramsaur / 服装设计：Connie Strayer / 导演助理及即兴排练记录：Will Gutierrez / 音效设计：Carolyn Chen

－《如影随行》世界首演－

2007 年 12 月 21 日，台北两厅院戏剧院

由表演工作坊制作、演出

－编剧、导演－

赖声川

－演员－

潘恒健 饰 音乐家的灵魂 / 曾宝仪 饰 YEA、电影院观众、童年真真（声音）/ 丁乃筝 饰 梦如 / 尹昭德 饰 大桥 / 屈中恒 饰 祥哥 / 徐堰铃 饰 吉儿 / 赖梵耘 饰 露露 / 朱芷莹 饰 真真 / 李建常 饰 Boss / 时一修 饰 机车行客人一、警察一、电影院观众、艺术治疗个案、大雄、道士助理 / 韦以丞 饰 机车行客人二、茶餐厅老板、电影院观众、送花小弟、道士 / 刘美钰 饰 警察二、机车行客人三、餐厅服务生、电影院观众、刘总、孝女白琴

－《如影随行》首演版巡演大陆时调换的演员包括－

马景涛 饰 大桥 / 杨乐乐 饰 YEA / 刘冰雁 饰 吉儿 / 李宗雷 饰 Boss

舞台及多媒体设计：胡恩威 / 录像创作：黄志伟 / 灯光设计：简立人 / 服装及造型设计：丁乃笙 / 影子摄影：赖声川 / 原创及即兴音乐：潘恒健 / 监制：丁乃竺 / 制作人：谢明昌 / 技术总监及舞台监督：刘培能 / 导演助理：高煜玟

《梦如之歌》 作曲：潘恒健 / 作词：赖声川及全体演员 / 演唱：曾宝仪

赖声川

1954 年出生于美国华盛顿，籍贯江西会昌，生长于美国与台湾，美国加州伯克利大学戏剧博士，前台北艺术大学戏剧学院教授及院长。世界上最著名的华人戏剧家之一，被誉为“现今最顶尖的中文剧作家”（BBC）、“亚洲剧场导演之翘楚”（《亚洲周刊》）。

三十余部原创编导戏剧作品对当代华人剧场艺术及文创产业影响甚深。台湾表演工作坊创始人及艺术总监、上海上剧场艺术总监、乌镇戏剧节发起人及常任总监，创意理论学者（著有《赖声川的创意学》），曾任教于美国斯坦福大学及加州伯克利大学。

赖声川剧作集

《如梦之梦》

《宝岛一村》

《圆环物语》

《水中之书》

《如影随行》

《暗恋桃花源》

《十三角关系》

《红色的天空》

《在那遥远的星球，一粒沙》

赖声川历年作品清单

《我们都是这样长大的》
《摘星》
《过客》
《那一夜，我们说相声》
《变奏巴哈》
《暗恋桃花源》
《田园生活》
《圆环物语》
《西游记》
《回头是彼岸》
《这一夜，谁来说相声？》
《台湾怪谭》
《红色的天空》
《又一夜，他们说相声》
《先生，开个门！》
《我和我和他和他》
《十三角关系》
《菩萨之三十七种修行之李尔王》
《如梦之梦》
《千禧夜，我们说相声》
《新加坡即兴》
《在那遥远的星球，一粒沙》
《乱民全讲》
《这一夜，Women 说相声》
《上海 · 故事》
《如影随行》
《陪我看电视》
《宝岛一村》
《那一夜，在旅途中说相声》
《梦想家》
《大桥上的对话与独白》
《梦游》
《水中之书》
《蓝马》
《隐藏的宝藏》
《鲸鱼图书馆》
《游园 · 流芳》
《幺幺洞捌》
《曾经如是》

扫 码 加 入

春潮线上读书会

图书策划　中信出版 · 春潮

总 策 划 杨　爽

特约策划 叶匡政

策划编辑 刘　晴

责任编辑 杨心怡

营销编辑 毛海燕

装帧设计 周滕家二郎 张逸轩 侯明洁 | 创意工场

出版发行　中信出版集团股份有限公司

服务热线：400-600-8099　网上订购：zxcbs.tmall.com

官方微博：weibo.com/citicpub　官方微信：中信出版集团

官方网站：www.press.citic

寶島一村

宝岛一村

赖声川
王伟忠 著

中信出版集团 | 北京

图书在版编目（CIP）数据

宝岛一村 / 赖声川，王伟忠著 . -- 北京 : 中信出版社，2019.6（2022.4 重印）

（赖声川剧作集）

ISBN 978-7-5217-0416-7

Ⅰ . ①宝… Ⅱ . ①赖… ②王… Ⅲ . ①话剧剧本 – 中国 – 当代 Ⅳ . ① I234

中国版本图书馆 CIP 数据核字（2019）第 073275 号

宝岛一村

著　　者：赖声川　王伟忠

出版发行：中信出版集团股份有限公司

（北京市朝阳区惠新东街甲 4 号富盛大厦 2 座　邮编　100029）

承 印 者：河北鹏润印刷有限公司

开　　本：787mm × 1092mm　1/32　　印　　张：6　　字　　数：60 千字

版　　次：2019 年 6 月第 1 版　　印　　次：2022 年 4 月第 5 次印刷

书　　号：ISBN 978-7-5217-0416-7

定　　价：398.00 元（套装 9 册）

赖声川构思、规划、完成之戏剧创作
根据王伟忠的眷村回忆完成

参与赖声川主持之创作型即兴排练的
— 全体原始演员 —

屈中恒、郎祖筠、冯翊纲、万芳、宋少卿、徐堰铃、黄仲昆、胡婷婷、那维勋、刘美钰、萧正伟、韦以丞、刘亮佐、周姮吟、时一修、严艺文、黄小猫、程守明、黄孝传、曾信裕、林佳璇、柯逸华

2008 年

– 人物 –

说书人

<u>第一代</u>

老赵（赵汉彬）	20 岁出头到老年，北京人
赵嫂（钱燕子）	18 岁到老年，北京人
钱老奶奶	60 岁，天津人
小朱（朱宝全）	20 岁出头到老年，山东青岛人
朱嫂（陈秀娥）	18 岁到老年，台湾嘉义人
周宁	20 岁出头到老年，上海人
冷如云	20 岁到老年，湖南人
李飞官（李子康）	20 岁出头到老年，河南人
魏中	年龄、籍贯不详，也不确定其名字
纪怪	20 岁出头到老年，籍贯不详，操着没有任何人听得懂的口音
老吴	空军飞行官，20 岁出头到老年，四川人
吴夫人	20 岁出头到老年，四川人
崔妈妈	中年到老年，湖北人
小黄	木工，台湾人，20 岁出头到老年
阿狗	小黄木作店的助理，台湾人，十几岁到老年
鹿奶奶	神秘优雅的年长女士，在岁月中似乎没有任何改变
鹿奶奶的副官	

第二代

赵丽文（大毛）	18岁到中年，老赵、赵嫂之长女
赵丽明（二毛）	17岁到中年，老赵、赵嫂之次女
赵台生（小毛）	16岁到中年，老赵、赵嫂之长子
朱建国（大牛）	18岁到中年，小朱、朱嫂之长子
朱建台（大车）	17岁到中年，小朱、朱嫂之次子
周念康（周胖）	18岁到中年，周宁、冷如云之子
大辣	18岁到中年，崔妈妈之长女
小辣	17岁到中年，崔妈妈之次女
吴嘉光	吴将军及夫人之子，15岁
大牛儿子	16岁，美国长大的

其他角色

第一幕

眷管官一、眷管官二、唐颂人、唐妻、升旗手、领门牌队伍中的人

第二幕

台中路人、鹿港香客、吴家侍官、打牌贵妇两位、邻居张先生、老师一、老师二、宪兵甲、宪兵乙、红衣女、美军、酒吧门口保镖

第三幕

台北地下道路人、大陆导游、赵老奶奶（北京）、赵叔叔（北京）、北京亲戚、朱大娘（青岛）、朱子（青岛）、朱媳妇（青岛）、周大姐（上海）、拉斯维加斯赌场赌客、赌场经理、赌场服务生、赌场新赌客、大车嫂（越南人）、小毛嫂、小毛之女、二毛夫、大毛夫（美国人）、第三代小孩

– 时间 | 地点 –

第一幕：1949—1950 年

第二幕：1969—1975 年

第三幕：1982—2006 年

本剧故事主要发生地点为台湾嘉义一个虚构的空军眷村“宝岛一村”，以及眷村附近的城市。

场景有嘉义、台中、台北，北京、青岛、上海。

– 舞台 –

主要场景是三间简单的连体房，跟台湾眷村房屋形状一样，但拆掉了墙壁，可直接看到屋内。

每一间房都小小的，约十平方米，跟真正的眷村差不多。

从右舞台到左舞台：赵家、朱家、周家。第一幕开始只有赵、周两家，中间是一块空地，

上面立一根电线杆，之后中间变成朱家。

随着时间推移，三间房屋的室内装修会更丰富些，但空间仍然拥挤。

– 其他空间 –

发门牌的队伍、升旗广场、树下聊天的空间、小黄的木工店、防空洞、学校老师办公室、嘉义电影院、台中五权路蓝天使酒吧门口、吴将军家客厅及厨房、嘉义火车站站台、鹿港天后宫、公共厕所、鹿奶奶家、台北车站地下道、北京赵家、青岛朱家、上海周家、上海公墓、嘉义餐厅、拉斯维加斯赌场、欢送晚会的广场

– 演出长度参考 –

在赖声川自导的版本里，本剧长 185 分钟，上半场约 93 分钟，下半场约 92 分钟。中场休息在第二幕的第十四场“毁约”之后。到第二幕的第二场“大树下（二）”结束约为上半场演出时间的一半，到第三幕的第三场“葬礼（二）”结束约为下半场演出时间的一半。

- 序幕 -

推土机的声音。灯光渐亮。背景是一张老台湾地图。台上一片废墟，推土机正在铲掉残余的砖瓦。

鹿奶奶，一个穿着正式、拄着拐杖的美丽老女性，缓慢而优雅地走过舞台。

说书人出现在一侧聚光中，直接对观众说话。

说书人[1] 那是1949年（民国三十八年），我父母跟随着国民党几十万大军从大陆迁移到台湾，居住在台湾南部嘉义临时搭建的一个眷村。前几年，我们住了几十年的眷村要拆了，村子老小把能够请回来的朋友们都找回来了，我们欢聚一堂，欢送我们的眷村。那是最后一次在宝岛一村过年，我带了孩子一起去看看爸爸从小长大的地方，想让他知道，当年这么多的人，是怎么从大陆到台湾的……

推土机继续铲砖瓦。神秘的鹿奶奶看着远方，若有所思，走远。

灯光全暗。

-第 一 幕- 1949—1950

第一场 发地址牌

远方“大声公”喇叭的广播声响起。

广播声 ……所有士官及眷属请注意，所有士官及眷属请注意：请到榕树下集合，带好身份证件等候……

灯光渐亮。在迷雾中，一个队伍在一棵大树下慢慢形成。众人身上带着大包小包，有老年也有壮年，还有抱着小孩的。两位眷管官坐在一张临时的小桌前，整理文件。

穿着朴实士兵服的老赵带着穿着端庄的赵嫂和他的岳母钱老奶奶在排队。队伍中也有周宁。

赵　嫂（标准北京腔）小杨，什么时候才轮得到咱们？我都一身汗了，我要找个地方洗澡。

钱老奶奶（天津腔）小杨，我们等得到吧？

老　赵（标准北京腔）放心，没问题。

眷管官一 注意，领到门牌的就可以直接办手续迁入。第一个：唐颂人。

停顿。

赵　嫂 谁啊？

眷管官一 唐颂人……？

停顿。一个人从队伍中急急忙忙冲出，他是魏中。

魏　中（四川口音）有！来了，来了……

卷管官二　证件看一下。

魏　中　掉了，在船上掉了。

卷管官二　眷属人呢？

魏　中　（指）他们在那树下休息。

卷管官二　（怀疑）你是不是唐颂人？

魏　中　我是啊！

卷管官二　哪个“颂”，哪个“人”？

魏　中　“宋朝”的“宋”，“仁爱”的“仁”。

卷管官一　全错！

卷管官二　他妈的没一个字对！

卷管官一　去去去！

魏中退到一边。卷管官继续喊。

唐颂人！唐颂人！

唐颂人　有！（对太太，四川口音）快一点！格老子你快一点！

真正的唐颂人从队伍最后面带着家属到眷管官的小桌去办手续。眷管官最后在文件上盖章，拿出一个挂在大门上的地址牌给他。

卷管官一　（发门牌号码）唐颂人，97号。

卷管官二　领了门牌那边办手续。

卷管官一　注意一点啊！叫到名字赶快喊！周宁。

周　宁　（江浙腔）我是周宁。

周宁一人从队伍中出，拿出证件。他穿着军官服。两位眷管官起身，敬礼。

眷管官一、二 （敬礼）长官好！

赵　嫂 欸？

眷管官一 长官，这里是士官的房屋。你是飞行官，应该在军官那边分配。

周　宁 没关系，军官那边已经满了，我住这边一样。

二位眷管官商量一下。

钱老奶奶 你看你看，军官都过来了。

赵　嫂 （喊）插队！

老　赵 嘘！军官当然优先。还是飞行官呢！

眷管官一 （对周宁）眷属人呢？

周　宁 我老母亲就来了，安排最近的船……

停顿。

眷管官一 （盖章、发门牌号码）周宁，98号！

眷管官二 等一下到眷管处报到。

周　宁 谢谢你。

眷管官一 （看文件）下一个：赵汉彬。

停顿。

赵　嫂 那是谁？快一点……

无人回应。魏中蠢蠢欲动，正要举手喊“有”时，老赵突然举手。

老　赵 有！

老赵拖着行李往队伍的前面走，赵嫂、钱老奶奶惊讶。

对不起，对不起……

眷管官二 怎么叫那么久才来？快一点！

老赵到小桌前，拿出证件。赵嫂和钱老奶奶迷惑地跟上。

赵　嫂 （对老赵）谁？

老　赵 嘘。不要讲话。

眷管官一 （盖章、发门牌号码）赵汉彬，99号。

老　赵 谢谢。

眷管官二 领了门牌你们旁边先等一下。

老赵带着赵嫂、钱老奶奶站一边。

赵　嫂 （无法置信）小杨，你……你不姓杨？

老　赵 （小声）我慢慢跟你解释。

赵　嫂 你到底是谁呀？

老　赵 啊呀，这年头能活命就好。我不是把你跟你妈妈带出来了吗？

赵　嫂 “赵汉彬”是谁？

老　赵 是我。

赵　嫂 你不是“小杨”吗？

老　赵 好了，别说了，走了……

赵　嫂 我到底嫁给谁了？

钱老奶奶 别说了……

赵家三口下。

眷管官一　下一个：魏中！

停顿。无人回应。

魏中左右看看，突然举手。

魏　中　（标准国语）有有有！

两位眷管官看到他，摇头。

眷管官一　我说“魏中”，怎么这会儿你又是魏中？

魏　中　啊魏中，我我我！我刚刚听错了。

眷管官二　（讽刺）换个名字口音都变了？（严厉）证件。

魏　中　跟你说在船上掉了。

眷管官二　哪一个“中”？

魏　中　当然是“中国”的“中”！

眷管官一　出生年月日？

停顿。在一旁尚未离去的周宁介入。

周　宁　他是魏中。

眷管官一　（不可置信）长官，这个……

周　宁　真的，真的，我在重庆就认识他。

眷管官二　不是，长官，这事情……

周　宁　大家出门在外，离乡背井，不需要那么讲究。

停顿。周宁下。眷管官发门牌号码。

眷管官一　（盖章、发牌）魏中，101号。

眷管官二　（带威胁的口气）我暂时让你住下来，到时候真的魏中来你可是要让出来的！

魏　中　我真的是魏中！

眷管官二　你他妈的倒挺机灵的嘛！

灯光渐暗。

第二场 入宅

灯光渐亮。两栋简陋的眷村房，一左一右，只有梁柱框架，没有墙壁，观众直接看到房屋内部。左边赵家、右边周宁正在打开行李摆放东西。两家中间是一块空地，空地中间一根电线杆。

左侧赵家，赵嫂和钱老奶奶有些烦躁和低落，老赵反而在乐观地整理东西。

赵　嫂　我现在到底嫁给姓赵的还是姓杨的呀？

钱老奶奶　我说小杨啊，炉灶在哪儿？

老　赵　我待会儿堆一个。

赵　嫂　我还以为我们会坐飞机过来，（反讽地）你不是说你是开飞机的？

老　赵　是开“发电机”。

赵　嫂　哈哈！你现在倒是讲得挺清楚的！你这不要脸的，我当初问你开什么，你说开（发音模糊）飞——机！原来你不是个飞官，就是个士官！你行啊！你开着你的发电机带我回北平呀！我要去东北烤肉！像我同学佩岚一样嫁给方飞官！

钱老奶奶　方飞官摔飞机死了，你就喜欢守寡啊！

右侧周宁家中，周宁在整理东西。魏中从外上，手里拿着一包东西，敲门。

赵　嫂　妈，你干吗替他说话呀？

魏　中　周长官！

周　宁　谁？

魏　中　长官，谢谢！我带这个来谢谢你。

周宁开门。

周　宁　干吗这么客气！请进。随便坐。

赵家。

赵　嫂　我口渴！我想喝冰镇酸梅汤！

周家。两人开了酒。

魏　中　其实我一个人来这儿也是不得已的。

周　宁　每一个人都有每一个人的故事。

魏　中　我是做生意的。上海、厦门、广州、日本，到处跑。我要回去那天，船票都买好了，港口全封锁了，他妈的！

周　宁　所以你的本名是……？

停顿。

魏　中　时局乱，很多事不堪回首。就叫我“魏中”吧。（举杯）来！

两人喝酒。

赵家。

赵　嫂　问你，这房子其他的部分在哪儿？这么小怎么住？

老　赵　反正是暂时的嘛。

钱老奶奶拿出一根擀面棍儿。

赵　嫂　（看到擀面棍儿）妈，你为什么带擀面棍儿呢？

钱老奶奶　你懂什么？这是你姥姥留给我的，德福轩就是靠这个起家的！带着这，到处都可以吃饭的。

赵　嫂　（伤感）我本来都要念北大的。

钱老奶奶　小杨，我们明年清明之前回得去吧？

老　赵　（乐观地）过年前就回去了，没问题。

赵　嫂　我要洗澡，上哪儿洗澡啊？

老赵突然一巴掌打在赵嫂的脸上。

赵　嫂　（惊讶）啊！！你打我干什么？！

钱老奶奶　你做什么啊？！

老赵研究自己手上的蚊子。

老　赵　不是，宝岛就是宝岛，蚊子都这么大个儿！

小朱，一位穿着跟老赵一样军服的高大山东人，从外带着一位秀气的姑娘秀娥上场。他看清楚赵家，叫秀娥躲在一边，然后上前敲窗。

小　朱　小杨……！

赵　嫂　叫你啦，骗子！

老赵开窗，看到小朱。

老　赵　（对小朱）到门口说。

老赵出门，在门口见小朱。

赵　嫂　你去哪儿？我要听音乐！

赵嫂拿出行李中的一个小留声机，把留声机装起来。

小　朱　（看着赵家，山东腔）真不错嘛！

老　赵　以后别叫我“小杨”，叫我“老赵”。

小　朱　你不就是小杨？

老　赵　是啊是啊，但……还是叫“老赵”吧。

小　朱　好，不管小杨老赵，我……有点事。

老　赵　干什么，又喝酒了？

小　朱　没有，这次没喝。（对躲在远处的秀娥）过来！

躲在远处的秀娥害羞地走近。老赵认出她。

老　赵　她不是那家小吃店的小妹？

小　朱　就是她。

老　赵　你们怎么走一块儿？

小　朱　我们不只走一块儿……！（拉老赵到一边，指秀娥肚子）她已经……

老　赵　不会吧！

小　朱　会。

老　赵　那……没关系……我们就……（指自己的房子）

小　朱　（打断他）我的意思不是要住你这儿，我只是想从这儿（指赵家和周家中间的空地）……到这儿……不是正好？

老　赵　（觉得不可思议）这是空地耶！

小　朱　搭个顶就行了。

老　赵　有根电线杆耶！

小　朱　接电多方便。

老　赵　这根电线杆还是南京搬来的，到时要按编号搬回去的！

小　朱　由我负责。

秀　娥　（闽南语）啊现在是在讲啥？

小　朱　你不要讲话，我等一下跟你说。

秀　娥　（闽南语）拢听无[2]。

小　朱　小杨，不不，老赵，这事没你不行，一路从老家出来都靠你了。

赵　嫂　（开窗）我要洗澡！

老　赵　不是啊。隔壁他……我就……（指隔壁周家）

小　朱　那……你帮我讲讲。

老　赵　好好。

小　朱　谢谢。

老赵和小朱去隔壁周宁家，把秀娥留在外面。二人在周家门外叫。

老　赵　报告长官！

小　朱　报告！

周宁出来开门。

周　宁　谁啊？

老　赵　长官借一步说话。我住在你隔壁，（敬礼）我是赵汉彬。

小　朱　（敬礼）报告，二等士官长朱全。

老赵拉周宁到门外，魏中也站出来看。

老　赵　是这样，您这边是98号，隔壁是99号，中间差一号。

周　宁　（迷惑）中间没差一号啊？

小　朱　我是说中间插我一号。

周　宁　欸……？这……

老　赵　（指秀娥）长官，人家已经有家眷了。

周宁看见秀娥。停顿。

小　朱　这件事情我们杨大哥，噢不，是赵大哥没有意见。

在一边观看的魏中突然有意见了。

魏　中　欸，这怎么行？我就住后面，你这样会挡我路。不能这样搞！

周　宁　（平静地）这年头兵荒马乱的有什么不行？这年头乱到什么程度？有人不是那名字还给他硬撑到一间房子！

魏　中　（立即转调）听到了没？我大哥说话了！谁敢有意见？

小　朱　我没有意见。

老　赵　没有。

魏　中　那有空过去我那儿喝个酒！

魏中下。赵家赵嫂留声机放出意大利歌剧音乐老录音：“歌神”卡鲁索的“Amor ti Vieta”。

老　赵　那长官，谢谢了！

周宁看一下空地。

周　宁　（对小朱）那你屋顶？……

小　朱　搭一下就有了。

老　赵　那地板呢？

小　朱　地板本来就有。

老　赵　那窗呢？

小　朱　你家窗不就是我家窗？

停顿。众人停下来听音乐。一切静止片刻。

灯光渐暗。

第三场 升旗

灯光渐亮。广场。1950 年元旦，众人出来升旗。天气已经冷了些。两位升旗手准备升旗。

眷管官一 （用“大声公”）1950 年元旦升旗典礼开始。立正……！

升旗手正要升旗时，老赵冲上，手上拿着一面破烂的旗子。

老　赵 等一下！长官，能不能用这一面？

眷管官摊开老赵带来的旗子，破败不堪。

眷管官一 这旗子破成这样怎么升？这是哪儿来的？

老　赵 这是徐蚌会战[3]，我一个弟兄背在身上的，结果他……

眷管官一 知道了。（对升旗手）换上。

老　赵 谢谢。

老赵归队，站在赵嫂前面。升旗手换旗。

赵　嫂 （小声，对老赵）一个弟兄？谁？

老　赵 你别问。

赵　嫂 跟我说是谁嘛！啊？

老　赵 赵汉彬。

赵　嫂 啊？……

眷管官一 （用“大声公”）立正！！……敬礼！

众人敬礼。升旗歌奏出，破旗升起。

众人看着破破的旗子升起。灯光渐暗。

第四场 第一个过年

灯光渐亮。1950 年除夕夜。三家各忙各的，准备年夜饭。天冷，每一个人都穿得很多。钱老奶奶在教赵嫂包水饺，老赵在和面。

朱家已经搭起梁柱，成形了，但电线杆还杵在房子正中央。小朱在写对联。朱嫂（秀娥）肚子已经大了，她站在门口，望着门外。小朱出门，拉她进门。

小 朱 回来回来，别在外头站着，进来吧，外面好冷啊。（指春联）写好了，写好了………

朱 嫂 （闽南话）好看耶，你就厉害乁[4]捏。什么意思？

夫妻俩此时虽然语言还不通，但彼此能做一些简单的沟通。

小 朱 “大地阳回鲁满春”。这个“鲁”就是“山东”啊，就是我们老家。

小朱把春联贴在电线杆上。

朱 嫂 （闽南话）听无……

小 朱 怎么还听不懂？

赵家。赵嫂穿着厚坎肩。

赵 嫂 你不是说台湾很热吗？在家还穿坎肩呢。

老 赵 这样才像过年嘛。

赵 嫂 这样才不像过年。这是什么肉，好臭，你是不是在外面找狗肉来包？

钱老奶奶 燕儿，大过年的，你就放过老赵吧。

赵　嫂 妈，我们以前都不用自己做，我看你现在这样，我好难过！

老　赵 难过什么？我们一家子聚在一起就好了。

朱家。朱嫂准备煎鱼。

小　朱 你真的会弄这鱼？

朱　嫂 （闽南话）鱼啊？

小　朱 鱼。

朱　嫂 （闽南话）鱼啊？

小　朱 （学闽南话，不标准）“鱼”？……

朱　嫂 （闽南话）你只有一尾啊？

小　朱 啊？

朱　嫂 （闽南话）一尾鱼。

小　朱 （学闽南话）“基——梅——何伊”？（想通了）喔！一条鱼，（不标准）“基——梅——何伊”！嘿嘿，原来闽南话这么好学，（仍不标准）“基梅何伊”……

周家。周宁试着开罐头。魏中拿瓶威士忌从外上。

魏　中 周长官，新年好！

周　宁 恭喜！来来……

周宁开门让魏中进来。

帅气的李飞官和冷如云上，老吴和吴夫人随后，一路看门牌。他们明显官阶不同。如云体态优雅，手上带着一块腊肉。李飞官和老吴穿着长大衣制服，帅气十足，如云和吴夫人穿着旗袍和长外套，两对都是意气风发、引人注目的年轻夫妻。

李子康 老吴老吴，就这儿了。

老　吴 周宁住哪儿？

李子康 前面 98 号，就这儿啦！

老　吴 （有些不屑）周宁就住这儿啊？

周家。

魏　中 过年怎么不飞？

周　宁 我 off。没飞。

老　吴 （大声喊）格老子周宁，过年了！不要窝在家里头，到我家去吃饭！

吴夫人 一定要来喔！

吴将军与夫人离去，李子康与如云敲周宁门。

周　宁 谁啊？

李子康 小周，Happy new year！我是子康。

周宁开门。

周　宁 子康！如云！刚才那鸡毛子喊叫的是不是老吴？

李子康 叫你去他家吃年夜饭。

冷如云 （拿腊肉给周宁）小周，给你加菜！

周宁惊讶地拿着腊肉，闻。

周　宁 啊哟！湖南腊肉！

李子康 是啊，也把我吓一跳，都不知道如云这个千金大小姐怎么变出来的。

冷如云 哎呀，过年嘛，总要想点办法，是不是？

周　宁 对啊，外面冷，进来进来。我给你介绍一下，（对子康）这是魏中。（对魏中）这是我官校同学李子康，空军英雄。这是他太太，冷如云。

魏　中 长官好，夫人好。

李子康 好，好，一起到老吴家吃饭。一起去吧。

周　宁 我不要去了。我一个人在这里挺好的。

冷如云 小周，你为什么跟地勤的住在一块儿，不跟我们空勤的一起住？

周　宁 那边已经满了，人家有家眷，何必跟他们抢？

魏　中 是啊，长官，我们这个周长官真是好人一个。

李子康 （严肃地）其实停飞的事是可以改变的。我帮你去沟通沟通就好了。

周　宁 子康，谢谢你，但我已经没有那个心和那个能力飞了。我一个人在这里挺好的。

李子康 小周，走！ Let's go！ 到老吴那儿！

冷如云 热闹嘛！还有陈夫人和她那个漂亮的妹妹也会来，介绍给你们认识，做女朋友好吧？

周　宁 大嫂你别搞我了，什么女朋友？！……

李子康 别别扭了吧，走吧！

子康、如云拉周宁出门。老赵正好端一盘煮好的饺子过来。

老 赵 报告长官！

周 宁 什么“长官”？赵大哥！（对李子康、夫人）这是我隔壁邻居。（对老赵）这我官校同学李子康，空军英雄！这是他夫人，如云。

老 赵 （敬礼）也是长官。是这样，我们家包了一点水饺。我在想，过年嘛……

周 宁 不用……

老 赵 应该的嘛！

朱家也送煎好的鱼到周家。

小 朱 报告两位长官，我们这条鱼……

朱 嫂 （闽南话）一尾鱼。

小 朱 虽然（学闽南话）“基梅何伊”很小条，但是中国人嘛，就是要“年年有鱼”！

魏 中 对，有元宝也有鱼。

周 宁 我一个人，到我家来吃好了。

老 赵 不不不，上我们家去吃吧！我搞了个大桌子，大家拉把椅子过来就好！（热情拉着大家）一定过来喔！走走走！

大家往赵家移动。

周 宁 子康，你们就一起吧？

小　朱　（热情）过年，一块儿嘛！

冷如云　会不会不好意思？

周　宁　没问题！刚刚那个赵大哥的岳母是以前北平德福轩的老板娘！

冷如云　德福轩？那儿烤鸭很有名的！

周宁带腊肉跟酒，大家搬自家椅子过去赵家。虽简陋，赵家呈现一片热闹气氛。

小　朱　（进赵家）大娘！

魏　中　（对李子康与冷如云）长官，来！各位！跟大家介绍一下！这是我们的空军英雄！

小　朱　两位长官来来来！

赵　嫂　大家欢迎！

老　赵　人多热闹啊！

周　宁　这是我同学李子康！还带了湖南腊肉来！

众人在赵家随兴地坐下。

赵　嫂　（指桌上的一大盘饺子）这饺子待会儿要多吃一点！在北平要吃到我妈包的饺子是要付钱的！

李子康　付钱！付钱！如云，红包拿来！

老　赵　开玩笑！

钱老奶奶　你们别听燕儿瞎说！过年，一定要吃元宝啊！大家吃！来来来！

大家吃饺子。周宁突然大声喊叫。

周　宁　（喊）呵！！……

停顿。众愣。

真好吃！！

众松一口气，继续热闹。

大娘，这什么馅？

小　朱　哇！来台湾还没吃过这样的美味！

朱　嫂　（闽南话）好吃！太好吃！

小　朱　闽南话，（学闽南话）“喝假”就是“好吃”的意思。

大家开心。

钱老奶奶　长官，我同你说，这个饺子什么馅都不是！台湾这儿这也没、那也没，面粉不对，醋也不对，大家凑合凑合吧！

周　宁　（口气大）大娘您说醋不对是吧？什么醋，您就说吧。

钱老奶奶　什么醋？就北平的醋。我们就管它叫“醋”！

赵　嫂　对，“醋”！

周　宁　（点菜似的）北平的醋一坛！叫子康飞过去的时候把它带回来就行啦！

钱老奶奶　吹牛！你这小子。哪飞得过去？

李子康　（跟着说大话）那可不。报告大娘！我平时出任务都贴着“海峡中线”飞，现在只要机头偏那么一丁点，就在北平landing了。没问题！

小　朱　（起哄）那我要山东大萝卜！

赵　嫂　（跟着起哄）我要北平的冰镇酸梅汤！

魏　中　我要成都的小花椒！

老　赵　你说的是姑娘还是吃的呀？

魏　中　姑娘哪带得过来啊？！

李子康　（对如云）如云记下来记下来，写个单子，下趟任务我就到王府井把货给办回来，元宵交货！

赵　嫂　不可能的！

冷如云　我都记下来了！

钱老奶奶　吹牛！来！大家吃！

众人吃。稍安静些。老赵起身，手里拿着酒。

老　赵　（诚恳地有感而发）各位，今晚是我们到宝岛台湾的第一顿年夜饭。出门在外，虽然离家远了点，但是气氛不一样。（举杯）今天我恭喜大家，也希望明年我们就回家过年了！

小　朱　回家过年！

大家起身举杯喝酒。

朱　嫂　（闽南语）恭喜恭喜！

赵　嫂　（听不懂仍附和着）欻欻！……

众人坐下。

李子康　哎，说实话，我看部队这些弟兄过年思乡心切，我担心有人撑不住想过去了！

周　宁　子康啊，我们一定要撑住。我们马上就要回去了！

魏　中　要回去了！

小　朱　可别说，我可是铁打的山东好汉，可是我在船上看着那陆地越来越小、越来越远，然后就不见了……我都哭了！

沉默。

来，喝喝喝！

老　赵　不讲这些！

众人喝。

李子康　不过往好处想，这是我们在台湾的第一个，也会是最后一个年夜饭！很快就要回去了！

冷如云　（起身，有感而发）现在外面天气这么冷，我们大伙聚在这儿多温暖啊。赵先生、赵太太，你们真是幸运，娘在身边，我们大家的娘都不在身边。像子康，两年没见到他娘了。（对钱老奶奶，举杯）大娘，你今天就代表我们所有人的娘吧，我们敬你一杯！

大家起身喝酒。

周　宁　对！

小　朱　敬娘一杯！

钱老奶奶　大家恭喜，身体健康啊！

魏　中　长命百岁！

小　朱　新年快乐！

众人喝。坐下。

小　朱　（对朱嫂解释）我们大家的娘、我们的妈妈都不在身边……

朱　嫂　（闽南话）我爸妈都在这边呀，但是我被赶出来……都是因为他啊！（指朱，打朱）都是因为他啊！

众　人　怎么了？

小　朱　这句讲得太长了，我听不懂。

老　赵　肯定是骂你的就听不懂了！

众人笑，大家开心。

朱　嫂　（闽南语）歹势，歹势[5]……

李子康突然伤感，轻轻哼起抗战歌曲《松花江上》。

李子康　（唱）“我的家……在东北松花江上……”

一句歌声戳破沉静的夜。众沉默，然后小声跟唱。

众　人　（接唱）“那里有森林煤矿……

还有那满山遍野的大豆高粱……”

周宁起身，走到屋外，望着天空。

“……我的家在东北松花江上……”

老赵、小朱跟着到屋外。三人在冷冷的空气中各自望着星空。

老　赵　（对周宁）长官，你说北平在哪个方向？

小　朱　（指着天空）那边？

周　宁　我很久没飞了，我也不知道。

周宁进屋，把李子康叫出来。赵嫂在屋内用留声机放出《松花江上》

演奏版的唱片。

子康，你来看看。

李子康也跟出来到外面。

我的老家上海在哪里？

李子康看着天空，指着方向。

李子康 你先找到北极星，然后往西、再往西……这个方向，上海。

周宁呆看着子康指的方向。沉默。

老　赵 长官，那北平呢？

李子康看着天空，指着方向。

李子康 先找到北极星，往东、再往东就是了。

老赵呆看着子康指的方向。沉默。

小　朱 那我们山东青岛呢？

李子康 往那个方向过去——山东青岛……

几个大汉站在外面，朝着家乡的方向看。钱老奶奶也出来，望着星空。

《松花江上》演奏版继续放着。没有其他声音了。

灯光渐暗。

第五场 大树下（一）

一位年轻时髦的女孩出现在舞台边上的聚光中，她是第二幕会出现的大毛，以说书人的身份直接对观众说话。

说书人（大毛） 时间过去了。这一批来自四方的人开始学习如何相处，如何相互帮忙。他们之间，甚至话都不通。村子门口的那一棵大树就成为大家互通消息的地方。

台上灯光亮起，是夏天。树下，老赵、小朱、周宁、魏中和纪怪坐在大树下的小板凳上聊天。每一个人说话都很权威的样子。

飞机飞过的声音。众人向天空看，敬礼。

老　赵 你们听说了没有？我们就快要行动了！

魏　中 我们的部队要从嘉义直接过去，戴笠在那边组织的人早就准备好要接应了。

老　赵 有可能，咱们来了也快一年了。

小　朱 （泼冷水）只有一个问题。戴笠死了。

鹿奶奶从右舞台慢慢往左舞台移动，随从跟随在后。朱嫂挺着大肚子，也出来，站在旁边听。

周　宁 （非常权威的样子）小朱，这你就不知道了！他飞机当时南京降不了，后来转飞上海降不了，那飞机谁开的？我哥们儿！当时他早下飞机了，根本不在飞机上！

纪怪发言。他的口音是众人不可能听得懂的，但没有一个人愿意承认听不懂。

纪　怪　△∨◎∵◇∪ ¤ ∧☆∷∩□ ※ ∞∴△∨◎∵◇∪ ¤ ∧☆∷∩□ ※。[6]

尴尬的停顿。

老　赵　可我听到的不是这样。

小　朱　你听到的是怎么样？

老　赵　其实他在南京根本没上飞机。

魏　中　错！他根本没去南京！

纪　怪　△∨◎∵◇∪ ¤ ∧☆∷∩□ ※ ∞∴△∨◎∵◇！[7]

尴尬的停顿。朱嫂走过来听，她的肚子明显大了。

小　朱　不对，戴笠的坟我去过，在徐州！

老　赵　对，在徐州山上那个……

周　宁　哪个？哪个？在南京！

纪　怪　△∨◎∵◇∪ ¤ ∧☆∷∩□ ※ ∞∴△∨◎∵◇？！[8]

纪怪拍手强调他的论点。尴尬的停顿。

周　宁　国民党的情报头子怎么会被你们几个人猜透呢？！戴笠的坟是不是在南京，就连我都不确定。我唯一可以确定的是——戴笠没死！

在他们争吵的过程中，二位军官严肃地路过，在舞台另一边下。

小　朱　死了！

周　宁　没死！

侧台听到一声惨叫。

女人　（声音，惨叫）唉——

众人向左看。

沉默。

朱　嫂（对小朱，闽南话）吃饭了。回去吃饭了。

树下散会。灯光只余大毛身上的一束聚光。

说书人　宝岛一村是空军眷村，台海关系处于极度紧张状态，每天英勇的空军战士从嘉义起飞执行任务，经常双方会互相挑衅。村子最怕的是在傍晚时刻，听到电话铃声，或者看到几位穿着整齐的军官们来到飞行员的家敲门。接着，就会听到哭声，就知道，有飞机摔了。

灯光渐暗。

第六场 学菜

灯光渐亮。中间朱家，挺着大肚子的朱嫂走到她家右边窗户，因为这个窗户是和赵家共享的，她直接就能看到隔壁赵家，钱老奶奶正在擀面。

钱老奶奶咳嗽，拍一拍自己胸膛。

朱　嫂　（闽南话）阿姆，你今天要做什么？

钱老奶奶　（天津话）朱太，你识货哦，知道我要包天津包子！

朱嫂听不懂。

包子！（招手）你来，我教你呀，我教你。

朱嫂还是听不懂太多国语，钱老奶奶说浓浓的天津话。钱老奶奶招手，用手势叫朱嫂过来。

朱　嫂　我过去？好，我过去。

朱嫂出门，去隔壁赵家。

钱老奶奶　老赵真行啊，总算是找到对的面粉啦，可以做包子了，天津包子了。（比）包子。

朱　嫂　（学国语）包——纸！（闽南话）我知道我知道！

钱老奶奶　你说什么？这不是普通的包子，是（得意）天津包子。

朱嫂点头应和，但事实上不是很懂她在说什么。钱老奶奶还是耐心地、比手画脚地跟她说。

我娘家是天津人。天津。天津卫啊！

钱老奶奶拿起材料，朱嫂仔细学习。

我教你啊，做天津包子是有诀窍的，里面要包肥肉跟瘦肉，是要根据季节的变化来调整的。

停顿。钱老奶奶看一看朱嫂。

季节，懂不懂？什么叫季节你懂吗？（比手画脚）季节啊，春——夏——秋——冬，四季啊，四季。

朱嫂听不懂，笑。

你笑是懂还是不懂啊？（想想怎么说）这怎么说呢？好比说现在是夏天热的时候，（比扇扇子）热啊！流汗啊！你这个肥肉跟瘦肉的比例是（比）三比七……

朱　嫂　（仔细听）三……

钱老奶奶　等到冬天的时候冷啊，（装冷）冬天冷啊——肥肉就要多一点，就是要（比）四比六……

朱　嫂　四？……喔我知道！你的意思是说天气不同，做法也不同？

钱老奶奶　（没听懂）不是，你别急别急。现在是夏天，我先做给你看，等冬天冷的时候你做给我吃，好不好？

钱老奶奶搓面粉，朱嫂接过来搓。

朱　嫂　我家里也是会煮吃的。

钱老奶奶　（没听懂，应和）啊啊啊啊啊……

钱老奶奶示范。

葱姜蒜末全下去了，不能加太多。我妈妈说这个天津包子就是让人家吃了什么味儿都有，但是你就是说不出是个什么味儿！这就是最地道的天津包子！我妈妈教我的……

停顿。钱老奶奶突然难过起来。

朱　嫂　阿姆？……

钱老奶奶　朱太，天津你知道吗？天津。我家！（越来越大声）我老家！家！天津卫！我老家！……

钱老奶奶站到门口，望着门外。停顿。

朱　嫂　阿姆，你是怎么了？

钱老奶奶　（摇头）回不去了……回不去了……我是永远回不了老家了！

沉默。

朱嫂过来安慰钱老奶奶，把她扶回桌前。

朱　嫂　阿姆，不要难过。来，做包子。你教我做这……（用力学国语发音）天——井——宝——子儿！

停顿。朱嫂的发音实在差很多。难过的钱老奶奶被逗乐了。

钱老奶奶　啊？哈哈哈哈……朱太，是“天津包子”。

朱　嫂　（学）“天井宝子——”！

朱嫂发音好一点，但还是发不标准。

钱老奶奶　（笑）我教你啊，来，我们来做天津包子……

两人继续做包子。灯光变化。

第七场 周家女主人

周宁上，走向自己家；冷如云走在后面，穿着朴素，沉默低调，跟上次过年时潇洒亮丽的样子差很多。两个工人跟在后面，搬如云的行李。他们一路走向周宁家。

周　宁　就在前面了……

反方向，赵嫂从公厕回来，遇到他们。

赵大嫂。

赵　嫂　长官好……

周宁和如云进到周家，工人放行李。如云完全沉默，低头，跟之前过年时看到的灵活、欢乐样判若两人。

周　宁　（对工人）东西放着就行。好，谢了。

赵嫂看着如云进周宁家，大惊，赶忙叫朱嫂和钱老奶奶出来讨论。

朱　嫂　（闽南话）是发生啥米代志[9]，那不是李夫人吗？那乀这么多东西？

赵　嫂　（比手画脚）你不知道？那个李飞官他投靠共产党了！

赵嫂比投共的动作。

朱　嫂　去大陆？

钱老奶奶　她先生投靠共产党啊？！

工人正好过，赵嫂阻止钱老奶奶说话。

赵　嫂　嘘！

工人下。

朱　嫂　啥米啊啥米啊？

赵　嫂　（比手画脚）那个李飞官，空军英雄，他开飞机到对面去了……那个李太太没人照顾，现在他照顾她。

朱　嫂　来我家啦我家听得到！

三人一起到朱家，挤在朱家、周家两家共享的窗户边偷听周家。赵嫂把朱嫂推开。

赵　嫂　我来！你又听不懂。

周家内，周宁和如云肢体略显尴尬。

周　宁　如云，第一个我一定要先说，我跟子康这么好的同学，我绝对相信子康。他不可能到对面去投……

停顿。如云不回话。周宁不知道要说什么，就一直说明。

委屈你了，这地方小……（指他自己睡的单人床）你先暂时睡这儿……茶叶不知道你喜欢喝什么，我都喝龙井的……

沉默。

周宁感慨。

唉！子康发生这种事，弄得一点抚恤都没有！（发现自己说话不妥，转为鼓励）但你放心，我们是铁哥们儿，我一定来照顾的……不用说，不是我来也一定有别人会来照顾……老吴一定愿意，只是他……（声音变小，泄气）老吴已经结婚了。所以你就委屈了……

沉默。

这里的环境比不上你那儿，这里要上厕所得出来。来……

周宁拉如云到门外。

我带你看一下，公共厕所……（指）你看到那棵树没有？走到那边左转，用鼻子闻一闻就知道了。

如云还是不语。两人回屋。

其实这里蛮好的，我蛮喜欢这儿，安静，一个人自在……（发现说错话）我是说，我是说……唉！

周宁气馁。老赵、小朱下班回家，各自进屋子前在门口互相叮咛。

小　朱　老赵，我回去了……

老　赵　小朱，回家之后，李子康的事就别说了。

小　朱　知道了。（感慨）真看不出来……

老赵回家。小朱进门，大声喊闽南话。

耶，我转来啊……

挤在窗边的三位女士被吓一跳。

赵　嫂　吓死人啊！

朱嫂忙着跟小朱说明隔壁的状况。赵嫂继续偷听。

朱　嫂　那个李太太搬进来了！

小　朱　飞官有个说法，就是谁要是摔飞机，学长、学弟就要照顾遗孀。这种事你们女人家就不要发表意见。

朱　嫂　那欸啊捏？

赵　嫂　不过……

老赵开他家窗，直接跟朱家的人说话。

老　赵　燕儿，什么事情？

赵　嫂　那个李飞官，投靠共产党了。

众　人　嘘！

周家。周宁走到他家窗边。

周　宁　如云啊，还有一件事，这个窗呀，没事不要开，如果你开就会发现……

周宁开窗，发现大家都在朱家偷听，朱家所有人闪躲，连隔着一个屋子的老赵也必须闪躲。全体冻结。

周宁关窗。

停顿。如云终于开口了。

冷如云　你知道事情不是那样。子康不可能投共的！

周　宁　（忙解释）对，所以他们一定在讨论……中秋月饼的事……

赵　嫂　（接话）对对对，中秋月饼！……

小　朱　不知道台湾的月饼是什么馅喔？……

赵　嫂　对，真好奇啊！

小　朱　（对赵嫂）回去回去……

赵嫂、钱老奶奶回自己家。灯光变化。

第八场 买棺材（一）

年轻、穿着高中制服的女孩二毛出现在聚光中，以说书人的身份直接对观众说话。

说书人（二毛） 宝岛一村自成一格，进到里面，就是自己一个小世界。全中国各省的方言、口音、菜色，习惯了就不大想出来。但人生就是没办法一直单纯地过着，总会发生一些事必须到村外寻求支持。当年我爸老赵最热心公益，在这种时候，就是他会去村外闯荡……

台上灯光渐亮。眷村外街道上一家木工店。店老板小黄和他的徒弟在店里。老赵从外上。

老　赵 小黄。

小　黄 （闽南话）喔，外省村那个啦。上次我去帮忙修房子……啥米代志？（用不标准的国语翻译自己的话）什么事情？

老　赵 想找你帮忙。我需要一个木头箱子。

小　黄 （学声音）“箱子”？喔！（闽南话）箱子！尺寸多大？（国语）尺寸大、小？

老　赵 我画给你看。

小　黄 好，来，这边……

老赵拿笔，在木工桌上画。

老　赵　就是木头，形状大概是这样……长五尺……

徒　弟　（闽南话）装死人？

徒弟、小黄笑。

小　黄　（闽南话）哈哈，什么装死人，不要乱讲话。

老　赵　这是做棺材的。

停顿。

我们村子有人过世，要我来办丧事，我特别来请你帮忙。

停顿。

小　黄　（国语、闽南语混合，比手画脚）不是，这个棺材没有，没有，我们是做窗户、修玻璃，哪有做这个啦。来来来，我跟你说你从这里出去往那边走，绕过去左手边有一间棺材店……

老　赵　我知道那边有棺材店。可我也知道你一定做得好。

小　黄　不是，那边弄方便一点，都准备好了，对不对？差不多一百块也是可以。我帮你讲一下，九十块，九十块就可以……

老　赵　我没有九十块钱。

小　黄　那你有多少钱？我帮你讲看看。

老　赵　我有十块钱。（停顿）十块钱。

小黄不敢相信。

小　黄　我上次去那边帮你们修个屋顶，都要三块钱啊！

小黄用手比“三”，老赵见机直接跟他握手。

老　赵　谢谢，谢谢。

小　黄　不是，这……

徒　弟　（不屑，国语）啊呀！没钱用草席包一包就好啦！

小　黄　（严厉，闽南话）阿狗！你惦惦[10]！

老　赵　小黄，我们这群人离乡背井到这边，本来以为很快就可以回去。现在人都已经走了……

停顿。小黄注视工作桌。

小　黄　要不然……（敲一敲工作桌）用这种的做比较便宜……（想不通）十块钱？……

小黄疑惑。老赵塞钱给他，猛向他鞠躬。

老　赵　十块钱给你。谢谢，谢谢！

徒　弟　老板！

小　黄　这？……

灯光渐暗。

第九场　葬礼（一）

年轻男子大牛以说书人的身份出现在聚光中，直接对观众说话。

说书人（大牛） 第二天，十块钱的棺材搬到了宝岛一村。那位学徒一路骂，觉得小黄老板被外省人彻底骗了。后来他们才发现那个棺材是给谁的……

台上灯光渐亮。赵家大桌搬走了，多了一个灵堂。气氛低迷。赵嫂呆滞地坐着，邻居们安慰。小黄封了棺，从后面出来，擦擦身上的汗。鹿奶奶慢慢从下舞台穿过。

小　黄 （对徒弟，闽南话）……好了！你是讲完没？答应人家的事就要好好做完，你管它多少！……

挺着大肚子的朱嫂从她家出来，捧着一盘热热的包子，一边哭泣，一边把包子供到灵堂上。小朱陪在一旁。朱嫂跪在灵堂前。

朱　嫂 （对着灵堂，台式普通话）阿姆，天气开始变凉了，我照你的意思，四分肥肉、六分瘦肉。我做给你吃。你吃吃看，是不是这个味？这是你教我做的……（忍不住，哭出声来，国语）天津包子！……

小朱安慰着朱嫂。小黄在一边看。

徒　弟 走了，老板……

小　黄 嘘。你是怎么了？没眼睛看啊？人家是大人过身了。你还在没大没小！没规矩！（骂日文）Baga（笨蛋）！

老赵出来跟小黄说话，手上拿着钱。

老　赵　小黄，真的谢谢你。我们邻居凑了一下，多了十块，给你，这样你总不会赔本。

老赵欲把钱给小黄。

小　黄　（拒绝）不用了！赵先生，真的。我不知道你是……

老　赵　不行，你一定要拿……

小　黄　不用了！真的！你们出外人，辛苦了……

朱嫂在灵堂前突然大叫一声。

朱　嫂　啊！！！……

如云正好进赵家吊唁。

冷如云　快！

小　朱　怎么办？怎么办？

老　赵　要生了！

一阵慌乱，所有人跑来跑去。小朱把朱嫂扶下。

灯光渐暗。

-第　二　幕-　1969—1975

第一场 蒙太奇

灯光渐亮。留声机传出20世纪60年代国语歌曲《往事只能回味》。三个家庭，家具都变得比较多、比较好、比较固定。第一代都已经是中年人。老赵坐在他家藤椅上；朱家正中央的电线杆还在，上装满电线，小朱坐在家中一张小桌前，像是在办公；周宁在家里听一台小晶体收音机。

年轻人跑过舞台，村子看起来充满朝气。穿着高中制服的小毛以说书人的身份出现在一侧聚光中，介绍整个在我们眼前展开的情景。所有角色也根据小毛的说明上、下场。

说书人（小毛） 就这样，这一群原本以为很快就要回家的人们就这么住了下来，从想家，想回家，变成这里就是他们家。一转眼，我姥姥的葬礼已经过了快二十年。那一天在葬礼同一天出生的小孩，取名朱建国，外号大牛。第二年我爸、我妈生了一个漂亮的女孩，赵丽文，外号大毛，就是我大姐。大牛跟大毛从小隔着一片窗户长大，在所有年轻人眼里，他们是当然的，最亮丽的一对。

十九岁的大牛在朱家，隔着玻璃窗跟赵家十八岁的大毛聊天。他们年轻、亮丽。

大车和二毛从侧台上，两位都穿着学生制服。

宝岛一村所有小孩都有外号。大牛的弟弟叫大车，不要问我为什么。我二姐赵丽明叫二毛，我当然不用说，就叫……

二　毛　（跟小毛打招呼）小毛。

说书人（小毛）　（回应二毛）二姐。（对观众，继续担任说书人）大车跟我二姐也是天生一对，但似乎没那么多人看好。

我两个姐姐都长得很漂亮。其实我们眷村小孩都长得很漂亮，像我们村子还有一对姊妹花叫大辣、小辣。

大辣、小辣上，一对穿着麻辣的姊妹花。周家的周胖跟大车看到大辣、小辣要过来了，先准备好，假装在朱家门口练拳。

他们是崔伯伯、崔妈妈的小孩，比较属于风骚型，每天她们放学回家，我们都会想办法“把”一下。

大辣、小辣经过大车、周胖练功夫的地方。大车、周胖故意大声引起她们的注意。

大车、周胖　（齐声、出拳）呵——！

大辣、小辣吓一跳。

大　辣　无聊！

大辣、小辣不屑地继续往前走。刚好崔妈妈上。

小　辣　妈……

崔　妈　（对小辣）去穿衣服去！

说书人（小毛）　（跟崔妈打招呼）崔妈好！

崔　妈　欸小毛……

崔妈忙碌去。小毛继续对观众说话。

说书人（小毛）　崔妈是我们村子里的会头，为了筹小孩注册费，妈妈们都要跟她标会。

如云也出来看看，她也已然是中年人。她叫儿子周胖进门。小毛跟如云打招呼。

周妈好！

冷如云　欸。

如云回屋里，看着周胖做功课。小毛继续对观众说话。

说书人（小毛）　冷如云阿姨住过来第二年也生了一个小孩，叫周胖。跟很多小时候叫“胖”的人一样，他长大以后一点都不胖。其实周胖是不是周宁伯伯的儿子都不知道，可能还是如云阿姨投共的前夫的小孩！如云阿姨每天在对面军官村帮一名将军打扫做饭。

朱嫂推着“正宗天津包子”小车回家，在赵家门口跟赵嫂聊天，拿包子给赵嫂。纪怪骑脚踏车经过。

而隔壁朱妈妈最会赚钱。当年我姥姥不但把包子教给她，连擀面棍都留给她了。在六十年代，朱妈妈的天津包子早已经闻名嘉义。

至于我妈，是完全不会做菜。所以我是从小吃天津包子吃到大。朱妈生意做得不错，朱伯伯也不甘寂寞，利用他们家地理位置的优势也做起了小生意……没错，他家是宝岛一村的小电力公司，帮人接电，收点月费！

朱家门口，一位村民张先生走过，小朱冲出来跟他理论。

小　朱　不是，张先生，你不要让我为难。我不是收你电费。我是在服务，收的是服务费。你不缴我只好把你剪了！

张先生不得已掏钱。

张先生　欸……钱给你。

小　朱　（收钱）谢谢。

张先生下，经过卖完包子推车回家的朱嫂，朱嫂看到了刚才的情景。

朱　嫂　（对张先生）对不起啊。

朱嫂进朱家，说小朱。她的国语已经很流畅了，但有一股浓浓的闽南腔。

剪剪剪，你用的是什么人的电？

小　朱　好啦，（不准确的闽南话）你不好管！

朱　嫂　（不饶人）你用公家的电，还敢收人家钱？

小　朱　（顶）什么公家？公家就是我家！每天上上下下多麻烦！

朱　嫂　（讽刺）喔！你真辛苦，每天爬上爬下。还有账本、办公桌，你以为你是在做生意啊！每个月在这边以为大老板啊！（闽南话）你一个月可以赚多少钱？

小　朱　欸欸欸，你每天卖几个芝麻绿豆大的包子说话就这么大声啊？

朱　嫂　你也不想想，刚来的时候没有房子，老赵老周拜托拜托，现在人家来拜托你，你还收钱！（闽南话）总之，有孔没榫的事，没卡抓[11]啦！

小　朱　等一下！什么"卡"，什么"爪"？听不懂！

朱　嫂　听不懂？（闽南话）听不懂算了！

小　朱（山东话）你卖包子像是屎壳郎逛花园。

朱　嫂　等一下，什么"客唧"，听不懂！

小　朱（得意）听不懂了吧！你不是那里的虫！

朱　嫂　你这个人，（闽南话）歹心乌入肚，要死就初一十五，要埋就风和雨，不要理你了！

小　朱　要讲听不懂的是吧？那我再讲一个听不懂的！我看你揉面活像是（山东话）土地奶奶逮蚂蚱，你慌了神了！

朱　嫂　你继续啊你………

两人继续用闽南话和山东话互骂，往房子后面离开。
灯光聚焦在当说书人的大毛。

说书人（大毛）　我爸跟朱伯一样，没什么本事赚钱。因为他是军车司机，只能偶尔在外面偷偷兼差，接一点拉货的生意。但他不在乎。我爸就是喜欢帮助人。村里的大小事，只要有事，一定是先找我爸……

左下舞台灯光亮起。学校办公室，背靠背两位老师。老赵苦口婆心地面对其中一位。

老　赵　……老师啊，这孩子平时在村子里特别乖，见到长辈都鞠躬。奇怪，怎么会跟人打架呢？……

老师不受感动，老赵继续。二毛走到聚光中，和大毛一起担任说书人。

说书人（二毛）　我们都很穷。政府设了中山奖学金给军人子弟补贴学费，不然我们都没办法念书。拿奖学金的标准低到不可思议，只要操行60分就行了。偏偏我们村子里就是一狗票人拿不到。

老赵继续努力。

老　赵　……老师，拜托拜托，拜托拜托……

老师一　好了好了赵先生，这次就给他60分。下不为例！

老　赵　谢谢老师！……

灯光转移到另一间办公室。老赵移动到另一位老师面前。一样的口气。

老师啊，这孩子平时在村子里特别乖，见到长辈都鞠躬，奇怪，怎么会烧老师的脚踏车呢？……

灯光变化。空中降下飘落的传单。小毛、大车、周胖跑出来捡。二毛和大毛在聚光中继续对观众说话。

说书人（大毛）　有时候我们眷村上方会飘下一些对面飘落过来的传单，想告诉我们那边的生活有多好，共产主义如何如何，我们是没管那么多，小孩捡到传单的话都可以拿去换钱！

说书人（二毛）　有一段时间没有空飘，我弟弟就和大车一起假造传单，拿给老师希望能记功……

教室。小毛、大车在老师面前站着。停顿。

老　师　蛮像的……可是有一个问题：为什么全校那么多人，只有你们两个捡到呢？

停顿。两人对看。

小　毛　翘头！

大车、小毛跑掉。聚光中，二毛继续对观众说话。

说书人（二毛）　过了二十年，那棵大树下还是他们谈国家大事的主要位置，而从之前说话就没人听得懂的纪怪叔叔，我一直搞不清楚他是哪里人！有人说他来自内蒙古，有人说是海南岛，反正他的话还是没人听得懂。

灯光变化。

第二场 大树下（二）

1960年大树下，男人们又在谈国家大事，成员相同，但少了魏中。

飞机飞过，众人看天。周宁向天空敬礼。

鹿奶奶慢慢走过舞台，随从跟在后。

周 宁 老赵，听说了没有？我们买新飞机了！

老 赵 是吗？

小 朱 大手笔，全新的F5，100架！

老 赵 （大惊）100架？什么意思？需要那么多架吗？

小 朱 需要那么多架吗？！

周 宁 （反讽）你以为只是为了要防卫的吗？

纪 怪 △∨◎∵◇∪¤，∧☆∷∩□※，∞∴△∨◎∵◇，∞∴△∨◎！[12]

尴尬的停顿。老赵打破沉默。

老 赵 好了，现在不要说这些了。看了《“中央”日报》没有？现在对面乱得很，搞“文革”！啃树皮！

周 宁 所以啊！

老 赵 所以什么？

小 朱 所以时候就要到了！就要打回去了！

纪 怪 △∨◎∵◇∪¤，∧☆∷∩□※∞∴△！[13]

小 朱 （应和）欸！

停顿。

老　赵　小朱，你说，我们路线是怎样？

小　朱　我早就计划好了！第一步先攻厦门，只需要一个连就够了！

老　赵　一个连？开玩笑吧，厦门没人啊？

小　朱　所以我是开玩笑的。

众人不齿。小朱忙于解释。

厦门始终在那儿，我们拿个厦门干吗？是我们不要而已！“反攻大陆”要全盘考虑的，拿下厦门，留一个连的兵力就好了。往南，轻取广州；往北，直攻上海，如秋风扫落叶、探囊取物！

周　宁　（大大地称赞）哎呀，小朱啊！你没当将军真是太可惜了！（不以为然地）你搞错了，现在不是怎么过去的问题，是过去之后怎么接应的问题！

小　朱　怎么接应？

周　宁　（笃定状）戴笠。

小　朱　（更笃定状）他死了！

周　宁　他没死！

小　朱　神经病！几百年了还戴笠？！

周　宁　搞不清楚！

鹿奶奶走到他们面前，随从跟在后。

老　赵　鹿奶奶……

周　宁　鹿奶奶！

鹿奶奶　聊天啊？

周　宁　鹿奶奶，你告诉他们，戴笠死了没？

小　朱　我认为他死了！

鹿奶奶　（慢条斯理）这件事，是不是该问问魏中啊？

鹿奶奶转头，和随从下。

停顿。

小　朱　对了。你们谁最近看到魏中了？

老　赵　（惊讶）你不知道啊？

小　朱　什么？

周　宁　（小声）进去了。

小　朱　（解释）抓起来了！

纪　怪　△V◎∵◇U！[14]

老　赵　政四那天派人来把他带走了。

纪　怪　△V◎∵◇？[15]

小　朱　没弄错？

周　宁　（严肃状）“共谍魏中”！

小　朱　啊唷——！

老　赵　二十多年都没人看出来啊？

周　宁　我早就看出来了。

老　赵　你看什么，长官！当年就是你保他的！

周　宁　我是在暗中观察他。他没事就在问什么时候行动？什么时候行动？有没有？

小　朱　我也经常这么问！

周　宁　唉，不一样，你的问法不一样！魏中问的时候是满脸跑眉毛的！（示范）是不是，是不是？（高亢笃定的声音）欸！

老　赵　（感叹）我们村里藏了一个共谍！哎！这世界是怎么了？

纪　怪　◇∪ ¤ ∧☆∷∩□ ※ ∞∴！[16]

停顿。

小　朱　等一下，戴笠死了没，干吗问魏中呢？

老　赵　因为……

停顿。大家看老赵，老赵努力答题。

戴笠跟魏中……都不见了。

停顿。众人的期待泄气转为挞伐。

小　朱　这是什么道理？不见掉的人要去问那不见掉的人在哪儿？这样说的话全世界所有不见的人都在一块儿啦？！孙中山和袁世凯在打麻将！希特勒在旁边倒茶！张作霖在那边点鞭炮！干脆梅兰芳直接来上一段！……

众乐，老赵难得地生气。

老　赵　好了！有完没完？我说一句你说个没完？！

小　朱　（不甘示弱）是你先起头的！

老　赵　什么叫我起头的？是鹿奶奶说的！……

周宁突然起身，打断他们的争执。

周　宁　幼稚！驴蛋！

不欢而散。周宁下。灯光变化。

第三场 防空洞（一）

灯光聚焦在当说书人的大毛身上。

说书人（大毛） 村子另一边的防空洞是我们年轻人编梦的地方，我们的秘密基地。那是一个远离现实，进入幻想的空间。在那里，经常的话题就是研究那一位神秘、好像永远不会老的鹿奶奶。鹿奶奶住村口，有随从，但没人知道她是做什么的。经常，她会消失两个月。去哪儿？我们都认为她有轻功，可以直接飞跃台湾海峡到对面出任务！……

神秘音乐起。防空洞神秘的空间。大车、二毛、小毛、周胖在防空洞里。防空洞内暗暗的，他们手上拿着一个油灯。

小　毛 我跟你说，有一天晚上，我躺在院子看月亮，看着看着突然看到一个影子，（比喻飞过去）咻！……

大　车 哇！

小　毛 我一点也不惊讶。

周　胖 鹿奶奶？

大车、小毛打周胖头。

大车、小毛（齐声） 废话！

大　车 专心一点啦。（对小毛）然后呢？

周胖欲划火柴点灯，被小毛阻止。

小　毛　操他妈，周胖，这灯不能随便点的！

周　胖　为什么不能随便点？

二人打他头。

大车、小毛（齐声）　废话！

大　车　你怎么知道你点了灯会看到什么？

小　毛　就是说！

周　胖（害怕）我要回家了。

周胖起身，二人阻止他，把他压回去。

小　毛　坐下！他妈的火柴给我。

二　毛　真的要吗？

小　毛　姐，他不信啊。注意看喔！

小毛欲点灯。周胖害怕。

周　胖　唷！

小　毛　齁！孬种！

小毛点灯。周胖害怕，但发现没事。

好啦，说正经的，你知道谁在这里练功？

周　胖　鹿奶奶？

二人打周胖头。

小　毛　错！鹿奶奶什么人？需要练功吗？

周　胖　不然谁啊？

小　毛　她旁边那个随从……（临时想虚构名字）苏——亚——文[17]。

周　胖　臭盖[18]！

小　毛　盖你妈的不是人！

灯光变化。防空洞的空间变成一个想象的空间。小毛形容的情景出现：鹿奶奶端坐在一个角落，众人仿佛旁观。

那天我偷偷来，就这里，（指位置）鹿奶奶坐在这里，然后那个文质彬彬的苏亚文，穿一身功夫装，从那里出来！

随从翻跟斗飞进防空洞，显示武功的高超。鹿奶奶在一旁观看。随从的动作配合小毛的描述。

接受鹿奶奶指导，他练功……就在那儿他使出一枝独秀，然后他的黯然销魂掌“啪！”地打在天花板上！所有的碎片“唰！”地散开来，说时迟那时快，用秋风扫落叶的方式把所有的碎片顶开，没有一片碎片掉在地上，真操他妈厉害！

小毛比画动作，跟随从同步。

周　胖　（崇拜）真厉害！

小　毛　然后鹿奶奶只动了她的手指头，就传送功夫给那个苏亚文。

大　车　我操！

鹿奶奶动手指，随从后仰翻，继续动作。

小　毛　接下来发生什么事你知道吗？鹿奶奶这时候眼睛一瞪，她看到我了！

鹿奶奶突然眼光朝向小毛。

她又动了动手指头，她连口都没开我就听到她说：“进去跟着！”（对鹿奶奶）鹿奶奶，我不要！

周　胖　小毛你去哪儿？

小毛表示被鹿奶奶指引，跟着练功夫，但他的动作七零八落。

小　毛　这时候我才知道，原来鹿奶奶要我跟苏亚文练功，我就跟着打的动作，我一个动作一个动作学，虽然我手中没剑，但我他妈全身充满剑气！（姿势乱摆）破拳……破剑……操他妈我还会翻跟斗了！我操！哎呀！

随从下，小毛摔倒。

沉默。

大　车　靠，小毛你好逊，还跌倒。

周　胖　就是。

小　毛　这是“跌打式”，你懂个屁！

二　毛　小毛，我肚子好饿喔，回家了啦。

二毛往下。

小　毛　二姐，等等我，我也要回家吃饭。

众人下，留下周胖一人仍然陶醉在刚刚的气氛里。

周胖突然害怕。

周　胖　啊……等等我……等等我……

周胖起身，匆忙下。

灯光渐暗。

第四场 21 点

音乐：西洋老歌“Que Sera, Sera”的声音。灯光渐亮。三连栋。朱家，大牛在教大毛玩牌。隔壁赵家，二毛坐在藤椅上研究黑胶唱片封面。大牛和大毛在玩 21 点。大牛是庄家。

大　牛　要不要？

大　毛　我要。

大　牛　这个怎么能要？你看我：我这边是 6，你看你已经 16，你这样最危险了，就等我爆啦。

大　毛　我就是要嘛。

大　牛　好，你看着……

大　毛　来！

大　牛　（发牌）碰！

大　毛　看，21 点！

大　牛　你那是运气好。照或然率你一定输。

大牛再发牌。

大　毛　什么或然率？这是感觉。

大　牛　要不要？

大　毛　我不要。

大　牛　（不可思议）这怎么能不要？！我的牌面这么漂亮。你一定要啦！

大　毛　我就是不要。

大　牛　没有人这样玩的啦！或然率上你稳输的啦。

大　毛　你不要管我，你到底要不要跟我玩啦？

大　牛　好好好。

大牛翻牌。

大　毛　看吧！我赢了。

大　牛　这是运气！有时有运有时没运！

大　毛　这是感觉。

大辣小辣经过，穿着比以前更火辣。大牛看到，伸头看。

大　牛　喔！这才是感觉。（吹口哨）

大　毛　（有点不高兴）欸欸，看什么看？

大　牛　她穿那么少就是要人家看一下啊！

大　毛　我要回家了。

大　牛　你紧张什么啊？大辣、小辣这种型就是看看、玩玩的，懂不懂？又不是要娶回家当老婆的。穿那么少没人看，多难过啊。

大　毛　那我穿那样你也要那样看啰？

大　牛　我不准你穿成那样。

大　毛　为什么不行？

大　牛　你就不是那一型的啊。

大　毛　哪一型？

大　牛　给人家玩玩的啊。哎，她们是马子，你是女朋友耶！这不一样！

大　毛　你想跟人家玩玩？

大　牛　我没有。

大　毛　就是有。

大　牛　有没有都不重要。

大　毛　为什么不重要？

大　牛　因为就是玩玩，像玩牌一样。牌玩完洗一洗就重来懂吗？

大　毛　我现在很认真地跟你玩牌耶。

大　牛　哎，怎么扯到这里？

大　毛　（走向大牛）好啊，那我现在跟你玩玩。

大　牛　我不要跟你玩。

大　毛　我就要跟你玩。

大　牛　你说的！你说的喔！……

大毛把大牛推倒在床上。两人相抱，大牛压在上面。
小朱突然从外回来，开门。大毛和大牛在床上不敢动。

小　朱　（没太注意）哟！大牛在家啊？

停顿。

大白天在家睡觉啊？

停顿。大毛乘小朱转身，轻巧而快速地从大牛身体下面溜出来，从后门回自己家。小朱转身看，只看到大牛在床上。

欸？我刚是不是听到大毛的声音？

大　牛　应该是隔壁传来的。

小朱到窗边，开窗，大毛刚好到位，跟小朱打招呼。

大　毛　朱伯伯。

小　朱　在家？

大　毛　欸。

大牛松一口气。

二　毛　姐……

大　毛　二毛，听音乐？

大毛装没事。灯光渐暗。

第五场 偷窥

灯光渐亮。三连栋。周胖在家做功课。赵家门口有两个大箱子，箱子里面有各种圣诞灯的零件。大毛跟二毛站在门口，二毛的学生裙穿得很短。

二　毛　（不耐烦）姐，妈要我们干吗啊？

大　毛　（指箱子里的东西）弄这些啊。

二　毛　我跟人家约好要压马路啊，澡都还没洗耶。

大　毛　我也跟大牛约看电影，我也要来不及了。

二　毛　那等一下我们找机会溜了。

赵嫂从家里走出，走向大毛、二毛。

赵　嫂　你们两个丫头听好，这个是隔壁朱妈帮我们从“自治会”批来的，现在教你们怎么做。

二　毛　好难喔，为什么要做这些啊？

赵　嫂　不做这些怎么养活你们？（看二毛的裙子）别卷啦！再卷让人看见裤头啦！（三人坐下）来，我教你们啊。（赵嫂拿零件）这儿有个洞，这个两只脚插进去一兜，（弄断）啊，断了。

朱嫂推包子车回。

朱　嫂　啊，赵太东西拿来啰？做得怎么样？

赵　嫂　这个是不是有瑕疵啊？我怎么一弄就断了？

老赵回。看到大家在家门口，顺便看了朱嫂示范。

朱　嫂　（看）没有，不是瑕疵啦！（拿着零件示范给大毛、二毛看）我弄给你们看。这很简单的，一个凹凹的，一个凸凸的，你看这个要这样，扣起来，听到“嗒”一声！就好了。小朋友做很简单。

朱嫂弄好了，把零件还给赵嫂。

赵　嫂　要有“嗒”一声呀！

朱　嫂　（兴奋）赵太，你来我家，我给你看一个东西。

赵　嫂　什么事那么兴奋。

赵嫂跟朱嫂去朱家看他们新买的电视机。大毛趁机溜出去，二毛去赵家后面洗澡。

朱　嫂　你看！

朱嫂掀开小布帘，打开电视机。

赵　嫂　哎呀，新电视啊，朱太太，你真有本事。

朱　嫂　不错啊。

赵　嫂　不错，不错。

朱　嫂　彩色的，很好看欸。

赵　嫂　等一下。哪有彩色？

朱　嫂　哎呀没有啦，是黑白的，可是前面加这一片，就变成彩色了。

赵　嫂　（口气有点酸）喔，原来是一个彩色变色镜啊！我懂了，这跟以前拍照片一样，黑白的还要涂个红嘴唇，就说是彩色照片啦！真是……干吗不直接买一台彩色的？

老赵跟冷如云打开各自的窗，从两边透过窗子看。

朱　嫂　这样省很多钱耶！（对老赵和冷如云）以后你们要看棒球比赛可以直接来我们家看！

过程中，周胖从他家后门出，偷偷地从后面到赵家房子后面去偷看二毛洗澡。

赵　嫂　好。我到时候再来。我回去了，谢谢您啊。

赵嫂回自己家。

老赵啊，你还在闲着干什么？你没看见隔壁都买了电视机！我也要一台。

老　赵　哎，你不能看到人家有什么就要什么。

赵　嫂　哈哈！我什么时候跟你要根电线杆？不过就是一台电视机。

赵嫂走出来，发现两个女儿不见了。

大毛、二毛！这两个死丫头跑去哪里了？

大辣、小辣从村外的方向经过，这下穿着不但火辣，还带着一种风尘味。

哎哟，这不是大辣、小辣吗？回来啦？好久没看到你们了。

大辣、小辣　赵妈好。

大辣、小辣下。二毛拿着毛巾冲出来，周胖紧张地缩回自己家。

二　毛　妈的，死周胖！

二毛冲下。赵嫂跑进朱家，拉朱嫂出来看大辣、小辣。

赵　嫂　朱太啊，你出来看看什么叫彩色啊！

赵嫂、朱嫂出来到门口看大辣、小辣走回。

朱　嫂　哎哟，大辣、小辣。

大辣、小辣　朱妈好。

大辣、小辣经过，又往村外方向下。赵嫂、朱嫂仔细研究她们的打扮。老赵、如云也出来看。

老　赵　是不是……？

赵　嫂　下海了。

冷如云　真的？

赵　嫂　书不念了，到台中当酒吧女！

老　赵　怎么会这样？难怪看那个崔先生现在都抬不起头来的感觉。

冷如云　最近跟他打招呼他都没反应。

赵　嫂　几乎不出门。

朱　嫂　你知道对面村子传得多难听，说他们崔家加盖那个二楼，还不就靠那两个女儿坐美军大腿。

冷如云　哎呀，好难听啊。

朱嫂、冷如云各自回家。赵嫂继续做加工品。老赵也往回家的方向走。二毛、小毛、大牛、大车、大毛在右舞台商量事情，气氛凝重。

小　毛　二姐，你确定喔？

二　毛　太确定。不止一次啦。

大　车　操。

小毛、大牛、大车带着杀气往周家走，经过在自家门口晃的老赵。

老　赵　怎么啦？

周宁坐在自家门口的藤椅上。

大　车　周伯好。

小　毛　爸，没事。我们找周胖玩去。

小毛、大牛、大车进周家。冷如云在打扫，周胖一脸心虚地在做功课。

小　毛　周妈，不好意思喔。

如　云　来玩啊。

大牛、大车　周妈好。

大　牛　周胖，你原来在这儿？

大　车　操。周胖！你怎么在家？

如云在一旁搞不清状况。

周　胖　（嘘）干吗你们？

大　牛　没干什么啊我们！

小　毛　周胖，我们只是觉得奇怪，你怎么会在家里看书，没在我家把春，偷看我二姐洗澡？

大　牛　啊？

大　车　啊？

停顿。

周胖突然快速从后门溜走。三人追打周胖，周胖拼命溜，三人全场到处追，从一家直接冲进另一家，整个眷村有种开放、透明的感觉。

众　人　我操！

三人开始分头堵路周胖，从三家房子前后门乱窜。把赵家门口的箱子弄得乱七八糟。

众　人　我操！

小　毛（停住）堵他，堵他！

大　牛　周胖在哪儿？别躲了！

冷如云走出来看，刚好站在小毛旁边。

小　毛　周胖出来！有种出来！周胖！我操你妈！（发现冷如云在旁边，立刻鞠躬道歉）周妈对不起！

冷如云　欸，别这样打打闹闹的，把他找出来，我来问他……

大　牛　周胖在那边！……

三人看反方向，愣。周胖带着一群村外分子反追打。这些人手持棍棒，样貌凶狠。

周　胖　操，他们在那里！

小　毛（见势不对）翘头翘头！

三人快跑下。

周　胖　操，追！

村外分子和周胖追逐，下。一团混乱中，灯光渐暗。

第六场 偷窥处罚

灯光渐亮。气氛严肃。老赵、赵嫂、大毛、二毛站在赵家门前。大牛、小毛坐在赵家门口，做手工。大车在朱家扫地。周胖在周家罚跪。

赵　嫂　你们两个，不好好读书，光会闹事……

朱　嫂　（对自己儿子）在说你啦，你们两个！书都读到背后去了。

二　毛　妈，你干吗罚他？偷看洗澡本来就该扁。

大牛、大车、小毛　对啊……

赵　嫂　（对小毛）我有叫你说话吗？你给我坐下！坐下！（对大毛）还有你这个做大的不给我好好看着，这笔账等一下再算。

老　赵　确定是周胖吗？

二　毛　（点头）对啦！

老　赵　好……我们赵家不吃亏！

小　朱　（附和）我们朱家也不吃亏！

老　赵　（义正词严地）谁看我们家女儿洗澡，我们就看回去！

众人愣。

小　朱　啊？

大　毛　爸，他们家没有女儿。

小　毛　爸，那我们去看大辣、小辣好吗？

赵　嫂　找死啊你！

老　赵　哪有这样算的？！冤有头、债有主。

小朱接话。他们好像很有章法地在教导孩子，其实是随意接话，好像有那么一点权威的样子。

小　朱　有个人跟你借了钱不还，你随便跑到路上跟另外一个人把钱要回来吗？哪有这种的？

二　毛　爸，那你的意思是？

老　赵　反正周胖下次洗澡……

赵　嫂　汉彬！你在教什么东西啊！

小　朱　老赵，我们大家还是听你一句。

朱　嫂　对，你好好说一句……

老　赵　好！（好像想到非常好的办法）以后大家洗澡……（众人期待）小心一点。

二　毛　喔……

众人失望。众人散。灯光渐暗。

第七场 电影院

灯光渐亮。嘉义市区一家电影院门口及观众席里面。大牛、大车、大毛、二毛、小毛、周胖去看《唐山大兄》。大牛在购票处。

小　毛　不用买我的。

小毛、大牛非常有默契地互相使个眼色。大牛去买票，小毛比手画脚让大车和周胖了解状况。

大　牛　学生票两张。

售票员　两张十四块。

大牛买了两张票，把其他人支开。

大　牛　谢谢。（把钱分一分）来来来，每人十元。

小　毛　谢牛大爷。

大　车　谢老哥。

大　牛　好啦，去遛遛。

众　人　走，走。

周　胖　去哪里？我要看电影。

大牛、大毛两人进戏院。

小　毛　看你妈啦。人家是两个人一起去把天皇[19]，你去凑什么热闹？

周　胖　那为什么他们两个可以看？

小　毛　因为他们两个……（打周胖头）周胖，你书念到哪里去了？

二　毛　再吵我扁你。

小　毛　好了，走了走了！吃冰还不好啊？

众人下。

戏院内，电影配乐和对白持续在背景中。两人在观众席。大牛搭着大毛的肩，两人亲密地靠在一起。

大　牛　来了来了，这段就是，听说李小龙这一场一个人打五十个日本人，厉害吧！

大　毛　这部电影，我看过了。

大　牛　跟谁？

大　毛　一个空军官校的，姓王的。

大　牛　什么时候来的？我都不知道。

大　毛　上星期。

周胖还是回来了，在门口买一张票。

大　牛　（生气地把手抽回）穿军服来看电影啊。看完之后呢？

大　毛　去吃个饭就送我回家了。

大　牛　吃什么？

大　毛　他带我去吃西餐。

周胖进电影院，坐大牛、大毛后面。

大　牛　好吃吗？

大　毛　什么火腿蛋……我不太记得了。

大　牛　你妈知道吗？

大　毛　我妈很喜欢他。

周胖看电影看得很开心，但一直被大毛跟大牛说话干扰。

大　牛　喔？（顿）如果我去考官校，你觉得怎么样？

停顿。小毛入戏院内，找周胖。

你觉得我考不上？

大　毛　不是啦，我真的不是很在意这些，我今天告诉你，只是因为我不想我们之间有任何秘密。我其实不是很喜欢那个人。

大　牛　（大声）不喜欢他，你干吗跟他去看电影？

周　胖　你们好吵喔！

大毛、大牛被周胖突然出声吓到，两人起身回头。

大　牛　周胖！你走开啦！

小　毛　操他妈，周胖你真的跑来！

小毛把周胖拉出去。周胖拿着电影票到售票口，被小毛阻止。

哇操！你还想退票！走了啦！

周胖下。小毛回头，对售票口。

麻烦你退我七块，谢谢。

小毛拿钱，下。戏院内，大毛已经坐在大牛后面一排。

大　毛　有时候，半夜夜深人静的时候，我很想一个人一直跑，一直跑，跑得好远、好远……

大　牛　那我呢？

大　毛　你在我旁边。

停顿。大牛伸手，把大毛拉回来。

大　牛　我们一定要离开。

沉默。两人继续看电影。灯渐暗。

第八场 三朵花

音乐:西洋歌曲“Smoke Gets in Your Eyes”。灯光渐亮。赵家,大车、二毛在听唱机,跟着唱,并研究歌词。二毛站着唱,仿佛自己是歌星。

二　毛　(唱,发音不标准,像是用注音符号学的英文)“They asked me how I knew our true love was true...”

大　车　重点来啰!准备好,一起来喔!

两　人　(齐唱)……喔!!!——

大车大走音。周宁刚好经过,听不下去,进赵家。

二　毛　周伯伯!(拿掉唱针)

周　宁　二毛,大车!在唱歌呀?

二　毛　对啊。

周　宁　我当是在杀牛咧。(拿起唱片封套)西洋音乐,《学生之音》啊?

大　车　周伯伯也喜欢啊?

周　宁　(翻唱片)哎哟,还有国语歌曲的?青山?好!

二　毛　我自己存钱买的。

周　宁　青山有没有见过?

二　毛　怎么可能?

大　车　对啊。

周　宁　帅！

大　车　真的吗？周伯伯你看过？

周　宁　对呀，我有看过他录像。

二　毛　什么！周伯伯你有去台北看过录像？

周　宁　有！我一个学长嘛，刚调到电视台当经理，请我去看。

二　毛　真的？那你还有看到谁啊？

周　宁　很多啊！谢雷……

二　毛　谢雷！还有呢？

停顿。

周　宁　（想了一下）……都有的啊！

二　毛　那你能不能帮我们介绍去上电视比赛？

周　宁　当然可以。

大　车　真的？

二　毛　骗人啦，怎么可能？

周　宁　二毛，周伯伯骗你们干什么？我写封信就好了！

大　车　可不可以问他，有没有什么节目是可以表演功夫的？

周　宁　哎，大车，（上海话骂他）侬个小赤佬，这种歌唱比赛节目都是现场唱歌的，哪有表演功夫的？

二　毛　没关系，大车，你一边唱，一边打功夫，把评审吓一跳！

周　宁　二毛，你有漂亮的衣服吗？

二　毛　没有。

周　宁　大车。

大　车　有！

周　宁　你有西装吗？

大　车　没有。

周　宁　（泄气）啐。

二　毛　周伯，你说真的？你真的可以找人帮我们介绍吗？

周　宁　当然可以，我写一封信就好了。到时候你们不去我去！（唱，表情丰富）“谁爱我？谁来爱我？不知谁来爱我？……”大车，你不是说要帮她打拳吗？

大　车　啊？

周　宁　我有个想法，应该让二毛唱，然后大车你当她保镖，就可以在旁边配一段拳吧！就用这首歌来练习。来！

周宁放唱片《谁来爱我》。二毛唱歌，大车打拳。

二　毛　“你狠心抛弃我……谁爱我？谁爱我？不知谁来爱我？……”

大　车　（搭配音乐出拳）哈！吼！吼！

二　毛　（突然紧张）我妈回来了！

大　车　他妈回来了！

周　宁　翘头！……

二毛把唱机盖起来。周宁、大车从后门溜走，各自回家。
二毛拿起英语字典，好像很用功的样子。赵嫂进。

二　毛　L...L...O...V...E.

赵　嫂　L个头，字典拿反了！

赵嫂打二毛的头。灯光变化。

第九场 期待

说书人（大毛） 于是周伯伯真的联络了他学长，电视台真的邀请大车和我妹妹上歌唱比赛节目《三朵花》。这在我们村子是件大事！可惜我妹妹在我妈妈强力阻止之下被迫留在嘉义，宝岛一村的代表就变成大车。

灯光渐亮。大车在朱家门口整理行李，准备北上。他穿着一件太紧的西装。小朱坐在门口。众人在一旁，大家都很兴奋的样子。

小　朱 （冷静）大车……

大　车 有！

小　朱 你要去的那个《三朵花》是个什么节目？

大　牛 就是举手接歌的节目。

朱　嫂 那个反应都要很快的。你行不行啊？

小　朱 大车，你去就去，得失心不要太重，然后……

朱　嫂 这套西装行吗？有一点……

大　牛 架叶子架得好逊！

小　朱 西装都这样的。

周胖从他家过来，拿着一个本子，兴奋。

周　胖 （兴奋）朱伯，听说大车要去台北比赛！我们村子要出名人了！签名！签名！

大　牛 周胖，现在开始签名要钱的喔！

周　胖　（有点难过）大车你看，我爸对你这么好，对我都没那么好，都不太支持我……

大　牛　支持你什么？你又不会唱歌。

大毛带一盒子上，二毛、小毛跟上。

大　毛　朱伯伯，我们帮大车筹了钱，给他做西装！

小　朱　那怎么行？

大　毛　一定要！

二　毛　（看大车）天啊！这什么西装啊？

朱　嫂　那是纪怪叔叔借他的。

二　毛　纪怪叔叔？他哪有西装？

小　朱　抗战时期的。

小　毛　哇，哪有人叶子这样架的。朱大车，举手答“有”！

大　车　有！

西装太小，大车手举不起来。众人乐。

大　毛　不行啦！来，大车去台北要做一件好西装……我们村子要出大人物了！

小　朱　那我谢谢你啊！

大　毛　别谢我，这是大家的心意。

小　朱　谢谢大家！

周宁上。

周　宁　小朱，露脸了。好，大车。过来过来……

大　车　周伯。

周　宁　（考大车）我跟你说：三朵花，第一朵花非常重要。

大　车　知道！

周　宁　一定要拿下来！

大　车　是！

周　宁　（唱）“钻石钻石亮晶晶……”接！

大　车　（唱）“好像天上摘下的星。”

周　宁　拿到了！

众　人　好！

二　毛　（考，唱）“月儿像柠檬……”接！

大　车　（接唱）“……淡淡地挂天空。”

周　宁　又拿到了！

众人乐。

众　人　两朵花！

周　宁　别高兴得太早，第三朵花通常是最困难的。听清楚喔，我只唱一遍，（唱）“我……”接！

大车愣住。所有人都愣。

完了完了，淘汰了。

停顿，大家想一想。

大　车　（唱）“我的家……”

众　人　（齐唱）“在东北松花江上……”

周　宁　错！这首现在是禁歌，全部带走！

大　牛　周伯，我想到了！（唱）“我有一只小毛驴，我从来也不骑……”

众人跟进。周宁喊停。

周　宁　错！幼稚，一群驴蛋。

停顿。大家想。

二　毛　有了！（唱）“我……走遍漫漫的天涯路……”

众人跟进，女士们边跟着节奏跳舞。周宁也跟着跳起探戈。

众　人　“我……望着遥远的云和树。多少……”

周宁喊停。

周　宁　错！

小　毛　周伯，为什么这首又错？

周　宁　没有理由！就是错！

老　赵　长官，“我”字开头的歌可以接一万首啊！

周　宁　老赵，我唱的是“我”吗？我唱的是“我”吗！听清楚：（唱英文）“Whoa, whoa, yea, yea–I love you more than I can say–”

小　朱　洋文啊？

周　宁　好了好了……喝酒去！

周宁下。

老　赵　瞎掰！

众人乱。灯光渐暗。

第十场 忘词

《三朵花》主题乐出。灯光渐亮。朱家电视搬到院子来，村民们挤到朱家看电视，包括周宁。小黄爬到电线杆上为大家调整天线。

电视里主持人的声音出现。

主持人 （声音）各位观众，欢迎来到我们比赛现场……

村民们兴奋地指着电视机。

如　云 那是大车！

周　胖 大车！大车！

主持人 （声音）现场有三十几位参赛者！在这边先为大家介绍规则，如果唱歌接力你最快举手又唱对的就拿到一朵花，连续成功三次的就是三朵花！……

众　人 （欢呼声音）耶耶耶！大车！！大车加油！

主持人 （声音）好，我们现在进行第一首！

电视机播出《泪的小花》的音乐。

歌　声 （声音）“在雨夜里飘落下……”

二　毛 （抢答）《泪的小花》！

小　毛 大车举手了！……

主持人 （声音）来，这位年轻人请接……

大　车 （声音，接唱）“黄的花白的花……”

主持人停顿。

主持人 （声音）恭喜成功！

众　人 （欢呼）耶耶耶！

主持人 （声音）请问你是哪里来的？

大　车 （声音，兴奋）大家好，我是来自嘉义的宝岛一村。

众　人 （情绪沸腾）耶耶耶！好耶！！

主持人 （声音）眷村？好，恭喜这位来自嘉义宝岛一村的年轻人，得到一朵花！

众　人 耶！他一定可以成功拿到三朵花！

主持人 （声音）有没有信心？

众　人 有！

主持人 （声音）准备好了吗？

大　车 （声音）好了！

主持人 （声音）那我们来进行第二首！

电视机播出《郊道》的音乐。

歌　声 （声音）“夜深沉……”

小　毛 大车加油！

二　毛 这太简单了，我考过他了。

赵　嫂 这凌波演的黄梅调《血手印》里的《郊道》。

小　毛 妈，你也会？

主持人 （声音）请接。

沉默。

赵 嫂 （接唱）“……声悄悄……”

大车还不吭声。

小 朱 （急了）唱词啊！

大车勉强哼出旋律。

大 车 （声音，接唱）哒哒哒哒……

赵 嫂 （仍有信心）过门，过门。

电视机传出大车改打拳的声音。

大 车 （声音，打拳的声音）啊咔……！！……

小 朱 （气疯）你打拳干什么？

众人哗然。电视机里的主持人出来制止大车。

主持人 （声音，态度有些不屑）那位嘉义宝岛一村的年轻人，我们是歌唱比赛，你不能歌唱不好就打拳啊。麻烦工作人员请他到旁边休息一下。各位观众，也顺便提醒所有的参赛者，在参加比赛以前请做好万全的准备，要不然实在……哈哈……好的，我们休息一下，来欣赏这首由专业歌星带来的《情人的眼泪》……

《情人的眼泪》音乐声起。

沉默。所有人呆看电视。

歌 星 （声音）“为什么要对你掉眼泪？你难道不明白是为了爱？……”

周宁默默拭泪。小朱安静地起身，向全体鞠躬。

小　朱　（对众人）对不起啊，大家。

周胖哭泣。赵嫂打圆场。

赵　嫂　电视嘛！

老　赵　没事，没那么严重。下次再去！

众人散。

大牛关电视，与周胖一起把电视搬走，大家把椅子搬回家。

小毛突然崩溃，大骂。

小　毛　（大声）他妈的，搞屁啊！大车！我操他妈的！……

老　赵　小毛，你干什么？

小　毛　（几乎要哭出来）大车，我操他妈的，我不能跟他去台北了！……

大　牛　小毛！

小　毛　操他妈的！我操你妈的……我操！！……

大牛制止小毛。

老　赵　好啦！小毛！回家了！看个电视哭什么你啊！

电视、座椅大部分都搬进屋内，原来看电视的位置只剩下鹿奶奶一人。她俏皮地自己举手，接唱正确的答案。

鹿奶奶　（唱）“风凄凄影摇摇，陨星曳空怪鸟长鸣，一路行来无人烟……”

灯光渐暗。

第十一场 留声机事件

说书人出现在聚光中。

说书人（大毛） 大概是期望越高、失望越大吧。大车回村子以后，没有人再提这事，但他整个人抬不起头。后来他也没有离开过村子。而过不久我妈妈的唱机碰到奇遇。有一天，爱听戏的朱伯伯弄到一张经典唱片，把我妈的唱机搬出来放院子里……

灯光渐亮。老赵家门口院子，留声机已经搬到外面。小朱和老赵在听京剧唱片。小朱跟着唱片唱《春秋亭》，老赵在一旁开心地打拍子。

小　朱 （唱）“春秋亭外风雨暴，

何处悲声破寂寥……”

两位宪兵上，用整齐的步伐直接走向二人。小朱紧张地拿起唱针。音乐停。

宪兵甲 （严厉）在干什么？

小　朱 听戏，听戏。

宪兵甲 大男人什么样子？！

老　赵 没什么样，就是听戏！

宪兵甲 （看唱片封面）程砚秋？程砚秋不是？……

宪兵乙 那边的。

小　朱　什么那边这边的？程砚秋是四大名旦！

宪兵甲　四大卤蛋我也不管。我问你，这唱片哪里来的？

小　朱　这……好不容易托朋友从香港带来的。

宪兵甲　通共还走私！没收！

宪兵乙拿走唱片。同时小毛和大牛在房子后面，偷偷摸摸地抽香烟。

小　朱　怎么回事啊？这年头听个戏也不行啊？

宪兵甲　行！进去听。带走！

宪兵乙准备带二人走，老赵急忙辩解。

老　赵　不是，长官，误会啊！我们正在准备中秋晚会余兴节目。练习练习，也不清楚这唱片是什么地方出的……

宪兵乙正在检查留声机，有所发现。

宪兵乙　报告！（指唱机）这也是那边的。

两位宪兵研究着唱机。

老　赵　这……？这是我老婆从大陆带出来的。

小　朱　没错，1949 年从北平老家带出来的。

停顿。

宪兵甲　还真会串呢！三十八年从北平逃难出来还带一个唱机？真会说笑！

老　赵　真的！我……

宪兵甲　站好！

老　赵　老弟，你别跟我开玩笑了！

宪兵甲 （大声）立正！

老赵、小朱立正。

不许动！这唱机、连唱片我们一起没收。你们两个，罚站。好好反省！通共还走私！

老　赵 不是……唱机……

小　朱 这……

老赵、小朱无奈地罚站，两位宪兵带唱机、唱片往左下，在周家后面刚好看到小毛和大牛在偷偷抽烟。

宪兵甲 停！

大牛、小毛装没事把烟藏起来，与宪兵甲错身而过。

回来！站好。在干什么？

宪兵乙快步挡到大牛、小毛面前。小毛动作流畅地把整支香烟含到嘴里。

宪兵乙 拿出来！

宪兵甲 嘴巴！

宪兵乙 快一点。

小毛张嘴，嘴里冒出烟，宪兵取出一支还没熄灭的烟。

宪兵甲 要特技啊？！马戏团？！站好！立正！抬头挺胸缩小腹，屁股夹紧双手贴好！

小毛、大牛立正。

你们这村是怎么回事？我们是来端正风气抓打麻将的，怎么净是你们这些？

两宪兵步伐整齐地带唱机、唱片、香烟下。

四人尴尬地罚站着。

赵嫂从外回，没特别注意他们四个站在门口是在罚站。她经过老赵和小朱。

赵　嫂　外头热死了！老赵，正好，你去帮我放唱片。

赵嫂正要进自己家。

老　赵　哦……我们家唱机出了一点状况……

赵　嫂　唱机能出什么状况？你们两个杵在这儿干什么？

赵嫂突然发现大牛跟小毛也在不远处站着不动。

欸？小毛站在那边干什么？

小　毛　没事，妈……我们……

宪兵回。

宪兵甲　立正！

老赵、小朱、小毛、大牛立正。宪兵过来看着老赵。赵嫂搞不懂。

怎么聊起天来了？我问你，你说那唱机是谁的？

小　朱　（抢话）报告，是我的。

赵　嫂　（生气）你胡说什么啊？唱机明明就是我的！是我辛辛苦苦从北平带出来的，德叔送我的！我……

老赵、小朱拼命向赵嫂使眼色。

宪兵甲　德叔是谁？也是一伙的？

赵　嫂　伙什么伙？我现在一肚子火！你谁呀？

宪兵甲　我是“中华民国”宪兵！你这婆娘，带走！

赵　嫂　（搞不清楚状况）什么？！

老赵、小朱、大牛、小毛急忙围到赵嫂身边。

老　赵　她是无辜的，真的，不要带她走。要带带我走！

宪兵甲　立正——！！

大家，连赵嫂，一起立正。

今天放过你们。一根汗毛都不许动！国难当头，听什么戏？抽什么烟？！

宪兵下。

沉默。五人罚站。

老赵回头，确认宪兵走了。

老　赵　（咬牙切齿）小毛！

小　毛　爸……

老　赵　（说话但嘴不动）等我稍息之后，把你吊起来打。

大牛窃笑。

小　朱　（小声）大牛，你也别得意。一会儿把你吊在小毛的上头！

沉默。五人罚站。

纪怪骑车过，不解地看着立正的五人。纪怪好奇地看着他们。

纪　怪（边骑车）△∨◎∵◇∪¤∧☆∷∩□※∪¤∧☆∷∩□※！[20]

纪怪骑车下。五人无奈，继续罚站。

灯光渐暗。

第十二场　防空洞（二）

神秘音乐起。灯光渐亮。大牛和大毛单独在防空洞里。

大　毛　我们什么时候出发？

大　牛　只要你听到一声哨音——那就是出发的暗号。

大　毛　我们离开这里。

大　牛　我们离开这里。

大　毛　一定是半夜三点整。

大　牛　半夜三点整。

大　毛　我们到海边……

大　牛　那边有一艘船等我们……

大　毛　然后我们就坐船走……

大　牛　一艘大船。

大　毛　我们的船。

沉默。

我们去……

大　牛　（接话）日本！

大　毛　不！我要去美国。

大　牛　好，去美国。我们买一个很大很大的房子，比防空洞，妈的比整个宝岛一村还大！

大　毛　再也不用见到我妈，再也不用跟我妹妹挤一张床。

大　牛　再也不用看到电线杆在家里……

大　毛　不要有任何邻居听到我们家任何事情……

大　牛　不用到防空洞来讲悄悄话，因为我们有自己的防空洞！

停顿。大毛、大牛互望。

你不相信。

大　毛　我觉得是你不相信。

大　牛　大毛，我们一定要一起搭上那艘船。

大　毛　如果搭不上，就没有什么别的路。船开走了……

大　牛　我去当兵。然后去流浪……

大　毛　你敢？我去台中，五权路，去陪美国大兵喝酒作乐。

大　牛　你敢？我就把你拖出来痛扁一顿。

大　毛　你说的。

大　牛　我说的。那说好了，听到我的暗号，我们就出发……

大　毛　我等着。

两人拥抱。灯光暗。

第十三场 两家吵架

灯光渐亮。赵家、朱家同时。赵家，赵嫂和老赵在赵家骂大毛，二毛坐在窗边吃西瓜，一句话不说；朱嫂和小朱在朱家骂大牛。周宁坐在自家门口。

因为距离都这么近，任何一句话一定被另一家听到。

赵 嫂 大毛，你看看你什么样子！

大 毛 我怎么样？

赵 嫂 人家说你衣衫不整！

大 毛 我没有。

赵 嫂 没有？！人家说你们从电影院、防空洞出来都衣衫不整！

大 毛 你不要听人家乱讲！

赵 嫂 我还真好奇你们俩哪来这么多话，非要在防空洞里说啊？

大 毛 因为这里没有任何空间可以说话。

赵 嫂 说话就说话！干吗脱衣服？

大 毛 没有！妈！真的没有！

老 赵 好了！大牛又不是坏孩子。

赵 嫂 这跟大牛没关系。

大 毛 那跟什么有关系？

赵 嫂 这是我们村子的规矩：跟自己村里的人来往就是不可以！

大　毛　为什么？

赵　嫂　（大声）我们村子里的女孩要有希望就是要出去，哪怕跟个军官在一块儿，都比跟自己人在一起有希望！

大　毛　（跟着吼）那就是跟大辣、小辣一样啰，出去很有希望！

老　赵　好了大毛，不要说了！

大　毛　去抱美国大兵的大腿就很有希望。

老　赵　大毛！

沉默。二毛吐西瓜子到桶里，回音颇大。

以下两家交替进行。

小　朱　你都听到了吧！干吗给人家机会这样讲我们家？

大　牛　人家妈妈神经病，我有什么办法？

赵　嫂　（无意间在回答隔壁的话）你说谁神经病啊？你们家怎么教孩子的啊？我是北大预备生，在北平谁不知道我钱燕子是德福轩的大小姐！

朱　嫂　你不要给人家耽误了。

大　牛　我耽误她什么？

朱　嫂　你拿什么追人家啊？

大　牛　我会赚钱。

赵　嫂　（瞧不起）哈哈！

在他家门口一直听自己收音机的周宁突然喊一声。

周　宁　好！

赵　嫂　大牛能赚多少钱？！他会有什么出息？大不了就跟他爸一样！你嫁到他们家能怎么样？从早到晚蒸包子，蒸得脸都黄了。（大声乞求）大毛！你听我说，我是为你好，我就是不要你跟我一样，嫁错人什么希望都没有了！

大　毛　妈！！

朱　嫂　（冷静些，但严厉）你大学都没考上，你赚什么钱？

大　牛　反正我说什么你也不会相信，我会做给你们看。

朱　嫂　看什么？看笑话啊！

赵　嫂　（歇斯底里）你们要看笑话是不是？好！等到你跟大牛结婚那一天，我送你一份大礼，我找一根绳子去他们家电线杆上吊！我死给你看！

大　毛　妈！

老　赵　燕儿，你在说什么！

朱　嫂　都是你，才会被人家看不起啦！人家现在有个将军的小孩在追她。你有什么条件啊？

大　牛　（大声）所以你的意思是说人家条件比我好，我就放弃就对了？！爸、妈，你们是这样教我的吗？好！那我就放弃！反正我就是注定一辈子没出息！（声嘶力竭）我们宝岛一村出来的就是注定一辈子没出息！！

小　朱　你在讲什么？

朱　嫂　外面这么多女生你为什么都不去追，一定要大毛吗？你从小看她长大还没看腻啊？

赵　嫂　就是。

朱　嫂　你不想一想，要不是赵妈妈的妈妈教妈妈做天津包子，你们哪里能长到现在这么大，还有书可以读，人家妈妈不要你们在一起就不要在一起啊！

大　毛　妈，你这样就是不给我们路走！

赵　嫂　我是为了谁啊，你说？

大　牛　没关系，有一天有一艘船来，我就走了！

朱　嫂　你要去哪儿？

大　牛　不要说我没跟你说过！

大牛下。朱嫂追出去。

朱　嫂　你在讲什么疯话，什么船？

赵家。

赵　嫂　什么船？

大毛下。

你上哪儿去？……你走，你走，你走我就拿绳子去他们家上吊！（歇斯底里）我不要活了！

赵嫂一愤怒，把和朱家之间的玻璃窗砸破。老赵跟小毛上前抓住赵嫂。

老　赵　这是干什么啊？小毛，去把你大姐找回来。

小　毛　大姐！大姐！

小毛冲下。赵嫂也边哭泣边走到后面。

沉默。赵家屋里只剩老赵和还在吃西瓜的二毛。朱家只剩小朱一人。

周宁还坐在他家门口听收音机。

老赵欲喝茶，发现茶壶没水。

老 赵 连个水都没有，这是什么家啊？

老赵站在二毛面前，看着她吃西瓜。

老赵伸手向二毛要西瓜，二毛不给。

二毛吐西瓜子，声音很大。

沉默。

老赵到破掉的窗边，对隔壁的小朱。

老 赵 你冰箱还有啤酒吗？

小 朱 等着。

老赵走出门。小朱拿酒，出门。两人一起往下，经过周宁。

一块儿来吧。

周 宁 那边结束啦？

老赵、小朱左下，周宁也去。

第十四场　毁约

灯光渐亮。深夜。三连栋已经转了90度方向，看得到三家人都在睡觉。大牛背着背包，提着行李，在赵家后门外吹口哨。大毛起身，套上外套，站出来。

大　毛　半夜三点你干吗？

大　牛　半夜三点啊。

大　毛　你背个包包干吗？

大　牛　船来了。走不走？

大毛愣。大牛上前抓住大毛。

我再问你一次，如果你有任何犹豫，我就懂了。船来了，我们走。

停顿片刻。

大　毛　走！

大　牛　你犹豫了。

大　毛　没有。

大　牛　那你刚刚在想什么？

大　毛　没有。

大　牛　那刚那一秒你在想什么？

大　毛　很复杂啊！我爸爸、我妈妈、我弟弟、我妹妹，现在半夜三点，你要我走。好，那走了再说！

大　牛　你根本不相信我。

大　毛　我不是不相信你，我只是在想……

大　牛　大毛，不能想。

大　毛　大牛，防空洞讲的话……

大　牛　防空洞讲的话都是最真实的。没有更真实的！

大　毛　对，只是，有些事……你怎么这么莽撞！你怎么这么没有……

大　牛　我没有什么？对，就像你妈妈说的一样，我没出息。现在全村都看不起我，连你也看不起我。

大毛崩溃，乱骂。

大　毛　对！我看不起你，我们全家都看不起你，全村都看不起你，这样你满意了吧！

停顿。屋内有人仿佛苏醒，又睡回。

大牛意外地冷静、坚决。

大　牛　有一天，等我们再见的时候，你就知道了。

大牛下，留下大毛一个人。灯光渐暗。

中场休息

第十五场　蓝天使

灯光渐亮。说书人在光圈中。

说书人（二毛）　离开宝岛一村之后，大牛开始流浪。有一天晚上，我姐也离开村子，到台中五权路一家叫蓝天使的酒吧去找大辣、小辣，跟着当吧女。这件事情对我爸妈影响很大，对我们也是……

灯光转变。台中街景。一个酒吧的大门，上面霓虹灯闪出蓝色的字："Blue Angel"。

穿着性感，风尘味十足的大毛和大辣站在门口拉客，酒吧保镖坐在门口。

远方来了美国大兵。大辣、大毛向他们招手。

大　辣　Hey, Joe. Come in!! Have fun! Dance with me...

说书人（二毛）　有一天，小毛带着大车、周胖坐火车到台中去找我姐。他说要把那些美国大兵痛扁一顿，把我姐救回家。可是到了台中，他们搞不清楚到底我姐在哪一家店……

小毛、大车、周胖从左上，望着酒吧。犹豫。

小　毛　"蓝天使"。操，是不是这一家？

大　车　是不是？

小辣从酒吧中出，挽着一个美国大兵，反方向走掉。

周　胖　小毛，那个不是小辣吗？

小　毛　是吗？

大　车　很像是欸。

小　毛　操她妈，美国大兵就这样搂抱着小辣走！

大毛从酒吧中出，对美国大兵招手。

大　毛　Hi Joe, come, have fun!

周　胖　咦，小毛，门口那个在招手的不是你姐？

小毛看。停顿。

小　毛　那哪是我姐！

大　车　看侧面很像是。

小　毛　我姐不可能穿成那样子。不可能啦。

周　胖　（仔细看）是她耶。

小　毛　你怎么知道？

周　胖　因为我看过她穿得很少。

周胖突然发现自己讲漏嘴。

小　毛　（打周胖）操他妈，你偷看我二姐，还要偷看我大姐喔！

大　车　周胖你确定吗？

大　毛　Hi Joe, come...

大毛带着美国大兵入内。

小　毛　操他妈，等一下我们三个人冲进去，把我姐救出来，然后我们就砸店、放火、回家！

大车、周胖　（很虚弱地附和）好！

小　毛　走！

大车、周胖　走！

停顿。

小　毛　走！

大车、周胖　（小声些）走！

三人往店里走，和门口的保镖对峙一段时间。

大车偷偷地逃跑。

周　胖　大车……等等我！

周胖下。

小毛一人与门口的保镖对峙。停顿。保镖毫无表情。

小毛决定走，下。

小　毛　操……

小毛下。灯光渐暗。

第十六场　帮佣

说书人出现在聚光中。

说书人（二毛） 记得如云阿姨吗？她本来住对面飞行官村子，有大房子、大院子。后来她先生投共，她就投靠先生的同学，就是好心的周伯伯。但她先生还有另外一个同学也很照顾如云阿姨，那就是吴伯伯。吴伯伯请如云阿姨去他们家打扫、做饭，从我小时候就是这样。

吴夫人 如云啊。

说书人（二毛） 吴伯伯后来一路升到将军，成了我们这边的大人物。如云阿姨虽然是用人，但是每天还是穿着她漂亮的旗袍去打工，很多人还误认为她是夫人。

灯光渐亮。吴将军官邸的客厅及厨房。与三连栋相比，有种高雅、高级的感觉。冷如云在厨房。吴夫人和三位太太在客厅打麻将。

吴将军和吴夫人就是第一幕、第一个除夕夜来找周宁的那一对夫妻，现在已经是中年人。

吴夫人 啊唷，又有人碰，又有人吃……

王夫人 今天只是运气。

如云帮太太们加茶水。

吴夫人 如云，我们那天带回来的抄手，你下一下吧。

冷如云　好的。

如云到厨房。吴将军上，一副长官的风范，对客人应对自如。

吴将军　（四川腔）谁赢了？

众　人　连队长……

吴将军　你们玩。

吴将军进厨房。进来后，他的应酬面顿然消失，跟如云说话有一种自然而额外亲切的感觉。两人对话像是夫妻一样。

如云啊，晚上吃什么？

冷如云　陈夫人拿了一个很好的豆瓣酱过来。今天吃豆瓣鱼。

吴将军　豆瓣鱼？太好啰！对了，我傍晚有一个酒会，我那礼服掉了个扣子。

冷如云　我看到了，我缝了。去外头帮我讲一声，红油抄手就好了。

吴将军站在厨房门口，对着客厅。

吴将军　红油抄手快好了，准备吃啰！

吴将军又进厨房。和如云对话家常。

冷如云　要戴勋章吗？

吴将军　不用吧。

冷如云　什么不用？长官不是从台北下来吗？当然要啊。

吴将军　那就要啰。

如云帮忙吴将军穿外套，别勋章。如云突然伤感。

冷如云　老吴，你知道吗？今天是子康出事整整十八年。

沉默。

吴将军 唉！子康啊……想你啊，我的哥们儿……

冷如云 （带情感）老吴，我的意思是想跟你说一声……谢谢。这些年来，要不是有你在，我可真的不知道这些日子怎么过。

如云准备转身离开，老吴却拉着她。

吴将军 如云啊……这些年，如果没有你，我才不知道怎么活下去。

吴将军牵起如云的手。两人相望。

沉默。吴将军的儿子嘉光放学从后门进厨房，两人立即放手。嘉光是一个沉默的高中生。

儿子回来啦？！

吴将军回客厅。随从进客厅。

吴夫人 （边打牌边叫）如云啊，抄手好了没？

冷如云 马上来。

嘉光夹炉子上锅里的东西吃。

那是妈妈的点心，我另外再给你做。

吴将军 （对贵妇们）你们玩，我先走了。

贵妇们 再见……

厨房里，如云拿出嘉光的成绩单，面对他。

如　云 （对嘉光）嘉光，别走，回来。你看看你的成绩单，考得一塌糊涂，老师特地把成绩单送到家里。

嘉　光 （拿起成绩单看）操，这他妈的敢拿到这里来？

嘉光将成绩单丢桌上。

如　云　讲话不要这样不干不净的。缺好多堂课，你这学生怎么当的？

嘉　光　你又不是我妈，你管我？

如　云　我再警告你一次！注意你的态度。

嘉　光　别以为我爸做你的靠山你就可以管我。

吴夫人　（从客厅）如云……

嘉　光　别以为我不知道，你是“匪谍”的女人！

停顿。

冷如云　你再说一次！

嘉　光　“匪谍”的女人也是“匪谍”！我叫我爸把你抓走！抓“匪谍”！

如云打嘉光一巴掌，同时吴夫人刚好进来，看见。

吴夫人　嘉光你有没有怎样？

嘉　光　别管我！

嘉光跑下。

吴夫人　（大怒）你干吗打嘉光？你谁啊？你只是一个保姆而已，一个用人！

牌友王夫人进厨房。

王夫人　有话好说……

吴夫人　没你的事，你先出去。

王夫人回客厅牌桌。停顿。

如云，我已经忍了你很久了，十几年来你和我先生干什么你以为我不知道？我都忍下来了。但是你打我儿子就是不行。你就做到这儿吧，把东西收一收，明天不用来了。

吴夫人回客厅。

没事，继续。

贵妇们继续打牌，如云一人在厨房。灯光渐暗。

第十七场　防空洞（三）

神秘音乐起。灯光渐亮。防空洞。如云跟吴将军在防空洞会面，占领了平时是孩子们的空间。吴将军劝导如云。

吴将军　如云啊，我老婆不懂事，她是好人家的小孩，没吃过苦。你就回来吧。她不会说话的。

冷如云　我回去做什么？还不是一样。我才不要回去了。

吴将军　好。你不回去我也不回去。过两年我可以申请退休，退休金下来你跟我走，我们到台北，开餐厅。

冷如云　真的吗？

吴将军　真的，如云，当然是真的。

两人开始幻想。

如　云　要走，那走更远好了。

吴将军　好啊，那去美国！洛杉矶！我好多同事、部下都在那边啊。到那边我呼风唤雨，要什么有什么！

如　云　好，去美国重新开始！

吴将军　对，重新开始，我们就开个餐厅，做点家乡菜，就叫“如云小馆”。

如　云　叫“吴将军食府”，那才气派。

吴将军　“如云小馆”比较亲切，那些华侨都等着吃这个家乡味，我们可以做你拿手的菜：豆瓣鱼、红油抄手、蒜苗腊肉……

如　云　辣子鸡丁、鱼香茄子……我再想个点心……

二毛跟大车入，惊讶地发现吴将军和如云在防空洞。

二　毛　周妈……

大　车　周妈好！

二　毛　吴伯伯……

大　车　吴伯伯好！

二　毛　这里不是？……

吴将军　防空洞！我来视察一下！

吴将军走动一下。

很好，很安全……好，我走了！

二　毛　好。

大　车　好。

尴尬地停顿。没有人动。二毛、大车下。

沉默。

吴将军　等客人吃完之后，来碗杏仁露……肯定大排长龙！……

灯光渐暗。吴将军叹气。

第十八场 生父

灯光渐亮。周家。如云一人在写一张纸条。

周胖放学回，进家门。

周　胖　妈，你在家？

如云不说话，周胖看到纸条。

妈，你在写什么？你怎么不说话呢？

冷如云　做你的功课。

周　胖　喔。

周胖拿出课本做功课。

爸呢？

冷如云　不知道。

周　胖　妈……

如　云　（烦躁地）干什么？

周　胖　我刚听人家说你跟吴将军在防空洞。

冷如云　啊？

周　胖　你们在干什么？

冷如云　大人的事小孩不要管。

停顿。周胖闹情绪，摔笔。

周　胖　你都只教别人家的小孩。

冷如云 你功课这么好，根本不需要妈妈教。我在外面这么晚，回来还帮你做饭，你少管我的事。

朱嫂推包子车从市场回，听到隔壁，停下来听。

周　胖 （爆发）那我谢谢你帮我做饭！（哽咽）但是你什么都不跟我说。

冷如云 你这孩子今天怎么这么多问题呢！

周　胖 （激动）你们什么都不跟我说！我做这些数学干什么？一点意思都没有！

冷如云 你是个学生，尽好你的本分就……你在撕什么？这是你的作业！妈妈讲你两句不行啊？男孩子这样像话吗？（打）

周　胖 （嘶吼）他们都说我不是爸爸生的！

冷如云 你就相信他们讲的，你怎么就不信我说的呢？

周　胖 我想问你你也没说过！我想知道我哪里来的？他们都说爸爸不会生孩子，他们说他是玻璃！那我是怎么来的？

停顿。朱嫂在门口偷听。

冷如云 看着我！你是不是我儿子啊？

周　胖 我知道这件事很久了！妈！我知道那个男人不是我爸，那为什么我要喊他爸？！

停顿。

冷如云 我累了！你知道吗？妈妈真的快要累死了！

朱嫂敲门，带包子进。

朱 嫂 周太，这我今天做的包子，这是我新试的一种馅，包萝卜干的哦。帮我试试看好不好卖。

周 胖 谢谢朱妈妈。

灯光变化。

第十九场　鹿港

说书人出现在聚光中。

说书人（二毛） 那天如云阿姨写的是一个简单的遗书，被周胖发现。“不用找我。今天我哪儿都不回去。我要去一个没有人找得到的地方。”全村紧张地到处去找……

如云从周宁家出走，众人慌张地四处寻找，东奔西跑，同时，三连栋开始旋转，一直旋转。

大　车 周妈妈！……

众　人 如云！如云阿姨！……

赵　妈 你可别想不开啊！……

说书人（二毛） 如云阿姨去了嘉义车站，买了一张月台票，站在站台上，看着远来的北上快车越来越接近，越来越接近……

如云动作如上所述。她站在站台上，后面画面中村民仍然急忙地找她。火车声越来越大，越来越大，如云欲跳到铁轨上，但最后拉回，没跳。火车过去了。她整个人像是回过神一样，但又像是晃了神地，无方向感地走路。

她发现，她没有跳。

她离开车站，漫无目的地走着，坐上一辆公路巴士，到了鹿港下车。她走到天后宫，烧了香，在妈祖面前待了一个下午，看着人来人往。

如云动作如上所述。有其他民众在庙里拜拜。后面画面中村民仍然找她，但动作已经缓慢下来，没有线索。

然后，她就回家了。

如云在下舞台烧完香，默默地回到周家。周宁和周胖安静地在屋内。如云开门，低着头入。周宁不敢相信，看着她。三人对看许久。

灯光渐暗。

第二十场　自制马桶

灯光亮。老赵家门口。装完化粪池第二天。老赵和小黄蒙着脸。纪怪在一侧，也捏着鼻子。说书人出现在聚光中。

说书人（大车） 一切又恢复正常。后来有一天我们家隔壁发出恶臭。原来是赵伯伯看我们家装了抽水马桶，也想弄一个。可是家里没钱，就找了小黄叔叔帮忙。结果……彻底失败。

说书人下。

老　赵 照理说不应该有味道。

小　黄 老赵，我看这是碳的分量不够。

纪　怪 △∨◎∵◇∪ ¤ ∧☆∷∩□ ※ ∪ ¤ ∧☆∷∩□ ※！[21]

二毛从门外匆匆走过来。

二　毛 叔叔好。（欲冲进屋）

小　黄 二毛……

老　赵 你要做什么？

二　毛 上厕所。

老　赵 （急忙阻止）不行不行，我们家厕所还没弄好。

二　毛 不是昨天盖好了吗？我都跟人家说我们家有抽水马桶了！都存了一肚子来上，怎么会有问题？厕所哪有自己做？……

二毛往公共场所冲下。

老　赵　我看得重新挖。

纪　怪　△∨◎∵◇∪ ¤ ∧☆∷∩□ ※ ∪ ¤ ∧☆∷∩□ ※！[22]

（拍手）

小朱上完大号从屋内出。

小　朱　（伸懒腰，走出家门）嘿嘿，在自个儿家蹲抽水马桶真舒服！啊唷，我的老天，老赵，你们在干什么？

老　赵　装抽水马桶，这样比较方便一点，本来想说女儿大……（停顿）干什么！！算了，不说这个了。

小　朱　啊！厕所哪里能自己盖？找个会的人吧！（停顿）欸，小黄你在这儿，（指和赵家中间的窗户）看看这块玻璃……

小　黄　玻璃破了。喔，那我来修。

小　朱　也只有你能修。你做的窗都是歪的。

小　黄　我又不是故意歪的。你们村屋子盖的时候就是歪的。

朱嫂出。

小　朱　那老赵，你点头了，小黄就修了喔。

老　赵　我点头干吗？你家玻璃坏了，你修就好了。

小　朱　什么我家？明明是你家老婆把我家玻璃哐啷掉了……

赵嫂突然冲出。

赵　嫂　你说什么呀？谁家老婆把你们玻璃哐啷掉了，我神经病啊！我砸自己家玻璃干吗？哈哈！谁把我们家唱机搬到外头来让宪兵给充公了？

小　朱　你怎么可以把唱机跟玻璃并为一谈？

赵　嫂　本来就要并为一谈！

纪　怪　◎∵◇∪ ¤ ∧☆∷∩□ ※ □ ※ □ ※ □ ※！[23]

小　朱　纪怪，这儿没你的事，你不要发表意见！

赵　嫂　需要你意见的时候会问你，好不好？我们现在正在吵架，好不好？

小　朱　我们现在不是在吵架！我小朱不跟人吵架！我是在说道理！跟您报告：从我这边看，这是我家的玻璃，你就是在我家外面。所以如果你要坚持那是你家的玻璃，那就糟啰。你就是同时把你家玻璃和我家玻璃一块儿哐啷掉。按理讲，要赔双倍！

赵　嫂　哈哈！小黄，你听见了！待会儿麻烦你帮我们装两扇玻璃！将来我们各开各的窗户！钱你就跟他收去！

老　赵　（对两人）好了好了……

赵　嫂　什么叫他们家玻璃，这儿还没他们家窗户呢！

老　赵　好了好了，当初……

赵　嫂　当初这里还没朱家呢！

小　朱　当初也没你赵家啊！

老　赵　你这……

赵　嫂　哈哈！你这笔账要这么算？那好！那我们来讲最当初，最当初是谁把我们两家人弄到这儿，我们就来让他们负责！所以我们两家玻璃的问题就交给蒋介石跟毛泽东！叫他们一人赔一半怎么样？！

小　朱　我没有意见啊！你那半让毛泽东来赔！我才不要他的钱！

小朱下。

赵　嫂　为什么我们是毛泽东啊？我们正大光明、理由充分，当然是蒋介石赔我们这边！谁要你毛泽东！（指老赵）都是你！没钱还弄什么厕所！你就是一辈子穷穷穷才会弄得这么臭臭臭！……

老　赵　（爆发）你说完了没有？还不够丢人？不就是一块玻璃！买块新的装上去不就好了？！可我们的女儿呢？我上哪儿找去？我找谁要去？！

沉默。

赵嫂难过下。

崔妈妈着急从左进。

崔　妈　老赵老赵，你怎么啦？

老　赵　我没事，你有事？

崔　妈　那个公厕上头有人在乱写字。

老　赵　怎么搞的？我昨天才漆过的！

老赵往公厕方向下。

崔　妈　哎呀，什么味道这么臭！

灯光、场景渐暗。

第二十一场　公厕推理

灯光渐亮。宝岛一村的公厕。墙上的涂鸦:“举头忘明月,低头思古香”。周宁在看墙上的字。老赵、小黄、纪怪、小朱、崔太太上。

老　赵　写得乱七八糟的！不过错别字多了一点……

周　宁　幼稚、驴蛋！老赵，你想现在有什么人会在厕所的墙壁上写出这么准确的错别字吗？（阴谋论的眼神）是不是？是不是？欸！

崔　妈　你讲话就讲话，干吗满脸跑眉毛？

小毛和大车上。

小　毛　爸，漆来了。

崔　妈　赶快漆。

小毛和大车开始漆墙。

老　赵　（突然停）等一下！你看——“忘记……古香……”这是不是密码？

周　宁　有蹊跷！

二毛从厕所里出来。

二　毛　什么蹊跷，不就是一堆错字。赶快漆掉吧。

一位没见过的路人经过，停下来看。

周　宁　（好像有内幕一般地得意）二毛……

老　赵　“忘记明月”——“明月”是什么时候？

周　宁　初十五。

老　赵　所以“忘记明月”就是……

周　宁　初一！

老　赵　各位！这是一个集会时间的通知！

纪　怪　△∨◎∵◇∪ ¤ ∧☆∷∩□ ※！[24]

周　宁　（笃定）时间有了，那地点呢？

老　赵　“思古香……”

周　宁　“古香……”

二　毛　你们不要闹了，这个人就写错字嘛！“低头思古香”，“古香”就是屁股放出的香味，意思就是说低头看大便，看到都忘记明月在哪儿，就这么简单。我每天都这样啊！

二毛下。

老　赵　二毛，回家去！

小　毛　啊！爸，我想到在兰井街，好像有一家古香茶室。

老　赵　真的有？

小　黄　里面很黑，暗摸摸，里面都酒家女啦！

小　毛　对对对！

老　赵　你怎么知道？

小　毛　小黄叔带我去的。

朱嫂上。鹿奶奶拄一很短的拐杖上，随从跟随。

鹿奶奶 聊天呀？

小毛、大车 鹿奶奶！

老 赵 鹿奶奶，你看一下，这是不是很可疑？

鹿奶奶示意叫随从下，看墙。

周 宁 鹿奶奶，今天已经是二十九，初一就是后天了！你不觉得是要策划行动吗？

鹿奶奶 我觉得……我想上厕所。

鹿奶奶进厕所。路人下。如云经过。

老 赵 （拉周宁向前）长官，鹿奶奶说她想上厕所。

周 宁 鹿奶奶家自己就有厕所，何必要来这里？

老 赵 他们家是全村第一家有厕所的耶！

纪 怪 （比画）∪ ¤ ∧☆∷∩□ ※ ∪ ¤ ∧☆！[25]

老 赵 崔太！帮个忙。进去看看她怎么样。

崔 妈 好好……

崔妈进厕所，又出。

啊！里面没有人！

老 赵 没人？

周 宁 鹿奶奶已经给我们一个答案了！

纪 怪 （比画）∷∩□☆∷∩□ ※！[26]

小 毛 什么呀？

老 赵 （斩钉截铁地）后天，古香茶室的厕所，会有人不见！

停顿。

纪 怪 ∩□※！[27]

老 赵 赶紧把它漆掉！

众人把字擦掉。路人下。灯光渐暗。

第二十二场　逮捕

灯光渐亮。赵家。气氛凝重，赵嫂不知所措。众人围绕着赵嫂，试图安慰她。

小　朱　搞什么？老赵怎么会被抓进去？

赵　嫂　到底发生什么事啊？

二　毛　前几天，就公厕……有一些字，爸把它擦掉而已，就这样啊！

小　毛　我也在！

冷如云　很多人在那边走来走去。

朱　嫂　对啊，很多人啊！（突然想到）有一个人我没见过。

赵　嫂　谁啊？

朱　嫂　我不知道，没见过，就是穿红色衣服的那个。

二　毛　你说在我旁边那个？那个我没看过。

冷如云　不认识的……

大　家　啊！糟了糟了……

周宁从外进赵家，手上拿着一个资料袋。众人起身。

周　宁　大家都在啊？

赵　嫂　怎么样了？

朱　嫂　坐坐坐……

周　宁　大嫂，我刚从总部回来，事情是这样的……（欲言又止）唉！

朱　嫂　你就讲啊！

周　宁　嗯，老赵呢，他跟小黄现在在“政四”，接受侦讯。

赵　嫂　政四处？

小　朱　完了！完了！

周　宁　他们两个今天下午说是要到兰井街一个秘密集会的地方，但是他们还没到，就被抓走了。

赵　嫂　（站起）哪有什么秘密集会？！他们是去买材料弄那个厕所！

周　宁　大嫂，昨天才在嘉义市抓了一个共谍，现在是草木皆兵，你说他们两个在干什么呀！我托了一个学长去总部问问。

赵　嫂　他说什么？

周　宁　他跟我说：老周，这事你就别管了。

众人惊讶。

赵　嫂　啊？！！

周　宁　（发现说错话）没有没有，别管就是没事，没事就是别管。

二　毛　（气愤）什么人乱写字，我爸去帮忙，就被抓走了，我也在啊！要抓为什么不抓我，操他妈的警备总部政四处，宪兵我操！

周　宁　小声点，小声点！

众人附和。

朱　嫂　好了好了，那我们现在是要安怎[28]？

小　毛　周妈，可不可以请你拜托吴将军帮个忙？

小　朱　对！对！

冷如云　好，我去跟他说说去。

小　毛　谢谢周妈。

赵嫂崩溃，跪到地上。

赵　嫂　你跟他说，我们家老赵什么都没做！……

冷如云　不用说，他知道，他会帮我们的。

众人扶起赵嫂。

赵　嫂　汉彬，没有你我怎么办啊！……

朱嫂和崔妈回朱家拿菜。

周　宁　这“政四”很麻烦的。

小　朱　对啊！当年那个魏中进去就没出来啦！

赵　嫂　啊？！

周　宁　（发现说错话）没有没有……

小　毛　妈，他是真正的共谍啊。

小　朱　那你跟魏中走那么近，怎么没被抓？

周　宁　我有进去啊！他们有问我！

小　朱　他们问你些什么？

朱嫂、崔妈端面回。

周　宁　就问我跟这个人的关系，我心想没有就是没有。（慷慨激昂地）管他的，大不了就关一辈子！

赵　嫂　啊？！

周　宁　（发现说错话）没有没有没有！那只是我心里的想法！不会不会！

赵　嫂　真的吗？

周　宁　对对对，没做就是没做，因为坐在冰块上的人一定都会说出真话。

众人惊讶。

赵　嫂　冰块？！

周　宁　（发现说错话）没有没有没有！冰水。不会不会！

众人急忙安抚赵嫂。

朱　嫂　好了！想那么多也没用。吃面啦……

众人吃。灯光变化。

第二十三场　求援

鹿奶奶家。一种神秘的气氛。鹿奶奶端坐着，随从带小毛、二毛上。二人看着四周。

小　毛　鹿奶奶……

鹿奶奶　来玩啊？

小　毛　鹿奶奶，不好玩。我爸爸被抓进去了，你知道这件事吗？

沉默。

我们想请您帮忙。

二　毛　拜托鹿奶奶。我们一点消息都没有！

鹿奶奶　你姐姐好吗？

小　毛　啊？鹿奶奶，我们是在说我爸爸出事了！

过程中，老赵安静地回来，坐在小朱门前椅子上。

鹿奶奶　我要出去了。

鹿奶奶起身。

小　毛　鹿奶奶，您要去哪儿？

鹿奶奶　失陪。

鹿奶奶下。

小　毛　（无奈）那我爸怎么办？请您帮帮我爸好不好……鹿奶奶！

小毛、二毛无助，侍官指方向，请他们下。灯光变化。

第二十四场　平安

小毛、二毛从鹿奶奶家出来，回家。老赵回来，坐在小朱门前椅子上，没有被人发现。

赵家气氛仍低迷。

小　毛　妈，我回来了。

小毛又走到门外。

操，找什么鹿奶奶，爸又回不来。

坐在门口的老赵向小毛打招呼。

老　赵　小毛。

小　毛　爸！

小毛惊讶，急忙跑进家。

妈！爸回来了！

众人冲出来。

朱　嫂　老赵你回来啦！

老　赵　没事……让我坐着歇会儿。

小　朱　老赵！你回来啰！

老　赵　哭什么啊，我没事……没事！

崔　妈　老赵！对不起你！我要不是叫你去厕所那边……

老　赵　没事！也蛮好的，也算是一种经验。

朱嫂回自己家，周宁进。

周　宁　老赵！老赵！还认得我吧？

停顿。老赵端详着周宁。

老　赵　魏中，魏中……

周　宁　老赵！你别吓我！

老　赵　哈哈哈！长官，我开玩笑的，我怎么会有事？天塌下来，老赵在。

二　毛　爸！他们有没有对你怎样？

老　赵　他们能对我怎样？

二　毛　是不是叫你坐在冰块上？

老　赵　（严肃）别再跟我提冰块两个字！

赵嫂难过。

小　毛　真的有啊？

老　赵　开玩笑！开玩笑！

赵　嫂　不好笑！汉彬，你不要吓人啊！

如云上。

冷如云　老赵你终于回来啦！

老　赵　（站起去握紧如云的手）哎，周太，要特别谢谢吴将军。

冷如云　没什么，应该的……回来就好了。

朱嫂端面线进。

朱　嫂　来啦来啦！吃面线！

老　赵　这是？……

小　朱　台湾规矩。

朱　嫂　去霉气啦！

老　赵　（坐下，立刻弹起）哎哟！……

众　人　（紧张）怎么了？怎么了？

老　赵　开玩笑的。

众　人　不好笑……

灯光渐暗。

第二十五场　该下雨了

灯光渐亮。1975年4月5日。夜里，二毛一人在树下偷偷抽烟。大毛上，提着购物袋，穿着时髦。她走向二毛身边。二毛感觉到有人走向她，赶紧把烟藏起来，看向来人。

二　毛　（惊讶）姐！

大　毛　二毛……

二　毛　姐，你今天回来？

二毛跑上前将大毛拉回树下坐着。

你妆化得好漂亮。

大　毛　家里还好吗？

二　毛　嗯……

大　毛　我不在你要照顾爸妈。

二　毛　我会。你在那边上班会不会很辛苦？

大　毛　（拿一包钱给二毛）妈想帮家里盖二楼。这些钱应该够……还有这些东西。

大毛欲下。二毛急上前抓住大毛。

二　毛　姐，你不回去看爸妈？

大　毛　下次吧。

二　毛　姐，你带我去，我现在跟你去！

大　毛　那里不适合你！

二　毛　姐……

大　毛　听姐的！

大毛阻止，下。

二毛坐回树下抽烟。

大车上。

大　车　二毛……你抽什么烟？（把烟打掉）

二　毛　这很贵耶！

大　车　没收！你哪儿学坏的？

二　毛　谁说抽烟就学坏？

大　车　你最近跟一些村子外面的人走得很近，是不是跟他们学的？

二　毛　这事跟你有关系吗？

大　车　操他妈的，他们在哪儿？我现在就去扁他们。

二　毛　他们在哪儿？你找不到他们。他们住在真实的世界里。

大　车　什么真实的世界？

二　毛　这围墙里都是假的，外面才是真的！

大　车　二毛，你最近怎么回事啊？

二　毛　我怎样？（大声）我不爽不行啊？这么烂的房子住了这么多年都不会改进！

大　车　有一天我们“反攻大陆”你就知道了！

二　毛　大车，你完蛋了，你一辈子都走不出去！这边所有的人都走不出去！

大　车　你小声一点，你真的会被抓起来，跟你爸一样！

鹿奶奶和随从从左舞台慢慢往右舞台走。

二　毛　我爸？我爸规规矩矩一辈子，每天都在想要怎么帮助别人，结果被捉走！你也差不多，你哥走了也不拦他，害我姊现在在做什么？操！在台中街上卖大腿！操！这才是真实的世界！你看这些墙壁上的字，“反攻大陆”！写得越大就是越大的谎言！就是做不到才写那么大！

大车左右张望，怕有人听见二毛的话。

大　车　嘘！

鹿奶奶接近他们。

鹿奶奶好！

鹿奶奶　聊天啊？抽烟啊？有烟吗？

二毛、大车紧张。

来一根吧。

鹿奶奶坐下。大车递烟。

紧张啊！紧张得我直哆嗦……

二　毛　鹿奶奶您没事吧？

大　车　要不要去给医官看一下？

鹿奶奶　该下雨了。

鹿奶奶起身，下。

二　毛　什么下雨？

大　车　鹿奶奶什么意思？天好好的怎么会下雨呢？

天空突然下起雨。

大　车　我操，真的下雨了！

大车、二毛躲雨。灯光渐暗。

第二十六场 一个时代结束

众人哀号声。灯光渐亮。第二天早上，树下，众人哀伤。老赵手上拿着一张报纸。

老 赵 委员长！！……

周 宁 哎呀，蒋公！你怎么就走啦？

小 朱 昨天晚上那一场雨来得太突然！原来他就是那个时候……

朱嫂、小毛、赵嫂冲上。

朱 嫂 是真的吗？

赵 嫂 是真的吗？（看到报纸）蒋“总统”死了！！我们回不去了！

老 赵 他老人家怎么可以就这样丢下我们，他不是要带我们回去的吗？

崔妈哭进，如云同上，安慰她。

老 赵 怎么办？

小 朱 他这样一撒手我们该怎么办？

赵 嫂 回不去啦！回不去啦！

崔 妈 回不了家啦！我们回不去啦——！

二毛、大车冲上。

老 赵 委员长啊！——

一片哀号声中，灯光渐暗。

-第 三 幕- 1982—2006

第一场 远离宝岛

灯光渐亮。小毛站在聚光中，扮演说书人。他已经接近中年。

说书人（小毛） 我们长大了，大家都出走了，远离从小长大的宝岛一村。我大姐在台中做了几年后，跟一位美国大兵到美国去了。二姐后来不知道哪一根筋突然对了，考上世界新专，来台北学新闻。我也在台北读书，一边打工，对家人说，台北一切都很好，其实住的地方还是跟其他人轮流睡床。有一天朱伯伯跟朱妈妈北上，那是朱伯伯朱妈妈这辈子第一次到台北来……

灯光变化。台上呈现台北车站外的地下人行道，路人穿梭，有人在发传单。小朱跟朱嫂都老了，下车后找不到方向，手上带着许多行李。

小　朱 （对朱嫂）这边！

朱　嫂 哪里？……

说书人（小毛） （对观众）我到火车站接他们，事前还警告他们说来台北要小心，因为过地下道要给钱。

小毛远看两老不敢过地下道，到处找怎么给钱。小毛隔着舞台向二人招手。

朱伯、朱妈，这边啊！快过来！

小朱、朱嫂看到小毛，但不敢过去。二人迷惑。朱嫂找路人问话。

朱 嫂 （对路人）对不起……

小 朱 请问哪里给钱？

路 人 （指方向）车票在那边买。

朱 嫂 不是啦，地下道的门票请问要去哪里买啊？

停顿。路人瞄二人，觉得很奇怪，转身，下。

小 朱 这人怎么回事，问话不回话？！

朱 嫂 对啊……怎么回事？

小 毛 （向二人挥手）朱伯，过来这边！买票在这边！！把钱给我！！……

两人还不敢动。

朱 妈 （对小朱）什么意思？

小 朱 小王八蛋是骗人的。

朱 妈 喔！小毛，你喔……

小 毛 欢迎来到台北！

骗局被破，两老一直追着小毛打。三人下。

灯光变化。二毛出现在聚光中，接任说书人。她已经接近中年。

在她说话的过程中，老赵慢慢走过暗暗的舞台。他也老了，手上带着一个简单的行李包，动作缓慢，偶尔停下，又面带微笑地走下去。

说书人（二毛） 爸有时候也会上台北看我们。有一次他说要特地到碧潭，他要到空军公墓探望一下在那儿的弟兄，包括一千多位空难丧命的空军飞行员。我看他年纪大了，但他还是那么阳光，微笑，每天忙着帮人家各种忙。我知道他心里很多事，因为妈的精神状态不是很好。

老赵在微光中下。台上似乎又变得更冷一些。

时间过去了。我们都毕业了，进入社会。小毛开始在公关公司混出一点名堂来。我呢，在报社当记者，自然结交许多党外人士，也爱上了其中一个。台北生活真忙，很少有机会回去看看……

二毛下。灯光变化。

第二场 买棺材（二）

嘉义市小黄的木工店。小黄在店里柜台，他也老了。

小毛上，已经是中年人。他手上带着一个购物袋，进到小黄的店里。

小　毛　小黄叔……

小黄抬头看。

小　黄　（普通话和闽南语参半，开心）欸，小毛！很久没看到了！听说你在台北做得不错！来来来，坐！阿狗，泡茶啊！

小毛拿礼物给小黄。

小　毛　带了一点东西给你。

小　黄　不用那么客气，人来就好。来坐！

小毛坐下。助理阿狗上茶。

小　毛　小黄叔，最近好不好？

小　黄　喔，钱蒙赚啦！现在桌子椅子大家都买工厂做的，那个价格我做不出来啦！啊什么时候回来的？

小　毛　昨天，想说来看看。

小　黄　时间过得好快喔。我认识你爸的时候你都还没出生呢。

小　毛　是啊。我们从小常听我爸说一个，就是当年没钱要你帮忙做棺材的故事。

小　黄　对啊！你爸真的很好笑，以前拿十块钱来叫我做棺材啦，十块钱要怎么做？外面一百多块耶！他十块钱也想做。

小　毛　小黄叔，那是你人好。我爸就这样跟你交了一辈子朋友！

小　黄　那是你爸人好，好人啦。

小　毛　是这样啦，我今天来是要跟您商量一件事啦。

小　黄　什么事啊？

小　毛　是这样啦，我想请您再帮我做一个棺材。

小　黄　（笑，以为是开玩笑）棺材没有啦！开玩笑！

停顿。小黄突然明白，严肃起来。

是……？

小　毛　我爸昨天走了。

沉默。

我们从小听他十块钱的棺材的故事听到大，我想说还是请您来帮他做。当然，我们不是没有钱，但是还是想拜托小黄叔叔，这样……爸会比较放心。

沉默。小黄点点头，起身握小毛手。

灯光渐暗。

第三场 葬礼（二）

灯光渐亮。三连栋。摆设类似第一幕葬礼，但一排人排队等着进去向老赵致敬。鹿奶奶从右舞台往左走，队伍从左舞台出。如说书人叙述。

说书人（大毛） 很遗憾，爸爸的葬礼举行时我在美国，来不及赶回来参加。但我听我弟弟妹妹说办得非常隆重，全村的人都到了。小黄叔叔也带了许多村外的人来参加。这一回，小黄叔叔把棺材做得真漂亮。每一个人鞠躬的时间，远远超过预期。当然到了最后大家都吃了朱妈妈特别做的天津包子。

说话的同时家属在家里，二毛、小毛、赵嫂，朱嫂在准备包子，小朱在门口，穿正式的西装，接待客人。气氛庄严而肃穆。每个人依序进入赵家，鞠躬，出来，朱嫂发包子，每人拿一个。
舞台转移，灯光变化。

第四场 探亲

大毛继续说。

说书人（大毛） 很可惜，我爸刚好没赶上一个新的时代，大陆开放探亲。后来这几年，村子里几乎所有人都先后回去了。包括我弟弟，他也终于从台北飞回到北京，去看我们的奶奶。他跟我说，北京的马路好陌生、好陌生，可是奇怪，又好熟悉、好熟悉。更奇怪的是，老家的人都不姓赵，都姓杨……

灯光渐亮。空台。三个光区，从右舞台过来，每一区一把椅子，面对左舞台。三把椅子上分别坐着三个女人，在等待。右边的女人很老，有三位家属站在她旁边。中间的女人次之，有两位家属站在她旁边，其中一女抱着婴儿在手上。左边的女人一人坐着。

1990年前后。导游带着小毛从左上。二人拿着大包小包地走向右舞台。

导　游 台生啊，来来来，前面就是你老家，水大院胡同！奶奶一大早就起来等着你呢。来来来！这边走！

小　毛 谢谢……

小毛停，看着四周。

右舞台赵老奶奶坐着，后面站着叔叔等亲人。

导　游 奶奶啊，台生回来看你了。台生啊，快进来。

导游领完方向，下。

小毛见奶奶，直接而自然地跪下。

小　毛　（磕头）奶奶，您的孙子来看您了！

赵老奶奶　过来。

小　毛　（激动）爸爸……爸爸他……奶奶……爸原本一直想要来的，但是他没等到这时候，我就替他来了。

小毛跪爬过去，奶奶抱着他的头。

小毛拿出袋子里的礼物。

小　毛　这是要孝敬您的。

叔　叔　（大声）要孝敬您的！

赵老奶奶　哦……

小毛拿出袋子里的相片，翻开，指给赵老奶奶看。

小　毛　这个是我们在台湾的相片。这个是爸爸刚来台湾的样子……旁边这是我妈，那时我们都还没出生，这张是全家福的……

奶奶突然打小毛一巴掌。

赵老奶奶　这一巴掌是你代替你爸爸挨的。当年他骗我说去台湾玩玩就回来，这一玩就玩了四十多年！

小　毛　奶奶……

祖孙俩相拥。

导游带着提着大包小包的小朱跟朱嫂从左上，走向中间的光区。

导　游　（对小朱）朱先生，这边。

导游下。

小　朱　到了到了。

朱　嫂　这是你家呀？

小　朱　不是，这里不是我家。

朱　嫂　那我们今天要来看谁啊？

小　朱　等一下要见的那个人年纪比你大，所以你要叫她姐姐。

停顿。

朱　嫂　是你的姐姐啊？

小　朱　（尴尬）她不是我姐姐，她是你姐姐。

朱　嫂　（还是搞不清楚）啊唷，小朱你在乱七八糟说什么啊？

小　朱　进来吧。

小朱进。小朱一见原配，立刻跪下，两人相拥，号啕大哭。

小　朱　呜呜！当年不是我自己要去的！他们就把我带去了！……

小朱原配　让我看看你……

朱嫂在一旁看，傻眼。许久。朱嫂重心不稳，转身跑到家门外。

（对站旁边的中年人）叫爸爸。

小朱看到自己儿子，立刻号啕大哭。
朱嫂在门口腿软、晕眩，这一切，她事前都不知道，所有手上的礼物都掉到地上。

老　大　（指旁边媳妇怀里的小孩）爸！……

小　朱　我儿子！呜呜呜！……

小朱原配　（指小婴儿）孙子。

小　朱　我有孙子啊！啊！！……

房子里外呈现截然不同的情绪，里面的重逢，外面的不可思议。
朱嫂花了一点时间，收拾自己情绪。她深深地吸一口气，让情绪平稳，然后，她收拾地上散落一地的礼物，拿稳，进屋。

朱　嫂　（很平常的口气）大姐，你好！我带了一些东西来送给你们。这个是我们台湾嘉义市最有名的金铺打的，纯金的喔。

小　朱　最好的！

小朱原配　太贵重了！

朱　嫂　（拿出礼盒）还有这个，这是我们嘉义的名产，方块酥！

小朱原配　叫二娘。

小　朱　快叫！

老　大　二娘。

停顿。

朱　嫂　（突然大声）好！来！你也有！（再给老大金链）

小　朱　都有都有。

朱　嫂　（对小朱，指婴儿）这是你金孙啊？你做阿公捏！

沉默。朱嫂突然打小朱。

好能干喔！

朱嫂一把把小朱推开，走向小婴儿。

走开！小孩好可爱唷……

小朱继续哭。朱嫂看着孙子。

导游带着周宁从左上，走向左舞台光区。

导　游　阿舅，这边走，这边走……

周宁看一下，导游把东西拿进屋。

周宁进，姐站起。

周宁姐　（上海话）阿弟！

周　宁　（同上海话）大姐。

周宁姐　阿弟，侬去哪啦？侬去哪啦？

两人相拥，姐哭泣。

侬过得好哦？

周　宁　还好。

周宁姐　那就好。房子最近收回来啦。你写信来阿拉才收得到。你就来住啊！

周　宁　不，不住了。这么多年住在台湾习惯了。大姐，这些年你吃苦了……爸爸、妈妈他们……你可以带我看看他们吗？

大姐带周宁走出屋子，另外两家灯光渐收。“导游”——大姐的儿子跟在后面。他们在下舞台停留。

周宁姐　都照你意思修好了。

周宁跪着，痛哭失声。

周　宁　爸爸、妈妈……

大毛上，对观众说话。'二人把周宁扶起，外甥帮周宁和周宁姐拍照。

说书人（大毛）　周伯伯的姊姊带周伯伯到上海近郊，到父母的坟上完香之后，周伯伯突然问他姊姊一个问题。原来修祖坟同时，还请姊姊帮忙修一个他老朋友的坟……

周宁收拾情绪，起身。

周　宁　大姊，可以带我去另外一个坟上看看好吗？

周宁姐　可以啊。他是谁呀？叫卢汉是不是？我现在才想起来！你们飞行官校的，高高帅帅，常来我们家吃饭，是你还没去台湾之前就摔飞机死了嘛，是那个吗？

周宁点头，然后向二人示意。姐和儿子互看，让开。

周宁一人看着墓碑。

周　宁　（念）“卢汉，生于1928年5月19日，殁于1949年9月16日。”

停顿。

小汉，我把飞机飞到台湾之后就再也没有飞过了。在你出事那天，我也已经跟你一起死了。可是为什么我还活到今天？也是因为你说过的一句话：人生要开心，尽量开心……即使只剩下一个人，也要开心。

周宁崩溃，闷着哭泣。二人把他扶走。

周宁外甥　阿舅……

周宁姐　阿弟，走了……

三人下。灯光渐暗。

第五场 大树下（三）

说书人出现在聚光中。

说书人（二毛） 时间过去了。很多事情是不会改变的。树下的时事辩论仍进行着，连我爸爸的位置都留着给他……

灯光渐亮。树下。小朱、周宁、纪怪。老赵的藤椅空着，留给他。飞机飞过，周宁朝着飞机敬礼。

小 朱 现在搞什么？李登辉这个小王八蛋！蒋经国当年是怎么回事？让这种人做领导呢？老赵你说是不是？

小朱拍拍老赵的空椅子。

纪 怪 ∪ ¤ ∧☆∷∩□ ※ ∪ ¤ ∧☆∪ ¤ ∧☆∷∩□ ※ ∪ ¤ ∧☆！[29]

小 朱 是吧？

周 宁 老赵你想想看，小蒋现在死了，他现在要是地下有知有多难过。

小 朱 啊呀，报告长官，几十年来我还当你是有长进的！

周 宁 我哪一点说错了？

小 朱 慈湖，你真以为里头躺的是两个姓蒋的啊？

周 宁 接受吧，蒋公死了！不信你问老赵。

小 朱 这种事情现在也只能问老赵！都不见了嘛！全世界不见的

人都在一块儿！

周　宁　别瞎扯了，蒋公如果现在还在的话都几岁了？

大车推包子车回，停下，加入。

小　朱　蒋夫人今年几岁？

大　车　101 岁。

小　朱　是吧！

纪　怪　∧☆！[30]（音似“拼螂”）

周　宁　哪有槟榔？纪怪，我们在谈正经事，你不要插嘴！

小　朱　我讲的话你们要是不信就算了！

周　宁　我告诉你，小蒋走了，为什么要给当过共产党的日本人李登辉接班呢？这是要深思熟虑的。这一切都有高人指点的！是不是？是不是？欸！

小　朱　你的意思是？

周　宁　戴笠！

小　朱　死了！

周　宁　他没死！

小　朱　神经病！

周　宁　这一切都在他安排之中！不然怎么解释嘛！

小　朱　几百年了还戴笠！

小毛上，他从台北回。

小　毛　（立正敬礼）长官好！朱伯伯、周伯伯、纪怪叔叔。

小　朱　欸，小毛回来了！（拍拍老赵的椅子）儿子回来啦。

小　毛　（拿出酒）来，孝敬您老人家。

周　宁　（抢过酒，抱在怀里）不不，他不能喝这个了。

小　朱　小毛，没事要常回来看看妈妈。不要像那个谁，到了美国就……

纪　怪　∧☆？[31]

小　朱　没有啦……

大　车　我爸说周胖。

小　朱　不是……我说大牛……

大　车　爸，不用装了。哥会回来的，你等着看。可是周胖……对不起，周伯伯，可是我看不爽好多年。他出国这么多年一次都没回来看你们！怎么？拿个博士学位就跩啦？

小　朱　关你屁事？

周　宁　没关系，他忙嘛……

大　车　没关系，小毛，他在美国，他妈的我们找我哥把他押回来！我操他妈的！……

周　宁　少说两句……

纪　怪　∷∩□※∪¤∧☆∪¤∧☆∷∩□※∪¤∧☆！[32]

大　车　对！

周　宁　对什么对？他说什么你听得懂吗？多少年了，我们从来都没有听懂过！

停顿。许久。

纪　怪　#$@%^？ #$@%^？ #$@%^？ #$@%^？[33]

小　朱　别气了……

纪怪走出又走回，把凳子带走。

纪　怪　#$@%^？[34]

纪怪下。

周　宁　好了吧！好了吧！退出政坛！

小　朱　好了，没事，赶快去看妈妈。你妈妈已经很久不跟人说话了……

大车拿包子给小毛。

小　毛　好，回去了，等一下来找你聊天！（对大车）谢了！

小毛下。大车跟着推车下。
停顿。

小　朱　（对周宁）欸，长官，原来这么多年你也是听不懂的？

周宁摇头，二人惊讶地互看。
小朱拍拍老赵的椅子，叹气。灯光渐暗。

第六场 春天的记忆

灯光渐亮。赵家。赵嫂坐在靠下舞台墙的窗前，眼光凝视着远方。二毛安装一台CD唱机，放意大利歌剧给赵嫂听。她的穿着时髦，在台北报社上班。

二 毛 妈，我记得你当年从大陆带了一些黑胶唱片来。今天你生日，我在台北找到一样的CD，放给你听，好不好？

歌剧音乐进。小毛进，带着一个购物袋。

小 毛 妈，生日快乐！从台北给你带来点心，衡阳路的采芝斋的桂花糕点给你吃。（对二毛）她怎么样？

二 毛 还是没有说话。

两人将东西拿到桌上摆放。随着音乐的展开，赵嫂突然开口，好像在叙述一个很遥远的景象，又仿佛在眼前。

赵 嫂 化了。

二毛及小毛惊讶地互看，停下手边所有动作，转身面对赵嫂。

小 毛 什么？

赵 嫂 北海的冰化了。去年冬天才去溜过一次。

二毛和小毛走向赵嫂，专心地听。

柳树发出嫩芽，在阳光底下看起来一闪一闪的。一看就知道是春天来了。老夏的车也来了，“叽咕叽咕”一会儿就到了金鱼胡同，抬头一看三个大字：德福轩！

赵嫂陶醉地听音乐。

……这酱油炒饭怎么会这么好吃？德叔每天一看到我来了，就把手边的事搁下帮我炒了一盘酱油炒饭。

小　毛　好，好吃。

朱嫂上。她老了，动作缓慢。

朱　嫂　赵太。

二毛、小毛　朱妈。

朱　嫂　啊？你们都回来了，我想说要给你妈妈做饭吃！

赵　嫂　酱油炒饭！白菜要切得细一些。

朱　嫂　（讶异）啊？赵太太，你？……

小　毛　我妈说话了。朱妈，我们等下一起出去吃饭。

二　毛　朱妈一起来。

朱　嫂　好好好，你们要多回来看妈妈。你看，一回来她就说话了！

二　毛　谢谢朱妈妈。

众人准备出门。灯光渐暗。

第七场 重逢

灯光渐亮。嘉义著名浙江菜馆的包厢。老年人一桌，包括吴将军、吴夫人、赵嫂、小朱、朱嫂、如云、周宁、崔妈。服务生上菜。吴夫人欲分菜，吴将军阻止，自己分。

崔　妈　哎呀！谁叫的这个，吃不下啦！

吴夫人　这是这里的名菜，一定要吃。

周　宁　老吴，你分菜可以，但你不要吃啊，小心胆固醇。

赵　嫂　德叔！这规矩谁教的呀？怎么让客人分菜？

吴将军　哎呀！我们大家在一起开心！你讲什么胆固醇！

赵　嫂　我们今天是要庆祝什么啊？

朱　嫂　（指如云）周太儿子，要升教授啦。

赵　嫂　（对吴将军）那怎么会是你请客呀？

吴将军　我联络大家，当然我请！

小　朱　谢谢！

周　宁　什么话！怎么说都是我们的儿子，一定是我们请！

小　朱　谢谢！

赵　嫂　好了，（拍桌）德叔，今天这一顿，德福轩买单！

如云拿照片出来。大家看照片。副官上，跟吴将军耳语。

吴将军　（对吴夫人）庆兰，车到啦。你们可以回去了。

吴夫人 （起身）你们慢慢吃，我们先走啦！

崔　妈 不好意思……还有两个人等我们啊。

周　宁 好了，等一下让如云打包给你们送过去当消夜。

吴夫人、崔妈下。

吴将军突然起身，清嗓子，气氛正式起来。大家安静。

吴将军 今天我特地安排这个饭局，我有一件很重要的事要宣布。有个老朋友，是我们官校同学，很多很多年没见面。今天，他回台湾了。

小　朱 谁呀？

众不解。李子康上。与第一幕意气风发的空军英雄比起来，反差甚大，已经是个驼着背、泄了气的老头。

众人愣，尤其是如云。

周　宁 子康？……

小　朱 李子康？

沉默。周宁站起，往李子康那儿走。周宁敬礼，抱住子康。

周　宁 多少年了？

李子康 五十多年了……

周　宁 你……你……

李子康 小周，谢谢你……

周　宁 我那时就跟如云说，你不可能！……

吴将军 先坐下吧。

周　宁　坐坐坐！（对服务生大喊）小姐！多弄一副碗筷，快一点！我们来敬老李一杯。如云！……

周宁举杯，众人跟进。

就敬这些日子……

吴将军　一起一起。

服务生上碗筷。大家站起敬子康酒，然后坐下。

李子康　各位，久别重逢。

赵　嫂　欸，李飞官呀！那年你吃完年夜饭之后人上哪儿去啦？

周　宁　这怎么回事啊？

吴将军　都坐都坐，子康他刚从香港过来。他在那里住了七八年啰。他是被冤枉的，那时候是飞机失事，子康还被抓起来关了好久。他们硬说是我们的空军英雄投共，子康不知道受了多少委屈，吃了多少的苦。

李子康　后来有个机会就到了香港去了。（眼神一直留在如云身上）

小　朱　那怎么不跟我们联络呢？写个信啊，不然就打个电话，（指如云）让人家知道呀！

李子康　是啊，我后来是写了，我都写给老周，老周真的是铁哥们儿，一直都在照顾，一直在帮忙。听说你们儿子在美国很有成就啊？

赵　嫂　升教授，是咱们村子的光荣。

朱　嫂　是啊，是啊……

李子康 他叫什么名字？

赵 嫂 周胖！

众人笑。

冷如云 念康。他叫周念康。

如云递照片给李子康，李看照片。

李子康 念康？

赵 嫂 小时候偷看我们二毛洗澡，被小毛追着打。

李子康 恭喜，我敬你们二位……

吴将军 大家一起！

大家站起喝酒。

赵 嫂 我要去上厕所。

朱 嫂 我带你去。

小 朱 报告将军，我们是不是也出去？

吴将军 出去出去，一起吧。

小 朱 抽根烟去……

赵 嫂 （唱）“我的家在东北松花江上，那里有……”

众人下，赵嫂边走边哼《松花江上》。

剩子康和如云。他们拉近椅子，看照片。

冷如云 （指照片）这是他太太。这就是他工作的地方。

李子康 念康，这名字你取的？

冷如云 （点头）我取的。他是你的。

停顿。

李子康 啊？

冷如云 他是你的。

沉默。李子康难以承受。

李子康 如云，这些年，你过得都还好吧？

冷如云 （半笑）都快过完了。

（停顿）你呢？你好吗？

李子康 一个人过，日子很容易打发。

冷如云 你结婚了吗？

李子康 我不是结过婚吗？（沉默）

念康，他知道有我吗？

冷如云 他……他不知道很多事情。因为我也不知道很多事情。我要跟他说什么？他什么都不清楚，就跟我的脑袋一样，什么都不清楚。这孩子虽然没有见过你，他就跟你一个样，就跟你学了一件事，就是出了门就不再回来。（站起）有一天吃完早饭，我看着你的背影，二十啷当意气风发的年轻小伙子，你就出门了，外头的阳光一片灿烂……现在要是九泉……现在到了晚饭时间，门一推开来，进来一个老头，这到底是什么意思？你回来做什么？你回来吃晚饭吗？

李子康 如云，我其实回来就是想来看你一眼，我想让你知道，这么多年来，就是因为一直想着你才能让我支撑下去，谢谢你，我今天的出现让你为难了，对不起，我今天不应该来的，但是，如云，生命开了我们好大的一个玩笑。谢谢你，对不起，害你吃苦了，谢谢你，对不起，你多保重（反复地说）。

冷如云 （阻止他）好了，子康，我知道了。

李子康 如云……

如云拉子康，两人拥抱。

吴将军进，周宁、小朱跟进，安静地看着。

（恢复冷静）如云，我……该走了。老吴约了几个老同学在台北聚聚。那照片……我可以留着吗？

冷如云 他的地址在后面。

如云把照片递给子康。

李子康 保重。

冷如云 我会。

老吴轻轻拉着子康。二人往下。

周　宁 如云，我去送一下。

子康、老吴、周宁下。

如云独自一人。服务生拿水桶进，猛摔在桌上。

服务生 不好意思帮你收一下哦……

服务生大声地把碗盘扫进水桶里。

灯光渐暗。

第八场 Vegas

灯光渐亮。美国拉斯维加斯一家赌场。半夜三点。大毛穿着赌场制服，在发 21 点的牌。她桌子只有一位客人。服务生上一杯苏格兰威士忌给牌客。

过程中，大牛上，远远观察。他是中年生意人，穿着西装，相当气派，手上拉着一件手提行李。

牌　客　又是 16 点。这个要加吗？

大　毛　这个很难说。

牌　客　加吧。

大毛发牌，翻开，客人爆了，大毛收钱。

拉斯维加斯真的会整死人。

有时有运，有时没运。就是这样。

牌客站起给小费，下。

谢谢，晚安。

大毛洗牌。大牛趁她没有在看的时候，坐下。

大毛抬头，发现大牛，惊讶。

两人互看。沉默。

赌场经理过来。

经　理　What's going on here?

大　毛　（对经理）Nothing.（对大牛）下注吧。

经理走开。沉默。

大　牛　Hi.

大　毛　Hi.

大　牛　这些年好吗?

大　毛　我很好。我在 Vegas 已经住了十几年。

大　牛　我知道。

沉默。二人机械性地玩牌，大牛一直赢。同时讲话。

大　毛　听说你非常成功。

大　牛　托福。你什么时候下班?

大　毛　早上六点。

大　牛　我早上六点的飞机。

沉默。

大　毛　你几个小孩?

大　牛　三个。你呢?

大　毛　没有。

大牛的儿子上，被大牛看到。大牛儿子穿着很嘻哈，边听着随身听边扭动着。

大　牛　Hey what are you doing here? Come here!

大牛儿子　（惊讶）Hey, I thought you went to the airport!

大　牛　（对大毛）呃……我大儿子 Andy。Andy, say hello to my...old friend.

大牛儿子　（对大毛）Hey, what's up?

大　毛　Hi.

大　牛　（对儿子）What are you doing here? Why aren't you upstairs? Go upstairs. Go to bed...

大牛儿子　（觉得不可思议）OK, OK...relax, this is Vegas...Come on, man! Jesus!

大牛儿子下。

大　毛　你带全家来 Vegas 玩？

大　牛　第一次。我从来不带他们。这次两个小的吵着要来。我都是一个人跑。我等一下要到 LA 转上海，我苏州有个厂。

大　毛　你是大老板，怎么都一个人跑？你助理呢？

大　牛　我就是这样。我一年可以跑三百个城市，一年最高纪录睡过三百张不同的床。

大　毛　这么辛苦。大牛，你在干什么？

大　牛　找你吧。

沉默。

大　毛　那艘船早就开走了。

大　牛　啊？

大　毛　我们没搭上。没搭上就是没搭上，不然怎么办？

两人相看。经理经过。

要加牌吗？

大　牛　你说呢？

大　毛　这个凭或然率，最好不要。

大　牛　很多事情要凭感觉，要。

大毛发牌。

大　毛　21点。你运气真好!

大　牛　大毛，我运气真不好。

大毛突然难过。沉默。大牛起身。

该走了。

大牛走开。

大　毛　大牛……听我弟说眷村快拆了。他要把所有人请回去。你会去吗?

大牛走回，伸出手。

大　牛　会。

两人相拥，不像老情人，就像一起长大的老朋友。

许久。服务生经过，一个新的赌客坐下，拿出筹码。

两人分开。大毛回去发牌。

大牛提着行李箱离开。灯光渐暗。

第九场 再看一眼

小　朱 （扩音器里的声音）……各位邻居，各位村子里的老邻居，我们眷村快要拆了。今天晚上村子举行欢送宝岛一村的除夕联欢会，请各位邻居准时就座，谢谢大家……

灯光渐亮。前两年（2004 年）除夕，三家后巷中有一个小舞台背对着观众，看得见的三桌酒席往后延伸。大家回到宝岛一村，在眷村被拆之前聚一聚。晚会进行到快吃完了。小毛在台上，背对观众。大家鼓掌。

小　毛 （拿着麦克风）各位爸爸、妈妈、叔叔、伯伯、大哥、大姐、小朋友，大家好！欢迎大家再次齐聚一堂，回到宝岛一村，在村子拆掉之前来一起吃最后的年夜饭！虽然今天天气很冷，但我们心是温暖的，让我们好好把陪伴我们这么多年的眷村欢送走！现场我也看到很多好久没有见到的人，像朱伯伯、朱妈妈，还有周伯伯，听说周伯伯刚环游世界回来了，我们大家给他掌声鼓励一下！

众　人 恭喜！……

小　毛 还有今天朱家也全都到齐，很久没看到的大牛也从国外回来了！还有我二姐和二姐夫也带着她的小朋友从台北回来。二姐夫，来跟大家问个好！

二毛先生 （闽南话）大家好……

二　毛　（闽南话）大家好……

小　毛　我在这边要告诉大家一件事，我二姐夫一直提醒我叫我不要说，就是他现在在民进党文宣部服务……（大家起哄）二姐夫你不要紧张，我们这儿没有人会扁你。

大　车　那可不一定！

小　毛　大家都知道，现在朱妈妈已经没有在做包子了，都是我从小长大的哥们儿大车和旁边的大车嫂在做，大车嫂上来给大家看一下。大车嫂的名字是越红，她家乡在越南胡志明市，她现在中文还讲得不太好，今年也是第一次来到台湾过年，跟我们爸妈当年一样，离乡背井。我们祝福她，希望她可以跟我们的爸爸、妈妈、叔叔、阿姨一样在这里可以得到很多温暖。

大车嫂　（重口音）大家好，我叫越红……

大家鼓掌。大毛带她美国丈夫上。

大　毛　大家好久不见！

小　毛　大姐！各位我大姐大毛，她直接从机场赶过来了，旁边的洋人是我的大姐夫。大姐，来来来，你先找个位置坐。

大　毛　（对丈夫）Hey you...My Mom, say Hi say Hi. OK...

小　毛　现在我们进行余兴节目！请大家以最热烈的掌声欢迎远从高雄来，开 piano bar，但今天特别休息一天的大辣、小辣为大家带来一首歌曲……

大辣、小辣上台，唱“Whatever Will Be, Will Be”。

灯光变化。老赵从远远的方向走过来。他在自己的屋子附近，四处看看，在屋外的藤椅上坐下。他还是老样子，但变得很安静。

小毛带着妻女走到三连栋外，介绍给他们听。女儿跑掉，小毛妻追去。小毛往赵家方向走。他看到老赵坐在椅子上，不敢相信。老赵抬头，过程中大车嫂上台唱越南歌，然后小黄上台唱台语歌。

老　赵　小毛……

小　毛　爸……

老　赵　我听说眷村要拆了。有五十多年了吧？过来以后就在这边落地生根，然后就……唉，人生就是这么快……过去了。

小　毛　爸……

老　赵　你们都是我的孩子，都是在宝岛一村生的，知道吗？

小　毛　知道。

老　赵　这里就是家，明白吗？

小　毛　明白。

老　赵　这边拆了，以后住哪儿？

小　毛　政府另外找了一块地，盖新的。

老　赵　大楼啊？

小　毛　对，大楼。

老　赵　那我们住几楼？

小　毛　还不知道，还没抽。

老　赵　（笑）跟当年一样，领门牌号码。

小　毛　差不多。

老　赵　那以后我们这边呢？

小　毛　这边要变成马路。

老赵笑。

老　赵　喔，我来是要跟你说一件事。去，柱子跟梁中间有个缝，你手一勾里面有封信，给我拿下来。

小　毛　信？

小毛进屋，到指定位置一勾，拿出信。

爸，这信是？

老　赵　（站起）这是你刚满月的时候，爸写给你的一封信。本来要等你长大以后给你，但是我忘了。我文笔不好，当时写些什么呢？

小毛看信。老赵回忆所写的。

“台生：你来了，我们好高兴。前面有大姐丽文、二姐丽明，你是长子，台湾生的，给你起名字叫台生。

来宝岛已经七年了。本来是暂时来避难的，没想到，我们就这么住了下来，不知不觉，也过了七年了！

你来了，房子有点不够住。我会想办法加盖，弄大一点。等我们比较宽裕，也想给你妈盖个厕所，让大家比较方便。”

小毛微笑。

"哎，台生，人生的遭遇哪是人能估算的？我跟你妈，两个像陌生人一样，像小孩子在扮家家酒一样，就结婚了，然后像一场梦一样，我们漂洋过海，来到一个陌生的地方，共同组织家庭，现在一下有你们三个。台生，我没读过什么书，我只能说，生命就像个奇迹一样，我是何等幸福，能够跟你们一起走这一趟。

台生，你今天满月！愿你此生不像我们一样颠沛流离，愿你此生不知道什么叫战争，愿你此生一切平安。

父 一九五六年十一月二十六日于宝岛一村"

老赵慢慢离去。

小 毛 爸……

灯光变化。小毛抬头，老赵已经走远了。

沉默。晚会的声音渐渐进入。赵嫂一人走过来。

妈……冷不冷？要不要加件外套？……

赵嫂手里拿着工具，把自己家门牌拆下。

赵 嫂 （看着门牌）……宝岛一村99号。（对着空气）汉彬，我们要搬家了。到时候我担心你找不到回家的路。我就把这门牌拆下来了，到时候就会贴在新家门上，这样你就能找到回家的路。

赵嫂拿着门牌，往回。小毛上前扶她。小毛女儿跑出来。

赵 孙 奶奶……奶奶……

小毛女儿抱住赵嫂。音乐结束。

晚会有人起哄要拍照。二毛让大家在小舞台集合，拍照。

二　毛　各位叔叔阿姨，我们现在来拍照。

众　人　拍照，拍照！……

大牛、大车搬板凳，众人调位子。

二毛先生　新年要快乐！来！一、二、三……

二毛先生拍照，闪光灯闪。灯光渐暗。

第十场 尾声

灯光渐亮。空台，回到序场，推土机的声音。鹿奶奶从舞台上经过。

说书人 宝岛一村就像台湾数百个眷村一样，终究抵挡不了时代的流程，它被拆掉了。他们拆掉眷村的土墙，拆掉了砖瓦，但是拆不掉我们共同的回忆。你看，第一代凋零，由我们这一代来说故事，也希望这个故事能世世代代说下去。但最后我们总不免要说一声：宝岛一村，再见了。

灯光全暗。

剧终

散场时，剧场门口由演员发包子给观众，“宝岛一村正宗天津包子”，一人一个。

注释

1 首演由王伟忠先生亲自担任。序幕和最后的说书人通常由王先生担任。

2 拢听无：闽南语，“听不懂”。

3 即淮海战役。

4 ㄟ：台湾拼音，发 ei 的音，是类似“啊”的语气助词。

5 歹势：闽南语，“不好意思”。在道歉场合中连说两遍，还有“请原谅”的意思。

6 大意是：“戴笠是死还是没死，很多人讨论过，我看这个是真的值得我们探讨的问题。”

7 大意是：“问题的最根本不是南京不南京，是究竟戴笠想做什么！”

8 大意是：“徐州、南京不重要！最重要的是为何会有人说他死了？！”

9 啥米代志：闽南语，“什么事情”。

10 惦惦：闽南语，“静静”“别吵”。

11 没卡抓：闽南语，“没有用”。

12 大意是：“是不是防卫很难讲，那边现在乱，这边买飞机，我看是时机到了！”

13 大意是：“二十多年了，总算等到今天了！”

14 大意是：“政四的人抓他进去了！”

15 大意是：“是无？”

16 大意是：“坏色水，讲出来都丢脸！”（坏色水：海南话，“丢死人”。）

17 苏亚文：玩谐音字，即布袋戏中的“史艳文”。

18 臭盖：台湾话，“吹牛”。

19 把天皇：看电影。

20 大意是：“傻的！两家人站在门口，有宝吗？（是不是疯了？）”

21 大意是：“错了错了！这是挖得不够深。”

22 大意是：“重新挖个什么？挖深点就行了嘛！”

23 大意是：“你们吵什么，吵吵吵？”

24 大意是：“造反的集会！”

25 大意是：“我看是厕所有鬼！”

26 大意是：“厕所会出事！”

27 大意是：“厕所会有人不见！”

28 安怎：闽南语，“怎么办”。

29 大意是：“老赵，我看这个姓李的，什么都不会，就只会做戏！”

30 大意是：“什么人？”

31 大意是：“谁？”

32 大意是：“小孩子不懂事就不要乱讲，人家在外国没空嘛！”

33 此处为脏话。

34 此处为脏话。

–《宝岛一村》世界首演 –

2008 年 12 月 5 日，台北两厅院戏剧院
由表演工作坊制作、演出

–编剧、导演–

赖声川

–演出–

王伟忠 饰 说书人 / 屈中恒 饰 老赵 / 郎祖筠 饰 赵嫂 / 冯翊纲 饰 小朱 / 万芳 饰 朱嫂 / 宋少卿 饰 周宁 / 徐堰铃 饰 冷如云 / 黄仲昆 饰 李子康 / 刘亮佐 饰 吴将军、总务官、电视主持人（声音）、路人 / 周姮吟 饰 鹿女士、大辣、王夫人、路人、小朱原配 / 胡婷婷 饰 大毛、第一代家属 / 那维勋 饰 大牛、唐颂人、军人、路人 / 刘美钰 饰 二毛、第一代家属、朱家大陆亲戚 / 萧正伟 饰 大车、总务官、军人、搬运工、朱家大陆亲戚 / 韦以丞 饰 小毛、第一代家属、搬运工 / 时一修 饰 魏中、周胖、嘉光老师、路人、老人、探亲导游、赌场经理、二毛丈夫 / 严艺文 饰 钱奶奶、崔妈、路人、周宁姐、大车嫂 / 黄小猫 饰 吴夫人、第一代家属、小辣、售票员、陌生人、路人、赵老奶奶、赌城服务生 / 程守明 饰 纪怪、推土工、流氓、路人 / 黄孝传 饰 学徒、立竿工、旗手、军人、张先生、流氓、宪兵、随从、副官、吴嘉光、路人、赵家大陆亲戚、大牛儿子 / 曾信裕 饰 小黄、立竿工、旗手、老师、宪兵、路人、酒吧保镖、赵家亲戚、新赌客 / 林佳璇 饰 第一代家属、老师、牌

客、路人、赵家大陆亲戚、餐厅服务生 / 柯逸华 饰 大毛夫、美国大兵、路人

－《宝岛一村》首演版持续演出，其他陆续加入或调换的演员包括－

徐堰铃、邓程惠 饰 赵嫂 / 萧艾 饰 冷如云 / 周姮吟、朱芷莹、范瑞君 饰 朱嫂 / 黄士伟 饰 小朱 / 王琄、林丽卿 饰 钱奶奶、崔妈、路人、周宁姐、牌客、大车嫂 / 李建常 饰 吴将军、总务官、美国大兵 / 陈彦廷、黄士伟、樊光耀 饰 李子康、美国大兵、电视主持人（声音）/ 朱芷莹、黄小猫 饰 大毛、第一代家属 / 许乃涵 饰 二毛、第一代家属、朱家大陆亲戚 / 李辰翔 饰 小毛、第一代家属、搬运工 / 丁晖 饰 大牛、唐颂人、军人、路人、美国大兵 / 翁铨伟 饰 魏中、周胖、路人、老人、探亲导游、赌场经理、二毛丈夫 / 王安琪 饰 吴夫人、第一代家属、小辣、售票员、陌生人、路人、赵老奶奶、赌城服务生 / 陈星合、苏德扬 饰 武功副官、学徒、立竿工、旗手、军人、张先生、流氓、宪兵、吴嘉光、路人、赵家大陆亲戚、大牛儿子、大毛夫 / 邓程惠、梁皓岚 饰 鹿女士、老师、王夫人、路人、小朱原配 / 刘士祯 饰 第一代家属、大辣、牌客、路人、赵家大陆亲戚、餐厅服务生、小毛妻

舞台设计：王孟超 / 灯光设计：简立人 / 服装造型设计及梳化妆：铃鹿玉铃、铃鹿玉静 / 监制：丁乃竺 / 制作人：谢明昌 / 技术总监及舞台监督：刘培能 / 导演助理：陈仕瑛、程守明 / 排练助理：黄文瀚

赖声川

1954 年出生于美国华盛顿，籍贯江西会昌，生长于美国与台湾，美国加州伯克利大学戏剧博士，前台北艺术大学戏剧学院教授及院长。世界上最著名的华人戏剧家之一，被誉为“现今最顶尖的中文剧作家”（BBC）、“亚洲剧场导演之翘楚”（《亚洲周刊》）。

三十余部原创编导戏剧作品对当代华人剧场艺术及文创产业影响甚深。台湾表演工作坊创始人及艺术总监、上海上剧场艺术总监、乌镇戏剧节发起人及常任总监，创意理论学者（著有《赖声川的创意学》），曾任教于美国斯坦福大学及加州伯克利大学。

赖声川剧作集

《如梦之梦》

《宝岛一村》

《圆环物语》

《水中之书》

《如影随行》

《暗恋桃花源》

《十三角关系》

《红色的天空》

《在那遥远的星球，一粒沙》

赖声川历年作品清单

《我们都是这样长大的》
《摘星》
《过客》
《那一夜，我们说相声》
《变奏巴哈》
《暗恋桃花源》
《田园生活》
《圆环物语》
《西游记》
《回头是彼岸》
《这一夜，谁来说相声？》
《台湾怪谭》
《红色的天空》
《又一夜，他们说相声》
《先生，开个门！》
《我和我和他和他》
《十三角关系》
《菩萨之三十七种修行之李尔王》
《如梦之梦》
《千禧夜，我们说相声》
《新加坡即兴》
《在那遥远的星球，一粒沙》
《乱民全讲》
《这一夜，Women 说相声》
《上海·故事》
《如影随行》
《陪我看电视》
《宝岛一村》
《那一夜，在旅途中说相声》
《梦想家》
《大桥上的对话与独白》
《梦游》
《水中之书》
《蓝马》
《隐藏的宝藏》
《鲸鱼图书馆》
《游园·流芳》
《幺幺洞捌》
《曾经如是》

春潮NOV+

扫 码 加 入

春潮线上读书会

图书策划　中信出版·春潮

总 策 划　杨　爽

特约策划　叶国政

策划编辑　刘　晴

责任编辑　杨心怡

营销编辑　毛海燕

装帧设计　周滕家二郎　林雪钧　侯明洁｜创意工场

出版发行　中信出版集团股份有限公司

服务热线：400-600-8099　网上订购：zxcbs.tmall.com

官方微博：weibo.com/citicpub　官方微信：中信出版集团

官方网站：www.press.citic

春潮NOV+

回到分歧的路口

水中之书

赖声川 著

中信出版集团 | 北京

图书在版编目（CIP）数据

水中之书 / 赖声川著. -- 北京：中信出版社，
2019.6（2022.4 重印）
（赖声川剧作集）
ISBN 978-7-5217-0416-7

Ⅰ. ①水… Ⅱ. ①赖… Ⅲ. ①话剧剧本－中国－当代
Ⅳ. ① I234

中国版本图书馆 CIP 数据核字（2019）第 073277 号

水中之书

著　　者：赖声川
出版发行：中信出版集团股份有限公司
　　　　　（北京市朝阳区惠新东街甲 4 号富盛大厦 2 座　邮编　100029）
承 印 者：河北鹏润印刷有限公司

开　　本：787mm × 1092mm　1/32　　　印　　张：3　　　　字　　数：30 千字
版　　次：2019 年 6 月第 1 版　　　　印　　次：2022 年 4 月第 5 次印刷
书　　号：ISBN 978-7-5217-0416-7
定　　价：398.00 元（套装 9 册）

服务热线：400-600-8099
投稿邮箱：author@citicpub.com

– 编剧 –

赖声川

根据香港 2009 年工作坊版、2010 年台北版《快乐不用学》改编

– 参与赖声川主持之创作型即兴排练教学的 –
工作坊版本全体演员

韦罗莎、王维、刘守正、黄慧慈、周志辉、黄建东、雷思兰、潘璧云、彭杏英

2009、2011、2016

– 关于此版本 –

《水中之书》经过 2009 年工作坊版本、2011 年台北版本（改名为《快乐不用学》），再度改编成此版本，即 2016 年上剧场版本。在过去的两个版本中，主人公何实是女性，并且有许多此版本中不存在的角色，包括一直跟随着伟仔的回音，以及一位算命师“流浪”，在 2016 年版本中全被删除。

感谢香港话剧团 2009 年创作孵化的支持。

– 人物 –

何　　实　男，快乐学教师

小　　萧　女，何实的事业伙伴

伟　　仔　小萧的男友，香港富二代

水　　儿　坪洲岛上的小女孩，8 岁

成 年 水 儿　25 岁

中 介 太 太

何实的姨妈

跳舞的男人

跳舞的女人

快乐学男员工

快乐学女员工

侍　　者

律师楼职员

快餐店客人

咖啡店客人

– 时间 | 地点 –

现在；香港，以及香港的离岛坪洲。

– 演出长度参考 –

在赖声川导演的上剧场版本里，本剧长约 110 分钟，没有中场休息。

序场

灯光渐亮。雨声。

一大片玻璃，雨滴在玻璃上聚散。

何实背身坐着，静静地看雨滴。

雨滴在玻璃上成为文字，内容是他说的话，随即文字又消失。

何　实　（声音）香港有200多个岛屿。我是早就忘了，还是强迫自己不去记得，其中有一个跟我有特殊的关系？

大片玻璃向后退，同时呈现不同的影像。

在大片玻璃后，是老屋的舞厅，20世纪70年代辉煌的舞会。

穿着正式的一对男女跳着华尔兹穿过远方舞台。

听说在那个岛上，有一栋辉煌的豪宅，在过去时代经常举办灯火通明、嘉宾如云的舞会。在那繁华背后隐藏了一个凄美的爱情故事：痴迷、背叛、报复、遗弃、释放、压抑……那段故事，以及后来发生的不可思议的事情，随着海浪渐渐消逝而去。

灯光变化。

何实起身，对观众说话。

何　实　这跟我有什么关系？太离奇了！是这样，前一阵我接到一个律师的通知，说我在坪洲有一笔房地产要处理，要我继承这栋破旧的豪宅。

这是一个最愚蠢的骗局，但结果是真的。我都忘了，那栋房子是我母亲留给我的，那个海边是我出生的地方，我一直逃避的一个地方……

玻璃后面的画面消失。

我的名字叫何实，“实在”的“实”，可能我妈妈希望我一生实实在在的，不是像她一生那么艰苦、虚幻。当然，我的名字念起来就是“When?”——“何时”——我也在等。我不认识我母亲，更没见过我父亲。我从小住在国外寄宿家庭，或学校宿舍，不清楚什么叫作“家”，也不是很清楚什么叫作“快乐”。这就是为什么我在英国和一位心理学研究所同学一起研发出一套教材——认为是当下社会需要的、有很好商机的教材，所以我就回到国内，在香港开始传授……

灯光变化。

第一场 教室

灯光瞬间全亮。快乐学教室。男员工搬进一个白板。何实面对学员激动地教课，男员工疯狂地助讲。

白板上面一大卷白纸，第一张上面写着“快乐学”三个字。接下来在讲课中，男员工会撕下这些纸，何实在新的纸上写关键字或画简单的图形。

何 实 是的。你没看错。“快乐”能“学”吗？认为不能的，请举手！（指观众）你，出去！不能学你来干什么？好。快乐为什么要学？答案很简单：当你快乐，你的一切能量是顺畅的，你的生活、事业，更有成功的机会。所以说，成功的基础就是快乐！根据从牛津大学研发出来的最先进的新教材，在这五天的课程里，我会教你如何走上成功之道！快乐是什么？吃一顿好的，就算快乐吗？是，那是舌尖上的，短暂的，会消失的。我今天来上班，走在中环，我看着每一个人身上的表情好沉重，他们身上背负着世界的重担，好抑郁。每一个人脸上都是烦恼，烦恼！对！那就是你！我看到了你！你在为什么烦恼？其实这个烦恼有一个基本理由：就是我们对自己——不了解！我们一点都不认识自己。你以为你是谁？真正的你还没有出来，真正的你（画一个被囚禁的人）被困在里面，被你自己囚禁！你看我，我不怕跟你们说，我不认识我爸爸，我妈妈很早就过世了，我是谁，我根本不知道。所以……我就是一个不快乐的人！这样我才会去研究什么是快乐！

可是我们要冷静下来想，万物为什么要相聚相散？是秩序还是混乱在主导一切？还是有一种混乱的秩序或者有秩序的混乱？无论如何，在这浩瀚的宇宙之中，一切有它相互的神秘吸引力。这也就是为什么我们今天在这个教室里能短暂相会。大家多多少少都明白这属于“缘分”的道理，但是从来没有人想到，不要只被动接受缘分，而是主动出击，创造缘分！创造缘分就是创造机会，创造一切的美好！创造快乐之路、幸福之道。所以说“主动吸引缘分”就是快乐学的基础……下课！

灯光变化。

第二场 办公室

灯光变化。

何实跳出来对观众说话。

何　实 我可不可耻？教人家怎么快乐，我自己都不懂的东西。还收人家钱！说实话，我和我的合伙人本来没有信心能成功，但从铜锣湾开的第一家开始，已经陆续开了5家分店。我只能沮丧地确认：不快乐的人真多。更可耻的是，我们课程根本没有编完就开业了！最最可耻的是，再成功下去，我们想让公司上市。

办公室区域灯亮。

小萧在办公室里处理公事。

我的合伙人叫小萧，很可爱、温柔。

停顿。

其实是一位杀人不眨眼的现实主义外带机会主义者。我实在不该这样说自己的同学，但我认识她那么多年，她就是。其实说起来好像也不能怪她，她就跟我们许多留学英国的朋友一样，生在一个无所谓伦理的现实世界中，需要用什么方式来取得利益就这么来着吧……

何实踏入办公室。

小萧在煮咖啡。

小　萧　我们再努力一下，分店再多几个，资金到位，很可能就可以跟着人家公司上市。

何　实　你想得太简单了吧。什么人会想收购我们？

小萧端两杯咖啡过来。

小　萧　（指咖啡）试试看，这是 280 克咖啡豆的第 65 秒。（继续说）我认识一些朋友，他们恨不得就要收购我们这种形态的公司：思维新颖，业绩蒸蒸日上，组织单纯。

何　实　组织单纯的意思是只有我们两个人。酸了一点，减 5 秒吧。

小　萧　我觉得挺好，那是你嘴酸。反正现在的情况就是我们如果有 2000 万就可以跟人家融资，就搞定了。

何　实　（笑）谁有 2000 万？

小　萧　等一下有重要的投资者要来看我们的小堂教学示范。他们已经在大讲堂里面听过你的课。

何　实　谁？

小　萧　王家集团的。

伟仔出现在办公室外的一束光中的电梯里。

何　实　欸，你最近交的新男朋友不是他们家的公子哥儿吗？听说他要接班啊。哇，很难想象在我身边那么多年的同学可能会变成香港最富有的男人的女人。

伟仔走出电梯，对着一支录音笔说话。

伟　仔　（对录音笔）“0321.3[1]：快乐潜能开发有限公司。今天来观察新的创投对象，一个成功的励志型教练事业，有着一个响亮而时髦的名字。搞不清楚为什么会有这么多人有兴趣，但是，显然值得关注。公司主持人萧小姐看起来稳重、得体、精明、干练。（小失态）他妈的，骚啊！（恢复正常）但公私分明是我绝对的原则。你一定做得到。（欲关机，犹豫，重复）一定做得到。”

小　萧　伟仔……（看表）我们不是约了 16:00？

伟　仔　是。我……早了一些，想看看你。

小　萧　可不可以请你等两分钟？我们会议马上结束。

小萧示意请伟仔出去。伟仔不甘愿地出，站在门口。

何　实　（惊讶）你让王家接班人站在门口？我们哪有开什么会？

小　萧　你不懂。就是要这样。相信我。

伟　仔　（对录音笔）“0321.4：心情，蓝色。这不能算挫折。她并没有拒绝你。没有吗？她并没有热情欢迎你。你要坚强。你不能急躁。对。但是看到她……真够味儿啊！”

何　实　等一下！你跟那个姓王的交往，不可能是为了……？你太可耻了！

小　萧　哪有？他们公司正好也在找创投的对象。这有什么可耻？

何　实　创投的对象是创投的对象，怎么会搞成恋爱的对象？我实在觉得跟你在一起做事很丢脸。

小　萧　哎，不懂就不要在那边胡说八道了。

小萧开门，伟仔进办公室。

小　萧　请进。何实，这是王文伟先生。

何　实　幸会。

伟　仔　叫我“伟仔”就好了。

两人握手。伟仔凝视着何实。

（对小萧）失陪一下。

伟仔拿出录音笔，站到旁边。

（对录音笔说话）“0321.5：她有单独相处的知己。应该不是对手。”

何　实　（对小萧）怎么回事？

小　萧　（小声）神经病。不过真的有点可爱。（对伟仔）王先生，我们今天准备了一堂课程，请你来体验一下。何实，请讲解。

小萧给伟仔一杯咖啡，伟仔喝了，开始凝视着小萧，不理会何实。

伟　仔　（对小萧）我们不需要听这个人说话吧？

小　萧　你要评估我们公司，就必须了解这些重要的内容。

伟　仔　我觉得你的内容比较重要。这杯咖啡……真够味儿！但是这个地方太局促了！走，我带你喝下午茶。

小　萧　那不然改天好了。

伟　仔　改天改天……我的 schedule（时间表）很满。

伟仔和小萧下。

何实无奈耸肩。

灯光渐暗。

第三场　坪洲海边老屋外

海浪声。

灯光渐亮。

坪洲海边，背景中一栋废弃的老洋房。

何实与中介太太上。

中介太太　来来来！就是这边啦！

何实呼吸海风。

何　实　这海风……（指）是这一栋吗？

中介太太　对啊，（拿出档案夹）恭喜你，何先生，手续办完，这房子就是你的。

何实看一看，掉入莫名的情绪中。

这栋废掉了好多年，都没有人处理。好难看！

何　实　不会啊。原来离海这么近。

中介太太　就是“海岸第一线”啦！

何　实　我都……忘了。

中介太太　现在价钱不错，你发财了。

何　实　可是我还没有决定卖不卖。

中介太太　啊？你电话上不是说……？

何　实　你让我再考虑一下吧。

中介太太　考虑什么？这房子这么破，而且怎么说……就是不好啦！这个破地方你留下来干什么？

何　实　我不知道。

中介太太　（广东话）嗨喽，所以赶快卖啦！

中介太太手机响。

（对手机）喂？……在鬼屋这边……那个屋主来了……对啊……

中介太太走开，讲电话。

何实站在海边感受海风。

一个小女孩上，好奇地看着何实以及四周。她八九岁，穿着整齐，但有些老气。

何实看着她。

何　实　小朋友？

水　儿　小朋友？

小女孩慢慢后退。

何　实　你——你——

水　儿　你——你——

何　实　你是谁呀？

水　儿　你是谁呀？

何　实　你是不是住在这附近？

水　儿　你是不是住在这附近？

何　实　你从哪里来？你叫什么名字啊？

小女孩被海迷住了。

水　儿　好大的浪！

何　实　哈！你输了！

水　儿　原来海浪是这样的！

小女孩笑，往旁边跑，被何实拉住。

我不晓得这里就可以看到海。

何　实　你不是住这里吗？

水　儿　嗯！

何　实　不是常常看到海吗？

水　儿　我的房间看不到海呀。

何　实　你可以走出来看呀。

水　儿　我不能。（回头看）那是谁家？

何　实　是我家。

水　儿　哦。你家很漂亮，不过有点旧。

何　实　对，很久没有人住。

水　儿　那你住哪里？

何　实　香港啊。

停顿。

你去过香港吧？

水　儿　没有。

何　实　那你住哪里？

水　儿　（指右上舞台）我想是那边吧？

何　实　你家什么颜色？

水　儿　不知道。

何　实　你不知道你家什么样子？那你自己回得了家吗？

水　儿　可是我不想回家。你可不可以带我去你家玩？

何　实　我家已经不好玩了。快垮掉了。

水　儿　我说的是香港。

何　实　可以啊！可是今天已经快要天黑了。下一次，好不好？

水　儿　好啊！

何　实　等你爸爸妈妈答应我就带你去！

小女孩不语。

中介太太上。

中介太太　何先生，怎么样？（看到小女孩）小孩你在这干吗？你是哪一家的？

水　儿　我要回去了！

小女孩下。何实和中介太太看着她下去。

何　实　黄太太，谢谢你，我还是再想一想吧。我心里没有准备好。

中介太太　随便你！我是你就卖了！人家不会等一辈子。

灯光变化。

第四场 西餐厅

高级西餐厅。

小萧坐着，何实上，坐下。

何　实　你约我来这里干什么？我等一下还排了几个小组教练呢。

小　萧　没关系，他还没来嘛。趁这个机会赶快把一些重要的事情说了。

侍者向前跟他们说话。

侍　者　两位喝点什么？

小　萧　给我一杯红酒。

何　实　我马上走了。给我一杯水就好了。

侍　者　要带气泡的还是不带气泡的？

何　实　不带气泡也不带瓶子。就是水。

侍　者　先生，不好意思，我们这边的水都是……

小　萧　就给他气泡水就好了。

侍　者　好的。

侍者下。

小　萧　（对何实）反正他出钱。

何　实　我就是不喜欢你这种态度。快，有什么话快说。

小　萧　是这样，那天的体验有成效。伟仔的公司已经确定对我们公司非常有兴趣，律师已经来做了 due diligence（尽职调查），我们也给了他们很漂亮的财务报表。

何　实　这么快？

小　萧　你还不表扬我一下？他们公司今天就开会决定这件事情，伟仔约我在这里吃饭，八成就是庆功。

何　实　我觉得更重要的是如何更新我们的教材。马上就有新的一批学员进来，你又要开进阶班，我们的教材实在有点薄弱，不断叫人家主动出击，吸引缘分，这到底跟真正的快乐有什么关系？

服务员上气泡水。

小　萧　有什么问题？成功了就快乐！这就是你下一阶段的课纲重点！快乐不用学！成功就是快乐！上市就是快乐！ LV 就是快乐！宝马就是快乐！

何实摇头。

何　实　说完了吗？

小　萧　其实那 2000 万对他们公司来讲是小意思，问题是愿不愿意……

伟仔上，落魄的样子。他手上拿着录音笔。
侍者帮他拉一把椅子坐过来。小萧扶着他坐下。

怎么了？

伟　仔　（指着何实）他为什么在这里？我有请他吗？

何　实　（起身）我走了。

伟　仔　坐下。

何实坐下。

（对小萧）你是必须随时把他放在身边吗?

小　萧　你扯哪里去了？怎么样？今天下午公司会议如何？

伟　仔　挫败不是战败。（拿出录音笔，对着录音笔）“0328.15: 文华。挫败不是战败。”

小　萧　怎么了?

伟　仔　对于你们公司的案子，公司决定暂时搁置。

小　萧　啊？怎么会被搁置？你没有据理力争吗?

伟　仔　我也被搁置。

停顿。

小　萧　什么意思?

伟　仔　我被炒掉了。公司已经不是我负责。

小　萧　什么？你不是要接班吗?

伟　仔　他们说我的个人行为最近有了偏差，判断异常，说我不是人！说错了，不是“不是人”，是“不适任”。“不适任”！

伟仔啜泣，一下又坚强起来。

（对着录音笔）“公司说我不是人！不是，说错了，不是‘不是人’，是‘不适任’。‘不适任’！没关系，我会东山再起！东山再起！”

侍者上红酒。

伟仔一下抓下红酒杯，一口喝掉。

小　萧　欸，那是我的……

小萧起身，搭着伟仔的肩。

怎么回事？说说看。

伟　仔　他们对你有意见。

小　萧　我？

伟　仔　他们觉得你跟我在一起是有目的的。

小　萧　怎么可能？！

何　实　（反讽地）怎么可能？！

伟　仔　他们说如果我不停止跟你的来往，他们就要我暂时离开公司。

小　萧　啊？

伟　仔　我说要公司帮你们“快乐有限公司”集资2000万，突然董事会开会决定，让我立刻暂时免职，让我自己去找2000万才能复职。

小　萧　什么意思？

伟　仔　小意思。拿出2000万就解决。

小　萧　2000万？

伟　仔　他们……他们……（崩溃）他们不相信我！他们认为我不靠家里筹不出2000万！他们认为你在利用我！我只要跟

你在一起一天就别想继承家产！他们把我当作小孩子，认为把我放出来，我就会自己发现跟你在一起是错的，然后会跟你分手，然后我又可以回到公司。但是我跟你分手就表示我认输了，那是绝对不可能的！绝对不可能的！（突然坚强起来，对着录音笔）“绝对不可能的！要筹2000万是不是？认为我不靠家里是没路了，是不是？等着看！”

侍者拿着菜单上，递给三人。

侍　者　三位请看菜单。今天有龙虾特别套餐，可以参考一下。

伟仔起身，愤怒。

伟　仔　不吃了！（对录音笔）“从今天开始，我只吃公仔面，我省吃俭用，我证明给他们看！给他们看！”

伟仔冲下。小萧与何实互看。

何　实　等一下记得开发票。

灯光渐暗。

第五场 坪洲老屋内

海声。坪洲海边老屋大厅。房子破旧，很多年都没人进来过。一个破败的大楼梯。一个画家的画架躺在地上。

拆木板的声音。

何实、小萧从老屋大玻璃后进来。

光线入。

何　实　哇，好难拆！

他们捂着脸，拍拍身上的灰尘，看看四周。

小　萧　哇！这房子很久没有人来过。有印象吗？

何实摇摇头，看到地上的画架，将它扶起。

你几岁离开的？

何　实　两三岁。

小　萧　哦……太小了，什么都不记得。

何　实　真不记得，但真有一种回忆。

小　萧　什么？

小萧摇头。

中介太太上，拿着档案夹。

中介太太　现在这个价钱不错。

小　萧　多少？

中介太太　2000 万。

小　萧　2000万？！

中介太太　他现在已经出到这个价钱。看你们，一定还可以往上拱。

小　萧　（广东话）好耶！

中介太太　（广东话）嗨喽。买方想在这里盖一个大酒店。

何　实　可是产权还没有在我身上。

中介太太　什么时候办？

何　实　我姨妈下礼拜就从日本过来办。

中介太太　那也不晚，反正今天可以先签一个意愿书。

何　实　我还是再看看吧。

小　萧　不用看了，要卖的话就会被买主拆掉。

中介太太　对啊，卖了你就可以在香港买一栋豪宅。还是听你老婆比较对。

何　实　很荣幸，她不是我老婆！

小萧摇摇头，接电话。

小　萧　（对电话）没有，没有这么快啦……

小萧下。

何　实　而且我才第一次走进这个屋子，我想再看一眼。

中介太太　我跟你说现在这个价钱不错，买方愿意让你税后净收2000万。就凭以前这个房子是坪洲最棒的。你外公当年，怎么说，很有派头。

何　实　你认识我外公吗？

中介太太　好久了。你外公是当年国共战争后一个大陆过来的退役将军，买了海边这块地，盖了这栋大洋房。然后每天请客。哇，我们乡下人都没看过那种场面。那边是饭厅，20 米长的长桌，摆满了香槟酒、生蚝、螃蟹、龙虾、扇贝，噢哟那个长桌可以坐五六十个人！

何　实　你有看过？

中介太太　他们那个时候经常人手不够，就叫我们来打工。我那时候很小，也就帮忙擦擦桌子、端端水。你外公出手好大方！

何　实　那这一间是干什么的？

中介太太　这一间是舞厅。

何　实　舞厅？

中介太太形容的过程中，音乐盒的音乐起，大厅片刻仿佛回到过去的光彩，水晶灯亮起来。

中介太太　哇，你不知道，那个时候还会请乐队来，听说是直接从 China Club（中华俱乐部）请过来的，嘉宾来喝酒、跳舞、在海边欣赏海景、放烟花……你外婆很年轻，很漂亮……

玻璃外面，何实的外公和外婆美琪跳舞。他们几乎是剪影，像一个遥远的回忆。烟花在远处炸开，映在海上。
中介太太的话也成为文字在天空里出现，渐渐消失。

……那段时间是我们坪洲的黄金时代，每天都是达官贵人在这里饮酒跳舞，跳到天亮，唉。

何　实　然后呢？

远方画面慢慢恢复老屋原状。

中介太太　有一天你外婆离家出走了，没有再回来。从此就没有舞会了，没有客人了。从此这里就开始凋零，你外公就很少出来，都是靠我们送米啊，面粉啊，过来。这个大门封锁了，窗子都钉上木条，四周还围铁丝网呢！没有人进出，有时候我们都觉得这个房子是鬼屋。哦对不起，我不应该这样说啦。

何　实　没关系。

中介太太　可是是真的。

何实坐在藤椅上，从木条间缝看海。

这个方向也可以看到海。你外公有时候坐在这里，看海。我们都知道他想着你外婆。有一天，很多年以后，你外公不知道是喝酒醉了还是什么，掉进海里，死了。

何　实　在哪里？

中介太太　（指）就在这个海里呀。他淹死了。我们想，你外公一个人住在这里，没有人替他办后事，我们就来帮忙。后来进来房子一看才发现，哇！原来在后面的房间，有一个姑娘，17 年都住在里面，从来没出来过，那就是你妈妈。原来你妈妈这么多年都住在里面，我们都不知道，吓了我们一大跳！

何　实　你们……不知道？

中介太太　我们搞不清楚，从来没有见过她。我们以为你外婆离家出走的时候把两个小孩一起带走了，原来没有！原来你外公那么多年等于是把你妈妈关在里面！唉。你不知道这事？

何　实　不是很清楚。

停顿。

我爸呢？

中介太太　你爸是个画家，还是什么留学法国的。他有一天就到这个海边，听说这个房子里有一个女孩子，17 年关在里面没有出来过，他很好奇，就来找她，想为她画一个画像。后来他们就在一起了。然后有了你，然后有一天，他就跑了。

沉默。

啊呀，说这些干吗？我跟你说，买方支票都开在这里，订金 200 万，合约我去拿给你看！能卖就卖吧！这房子不好啦！

中介太太下。
何实开窗，海声。
小女孩出现在大楼梯下方。

何　实　小朋友？你又来了？我来这里就是想看到你，但又不知道在哪里找你。

水　儿　你想看我？

何　实　你叫什么名字？

小女孩不语。

不能说？

水　儿　他叫我水儿。

何　实　水儿。好漂亮的名字。他是谁？爸爸？妈妈？

水　儿　你可以带我去玩吗？

何　实　你想去哪儿？

水　儿　坐船！去香港！

何　实　我们要问你爸爸妈妈呀！

水　儿　不用问的！

何　实　不行啊，谁能带你回来呀？

水　儿　你呀！

何　实　我晚上还要上课！

水　儿　你上什么课？

何　实　我教书呀！

水　儿　教什么？

何　实　教快乐学。

水　儿　什么是快乐学？

何　实　教人家怎样才可以快乐呀！

水　儿　那你可以教我吗？怎样可以快乐？

何　实　你是小孩你怎么会不快乐呢？小孩子都快乐！只有大人才不快乐呀！

小女孩握着何实的手。

水　儿　那你带我去呀。

何　实　那不行。你爸妈不会同意的。

中介太太和小萧一起上。

小　萧　欸，真的不用看了，这房子没救了。

中介太太　（看到小女孩）小孩你又来干吗？

小女孩下。

何　实　黄太太，我还是再想一想吧。我心里没有准备好。

中介太太　何先生，意愿书在这里。

何　实　（对小萧）真的还没准备好。

小　萧　啊？

中介太太　随便你！我是你就卖了！人家不会等一辈子。

何实下。小萧跟。

灯光变化。

第六场 船上

坪洲开往香港的渡轮。

何实带着小女孩在甲板上。小萧在附近徘徊，看海。

水儿眼睛睁得大大的，充满惊喜地看着海上景观。

小　萧　喂？我？在公司啊……你怎么敢说我不在公司？……你敢赌吗？那我跟人家出来玩又怎么样？……不跟你啰唆了。

何　实　不要对他这么凶嘛。

小　萧　就讨厌他管我。欸，刚刚那小孩到底怎么回事？

何　实　我也不知道。

小　萧　哪里来的？

何　实　不知道，她就……反正……

水儿出现在船上。

喂，小朋友，你怎么会在这儿？

小　萧　你跟踪我们上船？

水　儿　我想去香港玩嘛。

何　实　不行！我马上带你回去！

小　萧　怎么带她回去？这渡轮不会回头的 。

水　儿　没关系的。

何　实　那我们赶快打电话给你爸妈，免得他们担心。号码多少？……你不记得号码？

水儿摇头。

水　儿　真的没关系的。晚一点带我回去就好了。

何　实　晚一点还要带你回去？好吧，你过来坐吧。

小　萧　欸你这样不是影响工作吗？到中环那边交给警察就好了。

水　儿　警察！……

小女孩听了有些难过。

何　实　（对小萧）算了，别吓到她了，我带就我带吧。

小萧走开，站在甲板的另外一边，开始打电话。

小　萧　反正快一点办过户。

何　实　你说什么？

小　萧　没什么，反正就是叫你快一点办过户。（对手机）喂？到底什么状况？

水　儿　哇！

何　实　你没有坐过渡轮吗？欸，你第一次看到我就学我，为什么？

水　儿　因为我经常都是一个人，有时候都很久很久不说话。所以，我很多时候都觉得，我只是个回音而已。

何　实　你没兄弟姐妹？

水　儿　我有一个姐姐，但是她走了。

何　实　你爸妈呢？

水儿不语。

我其实从小也是一个人。

开始下雨。小萧打伞。何实把伞抢过来，帮水儿撑。小萧往旁边站。

水　儿　你喜欢看雨吗?

何　实　你怎么知道?

水　儿　我一个人的时候最喜欢的就是下雨天。

何　实　我也是。我就一个人，看着雨水在玻璃上。

水　儿　对。

何　实　雨滴慢慢变多，开始形成各种不同的符号……

水　儿　好像水在写字!

何　实　对！看不懂的字。看不懂的意思。在雨中，水滴相聚相散，好像老天在跟我们说一些秘密。

水　儿　什么秘密?

何　实　我也不知道。

何实看水儿脖子上的项链。

好漂亮的项链。可以借我看吗?

水　儿　可以啊。

水儿从脖子上取下项链，递给何实。

打开。

何实打开项链，音乐盒响起音乐《摇篮曲》。

何　实　还有音乐！好好听。

水　儿　这是我姐姐给我的。

何　实　你姐姐怎么会有这么漂亮的项链？

水　儿　因为是我妈妈给她的。

何　实　你应该挂在外面比较漂亮。

水　儿　不行！他会看到。

何　实　为什么不能给“他”看到？

水　儿　因为他会想到他太太，就会难过。

何实把项链还给水儿。

他们可以看到中环了。

水　儿　那边是不是香港呀？

何　实　是呀。

水　儿　那些高高的是……房子？

何实有些惊讶。

何　实　对啊。那边是中环。（指另一边）那一边是尖沙咀。

水　儿　（努力念）尖——沙——咀——

何　实　你不知道尖沙咀？

水儿不语。

小萧接到手机简讯，看，回。

水儿看到小萧在手机上发简讯。

水　儿　姐姐，你在做什么？

小　萧　我在淋雨。

水　儿　不是，我是说这个……

小　萧　没什么。这个人无聊透了!

水　儿　她在电话上写字?

何　实　你不可能没看过 iPhone ?

水　儿　什么是“爱凤”?

灯光变化。

第七场 快餐店

一家快餐店里。

水儿坐着看四周，怎么看都惊喜。

小萧坐着讲手机。

小　萧　（对手机）……问题是，他不想卖！……对啊，我说了！我说了，卖了，算借给我好了，将来翻倍还他，他……

何实买餐过来。有鸡腿堡、赠送的饮料杯等。

何　实　来了。

水　儿　谢谢哥哥！

何　实　甭客气。

水　儿　贵不贵？

何　实　不贵！吃！

小　萧　（对手机）……我们现在在德辅道一家快餐店……什么意思？你知道？你派人跟踪我吗？……什么？卫星定位把我锁住？我靠！我不想跟你说话！……跟谁在一起？跟你妈啦！（挂电话）

水儿有些害怕。

何　实　没事，吃！

小萧、何实都在看手机。水儿看他们。

何实发现水儿不知道怎么吃汉堡。

何　实　你没吃过汉堡包吗？

水　儿　汉堡包什么意思？

何　实　汉堡包？就是这个东西的名字。

水儿指包装。

水　儿　为什么这个人他脸白白的？

何　实　没有为什么。他就是这个样子。

水　儿　（做大大微笑状）为什么他的嘴巴这样子？

何　实　他快乐啊！

水　儿　哦！他快乐！

小　萧　鬼知道。妹妹，企业就是要创造一种假象，让所有进来的人觉得欢乐，然后就会消费。重点在消费懂不懂？快乐只是手段。早一点学着。

水　儿　我听不懂她说话。

何　实　（对水儿）不要理她。（对小萧）你看吧！你那一套病毒理论对她无效！

小　萧　我只是要她早早面对现实。再多一点时间，她会开窍。小妹妹，你念哪个学校？

水儿不语。

你不会没有在读书吧？你爸妈不让你读书？

水儿恐惧状。何实拉着她的手。

何　实　（对小萧）好了，不讲这些。（对水儿）要不要吃冰激凌？

水　儿　什么是冰激凌？

何　实　你不知道什么是冰激凌？冰冰的，甜甜的……算了我去买给你。

水　儿　贵吗？

何　实　姐姐的公司马上就要上市了，到时候哥哥也就发大财喽！你不要老是想这个。我买给你吃。

何实起身去买冰激凌。

水　儿　谢谢哥哥。

水儿转身看着小萧，正想问问题。

小　萧　什么是“上市”，对不对？这个问题，很复杂。我跟你说，证券市场是一个正常的资本社会里重要的金融体制，但是很多人……

小萧的手机响。小萧不接。水儿看着她。

神经病！……现在很多人拿这个体制作为另外一种金钱游戏，那么……

电话停，又响。小萧愤怒地接起来。

（对电话，大声）神经病！！（挂电话）

水　儿　姐姐怎么了？

小　萧　姐姐没事！姐姐教你怎么治神经病！

水　儿　姐姐，什么是神经病？

小　萧　呕！

水儿发现小萧左边腰间上挂着伟仔的录音笔。

水　儿　姐姐，等一下，你身上，这是什么来着？

小　萧　啊？

水儿取下小萧腰间上的录音笔。小萧起身。

水　儿　笔来着吗？

小　萧　（惊讶）不是笔。是录音笔！

水　儿　什么是录音笔？

小　萧　就是可以把你说的话录下来，然后是笔的形状所以……

小萧仔细看。何实端着冰激凌回来。

何　实　来喽！

水　儿　（睁大眼睛看）怎么可能有这样的东西？

何　实　什么？这不是伟仔那支录音笔？怎么会在这里？

小　萧　我靠！正在录耶！一直在录！录了好多个小时！

水　儿　（对小萧）他送你的？

小　萧　没有呀。所以我很奇怪为什么在这里？

水　儿　可以听吗？

小　萧　可以的！

小萧把录音笔放在水儿手上，按按钮。录音笔重放刚刚说的。

录音笔中的声音　“……可以听吗？……可以的！……”

水儿惊讶极了。

水　儿　太好了！

小　萧　送给你！

水　儿　送我？

何　实　那不是伟仔的宝贝吗？

小　萧　非要送！

水　儿　我不敢要。

小　萧　没关系。

水　儿　不成的！他会发现！

小　萧　他？谁啊？

何　实　叔叔啊，你把它藏起来呀！你家一定有地方！

水　儿　我家……我房间很小。啊！有了！

何　实　哪里？

水　儿　我房间外面有一个小花园。有一个水井，我可以放在里面！

小　萧　水井？

水　儿　那个水已经不能喝了，都咸了。没有人会去取水的！

何　实　可是这支笔不能放水里。

水儿拿起赠送的饮料杯，把笔放进去，开心地在空中摇一摇。

何　实　聪明哦！（摆出“V”字）耶！……

水　儿　哥哥，什么叫作“耶”？

小　萧　哦……拜托！

水儿努力学何实的手势。

水　儿　（摆出“V”字）耶！……

何实和水儿手碰手。

何　实　（摆出“V”字）耶！……

伟仔从门口上，直奔他们那一桌。

伟　仔　哇！真幸福！一家三口出来吃汉堡包！

小　萧　神经病！走开！

伟　仔　好了，不跟你说，我跟他说！我只要问你，2000万！为什么不肯卖？

小　萧　为什么录我音？

伟　仔　为什么录你音？

小　萧　还装傻？我在我的身上找到你的录音笔！

小萧拿出录音笔。

伟　仔　（有些勉强）欸？跟我的一模一样！怎么会？

小　萧　你觉得我不在你身边会说什么？我有什么秘密是不能让你知道的？说清楚！你录我音干什么？

伟　仔　（有些不好意思）不是，小萧，我只是想知道我不在的时候这个家伙跟你说什么！……

小　萧　你简直无聊透顶！

伟　仔　（大声）啊！讲这么多干什么？

路人端着托盘经过被吓到，食物掉在地上，路人捡食物。

（对何实）你自己课里说的，主动吸引主动吸引！勾引能量！

心想事成！结果来了！ 2000 万真的来了！

小　萧　你跟他扯什么？那是他的 2000 万，跟我们的事情一点关系都没有！

伟　仔　怎么会没有关系？你在跟我说你跟他没有关系吗？

小　萧　我不跟你讲话！

伟　仔　我搞不懂你们！命运已经把球做好了，你不打下去？！你不打下去就是历史罪人！那破房子赶快卖！卖完了钱借给我！一切圆满！（拿出另一支录音笔）“2016 第二支笔 0401.1——破房子赶快卖，一切圆满！”

水　儿　他怎么还有一支笔？

伟　仔　小妹妹，我有的是！ 1 号送给你没关系，（掀开外套口袋）2 号 3 号 4 号 5 号都在这儿！

路人二次经过，回头看。

水儿看着他们，有些退缩，想躲起来的感觉。

何　实　可以小声一点吗？

小　萧　伟仔，你去买个鸡腿！我不想让她看到我们这样吵！

伟　仔　我不吃鸡腿，我只吃公仔面。

小　萧　我让你给她买鸡腿！

伟　仔　她？她是谁？她是谁家小孩儿？你们俩谁家的小孩？

小　萧　啰唆！

伟　仔　……我……没钱。

小萧给伟仔钱。伟仔去柜台排队买鸡腿。

何实看着被惊吓的水儿，把笔还她。

何　实　来，水儿，没事，吃冰激凌！

水　儿　（对何实）哥哥，为什么人会吵架？

何　实　哎，人嘛，总是很复杂。

小　萧　他最近情况很不好，他家里……他家里本来……总之他被家里赶出来了。他没有安全感，他怕我离开他，所以就录我的音。他不快乐。

水　儿　不快乐……那你会离开他吗？

小　萧　或许会。有这个可能。其实那样倒也干脆。

水　儿　这世界好可怕，所以叔叔不让我出来。我懂了，他不想让我看到这些。

何　实　不要这样。吃冰激凌。你刚刚吃汉堡吃得很开心，你一定可以很开心地吃冰激凌。没事的。

伟仔买了一个全家桶回。

伟　仔　（突然温柔）小妹妹，你的鸡腿桶。我不知道你的口味，所以每一个都买了一点。对不起，我刚刚实在是……我要谢谢你们提醒我，我实在是一个非常没有水准的人。

水　儿　他怎么变了？

小　萧　不要理他。

伟　仔　（继续温柔，甚至自怜）这应该源自我内心深处的不安全感。

你们慢慢吃，我趁机好好想一想。

小　萧　这还差不多。

何　实　伟仔不错，还有自我剖析的能力。

水　儿　他变好了？

小　萧　啊……对。

水　儿　为什么人有时候很好，有时候又很……不好？

伟　仔　（突然变脸）你吃完没有？！

路人再次经过，被吓到，食物再次被打翻。

你们打算要我在这边坐多久？

小　萧　你刚才说慢慢吃！

伟　仔　人家讲客气话你当真？我的时间好宝贵！

小　萧　你的时间有这么宝贵？

伟　仔　我的 schedule 满得不得了！

小　萧　你的 schedule 满个屁！你不是被炒鱿鱼吗？全部取消了！

伟　仔　（崩溃）你可不可以不要用这种方式对我说话？我这样会被你毁灭……你不知道……我多么需要你……你……

小萧停顿片刻，把伟仔抱入怀里。

小　萧　哎，每次都这样，走，我带你吃公仔面。

伟　仔　我要加个蛋！

伟仔回头拿回全家桶，下。

停顿。

何　实　（对水儿）香港是不是很好玩？

灯光渐暗。

第八场 旋转木马

音乐盒的声音转成旋转木马的声音。

灯光渐亮。何实和水儿坐在旋转木马上，坐在相邻的马上。

水　儿　哇～～！

何　实　开心吗？

水　儿　开心！好好玩哦！我没想象到世上有这么好的东西！

水儿非常开心。

何　实　还好啦，也不知道从哪个地方搬到港口这里来，也许下周就搬到别的地方去了。改天我带你去大游乐场，主题公园，海洋世界……

水　儿　没听过！

何　实　没听过？你住坪洲应该每天可以看到大屿山的烟花吧？

水儿不语。

水　儿　哥哥，你为什么对我这么好？

何　实　我也不知道，我看见你开心，我也开心呀！

水　儿　对呀，我很开心！

何　实　真的很开心，我从小到大都没有什么人陪我玩。你敢不敢把手松开？

两人放手。

水儿、何实 （同步）哇～～！！

两人安静地骑木马。

水　儿 哥哥，现在这是不是快乐？

何　实 是吧。

水　儿 如果现在就叫快乐，为什么叔叔不要我这样？

何　实 你叔叔不想你快乐？

水　儿 他说到最后所有事情都会不快乐，所以最好不要接触这个世界。

何　实 “接触”，这都是大人的话。他是不是很不快乐？

水　儿 可能吧。因为他太太离开他了。他就跟我说这个世界很残忍，人对人一定没有真心的，所以他希望我不要跟他一样受伤。

停顿。

这个木马可不可以永远不停呀？

何　实 不行。它总是要停的，但是再花钱它就会再转呀。

水　儿 我明白了。我现在想到等一下木马要停，我要回去我就不快乐呀。我明白什么叫不快乐了。

何　实 可是你有这个快乐的回忆呀！

水　儿 但是回忆越快乐我就越不开心呀。我明白我叔叔讲什么了。我以后也不敢跟你出来玩了。

何　实 你不能因为怕失去一个东西就不敢要它呀！

水　儿　我已经不快乐了。

何　实　你还在玩呀，还没有结束。

水　儿　我不想玩呀！哥哥，带我回去吧。

水儿突然跳下马，往外走。何实跳下，追。

灯光变化。

第九场 船上

傍晚。船上。

何实带水儿坐船回坪洲。

水儿一直往后看，看着香港。

何　实　（看到香港）香港是不是好漂亮？

水　儿　但是越来越小了。

何　实　快到你家了。

水　儿　天快黑了。天黑了，我的花园就黑了。

何　实　你的花园？

水　儿　我跟你说过的，很漂亮很漂亮的花，旁边是菜园。都是叔叔种的。那口水井就在中间。

何　实　你知道吗？我以前在英国读书，我们学校旁边也有一个水井。外国人都认为，那个水井是可以许愿的。

水　儿　什么意思？

何　实　就是说你对着水井诚心许愿，你的美梦会成真！

水　儿　你的美梦有成真吗？

何　实　其实没有。大概我心不够诚吧。你可以在你房间外面那个水井试试看啊！

沉默。

水　儿　好啊，我改天试试看。

何　实　你回去叔叔会不会骂？

水　儿　上次只有一下子，他没发现。今天是一整天，不知道他有没有发现。

水儿心情突然恐惧。

不，我下午没有替他泡茶，可能他已经发现了！

何　实　你每天替他泡茶？

水　儿　他很爱喝茶。

何　实　你要自己烧水吗？

水　儿　我懂呀。

水儿转头，看着另一个方向的日落。

原来这夕阳在海上是这个样子！我都没看过！哇！这世界真的很美很美！

何实看着充满欢乐的水儿，这么忧郁的一个孩子。

两人拉手，看着晚霞。

灯光变化。

第十场 律师楼会客室

律师事务所的会客室。

穿着非常日式的姨妈和职员在理一些文件。

她说话带着日本口音，态度严肃。

窗户上落着雨。

何实上。

何 实 姨妈好！

姨 妈 好多年没见了。

两人拥抱。姨妈感叹。

啊，你早就成年了，姨妈早就该把这些事情办好。真是太失职，请原谅我。

何 实 没关系，姨妈，真的。

姨 妈 这房子本来就是你妈妈留给你的。

何 实 “思连楼”。

姨 妈 没错。你外公 1949 年到香港，他本来在沙场上是个呼风唤雨的将军。后来他生意做很大，然后他一心就想着他大陆的家，在东北，大连，回不去。所以说是这栋房子盖得跟大连的祖屋一模一样，一样在海边，所以叫“思连楼”。

职员进来，拿走文件。

职 员 这样可以了。两位稍等一下。

姨　妈　谢谢。

何实看着姨妈。姨妈轻抚自己的脸。

对不起，弟弟……我看到你，实在让我想起……

何　实　我妈妈？

姨　妈　不是，是想起我妈妈。你知道……我这一生没有太多时间跟我母亲在一起。

何　实　我也是……

姨　妈　那个房子现在是什么情况？

何实从手机上给姨妈看老屋的照片。

何　实　有人想买。

姨　妈　已经破成这个样子了？赶快卖。

何　实　姨妈你不懂。我不想卖。

姨　妈　他们出多少钱？

何　实　税后 2000 万。

姨　妈　2000 万你也不想卖？那是栋烂房子。

何　实　不是，它有——

姨　妈　有什么？

何　实　有我小时候的……

姨　妈　的什么？你爸爸还没看清楚你长什么样子就跑了，你妈妈在你 3 岁就走了，我就把你带走了，我当时也没能力带你。我因为到了日本去发展，就把你送出国寄宿。这房子还是忘掉它吧！哪有什么？！

何　实　这个房子里有很多我不知道的事情。

姨　妈　（激动）那是你妈妈的监狱！监狱你懂不懂？你妈在里面被囚禁十多年。我10岁就溜走了。我妈，就是你外婆，更早就溜了，你外公是个魔鬼，他就是要把我们都关起来，我们一个一个逃出来，是你妈一个人走不了，一辈子就被关在那个房子里。

何实听，越听越不可思议。

你现在长大了，就可以知道这些事情。我早就选择忘记。

何　实　原来真的是这样，外公他凭什么？

姨　妈　凭什么？你外公比你外婆大很多。他生意做很大。你外婆是舞女。

何　实　舞女？

雨中出现姨妈话的文字，即时消失。

姨　妈　湾仔东方舞厅，两个人在那里认识的，结了婚，生了我，生了你妈。听说外公花钱如水是因为他离开家乡之后生活没有重心，直到认识了你外婆之后才敢对人投下感情。他那时盖了海边这栋房子。每天就像是在庆祝他重新燃起的生命一样，嘉宾如潮，吃啊喝啊，有一个永无止境的流水席……

我和你妈妈就是在那个像梦一般的房子里生的。

那个时候不懂，现在我就明白了。你外公很爱你外婆，但他也很担心，因为她那么年轻美丽，怕她会跑掉。有一天在宴会里，你外婆多看了一位年轻人一眼，后来跟他跳舞，之后，你外婆就接受这位男士的邀请到香港，参加一些文学沙龙，认识一些新朋友。可是不久之后，那位年轻人失踪了，然后你外公就不许你外婆出去。起先控制她，不准她离开坪洲，后来根本不准她离开房子。我们都被他关起来，大门封锁，窗子上钉满木条。

有一天你外婆受不了了。我记得那一天晚上，她一声不响，半夜到我床边摸了摸我的脸，你妈妈正熟睡着。你外婆满脸泪水跟我说："嘘，原谅我，我的宝贝。你要好好照顾你妹妹。可能有一天，你会了解妈妈为什么要这么做……"

姨妈从包里取出一个锦袋荷包，交给何实。

那天晚上，你外婆把这个交给了我，然后就走了。我没有再看到她。

何实边听边打开荷包，取出一条项链，跟水儿的一模一样。

你外公后来动用了他所有的势力，就是找不到你外婆。他又难过，又生气，就把我们两个小孩关在后面的房间里，不准出来。过去的快乐给他带来多少的辉煌，后来的痛苦就给他带来多少的压抑。

何实看了项链，大惊。

妈妈交代我的事，我没有办成，我水深火热，自身难保。有一天我受不了，决定逃出来，去找妈妈。我走的那天，我把这项链交给你妈妈。当时我才10岁，一个人就跑到湾仔生活，你知道我一个人是怎么活下去的吗？

何实打开项链，音乐盒的音乐出。

何　实　怎么可能？

姨　妈　这东西你妈过世的时候又到我手上，我想，我还是把它还给你好了。

何实看着小音乐盒项链，有种莫名的感动。

你妈妈过世之前，是我回来照顾她的。她就是在那栋房子后面的房间里走的。后事都是我处理的，你妈妈过世的时候，交代我把她的房间封起来。我一切就是照她的意思去做。那段黑暗的日子，今天算是做了个交代。

停顿。何实关项链，音乐止。

何　实　（握着项链）谢谢你，姨妈。

姨　妈　什么话？这都是应该的。你妈妈一生那么苦……

何　实　姨妈，妈妈的名字是——雪槐？

姨　妈　没错。雪槐。

何　实　何雪槐？

姨　妈　刚刚所有文件就是把何雪槐的房子正式转给你，何实。槐花是东北的花，我以前听你外公说，大连到5月，槐花如雪，所以你妈妈取名叫雪槐。小时候我就羡慕她名字那么美。

何　实　那她小名是不是“水儿”？

停顿。仿佛摇醒了姨妈一个遥远的回忆。

姨　妈　“水——儿——”？

姨妈突然感慨。

好久没听到这个名字，我都忘了。你怎么知道？对。水儿！唉！

姨妈原先比较冷漠的表情整个软化了。她掉下泪水，看着何实。

想不到我们家水儿的儿子都这么大了！

何实几近崩溃地看着姨妈。

何　实　姨妈，为什么一个人可以对另一个人那么残忍？

姨妈摇摇头。

姨　妈　人没有残忍不残忍，只有需要不需要。你外公觉得他需要这样做，就这样做了。你爸爸也是一样。这个世界就是这样。

沉默。雨中出现姨妈话的文字，即时消失。

两人拥抱。灯光变化。

第十一场 快乐学教室、办公室

男员工把白板搬进来。

教室内，何实在讲课。

何 实 当外在力量太强大，在困境中无法自拔、无法对付时，我们应该怎么办？在这时候“主动出击”还管用吗？当秩序管不住混乱，当光明包不住黑暗，是不是整个的系统濒临瓦解？我在说什么？我在怀疑自己的教材吗？当然是！因为我要你们去怀疑！事实上，目前要大家去“主动吸引”的所有能量，都是属于个人的需求、私欲发出来的。如果不去问需求的正当性，只求满足需求，所得到的快乐又是什么？下课！

灯光变化。

办公室。小萧坐着做咖啡。伟仔坐着想事情。何实入。

小 萧 （对伟仔）今天要试 260 克 55 秒。

何 实 我现在要跟你讲一件很重要的事情……

小 萧 我现在正在做一件很重要的事情，一杯完美的咖啡，不要吵……

何 实 这有关我的生命、我的存在、我的一切……

小 萧 这也有关我的存在、我的一切。所以请你不要说话，好好想一想，整个关键就在你。坪洲的房子处理掉的话我们海阔天空，一切的一切都解决了！

何　实　事业、爱情相得益彰，太惬意了！

小　萧　只要你放大心胸来想这个事情，一切都解决了。

何　实　我放大心胸？你的意思是？

小　萧　本来就是。你狭窄、自我、自私！

何实摇摇头。小萧把咖啡端给伟仔。

何　实　你根本不了解。那个小女孩是谁，你知道吗？……她是……她是……

小　萧　她是什么？为什么拿一个小女孩当借口来阻挡公司的发展？

何　实　如果房子卖了，我可能就没有机会再……

小　萧　再什么？再在海边漫步？回忆那无法挽回的童年？在海浪里寻找你失去的过去？幼稚！超乎我想象的愚蠢！我们现在这种机会不是每天都来！

何　实　今天找人代课，我请假，有本事你自己代。（指伟仔）你找他代！

何实起身，下，小萧惊讶。

伟　仔　（指咖啡）苦。

灯光变化。

第十二场 坪洲老屋外

何实坐在老屋外的藤椅上。他不知道能不能等到水儿。

何　实　坐船到坪洲变成我每天的生活重心。经常是白跑一趟，我一个人就坐在老屋外看海，看水里有什么样的启示……主动出击，吸引缘分……水儿……水儿……但我始终不能放弃，直到最后一秒……

他看看自己的手表，船笛声起。

他起身，开始下雨，打伞。

下雨。雨水集结成何实说的话的文字，即时消失。

何实准备走。

水儿出现在一旁。

两人相望。何实去拉水儿的手。

灯光变化。

第十三场 主题乐园

大型主题乐园。

晚上。何实和水儿坐在一张长凳上。

水　儿 哇，哥哥，这里怎么这么好玩？我真的不知道世上有这么好玩的地方呀！现在要做什么？

何　实 我们现在占了个好位置，等一下看烟花！

水儿疑惑。

你没看过烟花？

何实看着水儿，看着看着，开始难过。

水　儿 哥哥，你怎么了？

何　实 我觉得人生好艰难，我从小都没有人可以跟我说话……我妈妈……（看着水儿）很早就走了。我从小都渴望可以见到她。现在，完全像一场梦，随时会醒来。我居然有这个机会……见到你，我都不知道要跟你说什么，在这不知道还能维持多长的时间里，什么话最重要，什么是废话不用说。

停顿。

水　儿 哥哥说的话好有学问。

何　实 （笑）一点都没有！我只是怕下一次见不到你。

水　儿　为什么？

何　实　我就是不明白，你到底怎么从你家出来？

水　儿　我说个秘密。我不开心的时候，就把头靠在房间的墙上，闭着眼睛，一直想，我很想出去，很想出去，一直想，一直想，然后就真的出来了！

何　实　那你怎么知道下一次还能出来？

水　儿　所以……我就学你哦。

何　实　学我？

水　儿　你不是说，不能因为怕失去一个东西就不敢要它呀？

烟花秀开始。

何　实　开始了！

水　儿　哇～～！我真没有看过耶……

水儿看呆了。烟花继续炸开、绽放。

有耶！我想起来了！我看过烟花！哥哥，你让我想起来了！我记得还很小的时候，大人还抱着我在手上，我们家旁边就放烟花！那个烟花好高好高，然后它还印在海面上！天上、海上都是烟花，好漂亮……

何　实　那个烟花应该是你……叔叔放的。

水　儿　真的吗？

何　实　抱着你的是你妈妈。

水　儿　你怎么知道？

水儿看着天空的烟花，突然想起来了。

真的！哥哥，我看到了！我都不记得她，现在我突然之间看到她的脸。好漂亮。（含泪）哥哥。谢谢你，让我看到我妈妈。妈妈，是不是因为我不乖你才走掉的？我以后会乖乖的。

何　实　（小声）她不是因为你……

水　儿　啊？

何　实　她不是因为你离开的……

水　儿　你怎么知道？

何　实　水儿，你有没有想过……离开他？

水　儿　谁？

何　实　叔叔？

水　儿　（恐惧）不可能！不可能！

何　实　为什么不可能？你可以翻墙出去。你姐姐就是。

水　儿　哥哥，你不明白。他会抓到我！他会……

何　实　他会打你？

水　儿　他不会打我。他会难过。他会打自己。

沉默。

何　实　水儿，你的真名是不是叫“雪槐”？

水　儿　（惊讶）你怎么知道？

何　实　真的是你，何雪槐。

水　儿　我没跟你讲过呀！我叔叔不让我讲的。

何　实　是你爸爸吧？

水　儿　不，是我叔叔。

何　实　他是你爸爸。他把你关在房子里，不让你出来。

水儿不说话。

水　儿　你是谁？

何　实　你不会明白。

水　儿　你告诉我呀。

何　实　我也不明白。

何实难过。

水　儿　（看到何实的表情）哥哥，为什么要难过？我们在一起，不是很快乐吗？

何　实　因为我知道的事情你不知道。

水　儿　你讲给我听！

停顿。

何　实　我不知道怎么讲给你听，我讲给你听你也不会信，信了也不会改变什么，但我知道你的人生中有很多不快乐的事情。

水　儿　为什么要这样讲？哥哥我害怕。

停顿。空中的烟花幻化成何实说话的文字，即时消失。

何　实　好，我不说。别再想不快乐的事情。这个时候我们是在一起，烟花在放，你很快乐，我也是。这只能用“奇迹”两个字来形容！水儿，我们在一起的每一秒钟都是一个奇迹！所以我们要珍惜。不要浪费时间想下一次！水儿，请你记得我说的：人生就算短，就算苦，你还是要知道，你没有那么孤单，还是有人在关心你的。生命中碰到每一个人 ，你都不知道他跟你是什么关系。可能有很深的关系，你都不知道。你应该尽量对他好才对。记得吗？

水 儿 记得。

沉默。何实突然极度难过。

哥哥，你为什么哭？

何 实 因为我……非常快乐。

两人一起笑。

烟花继续绽放。

灯光变化。

第十四场 坪洲老屋内

何实和水儿在老屋内。何实用手机手电筒功能照着墙壁。

何　实　水儿，你是从哪里回去的……？

水　儿　这里啊，（指楼梯下的玻璃墙）因为我每一次都是从这里出来的。（指大玻璃窗）然后从那边出去到海边。

何　实　你不认得这里？

水　儿　不认得。这里是哪里？

何　实　这是你家的大厅。你没有来过？

水　儿　这里不是你家吗？我赶快回去了。

何　实　等一下，水儿。万一，我是说万一，我们没有再见面，请你知道，你未来一定会再见到我。

水　儿　你怎么知道？

何　实　（拉小女孩的手）就是这种感觉。

何实用小拇指勾住水儿的手。

这就是我。

水　儿　我不懂。

何　实　不需要懂。

二人闭上眼睛。一会儿。

水　儿　我回去了。

何　实　水儿……

水　儿　啊？

何　实　你……你要小心。

水　儿　我知道。谢谢哥哥。再见。

水儿俏皮地把头上主题乐园的帽子放在何实头上。

水儿从楼梯下的玻璃墙直接穿进去。光从内溢出。

灯光变化。

第十五场 中环街上、办公室

办公室，小萧在弄咖啡。何实走入。

小　萧　今天试危地马拉山顶上的豆子。

何　实　我差不多写出了后面的教材。你不会喜欢。

小　萧　这次试试 300 克 3 分钟。为什么？

何　实　因为它是真的。

小　萧　真的什么？

何　实　真的让人学会什么叫珍惜、什么叫快乐的一些想法，而不是让人快速掏钱缴学费的心灵鸡汤速成班。

小　萧　你说什么？

何　实　怎么样？被冒犯了？说一句实话你就受不了？

小　萧　一点都不是。我根本不在乎你后面的教材写什么东西。写出来就好了！我们就想一些最炫的形容词来推，我们还是有机会的。但那资金的缺口实在……

何　实　不要再给我压力，好不好？

小　萧　你才不要给我压力！

何　实　你有什么压力？

小　萧　你知不知道伟仔跟我在一起是在断送他的未来！我有良心的话我是不是应该离开他？

停顿。

何　实　我其实真的有一些体会，关于当下，关于珍惜，关于快乐。我现在感觉生命每一刹那都如奇迹般地展现在我们四周。快乐也好，痛苦也好，良心也好。当你真正活在那刹那间，接受那一切时，你自己心中的状态可以用两个字来形容——“绽放”，就像花朵开花的时候。如果永远保持这样子一种“绽放”的状态，好像就是……

小萧已经在打电话了。

小　萧　（对电话）喂？……可以啊，我们去吃饭吧……好了，今天就不吃公仔面了，可以啊……我请客没问题……（挂电话）

小萧起身，拿包，往外走。

何　实　哟，他已经落魄到这种程度你还跟他在一起？真感人。我真看错你了！还是他有那么一点点剩余价值让你可以期待？

小　萧　错。可能我也学会了吧，随时接受生命给你的一切，不管是奇迹或平凡。但那不叫绽放，那应该叫将就吧。

小萧下。灯光变化。

第十六场 坪洲老屋内

在一束光中，何实拿起手机，犹豫，拨号。

何 实 （对手机）喂，黄太太？……你明天在坪洲吗？……我过来找你。我们可以……见面再说。

何实坐在老屋内藤椅上沉思。

小萧和伟仔上。一进来，两人兴奋地击掌。

小萧、伟仔 耶！！

伟 仔 这房子还真破！卖了就对了！何实太厉害了！他怎么突然想通了？

小 萧 对啊！他就是突然想通了！

伟 仔 怎么突然想通了呢？

小 萧 不知道！他说“要把坪洲这个房子卖掉，让那一切随海风而去”。

伟 仔 哪一切？

小 萧 不知道。

伟仔拿出录音笔。

伟 仔 （对录音笔）“0521.2，坪洲。一个废弃的老屋。想不到这个海边的破宅子代表了我的救赎，何实想通了。一切顺利的话，一个月之内我就可以回到公司的岗位，结束吃公仔面的日子。我没有向他们低头。我没有屈服。这是我人生的重大胜利。在这之中我也学会虚心。是的。忍辱。谦卑。（自豪、狂妄地）我学会了虚心！我他妈是全世界最虚心的人！！”

小萧拍伟仔的背。

中介太太上。

中介太太 来来来，文件都准备好了！到我 office 吧？

小　萧 我看不用。就在这儿签吧。

何实坐在藤椅上，中介太太准备厚厚的一大堆文件。

中介太太 你们一定是有高人指点！这一小段时间不卖，又涨了 100 万！恭喜！恭喜！

小　萧 不要跟他说话。他心情不好。

中介太太 干吗心情不好？要赚大钱了！要笑！大笑！这叫快乐！快乐！

何　实 （摇头，对自己）水儿……水儿……

中介太太给小萧、伟仔看合约。

中介太太 你让他在这三个地方签了名就 OK 了。我用最快的速度帮你们去办，下个星期钱就可以下来了！

水儿出现在一旁。

何实愣。

何　实 水儿，我来好多次都没看到你，我以为……

水　儿　不会啊！我来了！

中介太太　小妹妹，你又来捣乱？走开！

何　实　不然这样好了，黄太太，你先回去，我过一阵子来找你。

中介太太　又要我等！

何　实　交易暂停！（对水儿）走！我带你去……

水　儿　海洋世界？！

何　实　没问题！

何实带着水儿下，小萧、伟仔愣。何实转回。

（对小萧、伟仔）你们要帮我一个忙，好不好？等一下微信给你们。

伟　仔　欸，现在是怎么样？又是那个小女孩！这到底是谁的孩子？！

中介太太　为什么我一碰到这个小女孩就那么倒霉！

灯光变化。

第十七场 海洋公园

何实和水儿走在海洋公园，水儿手里拿着棉花糖。两人开心的样子。何实的话有如文字出现在水里，又即时消失。

何　实（声音）我们在海洋世界，看水族馆，看海豚秀，水儿一路好开心，我却不断地为即将来临的结束感到痛苦。这一次会不会是最后一次？我想不清楚该怎么办。我需要时间……时间……

何实有些分心，在弄自己的手机。

灯光变化。

第十八场 何实公寓

何实的公寓。简单而凌乱的客厅，一张沙发跟茶几，一个通往卧房的门。房间里有窗帘。

何实和水儿进门。水儿拿着海洋公园的纪念品。

水　儿　太好玩！你带我去的地方都太好玩！哥哥，这里又是哪里？

何　实　这是我家。

水　儿　住这么高不怕吗？

何　实　不怕啊。

沉默。

水　儿　那我们到你家来做什么？

何　实　我请小萧和伟仔帮我整理一下，然后买好吃的给你！可是……奇怪，他们怎么还没有来？

小萧、伟仔上，带着很多吃的。

小　萧　回来了！

小萧拿出买回来的寿司、菠萝包等东西。

何　实　来吃东西！（对小萧）你们终于来了。

小　萧　塞车啊。来！寿司！湾仔最好的！

水　儿　（仿佛听过）湾仔？

何　实　来！吃！

水　儿　可是……我要回去了。天快黑了！

何　实　没关系，吃一下就好了，好不好？

水　儿　哇~！这是什么东西？怎么吃？

伟　仔　寿司。生鱼片。

水　儿　生的鱼片啊？能吃吗？

伟　仔　（对何实）她真的没见过？

何实点头。

（对手机）“0521.8：她真的没见过寿司。”

何　实　来，吃菠萝包好了。好吃吗？

水　儿　好吃！好吃！

何　实　喜欢这里吗？

水　儿　喜欢。

何　实　你喜欢的话，今天晚上要不要住在这儿？

水　儿　啊？

小萧、伟仔　（同声）啊？

何　实　如果你喜欢这里的话，明天、后天，每一天都可以住，你就不要回去了，跟着哥哥好不好？

水　儿　（开始慌张）啊！哥哥你什么意思？不行，我不回去的话，叔叔怎么办？我还要替他泡茶！

何　实　你叔叔他是个……叔叔他自己可以照顾自己啊。

水　儿　不行啊！我要回去陪叔叔，现在已经很晚了，叔叔一定会等我，我一定要回去！哥哥，拜托拜托，带我回去。

何　实　这样好了，水儿，这个房间好玩，你先玩一下哦。

水　儿　（急了）天快黑了，我要回去了。我必须回去！

何　实　水儿，你相信哥哥，哥哥一定不会害你的。这样好了，来，你先在这里休息一下。

何实把水儿轻轻拉到卧房，把门关上。

水　儿　（在里面）你要把我关在这里？你要把我关在这里吗？（重复）

何　实　不是，你怎么这么说？我……很复杂……我需要一点时间来想！一定要想清楚怎么做……

何实关门，锁门。

水　儿　让我出来！（重复）

何　实　不是，水儿，你知道吗？我不能再看不到你……

水　儿　你要把我关在这里！关在这里！……

何　实　不是我怎么会把你关起来……你要了解……

水　儿　（激动）我一定要回去……他会发现！……

何　实　（有些慌张）你安静！等你安静下来我们就会想出办法！安静！（大声）安静！！

何实崩溃，扶着沙发边，站不稳。

（小声）对不起。

水儿安静。

停顿。

小　萧　你在干吗？

伟　仔　你在限制人身自由！

何　实　我不能再失去她。我不能把她送回那个监狱。

小　萧　哪个监狱？我听不懂你说什么。

何　实　她被她爸爸囚禁在海边那个房子里。

小　萧　海边什么房子？

伟　仔　2000 万的那个？

何　实　是！

伟　仔　啊？

小　萧　那我们怎么没看到？

何　实　啊，跟你们说不清！她是我妈妈。

停顿。小萧、伟仔愣。

小　萧　什么？

何　实　我试着跟你说了很多次，小萧，你都不听，每次都在煮你的咖啡，做你的发财梦。

伟　仔　等一下。你是说她是你妈妈……的转世？

何　实　不是，不是转世。就是我妈妈。

伟　仔　可是她是个小孩。

何　实　就是。

小　萧　怎么可能？

何　实　我也不知道。你不觉得她不属于这个时代吗？这也没见过，那也没见过，她穿的衣服……

小　萧　挺复古的啊。

何　实　我第一次看到她的时候是她第一次出来。从来没有看过外面的世界，从来没有去过香港。当我发现她没上学……根本就没上过学，我有一种冲动想去报警。可是那是七十年代……什么警察可以管这件事？

伟　仔　时光战警！

小萧打伟仔。

小　萧　正经一点！

伟　仔　我很正经啊，我在分析案情啊！

停顿。

小　萧　（对何实）她是你妈妈？

何　实　我不指望你们会相信我。

小　萧　我愿意相信，但是这一切太不合理。

何　实　我知道我说的事情不可思议，这些天的遭遇让我反复确认了她就是我妈妈。在那个年代，我妈妈是个受虐儿！你们觉得要怎么帮她？所以我想把她留下来，不让她回去！

小　萧　可是，你要把她从一个监狱送到另一个监狱，你这是在帮她？

伟　仔　等一下，我觉得你们说得都不重要，重点是如果你把她控制起来，不让她回去，那你……你还存在吗？

何实沉默。

如果我们把这个你说是你妈妈的孩子囚禁起来，在这个时代长大，那何实你不就会“嘣”地在我面前消失？太可怕了！可是话说回来，如果何实“嘣”地消失了，你们就不会有这个公司，如果没有这个公司，我就不用拿出2000万来帮你们，如果没有这个2000万我就不会被公司赶出来了，不会被公司赶出来，我就不用吃两个月公仔面了！

停顿。

但如果你们公司没了，我就没机会认识萧了！那是不是萧也不存在，我是不是也不存在！我……！放她回去吧。

何实摇头，走到卧房门口，蹲下。

何　实　（对门）刚才对不起，水儿，你不要害怕。哥哥做的所有事情，都是为了你好。

何实听里面，没有声音。

水儿？水儿？……

何实打开卧室门，房间是空的。窗帘轻轻地吹着。

何实、小萧在房间里四处找水儿。

小　萧　怎么会？没地方去啊！……

何　实　水儿……？

灯光变化。

第十九场 海、街景、老屋内

何实对观众说话。他的话浮现在海水里，即时消失。

何　实　那是我最后一次见到水儿。我一个晚上在那码头上徘徊，望着大海黑暗的虚无。第二天早上，我搭上第一班到坪洲的船，看着太阳从广阔的太平洋中间冒出来，照亮新的一天。

但除了在老房子门口徘徊之外，没有任何其他的事情可做……

中环街景。

我的日子也就这么过下去。我不断地想起水儿。她几乎出现在我生活中的所有地方。生命神奇地帮我开了一扇门，让我瞥见一个秘密，但是什么意思？我一直不明白。我无法解开这一切。

坪洲海边老屋内，何实往老藤椅走，坐下，看海。

我后来只要有机会就去坪洲，在那老房子里走来走去，有时会轻轻叫一声……她的名字，但我心里知道，我犯了错，她不会再出现。

时间过去了。我还是决定把房子卖了。成交的那一天，我一个人在门口坐了一天。看着海。听着海。

中介太太入，拿合约给何实签。

中介太太　何先生！这回不会再改变了吧！对方已经要翻脸了！来！签这里……还有这里……还有……啊！最重要的那一张忘了！马上！

中介太太下。小萧和伟仔上，四处观看。

何　实　（轻轻地）水儿……水儿……

小萧和伟仔研究破楼梯旁水儿平时出现的地方。

伟　仔　何实，就是这里？

何　实　就是这里。

伟仔拆掉木板，发现有空隙。

伟　仔　啊，这有个洞欸！

三人看着。何实进去。

小　萧　小心！

伟　仔　喂！很黑！

小萧、伟仔进去。中介太太正好拿文件回来。

中介太太　干吗？

灯光全暗。

第二十场 水儿房间及小花园

灯光渐亮。水儿房间。大玻璃回到下舞台的位置。

何实进到水儿房间。一切类似他所听说的。楼梯间下狭小空间中一张小床，旁边是通往外面的玻璃储藏室。

室内墙上有一个月历，还有一幅水儿长大以后的画像。

何实看着小床跟整个空间。

小萧、伟仔、中介太太陆续入。

伟　仔　想不到还有暗格！

中介太太　欸？这是……这是你妈妈房间。奇怪？我们以前从另外一边进来……

伟仔读墙壁上的日历。

伟　仔　1993 年 3 月 14 日，坪洲居民委员会赠……

何实和小萧打开大玻璃门，走入长满杂草与藤的小花园，正好野花盛开。

小　萧　这里很久没有人来了。花开着呢。

二人看着花园。

何实指着花园边一口老水井。

何　实　那边。

小　萧　真有一个水井！

何实走到井边，小萧跟。他仔细看，看到一条细绳。他从井里取出快餐店的杯子，是水儿当天在快餐店拿着玩的。

何实惊讶。再翻，翻出录音笔。何实感动地看着这些东西，把录音笔紧紧握在手上。

中介太太、伟仔也走进花园。

中介太太 那何先生，剩下这一张要签，要不要……赶快弄一下就可以过户了！

停顿。何实看着手上的东西。

何　实 （对中介太太）黄太太……对不起，这房子……我不卖了。

中介太太 啊？

何　实 这次不会改变了。真抱歉。谢谢你。

停顿。中介太太表情呆滞，失落。

伟　仔 （拿录音笔）“0719.13，我此刻的感受是……是……”

伟仔仿佛醒来，看到自己行为的荒谬。

我在……？我……

伟仔把录音笔丢到水井里。

伟仔、小萧下。何实也下。

中介太太抱起那一大摞文件，缓慢走，回头，下。

灯光变化。

第二十一场 水儿房间及小花园

水儿房间附近变成一个简单的活动中心。
水井旁边坐了一个客人在喝咖啡。
何实站在水儿房间屋顶，身边摆的老画架上架着讲课的小画板。
何实对观众说话。

何　实　我和小萧决定关闭快乐学教室。我们用了公司的盈余简单地装修了坪洲的老房子。我现在做的是我真正想做的，辅导一些辍学生找回人生的方向……小萧也在做她真正想做的事——这个阶段吧——在海边开了一家咖啡店。她煮出来的咖啡绝对是坪洲最香的。

小萧拿着一个纸袋打包好咖啡上，给客人。客人起身，付钱，再对水井丢铜板，诚心许愿，然后离去。
灯光变化。何实对观众说话。

伟仔也决定聆听他内在的声音，回到他心中的最爱。他每天勤练吉他，想转入演艺界……可惜，他在那一方面好像没有太多才华。

伟仔上，戴着太阳眼镜和电吉他，在一旁狂弹电吉他。
灯光变化。
何实向青少年讲课，手里拿着录音笔。

从井里拉出来的录音笔当然没电了，我试试看换一下电池，看有没有声音，想不到真有！于是我放出来给学生听……

灯光变化。

何实转身，在小画架上写“水中之书”四个字。他对学生说话。

在水里写字是什么感觉？稍纵即逝，瞬间消失无影。既不留恋，也不执着。我们的问题是，我们不懂得水中写字的道理。我们总是把字写在纸上，在电脑里，在微信里，并且要留存，要留存，要留存……

伟仔将吉他放下，向水井许愿，然后在水井边喝咖啡。

快乐到底是什么？拥有全世界？为什么身家百亿的人会卧轨自杀？一个人一生中能拥有多少？这是说不准的。我现在要给大家听的这个录音，这个人一生中拥有的非常非常的少。她的一生也很短，25 岁就结束了。她一生大部分时间都被限制在一个小小的房间里面。这是她所说的。

何实放录音笔。水儿的声音出，一个成熟女人的虚弱声音。过程中，25 岁的水儿出现在她的小床上。小萧和伟仔安静地坐在水井边喝咖啡。

25 岁的水儿 （声音）……今年是我在这世界上第 25 年，有可能是最后一年。我的身体不好，已经很久了。我想我可能来不及看到今年花园开花……

25 岁的水儿走入花园，静静地对录音笔录音。

25岁的水儿 ……我一生都住在这小小的屋里。起先是爸爸不让我出来，把我关在这里，后来，爸爸不在了，我也习惯了，就不出来了。我想说的是，我小小的生命是微不足道的，是短暂的，是不快乐的。但后来，我生了一个儿子。在我生命最黑暗的时候，握着他的小手，让我感到一种从来没有过的感觉。

其实回想我一生，我最快乐的日子就是小时候，有一段时间，从这个房间找到一个通道，通到外面。在外面，我认识了一个哥哥，他带我到处玩。因为他，我看到了世界，这支笔就是因为他而得来的。他还教我在水井面前许愿，我的美梦会成真。后来我经常试，但我这样一个人哪有什么美梦？我只能希望世界上不要再有人有我这样的遭遇。

跟哥哥一起玩的那段时间，也就是短短几天时光，是我这一辈子最快乐的日子。我永远记得哥哥对我的好，是那么灿烂的，那么无条件的，那么绽放的，像太阳一样。

哥哥，我不知道你现在在哪里，但是如果有一天你能听到这个录音，我想跟你说，谢谢你。……何雪槐，1992年冬日。

下雨了。水儿回房，关一扇窗。第二扇窗正要关上时，何实拿出挂在脖子上的项链，打开。音乐盒的音乐出。

水儿仿佛瞥见了何实一眼，又站出来。水儿和何实共存于花园的空间里。水儿仿佛看到何实，取出自己脖子上的项链，打开。

两个项链的音乐同时进行。

何实和水儿走向彼此，彼此伸出小拇指。

水儿感觉一阵凉风，转身，回房，把玻璃窗关起来。

雨水在大玻璃上集结、幻化成文字，即时消失。

灯光渐暗。

剧终

注释

1 “0321.3”指 3 月 21 日的第 3 段录音，下文出现此类数字意义同。——编者注

－《水中之书》香港话剧团工作坊演出版－

2009 年 3 月 7 日，首演于香港艺术中心寿臣剧场

由香港话剧团制作、演出

－编剧、导演－

赖声川

－演出－

韦罗莎 饰 Vivienne / **王维** 饰 Jason / **刘守正** 饰 Jason的回音，亦称巴哈 / **黄慧慈** 饰 小女孩 / **周志辉** 饰 流浪 / **黄建东** 饰 “快乐学”精读班老板、律师楼文员、路人 / **雷思兰** 饰 岛上老邻居、路人 / **潘璧云** 饰 Vivienne的阿姨、路人

布景设计及技术监督：**林菁** / 服装设计：**甄紫薇** / 灯光设计：**陈焯华** / 录像设计：**黄志伟** / 监制：**梁子麒** / 舞台监督：**颜尊历**

–《水中之书》前身《快乐不用学》–

2010 年 7 月 16 日，首演于台北两厅院戏剧院

由表演工作坊制作、演出

–编剧、导演–

赖声川

–演出–

柳翰雅 饰 何时 / 屈中恒 饰 王宪在 / 李建常 饰 回音 / 萧慧文 饰 水儿 / 萧正伟 饰 无名师、跳舞的男人、快乐学励志班老板、路人、律师事务所职员 / 刘美钰 饰 跳舞的女人、海边邻居、路人、何时的阿姨

舞台设计：王孟超 / 灯光设计：简立人 / 影像设计：黄志伟 / 服装造型设计：方廷瑞、翁邦凤 / 监制：丁乃竺 / 制作人：谢明昌

–《水中之书》上剧场版 –

2016 年 5 月 19 日，首演于上海上剧场

由上海表坊制作、演出

–编剧、导演–

赖声川

–演出–

何炅 饰 何实 / 王琼 饰 水儿 / 吴彼 饰 伟仔、跳舞的男人 / 凤莉 饰 小萧、跳舞的女人 / 赵焌妍 饰 何实的姨妈、中介太太、快乐学教室女员工 / 赵伟钢 饰 快乐学教室男员工、餐厅侍者、律师楼职员、快餐店客人、咖啡店客人

舞台及服装设计：珊卓 · 伍德尔（Sandra Woodall）/ 灯光设计：萧丽河 / 影像设计：王奕盛 / 原创音乐：杜韵 / 副导演：栾岚 / 监制：丁乃竺、黄磊 / 制作人：杨采薇 / 制作经理及舞台监督：杨惠君

–上剧场版首演后调换的演员包括–

康卓、黄忆慈、简嫚书 饰 水儿 / 赵伟钢、屈中恒、杨智斌 饰 伟仔、跳舞的男人 / 刘美钰 饰 何实的姨妈、中介太太、快乐学教室女员工 / 杨智斌、刘宜林 饰 快乐学教室男员工、餐厅侍者、律师楼职员、快餐店客人、咖啡店客人

赖声川

1954 年出生于美国华盛顿，籍贯江西会昌，生长于美国与台湾，美国加州伯克利大学戏剧博士，前台北艺术大学戏剧学院教授及院长。世界上最著名的华人戏剧家之一，被誉为“现今最顶尖的中文剧作家”(BBC)、“亚洲剧场导演之翘楚”(《亚洲周刊》)。

三十余部原创编导戏剧作品对当代华人剧场艺术及文创产业影响甚深。台湾表演工作坊创始人及艺术总监、上海上剧场艺术总监、乌镇戏剧节发起人及常任总监，创意理论学者（著有《赖声川的创意学》），曾任教于美国斯坦福大学及加州伯克利大学。

赖声川剧作集

《如梦之梦》

《宝岛一村》

《圆环物语》

《水中之书》

《如影随行》

《暗恋桃花源》

《十三角关系》

《红色的天空》

《在那遥远的星球，一粒沙》

赖声川历年作品清单

《我们都是这样长大的》
《摘星》
《过客》
《那一夜，我们说相声》
《变奏巴哈》
《暗恋桃花源》
《田园生活》
《圆环物语》
《西游记》
《回头是彼岸》
《这一夜，谁来说相声？》
《台湾怪谭》
《红色的天空》
《又一夜，他们说相声》
《先生，开个门！》
《我和我和他和他》
《十三角关系》
《菩萨之三十七种修行之李尔王》
《如梦之梦》
《千禧夜，我们说相声》
《新加坡即兴》
《在那遥远的星球，一粒沙》
《乱民全讲》
《这一夜，Women 说相声》
《上海 · 故事》
《如影随行》
《陪我看电视》
《宝岛一村》
《那一夜，在旅途中说相声》
《梦想家》
《大桥上的对话与独白》
《梦游》
《水中之书》
《蓝马》
《隐藏的宝藏》
《鲸鱼图书馆》
《游园 · 流芳》
《幺幺洞捌》
《曾经如是》

扫 码 加 入

春潮线上读书会

图书策划　中信出版·春潮

总 策 划　杨　爽

特约策划　叶国政

策划编辑　刘　晴

责任编辑　杨心怡

营销编辑　毛海燕

装帧设计　周滕家二郎　许诺　侯明洁 | 创意工场

出版发行　中信出版集团股份有限公司

服务热线：400-600-8099　网上订购：zxcbs.tmall.com

官方微博：weibo.com/citicpub　官方微信：中信出版集团

官方网站：www.press.citic

实变函数与泛函分析

（第二版）

上册

郭大钧　黄春朝　梁方豪　韦忠礼　编

山东大学出版社

内 容 提 要

本书共分十四章.第一章至第六章是实变函数的内容(上册),包括集合与点集、测度、可测函数与 Lebesgue 积分、Riemann-Stieltjes 积分和 Lebesgue-Stieltjes 积分等,并且对抽象测度和积分作了介绍;第七章至第十四章是泛函分析的内容(下册),包括距离空间与 Banach 空间、Hilbert 空间、线性算子与线性泛函、全连续算子、自共轭算子等,并且对抽象函数与 Banach 代数、凸锥理论、广义函数作了介绍.每章末尾附有相当数量的习题.

本书把以上内容分为基本的、非基本的两个方面.对基本内容写得较为细致详尽,特别注意做到深入浅出、直观易懂;对非基本内容,标题前加了 * 号,供选读.

本书可作为综合性大学和师范学院数学系《实变函数》、《泛函分析》两门课的教材或教学参考书,也可供数学爱好者自学这两门课之用.

第二版序

本书自1986年出版以来，一直作为山东大学数学系(院)《实变函数》和《泛函分析》两门大学生课的教材，至今已使用了近二十年.现在的第二版基本上是第一版的重印，只对个别地方进行了修订.在书的开头增加了“引言”部分，论述Riemann积分的局限性以及Lebesgue推广Riemann积分的思路.作为附录，对数学家Lebesgue作了简介.此外，为便于教学，我们将原书分为上下两册出版，上册是实变函数的内容(包括第一章至第六章)；下册是泛函分析的内容(包括第七章至第十四章).

本书再版过程中，得到山东大学数学与系统科学学院领导的大力支持，在此表示衷心的感谢.第二版的出版，得到山东大学出版基金委员会的资助，特致谢意. 另外，庞常词、张晓燕、陈燕来三位博士对第二版打印稿进行了认真仔细的校阅，在此也表示感谢.

由于我们水平所限，书中错误和缺点在所难免，敬请读者批评指正.

郭大钧

2004年12月30日

于山东大学南院

第一版序

本书是根据我们在山东大学数学系多次讲授《实变函数》和《泛函分析》两门课的讲义合并、修改而成的. 全书共分十四章. 第一章至第六章是实变函数的内容，包括集合与点集、测度、可测函数与 Lebesgue 积分、有界变差函数与 Riemann-Stieltjes 积分等，其中以 Lebesgue 积分为重点；第七章至第十四章是泛函分析的内容，包括距离空间与 Banach 空间、Hilbert 空间、线性算子与线性泛函、全连续算子、自共轭算子等. 每章末尾附有相当数量的习题供选用.

据我们的实践，除去打 * 的内容外，实变函数部分可用 72 学时讲完，泛函分析部分可用 54 学时讲究。打 * 的内容包括抽象测度与抽象积分、抽象函数与 Banach 代数、凸锥理论、广义函数等，这些内容可以不讲或选讲或让优秀学生自学.

《实变函数》和《泛函分析》是数学系两门重要的专业基础课，它对于数学、计算数学、控制理论等专业都是必需的工具.《实变函数》课较之《数学分析》课，在观点和思想方法上有所飞跃，学生常感到困难. 因此，我们在编写过程中注意了贯彻由浅入深、由特殊到一般、仔细分析来龙去脉等符合认识规律的原则. 由于我们水平所限，书中错误和缺点在所难免，敬请广大读者批评指正.

郭大钧

1984 年 12 月于济南

目　录

上　册

引　言

实变函数的中心内容是 Lebesgue(1875—1941)测度与积分理论,它是 Riemann(1826—1866)积分的推广与发展,创立于 20 世纪初期,为近代分析奠定了基础.

(一) 谈谈 Riemann 积分

众所周知,Riemann 积分理论是数学分析教程的主要内容之一,它对数学理论本身的发展,对其他科学技术的应用都产生极其深远的影响,然而随着科学技术的发展,Riemann 积分的缺陷逐渐显露出来,这是实变函数理论产生的源动力.下面主要谈 Riemann 积分的局限性.

1. Riemann 积分的研究对象是"基本上"连续的函数

设 $f(x)$是定义在$[a,b]$上的有界函数.作分划

$$T:\ a=x_0<x_1<\cdots<x_n=b.$$

并令

$$M_i=\sup\{f(x):x_{i-1}\leqslant x\leqslant x_i\},$$

$$m_i=\inf\{f(x):x_{i-1}\leqslant x\leqslant x_i\},\quad i=1,2,\cdots,n,$$

$$\overline{S_T}=\sum_{i=1}^{n}M_i(x_i-x_{i-1}),\quad \underline{S_T}=\sum_{i=1}^{n}m_i(x_i-x_{i-1}).$$

我们考虑 Darboux 上积分与下积分:

$$(\text{上})\int_a^b f(x)\mathrm{d}x=\inf_T\overline{S_T},\quad (\text{下})\int_a^b f(x)\mathrm{d}x=\sup_T\underline{S_T}.$$

如果这两个值相等,则称 $f(x)$ 在$[a,b]$上是 Riemann 可积的,记其值为$\int_a^b f(x)\mathrm{d}x$.称它为 $f(x)$ 在$[a,b]$上的 Riemann 积分.

若令 $d(T)=\max\{x_i-x_{i-1}, i=1,2,\cdots,n\}$,则 $f(x)$ 在 $[a,b]$ 上是 Riemann 可积的充分必要条件是:

$$\lim_{d(T)\to 0}\sum_{i=1}^{n}(M_i-m_i)(x_i-x_{i-1})=0. \qquad (0\cdot 1\cdot 1)$$

函数的可积性是与(0·1·1)等价的,由于(0·1·1)式涉及到两个因素:分割小区间长度(x_i-x_{i-1})以及函数在其上的振幅(M_i-m_i).因此,为使(0·1·1)成立,粗略地说,就是在 $d(T)\to 0$ 的过程中,其振幅(M_i-m_i)不能缩小的那些相应的子区间的长度的总和可以很小(Riemann 注意到,定义在 $[a,b]$ 上的单调函数只能存在有限个点使函数在其上的振幅超过预先给定的值,从而是可积的).

由于函数振幅的大小与该函数的连续性有关,于是,条件(0·1·1)迫使函数的不连续点可用长度总和为任意小的区间所包围.这就是说,可积函数必须是"基本上"连续的,对那些很不连续的函数在 Riemann 积分意义下是不可积的.例如 Dirichlet 函数

$$D(x)=\begin{cases}1, & x\in Q,\\ 0, & x\in[0,1]\setminus Q,\end{cases}$$

Q 为 $[0,1]$ 中有理数点集,在 $[0,1]$ 上不是 (R) 可积的.这说明 R 可积函数的范围太窄.

2. **极限与积分次序交换时条件太苛刻**

在数学分析中,我们经常遇到的一个重要问题是两种极限过程的交换问题,尤其是积分与函数列的极限的交换问题.我们知道,在一般微积分教科书中,都是用函数列一致收敛的条件来保证极限运算与积分运算的次序可以交换,不过,这一条件是太苛刻了.

例 0·1 $f_n(x)=x^n \quad (0\leqslant x\leqslant 1)$.它是点收敛不是一致收敛于

$$f(x)=\begin{cases}0, & 0\leqslant x<1,\\ 1, & x=1\end{cases}$$

的，但仍有

$$\lim_{n\to\infty}\int_0^1 f_n(x)\mathrm{d}x = 0 = \int_0^1 f(x)\mathrm{d}x = \int_0^1 \lim_{n\to\infty} f_n(x)\mathrm{d}x.$$

Riemann 积分有界收敛定理：设

(i) $f_n(x)\quad(n=1,2,\cdots)$ 是定义在$[a,b]$上的可积函数；

(ii) $|f_n(x)|\leqslant M\quad(n=1,2,\cdots,x\in[a,b])$；

(iii) $f(x)$ 是定义在$[a,b]$上的可积函数，且有

$$\lim_{n\to\infty} f_n(x) = f(x), x\in[a,b],$$

则 $$\lim_{n\to\infty}\int_a^b f_n(x)\mathrm{d}x = \int_a^b f(x)\mathrm{d}x.$$

这里，不仅受于条件(ii) 的限制，而且还必须假定极限函数 $f(x)$ 的可积性. 例 0·2 表明，即使函数列是渐升的也不能保证其极限函数的可积性.

例 0·2 设$\{r_n\}$是$[0,1]$中全体有理数列，作函数列

$$f_n(x) = \begin{cases} 1, & x = r_1, r_2, \cdots, r_n, \\ 0, & \text{其他}, \end{cases} \qquad n = 1,2,\cdots$$

显然有

$$f_1(x)\leqslant f_2(x)\leqslant\cdots\leqslant f_n(x)\leqslant f_{n+1}(x)\leqslant\cdots\leqslant 1,$$

且有

$$\lim_{n\to\infty} f_n(x) = f(x) = \begin{cases} 1, & x\text{ 为有理数}, \\ 0, & x\text{ 为无理数}. \end{cases}$$

这里，每个 $f_n(x)$ 皆是$[0,1]$上 Riemann 可积函数且积分值为零，故有

$$\lim_{n\to\infty}\int_0^1 f_n(x)\mathrm{d}x = 0.$$

但极限函数 $f(x)$ 不是 Riemann 可积的，这是因为

$$(\text{上})\int_0^1 f(x)\mathrm{d}x = 1,\quad (\text{下})\int_0^1 f(x)\mathrm{d}x = 0.$$

从而也谈不上积分号下取极限的问题.

有界收敛定理看起来也有点使人惊异,因为我们不难证明,若有定义在 $[a,b]$ 上的可积函数列 $\{f_n(x)\}$, $\{g_n(x)\}$ 满足 $|f_n(x)| \leqslant M$, $|g_n(x)| \leqslant M$ $(n=1,2,\cdots)$,且有

$$\lim_{n\to\infty} f_n(x) = f(x), \lim_{n\to\infty} g_n(x) = f(x),$$

则必有

$$\lim_{n\to\infty}\int_a^b f_n(x)\mathrm{d}x = \lim_{n\to\infty}\int_a^b g_n(x)\mathrm{d}x,$$

但 $f(x)$ 之积分仍然可以不存在.然而,上述积分之极限并不依赖于本身,而依赖于 $f(x)$.既然如此,不妨定义其积分为

$$\int_a^b f(x)\mathrm{d}x = \lim_{n\to\infty}\int_a^b f_n(x)\mathrm{d}x.$$

这说明 Riemann 积分的定义太窄了.

3. 微积分基本定理的应用受到限制

微积分基本定理是微积分学的中枢:设 $f(x)$ 在 $[a,b]$ 上是可微函数且 $f'(x)$ 在 $[a,b]$ 上是可积的,则有

$$\int_a^x f'(t)\mathrm{d}t = f(x) - f(a),\ x \in [a,b].$$

显然,为使这一微积分基本定理成立,$f'(x)$ 必须是(R)可积的.但是,可微函数的导数未必可积.例如

$$f(x) = \begin{cases} x^2 \sin\dfrac{1}{x^2}, & x \in (0,1], \\ 0, & x = 0, \end{cases}$$

$f'(x)$ 是无界函数,当然不可积.其实,早在 1881 年,Volterra(1860 ~ 1940) 就作出了一个可微函数,其导函数是有界的,但导函数不是 Riemann 可积的.这就大大限制了微积分基本定理的应用范围.

4. (R) 可积函数空间 R([a,b]) 不完备性

Riemann 积分的另一局限性还表现在可积函数空间的不完备性,我们知道,在积分理论中,函数类用距离

$$\rho(f,g)=\int_a^b|f(x)-g(x)|\mathrm{d}x$$

$$\left(\text{或 } \rho(f,g)=\left\{\int_a^b|f(x)-g(x)|^2\mathrm{d}x\right\}^{1/2} \text{ 等}\right)$$

作成距离空间是完备的这一事实具有重要意义. 近代泛函分析中的许多基本技巧往往最终要用到空间的完备性.

例 0·3 记 $R([0,1])$ 为 $[0,1]$ 上 Riemann 可积函数的全体. 引进距离

$$\rho(f,g)=\int_0^1|f(x)-g(x)|\mathrm{d}x, f,g\in \mathrm{R}([0,1])$$

(其中认定当 $\rho(f,g)=0$ 时, f 与 g 是同一元). 我们说 $R([0,1])$ 不是完备的意思, 是指当 $f_n\in R([0,1])(n=1,2,\cdots)$ 且满足

$$\lim_{n,m\to\infty}\rho(f_n,f_m)=0$$

时, 并不一定存在 $f\in R([0,1])$, 使得

$$\lim_{n\to\infty}\rho(f_n,f)=0.$$

可以证明: $R([0,1])$ 不是完备的. 事实上, 令 $\{r_n\}$ 是 $(0,1)$ 中有理数的全体, 设 I_n 是 $[0,1]$ 中的开区间, $r_n\in I_n$, $|I_n|<1/2^n(n=1,2,\cdots)$, 并作函数

$$f(x)=\begin{cases}1, & x\in\bigcup\limits_{n=1}^{\infty}I_n,\\ 0, & x\in[0,1]\setminus\bigcup\limits_{n=1}^{\infty}I_n\end{cases}$$

和函数列

$$f_n(x)=\begin{cases}1, & x\in\bigcup\limits_{k=1}^{n}I_k,\\ 0, & x\in[0,1]\setminus\bigcup\limits_{k=1}^{n}I_k,\end{cases}$$

则 $f_n(x)\in R([0,1])$, 且有

$$\lim_{\substack{n\to\infty\\ m\to\infty}}\rho(f_n,f_m)=0, \text{以及 } f_n(x)\to f(x)(n\to\infty),$$

但 $f(x)$ 在$[0,1]\setminus\bigcup_{n=1}^{\infty}I_n$ 上是不连续的,它不是Riemann可积的,且不存在 Riemann 可积函数 $g(x)$,使得 $\rho(f,g)=0$,即不存在 $g\in R([0,1])$,使$\rho(f_n,g)\to 0$. 故$R([0,1])$按上述距离ρ是不完备的.

(二) Lebesgue 积分思想简介

对于定义在$[a,b]$上的函数,为使 $f(x)$ 在$[a,b]$上可积,按照Riemann的积分思想,必须使得在划分$[a,b]$后,$f(x)$ 在多数小区间 Δx_i 上的振幅足够小,这迫使具有较多激烈振荡的函数被排除在可积函数类外. 对此,Lebesgue 提出,不从分割区间入手,而是从分割函数值域着手,即给 $\delta>0$,作划分

$$m=y_0<y_1<\cdots<y_{i-1}<y_i<\cdots<y_n=M,$$

其中,$y_i-y_{i-1}<\delta$,m,M是$f(x)$在$[a,b]$上的下界与上界. 并作集

$$E_i=\{x\mid y_{i-1}\leqslant f(x)<y_i\},i=1,2,\cdots,n.$$

这样,在 E_i 上,$f(x)$ 的振幅就不会大于 δ. 再计算$|I_i|=$"矩形面积"$=$"高"$y_{i-1}\times$"底边长度"$|E_i|$,并作和

$$\sum_{i=1}^{n}y_{i-1}|E_i|=\sum_{i=1}^{n}|I_i|.$$

它是 $f(x)$ 在$[a,b]$上积分(面积)的近似值. 然后,让 $\delta\to 0$,且定义

$$\int_{[a,b]}f(x)\mathrm{d}x=\lim_{\delta\to 0}\sum_{i=1}^{n}y_{i-1}|E_i|.$$

(如果此极限存在) 也就是说,采取在 y 轴上的划分来限制函数值变动的振幅,即按函数值的大小先加以归类. Lebesgue 对这一设计作了生动的譬喻,大意如下:假定我欠人家许多钱,现在要归还. 此时,应先按照钞票的票面值的大小分类,再计算每一类的面额总

值，然后相加，这就是我的积分思想；如果不管面值大小如何，而是按某种先后次序（如顺手递出）来计算总数，那就是 Riemann 积分的思想.

当然，按照 Lebesgue 积分构思，会带来一系列的新问题. 首先，分割函数值范围后，所得的点集

$$E_i = \{x \mid y_{i-1} \leqslant f(x) < y_i\}, i = 1,2,\cdots,n.$$

不一定是一个区间，也不一定是互不相交的有限个区间的并，而可能是一个分散而杂乱无章的点集及其并集. 因此，所谓"底边长度"$|E_i|$的说法是不清楚的，即如何度量其"长度"均成问题. 这促使 Lebesgue 去寻找一种测量一般点集"长度"的方案，并称点集 E 的"长度"为测度，记为 $m(E)$. 当然，这一方案必须满足一定的条件，才符合常理. 如 $E = [0,1]$ 时，应有

$$m(E) = m([0,1]) = 1;$$

又如 $E_1 \subset E_2$，应满足

$$m(E_1) \leqslant m(E_2);$$

特别是对 $E_n (n = 1,2,\cdots)$ 且 $E_i \cap E_j = \varnothing (i \neq j)$ 时，希望有

$$m\left(\bigcup_{n=1}^{\infty} E_n\right) = \sum_{n=1}^{\infty} m(E_n).$$

然而，这些限制使人们无法设计出一种测量方案，能使一切点集都有度量. 因此，欲使 Lebesgue 积分思想得以实现，必要求分割点集 $E_i (i = 1,2,\cdots,n)$ 是可测量的 —— 可测集. 这一要求能否达到，与所给函数 $y = f(x)$ 的性质有关. 从而规定：凡是对任意 $a \in R^1$，点集

$$E = \{x \mid f(x) > a\}$$

均为可测集时，称 $f(x)$ 为可测函数. 这就是说，积分的对象必须属于可测函数范围.

注　Lebesgue 积分论仍有其不足之处，例如，在 Lebesgue 积分的意义下，广义积分$\int_0^{\infty} \frac{\sin x}{x} \mathrm{d}x$ 是不存在的，等等.

第一章　集　合

集合论创始自德国数学家Cantor,从19世纪末叶逐渐发展到今天,它不仅成为数学的一个分支,而且是全部数学的基础.本章讲述集合论的初步知识,作为实变函数论的基础.

§1·1　集合·集合的运算

1·1·1　集合

集合是数学中的一个基本概念,要把这个概念加以严格的规定并不是一件容易的事情.正像几何学中"点"、"直线"、"平面"一样,"集合"这个概念必须用若干公理组成的公理系来规定.目前,对"集合"这个概念有两种不同的规定,一种是Zermelo等人作出的ZFC公理系,另一种是Bernays等人作出的BNG公理系.这里不准备纠缠"集合"这个概念的严格规定,而只给出如下朴素的说法:一定范围内的所有个体事物,当把它们看作一个整体时,这个整体称为一个**集合**(或**集**),而其中的每一个个体事物称为这个集合的**元素**(或**元**).一个集合的各个元素必须是彼此相异的;哪些个体事物是给定集合的元素必须是确定无疑的.下面我们举出集合的几个例子.

例1·1·1　自然数的全体(称为**自然数集**,通常记作N).

例1·1·2　实数的全体(称为**实数集**,即R^1).

例1·1·3　小于1的正数的全体(即开区间(0,1)).

例 1·1·4　英文字母的全体.

本书常用大写字母 A,B,X,Y 等表示集合,用小写字母 a,b,x,y 等表示集合的元素. a 是集合 A 的元素记作 $a\in A$,读作 a 属于 A;a 不是集合 A 的元素记作 $a\,\overline{\in}\,A$ 或 $a\notin A$,读作 a 不属于 A.

如果集合 A 是具有某性质 P 的个体事物的全体,我们往往用下面的形式来表示 A:

$$A=\{x\mid x\text{ 具有性质 }P\}.$$

例如 $\{x\mid x=\sqrt{r},\ r\geqslant 0,\ r\text{ 为有理数}\}$(其中的逗号“,”意为“并且”)即非负有理数的算术平方根的全体,它还可以写成 $\{\sqrt{r}\mid r\geqslant 0,\ r\text{ 是有理数}\}$. 如果能明确的写出集合 A 的所有元素,也可以把所有元素列举在大括号里来表示 A. 例如 $\{x\mid x^2-1=0\}$ 还可表示成 $\{-1,1\}$. 再如自然数集 N 可表示成 $\{1,2,3,\cdots\}$.

为了讨论问题方便,我们还引入不含任何元素的集,称为**空集**,记作 $\varnothing$,例如 $\{x\mid x>1,\ x<0\}$ 就是空集. 空集 $\varnothing$ 以及具有 n(n 为自然数)个元素的集统称为**有限集**. 只具有一个元素的有限集称为**单元素集**,只具有元素 a 的单元素集可记作 $\{a\}$,但不能记作 a,不是有限集的集统称为**无限集**.

若属于集 A 的元素都属于集 B,就称 A 是 B 的**子集**,记作 $A\subset B$,读作 A 包含于 B,或记作 $B\supset A$,读作 B 包含 A. 我们认为空集 $\varnothing$ 是任何集的子集. 若 $A\subset B$,而 B 中确有元素不属于 A,就称 A 是 B 的**真子集**.

若属于集 A 的元素都属于集 B,属于集 B 的元素也都属于集 A,即 A,B 由相同的元素组成,就称 A **与** B **相等**,记作 $A=B$ 或 $B=A$. A 与 B 不相等记作 $A\neq B$ 或 $B\neq A$.

命题 1　对任何集 A,B,C,均有

(i) $A\subset A$;(反身性)

(ii) 若 $A\subset B,B\subset A$,则 $A=B$;(反对称性)

(iii) 若 $A\subset B,B\subset C$,则 $A\subset C$.(传递性)

要特别注意:一个集合的元素与此集合间只能有关系"$\in$",不能有关系"$\subset$";一个集合的子集与此集合间只能有关系"$\subset$",不能有关系"$\in$".例如,$a \in A$不能写成$a \subset A$,而$\{a\} \subset A$不能写成$\{a\} \in A$,否则将造成混乱.

1·1·2 集合的运算

从给定的一些集出发,我们可以通过所谓"集合的运算"作出新的集,最常用的集运算有"并"、"交"、"差"三种.

定义1 设A,B是两个集,A中的所有元素及B中的所有元素合起来所组成的集称为A与B的**并集**或A与B的**并**,记作$A \cup B$或$A+B$(图1·1·1).即

$$A \cup B = \{x \mid x \in A \text{ 或 } x \in B\}.$$

同时属于A与B两者的所有元素所组成的集称为A与B的**交集**或A与B的**交**,记作$A \cap B$或AB(图1·1·2).即

$$A \cap B = \{ x \mid x \in A \text{ 且 } x \in B\}.$$

当$A \cap B \neq \varnothing$时称$A$与$B$**相交**;当$A \cap B = \varnothing$时称$A$与$B$**无交**.

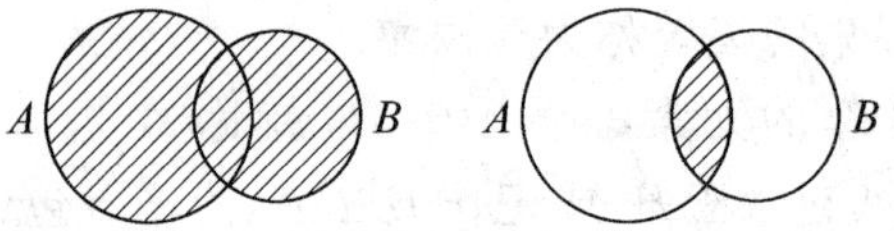

图1·1·1 $A \cup B$ 图1·1·2 $A \cap B$

例1·1·5 设$A=\{1,2,3\}$,$B=\{3,4\}$,则$A \cup B=\{1,2,3,4\}$(注意,不要写作$A \cup B=\{1,2,3,3,4\}$),$A \cap B=\{3\}$(注意,不能写作$A \cap B=3$).

定理1

(i) $A \cup B = B \cup A$;$A \cap B = B \cap A$.(交换律)

(ii) $(A \cup B) \cup C = A \cup (B \cup C)$;

$(A \cap B) \cap C = A \cap (B \cap C)$.(结合律)

(iii) $A \cap (B \cup C) = (A \cap B) \cup (A \cap C)$;

$$A \cup (B \cap C) = (A \cup B) \cap (A \cup C).（分配律）$$

(iv) $A \cup A = A$; $A \cap A = A$.（幂等律）

这些关系式从图形上来看是明显的. 图形能够帮助我们理解和思考,但图形的观察毕竟不能代替关系式的证明.

证明 仅证(iii) 的第一式

$$A \cap (B \cup C) = (A \cap B) \cup (A \cap C).$$

设 $x \in A \cap (B \cup C)$,则 $x \in A$ 且 $x \in B \cup C$.

从而 $x \in B$ 或 $x \in C$. 不妨设 $x \in B$.

于是 $x \in A \cap B$,更有 $x \in (A \cap B) \cup (B \cap C)$.

设 $x \in (A \cap B) \cup (B \cap C)$,则 $x \in A \cap B$ 或 $x \in B \cap C$.

不妨设 $x \in A \cap B$,则 $x \in A$ 且 $x \in B$,从而 $x \in B \cup C$,

于是 $x \in A \cap (B \cup C)$.

由以上两个方面,(iii) 的第一式得证. ▎

设 I 是一个非空集合,若相应于 I 的每个元 α 我们都给定了一个集 A_α(对不同的 α,相应的 A_α 可能相同),这样便给定了一族集,这族集通常记作 $A_\alpha, \alpha \in I$,称为**以 I 为标号集的一族集**(I 的元 α 称为集 A_α 的**标号**),当把其看作一个整体时称为**以 I 为标号集的一个集族**,通常记作 $\{A_\alpha\}_{\alpha \in I}$(当标号集 I 不说自明时也可简记作 $\{A_\alpha\}$).

若 $I = \mathbf{N} = \{1,2,3,\cdots\}$,这时 $A_\alpha, \alpha \in I$ 即一列集 $A_1, A_2, A_3, \cdots$(也可记作 $A_i, i = 1,2,3,\cdots$),当把其看作一个整体时称为一个**集列**或一个**集串**,记作 $\{A_i\}_{i=1}^{\infty}$ 或 $\{A_i\}_1^{\infty}$(有时简记作 $\{A_i\}$).

若 $I = \{1,2,\cdots,n\}$,这时 $A_\alpha, \alpha \in I$ 即 n 个集 $A_1, A_2, \cdots, A_n$(也可记作 $A_i, i = 1,2,\cdots,n$),当把其看作一个整体时记作 $\{A_i\}_{i=1}^{n}$ 或 $\{A_i\}_1^{n}$(有时简记作 $\{A_i\}$).

定义 2 设 $A_\alpha, \alpha \in I$ 是任意一族集,一切 $A_\alpha (\alpha \in I)$ 中的所有元素合起来所组成的集称为这族集的**并集**或**并**,记作 $\bigcup\limits_{\alpha \in I} A_\alpha$ 或

$\sum\limits_{\alpha\in I}A_\alpha$. 即

$$\bigcup_{\alpha\in I}A_\alpha=\{x\mid \text{存在某个}\,\alpha\in I\,\text{使}\,x\in A_\alpha\}.$$

同时属于每个集 $A_\alpha(\alpha\in I)$ 的所有元素所组成的集称为这族集的**交集**或**交**,记作 $\bigcap\limits_{\alpha\in I}A_\alpha$ 或 $\prod\limits_{\alpha\in I}A_\alpha$. 即

$$\bigcap_{\alpha\in I}A_\alpha=\{x\mid \text{对每个}\,\alpha\in I\,\text{都有}\,x\in A_\alpha\}.$$

当标号集 I 不说自明时, $\bigcup\limits_{\alpha\in I}A_\alpha$ 可简记作 $\bigcup\limits_{\alpha}A_\alpha$,类似地有 $\bigcap\limits_{\alpha}A_\alpha$, $\sum\limits_{\alpha}A$, $\prod\limits_{\alpha}A_\alpha$.

当 $I=\mathbf{N}=\{1,2,3,\cdots\}$ 时, $\bigcup\limits_{\alpha\in I}A_\alpha$ 又可写作 $\bigcup\limits_{i=1}^{\infty}A_i$ 或 $A_1\cup A_2\cup A_3\cup\cdots$,这个运算通常称为“可列并”运算.

当 $I=\{1,2,\cdots,n\}$ 时, $\bigcup\limits_{\alpha\in I}A_\alpha$ 又可写作 $\bigcup\limits_{i=1}^{n}A_i$ 或 $A_1\cup A_2\cup\cdots\cup A_n$,这个运算通常称为“有限并”运算.

类似地可以定义“可列交”运算 $\bigcap\limits_{i=i}^{\infty}A_i=A_1\cap A_2\cap A_3\cap\cdots$,以及“有限交”运算, $\bigcap\limits_{i=1}^{n}A_i=A_1\cap A_2\cap\cdots\cap A_n$.

“一列集 $A_1,A_2,A_3,\cdots$ 的并 $\bigcup\limits_{i=1}^{\infty}A_i$”有时简写成“一列集 A_i 的并 $\bigcup\limits_{i}A_i$”,

“n 个集 $A_1,A_2,\cdots,A_n$ 的交 $\bigcap\limits_{i=1}^{n}A_i$”有时简写成“$n$ 个集 A_i 的交 $\bigcap\limits_{i=1}^{n}A_i$”,如此等等.

例 1·1·6 $\bigcup\limits_{n=2}^{\infty}\left\{x\,\middle|\,\frac{1}{n}\leqslant x\leqslant 1-\frac{1}{n}\right\}=\{x\mid 0<x<1\}$.

$$\bigcap_{n=1}^{\infty}\left\{x\,\middle|\,-\frac{1}{n}<x<1+\frac{1}{n}\right\}=\{x\mid 0\leqslant x\leqslant 1\}.$$

例 1·1·7 相应于开区间 $(0,1)$ 中的每一点 α,作开区间 $A_\alpha=(\alpha-1,\alpha+1)$,则 $\bigcup\limits_{\alpha\in(0,1)}A_\alpha=(-1,2)$, $\bigcap\limits_{\alpha\in(0,1)}A_\alpha=[0,1]$.

定理 2

(i) 若相应于每个 $\alpha \in I$ 均有 $A_\alpha \subset B_\alpha$，则

$$\bigcup_{\alpha\in I} A_\alpha \subset \bigcup_{\alpha\in I} B_\alpha,\ \bigcap_{\alpha\in I} A_\alpha \subset \bigcap_{\alpha\in I} B_\alpha,$$

(ii) $$\bigcup_{\alpha\in I,\beta\in J} A_\alpha^\beta = \bigcup_{\alpha\in I}\bigcup_{\beta\in J} A_\alpha^\beta;$$

$$\bigcap_{\alpha\in I,\beta\in J} A_\alpha^\beta = \bigcap_{\alpha\in I}\bigcap_{\beta\in J} A_\alpha^\beta.$$

(iii) $$A \cap (\bigcup_{\alpha\in I} B_\alpha) = \bigcup_{\alpha\in I}(A \cap B_\alpha);$$

$$A \cup (\bigcap_{\alpha\in I} B_\alpha) = \bigcap_{\alpha\in I}(A \cup B_\alpha).$$

注 $\bigcup\limits_{\alpha\in \mathrm{N},\beta\in \mathrm{N}}$ 通常写作 $\bigcup\limits_{\alpha,\beta=1}^{\infty}$；$\bigcap\limits_{\alpha\in \mathrm{N},\beta\in \mathrm{N}}$ 通常写作 $\bigcap\limits_{\alpha,\beta=1}^{\infty}$.

定义 3 设$\{A_n\}_1^\infty$ 是一个集列.

(i) 若 $A_1 \subset A_2 \subset A_3 \subset \cdots$ 就称$\{A_n\}_1^\infty$ 是**渐张集列**，记作 $A_n \uparrow$，并且称 $A = \bigcup\limits_{n=1}^{\infty} A_n$ 是**渐张集列**$\{A_n\}_1^\infty$ **的极限**，记作$\lim\limits_{n\to\infty} A_n = A$，或 $A_n \uparrow A$.

(ii) 若 $A_1 \supset A_2 \supset A_3 \supset \cdots$ 就称$\{A_n\}_1^\infty$ 是**渐缩集列**，记作 $A_n \downarrow$，并且称 $A = \bigcap\limits_{n=1}^{\infty} A_n$ 是**渐缩集列**$\{A_n\}_1^\infty$ **的极限**，记作$\lim\limits_{n\to\infty} A_n = A$，或 $A_n \downarrow A$.

例 1・1・8 设 $A_n = [-n,n]$，$B_n = (n,+\infty)(n = 1,2,\cdots)$，则

$$A_n \uparrow R^1, \qquad B_n \downarrow \varnothing.$$

定义4 设A,B是两个集，由属于A而不属于B的所有元素所组成的集称为集 A 减去集 B 的**差集**或**差**，记作 $A\backslash B$ 或 $A-B$(图 1・1・3). 即

$$A\backslash B = \{\ x \mid x \in A \text{ 且 } x \overline{\in} B\}.$$

当 $A \supset B$ 时，差集 $A\backslash B$ 称为 B 对于 A 的**余集**或**余**，记作 $\mathscr{C}_A B$ (图 1・1・4).

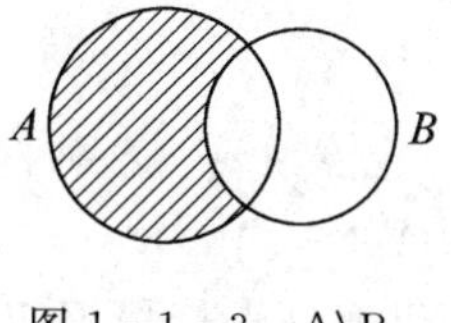

图 1・1・3 A\B

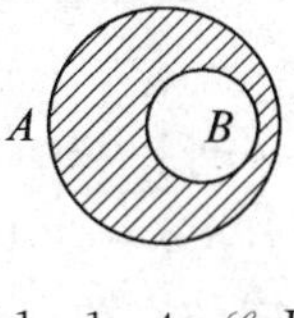

图 1・1・4 $\mathscr{C}_A B$

例 1·1·9 $\{1,2,3\}\backslash\{2,3,4\}=\{1\}$.

当我们讨论某方面问题时，往往所涉及的一切集都是某个取定的集 X 的子集，这时便称 X 是**基本集**或**空间**. 例如，当我们仅限于讨论直线上点的集合时，直线就是基本集. 如果已明确 X 是基本集，集 A 对于 X 的余集 $\mathscr{C}_x A$ 可以简单的说成集 A 的余集，简单的记作 $\mathscr{C}A$.

定理 3 设 X 是基本集，则

(i) $\mathscr{C}X=\varnothing$；$\mathscr{C}\varnothing=X$；

(ii) $\mathscr{C}(\mathscr{C}A)=A$；

(iii) 当 $A\subset B$ 时 $\mathscr{C}A\supset\mathscr{C}B$.

定理 4 (De Morgan 公式) 设 X 是基本集，则

(i) $\mathscr{C}(\bigcup\limits_{\alpha\in I}A_\alpha)=\bigcap\limits_{\alpha\in I}\mathscr{C}A_\alpha$；

(ii) $\mathscr{C}(\bigcap\limits_{\alpha\in I}A_\alpha)=\bigcup\limits_{\alpha\in I}\mathscr{C}A_\alpha$.

证明 仅证(ii). 下面的符号"⇒"表示由它前面的断语可推出它后面的断语.

$x\in\mathscr{C}(\bigcap\limits_{\alpha\in I}A_\alpha)\Rightarrow x\overline{\in}\bigcap\limits_{\alpha\in I}A_\alpha\Rightarrow$ 有某个 $\alpha_0\in I$，使 $x\overline{\in}A_{\alpha_0}$

$\Rightarrow x\in\mathscr{C}A_{\alpha_0}\Rightarrow x\in\bigcup\limits_{\alpha\in I}\mathscr{C}A_\alpha$.

$x\in\bigcup\limits_{\alpha\in I}\mathscr{C}A_\alpha\Rightarrow$ 有某个 $\alpha_0\in I$，使 $x\in\mathscr{C}A_{\alpha_0}\Rightarrow x\overline{\in}A_{\alpha_0}$

$\Rightarrow x\overline{\in}\bigcap\limits_{\alpha\in I}A_\alpha A_{\alpha_0}\Rightarrow x\in\mathscr{C}(\bigcap\limits_{\alpha\in I}A_\alpha)$.

由以上两个方面，(ii) 得证. ▌

De Morgan 公式是一个很有用的结论，它使我们能通过"余"运算把并变为交、把交变为并.

定理 5

(i) $A\backslash B=A\cap\mathscr{C}B$.

(ii) $A\cap(B\backslash C)=(A\cap B)\backslash(A\cap C)$.

证明 仅证(ii). 前面的证明都是直接根据定义，这里我们换

一个方法.

$A\cap(B\backslash C)=A\cap(B\cap\mathscr{C}C)=A\cap B\cap\mathscr{C}C.$

$(A\cap B)\backslash(A\cap C)=(A\cap B)\cap\mathscr{C}(A\cap C)$

$=(A\cap B)\cap(\mathscr{C}A\cup\mathscr{C}C)$

$=(A\cap B\cap\mathscr{C}A)\cup(A\cap B\cap\mathscr{C}C)$

$=\varnothing\cup(A\cap B\cap\mathscr{C}C)=A\cap B\cap\mathscr{C}C.$

所以 $A\cap(B\backslash C)=(A\cap B)\backslash(A\cap C)$. ▌

对于集合的“差”运算，要特别注意实、复数减法运算的许多性质并不适用于它. 例如，$(A\backslash B)\cup B$ 未必等于 A，$(A\cup B)\backslash B$ 未必等于 A，移项变号的规则不再适用.

§1·2　映射·集合的对等

1·2·1　映射

定义1　设 A，B 是两个集合，A 非空集. 若依照规则 f，对于 A 中的每个元 x，在 B 中都有唯一确定的元 y 与之对应，就称 f 是 A 到 B 的**映射**，记作 $f:A\to B$ 或 $A\xrightarrow{f}B$，而与 x 对应的元 y 称为 x（在映射 f 下）的**象**，记作 $f(x)$. 集合 A 称为映射 f 的**定义域**，集合 $\{f(x)\mid x\in A\}$ 称为映射 f 的**值域**. 若 E 是 A 的子集，则 $\{f(x)\mid x\in E\}$ 称为 E（在映射 f 下）的**象集，记作** $f(E)$.

定义2　若映射 $f:A\to B$ 的值域 $f(A)$ 恰等于 B，就说 f 是**满射**的. 若映射 $f:A\to B$ 使每个 $y\in f(A)$ 仅有唯一的 $x\in A$ 满足 $f(x)=y$，就说 f 是**单射**的. 若映射 $f:A\to B$ 既是满射的又是单射的，就称 f 是 A 到 B 的**一一映射**（“一一映射”有时还说成“一一对应”），记作 $f:A\xrightarrow[1-1]{}B$ 或 $A\xrightarrow[1-1]{f}B$.

设 f 是 A 到 B 的一一映射，则对每个 $y\in B$ 有唯一 $x\in A$ 使

$f(x)=y$,定义 $g(y)=x$(当 $f(x)=y$ 时),则 g 是 B 到 A 的一一映射,我们称 g 是 f 的**逆映射**,记作 f^{-1}.

定义 3 设 f,g 分别是 F,G 到 B 的映射,若 $F\subset G$ 且对每个 $x\in F$ 都有 $f(x)=g(x)$,即映射 g 在 F 上与映射 f 一致,就称映射 g 是 f 在 G 上的一个**扩张**,而称映射 f 是 g 在 F 上的**限制**,记作 $f=g|_F$.("g 在 F 上的限制是 f"有时还说成"g 在 F 上是 f"或"F 上的 g 是 f". $g|_F:F\to B$ 有时还记成 $g:F\to B$ 或 $F\xrightarrow{g}B$.)

例 1·2·1 设 $f:[0,+\infty)\to R^1$,$f(x)=x^2$. 又设 $g:R^1\to R^1$,$g(x)=x^2$. f 与 g 是两个不同的映射(因为它们的定义域不同),g 是 f 在 R^1 上的一个扩张,而 f 是 g 在 $[0,+\infty)$ 上的限制.

1·2·2 集合的对等

定义 4 设 A,B 是两个集,若存在着 A 到 B 的某个一一映射,就称 A 与 B **对等**,记作 $A\sim B$.

我们规定空集 $\varnothing$ 与空集 $\varnothing$ 对等. 为了讨论对等问题方便,我们不妨假设:$\varnothing$ 到 $\varnothing$ 存在着一个一一映射,任何映射 $f:A\to B$ 限制在 $\varnothing$ 上便成为此一一映射.

例 1·2·2 设 $\mathsf{N}=\{1,2,\cdots,n,\cdots\}$, $\mathsf{N}e=\{2,4,\cdots,2n,\cdots\}$,则 $\mathsf{N}\sim\mathsf{N}e$.

证明 定义 $f(n)=2n(n\in\mathsf{N})$, 显然 f 是 N 到 $\mathsf{N}e$ 的一一映射. ▌

例 1·2·2 揭示出一个极其重要的事实,就是无限集是有可能与它的真子集对等的,我们于 §1·3 还将证明任何一个无限集必然与它的一个真子集对等. 这对于有限集来说,显然是永远办不到的.

例 1·2·3 $R^1\sim(0,1)$.

证明 定义 $f(x)=\dfrac{1}{\pi}\arctan x+\dfrac{1}{2}(x\in R^1)$,显然 f 是 R^1 到 $(0,1)$ 的一一映射. ▌

命题 1 对等关系有如下性质:

(i) $A\sim A$;(反身性)

(ii) 若 $A\sim B$,则 $B\sim A$;(对称性)

(iii) 若 $A \sim B, B \sim C$，则 $A \sim C$.（传递性）

命题 2　设 $A_1, A_2, \cdots, A_n, \cdots$ 是两两无交的一列集，$B_1, B_2, \cdots, B_n, \cdots$ 是两两无交的一列集. 若 $A_n \sim B_n (n = 1, 2, \cdots)$，则

$$\bigcup_{n=1}^{\infty} A_n \sim \bigcup_{n=1}^{\infty} B_n, \qquad \bigcup_{n=1}^{m} A_n \sim \bigcup_{n=1}^{m} B_n (m = 1, 2, \cdots).$$

证明　$A_n \sim B_n$，故存在一一映射 $f_n : A_n \to B_n$.

作映射 f：对每个 $x \in A_n$，令

$$f(x) = f_n(x), n = 1, 2, \cdots$$

显然 f 是 $\bigcup_{n=1}^{\infty} A_n$ 到 $\bigcup_{n=1}^{\infty} B_n$ 的一一映射，并且把 f 限制在 $\bigcup_{n=1}^{m} A_n$ 上是 $\bigcup_{n=1}^{m} A_n$ 到 $\bigcup_{n=1}^{m} B_n$ 的一一映射. 命题 2 得证. ▌

例 1·2·4　$(0,1) \sim [0,1]$.

证明　设 $A = \left\{\frac{1}{10}, \frac{1}{10^2}, \frac{1}{10^3}, \frac{1}{10^4}, \cdots, \frac{1}{10^n}, \cdots\right\}$,

$$B = \left\{0, 1, \frac{1}{10}, \frac{1}{10^2}, \cdots, \frac{1}{10^{n-2}}, \cdots\right\}.$$

作 A 到 B 的映射 f，使

$$f\left(\frac{1}{10}\right) = 0, \quad f\left(\frac{1}{10^2}\right) = 1,$$

$$f\left(\frac{1}{10^n}\right) = \frac{1}{10^{n-2}}, \quad n = 3, 4, 5, \cdots$$

显然 $A \xrightarrow[1-1]{f} B$. 又 $(0,1) \backslash A = [0,1] \backslash B$,

故 $(0,1) \backslash A \sim [0,1] \backslash B$.

由命题 2 便知 $(0,1) \sim [0,1]$. ▌

定理 1　（Bernstein 定理）设 A 与 B 的子集 B_0 对等，且 B 与 A 的子集 A_0 对等，则 A 与 B 对等.

证明　由 $A \sim B_0$ 知可找到一个 f 使 $A \xrightarrow[1-1]{f} B_0$. 由 $B \sim A_0$ 知

可找到一个 g 使 $B \xrightarrow[1-1]{g} A_0$(图 1·2·1).

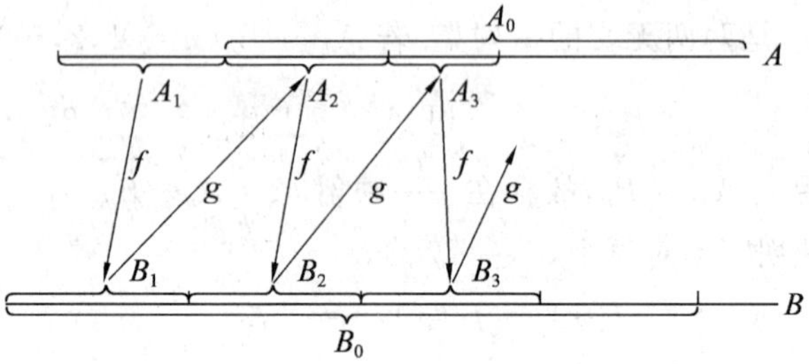

图 1·2·1

$$\text{令}\quad \begin{aligned} &A\backslash A_0 = A_1, && f(A_1) = B_1,\\ &g(B_1) = A_2, && f(A_2) = B_2,\\ &g(B_2) = A_3, && f(A_3) = B_3,\\ &\cdots\cdots \end{aligned}$$

由 $g(B) = A_0$ 知 $A_2 = g(B_1) \subset A_0$,而 $A_1 = A\backslash A_0$,故 A_1, A_2 无交,从而 A_1, A_2 在 f 下的象集 B_1, B_2 无交,从而 B_1, B_2 在 g 下的象集 A_2, A_3 无交,由 A_2, A_3 均包含于 A_0 知 A_1 与 A_2, A_3 均无交,故 A_1, A_2, A_3 两两无交,从而 A_1, A_2, A_3 在 f 下的象集 B_1, B_2, B_3 两两无交,这样一直递推下去,便知 $A_1, A_2, A_3, \cdots$ 两两无交,并且 $B_1, B_2, B_3, \cdots$ 也两两无交.

显然 $A_n \xrightarrow[1-1]{f} B_n (n = 1,2,\cdots)$,从而

$$\bigcup_{n=1}^{\infty} A_n \xrightarrow[1-1]{f} \bigcup_{n=1}^{\infty} B_n. \tag{1·2·1}$$

另一方面 $B_n \xrightarrow[1-1]{g} A_{n+1} \quad (n = 1,2,\cdots)$,从而

$$\bigcup_{n=1}^{\infty} B_n \xrightarrow[1-1]{g} \bigcup_{n=2}^{\infty} A_n. \tag{1·2·2}$$

由于 $B \xrightarrow[1-1]{g} A_0$,结合式(1·2·2) 便知

$$B\setminus\bigcup_{n=1}^{\infty}B_n\xrightarrow[1-1]{g}A_0\setminus\bigcup_{n=2}^{\infty}A_n=A\setminus\bigcup_{n=1}^{\infty}A_n.$$

于是

$$A\setminus\bigcup_{n=1}^{\infty}A_n\xrightarrow[1-1]{g^{-1}}B\setminus\bigcup_{n=1}^{\infty}B_n.\qquad(1\cdot2\cdot3)$$

由式(1·2·1)及式(1·2·3)便知

$$A\sim B. \blacksquare$$

系 1　若 $A\supset B\supset C$,$A\sim C$,则 $A\sim B\sim C$.

证明　$A\sim C$,故可找到 f 使 $A\xrightarrow[1-1]{f}C$. 而 $B\subset A$,故 $B\xrightarrow[1-1]{f}f(B)$,$f(B)\subset C$. 即 B 与 C 的一个子集对等. 又 $C\subset B$,C 当然与 B 的一个子集对等. 由定理 1 便知 $B\sim C$. 从而 $A\sim B\sim C$. ▌

Bernstein 定理及系 1 是证明集合对等的有力工具. 例如,根据系 1,可从例 1·2·3 立即推出例 1·2·4 所述的结论.

§1·3　可列集与不可列集·集合的基数

1·3·1　可列集与不可列集

定义 1　与自然数集 $\mathrm{N}=\{1,2,3,\cdots\}$ 对等的集称为**可列集**或**可数集**.

显然一个集是可列集当且仅当它的所有元素可排成一个无穷序列.

可列集当然是无限集. 下面的定理说明不是可列集的无限集也是存在的.

定理 1　实数集 R^1 不是可列集.

证明　假设定理不真,即 R^1 是可列集,则可把 R^1 中的所有点排成一个无穷序列

$$x_1,x_2,\cdots,x_n,\cdots$$

在 R^1 中作一闭区间 I_1,使 $0 < |I_1| < \frac{1}{2}$($|I_1|$ 表示 I_1 的长)且 $x_1 \overline{\in} I_1$,这当然是可以做到的. 还可以在 I_1 中作一闭区间 I_2 使 $0 < |I_2| < \frac{1}{2^2}$ 且 $x_2 \overline{\in} I_2$. 同样可在 I_2 中作一闭区间 I_3 使 $0 < |I_3| < \frac{1}{2^3}$ 且 $x_3 \overline{\in} I_3$,等等. 根据归纳法便可以作出一串闭区间 $\{I_n\}$,满足

$$I_1 \supset I_2 \supset \cdots \supset I_n \supset \cdots$$

$$0 < |I_n| < \frac{1}{2^n}, x_n \overline{\in} I_n, (n = 1, 2, \cdots).$$

由闭区间套定理知存在一点 ξ 属于所有的 I_n,再由 $x_n \overline{\in} I_n$ 知 $\xi \neq x_n (n = 1, 2, \cdots)$,而 $R^1 = \{x_1, x_2, \cdots\}$,故 $\xi \overline{\in} R^1$. 此与 ξ 是 R^1 中诸 I_n 的公共点相矛盾. 这就证明了 R^1 不是可列集. ▌

定义 2 不是可列集的无限集称为**不可列集**或**不可数集**.

命题 1 任何无限集均包含一个可列子集.

证明 设 M 是一个无限集. 从 M 中任取一个元素,记作 a_1. 因 M 是无限集,故 $M \setminus \{a_1\}$ 不空,从而又可从集 $M \setminus \{a_1\}$ 中取一个元素 a_2. 同样 $M \setminus \{a_1, a_2\}$ 不空,又可取 a_3. 如此等等. 由归纳法,我们便得到一列彼此相异的元素 $a_1, a_2, a_3, \cdots$ 它们组成的可列集是 M 的子集. ▌

命题 2 无限集必与它的一个真子集对等.

证明 设 M 是一个无限集. 由命题 1,可从 M 中取一个可列子集 $\{a_1, a_2, a_3, \cdots\}$. 令

$$M_0 = M \setminus \{a_1, a_2, a_3, \cdots\},$$

则

$$M = \{a_1, a_2, a_3, \cdots\} \cup M_0.$$

令

$$\hat{M} = \{a_2, a_3, \cdots\} \cup M_0,$$

则 $\hat{M}$ 是 M 的真子集. 作 M 到 $\hat{M}$ 的映射 f，使

$$f(a_n) = a_{n+1}, \quad n = 1,2,\cdots$$
$$f(x) = x, \quad 当\ x \in M_0 时.$$

显然 f 是 M 到 $\hat{M}$ 的一一映射，因此 $M \sim \hat{M}$. ▌

1·3·2 集合的基数

集合的基数理论是集合论中最重要的内容之一.

我们在 §1 曾说，空集(即具有 0 个元素的集) 以及具有 n(n 为自然数) 个元素的集统称有限集. 但是"具有 n(n 为自然数) 个元素的集"又是什么意思呢？严格地说就是"与自然数集 $\mathrm{N} = \{1,2,3,\cdots\}$ 的截段 $\{1,2,\cdots,n\}$ 对等的集". 也就是说，把 N 的截段 $\{1,2,\cdots,n\}$ 作为标准集，与之对等的所有集合我们认为具有同样多个元素，用同一个符号"n"来表示，称这些集合都具有 n 个元素.

我们还可以把以上的原则用于无限集. 例如，把自然数集 N 作为标准集，与之对等的所有集合我们认为具有同样多个元素，用同一个符号"$\aleph_0$"(读作"阿列夫零") 来表示，称这些集合都具有 $\aleph_0$ 个元素. 再例如，与实数集 R^1 对等的所有集合，我们称其都具有 $\aleph$(读作"阿列夫") 个元素，等等.

我们把所有的集合按如下原则划分成若干类：对每个集合 A，把与 A 对等的所有集合作为一类(不与 A 对等的集合不属于这一类). 这样便得到许许多多不同的类，由对等关系的反身性、对称性及传递性容易看出，任何一个集合必然属于某一类，并且任何一个集合决不会同时属于不同的两类.

对于以上的分类，同一类中的各集合我们认为具有同样多个元素，而不属于同一类的两集合则认为不具有同样多个元素，对每一类集合我们规定一个专用符号(不同的两类集合规定不同的符号)，我们说这一类中的每个集合都具有"此符号所表示的那么多"个元素，并且称此符号是这一类中每个集合的**基数**. 集合的基数有

时也称为集合的**势**或集合的**蕴度**.

具有n(n为自然数)个元素的集的基数就记作n. 空集$\varnothing$的基数记作0. 可列集的基数通常记作$\aleph_0$,还往往用a表示. 与实数集R^1对等的集的基数又称为**连续基数**或**连续势**,通常记作$\aleph$,还往往用c表示. 在§5·4我们将说明,诸无限集所具有的基数远非仅仅a与c.

集合A与集合B具有相同的基数又可以说成**A的基数等于B的基数**,记作$\overline{\overline{A}}=\overline{\overline{B}}$("$\overline{\overline{A}}$"是"$A$的基数"的简写).

命题3 $\overline{\overline{A}}=\overline{\overline{B}}$的充要条件是$A$与$B$对等.

1·3·3 基数的大小

设A,B是两个有限集,若A与B不对等而A与B的某个子集对等,显然A所具有的元素的个数小于B所具有的元素的个数.

定义3 设A、B是两个集,若A与B不对等而A与B的某个子集对等,就称**A的基数小于B的基数**,记作$\overline{\overline{A}}<\overline{\overline{B}}$,或称**$B$的基数大于$A$的基数**,记作$\overline{\overline{B}}>\overline{\overline{A}}$.

设A是具有n(n为自然数)个元素的集,B是可列集,C是具有连续势的集,显然$\overline{\overline{\varnothing}}$,$\overline{\overline{A}}$,$\overline{\overline{B}}$,$\overline{\overline{C}}$中的每一个都小于它后面的任一个,即基数

$$0,n,a,c$$

是从小到大排列的.

要特别注意,对两个集合A,B,若仅知道A与B的某个真子集对等,不能断定$\overline{\overline{A}}<\overline{\overline{B}}$,因为这时仍有可能$A$与$B$也对等. 例如任意一个无限集$M$都必然与$M$的一个真子集对等,而$M$与$M$自身也对等.

命题 4　$\overline{\overline{A}} \leqslant \overline{\overline{B}}$ 的充要条件是 A 与 B 的某个子集对等.

证明　由命题 3 及定义 3 立即得证. ▌

我们自然要问:对任意两个集合 A,B,在 $\overline{\overline{A}} = \overline{\overline{B}}$, $\overline{\overline{A}} < \overline{\overline{B}}$, $\overline{\overline{A}} > \overline{\overline{B}}$ 三式中是否必有一式且仅有一式成立呢?答案是肯定的.

定理 2　设 A,B 是任意两个集,则下列三式

$$\overline{\overline{A}} = \overline{\overline{B}},\ \overline{\overline{A}} < \overline{\overline{B}},\ \overline{\overline{A}} > \overline{\overline{B}}$$

(i) 至少有一式成立;

(ii) 至多有一式成立.

定理 2 结论(i) 的证明涉及 Zermelo 选取公理等较多的知识,我们就不介绍了(读者可参见[1]《实变函数论》第十四章 §7). 下面仅证定理 2 的结论(ii).

证明　若 $\overline{\overline{A}} = \overline{\overline{B}}$ 成立,则 $A \sim B$,由定义 3 知 $\overline{\overline{A}} < \overline{\overline{B}}$ 与 $\overline{\overline{A}} > \overline{\overline{B}}$ 均不成立. 再证 $\overline{\overline{A}} < \overline{\overline{B}}$ 与 $\overline{\overline{A}} > \overline{\overline{B}}$ 不能同时成立.

假设 $\overline{\overline{A}} < \overline{\overline{B}}$ 与 $\overline{\overline{A}} > \overline{\overline{B}}$ 同时成立,由定义 3 知:A 必与 B 的某个子集对等,B 必与 A 的某个子集对等,再由 Bernstein 定理知 $A \sim B$,而这时 $\overline{\overline{A}} < \overline{\overline{B}}$ 与 $\overline{\overline{A}} > \overline{\overline{B}}$ 均不成立,与假设矛盾. 可见 $\overline{\overline{A}} < \overline{\overline{B}}$, $\overline{\overline{A}} > \overline{\overline{B}}$ 不能同时成立. 定理 2 的结论(ii) 得证. ▌

定理 3　若 $\overline{\overline{A}} < \overline{\overline{B}}$, $\overline{\overline{B}} < \overline{\overline{C}}$,则 $\overline{\overline{A}} < \overline{\overline{C}}$.

证明　$\overline{\overline{A}} < \overline{\overline{B}}$ 故存在 f 及 B_0 使 $A \xrightarrow[1-1]{f} B_0 \subset B$. $\overline{\overline{B}} < \overline{\overline{C}}$,

故存在 g 及 C_0 使 $B \xrightarrow[1-1]{g} C_0 \subset C$,从而 $B_0 \xrightarrow[1-1]{g} g(B_0) \subset C$.

于是 $A \sim g(B_0) \subset C$, $\overline{\overline{A}} \leqslant \overline{\overline{C}}$.

再证 $\overline{\overline{A}} = \overline{\overline{C}}$ 不成立.

假若 $\overline{\overline{A}} = \overline{\overline{C}}$,则由 $\overline{\overline{A}} < \overline{\overline{B}}$ 知 $\overline{\overline{C}} < \overline{\overline{B}}$,从而由定理 2 知:$\overline{\overline{C}} > \overline{\overline{B}}$ 不再成立. 这与题设 $\overline{\overline{B}} < \overline{\overline{C}}$ 相矛盾. 可见 $\overline{\overline{A}} = \overline{\overline{C}}$ 不成立. 所以 $\overline{\overline{A}} < \overline{\overline{C}}$. ▍

显然,在所有的集合中空集 $\varnothing$ 的基数 0 最小,在所有的无限集合中可列集的基数 a 最小. 不可列集即基数大于 a 的集. 基数为 c 的集是不可列集,诸不可列集所具有的基数除 c 外还有很多别的(见 §5·4).

§1·4 可列集的判定

定理 1 可列集的子集是有限集或可列集.

证明 设 $\hat{A}$ 是可列集 $\hat{A}$ 的子集. 若 $\hat{A}$ 不是有限集,则由 §3 命题 1 知 A 包含一个可列子集,再由 Bernstein 定理的系便知 $\hat{A}$ 是可列集. ▍

定理 2 设 $A_i(i = 1,2,\cdots)$ 是可列集,且 $A_i \cap A_j = \varnothing(i \neq j)$,则 $\bigcup\limits_{i=1}^{\infty} A_i$ 是可列集.

证明 一个集合为可列集的充要条件是它的所有元素可以排成一个无穷序列. 因此我们可以设

$$A_1 = \{a_1^1,\quad a_2^1,\quad a_3^1,\quad a_4^1,\quad \cdots\},$$

$$\swarrow \quad \swarrow \quad \swarrow \quad \swarrow$$

$$
\begin{array}{l}
A_2 = \{a_1^2,\quad a_2^2,\quad a_3^2,\quad a_4^2,\quad \cdots\},\\
\qquad\quad \swarrow \quad \swarrow \quad \swarrow \quad \swarrow\\
A_3 = \{a_1^3,\quad a_2^3,\quad a_3^3,\quad a_4^3,\quad \cdots\},\\
\qquad\quad \swarrow \quad \swarrow \quad \swarrow \quad \swarrow\\
A_4 = \{a_1^4,\quad a_2^4,\quad a_3^4,\quad a_4^4,\quad \cdots\},\\
\cdots\cdots
\end{array}
$$

对元素 a_q^p 我们把 $p+q$ 称为它的和标. 显然 $\bigcup\limits_{i=1}^{\infty} A_i$ 的所有元素可按如下二原则排成无穷序列：(i) 和标小的在前，(ii) 和标相同时上标 p 小的在前. 即

$$\bigcup_{i=1}^{\infty} A_i = \{a_1^1, \underbrace{a_2^1, a_1^2}, \underbrace{a_3^1, a_2^2, a_1^3}, \cdots\}.$$

所以 $\bigcup\limits_{i=1}^{\infty} A_i$ 是可列集. ▌

注 定理 2 可用基数记号简述为：

$$a+a+a+\cdots = a\cdot a = a.$$

系 1 设 $B_i(i=1,2,\cdots)$ 是有限集或可列集，且 $B_i \cap B_j = \varnothing(i \neq j)$，则 $\bigcup\limits_{i=1}^{\infty} B_i$ 是有限集或可列集.

证明 令 $A_i = \{\binom{i}{1}, \binom{i}{2}, \binom{i}{3}, \cdots\}(i=1,2,\cdots)$，由定理 2 立即知 $\bigcup\limits_{i=1}^{\infty} A_i$ 是可列集.

每个 B_i 必与 A_i 的一个子集 $\hat{A}_i$ 对等(若 B_i 为可列集则 B_i 与 A_i 对等；若 B_i 为具有 n 个元的有限集则 B_i 与 A_i 的前 n 个元所成之集对等). 显然 $\hat{A}_i \cap \hat{A}_j = \varnothing(i \neq j)$，由 §1·2 命题 2 知

$$\bigcup_{i=1}^{\infty} B_i \sim \bigcup_{i=1}^{\infty} \hat{A}_i \subset \bigcup_{i=1}^{\infty} A_i.$$

由定理 1 即知 $\bigcup\limits_{i=1}^{\infty} B_i$ 为有限集或可列集. ▌

注 1 系 1 中，当 $B_{n+1} = B_{n+2} = \cdots = \varnothing$ 时 $\bigcup\limits_{i=1}^{\infty} B_i$ 实际是 $\bigcup\limits_{i=1}^{n} B_i$.

注 2 系 1 可用基数记号简述为:若 $\alpha_i \leqslant a(i=1,2,\cdots)$ 则

$$\sum_{i=1}^{\infty} \alpha_i \leqslant a.$$

系 2 把系 1 中"$B_i \cap B_j = \varnothing(i \neq j)$"的条件去掉,仍然成立.

证明 令

$$\hat{B}_1 = B_1, \hat{B}_2 = B_2 \backslash B_1, \cdots, \hat{B}_i = B_i \backslash \bigcup_{k=1}^{i-1} B_k, \cdots$$

则

$$\bigcup_{i=1}^{\infty} B_i = \bigcup_{i=1}^{\infty} \hat{B}_i, \hat{B}_i \cap \hat{B}_j = \varnothing(i \neq j). \hat{B}_i \subset B_i,$$

由定理 1 知 $\hat{B}_i$ 有限或可列.由系 1 即知系 2 成立.▍

命题 1 有理数的全体(即**有理数集**)是一个可列集.

证明 设 $Q_i = \left\{\frac{1}{i}, \frac{2}{i}, \frac{3}{i}, \cdots\right\}(i=1,2,\cdots)$,则 Q_i 可列.记正有理数的全体为 Q^+,则 $Q^+ = \bigcup_{i=1}^{\infty} Q_i$,由系 2 知 Q^+ 可列.记负有理数的全体为 Q^-,显然 Q^- 也可列.有理数集 $Q = Q^+ \cup Q^- \cup \{0\}$,由系 1 知 Q 是可列集.▍

每当我们知道了一个新的具体集合为可列集,我们就增加了一个判定集合可列的方法 —— 把这个具体可列集作为标准集,来看其他集合是否与之对等.除自然数集外,我们还常把有理数集作为标准集,因为它有许多好的性质(如在实数集中的稠密性),使我们易于找出与它一一对应的规则.

例 1·4·1 设 M 是由直线 R^1 中若干两两无交的非空开区间所组成之集,则 M 为有限集或可列集.

证明 R^1 中的任何非空开区间总含有有理数,对 M 中的每个开区间,使此开区间所含的某个有理数与此开区间对应.由于 M 中诸开区间两两无交,所说的对应必为 M 与有理数集的某子集间

的一一对应. 由命题 1 及定理 1 即知 M 为有限集或可列集. ▌

定理 3　设 $\mathbf{N}^n$ 是 n 个分量都是自然数的有序 n 数组的全体,即

$\mathbf{N}^n=\{(x_1,x_2,\cdots,x_n)\mid x_1,x_2,\cdots,x_n$ 均为自然数$\}$,则 $\mathbf{N}^n$ 是可列集.

证明 当 $n=1$ 时,

$\mathbf{N}^n=\{(x_1)\mid x_1$ 为自然数$\}=\{(1),(2),(3),\cdots\}$,可列.

设 $n=k$ 时 $\mathbf{N}^n$ 可列,来证 $n=k+1$ 时 $\mathbf{N}^n$ 可列.

$$\mathbf{N}^{k+1}=\{(x_1,\cdots,x_k,x_{k+1})\mid x_1,\cdots,x_k,x_{k+1}\text{ 均为自然数}\}$$
$$=\bigcup_{i=1}^{\infty}\{(x_1,\cdots,x_k,i)\mid x_1,\cdots,x_k\text{ 均为自然数}\}.$$

对固定的 i,$\{(x_1,\cdots,x_k,i)\mid x_1,\cdots,x_k$均为自然数$\}\sim\mathbf{N}^k$. 由定理 2 即知 $\mathbf{N}^{k+1}$ 可列.

所以对任意自然数 n,$\mathbf{N}^n$ 是可列集. ▌

注 1 要注意,各项都是自然数的无穷序列的全体$\{(x_1,x_2,\cdots)\mid x_1,x_2,\cdots$ 均为自然数$\}$是不可列集. 这个结论利用 §1·5 定理 4 很容易证明.

注 2　由定理 3 立即可知:若 $B_1,B_2,\cdots,B_n$ 都是可列集,

$A=\{(x_1,x_2,\cdots,x_n)\mid x_1\in B_1,x_2\in B_2,\cdots,x_n\in B_n\}$,

则 A 是可列集. 这个结论还可用基数记号简述为:

$$\underbrace{a\cdot a\cdot\cdots\cdot a}_{n\text{个}}=a^n=a.$$

定理 4　设集合 M 的所有元素已经用有序数组标号,每个元素有唯一确定的标号并且不同的元素有不同的标号,若这些作为标号的有序数组都具有有限个分量(但未必都具有同样多个分量)并且分量都是自然数,则 M 是有限集或可列集.

证明　设 $\mathbf{N}^n$ 是定理 3 所说的集,由定理 2 知 $\bigcup_{n=1}^{\infty}\mathbf{N}^n$ 可列. 把集合 M 的所有元素的标号组成的集记为 M_*,显然 M_* 是 $\bigcup_{n=1}^{\infty}\mathbf{N}^n$ 的子集. 由定理 1 知 M_* 有限或可列,所以 M 有限或可列. ▌

命题 2 有理系数多项式的全体是一个可列集.

证明 设有理数集为 $\{r_1, r_2, r_3, \cdots\}$,每个 n 次有理系数多项式可记为

$$r_{i_0} + r_{i_1} x + r_{i_2} x^2 + \cdots + r_{i_n} x^n \qquad (1 \cdot 4 \cdot 1)$$

$(n = 0, 1, 2, \cdots)$. 零多项式亦可记为此形式(这时 $n = 0, r_{i0} = 0$). 多项式(1・4・1) 可用分量为自然数的数组$(i_0, i_1, \cdots, i_n)$来标号,又有理系数多项式的全体显然不是有限集,由定理 4 便知其为可列集. ▌

例 1・4・2 有理系数多项式的实数根称为**代数数**,不是代数数的实数称为**超越数**. 由命题 2 及系 2 可知代数数的全体是一个可列集,再由 §1・3 定理 1 可知超越数的全体是一个不可列集.

历史上, 超越数存在性的确认曾一度被认为是难题. 在 Cantor 创立集合论以前有许多数学家比较费力地证明了某些具体的数(例如 e) 是超越数. 利用集合论的方法不仅比较容易地证明了超越数的存在,而且还断定超越数是非常多的(但此证法未指出哪个具体的数是超越数). 这个例子从一个方面反映了研究集合论的意义.

§1・5 连续势集的判定

1・5・1 连续势集的判定

命题 1 直线 R^1 中任何包含非空开区间的点集都具有连续势.

证明 由 §1・2 例 3 知 $R^1 \sim (0,1)$,故$(0,1)$具有连续势. 对非空开区间(a,b)(其中 a、b 是实数),定义

$$f(x) = a + (b-a)x \colon (x \in (0,1)),$$

则 f 是$(0,1)$到(a,b)的一一映射,故(a,b)具有连续势. 若 $A \subset R^1$ 且 $A \supset (a,b)$,由 Bernstein 定理的系知 $R^1 \sim A \sim (a,b)$,故 A 具有连续势. ▌

定理 1　设 A 具有连续势，B 至多具有连续势，则 $A\cup B$ 具有连续势.

证明　$A\cup B=A\cup(B\backslash A)$，$A$ 与 $B\backslash A$ 无交. A 具有连续势，故 $A\sim(-\infty,0)$. B 至多具有连续势，故 $B\backslash A$ 至多具有连续势，从而 $B\backslash A$ 对等于 $[0,+\infty)$ 的某子集 C.
因此

$$A\cup(B\backslash A)\sim(-\infty,0)\cup C.$$

由命题 1 便知 $A\cup B$ 具有连续势. ▌

定理 2　设 $A_n(n=1,2,\cdots)$ 具有连续势，且 $A_i\cap A_j=\varnothing(i\neq j)$，则 $\bigcup\limits_{n=1}^{\infty}A_n$ 具有连续势.

证明　设 $I_n=(n-1,n](n=1,2,\cdots)$. I_n 具有连续势，故 $A_n\sim I_n$.

当 $i\neq j$ 时，$A_i\cap A_j=\varnothing$，$I_i\cap I_j=\varnothing$，故

$$\bigcup_{n=1}^{\infty}A_n\sim\bigcup_{n=1}^{\infty}I_n.\ \bigcup_{n=1}^{\infty}I_n=(0,+\infty)$$

具有连续势，故 $\bigcup\limits_{n=1}^{\infty}A_n$ 具有连续势. ▌

注　定理 2 可用基数记号简述为：

$$c+c+c+\cdots=a\cdot c=c.$$

1·5·2　p 进无穷小数用于连续势集的判定

我们先来讨论 p 进无穷小数. 在 §1·5·2 我们总是假设 p 是一个已经给定的大于 1 的自然数.

定义 1　若数列 $a_1,a_2,\cdots,a_n,\cdots$ 的每一项都是小于 p 的非负整数，并且此数列有无限多项不为 0，就称级数

$$a_1\cdot\frac{1}{p}+a_2\cdot\frac{1}{p^2}+\cdots+a_n\cdot\frac{1}{p^n}+\cdots$$

为 p **进无穷小数**，简记作 $0.a_1a_2\cdots a_n\cdots$

命题 2　(i) 任何一个 p 进无穷小数 $0.a_1a_2a_3\cdots$ 都等于 $(0,1]$ 中的一个数 x（“等于”指“收敛于”）.

(ii) $(0,1]$ 中的任何一个数 x 都等于唯一的一个 p 进无穷小数 $0.a_1a_2a_3\cdots$

* **证明** (i) p 进无穷小数 $0.a_1a_2a_3\cdots$ 即级数

$$\frac{a_1}{p}+\frac{a_2}{p^2}+\frac{a_3}{p^3}+\cdots$$

显然此级数收敛于某一个数 x,并且

$$0<x\leqslant\sum_{k=1}^{\infty}\frac{p-1}{p^k}=1.$$

(ii) 第一步. 设 $x\in(0,1]$. 把$(0,1)$划分为 p 个等长的半开区间

$$(0,1]=(0,\frac{1}{p}]\cup(\frac{1}{p},\frac{2}{p}]\cup\cdots\cup(\frac{p-1}{p},1].$$

显然存在小于 p 的非负整数 a_1,使 $x\in(\frac{a_1}{p},\frac{a_1+1}{p}]$,即

$$\frac{a_1}{p}<x\leqslant\frac{a_1+1}{p}.$$

再把$(\frac{a_1}{p},\frac{a_1+1}{p}]$划分为 p 个等长的半开区间,同理可知存在小于 p 的非负整数 a_2,使

$$\frac{a_1}{p}+\frac{a_2}{p^2}<x\leqslant\frac{a_1}{p}+\frac{a_2+1}{p^2}.$$

如此继续作下去,便得到数列 $a_1,a_2,a_3,\cdots$ 其每一项是小于 p 的非负整数,且对每个自然数 n 都有

$$\frac{a_1}{p}+\frac{a_2}{p^2}+\cdots+\frac{a_n}{p^n}<x\leqslant\frac{a_1}{p}+\frac{a_2}{p^2}+\cdots+\frac{a_n+1}{p^n}.\tag{1·5·1}$$

因此 $0<x-\sum_{k=1}^{n}\frac{a_k}{p^k}\leqslant\frac{1}{p^n}$. 令 $n\to\infty$ 得

$$x=\sum_{k=1}^{\infty}\frac{a_k}{p^k}.\tag{1·5·2}$$

由式(1·5·1)与式(1·5·2)立即可知 $a_1, a_2, a_3, \cdots$ 有无限多项不为0,所以式(1·5·2)的右边是 p 进无穷小数 $0.a_1a_2a_3\cdots$

第二步.假设 x 还等于 p 进无穷小数 $0.b_1b_2b_3\cdots$ 并且存在自然数 N 使 $a_N \neq b_N$.不失一般性,不妨设

$$a_1 = b_1, \cdots, a_{N-1} = b_{N-1}, \text{但 } a_N < b_N.$$

此时

$$\sum_{k=1}^{\infty} \frac{a_k}{p^k} \leqslant \sum_{k=1}^{N} \frac{a_k}{p^k} + \sum_{k=N+1}^{\infty} \frac{p-1}{p^k} = \sum_{k=1}^{N} \frac{a_k}{p^k} + \frac{1}{p^N}$$
$$\leqslant \sum_{k=1}^{N} \frac{b_k}{p^k} < \sum_{k=1}^{\infty} \frac{b_k}{p^k}.$$

但 $\sum\limits_{k=1}^{\infty} \frac{a_k}{p^k}$ 与 $\sum\limits_{k=1}^{\infty} \frac{b_k}{p^k}$ 都等于 x.出现的矛盾说明 x 等于唯一的一个 p 进无穷小数 $0.a_1a_2a_3\cdots$ ▍

系 1　由所有 p 进无穷小数组成的集具有连续势.

下面我们利用 p 进无穷小数来证明某些集具有连续势.

定理 3　(i) 设 A 为平面 R^2 中的点集

$$\{(x,y) \mid 0 < x \leqslant 1,\ 0 < y \leqslant 1\},$$

则 A 具有连续势.

(ii) 点集 R^2 具有连续势.

证明　(i) 我们作 A 到区间 $(0,1]$ 的映射 f 如下:对任意 $(x,y) \in A$,把 x、y 表示成十进无穷小数:

$$x = 0.a_1a_2a_3\cdots \qquad y = 0.b_1b_2b_3\cdots$$

由此作十进无穷小数 $0.a_1b_1a_2b_2a_3b_3\cdots$,它必等于区间 $(0,1]$ 中的一个数 z,我们定义 (x,y) 在 f 下的象为 z.

由命题2不难看出 A 中不同的点在 f 下的象也不同,因此 f 是 A 到 $f(A)$ 的一一映射.所以 $(0,1]$ 的子集 $f(A)$ 与 A 对等.

另一方面,A 的子集 $\{(x,1) \mid 0 < x \leqslant 1\}$ 显然与 $(0,1]$ 对等.根据 Bernstein 定理即知 A 与 $(0,1]$ 对等.所以 A 具有连续势.

(ii) 由于$(0,1]\sim R^1$,故存在φ使$(0,1]\xrightarrow[1-1]{\varphi}R^1$. 作$A$到$R^2$的映射$g$,使$A$中的点$(x,y)$在$g$下的象为$R^2$中的点$(\varphi(x),\varphi(y))$,显然$g$是$A$到$R^2$的一一映射,所以$R^2$具有连续势. ▌

注 由定理3立即可知:两两无交的c个基数为c的集之并是一个基数为c的集. 这个结论还可用基数记号简述为:

$$c\cdot c=c^2=c.$$

定理4 (i) 设D是由0,1两个数重复排列所成的无穷序列的全体,即

$$D=\{(a_1,a_2,\cdots)\,|\,a_i\in\{0,1\},i=1,2,\cdots\},$$

则D具有连续势.

(ii) 设M为可列集,则M的所有子集组成的集$\mathscr{M}$具有连续势.

证明 (i) 我们把D表为两个无交子集A与B的并:若D的元$(a_1,a_2,\cdots)$是一个从某项以后全为0的序列,就把它作为A的元;否则,就把它作为B的元.

由 §1·4 定理4易知A是可列集.

定义$\varphi(a_1,a_2,\cdots)=0.a_1a_2\cdots$,当$(a_1,a_2,\cdots)\in B$时,显然$\varphi$是$B$到二进无穷小数全体的一一映射,故$B$具有连续势. 根据定理1即知$D=A\cup B$具有连续势.

(ii) M为可列集,故M的所有元素可排成无穷序列

$$b_1,b_2,\cdots,b_n,\cdots$$

设D是(i)中所说的集. 今作$\mathscr{M}$到D的映射f:对于$\mathscr{M}$中的任意元A,我们这样来确定A在f下的象$(a_1,a_2,\cdots,a_n,\cdots)$:对每个自然数$n$,若$b_n\in A$就取$a_n=1$,若$b_n\overline{\in}A$就取$a_n=0$. 不难看出$f$是$\mathscr{M}$到$D$的一一映射,所以$\mathscr{M}$具有连续势. ▌

注 定理4可用基数记号简述为

$$2\cdot2\cdot2\cdot\cdots=2^a=c.$$

*1・5・3　Cantor 连续统假设

我们已经知道基数 a 小于基数 c，于是自然要问：是否存在一个集合 A 满足 $a < \overline{\overline{A}} < c$？Cantor 曾经猜想这样的集合 A 是不存在的，这个猜想就是著名的 **Cantor 连续统假设**. 但是，Cantor 本人极尽全力也未能证明这个假设. 现在这个问题终于搞清楚了：这个假设事实上相对于集合论的公理系（确切的说是 Zermelo 等人的 ZFC 公理系）是独立的，要从后者推出前者是不可能的.

1・5・4　不存在最大的基数

在 §1・3 曾提到诸无限集所具有的基数除 a，c 外还有很多别的，我们于本段来说明这个问题.

若集合 M 具有 n（n 为自然数或 0）个元素，易知 M 的所有子集组成的集 $\mathscr{M}$ 具有 2^n 个元素，$\overline{\overline{M}} < \overline{\overline{\mathscr{M}}}$.

若集合 M 的基数为 a，记 M 的所有子集组成的集为 $\mathscr{M}$，定理 4 指出 $\mathscr{M}$ 的基数为 c，$\overline{\overline{M}} < \overline{\overline{\mathscr{M}}}$.

定理 5　设 M 为任意集，记 M 的所有子集组成的集为 $\mathscr{M}$，则 $\overline{\overline{M}} < \overline{\overline{\mathscr{M}}}$.

证明　设 M 的所有单元素子集组成的集为 $\mathscr{M}_0$，显然 $M \sim \mathscr{M}_0$，$\mathscr{M}_0 \subset \mathscr{M}$，故 $\overline{\overline{M}} \leqslant \overline{\overline{\mathscr{M}}}$.

再证 $\overline{\overline{M}} \neq \overline{\overline{\mathscr{M}}}$. 用反证法. 假设 $\overline{\overline{M}} = \overline{\overline{\mathscr{M}}}$，则存在 f 使 $M \xrightarrow[1-1]{f} \mathscr{M}$，令 $M_1 = \{x \mid x \in M, x \overline{\in} f(x)\}$，则 M_1 是 M 的子集，故存在 $a_1 \in M$ 使

$$f(a_1) = M_1, \tag{1・5・3}$$

（1°）假设 $a_1 \in M_1$，则由（1・5・3）知 $a_1 \in f(a_1)$，再由 M_1 的定义知 $a_1 \in M_1$，此与 $a_1 \overline{\in} M_1$ 的假设矛盾.

(2°) 假设 $a_1 \overline{\in} M_1$，则由(1·5·3)知 $a_1 \overline{\in} f(a_1)$，再由 M_1 的定义知 $a_1 \in M$,此与 $a_1 \overline{\in} M_1$ 的假设矛盾.

由(1°)(2°)知 $\overline{\overline{M}} \neq \overline{\overline{\mathscr{M}}}$，所以 $\overline{\overline{M}} < \overline{\overline{\mathscr{M}}}$. ▎

注　M 的所有子集组成的集通常记作 2^M. 若 M 的基数为 α，2^M 的基数通常记作 2^α. 使用这个基数记号，定理 5 可简述为：

$$\alpha < 2^\alpha (\alpha \text{ 为任意一个基数}).$$

定理 5 告诉我们，不存在一个这样的集合：它的基数不小于任何一个集合的基数. 换句话说，不存在最大的基数. 由此可见诸无限集所具有的基数远非仅仅 a，c.

习　题　一

1. 证明

(i) §1·1 定理 1(iii) 第二式,

(ii) §1·1 定理 2(i).

2. 证明

(i) $A\backslash B = \mathscr{C}B\backslash \mathscr{C}A$,

(ii) $(A\backslash B) \cup B = A \cup B$,

(iii) $(A \cup B)\backslash B = A\backslash B$,

(iv) $A \cap B = (A \cup B)\backslash(A\backslash B)\backslash(B\backslash A)$,

(v) $A\backslash B = A\backslash(A \cap B)$,

(vi) 若 $A \supset B$,则 $C\backslash A \subset C\backslash B$.

3. 证明

(i) $A\backslash(\bigcup\limits_{i=1}^{\infty} A_i) = \bigcap\limits_{i=1}^{\infty} (A\backslash A_i)$,

(ii) $A\backslash(\bigcap\limits_{i=1}^{\infty} A_i) = \bigcup\limits_{i=1}^{\infty} (A\backslash A_i)$,

(iii) $(\bigcup\limits_{i=1}^{\infty} A_i) \cap (\bigcup\limits_{j=1}^{\infty} B_j) = \bigcup\limits_{i=1}^{\infty}\bigcup\limits_{j=1}^{\infty} (A_i \cap B_j)$,

(iv) $(\bigcup\limits_{i=1}^{\infty} A_i)\backslash(\bigcup\limits_{j=1}^{\infty} B_j) = \bigcup\limits_{i=1}^{\infty}\bigcap\limits_{j=1}^{\infty} (A_i\backslash B_j)$.

4. 设$\{A_i\}$是一列集,作 $\hat{A}_1 = A_1$,$\hat{A}_i = A_i\backslash \bigcup\limits_{k=1}^{i-1} A_k$,$i = 2,3,\cdots$ 则

(i) $\hat{A}_i \cap \hat{A}_j = \varnothing \quad (i \neq j)$,

(ii) $\bigcup\limits_{i=1}^{n} A_i = \bigcup\limits_{i=1}^{n} \hat{A}_i \quad (n = 1,2,\cdots)$,

(iii) $\bigcup\limits_{i=1}^{\infty} A_i = \bigcup\limits_{i=1}^{\infty} \hat{A}_i$.

5. 设 $A_i \supset B_i (i = 1,2,\cdots)$,$A_i \cap A_j = \varnothing (i \neq j)$,则

$$(\bigcup_{i=1}^{\infty} A_i)\setminus(\bigcup_{i=1}^{\infty} B_i) = \bigcup_{i=1}^{\infty}(A_i\setminus B_i).$$

6. 证明

(i) 若 $A_n \uparrow A$,则 $\mathscr{C}_X A_n \downarrow \mathscr{C}_X A$,

(ii) 若 $A_n \downarrow A$,则 $\mathscr{C}_X A_n \uparrow \mathscr{C}_X A$,

(iii) 设 $\{G_n\}$ 是一列集,作 $\hat{G}_n = \bigcap_{k=1}^{n} G_k, n = 1,2,\cdots$ 则 $\hat{G}_n \downarrow \bigcap_{n=1}^{\infty} G_n$,

(iv) 设 $\{F_n\}$ 是一列集,作 $\hat{F}_n = \bigcup_{k=1}^{n} F_k, n = 1,2,\cdots$ 则 $\hat{F}_n \uparrow \bigcup_{n=1}^{\infty} F_n$.

7. 对于集列 $\{A_n\}_1^{\infty}$, $\bigcap_{N=1}^{\infty}\bigcup_{n=N}^{\infty} A_n$ 称为 $\{A_n\}_1^{\infty}$ 的**上限集**, $\bigcup_{N=1}^{\infty}\bigcap_{n=N}^{\infty} A_n$ 称为 $\{A_n\}_1^{\infty}$ 的**下限集**. 试证明

(i) $x_0 \in \bigcap_{N=1}^{\infty}\bigcup_{n=N}^{\infty} A_n$ 等价于:x_0 属于 $\{A_n\}_1^{\infty}$ 中的无限多个项,

(ii) $x_0 \in \bigcup_{N=1}^{\infty}\bigcap_{n=N}^{\infty} A_n$ 等价于:x_0 属于 $\{A_n\}_1^{\infty}$ 中某项以后的所有项.

8. 从 n 个两两无交的集 $A_1, A_2, \cdots, A_n$ 出发,通过“并”、“交”、“差”运算,总共可以得到多少个不同的集?若是从 n 个两两不同的集出发呢?

9. 试作出圆周 A 到直线 R^1 的一个一一映射.

10. 若 $A \sim B$,且 $\hat{A} \subset A, \hat{B} \subset B, \hat{A} \sim \hat{B}$,问是否 $A\setminus\hat{A} \sim B\setminus\hat{B}$?

11. 若 A 是无限集,则必有 $\hat{A} \subset A$,使 $\hat{A} \sim A$ 且 $A\setminus\hat{A}$ 为可列集.

12. 若 A 为不可列集,B 为可列集,则 $A\setminus B \sim A$.

13. 平面 R^2 中有理点(即两个坐标均为有理数的点)的全体是一个可列集.

14. 平面 R^2 中以有理点为中心以正有理数为半径的圆的全体是一个可列集.

15. 定义在 R^1 上的单调函数,其不连续点至多有可列个.

16. 可列集的所有有限子集组成的集是可列集.

17. 设 R^1 上的实值函数 $f(x)$ 具有如下性质:对每个 $x_0 \in R^1$,都有相应的正数 δ_{x_0},使当 $|x - x_0| < \delta_{x_0}$ 时 $f(x) \geqslant f(x_0)$. 证明函数 $f(x)$ 的值域至多是一个可列集.

18. 若[0,1]上的实值函数 $f(x)$ 不是常数,$f(x)$ 在每个无理点上的取值为有理数,则 $f(x)$ 不是[0,1]上的连续函数.

19. 若 A 是由无穷序列 $\{x_n\}_1^\infty$ 的所有子列组成的集($\{x_n\}_1^\infty$ 的各项未必两两相异),A 的基数如何?试讨论之.

20. 证明各项都是实数的无穷序列的全体是具有连续势的集.

21. 由闭区间$[a,b]$上的所有连续函数组成的集通常记作 $C[a,b]$. 证明 $C[a,b]$ 具有连续势.

22. 证明由[0,1]上的所有单调函数组成的集具有连续势.

23. 不使用 Cantor 连续统假设,证明以下二结论:

(i) 设 $A = A_1 \cup A_2$,A 具有连续势,则 A_1,A_2 中至少有一个集具有连续势,

(ii) 设 $A = \bigcup\limits_{n=1}^{\infty} A_n$,$A$ 具有连续势,则 $A_1, A_2, A_3, \cdots$ 中至少有一个集具有连续势.(答案可参见[17]p9)

24. 由实数集 R^1 的所有子集组成的集通常记作 2^{R^1},其基数通常记作 f. 证明由 R^1 上的所有实值函数组成的集具有基数 f.

第二章 点 集

本章研究特殊的集合——R^N 空间中点的集合(简称点集),作为 Lebesgue 测度及积分理论的预备知识. R^N 空间点集理论从点集拓扑的角度说也是重要的.

§2·1 R^N 空间·区间·距离

本节内容基本上是复习数学分析中已学过的知识.

定义 1 分量都是实数的有序 N 数组 $(x_1,x_2,\cdots,x_N)$ 之全体称为 R^N **空间**,简称 R^N. N 称为 R^N 的**维数**. R^N 的元素 $x=(x_1,x_2,\cdots,x_N)$ 又称为 R^N 的**点**,点 x 的第 i 个分量又称为它的**第 i 个坐标**(当点记为 x 时,它的第 i 个坐标通常记为 x_i). 点 $(0,0,\cdots,0)$ 称为 R^N 的**原点**,记作 θ.

若无特别声明,今后凡说点集均指 R^N 空间中点的集合.

定义 2 设 a_i,b_i 是实数, $a_i\leqslant b_i(i=1,2,\cdots,N)$. R^N 中的点集

$$I=\{(x_1,x_2,\cdots,x_N)\mid a_1<x_1<b_1,\ a_2<x_2<b_2,\cdots,a_N<x_N<b_N\}\tag{2·1·1}$$

称为**开区间**,记作 $(a_1,b_1;a_2,b_2;\cdots;a_N,b_N)$.

若把式(2·1·1)中的诸不等式换成 $a_i\leqslant x_i\leqslant b_i,i=1,2,\cdots,N$,则称 I 为**闭区间**,记作

$$[a_1,b_1;a_2,b_2;\cdots;a_N,b_N].$$

若把式(2·1·1)中的诸不等式换成 $a_i<x_i\leqslant b_i,i=1,2,\cdots,$

N,则称 I 为**半开区间**,记作

$$(a_1,b_1;a_2,b_2;\cdots;a_N,b_N].$$

把(2·1·1)中任意多个“$<$”号换成“$\leqslant$”相应的点集 I 统称为**区间**,当无必要区别是何种区间时就统记作

$$< a_1,b_1;a_2,b_2;\cdots;a_N,b_N >$$

(此记号有时还写成 $< a_i.b_i;i=1,2,\cdots,N >$).

对于区间 $< a_i,b_i;i=1,2,\cdots,N >$,我们把 $b_i-a_i(i=1,2,\cdots,N)$ 称为它的**第 i 个边长**,把 $\left[\sum_{i=1}^{N}(b_i-a_i)^2\right]^{1/2}$ 称为它的**对角线长**.

注 1　数学分析中所说的无限区间,例如$(0,+\infty)$,按照定义 2 的意义不是区间.今后凡说区间,若无特别声明,均指在定义 2 的意义下.

注 2　定义 2 允许 $a_i=b_i$,因此空集 $\varnothing$ 是除闭区间外的任何一种区间.

命题 1　对任意给定的正数 l,总可以把 R^N 表示成满足下面两个条件的可列个两两无交的半开区间 $I_1,I_2,I_3,\cdots$ 之并:

(i) 每个半开区间 I_n 的各个边长均为 l,

(ii) $I_1,I_2,I_3,\cdots$ 中有一个半开区间为

$$\{x\mid 0<x_i\leqslant l,i=1,2,\cdots,N\}.$$

(我们把这样的一族半开区间$\{I_n\}_1^{\infty}$ 称为 R^N 的**起点为 θ 边长为 l 的半开区间分解**)

证明　令

$$I_{k_1k_2\cdots k_N}=\{x\mid k_il<x_i\leqslant(k_i+1)l,i=1,2,\cdots,N\},$$

其中 $k_i\in\{\cdots,-2,-1,0,1,2,\cdots\}(i=1,2,\cdots,N)$.

显然这样的半开区间的全体是 R^N 的起点为 θ 边长为 l 的半开区间分解,可将其重新编号记作 $I_1,I_2,I_3,\cdots$ ▌

定义 3　对于 R^N 中的任意两点 $x=(x_1,x_2,\cdots,x_N)$ 及 $y=$

$(y_1, y_2, \cdots, y_N)$,我们把非负实数

$$\left[\sum_{i=1}^{N}(x_i - y_i)^2\right]^{1/2}$$

称为 x **与** y **的欧几里德距离**,简称 x **与** y **的距离**,记作 $\rho(x,y)$.

命题 2 距离有如下三条基本性质:

(i) $\rho(x,y) \geqslant 0$; $\rho(x,y) = 0$ 当且仅当 $x = y$;

(ii) $\rho(x,y) = \rho(y,x)$;

(iii) $\rho(x,y) \leqslant \rho(x,z) + \rho(z,y)$.(三角不等式)

显然区间 I 中任何两点的距离都不超过 I 的对角线长.

定义 4 设 $x_0 \in R^N, \delta > 0$. R^N 中到 x_0 的距离小于 δ 的所有点组成之集称为**以 x_0 为中心以 δ 为半径的球形邻域**,简称 x_0 **的 δ 邻域**,记作 $U(x_0, \delta)$. 当没有必要指出 x_0 和 δ 时,就简称为**球形邻域或者邻域**.

命题 3 球形邻域有如下三条基本性质:

(i) $x \in U(x,\delta)$;

(ii) 若 $y \in U(x,\delta)$,则存在 $\varepsilon > 0$ 使 $U(y,\varepsilon) \subset U(x,\delta)$;

(iii) 若 $x \in U(x_1,\delta_1), x \in U(x_2,\delta_2)$,则存在 $\varepsilon > 0$ 使

$$U(x,\varepsilon) \subset U(x_i,\delta_i), i = 1,2.$$

证明 仅证(ii):令 $\varepsilon = \delta - \rho(y,x)$,则 $\varepsilon > 0$.

若 $z \in U(y,\varepsilon)$,则 $\rho(z,y) < \varepsilon$,从而

$$\rho(z,x) \leqslant \rho(z,y) + \rho(y,x) < \varepsilon + (\delta - \varepsilon) = \delta,$$

故 $z \in U(x,\delta)$. 于是 $U(y,\varepsilon) \subset U(x,\delta)$. ▌

命题 4 (i) 若 x 为开区间 I 中的一点,则存在一个 x 的 δ 邻域 U 使 $U \subset I$.

(ii) 若 x 为邻域 U 中的一点,则存在一个含 x 的开区间 I 使 $I \subset U$.

定义 5 设 M 为 R^N 中一点集,若存在开区间 I 使 $I \supset M$,则称 M 是**有界集**.

容易看出，把定义 5 中的“开区间 I”换为“邻域 U”，所得定义与原定义等价.

定义 6　设 $x_1, x_2, x_3, \cdots$ 是 R^N 中的一列点（点列 $x_1, x_2, x_3, \cdots$ 可记作 $\{x_n\}_{n=1}^{\infty}$ 或 $\{x_n\}_1^{\infty}$，有时简记作 $\{x_n\}$），$x_0 \in R^N$. 若对于含 x_0 的任一邻域 U，总存在自然数 K，使当 $n \geqslant K$ 时 $x_n \in U$，就称 x_0 为**点列** $\{x_n\}$ **的极限**，称 $\{x_n\}$ 是一个**收敛于** x_0 **的点列**，记作 $\lim\limits_{n\to\infty} x_n = x_0$ 或 $x_n \to x_0$.

由命题 4 易知，把定义 6 中的“邻域 U”换为“开区间 I”，所得定义与原定义等价. 另外，定义 6 还与下面的定义 6′ 等价.

定义 6′　R^N 中的**点列** $\{x_n\}$ **收敛于** x_0 是指 $\rho(x_n, x_0) \to 0$.

定理 1　(**Bolzano-Weierstrass 定理**) 若 $\{x_n\}$ 是 R^N 中的有界点列，则 $\{x_n\}$ 中必存在收敛于 R^N 中某一点的子列 $x_{n_1}, x_{n_2}, x_{n_3}, \cdots$

这个定理的证明见数学分析.

我们指出，本书所有涉及 R^N 的概念，只有“球形邻域”及“点集间的距离”（见 §2·5）两个概念必须在给出了 R^N 空间的距离规定之后才能定义，其他概念都不是如此，尽管我们有时也借助距离概念来刻划它们或以距离为工具来研究它们的性质.

§2·2　内点与开集

这一节及下两节主要研究 R^N 空间中的开集和闭集，这两种点集在第三章 Lebesgue 测度的讨论中起着重要的作用. 另外，开集与闭集也是重要的拓扑概念.

定义 1　设 E 是 R^N 中一点集，x_0 是 R^N 中一点.

(i) 若存在 x_0 的邻域 $U(x_0, \delta)$，满足 $U(x_0, \delta) \subset E$，就称 x_0 是 E 的**内点**；

(ii) 若存在 x_0 的邻域 $U(x_0, \delta)$，其中不含 E 的任何点，就称 x_0

是 E 的**外点**;

(iii) 若 x_0 的任何邻域 $U(x_0,\delta)$ 都既含属于 E 的点也含不属于 E 的点,就称 x_0 是 E 的**边界点**.

由 §2·1 命题 4 易知,把定义 1 中的"x_0 的邻域 $U(x_0,\delta)$"换为"含 x_0 的开区间 I",所得定义与原定义等价.

定义 2 点集 E 的所有内点组成的集称为 E 的**内部**,记作 E°.

定义 3 若 $E=E^\circ$,即点集 E 的每个点都是它的内点,就称 E 是 R^N 空间中的**开集**.

例 2·2·1 R^2 中的点集 $\{(x_1,x_2)\mid x_1^2+x_2^2<1\}$ 是开集,但 R^3 中的点集 $\{(x_1,x_2,x_3)\mid x_1^2+x_2^2<1,x_3=0\}$ 不是开集.

例 2·2·2 任何球形邻域都是开集.任何开区间都是开集.

命题 1 点集 E 的内部 E° 是开集.

这个命题的证明留给读者作练习.

定理 1 (i) 点集 R^N 及 $\varnothing$ 都是开集.

(ii) 有限个开集 G_i 的交 $\bigcap\limits_{i=1}^{n} G_i$ 仍是开集.

(iii) 任意多个开集 $G_\alpha,\alpha\in I$ 的并 $\bigcup\limits_{\alpha\in I} G_\alpha$ 仍是开集.

证明 (i) 由开集的定义立即得证.

(ii) 只需证两个开集 G_1,G_2 的交 $G_1\cap G_2$ 是开集.

设 $x_0\in G_1\cap G_2$,则 $x_0\in G_1$ 且 $x_0\in G_2$,从而存在正数 δ_1,δ_2 使

$$U(x_0,\delta_1)\subset G_1,U(x_0,\delta_2)\subset G_2.$$

由 §2·1 命题 3(iii),存在 $\varepsilon>0$ 使

$$U(x_0,\varepsilon)\subset U(x_0,\delta_i)\ (i=1,2),$$

从而

$$U(x_0,\varepsilon)\subset G_i(i=1,2),U(x_0,\varepsilon)\subset G_1\cap G_2,$$

故 x_0 是 $G_1\cap G_2$ 的内点.所以 $G_1\cap G_2$ 是开集.

(iii) 设 $x_0\in\bigcup\limits_{\alpha\in I} G_\alpha$,则存在 $\alpha_0\in I$ 使 $x_0\in G_{\alpha_0}$.由 G_{α_0} 是开集

知存在$\delta>0$使$U(x_0,\delta)\subset G_{\alpha_0}$，从而$U(x_0,\delta)\subset\bigcup_{\alpha\in I}G_\alpha$，故$x_0$是$\bigcup_{\alpha\in I}G_\alpha$的内点. 所以$\bigcup_{\alpha\in I}G_\alpha$是开集. ▌

注　无限多个开集的交可能不是开集.

例如，R^1中$G_n=\left(-\frac{1}{n},1+\frac{1}{n}\right)$ $(n=1,2,\cdots)$是开集，但$\bigcap_{n=1}^{\infty}G_n=[0,1]$不是开集.

§2・3　聚点与闭集

定义1　设E是R^N中一点集，x_0是R^N中一点.

(i) 若x_0的任何邻域$U(x_0,\delta)$中都存在异于x_0而属于E的点，就称x_0是E的**聚点**；

(ii) 若$x_0\in E$，且存在邻域$U(x_0,\delta)$，其中除x_0外没有属于E的点，就称x_0是E的**孤立点**.

由§2・1命题4易知，把定义1中的"x_0的邻域$U(x_0,\delta)$"换成"含x_0的开区间I"，所得定义与原定义等价.

E的聚点可能属于E也可能不属于E，但E的孤立点一定属于E. E的内点必为E的聚点，但E的聚点未必是E的内点.

命题1　x_0是E的聚点的充要条件是：E中存在着一列异于x_0的点$x_1,x_2,x_3,\cdots$收敛于x_0.

证明　充分性是显然的.

必要性：设x_0是E的聚点，则对任意自然数n，$U(x_0,\frac{1}{n})$中存在点x_n使$x_n\neq x_0$且$x_n\in E$. $\rho(x_n,x_0)<\frac{1}{n}$故$\lim_{n\to\infty}x_n=x_0$. ▌

由命题1不难得知，若x_0是E的聚点，则x_0的任何邻域$U(x_0,\delta)$中都含有无限多个属于E的点.

定义2 (i) 点集E的所有聚点组成的集称为E的**导集**,记作E'.

(ii) 点集E与它的导集E'的并集$E\cup E'$称为E的**闭包**,记作$\overline{E}$.

例2·3·1 R^1中,自然数集的导集是空集,有理数集的导集是R^1. R^N的导集是R^N. 空集的导集是空集.

定义3 若$E'\subset E$,即点集E的所有聚点都属于E,就称E是R^N空间中的闭集.

例2·3·2 R^2中的点集$\{(x_1,x_2)\mid x_1^2+x_2^2\leqslant 1\}$是闭集. R^3中的点集$\{(x_1,x_2,x_3)\mid x_1^2+x_2^2\leqslant 1,x_3=0\}$也是闭集.

例2·3·3 球形邻域与其边界点全体之并是闭集(这样的闭集称为闭球形邻域). 闭区间是闭集. 有限点集是闭集.

命题2 点集E为闭集的充要条件是:若点列$\{x_n\}_1^\infty\subset E$(即$x_n\in E,n=1,2,\cdots$),并且$x_n\to x_0$,则$x_0\in E$.

证明 必要性:设E为闭集,$\{x_n\}_1^\infty\subset E$,$x_n\to x_0$. 若$\{x_n\}_1^\infty$中有$x_0$点,自然$x_0\in E$;若$\{x_n\}_1^\infty$中无$x_0$点,由命题1知$x_0$是$E$的聚点,故$x_0\in E$.

充分性:设含于E的任何收敛点列必收敛于E中的点. 若x_0是E的聚点,由命题1知存在$\{x_n\}_1^\infty\subset E$使$x_n\to x_0$,于是$x_0\in E$. 可见$E$是闭集. ▌

命题2实际是说:闭集就是对极限运算封闭的点集.

命题3 (i) E'是闭集. (ii) $\overline{E}$是闭集.

证明 (i) 设$x_0\in(E')'$,则对任意$\delta>0$,$U(x_0,\delta)$中总存在点x_1使$x_1\in E'$. 由§1命题3知,存在$\varepsilon>0$使$U(x_1,\varepsilon)\subset U(x_0,\delta)$. 又由$x_1\in E'$知$U(x_1,\varepsilon)$中有无限多个属于$E$的点,从而$U(x_0,\delta)$中有异于$x_0$而属于$E$的点. 因此$x_0$是$E$的聚点,$x_0\in E'$. 由$x_0$是$(E')'$中任意的点知$(E')'\subset E'$,所以$E'$是闭集.

(ii) 设$x_0\in(\overline{E})'$. 由命题1知存在$\{x_n\}\subset\overline{E}$使诸$x_n\neq x_0$且$x_n\to x_0$. 若$x_1,x_2,x_3,\cdots$中有无限多个项属于$E$,则由命题1知$x_0$

$\in E'$. 若 $x_1, x_2, x_3, \cdots$ 中仅有有限多个项属于 E,则其余的无限多个项属于 E',由命题 1 知 $x_0 \in (E')'$,从而由(i) 知 $x_0 \in E'$. 无论何种情况均有 $x_0 \in E' \subset E' \cup E = \overline{E}$,由 x_0 是$(\overline{E})'$中任意的点知$(\overline{E})' \subset \overline{E}$,所以 $\overline{E}$ 是闭集. ▌

由命题 3 立即可知,点集 E 是闭集的充要条件是 $E = \overline{E}$.

若无特别说明,今后凡说点集 E 的余集 $\mathscr{C}E$ 均指 $R^N \backslash E$,这里 R^N 是 E 所在的空间.

下面的定理说明了开集与闭集的密切关系.

定理 1　(i) 开集的余集是闭集.

(ii) 闭集的余集是开集.

证明　(i) 设 G 是开集,来证 $\mathscr{C}G$ 是闭集:设 $x_0 \in (\mathscr{C}G)'$,则每个 $U(x_0, \delta)$ 均含有 $\mathscr{C}G$ 的点,即均含有不属于 G 的点,所以每个 $U(x_0, \delta)$ 都不包含于 G,可见 x_0 不是 G 的内点. 由于开集 G 的点均为 G 的内点,故 $x_0 \overline{\in} G$,即 $x_0 \in \mathscr{C}G$. $\mathscr{C}G$ 的聚点都属于 $\mathscr{C}G$, 故 $\mathscr{C}G$ 是闭集.

(ii) 设 F 是闭集,来证 $\mathscr{C}F$ 是开集:设 $x_0 \in \mathscr{C}F$,则 $x_0 \overline{\in} F$. 由 $F' \subset F$ 知 $x_0 \overline{\in} F'$,即 x_0 不是 F 的聚点,根据聚点的定义(并注意到 x_0 不属于 F) 知存在 $\delta > 0$ 使 $U(x_0, \delta)$ 中没有 F 的点. 于是 $U(x_0, \delta) \subset \mathscr{C}F$,从而 x_0 是 $\mathscr{C}F$ 的内点. $\mathscr{C}F$ 的点都是 $\mathscr{C}F$ 的内点. 故 $\mathscr{C}F$ 是开集. ▌

由定理 1 立即可知,点集 E 为闭集的充要条件是 $\mathscr{C}E$ 为开集. 因此,当初如果定义"闭集即余集为开集的点集" 来开展闭集的讨论,也未尝不可.

定理 2　(i) 点集 R^N 及 $\varnothing$ 都是闭集.

(ii) 有限个闭集 F_i 的并 $\bigcup\limits_{i=1}^{n} F_i$ 仍是闭集.

(iii) 任意多个闭集 $F_\alpha, \alpha \in I$ 的交 $\bigcap\limits_{\alpha \in I} F_\alpha$ 仍是闭集.

证明　(i) 由闭集的定义立即得证.

(ii) $\bigcup_{i=1}^{n} F_i = \mathscr{C}(\mathscr{C}\bigcup_{i=1}^{n} F_i) = \mathscr{C}(\bigcap_{i=1}^{n} \mathscr{C}F_i)$. $\mathscr{C}F_i$ 是开集，由§2·2定理1知 $\bigcap_{i=1}^{n} \mathscr{C}F_i$ 是开集，故 $\bigcup_{i=1}^{n} F_i$ 是闭集.

(iii) $\bigcap_{\alpha\in I} F_\alpha = \mathscr{C}(\mathscr{C}\bigcap_{\alpha\in I} F_\alpha) = \mathscr{C}(\bigcup_{\alpha\in I} \mathscr{C}F_\alpha)$. 由定理1及§2·2定理1知 $\bigcap_{\alpha\in I} F_\alpha$ 是闭集. ▌

注 无限多个闭集的并可能不是闭集. 例如，R^1 中 $F_n = \left[\frac{1}{n}, 2-\frac{1}{n}\right]$ $(n=1,2,\cdots)$ 是闭集. 但 $\bigcup_{n=1}^{\infty} F_n = (0,2)$ 不是闭集.

我们看到，R^N 及 $\varnothing$ 既是开集也是闭集. 事实上，既是开集又是闭集的点集也只有 R^N 及 $\varnothing$(其证明可作为章§2·5的习题). 另外，既非开集又非闭集的点集是很容易举出的，例如半开区间 $(0,1]$. 由此可见，开集与闭集并非互斥的两个概念.

§2·4 开集和闭集的构造

2·4·1 R^1 中开集、闭集的构造

定义1 设 G 是 R^1 中的开集，若非空开区间 $(\alpha,\beta)\subset G$，但 (α,β) 的端点 α 与 β 均不属于 G，就称 (α,β) 是开集 G 的一个**构成区间**.

例2·4·1 有界开集 $(1,2)\cup(3,4)$ 有两个构成区间：$(1,2)$、$(3,4)$.

定理1 R^1 中非空的有界开集 G 必可表为有限个或可列个两两无交的非空开区间之并，并且把 G 表成这样的形式时参与并的那些非空开区间的全体恰是开集 G 的构成区间的全体(从而这种形式的表示，表示法是唯一的).

证明 我们分以下几步来证.

第一步. 证 G 的任何两个不同的构成区间必无交：

设 (α_1,β_1) 与 (α_2,β_2) 都是 G 的构成区间并且有公共点 x_0. 假

若 $\alpha_1<\alpha_2$，由 $\alpha_1<\alpha_2<x_0<\beta_1$ 知 $\alpha_2\in(\alpha_1,\beta_1)\subset G$，这与 (α_2,β_2) 是 G 的构成区间相矛盾. 可见 $\alpha_1\not<\alpha_2$. 同理 $\alpha_1\not>\alpha_2$. 于是 $\alpha_1=\alpha_2$. 类似可证 $\beta_1=\beta_2$. 所以 (α_1,β_1) 与 (α_1,β_2) 是同一个构成区间. 第一步得证.

第二步. 证 G 的任何一点必含在 G 的一个构成区间中：

设 $x_0\in G$，把适合条件 $x_0\in(\alpha,\beta)\subset G$ 的开区间 (α,β) 的全体记作 M. 由 G 是开集知 M 不空. 记

$$\alpha_0=\inf\{a\mid(\alpha,\beta)\in \mathrm{M}\},\quad \beta_0=\sup\{\beta\mid(\alpha,\beta)\in \mathrm{M}\}.$$

G 有界，故 $-\infty<\alpha_0<\beta_0<\infty$. 作开区间 (α_0,β_0). 显然 $x_0\in(\alpha_0,\beta_0)$.

我们来证 (α_0,β_0) 是 G 的构成区间：

先证 $(\alpha_0,\beta_0)\subset G$.

设 $x\in(\alpha_0,\beta_0)$. 若 $x\leqslant x_0$，由 α_0 的定义知存在 $(\alpha,\beta)\in \mathrm{M}$ 使

$$\alpha_0\leqslant\alpha<x,$$

因此

$$x\in(\alpha,x_0]\subset(\alpha,\beta)\subset G.$$

同理可证 $x\geqslant x_0$ 时亦有 $x\in G$. 所以 $(\alpha_0,\beta_0)\subset G$.

再证 $\alpha_0,\beta_0\overline{\in}G$.

假若 $\alpha_0\in G$，由 G 是开集知存在开区间 (α',β') 使

$$\alpha_0\in(\alpha',\beta')\subset G.$$

由于

$$x_0\in(\alpha',\beta_0)\subset(\alpha',\beta')\cup(\alpha_0,\beta_0)\subset G,$$

所以 $(\alpha',\beta_0)\in \mathrm{M}$，再由 α_0 的定义知 $\alpha'\geqslant\alpha_0$. 此与上面所说的 $\alpha_0\in(\alpha',\beta')$ 相矛盾. 这就证明了 $\alpha_0\overline{\in}G$. 同理可证 $\beta_0\overline{\in}G$. 所以 (α_0,β_0) 是 G 的构成区间. 第二步得证.

第三步. 根据 §1·4 例 1·4·1，由第一步的结论可知 G 的所有构成区间必为有限个或可列个. 设 G 的构成区间的全体为 $\{(\alpha_i,\beta_i)\}$. 由 $(\alpha_i,\beta_i)\subset G$ 知 $\bigcup_i(\alpha_i,\beta_i)\subset G$，由第二步知 $\bigcup_i(\alpha_i,\beta_i)\supset G$，

故 $G=\bigcup_i(\alpha_i,\beta_i)$. 定理的前一半得证.

第四步. 设 G 可表为若干个两两无交的非空开区间 $(\hat{\alpha}_i,\hat{\beta}_i)$ 之并 $\bigcup_i(\hat{\alpha}_i,\hat{\beta}_i)$,来证这族开区间 $\{(\hat{\alpha}_i,\hat{\beta}_i)\}$ 恰是 G 的构成区间的全体:

显然 $(\hat{\alpha}_i,\hat{\beta}_i)\subset G$. 假若 $\hat{\alpha}_i\in G$,则有 $j\neq i$ 使 $\hat{\alpha}_i\in(\hat{\alpha}_j,\hat{\beta}_j)$,于是 $(\hat{\alpha}_i,\hat{\beta}_i)$ 与 $(\hat{\alpha}_j,\hat{\beta}_j)$ 相交,这与假设相矛盾,可见 $\hat{\alpha}_i\overline{\in} G$. 同理 $\hat{\beta}_i\overline{\in} G$. 所以 $(\hat{\alpha}_i,\hat{\beta}_i)$ 是 G 的构成区间.

设 (α_i,β_i) 是 G 的构成区间,任取 $x_0\in(\alpha_i,\beta_i)$,则

$$x_0\in G=\bigcup_i(\hat{\alpha}_i,\hat{\beta}_i),$$

故存在 j 使 $x_0\in(\hat{\alpha}_j,\hat{\beta}_j)$. $(\hat{\alpha}_j,\hat{\beta}_j)$ 也是 G 的构成区间,由第一步知 (α_i,β_i) 必与 $(\hat{\alpha}_j,\hat{\beta}_j)$ 相同. 定理的后一半得证. ▌

注 1 如果把 $(\alpha,\beta)(-\infty,\alpha)(\alpha,+\infty)(-\infty,+\infty)$(其中 α, β 为实数) 都称为开区间,把定义 1 按此新意义来理解(注意到 $-\infty$, $+\infty$ 不是区间端点),这时把定理 1 中的“有界开集”改为“任意开集”仍然成立,证明过程也只需注意到 $-\infty$, $+\infty$ 不是区间端点来作少许修改.

注 2 $R^N(N>1)$ 中的某些有界开集,例如 $U(\theta,1)$,不能表为若干两两无交的开区间之并.

定义 2 设 F 是 R^1 中闭集,若非空开区间 $(\alpha,\beta)\subset\mathscr{C}F$,但 (α,β) 的端点属于 F,就称 (α,β) 是闭集 F 的一个**邻接区间**.

例 2·4·2 有界闭集 $[0,1]\cup[2,3]\cup\{4\}$ 有两个邻接区间: $(1,2)$, $(3,4)$.

定理 2 设 F 是 R^1 中非空的有界闭集,则有下面的结论:

(i) 存在唯一的闭区间 $[\mu,\nu]$,使 $[\mu,\nu]\supset F$ 且端点 μ,ν 属于 F (这样的 $[\mu,\nu]$ 称为包含闭集 F 的最小闭区间);

(ii) F 当不恰是上述的$[\mu,\nu]$时必然是从上述的$[\mu,\nu]$挖去有限个或可列个两两无交的非空开区间所得到的集，并且把 F 表成这样的形式时所挖去的那些非空开区间的全体恰是闭集F的邻接区间的全体(从而这种形式的表示，表示法是唯一的).

证明　(i) 取 $\mu=\inf\limits_{x\in F}x$ 及 $\nu=\sup\limits_{x\in F}x$，由 F 有界知 $-\infty<\mu\leqslant\nu<+\infty$，显然 $F\subset[\mu,\nu]$. 由下确界的定义知存在点列$\{\mu_n\}\subset F$ 使$\mu_n\to\mu$，而 F 是闭集，故$\mu\in F$. 同理可知$\nu\in F$. 所以$[\mu,\nu]$ 是包含 F 的最小闭区间. 显然这样的闭区间是唯一的.

(ii) 第一步. 记 $G=[\mu,\nu]\backslash F$，则

$$G=[(\mu,\nu)\cup\{\mu,\nu\}]\backslash F=(\mu,\nu)\backslash F=(\mu,\nu)\cap\mathscr{C}F.$$

$\mathscr{C}F$ 是开集，故 G 是含于$[\mu,\nu]$ 的开集. $F=[\mu,\nu]\backslash G$. 若 $G=\varnothing$，则 $F=[\mu,\nu]$；若$G\neq\varnothing$，由定理 1 知G为含于$[\mu,\nu]$ 中的有限个或可列个两两无交的非空开区间之并. (ii) 的前一半得证.

第二步. 设 $F=[\mu,\nu]\backslash\bigcup\limits_i(\hat{\alpha}_i,\hat{\beta}_i)$，其中诸$(\hat{\alpha}_i,\hat{\beta}_i)$ 是含于$[\mu,\nu]$中的有限个或可列个两两无交的非空开区间. 显然 $\bigcup\limits_i(\hat{\alpha}_i,\hat{\beta}_i)$ 是非空有界开集. 由定理 1 知所有的$(\hat{\alpha}_i,\hat{\beta}_i)$ 恰为 $\bigcup\limits_i(\hat{\alpha}_i,\hat{\beta}_i)=[\mu,\nu]\backslash F$ 的所有构成区间，从而恰为 F 的所有邻接区间，(ii) 的后一半得证. ▌

注 1　如果把$(\alpha,\beta$、$)(-\infty,\alpha)(\alpha,+\infty)(-\infty,+\infty)$(其中$\alpha$，$\beta$为实数) 都称为开区间，把定义 2 按此新意义来理解，这时由定理 1 的注 1 立即可得到如下的结论：

设 F 是R^1 中的闭集，则 F 当不恰是R^1 时必然是从 R^1 挖去有限个或可列个两两无交的非空开区间所得到的集，并且把 F 表成这样的形式时所挖去的那些非空开区间的全体恰是闭集F 的邻接区间的全体(从而这种形式的表示，表示法是唯一的).

注 2　$R^N(N>1)$ 中的某些有界闭集，例如$\overline{U(\theta,1)}$，不能从一

个闭区间挖去若干两两无交的开区间来得到.

2·4·2 R^N 中开集、闭集的构造

定理3 R^N 中的开集G必可表为可列个两两无交的半开区间之并(这可列个半开区间的全体称为开集 G 的一个 **半开区间分解.**)

证明 若$G=\varnothing$,可表$G=\varnothing+\varnothing+\cdots$定理得证.下设$G\neq\varnothing$.

对任意自然数 k,设 R^N 的起点为θ 边长为$\dfrac{1}{2^k}$ 的半开区间分解为$\{I_i^k\}$

在$\{I_i^1\}$ 中取所有包含于 G 的半开区间记作$\{J_j^1\}$ 再在$\{I_i^2\}$ 中取所有包含于 $G\backslash(\bigcup\limits_j J_j^1)$ 的半开区间记作$\{J_j^2\}$,然后在$\{I_i^3\}$ 中取所有包含于 $G\backslash(\bigcup\limits_j J_j^1)\backslash(\bigcup\limits_j J_j^2)$ 的半开区间记作$\{J_j^3\}$,如此继续下去.

显然$\{J_j^1\},\{J_j^2\},\cdots,\{J_j^k\},\cdots$ 中大大小小的所有半开区间至多为可列个,并且这些半开区间两两无交. 把所有这些半开区间(当为有限个时再补上可列个空集)重新编号记作 $J_1,J_2,\cdots,J_n$,$\cdots$ 下证 $G=\bigcup\limits_{n=1}^{\infty}J_n$.

由上面的选取过程立即知 $\bigcup\limits_{n=1}^{\infty}J_n\subset G$. 再证 $G\subset\bigcup\limits_{n=1}^{\infty}J_n$: 设 $x_0\in G$,由 G 是开集知存在 x_0 的邻域 $U(x_0,\delta)\subset G$. 另一方面,对每个自然数 k,R^N 的半开区间分解$\{I_i^k\}$ 中显然有唯一的一个半开区间 $I_{i_k}^k$ 含 x_0,并且 $I_{i_1}^1\supset I_{i_2}^2\supset I_{i_3}^3\supset\cdots$,当 $k\to\infty$ 时 $I_{i_k}^k$ 的对角线长趋于0. 所以存在 k_0 使 $I_{i_{k_0}}^{k_0}\subset U(x_0,\delta)\subset G$. 不防设 k_0 是满足 $I_{i_k}^k\subset G$的最小的 k,则 $I_{i_{k_0}}^{k_0}$ 是$\{J_i^{k_0}\}$ 中的半开区间,故$x_0\in I_{i_{k_0}}^{k_0}\subset\bigcup\limits_{n=1}^{\infty}J_n$. 由 x_0 是 G 的任意点知 $G\subset\bigcup\limits_{n=1}^{\infty}J_n$. 总之 $G=\bigcup\limits_{n=1}^{\infty}J_n$. ▌

注 非空开集 G 的半开区间分解显然不是唯一的.

定理 4 (i) 设 F 是 R^N 中的闭集，则 F 可以从 R^N 挖去可列个两两无交的半开区间来得到.

(ii) 设 F 是 R^N 中的有界闭集，则 F 可以从任给的包含 F 的开区间 I 挖去可列个两两无交的半开区间来得到.

证明 (i) $G = R^N \backslash F$ 是开集. $F = R^N \backslash G$. 由定理 3 便得证.

(ii) 设开区间 $I \supset F$，则 $G = I \backslash F = I \cap \mathscr{C} F$ 为开集. $F = I \backslash G$. 由定理 3 便得证. ▌

注 设非空闭集 $F \neq R^N$，把 F 表为定理 4(i) 或(ii) 所述的形式，表示法都不是唯一的.

§2·5 点集间的距离·有界闭集的性质

定义 1 若 A, B 是 R^N 中两个非空的点集，我们把非负实数

$$\inf\{\rho(x, y) \mid x \in A, y \in B\}$$

称为 A 与 B 间的距离，记作 $\rho(A, B)$.

如果 A 是单点集 $\{x_0\}$，这时 A 与 B 间的距离又叫做**点 x_0 到点集 B 的距离**，可改记作 $\rho(x_0, B)$.

显然，若 $A \cap B \neq \varnothing$ 则 $\rho(A, B) = 0$. 但其逆不真.

例 2·5·1 设 $A = (0,1)$，$B = (1,2)$，则 $A \cap B = \varnothing$，但 $\rho(A, B) = 0$.

R^N 空间中的有界闭集具有许多引人注目的性质. 例如下面的定理 1、定理 2.

定理 1 设 A 为非空有界闭集，B 对非空闭集，则存在 $x_0 \in A$，$y_0 \in B$，使 $\rho(x_0, y_0) = \rho(A, B)$.

证明 第一步找出 x_0 点：由 $\rho(A, B)$ 的定义知，存在点列 $\{x_n\} \subset A$，$\{y_n\} \subset B$，使 $\rho(x_n, y_n) \to \rho(A, B)$. $\{x_n\}$ 是有界点列，故存在收敛子列 $\{x_{n_i}\}$. 设 $x_{n_i} \to x_0$，由 A 是闭集知 $x_0 \in A$.

第二步找出 y_0 点：考察与 $\{x_{n_i}\}$ 相应的点列 $\{y_{n_i}\}$. 由 $\rho(x_{n_i}, y_{n_i}) \to \rho(A,B)$ 知 $\rho(x_{n_i}, y\, n_i)$ 有界. 由 $\rho(x_{n_i}, x_0) \to 0$ 知 $\{\rho(x_{n_i}, x_0)\}$ 有界. 因为 $\rho(y_{n_i}, x_0) \leqslant \rho(x_{n_i}, y_{n_i}) + \rho(x_{n_i}, x_0)$，所以 $\{\rho(y_{n_i}, x_0)\}$ 也有界. 因此 $\{y_{n_i}\}$ 是有界点列，$\{y_{n_i}\}$ 中存在收敛子列 $\{y_{n_{ik}}\}$. 设 $y_{n_{i_k}} \to y_0$，由 B 是闭集知 $y_0 \in B$.

第三步证 $\rho(x_0, y_0) = \rho(A,B)$：

$$\rho(A,B) \leqslant \rho(x_0, y_0) \leqslant \rho(x_0, x_{n_{i_k}})$$
$$+ \rho(x_{n_{i_k}}, y_{n_{i_k}}) + \rho(y_{n_{i_k}}, y_0) \to \rho(A,B),$$

所以 $\rho(x_0, y_0) = \rho(A,B)$. ▌

系 1 设 A 为非空有界闭集，B 为非空闭集，若 $A \cap B = \varnothing$，则 $\rho(A,B) > 0$.

证明 由定理1知，存在 $x_0 \in A, y_0 \in B$，使 $\rho(x_0, y_0) = \rho(A, B)$. 由 $A \cap B = \varnothing$ 知 $x_0 \neq y_0$，故 $\rho(x_0, y_0) > 0$，从而 $\rho(A,B) > 0$. ▌

定理1及系1中的条件"A 为非空有界闭集"不能改为"A 为非空闭集".

例 2·5·2 设 R^1 中点集 $A = \{1,2,\cdots,n,\cdots\}$，
$B = \left\{1+\frac{1}{2}, 2+\frac{1}{3}, \cdots, n+\frac{1}{n+1}, \cdots\right\}$. 显然，$A$ 与 B 都是闭集，$A \cap B = \varnothing$，当 $x \in A$、$y \in B$ 时 $\rho(x,y) > 0$，而 $\rho(A,B) = 0$.

对于点集 E，若点集族 $\{E_\alpha\}_{\alpha \in I}$ 满足 $\bigcup_{\alpha \in I} E_\alpha \supset E$，就称 $\{E_\alpha\}_{\alpha \in I}$ 是 E 的一个**复盖**. 或称 $\{E_\alpha\}_{\alpha \in I}$ 复盖 E(有时也说 $E_\alpha, \alpha \in I$ 合起来复盖 E).

设 $\{E_\alpha\}_{\alpha \in I}$ 是 E 的复盖，(i) 若 $J \subset I$ 而 $\{E_\alpha\}_{\alpha \in I}$ 仍是 E 的复盖，即 $\{E_\alpha\}_{\alpha \in J}$ 是 $\{E_\alpha\}_{\alpha \in I}$ 的一个能复盖 E 的子族，就称(E 的) 复盖 $\{E_\alpha\}_{\alpha \in J}$ 是(E 的) 复盖 $\{E_\alpha\}_{\alpha \in I}$ 的一个**子复盖**；

(ii) 若 I 为有限集，即有限个集 $E_\alpha, \alpha \in I$ 合起来复盖 E，就称

$\{E_\alpha\}_{\alpha\in I}$ 是 E 的**有限复盖**，类似地可定义**无限复盖**、**可列复盖**等；

(iii) 若每个 $\alpha\in I$ 所相应的 E_α 都是开集，即 E 的复盖 $\{E_\alpha\}_{\alpha\in I}$ 是开集族，就称 $\{E_\alpha\}_{\alpha\in I}$ 是 E 的**开集复盖**，类似地可定义**半开区间复盖**、**球形邻域复盖**等.

（"(E 的) 复盖 $\{E_\alpha\}$ 的可列子复盖"指的是 $\{E_\alpha\}$ 中可列个集所组成的(E 的) 复盖，"(E 的) 有限半开区间复盖"指的是由有限个半开区间所组成的(E 的) 复盖，如此等等.）

定理 2　(**Borel 有限复盖定理**) 设 F 是一个有界闭集，M 是一族开集，M 复盖 F，则可从 M 中选出有限个开集 $G_1,G_2,\cdots,G_n$，合起来复盖 F.

定理 2 简单地说就是：有界闭集的任何开集复盖都存在有限子复盖，这个定理有多种证法，下面的证法基本上是属于 Lebesgue 的.

证明　不如设 $F\neq\varnothing$($F=\varnothing$ 时定理显然成立).

第一步. 先证存在正数 λ，使得任一以 F 的点为中心以 λ 为半径的球形领域，都必包含于 M 中的一个开集内. 这样的数 λ 称为 E 的开集复盖 M 的 Lebesgue 数.

用反证法. 假若不存在这样的数 λ，则对于每个自然数 n，都存在 $x_n\in F$，使 $U\left(x_n,\dfrac{1}{n}\right)$，不包含于 M 中的任何一个开集内. 由 F 有界知点列 $\{x_n\}_1^\infty$ 有界，由 Bolzano-Weierstrass 定理知 $\{x_n\}_1^\infty$ 中存在收敛于某一点 x_0 的子列 $\{x_{n_i}\}_{i=1}^\infty$，由 F 是闭集知 $x_0\in F$. 由 M 复盖 F 知存在 $G\in\mathsf{M}$(即存在 M 中的开集 G) 使 $x_0\in G$，从而存在 $\delta>0$ 使 $U(x_0,\delta)\subset G$. 由于 $x_{n_i}\to x_0$，故可取充分大的 n_i 使

$$\rho(x_{n_i},\ x_0)<\frac{\delta}{2}\quad 且\quad \frac{1}{n_i}<\frac{\delta}{2},$$

于是

$$U\left(x_{n_i},\frac{1}{n_i}\right)\subset U(x_0,\delta)\subset G\in\mathsf{M}.$$

此与 x_{n_i} 的定义矛盾. 这就证明了 Lebesgue 数 λ 是存在的.

第二步. 再证 F 的复盖 $\mathcal{M}$ 有有限子复盖,取正数 $l<\lambda/\sqrt{N}$,设 R^N 的边长为 l 的半开区间分解为 $\{I_n\}_1^\infty$. 每个 I_n 的对角线长为 $\sqrt{N}l$,故 I_n 中任两点的距离小于 λ. 令

$$F_n = F \cap I_n \quad (n=1,2,\cdots),$$

由 F 有界知 $F_1,F_2,F_3,\cdots$ 中只有有限个不是空集,不妨设不是空集的为 $F_1,\cdots,F_k$,则 $F=\bigcup_{i=1}^k F_i$. 在每个 F_i 中任取一点 x_i,作邻域 $U(x_i,\lambda)$,则 $F_i \subset U(x_i,\lambda)$,由第一步知存在 $G_i \in \mathcal{M}$ 使 $U(x_i,\lambda) \subset G_i$. 这样便得到 $\mathcal{M}$ 中的有限个开集 $G_1,\cdots,G_k$,且有

$$F=\bigcup_{i=1}^k F_i \subset \bigcup_{i=1}^k U(x_i,\lambda) \subset \bigcup_{i=1}^k G_i,$$

即 $\{G_i\}_1^k$ 复盖 F. ▌

§2·6　完备集·Cantor 集

定义 1　设 E 是 R^N 中的点集,若 $E'=E$,就称 E 是**完备集**.

如果点集 E 的每个点都是它的聚点,我们就说 E 是**自密**的. 因此,完备集就是自密的闭集.

例 2·6·1　不是单点集的闭区间是完备集. R^N 及 $\varnothing$ 都是完备集.

下面我们来研究完备集的一个重要的例子——Cantor 集. 它有许多"奇怪"的性质,因而在有关点集、测度、函数性质的讨论中往往可以用它构造一些具体的例子来说明某方面的问题.

定义 2　把闭区间$[0,1]$用分点$\frac{1}{3}$与$\frac{2}{3}$三等分,删除中间的开区间 $I_1^1=\left(\frac{1}{3},\frac{2}{3}\right)$. 再把余下的两个闭区间分别三等分,分别删除中间的开区间 $I_1^2=\left(\frac{1}{9},\frac{2}{9}\right)$及 $I_2^2=\left(\frac{7}{9},\frac{8}{9}\right)$. 然后把余下的四

个闭区间分别三等分，分别删除中间的开区间

$$I_1^3=\left(\frac{1}{3^3},\frac{2}{3^3}\right),\ I_2^3=\left(\frac{7}{3^3},\frac{8}{3^3}\right),\ I_3^3=\left(\frac{19}{3^3},\frac{20}{3^3}\right),\ I_4^3=\left(\frac{25}{3^3},\frac{26}{3^3}\right).$$

如此一直继续下去. 一般地说，第 $n-1$ 次删除后余下 2^{n-1} 个闭区间，第 n 次删除的开区间是

$$I_1^n=\left(\frac{1}{3^n},\frac{2}{3^n}\right),\ I_2^n=\left(\frac{7}{3^n},\frac{8}{3^n}\right),\cdots$$

$$I_{2^{n-1}}^n=\left(\frac{3^n-2}{3^n},\frac{3^n-1}{3^n}\right).$$

我们把逐次删除的所有开区间的并 $\bigcup\limits_{n=1}^{\infty}\left(\bigcup\limits_{k=1}^{2^{n-1}}I_k^n\right)$ 记作 K^C，把$[0,1]\backslash K^C$ 记作 K，点集 K 称为 Cantor 集.

定理 1　Cantor 集 K 有如下性质：

(i) K 是非空完备集.

(ii) K 没有内点.

(iii) K 具有连续势.

证明　(i) $K^C=\bigcup\limits_{n,k}I_k^n$ 是含于$[0,1]$的开集，故

$$K=[0,1]\backslash K^C=[0,1]\cap\mathscr{C}K^C$$

是非空闭集. 由 §2·4 定理 2 知每个 I_k^n 是 K 的邻接区间，故其端点属于 K，$[0,1]$ 的端点显然也属于 K.

再证 K 是自密的. 这只需设 $x_0\in K$ 来证 x_0 的任何领域 $U(x_0,\delta)$ 中总存在异于 x_0 而属于 K 的点：由 $x_0\in K$ 知在定义 2 所述的每次删除后 x_0 总属于余下的某个闭区间. 设第 n 次删除所余下的诸闭区间中含 x_0 者为 J^n. 显然当 $n\to\infty$ 时 J^n 的长趋于 0. 因此，对于任意 $\delta>0$，当 n 充分大时 $J^n\subset U(x_0,\delta)$，而闭区间 J^n 的两个端点均属于 K(这由诸 I_k^n 的端点及 0,1 均属于 K 即知)，故 $U(x_0,\delta)$ 中存在异于 x_0 而属于 K 的点.

总之 K 是自密的非空闭集，即 K 是非空完备集.

(ii) 设 $x_0 \in K$,在定义 2 所述的第 n 次删除后 x_0 必属于余下的某闭区间 J^n. 对于任意 $\delta > 0$,当 n 充分大时 $J^n \subset U(x_0,\delta)$,由 K 的定义知 J^n 的中点不属于 K,故 $U(x_0,\delta)$ 中有不属于 K 的点,因此 x_0 不是 K 的内点. 所以 K 没有内点.

(iii) 考察定义 2 所述的逐次删除过程. 第 1 次删除后,$[0,1]$ 变成了左、右两个小闭区间 $\left[0,\frac{1}{3}\right]$、$\left[\frac{2}{3},1\right]$,分别记其为 J_0,J_1. 第 2 次删除后,J_0 变成了左、右两个更小的闭区间,分别记其为 J_{00},J_{01},J_1 也变成了左、右两个更小的闭区间,分别记其为 J_{10},J_{11}. 如此一直作下去. 于是,第 n 次删除后所余下的闭区间之全体(记作 J_n)为

$$\{J_{a_1a_2\cdots a_n} \mid a_i \in \{0,1\}, i = 1,2,\cdots,n\},$$

其中的 $J_{a_1a_2\cdots a_n}$ 经第 $n+1$ 次删除后所变成的左、右两个小闭区间分别为 $J_{a_1a_2\cdots a_n0}$, $J_{a_1a_2\cdots a_n1}$.

设

$$D = \{(a_1,a_2,\cdots) \mid a_i \in \{0,1\}, i = 1,2,\cdots\}.$$

今作 K 到 D 的映射 f:设 x 是 K 中任意一点,则对任意 $n \in \mathbf{N}$ 存在唯一的 $J_{a_1\cdots a_n} \in J_n$ 使 $x \in J_{a_1\cdots,a_n}$,又有唯一的 $a_{n+1} \in \{0,1\}$ 使 $x \in J_{a_1\cdots a_na_{n+1}}$,于是便得到一串含 x 的闭区间 J_{a_1},$J_{a_1a_2}$,$J_{a_1a_2a_3}$,$\cdots$,由此再作出 D 的元素 $(a_1,a_2,a_3,\cdots)$,我们定义 x 在 f 下在象为 $(a_1,a_2,a_3,\cdots)$.

设 $(a_1,a_2,a_3,\cdots)$ 是 D 的任意一元,相应地取 J_{a_1},$J_{a_1a_2}$,$J_{a_1a_2a_3}$,$\cdots$ 由闭区间套定理知这串闭区间有唯一的公共点 x,由 K 的定义知 $x \in K$,还易知此 x 且仅此 x 在 f 下的象为 $(a_1,a_2,a_3,\cdots)$. 所以 f 是 K 到 D 的一一映射. 由 §1·5 定理 4 知 D 具有连续势,故 K 也具有连续势. ▍

定义 3 设 α 是一个不大于 1 的正数. 把 $[0,1]$ 从正中央挖去长为 $\frac{1}{3}\alpha$ 的开区间 I_1^1,再把余下的两个闭区间分别从正中央挖去

长为$\frac{1}{3^2}\alpha$的开区间I_1^2, I_2^2，第 3 次则把余下的四个闭区间分别从正中央挖去长为$\frac{1}{3^3}\alpha$的开区间$I_1^3, I_2^3, I_3^3, I_4^3$，如此一直继续下去. 我们把逐次挖去的所有开区间的并$\bigcup_{n=1}^{\infty}(\bigcup_{k=1}^{2^{n-1}} I_k^n)$记作$K_\alpha^C$，把$[0,1]\setminus K_\alpha^c$记作$K_\alpha$，点集$K_\alpha$称为 **α－Cantor 集**.

$\alpha-$Cantor 集当$\alpha=1$时即 Cantor 集. 对于$\alpha-$Cantor 集，定理 1 所述的三条性质仍然成立，证明过程也相同.

习　题　二

1. 证明 §2·1 命题 4.

2. 设$\{x_n\}$,$\{y_n\}$是R^N中二点列. 若$x_n \to x_0$,$y_n \to y_0$,则$\rho(x_n, y_n) \to (x_0, y_0)$.

3. 设 $f(x)$ 是 R^1 上的实值函数,称 R^2 中的点集$\{(x,y) \mid x \in R^1, y = f(x)\}$为 $f(x)$ 的图像. 若

$$f(x) = \begin{cases} \sin \dfrac{1}{x}, & \text{当 } x \in R^1 \setminus \{0\} \text{ 时}, \\ 0, & \text{当 } x = 0 \text{ 时}, \end{cases}$$

试求其图像的内部、导集、闭包.

4. 若点集 E 仅有一个聚点,则 E 是可列集.

5. x_0 为 E 的弧立点的充要条件是:x_0 为 E 的边界点且 x_0 非 E 的聚点.

6. 若点集 E 的每个点都是 E 的弧立点,就称 E 为**孤立点集**. 证明弧立点集必为有限集或可列集.

7. 证明:(i) 若 $A \subset B$,则 $A^\circ \subset B^\circ$,$A' \subset B'$;

(ii) $(A \cup B)^\circ \supset A^\circ \cup B^\circ$;

(iii) $(A \cup B)' = A' \cup B'$.

8. 证明"求闭包"运算具有下列性质:(i) $\overline{\varnothing} = \varnothing$;

(ii) $\overline{A} \supset A$;

(iii) $\overline{(\overline{A})} = \overline{A}$;

(iv) $\overline{A \cup B} = \overline{A} \cup \overline{B}$.

(这四条性质又称为 Kuratowski 闭包公理)

9. 记$A' = A^{(1)}$,$(A^{(1)})' = A^{(2)}$,…,$(A^{(n)})' = A^{(n+1)}$,… 试作一点集 A,使 $A^{(n)}$,$n = 1, 2, \cdots$ 彼此相异.

10. 若 E' 是可列集,则 E 是可列集.

11. $\overline{E}$恰是包含 E 的所有闭集的交.

12. 若开区间 $I \supset \overline{E}$,则$\{ F \mid F$ 为闭集,$F \subset E\} = \{ I \setminus G \mid G$ 为开集,$I \supset G \supset I \setminus E\}$.

13. 点集 E 的边界点的全体称为 E 的**边界**,通常记作 ∂E. 证明 $\partial E = \overline{E} \setminus E^{\circ}$.

14. R^N 上的实值函数 $f(x)$ 在 R^N 上连续的充要条件是:对任何 R^1 中的开集 G,点集$\{x \mid f(x) \in G\}$ 都是 R^N 中开集.

15. R^N 上的实值函数 $f(x)$ 在 R^N 上连续的充要条件是:对任何 $a \in R^1$,$\{ x \mid f(x) \geqslant a\}$ 与$\{ x \mid f(x) \leqslant a\}$ 都是闭集.

16. 设 $f(x)$ 是区间$[a,b]$上的实值函数. 证明 $f(x)$ 的第一类不连续点至多有可列个.

17. 设 F 是 R^1 中的非空闭集,作 R^1 上的实值函数 $f(x)$,使 $f(x)$ 的不连续点全体恰是 F.

18. 证明 R^2 中的有界开集$\{ (x,y) \mid x^2 + y^2 < 1\}$ 不能表成可列个两两无交的开区间之并.

19. R^N 中任何开集都可以表成可列个开区间的并.

20. 证明由 R^N 中的所有开集组成的集具有连续势. 问由 R^N 中的所有闭集组成的集具有何基数?

21. 设 $E \subset R^N$,$E \neq \varnothing$,x、$y \in R^N$,则

$$\rho(x,E) \leqslant \rho(x,y) + \rho(y,E).$$

22. 非空点集 A 为闭集当且仅当对每个 $x \in R^N$ 恒有 $y \in A$ 使 $\rho(x,A) = \rho(x,y)$.

23. 证明 R^N 中既是开集又是闭集的点集仅 R^N 与 $\varnothing$ 两个.

24. 设 E 是非空点集,$d > 0$,V 是到 E 的距离小于 d 的所有点组成之集,即

$$V = \{ x \mid \rho(x,E) < d\},$$

则 V 是包含 E 的开集.

25. 任何闭集均可表成可列个开集的交. 任何开集均可表成

可列个闭集的并.

26. (隔离性定理)设 F_1,F_2 是两个有界闭集,$F_1 \cap F_2 = \varnothing$,则存在两个开集 G_1、G_2,使 $G_1 \supset F_1$,$G_2 \supset F_2$,$G_1 \cap G = \varnothing$.(把这个定理中的“有界”二字去掉仍然成立)

27. 试用 Borel 有限复盖定理证明 Bolzano－Weierstrass 定理.

28. (Lindelof 定理)设 E 是任一点集,M 是一族开集,M 复盖 E,若 M 中有无限多个开集,则可从 M 中选出可列个开集 $G_1,G_2,G_3,\cdots$,合起来复盖 E.

29. 证明点集 E 为自密的当且仅当 E 没有孤立点.

30. 如果 E 是 R^1 中非空的有界完备集,那么 E 或者是一个长度为正数的闭区间,或者是从一个正长度闭区间 $[\mu,\nu]$ 挖掉有限或可列个满足下述条件的非空开区间而成:这些开区间两两无交,彼此无公共端点且与 $[\mu,\nu]$ 也无公共端点. 这个命题的逆命题也是正确的.

31. R^1 中非空的有界完备集具有连续势.

32. 证明闭区间 $[0,1]$ 不能表成可列个两两无交的闭区间之并.

33. R^1 中的非空有界闭集一定能表成有限个或可列个两两无交的闭区间之并吗?

34. 把 Cantor 集 K 对于 $[0,1]$ 的余集记作 K^C. 设 E 是 K^C 的所有构成区间的中点组成之点集,求 E'.

35. 设 K_α 是 α－Cantor 集,$K_\alpha^C = [0,1] \setminus K_\alpha$,则 $\overline{K_\alpha^C} = [0,1]$.

第三章　测　　度

§3·1　引　　言

我们知道平面中的矩形是可言及面积的，面积值就是它的两个边长的乘积. 平面中还有哪些点集可言及面积（可确定出面积值）？面积值是什么？这是一个值得研究的问题.

我们首先来看 Jordan 所建立的面积概念.

以下凡说到点集，若未声明点集所在的空间，均指平面 R^2 中的点集.

对于区间 $I=<a_1,b_1;a_2,b_2>$（其中 $-\infty<a_i\leqslant b_i<\infty$），我们把它的边长积 $(b_1-a_1)\cdot(b_2-a_2)$ 记作 $|I|$.

定义 1　设 E 是任一有界点集. 若对于 E 的每个有限半开区间复盖 $\{I_i\}_1^n$（n 为任意自然数），都求出其半开区间的边长积之和 $\sum\limits_{i=1}^{n}|I_i|$，所有这样得到的数组成一个数集，这个数集的下确界称为 E 的 Jordan 外面积，记作 $m_J^* E$. 即

$$m_J^* E=\inf\left\{\sum_{i=1}^{n}|I_i|\,\middle|\,n\in\mathbf{N},\text{诸 } I_i \text{ 为半开区间},\bigcup_{i=1}^{n}I_i\supset E\right\}.$$

易知，区间 I 的 Jordan 外面积 $m_J^* I$ 恰等于它的边长积 $|I|$.

例 3·1·1　设 $I=(0,1;0,1]$，E 为 I 中有理点的全体，易知

$$m_J^* I=|I|=1,\quad m_J^* E=1,\quad m_J^*(I\setminus E)=1.$$

假如我们就把每个有界点集的 Jordan 外面积定义为它的面积，这样做固然可使任何有界点集都有了“面积”可言，但是下述

的“有限可加性”不能成立：

当两个无交的点集及其并集都有面积可言时，这两个点集的面积之和等于其并集的面积.

例如，上面例 3·1·1 中的点集 E 与 $I\backslash E$ 无交，$E\cup(I\backslash E)=I$，但

$$m_J^*E+m_J^*(I\backslash E)>m_J^*I.$$

为了保证有限可加性的成立，Jordan 不是把全部而是把某些有界点集的 Jordan 外面积定义为它的面积，并且仅仅说这些有界点集是有面积可言的，他所作的定义是

定义 2 设 E 是有界点集. 若存在半开区间 $I\supset E$，使

$$m_J^*E+m_J^*(I\backslash E)=|I|,$$

就称 E 是 Jordan 可测的，或称 E 是有(Jordan) 面积可言的，对于这样的点集 E 就把它的 Jordan 外面积 m_J^*E 定义为它的(Jordan) 面积，记作 m_JE.

易知，任何区间 I 都是 Jordan 可测的，其(Jordan) 面积恰等于它的边长积 $|I|$. 例 1 中的点集 E 及 $I\backslash E$ 都不是 Jordan 可测的，即没有(Jordan) 面积可言.

设 E 是平面 R^2 中的有界点集，任取包含 E 的半开区间 I，用两组分别平行于坐标轴的直线把半开区间 I 划分成有限个两两无交的半开区间 $\{I_i\}$，使每个半开区间 I_i 的各边长都小于正数 h(图 3·1·1). 取 $\{I_i\}$ 中所有与 E 相交的半开区间，记其(Jordan) 面积的和为 S_h，不难证明

$$\lim_{h\to 0^+}S_h=m_J^*E. \qquad (3\cdot 1\cdot 1)$$

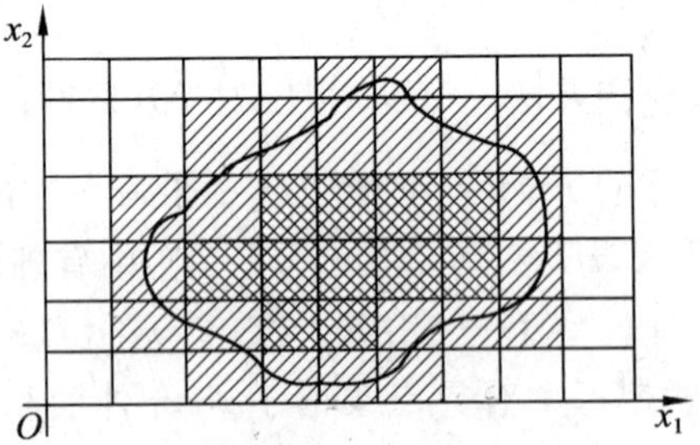

图 3·1·1

对上述图形，取$\{I_i\}$中所有完全含于E的半开区间，记其(Jordan)面积的和为s_h. 再取$\{I_i\}$中所有与$I\setminus E$相交的半开区间，记其(Jordan)面积的和为T_h. 显然$s_h = |I| - T_h$. 由此容易证明

$$\lim_{h\to 0+} s_h = |I| - m_J^*(I\setminus E). \qquad (3\cdot 1\cdot 2)$$

我们还不难看出，不论最初如何选取包含E的半开区间I，$\lim\limits_{h\to 0+} s_h$的值是不变的，因而$|I| - m_J^*(I\setminus E)$的值是不变的. 我们把此仅与$E$相关的数值$\lim\limits_{h\to 0+} s_h$称为$E$的 Jordan 内面积，记作$m_*^J E$.

由以上两段的讨论立即知

定理 1　有界点集E为 Jordan 可测集的充要条件是：

$$m_J^* E = m_*^J E \quad (\text{或} \lim_{h\to 0+} S_h = \lim_{h\to 0+} s_h).$$

注　若把定义 2 中的“存在半开区间$I \supset E$”改为“存在开区间$I \supset E$”，所得定义与原定义等价.

事实上，若开区间$I = (a_1, b_1; \cdots; a_N, b_N) \supset E$，则半开区间

$$\hat{I} = (a_1, b_1; \cdots; a_N, b_N] \supset E,$$

由定义 1 易知

$$|I| - m_J^*(I\setminus E) = |\hat{I}| - m_J^*(\hat{I}\setminus E),$$

而

$$|\hat{I}| - m_J^*(\hat{I}\setminus E) = m_*^J E,$$

可见$m_J^* E = m_*^J E$的充要条件是存在开区间$I \supset E$使

$$m_J^* E + m_J^*(I\setminus E) = |I|,$$

再由定理 1 即知所说的二定义等价.

例 3·1·2　设$G = \{(x_1, x_2) \mid 0 < x_1 < 1,\ x_2 \in K_{\frac{1}{2}}^C\}$

(其中$K_{\frac{1}{2}}^C$是$\frac{1}{2}$－Cantor 集$K_{\frac{1}{2}}$对于$[0,1]$的余集).

G是有界开集. 由定理 1 易知G不是 Jordan 可测的.

Jordan 可测集及其 Jordan 面积有如下的性质(证明从略)：

定理 2　设 Jordan 可测集的全体为 J.

(i) 若 $E_1 \in \mathrm{J}, E_2 \in \mathrm{J}$,则 $E_1 \cup E_2 \in \mathrm{J}, E_1 \setminus E_2 \in \mathrm{J}$.

(ii) 对任何 $E \in \mathrm{J}$,有 $m_{\mathrm{J}} E \geqslant 0$. （非负性）

(iii) $m_{\mathrm{J}} \varnothing = 0$.

(iv) 若 $E_i \in \mathrm{J}(i = 1,2,\cdots), E_i \cap E_j = \varnothing (i \neq j)$,并且 $\bigcup\limits_{i=1}^{\infty} E_i \in \mathrm{J}$,则

$$m_{\mathrm{J}} \bigcup_{i=1}^{\infty} E_i = \sum_{i=1}^{\infty} m_{\mathrm{J}} E_i. \quad \text{（可列可加性）}$$

(v) 若 $E \in \mathrm{J}, m_{\mathrm{J}} E = 0, E_1 \subset E$,则 $E_1 \in \mathrm{J}, m_{\mathrm{J}} E_1 = 0$.（完全性）

由性质(iii)及(iv)立即可知:若 E_1、$E_2 \in \mathrm{J}, E_1 \cap E_2 = \varnothing$,并且 $E_1 \cup E_2 \in \mathrm{J}$,则

$$m_{\mathrm{J}} E_1 + m_{\mathrm{J}} E_2 = m_{\mathrm{J}} (E_1 \cup E_2).$$

即前面所说的“有限可加性”成立.

Jordan 所建立的面积概念有一个不能令人满意之处,就是下述的“对‘可列并’运算的封闭性”不能成立:

若可列个点集都有面积可言,则其并集也有面积可言.

例如,例 3·1·1 中的 E 是可列点集,它的每个点作为单点集有(Jordan)面积可言,(Jordan)面积为 0,但 E 是没有(Jordan)面积可言的.再如,例 3·1·2 中的有界开集 G 可表为可列个两两无交的区间之并,每个区间有(Jordan)面积可言,但 G 是没有(Jordan)面积可言的.

能否推广 Jordan 的面积概念使之不再有上述的缺点?详细一点说,能否作出这样的面积定义,使之满足以下的三条要求?

(i) 当一个点集按 Jordan 的定义有面积可言时,按新定义也有面积可言,并且面积值相同.

(ii) 新定义下的面积,仍满足非负性、可列可加性及完全性.

(iii) 全体按新定义有面积可言的点集,不仅对“有限并”及“差”运算是封闭的,而且对“可列并”运算也是封闭的.

Lebesgue 的面积概念正是出于以上的考虑作出的. 它的定义事实上是把上面的定义 1 及定义 2 作了如下的改动和补充：

(1°) 对于定义 1，把其中的"E 为任一有界点集"改为"E 为任一点集"，把"对 E 的每个有限半开区间复盖 $\{I_i\}_1^n$ 求出 $\sum_{i=1}^{n}|I_i|$"改为"对 E 的每个可列半开区间复盖 $\{I_i\}_1^\infty$ 求出 $\sum_{i=1}^{\infty}|I_i|$"，便得到"Lebesgue 外面积 m^*E"的定义(见 §3·2).

(2°) 对于定义 2(其中的"存在半开区间 $I\supset E$"可改为"存在开区间 $I\supset E$")，把其中的 m^* 理解为 Lebesgue 外面积的符号，便得到"有界点集 E 是 Lebesgue 可测的"及"Lebesgue 面积 mE"的定义(见 §3·3).

(3°) 对于无界点集 E，利用 R^2 的半开区间分解把 E 划分成可列个有界点集，当诸有界点集都 Lebesgue 可测时就称 E 是 Lebesgue 可测的，此时把 E 的 Lebesgue 外面积定义为 E 的 Lebesgue 面积 mE(见 §3·4).

可以证明如此定义的面积能够满足上述的(i)，(ii)，(iii) 三条要求(见 §3·2 ～ §3·4).

由"对'可列并'运算的封闭性"立即可知例 3·1·1 中的 E 及例 3·1·2 中的 G 都是 Lebesgue 可测的点集. 由开集可表为可列个半开区间的并可知开集都是 Lebesgue 可测的. 由"对'差'运算的封闭性"可知闭集也都是 Lebesgue 可测的.

Lebesgue 的新面积概念使更多的点集可以言及面积，单从这一点已可看出这个面积理论具有更多的深刻性，并且应用范围也更广泛. 由于 Lebesgue 可测点集的全体具有"对'可列并'运算的封闭性"，所以仅须知道参与运算的点集是 Lebesgue 可测的就可以利用可列可加性来进行面积的演算，因此 Lebesgue 面积的极限演算要比 Jordan 面积的极限演算通畅和方便得多，特别是新面积概念的建立必然导致新积分概念的建立,而新面积的种种好处将全面反映到新积分中来.

与 Jordan 面积相应的是 Riemann 积分,它们之间的关系可以从下面的定理看出.

定理 3 闭区间$[a,b]$上的非负函数 $f(x)$ 为 Riemann 可积的充要条件是 $f(x)$ 的下方图

$$\{(x,y)\in R^2 \mid x\in[a,b],0\leqslant y<f(x)\}$$

是 Jordan 可测的. 当 $f(x)$ 为非负的 Riemann 可积函数时, $f(x)$ 的 Riemann 积分值恰等于 $f(x)$ 的下方图的 Jordan 面积值.

与 Lebesgue 面积相应的是 Lebesgue 积分, 它们之间的关系与定理 3 所说的类似(见 §4·3 中的 3·3·3 问题、§5·1 和 §5·4 中的 5·4·2). 因此,新面积概念有什么好处,新积分概念必然也有类似的好处. 例如,Riemann 可积函数类是很狭窄的,而 Lebesgue 积分能够对更多的函数来进行. 因此,作为一个数学工具,Lebesgue 积分能够更好的适应诸如微分方程、量子力学等数学、物理领域的需要. 再如,前面说到用可列可加性进行新面积演算时不必检验较多的前提条件,反映到新积分中来,积分号与极限号的交换、积分号与积分号的交换等演算便只需检验较弱的条件就可以进行(见 §5·3、§5·4 中的 5·4·3). 因此应用 Lebesgue 积分讨论数学、物理问题,演算起来要比 Riemann 积分通畅和方便的多.

以上讨论是对平面 R^2 来进行的,显然这些讨论无须作实质性的改变便可化为空间 R^N 中的叙述. 只是要把"面积"代之以 N 维空间通用的术语 — 测度,把与面积相应的一元函数积分代之以与 R^{N+1} 中点集测度相应的 N 元函数积分.

本章将于 §3·2 ~ §3·6 详细讨论 R^N 空间 Lebesgue 测度理论. 另外,还将于 §3·7, §3·8 简单介绍 R^N 空间 Lebesgue — Stieltjes 测度理论以及抽象测度理论(此二者自然也有与之相应的积分理论). 本章所建立的测度理论以及随后在此基础上建立的

（可测函数的）积分理论，正是实变函数论的主体内容.

§3·2　Lebesgue 外测度

为了讨论问题方便，我们规定正无限大变量的极限是 $+\infty$（简记为 ∞），负无限大变量的极限是 $-\infty$，这里我们把 $\infty, -\infty$ 看成是两个固定的数，称为**无限数**，以区别于实数 —— **有限数**. 若无特别说明，今后凡说到数，均指集合 $R^1 \cup \{\infty, -\infty\}$ 中的元素. 对此新数集中的数，我们规定大小顺序为 $-\infty < a < \infty (a \in R^1)$. 我们说 ∞ 是一个正数，$-\infty$ 是一个负数，并规定 $|\infty| = |-\infty| = \infty$. 我们还规定：数学分析中关于正、负无限大变量的四则运算性质，若把其中所涉及的正、负无限大变量分别看成数 $\infty, -\infty$，便是关于数 $\infty, -\infty$ 的四则运算规则. 例如

(i) $a \in R^1$ 时 $a + (\pm\infty) = \pm\infty$;

$(\pm\infty) + (\pm\infty) = \pm\infty$;

但 $(\pm\infty) + (\mp\infty)$ 无意义.

(ii) 减去 $(\pm\infty)$ 即加上 $(\mp\infty)$.

(iii) $$u \cdot (\pm\infty) = \begin{cases} \pm\infty, & \text{当 } u > 0 \text{ 时;} \\ 0, & \text{当 } u = 0 \text{ 时;} \\ \mp\infty, & \text{当 } u < 0 \text{ 时.} \end{cases}$$

(iv) $\dfrac{0}{\pm\infty} = 0$;　但 $u \neq 0$ 时 $\dfrac{u}{\pm\infty}$ 无意义.

对 $R^1 \cup \{\infty, -\infty\}$ 中的数来说，数列的极限的定义与数学分析中的提法相同（记法也相同），无穷级数的和仍是前 n 项的和当 $n \to \infty$ 时的极限；所谓非空数集 A 有界是指存在实常数 M 使对每个 $u \in A$ 都有 $|u| \leqslant M$；所谓 w（w 为有限数或 $\pm\infty$）为非空数集 A 的下界是指对每个 $u \in A$ 都有 $u \geqslant w$；非空数集 A 的诸下界中之最大者称为 A 的下确界；类似地可定义非空数集的上界及上确界.

例 3·2·1 若 $\{u_n\}\subset R^1\cup\{\infty,-\infty\}$，$u_n\leqslant u_{n+1}(n=1,2,\cdots)$，则 $\{u_n\}$ 必存在极限 u（$\{u_n\}$ 递增地趋于 u 可记作 $u_n\uparrow u$），当 $\{u_n\}$ 有界时 u 为有限数，当 $\{u_n\}$ 没有有限上界时 $u=+\infty$.

例 3·2·2 设 $u_n\to u$，$v_n\to v$，则当 u 与 v 不同时为 $+\infty$ 也不同时为 $-\infty$ 时 $\lim\limits_{n\to\infty}(u_n-v_n)=u-v$.

例 3·2·3 若 $u_{ij}\geqslant 0\ (i=1,2,\cdots;j=1,2,\cdots)$，则

$$\sum_{i=1}^{\infty}\sum_{j=1}^{\infty}u_{ij}=\sum_{j=1}^{\infty}\sum_{i=1}^{\infty}u_{ij}.$$

例 3·2·4 任何非空数集均有上、下确界.

3·2·1 外测度的定义·区间的外测度

若无特别声明，今后凡说到点集，均指 R^N 空间中的点集.

对于区间 $I=\langle a_i,b_i;i=1,2,\cdots,N\rangle$（其中 $-\infty<a_i\leqslant b_i<\infty$），我们称各边长的乘积 $\prod\limits_{i=1}^{N}(b_i-a_i)$ 为它的**容度**，记作 $|I|$.

定义 1 设 E 是任一（有界或无界）点集. 对于 E 的每个可列半开区间复盖 $\{I_n\}_1^{\infty}$，都求出其所有半开区间的容度之和 $\sum\limits_{n=1}^{\infty}|I_n|$（它是非负实数或 $+\infty$），一切这样得到的数组成一个数集，这个数集的下确界称为 E 的 Lebesgue **外测度**（简称 E 的**外测度**），记作 m^*E. 即

$$m^*E=\inf\left\{\sum_{n=1}^{\infty}|I_n|\;\middle|\;\text{诸 } I_n \text{ 为半开区间},\ \bigcup_{n=1}^{\infty}I_n\supset E\right\}.$$

显然任何点集都有外测度，它是非负实数或 $+\infty$.

因为空集 $\varnothing$ 是半开区间，$|\varnothing|=0$，所以，把 E 的有限半开区间复盖 $\{I_i\}_1^n$ 看成由 $I_1,I_2,\cdots,I_n,\varnothing,\varnothing,\cdots$ 所组成的 E 的可列半开区间复盖，不会改变区间容度的和. 因此，R^N 中有界点集的 Jordan 外测度一定不小于其 Lebesgue 外测度. 而且，确有某些点集，其 Jordan 外测度大于其 Lebesgue 外测度. 例如，§3·1·1 例 3·1·1 中的 E，其 Jordan 外测度是 1，而其 Lebesgue 外测度是 0.

命题 1　任何区间 I 的外测度 $m^* I$ 都等于其容度 $|I|$.

这里仅就 I 为半开区间的情况给出证明，其他情况的证明留给读者作练习.

证明　由外测度的定义立即知

$$m^* I \leqslant |I|.$$

再证相反的不等式. 为此，设

$$I = \{x \mid a_i < x_i \leqslant b_i, i = 1, \cdots, N\}, \quad \{I_n\}_1^\infty$$

为复盖 I 的任意半开区间串，其中

$$I_n = \{x \mid a_i^{(n)} < x_i \leqslant b_i^{(n)}, i = 1, \cdots, N\},$$

来证 $|I| \leqslant \sum_{n=1}^{\infty} |I_n|$：

对任给 $\varepsilon > 0$，取充分小的正数 δ，作

$$J = \{x \mid a_i + \delta \leqslant x_i \leqslant b_i, i = 1, \cdots, N\},$$

使

$$|J| > |I| - \varepsilon \quad \text{（这是可以做到的）}.$$

对每个自然数 n，取充分小的正数 δ_n，作

$$J_n = \{x \mid a_i^{(n)} < x_i < b_i^{(n)} + \delta_n, i = 1, \cdots, N\}$$

使

$$|J_n| < |I_n| + \frac{\varepsilon}{2^n} \qquad \text{（这是可以做到的）}.$$

于是开区间族 $\{J_n\}$ 复盖闭集 J. 由 Borel 有限复盖定理知可选出有限个开区间 $J_{n_1}, J_{n_2}, \cdots, J_{n_k}$ 合起来复盖 J. 因此

$$|J| \leqslant \sum_{i=1}^{k} |J_{n_i}|,$$

$$|I| - \varepsilon < |J| \leqslant \sum_{i=1}^{k} |J_{n_i}| \leqslant \sum_{n=1}^{\infty} |J_n| < \sum_{n=1}^{\infty} |I_n| + \varepsilon.$$

令 $\varepsilon \to 0$ 得

$$|I| \leqslant \sum_{n=1}^{\infty} |I_n|.$$

由于 $\{I_n\}_1^\infty$ 是复盖 I 的任意半开区间串，由外测度的定义知

$$|I| \leqslant m^* I.$$

所以 $m^* I = |I|$. ▌

3·2·2　外测度的基本性质

定理 1　外测度有如下四条基本性质:

(i) 对任何点集 E,有 $m^* E \geqslant 0$;(非负性)

并且 $m^* \varnothing = 0$.

(ii) 若 $E_1 \subset E_2$,则 $m^* E_1 \leqslant m^* E_2$.(单调性)

(iii) $m^* \bigcup\limits_{i=1}^{\infty} E_i \leqslant \sum\limits_{i=1}^{\infty} m^* E_i$;(半可列可加性)

$m^* \bigcup\limits_{i=1}^{n} E_i \leqslant \sum\limits_{i=1}^{n} m^* E_i$.(半有限可加性)

(iv) 若 $A_1, A_2, \cdots, A_n$ 两两距离大于 0,则

$m^* \bigcup\limits_{i=1}^{n} A_i = \sum\limits_{i=1}^{n} m^* A_i$;(隔距有限可加性)

若 $A_1, A_2, \cdots, A_n, \cdots$ 两两距离大于 0,则

$m^* \bigcup\limits_{i=1}^{\infty} A_i = \sum\limits_{i=1}^{\infty} m^* A_i$.(隔距可列可加性)

证明　(i) 显然成立.

(ii) 若 $\{I_n\}$ 为复盖 E_2 的半开区间串,则 $\{I_n\}$ 也复盖 E_1,故 $m^* E_1 \leqslant \sum\limits_{n=1}^{\infty} |I_n|$,由 $m^* E_2$ 的定义即知 $m^* E_1 \leqslant m^* E_2$.

(iii) 任给 $\varepsilon > 0$. 对每个 E_i,由外测度的定义知存在半开区间串 $\{I_n^i\}_{n=1}^{\infty}$ 使

$$E_i \subset \bigcup_{n=1}^{\infty} I_n^i, \quad \sum_{n=1}^{\infty} |I_n^i| \leqslant m^* E_i + \frac{\varepsilon}{2^i}.$$

因此

$$\bigcup_{i=1}^{\infty} E_i \subset \bigcup_{i=1}^{\infty} \bigcup_{n=1}^{\infty} I_n^i,$$

$$m^* \bigcup_{i=1}^{\infty} E_i \leqslant \sum_{i=1}^{\infty} \sum_{n=1}^{\infty} |I_n^i| \leqslant \sum_{i=1}^{\infty} \left(m^* E_i + \frac{\varepsilon}{2^i}\right)$$

$$= \sum_{i=1}^{\infty} m^* E_i + \varepsilon.$$

令 $\varepsilon \to 0$,得

$$m^* \bigcup_{i=1}^{\infty} E_i \leqslant \sum_{i=1}^{\infty} m^* E_i.$$

在上式中令 $E_{n+1} = E_{n+2} = \cdots = \varnothing$,得

$$m^* \bigcup_{i=1}^{n} E_i \leqslant \sum_{i=1}^{n} m^* E_i.$$

(iv) (1°) 证隔距有限可加性. 为此设 $d = \rho(A,B) > 0$,来证

$$m^*(A \cup B) = m^* A + m^* B. \tag{3·2·1}$$

由(iii) 知

$$m^*(A \cup B) \leqslant m^* A + m^* B.$$

再证相反的不等式. 任给 $\varepsilon > 0$,由外测度的定义知存在复盖 $A \cup B$ 的半开区间串 $\{I_n\}$ 使

$$\sum_{n=1}^{\infty} |I_n| \leqslant m^*(A \cup B) + \varepsilon.$$

每个半开区间 I_n 都可以表成有限个两两无交的对角线长小于 d 的半开区间 I_n^i 之并 $\bigcup_i I_n^i$(利用 R^N 的边长为 $d/2\sqrt{N}$ 的半开区间分解,这是容易做到的),并且这时 $|I_n| = \sum_i |I_n^i|$.

因此,我们不妨设 $\{I_n\}$ 中的每个 I_n 的对角线长都小于 d. 这样的 I_n 显然不能同时含有 A 与 B 的点. 把 $\{I_n\}$ 中的所有半开区间分成两组:凡是含有 A 的点的归为一组,记作 $\{I_i^{(1)}\}$,其余的归为一组,记作 $\{I_j^{(2)}\}$. 显然

$$\bigcup_i I_i^{(1)} \supset A, \qquad \bigcup_j I_j^{(2)} \supset B,$$

$$m^* A + m^* B \leqslant \sum_i |I_i^{(1)}| + \sum_j |I_j^{(2)}|$$

$$= \sum_{n=1}^{\infty} |I_n| \leqslant m^*(A \cup B) + \varepsilon.$$

令 $\varepsilon \to 0$,得

$$m^* A + m^* B \leqslant m^* (A \cup B).$$

所以(1) 式成立.

由 $A_1, A_2, \cdots, A_n$ 两两距离大于 0 知

$$\rho\left(\bigcup_{i=1}^{k} A_i, A_{k+1}\right) > 0 \quad (k = 1, \cdots, n-1).$$

逐次运用(3・2・1) 式便得到

$$m^* \bigcup_{i=1}^{n} A_i = \sum_{i=1}^{n} m^* A_i.$$

(2°) 证隔距可列可加性. 由(iii) 知

$$m^* \bigcup_{i=1}^{\infty} A_i \leqslant \sum_{i=1}^{\infty} m^* A_i.$$

再证相反的不等式,对任意自然数 n,由外测度的单调性及隔距有限可加性,

$$m^* \bigcup_{i=1}^{\infty} A_i \geqslant m^* \bigcup_{i=1}^{n} A_i = \sum_{i=1}^{n} m^* A_i.$$

令 $n \to \infty$,得

$$m^* \bigcup_{i=1}^{\infty} A_i \geqslant \sum_{i=1}^{\infty} m^* A_i.$$

所以 $m^* \bigcup_{i=1}^{\infty} A_i = \sum_{i=1}^{\infty} m^* A_i$. ▌

注 当两个点集 E_1, E_2 无交时,未必有

$$m^* (E_1 \cup E_2) = m^* E_1 + m^* E_2.$$

这从 §3・5 可以看出.

3・2・3 外测度的开集逼近

定理 2 设 E 是任一(有界或无界) 点集,则所有包含 E 的开集的外测度组成一个非空数集,这个数集的下确界恰等于 E 的外测度.

证明 若开集 $G \supset E$,由外测度的单调性知 $m^* G \geqslant m^* E$.

下证:对任给 $\varepsilon>0$,存在开集 $G_\varepsilon\supset E$,使 $m^*G_\varepsilon\leqslant m^*E+\varepsilon$.

由外测度的定义知,存在复盖 E 的半开区间串 $\{I_n\}$ 使

$$\sum_{n=1}^{\infty}|I_n|\leqslant m^*E+\frac{\varepsilon}{2}.$$

对每个 I_n,显然可以作开区间 $J_n\supset I_n$,使

$$|J_n|<|I_n|+\frac{\varepsilon}{2^{n+1}}.$$

令

$$G_\varepsilon=\bigcup_{n=1}^{\infty}J_n,$$

则 G_ε 是开集,$G_\varepsilon\supset E$. 由外测度的半可列可加性及命题 1 知

$$\begin{aligned}m^*G_\varepsilon&\leqslant\sum_{n=1}^{\infty}m^*J_n=\sum_{n=1}^{\infty}|J_n|\\&\leqslant\sum_{n=1}^{\infty}|I_n|+\frac{\varepsilon}{2}\leqslant m^*E+\varepsilon.\end{aligned}$$

这就证明了定理 2. ▌

* **注**　根据外测度的基本性质及命题 1 可以证明:若开集 G 的一个半开区间分解为 $\{I_n\}_1^\infty$,则 $m^*G=\sum\limits_{n=1}^{\infty}|I_n|$. 由此及定理 2 可以看出:把定义 1(外测度的定义)中的"对 E 的每个可列半开区间复盖 $\{I_n\}_1^\infty$ 求出 $\sum\limits_{n=1}^{\infty}|I_n|$"改成"对 E 的每个由一串两两无交的半开区间所组成的复盖 $\{I_n\}_1^\infty$ 求出 $\sum\limits_{n=1}^{\infty}|I_n|$",所得到的定义与原定义等价.

§3·3　有界 Lebesgue 可测集

3·3·1　有界可测集的定义·有界开、闭集的可测性

定义 1　设 E 是有界点集. 若存在开区间 $I\supset E$,使

$$m^* E + m^*(I \setminus E) = |I|,$$

就称 E 是 **Lebesgue 可测**的(简称 E **可测**). 对于 Lebesgue 可测的点集 E, 我们把 E 的 Lebesgue 外测度称为 E 的 **Lebesgue 测度**(简称 E 的**测度**), 记作 mE.

例 3·3·1 开区间 I 是可测的, 并且 $mI = |I|$.

由定义1不难看出, R^N 中的 Jordan 可测集都是 Lebesgue 可测的, 并且 Jordan 可测集的 Lebesgue 测度恰等于它的 Jordan 测度. 但是, 存在着某些点集(例如 §3·1 例 3·1·1 中的 E), 它是 Lebesgue 可测的, 却不是 Jordan 可测的.

命题1 若 G 是有界开集, 则 G 可测, 并且对任何包含 G 的开区间 I 恒有

$$m^* G + m^*(I \setminus G) = |I|.$$

证明 G 有界, 故存在着包含 G 的开区间. 设开区间 $I \supset G$, 由外测度的半有限可加性知

$$m^* G + m^*(I \setminus G) \geqslant |I|.$$

再证相反的不等式. 设 $\{I_n\}$ 是开集 G 的一个半开区间分解(不妨认为诸 $I_n \neq \varnothing$). 由外测度的定义知

$$m^* G \leqslant \sum_{n=1}^{\infty} |I_n|.$$

任给 $\varepsilon > 0$. 对每个 I_n, 显然可以作闭区间 $J_n \subset I_n$, 使

$$|J_n| > |I_n| - \frac{\varepsilon}{2^n}.$$

闭区间 $J_1, J_2, J_3, \cdots$ 两两无交, 每个闭区间 J_n 与闭集 $\bar{I} \setminus G$ 无交, 而两个无交的非空有界闭集间的距离大于0, 由 §3·2 命题1以及外测度的隔距可列可加性等性质,

$$|I| = m^* I = m^*\left[\left(\bigcup_{n=1}^{\infty} I_n\right) \cup (I \setminus G)\right]$$

$$\geqslant m^*\left[\left(\bigcup_{n=1}^{\infty} J_n\right) \cup (I\backslash G)\right]$$
$$= \sum_{n=1}^{\infty} m^* J_n + m^*(I\backslash G)$$
$$= \sum_{n=1}^{\infty} |J_n| + m^*(I\backslash G)$$
$$\geqslant \sum_{n=1}^{\infty} |I_n| - \varepsilon + m^*(I\backslash G)$$
$$\geqslant m^* G - \varepsilon + m^*(I\backslash G).$$

令 $\varepsilon \to 0$，得

$$|I| \geqslant m^* G + m^*(I\backslash G).$$

于是

$$m^* G + m^*(I\backslash G) = |I|.$$

所以 G 可测. ▌

命题 2　设 F 是有界闭集，则 F 可测，并且对任何包含 F 的开区间 I 恒有

$$m^* F + m^*(I\backslash F) = |I|.$$

证明　设开区间 $I \supset F$. 令 $G = I\backslash F$，则 G 是含于 I 的开集，$F = I\backslash G$. 由命题 1 立即知命题 2 成立. ▌

3·3·2　有界点集的内测度·有界点集可测的充要条件

命题 3　设 E 是有界点集，则

$$\inf\{mG \mid G \text{ 为有界开集}, G \supset E\} = m^* E.$$

证明　E 有界，故存在开区间 $I \supset E$. 若 G 是包含 E 的开集，则 $G \cap I$ 是包含 E 的有界开集，并且 $m^* G \geqslant m^*(G \cap I)$. 据此，由 §3·2 定理 2 及本节命题 1 便知命题 3 成立. ▌

命题 3 可以与 §3·1 的(3·1·1) 式对照. 那里是用有限个两两无交的半开区间的并去复盖 E，逼近 E 的 Jordan 外测度；而这里是用有界开集去复盖 E，逼近 E 的 Lebesgue 外测度.

命题 4　设 E 是有界点集. 若开区间 $I \supset E$，则

$$\sup\{mF \mid F\text{ 是闭集}, F \subset E\} = |I| - m^*(I \backslash E).$$

证明 第一步. 若闭集 $F \subset E$,则 $I\backslash F \supset I\backslash E$,由命题 2 及外测度的单调性知

$$mF = |I| - m^*(I\backslash F) \leqslant |I| - m^*(I\backslash E).$$

第二步. 对任给 $\varepsilon > 0$,来证存在闭集 $F_\varepsilon \subset E$,使

$$mF_\varepsilon \geqslant |I| - m^*(I\backslash E) - \varepsilon:$$

由 §3·2 定理 2 知存在开集 $G \supset I\backslash E$,使

$$m^* G \leqslant m^*(I\backslash E) + \frac{\varepsilon}{2}.$$

不妨设 $I \neq \varnothing$. 显然可以作出闭区间 $J \subset I$,使

$$|I| - |J| < \frac{\varepsilon}{2}.$$

令

$$F_\varepsilon = J\backslash G,$$

则 $F_\varepsilon = J \cap \mathscr{C}G$ 是闭集,$F_\varepsilon \subset I\backslash G \subset E$. 由 $J \subset F_\varepsilon \cup G$ 知

$$m^* J \leqslant m^*(F_\varepsilon \cup G) \leqslant m^* F_\varepsilon + m^* G.$$

因此

$$\begin{aligned} mF_\varepsilon &\geqslant m^* J - m^* G \\ &\geqslant |I| - (|I| - |J|) - \left[m^*(I\backslash E) + \frac{\varepsilon}{2}\right] \\ &\geqslant |I| - m^*(I\backslash E) - \varepsilon. \end{aligned}$$

这就证明了命题 4. ▌

由命题 4 可知,对有界点集 E,只要开区间 I 包含 E,无论 I 如何选取,数 $|I| - m^*(I\backslash E)$ 是不变的.

定义 2 设 E 是任一有界点集. 所有包含于 E 的闭集的测度之上确界

$$\sup\{mF \mid F\text{ 为闭集}, F \subset E\}$$

称为 E 的 Lebesgue **内测度**(简称 E 的**内测度**),记作 $m_* E$.

读者不妨把命题 4 与 §3·1 的(3·1·2) 式相对照,把

Lebesgue 内测度的定义与 Jordan 内测度的定义相对照，看有何异同.

由命题 3,4 及内测度的定义立即可知

定理 1　有界点集 E 可测的充要条件是:

$$m^* E = m_* E(\text{或} \inf_{\text{有界开集} G \supset E} mG = \sup_{\text{闭集 } F \subset E} mF).$$

下面我们举一个应用定理 1 的简单例子.

命题 5　任何区间都可测.

证明　设 I 为任一区间，来证 $m_* I = m^* I$. 不妨设 $I \neq \varnothing$. 对任意 $\varepsilon > 0$，显然可作出闭区间 $J \subset I$，使

$$|J| > |I| - \varepsilon,$$

由 §3·2 命题 1 知上式即

$$m^* J > m^* I - \varepsilon.$$

另一方面，对任何闭集 $F \subset I$，由外测度的单调性知

$$mF \leqslant m^* I.$$

注意到 J 是闭集，由 $m_* I$ 的定义即知 $m_* I = m^* I$. 根据定理 1 知 I 可测. ▌

为了便于应用定理 1 来讨论点集的可测性及测度的性质，我们给出内测度的如下四条性质:

定理 2　(i) 对任意有界点集 E，有 $m_* E \geqslant 0$；$m_* \varnothing = 0$.

(ii) 若 E_1, E_2 是有界点集，$E_1 \subset E_2$，则 $m_* E_1 \leqslant m_* E_2$.

(iii) 若有界点集 E 是有限个或可列个两两无交的点集 E_i 之并 $\bigcup_i E_i$，则

$$m_* E \geqslant \sum_i m_* E_i.$$

(iv) 若 E 是有界点集，则 $m_* E \leqslant m^* E$.

证明　由内测度的定义立即可知(i)，(ii) 成立.

(iii) 先看 $E = \bigcup_{i=1}^{n} E_i$ 的情况. 任给 $\varepsilon > 0$. 对每个 E_i，由内测度

的定义知,存在闭集 $F_i \subset E_i$,使

$$mF_i \geqslant m_* E_i - \frac{\varepsilon}{n}.$$

有界闭集 $F_1, F_2, \cdots, F_n$ 两两无交,从而两两距离大于 0(空集除外),$\bigcup_{i=1}^{n} F_i$ 是含于E的有界闭集. 由内测度的定义及外测度的隔距有限可加性,

$$m_* E \geqslant m \bigcup_{i=1}^{n} F_i = m^* \bigcup_{i=1}^{n} F_i = \sum_{i=1}^{n} m^* F_i \geqslant \sum_{i=1}^{n} m_* E_i - \varepsilon.$$

令 $\varepsilon \to 0$,得

$$m_* E \geqslant \sum_{i=1}^{n} m_* E_i.$$

再看 $E = \bigcup_{i=1}^{\infty} E_i$ 的情况. 对任意自然数 n,由(ii) 及刚证得的结论,

$$m_* E \geqslant m_* \bigcup_{i=1}^{n} E_i \geqslant \sum_{i=1}^{n} m_* E_i.$$

令 $n \to \infty$,得

$$m_* E \geqslant \sum_{i=1}^{\infty} m_* E_i.$$

(iv) 若闭集 $F \subset E$,由外测度的单调性知 $mF \leqslant m^* E$. 所以

$$m_* E = \sup\{mF \mid 闭集 F \subset E\} \leqslant m^* E. \blacksquare$$

3·3·3 有界可测集及其测度的运算性质

定理 3 若有界集 E 是有限个或可列个两两无交的有界可测集 E_i 之并 $\bigcup_i E_i$,则 E 可测,并且

$$mE = \sum_i mE_i.$$

证明 由内、外测度的性质及定理 1,

$$\sum_i mE_i = \sum_i m_* E_i \leqslant m_* E$$
$$\leqslant m^* E \leqslant \sum_i m^* E_i = \sum_i mE_i.$$

因此 $m_* E = m^* E$，E 可测，并且 $mE = m^* E = \sum_i mE_i$. ▌

定理 4　若有界集 E_1, E_2 都可测，则 $E_1 \cup E_2$ 也可测.

证明　对每个 $i \in \{1,2\}$，E_i 可测，由定理 1 知：对任意 $\varepsilon > 0$，存在有界开集 G_i 及有界闭集 F_i，使

$$F_i \subset E_i \subset G_i,$$

$$mE_i - \varepsilon < mF_i \leqslant mG_i < mE_i + \varepsilon. \qquad (3 \cdot 3 \cdot 1)$$

令 $E = E_1 \cup E_2$，$F = F_1 \cup F_2$，$G = G_1 \cup G_2$，则 F 为有界闭集，G 为有界开集，并且

$$F \subset E \subset G,$$

$$mF \leqslant m_* E \leqslant m^* E \leqslant mG. \qquad (3 \cdot 3 \cdot 2)$$

下证 $mG - mF < 4\varepsilon$：

$G \backslash F$ 是有界开集，故可测，由定理 3，

$$\begin{aligned} mG - mF &= m(F \cup (G \backslash F)) - mF \\ &= mF + m(G \backslash F) - mF = m(G \backslash F). \end{aligned}$$

同理可证

$$mG_i - mF_i = m(G_i \backslash F_i).$$

由于

$$\begin{aligned} G \backslash F &= (G_1 \cup G_2) \backslash F \\ &= (G_1 \backslash F) \cup (G_2 \backslash F) \subset (G_1 \backslash F_1) \cup (G_2 \backslash F_2), \end{aligned}$$

所以

$$\begin{aligned} mG - mF &= m(G \backslash F) \\ &\leqslant m(G_1 \backslash F_1) + m(G_2 \backslash F_2) \\ &= (mG_1 - mF_1) + (mG_2 - mF_2), \end{aligned}$$

由 $(3 \cdot 3 \cdot 1)$ 知上式后端的两项都小于 2ε，于是

$$mG - mF < 4\varepsilon.$$

根据上式及 $(3 \cdot 3 \cdot 2)$ 可得

$$0 \leqslant m^* E - m_* E < 4\varepsilon,$$

由正数 ε 的任意性即知

$$m_* E = m^* E,$$

所以 $E = E_1 \cup E_2$ 可测. ▌

定理 5 若有界集 E 可测,开区间 $I \supset E$,则 $\mathscr{C}_I E$ 也可测.

证明 E 可测,故 $m^* E = m_* E$. 由命题 4 知

$$m_* E = |I| - m^*(I \setminus E),$$

所以

$$m^* E + m^*(I \setminus E) = |I|,$$

由此即知 $\mathscr{C}_I E = I \setminus E$ 可测. ▌

定理 6 若有界集 E_1, E_2 可测,则 $E_1 \cap E_2$ 也可测.

证明 存在开区间 $I \supset E_1 \cup E_2$,易知

$$E_1 \cap E_2 = \mathscr{C}_I(\mathscr{C}_I(E_1 \cap E_2)) = \mathscr{C}_I(\mathscr{C}_I E_1 \cup \mathscr{C}_I E_2).$$

由定理 4,5 即知定理 6 成立. ▌

定理 7 若有界集 E_1, E_2 可测,则 $E_1 \setminus E_2$ 也可测.

证明 存在开区间 $I \supset E_1 \cup E_2$,易知

$$E_1 \setminus E_2 = E_1 \cap \mathscr{C}_I E_2.$$

由定理 5,6 即知定理 7 成立. ▌

定理 8 若有界集 $E_1, E_2, E_3, \cdots$ 均可测,且 $\bigcup_{i=1}^{\infty} E_i$ 有界,则 $\bigcup_{i=1}^{\infty} E_i$ 可测.

证明 $\bigcup_{i=1}^{\infty} E_i = E_1 \cup (E_2 \setminus E_1) \cup \cdots \cup (E_i \setminus \bigcup_{k=1}^{i-1} E_k) \cup \cdots$

由定理 4,7,3 即知定理 8 成立. ▌

定理 9 若有界集 $E_1, E_2, E_3, \cdots$ 均可测,则 $\bigcap_{i=1}^{\infty} E_i$ 也可测.

证明 存在开区间 $I \supset \bigcap_{i=1}^{\infty} E_i$,

$$\bigcap_{i=1}^{\infty} E_i = I \setminus (I \setminus \bigcap_{i=1}^{\infty} E_i) = I \setminus \left(\bigcup_{i=1}^{\infty} (I \setminus E_i) \right).$$

由命题 1 及定理 7,8 即知定理 9 成立. ▌

§3·4 无界 Lebesgue 可测集

3·4·1 无界可测集的定义

在 §3·4 中,我们把空间 R^N 的起点为 θ 边长为 1 的半开区间分解记作 $\{L_n\}$,即 $\{L_n\}$ 为下面形式的半开区间的全体:

$$\{x \mid n_i < x_i \leqslant n_i + 1, i = 1, \cdots, N\},$$
$$n_i \text{ 是整数}, i = 1, \cdots, N.$$

显然,有界点集 E 可测的充要条件是:E 与 $\{L_n\}$ 中每个半开区间 L_n 的交都可测.

定义 1 设 E 是无界点集,若 E 与 $\{L_n\}$ 中每个半开区间 L_n 的交都是有界可测集, 就称 E 是(Lebesgue) **可测**的. 对于(Lebesgue) 可测的点集 E,我们把 E 的(Lebesgue) 外测度称为 E 的(Lebesgue) **测度**,记作 mE.

有界可测集与无界可测集统称为**可测集**.

3·4·2 可测集及其测度的运算性质

引理 1 设 E 是可测集,则

$$mE = \sum_{n=1}^{\infty} m(E \cap L_n).$$

证明 记 $E_n = E \cap L_n (n = 1, 2, \cdots)$,则诸 E_n 是两两无交的有界可测集,$E = \bigcup_{n=1}^{\infty} E_n$. 由外测度的半可列可加性,

$$mE \leqslant \sum_{n=1}^{\infty} mE_n.$$

对任意自然数 m,由外测度的单调性及 §3·3 定理 3,

$$mE \geqslant m \bigcup_{n=1}^{m} E_n = \sum_{n=1}^{m} mE_n.$$

令 $m \to \infty$,得

$$mE \geqslant \sum_{n=1}^{\infty} mE_n,$$

所以 $mE = \sum_{n=1}^{\infty} m(E \cap L_n)$. ▌

定理 1 设 E 是有限个或可列个两两无交的可测集 E_i 之并 $\bigcup_i E_i$,则 E 是可测集,并且

$$mE = \sum_i mE_i.$$

证明 对于$\{L_n\}$中的每个 L_n,

$$E \cap L_n = \bigcup_i (E_i \cap L_n).$$

由 E_i 可测知 $E_i \cap L_n$ 为有界可测集. 由 §3·3 定理 3 知 $E \cap L_n$ 为有界可测集,并且

$$m(E \cap L_n) = \sum_i m(E_i \cap L_n).$$

由定义 1 知 E 可测,并且

$$\begin{aligned}\sum_{n=1}^{\infty} m(E \cap L_n) &= \sum_{n=1}^{\infty} \sum_i m(E_i \cap L_n) \\ &= \sum_i \sum_{n=1}^{\infty} m(E_i \cap L_n),\end{aligned}$$

再根据引理 1 便知

$$mE = \sum_i mE_i. \quad ▌$$

定理 1 说明,对于可测集来说,测度是有限可加的,也是可列可加的.

§3·3 定理 4 ～ 定理 9,把其中点集有界的条件去掉(定理 5 中的 $\mathscr{C}_I$ 改为 $\mathscr{C}_{R^N}$),都仍然成立. 也就是说,可测集的全体对"有限并"、"余"、"有限交"、"差"、"可列并"、"可列交"这些运算都是封闭的. 这些结论的证明都与定理 1 类似,不再赘述.

定理 2 (i) 设$\{E_n\}$是渐张可测集列(即诸 E_n 可测且 $E_n \uparrow$),$E_n \uparrow E$,则 E 是可测集,并且

$$mE_n \uparrow mE.$$（下连续性）

（ii）设$\{E_n\}$是渐缩可测集列，$E_n \downarrow E$，并且$\{E_n\}$中至少有一项E_{n_0}测度有限，则E是可测集，并且

$$mE_n \downarrow mE.$$（上连续性）

证明　（i）$E = \bigcup_{n=1}^{\infty} E_n$，故$E$可测. 令

$$\hat{E}_1 = E_1, \quad \hat{E}_i = E_i \setminus E_{i-1} \quad (i = 2,3,\cdots),$$

则诸$\hat{E}_i$可测，并且$\hat{E}_i \cap \hat{E}_j = \varnothing\ (i \neq j)$，

$$E_n = \bigcup_{i=1}^{n} \hat{E}_i, \qquad E = \bigcup_{i=1}^{\infty} \hat{E}_i.$$

由定理1，

$$mE = \sum_{i=1}^{\infty} m\hat{E}_i = \lim_{n\to\infty}\sum_{i=1}^{n} m\hat{E}_i = \lim_{n\to\infty} mE_n,$$

而$mE_1 \leqslant mE_2 \leqslant \cdots$故

$$mE_n \uparrow mE.$$

（ii）$E = \bigcap_{n=1}^{\infty} E_n$，故$E$可测. 不妨设$mE_1 < \infty$.

$$(E_1 \setminus E_n) \uparrow \bigcup_{n=1}^{\infty} (E_1 \setminus E_n) = E_1 \setminus \left(\bigcap_{n=1}^{\infty} E_n\right) = E_1 \setminus E.$$

由（i）知

$$m(E_1 \setminus E_n) \uparrow m(E_1 \setminus E). \tag{3·4·1}$$

由于$mE_1 < \infty$，$E_1 \supset E_n$，$E_1 \supset E$，根据定理1可知

$$m(E_1 \setminus E_n) = mE_1 - mE_n, \quad m(E_1 \setminus E) = mE_1 - mE.$$

把以上二式代入（3·4·1）得

$$mE_1 - mE_n \uparrow mE_1 - mE.$$

注意到$mE_1 < \infty$，由上式即得

$$mE_n \downarrow mE. \ \blacksquare$$

注　定理2（ii），其中“$\{E_n\}$中至少有一项E_{n_0}测度有限”这个条件不能去掉，例如，R^1中可测集列$I_n = [n, +\infty]$，$n = 1,2,\cdots$显

然 $I_n \downarrow \varnothing$,但是 $mI_n \downarrow m\varnothing$ 不成立.

3·4·3 可测集的构造

一般常见的点集有哪些是可测的?可测集的具体构造是怎样的?我们在 §3·4 中的 3·4·3 试图来回答这个问题.

我们已经知道半开区间是可测集,而开集可表成可列个半开区间的并集,闭集可表成开集的余集,由可测集的运算性质立即知

命题 1 开集及闭集都是可测集.

定义 2 (i) 若点集 G 可表成可列个开集 G_n 的交 $\bigcap\limits_{n=1}^{\infty} G_n$,就称 G 是 G_δ **型集**.

(ii) 若点集 F 可表成可列个闭集 F_n 的并 $\bigcup\limits_{n=1}^{\infty} F_n$,就称 F 是 F_σ **型集**.

注 G_δ 型集 G 一定能表成渐缩开集列 $\{G_n\}$ 的极限,当 G 含于开区间 I 时,还可使诸 $G_n \subset I$;F_σ 型集 F 一定能表成渐张闭集列 $\{F_n\}$ 的极限.

显然 G_δ 型集的余集是 F_σ 型集,F_σ 型集的余集是 G_δ 型集.

命题 2 G_δ 型集及 F_σ 型集都是可测集.

从开集出发,通过取有限或可列个集的并或交、取一个集的余这样的手续所得到的集统称为 **Borel 集**(§3·8 将给出严格定义). 显然所有 Borel 集都是可测集,但可以举出例子来说明可测集并不都是 Borel 集(见[9]《分析中的反例》第八章 17).

定理 3 设 E 是任意可测集,则

(i) 对任意 $\varepsilon > 0$,总存在开集 $G \supset E$,使

$$m(G\backslash E) \leqslant \varepsilon$$

$$(\text{从而 } mE \leqslant mG \leqslant mE + \varepsilon);$$

(ii) 存在 G_δ 型集 $G \supset E$,使

$$m(G\backslash E) = 0$$

$$(\text{从而 } mG = mE).$$

证明　(i) 由无界可测集的定义知 E 可表成可列个两两无交的有界可测集 E_i 之并 $\bigcup_{i=1}^{\infty} E_i$. 对每个 E_i，由 §3·2 定理 2 知存在开集 $G_i \supset E_i$，使 $mG_i \leqslant mE_i + \frac{\varepsilon}{2^i}$，从而

$$m(G_i \setminus E_i) = mG_i - mE_i \leqslant \frac{\varepsilon}{2^i}.$$

令 $G = \bigcup_{i=1}^{\infty} G_i$，则 G 是开集，$G \supset E$，

$$G \setminus E = (\bigcup_{i=1}^{\infty} G_i) \cap \mathscr{C} E = \bigcup_{i=1}^{\infty} (G_i \cap \mathscr{C} E) \subset \bigcup_{i=1}^{\infty} (G_i \setminus E_i),$$

因此

$$m(G \setminus E) \leqslant \sum_{i=1}^{\infty} m(G_i \setminus E_i) \leqslant \sum_{i=1}^{\infty} \frac{\varepsilon}{2^i} = \varepsilon$$

(从而由 $mG = mE + m(G \setminus E)$ 知 $mE \leqslant mG \leqslant mE + \varepsilon$).

(ii) 由 (*i*) 知，对任意自然数 n，存在开集 $G_n \supset E$，使

$$m(G_n \setminus E) \leqslant \frac{1}{n}.$$

令 $G = \bigcap_{n=1}^{\infty} G_n$，则 G 是 G_δ 型集，$G \supset E$. 由 $G \setminus E \subset G_n \setminus E$ 知

$$m(G \setminus E) \leqslant m(G_n \setminus E) \leqslant \frac{1}{n}.$$

令 $n \to \infty$，得

$$m(G \setminus E) = 0$$

(从而由 $mG = mE + m(G \setminus E)$ 知 $mG = mE$). ▌

注　当 $G \supset E$，$mG \leqslant mE + \varepsilon$ 时未必有 $m(G \setminus E) \leqslant \varepsilon$. 当 $G \supset E$，$mG = mE$ 时未必有 $m(G \setminus E) = 0$.

由定理 3，用对偶方法可以推出下面的定理.

定理 4　设 E 是任意可测集，则

(i) 对任意正实数 ε，总存在闭集 $F \subset E$，使

$$m(E \setminus F) \leqslant \varepsilon$$

$$(\text{从而 } mE - \varepsilon \leqslant mF \leqslant mE);$$

(ii) 存在 F_σ 型集 $F \subset E$,使

$$m(E\backslash F) = 0$$

$$(\text{从而 } mE = mF).$$

证明 (i) E 可测,故 $\mathscr{C}E$ 可测,由定理 3 知,存在开集 $G \supset \mathscr{C}E$,使

$$m(G\backslash \mathscr{C}E) \leqslant \varepsilon.$$

令 $F = \mathscr{C}G$,则 F 是闭集,$F \subset E$,由 $E\backslash F = \mathscr{C}F\backslash \mathscr{C}E$ 知

$$m(E\backslash F) = m(G\backslash \mathscr{C}E) \leqslant \varepsilon.$$

(ii) 由定理 3 知,存在 G_δ 型集 $G \supset \mathscr{C}E$,使

$$m(G\backslash \mathscr{C}E) = 0.$$

令 $F = \mathscr{C}G$,则 F 是 F_σ 型集,$F \subset E$,

$$m(E\backslash F) = m(\mathscr{C}F\backslash \mathscr{C}E) = m(G\backslash \mathscr{C}E) = 0. \blacksquare$$

定义 3 测度是 0 的可测集称为**零集**.

命题 3 所有外测度为 0 的点集恰是所有零集,从而零集的任意子集仍是零集.

证明 外测度为 0 的有界点集必是可测集(因为其内、外测度相等). 由此,根据无界可测集的定义及外测度的单调性即知命题 3 成立. ▌

由定理 3 立即可以看出,一个零集一定是一个 G_δ 型零集的子集.

命题 4 (i) E 为可测集当且仅当 E 可表为一个 G_δ 型集 G 与一个零集 N 之差 $G\backslash N$.

(ii) E 为可测集当且仅当 E 可表为一个 F_σ 型集 F 与一个零集 N 之并 $F \cup N$.

证明 由定理 3,4 立即得证. ▌

由上所述,我们得知:从所有的半开区间及外测度为 0 的点集出发,通过“有限并”、“有限交”、“差”、“余”、“可列并”、“可列交”

这些运算,便可产生所有的可测集,产生的过程可按图 3·4·1 所示的来进行.

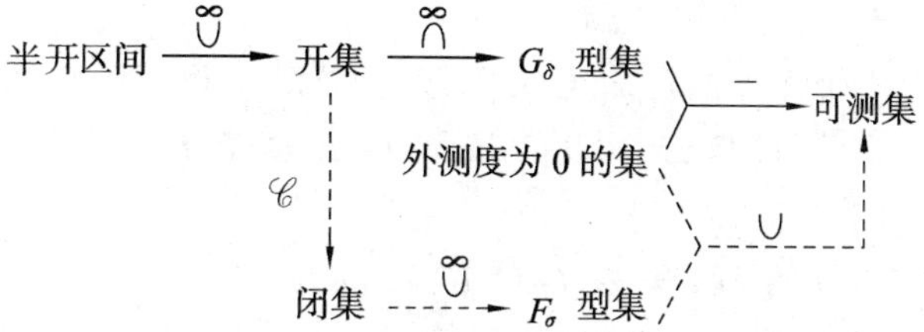

图 3·4·1

这个产生的过程反映了可测集的构造. 今后再探讨可测集的性质,可以沿着这个产生的过程来进行(例如 §3·6 中 3·6·2, §3·4 中的 3·4·2 就是这样做的).

*3·4·4　Caratheodory 条件

所谓点集 E 满足 **Caratheodory 条件**是指:对于任何点集 T,都有

$$m^*(T\cap E)+m^*(T\setminus E)=m^*T. \qquad (3\cdot 4\cdot 2)$$

定理 5　(有界或无界)点集 E 为可测集的充要条件是:E 满足 Caratheodory 条件.

证明　充分性:设对任何点集 T 都有

$$m^*(T\cap E)+m^*(T\setminus E)=m^*T.$$

在上式中取 T 为任意开区间 I 并注意到 $I\setminus E=I\setminus(I\cap E)$ 得

$$m^*(I\cap E)+m^*(I\setminus(I\cap E))=|I|.$$

因此 $I\cap E$ 是有界可测集. 设开区间

$$I_n=\{x\mid -n<x_i<n, i=1,\cdots,N\}\quad(n=1,2,\cdots),$$

则 $I_n\cap E\uparrow E$. 由已证得的结论知诸 $I_n\cap E$ 可测,故 E 可测.

必要性:设 E 可测,T 为任意点集. 由外测度的半有限可加性,

$$m^*(T\cap E)+m^*(T\setminus E)\geqslant m^*T.$$

再证相反的不等式,由 §3·2定理2,对任$\varepsilon>0$,存在开集$G\supset T$,使

$$mG\leqslant m^*T+\varepsilon.$$

G可表为两个无交的可测集$G\cap E$与$G\setminus E$之并,而

$$G\cap E\supset T\cap E,\quad G\setminus E\supset T\setminus E,$$

于是

$$\begin{aligned}m^*T+\varepsilon\geqslant mG&=m(G\cap E)+m(G\setminus E)\\&\geqslant m^*(T\cap E)+m^*(T\setminus E).\end{aligned}$$

令$\varepsilon\to 0$,得

$$m^*T\geqslant m^*(T\cap E)+m^*(T\setminus E).$$

所以$m^*(T\cap E)+m^*(T\setminus E)=m^*T$. ▍

我们当然也可以把满足Caratheodory条件作为可测集的定义来展开测度理论(见 §3·8).只是这个定义对初学者来说不够直观、自然.

§3·5 不可测集的例

3·5·1 R^1 中 Lebesgue 测度的平移不变性

若h是一个固定实数,T_h是$R^1\to R^1$的映射,当$x\in R^1$时$T_h(x)=x+h$,就称T_h是R^1的平移量为h的**平移变换**.

当$I=(a,b]$时$T_h(I)=(a+h,b+h]$,$|T_h(I)|=|I|$.因此由外测度的定义知,对于R^1中的任何点集E,恒有$m^*T_h(E)=m^*E$.于是由可测集及测度的定义知,若E是R^1中可测集,则$T_h(E)$也是R^1中可测集,并且$mT_h(E)=mE$.这个性质称为“R^1中 Lebesgue 测度的平移不变性”.

3·5·2 不可测集的例

对于闭区间[0,1]中的两个数x与y,若$x-y$是有理数,就称

x 与 y 是"相亲"的. 显然，当 x 与 y 相亲时 y 与 x 也相亲，与同一个数相亲的两个数也是相亲的. 对每个 $x \in [0,1]$，把 $[0,1]$ 中与 x 相亲的数的全体记作 $E(x)$，称它是一个"相亲集". 由上所述，对于相亲集 $E(x)$ 与 $E(y)$，当 x 与 y 相亲时，$E(x) = E(y)$，当 x 与 y 不相亲时，$E(x) \cap E(y) = \varnothing$，所以不同的相亲集是无交的. 这样一来，就把闭区间 $[0,1]$ 分解成为一族两两无交的相亲集的并. 对于这一族两两无交的相亲集，我们在每个相亲集中取一个数(若 x 与 y 相亲，不论 x 与 y 相等与否，$E(x)$ 与 $E(y)$ 实际是同一个相亲集，我们只取这个集中的一个数)，把所取出的数组成的集记作 S. 显然对任何 $x \in [0,1]$，$E(x) \cap S$ 是一个单元素集. 下面我们来证明 S 是 R^1 中的一个不可测的点集.

设 $[-1,1]$ 中有理数的全体为 $\{r_1, r_2, \cdots, r_n, \cdots\}$，$T_{r_n}$ 是 R^1 的平移量为 r_n 的平移变换，S_n 是点集 S 在 T_{r_n} 下的象集 $T_{r_n}(S)$.

引理 1　(i) $S_1, S_2, \cdots, S_n, \cdots$ 两两相交.

(ii) $[0,1] \subset \bigcup\limits_{n=1}^{\infty} S_n \subset [-1,2]$.

证明　(i) 假设有两个不同的自然数 m 与 n 使 S_m 与 S_n 相交，则存在 $a \in S_m \cap S_n$，于是

$$a - r_m \in S,\quad a - r_n \in S,\quad a - r_m \neq a - r_n.$$

由 S 的定义知 S 中此不同的二数 $a - r_m, a - r_n$ 不属于同一个相亲集. 但是，$a - r_m$ 与 $a - r_n$ 的差为有理数 $r_n - r_m$，从而

$$E(a - r_m) = E(a - r_n).$$

出现的矛盾说明(i) 成立.

(ii) 由 S_n 的定义知 $S_n \subset [-1,2]$，故 $\bigcup\limits_{n=1}^{\infty} S_n \subset [-1,2]$.

再证 $[0,1] \subset \bigcup\limits_{n=1}^{\infty} S_n$. 设 $x \in [0,1]$，则 $x \in E(x)$. 由 S 的定义知 $E(x) \cap S$ 仅含有一个数，记此数为 y，由 $y \in E(x)$ 知 $x - y$ 为有理数且 $x - y \in [-1,1]$，故 $x - y \in \{r_n\}$. 设 $x - y = r_{n_0}$，则 x

$= y + r_{n_0}$,由 $y \in S$ 知 $x \in S_{n_0}$. 所以$[0,1] \subset \bigcup_{n=1}^{\infty} S_n$. ▌

定理 1 S 是一个不可测集.

证明 假设 S 可测,由引理 1(i) 及测度的平移不变性知,$\{S_n\}$ 是可列个两两无交的可测集,$mS = mS_n (n = 1,2,\cdots)$. 由引理 1(ii) 知,$1 \leqslant m \bigcup_{n=1}^{\infty} S_n \leqslant 3$,于是

$$1 \leqslant \sum_{n=1}^{\infty} mS_n \leqslant 3. \tag{3・5・1}$$

(1°) 若 $mS = 0$,则 $\sum_{n=1}^{\infty} mS_n = 0 < 1$,与(3・5・1) 矛盾.

(2°) 若 $mS \neq 0$,则 $\sum_{n=1}^{\infty} mS_n = +\infty > 3$,与(3・5・1) 矛盾.

(1°) 与(2°) 说明 S 不可测. ▌

注 对 R^1 中任何一个测度非 0 的可测集 E,都可以仿照上述的方法作出一个不可测的子集 E_1.

§3・6 集合的乘积・R^p,R^q 与 R^{p+q} 中可测集间的关系

3・6・1 集合的乘积

定义 1 设 A,B 是两个集合,对任意 $a \in A, b \in B$,作有序元素对(a,b),所有这样作出的有序元素对组成一个集合,这个集合称为 **A 与 B 的乘积**,记作 $A \times B$. 即

$$A \times B = \{ (a,b) \mid a \in A,\ b \in B\}.$$

类似地可定义

$$E_1 \times E_2 \times \cdots \times E_n = \{(x_1, x_2, \cdots, x_n) \mid x_i \in E_i,\ i = 1,2,\cdots,n\}.$$

例 3・6・1 对任意两个自然数 p 与 q,有 $R^p \times R^q = R^{p+q}$.

例 3·6·2　设 $I_i = \langle a_i, b_i \rangle$ $(i = 1, 2, \cdots, N)$，则

$$I_1 \times I_2 \times \cdots \times I_N = \langle a_1, b_1; a_2, b_2; \cdots; a_N, b_N \rangle.$$

当 $I_1, I_2, \cdots, I_N$ 都是半开区间时 $I_1 \times I_2 \times \cdots \times I_N$ 也是半开区间.

由定义 1 易知下列结论成立.

(i) 若 A 或 B 是空集，则 $A \times B$ 是空集. 反之亦对.

(ii) 若 $A_1 \cap A_2 = \varnothing$ 或 $B_1 \cap B_2 = \varnothing$，则

$$(A_1 \times B_1) \cap (A_2 \times B_2) = \varnothing.$$

反之亦对.

(iii) 若 $A_1 \subset A_2$ 且 $B_1 \subset B_2$，则 $A_1 \times B_1 \subset A_2 \times B_2$. 反之亦对.

(iv) $\left(\bigcup_{i=1}^{\infty} A_i\right) \times \left(\bigcup_{j=1}^{\infty} B_j\right) = \bigcup_{i,j=1}^{\infty} (A_i \times B_j)$.

(v) $\left(\bigcap_{n=1}^{\infty} A_n\right) \times \left(\bigcap_{n=1}^{\infty} B_n\right) = \bigcap_{n=1}^{\infty} (A_n \times B_n)$.

定义 2　若 X, Y 是两个空间(空间即基本集)，则称 $X \times Y$ 是**乘积空间**. 这时，若 $A \subset X, B \subset Y$，则称 $A \times B$ 是乘积空间 $X \times Y$ 中的**矩形**，而 A, B 称为**矩形** $A \times B$ **的边**.

3·6·2　R^p，R^q 与 R^{p+q} 中可测集间的关系

我们知道 $R^p \times R^q = R^{p+q}$，并且在 R^p，R^q 及 R^{p+q} 中都已定义了可测集，因此自然要问：R^p，R^q 中的可测集与 R^{p+q} 中可测集之间有什么关系？本节的定理给出了这个问题的部分回答. 至于完满的回答，要等到 §5·4 中 5·4·2 才能给出.

定理 1　若 A 和 B 分别是 R^p 和 R^q 中的可测集，则 $A \times B$ 是 R^{p+q} 中的可测集，并且

$$m(A \times B) = mA \times mB.$$

证明　(1°) 设 A, B 是区间.

这时，$A \times B$ 也是区间，故 $A \times B$ 可测，

$$m(A \times B) = |A \times B| = |A| \times |B| = mA \times mB.$$

(2°) 设 A, B 是开集.

这时,A,B 可分别表为可列个两两无交的半开区间之并:

$$A=\bigcup_{i=1}^{\infty}A_i,\quad B=\bigcup_{j=1}^{\infty}B_j,$$

从而
$$A\times B=\bigcup_{i,j=1}^{\infty}(A_i\times B_j),$$

并且 $A_i\times B_j, i=1,2,\cdots; j=1,2,\cdots$ 两两无交. 由(1°) 知 $A_i\times B_j$ 是可测集,所以 $A\times B$ 可测,

$$\begin{aligned}m(A\times B)&=\sum_{i,j=1}^{\infty}m(A_i\times B_j)=\sum_{i,j=1}^{\infty}(mA_i\times mB_j)\\&=\left(\sum_{i=1}^{\infty}mA_i\right)\times\left(\sum_{j=1}^{\infty}mB_j\right)=mA\times mB.\end{aligned}$$

(3°) 设 A,B 是有界 G_δ 型集.

这时,A,B 可分别表为渐缩有界开集列的极限:

$$A_n\downarrow\bigcap_{n=1}^{\infty}A_n=A,\qquad B_n\downarrow\bigcap_{n=1}^{\infty}B_n=B,$$

从而

$$A_n\times B_n\downarrow\bigcap_{n=1}^{\infty}(A_n\times B_n)=\left(\bigcap_{n=1}^{\infty}A_n\right)\times\left(\bigcap_{n=1}^{\infty}B_n\right)=A\times B.$$

由(2°) 知诸 $A_n\times B_n$ 为有界可测集,所以 $A\times B$ 可测,

$$\begin{aligned}m(A\times B)&=\lim_{n\to\infty}m(A_n\times B_n)=\lim_{n\to\infty}(mA_n\times mB_n)\\&=(\lim_{n\to\infty}mA_n)\times(\lim_{n\to\infty}mB_n)=mA\times mB.\end{aligned}$$

(4°) 设 A,B 是有界可测集,并且其中有一个是零集. 不妨设 A 是零集.

由 §3・4 定理 3 知,存在有界 G_δ 型集 $\hat{A}$ 与 $\hat{B}$,使

$$\hat{A}\supset A,\quad \hat{B}\supset B,\quad m\hat{A}=mA=0,\quad mB=m\hat{B}.$$

根据(3°),

$$\begin{aligned}m^*(A\times B)&\leqslant m^*(\hat{A}\times\hat{B})=m(\hat{A}\times\hat{B})\\&=m\hat{A}\times m\hat{B}=0,\end{aligned}$$

所以 $A\times B$ 可测,$m(A\times B)=0=mA\times mB$.

(5°) 设 A,B 是有界可测集.

由 §3·4 定理 3 知,存在有界 G_δ 型集 $\hat{A}$ 与 $\hat{B}$, 使

$$\hat{A} \supset A,\ \hat{B} \supset B,\ m(\hat{A}\backslash A) = 0,\ m(\hat{B}\backslash B) = 0.$$

令 $N_1 = \hat{A}\backslash A, N_2 = \hat{B}\backslash B$,则 N_1、N_2 是零集,

$$\begin{aligned}&\hat{A} \times \hat{B} = (A \cup N_1) \times (B \cup N_2)\\&= (A \times B) \cup (N_1 \times B) \cup (A \times N_2) \cup (N_1 \times N_2).\end{aligned}$$

由(3°) 知 $\hat{A} \times \hat{B}$ 可测,由(4°) 知 $N_1 \times B$、$A \times N_2$、$N_1 \times N_2$ 都是零集,所以 $A \times B$ 可测,

$$\begin{aligned}m(A \times B) &= m(\hat{A} \times \hat{B}) = m\,\hat{A} \times m\,\hat{B}\\&= mA \times mB.\end{aligned}$$

(6°) 设 A、B 是任意可测集.

这时,A,B 可分别表为可列个两两无交的有界可测集的并:

$$A = \bigcup_{i=1}^{\infty} A_i, \qquad B = \bigcup_{j=1}^{\infty} B_j,$$

从而

$$A \times B = \bigcup_{i,j=1}^{\infty} (A_i \times B_j).$$

由(5°) 知诸 $A_i \times B_j$ 可测,所以 $A \times B$ 可测,

$$\begin{aligned}m(A \times B) &= \sum_{i,j=1}^{\infty} m(A_i \times B_j) = \sum_{i,j=1}^{\infty} (mA_i \times mB_j)\\&= \Big(\sum_{i=1}^{\infty} mA_i\Big) \times \Big(\sum_{j=1}^{\infty} mB_j\Big) = mA \times mB. \blacksquare\end{aligned}$$

* §3·7 Lebesgue－Stieltjes 测度

鉴于 Lebesgue－Stieltjes 测度及积分的理论在概率论、物理学等方面有着重要的应用,我们于本节及 §5·6 中 5·6·1 对其作

一简单介绍.

为书写方便，我们把“Lebesgue－Stieltjes 测度(可测函数、积分)”简写作“L－S 测度(可测函数、积分)”，而把“Lebesgue 测度(可测函数、积分)”简写作“L 测度(可测函数、积分)”.

L－S 测度是 L 测度的进一步推广，建立 L－S 测度的基本想法与 L 测度相似，所以我们着重对不同之处加以讨论.

3·7·1 R^1 中点集的 L－S 外测度

定义 1 若定义在 R^1 上的实值函数 $\alpha(x)$ 单调不减且右方连续，就称 $\alpha(x)$ 是 R^1 上的一个**分布函数**.

例 3·7·1 在直线 R^1 上放 4 克物质：在线段 $[0,1]$，$[3,5]$ 上分别均匀地放 1 克物质，在 $x=2$，$x=5$ 两个点上分别放 1 克物质. 对于任意 $x \in R^1$，把 $(-\infty, x]$ 上物质的总质量记为 $\alpha(x)$，则 $\alpha(x)$ 是 R^1 上的一个分布函数. 我们由此可看出“分布函数”这个名称的来历.

定义 2 设已给定 R^1 上的一个分布函数 $\alpha(x)$. 对于 R^1 中的任意点集 E，我们把

$$\inf\left\{\sum_{n=1}^{\infty}[\alpha(b_n)-\alpha(a_n)] \,\middle|\, \bigcup_{n=1}^{\infty}(a_n,b_n] \supset E\right\}$$

称为点集 E **关于 $\alpha(x)$ 的 L－S 外测度**(简称 E 的 **α－外测度**)，记作 $m_\alpha^* E$.

注 当 $\alpha(x) \equiv x$ 时，关于 $\alpha(x)$ 的 L－S 外测度 $m_\alpha^* E$ 就是 L 外测度 $m^* E$.

命题 1 (i) $m_\alpha^*(a,b] = \alpha(b) - \alpha(a)$.

(ii) $m_\alpha^*(a,b) = \alpha(b-0) - \alpha(a)$(这里 $a<b$).

(iii) $m_\alpha^*[a,b) = \alpha(b-0) - \alpha(a-0)$.

(iv) $m_\alpha^*[a,b] = \alpha(b) - \alpha(a-0)$.

这里仅对(i) 给出证明，其他几条读者自证.

证明 由 α－外测度的定义

$$m_\alpha^*(a,b] \leqslant \alpha(b)-\alpha(a).$$

再证相反的不等式. 为此,设半开区间串$\{(a_n,b_n]\}$复盖$(a,b]$来证

$$u=\sum_{n=1}^{\infty}[\alpha(b_n)-\alpha(a_n)] \geqslant \alpha(b)-\alpha(a). \quad (3\cdot7\cdot1)$$

不妨设$a<b$. 任给$\varepsilon>0$,由$\alpha(x)$右方连续知,存在$\delta>0$使$a+\delta<b$且

$$\alpha(a+\delta)<\alpha(a)+\varepsilon,$$

对每个自然数n存在$c_n>b_n$使

$$\alpha(c_n)<\alpha(b_n)+\frac{\varepsilon}{2^n}.$$

显然开区间族$\{(a_n,c_n)\}$复盖闭区间$[a+\delta,b]$. 由 Borel 有限复盖定理知可以选出有限个开区间$(a_{n_1},c_{n_1}),\cdots,(a_{n_k},c_{n_k})$合起来复盖$[a+\delta,b]$,显然还可以使选出的这有限个开区间满足

$$a_{n_{i+1}}<c_{n_i}, \quad i=1,2,\cdots,k-1.$$

于是

$$\begin{aligned}\hat{u} &= \sum_{n=1}^{\infty}[\alpha(c_n)-\alpha(a_n)] \geqslant \sum_{i=1}^{k}[\alpha(c_{n_i})-\alpha(a_{n_i})] \\ &= \alpha(c_{n_k})+[\alpha(c_{n_{k-1}})-\alpha(a_{n_k})]+\cdots \\ &\quad +[\alpha(c_{n_1})-\alpha(a_{n_2})]-\alpha(a_{n_1}) \geqslant \alpha(c_{n_k})-\alpha(a_{n_1}),\end{aligned}$$

再由$c_{n_k}>b, a_{n_1}<a+\delta$知

$$\hat{u} \geqslant \alpha(b)-\alpha(a+\delta)>\alpha(b)-\alpha(a)-\varepsilon.$$

另一方面,

$$\begin{aligned}\hat{u} &= \sum_{n=1}^{\infty}[\alpha(c_n)-\alpha(a_n)] \leqslant \sum_{n=1}^{\infty}\left[\alpha(b_n)+\frac{\varepsilon}{2^n}-\alpha(a_n)\right] \\ &\leqslant \sum_{n=1}^{\infty}[\alpha(b_n)-\alpha(a_n)]+\varepsilon=u+\varepsilon.\end{aligned}$$

所以

$$u + \varepsilon \geqslant \hat{u} > \alpha(b) - \alpha(a) - \varepsilon.$$

令 $\varepsilon \to 0$,得

$$u \geqslant \alpha(b) - \alpha(a),$$

即(3·7·1)式成立. 则 α－外测度的定义便知

$$m_\alpha^*(a,b] \geqslant \alpha(b) - \alpha(a).$$

所以 $m_\alpha^*(a,b] = \alpha(b) - \alpha(a)$. ▌

读者可把命题1(及证明)与§3·2命题1(及证明)作对照,看有何异同.

对于 R^1 中的任意点 a,单点集 $\{a\}$ 即闭区间 $[a,a]$,由命题1知 $m_\alpha^*\{a\} = \alpha(a) - \alpha(a-0)$. 若 $\alpha(x)$ 在点 a 非左方连续,则 $m^*\{a\} > 0$. 单点集的L－S外测度未必是0,这是与L外测度不同的.

§3·2定理1所述的L外测度的四条基本性质,把其中的 m^* 改为 m_α^* 仍然成立,其证明也只需把原证明中的 m^* 改为 m_α^*,把容度 $|(a,b]|$ 改为 $\alpha(b) - \alpha(a)$. 这样就得到了L－S外测度的四条基本性质.

§3·2定理2及其证明,把其中的 m^* 改为 m_α^*,把区间的容度改为区间的 α－外测度,仍然成立.

3·7·2 R^1 中的L－S可测集

定义3 设已给定 R^1 上的一个分布函数 $\alpha(x)$. 对于 R^1 中的有界点集 E,若存在开区间 $I \supset E$,使

$$m_\alpha^* E + m_\alpha^*(I \backslash E) = m_\alpha^* I,$$

就称 E **关于** $\alpha(x)$ **是L－S可测的**(简称 E 是 α－**可测**的).

设 R^1 的起点为 θ 边长为1的半开区间分解为 $\{L_n\}$. 对于 R^1 中的无界点集 E,若 E 与 $\{L_n\}$ 中每个半开区间 L_n 的交都是 α－可测的,就称 E 是 α－**可测**的.

α－可测集 E 的 α－外测度称为 E **关于** $\alpha(x)$ **的L－S测度**(简称 E 的 α－**测度**),记作 $m_\alpha E$.

注 当 $\alpha(x) \equiv x$ 时,以上L－S可测集及L－S测度的定义

便还原为 L 可测集及 L 测度的定义.

§3·3, §3·4 的所有定理、命题及其证明,把其中的 m^*, m 改为 m_α^*, m_α,把区间的容度改为区间的 α－外测度,把 m_* 改为 m_*^α(对有界点集 E, $m_*^\alpha E = \sup\{m_\alpha F \mid 闭集 F \subset E\}$),仍然成立.

值得提到的是:R^1 中的 α－可测集 E 经平移变换 T_h 后所得的 $T_h(E)$ 未必 α－可测,$T_h(E)$ 即使 α－可测,也未必有 $m_\alpha T_h(E) = m_\alpha E$.

3·7·3　R^N 中的 L－S 测度理论

对于 R^N 上的任意实值函数 $\alpha(x_1, x_2, \cdots, x_N)$ 及任意半开区间 $I = \{x \mid a_i < x_i \leqslant b_i, i = 1, 2, \cdots, N\}$,我们规定符号 $\delta_k^I(\alpha)$, $m_\alpha^0 I$ 的意义如下:

$$\delta_k^I(\alpha) = \alpha(x_1, \cdots, x_{k-1}, b_k, x_{k+1}, \cdots, x_N) - \alpha(x_1, \cdots, x_{k-1}, a_k, x_{k+1}, \cdots, x_N) \quad (k = 1, \cdots, N),$$

$$m_\alpha^0 I = \delta_1^I(\delta_2^I(\cdots(\delta_N^I(\alpha))\cdots)).$$

定义 4　若 R^N 上的实值函数 $\alpha(x_1, \cdots, x_N)$ 满足如下条件:

(i) 对每个变数 x_i 都右方连续,亦即

$$\lim_{x_i \to c+0} \alpha(x_1, \cdots, x_i, \cdots, x_N) = \alpha(x_1, \cdots, c, \cdots, x_N)$$

$$(c \in R^1, i = 1, \cdots, N),$$

(ii) 对每个半开区间 $I = \{x \mid a_i < x_i \leqslant b_i, i = 1, \cdots, N\}$,

$$m_\alpha^0 I = \delta_1^I(\delta_2^I(\cdots(\delta_N^I(\alpha))\cdots)) \geqslant 0,$$

就称 $\alpha(x_1, \cdots, x_N)$ 是 R^N 上的一个**分布函数**.

注　当 $N = 1$ 时上面的定义 4 还原为定义 1.

例 3·7·2　设 $\alpha(x)$, $\beta(x)$ 是 R^1 上的两个分布函数,则

$$\gamma(x_1, x_2) = \alpha(x_1) \cdot \beta(x_2)$$

是 R^2 上的一个分布函数.

证明　$\gamma(x_1, x_2)$ 显然满足定义 4 中的条件(i).

对于任意半开区间

$$I = \{(x_1, x_2) \mid a_1 < x_1 \leqslant b_1, a_2 < x_2 \leqslant b_2\}$$
$$= (a_1, b_1] \times (a_2, b_2],$$
$$m_\gamma^0 I = \delta_1^I(\delta_2^I(\gamma)) = \delta_1^I(\gamma(x_1, b_2) - \gamma(x_1, a_2))$$
$$= \gamma(b_1, b_2) - \gamma(b_1, a_2) - \gamma(a_1, b_2) + \gamma(a_1, a_2)$$
$$= [\alpha(b_1) - \alpha(a_1)] \times [\beta(b_2) - \beta(a_2)]$$
$$= m_\alpha^0(a_1, b_1] \times m_\beta^0(a_2, b_2] \geqslant 0.$$ ▌

设已给定 R^N 上的一个分布函数 $\alpha(x)$. 对于 R^N 中的任意点集 E,我们把

$$\inf\left\{ \sum_{n=1}^{\infty} m_\alpha^0 I_n \,\middle|\, \text{诸 } I_n \text{ 为半开区间}, \bigcup_{n=1}^{\infty} I_n \supset E \right\}$$

称为 E 的 $\alpha-$**外测度**,记作 $m_\alpha^* E$.

有了 $m_\alpha^* E$ 的定义,把 §3·7 3·7·2 定义 3 中的 R^1 改为 R^N,就得到 R^N 中 $\alpha-$**可测集**以及 $\alpha-$**测度** $m_\alpha E$ 的定义.

R^N 中 $\alpha-$外测度、$\alpha-$可测集以及 $\alpha-$测度的性质,与 R^1 中的情况类似.

相应于 §3·6 定理 1,这里有下面的定理.

定理 1 设 $\alpha(x_1, \cdots, x_p)$, $\beta(y_1, \cdots, y_q)$ 分别是 R^p, R^q 上的分布函数. 记 $R^p \times R^q$ 上的函数 $\alpha(x_1, \cdots, x_p) \times \beta(y_1, \cdots, y_q)$ 为 $(\alpha \times \beta)(x_1, \cdots, x_p, y_1, \cdots, y_q)$,此函数是 R^{p+q} 上的一个分布函数. 若 A 是 R^p 中的 $\alpha-$可测集,B 是 R^q 中的 $\beta-$可测集,则 $A \times B$ 是 R^{p+q} 中的 $\alpha \times \beta-$可测集,并且

$$m_{\alpha\times\beta}(A \times B) = m_\alpha A \times m_\beta B.$$

这个定理的证明与 §3·6 定理 1 类似.

* §3·8 抽象测度理论初步

在概率论、泛函分析、群上调和分析以及物理学等许多方面,

抽象测度及相应积分的理论已经成为经常用到的基础理论，所以我们于本节 §5·6 中 §5·6·2 对其作一简单介绍.

本节在讲法上假定L测度理论及L－S测度理论尚未建立，而在建立抽象测度理论的同时，把L测度及L－S测度作为其具体例子跟随着建立起来(此建立方式与前不尽相同).

3·8·1　环·σ—环

为了层次分明起见，我们把空间 X 的子集叫做空间 X 中的**集**，而把空间 X 的某些子集所组成的集称为空间 X 中的**集类**. 在 §3·8 中，我们总是假设已经预先给定了空间 X，我们凡说到集、集类都是指这个空间 X 中的集、集类(某些另作特别声明之处除外). 对于集，我们用英文大写字母表示，例如 A,B,E 等；对于集类，我们用黑体英文大写字母表示，例如 $\mathbf{R},\mathbf{S},\mathbf{T}$ 等. 我们还约定：对于集 E，我们把"$a\in E$"说成"a 是属于 E 的元"(或"a 是 E 中的元")；对于集类 $\mathbf{R}$，我们把"$E\in\mathbf{R}$"说成"E 是属于 $\mathbf{R}$ 的集"(或"E 是 $\mathbf{R}$ 中的集"). 在今后的讨论中，读者要特别注意分清元、集、集类这三个层次.

3·8·1·1　环

定义 1　设 $\mathbf{R}$ 是一个非空集类. 若对任何 E_1、$E_2\in\mathbf{R}$，都有

$$E_1\cup E_2\in\mathbf{R},\qquad E_1\backslash E_2\in\mathbf{R},$$

就称 $\mathbf{R}$ 是一个**环**. 特别若又有 $X\in\mathbf{R}$，就称 $\mathbf{R}$ 是一个**代数**.

简单地说，环就是对"有限并"及"差"运算封闭的非空集类.

例 3·8·1　空间 X 的所有子集组成的集类 2^X 是一个代数.

例 3·8·2　R^N 中 Jordan 可测集的全体称为 R^N 中的 Jordan **可测集类**，记作 $\mathbf{J}$. R^N 中的 $\mathbf{J}$ 是一个环，但不是代数.

环有如下的性质：空集 $\varnothing$ 属于任何环 $\mathbf{R}$. 环 $\mathbf{R}$ 对"有限交"运算封闭，即当 $E_1,E_2\in\mathbf{R}$ 时 $E_1\cap E_2\in\mathbf{R}$(因为 $E_1\cap E_2=(E_1\cup E_2)\backslash(E_1\backslash E_2)\backslash(E_2\backslash E_1)$). 两个环 $\mathbf{R}_1$、$\mathbf{R}_2$ 的交 $\mathbf{R}$ 仍是环(因为当 E_1，

$E_2 \in$ R时,它们都属于 R_1 也都属于 R_2,所以 $E_1 \cup E_2$ 与 $E_1 \setminus E_2$ 既属于 R_1 也属于 R_2,从而属于 R). 更一般地,任意多个环的交仍是环.

定理 1 对任一非空集类 E,有且仅有一个包含 E 的最小环,亦即存在唯一的环 R,使

(i) $\mathrm{E} \subset \mathrm{R}$,

(ii) 若环 $\mathrm{R}_1 \supset \mathrm{E}$,则 $\mathrm{R}_1 \supset \mathrm{R}$.

证明 包含 E 的环确实存在,例如 2^X. 设包含 E 的所有环的交为 R,则 R 是环且满足(i) 与(ii). 显然满足(i) 与(ii) 的环只能有一个. ▌

包含非空集类 E 的最小环一般记作 R(E).

3·8·1·2 R^N 中的集类P 及环 Q

定义 2 所谓 R^N 中的集类 P 是指:R^N 中半开区间的全体. 所谓 R^N 中的集类 Q 是指:R^N 中可表成有限个两两无交半开区间之并的集的全体,即

$$\mathrm{Q} = \left\{ \bigcup_{i=1}^{n} I_i \;\middle|\; n \in \mathrm{N}, I_1, \cdots, I_n \text{ 为两两无交的半开区间} \right\}.$$

命题 1 在 R^N 中,Q 恰是包含 P 的最小环 R(P).

证明 为叙述简便,我们仅就 $X = R^1$ 的情况来证明.

显然 $\mathrm{Q} \subset \mathrm{R(P)}$. 再证 $\mathrm{Q} \supset \mathrm{R(P)}$,而这只需证 Q 是一个环.

两个半开区间 $(a,b]$, $(c,d]$ 的交仍是半开区间. $(a,b]$ 与 $(c,d]$ 的差或者为一个半开区间或者为两个无交半开区间之并,总之都属于 Q.

设 $A, B \in$ Q,则 A、B 可表为有限个两两无交的半开区间之并:

$$A = \bigcup_{i=1}^{m} I_i, \quad B = \bigcup_{j=1}^{n} J_j.$$

这时

$$A \cap B = \bigcup_{i=1}^{m}\bigcup_{j=1}^{n}(I_i \cap J_j),$$

诸 $I_i \cap J_j$ 是两两无交的半开区间，故 $A \cap B \in$ Q，所以 Q 对“有限交”运算封闭.

对上述的 A,B，经演算可知

$$A \backslash B = \bigcup_{i=1}^{m}\bigcap_{j=1}^{n}(I_i \backslash J_j).$$

由已证得的结论知，$I_i \backslash J_j \in$ Q，$\bigcap_{j=1}^{n}(I_i \backslash J_j) \in$ Q，而

$$\bigcap_{j=1}^{n}(I_i \backslash J_j),\quad i = 1,2,\cdots,m$$

两两无交，故 $A \backslash B$ 可表为有限个两两无交的半开区间之并，即

$$A \backslash B \in \mathsf{Q}.$$

由于 $A \cup B = (A \backslash B) \cup B$，$A \backslash B$ 与 B 无交，$A \backslash B \in$ Q，所以

$$A \cup B \in \mathsf{Q}.$$

总之 Q 是环. 所以 Q = R(P). ▮

3·8·1·3　σ－环

定义 3　设 S 是一个非空集类. 若对任何 $E_i \in$ S$(i = 1,2,\cdots)$，都有

$$\bigcup_{i=1}^{\infty} E_i \in \mathsf{S},\quad E_1 \backslash E_2 \in \mathsf{S},$$

就称 S 是一个 σ－**环**. 特别若又有 $X \in$ S，就称 S 是一个 σ－**代数**.

简单地说，σ－环就是对“可列并”及“差”运算封闭的非空集类.

例 3·8·3　空间 X 中的集类 2^X 是一个 σ－代数. R^N 中的 Jordan 可测集类 J 不是 σ－环. R^N 中的环 Q 也不是 σ－环.

σ－环有如下的性质：σ－环是环. σ－环对“可列交”运算封闭（因为 $\bigcap_{i=1}^{\infty} E_i = \left(\bigcup_{i=1}^{\infty} E_i\right) \backslash \bigcup_{i=1}^{\infty}\left(\left(\bigcup_{j=1}^{\infty} E_j\right) \backslash E_i\right)$）. 任意多个 σ－环的交仍是 σ－环.

定理 2　对任一非空集类 E，有且仅有一个包含 E 的最小 σ－

环,亦即存在唯一的 σ — 环 S,使

(i) $E \subset S$,

(ii) 若 σ — 环 $S_1 \supset E$,则 $S_1 \supset S$.

定理2的证法与定理1相同,只要把定理1证明中的"环"都改成"σ — 环"就可以了.

包含非空集类 E 的最小 σ — 环一般记作 S(E).

命题 2 对任一非空集类 E,$S(E) = S(R(E))$.

证明 $E \subset R(E)$,故 $S(E) \subset S(R(E))$. 另一方面,$S(E) \supset R(E)$,故 $S(E) \supset S(R(E))$. 所以 $S(E) = S(R(E))$. ▌

例 3·8·4 R^N 中包含集类 P 的最小 σ — 环 S(P) 称为 R^N 中的 **Borel 集类**,记作 B. 属于集类 B 的集称为 **Borel 集**. 由命题 2 立即知 $B = S(Q)$.

3·8·1·4 可测空间

定义 4 设 X 是一个集,S 是 X 的某些子集组成的 σ — 环. 若

$$X = \bigcup_{E \in S} E,$$

就称 (X, S) **是一个可测空间**,而每个 $E \in S$ 称为可测空间 (X, S) 中的**可测集**.

例 3·8·5 (R^N, B) 是一个可测空间.

3·8·2 环上的测度

3·8·2·1 环上的测度

非空集类 E 到 $R^1 \cup \{+\infty, -\infty\}$ 的映射 μ 叫做 E 上的**集函数**. 换句话说,E 上的集函数 μ 就是自变元取集类 E 中的集,函数值为实数或 $+\infty$, $-\infty$ 的函数. 集类 E 称为集函数 μ 的定义域.

例 3·8·6 设 E 是空间 X 的所有有限子集组成的集类,对每个 $E \in$ E,定义

$$\mu(E) = E \text{ 中元素的个数},$$

则 μ 是 E 上的一个集函数.

定义 1 设 R 是一个环,μ 是 R 上的一个集函数,若 μ 满足下

列三条性质：

(i) 非负性：对任 $E \in \mathsf{R}$，有 $\mu(E) \geqslant 0$，

(ii) $\mu(\varnothing) = 0$，

(iii) 可列可加性：若 $E_i \in \mathsf{R}(i = 1, 2, \cdots)$，$E_i \cap E_j = \varnothing(i \neq j$ 时)，且 $\bigcup_{i=1}^{\infty} E_i \in \mathsf{R}$，则

$$\mu\left(\bigcup_{i=1}^{\infty} E_i\right) = \sum_{i=1}^{\infty} \mu(E_i),$$

就称 μ 为环 R 上的一个**测度函数**(简称环 R 上的**测度**). 这时对每个集 $E \in \mathsf{R}$，称 $\mu(E)$ 为 E 的测度.

例 3·8·7　例 3·8·6 所说的集类 E 及 E 上的集函数 μ，E 是一个环，μ 是环 E 上的一个测度.

例 3·8·8　在 R^N 中，Jordan 测度是环 J(见 §3·8·1 例 3·8·1) 上的一个测度.

定理 1　环 R 上的测度 μ 有下列性质：

(i) 有限可加性：若 $E_i \in \mathsf{R}(i = 1, 2, \cdots, n)$，$E_i \cap E_j = \varnothing(i \neq j)$，则

$$\mu\left(\bigcup_{i=1}^{n} E_i\right) = \sum_{i=1}^{n} \mu(E_i).$$

(ii) 单调性：若 $E_1, E_2 \in \mathsf{R}$，$E_1 \subset E_2$，则 $\mu(E_1) \leqslant \mu(E_2)$.

(iii) 半可列可加性：若 $E_i \in \mathsf{R}(i = 1, 2, \cdots)$，且 $\bigcup_{i=1}^{\infty} E_i \in \mathsf{R}$，则

$$\mu\left(\bigcup_{i=1}^{\infty} E_i\right) \leqslant \sum_{i=1}^{\infty} \mu(E_i).$$

(iv) 下连续性：若 $E_n \in \mathsf{R}\ (n = 1, 2, \cdots)$，$E_n \uparrow E$，且 $E \in \mathsf{R}$，则 $\mu(E_n) \uparrow \mu(E)$.

(v) 上连续性：若 $E_n \in \mathsf{R}(n = 1, 2, \cdots)$，$E_n \downarrow E$，$E \in \mathsf{R}$，且 $\{E_n\}$ 中至少有一个 E_{n_0} 使 $\mu(E_{n_0}) < \infty$，则 $\mu(E_n) \downarrow \mu(E)$.

性质(i) 由可列可加性及 $\mu(\varnothing) = 0$ 可得证. 性质(ii) 由(i) 可

得证. 性质(iii) 由可列可加性及(ii) 可得征. 性质(iv) 及(v) 的证法与 §3·4 定理 2 相同.

3·8·2·2 R^N 中的环 Q 上的测度 m 及测度 m_α.

对 $E \in$ Q,若 E 可表为有限个两两无交的半开区间 $I_1,\cdots,I_n$ 之并,就称$\{I_1,\cdots,I_n\}$是 E 的一个**初等分解**,并说 $E=\bigcup_{i=1}^{n} I_i$ 表示了 E 的一个初等分解. 显然 $E \in$ Q 的初等分解存在,但不唯一.

引理 1 (i) 对每个 $I \in$ P,定义

$$m^0(I) = |I|.$$

则 m^0 是 P 上的一个集函数.

(ii) 对每个 $E \in$ Q,任取 E 的一个初等分解$\{I_1,\cdots,I_n\}$,令

$$m(E) = \sum_{i=1}^{n} m^0(I_i),$$

则 $m(E)$ 不随 E 的初等分解的不同选取而改变,从而 m 是环 Q 上的一个集函数,并且 m 限制在 P 上与 m^0 相同.

证明 只需证(ii). 为简便计,我们仅就 $R^N = R^1$ 的情况来叙述.

第一步先看 $E \in$ P 的情况. 设 $E=(a,b]$, 且$(a,b]$的一个初等分解如下式所示:

$$(a,b]=\bigcup_{i=1}^{n}(a_i,b_i].$$

不妨认为 $a_1 \leqslant a_2 \leqslant \cdots \leqslant a_n$. 由于$(a_i,b_i]$, $i=1,2,\cdots,n$ 是两两无交的,必然会有

$$a = a_1 \leqslant b_1 = a_2 \leqslant b_2 = \cdots = b_{n-1} = a_n \leqslant b_n = b,$$

因此

$$\begin{aligned}
&\sum_{i=1}^{n} m^0((a_i,b_i]) = \sum_{i=1}^{n}(b_i - a_i) \\
&= (b_1 - a_1) + (b_2 - a_2) + \cdots + (b_n - a_n) \\
&= b - a = m^0(E).
\end{aligned}$$

所以,不论如何选取 E 的初等分解,相应的 $m(E)$ 恒等于 $m^0(E)$.

第二步再看 $E\in \mathsf{Q}$ 的情况. 设 E 的两个不同的初等分解如以下二式所示:

$$E=\bigcup_{i=1}^{n} E_i,\qquad E=\bigcup_{j=1}^{l} F_j.$$

记　$G_{ij}=E_i\cap F_j$,　则

$$G_{ij}\in \mathsf{P},\qquad E_i=\bigcup_{j=1}^{l} G_{ij},$$

上式表示了 E_i 的一个初等分解. 由第一步知

$$m^0(E_i)=\sum_{j=1}^{l} m^0(G_{ij}),$$

从而

$$\sum_{i=1}^{n} m^0(E_i)=\sum_{i=1}^{n}\Big(\sum_{j=1}^{l} m^0(G_{ij})\Big).$$

同理可知

$$\sum_{j=1}^{l} m^0(F_j)=\sum_{j=1}^{l}\Big(\sum_{i=1}^{n} m^0(G_{ij})\Big).$$

因此

$$\sum_{i=1}^{n} m^0(E_i)=\sum_{j=1}^{l} m^0(F_j).$$

所以,不论如何选取 E 的初等分解,相应的 $m(E)$ 恒等于同一个数值.

由此立即可知 m 是环 Q 上的一个集函数,并且 m 限制在 P 上与 m^0 相同. ▌

引理 2　引理 1 中所定义的环 Q 上的集函数 m 有下列性质.

(i) 有限可加性.

(ii) 单调性.

(iii) 半有限可加性:若 $E_i\in \mathsf{Q}(i=1,\cdots,n)$,则

$$m\Big(\bigcup_{i=1}^{n} E_i\Big)\leqslant \sum_{i=1}^{n} m(E_i).$$

证明 (i) 设

$$E_i \in \mathrm{Q}(i=1,\cdots,n), E_i \cap E_j = \varnothing(i \neq j), \quad E=\bigcup_{i=1}^{n} E_i.$$

又设 E_i 的一个初等分解如下式所示：

$$E_i=\bigcup_{j=1}^{l_i} F_{ij} \quad (i=1,\cdots,n).$$

这时

$$E=\bigcup_{i=1}^{n}\bigcup_{j=1}^{l_i} F_{ij},$$

上式表示了 E 的一个初等分解. 由引理 1，

$$m(E)=\sum_{i=1}^{n}\sum_{j=1}^{l_i} m^0(F_{ij})=\sum_{i=1}^{n} m(E_i).$$

即 m 有有限可加性.

(ii) 由有限可加性可得证.

(iii) 由单调性及有限可加性可得证. ▍

定理 2 环 Q 上的集函数 m 有可列可加性,从而 m 是环 Q 上的一个测度.

证明 设

$$E_i \in \mathrm{Q}(i=1,2,\cdots), E_i \cap E_j = \varnothing(i \neq j), \quad E=\bigcup_{i=1}^{\infty} E_i$$

且 $E \in \mathrm{Q}$,来证

$$m(E)=\sum_{i=1}^{\infty} m(E_i). \qquad (3 \cdot 8 \cdot 2 \cdot 1)$$

由引理 2(i)(ii),对任意自然数 n

$$\sum_{i=1}^{n} m(E_i)=m\left(\bigcup_{i=1}^{n} E_i\right) \leqslant m(E).$$

令 $n \rightarrow \infty$,得

$$\sum_{i=1}^{\infty} m(E_i) \leqslant m(E).$$

再证相反的不等式. 为简便计,我们仅就 $R^N=R^1$ 的情况来叙

述.设 E 的一个初等分解如下式所示：

$$E = \bigcup_{j=1}^{l} (a_j, b_j].$$

不妨认为诸$(a_j, b_j]$非空.对各个 E_i 分别作出一个初等分解,所作诸 E_i 的初等分解共有可列个半开区间,记其为$(\alpha_n, \beta_n]$,$n = 1,2,\cdots$ 显然这些半开区间两两无交,由引理 1 知

$$\sum_{i=1}^{\infty} m(E_i) = \sum_{n=1}^{\infty} (\beta_n - \alpha_n). \qquad (3 \cdot 8 \cdot 2 \cdot 2)$$

对任意 $\varepsilon > 0$(不妨设 $\varepsilon < (b_j - a_j)$, $j = 1,\cdots,l$),作闭区间

$$\left[a_j + \frac{\varepsilon}{l}, b_j\right], \quad j = 1,2,\cdots,l,$$

显然这些闭区间两两无交,又作开区间

$$\left(\alpha_n, \beta_n + \frac{\varepsilon}{2^n}\right), \quad n = 1,2,\cdots$$

显然这些开区间合起来复盖 E,从而复盖闭集

$$\bigcup_{j=1}^{l} \left[a_j + \frac{\varepsilon}{l}, b_j\right].$$

由 Borel 有限复盖定理知可选出有限个开区间

$$\left(\alpha_{n_i}, \beta_{n_i} + \frac{\varepsilon}{2^{n_i}}\right), \quad i = 1,2,\cdots,k,$$

合起来复盖

$$\bigcup_{j=1}^{l} \left[a_j + \frac{\varepsilon}{l}, b_j\right],$$

从而

$$\bigcup_{j=1}^{l} \left[a_j + \frac{\varepsilon}{l}, b_j\right] \subset \bigcup_{i=1}^{k} \left(\alpha_{n_i}, \beta_{n_i} + \frac{\varepsilon}{2^{n_i}}\right].$$

由 m 的单调性及半有限可加性,

$$\sum_{j=1}^{l}(b_j - a_j - \frac{\varepsilon}{l}) = m\Big(\bigcup_{j=1}^{l}(a_j + \frac{\varepsilon}{l}, b_j]\Big)$$

$$\leqslant \sum_{i=1}^{k} m\Big((\alpha_{n_i}, \beta_{n_i} + \frac{\varepsilon}{2^{n_i}}]\Big) = \sum_{i=1}^{k}\Big(\beta_{n_i} + \frac{\varepsilon}{2^{n_i}} - \alpha_{n_i}\Big)$$

$$\leqslant \sum_{n=1}^{\infty}(\beta_n - \alpha_n) + \varepsilon.$$

令 $\varepsilon \to 0$,得

$$\sum_{j=1}^{l}(b_j - a_j) \leqslant \sum_{n=1}^{\infty}(\beta_n - \alpha_n).$$

再由(3·8·2·2),

$$m(E) \leqslant \sum_{i=1}^{\infty} m(E_i).$$

所以(1) 成立,即 m 有可列可加性.

显然 m 有非负性,又 $m(\varnothing) = m((a,a]) = a - a = 0$,所以 m 是环 Q 上的一个测度. ▌

设 $\alpha(x)$ 是 R^N 上的一个分布函数. 对每个 $I \in$ P, 定义

$m_\alpha^0(I) = \delta_1^I(\delta_2^I(\cdots(\delta_N^I(\alpha))\cdots))$(见 §3·7 中 3·7·3),

则 m_α^0 是 P 上的一个集函数. 类似于以上建立环 Q 上测度 m 的过程,我们可以把 m_α^0 从集类 P 扩张到环 Q 上,建立起环 Q 上的测度 m_α.

3·8·2·3 有限测度及 σ — 有限测度、完全测度·测度空间

定义 2 (i) 设 μ 是环 R 上的测度. 对于 $E \in$ R, 若 $\mu(E) < \infty$, 就称**集 E 有有限测度**. 若每个 $E \in$ R 都有有限测度,就称**测度 μ 是有限的**. 若 $X \in$ R(即 R 是一个代数)且 $\mu(X) < \infty$, 就称**测度 μ 是全有限的**.

(ii) 设 μ 是环 R 上的测度. 对于 $E \in$ R,若有集列 $\{E_i\}_1^\infty \subset$ R 使 $E \subset \bigcup_{i=1}^{\infty} E_i$, 而每个 E_i 都有有限测度,就称**集 E 的测度是 σ — 有限的**. 若每个 $E \in$ R 的测度都是 σ — 有限的,就称**测度 μ 是 σ — 有**

限的. 若 $X \in$ R(即 R 是一个代数) 且 X 的测度是 σ — 有限的，就称**测度 μ 是全 σ — 有限的.**

例 3·8·9　对任意 $E \in 2^X$，规定：当 E 为无限集时，$\mu(E) = \infty$；当 E 为有限集时，$\mu(E)$ 等于集 E 中元素的个数. 容易证明，μ 是环 2^X 上的测度. 当 X 是有限集时，μ 是全有限的；当 X 是可列集时，μ 是全 σ — 有限的；当 X 是不可列集时，μ 不是 σ — 有限的.

例 3·8·10　R^N 中环 J 上的 Jordan 测度有限的，因而是 σ — 有限的，但不是全 σ — 有限的.

例 3·8·11　R^N 中环 Q 上的测度 m 是有限的，因而是 σ — 有限的，但不是全 σ — 有限的.

定义 3　(i) 设 μ 是环 R 上的测度. 若 $E \in$ R，$\mu(E) = 0$，就称 E 是 μ **零集.**

(ii) 设 μ 是环 R 上的测度. 若 R 中每个 μ 零集的任何子集都属于 R，就称 μ 是一个**完全测度.**

例 3·8·12　R^N 中环 J 上的 Jordan 测度是完全测度. R^N 中环 Q 上的测度 m 是完全测度.

定义 4　若(X,S) 是一个可测空间，μ 是 S 上的一个测度，就称(X,S, μ) 是一个**测度空间**(有时简称 X 是测度空间).

设(X, S, μ) 是测度空间. 若 μ 是 S 上的有限(全有限、σ — 有限、全 σ — 有限) 测度，就称(X, S, μ) 是**有限(全有限、σ — 有限、全 σ — 有限) 的测度空间.** 若 μ 是 S 上的完全测度，就称(X, S, μ) 是**完全的测度空间.**

3·8·3　测度引出的外测度

定义 1　设在一个环 R 上给定了测度 μ. 若环 $\hat{\text{R}}$ 包含 R，环 $\hat{\text{R}}$ 上有一个测度 $\hat{\mu}$，当 $E \in$ R 时 $\hat{\mu}(E) = \mu(E)$，就称测度 $\hat{\mu}$ 是测度 μ 在环 $\hat{\text{R}}$ 上的一个**扩张.**

在讨论具体问题时,若已经在一个"较小"的环 R 上建立了测度,我们常常希望把这个测度扩张到包含 R 的更大的环上去,特别是扩张到包含 R 的 σ—环上去. 例如,在 §3·8·2·2 我们建立了 R^N 中环 Q 上的测度 m,就 R^2 中来说,$m(E)$ 就是图形 $E \in$ Q 的通常意义下的面积. 但是仅对 $E \in$ Q 这种简单的图形定义了面积是不够的,由于实际应用的需要,我们还希望对更多的图形定义面积,而且要不丧失可列可加性等通常面积所具有的基本性质. 也就是说我们希望把环 Q 上的测度 m 扩张到更大的环上去,环 J 上的 Jordan 测度是这样的一个扩张. 但 J 不是 σ—环. 能否把环 Q 上的测度 m 扩张到一个 σ—环上?Lebesgue 测度的建立给出了肯定的答案. 本节及下节我们将在一般情况下来讨论环 R 上的测度 μ 的扩张问题.

3·8·3·1　环 R 引出的集类 H(R)

定义 2　设 R 是一个环. 若 E 是 R 中的可列个集的并的子集,就称 E 是环 R 引出的集. 环 R 引出的集的全体称为**环 R 引出的集类**,记作 H(R),即

$$\mathrm{H(R)} = \{E \mid \text{存在}\ E_i \in \mathrm{R}(i = 1,2,\cdots)\ \text{使}\ E \subset \bigcup_{i=1}^{\infty} E_i\}.$$

例 3·8·13　R^N 中环 Q 所引出的集类 H(Q) 恰是 R^N 的子集的全体.

命题 1　(i) R $\subset$ H(R).

(ii) 当 $E \in$ H(R) 时,E 的任何子集也属于 H(R).

(iii) H(R) 是一个 σ—环.

证明　(i),(ii) 显然成立.

(iii) 由(ii) 知 H(R) 对"差"运算封闭. 再证 H(R) 对"可列并"运算封闭:

设 $E_i \in$ H(R)$(i = 1,2,\cdots)$,则存在 $E_i^j \in$ R$(j = 1,2,\cdots)$ 使 $E_i \subset \bigcup_{j=1}^{\infty} E_i^j$,从而

$$\bigcup_{i=1}^{\infty} E_i \subset \bigcup_{i=1}^{\infty}\bigcup_{j=1}^{\infty} E_i^j,$$

故 $\bigcup_{i=1}^{\infty} E_i \in \mathsf{H}(\mathsf{R})$. ▌

3·8·3·2 环 R 上测度 μ 引出的外测度 μ^*

定义 3 设 μ 是环 R 上的测度. 对每个 $E \in \mathsf{H}(\mathsf{R})$,定义

$$\mu^*(E) = \inf\left\{ \sum_{i=1}^{\infty} \mu(E_i) \,\middle|\, 诸 E_i \in \mathsf{R},\ E \subset \bigcup_{i=1}^{\infty} E_i \right\},$$

这个 H(R) 上的集函数 μ^* 称为**由环 R 上的测度 μ 所引出的外测度**(简称 μ 引出的外测度).

例 3·8·14 R^N 中环 Q 上的测度 m,其引出的外测度 m^* 恰是 Lebesgue 外测度. R^N 中环 Q 上的测度 m_α,其引出的外测度 m_α^* 恰是关于分布函数 $\alpha(x)$ 的 L－S 外测度.

例 3·8·15 设空间 X 是一个无限集. §3·8·2 例 2 已指出:X 的所有有限子集作成的集类 R 是一个环,R 上由下式所定义的集函数

$$\mu(E) = E \text{ 中元素的个数} \quad (\text{当 } E \in \mathsf{R} \text{ 时})$$

是环 R 上的一个测度. 这时,H(R) 是 X 的一切有限及可列子集作成的 σ－环,因此 H(R) = S(R),由 μ 引出的外测度 μ^* 是这样的一个集函数:当 $E \in \mathsf{R}$ 时 $\mu^*(E) = \mu(E)$,当 $E \in \mathsf{H}(\mathsf{R})$ 而 $E \notin \mathsf{R}$ 时 $\mu^*(E) = \infty$. 容易看出,μ^* 实际是 σ— 环 H(R) 上的一个测度.

定理 1 由环 R 上的测度 μ 所引出的外测度 μ^* 有下列性质:

(i) 非负性:对任 $E \in \mathsf{H}(\mathsf{R})$,有 $\mu^*(E) \geqslant 0$;

另外, $\mu^*(\varnothing) = 0$.

(ii) 单调性:若 $E_1, E_2 \in \mathsf{H}(\mathsf{R})$,$E_1 \subset E_2$,则

$$\mu^*(E_1) \leqslant \mu^*(E_2).$$

(iii) 半可列可加性:若 $E_i \in \mathsf{H}(\mathsf{R})$ $(i = 1,2,\cdots)$,则

$$\mu^*\left(\bigcup_{i=1}^{\infty} E_i\right) \leqslant \sum_{i=1}^{\infty} \mu^*(E_i);$$

半有限可加性:若 $E_i \in \mathsf{H}(\mathsf{R})(i=1,\cdots,n)$,则

$$\mu^*(\bigcup_{i=1}^{n} E_i) \leqslant \sum_{i=1}^{n} \mu^*(E_i).$$

性质(i),(ii)由 μ^* 的定义立即可得证. 性质(iii)的证法与§2定理1(iii)的证法相同.

定理 2 设 μ^* 是由环 R 上的测度 μ 所引出的外测度,则

(i) 当 $E \in \mathsf{R}$ 时,$\mu^*(E)=\mu(E)$;

(ii) 当 $E \in \mathsf{R}$ 时,对任意 $T \in \mathsf{H}(\mathsf{R})$ 恒有

$$\mu^*(T \cap E)+\mu^*(T \backslash E)=\mu^* T. \quad (3 \cdot 8 \cdot 3 \cdot 1)$$

证明 (i) 设 $E \in \mathsf{R}$,由 μ^* 的定义及 $\mu(\varnothing)=0$ 知

$$\mu^*(E) \leqslant \mu(E).$$

再证相反的不等式. 设 $E_i \in \mathsf{R}\ (i=1,2,\cdots)$ 使

$$E \subset \bigcup_{i=1}^{\infty} E_i,$$

于是

$$E=E \cap (\bigcup_{i=1}^{\infty} E_i)=\bigcup_{i=1}^{\infty}(E \cap E_i)$$

且 $E \cap E_i \in \mathsf{R}$. 由 μ 的单调性知

$$\mu(E \cap E_i) \leqslant \mu(E_i).$$

由 μ 的半可列可加性知

$$\mu(E) \leqslant \sum_{i=1}^{\infty} \mu(E \cap E_i) \leqslant \sum_{i=1}^{\infty} \mu(E_i).$$

由此根据 μ^* 的定义即知

$$\mu(E) \leqslant \mu^*(E).$$

所以 $\mu(E)=\mu^*(E)$.

(ii) 由于$(T \cap E) \cap (T \backslash E)=T$,根据 μ^* 的半有限可加性知

$$\mu^*(T \cap E)+\mu^*(T \backslash E) \geqslant \mu^*(T).$$

再证相反的不等式. 由 $\mu^*(T)$ 的定义知,对任 $\varepsilon>0$,存在一列 $T_i \in \mathsf{R}$,使 $T \subset \bigcup_{i=1}^{\infty} T_i$ 且

$$\mu^*(T+\varepsilon \geqslant \sum_{i=1}^{\infty}\mu(T_i).$$

记 $E_i^1 = T_i \cap E, E_i^2 = T_i \backslash E$，由 μ 的有限可加性知

$$\mu(E_i^1)+\mu(E_i^2)=\mu(T_i).$$

由于

$$\bigcup_{i=1}^{\infty} E_i^1 = \left(\bigcup_{i=1}^{\infty} T_i\right) \cap E \supset T \cap E,$$

$$\bigcup_{i=1}^{\infty} E_i^2 = \left(\bigcup_{i=1}^{\infty} T_i\right) \backslash E \supset T \backslash E,$$

根据(i) 及 μ^* 的半可列可加性、单调性，

$$\begin{aligned}\sum_{i=1}^{\infty}\mu(T_i) &= \sum_{i=1}^{\infty}\mu(E_i^1)+\sum_{i=1}^{\infty}\mu(E_i^2)\\ &\geqslant \mu^*\left(\bigcup_{i=1}^{\infty} E_i^1\right)+\mu^*\left(\bigcup_{i=1}^{\infty} E_i^2\right)\\ &\geqslant \mu^*(T\cup E)+\mu^*(T\backslash E),\end{aligned}$$

从而

$$\mu^*(T)+\varepsilon \geqslant \mu^*(T\cap E)+\mu^*(T\backslash E).$$

令 $\varepsilon \to 0$，得

$$\mu^*(T) \geqslant \mu^*(T\cap E)+\mu^*(T\backslash E).$$

所以(3・8・3・1) 成立. ▌

3・8・4　测度的扩张

3・8・4・1　μ^* 可测集及其 μ^* 测度

在 §3・8・3我们由环R上的测度 μ 引出了定义在 σ－环H(R)上的外测度 μ^*，并且得知R ⊂ H(R)，当 $E \in$ R时 $\mu^*(E)=\mu(E)$. μ^* 具有非负性且 $\mu^*(\varnothing)=0$，但 μ^* 未必具有可列可加性，因此 μ^* 未必是 σ－环 H(R) 上的测度. 然而，我们一定可以找到一个含于H(R) 而包含 R 的 σ－环 R*，使 μ^* 限制在 R* 上时可列可加性成立，从而 μ^* 限制在 R* 上是一个测度. 下面我们来对此作详细

论述.

定义 1　设 μ 是环 R 上的测度，μ^* 是由 μ 所引出的外测度. 若 $E\in$ H(R) 且 E 满足 Caratheodory 条件：对任何 $T\in$ H(R) 恒有

$$\mu^*(T)=\mu^*(T\cap E)+\mu^*(T\backslash E),\quad(3\cdot8\cdot4\cdot1)$$

就称 E 是 μ^* **可测集**. μ^* 可测集的全体所成的集类记作 R*

由 §3·8·3 定理 2 知任何 $E\in$ R 都是 μ^* 可测集，即 R $\subset$ R*.

引理 1　μ^* 可测集的全体 R* 是一个环.

证明　设 A、$B\in$ R*. 要证 $A\cup B\in$ R*，$A\backslash B\in$ R*，即要证对任何 $T\in$ H(R) 恒有

$$\mu^*(T)=\mu^*(T\cap(A\cup B))+\mu^*(T\backslash(A\cup B)),\quad(3\cdot8\cdot4\cdot2)$$

$$\mu^*(T)=\mu^*(T\cap(A\backslash B))+\mu^*(T\backslash(A\backslash B)).\quad(3\cdot8\cdot4\cdot3)$$

为此，我们把 T 分解成两两无交的四个集的并(图 3·8·1)：

$$T=T_1\cup T_2\cup T_3\cup T_4,$$

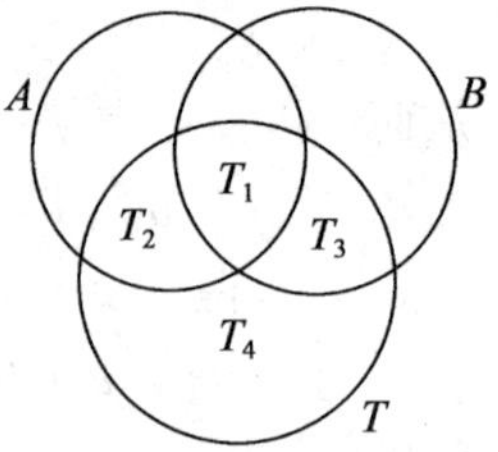

图 3·8·1

其中

$$T_1=T\cap(A\cap B),\quad T_2=T\cap(A\backslash B),$$
$$T_3=T\cap(B\backslash A),\quad T_4=T\backslash(A\cup B).$$

因为 A 是 μ^* 可测集，在(3·8·4·1)中令 $E=A$ 并且分别令

$T=T$，$T=T_1\cup T_2\cup T_3$、

$T=T_1\cup T_3\cup T_4$

得

$$\mu^*(T)=\mu^*(T_1\cup T_2)+\mu^*(T_3\cup T_4),\quad(3\cdot8\cdot4\cdot4)$$

$$\mu^*(T_1\cup T_2\cup T_3)=\mu^*(T_1\cup T_2)+\mu^*(T_3),\quad(3\cdot8\cdot4\cdot5)$$

$$\mu^*(T_1 \cup T_3 \cup T_4) = \mu^*(T_1) + \mu^*(T_3 \cup T_4). \tag{3·8·4·6}$$

因为 B 是 μ^* 可测集，在(1) 中令 $E = B$ 并且分别令

$$T = T_1 \cup T_2, \qquad T = T_3 \cup T_4$$

得

$$\mu^*(T_1 \cup T_2) = \mu^*(T_1) + \mu^*(T_2), \tag{3·8·4·7}$$

$$\mu^*(T_3 \cup T_4) = \mu^*(T_3) + \mu^*(T_4). \tag{3·8·4·8}$$

综合(3·8·4·4)、(3·8·4·8)(3·8·4·5) 得

$$\mu^*(T) = \mu^*(T_1 \cup T_2 \cup T_3) + \mu^*(T_4),$$

这就是(3·8·4·2).

结合(3·8·4·4)(3·8·4·5)(3·8·4·6) 得

$$\mu^*(T) = \mu^*(T_2) + \mu^*(T_1 \cup T_3 \cup T_4),$$

这就是(3·8·4·3). ▌

定理 1　(i)μ^* 可测集的全体 R^* 是一个 σ－环.

(ii) μ^* 限制在 R^* 上是一个测度.

证明　(i) 由引理 1 知 R^* 是一个环. 要证 R^* 是 σ－环，只需再证当 $E_n \in \mathsf{R}^*(n = 1,2,\cdots)$ 时有

$$E = \bigcup_{n=1}^{\infty} E_n \in \mathsf{R}^*.$$

不妨设诸 E_n 两两无交. 显然 $E \in \mathsf{H}(\mathsf{R})$. 对任意 $T \in \mathsf{H}(\mathsf{R})$，由 μ^* 的半有限可加性知

$$\mu^*(T) \leqslant \mu^*(T \cap E) + \mu^*(T \setminus E). \tag{3·8·4·9}$$

再证相反的不等式. 因为 E_1 是 μ^* 可测集且 $E_1 \cap E_2 = \varnothing$，把定义 1(3·8·4·1) 式中的 T, E 分别取为 $T \cap (E_1 \cup E_2)$，E_1 得

$$\begin{aligned}&\mu^*(T \cap (E_1 \cup E_2))\\&= \mu^*(T \cap (E_1 \cup E_2) \cap E_1) + \mu^*(T \cap (E_1 \cup E_2) \setminus E_1)\\&= \mu^*(T \cap E_1) + \mu^*(T \cap E_2).\end{aligned}$$

据此用归纳法即知对每个自然数 n 都有

$$\mu^*(T \cap (\bigcup_{i=1}^{n} E_i)) = \sum_{i=1}^{n} \mu^*(T \cap E_i).$$

由引理1知 $\bigcup_{i=1}^{n} E_i \in \mathrm{R}^*$，根据 R^* 的定义、μ^* 的单调性及上式，

$$\begin{aligned}\mu^*(T) &= \mu^*(T \cap (\bigcup_{i=1}^{n} E_i)) + \mu^*(T \backslash (\bigcup_{i=1}^{n} E_i)) \\ &\geqslant \sum_{i=1}^{n} \mu^*(T \cap E_i) + \mu^*(T \backslash E).\end{aligned}$$

令 $n \to \infty$，再根据 μ^* 的半可列可加性，

$$\begin{aligned}\mu^*(T) &\geqslant \sum_{i=1}^{\infty} \mu^*(T \cap E_i) + \mu^*(T \backslash E) \\ &\geqslant \mu^*(\bigcup_{i=1}^{\infty} (T \cap E_i)) + \mu^*(T \backslash E) \\ &= \mu^*(T \cap E) + \mu^*(T \backslash E).\end{aligned} \quad (3 \cdot 8 \cdot 4 \cdot 10)$$

由(3・8・1・9)、(3・8・1・10)知

$$\mu^*(T) = \mu^*(T \cap E) + \mu^*(T \backslash E),$$

所以 $E \in \mathrm{R}^*$. 于是 R^* 是 σ－环.

(ii) 只需证 μ^* 限制在 R^* 上时可列可加性成立. (i) 的证明已指出：若 E 为 R^* 中可列个两两无交的集 $E_1, E_2, \cdots$ 之并，则对于任意 $T \in \mathrm{H}(\mathrm{R})$ 上面的(3・8・4・10)式成立，并且(3・8・4・10)式的前后两端相等. 因此

$$\mu^*(T) = \sum_{i=1}^{\infty} \mu^*(T \cap E_i) + \mu^*(T \backslash E).$$

在上式中用 E 代替 T 即得

$$\mu^*(E) = \sum_{i=1}^{\infty} \mu^*(E_i).$$

所以 μ^* 是 σ－环 R^* 上的测度. ▌

因为 $\mathrm{R} \subset \mathrm{R}^*$ 且当 $E \in \mathrm{R}$ 时 $\mu^*(E) = \mu(E)$，所以 σ－环 R^* 上的测度 μ^* 是环 R 上的测度 μ 的一个扩张. 今后在不致发生混淆的情况下，R^* 上的测度 μ^* 有时也记作 μ.

我们把上述实现扩张的过程小结一下：设 R 是一个环，μ 是 R 上的一个测度. 由环 R 可引出集类 H(R)，它是一个包含 R 的 σ—环. 由测度 μ 可引出定义在 H(R) 上的外测度 μ^*，当 $E \in$ R 时 $\mu^*(E) = \mu(E)$. 外测度 μ^* 具有测度的一部分性质，如非负性、$\mu^*(\varnothing) = 0$，但 μ^* 未必具有可列可加性. 在 H(R) 中利用 Caratheodory 条件可分出一类 μ^* 可测集. μ^* 可测集的全体 R^* 是包含 R 的 σ—环，把外测度 μ^* 限制在 R^* 上时可列可加性成立，因而 μ^* 是 R^* 上的测度.

我们还要指出：

定理 2 设 $\hat{\mathrm{R}}$ 是一个环，并且满足

(i) $\mathrm{R} \subset \hat{\mathrm{R}} \subset \mathrm{H(R)}$，

(ii) μ^* 限制在 $\hat{\mathrm{R}}$ 上是测度，

则 $\hat{\mathrm{R}} \subset \mathrm{R}^*$，即 R^* 是满足(i)(ii) 的最大的环.

证明 记 μ^* 限制在 $\hat{\mathrm{R}}$ 上所成的集函数为 $\hat{\mu}$，$\hat{\mu}$ 是环 $\hat{\mathrm{R}}$ 上的测度，所以可按 §3·8·3 来定义 $\mathrm{H}(\hat{\mathrm{R}})$ 及 $\hat{\mu}^*$. 设 $E \in \hat{\mathrm{R}}$，由 §3·8·3 定理 2，对任 $T \in \mathrm{H}(\hat{\mathrm{R}})$ 恒有

$$\hat{\mu}^*(T \cap E) + \hat{\mu}^*(T \backslash E) = \hat{\mu}^*(T). \quad (3 \cdot 8 \cdot 4 \cdot 11)$$

我们还不难看出，$\mathrm{H(R)} = \mathrm{H}(\hat{\mathrm{R}})$ 且当 $E \in \mathrm{H(R)}$ 时

$$\mu^*(E) = \hat{\mu}^*(E).$$

因此(11) 式说明对任 $T \in \mathrm{H(R)}$ 恒有

$$\mu^*(T \cap E) + \mu^*(T \backslash E) = \mu^*(T),$$

即 $E \in \mathrm{R}^*$. 于是 $\hat{\mathrm{R}} \subset \mathrm{R}^*$. ▌

3·8·4·2 R^N 中的 L 可测集及其 L 测度 R^N 中的 L—S 可测集及其 L—S 测度

§3·8·3 例 2 说到，R^N 中的环 Q 上的测度 m，m_α 所引出的外

测度 m^* ,m_α^* 恰是L外测度及关于分布函数 $\alpha(x)$ 的L—S外测度. 由 §3·4 定理5及 §3·7 相应的结论可知,m^* 可测集、m_α^* 可测集恰是L可测集及关于 $\alpha(x)$ 的L—S可测集. 我们把 R^N 中 m^* 可测集的全体称为 R^N 中的**Lebesgue可测集类**,记作L(或 L^N);对于 R^N 上给定的分布函数 $\alpha(x)$,我们把 R^N 中 m_α^* 可测集的全体称为 R^N **中关于 $\alpha(x)$ 的Lebesgue－Stieltjes可测集类**,记作 L_α(或 L_α^N). 外测度 m^*, m_α^* 限制在L、L_α 上时恰是L测度及关于 $\alpha(x)$ 的L—S测度(这时 m^*, m_α^* 可改记为 m, m_α),它们分别是Q上测度 m,m_α 的扩张.

我们把(R^N,L,m)称为(N维)**Lebesgue测度空间**;把(R^N,L_α,m_α)称为**关于分布函数 $\alpha(x)$ 的**(N维)**Lebesgue－Stieltjes测度空间**.

3·8·4·3 R^* 上测度 μ^* 的完全性·R^* 与 S(R) 的关系

下面的讨论是 §3·8·4·1 的继续.

引理2 设 μ 是环R上的测度. 若 $E\in\mathrm{H(R)}$,$\mu^*(E)=0$,则 $E\in\mathrm{R}^*$. 亦即所有外测度为0的集恰是所有 μ^* 零集.

证明 设 $E\in\mathrm{H(R)}$. $\mu^*(E)=0$. 对任 $T\in\mathrm{H(R)}$,由 μ^* 的半有限可加性知

$$\mu^*(T)\leqslant\mu^*(T\cap E)+\mu^*(T\setminus E).\qquad(3\cdot8\cdot4\cdot12)$$

由 μ^* 的非负性及单调性知

$$\mu^*(T\cap E)=0,\quad \mu^*(T)\geqslant\mu^*(T\cap E),$$

因此(3·8·4·12)式的左边不小于右边,从而其两边相等. 所以 E 是 μ^* 可测集,从而 E 是 μ^* 零集. ▌

定理3 μ^* 是 R^* 上的完全测度.

证明 设 $E\in\mathrm{R}^*$,$\mu^*(E)=0$. 若 $E_1\subset E$,则 $E_1\in\mathrm{H(R)}$,由 μ^* 的单调性及非负性知 $\mu^*(E_1)=0$,由引理2知 $E_1\in\mathrm{R}^*$,所以 μ^* 是 R^* 上的完全测度. ▌

因为 R^* 是包含R的 σ—环,所以 $\mathrm{R}^*\supset\mathrm{S(R)}$. μ^* 限制在S(R)

上当然也是测度，但一般不是完全测度. R* 比 S(R) 究竟多了些什么？我们来讨论这个问题.

引理 3 设 $E \in \mathrm{R}^*$，$\mu^*(E) < \infty$，则存在 $G \in \mathrm{S(R)}$，使

$$G \supset E, \quad \mu^*(G \backslash E) = 0.$$

证明 (1°) 对任意 $\varepsilon > 0$，由 μ^* 的定义知存在一列 $E_i \in \mathrm{R}$ 使 $E \subset \bigcup\limits_{i=1}^{\infty} E_i$ 且

$$\sum_{i=1}^{\infty} \mu(E_i) \leqslant \mu^*(E) + \varepsilon.$$

令 $G_\varepsilon = \bigcup\limits_{i=1}^{\infty} E_i$，则 $G_\varepsilon \in \mathrm{S(R)}$，由 μ^* 的半可列可加性知

$$\mu^*(G_\varepsilon) \leqslant \sum_{i=1}^{\infty} \mu^*(E_i) \leqslant \mu^*(E) + \varepsilon.$$

(2°) 取 $\varepsilon = \dfrac{1}{n}(n = 1,2,\cdots)$，由(1°) 知存在 $G_n \supset \mathrm{S(R)}$ 使

$$G_n \supset E \quad 且 \quad \mu^*(G_n) \leqslant \mu^*(E) + \frac{1}{n}.$$

令 $G = \bigcap\limits_{n=1}^{\infty} G_n$，则 $G \in \mathrm{S(R)}$，$G \supset E$，

$$\mu^*(E) \leqslant \mu^*(G) \leqslant \mu^*(G_n) \leqslant \mu^*(E) + \frac{1}{n}.$$

令 $n \to \infty$ 得

$$\mu^*(E) = \mu^*(G),$$

又由 E、$G \in \mathrm{R}^*$ 知

$$\mu^*(G) = \mu^*(E) + \mu^*(G \backslash E),$$

注意到 $\mu^*(E) < \infty$ 便知 $\mu^*(G \backslash E) = 0$. ▌

由引理 3 易知，一个 μ^* 零集一定是一个属于 S(R) 的 μ^* 零集的子集.

定理 4 若 R* 上的测度 μ^* 是 σ－有限的，则

(i) R* 中的集 E 必可表为 S(R) 中的一个集 G 与一个 μ^* 零集 N 之差 $G \backslash N$；

(ii) R^* 中的集 E 必可表为 $\mathsf{S}(\mathsf{R})$ 中的一个集 F 与一个 μ^* 零集 N 之并 $F \cup N$.

证明 (i) 设 $E \in \mathsf{R}^*$. 由于 μ^* 是 R^* 上的 $\sigma-$有限测度,所以存在 $\{E_i\}_1^\infty \subset \mathsf{R}^*$ 使诸 $\mu^*(E_i) < \infty$ 且 $E \subset \bigcup\limits_{i=1}^{\infty} E_i$. 不妨认为

$$E = \bigcup_{i=1}^{\infty} E_i$$

(否则用 $E_i \cap E$ 代替 E_i 即可). 由引理 3,对每个 E_i,存在 $G_i \in \mathsf{S}(\mathsf{R})$,$G_i \supset E_i$ 使

$$\mu^*(G_i \backslash E_i) = 0.$$

令 $G = \bigcup\limits_{i=1}^{\infty} G_i$,则 $G \in \mathsf{S}(\mathsf{R})$,$G \supset E$,且

$$G \backslash E = \left(\bigcup_{i=1}^{\infty} G_i\right) \backslash \left(\bigcup_{i=1}^{\infty} E_i\right) \subset \bigcup_{i=1}^{\infty} (G_i \backslash E_i),$$

所以

$$\mu^*(G \backslash E) \leqslant \sum_{i=1}^{\infty} \mu^*(G_i \backslash E_i) = 0,$$

从而 $\mu^*(G \backslash E) = 0$. 令 $N = G \backslash E$,则 N 是 μ^* 零集,而 $E = G \backslash N$.

(ii) 设 $E \in \mathsf{R}^*$. 由(i) 知 E 可表成

$$E = G \backslash N_0,$$

其中

$$G \in \mathsf{S}(\mathsf{R}), N_0 \in \mathsf{R}^*, \mu^*(N_0) = 0.$$

由引理 3 知存在

$$\hat{N} \in \mathsf{S}(\mathsf{R}), \quad \mu^*(\hat{N}) = 0, 使 \hat{N} \supset N_0.$$

令 $F = G \backslash \hat{N}$,则 $F \in \mathsf{S}(\mathsf{R})$,$F \subset E$. 易知 $E \backslash F \subset \hat{N}$,故

$$\mu^*(E \backslash F) \leqslant \mu^*(\hat{N}) = 0.$$

令 $N = E \backslash F$,则 N 是 μ^* 零集,而 $E = F \cup N$. ▌

3·8·4·4 环 R 上 $\sigma-$有限测度 μ 的扩张

定理 5 若环 R 上的测度 μ 是 $\sigma-$有限的,则环 R^* 上的测度

μ^* 也是 σ — 有限的.

证明 设 $E \in \mathsf{R}^*$，则 $E \in \mathsf{H}(\mathsf{R})$，从而有一列 $E_i \in \mathsf{R}$ 使 $E \subset \bigcup_{i=1}^{\infty} E_i$. 因 R 上的测度 μ 是 σ — 有限的，故对每个 E_i 有 $\{E_i^j\}_{j=1}^{\infty} \subset \mathsf{R}$ 使诸 $\mu(E_i^j) < \infty$ 且 $E_i \subset \bigcup_{j=1}^{\infty} E_i^j$. 因此

$$E \subset \bigcup_{i=1}^{\infty} \bigcup_{j=1}^{\infty} E_i^j, \quad 诸\ \mu^*(E_i^j) = \mu(E_i^j) < \infty.$$

所以 E 的 μ^* 测度是 σ— 有限的. 由 E 是 R^* 中任意的集知环 R^* 上的测度 μ^* 是 σ — 有限的. ▌

定理 6　若环 R 上的测度 μ 是 σ — 有限的，μ_1，μ_2 是 μ 在 σ — 环 S(R) 上的两个扩张. 则在 S(R) 上 μ_1 与 μ_2 相同.

这个定理的证明可参见[8]《测度论》第三章 §13.

根据 §3·8·4 诸定理我们看到：当 μ 是环 R 上的 σ — 有限的测度时，μ 在 S(R) 上的扩张存在且唯一. 设此扩张为 $\hat{\mu}$，$\hat{\mu}$ 即 μ^* 在 S(R) 上的限制. 所以我们可以从 S(R) 及其上的 $\hat{\mu}$ 出发，按照下述方式作出 R^* 及其上的 μ^*：

$$\mathsf{R}^* = \{F \cup N \mid F \in \mathsf{S}(\mathsf{R}),存在\ \hat{\mu}\ 零集\ \hat{N}\ 使\ N \subset \hat{N}\},$$

$$\mu^*(F \cup N) = \mu(F)\ (当\ F、N\ 满足上面大括号内的条件时).$$

这也就是说，R^* 上的测度 μ^* 恰是 S(R) 上的测度 $\hat{\mu}$ 的完全化.

例 3·8·16　由 §3·8·4·3 可知，Lebesgue 可测集类 L 上的 Lebesgue 测度 m 是完全测度. 关于 L 与 Borel 集类 B = S(Q) 的关系，§3·8·4·3 的讨论与 §3·4·3 是一致的. §3·4·3 曾提到不是 Borel 集的 Lebesgue 可测集是存在的，因此 Lebesgue 测度 m 限制在 B = S(Q) 上不是完全测度. 由于环 Q 上的测度 m 是 σ— 有限的，由 §3·8·4·4 可知，L 上的 Lebesgue 测度 m 也是 σ— 有限的，并且 L 上的测度 m 在 S(R) 上的限制恰是 Q 上的测度 m 在 S(Q) 上的唯一扩张，而 L 上的测度 m 则是这一扩张的完全化. 把 §3·8·4·3 及 §3·8·4·4 的讨论应用于 $(R^N, \mathsf{L}_\alpha, m_\alpha)$，情况与

(R^N, L, m) 类似.

3·8·5　乘积可测空间与乘积测度空间

3·8·5·1　乘积可测空间

在 §3·8·5·1,我们总假设(X,S)、(Y,T) 是两个可测空间,并且把乘积空间 $X \times Y$ 中的集类

$$\{A \times B \mid A \in \mathsf{S}, B \in \mathsf{T}\}$$

记作 P(称 $A \times B(A \in \mathsf{S}, B \in \mathsf{T})$ 为 P 中的矩形),把集类

$$\left\{\bigcup_{i=1}^{n} E_i \,\middle|\, n \in \mathsf{N}, E_i \in \mathsf{P}(i = 1, \cdots, n), \text{诸 } E_i \text{ 两两无交}\right\}$$

记作 Q,而把包含 P 的最小 σ－环 $\mathsf{S}(\mathsf{P})$ 记作 $\mathsf{S} \times \mathsf{T}$.

显然$(X \times Y, \mathsf{S} \times \mathsf{T})$ 是一个可测空间.

定义 1　可测空间$(X \times Y, \mathsf{S} \times \mathsf{T})$ 称为(X,S) 与(Y,T) 的**乘积可测空间**.

命题 1　在 $X \times Y$ 中,Q 恰是包含 P 的最小环 $\mathsf{R}(\mathsf{P})$.

证明　显然 $\mathsf{Q} \subset \mathsf{R}(\mathsf{P})$. 再证 $\mathsf{Q} \supset \mathsf{R}(\mathsf{P})$,而这只需证 Q 是一个环.

由以下二式可知,P 中任两个矩形的交仍属于 P,P 中任两个矩形的差属于 Q:

$$(A_1 \times B_1) \cap (A_2 \times B_2) = (A_1 \cap A_2) \times (B_1 \cap B_2),$$

$$(A_1 \times B_1) \setminus (A_2 \times B_2)$$
$$= [(A_1 \cap A_2) \times (B_1 \setminus B_2)] \cup [(A_1 \setminus A_2) \times B_1] \text{(图 3·8·2)}.$$

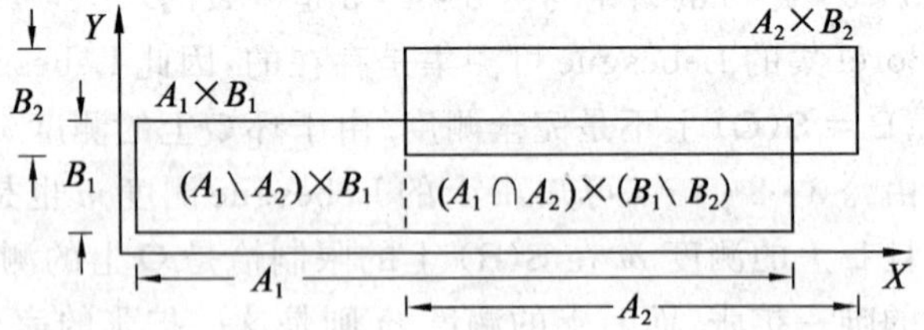

图 3·8·2

设$E,F\in$ Q,则E,F可表为P中的有限个两两无交的矩形之并：

$$E=\bigcup_{i=1}^{m}E_i,\ F=\bigcup_{j=1}^{n}F_j.$$

这时

$$E\cap F=\bigcup_{i=1}^{m}\bigcup_{j=1}^{n}(E_i\cap F_j),$$

诸$E_i\cap F_j$是P中两两无交的矩形,故

$$E\cap F\in \mathsf{Q}.$$

所以Q对"有限交"运算封闭.

对上述的E、F,经演算可知

$$E\backslash F=\bigcup_{i=1}^{m}\bigcap_{j=1}^{n}(E_i\backslash F_j).$$

由已证得的结论知,$E_i\backslash E_j\in$ Q, $\bigcap\limits_{j=1}^{n}(E_i\backslash F_j)\in$ Q,而

$$\bigcap_{j=1}^{n}(E_i\backslash F_j),\quad i=1,2,\cdots,m$$

两两无交,故$E\backslash F$可表为P中的有限个两两无交的矩形之并,即

$$E\backslash F\in \mathsf{Q}.$$

由于$E\cup F=(E\backslash F)\cup F$,$E\backslash F$与$F$无交,$E\backslash F\in$ Q,所以

$$E\cup F\in \mathsf{Q}.$$

总之Q是环,所以Q = R(P). ▌

根据命题1及§3·8·1命题2又知,在$X\times Y$中

$$\mathsf{S}(\mathsf{Q})=\mathsf{S}(\mathsf{P})=\mathsf{S}\times\mathsf{T}.$$

3·8·5·2　乘积测度空间

在§3·8·5·2,我们总假设(X,S,μ),(Y,T,ν)是两个σ—有限的测度空间,$X\times Y$中集类P,Q$\subset$ S × T的规定仍如§3·8·5·1.对$E\in$ Q,若E可表为P中的有限个两两无交的矩形$E_1,\cdots,E_n$之并,就称$\{E_1,\cdots,E_n\}$是E的一个**初等分解**.显然$E\in$ Q的初等分解存在,但未必唯一.

命题 2 (i) 对 P 中的每个矩形 $A\times B(A\in \mathsf{S},B\in \mathsf{T})$,定义

$$\lambda^\circ(A\times B)=\mu(A)\times\nu(B),$$

则 λ° 是 P 上的一个集函数.

(ii) 对每个 $E\in \mathsf{Q}$,任取 E 的一个初等分解 $\{E_1,\cdots,E_n\}$,令

$$\lambda(E)=\sum_{i=1}^{n}\lambda^\circ(E_i),$$

则 $\lambda(E)$ 不随 E 的初等分解的不同选取而改变,从而 λ 是环 Q 上的一个集函数,并且 λ 限制在 P 上与 λ° 相同.

(iii) 集函数 λ 是环 Q 上的一个测度,而且是环 Q 上唯一满足条件

$$\lambda(A\times B)=\mu(A)\times\nu(B)(\text{任 } A\in \mathsf{S},B\in \mathsf{T}) \tag{3·8·5·1}$$

的测度;λ 还是环 Q 上 σ—有限的测度.

这个命题的证明很繁琐,我们就略去了.

按照 §3·8·3 及 §3·8·4 所说的环上测度的扩张程序,我们把上述环 Q 上的测度 λ 进行扩张:在乘积空间 $X\times Y$ 中,设环 Q 上测度 λ 所引出的外测度为 λ^*,λ^* 可测集的全体为 Q^*,则 λ^* 是 σ—环 Q^* 上的完全测度,并且还是 σ—有限的测度.λ^* 在 S(Q) 上的限制则是 Q 上的测度 λ 在 S(Q) 上的唯一扩张,因而 S(Q) 上的测度 λ^* 是 S(Q) 上满足条件(1) 的唯一测度,它当然也是 σ—有限的测度.

定义 2 设 (X,S,μ),(Y,T,ν) 是两个 σ—有限的测度空间,我们把上述的 σ—环 Q^* 记作 $\widehat{\mathsf{S}\times\mathsf{T}}$,把 Q^* 上的测度 λ^* 记作 $\widehat{\mu\times\nu}$,称测度空间 $(X\times Y,\widehat{\mathsf{S}\times\mathsf{T}},\widehat{\mu\times\nu})$ 为 (X,S,μ) 与 (Y,T,ν) 的**完全乘积测度空间**,而称 $\widehat{\mu\times\nu}$ 为 μ 与 ν 的**完全乘积测度**.我们把 λ^* 在 $\mathsf{S}(\mathsf{Q})=\mathsf{S}\times\mathsf{T}$ 上的限制记作 $\mu\times\nu$,称测度空间 $(X\times Y,\mathsf{S}\times\mathsf{T},\mu\times$

ν) 为 (X,S,μ) 与 (Y,T,ν) 的**乘积测度空间**，而称 $\mu\times\nu$ 为 μ 与 ν 的**乘积测度**.

例 3・8・17　容易证明，Lebesgue 测度空间 (R^p,L^p,m) 与 (R^q,L^q,m) 的完全乘积测度空间恰为 $(R^{p+q},\mathsf{L}^{p+q},m)$; Lebesgue-Stieltjes 测度空间 $(R^p,\mathsf{L}_\alpha^p,m_\alpha)$ 与 $(R^q,\mathsf{L}_\beta^q,m_\beta)$ 的完全乘积测度空间恰为 $(R^{p+q},\mathsf{L}_{\alpha\times\beta}^{p+q},m_{\alpha\times\beta})$.

习 题 三

1. 把 §3·2 定义 1(Lebesgue 外测度的定义) 中的"可列半开区间复盖" 改成"可列开区间复盖",所得定义与原定义等价. 试证明之.

2. 根据 §3·2 定义 1 证明:可列个点组成的集,其外测度必为 0.

3. 根据 §3·2 证明:若 G 为开集,$\{I_n\}_1^\infty$ 为 G 的任一半开区间分解,则 $m^*G=\sum\limits_{n=1}^{\infty}|I_n|$.

4. 把 §3·2 定义 1 中的"可列半开区间复盖" 改成"由可列个两两无交的半开区间所组成的复盖",所得定义与原定义等价. 试利用第 3 题证明之.

5. 设 E 是 R^1 中的有界集,$m^*E>0$,则对每个小于 m^*E 的正数 c,恒存在 E 的子集 E_1 使 $m^*E_1=c$.

6. 求 α - Cantor 集 K_α 的测度.

7. 设 A、B 是有界可测集,则 $m(A\cup B)=mA+mB-m(A\cap B)$.

8. 设 $A\subset[0,1]$,A_i 为可测集 $(i=1,2,\cdots,n)$. 若 $\sum\limits_{i=1}^{n}mA_i>n-1$, 则 $m\bigcap\limits_{i=1}^{n}A_i>0$.

9. 设可测集 $A_n\subset[0,1](n=1,2,\cdots)$. 若 1 是 $\{mA_n\}_1^\infty$ 的聚点,则存在 $\{A_n\}_1^\infty$ 的子列 $\{A_{n_k}\}_{k=1}^\infty$ 使 $m\bigcap\limits_{k=1}^{\infty}A_{n_k}>0$.

10. 设 $\{E_n\}_1^\infty$ 是一列可测集,k 是给定的自然数. 令 $G=\{x\mid\{E_n\}_1^\infty$ 中至少有 k 个项含 $x\}$,则 G 是可测集.

11. 设 $\{A_n\}$ 是一列可测集. 若 $\lim\limits_{N\to\infty}m\bigcup\limits_{n=N}^{\infty}A_n=0$,则 $m\bigcap\limits_{N=1}^{\infty}\bigcup\limits_{n=N}^{\infty}A_n=0$. 反过来对吗?

12. 设 $mE < \infty$，$\delta > 0$，证明 E 可以表成两两无交的有限个测度小于 δ 的子集之并.

13. 下列命题是否正确？为什么？

(i) 若 A，B 都是可测集，$A \supset B$，则 $m(A \backslash B) = mA - mB$.

(ii) 若 G_1，G_2 都是开集，G_1 是 G_2 的真子集，则 $mG_1 < mG_2$.

14. 对任意开集 G，是否 $m\overline{G} = mG$？是否 $m(\partial G) = 0$？

15. 设 G 是开集，N 是零集，证明 $\overline{G} = (\overline{G \backslash N})$.

16. 设可测集 $E \subset (0,1)$. 若存在一个常数 $\alpha > 0$，使对于每个开区间 $(a,b) \subset (0,1)$ 都有 $m(E \cap (a,b)) \geqslant \alpha(b-a)$，则 $mE = 1$.

17. 设 E 为有界可测集，问：(i) 是否对任意 $\varepsilon > 0$ 恒存在闭集 $F \supset E$ 使 $mF \leqslant mE + \varepsilon$？

(ii) 是否对任意 $\varepsilon > 0$ 恒存在开集 $G \subset E$ 使 $mG \geqslant mE - \varepsilon$？

18. 设 E 为一点集，证明当下列条件之一成立时 E 为可测集：

(i) 对任意 $\varepsilon > 0$ 恒存在可测集 $A \supset E$ 使 $m^*(A \backslash E) \leqslant \varepsilon$；

(ii) 对任意 $\varepsilon > 0$ 恒存在可测集 $B \subset E$ 使 $m^*(E \backslash B) \leqslant \varepsilon$；

(iii) 对任意 $\varepsilon > 0$ 恒存在二可测集 A 与 B，使 $A \supset E \supset B$ 且 $m(A \backslash B) \leqslant \varepsilon$.

19. 证明：(i) 对任意点集 E 总存在 G_δ 型集 $G \supset E$ 使 $mG = m^* E$；

(ii) 对任意有界点集 E 总存在 F_σ 型集 $F \subset E$ 使 $mF = m^* E$.

20. 设 $S_1, S_2, \cdots, S_n$ 是两两无交的可测集，$E_i \subset S_i (i = 1, \cdots, n)$，则 $m^* \bigcup\limits_{i=1}^{n} E_i = \sum\limits_{i=1}^{n} m^* E_i$. 若 $\{S_i\}$ 是一列两两无交的可测集，$E_i \subset S_i (i = 1, 2, \cdots)$，问是否 $m^* \bigcup\limits_{i=1}^{\infty} E_i = \sum\limits_{i=1}^{\infty} m^* E_i$？

21. 若 R^N 中 $E_n \uparrow E$，则 $m^* E_n \uparrow m^* E$.

22. 对于点集 E，若存在测度有限的可测集 $X \supset E$，使 $m^* E + m^*(X \backslash E) = mX$，则 E 是可测集.

23. 设 E 是有界点集，记 E 的边界点的全体为 ∂E. 证明 E 为

可测集的充要条件是

$$m^*(\partial E) = m^*(\partial E \cap E) + m^*(\partial E \setminus E).$$

24. 设由 R^1 中的一切可测集所组成的集为 L^1,又设由 R^1 中的一切点集所组成的集为 2^{R^1},证明 L^1 与 2^{R^1} 对等.

25. 证明 R^1 中的正测度点集必包含一个不可测子集.

26. 设可测集 $E \subset R^1$, $mE > 0$,则

(i) 存在 $x, y \in E$,使 $\rho(x, y)$ 为无理数;

(ii) 存在 $x, y \in E$,使 $\rho(x, y)$ 为正有理数.

27. 证明 R^1 中的 Lebesgue 可测集经反射变换(即映 $x \in R^1$ 成 $-x$ 的变换)后仍为 Lebesgue 可测集,并且 Lebesgue 测度不变.

28. 设可测集 $A \subset [-1, 1]$, $mA > 1$,证明存在 A 的可测子集 A_1,使 $mA_1 > 0$ 且 A_1 关于原点对称.

29. 设 T_h 是 R^1 的平移量为 h 的平移变换. 若 $E \subset R^1$, $mE > 0$,则存在 $\varepsilon > 0$,使当 $|h| < \varepsilon$ 时 $m(E \cap T_h(E)) > 0$.

30. 若 A 为 R^p 中的非空可测集,B 为 R^q 中的不可测集,问 $A \times B$ 是否 $R^p \times R^q$ 中的不可测集?

31. 作一个包含于 $[0,1]$ 的可测集 E,使对于任何非空开区间 $\triangle \subset [0,1]$,都有

$$m(\triangle \cap E) > 0, \qquad m(\triangle \setminus E) > 0.$$

(答案可见于[17]P. 59)

32. 举出 R^1 上的一个分布函数 $\alpha(x)$ 及 R^1 中的一个点集 E,使 E 是 α - 可测集,但经过平移变换 $T_1(T_1(x) = x+1)$ 后所得到的 $T_1(E)$ 不是 α - 可测集.

33. 设 $\alpha_1(x)$, $\alpha_2(x)$ 是 R^1 上的两个分布函数,相应于每个半开区间 $(a, b]$ 恒有

$$\alpha_1(b) - \alpha_1(a) \leqslant \alpha_2(b) - \alpha_2(a).$$

证明当 E 为 α_2 - 可测集时,E 必为 α_1 - 可测集. 问当 E 为 α_1 - 可测集时,E 是否为 α_2 - 可测集?

第四章　可测函数

我们要研究 Lebesgue 积分就必须来研究 Lebesgue 可测函数,因为只有 Lebesgue 可测函数才可能进行 Lebesgue 积分. Lebesgue 可测函数类是相当广泛的一个函数类,我们一般常见的函数(如连续函数、连续函数列的极限函数等)差不多都包含在它里面. 因此对这类函数的研究无论从理论上说还是从应用上说都是意义重大的.

§4·1　广义实函数及相关的集合

4·1·1　广义实函数

设 E 是一个非空集合(不一定是 R^N 中的点集). E 到 R^1 的映射 f 叫做 E 上的**实函数**;E 到 $R^1 \cup \{+\infty, -\infty\}$ 的映射 f 叫做 E 上的**广义实函数**.

实变函数论中所涉及的函数主要是广义实函数. 我们约定:第四、五、六章中凡说函数均指广义实函数,而把"实函数"说成"处处有限的函数"或"有限函数".

"E 上的函数 f"还往往说成"E 上的函数 $f(x)$"($f(x)$ 的本来意义是 E 中的元 x 在 f 下的象). 设 f、g 都是 E 上的函数,a 是实数,我们规定:$f+g$,af,$|f|$ 分别指 E 上的函数 $f(x)+g(x)$,$af(x)$,$|f(x)|$,如此等等.

如果函数 $f_n(n=1,2,\cdots)$ 及 f 的定义域已被指明都是 E,这时“$f_1(x) > f_2(x)(x \in E)$”(意即对每个 $x \in E$ 都有 $f_1(x) > f_2(x)$)可简记为“$f_1(x) > f_2(x)$”或“$f_1 > f_2$”,类似地,“$f_n(x) \to f(x)(x \in E)$”可简记为“$f_n(x) \to f(x)$”或“$f_n \to f$”,“$f(x)$ 在 E 上有界”可简记为“$f(x)$ 有界”或“f 有界”,如此等等.

定义 1 对集合 E 上的函数 $f(x)$,令

$$f^+(x) = \begin{cases} f(x), & \text{当 } x \text{ 使 } f(x) > 0 \text{ 时}, \\ 0, & \text{当 } x \text{ 使 } f(x) \leqslant 0 \text{ 时}, \end{cases}$$

$$f^-(x) = \begin{cases} -f(x), & \text{当 } x \text{ 使 } f(x) < 0 \text{ 时}, \\ 0, & \text{当 } x \text{ 使 } f(x) \geqslant 0 \text{ 时}, \end{cases}$$

函数 $f^+(x)$ 称为 $f(x)$ 的**正部**,而函数 $f^-(x)$ 称为 $f(x)$ 的**负部**.

$f^+(x)$ 与 $f^-(x)$ 都是非负函数,并且 $f(x) = f^+(x) - f^-(x)$. 以后常常把对函数 $f(x)$ 的研究化归为对非负函数 $f^+(x)$ 与 $f^-(x)$ 的研究.

关于 f^+,f^- 有如下常用的关系式:

(i) $|f| = f^+ + f^-$.

(ii) 当 f 是有限函数时,$f^+ = \frac{1}{2}(|f| + f)$ 且 $f^- = \frac{1}{2}(|f| - f)$.

(iii) $f^+ \leqslant |f|$;$f^- \leqslant |f|$.

(iv) $(-f)^+ = f^-$;$(-f)^- = f^+$.

(v) 当 $f \geqslant 0$ 时 $f^+ = f$,$f^- = 0$;当 $f \leqslant 0$ 时 $f^+ = 0$,$f^- = -f$.

4·1·2 函数定义域中的示性集

设 $f(x)$ 是集合 E 上的函数,a、b 是实数,我们记

$$E[f \geqslant a] = \{x \mid x \in E,\ f(x) \geqslant a\},$$

$$E[a < f \leqslant b] = \{x \mid x \in E,\ a < f(x) \leqslant b\},$$

等等,这些集都是函数 f 的定义域 E 的子集,它们刻划了函数 f 某方面的性质. 我们不妨把这种集称为函数定义域中的示性集. 今后对于函数的讨论,要经常进行这种集的演算,下面举出演算中常用

的几条关系式：

(i) $E[f \geqslant a] \cup [f < a] = E$.

(ii) 若 $a \geqslant b$，则 $E[f > a] \subset E[f > b]$.

(iii) $E[f > a] = \bigcup_{n=1}^{\infty} E\left[f \geqslant a + \frac{1}{n}\right]$；

$$E[f \geqslant a] = \bigcap_{n=1}^{\infty} E\left[f > a - \frac{1}{n}\right].$$

(iv) $E[f = +\infty] = \bigcap_{n=1}^{\infty} E[f > n]$.

(v) $E[f > a] \cap E[f \leqslant b] = E[a < f \leqslant b]$.

(vi) 若 $f(x) \geqslant g(x) (x \in E)$，则 $E[f > a] \supset E[g > a]$.

(vii) 若 $f(x), g(x)$ 为 E 上的函数，则

$$E[f > g] = E[f - g > 0]$$

(但 $E[f \geqslant g]$ 未必等于 $E[f - g \geqslant 0]$).

(viii) 若 $g(x) = \sup_n f_n(x) (x \in E)$，则

$$E[g > a] = \bigcup_{n=1}^{\infty} E[f_n > a];$$

若 $h(x) = \inf_n f_n(x) (x \in E)$，则 $E[h < a] = \bigcup_{n=1}^{\infty} E[f_n < a]$.

(ix) 设 $\{f_n(x)\}_1^{\infty}$ 是 E 上的一列函数，$f(x)$ 是 E 上的有限函数，则

$$E[f_n \nrightarrow f] = \bigcup_{k=1}^{\infty} \bigcap_{N=1}^{\infty} \bigcup_{n=N}^{\infty} E\left[|f_n - f| \geqslant \frac{1}{k}\right],$$

$$E[f_n \rightarrow f] = \bigcap_{k=1}^{\infty} \bigcup_{N=1}^{\infty} \bigcap_{n=N}^{\infty} E\left[|f_n - f| < \frac{1}{k}\right],$$

其中 $E[f_n \nrightarrow f]$ 是指 E 中使 $\{f_n(x)\}_1^{\infty}$ 不趋于 $f(x)$ 的元素 x 的全体，$E[f_n \rightarrow f]$ 是指 E 中使 $\{f_n(x)\}_1^{\infty}$ 趋于 $f(x)$ 的元素 x 的全体.

这里只证(iii) 的第一式及(ix) 的第一式，其余留给读者练习.

证明　证(iii) 的第一式：设 $x \in E[f > a]$，则 $f(x) > a$，从而存在自然数 n_0 使 $f(x) \geqslant a + \frac{1}{n_0}$，故

$$x \in E\left[f \geqslant a+\frac{1}{n_0}\right],\ x \in \bigcup_{n=1}^{\infty} E\left[f \geqslant a+\frac{1}{n}\right].$$

另一方面,设 $x \in \bigcup_{n=1}^{\infty} E\left[f \geqslant a+\frac{1}{n}\right]$,则存在自然数 n_0 使 $x \in E\left[f \geqslant a+\frac{1}{n_0}\right]$,从而 $f(x) \geqslant a+\frac{1}{n_0}>a$,故 $x \in E[f>a]$.

总之 $E[f>a]=\bigcup_{n=1}^{\infty} E\left[f \geqslant a+\frac{1}{n}\right]$.

证(ix) 的第一式:下面的符号"$\Longleftrightarrow$"表示它前面的断语与它后面的断语等价.

$$x_0 \in \bigcup_{k=1}^{\infty} \bigcap_{N=1}^{\infty} \bigcup_{n=N}^{\infty} E\left[|f_n-f| \geqslant \frac{1}{k}\right]$$

$\Longleftrightarrow$ 存在正整数 k_0,使 $x_0 \in \bigcap_{N=1}^{\infty} \bigcup_{n=N}^{\infty} E\left[|f_n-f| \geqslant \frac{1}{k_0}\right]$.

$\Longleftrightarrow$ 存在 k_0,使对任意自然数 N,都有

$$x_0 \in \bigcup_{n=N}^{\infty} E\left[|f_n-f| \geqslant \frac{1}{k_0}\right].$$

$\Longleftrightarrow$ 存在 k_0,使对任意 N,都有自然数 $n_N \geqslant N$,使

$$x_0 \in E\left[|f_{n_N}-f| \geqslant \frac{1}{k_0}\right].$$

$\Longleftrightarrow$ 存在 k_0,使对任意 N,都有自然数 $n_N \geqslant N$,使

$$|f_{n_N}(x_0)-f(x_0)| \geqslant \frac{1}{k_0}.$$

$\Longleftrightarrow$ 数列 $\{f_n(x_0)\}$ 不趋于 $f(x_0)$.

$\Longleftrightarrow$ $x_0 \in E[f_n \not\to f]$.

所以 $E[f_n \not\to f]=\bigcup_{k=1}^{\infty} \bigcap_{N=1}^{\infty} \bigcup_{n=N}^{\infty} E\left[|f_n-f| \geqslant \frac{1}{k}\right]$. ▌

4·1·3　非负函数的下方图

定义 2　设 $f(x)$ 是集合 E 上的非负函数(函数值是非负实数

或 $+\infty$). $E\times R^1$ 中的集合

$$\{(x,z)\,|\,x\in E, 0\leqslant z< f(x)\}$$

称为非负函数 $f(x)$ 的**下方图**,记作 $G(E, f)$.

为以后的讨论作准备,我们举出关于这种集的两个结论:

(i) 设 $E=\bigcup\limits_i E_i$, $f(x)$ 是 E 上的非负函数,则

$$G(E, f)=\bigcup_i G(E_i, f).$$

(ii) 设 $\{f_n(x)\}$ 是集 E 上的非负函数递增列, 即在 E 上

$$0\leqslant f_1(x)\leqslant f_2(x)\leqslant\cdots\leqslant f_n(x)\leqslant f_{n+1}(x)\leqslant\cdots,$$

在 E 上

$$\lim_{n\to\infty} f_n(x)=f(x),$$

则 $\{G(E, f_n)\}$ 是渐张集列, $\lim\limits_{n\to\infty}G(E, f_n)=G(E, f)$.

证明 (i) 显然成立.

(ii) 显然 $\{G(E, f_n)\}$ 是渐张集列, 所以

$$\lim_{n\to\infty}G(E, f_n)=\bigcup_{n=1}^{\infty}G(E, f_n).$$

只需证

$$\bigcup_{n=1}^{\infty}G(E, f_n)=G(E, f).$$

由 $G(E, f_n)\subset G(E, f)$ 知

$$\bigcup_{n=1}^{\infty}G(E, f_n)\subset G(E, f).$$

另一方面,设 $(x_0, z_0)\in G(E, f)$,则

$$x_0\in E, 0\leqslant z_0< f(x_0).$$

由 $f_n(x_0)\uparrow f(x_0)$ 知存在 n_0 使

$$0\leqslant z_0< f_{n_0}(x_0)\leqslant f(x_0),$$

故 $(x_0, z_0)\in G(E, f_{n_0})$. 所以

$$G(E, f)\subset\bigcup_{n=1}^{\infty}G(E, f_n).$$

于是

$$\bigcup_{n=1}^{\infty} G(E, f_n) = G(f, E). \blacksquare$$

4·1·4 集合相对于基本集的特征函数

定义 3 设 X 是基本集. 对于 X 的子集 E,作 X 上的函数

$$f(x) = \begin{cases} 1, & \text{当 } x \in E \text{ 时}, \\ 0, & \text{当 } x \in X \backslash E \text{ 时}, \end{cases}$$

称 $f(x)$ 为集合 E 相对于 X 的 **特征函数**, 记作 $\chi_{E\subset X}(x)$.

在讨论某类具体问题时,基本集是什么往往不说自明,这时 $\chi_{E\subset X}(x)$ 就简记成 χ_{E_i} 并简称为集合 E 的特征函数.

§4·2 Lebesgue 可测函数的定义

本节及以后的各章节,若无特别声明,说到的函数均指 R^N 中点集上的函数,并且凡说"可测集"、"测度" 均指"Lebesgue 可测集"、"Lebesgue 测度".

4·2·1 Lebesgue 可测函数的定义

定义 1 设 $f(x)$ 是可测集 E 上的函数(函数值为实数或 $\pm\infty$). 若对任何实数 a,点集 $E[f > a]$ 恒为可测集,就称 $f(x)$ 是 E 上的 Lebesgue **可测函数**,简称 E 上的**可测函数**.

例 4·2·1 R^N 上的连续函数是可测函数.

例 4·2·2 区间$[a,b]$上的单调函数是可测函数.

例 4·2·3 对于 §**3·5** 中所说的不可测集 S,定义

$$f(x) = \begin{cases} \mathbf{1}, & \text{当 } x \in S \text{ 时}, \\ \mathbf{0}, & \text{当 } x \in [\mathbf{0},\mathbf{1}] \backslash S \text{ 时}, \end{cases}$$

则 $f(x)$ 不是$[\mathbf{0},\mathbf{1}]$ 上的可测函数.

定理 1 设 $f(x)$ 是可测集 E 上的函数,则以下四条是彼此等价的.

(i) 对任何实数 a,点集 $E[f > a]$ 恒可测;

(ii) 对任何实数 a,点集 $E[f \geqslant a]$ 恒可测;

(iii) 对任何实数 a,点集 $E[f \leqslant a]$ 恒可测;

(iv) 对任何实数 a,点集 $E[f < a]$ 恒可测.

证明 证(i) 与(ii) 等价:

$$E[f \geqslant a] = \bigcap_{n=1}^{\infty} E\left[f > a - \frac{1}{n}\right],$$

$$E[f > a] = \bigcup_{n=1}^{\infty} E\left[f \geqslant a + \frac{1}{n}\right].$$

根据可测集的运算性质便知(i) 与(ii) 等价.

证(i) 与(iii) 等价:

$$E[f \leqslant a] = E \backslash E[f > a],$$

$$E[f > a] = E \backslash E[f \leqslant a].$$

根据可测集的运算性质便知(i) 与(iii) 等价.

证(ii) 与(iv) 等价:类似于证(i) 与(iii) 等价便可证得. ▌

根据定理1,如果把定义1中的“$E[f > a]$”改为“$E[f \geqslant a]$”、“$E[f \leqslant a]$”,“$E[f < a]$”中的任何一个,所得定义将与原定义等价.

4·2·2　函数的可测性与正、负部的可测性之关系

定理2　E 上的函数 $f(x)$ 为可测函数的充要条件是它的正部 $f^+(x)$、负部 $f^-(x)$ 都为可测函数.

证明 充分性:设 $f^+(x)$, $f^-(x)$ 在 E 上均可测. 自然 E 为可测集. 对任意 $a \in R^1$,若 $a \geqslant 0$,则由

$$E[f > a] = E[f^+ > a]$$

可知 $E[f > a]$ 可测;若 $a < 0$,则由

$$E[f > a] = E[f^- < -a]$$

可知 $E[f > a]$ 可测. 所以 $f(x)$ 可测.

必要性:设 $f(x)$ 在 E 上可测. 自然 E 为可测集.

先看 $f^+(x)$. 对任意 $a \in R^1$,若 $a < 0$,则 $E[f^+ > a] = E$ 可

测;若 $a \geqslant 0$,则 $E[f^+ > a] = E[f > a]$ 也可测. 所以 $f^+(x)$ 可测.

再看 $f^-(x)$. 对任意 $a \in R^1$,若 $a > 0$,则

$$E[f^- < a] = E[f > -a] \text{ 可测};$$

若 $a \leqslant 0$,则 $E[f^- < a] = \varnothing$ 也可测. 所以 $f^-(x)$ 可测. ▌

§4·3 可测函数与简单函数

4·3·1 简单函数的定义及运算性质

定义 1 若 E 上的函数 $f(x)$ 的值域仅由有限个实数 $c_1, c_2, \cdots, c_n$ 所组成,并且 $E[f = c_1], E[f = c_2], \cdots, E[f = c_n]$ 都是可测集,就称 $f(x)$ 是 E 上的**简单函数**.

简单函数显然是可测函数.

例 4·3·1 若区间 $[a,b]$ 可划分成有限个两两无交的小区间,使 $[a,b]$ 上的函数 $f(x)$ 在每个小区间上取常实数值,就称 $f(x)$ 为 $[a,b]$ 上的**阶梯函数**. 阶梯函数显然是简单函数.

例 4·3·2 若 E, A 都是可测集,$E \supset A$,则 A 相对于 E 的特征函数 $\chi_{A \subset E}(x)$ 是 E 上的一个简单函数.

定义 1 还可以这样来叙述:若 E 上的函数 $f(x)$ 可表示成如下的形式:

$$f(x) = \sum_{i=1}^{n} c_i \cdot \chi_{E_i \subset E}(x), \qquad (4 \cdot 3 \cdot 1)$$

其中 $E_1, E_2, \cdots, E_n$ 为两两无交的可测集且满足 $\bigcup_{i=1}^{n} E_i = E$,$\chi_{E_i \subset E}(x)$ 是 E_i 相对于 E 的特征函数,$c_1, c_2, \cdots, c_n$ 是实常数,就称 $f(x)$ 是 E 上的简单函数.

我们还称式(4·3·1)为简单函数 $f(x)$ 的一个**初等分解**(式(1)中的 $\chi_{E_i \subset E}(x)$ 通常简记为 $\chi_{E_i}(x)$),特别当 $c_1 < c_2 < \cdots < c_n$ 且诸 E_i 均非空集时称式(4·3·1)为 $f(x)$ 的**标准初等分解**.

显然,一个简单函数的初等分解不是唯一的,但标准初等分解不仅存在而且是唯一的.

命题 1　若 $f(x),g(x)$ 是 E 上的简单函数，则

$f(x)\pm g(x)$, $f(x)\cdot g(x)$, $\dfrac{f(x)}{g(x)}$ (分母 $g(x)$ 在 E 上处处非 0)

也是 E 上的简单函数.

证明 设 $f(x),g(x)$ 有如下的初等分解：

$$f(x)=\sum_{i=1}^{n}c_i\cdot\chi_{E_i}(x),\qquad g(x)=\sum_{j=1}^{m}d_j\cdot\chi_{F_j}(x),$$

则

$$f(x)\pm g(x)=\sum_{i=1}^{n}\sum_{j=1}^{m}(c_i\pm d_j)\cdot\chi_{E_i\cap F_j}(x),$$

$$f(x)\cdot g(x)=\sum_{i=1}^{n}\sum_{j=1}^{m}c_i\quad d_j\cdot\chi_{E_i\cap F_j}(x),$$

$$\frac{f(x)}{g(x)}=\sum_{i=1}^{n}\sum_{j=1}^{m}\frac{c_i}{d_j}\cdot\chi_{E_i\cap F_j}(x),$$

$$E_i\cap F_j,\ i=1,\cdots,n;\ j=1,\cdots,m$$

是两两无交的可测集,并且

$$\bigcup_{i=1}^{n}\bigcup_{j=1}^{m}(E_i\cap F_j)=E.$$

由简单函数的定义知命题 1 成立. ▌

4・3・2　可测函数与简单函数的关系

在函数论中,对于较复杂的函数,我们往往借助较简单的函数去刻划它,去反映它的性质. 例如用多项式去逼近连续函数,用幂级数去表示解析函数等等. 对于可测函数,我们也这样做. 下面来讨论它与简单函数的关系.

定理 1　若 $f(x)$ 是 E 上的非负可测函数,则 $f(x)$ 可表为递增的一列非负简单函数 $\{\varphi_n(x)\}_1^\infty$ 的极限函数,即必存在一列 E 上的简单函数 $\{\varphi_n(x)\}_1^\infty$ 使在 E 上

$$0 \leqslant \varphi_1(x) \leqslant \varphi_2(x) \leqslant \cdots$$

且

$$\lim_{n\to\infty} \varphi_n(x) = f(x).$$

证明　对每个自然数 n,作 E 上的函数 $\varphi_n(x)$ 如下(图 4·3·1):

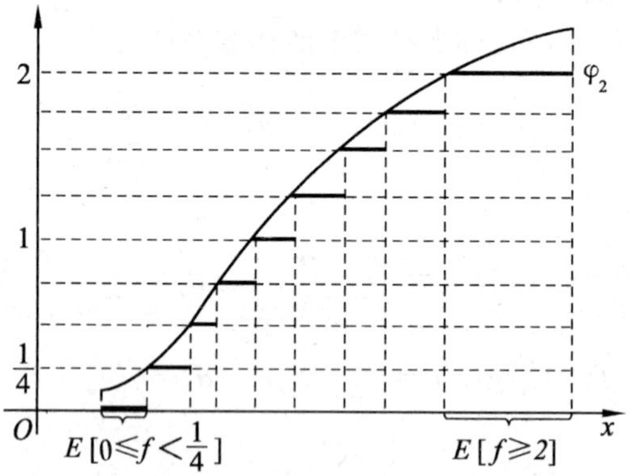

图 4·3·1

$$\varphi_n(x) = \begin{cases} \dfrac{k-1}{2^n}, & \text{当 } x \in E\left[\dfrac{k-1}{2^n} \leqslant f < \dfrac{k}{2^n}\right] \text{时}, \\ & (k = 1,2, \cdots, n2^n) \\ n, & \text{当 } x \in E[f \geqslant n] \text{ 时}, \end{cases}$$

因 $f(x)$ 可测,故

$$E\left[\frac{k-1}{2^n} \leqslant f < \frac{k}{2^n}\right] = E\left[f \geqslant \frac{k-1}{2^n}\right] \cap E\left[f < \frac{k}{2^n}\right]$$

$$(k = 1,2,\cdots,n2^n)$$

及 $E[f \geqslant n]$ 都是可测集. 所以 $\varphi_n(x)$ 是 E 上的简单函数.

由 $\varphi_n(x)$ 的定义不难看出

$$0 \leqslant \varphi_1(x) \leqslant \varphi_2(x) \leqslant \cdots$$

以下来证对每个点 $x_0 \in E$ 都有 $\lim\limits_{n\to\infty} \varphi_n(x_0) = f(x_0)$.

若 $f(x_0)<\infty$，则有自然数 N 使 $f(x_0)<N$.

对任意 $n\in\{N,N+1,\cdots\}$ 有 $f(x_0)<n$，故存在

$$k\in\{1,\cdots,n2^n\}$$

使

$$\frac{k-1}{2^n}\leqslant f(x_0)<\frac{k}{2^n},$$

从而

$$\varphi_n(x_0)=\frac{k-1}{2^n},\quad |f(x_0)-\varphi_n(x_0)|<\frac{1}{2^n}.$$

所以

$$\lim_{n\to\infty}\varphi_n(x_0)=f(x_0).$$

若 $f(x_0)=\infty$，则对任意自然数 n 有 $f(x_0)\geqslant n$，从而 $\varphi_n(x_0)=n$，所以

$$\lim_{n\to\infty}\varphi_n(x_0)=\infty=f(x_0).$$

总之在 E 上 $\lim\limits_{n\to\infty}\varphi_n(x)=f(x)$. ▌

系 1　若 $f(x)$ 是 E 上的可测函数，则 $f(x)$ 可表为一列简单函数 $\{\varphi_n(x)\}_1^\infty$ 的极限函数.

证明 $f(x)=f^+(x)-f^-(x)$，由 $f(x)$ 可测知 $f^+(x)$，$f^-(x)$ 都是 E 上的非负可测函数. 由定理 1 知存在 E 上的简单函数列 $\{\varphi_n^{(1)}(x)\}_1^\infty$，$\{\varphi_n^{(2)}(x)\}_1^\infty$ 使

$$\lim_{n\to\infty}\varphi_n^{(1)}(x)=f^+(x),\quad \lim_{n\to\infty}\varphi_n^{(2)}(x)=f^-(x).$$

令

$$\varphi_n(x)=\varphi_n^{(1)}(x)-\varphi_n^{(2)}(x),$$

则 $\varphi_n(x)$ 是 E 上的简单函数，并且

$$\lim_{n\to\infty}\varphi_n(x)=\lim_{n\to\infty}\varphi_n^{(1)}(x)-\lim_{n\to\infty}\varphi_n^{(2)}(x)=f(x).\ ▌$$

对于可测函数的讨论，我们往往先考虑非负函数的情况，然后再过渡到一般函数. §4・3 中 4・3・2 就是这样做的.

4·3·3 非负函数的可测性与下方图的可测性之关系

引理1 若$E\subset R^N$,$f(x)$是E上的非负简单函数,则$f(x)$的下方图$G(E,f)$是R^{N+1}中的可测集.

证明 设$f(x)$的一个初等分解为

$$f(x)=\sum_{i=1}^{n}c_i\cdot\chi_{E_i}(x),$$

则

$$G(E,f)=\bigcup_{i=1}^{n}G(E_i,c_i\chi_{E_i})=\bigcup_{i=1}^{n}(E_i\times[0,c_i)).$$

由E_i是R^N中可测集知$E_i\times[0,c_i)$是R^{N+1}中可测集,于是$G(E,f)$是R^{N+1}中可测集. ▌

定理2 若$E\subset R^N$,$f(x)$是E上的非负可测函数,则$f(x)$的下方图$G(E,f)$是R^{N+1}中的可测集.

证明 由定理1知存在E上的非负简单函数列$\{\varphi_n(x)\}$使$\varphi_n(x)\uparrow f(x)$. 从而

$$G(E,\varphi_n)\uparrow G(E,f).$$

由引理1知$G(E,\varphi_n)$是R^{N+1}中的可测集,故$G(E,f)$是R^{N+1}中的可测集. ▌

系2 可测函数的正、负部的下方图都是可测集.

我们指出,对可测集上的非负函数$f(x)$来说,其下方图可测不仅是$f(x)$可测的必要条件,而且也是充分条件(证明见 §5·4中5·4·2). 因此,可测集上的函数为可测函数的充要条件是其正、负部的下方图均为可测集.

§4·4 可测函数的某些性质

定理1 设$\{f_n(x)\}$是E上的可测函数列,则

(i) $\sup\limits_n f_n(x)$及$\inf\limits_n f_n(x)$都是E上的可测函数;

(ii) $\overline{\lim_{n\to\infty}} f_n(x)$ 及$\underline{\lim_{n\to\infty}} f_n(x)$ 都是 E 上的可测函数；

(iii) 当$\lim_{n\to\infty} f_n(x) = f(x)$ 在 E 上处处成立时，$f(x)$ 是 E 上的可测函数.

证明　(i) 对任意 $a \in R^1$，

$$E[\sup_n f_n > a] = \bigcup_{n=1}^{\infty} E[f_n > a],$$

$$E[\inf_n f_n < a] = \bigcup_{n=1}^{\infty} E[f_n < a]$$

均为可测集，故(i) 成立.

(ii)
$$\overline{\lim_{n\to\infty}} f_n(x) = \inf_k \sup_{n\geqslant k} f_n(x),$$
$$\underline{\lim_{n\to\infty}} f_n(x) = \sup_k \inf_{n\geqslant k} f_n(x).$$

由(i) 便知(ii) 成立.

(iii) $f(x) = \lim_{n\to\infty} f_n(x) = \overline{\lim_{n\to\infty}} f_n(x)$，由($ii$) 知 $f(x)$ 可测. ▌

由定理 1 及 §4·3 系 1 立即可知，函数可测的充要条件是它可以表为一列简单函数的极限函数. 由此可见，我们可以利用简单函数完全刻划出可测函数.

定理 2　设 $f(x)$，$g(x)$ 是 E 上的可测函数，则

(i) $f(x)\cdot g(x)$ 是 E 上的可测函数；

(ii) 当 $f(x)\pm g(x)$ 在 E 上处处有意义时，$f(x)\pm g(x)$ 是 E 上的可测函数；

(iii) 当 $f(x)/g(x)$ 在 E 上处处有意义时，$f(x)/g(x)$ 是 E 上的可测函数；

(iv) $|f(x)|$ 是 E 上的可测函数.

证明　由 §4·3 系 1 知存在 E 上的简单函数列$\{\varphi_n(x)\}$，$\{\psi_n(x)\}$ 使

$$\lim_{n\to\infty} \varphi_n(x) = f(x), \quad \lim_{n\to\infty} \psi_n(x) = g(x). \quad (4\cdot 4\cdot 1)$$

(i) 由式(4・4・1)知

$$\lim_{n\to\infty}[\varphi_n(x)\cdot\psi_n(x)]=f(x)\cdot g(x).$$

$\varphi_n(x)\cdot\psi_n(x)$ 是简单函数,由定理 1 知 $f(x)\cdot g(x)$ 可测.

(ii) 设 $f(x)\pm g(x)$ 在 E 上处处有意义,由式(4・4・1)知

$$\lim_{n\to\infty}[\varphi_n(x)\pm\psi_n(x)]=f(x)\pm g(x).$$

$\varphi_n(x)\pm\psi_n(x)$ 是简单函数,由定理 1 知 $f(x)\pm g(x)$ 可测.

(iii) 设 $f(x)/g(x)$ 在 E 上处处有意义,令

$$\hat{\psi}_n(x)=\psi_n(x)+\frac{1}{n}\left[\operatorname{sgn}\psi_n(x)+\frac{1}{2}\right],$$

则 $\hat{\psi}_n(x)$ 是 E 上处处非 0 的简单函数,由(4・4・1)知

$$\lim_{n\to\infty}\hat{\psi}_n(x)=g(x),$$

于是

$$\lim_{n\to\infty}[\varphi_n(x)/\hat{\psi}_n(x)]=f(x)/g(x).$$

$\varphi_n(x)/\hat{\psi}_n(x)$ 是简单函数,由定理 1 知 $f(x)/g(x)$ 可测.

(iv) 由 $f(x)$ 可测知 $f^+(x)$, $f^-(x)$ 均可测,而

$$|f(x)|=f^+(x)+f^-(x),$$

由(ii)知 $|f(x)|$ 可测. ▌

定理 3 (i) 若 $f(x)$ 在 E 上可测,则 $f(x)$ 在 E 的任何可测子集 E_0 上也可测(当 $E_0\neq\varnothing$ 时).

(ii) 设 E 可表为有限个或可列个可测集 E_i 的并 $\bigcup_i E_i$. 若 E 上的函数 $f(x)$ 在每个 E_i 上都可测,则 $f(x)$ 在 E 上可测.

证明 (i) 由 $E_0[f>a]=E[f>a]\cap E_0\ (a\in R^1)$ 便得证. ▌

(ii) 由 $E[f>a]=\bigcup_i E_i[f>a]\ (a\in R^1)$ 便得证. ▌

定理 4 (i) 零集 E 上的任何函数 $f(x)$ 都是可测函数.

(ii) 设 $f(x)$, $g(x)$ 是 E 上的函数, $f(x)$ 在 E 上可测,若存在零集 $N\subset E$,使在 $E\backslash N$ 上 $g(x)=f(x)$,则 $g(x)$ 在 E 上可测.

证明　(i) 对任意 $a \in R^1$，有 $E[f>a] \subset E$，故 $E[f>a]$ 是零集，所以 $f(x)$ 在 E 上可测.

(ii) 由定理3(i) 知 $f(x)$ 在 $E \setminus N$ 上可测，从而 $g(x)$ 在 $E \setminus N$ 上可测. 又由(i) 知 $g(x)$ 在 N 上可测(当 $N \neq \varnothing$ 时). 由定理3(ii) 知 $g(x)$ 在 E 上可测. ▌

注 1　今后凡说到某函数限制在其定义域的某子集上有某性质，均指当此子集非空时有此性质，而不再象上面那样特别作出声明.

定理 4 告诉我们：在一个零集上任意改变函数的值，不影响函数的可测性. 今后当有需要时，我们将随时这样做.

注 2　当讨论可测函数方面的问题时，若 N 是 E 的零测度子集，$f(x)$ 是 $E \setminus N$ 上的可测函数，即使 $f(x)$ 在 N 上无定义，我们往往仍说 $f(x)$ 是 E 上的可测函数. 对于讨论函数的可测性及进行相关的测度计算来说，我们这种做法不会造成混乱，却可以带来某些方便.

定义 1　设 E 是一个点集，$P(x)$ 是与 E 中的点 x 有关的一个命题. 若 E 中使 $P(x)$ 不成立的点 x 的全体是一个零集，就称命题 $P(x)$ 在 E 上**几乎处处成立**，记作：$P(x)$，a. e. 于 E(当 E 不说自明时可简记作 $P(x)$ a. e.).

例 4·4·1　设 $f(x)$，$g(x)$ 都是 E 上的函数. 若 $E[f \neq g]$ 是零集，就称 $f(x)$ 与 $g(x)$ 在 E 上**几乎处处相等**，

记作：　$f(x) = g(x)$，a. e. 于 E，

或记作：在 E 上　$f(x) \doteq g(x)$

有时简记作　$f(x \doteq g(x)$　或 $f \doteq g$.

例 4·4·2　设 $f_n(x)(n=1,2,\cdots)$ 及 $f(x)$ 都是 E 上的函数. 若 $E[f_n \not\to f]$ 是零集，就称函数列 $\{f_n(x)\}$ 在 E 上**几乎处处趋于函数** $f(x)$，

记作：

$$\lim_{n\to\infty} f_n(x) = f(x), \text{a. e. 于 } E,$$

或记作：

$$\text{在 } E \text{ 上 } f_n(x) \xrightarrow{\cdot} f(x)$$

有时简记作

$$f_n(x) \xrightarrow{\cdot} f(x) \quad \text{或 } f_n \xrightarrow{\cdot} f).$$

当 $m(E[f_n \nrightarrow f] \cup E[|f| = \infty]) = 0$ 时又称函数列 $\{f_n(x)\}$ 在 E 上**几乎处处收敛于函数** $f(x)$.

例 4·4·3 设 $f(x)$ 是 E 上的函数. 若 $E[|f| = \infty]$ 是零集，就称 $f(x)$ 在 E 上**几乎处处有限**，记作：$|f(x)| < \infty$, a. e. 于 E，或记作：在 E 上 $|f(x)| \dot{<} \infty$（有时简记作 $|f(x)| \dot{<} \infty$ 或 $|f| \dot{<} \infty$）.

由定理 4 及其后面的注 2 可知，若把定理 1 及定理 2 中的“处处”字样改为“几乎处处”，仍然成立.

§4·5 Egoroff 定理

本节我们来讨论可测函数列的几乎处处收敛与一致收敛的关系. 首先给出一个关于几乎处处收敛的引理.

引理 1 设 $mE < \infty$，$f_n(x)$ $(n = 1,2,\cdots)$ 及 $f(x)$ 都是 E 上的可测函数，并且 $f(x)$ 在 E 上几乎处处有限，则 $\{f_n(x)\}$ 在 E 上几乎处处收敛于 $f(x)$ 的充要条件是：

$$\lim_{N\to\infty} m \bigcup_{n=N}^{\infty} E\left[|f_n - f| \geqslant \frac{1}{k}\right] = 0, \quad k = 1,2,\cdots \tag{4·5·1}$$

证明 第一步先看 $f(x)$ 在 E 上处处有限的情况. 这时由 §4·1 中 4·1·2 中的(ix) 知

$$E[f_n \nrightarrow f] = \bigcup_{k=1}^{\infty} \bigcap_{N=1}^{\infty} \bigcup_{n=N}^{\infty} E\left[|f_n - f| \geqslant \frac{1}{k}\right]. \tag{4·5·2}$$

由于 $|f_n(x)-f(x)|$ 是 E 上的可测函数，所以（4·5·2）式中所涉及的集都是可测集，并且由 $mE<\infty$ 知它们的测度都是有限的.

$f_n(x) \xrightarrow{\cdot} f(x)$ 即 $mE[f_n \nrightarrow f]=0$. 由（4·5·2）知 $f_n(x) \xrightarrow{\cdot} f(x)$ 等价于

$$m \bigcap_{N=1}^{\infty} \bigcup_{n=N}^{\infty} E[|f_n - f| \geqslant \frac{1}{k}] = 0, \quad k=1,2,\cdots$$

由测度的上连续性知

$$m \bigcap_{N=1}^{\infty} \bigcup_{n=N}^{\infty} E[|f_n - f| \geqslant \frac{1}{k}] = \lim_{N\to\infty} m \bigcup_{n=N}^{\infty} E[|f_n - f| \geqslant \frac{1}{k}].$$

所以 $f_n(x) \xrightarrow{\cdot} f(x)$ 等价于(1).

第二步再看 $f(x)$ 在 E 上几乎处处有限的情况. 这时 $E_0 = E[|f|=\infty]$ 是零集. 令 $E_1 = E\backslash E_0$，$mE_1 = mE < \infty$. 限制在 E_1 上看，诸 $f_n(x)$ 及 $f(x)$ 均可测且 $f(x)$ 处处有限. 由第一步知，在 E_1 上 $f_n(x) \xrightarrow{\cdot} f(x)$ 等价于

$$\lim_{N\to\infty} m \bigcup_{n=N}^{\infty} E_1\left[|f_n - f| \geqslant \frac{1}{k}\right] = 0, \quad k=1,2,\cdots \tag{4·5·3}$$

显然（4·5·3）等价于（4·5·1），而“在 E_1 上 $f_n(x) \xrightarrow{\cdot} f(x)$”等价于“在 E 上 $f_n(x) \xrightarrow{\cdot} f(x)$”. 所以引理 1 成立. ▌

注　若把引理 1 中的条件“$mE<\infty$”去掉，（4·5·1）仍是 $f_n(x) \xrightarrow{\cdot} f(x)$ 的充分条件，但不再是必要条件.

所谓在 E 上函数列 $\{f_n(x)\}$ **一致收敛于函数** $f(x)$，是指：对任意 $\varepsilon>0$，总存在自然数 N，使当 $n \geqslant N$ 时 E 的每个点 x 都满

足 $|f_n(x)-f(x)|<\varepsilon$.

我们来看一个例子.

设 $f_n(x)=x^n$, $f(x)\equiv 0$. $f_n(x)$ 在$[0,1]$上几乎处处收敛 $f(x)$, 但在$[0,1]$上不一致收敛于 $f(x)$. 不过,对任何给定的小正数δ,我们总可以从$[0,1]$中去掉一个测度小于δ的点集(例如区间$\left(1-\frac{\delta}{2},1\right]$),使在余下的点集上 $f_n(x)$ 一致收敛于 $f(x)$. 对于一般情况,我们有下面的定理:

定理 1 (Egoroff 定理) 设 $mE<\infty$,

(i) $f_n(x)(n=1,2,\cdots)$ 是 E 上的可测函数,

(ii) $\lim\limits_{n\to\infty}f_n(x)=f(x)$, a. e. 于 E,

(iii) $f(x)$ 在 E 上几乎处处有限,

则对于任意 $\delta>0$,恒存在 E 的可测子集 e,使 $me<\delta$ 且在 $E\backslash e$ 上 $\{f_n(x)\}$ 一致收敛于 $f(x)$.

证明 第一步构造集 e:

由条件(i),(ii) 知 $f(x)$ 在 E 上可测. 注意到条件(iii),不失一般性,不妨设 $f(x)$ 在 E 上处处有限. 由引理 1 知

$$\lim_{N\to\infty}m\bigcup_{n=N}^{\infty}E\left[|f_n-f|\geqslant\frac{1}{k}\right]=0,\quad k=1,2,\cdots$$

因此,对每个正整数 k,存在自然数 N_k,使

$$m\bigcup_{n=N_k}^{\infty}E\left[|f_n-f|\geqslant\frac{1}{k}\right]<\frac{\delta}{2^k}.$$

记

$$e_k=\bigcup_{n=N_k}^{\infty}E\left[|f_n-f|\geqslant\frac{1}{k}\right],$$

令 $e=\bigcup\limits_{k=1}^{\infty}e_k$.

第二步验证 e 符合要求:

显然 e 是 E 的可测子集,并且

$$me \leqslant \sum_{k=1}^{\infty} me_k < \sum_{k=1}^{\infty} \frac{\delta}{2^k} = \delta.$$

任给 $\varepsilon > 0$，存在正整数 k_0，使 $\frac{1}{k_0} < \varepsilon$. 设 $x_0 \in E \backslash e$，则

$$\begin{aligned} x_0 \in E \backslash e_{k_0} &= E \backslash \bigcup_{n=N_{k_0}}^{\infty} E\left[|f_n - f| \geqslant \frac{1}{k_0} \right] \\ &= \bigcap_{n=N_{k_0}}^{\infty} E\left[|f_n - f| < \frac{1}{k_0} \right], \end{aligned}$$

故当 $n \geqslant N_{k_0}$ 时

$$|f_n(x_0) - f(x_0)| < \frac{1}{k_0} < \varepsilon.$$

上式中 x_0 是 $E \backslash e$ 中任意的点而 N_{k_0} 与 x_0 无关，所以在 $E \backslash e$ 上 $\{f_n(x)\}$ 一致收敛于 $f(x)$. ▌

注 1　定理 1 中的条件"$mE < \infty$"不能去掉.

例如，$f_n(x) = \frac{x}{n}$ 在 R^1 上处处收敛于 0，但从 R^1 中挖去任何测度有限的可测子集 e，都不能使在 $R^1 \backslash e$ 上 $f_n(x)$ 一致收敛于 0.

注 2　定理 1 的结论不能改成"则存在 E 的零测度子集 e，使在 $E \backslash e$ 上 $\{f_n(x)\}$ 一致收敛于 $f(x)$".

例如，$f_n(x) = x^n$ 在 $[0,1]$ 上几乎处处收敛于 0，但从 $[0,1]$ 中挖去任何零测度子集 e，都不能使在 $E \backslash e$ 上 $f_n(x)$ 一致收敛于 0.

从数学分析中我们已经知道，一致收敛这个条件是一个很优越的条件，它可以保证逐项取极限、逐项积分、逐项微分等许多运算的进行. 根据 Egoroff 定理，当可测函数列几乎处处收敛但不一致收敛时，我们可以"部分地"把它化为一致收敛，从而便可利用一致收敛来讨论问题. Egoroff 定理的实用意义正在于此.

§4・6　可测函数列的依测度收敛

本节我们引进可测函数列的一个新的收敛概念，它在逐项积

分等问题的讨论中有着重要的作用.

定义 1 设 $f_n(x)(n=1,2,\cdots)$ 及 $f(x)$ 都是 E 上几乎处处有限的可测函数.若对任意 $\varepsilon>0$,恒有

$$\lim_{n\to\infty} mE[|f_n-f|\geqslant\varepsilon]=0,$$

就称在 E 上 $\{f_n(x)\}$ **依测度收敛**于 $f(x)$,记作:

$$\text{在 } E \text{ 上 } f_n(x)\Rightarrow f(x)$$

有时简记作

$$f_n(x)\Rightarrow f(x) \quad \text{或} \quad f_n\Rightarrow f.$$

例 4·6·1 设 $E=[0,1]$,

$$f_n(x)=x^n(1-x)^n(n=1,2,\cdots),\ f(x)\equiv 0,$$

则在 E 上 $f_n(x)\Rightarrow f(x)$.

下面我们来讨论依测度收敛与几乎处处收敛之间的关系.

定理 1 (**Lebesgue 定理**) 设 $mE<\infty$, $f_n(x)$ $(n=1,2,\cdots)$ 及 $f(x)$ 都是 E 上几乎处处有限的可测函数,若

$$\lim_{n\to\infty} f_n(x)=f(x),\text{a. e. 于 } E,$$

则在 E 上 $f_n(x)\Rightarrow f(x)$.

证明 由 §4·5 引理 1 知,对任意正整数 k,恒有

$$\lim_{N\to\infty} m\bigcup_{n=N}^{\infty} E\left[|f_n-f|\geqslant\frac{1}{k}\right]=0,$$

从而

$$\lim_{n\to\infty} mE\left[|f_n-f|\geqslant\frac{1}{k}\right]=0.$$

对任意 $\varepsilon>0$,可取正整数 k 使 $\frac{1}{k}<\varepsilon$,这时

$$E[|f_n-f|\geqslant\varepsilon]\subset E\left[|f_n-f|\geqslant\frac{1}{k}\right],$$

所以

$$\lim_{n\to\infty} mE[|f_n-f|\geqslant\varepsilon]=0.$$

即在 E 上 $f_n(x) \Rightarrow f(x)$. ▌

注　定理1中的条件"$mE < \infty$"不能去掉，

例如在 R^1 上 $f_n(x) = \frac{1}{n}x$ 处处收敛于0，但 $f_n(x) \Rightarrow 0$ 不成立.

下面的例子说明依测度收敛的函数列未必几乎处处收敛.

例4·6·2　对每个自然数 n，把 $(0,1]$ 划分成 n 个半开区间

$$I_i^n = (\frac{i-1}{n}, \frac{i}{n}], i = 1,2,\cdots,n.$$

以 $(0,1]$ 为基本集，作 I_i^n 的特征函数 $\chi_{I_i^n}(x)$ $(i = 1,2,\cdots,n)$. 取 $n = 1,2,\cdots$ 把所有得到的函数排列如下：

$$\underbrace{\chi_{I_1^1}}, \underbrace{\chi_{I_1^2}, \chi_{I_2^2}}, \cdots, \underbrace{\chi_{I_1^n}, \chi_{I_2^n}, \cdots, \chi_{I_n^n}}, \cdots \quad (4\cdot6\cdot1)$$

在 $(0,1]$ 上函数列 $(4\cdot6\cdot1)$ 依测度收敛于 $f(x) \equiv 0$.

这是因为对任意 $\varepsilon > 0$，$E[|\chi_{I_i^n}(x) - 0| \geqslant \varepsilon]$ 或为空集或为 I^{n_i}，而 $mI_i^n = \frac{1}{n} \to 0$.

函数列 $(4\cdot6\cdot1)$ 在 $(0,1]$ 上处处不收敛.

这是因为对任 $x_0 \in (0,1]$ 相应于每个 n 必有 i_n 使 $x_0 \in I_{i_n}^n$，而 $i \neq i_n$ 时 $x_0 \overline{\in} I_i^n$. 从而 $i = i_n$ 时 $\chi_{I_i^n}(x_0) = 1$，$i \neq i_n$ 时 $\chi_{I_i^n}(x_0) = 0$. 函数列 $(4\cdot6\cdot1)$ 中有无穷多个项在 x_0 点的值为1且有无穷多个项在 x_0 点的值为0，所以函数列 $(4\cdot6\cdot1)$ 在 x_0 点不收敛.

虽然依测度收敛未必几乎处处收敛，但是我们有如下的定理：

定理2　**(Riesz 定理)** 若在 E 上 $f_n(x) \Rightarrow f(x)$，则 $\{f_n(x)\}_1^\infty$ 必存在子列 $\{f_{n_i}(x)\}_{i=1}^\infty$，使

$$\lim_{i\to\infty} f_{n_i}(x) = f(x), \text{a. e. 于 } E.$$

证明　第一步选出子列 $\{f_{n_i}\}$：

由在 E 上 $f_n(x) \Rightarrow f(x)$ 知：$mE < \infty$，诸 $f_n(x)$ 及 $f(x)$ 都是

E 上几乎处处有限的可测函数，对任意 $\varepsilon>0$ 恒有

$$\lim_{n\to\infty} mE[|f_n-f|\geqslant\varepsilon]=0.$$

所以对任意正数 ε、δ，总存在自然数 N，使 $n\geqslant N$ 时

$$mE[|f_n-f|\geqslant\varepsilon]<\delta.$$

于是，对于 $\varepsilon=\dfrac{1}{i}$ 及 $\delta=\dfrac{1}{2^i}(i=1,2,\cdots)$，可选出自然数 n_i，使

$$mE\left[|f_{n_i}-f|\geqslant\frac{1}{i}\right]<\frac{1}{2^i},$$

并且还可使 $n_1<n_2<n_3<\cdots$. 在 $\{f_n(x)\}_1^\infty$ 中取与 $\{n_i\}_{i=1}^\infty$ 相应的子列 $\{f_{n_i}(x)\}_{i=1}^\infty$.

第二步验证 $f_{n_i}\xrightarrow{\cdot} f$：

根据 §4·5 引理 1 及其后面的注，只需证对每个正整数 k 有

$$\lim_{N\to\infty} m\bigcup_{i=N}^{\infty}E\left[|f_{n_i}-f|\geqslant\frac{1}{k}\right]=0. \qquad (4\cdot6\cdot2)$$

当 $i\geqslant k$ 时

$$E\left[|f_{n_i}-f|\geqslant\frac{1}{k}\right]\subset E\left[|f_{n_i}-f|\geqslant\frac{1}{i}\right],$$

从而当 $N\geqslant k$ 时

$$m\bigcup_{i=N}^{\infty}E\left[|f_{n_i}-f|\geqslant\frac{1}{k}\right]\leqslant\sum_{i=N}^{\infty}mE\left[|f_{n_i}-f|\geqslant\frac{1}{k}\right]$$

$$\leqslant\sum_{i=N}^{\infty}mE\left[|f_{n_i}-f|\geqslant\frac{1}{i}\right]<\sum_{i=N}^{\infty}\frac{1}{2^i}=\frac{1}{2^{N-1}}.$$

可见对每个正整数 k 上面的(4·6·2) 式成立. ▌

从定理 1 及定理 2 很容易得到一个在函数的定义域测度有限的情况下用几乎处处收敛来完全刻划依测度收敛的定理：

定理 3 设 $mE<\infty$，$f_n(x)(n=1,2,\cdots)$ 及 $f(x)$ 都是 E 上几乎处处有限的可测函数，则 $f_n\Rightarrow f$ 的充要条件是：对 $\{f_n\}$ 的任何子列 $\{f_{n_k}\}$，都可以从中选出子列 $\{f_{n_{k_i}}\}$ 几乎处处收敛于 f.

证明　必要性：设 $f_n \Rightarrow f$，显然 $\{f_n\}$ 的任何子列 $\{f_{n_k}\}$ 也依测度收敛于 f，由定理 2 知 $\{f_{n_k}\}$ 必有子列 $\{f_{n_{k_i}}\}$ 几乎处处收敛于 f.

充分性：假若 $f_n \Rightarrow f$ 不成立，则存在 $\varepsilon_0 > 0$ 使

$$\{mE[|f_n - f| \geqslant \varepsilon_0]\}_{n=1}^{\infty}$$

不趋于 0，因而存在子列 $\{f_{n_k}\}$ 及 $\delta_0 > 0$ 使

$$mE[|f_{nk} - f| \geqslant \varepsilon_0] \geqslant \delta_0 > 0, \quad k = 1,2,\cdots$$

显然 $\{f_{nk}\}$ 的任何子列 $\{f_{nk_i}\}$ 都不可能依测度收敛于 f，根据定理 1 知 $\{f_{nk}\}$ 的每个子列 $\{f_{nk_i}\}$ 更不可能几乎处处收敛于 f. 充分性得证. ▌

依测度收敛还有如下的一些性质：

命题 1　设下述各函数的定义域均为 E.

(i) 若 $f_n \Rightarrow f$，$f \doteq g$，则 $f_n \Rightarrow g$.

(ii) 若 $f_n \Rightarrow f$，$f_n \Rightarrow g$，则 $f \doteq g$.

(iii) 若 $f_n \Rightarrow f$，则 $|f_n| \Rightarrow |f|$.

(iv) 设 $mE < \infty$，若 $f_n \Rightarrow f$，$g_n \Rightarrow g$，则

$$f_n \pm g_n \Rightarrow f \pm g,$$

$$f_n \cdot g_n \Rightarrow f \cdot g,$$

$f_n / g_n \Rightarrow f / g$（诸分母在 E 上几乎处处非 0 时）.

证明　(i)(iii) 的证明留给读者作习题.

(ii) 由 $f_n \Rightarrow f$ 知存在子列 $\{f_{n_k}\}$ 使 $f_{nk} \xrightarrow{\cdot} f$. 由 $f_n \Rightarrow g$ 知 $f_{n_k} \Rightarrow g$，从而存在子列 $\{f_{n_{k_i}}\}$ 使 $f_{n_{k_i}} \xrightarrow{\cdot} g$. 但 $f_{n_{k_i}} \xrightarrow{\cdot} f$（这由前述的 $f_{n_k} \xrightarrow{\cdot} f$ 可知），故 $g \doteq f$.

(iv) 仅证 $f_n \cdot g_n \Rightarrow f \cdot g$，其他类似可证.

任取$\{f_n \cdot g_n\}$的子列$\{f_{n_i} \cdot g_{n_i}\}$,不妨把$\{f_{n_i} \cdot g_{n_i}\}$记作$\{f_m \cdot g_m\}$. 由 $f_m \Rightarrow f$ 知存在子列$\{f_{mk}\}$使 $f_{mk} \xrightarrow{\cdot} f$. 由 $g_m \Rightarrow g$ 知 $g_{m_k} \Rightarrow g$,从而存在子列$\{g_{m_{k_i}}\}$使 $g_{m_{k_i}} \xrightarrow{\cdot} g$. 但 $f_{m_{k_i}} \xrightarrow{\cdot} f$(这由前述的 $f_{m_k} \xrightarrow{\cdot} f$ 可知),故 $f_{m_{k_i}} \cdot g_{m_{k_i}} \xrightarrow{\cdot} f \cdot g$. 由定理 3 即知 $f_n \cdot g_n \Rightarrow f \cdot g$. ▌

§4·7 可测函数与连续函数

4·7·1 任意点集上的连续函数

数学分析中所说的连续函数都是区域上的连续函数,现在我们来推广这个概念.

定义 1 设 $f(x)$ 是点集 E 上的函数,x_0 是 E 中的点. 若对任意 $\varepsilon > 0$,总存在 x_0 的邻域 $U(x_0,\delta)$,使当 $x \in E \cap U(x_0,\delta)$ 时

$$|f(x) - f(x_0)| < \varepsilon,$$

就称 $f(x)$ **在点** x_0 **连续**. 若 $f(x)$ 在 E 的每个点连续,就称 $f(x)$ 是 E 上的**连续函数**.

注 当 E 是 $f(x)$ 的定义域 D_f 的子集时,我们若说 $f(x)$ 是 E 上的连续函数,那是指 $f(x)$ 限制在 E 上所成的函数 $f(x)|_E$ 是 E 上的连续函数,而不是指 $f(x)$ 作为 D_f 上的函数在属于 E 的每个点上连续.

例 4·7·1 设 $f(x)$ 是 E 上的函数. 若 x_0 是 E 的孤立点,且 $f(x_0)$ 是有限数,则 $f(x)$ 在点 x_0 连续. 若 x_0 是 E 中一点,$f(x_0)$ 是无限数,则 $f(x)$ 在点 x_0 不连续.

例 4·7·2 设 E 是任意点集,$f(x)$ 是 E 上取常实数值 c,则 $f(x)$ 是 E 上的连续函数.

例 4·7·3 设 $I = [0,1]$,I_r 为$[0,1]$中有理数的全体.

Dirichlet 函数

$$D(x)=\begin{cases}1, & \text{当 } x\in I_r \text{ 时},\\ 0, & \text{当 } x\in I\backslash I_r \text{ 时},\end{cases}$$

在 I 的每一点都不连续，但函数 $D(x)|_{I_r}$ 是 I_r 上的连续函数，也就是说 $D(x)$ 是 I_r 上的连续函数.

命题 1　设 $f(x)$ 是 E 上的函数，$f(x)$ 在点 $x_0\in E$ 连续的充要条件是：$f(x_0)$ 为有限数且对于 E 中任何收敛于 x_0 的点列 $\{x_n\}$ 都有

$$\lim_{n\to\infty} f(x_n)=f(x_0).$$

这个命题的证法与数学分析中相应命题一样.

命题 2　若 $f(x)$ 是 E 上的连续函数，则 $f(x)$ 是 E 的任意子集 E_0 上的连续函数.

证明　由定义 1 立即可知. ▌

命题 3　若 $f_n(x)(n=1,2,\cdots)$ 是 E 上的连续函数，$\{f_n(x)\}$ 在 E 上一致收敛于 $f(x)$，则 $f(x)$ 是 E 上的连续函数.

这个命题的证法与数学分析中相应命题一样.

定理 1　若 $f(x)$ 是可测集 E 上的连续函数，则 $f(x)$ 是 E 上处处有限的可测函数.

证明　$f(x)$ 是 E 上的连续函数，自然在 E 上处处有限. 下证对任意 $a\in R^1$，$E[f>a]$ 是可测集：设 $\alpha\in E[f>a]$，则 $f(\alpha)>a$. 由 $f(x)$ 在点 α 连续知，存在与 α 相关的正数 δ_α，使当

$$x\in E\cap U(\alpha,\delta_\alpha) \text{ 时}\quad f(x)>a,$$

从而

$$E\cap U(\alpha,\delta_\alpha)\subset E[f>a].$$

于是

$$\bigcup_{\alpha\in E[f>a]}(E\cap U(\alpha,\delta_\alpha))\subset E[f>a].$$

显然上式右边的点集也包含于左边的点集，所以

$$E[f>a]=\bigcup_{\alpha\in E[f>a]}(E\cap U(\alpha,\delta_\alpha))$$
$$=E\cap(\bigcup_{\alpha\in E[f>a]}U(\alpha,\delta_\alpha)).$$

E 可测而 $\bigcup_{\alpha\in E[f>a]}U(\alpha,\delta_\alpha)$ 是开集,故 $E[f>a]$ 可测.所以 $f(x)$ 是 E 上处处有限的可测函数. ▌

4·7·2 Lusin 定理

我们已经知道,可测函数可以用简单函数来完全刻划. §4·7·2 及 §4·7·3 来研究可测函数与连续函数的关系.

引理 1 设 F 是有限个两两无交的非空闭集 $F_1,F_2,\cdots,F_n$ 之并,$f(x)$ 是 F 上的函数,若 $f(x)$ 限制在每个闭集 F_i 上都是连续函数,则 $f(x)$ 是 F 上的连续函数.

证明 设 $x_0\in F$,则有唯一的 $i_0\in\{1,2,\cdots,n\}$ 使 $x_0\in F_{i_0}$. 当 $i\neq i_0$ 时 $\rho(x_0,F_i)>0$,所以存在 $d>0$,使

$$\text{当 } i\neq i_0 \text{ 时}\quad \rho(x_0,F_i)\geqslant d,$$

从而

$$F\cap U(x_0,d)=F_{i_0}\cap U(x_0,d).$$

由 $f(x)$ 是 F_{i_0} 上的连续函数知,对任意 $\varepsilon>0$,存在 $\delta>0$,使

$$\text{当 } x\in F_{i_0}\cap U(x_0,\delta) \text{ 时}\quad |f(x)-f(x_0)|<\varepsilon.$$

我们特别取这样的 δ 小于 d,则

$$\text{当 } x\in F\cap U(x_0,\delta) \text{ 时}\quad |f(x)-f(x_0)|<\varepsilon,$$

所以 $f(x)$ 作为 F 上的函数在 x_0 点连续.由于 x_0 是 F 中的任意点,所以 $f(x)$ 是 F 上的连续函数. ▌

定理 2 (Lusin 定理)设 $f(x)$ 是 E 上几乎处处有限的可测函数,则对任意 $\delta>0$,恒存在闭集 $F^\delta\subset E$,使:

(i) $m(E\backslash F^\delta)<\delta$,

(ii) $f(x)$ 是 F^δ 上的连续函数.

证明 第一步先看 $f(x)$ 是简单函数的情况:

设 $E_1,E_2,\cdots,E_n$ 是两两无交的非空可测集,$\bigcup_{i=1}^{n}E_i=E$,当 x

$\in E_i$ 时

$$f(x)=c_i \quad (i=1,2,\cdots,n).$$

对于每个 E_i，由 §3·4 定理 4 知，存在非空闭集 $F_i \subset E_i$，使

$$m(E_i \backslash F_i)<\frac{\delta}{n}.$$

令 $F^\delta=\bigcup\limits_{i=1}^{n} F_i$，由于 $f(x)$ 限制在每个闭集 F_i 上是连续函数，根据引理 1 知 $f(x)$ 是 F^δ 上的连续函数.

F^δ 是闭集，$F^\delta \subset E$，$E\backslash F^\delta=\bigcup\limits_{i=1}^{n}(E_i\backslash F_i)$，故

$$m(E\backslash F^\delta)\leqslant \sum_{i=1}^{n} m(E\backslash F_i)<\delta.$$

第二步. 设 $mE<\infty$，$f(x)$ 是 E 上几乎处处有限的可测函数.

由 §4·3 系 1 知，存在 E 上的简单函数列 $\{\varphi_n(x)\}$，使在 E 上

$$\lim_{n\to\infty}\varphi_n(x)=f(x).$$

由 Egoroff 定理知，存在 $E^\delta \subset E$，使

$$m(E\backslash E^\delta)<\frac{\delta}{2},$$

且在 E^δ 上 $\{\varphi_n(x)\}$ 一致收敛于 $f(x)$.

诸 $\varphi_n(x)$ 限制在 E^δ 上仍是简单函数. 对每个 $\varphi_n(x)$，由第一步知存在闭集 $F_n \subset E^\delta$，使

$$m(E^\delta \backslash F_n)<\frac{\delta}{2^{n+1}},$$

且 $\varphi_n(x)$ 是 F_n 上的连续函数. 令 $F^\delta=\bigcap\limits_{n=1}^{\infty} F_n$，诸 $\varphi_n(x)$ 限制在 F^δ 上均为连续函数. $F^\delta \subset E^\delta$，故在 F^δ 上 $\{\varphi_n(x)\}$ 也一致收敛于 $f(x)$，由命题 3 知 $f(x)$ 是 F^δ 上的连续函数.

由 F_n 是闭集知 F^δ 是闭集，$F^\delta \subset E$，

$$\begin{aligned} E\backslash F^\delta &= (E\backslash E^\delta)\cup(E^\delta\backslash F^\delta) \\ &= (E\backslash E^\delta)\cup\Big(\bigcup_{n=1}^{\infty}(E^\delta\backslash F_n)\Big), \end{aligned}$$

故

$$m(E\backslash F^{\delta}) \leqslant m(E\backslash E^{\delta}) + \sum_{n=1}^{\infty} m(E^{\delta}\backslash F_n)$$

$$< \frac{\delta}{2} + \sum_{n=1}^{\infty} \frac{\delta}{2^{n+1}} = \delta.$$

第三步. 设 $mE = \infty$, $f(x)$ 是 E 上几乎处处有限的可测函数.

设 $\{L_i\}$ 是 R^N 的起点为 θ 边长为 1 的半开区间分解,令

$$E_i = E \cap L_i (i = 1, 2, \cdots),$$

则诸 E_i 是两两无交的有界可测集, $E = \bigcup_{i=1}^{\infty} E_i$. 对每个 E_i, 由第二步知存在闭集 $F_i \subset E_i$, 使

$$m(E_i\backslash F_i) < \frac{\delta}{2^i},$$

且 $f(x)$ 是 F_i 上的连续函数. 令 $F^{\delta} = \bigcup_{i=1}^{\infty} F_i$.

设 $x_0 \in F^{\delta}$, 易知 x_0 的邻域 $U(x_0, 1)$ 只能与 $\{F_i\}_1^{\infty}$ 中的有限个闭集相交. 类似于引理 1 不难证明, $f(x)$ 作为 F^{δ} 上的函数在 x_0 点连续. 所以 $f(x)$ 是 F^{δ} 上的连续函数.

设 $x_0 \in (F^{\delta})'$, 由于 $U(x_0, 1)$ 仅与 $\{F_i\}_1^{\infty}$ 中的有限个闭集相交, 不难得知 $x_0 \in F^{\delta}$. 所以 F^{δ} 是闭集. 由于

$$F^{\delta} \subset E, \quad E\backslash F^{\delta} = \bigcup_{i=1}^{\infty} (E_i\backslash F_i),$$

故

$$m(E\backslash F^{\delta}) \leqslant \sum_{i=1}^{\infty} m(E_i\backslash F_i) < \sum_{i=1}^{\infty} \frac{\delta}{2^i} = \delta. \blacksquare$$

上述证明的方法值得特别注意. 对可测函数进行讨论, 先考虑简单函数再过渡到一般函数, 先考虑函数的定义域测度有限的情况再过渡到测度无限的情况, 这是在许多场合下都行之有效的办法.

注 定理 2 的结论不能改成"则存在 E 的零测度子集 e, 使

$f(x)$ 是 $E\backslash e$ 上的连续函数". 例如,若 $f(x)$ 是$\frac{1}{2}$-Cantor 集 $K_{\frac{1}{2}}$ 相对于[0,1]的特征函数,不难证明对于[0,1]的任何零测度子集 e, $f(x)$ 在$[0,1]\backslash e$ 上都不是连续函数.

命题 4　(Lusin 定理的逆定理) 设 $f(x)$ 是点集 E 上的函数. 若对任意 $\delta>0$,恒存在闭集 $F^{\delta}\subset E$,使

(i) $m^*(E\backslash F^{\delta})<\delta$,

(ii) $f(x)$ 是 F^{δ} 上的连续函数,

则 $f(x)$ 是 E 上几乎处处有限的可测函数.

证明　取 $\delta=\frac{1}{n}(n=1,2,\cdots)$. 由假设知存在闭集 $F_n\subset E$, 使 $m^*(E\backslash F_n)<\frac{1}{n}$ 且 $f(x)$ 是 F_n 上的连续函数.

由定理 1 知 $f(x)$ 是 F_n 上处处有限的可测函数,从而 $f(x)$ 是 $\bigcup\limits_{n=1}^{\infty}F_n$ 上处处有限的可测函数.

因 $m^*(E\backslash\bigcup\limits_{n=1}^{\infty}F_n)\leqslant m^*(E\backslash F_n)<\frac{1}{n}$,故 $E\backslash\bigcup\limits_{n=1}^{\infty}F_n$ 是零集. $f(x)$ 是此零集上的可测函数. 所以 $f(x)$ 是 E 上几乎处处有限的可测函数. ▌

Lusin 定理及其逆定理给出了函数是几乎处处有限的可测函数的一个充要条件. 这样,我们就用连续函数完全刻划了(几乎处处有限的)可测函数,显示了可测函数的构造.

* **例 4·7·4**　试以命题 4 的条件作为几乎处处有限的可测函数的定义,来证明 E 上两个几乎处处有限的可测函数 $f_1(x)$, $f_2(x)$ 之和仍是 E 上几乎处处有限的可测函数.

证明　任给 $\delta>0$,对每个 $f_i(x)(i=1,2)$,由新定义知存在闭集 $F_i\subset E$,使 $m^*(E\backslash F_i)<\frac{\delta}{2}$ 且 $f_i(x)$ 限制在 F_i 上连续. 于是 $f_1(x)+f_2(x)$ 限制在闭集 $F_1\cap F_2$ 上连续,且

$$m^*[E\setminus(F_1\cap F_2)]=m^*[(E\setminus F_1)\cup(E\setminus F_2)]$$
$$\leqslant m^*(E\setminus F_1)+m^*(E\setminus F_2)<\delta.$$

由新定义知 $f_1(x)+f_2(x)$ 是 E 上几乎处处有限的可测函数. ▌

4·7·3 Lusin 定理的另一形式

引理2 设F是R^N中的非空闭集，$f(x)$ 是F上的连续函数，则存在整个 R^N上的连续函数$g(x)$ 使得 $g(x)=f(x)$，$\forall x\in F$.

在证明引理 2 之前先证下列结论：

若 $f(x)$ 是闭集 F 上的连续函数，并且在 F 上满足 $|f(x)|\leqslant M$ (M 为一常数)，则存在整个 R^N 上的连续函数 $g(x)$ 使在 F 上 $g(x)=f(x)$，并且在 R^N 上 $|g(x)|\leqslant M$.

证明 把 F 分成三个点集：

$$A=\left\{x\in F:\frac{M}{3}\leqslant f(x)\leqslant M\right\},$$
$$B=\left\{x\in F:-M\leqslant f(x)\leqslant -\frac{M}{3}\right\},$$
$$C=\left\{x\in F:-\frac{M}{3}<f(x)<\frac{M}{3}\right\},$$

并作函数

$$g_1(x)=\left(\frac{M}{3}\right)\frac{\rho(x,B)-\rho(x,A)}{\rho(x,B)+\rho(x,A)},\quad x\in R^N$$

因为A与B是互不相交的闭集，所以 $g_1(x)$ 处处有定义且在 R^n 上处处连续. 此外还有

$$|g_1(x)|\leqslant\frac{M}{3},\quad x\in R^N,$$
$$|f(x)-g_1(x)|\leqslant\frac{2M}{3},\quad x\in F.$$

再在 F 上来考察 $f(x)-g_1(x)$(相当于 $f(x)$)，并用类似的方法作 R^N 上的连续函数 $g_2(x)$，此时 $f(x)-g_1(x)$ 的界是$\frac{2M}{3}$，故 $g_2(x)$ 应满足

$$|g_2(x)| \leqslant \frac{1}{3} \cdot \frac{2M}{3}, \quad x \in R^N,$$

$$|[f(x) - g_1(x)] - g_2(x)| \leqslant \frac{2}{3} \cdot \frac{2M}{3}, \quad x \in F.$$

继续这一过程,可得在 R^n 上的连续函数列,使得

$$|g_k(x)| \leqslant \frac{1}{3} \cdot \left(\frac{2}{3}\right)^{k-1} M, \quad x \in R^N (k = 1,2,\cdots),$$

$$f(x) - \sum_{i=1}^{k} g_i(x) \leqslant \left(\frac{2}{3}\right)^{k} M, \quad x \in F\ (k = 1,2,\cdots).$$

$$|g_k(x)| \leqslant \frac{1}{3} \cdot \left(\frac{2}{3}\right)^{k-1} M, \quad x \in R^N (k = 1,2,\cdots), \tag{4·7·1}$$

$$\left| f(x) - \sum_{i=1}^{k} g_i(x) \right| \leqslant \left(\frac{2}{3}\right)^{k} M, \quad x \in F\ (k = 1,2,\cdots). \tag{4·7·2}$$

(4·7·1) 式表明 $\sum\limits_{k=1}^{\infty} g_k(x) = g(x)$ 是一致收敛的,若记为其和函数为 $g(x)$,则 $g(x)$ 是 R^n 上的连续函数.

(4·7·2) 式表明 $g(x) = \sum\limits_{k=1}^{\infty} g_k(x) = f(x), x \in F$.

最后,$\forall\, x \in R^N$,得到

$$|g(x)| \leqslant \sum_{k=1}^{\infty} |g_k(x)| \leqslant \frac{M}{3}\left(1 + \frac{2}{3} + \left(\frac{2}{3}\right)^2 + \cdots\right)$$

$$\leqslant \frac{M}{3} \cdot \frac{1}{1 - 2/3} = M.$$

引理2 在 $f(x)$ 无界时的证明,可研究函数 $\arctan f(x)$. ▌

定理 3 （Lusin **定理的另一形式**）设 E 是 R^N 中的可测集,$f(x)$ 是 E 上几乎处处有限的可测函数,则对任意 $\delta > 0$,恒存在闭集 $F^\delta \subset E$ 及整个 R^N 上的连续函数 $g_\delta(x)$,使:

(i) $m(E \backslash F^\delta) < \delta$,

(ii) 在 F^{δ} 上 $g_{\delta}(x) = f(x)$.

证明 由定理 2 知,存在闭集 $F^{\delta} \subset E$,使

$$m(E \backslash F) < \delta$$

且 $f(x)$ 限制在 F^{δ} 上是连续函数. 由引理 2 知,存在 R^N 上的连续函数 $g_{\delta}(x)$,使在 F^{δ} 上 $g_{\delta}(x) = f(x)$. ▌

注 若定理 3 中 $f(x)$ 在 E 上还满足 $|f(x)| \leqslant M$(M 是一个常数),还可使所述的 $g_{\delta}(x)$ 在 R^N 上满足 $|g_{\delta}(x)| \leqslant M$. 这由引理 2 后的注立即可知.

Lusin 定理及其另一形式深刻地揭露了可测函数与连续函数的关系,这不仅在理论上是重要的,而且在应用上也是重要的. 因为通过它,我们常常能把有关一般可测函数的问题化成只是有关连续函数的问题,从而得到简化.

4·7·4 附 录

Weierstrass 多项式逼近定理 设 $f(x)$ 是闭区间 $[a,b]$ 上的连续函数,则对任意 $\varepsilon > 0$,恒存在多项式 $p(x)$,使在 $[a,b]$ 上一致地有 $|f(x) - p(x)| < \varepsilon$.

这个定理的证明可见于许多数学分析教科书,或参见[1]《实变函数论》第四章 §5.

习　题　四

1. 设 f,g,h 是 E 上的函数，$\{a_n\}_1^\infty \subset R^1$，$a \in R^1$. 证明

(i) 若 $a_n \uparrow a$，则 $E[f \geqslant a_n] \downarrow E[f \geqslant a]$.

(ii) 若 $a_n \downarrow a$，则 $E[f > a_n] \uparrow E[f > a]$.

(iii) $E[f \geqslant 0] = \left(\bigcup_{n=1}^{\infty} E[n-1 \leqslant f < n]\right) \cup E[f = +\infty]$.

(iv) $E[f > g] = \bigcup_{n=1}^{\infty} (E[f > r_n] \cap E[g < r_n])$，

这里 $r_1, r_2, r_3, \cdots$ 是所有的有理数.

(v)
$$E[|f-g| \geqslant a] \subset E\left[|f-h| \geqslant \frac{a}{2}\right] \cup E\left[|h-g| \geqslant \frac{a}{2}\right].$$

2. 设 $\{f_n\}_1^\infty$ 是 E 上的函数列，$a \in R^1$. 证明

(i) $E[f_n \to \infty] = \bigcap_{k=1}^{\infty} \bigcup_{N=1}^{\infty} \bigcap_{n=N}^{\infty} E[f_n > k]$.

(ii) $E[f_n \nrightarrow \infty] = \bigcup_{k=1}^{\infty} \bigcap_{N=1}^{\infty} \bigcup_{n=N}^{\infty} E[f_n \leqslant k]$.

(iii) 若在 E 上 $f_n(x) \to f(x)$，则

$$E[f \geqslant a] = \bigcap_{k=1}^{\infty} \bigcup_{N=1}^{\infty} \bigcap_{n=N}^{\infty} E\left[f_n > a - \frac{1}{k}\right].$$

3. 若在 E 上 $f_n(x) \downarrow f(x)$ 且 $f(x) \geqslant 0$，问 $G(E, f_n) \downarrow G(E, f)$ 是否成立？

4. 设 $f(x)$，$g(x)$ 是 E 上的可测函数，$c \in \{\infty, -\infty\}$. 证明：

(i) $E[f < c]$，$E[f = c]$ 都是可测集；

(ii) $E[f > g]$，$E[f = g]$ 都是可测集.

5. 设 E 是可测集，则 $f(x)$ 在 E 上可测的充要条件是：对每个有理数 r，点集 $E[f > r]$ 均可测.

6. 设 $f(x)$ 是 E 上的可测函数，A 是 R^1 中的开集，证明 $E[f \in$

$A] = \{x \mid x \in E, f(x) \in A\}$ 是可测集,问当 A 是 R^1 中的闭集时如何?

7. 若 $|f(x)|$ 在 E 上可测,问 $f(x)$ 是否在 E 上可测?若 $f(x)$ 是可测集 E 上的函数,对任何 $c \in R^1 \cup \{\infty, -\infty\}$ 点集 $E[f = c]$ 恒可测,问 $f(x)$ 是否在 E 上可测?

8. 证明可测集 $E(E \subset R^1)$ 上的单调函数是可测函数.

9. 若 $f(x)$ 是 E 上的有界可测函数,则存在一列简单函数 $\{\varphi_n(x)\}$ 在 E 上一致收敛于 $f(x)$.

10. 设 $f(x)$ 是 E 上的非负函数,$\{r_1, r_2, r_3, \cdots\}$ 是正有理数的全体,证明 $G(E, f) = \bigcup_{n=1}^{\infty} (E[f > r_n] \times [0, r_n))$. 利用这个结论来证明非负可测函数的下方图是可测集.

11. 若 $f(x), g(x)$ 在 E 上可测,则 $f(x) + g(x)$ 在点集 $\{x \mid x \in E, f(x) + g(x)$ 在 x 点有意义$\}$ 上可测.

12. 若 $\{f_n(x)\}$ 是 E 上的可测函数列,则 E 中使 $\{f_n(x)\}$ 趋于有限数的点 x 之全体是一个可测集.

13. 若 $f(y)$ 是 R^1 上的连续函数,$g(x)$ 是 E 上处处有限的可测函数,则 $f(g(x))$ 是 E 上的可测函数.

14. 若 $f(x)$ 是 $E_1 \subset R^p$ 上的可测函数,$g(y)$ 是 $E_2 \subset R^q$ 上的可测函数,则 $f(x) \cdot g(y)$ 是 $E_1 \times E_2 \subset R^{p+q}$ 上的可测函数.

15. 若 $f(x)$ 在 $[a, b]$ 上处处可微,则 $f'(x)$ 是 $[a, b]$ 上的可测函数.

16. 设 $f(x,t)$ 是 $[a,b] \times R^1$ 上的二元函数,对任何固定的 $x_0 \in [a, b]$,$f(x_0, t)$ 作为 t 的函数在 R^1 上连续,对任何固定的 $t_0 \in R^1$,$f(x, t_0)$ 作为 x 的函数在 $[a,b]$ 上可测. 又设 $\varphi(x)$ 是 $[a,b]$ 上的有限可测函数. 证明一元函数 $f(x, \varphi(x))$ 在 $[a,b]$ 上可测.

17. 设 $mE < \infty$,$f(x)$ 是 E 上几乎处处有限的可测函数,则对任意 $\delta > 0$,恒存在 E 的可测子集 e,使 $me < \delta$ 且 $f(x)$ 在 $E \backslash e$ 上有界.

18. 把上题中的“$me<\delta$”改为“$me=0$”是否还成立?把上题中的条件“$mE<\infty$”去掉如何?

19. 证明 Egoroff 定理的逆命题:设 $f_n(x)(n=1,2,\cdots)$ 是 E 上的可测函数,$f(x)$ 是 E 上的函数,若对任意 $\delta>0$,恒存在 E 的可测子集 e 使 $me<\delta$ 且在 $E\backslash e$ 上 $\{f_n(x)\}$ 一致收敛于 $f(x)$,则 $\lim\limits_{n\to\infty}f_n(x)=f(x)$,a. e. 于 E,并且 $f(x)$ 是 E 上几乎处处有限的可测函数.

20. 设 $mE<\infty$,$\{f_n(x)\}$ 是 E 上的有限可测函数列.若 $\{f_n(x)\}$ 在 E 上几乎处处收敛于有限函数 $f(x)$,则对任意 $\delta>0$,恒存在可测集 $E^{\delta}\subset E$,使 $m(E\backslash E^{\delta})<\delta$ 且在 E^{δ} 上 $\{f_n(x)\}$ 一致有界.

21. 设 $mE<\infty$,$\{f_n(x)\}$ 是 E 上的可测函数列.若 $\lim\limits_{n\to\infty}f_n(x)=+\infty$,a. e. 于 E,则对任意 $\delta>0$,恒存在 E 的可测子集 e,使 $me<\delta$ 且在 $E\backslash e$ 上 $\{f_n(x)\}$ **一致趋于** $+\infty$(即对任意实数 M,总存在 $N\in\mathbf{N}$,使当 $n\geqslant N$ 时在 $E\backslash e$ 上处处有 $f_n(x)>M$).

22. 若在 E 上 $f_n(x)\Rightarrow f(x)$,$f_n(x)\leqslant f_{n+1}(x)(n=1,2,\cdots)$,则在 E 上 $f_n(x)\xrightarrow{\bullet}f(x)$.

23. 设 $mE<\infty$,$f_n(x)(n=1,2,\cdots)$ 及 $f(x)$ 都是 E 上几乎处处有限的可测函数,则在 E 上 $f_n(x)\xrightarrow{\bullet}f(x)$ 的充要条件是:在 E 上 $\sup\limits_{n\geqslant k}|f_n(x)-f(x)|\Rightarrow 0(k\to\infty)$.

24. 设 $mE<\infty$,在 E 上 $f_n(x)\Rightarrow f(x)$,$g(y)$ 是 R^1 上的连续函数,则在 E 上 $g(f_n(x))\Rightarrow g(f(x))$.

25. 设 $mE=\infty$,在 E 上 $f_n\Rightarrow f$,$g_n\Rightarrow g$.证明在 E 上 $f_n\pm g_n\Rightarrow f\pm g$.举例说明在 E 上未必 $f_n\cdot g_n\Rightarrow f\cdot g$.

26. 设 $\{f_k^{(n)}\mid n\in\mathbf{N},k\in\mathbf{N}\}$ 是一族 E 上的可测函数.若对每个固定的 n 当 $k\to\infty$ 时 $f_k^{(n)}\Rightarrow f^{(n)}$,而当 $n\to\infty$ 时 $f^{(n)}\Rightarrow f$,则 $\{f_k^{(n)}\}$

中必存在一列函数$\{f_{k_i}^{(n_i)}\}_{i=1}^{\infty}$依测度收敛于$f$.

27. 设$\{f_n(x)\}$是一列E上几乎处处有限的可测函数,则$\{f_n(x)\}$在E上依测度收敛于某个函数的充要条件是:对任意二正数ε及δ,总存在自然数N,使当$n \geqslant N, k \geqslant N$时$mE[|f_k - f_n| \geqslant \varepsilon] < \delta$.(答案可见于[17]p. 79)

28. 设点集$E \subset R^N$,$f(x)$是E上的有限函数,则$f(x)$为E上连续函数的充要条件是:对R^1中任何闭集F,点集$E[f \in F]$均可表为R^N中的闭集与E的交.

29. 任意点集E上的连续函数都可以扩张成为整个空间R^N上的连续函数吗?

30. 试作R^1上的一个有限可测函数,使它与R^1上的任何连续函数都不能几乎处处相等.

31. (Fréchet定理)设$E \subset R^N$是可测集,$f(x)$是E上几乎处处有限的函数,则$f(x)$为E上可测函数的充要条件是:存在一列R^N上的连续函数$\{f_n(x)\}$,使$\lim\limits_{n \to \infty} f_n(x) = f(x)$,a. e. 于$E$.

32. 若$f(x)$是区间$[a,b]$上几乎处处有限的可测函数,则存在$[a,b]$上的阶梯函数列$\{\varphi_n(x)\}$,使$\lim\limits_{n \to \infty} \varphi_n(x) = f(x)$,a. e. 于$[a,b]$.

33. 若$f(x)$是区间$[a,b]$上几乎处处有限的可测函数,则存在一列多项式$\{p_n(x)\}$,使$\lim\limits_{n \to \infty} p_n(x) = f(x)$,a. e. 于$[a,b]$.

34. 证明存在着一个以多项式为项的级数$p_1(x) + p_2(x) + p_3(x) + \cdots$具有下述的性质:对$[a,b]$上的任何一个几乎处处有限的可测函数$f(x)$,都可以在此级数中插入括号分段求和,使所得的新级数在$[a,b]$上几乎处处收敛于$f(x)$.

35. 设$f(x)$是R^1上的有限可测函数.若对任何$x_1, x_1 \in R^1$都有

$$f(x_1 + x_2) = f(x_1) + f(x_2),$$

则存在常数c使在R^1上$f(x) = cx$.(提示:利用第三章习题第29题)

第五章　可测函数的积分

Riemann积分在古典物理中的重要作用是大家都知道的，譬如要表示连续物质分布中或连续运动过程中某物理量的“积累”，就要用到Riemann积分. 但是在近代物理中，譬如在量子力学中要表示微观粒子物理量的平均值并进行严密的数学论证，Riemann积分就不够用了. Riemann积分只能对连续函数或不连续点“不太多”的函数来进行，这不能适应近代物理的需要. 我们还知道，数学分析中关于Riemann积分的一些重要结果如极限号与积分号的交换、积分号与积分号的交换等都要求很强的保证条件. 这些条件在应用中往往不具备或者虽然具备但验证起来非常麻烦，这就使得数学演算不能方便的进行，从这方面说也有必要对旧积分进行改革.

本章在Lebesgue测度基础上所建立的Lebesgue积分，在表达物理量的关系和进行数学演算的方便性上，比Riemann积分要好. 特别是，Lebesgue测度及积分的建立有着重大的理论意义. Lebesgue测度及积分理论的深刻性可以从许多问题中明显的看出来. 例如Riemann可积函数的构造问题、单调函数的可微性问题，如果没有Lebesgue测度的概念便很难讲清楚；又例如通过积分由导函数求原函数问题(§6·3)、连续函数空间按L^p距离的完备化空间问题(§7·2、§7·5)，都说明了引入Lebesgue积分的必要性.

在§5·1～§5·5中，讨论Lebesgue可测函数的Lebesgue积分，§5·6将简单介绍L－S可测函数的Lebesgue－Stieltjes积

分以及抽象可测函数的积分.

为了说话方便,我们约定:今后凡说"积分"、"可积",当无特别声明时指的是"Lebesgue 积分"、"Lebesgue 可积".

§5·1 Lebesgue 积分的定义及初等性质

本节将分三步来建立 Lebesgue 积分的概念;先建立非负简单函数的积分,再建立一般非负可测函数的积分,然后建立一般可测函数的积分.

5·1·1 非负简单函数的积分

定义1 设 $\varphi(x)$ 是 E 上的非负简单函数,则它可以表示成如下的形式

$$\varphi(x)=\sum_{i=1}^{n}c_i\chi_{e_i}(x), \qquad (5·1·1)$$

其中 $e_1,e_2,\cdots,e_n$ 是两两无交的非空可测集且 $\bigcup_{i=1}^{n}e_i=E$,$\chi_{e_i}(x)$ 是 e_i 相对于 E 的特征函数,$c_1,c_2,\cdots,c_n$ 是实数且 $c_1<c_2<\cdots<c_n$(亦即(5·5·1)是 $\varphi(x)$ 的标准初等分解).我们称和数 $\sum_{i=1}^{n}c_i me_i$ 为 $\varphi(x)$ 在 E 上的**积分**,记作 $\int_E\varphi(x)\mathrm{d}x$(有时也记作 $\int_E\varphi(x)\mathrm{d}m$ 或 $\int_E\varphi\mathrm{d}x$).当此积分为有限数时,称 $\varphi(x)$ 在 E 上**可积**.

命题1 若 $\varphi(x)$ 是 E 上的非负简单函数,则

$$\int_E\varphi(x)\mathrm{d}x=mG(E,\varphi).$$

证明 设 $\varphi(x)$ 的标准初等分解为

$$\varphi(x)=\sum_{i=1}^{n}c_i\chi_{e_i}(x). \qquad (5·1·2)$$

由 §4·1 中 4·1·3(i) 知

$$G(E,\varphi)=\bigcup_{i=1}^{n}G(e_i,c_i\chi_{ei})=\bigcup_{i=1}^{n}(e_i\times[0,c_i)).$$

诸 $e_i\times[0,c_i)$ 是两两无交的可测集,故

$$mG(E,\varphi)=\sum_{i=1}^{n}m(e_i\times[0,c_i))=\sum_{i=1}^{n}c_ime_i. \tag{5·1·3}$$

由定义 1 知命题 1 成立. ▌

命题 1 说明了非负简单函数积分的几何意义.

注意命题 1 的证明,(5·1·3) 式的得到并未用到初等分解(5·1·2) 的标准性,由此及命题 1 立即得到

命题 2　若 $\varphi(x)$ 是 E 上的非负简单函数,则对于 $\varphi(x)$ 的任一初等分解

$$\varphi(x)=\sum_{i=1}^{n}c_i\chi_{ei}(x)$$

都有

$$\int_E\varphi(x)\mathrm{d}x=\sum_{i=1}^{n}c_ime_i.$$

非负简单函数的积分有如下性质.

命题 3　设 $\varphi(x),\psi(x)$ 为 E 上的非负简单函数,这时,

(i) 若在 E 上 $\varphi(x)\leqslant\psi(x)$,则$\int_E\varphi(x)\mathrm{d}x\leqslant\int_E\psi(x)\mathrm{d}x$;

(ii) $\int_E[\varphi(x)+\psi(x)]\mathrm{d}x=\int_E\varphi(x)\mathrm{d}x+\int_E\psi(x)\mathrm{d}x$;

(iii) 若实数 $c\geqslant0$,则$\int_Ec\varphi(x)\mathrm{d}x=c\int_E\varphi(x)\mathrm{d}x$.

证明 (i) 由 $G(E,\varphi)\subset G(E,\psi)$ 及命题 1 立即得证.

(ii) 设 $\varphi(x),\psi(x)$ 有如下的初等分解

$$\varphi(x)=\sum_{i=1}^{n}c_i\chi_{E_i}(x),\psi(x)=\sum_{j=1}^{m}d_j\chi_{F_j}(x),$$

则

$$\varphi(x)+\psi(x)=\sum_{i=1}^{n}\sum_{j=1}^{m}(c_i+d_j)\chi_{E_i\cap F_j}(x),$$

$$\int_E(\varphi+\psi)\mathrm{d}x=\sum_{i=1}^{n}\sum_{j=1}^{m}(c_i+d_j)m(E_i\cap F_j)$$

$$=\sum_{i=1}^{n}\sum_{j=1}^{m}c_i m(E_i\cap F_j)+\sum_{j=1}^{m}\sum_{i=1}^{n}d_j m(E_i\cap F_j)$$

$$=\sum_{i=1}^{n}c_i mE_i+\sum_{j=1}^{m}d_j mF_j=\int_E\varphi\mathrm{d}x+\int_E\psi\mathrm{d}x.$$

(iii) 由积分的定义立即得证. ▌

5·1·2 非负可测函数的积分

定义 2 设 $f(x)$ 是 E 上的非负可测函数,我们定义 $f(x)$ 在 E 上的积分为

$$\int_E f(x)\mathrm{d}x=\sup\left\{\int_E\varphi\mathrm{d}x\,\middle|\,\begin{array}{l}\varphi\text{ 为简单函数,}\\ \text{在 }E\text{ 上满足 }0\leqslant\varphi(x)\leqslant f(x)\end{array}\right\}$$

当此积分为有限数时,称 $f(x)$ 在 E 上**可积**.

显然当 $f(x)$ 是非负简单函数时此定义 2 与前面的定义 1 相一致.

定理 1 若 $f(x)$ 是 E 上的非负可测函数,则

$$\int_E f(x)\mathrm{d}x=mG(E,f).$$

证明 由 §4·3 定理 2 知 $G(E,f)$ 可测. 若 $\varphi(x)$ 是 E 上的简单函数且满足 $0\leqslant\varphi(x)\leqslant f(x)$,则

$$\int_E\varphi\mathrm{d}x=mG(E,\varphi),\quad G(E,\varphi)\subset G(E,f),$$

从而

$$\int_E\varphi\mathrm{d}x\leqslant mG(E,f).$$

再由定义 2 即知

$$\int_E f(x)\mathrm{d}x \leqslant mG(E,f).$$

再证相反的不等式. 由 §4·3 定理 1 知存在一列 E 上的非负简单函数 $\varphi_n(x) \uparrow f(x)$. 从而

$$G(E,\varphi_n) \uparrow G(E,f), \quad mG(E,\varphi_n) \uparrow mG(E,f).$$

因此

$$\int_E \varphi_n(x)\mathrm{d}x \uparrow mG(E,f). \tag{5·1·4}$$

再由定义 2 即知

$$\int_E f(x)\mathrm{d}x \geqslant mG(E,f).$$

这就证明了定理 1. ▌

定理 1 说明了非负可测函数积分的几何意义.

由定理 1 及其证明中的(5·1·4) 式立即可得

定理 2　设 $f(x)$ 是 E 上的非负可测函数. 若 E 上的一列非负简单函数 $\varphi_n(x) \uparrow f(x)$, 则

$$\int_E \varphi_n(x)\mathrm{d}x \uparrow \int_E f(x)\mathrm{d}x.$$

注　对于 E 上的非负可测函数 $f(x)$, 按照 §4·3 定理 1 证明中所述的方法, 可以具体构造出一列 E 上的非负简单函数 $\{\varphi_n(x)\}$ 使 $\varphi_n(x) \uparrow f(x)$. 这个函数列 $\{\varphi_n(x)\}$ 由 $f(x)$ 完全决定, 如果我们直接把 $\lim\limits_{n\to\infty}\int_E \varphi_n(x)\mathrm{d}x$ 定义为 $f(x)$ 在 E 上的积分, 显然与定义 2 是等价的.

非负可测函数的积分有如下性质.

定理 3　设 $f(x), g(x)$ 是 E 上的非负可测函数.

(i) 若 $mE = 0$, 则 $\int_E f(x)\mathrm{d}x = 0$;

(ii) 若在 E 上 $f(x)\leqslant g(x)$，则$\int_E f(x)\mathrm{d}x\leqslant\int_E g(x)\mathrm{d}x$；

(iii) 若 E 为有限个或可列个两两无交的可测集 E_i 之并 $\bigcup_i E_i$，则

$$\int_E f(x)\mathrm{d}x=\sum_i\int_{E_i}f(x)\mathrm{d}x;$$

(iv)$\int_E[f(x)+g(x)]\mathrm{d}x=\int_E f(x)\mathrm{d}x+\int_E g(x)\mathrm{d}x$；

(v) 若实数 $c\geqslant 0$，则$\int_E cf(x)\mathrm{d}x=c\int_E f(x)\mathrm{d}x$.

证明 (i),(ii) 由积分的定义立即得证.

(iii) 由 $E=\bigcup_i E_i$ 知$G(E,f)=\bigcup_i G(E_i,f)$，由诸 E_i 两两无交知诸 $G(E_i,f)$ 两两无交. $f(x)$ 在 E_i 上可测，故 $G(E_i,f)$ 是可测集. 所以

$$mG(E,f)=\sum_i mG(E_i,f).$$

由定理 1 即知(iii) 成立.

(iv) 存在 E 上的二非负简单函数列$\{\varphi_n(x)\}$与$\{\psi_n(x)\}$，使

$$\varphi_n(x)\uparrow f(x)\text{ 且 }\psi_n(x)\uparrow g(x),$$

从而

$$[\varphi_n(x)+\psi_n(x)]\uparrow[f(x)+g(x)].$$

由定理 2 及命题 3 (ii) 知

$$\begin{aligned}\int_E(f+g)\mathrm{d}x&=\lim_{n\to\infty}\int_E(\varphi_n+\psi_n)\mathrm{d}x\\&=\lim_{n\to\infty}\left(\int_E\varphi_n\mathrm{d}x+\int_E\psi_n\mathrm{d}x\right)=\int_E f\mathrm{d}x+\int_E g\mathrm{d}x.\end{aligned}$$

(v) 类似于(iv) 可证. ▌

系 1 (i) 若非负函数 $f(x)$ 在 E 上可积，则 $f(x)$ 在 E 的任何可测子集 E_0 上也可积.

(ii) 设 E 为二无交可测集 E_1,E_2 之并，若 E 上的非负函数 $f(x)$ 分别在 E_1,E_2 上可积，则 $f(x)$ 在 E 上可积.

证明　由定理 3(iii) 立即可知. ▌

5·1·3　一般可测函数的积分

定义 3　设 $f(x)$ 是 E 上的可测函数，若非负可测函数 $f^+(x)$，$f^-(x)$ 在 E 上的积分不同时为 $+\infty$，就称 $f(x)$ 在 E 上**有积分**并定义 $f(x)$ 在 E 上的**积分**为

$$\int_E f(x)\mathrm{d}x = \int_E f^+(x)\mathrm{d}x - \int_E f^-(x)\mathrm{d}x \quad (5\cdot1\cdot5)$$

(它是有限数或 $\pm\infty$). 当积分(5·1·5)为有限数时(即当 $f^+(x)$，$f^-(x)$ 均在 E 上可积时)，称 $f(x)$ 在 E 上**可积**.

显然当 $f(x)$ 是非负可测函数时此定义 3 与前面的定义 2 相一致.

命题 4　设 $f(x)$ 是 E 上的可测函数，若 $f(x)$ 在 E 上有积分，则

$$\int_E f(x)\mathrm{d}x = mG(E, f^+) - mG(E, f^-).$$

证明　由定理 1 及(5·1·5)式立即可知. ▌

命题 4 说明了可测函数积分的几何意义.

命题 5　设 $f(x)$ 是可测集 E 上的函数，作 R^N 上的函数

$$\hat{f}(x) = \begin{cases} f(x), & \text{当 } x \in E \text{ 时}, \\ 0, & \text{当 } x \in R^N \setminus E \text{ 时}, \end{cases}$$

则 $f(x)$ 在 E 上有积分的充要条件是 $\hat{f}(x)$ 在 R^N 上有积分，并且当 $f(x)$，$\hat{f}(x)$ 有积分时

$$\int_E f(x)\mathrm{d}x = \int_{R^N} \hat{f}(x)\mathrm{d}x.$$

证明　易知 $G(E, f^+) = G(R^N, \hat{f}^+)$，$G(E, f^-) = G(R^N, \hat{f}^-)$. 若 $f(x)$，$\hat{f}(x)$ 二者之一有积分，则此二函数均可测，这时由定理 1 知

$$\int_E f^+(x)\mathrm{d}x = mG(E, f^+)$$

$$= mG(R^N, \hat{f}^+) = \int_{R^N} \hat{f}^+(x)\mathrm{d}x,$$

$$\int_E f^-(x)\mathrm{d}x = mG(E, f^-)$$

$$= mG(R^N, \hat{f}^-) = \int_{R^N} \hat{f}^-(x)\mathrm{d}x.$$

所以命题 5 的结论成立. ▌

命题 5 使我们可以把函数在任一可测集上积分的问题归结为函数在整个 R^N 上积分的问题.

5·1·4　积分的初等性质

定理 4　若 $f(x)$, $g(x)$ 在 E 上可积, $f(x) \leqslant g(x)$, 则

$$\int_E f(x)\mathrm{d}x \leqslant \int_E g(x)\mathrm{d}x.$$

证明　显然 $f^+(x) \leqslant g^+(x)$, $f^-(x) \geqslant g^-(x)$, 由定理 3(ii) 知

$$\int_E f^+\mathrm{d}x \leqslant \int_E g^+\mathrm{d}x, \quad \int_E f^-\mathrm{d}x \geqslant \int_E g^-\mathrm{d}x.$$

由定义 3 知定理 4 成立. ▌

注　把定理 4 中的条件"可积"改为"有积分",仍然成立. 下面的诸定理哪些可作这样的改动,请读者加以考虑.

定理 5　(i) 设 $f(x)$ 在 E 上可测, 则 $f(x)$ 在 E 上可积的充要条件是 $|f(x)|$ 在 E 上可积.

(ii) 若 $f(x)$ 在 E 上可积, 则

$$\left|\int_E f(x)\mathrm{d}x\right| \leqslant \int_E |f(x)|\mathrm{d}x.$$

证明　(i) 若 f 在 E 上可积, 则 f^+、f^- 均在 E 上可积, 而 $|f| = f^+ + f^-$, 由定理 3 知

$$\int_E |f|\mathrm{d}x = \int_E (f^+ + f^-)\mathrm{d}x = \int_E f^+\mathrm{d}x + \int_E f^-\mathrm{d}x < \infty,$$

故 $|f|$ 在 E 上可积.

若 $|f|$ 在 E 上可积，由 $f^+ \leqslant |f|, f^- \leqslant |f|$ 及定理 3(ii) 知 f^+, f^- 均在 E 上可积，故 f 在 E 上的可积.

(ii) $$\left|\int_E f\mathrm{d}x\right| = \left|\int_E f^+ \mathrm{d}x - \int_E f^- \mathrm{d}x\right| \leqslant \int_E f^+ \mathrm{d}x$$
$$+\int_E f^- \mathrm{d}x = \int_E (f^+ + f^-)\mathrm{d}x = \int_E |f|\mathrm{d}x. \blacksquare$$

定理 6　(i) 设 E 为二无交可测集 E_1, E_2 之并，若 E 上的函数 $f(x)$ 分别在 E_1, E_2 上可积，则 $f(x)$ 在 E 上可积.

(ii) 若 $f(x)$ 在 E 上可积，则 $f(x)$ 在 E 的任何可测子集 E_0 上也可积.

(iii) 设 E 为有限个或可列个两两无交的可测集 E_i 之并 $\bigcup_i E_i$，若 $f(x)$ 在 E 上可积，则

$$\int_E f(x)\mathrm{d}x = \sum_i \int_{E_i} f(x)\mathrm{d}x. \qquad (5 \cdot 1 \cdot 6)$$

证明　(i) 由题设知 $f^+(x)$ 分别在 E_1, E_2 上可积，由系 1(ii) 知 $f^+(x)$ 在 E 上可积，同理 $f^-(x)$ 在 E 上可积. 所以 $f(x)$ 在 E 上可积.

(ii) 根据系 1，类似于(i) 可证.

(iii) 由定理 3 知

$$\int_{\bigcup_i E_i} f^+ \mathrm{d}x = \sum_i \int_{E_i} f^+ \mathrm{d}x, \qquad (5 \cdot 1 \cdot 7)$$

$$\int_{\bigcup_i E_i} f^- \mathrm{d}x = \sum_i \int_{E_i} f^- \mathrm{d}x. \qquad (5 \cdot 1 \cdot 8)$$

以上二式的左边为有限数，故右边的诸项也为有限数. 把(5・1・7) 式的两边分别减去(5・1・8) 式的两边便得到(5・1・6) 式. $\blacksquare$

定理 7　(i) 若 $mE = 0$，则 E 上的任何函数 $f(x)$ 都可积，并且 $\int_E f(x)\mathrm{d}x = 0$.

(ii) 若 $f(x)$ 在 E 上可积, $g(x)$ 与 $f(x)$ 在 E 上几乎处处相等,则 $g(x)$ 在 E 上也可积,并且

$$\int_E g(x)\mathrm{d}x = \int_E f(x)\mathrm{d}x.$$

证明 (i) 由 $mE = 0$ 知 $f(x)$ 在 E 上可测,由定理 3 知 $\int_E f^+\,\mathrm{d}x$ 与 $\int_E f^-\,\mathrm{d}x$ 均为 0,故 $f(x)$ 在 E 上可积,且 $\int_E f\mathrm{d}x = 0$.

(ii) 令 $E_1 = E[f \neq g]$,则 $mE_1 = 0$. 由定理 6 知 f 在 $E\backslash E_1$ 上可积,从而 g 在 $E\backslash E_1$ 上可积. 又由(i) 知 g 在 E_1 上可积. 根据定理 6, g 在 E 上可积,并且

$$\begin{aligned}\int_E g\mathrm{d}x &= \int_{E\backslash E_1} g\mathrm{d}x + \int_{E_1} g\mathrm{d}x = \int_{E\backslash E_1} g\mathrm{d}x \\ &= \int_{E\backslash E_1} f\mathrm{d}x = \int_{E\backslash E_1} f\mathrm{d}x + \int_{E_1} f\mathrm{d}x = \int_E f\mathrm{d}x. \ \blacksquare\end{aligned}$$

不难证明,把定理 7(ii) 中的"可积"换成"有积分"仍然成立. 我们看到,在一个零集上任意改变函数的值,既不影响函数的可积性也不影响函数的积分值. 今后当有需要时,我们将随时这样做.

注 当讨论函数积分方面的问题时,若 N 是 E 的零测度子集,函数 $f(x)$ 在 $E\backslash N$ 上有积分(或可积),即使 $f(x)$ 在 N 上无定义,我们往往仍说函数 $f(x)$ 在 E 上有积分(或可积),我们规定 $f(x)$ 在 E 上的积分值就是 $f(x)$ 在 $E\backslash N$ 上的积分值. 对于讨论函数的积分来说,我们这种做法不会造成混乱,却可以带来某些方便.

定理 8 若 $f(x)$ 在 E 上可积,则 $f(x)$ 在 E 上几乎处处取有限值.

证明 记

$$E_1 = E[f = +\infty], E_2 = E[f = -\infty].$$

假设 $mE_1 > 0$,显然对于每个自然数 n 在 E_1 上恒有 $f^+(x) \geqslant n$,根据定理 3,

$$\int_E f^+ \mathrm{d}x = \int_{E \setminus E_1} f^+ \mathrm{d}x + \int_{E_1} f^+ \mathrm{d}x$$
$$\geqslant \int_{E_1} f^+ \mathrm{d}x \geqslant \int_{E_1} n\mathrm{d}x = n \cdot mE_1,$$

从而$\int_E f^+ \mathrm{d}x = +\infty$. 这与 f 在 E 上可积矛盾. 可见 $mE_1 = 0$. 同理可证 $mE_2 = 0$. 于是 $f(x)$ 在 E 上几乎处处有限. ▌

定理 9　若 $f(x)$,$g(x)$ 都在 E 上可积,则 $f(x)+g(x)$ 在 E 上可积,并且

$$\int_E [f(x)+g(x)]\mathrm{d}x = \int_E f(x)\mathrm{d}x + \int_E g(x)\mathrm{d}x. \qquad (5 \cdot 1 \cdot 9)$$

证明　$f(x)$,$g(x)$ 在 E 上可积,由定理 8 知 $f(x)$,$g(x)$ 在 E 上几乎处处有限,故 $f(x)+g(x)$ 在 E 上几乎处处有意义. 根据定理 7 及后面的说明,我们不妨设 $f(x)$,$g(x)$ 在 E 上处处有限.

显然

$$(f+g)^+ \leqslant f^+ + g^+, (f+g)^- \leqslant f^- + g^-,$$

而 f^+, g^+, f^-, g^- 可积,由定理 3 便知$(f+g)^+$ 及$(f+g)^-$ 可积,从而 $f+g$ 可积.

由于

$$(f+g)^+ - (f+g)^- = f+g = f^+ - f^- + g^+ - g^-,$$

所以　$$(f+g)^+ + f^- + g^- = (f+g)^- + f^+ + g^+,$$

由定理 3 知

$$\int_E (f+g)^+ \mathrm{d}x + \int_E f^- \mathrm{d}x + \int_E g^- \mathrm{d}x$$
$$= \int_E (f+g)^- \mathrm{d}x + \int_E f^+ \mathrm{d}x + \int_E g^+ \mathrm{d}x,$$

通过移项便可得到(5 · 1 · 9) 式. ▌

定理 10　若 $f(x)$ 在 E 上可积,c 是一实数,则 $cf(x)$ 在 E 上可积,并且

$$\int_E cf(x)\mathrm{d}x = c\int_E f(x)\mathrm{d}x. \qquad (5 \cdot 1 \cdot 10)$$

证明 (1°) 设 $c \geqslant 0$,由定理 3 知

$$\int_E cf^+ \mathrm{d}x = c\int_E f^+ \mathrm{d}x, \qquad (5 \cdot 1 \cdot 11)$$

$$\int_E cf^- \mathrm{d}x = c\int_E f^- \mathrm{d}x. \qquad (5 \cdot 1 \cdot 12)$$

显然$(cf)^+ = cf^+$,$(cf)^- = cf^-$,由 f^+、f^- 可积知$(cf)^+$,$(cf)^-$ 可积,故 cf 可积.(5・1・11),(5・1・12) 二式两边分别相减便得(5・1・10) 式.

(2°) 设 $c = -1$,这时 $cf = -f$,$(-f)^+ = f^-$,$(-f)^- = f^+$.由可积及积分的定义立即知定理 10 成立.

(3°) 设 $c < 0$,这时 $cf = (-1)\cdot |c| \cdot f$.由(1°) 与(2°) 即知定理 10 成立. ▌

定理 9 与定理 10 所述的可积函数的性质合起来称为“可积函数积分的线性性质”.

定理 11 设 $f(x)$ 是 E 上的可测函数,若

$$\int_E |f(x)|\mathrm{d}x = 0, \qquad (5 \cdot 1 \cdot 13)$$

则 $f(x) = 0$,a. e. 于 E.

证明 假设定理 11 的结论不成立,则 $mE[|f| \neq 0] > 0$.由于

$$E[|f| \neq 0] = E[|f| > 0] = \bigcup_{n=1}^{\infty} E\left[|f| \geqslant \frac{1}{n}\right],$$

故存在自然数 n_0 使 $mE\left[|f| \geqslant \frac{1}{n_0}\right] > 0$,根据定理 3,

$$\int_E |f|\mathrm{d}x \geqslant \int_{E\left[|f| \geqslant \frac{1}{n_0}\right]} |f|\mathrm{d}x$$
$$\geqslant \int_{E\left[|f| \geqslant \frac{1}{n_0}\right]} \frac{1}{n_0}\mathrm{d}x = \frac{1}{n_0} mE\left[|f| \geqslant \frac{1}{n_0}\right] > 0.$$

这与(5・1・13) 矛盾,所以 $f(x) = 0$,a. e. 于 E. ▌

定理12　若 $f(x)$ 在 E 上可积，则对任意 $\varepsilon>0$，总存在 $\delta>0$，使当 $me<\delta(e\subset E)$ 时恒有

$$\left|\int_e f(x)\mathrm{d}x\right|<\varepsilon.$$

证明　$|f(x)|$ 在 E 上可积. 由定义 2 知存在非负简单函数 $\varphi(x)$，使

$$\text{在 } E \text{ 上}\quad \varphi(x)\leqslant|f(x)|\quad\text{并且}\quad \int_E\varphi\mathrm{d}x>\int_E|f|\mathrm{d}x-\frac{\varepsilon}{2}.$$

因此

$$\int_E(|f|-\varphi)\mathrm{d}x<\frac{\varepsilon}{2}.$$

显然存在正实数 M 使在 E 上 $\varphi(x)\leqslant M$，令 $\delta=\dfrac{\varepsilon}{2M}$，

则当 $me<\delta(e\subset E)$ 时

$$\begin{aligned}\left|\int_e f\mathrm{d}x\right|&\leqslant\int_e|f|\mathrm{d}x=\int_e(|f|-\varphi)\mathrm{d}x+\int_e\varphi\mathrm{d}x\\&\leqslant\int_E(|f|-\varphi)\mathrm{d}x+\int_e M\mathrm{d}x<\frac{\varepsilon}{2}+Mme\\&<\frac{\varepsilon}{2}+M\cdot\frac{\varepsilon}{2M}=\varepsilon.\ \blacksquare\end{aligned}$$

定理 12 通常简述为：若 $f(x)$ 是 E 上的可积函数，则 $f(x)$ **的积分具有绝对连续性**.

§5·2　Lebesgue 积分与 Riemann 积分的关系

为了书写方便，我们把“Riemann 积分”、“Riemann 可积”简写作“R 积分”、“R 可积”，而把“Lebesgue 积分”、“Lebesgue 可积”简写作“L 积分”、“L 可积”.

5·2·1　L 积分与 R 积分的关系

定理1　若函数 $f(x)$ 在闭区间 $[a,b]$ 上 R 可积，则 $f(x)$ 在

$[a,b]$ 上也 L 可积，并且 R 积分值 $(\mathrm{R})\int_a^b f(x)\mathrm{d}x$ 与 L 积分值 $(\mathrm{L})\int_{[a,b]} f(x)\mathrm{d}x$ 相等.

证明 记$[a,b]$为E. 由 $f(x)$ 在 E 上 R 可积知，存在实数 M_1，M_2 使在 E 上 $M_1 \leqslant f(x) \leqslant M_2$.

相应于每个自然数 n，把$[a,b]$ 分成 2^n 等分，得到划分

$$D_n: a = x_0^{(n)} < x_1^{(n)} < \cdots < x_{2^n}^{(n)} = b.$$

显然划分 D^{n+1} 的诸分点包含划分 D_n 的诸分点，划分 D_n 的步长(即相邻两分点间的距离)$\lambda_n = \dfrac{b-a}{2^n}$，当 $n \to \infty$ 时，$\lambda_n \to 0$.

(1°) 相应于 D_n，作 E 上的简单函数

$$\underline{f}_n(x) = \begin{cases} f(a), & \text{当 } x = a \text{ 时}, \\ m_k^{(n)}, & \text{当 } x \in (x_{k-1}^{(n)}, x_k^{(n)}] \text{ 时}, \quad k = 1,2,\cdots,2^n, \end{cases} \tag{5·2·1}$$

其中 $m_k^{(n)}$ 为 $f(x)$ 在小区间$[x_{k-1}^{(n)}, x_k^{(n)}]$上的下确界.

函数 $\underline{f}_n(x)$ 在 E 上的 L 积分为

$$\begin{aligned}(\mathrm{L})\int_E \underline{f}_n(x)\mathrm{d}x &= \sum_{k=1}^{2^n} m_k^{(n)} \cdot m(x_{k-1}^{(n)}, x_k^{(n)}] \\ &= \sum_{k=1}^{2^n} m_k^{(n)}(x_k^{(n)} - x_{k-1}^{(n)}).\end{aligned} \tag{5·2·2}$$

(5·2·2) 的后端恰是 $f(x)$ 关于划分 D_n 的 Darboux 下和 s_n. 由 $f(x)$ 在 E 上 R 可积知

$$s_n \uparrow (\mathrm{R})\int_a^b f(x)\mathrm{d}x. \tag{5·2·3}$$

再看(5·2·2) 的前端. 由于 $M_1 \leqslant \underline{f}_1(x) \leqslant \underline{f}_2(x) \leqslant \cdots \leqslant f(x)$，故存在 E 上的函数 $\underline{f}(x)$ 使 $\underline{f}_n(x) \uparrow \underline{f}(x)$. 显然 $\underline{f}(x)$ 是有界可测函数且 $\underline{f}(x) \leqslant f(x)$，非负简单函数列

$$[\underline{f}_n(x)-M_1]\uparrow[\underline{f}(x)-M_1].$$

由 §5·1 定理 2 知

$$(\mathrm{L})\int_E[\underline{f}_n(x)-M_1]\mathrm{d}x\uparrow(\mathrm{L})\int_E[\underline{f}(x)-M_1]\mathrm{d}x.$$

再由积分的线性性质知

$$(\mathrm{L})\int_E\underline{f}_n(x)\mathrm{d}x\uparrow(\mathrm{L})\int_E\underline{f}(x)\mathrm{d}x. \qquad (5\cdot2\cdot4)$$

(2°) 相应于 D_n,作 E 上的简单函数

$$\bar{f}_n(x)=\begin{cases}f(a), & \text{当 } x=a \text{ 时},\\ M_k^{(n)}, & \text{当 } x\in(x_{k-1}^{(n)},x_k^{(n)}] \text{ 时}, \quad k=1,2,\cdots,2^n,\end{cases} \qquad (5\cdot2\cdot5)$$

其中 $M_k^{(n)}$ 为 $f(x)$ 在$[x_{k-1}^{(n)},x_k^{(n)}]$上的上确界.

函数 $\bar{f}_n(x)$ 有 E 上的 L 积分为

$$(\mathrm{L})\int_E\bar{f}_n(x)\mathrm{d}x=\sum_{k=1}^{2^n}M_k^{(n)}(x_k^{(n)}-x_{k-1}^{(n)}). \qquad (5\cdot2\cdot6)$$

(5·2·6) 的后端恰是 $f(x)$ 关于划分 D_n 的 Darboux 上和 S_n,由 $f(x)$ 在 E 上 R 可积知

$$S_n\downarrow(\mathrm{R})\int_a^b f(x)\mathrm{d}x. \qquad (5\cdot2\cdot7)$$

再看(5·2·6) 的前端. 由于 $M_2\geqslant\bar{f}_1(x)\geqslant\bar{f}_2(x)\geqslant\cdots\geqslant f(x)$,故存在$E$上的函数$\bar{f}(x)$使$\bar{f}_n(x)\downarrow\bar{f}(x)$. 显然$\bar{f}(x)$是有界可测函数且 $f(x)\leqslant\bar{f}(x)$,非负简单函数列

$$[M_2-\bar{f}_n(x)]\uparrow[M_2-\bar{f}(x)].$$

由 §5·1 定理 2 及积分的线性性质知

$$(\mathrm{L})\int_E\bar{f}_n(x)\mathrm{d}x\downarrow(\mathrm{L})\int_E\bar{f}(x)\mathrm{d}x. \qquad (5\cdot2\cdot8)$$

由(1°) 与(2°) 知 $\underline{f}(x)\leqslant f(x)\leqslant\bar{f}(x)$,并且 $\underline{f}(x)$ 与 $\bar{f}(x)$ 在

E 上的 L 积分都等于(R)$\int_a^b f(x)\mathrm{d}x$,所以

$$(\mathrm{L})\int_E[\overline{f}(x)-\underline{f}(x)]\mathrm{d}x=0.$$

由于$[\overline{f}(x)-\underline{f}(x)]$在 E 上非负可测,根据 §5·1 定理 11 知

$$\underline{f}(x)=\overline{f}(x),\text{a. e. 于 } E, \tag{5·2·9}$$

从而

$$\underline{f}(x)=f(x)=\overline{f}(x),\text{a. e. 于 } E.$$

所以 $f(x)$ 在 E 上 L 可积,并且

$$(\mathrm{L})\int_E f(x)\mathrm{d}x=(\mathrm{L})\int_E\underline{f}(x)\mathrm{d}x=(\mathrm{L})\int_E\overline{f}(x)\mathrm{d}x=(\mathrm{R})\int_a^b f(x)\mathrm{d}x.$$ ▌

读者不妨设 $0=M_1\leqslant f(x)\leqslant M_2$,然后从下方图的 Jordan, Lebesgue 可测性以及 Jordan,Lebesgue 测度的观点来看上面的证明,以便加深理解.

注 $f(x)$ 在$[a,b]$上的 Lebesgue 积分$\int_{[a,b]}f(x)\mathrm{d}x$有时也记为$\int_a^b f(x)\mathrm{d}x$.

定理 1 说的是一元函数的情况,对于多元函数,类似的定理也是成立的.

例 5·2·1 [0,1] 上的 Dirichlet 函数是非负简单函数,当然 L 可积,但它不是 R 可积的.

例 5·2·1 说明即使是定义在闭区间上的有界 L 可积函数也未必 R 可积,可见 L 积分确实是推广了 R 积分.

*5·2·2 R 可积函数的构造

上面定理 1 的证明中,除了(5·2·3),(5·2·7) 两式及(5·2·8) 式后面的几步外,其余的论断仅基于 $f(x)$ 在$[a,b]$上有界的条件. 下面的讨论将引用这些论断.

设 $f(x)$ 是 $[a,b]$ 上的有界函数，作 $[a,b]$ 上的函数

$$m(x)=\sup_{\delta>0}\inf_{t\in(x-\delta,x+\delta)}f(t),$$

$$M(x)=\inf_{\delta>0}\sup_{t\in(x-\delta,x+\delta)}f(t),$$

$m(x)$ 与 $M(x)$ 分别称为 $f(x)$ 的 **Baire 下函数与 Baire 上函数**. 由数学分析中极限的知识可以证明下面的两个结论：

(i) $f(x)$ 在点 x_0 连续的充要条件是

$$m(x_0)=M(x_0).$$

(ii) 设 $\underline{f}_n(x),\overline{f}_n(x)$ 是定理1证明中(5・1・1),(5・2・5)两式所定义的函数，若 $x_0\in[a,b],x_0\neq x_k^{(n)}(k=0,1,\cdots,2^n;n=1,2,3,\cdots)$，则

$$\lim_{n\to\infty}\underline{f}_n(x_0)=m(x_0),\quad \lim_{n\to\infty}\overline{f}_n(x_0)=M(x_0).$$

从而 $m(x),M(x)$ 分别与定理 1 证明中导出的有界可测函数 $\underline{f}(x),\overline{f}(x)$ 在 $[a,b]$ 上几乎处处相等(结论(i),(ii) 的详细证明过程可参见[1]《实变函数论》第五章 §4).

定理2　设 $f(x)$ 是 $E=[a,b]$ 上的有界函数，则 $f(x)$ 在 E 上 R 可积的充要条件是：$f(x)$ 的不连续点的全体是一个测度为零的点集.

证明　必要性：设 $f(x)$ 在 E 上 R 可积，由定理 1 的证明知 $\underline{f}(x)=\overline{f}(x)$，a. e. 于 E(即(5・2・9) 式). 由此，根据上面的结论(ii) 知 $m(x)=M(x)$，a. e. 于 E. 再根据结论(i) 即知 $f(x)$ 的不连续点全体为一零集.

充分性：设 $f(x)$ 的不连续点全体为一零集，根据(i) 知 $m(x)=M(x)$，a. e. 于 E. 再根据(ii) 知 $\underline{f}(x)=\overline{f}(x)$a. e. 于 E，从而

$$(\mathrm{L})\int_E\underline{f}(x)\mathrm{d}x=(\mathrm{L})\int_E\overline{f}(x)\mathrm{d}x.$$

设 D_n 为定理 1 证明中所述的划分，$f(x)$ 相应于划分 D_n 的

Darboux 下和与上和分别为 s_n 与 S_n. 由定理 1 证明中的(5·2·2),(5·2·4),(5·2·6),(5·2·8) 四式知

$$s_n \uparrow (\mathrm{L})\int_E \underline{f}(x)\mathrm{d}x,\ S_n \downarrow (\mathrm{L})\int_E \overline{f}(x)\mathrm{d}x.$$

于是 $S_n - s_n \to 0$. 因此 $f(x)$ 在 E 上 R 可积. ▌

定理 2 显明地揭示了 Riemann 可积函数的构造. 定理 2 的得到从一个方面反映了 Lebesgue 测度及积分理论的深刻性.

5·2·3 Lebesgue 积分与广义 Riemann 积分的关系

数学分析中的无穷积分及瑕积分统称广义 Riemann 积分(简称广义 R 积分).

首先讨论无穷积分与 L 积分的关系.

命题 1 设 $f(x)$ 是$[0,+\infty)$ 上的非负有限函数,当 $t\in(0,+\infty)$ 时 $f(x)$ 在 $[0,t]$ 上 R 可积,则广义 R 积分(广义 R)$\int_0^{+\infty} f(x)\mathrm{d}x$ 有确定的值 a(a 为有限数或 $+\infty$),并且

$$(\mathrm{L})\int_{[0,+\infty)} f(x)\mathrm{d}x = a.$$

证明 显然 $\lim\limits_{t\to+\infty}(\mathrm{R})\int_0^t f(x)\mathrm{d}x$ 存在,记其值为 a,即

$$(\text{广义 R})\int_0^{+\infty} f(x)\mathrm{d}x = a.$$

对每个自然数 n,$f(x)$ 在$[0,n]$上 R 可积,由定理 1 知 $f(x)$ 在$[0,n]$上可测,从而 $f(x)$ 在 $\bigcup\limits_{n=1}^{\infty}[0,n]=[0,+\infty)$ 上可测. 根据 §5·1 定理 3,

$$(\mathrm{L})\int_{[0,+\infty)} f(x)\mathrm{d}x = \sum_{i=1}^{\infty}(\mathrm{L})\int_{[i-1,i)} f(x)\mathrm{d}x$$

$$= \lim_{n\to\infty}(\mathrm{L})\int_{[0,n]} f(x)\mathrm{d}x = \lim_{n\to\infty}(\mathrm{R})\int_0^n f(x)\mathrm{d}x = a.\ ▌$$

命题 2 设 $f(x)$ 是$[0,+\infty)$ 上的有限函数,当 $t\in(0,+\infty)$

时 $f(x)$ 在$[0,t]$上 R 可积，并且(广义 R)$\int_0^{+\infty} f(x)\mathrm{d}x$ 为有限数 a，则(广义 R)$\int_0^{+\infty} |f(x)|\mathrm{d}x$ 有确定的值 b，并且

(i) 当 b 为有限数时

$$(\mathrm{L})\int_{[0,+\infty)} f(x)\mathrm{d}x = a;$$

(ii) 当 $b=+\infty$ 时 $f(x)$ 在$[0,+\infty)$上没有 L 积分.

证明　当 $t\in(0,+\infty)$ 时 $f(x)$ 在$[0,t]$上 R 可积，故 $|f(x)|$ 在$[0,t]$上 R 可积，从而 $f^{\pm}(x)=\frac{1}{2}[|f(x)|\pm f(x)]$ 在$[0,t]$上 R 可积. 由命题 1 知(广义 R)$\int_0^{+\infty} |f(x)|\mathrm{d}x$ 有确定的值 b，并且

$$\begin{aligned}
&(\mathrm{L})\int_{[0,+\infty)} f^{\pm}(x)\mathrm{d}x = (\text{广义 R})\int_0^{+\infty} f^{\pm}(x)\mathrm{d}x \\
&= \lim_{t\to+\infty}(\mathrm{R})\int_0^t \frac{1}{2}[|f(x)|\pm f(x)]\mathrm{d}x \\
&= \lim_{t\to+\infty}\left[(\mathrm{R})\int_0^t \frac{1}{2}|f(x)|\mathrm{d}x \pm (\mathrm{R})\int_0^t \frac{1}{2}f(x)\mathrm{d}x\right] \\
&= \frac{1}{2}(b\pm a).
\end{aligned}$$

(i) 当 b 为有限数时 $f^{+}(x)$，$f^{-}(x)$ 在$[0,+\infty)$上的 L 积分均为有限数，所以

$$\begin{aligned}
&(\mathrm{L})\int_{[0,+\infty)} f(x)\mathrm{d}x \\
&= (\mathrm{L})\int_{[0,+\infty)} f^{+}(x)\mathrm{d}x - (\mathrm{L})\int_{[0,+\infty)} f^{-}(x)\mathrm{d}x \\
&= \frac{1}{2}(b+a) - \frac{1}{2}(b-a) = a.
\end{aligned}$$

(ii) 当 $b=+\infty$ 时 $f^{+}(x)$，$f^{-}(x)$ 在$[0,+\infty)$上的 L 积分均为 $+\infty$，所以 $f(x)$ 在$[0,+\infty)$上没有 L 积分. ▌

瑕积分与 L 积分的关系与上述无穷积分的情况类似.

当广义 R 积分有确定的值时未必有相应的 L 积分,所以 L 积分虽然是 R 积分的推广,却不是广义 R 积分的推广.

§5·3 逐项积分定理

本节主要讨论积分号与极限号交换的问题.我们将看到这个问题在 Lebesgue 积分范围内能够得到比在 Riemann 积分范围内远为完美的解决.

5·3·1 非负可测函数列的逐项积分定理

定理1 **(Levi 逐项积分定理)** 设$\{f_n(x)\}$是 E 上的非负可测函数列,在 E 上满足

$$f_1(x) \leqslant f_2(x) \leqslant f_3(x) \leqslant \cdots$$

则

$$\int_E \lim_{n\to\infty} f_n(x)\mathrm{d}x = \lim_{n\to\infty}\int_E f_n(x)\mathrm{d}x.$$

证明 由于$\{f_n(x)\}$是递增的,所以存在 E 上的函数 $f(x)$ 使

$$f_n(x) \uparrow f(x) \quad (x \in E).$$

进而知 $f(x)$ 是非负可测函数,并且

$$G(E,f_n) \uparrow G(E,f).$$

诸 $G(E,f_n)$ 及 $G(E,f)$ 都是可测集,由测度的下连续性知

$$mG(E,f_n) \uparrow mG(E,f).$$

由积分的几何意义知

$$\int_E f_n(x)\mathrm{d}x \uparrow \int_E f(x)\mathrm{d}x. \ \blacksquare$$

Levi 定理的成立,实质上是 Lebesgue 可测集的全体对“可列并”运算的封闭性及 Lebesgue 测度的下连续性的反映. Jordan 测度也有下连续性,但是 Jordan 可测集的全体对“可列并”运算不封

闭. 下面的例 5 · 3 · 1 说明，对 Riemann 积分来说，与 Levi 定理相应的提法不成立.

例 5 · 3 · 1　设 $E=[0,1]$，E 中有理数的全体为 $\{r_1,r_2,r_3,\cdots\}$. 作 E 上的函数列

$$f_n(x)=\begin{cases}1, & \text{当 } x\in\{r_1,r_2,\cdots,r_n\} \text{ 时},\\ 0, & \text{当 } x\in E\setminus\{r_1,r_2,\cdots,r_n\} \text{ 时},\end{cases} \qquad n=1,2,\cdots$$

显然 $\{f_n(x)\}$ 是 E 上的非负 R 可积函数列，且在 E 上满足

$$f_1(x)\leqslant f_2(x)\leqslant f_3(x)\leqslant\cdots$$

但是 $\{f_n(x)\}$ 的极限函数(即 Dirichlet 函数) 在 E 上不是 R 可积的，因此对于 $\lim\limits_{n\to\infty}(\mathrm{R})\int_0^1 f_n(x)\mathrm{d}x$ 来说极限号不能与积分号交换.

所有关于 L 积分的定理，如果再进一步假设其所涉被积函数均 R 可积，这时定理中的 L 积分又可看成 R 积分，于是关于 L 积分的定理便还原为关于 R 积分的定理. 例如 Levi 定理可还原为：若 $\{f_n(x)\}$ 是 $[a,b]$ 上的非负 R 可积函数列，在 $[a,b]$ 上 $f_n(x)\uparrow f(x)$ 且 $f(x)$ R 可积，则

$$(\mathrm{R})\int_a^b f(x)\mathrm{d}x=\lim_{n\to\infty}(\mathrm{R})\int_a^b f_n(x)\mathrm{d}x.$$

读者不妨对 §5 · 3 的诸定理都考虑一下如此的还原. 这样就会得到普通数学分析教科书中未必有的许多关于 R 积分的逐项积分定理.

定理 2　**(Lebesgue 逐项积分定理)** 设 $\{f_n(x)\}$ 是 E 上的非负可测函数列，则

$$\int_E\Big(\sum_{n=1}^{\infty}f_n(x)\Big)\mathrm{d}x=\sum_{n=1}^{\infty}\int_E f_n(x)\mathrm{d}x.$$

证明　相应于每个自然数 k，令

$$g_k(x)=\sum_{n=1}^{k}f_n(x),$$

则诸 $g_k(x)$ 在 E 上非负可测，并且满足

$$g_1(x) \leqslant g_2(x) \leqslant g_3(x) \leqslant \cdots$$

由定理 1,

$$\int_E \lim_{k\to\infty} g_k(x)\mathrm{d}x = \lim_{k\to\infty}\int_E g_k(x)\mathrm{d}x.$$

而 $\lim\limits_{k\to\infty} g_k(x)$ 即 $\sum\limits_{n=1}^{\infty} f_n(x)$,

$$\int_E g_k(x)\mathrm{d}x = \sum_{n=1}^{k}\int_E f_n(x)\mathrm{d}x,$$

故

$$\int_E \Big(\sum_{n=1}^{\infty} f_n(x)\Big)\mathrm{d}x = \sum_{n=1}^{\infty}\int_E f_n(x)\mathrm{d}x. \blacksquare$$

定理 3 (Fatou 引理) 设 $\{f_n(x)\}$ 是 E 上的非负可测函数列,则

$$\int_E \varliminf_{n\to\infty} f_n(x)\mathrm{d}x \leqslant \varliminf_{n\to\infty}\int_E f_n(x)\mathrm{d}x.$$

证明 相应于每个自然数 n,令

$$g_n(x) = \inf_{k\geqslant n} f_k(x),$$

则

$$\varliminf_{n\to\infty} f_n(x) = \lim_{n\to\infty} g_n(x),$$

并且诸 $g_n(x)$ 在 E 上非负可测,满足

$$g_1(x) \leqslant g_2(x) \leqslant g_3(x) \leqslant \cdots, g_n(x) \leqslant f_n(x).$$

由定理 1,

$$\int_E \varliminf_{n\to\infty} f_n(x)\mathrm{d}x = \int_E \lim_{n\to\infty} g_n(x)\mathrm{d}x = \lim_{n\to\infty}\int_E g_n(x)\mathrm{d}x.$$

$$= \varliminf_{n\to\infty}\int_E g_n(x)\mathrm{d}x \leqslant \varliminf_{n\to\infty}\int_E f_n(x)\mathrm{d}x. \blacksquare$$

下面的例 5·3·2 说明,定理 3 结论中的"$\leqslant$"号不能改为"$=$"号.

例 5·3·2 设 $E = (0,1)$, $f_n(x) = nx^{n-1} (n = 1,2,\cdots)$.

$f_n(x)$ 是 E 上的非负可测函数，

$$\int_E f_n(x)\mathrm{d}x = (\mathrm{R})\int_0^1 nx^{n-1}\mathrm{d}x = 1.$$

对任何 $x \in (0,1)$，$\lim\limits_{n\to\infty} f_n(x) = \lim\limits_{n\to\infty} nx^{n-1} = 0$. 因此

$$\int_E \underline{\lim_{n\to\infty}} f_n(x)\mathrm{d}x = 0 < 1 = \underline{\lim_{n\to\infty}}\int_E f_n(x)\mathrm{d}x.$$

5·3·2　可积函数列的逐项积分定理

定理 4　(Vitali 逐项积分定理) 设 $mE < \infty$，

(a) $\{f_n(x)\}$ 是 E 上的可积函数列，

(b) $f_n(x), n = 1,2,\cdots$ 的积分具有等度的绝对连续性，即对任意 $\varepsilon > 0$，总存在 $\delta > 0$，使当 $me < \delta (e \subset E)$ 时对于每个自然数 n 恒有

$$\left|\int_e f_n(x)\mathrm{d}x\right| < \varepsilon,$$

(c) 在 E 上 $f_n(x) \Rightarrow f(x)$，

则 $f(x)$ 在 E 上可积，并且

$$\lim_{n\to\infty}\int_E f_n(x)\mathrm{d}x = \int_E f(x)\mathrm{d}x.$$

证明　第一步证　$\int_E |f_m - f_n|\mathrm{d}x \to 0 (m, n \to \infty)$.

任给 $\varepsilon > 0$，取 $\varepsilon_1 = \dfrac{\varepsilon}{2(mE+2)}$，由条件$(b)$ 知存在 $\delta_1 > 0$，使当 $me < \delta_1 (e \subset E)$ 时恒有

$$\left|\int_e f_n\mathrm{d}x\right| < \varepsilon_1 \quad (n = 1,2,\cdots).$$

记
$$E_n = E[|f_n - f| \geqslant \varepsilon_1],$$

由条件(c) 知存在自然数 N，使当 $n \geqslant N$ 时 $mE_n < \dfrac{\delta_1}{2}$.

记
$$E_{mn} = E[|f_m - f_n| \geqslant 2\varepsilon_1],$$

易知　$E_{mn} \subset E_m \cup E_n$，从而当 $m \geqslant N, n \geqslant N$ 时

$$mE_{mn} \leqslant mE_m + mE_n < \delta_1.$$

于是,当 $m \geqslant N, n \geqslant N$ 时

$$\int_E |f_m - f_n| \mathrm{d}x = \int_{E \setminus E_{mn}} |f_m - f_n| \mathrm{d}x + \int_{E_{mn}} |f_m - f_n| \mathrm{d}x$$

$$\leqslant 2\varepsilon_1 \cdot m(E \setminus E_{mn}) + \int_{E_{mn}} |f_m| \mathrm{d}x + \int_{E_{mn}} |f_n| \mathrm{d}x$$

$$\leqslant 2\varepsilon_1 mE + \left[\int_{E_{mn}[f_m \geqslant 0]} f_m \mathrm{d}x + \int_{E_{mn}[f_m < 0]} (-f_m) \mathrm{d}x\right]$$

$$+ \left[\int_{E_{mn}[f_n \geqslant 0]} f_n \mathrm{d}x + \int_{E_{mn}[f_n < 0]} (-f_n) \mathrm{d}x\right]$$

$$\leqslant 2\varepsilon_1 mE + (\varepsilon_1 + \varepsilon_1) + (\varepsilon_1 + \varepsilon_1) = 2\varepsilon_1(mE + 2) = \varepsilon.$$

第二步证 $\int_E |f_m - f| \mathrm{d}x \to 0 \ (m \to \infty)$.

由 Riesz 定理知 $\{f_n\}$ 存在子列 $\{f_{n_i}\}$ 使

$$\lim_{i \to \infty} f_{n_i}(x) = f(x), \quad \text{a. e. 于 } E,$$

从而

$$\lim_{i \to \infty} |f_m(x) - f_{n_i}(x)| = |f_m(x) - f(x)|, \text{a. e. 于 } E.$$

对给定的 $\varepsilon > 0$,由第一步知存在自然数 N,使当 $m \geqslant N, n_i \geqslant N$ 时有 $\int_E |f_m - f_{n_i}| \mathrm{d}x < \varepsilon$. 于是,当 $m \geqslant N$ 时,根据 Fatou 引理,

$$\int_E |f_m - f| \mathrm{d}x = \int_E \lim_{i \to \infty} |f_m - f_{n_i}| \mathrm{d}x$$

$$\leqslant \varliminf_{i \to \infty} \int_E |f_m - f_{n_i}| \mathrm{d}x \leqslant \varepsilon.$$

第三步.

$$\int_E |f| \mathrm{d}x \leqslant \int_E |f_m - f| \mathrm{d}x + \int_E |f_m| \mathrm{d}x.$$

由第二步及 $|f_m|$ 在 E 上可积知当 m 充分大时上式左边为有限数,所以 f 在 E 上可积.

$$\left|\int_E f_m \mathrm{d}x - \int_E f \mathrm{d}x\right| \leqslant \int_E |f_m - f| \mathrm{d}x.$$

由第二步知当 $m \to \infty$ 时上式左端趋于 0,所以

$$\lim_{n\to\infty}\int_E f_n \mathrm{d}x = \int_E f\ \mathrm{d}x. \ \blacksquare$$

系 1　把定理 4 中的条件"在 E 上 $f_n(x) \Rightarrow f(x)$"改为"在 E 上 $f_n(x) \xrightarrow{\cdot} f(x)$ 且 $|f(x)| \dot{<} \infty$",仍然成立.

注 1　系 1 作为 L 积分的命题,其中的条件"$|f(x)| \dot{<} \infty$"可以去掉(其证明留作习题). §5·6 将推广系 1 成 L－S 积分的命题,推广后的命题中,条件"$|f(x)| \dot{<} \infty$"不能去掉(见 §5·6).

注 2　定理 4 及系 1 若去掉其中的条件"$mE < \infty$"便不再成立.这从下面的例子即可看出:$E = [0, +\infty)$,在 E 上 $f(x) \equiv 0$,

$$f_n(x) = \begin{cases} \dfrac{1}{n}, & \text{当 } x \in [0,n] \text{ 时}, \\ 0, & \text{当} \in (n, +\infty) \text{ 时}, \end{cases} \quad n = 1,2,\cdots$$

定理 5 (Lebesgue 控制收敛定理)　设 $mE < \infty$,

(a) $\{f_n(x)\}$ 是 E 上的可测函数列,

(b) 存在 E 上的非负可积函数 $F(x)$,使

$$|f_n(x)| \leqslant F(x) \quad (n = 1,2,\cdots),$$

(c) 在 E 上 $f_n(x) \Rightarrow f(x)$,

则 $f(x)$ 在 E 上可积,并且

$$\lim_{n\to\infty}\int_E f_n(x)\mathrm{d}x = \int_E f(x)\mathrm{d}x.$$

证明　由条件(b),诸 $|f_n(x)|$ 可积,故诸 $f_n(x)$ 可积.对 E 的任何可测子集 e,

$$\left|\int_e f_n \mathrm{d}x\right| \leqslant \int_e |f_n| \mathrm{d}x \leqslant \int_e F \mathrm{d}x.$$

由 $F(x)$ 的积分具有绝对连续性知 $f_n(x)$, $n = 1,2,\cdots$ 的积分具有

等度的绝对连续性. 由 Vitali 定理知定理 5 成立. ▌

系 2 把定理 5 中的条件"在 E 上 $f_n(x)\Rightarrow f(x)$"改为"在 E 上 $f_n(x)\xrightarrow{\cdot} f(x)$",仍然成立.

证明 在 E 上 $|f_n(x)|\leqslant F(x)$ 且 $f_n(x)\xrightarrow{\cdot} f(x)$, 故 $|f(x)|\leqslant F(x)$, a. e. 于 E. 在 E 上 $F(x)$ 几乎处处有限. 故诸 $f_n(x)$ 及 $f(x)$ 几乎处处有限. 由 §4·6 的 Lebesgue 定理知在 E 上 $f_n(x)\Rightarrow f(x)$. 由定理 5 即知系 2 成立. ▌

定理 5′ (Lebesgue 控制收敛定理) 把定理 5 中的条件"$mE<\infty$"去掉,仍然成立.

证明 $|f_n(x)|\leqslant F(x)$,故诸 $f_n(x)$ 可积. $f_n(x)\Rightarrow f(x)$,由 Riesz 定理知存在子列 $f_{n_i}(x)\xrightarrow{\cdot} f(x)$,故 $|f(x)|\leqslant F(x)$a. e. ,所以 $f(x)$ 可积.

E 可表为可列个两两无交的测度有限的可测集 A_i 之并 $\bigcup\limits_{i=1}^{\infty} A_i$. 记 $E_k=\bigcup\limits_{i=1}^{k} A_i$,由 §5·1 定理 6 知

$$\int_E F(x)\mathrm{d}x=\sum_{i=1}^{\infty}\int_{A i} F(x)\mathrm{d}x=\lim_{k\to\infty}\int_{E k} F(x)\mathrm{d}x.$$

任给 $\varepsilon>0$,由上式知存在自然数 k_0 使

$$\int_{E\setminus E_{k_0}} F(x)\mathrm{d}x<\frac{\varepsilon}{3}.$$

由 $|f_n(x)|\leqslant F(x)$ 及 $|f(x)|\leqslant F(x)$a. e. 知

$$\left|\int_{E\setminus E_{k_0}} f_n(x)\mathrm{d}x\right|<\frac{\varepsilon}{3},\quad \left|\int_{E\setminus E_{k_0}} f(x)\mathrm{d}x\right|<\frac{\varepsilon}{3}.$$

$mE_{k_0}<\infty$,诸函数限制在 E_{k_0} 上满足定理 5 的条件,所以

$$\lim_{n\to\infty}\int_{E_{k_0}} f_n(x)\mathrm{d}x=\int_{E_{k_0}} f(x)\mathrm{d}x,$$

从而存在自然数 N,使当 $n\geqslant N$ 时

$$\left|\int_{E_{k_0}} f_n(x)\mathrm{d}x - \int_{E_{k_0}} f(x)\mathrm{d}x\right| < \frac{\varepsilon}{3}.$$

于是，当 $n \geqslant N$ 时

$$\begin{aligned}
&\left|\int_E f_n(x)\mathrm{d}x - \int_E f(x)\mathrm{d}x\right| \\
&= \left|\int_{E_{k_0}} f_n(x)\mathrm{d}x - \int_{E_{k_0}} f(x)\mathrm{d}x + \int_{E\setminus E_{k_0}} f_n(x)\mathrm{d}x \right.\\
&\quad \left. - \int_{E\setminus E_{k_0}} f(x)\mathrm{d}x\right| \leqslant \left|\int_{E_{k_0}} f_n(x)\mathrm{d}x - \int_{E_{k_0}} f(x)\mathrm{d}x\right| \\
&\quad + \left|\int_{E\setminus E_{k_0}} f_n(x)\mathrm{d}x\right| + \left|\int_{E\setminus E_{k_0}} f(x)\mathrm{d}x\right| \\
&< \frac{\varepsilon}{3} + \frac{\varepsilon}{3} + \frac{\varepsilon}{3} = \varepsilon.
\end{aligned}$$

所以　$$\lim_{n\to\infty}\int_E f_n(x)\mathrm{d}x = \int_E f(x)\mathrm{d}x.$$ ▌

从定理 5′ 的证明及系 2 不难看出

系 2′　把系 2 中的条件“$mE < \infty$”去掉，仍然成立.

定理 6　(Lebesgue 有界收敛定理)　设 $mE < \infty$，若 $\{f_n(x)\}$ 是在 E 上一致有界的可测函数列，并且在 E 上 $f_n(x) \Rightarrow f(x)$，则 $f(x)$ 在 E 上可积，并且

$$\lim_{n\to\infty}\int_E f_n(x)\mathrm{d}x = \int_E f(x)\mathrm{d}x.$$

证明　存在 $M \in R^1$ 使在 E 上 $|f_n(x)| \leqslant M (n = 1, 2, \cdots)$. 在 E 上令 $F(x) \equiv M$，由 $mE < \infty$ 知 $F(x)$ 在 E 上可积. 由定理 5 知定理 6 成立. ▌

系 3　把定理 6 中的条件“在 E 上 $f_n(x) \Rightarrow f(x)$”改为“在 E 上 $f_n(x) \xrightarrow{\cdot} f(x)$”，仍然成立.

注　定理 6 及系 3 若去掉其中的条件“$mE < \infty$”便不再成立. 这从系 1 后面注 2 中的例子即可看出.

例 5·3·3 设 E 是可测集,函数 $f(x,t)$ 的定义域为 $\{(x,t)\mid x\in E, t\in[\alpha,\beta]\}$,若对任何固定的 $t\in[\alpha,\beta]$,$f(x,t)$ 作为 x 的函数在 E 上可积,对任何固定的 $x\in E$,$f(x,t)$ 作为 t 的函数在 $[\alpha,\beta]$ 上可微,并且存在 E 上的可积函数 $F(x)$ 使在 $E\times[\alpha,\beta]$ 上

$$\left|\frac{\partial}{\partial t}f(x,t)\right|\leqslant F(x),$$

则在 $[\alpha,\beta]$ 上

$$\frac{\mathrm{d}}{\mathrm{d}t}\int_E f(x,t)\mathrm{d}x=\int_E\frac{\partial}{\partial t}f(x,t)\mathrm{d}x.$$

证明 对固定的 $t\in[\alpha,\beta]$,任取数列 $\{h_n\}$ 使 $h_n\to 0, h_n\neq 0, t+h_n\in[\alpha,\beta]$(这是可以做到的).由假设知

$$\lim_{n\to\infty}\frac{f(x,t+h_n)-f(x,t)}{h_n}=f_t'(x,t)\,(x\in E).$$

由微分中值定理知

$$\frac{f(x,t+h_n)-f(x,t)}{h_n}=f_t'(x,t+\theta_n h_n),$$

其中 θ_n(与 x 相关)满足 $0<\theta_n<1$.由于

$$|f_t'(x,t+\theta_n h_n)|\leqslant F(x)\,(x\in E),$$

由 Lebesgue 控制收敛定理的系知

$$\lim_{n\to\infty}\int_E\frac{f(x,t+h_n)-f(x,t)}{h_n}\mathrm{d}x=\int_E f_t'(x,t)\mathrm{d}x.$$

所以 $$\frac{\mathrm{d}}{\mathrm{d}t}\int_E f(x,t)\mathrm{d}x=\int_E\frac{\partial}{\partial t}f(x,t)\mathrm{d}x.$$ ▍

§5·4 Fubini 定理

5·4·1 乘积空间中集合的截面

定义 1 设 $X\times Y$ 是乘积空间,E 是 $X\times Y$ 的一个子集.相应于 $x_0\in X$,作 Y 的子集

$$\{y \mid y \in Y, (x_0, y) \in E\},$$

此子集称为 E **在** x_0 **处的截面**或 E **的** x_0 **一截面**，记作 E_{x_0}. 相应于 $y_0 \in Y$，X 的子集 $\{x \mid x \in X, (x, y_0) \in E\}$ 称为 E **在** y_0 **处的截面**或 E **的** y_0 **一截面**，记作 E^{y_0}.

设 $A, B, A_n (n = 1, 2, \cdots)$ 是 $X \times Y$ 的子集. 若 $x \in X$，则

(i) 当 $A \subset B$ 时，$A_x \subset B_x$；

(ii) $(\bigcup_{n=1}^{\infty} A_n)_x = \bigcup_{n=1}^{\infty} (A_n)_x$；$(\bigcap_{n=1}^{\infty} A_n)_x = \bigcap_{n=1}^{\infty} (A_n)_x$；

(iii) $(A \setminus B)_x = A_x \setminus B_x$；

(iv) 当 $A_n \uparrow A$ 时，$(A_n)_x \uparrow A_x$；当 $A_n \downarrow A$ 时，$(A_n)_x \downarrow A_x$. 若 $y \in Y$，把上面的 x 一截面换成 y 一截面仍然成立.

5·4·2　R^p, R^q 与 R^{p+q} 中可测集间的关系

我们在 §3·6 已证明：若 A, B 分别为 R^p, R^q 中的可测集，则 $A \times B$ 为 $R^p \times R^q$ 中的可测集，并且 $m(A \times B) = mA \times mB$. 现在来看：如果 E 为 $R^p \times R^q$ 中的可测集，E 在 $x \in R^p$ 处的截面 E_x 是否可测集？如果是可测集，E 与 E_x 的测度间有何关系？

定理 1　若 E 是 $R^p \times R^q$ 中的可测集，则

(i) 对几乎所有 $x \in R^p$，E_x 是 R^q 中可测集；

(ii) 在 R^p 上几乎处处有定义的函数 $f(x) = mE_x$ 是非负可测函数；

(iii) 下面的关系式成立

$$mE = \int_{R^p} mE_x \mathrm{d}x.$$

证明　(1°) 设 E 为半开区间.

这时有分别含于 R^p, R^q 的半开区间 I^p, I^q 使 $E = I^q \times I^q$. 当 $x \in I^p$ 时 $E_x = I^q$，$mE_x = mI^q$；当 $x \in R^p \setminus I^p$ 时 $E_x = \varnothing$，$mE_x = 0$. 所以定理的结论(i)，(ii) 成立，由积分的定义，

$$\int_{R^p} mE_x \mathrm{d}x = \int_{I^p} mE_x \mathrm{d}x = mI^p \times mI^q = mE.$$

(2°) 设 E 为有界开集.

这时 E 可表为可列个两两无交的半开区间 I_n 之并：$E=\bigcup_{n=1}^{\infty} I_n$. 当 $x\in R^p$ 时 $E_x=\bigcup_{n=1}^{\infty}(I_n)_x$，由(1°)知诸$(I_n)_x$ 是可测集，故 E_x 是可测集并且

$$mE_x=\sum_{n=1}^{\infty} m(I_n)_x,$$

由(1°)知诸 $m(I_n)_x$ 是R^p 上的非负可测函数，故 $f(x)=mE_x$ 是 R^p 上的非负可测函数，根据 Lebesgue 逐项积分定理，

$$\int_{R^p} mE_x\mathrm{d}x=\sum_{n=1}^{\infty}\int_{R^p} m(I_n)_x\mathrm{d}x=\sum_{n=1}^{\infty} mI_n=mE.$$

由 $mE<\infty$ 还知 $f(x)=mE_x$ 是 R^p 上的可积函数.

(3°) 设 E 为有界 G_δ 型集.

这时 E 可表为一个渐缩有界开集列$\{G_n\}$的极限:$G_n\downarrow E$. 当 $x\in R^p$ 时$(G_n)_x\downarrow E_x$，由(2°)知诸$(G_n)_x$ 是可测集，故 E_x 是可测集并且

$$m(G_n)_x\downarrow mE_x\geqslant 0,$$

由(2°)知诸 $m(G_n)_x$ 是R^p 上的可积函数，故 $f(x)=mE_x$ 是R^p 上的可积函数，根据 Lebesgue 控制收敛定理的系，

$$\int_{R^p} mE_x\mathrm{d}x=\lim_{n\to\infty}\int_{R^p} m(G_n)_x\mathrm{d}x=\lim_{n\to\infty} mG_n=mE.$$

(4°) 设 E 为有界 F_σ 型集.

这时存在开区间 $I\supset E$，令 $G=I\backslash E$，则 G 是包含于 I 的有界 G_δ 型集，$E=I\backslash G$. 当 $x\in R^p$ 时 $E_x=I_x\backslash G_x$，由(2°)，(3°)知 I_x，G_x 都是可测集，故 E_x 是可测集并且

$$mE_x=mI_x-mG_x,$$

由(2°)，(3°)知 mI_x，mG_x 都是 R^p 上的可积函数，故 $f(x)=mE_x$ 是 R^p 上的可积函数，由可积函数积分的线性性质，

$$\int_{R^p} mE_x \mathrm{d}x = \int_{R^p} mI_x \mathrm{d}x - \int_{R^p} mG_x \mathrm{d}x = mI - mG = mE.$$

(5°) 设 E 为有界可测集.

这时存在 $R^p \times R^q$ 中的有界 G_δ 型集 G 及有界 F_σ 型集 F 使

$$G \supset E \supset F, \quad mG = mE = mF.$$

当 $x \in R^p$ 时

$$G_x \supset E_x \supset F_x, \quad mG_x \geqslant m^* E_x \geqslant m_* E_x \geqslant mF_x.$$

由(3°),(4°) 知 mG_x, mF_x 都是 R^p 上的可积函数,故

$$\int_{R^p} (mG_x - mF_x) \mathrm{d}x = \int_{R^p} mG_x \mathrm{d}x - \int_{R^p} mF_x \mathrm{d}x$$
$$= mG - mF = 0.$$

于是非负函数 $mG_x - mF_x$ 在 R^p 上几乎处处等于 0,从而对几乎所有 $x \in R^p$ 有 $mG_x = m^* E_x = m_* E_x = mF_x$,因此对几乎所有 $x \in R^p$ 截面 E_x 是可测集并且

$$mE_x = mG_x,$$

由(3°) 知 mG_x 是 R^p 上的可积函数,故 $f(x) = mE_x$ 是 R^p 上几乎处处有定义的可积函数(在有定义的点上函数值显然是非负的),并且

$$\int_{R^p} mE_x \mathrm{d}x = \int_{R^p} mG_x \mathrm{d}x = mG = mE.$$

(6°) 设 E 为任意可测集.

这时 E 可表为可列个两两无交的有界可测集 E_n 之并:$E = \bigcup\limits_{n=1}^{\infty} E_n$. 当 $x \in R^p$ 时 $E_x = \bigcup\limits_{n=1}^{\infty} (E_n)_x$,由(5°) 知对几乎所有 $x \in R^p$,截面 $(E_n)_x$ 是可测集,故对几乎所有 $x \in R^p$,截面 E_x 是可测集并且

$$mE_x = \sum_{n=1}^{\infty} m(E_n)_x,$$

由(5°) 知诸 $m(E_n)_x$ 是 R^p 上几乎处处有定义的非负可积函数,故

$f(x)=mE_x$ 是 R^p 上几乎处处有定义的非负可测函数，根据 Lebesgue 逐项积分定理，

$$\int_{R^p} mE_x \mathrm{d}x = \sum_{n=1}^{\infty}\int_{R^p} m(E_n)_x \mathrm{d}x = \sum_{n=1}^{\infty} mE_n = mE. \blacksquare$$

注 把定理 1 中的"$R^p \times R^q$"改为 $R^q \times R^p$"，并且把"E_x"改为"E^x"(其他均不改变)，仍然成立.

系 1 (i) 设 E 为 R^N 中的可测集，$f(x)$ 是 E 上的非负函数，若 $f(x)$ 的下方图 $G(E,f)$ 是 R^{N+1} 中的可测集，则 $f(x)$ 是 E 上的非负可测函数.

(ii) 设 $f(x)$ 是可测集 E 上的函数，若 $f(x)$ 的正、负部的下方图 $G(E,f^+)$，$G(E,f^-)$ 都是可测集，则 $f(x)$ 是 E 上的可测函数.

证明 (i) 第一步证对几乎所有 $a\in[0,+\infty)$，$E[f>a]$ 可测：因为 $G(E,f)$ 是 $R^N\times R^1$ 中可测集，由定理 1 及后面的注知，对几乎所有 $a\in[0,+\infty)$，$G(E,f)$ 在 a 处的截面 $[G(E,f)]^a$ 是 R^N 中的可测集. 由于

$$\begin{aligned}[G(E,f)]^a &= \{x \mid x\in R^N, (x,a)\in G(E,f)\}\\ &= \{x \mid x\in E,\ 0\leqslant a<f(x)\}\\ &= E[f>a],\end{aligned}$$

第一步得证.

第二步证对所有 $a\in[0,+\infty)$，$E[f>a]$ 可测：由第一步知，存在零集 $N\subset[0,+\infty)$，使对所有 $b\in[0,+\infty)\backslash N$，$E[f>b]$ 可测. 对任意 $a\in N$，必可取点列 $\{b_n\}\subset[0,+\infty)\backslash N$ 使 $b_n\downarrow a$(事实上，对每个 $n\in\mathbb{N}$，$(a,a+\frac{1}{n})$ 中总有不属于 N 的点，取其一作为 b_n 且注意做到 $b_n\downarrow$ 即可). 此时 $E[f>b_n]\uparrow E[f>a]$，由 $E[f>b_n]$ 可测知 $E[f>a]$ 可测. 第二步得证.

第三步. 对所有 $a\in(-\infty,0)$，$E[f>a]=E$，E 可测. 总之对任 $a\in R^1$，$E[f>a]$ 可测. 所以 $f(x)$ 在 E 上可测.

(ii) 由 (i) 立即得证. ▌

5·4·3　Fubini 定理

在数学分析中,对于 Riemann 积分我们讨论过重积分与累次积分的关系. 若 $f(x,y)$ 在 $I=[a,b]\times[c,d]$ 上连续,则

$$(\mathrm{R})\iint_I f(x,y)\mathrm{d}x\mathrm{d}y=(\mathrm{R})\int_a^b \mathrm{d}x\Big((\mathrm{R})\int_c^d f(x,y)\mathrm{d}y\Big).$$

在 §5·4 中 5·4·3 我们来对 Lebesgue 积分建立相应的定理.

设 $f(P)=f(x,y)$ 是 $R^{p+q}=R^p\times R^q$ 上的函数(这样说意味着 $x\in R^p, y\in R^q$). 对固定的 $x_0\in R^p$, $f(x_0,y)$ 是 R^q 上关于自变元 y 的函数,此函数称为 $f(x,y)$ 的 x_0 — **函数截面**,记作 $f_{x_0}(y)$. 类似地,对固定的 $y_0\in R^q$,R^p 上的函数 $f(x,y_0)$ 称为 $f(x,y)$ 的 y_0 — **函数截面**,记作 $f^{y_0}(x)$.

设 $f(x,y)$ 是 $R^p\times R^q$ 上的非负函数,则 $f(x,y)$ 的下方图 $G=G(R^p\times R^q,f)$ 是 $R^p\times R^q\times R^1$ 中的点集. 对任意 $x_0\in R^p$,G 的 x_0 — 截面 G_{x_0} 是 $R^q\times R^1$ 中的点集,

$$\begin{aligned}G_{x_0}&=\{(y,z)\mid(x_0,y,z)\in G(R^p\times R^q,f)\}\\&=\{(y,z)\mid y\in R^q,0\leqslant z<f_{x_0}(y)\},\end{aligned}$$

所以 G_{x_0} 恰是 R^q 上的函数 $f_{x_0}(y)$ 的下方图. 也就是说,非负函数 $f(x,y)$ 的下方图的 x_0 — 截面恰是其 x_0 — 函数截面的下方图.

定理 2　设 $f(x,y)=f(P)$ 是 $R^q\times R^q=R^{p+q}$ 上的非负可测函数,则

(i) 对几乎所有 $x\in R^p$, $f_x(y)=f(x,y)$ 是 R^q 上的非负可测函数;

(ii) 在 R^p 上几乎处处有定义的函数

$$g(x)=\int_{R^q} f(x,y)\mathrm{d}y$$

是非负可测函数;

(iii) 下面的关系式成立

$$\int_{R^{p+q}} f(P)\mathrm{d}P = \int_{R^p} \mathrm{d}x \int_{R^q} f(x,y)\mathrm{d}y.$$

证明 $f(P)$ 在 R^{p+q} 上非负可测,故下方图 G 是 R^{p+q+1} 中的可测集.

(i) 由定理1知对几乎所有 $x \in R^p$,截面 G_x 是 R^{q+1} 中可测集,而 G_x 是 $f_x(y)$ 的下方图,于是由系1(i)知,对几乎所有 $x \in R^p$,$f_x(y)$ 是 R^q 上的非负可测函数,

$$\int_{R^q} f_x(y)\mathrm{d}y = mG_x. \qquad (5 \cdot 4 \cdot 1)$$

(ii) 由定理1知 mG_x 是 R^p 上几乎处处有定义的非负可测函数,从而由(5·4·1)知

$$g(x) = \int_{R^q} f(x,y)\mathrm{d}y$$

是 R^p 上几乎处处有定义的非负可测函数.

(iii) 由定理1知

$$mG = \int_{R^p} mG_x \mathrm{d}x,$$

从而由 $f(P)$ 的积分的几何意义及(5·4·1)知

$$\int_{R^{p+q}} f(P)\mathrm{d}P = \int_{R^p} \mathrm{d}x \int_{R^q} f(x,y)\mathrm{d}y. \ ▌$$

系2 若 $f(x,y)$ 是 $R^p \times R^q$ 上的非负可测函数,则

$$\int_{R^p} \mathrm{d}x \int_{R^q} f(x,y)\mathrm{d}y = \int_{R^q} \mathrm{d}y \int_{R^p} f(x,y)\mathrm{d}x.$$

定理3 (**Fubini定理**) 设 $f(x,y) = f(P)$ 是 $R^p \times R^q = R^{p+q}$ 上的可积函数,则

(i) 对几乎所有 $x \in R^p$,$f_x(y) = f(x,y)$ 是 R^q 上的可积函数;

(ii) 在 R^p 上几乎处处有定义的函数

$$g(x) = \int_{R^q} f(x,y)\mathrm{d}y$$

是可积函数；

(iii) 下面的关系式成立

$$\int_{R^{p+q}} f(P)\mathrm{d}P = \int_{R^p} \mathrm{d}x\int_{R^q} f(x,y)\mathrm{d}y.$$

证明　第一步先看 $f(x,y)$ 是 $R^p \times R^q$ 上非负可积函数的情况.

由于 $f(x,y)$ 在 $R^p \times R^q$ 上非负可测，根据定理 2，

$$\int_{R^{p+q}} f(P)\mathrm{d}P = \int_{R^p} \mathrm{d}x\int_{R^q} f(x,y)\mathrm{d}y. \qquad (5 \cdot 4 \cdot 2)$$

由于(5・4・2) 式左边为有限数，所以

$$g(x) = \int_{R^q} f(x,y)\mathrm{d}y$$

是 R^p 上几乎处处有定义的可积函数.

由 §5・1 定理 8 知对几乎所有 $x \in R^p$，$g(x)$ 为有限数，而 $g(x)$ 为有限数时 $f_x(y) = f(x,y)$ 是 R^q 上的可积函数.

第二步再看 $f(x,y)$ 是 $R^p \times R^q$ 上一般可积函数的情况.

这时 $f^+(P) = f^+(x,y)$，$f^-(P) = f^-(x,y)$ 是非负可积函数. 由第一步，对于 $f^+(x,y)$，$f^-(x,y)$ 来说定理 3 的结论 (i)，(ii)，(iii) 均成立. 由此可知

(i) 对几乎所有 $x \in R^p$，

$$f_x(y) = f(x,y) = f^+(x,y) - f^-(x,y)$$

是 R^q 上的可积函数；

(ii) $g(x) = \int_{R^q} f(x,y)\mathrm{d}y = \int_{R^q} f^+(x,y)\mathrm{d}y - \int_{R^q} f^-(x,y)\mathrm{d}y$ 是 R^p 上几乎处处有定义的可积函数；

(iii) 根据可积函数积分的线性性质，

$$\begin{aligned}\int_{R^{p+q}} f(P)\mathrm{d}P &= \int_{R^{p+q}} f^+(P)\mathrm{d}P - \int_{R^{p+q}} f^-(P)\mathrm{d}P \\ &= \int_{R^p} \mathrm{d}x\int_{R^q} f^+(x,y)\mathrm{d}y - \int_{R^p} \mathrm{d}x\int_{R^q} f^-(x,y)\mathrm{d}y\end{aligned}$$

$$= \int_{R^q} dx \int_{R^q} f(x,y) dy. \blacksquare$$

系 3　若 $f(x,y)$ 是 $R^p \times R^q$ 上的可积函数,则

$$\int_{R^p} dx \int_{R^q} f(x,y) dy = \int_{R^q} dy \int_{R^p} f(x,y) dx. \tag{5·4·3}$$

注意,当 $f(x,y)$ 是 $R^p \times R^q$ 上的可测函数时,仅知(5·4·3)式两边的累次积分都有意义不能保证(5·4·3)式成立.

例 5·4·1　设 $E = \{(x,y) \mid 0 < x < 1, 0 < y < 1\}$,

$$f(x,y) = \begin{cases} \dfrac{x^2 - y^2}{(x^2 + y^2)^2}, & \text{当}(x,y) \in E \text{时}, \\ 0, & \text{当}(x,y) \in R^2 \backslash E \text{时}. \end{cases}$$

经计算可知

$$\int_{R^1} dx \int_{R^1} f(x,y) dy = \frac{\pi}{4},$$

$$\int_{R^1} dy \int_{R^1} f(x,y) dx = -\frac{\pi}{4}.$$

§5·5　p 幂可积函数

p 幂可积函数是一类很重要的函数. 本节仅讨论它的某些方面,其他方面的讨论留到 §7·2 及 §11·1 进行.

本节始终假设 p 是一个给定的不小于 1 的实数.

5·5·1　p 幂可积函数

定义 1　若 $f(x)$ 是 E 上的可测函数,并且 $|f(x)|^p$ 在 E 上可积,就称 $f(x)$ 是 E 上的 **p 幂可积函数**.

显然 E 上的 p 幂可积函数在 E 上几乎处处取有限值.

命题 1　若 $f(x)$ 是 E 上的 p 幂可积函数,则当 $mE < \infty$ 时 $f(x)$ 是 E 上的可积函数.

证明　当 $x \in E[|f| \geqslant 1]$ 时 $|f(x)| \leqslant |f(x)|^p$，由 $|f(x)|^p$ 在 $E[|f| \geqslant 1]$ 上可积知 $f(x)$ 在 $E[|f| \geqslant 1]$ 可积. $mE[|f| < 1] < \infty$，$f(x)$ 在 $E[|f| < 1]$ 上有界可测，故在其上可积. 所以 $f(x)$ 在 E 上可积. ▌

引理 1　设 $x, y \in R^1$，则

$$|x+y|^p \leqslant 2^p(|x|^p + |y|^p).$$

证明

$$\begin{aligned}|x+y|^p &\leqslant (2\max\{|x|,|y|\})^p \\ &= 2^p \max\{|x|^p, |y|^p\} \leqslant 2^p(|x|^p + |y|^p).\end{aligned}$$ ▌

命题 2　若 $f(x), g(x)$ 是 E 上的 p 幂可积函数，$a, b \in R^1$，则 $af(x) + bg(x)$ 也是 E 上的 p 幂可积函数.

证明　$af(x) + bg(x)$ 是在 E 上几乎处处有定义的可测函数，$|af(x)+bg(x)|^p \leqslant 2^p(|a|^p|f(x)|^p + |b|^p|g(x)|^p)$，a. e. 于 E，所以命题 2 成立. ▌

5·5·2　p 幂平均收敛

定义 2　设 $f_n(x)(n = 1, 2, \cdots)$ 及 $f(x)$ 都是 E 上的 p 幂可积函数. 若

$$\lim_{n\to\infty}\int_E |f_n(x) - f(x)|^p \mathrm{d}x = 0,$$

就称在 E 上 $\{f_n(x)\}$ **p 幂平均收敛于** $f(x)$.

我们来看 p 幂平均收敛与依测度收敛的关系.

定理 1　若在 E 上 $\{f_n(x)\}$ p 幂平均收敛于 $f(x)$，则在 E 上 $f_n(x) \Rightarrow f(x)$.

证明　对任意 $\varepsilon > 0$，

$$\begin{aligned}\int_E |f_n - f|^p \mathrm{d}x &\geqslant \int_{E[|f_n - f| \geqslant \varepsilon]} |f_n - f|^p \mathrm{d}x \\ &\geqslant \varepsilon^p mE[|f_n - f| \geqslant \varepsilon].\end{aligned}$$

当 $n \to \infty$ 时上式前端趋于 0，故 $mE[|f_n - f| \geqslant \varepsilon] \to 0$. 所以在 E

上 $f_n(x) \Rightarrow f(x)$. ▌

下面的例 1 说明定理 1 的逆命题不成立.

例 5 · 5 · 1 设 $E = (0,1]$

$$f_n(x) = \begin{cases} n^2, & \text{当 } x \in (0, \frac{1}{n}) \text{ 时}, \\ 0, & \text{当 } x \in \left[\frac{1}{n}, 1\right] \text{时}, \end{cases} \qquad (n = 1, 2, \cdots),$$

$f(x) \equiv 0$. 显然 $\{f_n(x)\}$ 在 E 上处处收敛于 $f(x)$，因而 $f_n(x) \Rightarrow f(x)$. 诸 $f_n(x)$ 及 $f(x)$ 是 E 上的 p 幂可积函数，但当 $n \to \infty$ 时

$$\int_E |f_n - f|^p \mathrm{d}x = n^{2p-1} \to \infty.$$

上面的例 5 · 5 · 1 及下面的例 5 · 5 · 2 说明 p 幂平均收敛与几乎处处收敛这两个概念是互不包含的.

例 5 · 5 · 2 设 $E = (0,1]$，$\{f_n(x)\}$ 是 § 4 · 6 例 4 · 6 · 2 中所作的函数列(4 · 6 · 1)，$f(x) \equiv 0$. 显然诸 $f_n(x)$ 及 $f(x)$ 是 E 上的 p 幂可积函数，并且

$$\lim_{n \to \infty} \int_E |f_n - f|^p \mathrm{d}x = 0,$$

但 $\{f_n(x)\}$ 在 E 上处处不收敛.

下面我们来讨论在 p 幂可积函数类中以特殊函数“p 幂平均逼近”一般函数的问题.

引理 2 若 $f(x)$ 是 E 上的 p 幂可积函数，则存在一列 E 上的有界可测函数 $\{f_n(x)\}$，使在 E 上 $\{f_n(x)\}$ p 幂平均收敛于 $f(x)$.

证明 相应于每个自然数 n，作函数

$$f_n(x) = \begin{cases} f(x), & \text{当 } x \in E[|f| < n] \text{ 时}, \\ 0, & \text{当 } x \in E[|f| \geqslant n] \text{ 时}. \end{cases}$$

显然对每个 $x \in E[|f| < \infty]$，$f_n(x) \to f(x)$ $(n \to \infty)$.
又 $mE[|f| = \infty] = 0$，故 $f_n(x) - f(x) \to 0$ a. e. 于 E，

从而　　$|f_n(x)-f(x)|^p \to 0$　a. e. 于 E.

显然　　$|f_n(x)-f(x)|^p \leqslant |f(x)|^p$,

由 Lebesgue 控制收敛定理的系即知

$$\lim_{n\to\infty}\int_E |f_n-f|^p \mathrm{d}x = 0. \blacksquare$$

定理 2　若 $f(x)$ 是 E 上的 p 幂可积函数,则存在一列 R^N 上的连续函数 $\{g_n(x)\}$,使在 E 上 $\{g_n(x)\}$ p 幂平均收敛于 $f(x)$.

证明　我们只需证:对任意 $\varepsilon>0$,恒存在 R^N 上的连续函数 $g(x)$,使

$$\int_E |f-g|^p \mathrm{d}x < \varepsilon.$$

由引理 1 知存在 E 上的有界可测函数 $\hat{f}(x)$ 使

$$\int_E |f-\hat{f}|^p \mathrm{d}x < \frac{\varepsilon}{2^{p+1}}.$$

自然可取一正实数 M 使在 E 上 $|\hat{f}(x)| \leqslant M$.

由 §4·7 定理 3 及其后面的注知,存在 R^N 上的连续函数 $g(x)$ 及 E 的可测子集 E_1 使

(i) $m(E\setminus E_1) < \dfrac{\varepsilon}{2^{2p+1}\cdot M^p}$,

(ii) 在 E_1 上 $g(x)=\hat{f}(x)$,

(iii) 在 R^N 上 $|g(x)| \leqslant M$.

于是

$$\int_E |\hat{f}-g|^p \mathrm{d}x = \int_{E\setminus E_1} |\hat{f}-g|^p \mathrm{d}x \leqslant \int_{E\setminus E_1} (2M)^p \mathrm{d}x$$

$$= (2M)^p \cdot m(E\setminus E_1) < \frac{\varepsilon}{2^{p+1}}.$$

由于在 E 上几乎处处有

$$|f(x)-g(x)|^p \leqslant 2^p(|f(x)-\hat{f}(x)|^p + |\hat{f}(x)-g(x)|^p),$$

所以

$$\int_E |f-g|^p dx \leqslant 2^p\left(\int_E |f-\hat{f}|^p dx+\int_E |\hat{f}-g|^p dx\right)$$

$$<2^p\left(\frac{\varepsilon}{2^{p+1}}+\frac{\varepsilon}{2^{p+1}}\right)=\varepsilon. \blacksquare$$

定理 3 若 $f(x)$ 是闭区间$[a,b]$上的 p 幂可积函数,则存在一列多项式$\{p_n(x)\}$,使在$[a,b]$上$\{p_n(x)\}$ p 幂平均收敛于 $f(x)$.

根据定理 2 及 Weierstrass 多项式逼近定理不难证明定理 3(留作习题).

* §5·6 Lebesgue—Stieltjes 积分·抽象可测函数的积分

5·6·1 L—S **可测函数及** L—S **积分**

§4·7已经建立了 R^N 中关于分布函数 $\alpha(x)$ 的 L—S 可测集(即 α—可测集)以及 L—S 测度 m_α 的概念. 这里 §5·6 中 5·6·1 的讨论建筑在 §4·7 的基础之上.

定义 1 设 $f(x)$ 是 α—可测集 E 上的函数. 若对于任何实数 a,点集 $E[f>\alpha]$ 都是 α—可测集,就称 $f(x)$ 是 E 上**关于 $\alpha(x)$ 的 L—S 可测函数**,简称 E 上的 **α—可测函数**.

把 §4·3 定义 1 中的"可测"改为"α—可测",便得到 E 上 **α—简单函数**的定义.

第四章中其他定义以及所有定理、命题、系都可以推广到 α—可测函数上来. 一般只需把原表述(包括证明)中的"m^*","m","可测"改成"m_α^*","m_α""α—可测"就可以了,需要特别注意的是: §4·3 中 4·3·3 的几个结论,还要把原表述(包括证明)中"下方图是 R^{N+1} 中 L 可测集"的提法改成"下方图是 $R^N\times R^1$ 中关于分布函数 $\alpha(x)\cdot z((x,z)\in R^N\times R^1)$ 的 L—S 可测集".

定义 2　设 $\varphi(x)$ 是 E 上的非负 α－简单函数，$\varphi(x)$ 的标准初等分解为

$$\varphi(x)=\sum_{i=1}^{n}c_i\cdot\chi_{e_i}(x),$$

我们把和数 $\sum_{i=1}^{n}c_i m_\alpha e_i$ 称为 $\varphi(x)$ 在 E 上**关于** $\alpha(x)$ **的** L－S **的积分**，简称 $\varphi(x)$ 在 E 上的 α－**积分**，记作 $\int_E\varphi(x)\mathrm{d}\alpha(x)$（或 $\int_E\varphi\mathrm{d}\alpha$）. 当此积分为有限数时，称 $\varphi(x)$ 在 E 上**关于** $\alpha(x)$L－S **可积**，简称 $\varphi(x)$ 在 E 上 α－**可积**.

把 §5·1 定义 2 及定义 3 中的"可测"、"积分"、"可积"改成"α－可测"、"α－积分"、"α－可积"，并把积分记号中的 $\mathrm{d}x$ 改成 $\mathrm{d}\alpha(x)$，便得到（非负、一般）α－可测函数 $f(x)$ 在 E 上**关于** $\alpha(x)$ **的** L－S **积分**以及**关于** $\alpha(x)$ L－S **可积**的定义.

本章 §5·1、§5·3 所述的积分诸性质都可以推广到关于 $\alpha(x)$ 的L－S 积分上来. 一般只需把原表述（包括证明）中的符号和术语（"m"、"积分"等）加上"α"的标记（改为"m_α"，"α－积分"等）即可，需要特别注意的是：凡涉及下方图的测度之处，要把"下方图（作为 R^{N+1} 中的L可测集）的L测度"的提法改为"下方图（作为 $R^N\times R^1$ 中关于 $(\alpha\times\beta)(x,z)\equiv\alpha(x)\cdot z$ 的 L－S 可测集）的 $\alpha\times\beta$－测度".

相应于 §5·4 的定理，这里有下面的两个定理.

定理 1　设 $\alpha(x)$，$\beta(y)$ 分别是 R^p，R^q 上的分布函数，记 $R^p\times R^q$ 上的函数 $\alpha(x)\cdot\beta(y)$ 为 $(\alpha\times\beta)(x,y)$. 若 E 是 $R^p\times R^q$ 中的 $\alpha\times\beta$－可测集，则

$$m_{\alpha\times\beta}E=\int_{R^p}m_\beta E_x\,\mathrm{d}\alpha(x).$$

定理 2　设 $\alpha(x)$、$\beta(y)$ 分别是 R^p、R^q 上的分布函数，记 $R^p\times R^q$ 上的函数 $\alpha(x)\cdot\beta(y)$ 为 $(\alpha\times\beta)(x,y)$. 若 $f(x,y)$ 是 $R^p\times R^q$ 上的非负 $\alpha\times\beta$－

可测函数(或 $R^p \times R^q$ 上的 $\alpha\times\beta$－可积函数),则

$$\int_{R^p\times R^q} f(x,y)\mathrm{d}(\alpha\times\beta)(x,y) = \int_{R^p}\mathrm{d}\alpha\ (x)\int_{R^q} f(x,y)\mathrm{d}\beta(y).$$

此二定理的证明与 §5・4 相应的定理类似.

5・6・2　抽象可测函数及其积分

这里 §5・6・2 的讨论建筑在 §4・8 抽象测度理论的基础之上.

定义 3　设(X,S) 是可测空间,$E\in\mathsf{S}$,$f(x)$ 是 E 上的函数. 若对于任何实数 a,集合 $E[f>a]$ 都是(X,S) 中的可测集(即 $E[f>a]\in\mathsf{S}$),就称 $f(x)$ 是 E 上**关于 S 的可测函数**.

把 §4・3 定义 1 的表述在可测空间(X,S) 的意义下来解释(即把可测集解释为属于 S 的集),便得到 E 上**关于 S 的简单函数**的定义.

§4・2、§4・3 的诸定理、命题、系以及 §4・4 的定理1,2,3都可以推广到上述关于S的可测函数上来. 一般只需把原表述(包括证明) 在(X,S) 的意义下来解释就可以了,需要特别注意的是: §4・3 中 4・3・3 的几个结论,还要把原表述(包括证明) 中"下方图是 R^{N+1} 中 L 可测集"的提法改成"下方图是乘积可测空间$(X\times R^1,\mathsf{S}\times\mathrm{L})$ 中的可测集(其中 L 是 R^1 中的 Lebesgue 可测集类)".

设(X,S) 是可测空间,μ 是S上的一个完全测度. 此时, §4・4 定理 4、§4・5 Egoroff 定理以及 §4・6 依测度收敛的定义和结论都可以推广到关于 S 的可测函数上来. 这只需把原表述(包括证明) 中的 m 改成 μ,并在(X,S,μ) 的意义下来解释即可.

定义 4　设(X,S,μ) 是测度空间,$E\in\mathsf{S}$,$\varphi(x)$ 是 E 上关于 S 的非负简单函数,$\varphi(x)$ 的标准初等分解为

$$\varphi(x) = \sum_{i=1}^{n} c_i \cdot \chi_{e_i}(x),$$

我们把和数 $\sum\limits_{i=1}^{n} c_i\mu(e_i)$ 称为 $\varphi(x)$ 在 E 上**关于测度 μ 的积分**,记作

$\int_E \varphi(x)\mathrm{d}\mu$(或$\int_E \varphi \mathrm{d}\mu$). 当此积分为有限数时,称 $\varphi(x)$ 在 E 上**关于测度 μ 可积.**

把 §5·1定义2及定义3的表述在测度空间(X,S,μ)的意义下来解释(积分记号中的 $\mathrm{d}x$ 改为 $\mathrm{d}\,\mu$),便得到关于 S 的(非负、一般)可测函数 $f(x)$ 在 E 上**关于测度 μ 的积分**以及**关于测度 μ 可积**的定义.

设(X,S,μ) 是全 σ－有限的完全测度空间. 此时, §5·1、§5·3 所述的积分诸性质都可以推广到上述(X,S,μ) 意义下的积分上来,一般只需把原表述(包括证明)中的 $\mathrm{d}x$ 改为 $\mathrm{d}\mu$ 并在(X,S,μ) 的意义下来解释即可,需要特别注意的是:凡涉及下方图的测度之处,要把"下方图(作为 R^{N+1} 中的 L 可测集)的 L 测度"的提法改成"下方图(作为乘积测度空间$(X\times R^1,\mathsf{S}\times\mathrm{L},\mu\times m)$ 中的可测集)的 $\mu\times m$ 测度".

相应于 §5·4 的定理,这里有下面的两个定理.

定理 3　设(X,S,μ),(Y,T,ν) 是两个全 σ－有限的完全测度空间,它们的完全乘积测度空间为$(X\times Y,\widehat{\mathsf{S}\times\mathsf{T}},\widehat{\mu\times\upsilon})$. 若 $E\in\widehat{\mathsf{S}\times\mathsf{T}}$,则

$$\widehat{\mu\times\nu}(E)=\int_X \nu(E_x)\mathrm{d}\mu.$$

这个定理的证明很繁琐,我们就略去了.

定理 4　设(X,S,μ)、(Y,T,ν) 及$(X\times Y,\widehat{\mathsf{S}\times\mathsf{T}},\widehat{\mu\times\nu})$ 的意义如定理 3. 若 $f(x,y)$ 是 $X\times Y$ 上关于$\widehat{\mathsf{S}\times\mathsf{T}}$的非负可测函数(或 $X\times Y$ 上关于$\widehat{\mu\times\nu}$ 的可积函数),则

$$\int_{X\times Y} f(x,y)\mathrm{d}(\widehat{\mu\times\nu})=\int_X \mathrm{d}\mu\int_Y f(x,y)\mathrm{d}\nu.$$

这个定理的证明类似于 §5·4 定理 2(定理 3).

习　题　五

1. 若 $mE<\infty$, $f(x)$ 是 E 上的有界可测函数,则 $f(x)$ 在 E 上可积.

2. 设 $mE<\infty$, $f(x)$ 是 E 上的可测函数,且在 E 上 $b<f(x)<B$(b,B 是二实常数). 作 $[b,B]$ 的划分

$$T: b=y_0<y_1<\cdots<y_{n-1}<y_n=B,$$

记 $d(T)=\max\limits_{1\leqslant k\leqslant n}(y_k-y_{k-1})$, $E_k=E[y_{k-1}\leqslant f<y_k]$. 任取 $\xi_k\in[y_{k-1},y_k]$,作和数

$$S(T,f)=\sum_{k=1}^{n}\xi_k\cdot mE_k.$$

证明 $\lim\limits_{d(T)\to 0}S(T,f)=\int_E f(x)\mathrm{d}x$.

3. 设 $mE<\infty$, $f(x)$ 是 E 上的可测函数,证明 $f(x)$ 在 E 上可积的充要条件是 $\sum\limits_{n=1}^{\infty}mE[|f|\geqslant n]<\infty$. 问 $mE=\infty$ 时此命题是否成立?

4. 设 $f(x)$ 在 E 上可积. 若对于 E 上的任何有界可测函数 $g(x)$ 都有

$$\int_E f(x)g(x)\mathrm{d}x=0,$$

则 $f(x)=0$, a.e. 于 E.

5. 设 $mE<\infty$, $f(x)$ 在 E 上可积. 若 $E_n\subset E(n=1,2,\cdots)$, $\lim\limits_{n\to\infty}mE_n=mE$,则

$$\lim_{n\to\infty}\int_{E_n}f(x)\mathrm{d}x=\int_E f(x)\mathrm{d}x.$$

6. 把上题中的"$f(x)$ 在 E 上可积"改为"$f(x)$ 在 E 上有积分",还成立吗?

7. 设 $f(x)$ 在 E 上可积，证明 $\lim\limits_{n\to\infty} n\cdot mE[|f|\geqslant n]=0$.

8. 设 $f(x)$ 是 E 上有积分的函数，并且对任意 $\varepsilon>0$，总存在 $\delta>0$，使当 $me<\delta(e\subset E)$ 时恒有 $\left|\int_e f(x)\mathrm{d}x\right|<\varepsilon$（即 $f(x)$ 的积分具有绝对连续性）. 证明当 $mE<\infty$ 时 $f(x)$ 必为 E 上的可积函数. 问当 $mE=\infty$ 时如何？

9. 设 $E_1,E_2,\cdots,E_n$ 是$[0,1]$的可测子集，$[0,1]$的每个点都至少属于这 n 个子集中的 p 个. 证明 $E_1,E_2,\cdots,E_n$ 中至少有一个其测度不小于 $\frac{p}{n}$.

10. 设 $E=[a,b]$，$f(x)$ 在 E 上可积，α 是一个常数，$0<\alpha<mE$. 若对 E 的每个测度等于 α 的子集 A 恒有 $\int_A f(x)\mathrm{d}x=0$，则 $f(x)=0$, a. e. 于 E.

11. 设 $f(x)$ 是在$[a,b]$上处处取正值的可积函数，常数 q 满足 $0<q\leqslant b-a$. 记 $M=\{e\,|\,e\subset[a,b],me\geqslant q\}$. 证明

$$\inf_{e\in M}\left\{\int_e f(x)\mathrm{d}x\right\}>0.$$

12. 利用 Lebesgue 积分的性质证明：若 $f(x)$ 是在$[a,b](a<b)$上处处取正值的 Riemann 可积函数，则

$$(\mathrm{R})\int_a^b f(x)\mathrm{d}x>0.$$

如果不利用实变函数论中的结论，如何证明？

13. 一致收敛的 R 可积函数列，其极限函数也 R 可积.

14. 设 $f(x)$ 是$[a,b]$上的有界函数，则 $f(x)$ 的不连续点的全体是 F_σ 型集.

15. 设 $g(x)$ 在$[a,b]$上 R 可积，$g([a,b])\subset[\alpha,\beta]$，$f(y)$ 在$[\alpha,\beta]$上连续，证明 $f(g(x))$ 在$[a,b]$上 R 可积. 若 $g(x)$ 在$[a,b]$上连续，$g([a,b])\subset[\alpha,\beta]$，$f(y)$ 在$[\alpha,\beta]$上 R 可积，此时 $f(g(x))$

在$[a,b]$上未必R可积.试举例说明之.

16. 若$f(x)$在$[0,+\infty)$上可积且一致连续,则$\lim\limits_{x\to+\infty}f(x)=0$.

17. 试从$\dfrac{1}{1+x}=(1-x)+(x^2-x^3)+(x^4-x^5)+\cdots(0<x<1)$,推证$\ln 2=1-\dfrac{1}{2}+\dfrac{1}{3}-\dfrac{1}{4}+\cdots$

18. 利用逐项积分定理计算

$$\int_0^1\frac{\ln(1-x)}{x}\mathrm{d}x.$$

19. 设$\{f_n(x)\}$是E上的可积函数列,在E上

$$f_1(x)\geqslant f_2(x)\geqslant f_3(x)\geqslant\cdots$$

若

$$\inf_n\int_E f_n\mathrm{d}x>-\infty,$$

则$\{f_n(x)\}$必在E上处处收敛于一个可积函数$f(x)$,并且

$$\lim_{n\to\infty}\int_E f_n\mathrm{d}x=\int_E f\mathrm{d}x.$$

20. 若$f_n(x)(n=1,2,\cdots)$在E上非负可测并且$f_n(x)\downarrow f(x)$,问是否 $\lim\limits_{n\to\infty}\int_E f_n(x)\mathrm{d}x=\int_E f(x)\mathrm{d}x$?

21. 设$\{f_n(x)\}$是E上的可测函数列.若

$$\int_E|f_n|\mathrm{d}x<\frac{1}{2^n}\ (n=1,2,\cdots),$$

则存在E上的可积函数$f(x)$,使

$$\sum_{n=1}^{\infty}f_n(x)=f(x),\text{a. e. 于 }E.$$

22. 设$f(x)$在E上有积分,相应于每个自然数n作E上的函数

$$[f(x)]_n=\begin{cases}f(x), & \text{当 } x\in E[|f|<n]\text{ 时},\\ n, & \text{当 } x\in E[f\geqslant n]\text{ 时},\\ -n, & \text{当 } x\in E[f\leqslant -n]\text{ 时},\end{cases}$$

证明　$\lim\limits_{n\to\infty}\int_E [f(x)]_n \mathrm{d}x = \int_E f(x)\mathrm{d}x.$

23. 设 $f(x)$ 在 E 上有积分，令

$$R_n = \{(x_1, x_2, \cdots, x_N) \mid -n \leqslant x_n \leqslant n,\ i = 1,2,\cdots,N\}$$
$$(n = 1,2,\cdots),$$

证明

$$\lim_{n\to\infty}\int_{E\cap R_n} f(x)\mathrm{d}x = \int_E f(x)\mathrm{d}x.$$

24. 设在 E 上 $f_n(x) \Rightarrow f(x)$. 若 $\sup\limits_n \int_E |f_n| \mathrm{d}x < \infty$，则 $f(x)$ 在 E 上可积.

25. 设 $f_n(x)(n = 1,2,\cdots)$ 及 $f(x)$ 都在 E 上可积. 若 $\lim\limits_{n\to\infty} f_n(x) = f(x)$，a. e. 于 E，并且

$$\lim_{n\to\infty}\int_E |f_n| \mathrm{d}x = \int_E |f| \mathrm{d}x,$$

则对于 E 的每个可测子集 A 恒有

$$\lim_{n\to\infty}\int_A |f_n| \mathrm{d}x = \int_A |f| \mathrm{d}x.$$

26. 证明 $\lim\limits_{n\to\infty}$(广义 R)$\int_0^{+\infty} \left(1 + \dfrac{x}{n}\right)^{-n} x^{-\frac{1}{n}} \mathrm{d}x = 1.$

27. 证明(广义 R)$\int_0^{+\infty} \dfrac{\sin t}{\mathrm{e}^t - x}\mathrm{d}t = \sum\limits_{n=1}^{\infty} \dfrac{x^{n-1}}{n^2 + 1}\ (-1 \leqslant x \leqslant 1).$

28. 设 $f(x)$ 是区间 $[0,a]$ 上的可积函数. 证明对每个 $t \in [0,a]$，下面的等式恒成立

$$\lim_{x\to+\infty}\sum_{k=1}^{\infty}\frac{(-1)^{k-1}}{k!}\int_0^a \mathrm{e}^{kx(t-\tau)} f(\tau)\mathrm{d}\tau = \int_0^t f(\tau)\mathrm{d}\tau.$$

29. 由 Fatou 引理直接推出 §5·3 系 2′.

30. 不利用 §5·3 中的结论，根据 Egoroff 定理来证明 §5·3 系 3.

31. 设 $mE < \infty$，$\{f_n(x)\}$ 是 E 上的可测函数列. 证明在 E 上

$f_n(x)\Rightarrow 0$ 的充要条件是

$$\lim_{n\to\infty}\int_E \frac{|f_n(x)|}{1+|f_n(x)|}\mathrm{d}x = 0.$$

32. 设函数 $f(x,t)$ 在 $\{(x,t)\mid a\leqslant x\leqslant b,\alpha\leqslant t\leqslant\beta\}$ 上有界，并设对任何固定的 $t_0\in[\alpha,\beta]$，$f(x,t_0)$ 作为 x 的函数在 $[a,b]$ 上可测，对任何固定的 $x_0\in[a,b]$，$f(x_0,t)$ 作为 t 的函数在 $[\alpha,\beta]$ 上连续. 令

$$g(t) = \int_a^b f(x,t)\mathrm{d}x \quad (\alpha\leqslant t\leqslant\beta),$$

问 $g(t)$ 是否在 $[\alpha,\beta]$ 上连续?为什么?

33. 设 $\{f_n(x)\}$ 是 E 上的可积函数列. 若

$$\lim_{\substack{n\to\infty\\ m\to\infty}}\int_E |f_n(x)-f_m(x)|\,\mathrm{d}x = 0,$$

则 $f_1(x),f_2(x),f_3(x),\cdots$ 的积分具有等度的绝对连续性.

34. 设 $mE<\infty$，$f_n(x)(n=1,2,\cdots)$ 及 $f(x)$ 都是 E 上的非负可积函数. 若 $\lim\limits_{n\to\infty}f_n(x) = f(x)$ a. e. 于 E，并且

$$\lim_{n\to\infty}\int_E f_n(x)\mathrm{d}x = \int_E f(x)\mathrm{d}x, \qquad \text{则}$$

$$\lim_{n\to\infty}\int_E |f_n(x)-f(x)|\,\mathrm{d}x = 0.$$

35. 把上题中的条件“$mE<\infty$”去掉，仍然成立. 试证明之.

36. 设 $f(x)$ 是 R^N 上有积分的函数. 若 $f(x)$ 的积分具有绝对连续性，问 $|f(x)|$ 的积分是否也具有绝对连续性?

37. 设 $f(x)$ 是 R^1 上有积分的函数. 若对任意 $\varepsilon>0$，总存在 $\delta>0$，使得:当 R^1 中有限个两两无交的开区间 $\{I_i\}$ 满足 $\sum\limits_i |I_i|<\delta$ 时(不论 $\{I_i\}$ 的取法如何) 恒有

$$\left|\int_{\bigcup\limits_i I_i} f(x)\mathrm{d}x\right|<\varepsilon,$$

则 $f(x)$ 的积分具有绝对连续性.

38. 若 E_1 是 R^p 中的不可测集，E_2 是 R^q 中的不可测集，则 $E_1 \times E_2$ 是 R^{p+q} 中的不可测集.

39. 若 $E \subset R^p \times R^q$，E 相应于每个 $x \in R^p$ 的截面 E_x 都是 R^q 中的可测集，问 E 是否 $R^p \times R^q$ 中的可测集？为什么？

40. 设 A 是 R^p 中的可测集，B 是 R^q 中的任一点集，证明 $m^*(A \times B) = mA \times m^* B$.

41. 若 $f(x)$ 在 R^p 上可积，$g(y)$ 在 R^q 上可积，则 $f(x) \cdot g(y)$ 在 $R^p \times R^q$ 上可积.

42. 设在 $E = \{(x,y) \mid -1 \leqslant x \leqslant 1, -1 \leqslant y \leqslant 1\}$ 上

$$f(x,y) = \begin{cases} \dfrac{xy}{(x^2+y^2)^2}, & x^2+y^2>0 \text{ 时}, \\ 0, & x^2+y^2=0 \text{ 时}. \end{cases}$$

证明 $f(x,y)$ 在 E 上不可积，但两个累次积分都存在并且相等.

43. 设 $\lambda(x)$ 在 $[a,b]$ 上可积，$f(x) = \int_a^x \lambda(t)\mathrm{d}t (a \leqslant x \leqslant b)$；又设 $\mu(x)$ 在 $[a,b]$ 上可积，$g(x) = \int_a^x \mu(t)\mathrm{d}t (a \leqslant x \leqslant b)$. 利用 Fubini 定理证明下面的分部积分公式成立

$$\int_a^b f(x)\mu(x)\mathrm{d}x = f(x)g(x)\Big|_a^b - \int_a^b g(x)\lambda(x)\mathrm{d}x.$$

44. 若 $f(x)$ 在 E 上可积，问 $[f(x)]^2$ 是否在 E 上可积？

45. 设 $mE < \infty$，

(a) $\{f_n(x)\}$ 是 E 上的可测函数列，

(b) 存在 E 上的 p 幂可积函数 $F(x)$ 使 $|f_n(x)| \leqslant F(x)$，a. e. 于 $E(n=1,2,\cdots)$，

(c) 在 E 上 $f_n(x) \Rightarrow f(x)$.

证明在 E 上 $\{f_n(x)\}$ p 幂平均收敛于 $f(x)$.

46. 设 $f(x)$ 是区间 $[a,b]$ 上的 p 幂可积函数 $(p \geqslant 1)$. 证明：

(i) 存在有理系数多项式列 $\{p_n(x)\}$，它在 $[a,b]$ 上 p 幂平均

收敛于 $f(x)$；

(ii) 存在$[a,b]$上的阶梯函数列$\{s_n(x)\}$，它在$[a,b]$上 p 幂平均收敛于 $f(x)$.

47. 设$\delta>0$，$f(x)$在$[a,b]\cup(b,b+\delta]$上可积，则

$$\lim_{h\to 0+}\int_a^b |f(x+h)-f(x)|\,dx=0.$$

48. 设$f(x)$与$g(x)$都是E上的平方可积函数(即2幂可积函数). 证明：

(i) $f(x)g(x)$ 在 E 上可积，并且

$$\left|\int_E f(x)g(x)\,dx\right|\leqslant\left(\int_E |f(x)|^2dx\right)^{\frac{1}{2}}\cdot\left(\int_E |g(x)|^2dx\right)^{\frac{1}{2}};$$

(ii) $$\left(\int_E |f(x)+g(x)|^2dx\right)^{\frac{1}{2}}\leqslant\left(\int_E |f(x)|^2dx\right)^{\frac{1}{2}}+\left(\int_E |g(x)|^2dx\right)^{\frac{1}{2}}.$$

49. 设 $mE<\infty$，$\{f_n(x)\}$ 是 E 上的可测函数列，满足条件 $\sup\limits_n\int_E |f_n(x)|^2dx<\infty$. 又设在$E$上$f_n(x)\Rightarrow f(x)$. 证明 $f(x)$ 是 E上的平方可积函数，并且对E上的任何平方可积函数$g(x)$都有

$$\lim_{n\to\infty}\int_E f_n(x)g(x)\,dx=\int_E f(x)g(x)\,dx.$$

50. 设 $\alpha_1(x)$，$\alpha_2(x)$ 是 R^1 上的两个分布函数，相应于每个半开区间$(a,b]$ 恒有 $\alpha_1(b)-\alpha_1(a)\leqslant\alpha_2(b)-\alpha_2(a)$. 证明：

(i) 若 $f(x)$ 是 R^1 上的 α_2 —可测函数，则 $f(x)$ 也是 R^1 上的 α_1 —可测函数.

(ii) 若 $f(x)$ 在 R^1 上是 α_2 —可积的，则 $f(x)$ 在 R^1 上也是 α_1 —可积的.

第六章　微分与 Lebesgue 不定积分 · Riemann — Stieltjes 积分

本章所说函数均指 R^1 中正长度闭区间上的函数. 在 §6·1～§6·3 中凡说到测度、可测函数、积分，均指在 Lebesgue 意义之下.

§6·1　单调函数的微分性质

我们约定，今后凡说到单调函数均指有限单调函数. 单调函数是一类常用函数，L—S 测度及积分理论必须用到它，下一节讨论有界变差函数也要用到它.

本节主要是利用 Lebesgue 测度来讨论单调函数的微分性质. 作为预备知识，我们先介绍 Vitali 复盖定理及列导数概念.

6·1·1　Vitali 复盖定理

定义 1　设 $E \subset R^1$，V 是一族长度为正数的闭区间. 若对于每个 $x \in E$，总存在 V 中的一列闭区间 $\{I_n\}$，使

$$x \in I_n (n = 1, 2, \cdots), mI_n \to 0,$$

就称 V 是 E 的 **Vitali 复盖**.

引理 1　设 I 与 J 是 R^1 中二闭区间，J 的中点恰为 I 的中点且 $|J| = 5|I|$. 若闭区间 $\hat{I}$ 与 I 相交且 $|\hat{I}| < 2|I|$，则 $\hat{I} \subset J$.

定理 1　(**Vitali 复盖定理**) 设 E 是 R^1 中的有界集，V 是 E 的 Vitali 复盖，则可以从 V 中选出有限个或可列个两两无交的闭区间 $\{I_i\}$ 使

$$m(E \setminus \bigcup_i I_i) = 0. \qquad (6 \cdot 1 \cdot 1)$$

证明 取包含E的任一开区间Δ作为基本集.不难看出,把V中凡不完全含于Δ的闭区间除去,所得到的V_0仍是E的Vitali复盖.

第一步 选出定理所说的$\{I_i\}$:

任取闭区间$I_1 \in V_0$.若I_1满足(1)则定理得证,否则

$\{I | I \in V_0, I \cap I_1 = \varnothing\}$不空,

令 $\quad r_1 = \sup\{mI | I \in V_0, I \cap I_1 = \varnothing\}$,

则$0 < r_1 < \infty$,故可选出$I_2 \in V_0$使$mI_2 > \frac{1}{2} r_1$且$I_2 \cap I_1 = \varnothing$.

若$\{I_1, I_2\}$满足(6·1·1)式则定理得证,否则再继续作下去.一般地,若$I_1, I_2, \cdots, I_n$已从V_0中选出而不满足(6·1·1)式,则

$$\{I | I \in V_0, I \cap I_i = \varnothing (i = 1, 2, \cdots, n)\}$$

不空,令

$$r_n = \sup\{mI | I \in V_0, I \cap I_i = \varnothing (i = 1, 2, \cdots, n)\},$$

则$0 < r_n < \infty$,故可选出$I_{n+1} \in V_0$使

$$mI_{n+1} > \frac{r_n}{2} \text{ 且 } I_{n+1} \cap I_i = \varnothing, i = 1, 2, \cdots, n.$$

若经过有限步后所选出的诸闭区间能满足(6·1·1)式,定理便得证;否则,就会得到一列闭区间$\{I_i\}$.

第二步 证上述的闭区间列$\{I_i\}$满足(6·1·1)式:

诸I_i两两无交,故$\sum_{i=1}^{\infty} mI_i = m \bigcup_{i=1}^{\infty} I_i \leqslant m\Delta < \infty$.对每个$I_i \in \{I_i\}$,以$I_i$的中点为中心扩大$I_i$成闭区间$J_i$使$mJ_i = 5\, mI_i$,则级数$\sum_{i=1}^{\infty} mJ_i$收敛.我们来证明对任何自然数$k$恒有

$$E \setminus \bigcup_{i=1}^{\infty} I_i \subset \bigcup_{i=k}^{\infty} J_i$$

(从而立即可知(6·1·1)成立):

设 $x \in E \setminus \bigcup_{i=1}^{\infty} I_i$. 对任意给定的自然数 k，必存在 $I_x^k \in \mathsf{V}_0$，使

$$x \in I_x^k \text{ 且 } I_x^k \cap I_i = \varnothing, i = 1,2,\cdots,k.$$

下证存在 $n > k$ 使 $I_x^k \cap I_n \neq \varnothing$：

假如对任何 $n > k$ 总有 $I_x^k \cap I_n = \varnothing$，则由 r_n 的定义知 $mI_x^k \leqslant r_n$. 由 $r_n < 2mI_{n+1}$ 及 $\sum_{i=1}^{\infty} mI_i < \infty$ 知 $r_n \to 0$，故 $mI_x^k = 0$. 这与 V_0 是正长度闭区间族矛盾.

设 $n_0 = \min\{n \mid n \in \mathsf{N},\ I_x^k \cap I_n \neq \varnothing\}$，则

$$n_0 > k \text{ 且 } I_x^k \cap I_i = \varnothing, \quad i = 1,2,\cdots,n_0 - 1,$$

由 r_{n_0-1} 的定义知 $mI_x^k \leqslant r_{n_0-1}$，而 $r_{n_0-1} < 2mI_{n_0}$，又 $I_x^k \cap I_{n_0} \neq \varnothing$，由引理 1 便知 $I_x^k \subset J_{n_0}$. 于是

$$I_x^k \subset \bigcup_{i=k}^{\infty} J_i, \qquad x \in \bigcup_{i=k}^{\infty} J_i.$$

这就证明了

$$E \setminus \bigcup_{i=1}^{\infty} I_i \subset \bigcup_{i=k}^{\infty} J_i.$$

由 k 的任意性及级数 $\sum_{i=1}^{\infty} mJ_i$ 收敛立即知

$$m(E \setminus \bigcup_{i=1}^{\infty} I_i) = 0. \ \blacksquare$$

定理 1 的结论是说：可以从 V 中选出有限个或可列个两两无交的闭区间 $\{I_i\}$ 几乎复盖 E（即除了一个零测度子集外 $\bigcup_i I_i$ 复盖 E）.

6·1·2　列导数

定义 2　设 $f(x)$ 是 $[a,b]$ 上的有限函数，$x_0 \in [a,b]$. 若某一趋于 0 的数列 $\{h_n\}$（$h_n \neq 0, x_0 + h_n \in [a,b]$）使

$$\lim_{n\to\infty} \frac{f(x_0 + h_n) - f(x_0)}{h_n} = \lambda$$

（λ 为有限数或 $\pm\infty$），就称 λ 是 $f(x)$ 在 x_0 相应于 $\{h_n\}$ 的**列导数**，

记作 $f'_{(h_n)}(x_0)$(有时只说 λ 是 $f(x)$ 在 x_0 的一个列导数而不指出是相应于$\{h_n\}$ 的).

例 6·1·1 $\left[-\frac{1}{\pi},\frac{1}{\pi}\right]$上的函数

$$f(x)=\begin{cases}x\sin\frac{1}{x}, & x\neq 0\text{ 时},\\ 0, & x=0\text{ 时},\end{cases}$$

在 $x=0$ 点的所有列导数为$\{\lambda \mid -1\leqslant\lambda\leqslant 1\}$.

命题 1 设 $f(x)$ 是$[a,b]$上的有限函数,则对任何 $x_0\in[a,b]$, $f(x)$ 在 x_0 点至少有一个列导数.

证明 设 $x_0\in[a,b]$,则存在数列$\{h_n\}$,使 $h_n\to 0, h_n\neq 0$ 且 $x_0+h_n\in[a,b]$. 记

$$\sigma_n=\frac{f(x_0+h_n)-f(x_0)}{h_n}.$$

若数列$\{\sigma_n\}$有界,则存在子列$\{\sigma_{n_k}\}$收敛于某数λ,λ就是$f(x)$在x_0点的一个列导数;若数列$\{\sigma_n\}$无界,不妨设上无界,则存在子列$\{\sigma_{n_k}\}$趋于$+\infty$,$+\infty$就是 $f(x)$ 在 x_0 点的一个列导数. ▌

定义 3 设 $f(x)$ 是$[a,b]$上的有限函数,$x_0\in[a,b]$. 若极限

$$\lim_{\Delta x\to 0}\frac{f(x_0+\Delta x)-f(x_0)}{\Delta x}$$

存在(为有限数或$\pm\infty$),就称此极限值为 $f(x)$ 在 x_0 的**导数**,记作 $f'(x_0)$. 若 $f(x)$ 在 x_0 存在有限的导数,就称 $f(x)$ 在 x_0 **可微**.

定理 2 设 $f(x)$ 是$[a,b]$上的有限函数,$x_0\in[a,b]$,则 $f(x)$ 在 x_0 点存在(有限或无限) 导数的充要条件是 $f(x)$ 在 x_0 点的所有列导数为同一个数.

证明 必要性:由导数的定义立即可知.

充分性:设 $f(x)$ 在 x_0 的所有列导数均为 λ,又设 λ 为有限数(若 λ 为$\pm\infty$ 可类似地进行证明),来证 $f(x)$ 在 x_0 的导数为 λ. 假若 λ 不是 $f(x)$ 在 x_0 的导数,则存在 $\varepsilon_0>0$ 及趋于 0 的数列$\{h_n\}$(h_n

$\neq 0, x_0 + h_n \in [a,b]$)，使

$$\sigma_n = \frac{f(x_0 + h_n) - f(x_0)}{h_n} \overline{\in} (\lambda - \varepsilon_0, \lambda + \varepsilon_0)(n = 1,2,\cdots). \tag{6·1·2}$$

由命题 1 的证明过程知，$\{\sigma_n\}$ 必有一子列趋于某个数 μ，μ 是 $f(x)$ 在 x_0 的一个列导数. 由式(6·1·2) 知 $\mu \neq \lambda$. 这与 $f(x)$ 在 x_0 的所有列导数均为 λ 相矛盾. ▌

6·1·3　单调函数的微分性质

关于单调函数的连续性，我们已经知道单调函数只可能有第一类不连续点或可去不连续点，并且不连续点至多为可列个. 下面来讨论单调函数的可微性.

引理 2　设 $f(x)$ 是$[a,b]$ 上的严格增函数，$E \subset [a,b]$.

(i) 设 p 是一个非负实数，若 $f(x)$ 在 E 的每个点 x 至少有一个列导数 $\lambda_x \leqslant p$，则

$$m^* f(E) \leqslant p \cdot m^* E;$$

(ii) 设 q 是一个非负实数，若 $f(x)$ 在 E 的每个点 x 至少有一个列导数 $\lambda_x \geqslant q$，则

$$m^* f(E) \geqslant q \cdot m^* E;$$

(iii) 若 $f(x)$ 在 E 的每个点 x 有一个列导数为 $+\infty$，则 $m^* E = 0$.

证明　(i) 设 $\varepsilon > 0$. 由 §3·2 定理 2 知存在开集 G 使

$$G \supset E, \quad mG \leqslant m^* E + \varepsilon.$$

对每个 $x_0 \in E$，由题设知可取出趋于 0 的数列$\{h_n\}$($h_n \neq 0$，$x_0 + h_n \in [a,b]$) 使

$$\lim_{n\to\infty} \frac{f(x_0 + h_n) - f(x_0)}{h_n} = \lambda_{x_0} \leqslant p$$

(对不同的 x_0，取出的$\{h_n\}$ 可能不同). 不妨设$\{h_n\}$ 的诸项同号(否则可取子列使诸项同号)，并且不妨认为诸 h_n 均为正数(若诸 h_n 均为负数可类似地进行证明). 记

$$I_n(x_0)=[x_0,x_0+h_n],\quad \Delta_n(x_0)=[f(x_0),\ f(x_0+h_n)].$$

则 $$mI_n(x_0)=h_n\to 0\quad(n\to\infty).$$

设 $p'>p$，易知当 n 充分大时

$$I_n(x_0)\subset G,\quad \frac{f(x_0+h_n)-f(x_0)}{h_n}<p'.$$

不妨设以上二关系式对每个自然数 n 都成立. 于是

$$m\Delta_n(x_0)<p'\cdot mI_n(x_0)\ (n=1,2,\cdots).$$

由此知 $m\Delta_n(x_0)\to 0(n\to\infty)$，由 $f(x)$ 严格增知 $\Delta_n(x_0)$ 是正长度闭区间，$f(x_0)\in\Delta_n(x_0)\ (n=1,2,\cdots)$，所以

$$\{\Delta_n(x_0)\mid n\in\mathbf{N},x_0\in E\}$$

是 $f(E)$ 的一个 Vitali 复盖. 由定理 1 知可选出有限个或可列个两两无交的闭区间 $\{\Delta_{n_i}(x_i)\}$ 使

$$m(f(E)\setminus\bigcup_i\Delta_{n_i}(x_i))=0.$$

显然诸 $I_{n_i}(x_i)$ 也两两无交，并且 $\bigcup_i I_{n_i}(x_i)\subset G$. 所以

$$\begin{aligned}m^*f(E)&\leqslant m\bigcup_i\Delta_{n_i}(x_i)=\sum_i m\Delta_{n_i}(x_i)\\&<p'\cdot\sum_i mI_{n_i}(x_i)=p'\cdot m\bigcup_i I_{n_i}(x_i)\\&\leqslant p'\cdot mG\leqslant p'(m^*E+\varepsilon).\end{aligned}$$

令 $\varepsilon\to 0,p'\to p$ 得

$$m^*f(E)\leqslant p\cdot m^*E.$$

(ii) 不妨设 $q>0$. 记

$$E_1=\{x_0\mid x_0\in E,\ f(x)\text{ 在 }x_0\text{ 连续}\}.$$

由 $f(x)$ 单调知 $E\setminus E_1$ 至多有可列个点，所以

$$m(E\setminus E_1)=0,\quad m^*E=m^*E_1.$$

设 $\varepsilon>0$，则存在开集 G 使

$$G\supset f(E),\quad mG\leqslant m^*f(E)+\varepsilon.$$

对每个 $x_0\in E_1$，由题设知可取出趋于 0 的数列

$$\{h_n\}(h_n \neq 0,\quad x_0 + h_n \in [a,b])$$

使

$$\lim_{n\to\infty} \frac{f(x_0+h_n)-f(x_0)}{h_n} = \lambda_{x_0} \geqslant q$$

(对不同的 x_0,取出的 $\{h_n\}$ 可能不同),不妨设 $\{h_n\}$ 的诸项均为正数. 记

$$I_n(x_0) = [x_0, x_0+h_n],\quad \Delta_n(x_0) = [f(x_0),\ f(x_0+h_n)].$$

由 $f(x)$ 在 x_0 点连续知

$$m\Delta_n(x_0) = f(x_0+h_n) - f(x_0) \to 0\ (n\to\infty).$$

设正数 $q' < q$,易知当 n 充分大时

$$\Delta_n(x_0) \subset G,\qquad \frac{f(x_0+h_n)-f(x_0)}{h_n} > q'.$$

不妨设以上二关系式对每个自然数 n 都成立. 于是

$$m\Delta_n(x_0) > q' \cdot mI_n(x_0)\ (n = 1,2,\cdots).$$

容易看出

$$\{I_n(x_0) \mid n \in \mathsf{N}, x_0 \in E_1\}$$

是 E_1 的一个 Vitali 复盖. 由定理 1 知可选出有限个或可列个两两无交的闭区间 $\{I_{n_i}(x_i)\}$ 使

$$m(E_1 \setminus \bigcup_i I_{n_i}(x_i)) = 0.$$

由 $f(x)$ 严格增知诸 $\Delta_{n_i}(x_i)$ 也两两无交,并且 $\bigcup_i \Delta_{n_i}(x_i) \subset G$. 所以

$$\begin{aligned} m^* E_1 &\leqslant m \bigcup_i I_{n_i}(x_i) = \sum_i m I_{n_i}(x_i) \\ &< \frac{1}{q'} \cdot \sum_i m\Delta_{n_i}(x_i) = \frac{1}{q'} \cdot m \bigcup_i \Delta_{n_i}(x_i) \\ &\leqslant \frac{1}{q'} \cdot mG \leqslant \frac{1}{q'}(m^* f(E) + \varepsilon). \end{aligned}$$

令 $\varepsilon \to 0, q' \to q$ 得

$$m^* E_1 \leqslant \frac{1}{q} \cdot m^* f(E).$$

所以

$$m^* f(E) \geqslant q \cdot m^* E_1 = q \cdot m^* E.$$

(iii) 由 (ii) 知对任何正实数 q 都有

$$m^* f(E) \geqslant q \cdot m^* E.$$

由 $f(x)$ 单调不减知

$$f(E) \subset f([a,b]) \subset [f(a), f(b)],$$

从而 $m^* f(E)$ 为一有限数. 所以 $m^* E = 0$. ▌

定理 3 (Lebesgue 单调函数可微性定理) 若 $f(x)$ 是 $[a,b]$ 上的单调函数, 则 $f(x)$ 在 $[a,b]$ 上几乎处处可微.

证明 不妨设 $f(x)$ 是 $[a,b]$ 上的单调不减函数(若 $f(x)$ 单调不增, 考虑 $-f(x)$ 即可).

令 $g(x) = f(x) + x$, 则 $g(x)$ 在 $[a,b]$ 上严格增, $g(x)$ 在 $[a,b]$ 的每个点只能有非负的列导数.

记

$$E = \{x_0 \mid x_0 \in [a,b], g(x) \text{ 在 } x_0 \text{ 不存在导数}\}.$$

若 $x_0 \in E$, 由定理 2 知 $g(x)$ 在 x_0 必存在不相等的两个列导数 λ_1, λ_2, 不妨设 $\lambda_1 < \lambda_2$, 则存在两个正有理数 p, q 使

$$\lambda_1 < p < q < \lambda_2.$$

令 $A = \{(p,q) \mid p, q \text{ 为正有理数}, p < q\}$, 显然 A 是可列集. 对每个 $(p,q) \in A$, 令

$E_{pq} = \{x_0 \mid g(x)$ 在 x_0 既存在小于 p 的列导数也存在大于 q 的列导数$\}$.

容易看出

$$E = \bigcup_{(p,q) \in A} E_{pq}.$$

由引理 2 (i), (ii) 知

$$q \cdot m^* E_{pq} \leqslant m^* g(E_{pq}) \leqslant p \cdot m^* E_{pq}.$$

由 $p < q$ 知 $m^* E_{pq} = 0$，从而 $mE = 0$.

记 $\hat{E} = \{x_0 \mid x_0 \in [a,b]\setminus E, g'(x_0) = +\infty\}$，由引理 2 (iii) 知 $m\hat{E} = 0$. 令 $N = E \cup \hat{E}$，则 $mN = 0$，$g(x)$ 在$[a,b]\setminus N$ 上处处存在有限导数，因此 $f(x) = g(x) - x$ 在$[a,b]\setminus N$ 上处处存在有限导数，即 $f(x)$ 在$[a,b]$ 上几乎处处可微. ▌

定理 4　若 $f(x)$ 是$[a,b]$ 上的单调不减函数，则 $f'(x)$ 是在$[a,b]$ 上几乎处处有定义的非负可积函数，并且

$$\int_a^b f'(x)\mathrm{d}x \leqslant f(b) - f(a). \qquad (6 \cdot 1 \cdot 3)$$

证明　在$(b,b+1]$ 上补充定义 $f(x)$ 的值为常数 $f(b)$，则 $f(x)$ 便成为$[a,b+1]$ 上的单调不减函数. 相应于每个自然数 n，作$[a,b]$ 上的函数

$$g_n(x) = \left[f\left(x + \frac{1}{n}\right) - f(x)\right] \Big/ \frac{1}{n},$$

则 $g_n(x)$ 是$[a,b]$ 上的非负可测函数，并且在$[a,b]$ 上 Riemann 可积. 由定理 3 知 $f(x)$ 在$[a,b]$ 上几乎处处有导数，导数显然是非负的，由导数定义知

$$\lim_{n\to\infty} g_n(x) = f'(x), \text{a. e. 于}[a,b].$$

由 Fatou 引理，

$$\int_a^b f'(x)\mathrm{d}x = \int_a^b \lim_{n\to\infty} g_n(x)\mathrm{d}x \leqslant \varliminf_{n\to\infty}\int_a^b g_n(x)\mathrm{d}x.$$

上式后端中的积分可看成 Riemann 积分，

$$\begin{aligned}\int_a^b g_n(x)\mathrm{d}x &= n\left[\int_a^b f\left(x + \frac{1}{n}\right)\mathrm{d}x - \int_a^b f(x)\mathrm{d}x\right] \\ &= n\left[\int_{a+\frac{1}{n}}^{b+\frac{1}{n}} f(x)\mathrm{d}x - \int_a^b f(x)\mathrm{d}x\right] \\ &= n\left[\int_b^{b+\frac{1}{n}} f(x)\mathrm{d}x - \int_a^{a+\frac{1}{n}} f(x)\mathrm{d}x\right]\end{aligned}$$

$$\leqslant n\left[\frac{1}{n}f(b)-\frac{1}{n}f(a)\right]=f(b)-f(a).$$

所以

$$\int_a^b f'(x)\mathrm{d}x \leqslant f(b)-f(a),$$

$f'(x)$ 是在$[a,b]$上几乎处处有定义的非负可积函数. ▌

值得注意的是:定理4中的不等式(6·1·3),不能把“$\leqslant$”号改为“$=$”号. 下面的例6·1·2说明,即使 $f(x)$ 是$[a,b]$上的连续单调不减函数,也不能保证(6·1·3)成为等式.

例 6·1·2 利用 Cantor 集 K 作$[0,1]$上的函数 $\theta(x)$:

(1°) 在开集 $K^c=[0,1]\setminus K$ 的各构成区间上规定$\theta(x)$的值如下:在$\left(\frac{1}{3},\frac{2}{3}\right)$上 $\theta(x)$ 取$\frac{1}{2}$. 在$\left(\frac{1}{9},\frac{2}{9}\right)$,$\left(\frac{7}{9},\frac{8}{9}\right)$上 $\theta(x)$ 分别取$\frac{1}{4}$,$\frac{3}{4}$. 一般地,对任意自然数 n,在

$$\left(\frac{1}{3^n},\frac{2}{3^n}\right),\left(\frac{7}{3^n},\frac{8}{3^n}\right),\left(\frac{19}{3^n},\frac{20}{3^n}\right),\cdots,\left(\frac{3^n-2}{3^n},\frac{3^n-1}{3^n}\right)$$

上 $\theta(x)$ 分别取

$$\frac{1}{2^n},\frac{3}{2^n},\frac{5}{2^n},\cdots,\frac{2^n-1}{2^n}.$$

(2°) 规定:$\theta(0)=0,\theta(1)=1$,当 $x\in K\setminus\{0,1\}$时

$$\theta(x)=\sup\{\theta(t)\mid t\in K^c,\ t<x\}.$$

所作函数 $\theta(x)$ 称为 **Cantor 函数**.

显然$\theta(x)$在$[0,1]$上单调不减. 再证$\theta(x)$在$[0,1]$上连续:假若 $\theta(x)$ 在 $x_0\in[0,1]$ 不连续,则开区间$(\theta(x_0-0),\theta(x_0+0))$非空,此开区间中的每个数都不属于 $\theta(x)$ 的值域,这与$\overline{\theta(K^c)}=[0,1]$的事实相矛盾.

当$x\in K^c$时显然$\theta'(x)=0$,故在$[0,1]$上几乎处处$\theta'(x)=0$,

$$\int_0^1\theta'(x)\mathrm{d}x=0<1=\theta(1)-\theta(0).$$

*6·1·4　单调不减函数的跳跃——连续分解

定义 4　设 $f(x)$ 是 $[a,b]$ 上的单调不减函数，$f(x)$ 的所有不连续点为 $\{\xi_k\}$（$\{\xi_k\}$ 至多为可列集）. 作 $[a,b]$ 上的函数

$$s(x)=\begin{cases}0, & \text{当 } x=a \text{ 时},\\ [f(a+0)-f(a)]+\sum\limits_{a<\xi_k<x}[f(\xi_k+0)-f(\xi_k-0)] & \\ +[f(x)-f(x-0)], & \text{当 } x\in(a,b] \text{ 时},\end{cases}$$

我们称 $s(x)$ 是 $f(x)$ 的**跳跃函数**.

若 $f(x)$ 在 $[a,b]$ 上连续，则 $s(x)\equiv 0$. 若 $f(x)$ 只有有限个不连续点，则 $s(x)$ 是阶梯函数. 在一般情况下 $s(x)$ 是非负单调不减函数. $s(x)$ 与 $f(x)$ 有相同的不连续点.

定理 5　若 $f(x)$ 是 $[a,b]$ 上的单调不减函数，则 $f(x)$ 可以分解为它的跳跃函数 $s(x)$ 与一个连续单调不减函数 $g(x)$ 之和.

证明　设 $s(x)$ 是 $f(x)$ 的跳跃函数，令 $g(x)=f(x)-s(x)$，则 $f(x)=s(x)+g(x)$.

(1°)　证 $g(x)$ 单调不减：设 x_1、$x_2\in[a,b]$，$x_1<x_2$. 由 $s(x)$ 的定义知

$$s(x_2)-s(x_1)\leqslant f(x_2)-f(x_1).$$

因此 $g(x_1)\leqslant g(x_2)$. (1°) 得证.

(2°)　证 $g(x)$ 连续：设 $x_1\in[a,b]$. 由 $g(x)$ 单调不减知 $g(x_1)\leqslant g(x_1+0)$. 再证相反的不等式. 设 $x_2\in[a,b]$，$x_1<x_2$，由 $s(x)$ 的定义知

$$f(x_1+0)-f(x_1)\leqslant s(x_2)-s(x_1).$$

令 $x_2\to x_1$ 得

$$f(x_1+0)-f(x_1)\leqslant s(x_1+0)-s(x_1).$$

因此 $g(x_1+0)\leqslant g(x_1)$. 于是 $g(x_1+0)=g(x_1)$. 类似可证 $g(x_1-0)=g(x_1)$. 所以 $g(x)$ 在 x_1 连续. (2°) 得证. ▌

§6·2　有界变差函数

有界变差函数在历史上最初是为了描述可求长曲线而被引入的，这类函数在 Riemann－Stieltjes 积分理论(§6·4)中有着重要的应用，我们研究它也是为讨论绝对连续函数的性质(§6·3)做准备.

6·2·1　可求长曲线·有界变差函数的定义

设 C 是平面中的一条连续曲线，C 在直角坐标系 XOY 下的参数方程是

$$\begin{cases} x = \varphi(t) \\ y = \psi(t) \end{cases} \quad (\alpha \leqslant t \leqslant \beta), \qquad (6\cdot 2\cdot 1)$$

其中 $\varphi(t)$ 与 $\psi(t)$ 是区间 $[\alpha,\beta]$ 上的连续函数. 作 $[\alpha,\beta]$ 的划分

$$T: \alpha = t_0 < t_1 < \cdots < t_{n-1} < t_n = \beta.$$

相应于划分 T 得到 C 的一组分点 $P_i = (\varphi(t_i), \psi(t_i))$，$i = 0,1,\cdots,n-1,n$. 依次连接 C 上相邻分点得到 C 的内接折线 $C(T)$. 记 $C(T)$ 的长为 $l(T)$.

定义 1　设 C 为上述的连续曲线，若数集 $\{l(T) \mid T$ 为 $[\alpha,\beta]$ 的划分$\}$ 有界，就称 C 是**可求长曲线**，并称

$$l = \sup\{l(T) \mid T \text{ 为 } [\alpha,\beta] \text{ 的划分}\}$$

为**曲线 C 的长**.

设 C 为方程(6·2·1)所表示的连续曲线. 由于

$$l(T) = \sum_{i=1}^{n} \{[\varphi(t_i) - \varphi(t_{i-1})]^2 + [\psi(t_i) - \psi(t_{i-1})]^2\}^{\frac{1}{2}},$$

$$\max\left\{\sum_{i=1}^{n} |\varphi(t_i) - \varphi(t_{i-1})|, \sum_{i=1}^{n} |\psi(t_i) - \psi(t_{i-1})|\right\}$$
$$\leqslant \sum_{i=1}^{n} \{[\varphi(t_i) - \varphi(t_{i-1})]^2 + [\psi(t_i) - \psi(t_{i-1})]^2\}^{\frac{1}{2}}$$

$$\leqslant \sum_{i=1}^{n}[\,|\varphi(t_i)-\varphi(t_{i-1})|+|\psi(t_i)-\psi(t_{i-1})|\,],$$

所以曲线 C 可求长的充要条件是数集

$$\left\{\sum_{i=1}^{n}|\varphi(t_i)-\varphi(t_{i-1})|\;\middle|\; n\in\mathbf{N},\ \alpha=t_0<t_1<\cdots<t_n=\beta\right\},$$

$$\left\{\sum_{i=1}^{n}|\psi(t_i)-\psi(t_{i-1})|\;\middle|\; n\in\mathbf{N},\ \alpha=t_0<t_1<\cdots<t_n=\beta\right\}$$

均有界.

定义 2　设 $f(x)$ 是$[a,b]$上的有限函数，作$[a,b]$的划分

$$T: a=x_0<x_1<\cdots<x_{n-1}<x_n=b.$$

我们把非负实数

$$\sum_{i=1}^{n}|f(x_i)-f(x_{i-1})|$$

称为 $f(x)$ 相应于划分 T 的**变差**，记作 $V(f;T)$ 或 $V(f;x_0,x_1,\cdots,x_n)$. 把非负数

$$\sup\{V(f;T)\mid T\text{ 为}[a,b]\text{ 的划分}\}$$

称为 $f(x)$ 在$[a,b]$上的**全变差**，记作 $\overset{b}{\underset{a}{V}}(f)$. 若 $\overset{b}{\underset{a}{V}}(f)<\infty$，换句话说，若 $f(x)$ 的一切变差所组成的数集

$$\{V(f;T)\mid T\text{ 为}[a,b]\text{ 的划分}\}$$

有界，就称 $f(x)$ 是$[a,b]$上的**有界变差函数**.

由前面的分析立即知

命题 1　设 C 为方程(6·2·1)所表示的连续曲线，则 C 可求长的充要条件是：$\varphi(x)$ 与 $\psi(x)$ 都是$[\alpha,\beta]$上的有界变差函数.

例 6·2·1　$[a,b]$上的单调函数 $f(x)$ 是有界变差函数，并且

$$\overset{b}{\underset{a}{V}}(f)=|f(b)-f(a)|.$$

这是因为相应于任意 $T: a=x_0<x_1<\cdots<x_{n-1}<x_n=b$,

$$V(f;T)=\sum_{i=1}^{n}|f(x_i)-f(x_{i-1})|=|f(b)-f(a)|.$$

例 6·2·2 闭区间上的连续函数不一定是有界变差函数. 例如

$$f(x)=\begin{cases} x\cos\dfrac{\pi}{2x}, & x\in(0,1] \text{ 时},\\ 0, & x=0 \text{ 时},\end{cases}$$

是$[0,1]$上的连续函数. 相应于每个 $n\in\mathbf{N}$, 作$[0,1]$的划分

$$T_n: 0<\frac{1}{2n}<\frac{1}{2n-1}<\cdots<\frac{1}{3}<\frac{1}{2}<1,$$

易知

$$V(f;T_n)=1+\frac{1}{2}+\frac{1}{3}+\cdots+\frac{1}{n}\to\infty(n\to\infty).$$

所以 $f(x)$ 不是$[0,1]$上的有界变差函数.

6·2·2 有界变差函数的性质

引理 1 设 $f(x)$ 是$[a,b]$上的有限函数, $a<c<b$, 则

$$\overset{b}{\underset{a}{V}}(f)=\overset{c}{\underset{a}{V}}(f)+\overset{b}{\underset{c}{V}}(f).$$

证明 由于

$$\begin{aligned}&V(f;a,y_1,\cdots,y_{n-1},c)+V(f;c,z_1,\cdots,z_{m-1},b)\\ &=V(f;a,y_1,\cdots,y_{n-1},c,z_1,\cdots,z_{m-1},b)\leqslant\overset{b}{\underset{a}{V}}(f),\end{aligned}$$

所以

$$\overset{c}{\underset{a}{V}}(f)+\overset{b}{\underset{c}{V}}(f)\leqslant\overset{b}{\underset{a}{V}}(f).$$

再证相反的不等式. 对$[a,b]$的任意划分 $a=x_0<x_1<\cdots<x_{n-1}<x_n=b$, 必存在 i 使 $x_i\leqslant c<x_{i+1}$. 不妨设 $x_i<c<x_{i+1}$. 由于

$$|f(x_{i+1})-f(x_i)|\leqslant|f(x_{i+1})-f(c)|+|f(c)-f(x_i)|,$$

所以

$$\begin{aligned}&V(f;a,x_1,\cdots,x_i,x_{i+1},\cdots,x_{n-1},b)\\ &\leqslant V(f;a,x_1,\cdots,x_i,c)+V(f;c,x_{i+1},\cdots,x_{n-1},b)\\ &\leqslant\overset{c}{\underset{a}{V}}(f)+\overset{b}{\underset{c}{V}}(f).\end{aligned}$$

因此

$$\bigvee_a^b(f) \leqslant \bigvee_a^c(f) + \bigvee_c^b(f).$$

这就证明了引理 1. ▌

定理 1 (i) 若 $f(x)$ 是$[a,b]$上的有界变差函数,则 $f(x)$ 在$[a,b]$上有界.

(ii) 设 $a < c < b$. 若 $f(x)$ 是$[a,b]$上的有界变差函数,则 $f(x)$ 分别是$[a,c]$,$[c,b]$上的有界变差函数.

(iii) 若 $f(x)$,$g(x)$ 都是$[a,b]$上的有界变差函数,则

$$f(x) \pm g(x), \qquad f(x) \cdot g(x)$$

也是$[a,b]$上的有界变差函数.

证明 (i) 对任意 $x \in (a,b)$,

$$|f(x) - f(a)| = V(f;a,x) \leqslant \bigvee_a^x(f)$$

$$\leqslant \bigvee_a^x(f) + \bigvee_x^b(f) = \bigvee_a^b(f) < \infty.$$

所以 $f(x)$ 在$[a,b]$上有界.

(ii) 由 $\bigvee_a^b(f) = \bigvee_a^c(f) + \bigvee_c^b(f)$ 立即得证.

(iii) 设 $T: a = x_0 < x_1 < \cdots < x_{n-1} < x_n = b$. 由于

$$|[f(x_i) \pm g(x_i)] - [f(x_{i-1}) \pm g(x_{i-1})]|$$
$$\leqslant |f(x_i) - f(x_{i-1})| + |g(x_i) - g(x_{i-1})|,$$

所以

$$V(f \pm g;T) \leqslant V(f;T) + V(g;T)$$

$$\leqslant \bigvee_a^b(f) + \bigvee_a^b(g) < \infty.$$

可见 $f(x) \pm g(x)$ 是有界变差函数.

由(i)知存在实数 A,B 使在$[a,b]$上 $|f(x)| \leqslant A$,$|g(x)| \leqslant B$. 由于

$$
\begin{aligned}
&|f(x_i)g(x_i)-f(x_{i-1})g(x_{i-1})|\\
&\leqslant|f(x_i)g(x_i)-f(x_{i-1})g(x_i)|\\
&\quad+|f(x_{i-1})g(x_i)-f(x_{i-1})g(x_{i-1})|\\
&\leqslant B\cdot|f(x_i)-f(x_{i-1})|+A\cdot|g(x_i)-g(x_{i-1})|,
\end{aligned}
$$

所以

$$
\begin{aligned}
V(fg;T)&\leqslant B\cdot V(f;T)+A\cdot V(g;T)\\
&\leqslant B\cdot\bigvee_a^b(f)+A\cdot\bigvee_a^b(g)<\infty.
\end{aligned}
$$

可见 $f(x)\cdot g(x)$ 是有界变差函数. ▌

定理 2 设 $f(x)$ 是$[a,b]$上的有界变差函数,则

(i) $\pi(x)=\bigvee_a^x(f)$ 是$[a,b]$上的非负单调不减函数(我们规定 $\bigvee_a^a(f)=0$);

*(ii) $\bigvee_a^x(f)$ 与 $f(x)$ 有相同的右(左)方连续点,从而有相同的连续点.

证明 (*i*) 由引理 1 立即得证.

(ii) 若 $x,x'\in[a,b],x<x'$,则

$$
|f(x')-f(x)|=V(f;x,x')\leqslant\bigvee_x^{x'}(f)=\bigvee_a^{x'}(f)-\bigvee_a^x(f),\tag{6·2·2}
$$

可见 $\bigvee_a^x(f)$ 的右(左)方连续点必是 $f(x)$ 的右(左)方连续点.

设 $\xi\in[a,b)$ 是 $f(x)$ 的右方连续点,则对任意 $\varepsilon>0$,存在正数 $\delta<b-\xi$,使当 $x\in(\xi,\xi+\delta)$ 时

$$
|f(x)-f(\xi)|<\frac{\varepsilon}{2}.
$$

作$[\xi,\xi+\delta]$的划分 $\xi=x_0<x_1<\cdots<x_{n-1}<x_n=\xi+\delta$,使

$$
V(f;x_0,x_1,\cdots,x_n)>\bigvee_\xi^{\xi+b}(f)-\frac{\varepsilon}{2}
$$

(这是可以做到的). 由于

$$\overset{x_1}{\underset{\xi}{V}}(f) = \overset{\xi+\delta}{\underset{\xi}{V}}(f) - \overset{\xi+\delta}{\underset{x_1}{V}}(f) < \left[V(f;x_0,x_1,\cdots,x_n) + \frac{\varepsilon}{2}\right]$$

$$-V(f;x_1,\cdots,x_n) = |f(x_1) - f(\xi)| + \frac{\varepsilon}{2} < \varepsilon,$$

所以当 $x \in (\xi, x_1)$ 时

$$\left|\overset{x}{\underset{a}{V}}(f) - \overset{\xi}{\underset{a}{V}}(f)\right| = \overset{x}{\underset{\xi}{V}}(f) \leqslant \overset{x_1}{\underset{\xi}{V}}(f) < \varepsilon.$$

即 ξ 是 $\overset{x}{\underset{a}{V}}(f)$ 的右方连续点. 同理可证 $f(x)$ 的左方连续点必是 $\overset{x}{\underset{a}{V}}(f)$ 的左方连续点. ▍

定理 3　**(Jordan 分解定理)** 若 $f(x)$ 是$[a,b]$上的有界变差函数,则 $f(x)$ 可表为两个单调不减函数 $\varphi(x)$ 与 $\psi(x)$ 之差.

证明　作$[a,b]$上的函数

$$\varphi(x) = \frac{1}{2}\left[\overset{x}{\underset{a}{V}}(f) + f(x)\right], \quad \psi(x) = \frac{1}{2}\left[\overset{x}{\underset{a}{V}}(f) - f(x)\right]. \tag{6·2·3}$$

显然 $f(x) = \varphi(x) - \psi(x)$. 由定理 2 证明中的(6 · 2 · 2) 知,当 $x < x'$ (x、$x' \in [a,b]$) 时

$$\overset{x}{\underset{a}{V}}(f) + f(x) \leqslant \overset{x'}{\underset{a}{V}}(f) + f(x').$$

所以 $\varphi(x)$ 单调不减. 同理可证 $\psi(x)$ 单调不减. ▍

注　把一个有界变差函数表示成两个单调不减函数的差,表示法不是唯一的. 例如,把(6 · 2 · 3) 式所定义的 $\varphi(x)$ 与 $\psi(x)$ 分别加上 $\psi(x)$ 得

$$\pi(x) = \overset{x}{\underset{a}{V}}(x), \qquad v(x) = \overset{x}{\underset{a}{V}}(f) - f(x),$$

显然 $\pi(x)$ 与 $v(x)$ 单调不减, $f(x) = \pi(x) - v(x)$.

定理 4　设 $f(x)$ 是$[a,b]$上的有界变差函数,则

(i) $f(x)$ 在$[a,b]$上只可能有第一类不连续点或可去不连续

点,并且不连续点至多为可列个;

(ii) $f(x)$ 在$[a,b]$上几乎处处可微,并且 $f'(x)$ 是$[a,b]$上的可积函数.

证明 (i) 由定理 3 及单调函数的连续性质立即得证.

(ii) 由定理 3 及 §6·1 定理 3、4 立即得证. ▌

*6·2·3 有界变差函数的跳跃 —— 连续分解

设 $f(x)$ 是$[a,b]$上的有界变差函数,则 $\pi(x)=\overset{x}{\underset{a}{V}}(f)$ 与 $v(x)=\overset{x}{\underset{a}{V}}(f)-f(x)$ 单调不减且 $f(x)=\pi(x)-v(x)$. $f(x)$ 至多有可列个不连续点,记其全体为$\{\xi_k\}$,由定理 2 知 $\pi(x)$ 的不连续点与 $f(x)$ 的相同,因此 $v(x)$ 的不连续点均属于$\{\xi_k\}$. 把 $\pi(x)$ 与 $v(x)$ 的跳跃函数分别记作 $s_\pi(x)$ 与 $s_v(x)$,令 $s(x)=s_\pi(x)-s_v(x)$,不难证明

$$s(x)=\begin{cases}0, & \text{当 } x=a \text{ 时},\\ [f(a+0)-f(a)]+\displaystyle\sum_{a<\xi_k<x}[f(\xi_k+0)-f(\xi_k-0)] & \\ +[f(x)-f(x-0)], & \text{当 } x\in(a,b] \text{ 时}.\end{cases}$$

我们称 $s(x)$ 是 $f(x)$ 的**跳跃函数**.

若 $f(x)$ 在$[a,b]$上连续,则 $s(x)\equiv 0$. 若 $f(x)$ 只有有限个不连续点,则 $s(x)$ 为阶梯函数. 在一般情况下 $s(x)$ 是有界变差函数. $s(x)$ 与 $f(x)$ 有相同的不连续点.

定理 5 若 $f(x)$ 是$[a,b]$上的有界变差函数,则 $f(x)$ 可以分解为它的跳跃函数 $s(x)$ 与一个连续有界变差函数 $g(x)$ 之和.

证明 由 §6·1 定理 5 知 $\pi(x)-s_\pi(x)$ 与 $v(x)-s_v(x)$ 均为连续单调不减函数,所以

$$g(x)=f(x)-s(x)=[\pi(x)-v(x)]-[s_\pi(x)-s_v(x)]$$

是连续有界变差函数,而 $f(x)=s(x)+g(x)$. ▌

§6·3　绝对连续函数与 Lebesgue 不定积分

6·3·1　可积函数的不定积分·绝对连续函数的定义

定义 1　设 $f(x)$ 是$[a,b]$上的可积函数，c 是任一实数，我们把$[a,b]$上的函数

$$F(x)=\int_a^x f(t)\mathrm{d}t+c \tag{6·3·1}$$

称为 $f(x)$ 的一个 **Lebesgue 不定积分**（简称**不定积分**）.

我们来看不定积分(6·3·1)是怎样的一个函数. 由 $f(x)$ 可积知 $|f(x)|$ 的积分具有绝对连续性：对任意 $\varepsilon>0$，总存在 $\delta>0$，使当 $me<\delta(e\subset[a,b])$ 时恒有

$$\int_e |f(x)|\mathrm{d}x<\varepsilon.$$

因此，当$[a,b]$中有限个两两无交的开区间(a_i,b_i)，$i=1,2,\cdots,n$ 满足 $\sum\limits_{i=1}^{n}(b_i-a_i)<\delta$ 时（不论 $\{(a_i,b_i)\}_1^n$ 的取法如何）恒有

$$\begin{aligned}\sum_{i=1}^{n}|F(b_i)-F(a_i)| &= \sum_{i=1}^{n}\left|\int_{a_i}^{b_i}f(x)\mathrm{d}x\right| \\ &\leqslant \int_{\bigcup\limits_{i=1}^{n}(a_i,b_i)}|f(x)|\mathrm{d}x<\varepsilon.\end{aligned}$$

定义 2　设 $F(x)$ 是$[a,b]$上的有限函数. 若对任意 $\varepsilon>0$，总存在 $\delta>0$，使得：当$[a,b]$中有限个两两无交的开区间$\{(a_i,b_i)\}$满足 $\sum\limits_{i}(b_i-a_i)<\delta$ 时（不论$\{(a_i,b_i)\}$的取法如何）恒有

$$\sum_i |F(b_i)-F(a_i)|<\varepsilon,$$

就称 $F(x)$ 是$[a,b]$上的**绝对连续函数**.

由前面的分析立即知

定理1 若 $f(x)$ 是$[a,b]$上的可积函数,则其不定积分 $F(x)$ 是$[a,b]$上的绝对连续函数.

由定义2不难看出,绝对连续函数必为连续函数.但是连续函数未必是绝对连续函数,例如§6·2例6·2·2中的函数 $f(x)$,它在$[0,1]$上连续但不是绝对连续函数.

例6·3·1 设 $f(x)$ 在$[a,b]$上满足 Lipschitz 条件:存在实数 M,使当 $x,x'\in[a,b]$ 时

$$|f(x)-f(x')|\leqslant M|x-x'|,$$

则 $f(x)$ 是$[a,b]$上的绝对连续函数.

6·3·2 绝对连续函数的性质

定理2 若 $f(x),g(x)$ 是$[a,b]$上的绝对连续函数,则

$$f(x)\pm g(x),\qquad f(x)\cdot g(x)$$

也是$[a,b]$上的绝对连续函数.

证明 设$\{(a_i,b_i)\}$是$[a,b]$中任意有限个两两无交的开区间.由于

$$\begin{aligned}&|[f(b_i)\pm g(b_i)]-[f(a_i)\pm g(a_i)]|\\ \leqslant\;&|f(b_i)-f(a_i)|+|g(b_i)-g(a_i)|,\end{aligned}$$

可知 $f(x)\pm g(x)$ 是$[a,b]$上的绝对连续函数.

由 $f(x),g(x)$ 连续知存在实数 A,B 使在$[a,b]$上 $|f(x)|\leqslant A$, $|g(x)|\leqslant B$.由于

$$\begin{aligned}&|f(b_i)g(b_i)-f(a_i)g(a_i)|\\ \leqslant\;&|f(b_i)g(b_i)-f(a_i)g(b_i)|\\ &+|f(a_i)g(b_i)-f(a_i)g(a_i)|\\ \leqslant\;&B\cdot|f(b_i)-f(a_i)|+A\cdot|g(b_i)-g(a_i)|,\end{aligned}$$

可知 $f(x)\cdot g(x)$ 是$[a,b]$上的绝对连续函数. ▌

定理3 $[a,b]$上的绝对连续函数 $f(x)$ 必为有界变差函数.

证明 取 $\varepsilon=1$,由 $f(x)$ 绝对连续知存在 $\delta>0$,使得当$[a,b]$

中有限个两两无交的开区间 $\{(a_i,b_i)\}$ 满足 $\sum_i(b_i-a_i)<\delta$ 时恒有

$$\sum_i|f(b_i)-f(a_i)|<1.$$

取自然数 m 使 $\dfrac{b-a}{m}<\delta$，把区间 $[a,b]$ m 等分，得到划分：

$$a=x_0<x_1<\cdots<x_{m-1}<x_m=b.$$

对固定的 $i\in\{1,2,\cdots,m\}$，任作 $[x_{i-1},x_i]$ 的划分：

$$x_{i-1}=z_0<z_1<\cdots<z_{n-1}<z_n=x_i,$$

由于 $\sum_{j=1}^{n}(z_j-z_{j-1})=x_i-x_{i-1}<\delta$，所以

$$\sum_{j=1}^{n}|f(z_j)-f(z_{j-1})|<1,$$

由此可知

$$\mathop{V}_{x_{i-1}}^{x_i}(f)\leqslant 1,\quad 从而\quad \mathop{V}_{a}^{b}(f)=\sum_{i=1}^{m}\mathop{V}_{x_{i-1}}^{x_i}(f)\leqslant m.$$

即知 $f(x)$ 是 $[a,b]$ 上的有界变差函数. ▌

由定理 3 立即可知

定理 4　若 $f(x)$ 是 $[a,b]$ 上的绝对连续函数，则 $f(x)$ 在 $[a,b]$ 上几乎处处可微，并且 $f'(x)$ 是 $[a,b]$ 上的可积函数.

6·3·3　不定积分与微分的关系

在数学分析中，关于 Riemann 积分有如下的两个结论：

(i) 若 $F(x)$ 在 $[a,b]$ 上具有 Riemann 可积的导函数，则

$$F(x)=(\mathrm{R})\int_a^x F'(t)\mathrm{d}t+F(a)\quad (x\in[a,b]).\qquad(6\cdot 3\cdot 2)$$

((6·3·2) 即 Riemann 积分的 Newton－Leibniz 公式)

(ii) 若 $f(x)$ 是 $[a,b]$ 上的连续函数，则

$$\frac{\mathrm{d}}{\mathrm{d}x}\left[(\mathrm{R})\int_a^x f(t)\mathrm{d}t+c\right]=f(x)\quad (x\in[a,b]).\qquad(6\cdot 3\cdot 3)$$

§6·3中6·3·3的主要目的是对于Lebesgue积分来建立相应于(i),(ii)的定理.

定理5 若$F(x)$是$[a,b]$上的绝对连续函数,则$F'(x)$是在$[a,b]$上几乎处处有定义的可积函数,并且

$$F(x)=\int_a^x F'(t)\mathrm{d}t+F(a)\qquad (x\in[a,b]).\tag{6·3·4}$$

((6·3·4)即Lebesgue积分的Newton－Leibniz公式)

证明 定理4已指出$F'(x)$是在$[a,b]$上几乎处处有定义的可积函数.我们来证明(6·3·4).不失一般性,只需证明

$$\int_a^b F'(x)\mathrm{d}x=F(b)-F(a).\tag{6·3·5}$$

在$(b,b+1]$上补充定义$F(x)$的值为常数$F(b)$,则$F(x)$便成为$[a,b+1]$上的绝对连续函数. 相应于每个自然数n,作$[a,b]$上的函数

$$f_n(x)=\left[F(x+\frac{1}{n})-F(x)\right]\Big/\ \frac{1}{n},$$

显然$f_n(x)$在$[a,b]$上连续,并且

$$\lim_{n\to\infty} f_n(x)=F'(x),\text{a. e. 于 }[a,b].$$

如果能够证出$f_n(x),n=1,2,\cdots$的积分具有等度的绝对连续性,那么由Vitali逐项积分定理可知

$$\lim_{n\to\infty}\int_a^b f_n(x)\mathrm{d}x=\int_a^b F'(x)\mathrm{d}x,$$

上式左端中的积分可看成Riemann积分,

$$\begin{aligned}\lim_{n\to\infty}\int_a^b f_n(x)\mathrm{d}x&=\lim_{n\to\infty}n\int_a^b\left[F\left(x+\frac{1}{n}\right)-F(x)\right]\mathrm{d}x\\&=\lim_{n\to\infty}n\left[\int_{a+\frac{1}{n}}^{b+\frac{1}{n}}F(x)\mathrm{d}x-\int_a^b F(x)\mathrm{d}x\right]\\&=\lim_{n\to\infty}n\left[\int_b^{b+\frac{1}{n}}F(x)\mathrm{d}x-\int_a^{a+\frac{1}{n}}F(x)\mathrm{d}x\right]\end{aligned}$$

$= F(b) - F(a)$ （此最后一步根据(6·3·3)而得），
这样便可证得(6·3·5)式.

下面来证明 $f_n(x), n = 1,2,\cdots$ 的积分确实具有等度的绝对连续性. 设 $\varepsilon > 0$，由 $F(x)$ 在 $[a, b+1]$ 上绝对连续知存在 $\delta > 0$，使得当 $[a, b+1]$ 中有限个两两无交的开区间 $\{(c_i, d_i)\}$ 满足 $\sum\limits_i (d_i - c_i) < \delta$ 时恒有

$$\sum_i |F(d_i) - F(c_i)| < \varepsilon.$$

(1°) 设 $I_i = (a_i, b_i), i = 1,2,\cdots,k$ 是 $[a,b]$ 中两两无交的开区间，$\sum\limits_{i=1}^{k}(b_i - a_i) < \delta$，则

$$\begin{aligned}
\left|\int_{\bigcup\limits_{i=1}^{k} I_i} f_n(x)\mathrm{d}x\right| &= \left|\sum_{i=1}^{k}\int_{a_i}^{b_i} f_n(x)\mathrm{d}x\right| \\
&= \left|\sum_{i=1}^{k} n\left[\int_{b_i}^{b_i+\frac{1}{n}} F(x)\mathrm{d}x - \int_{a_i}^{a_i+\frac{1}{n}} F(x)\mathrm{d}x\right]\right| \\
&= \left|\sum_{i=1}^{k} n\int_0^{\frac{1}{n}} [F(b_i + x) - F(a_i + x)]\mathrm{d}x\right| \\
&\leqslant n\int_0^{\frac{1}{n}}\left[\sum_{i=1}^{k} |F(b_i + x) - F(a_i + x)|\right]\mathrm{d}x \\
&< n\int_0^{\frac{1}{n}} \varepsilon \mathrm{d}x = \varepsilon.
\end{aligned}$$

(2°) 设 G 是含于 $[a,b]$ 的开集，$mG < \delta$. 由 §2·4 定理 1 知 G 可以表为可列个两两无交的开区间 I_i 之并 $\bigcup\limits_{i=1}^{\infty} I_i$.

$$\sum_{i=1}^{\infty} |I_i| = mG < \delta,$$

从而

$$m(G \setminus \bigcup_{i=1}^{k} I_i) = \sum_{i=k+1}^{\infty} |I_i| \to 0 \qquad (k \to \infty).$$

由 $f_n(x)$ 的积分具有绝对连续性知

$$\int_{\bigcup_{i=1}^{k} I_i} f_n(x)\mathrm{d}x \to \int_G f_n(x)\mathrm{d}x \quad (k\to\infty).$$

因为对每个 k 有 $\sum_{i=1}^{k}|I_i|<\delta$,由(1°)知

$$\left|\int_G f_n(x)\mathrm{d}x\right|\leqslant\varepsilon.$$

(3°) 设 e 是含于 $[a,b]$ 的可测集,$me<\delta$. 令 $e_1=e\backslash\{a,b\}$,则 $me_1<\delta$. 由 §3·4 定理 3 知存在含于 $[a,b]$ 的开集列 $\{G_k\}$,使

$$G_k\supset e_1 \quad 且 \quad m(G_k\backslash e_1)\to 0 \quad (k\to\infty).$$

由 $f_n(x)$ 的积分具有绝对连续性知

$$\int_{G_k} f_n(x)\mathrm{d}x \to \int_{e_1} f_n(x)\mathrm{d}x=\int_e f_n(x)\mathrm{d}x \qquad (k\to\infty).$$

因为当 k 充分大时 $mG_k<\delta$,由(2°)知

$$\left|\int_e f_n(x)\mathrm{d}x\right|\leqslant\varepsilon.$$

由于上述 δ 的选取与 n 无关,这就证明了 $f_n(x)$,$n=1,2,\cdots$ 的积分具有等度的绝对连续性. ▌

由定理 1 及定理 5 我们看到:$[a,b]$ 上绝对连续函数的全体恰是 $[a,b]$ 上所有可积函数的一切不定积分的全体. 在 $F(x)$ 是 $[a,b]$ 上有限函数的前提下,要使 Newton — Leibniz 公式(4) 成立,$F(x)$ 绝对连续的条件不仅是充分的,而且是必要的.

系 1 若 $F(x)$ 在 $[a,b]$ 上处处可微,并且 $F'(x)$ 在 $[a,b]$ 上有界,则 $F'(x)$ 在 $[a,b]$ 上可积,并且

$$F(x)=\int_a^x F'(t)\mathrm{d}t+F(a) \quad (x\in[a,b]). \tag{6·3·6}$$

证明 由微分中值定理可知 $F(x)$ 满足 Lipschitz 条件,从而 $F(x)$ 是绝对连续函数,所以 $F'(x)$ 可积且(6·3·6) 式成立. ▌

我们还可以证明比系 1 更一般的结论:若 $F(x)$ 在 $[a,b]$ 上处

处可微，并且 $F'(x)$ 在$[a,b]$上可积，则(6·3·6)式成立(证明可见[1]《实变函数论》第九章 §8).

* **例 6·3·2**　设 $K_{\frac{1}{2}}$ 是$\frac{1}{2}$－Cantor 集，开集$[0,1]\backslash K_{\frac{1}{2}}$ 的所有构成区间为$\{(a_n,b_n)\}$. 定义$[0,1]$上的函数 $F(x)$：在 $K_{\frac{1}{2}}$ 上 $F(x)$ 为 0，在每个区间(a_n,b_n)上 $F(x)$ 为

$$(x-a_n)^2(x-b_n)^2\sin[(b_n-a_n)(x-a_n)(x-b_n)]^{-1}.$$

可以证明 $F(x)$ 在$[0,1]$上处处可微，并且 $F'(x)$ 在$[0,1]$上有界. 由系 1 知

$$F(x)=\int_0^x F'(t)\mathrm{d}t \ (x\in[0,1]).$$

但 $F'(t)$ 在每个$[0,x]$($x\in(0,1]$)上都不是 R 可积的(证明可见[1]第五章 §5·5).

要从(处处有限的)导函数构造出原函数，通过 Lebesgue 不定积分比通过 Riemann 不定积分(指变上限定积分)要有效得多，这是 Lebesgue 积分的又一优点. 但是还有这样的函数存在，它在一个闭区间上处处可微，但导函数在此闭区间上不是 L 可积的，因此 Lebesgue 不定积分也只能说是"求(有限)导函数"运算的"一部分"逆运算. Lebesgue 积分的进一步推广——Denjoy－Perron 积分能够完全解决从(处处有限的)导函数求原函数的问题(参见[1]第十六章).

我们来看一个应用定理 5 的例子.

* **例 6·3·3**　若 $f(x)$ 在$[a,b]$上绝对连续，则在直角坐标系 XOY 下曲线$\{(x,y)\mid x\in[a,b],y=f(x)\}$的长 l 可以由下面的公式来计算

$$l=\int_a^b\sqrt{1+[f'(x)]^2}\mathrm{d}x. \qquad (6\cdot3\cdot7)$$

这个结论的证明可参见[1]附录 I. 当 $f(x)$ 绝对连续时公式(6·3·7)中的被积函数一定 L 可积但未必 R 可积，这说明

Lebesgue 积分在反映实际问题中的数量关系方面比 Riemann 积分要好.

引理1 若 $f(x)$ 是 $[a,b]$ 上的可积函数,并且对任何 $x\in[a,b]$ 都有

$$\int_a^x f(t)\mathrm{d}t = 0,$$

则 $f(x)=0$, a. e. 于 $[a,b]$.

证明 (1°) 设开区间 $I=(c,d)\subset[a,b]$,则

$$\int_I f(t)\mathrm{d}t = \int_a^d f(t)\mathrm{d}t - \int_a^c f(t)\mathrm{d}t = 0.$$

(2°) 设开集 $G\subset[a,b]$,则 G 可表为可列个两两无交的开区间 I_i 之并 $\bigcup\limits_{i=1}^{\infty} I_i$. 由 $f(x)$ 积分的绝对连续性及(1°),

$$\int_G f(t)\mathrm{d}t = \lim_{n\to\infty}\int_{\bigcup\limits_{i=1}^{n} I_i} f(t)\mathrm{d}t = 0.$$

(3°) 设可测集 $A\subset[a,b]$. 令 $A_1 = A\backslash\{a,b\}$,则存在开集列 $\{G_n\}$ 使

$$A_1\subset G_n\subset[a,b],\ m(G_n\backslash A_1)\to 0\ (n\to\infty).$$

由 $f(x)$ 积分的绝对连续性及(2°),

$$\int_A f(t)\mathrm{d}t = \int_{A_1} f(t)\mathrm{d}t = \lim_{n\to\infty}\int_{G_n} f(t)\mathrm{d}t = 0.$$

(4°) 记 $E_1=\{x\,|\,f(x)\geqslant 0\}$, $E_2=\{x\,|\,f(x)<0\}$, 则

$$[a,b]=E_1+E_2.$$

由(3°) 知 $\int_{E_1} f(t)\mathrm{d}t = 0$, 故

$$f(x)=0,\ \text{a. e. 于 } E_1.$$

同理可证

$$f(x)=0,\ \text{a. e. 于 } E_2.$$

所以

$$f(x)=0,\ \text{a. e. 于}[a,b].$$ ▍

定理 6　若 $f(x)$ 是$[a,b]$上的可积函数，则 $f(x)$ 的不定积分 $F(x)$ 是$[a,b]$上的绝对连续函数，并且

$$F'(x)=f(x),\ \text{a. e. 于}\ [a,b].$$

证明　定理 1 已指出 $f(x)$ 的不定积分

$$F(x)=\int_a^x f(t)\mathrm{d}t+c$$

是$[a,b]$上的绝对连续函数. 在上式中取 $x=a$ 得 $c=F(a)$. 对任意 $x\in[a,b]$，由定理 5

$$\begin{aligned}\int_a^x[F'(t)-f(t)]\mathrm{d}t&=\int_a^x F'(t)\mathrm{d}t-\int_a^x f(t)\mathrm{d}t\\&=[F(x)-F(a)]-[F(x)-F(a)]=0.\end{aligned}$$

由引理 1 即知 $F'(x)=f(x)$，a. e. 于$[a,b]$. ▌

6·3·4　Lebesgue 积分的分部积分公式和换元积分公式

命题 1　若 $f(x)$、$g(x)$ 是$[a,b]$上的绝对连续函数，则

$$\int_a^b f(x)g'(x)\mathrm{d}x=f(x)g(x)\Big|_a^b-\int_a^b f'(x)g(x)\mathrm{d}x.$$

证明　由定理 4 及数学分析中的微分法则知

$$[f(x)g(x)]'=f(x)g'(x)+f'(x)g(x),\ \text{a. e. 于}[a,b].$$

由定理 4 及 $f(x)$，$g(x)$ 有界可测知 $f(x)g'(x)$，$f'(x)g(x)$ 可积，由定理 2 知 $f(x)g(x)$ 绝对连续，由定理 5，

$$\begin{aligned}\int_a^b f(x)g'(x)\mathrm{d}x&=\int_a^b[f(x)g(x)]'\mathrm{d}x-\int_a^b f'(x)g(x)\mathrm{d}x\\&=f(x)g(x)\Big|_a^b-\int_a^b f'(x)g(x)\mathrm{d}x.\end{aligned}$$ ▌

* **命题 2**　设 $f(x)$ 是$[a,b]$上的可积函数，若 $\varphi(t)$ 是$[\alpha,\beta]$上严格增加的绝对连续函数，并且 $a=\varphi(\alpha)$、$b=\varphi(\beta)$，则

$$\int_a^b f(x)\mathrm{d}x=\int_\alpha^\beta f[\varphi(t)]\varphi'(t)\mathrm{d}t.$$

这个命题的证明可参见[1]《实变函数论》第九章 §5.

*6·3·5 有界变差函数的 Lebesgue 分解

定义 3 设 $f(x)$ 是$[a,b]$上的连续有界变差函数. 若 $f'(x)=0$, a.e 于$[a,b]$并且 $f(x)$ 不等于常数,就称 $f(x)$ 是$[a,b]$上的**奇异函数**

由定理 5 立即知奇异函数一定不是绝对连续函数. §6·1 例 6·1·2 所说的 Cantor 函数 $\theta(x)$ 就是一个奇异函数.

定理 7 $[a,b]$上的连续有界变差函数 $g(x)$ 可以唯一地表示成

$$g(x)=h(x)+r(x), \qquad (6\cdot 3\cdot 8)$$

其中 $h(x)$ 是绝对连续函数并且 $h(a)=g(a)$, $r(x)$ 是奇异函数或是常数 0.

证明 第一步证 $g(x)$ 可表为(6·3·8):由 §6·2 定理 4 知 $g'(x)$ 是在$[a,b]$上几乎处处有定义的可积函数,令

$$h(x)=\int_a^x g'(x)\mathrm{d}x+g(a),$$

则 $h(x)$ 是$[a,b]$上的绝对连续函数,并且 $h(a)=g(a)$. 令

$$r(x)=g(x)-h(x).$$

由定理 6 知

$$r'(x)=g'(x)-h'(x)=g'(x)-g'(x)=0, \text{ a.e. 于}[a,b].$$

若 $r(x)$ 不等于常数则为奇异函数;若 $r(x)$ 等于常数,由

$$r(a)=g(a)-h(a)=0 \text{ 知 } r(x)\equiv 0.$$

而

$$g(x)=h(x)+r(x).$$

第二步证 $g(x)$ 表为(6·3·8)的唯一性:设又有表示 $g(x)=h_1(x)+r_1(x)$,其中 $h_1(x)$ 绝对连续且 $h_1(a)=g(a)$, $r_1(x)$ 奇异或者为 0,则

$$h(x)-h_1(x)=r_1(x)-r(x),$$

从而 $h(x)-h_1(x)$ 在$[a,b]$上几乎处处导数为 0. 由于 $h(x)-h_1(x)$ 为绝对连续函数,根据定理 5 知 $h(x)-h_1(x)$ 在$[a,b]$上为一常数,但

$$h(a)=g(a)=h_1(a),$$

故 $h(x)\equiv h_1(x)$，又可知 $r_1(x)\equiv r(x)$. ▌

定理 8 （**Lebesgue 分解定理**）若 $f(x)$ 是$[a,b]$上的有界变差函数，则 $f(x)$ 可以分解成

$$f(x)=s(x)+h(x)+r(x),$$

其中 $s(x)$ 是 $f(x)$ 的跳跃函数，$h(x)$ 是一个绝对连续函数，$r(x)$ 是一个奇异函数或是常数 0.

证明　由 §6·2 定理 5 及本节定理 7 立即可知. ▌

§6·4　Riemann－Stieltjes 积分

6·4·1　R－S 积分的定义及性质

设在线段$[a,b]$上分布着物质（在端点 a 上没有物质），对任意 $x\in[a,b]$，把分布在线段$[a,x]$上的物质总质量记为 $g(x)$，则$[a,b]$上全部物质的质心是

$$\lim_{d(T)\to 0}\sum_{i=1}^{n}\frac{\xi_i}{g(b)}[g(x_i)-g(x_{i-1})],$$

其中

$$T: a=x_0<x_1<\cdots<x_{n-1}<x_n=b,$$

$$d(T)=\max_{1\leqslant i\leqslant n}(x_i-x_{i-1}),\quad \xi_i\in[x_{i-1},x_i],\quad i=1,2,\cdots,n.$$

又$[a,b]$上全部物质对于原点的转动惯量是

$$\lim_{d(T)\to 0}\sum_{i=1}^{n}\xi_i^2[g(x_i)-g(x_{i-1})].$$

把物理中诸如此类的问题进行抽象，Stieltjes 提出了 R－S 积分的概念（R－S 是 Riemann－Stieltjes 的简写）.

定义 1　设 $f(x)$ 与 $g(x)$ 都是$[a,b]$上的有限函数. 任取$[a,b]$的划分

$$T: a=x_0<x_1<\cdots<x_{n-1}<x_n=b,$$

记

$$d(T)=\max_{1\leqslant i\leqslant n}(x_i-x_{i-1}).$$

又任取

$$\xi_i\in[x_{i-1},x_i]\quad(i=1,2,\cdots,n).$$

记

$$\{\xi_i\}=\{\xi_1,\xi_2,\cdots,\xi_n\}$$

(称$\{\xi_i\}$为划分 T 的一个**介点集**). 相应于 T,$\{\xi_i\}$ 作和数

$$\sigma=\sum_{i=1}^{n}f(\xi_i)[g(x_i)-g(x_{i-1})]$$

(称 σ 为函数 $f(x)$ 关于 $g(x)$ 的一个 R－S **和数**). 若当 $d(T)\to 0$ 时相应的 R－S 和数 σ 总趋于一个确定的有限数 a(不论划分 T 的取法如何,也不论 T 的介点集$\{\xi_i\}$ 如何取法),就称 $f(x)$ 在$[a,b]$ 上关于 $g(x)$ 是 R－S **可积的**,而把极限

$$\lim_{d(T)\to 0}\sigma=a$$

称为 $f(x)$ 在$[a,b]$ 上关于 $g(x)$ 的 R－S **积分**,记作

$$\int_a^b f(x)\mathrm{d}g(x)(\text{或}\int_a^b f\mathrm{d}g).$$

显然当 $g(x)\equiv x$ 时 R－S 积分便成为 R 积分.

R－S 积分有如下显而易见的性质:

定理 1 下面的(i)－(iv), 若等号右边的积分存在,则等号左边的积分也存在,并且等式成立.

(i) $\int_a^b(f_1+f_2)\mathrm{d}g=\int_a^b f_1\mathrm{d}g+\int_a^b f_2\mathrm{d}g$;

(ii) $\int_a^b f\mathrm{d}(g_1+g_2)=\int_a^b f\mathrm{d}g_1+\int_a^b f\mathrm{d}g_2$;

(iii) $\int_a^b \alpha f\mathrm{d}(\beta g)=\alpha\beta\int_a^b f\mathrm{d}g\ (\alpha,\beta\in R^1)$;

(iv) $\int_a^c f\mathrm{d}g+\int_c^b f\mathrm{d}g=\int_a^b f\mathrm{d}g\ (a<c<b)$.

注意上面的(iv),当等号左边的两个积分都存在时等号右边的积分可能不存在.

例 6・3・1　设

$$f(x)=\begin{cases}0, & x\in[-1,0],\\ 1, & x\in(0,1]\end{cases}$$

$$g(x)=\begin{cases}0, & x\in[-1,0),\\ 1, & x\in[0,1],\end{cases}$$

则　$\int_{-1}^{0} f\mathrm{d}g=0$，$\int_{0}^{1} f\mathrm{d}g=0$，但 $\int_{-1}^{1} f\mathrm{d}g$ 不存在.

证明　任取划分 $T:-1=x_0<x_1<\cdots<x_n=1$，使 0 不是 T 的分点，则存在 j 使 $x_{j-1}<0<x_j$. 又任取 T 的介点集$\{\xi_i\}$. 相应于 T、$\{\xi_i\}$，作 f 关于 g 的 R－S 和数 σ，则

$$\begin{aligned}\sigma&=\sum_{i=1}^{n}f(\xi_i)[g(x_i)-g(x_{i-1})]\\ &=f(\xi_j)=\begin{cases}0, & 当\ \xi_j\leqslant 0\ 时,\\ 1, & 当\ \xi_j>0\ 时.\end{cases}\end{aligned}$$

由此可知当 $d(T)\to 0$ 时 σ 不趋于一个确定的数，即$\int_{-1}^{1} f\mathrm{d}g$ 不存在. ▌

* **定理 2**　若$\int_a^b f(x)\mathrm{d}g(x)$ 存在，则$\int_a^b g(x)\mathrm{d}f(x)$ 存在，并且

$$\int_a^b g(x)\mathrm{d}f(x)=f(x)g(x)\Big|_a^b-\int_a^b f(x)\mathrm{d}g(x).$$

证明　相应于任意划分 $T:a=x_0<x_1<\cdots<x_n=b$ 及 T 的任意介点集$\{\xi_i\}$，作 g 关于 f 的 R－S 和数 σ，则

$$\begin{aligned}\sigma&=\sum_{i=1}^{n}g(\xi_i)[f(x_i)-f(x_{i-1})]\\ &=-\Big\{\sum_{i=1}^{n-1}f(x_i)[g(\xi_{i+1})-g(\xi_i)]\\ &\quad+f(a)[g(\xi_1)-g(a)]\\ &\quad+f(b)[g(b)-g(\xi_n)]\Big\}\\ &\quad+f(b)g(b)-f(a)g(a).\end{aligned}\tag{6・4・1}$$

把划分 $a \leqslant \xi_1 \leqslant \xi_2 \leqslant \cdots \leqslant \xi_n \leqslant b$（其中有等号成立时，等号所连二数实为同一分点）记作 $\hat{T}$，则(6·4·1)式后端大括号内的式子恰是 f 关于 g 相应于 $\hat{T}$ 的一个 R－S 和数，记其为 $\hat{\sigma}$. 当 $d(T)\to 0$ 时显然 $d(\hat{T})\to 0$，而 $d(\hat{T})\to 0$ 时 $\hat{\sigma}\to\int_a^b f\mathrm{d}g$，所以当 $d(T)\to 0$ 时

$$\sigma \to -\int_a^b f\mathrm{d}g + f(b)g(b) - f(a)g(a).$$

这就证明了 $\int_a^b g\mathrm{d}f$ 存在并且

$$\int_a^b g\mathrm{d}f = f(x)g(x)\Big|_a^b - \int_a^b f\mathrm{d}g. \blacksquare$$

设 $\alpha(x)$ 是 $[a,b]$ 上的单调不减函数，并且在 (a,b) 上右方连续. 相应于 $\alpha(x)$ 作 R' 上的函数

$$\tilde{\alpha}(x) = \begin{cases} \alpha(a), & x \in (-\infty, a), \\ \alpha(a+0), & x = a, \\ \alpha(x), & x \in (a,b], \\ \alpha(b), & x \in (b, +\infty), \end{cases} \tag{6·4·2}$$

则 $\tilde{\alpha}(x)$ 是 R' 上的一个分布函数.

* **定理 3** 设 $\alpha(x)$，$\tilde{\alpha}(x)$ 是上述的函数. 若 $f(x)$ 在 $[a,b]$ 上关于 $\alpha(x)$ 是 R－S 可积的，则 $f(x)$ 在 $[a,b]$ 上关于分布函数 $\tilde{\alpha}(x)$ 是 L－S 可积的，并且

$$(\mathrm{R-S})\int_a^b f(x)\mathrm{d}\alpha(x) = (\mathrm{L-S})\int_{[a,b]} f(x)\mathrm{d}\tilde{\alpha}(x).$$

这个定理的证明与 §5·2 定理 1 类似.

我们已经知道 L－S 积分是 L 积分的推广（这个推广类似于 R 积分到 R－S 积分的推广）. 由于定理 3，我们还可以说 L－S 积分是某种类型的 R－S 积分的推广（这个推广类似于 R 积分到 L 积分的推广）.

* **例 6 · 4 · 2**　设

$$\alpha(x)=\begin{cases}0, & x\in[-1,0),\\ 1, & x\in[0,1],\end{cases}$$

$$f(x)=\begin{cases}0, & x\in[-1,0],\\ 1, & x\in(0,1].\end{cases}$$

由例 6 · 4 · 1 知(R－S)$\int_{-1}^{1} f\mathrm{d}\alpha$ 不存在. 但(L－S)$\int_{[-1,1]} f\mathrm{d}\tilde{\alpha}=0$，其中 $\tilde{\alpha}(x)$ 是由 $\alpha(x)$ 按(6 · 4 · 2) 作出的函数.

6 · 4 · 2　连续函数关于有界变差函数的 R－S 积分

定理 4　若 $f(x)$ 是$[a,b]$上的连续函数，$g(x)$ 是$[a,b]$上的有界变差函数，则 $f(x)$ 在$[a,b]$上关于 $g(x)$ 是 R－S 可积的.

证明　由 § 6 · 2 定理 3 知 $g(x)$ 可表为两个单调不减函数的差. 由于定理 1(ii)，(iii)，我们只需设 $g(x)$ 是单调不减函数来完成证明.

相应于$[a,b]$的划分 T：$a=x_0<x_1<\cdots<x_n=b$，我们作如下的符号规定：

$$m_i=\inf_{x\in[x_{i-1},x_i]} f(x),\qquad M_i=\sup_{x\in[x_{i-1},x_i]} f(x);$$

$$s(T)=\sum_{i=1}^{n} m_i[g(x_i)-g(x_{i-1})],$$

$$S(T)=\sum_{i=1}^{n} M_i[g(x_i)-g(x_{i-1})];$$

$$\sigma(T)=\sum_{i=1}^{n} f(\xi_i)[g(x_i)-g(x_{i-1})],$$

其中$\{\xi_i\}$是 T 的任一介点集. 由 $g(x)$ 单调不减知下面的两个结论成立：

(i) $s(T)\leqslant\sigma(T)\leqslant S(T)$.

(ii) 对于$[a,b]$的任意两个划分 T_1,T_2，恒有 $s(T_1)\leqslant S(T_2)$.(事实上，合并 T_1,T_2 的所有分点得到$[a,b]$的划分 T_3，显然

$$s(T_1) \leqslant s(T_3) \leqslant S(T_3) \leqslant S(T_2).)$$

记

$$a = \sup\{s(\hat{T}) \mid \hat{T} \text{ 为}[a,b]\text{ 的划分}\},$$

设 T 为$[a,b]$ 的任意划分,由(ii) 可知

$$s(T) \leqslant a \leqslant S(T).$$

再由(i) 可知

$$|\sigma(T) - a| \leqslant S(T) - s(T).$$

任给 $\varepsilon > 0$,由 $f(x)$ 在$[a,b]$ 上连续知存在 $\delta > 0$,使当

$$|x' - x''| < \delta \quad (x'、x'' \in [a,b]) \text{ 时}$$

就有

$$|f(x') - f(x'')| < \varepsilon.$$

因此当 $d(T) < \delta$ 时

$$M_i - m_i \leqslant \varepsilon \ (i = 1,2,\cdots,n)\text{,从而}$$

$$|\sigma(T) - a| \leqslant S(T) - s(T) \leqslant \varepsilon[g(b) - g(a)].$$

所以当 $d(T) \to 0$ 时 $\sigma(T) \to a$. 即知 $f(x)$ 在$[a,b]$上关于 $g(x)$ 是 R－S 可积的. ▌

定理 5 设 $f(x)$ 是$[a,b]$ 上的连续函数,$g(x)$ 是$[a,b]$ 上的有界变差函数,则

$$\left|\int_a^b f(x)\mathrm{d}g(x)\right| \leqslant \max_{a\leqslant x\leqslant b}|f(x)| \cdot \bigvee_a^b(g).$$

证明 相应于任意划分 T: $a = x_0 < x_1 < \cdots < x_n = b$ 及 T 的任意介点集 $\{\xi_i\}$, 作 f 关于 g 的 R－S 和数 σ,则

$$\begin{aligned}|\sigma| &= \left|\sum_{i=1}^n f(\xi_i)[g(x_i) - g(x_{i-1})]\right| \\ &\leqslant \max_{a\leqslant x\leqslant b}|f(x)| \cdot \sum_{i=1}^n |g(x_i) - g(x_{i-1})| \\ &\leqslant \max_{a\leqslant x\leqslant b}|f(x)| \cdot \bigvee_a^b(g).\end{aligned}$$

由定理 4 及上式知定理 5 成立. ▌

* **命题 1**　若 $f(x)$ 在$[a,b]$上连续，$g(x)$ 在$[a,b]$上处处可微且 $g'(x)$ 在$[a,b]$上 R 可积，则

$$(\mathrm{R-S})\int_a^b f(x)\mathrm{d}g(x) = (\mathrm{R})\int_a^b f(x)g'(x)\mathrm{d}x.$$

这个命题的证明留给读者考虑.

* **命题 2**　若 $f(x)$ 在$[a,b]$上连续，$g(x)$ 在$[a,b]$上绝对连续，则

$$(\mathrm{R-S})\int_a^b f(x)\mathrm{d}g(x) = (\mathrm{L})\int_a^b f(x)g'(x)\mathrm{d}x. \tag{6·4·3}$$

这个命题的证明可参见[1]《实变函数论》第九章 §7.

注　若 $f(x)$ 在$[a,b]$上连续，$g(x)$ 为$[a,b]$上的连续有界变差函数，此时(6·4·3)式两边的积分都存在，但(6·4·3)式未必成立. 例如，设$[a,b]=[0,1]$，$f(x)\equiv 1$，$g(x)$ 为 Cantor 函数 $\theta(x)$，此时(6·4·3)式左边为 1，而右边为 0.

下面的讨论主要是为 §9·3 研究连续函数空间 $C[a,b]$ 上的有界线性泛函的表示问题作准备.

定义 2　设 $g(x)$ 是$[a,b]$上的有界变差函数. 若 $g(x)$ 在(a,b)上右方连续并且 $g(a)=0$，就称 $g(x)$ 是$[a,b]$上的**正规有界变差函数**. $[a,b]$上正规有界变差函数的全体记作 $V_0[a,b]$.

定理 6　(i) 设 h 是$[a,b]$上的有界变差函数，则在 $V_0[a,b]$ 中有且仅有一个函数 g 满足：

(a) 在 h 的连续点上 $g(x)=h(x)-h(a)$，

(b) $g(b)=h(b)-h(a)$，

(c) $\bigvee_a^b(g)\leqslant\bigvee_a^b(h)$.

(我们把这样的 g 称为 h 的正规化有界变差函数)

(ii) 设 h 是$[a,b]$上的有界变差函数，则在 $V_0[a,b]$ 中有且仅有一个函数 g，使对于$[a,b]$上的任何连续函数 f 都有

$$\int_a^b f\,\mathrm{d}g = \int_a^b f\,\mathrm{d}h.$$

* **证明**　(i) 作$[a,b]$上的函数

$$g(x) = \begin{cases} 0, & x = a, \\ h(x+0) - h(a), & x \in (a,b), \\ h(b) - h(a), & x = b. \end{cases} \tag{6·4·4}$$

显然 g 满足条件(a)(b).

下证 g 在(a,b)上右方连续;设 $x_0 \in (a,b)$,对任意 $\varepsilon > 0$,必存在 $\delta > 0$,使当 $x \in (x_0, x_0 + \delta)$ 时

$$|h(x) - h(x_0 + 0)| < \varepsilon,$$

从而

$$|h(x+0) - h(x_0 + 0)| \leqslant \varepsilon,$$

于是

$$|g(x) - g(x_0)| \leqslant \varepsilon,$$

所以 $g(x)$ 在 x_0右方连续.

再证 g 满足条件(c):任作$[a,b]$的划分:

$$a = x_0 < x_1 < \cdots < x_n = b,$$

并任取

$$y_i \in (x_i, x_{i+1}) \quad (i = 1,2,\cdots,n-1),$$

则

$$V(h; x_0, y_1, \cdots, y_{n-1}, x_n) \leqslant \overset{b}{\underset{a}{V}}(h). \tag{6·4·5}$$

令

$$y_i \to x_i, \quad i = 1,2,\cdots,n-1,$$

这时

$$h(y_i) \to h(x_i + 0) = g(x_i) + h(a),$$

从而(6·4·5)式左端趋于$V(g; x_0, x_1, \cdots, x_{n-1}, x_n)$,因此

$$V(g;x_0,x_1,\cdots,x_{n-1},x_n)\leqslant \bigvee_a^b(h).$$

所以 $\bigvee_a^b(g)\leqslant \bigvee_a^b(h)$. 总之, g 是 $V_0[a,b]$ 中满足条件(a)(b)(c) 的函数.

由于 $V_0[a,b]$ 中满足条件(a)(b)(c) 的函数必然满足(6・4・4) 式,所以这样的函数是唯一的.

(ii) 第一步证所述 g 的存在性. 设 $\hat{h}$ 是 h 的正规化有界变差函数,则 $\hat{h}\in V_0[a,b]$,下证对于$[a,b]$上的任何连续函数 f 都有

$$\int_a^b f\mathrm{d}\hat{h}=\int_a^b f\mathrm{d}h.$$

相应于每个自然数 n 作$[a,b]$的划分

$$T_n:a=x_0^{(n)}<x_1^{(n)}<\cdots<x_{m_n-1}^{(n)}<x_{m_n}^{(n)}=b,$$

使 $x_1^{(n)},\cdots,x_{m_n-1}^{(n)}$ 是 $h(x)$ 的连续点,并且使 $\lim\limits_{n\to\infty}d(T_n)=0$(由于 h 的不连续点至多可列个,这样的 T_n 是可以作出的). 相应于划分 T_n 及 T_n 的任意介点集$\{\xi_i^{(n)}\}$,作 f 关于 h 的 R－S 和数 σ,则

$$\begin{aligned}\sigma&=\sum_{i=1}^{m_n}f(\xi_i^{(n)})[h(x_i^{(n)})-h(x_{i-1}^{(n)})]\\&=\sum_{i=1}^{m_n}f(\xi_i^{(n)})[\hat{h}(x_i^{(n)})-\hat{h}(x_{i-1}^{(n)})].\end{aligned}$$

令 $n\to\infty$ 便得到

$$\int_a^b f\mathrm{d}h=\int_a^b f\mathrm{d}\hat{h}.$$

第二步证所述 g 的唯一性. 设 $g\in V_0[a,b]$,且对$[a,b]$上的任何连续函数 f 都有

$$\int_a^b f\mathrm{d}g=\int_a^b f\mathrm{d}h,$$

下证 g 即 h 的正规化有界变差函数 $\hat{h}$.

由第一步知对$[a,b]$上的任意连续函数 f 恒有

$$\int_a^b f\mathrm{d}\hat{h} = \int_a^b f\mathrm{d}h,$$

从而恒有

$$\int_a^b f\mathrm{d}(g - \hat{h}) = 0. \qquad (6 \cdot 4 \cdot 6)$$

令 $\varphi = g - \hat{h}$，则 $\varphi \in V_0[a,b]$. 要证 $g = \hat{h}$ 只需证 $\varphi(x) \equiv 0$.

在(6・4・6)中取 $f(x) \equiv 1$ 得 $\varphi(b) - \varphi(a) = 0$,故

$$\varphi(b) = \varphi(a) = 0.$$

任取 λ,μ 满足 $a < \lambda < \mu < b$, 作函数

$$f_1(x) = \begin{cases} \mu - \lambda, & x \in [a, \lambda], \\ \mu - x, & x \in (\lambda, \mu), \\ 0, & x \in [\mu, b]. \end{cases}$$

$f_1(x)$ 在 $[a,b]$ 上连续. 根据定理 2 并注意到 $f_1(x)$ 在 $[a,\lambda]$, $[\mu,b]$ 上为常数,就得到

$$\int_a^b f_1(x)\mathrm{d}\varphi(x) = f_1(x)\varphi(x)\Big|_a^b - \int_a^b \varphi(x)\mathrm{d}f_1(x)$$
$$= \int_\lambda^\mu \varphi(x)\mathrm{d}x.$$

由(6・4・6)知

$$\int_\lambda^\mu \varphi(x)\mathrm{d}x = 0. \qquad (6 \cdot 4 \cdot 7)$$

由 $\lambda \in (a,b)$ 知 λ 是 φ 的右方连续点,故对任意 $\varepsilon > 0$,存在 $\delta > 0$,使当 $x \in (\lambda,\lambda+\delta)$ 时 $|\varphi(x) - \varphi(\lambda)| < \varepsilon$. 取 μ 满足 $\lambda < \mu < \lambda + \delta$,由(6・4・7)知

$$|\varphi(\lambda)| = \left|\frac{1}{\mu - \lambda}\int_\lambda^\mu [\varphi(\lambda) - \varphi(x)]\mathrm{d}x\right|$$
$$\leqslant \frac{1}{\mu - \lambda}\int_\lambda^\mu |\varphi(\lambda) - \varphi(x)|\mathrm{d}x < \varepsilon.$$

由正数 ε 的任意性知 $\varphi(\lambda) = 0$. 由 λ 是 (a,b) 中的任意点及 $\varphi(a) = \varphi(b) = 0$ 知 $\varphi(x)$ 在 $[a,b]$ 上恒等于 0. 所以 $g = \hat{h}$. ▌

习　题　六

1. 设 $E \subset [a,b]$，$\overline{E} = [a,b]$. 若$[a,b]$上的两个单调函数在 E 上处处相等，则它们在$[a,b]$上有相同的连续点和可微点.

2. 设 $f(x)$ 是$[a,b]$上的严格增函数，p 是一个非负实数. 若 $f(x)$ 在$[a,b]$上处处有不大于 p 的导数，则对于$[a,b]$的任意子集 E 恒有 $m^* f(E) \leqslant p \cdot m^* E$. 试不依据 §6・1引理 2 来证明之.

3. 证明$[a,b]$上的有限函数 $f(x)$ 在点 $x_0 \in [a,b]$ 的所有列导数组成一个闭集.

4. 设 $f(x)$ 是$[a,b]$上的有限函数，$E \subset [a,b]$，M 是一个实数. 若 $f(x)$ 在 E 的每个点 x_0 有导数 $f'(x_0)$，并且 $|f'(x_0)| \leqslant M$，则 $m^* f(E) \leqslant M \cdot m^* E$.

5. 若 $f(x)$ 是 E 上的可测函数，A 是 R^1 中的可测集，此时 $E[f \in A]$ 可能不是可测集. 试举例说明之.（提示：利用 Cantor 函数）

6. 若 $g(x)$ 是$[a,b]$上的严格增连续函数，$g(a)=\alpha$，$g(b)=\beta$，$f(y)$ 是$[\alpha,\beta]$上的可测函数，此时 $f[g(x)]$ 可能不是$[a,b]$上的可测函数. 试举例说明之.（提示：利用 Cantor 函数）

7. 函数

$$f(x) = \begin{cases} x^{\alpha} \sin \dfrac{1}{x}, & \text{当 } x \in (0,1] \text{ 时}, \\ 0, & \text{当 } x = 0 \text{ 时} \end{cases}$$

当 α 取什么数时是有界变差的？试讨论之.

8. 设 $f(x)$ 和 $g(x)$ 都是$[a,b]$上有的界变差函数，若存在正数 ε 使在$[a,b]$上 $|g(x)| \geqslant \varepsilon$，则 $f(x)/g(x)$ 也是$[a,b]$上的有界变差函数.

9. $[a,b]$上的有限函数 $f(x)$ 为有界变差函数的充要条件是：存在$[a,b]$上的单调不减函数 $\varphi(x)$，使当 $x' < x''$ ($x', x'' \in [a,b]$)

时就有

$$f(x'')-f(x')\leqslant \varphi(x'')-\varphi(x').$$

10. 设 $f(x)$ 在$[a,b]$上连续.若$|f(x)|$是$[a,b]$上的有界变差函数,则 $f(x)$ 是$[a,b]$上的有界变差函数.

11. 设$\{f_n(x)\}$是$[a,b]$上的有界变差函数列,在$[a,b]$上处处收敛于 $f(x)$.若存在有限数 M 使 $\overset{b}{\underset{a}{V}}(f_n)\leqslant M\ (n=1,2,\cdots)$,又在$[a,b]$上$|f(x)|<\infty$,则 $f(x)$ 是$[a,b]$上的有界变差函数.

12. 若 $f(x)$ 是$[a,b]$上的有界变差函数,则

$$\int_a^x |f'(t)|\,\mathrm{d}t\leqslant \overset{x}{\underset{a}{V}}(f)\quad (x\in[a,b]).$$

13. 若 $f(x)$ 是$[a,b]$上的有界变差函数,则

$$\frac{\mathrm{d}}{\mathrm{d}x}\overset{x}{\underset{a}{V}}(f)=|f'(x)|,\text{a. e. 于}[a,b].$$

(此题较难,可放到第 23 题之后做)

14. $F(x)$ 为$[a,b]$上的绝对连续函数的充要条件是:对任意 $\varepsilon>0$,总存在 $\delta>0$,使得当$[a,b]$中有限个两两无交的开区间$\{(a_i,b_i)\}$满足$\sum\limits_i(b_i-a_i)<\delta$时(不论$\{(a_i,b_i)\}$的取法如何)恒有

$$\Big|\sum_i[F(b_i)-F(a_i)]\Big|<\varepsilon.$$

15. $F(x)$ 在$[a,b]$上满足 Lipschitz 条件的充要条件是:对任意 $\varepsilon>0$,总存在 $\delta>0$,使得当$[a,b]$中有限个开区间$\{(a_i,b_i)\}$(未必两两无交)满足$\sum\limits_i(b_i-a_i)<\delta$时(不论$\{(a_i,b_i)\}$的取法如何)恒有

$$\Big|\sum_i[F(b_i)-F(a_i)]\Big|<\varepsilon.$$

16. 讨论函数

$$F(x)=\begin{cases}x^{\alpha}\sin\dfrac{1}{x^{\beta}}, & \text{当 } x\in(0,1] \text{ 时},\\ 0, & \text{当 } x=0 \text{ 时}\end{cases}$$

的绝对连续性.

17. 若 $f(x)$ 和 $g(x)$ 都是 $[a,b]$ 上的绝对连续函数，并且 $g(x)$ 在 $[a,b]$ 上处处非 0，则 $f(x)/g(x)$ 是 $[a,b]$ 上的绝对连续函数.

18. 若 $f(x)$ 在 $[a,b]$ 上绝对连续，并且几乎处处有非负导数，则 $f(x)$ 是单调不减函数.

19. $F(x)$ 在 $[a,b]$ 上满足 Lipschitz 条件的充要条件是：$F(x)$ 可表为 $[a,b]$ 上的一个有界可测函数的不定积分.

20. 设 $f(x)$ 是 $[a,b]$ 上的可积函数，证明对几乎所有 $x_0 \in [a,b]$ 成立

$$\lim_{h\to 0+}\frac{1}{h}\int_{x_0}^{x_0+h}[f(x)-f(x_0)]\mathrm{d}x=0.$$

21. 证明在 $[a,b]$ 上处处存在有限导数的单调函数是绝对连续函数.

22. $F(x)$ 为 $[a,b]$ 上的绝对连续函数的充要条件是：$\overset{x}{\underset{a}{V}}(F)$ 为 $[a,b]$ 上的绝对连续函数.

23. 若 $F(x)$ 为 $[a,b]$ 上的绝对连续函数，则

$$\int_a^x |F'(t)|\,\mathrm{d}t=\overset{x}{\underset{a}{V}}(F)\quad (x\in[a,b]).$$

(要求不用第 13 题来证明，答案可见于[1] 第九章 §4)

24. 设 $f_1(x)$，$f_2(x)$，$f_3(x)$，… 是 $[a,b]$ 上的一列可积函数，并且其积分具有等度的绝对连续性. 若对于 $[a,b]$ 的每个可测子集 e，极限 $\lim\limits_{n\to\infty}\int_e f_n(x)\mathrm{d}x$ 都存在且为有限数，则存在 $[a,b]$ 上的可积函数 $f(x)$，使得对 $[a,b]$ 上的任何有界可测函数 $g(x)$ 都有

$$\lim_{n\to\infty}\int_a^b f_n(x)g(x)\mathrm{d}x=\int_a^b f(x)g(x)\mathrm{d}x.$$

25. 设 E 为 R^1 中的可测集. 对于 $x_0\in R^1$ 若极限

$$\lim_{h\to 0+}\frac{m(E\cap(x_0-h,x_0+h))}{2h}$$

存在,就称此极限值为 E 在点 x_0 的**密度**. 证明:(*i*) 对几乎所有 $x\in E$,E在点 x 的密度为 1;(*ii*) 对几乎所有 $x\in R^1\setminus E$,E在点 x 的密度为 0.

26. 设 $f(x)$ 在$[a,b]$上关于 $g(x)$ 是R－S可积的. 若 $\varphi(t)$ 是$[\alpha,\beta]$上严格增加的连续函数,并且 $a=\varphi(\alpha)$、$b=\varphi(\beta)$,则 $f[\varphi(t)]$ 在$[\alpha,\beta]$上关于 $g[\varphi(t)]$ 是R－S可积的,并且

$$\int_\alpha^\beta f[\varphi(t)]\mathrm{d}g[\varphi(t)]=\int_a^b f(x)\mathrm{d}g(x).$$

27. 证明 §6·4 命题 1.

28. 设在$[a,b]$上 $f(x)$ 与 $g(x)$ 分别为连续函数与有界变差函数,则

$$\int_a^x f(t)\mathrm{d}g(t)$$

是$[a,b]$上的有界变差函数,并且此函数在 $g(x)$ 的连续点上是连续的.

29. 设$\{f_n(x)\}$是$[a,b]$上的连续函数列,在$[a,b]$上一致收敛于 $f(x)$,又设 $g(x)$ 是$[a,b]$上的有界变差函数,则

$$\lim_{n\to\infty}\int_a^b f_n(x)\mathrm{d}g(x)=\int_a^b f(x)\mathrm{d}g(x).$$

30. 设 $f(x)$ 是$[a,b]$上的连续函数. 又设$\{g_n(x)\}$是$[a,b]$上的有界变差函数列,在$[a,b]$上处处收敛于 $g(x)$. 若

$$\overset{b}{\underset{a}{V}}(g_n)\leqslant M<\infty\qquad(n=1,2,\cdots),$$

在$[a,b]$上$|g(x)|<\infty$,则

$$\lim_{n\to\infty}\int_a^b f(x)\mathrm{d}g_n(x)=\int_a^b f(x)\mathrm{d}g(x).$$

附　录

勒贝格(Lebesgue)简介

勒贝格(Henri Leon Lebesgue)是法国数学家,1875 年 6 月 8 日生于博韦,1941 年 7 月 26 日卒于巴黎.

勒贝格从小勤奋好学,成绩优秀,特别善长计算.他于 1894 年考入巴黎的高等师范学校,1897 年大学毕业后在该校图书馆工作了两年.

从 1899 年至 1902 年勒贝格在南锡的一所中学任教,在繁忙的工作之余,孜孜不倦地研究实变函数理论,并于 1902 年发表了著名的博士论文"积分"、长度与面积".在这篇文章中,勒贝格创立了后来以他的名字命名的积分理论.

从 1902 年开始,勒贝格在大学里任教(1902—1906 在雷恩;1906—1910 在普瓦蒂埃),并先后于 1904 年和 1906 年出版了他的重要著作:《积分法和原函数分析的讲义》、《三角级数讲义》.

1910—1919 年,勒贝格在巴黎(韶邦)大学担任讲师,1920 年转聘为教授.这期间,他又陆续发表了许多关于函数的微分、积分理论的研究成果.

1921 年,勒贝格被法兰西学院聘为教授,翌年作为C. Jordan 的后继人被选为巴黎科学院院士,此时,他的论文和著作已达 90 多种,内容除了积分理论外,还涉及集合与函数的构成、变分学、曲面面积以及维数理论等.在勒贝格生前最后 20 年,研究工作主要涉及教育、历史及初等几何.

由于勒贝格在实变函数理论方面的杰出贡献,他相继获得胡勒维格奖(1912 年)、彭赛列奖(1914 年)和赛恩吐奖(1917),许多国家和地区(如伦敦、罗马、丹麦、比利时、罗马尼亚和波兰)的科学院都聘他为院士,许多大学授予他名誉学位,以表彰他的贡献.

参 考 书 目

[1] И·П·Н 那汤松(徐瑞云译).实变函数论.北京:人民教育出版社,1958.

[2] 陈建功.实函数论.北京:科学出版社,1958.

[3] 江泽坚,吴智泉.实变函数论.北京:人民教育出版社,1961.

[4] 夏道行等.实变函数论与泛函分析.北京:人民教育出版社,1978.

[5] 郑维行,王声望.实变函数与泛函分析概要.北京:人民教育出版社,1980.

[6] 周民强.实变函数论.北京:北京大学出版社,2001.

[7] E. Kamke(吴莲溪译).勒贝格—斯蒂尔吉斯积分.北京:高等教育出版社,1965.

[8] P. R. Halmos, Measure Theory, D. Van Nostrand, New York, 1950.(有中译本.测度论.北京:科学出版社,1958 年.)

[9] B. R. Gelbaum and J. M. H. Olmsted, Counter examples in Analysis, Holden－Day, Inc., 1964.(有中译本.分析中的反例.上海:上海科学技术出版社,1980.)

[10] G. Klambauer(孙本旺译).数学分析.长沙:湖南教育出版社,1981.

[11] 郭大钧,陈玉妹,裘卓明.数学分析.济南:山东科学技术出版社,1982.(2000 年第二版)

[12] 关肇直.泛函分析讲义.北京:高等教育出版社,1958.

[13] Л. А. 刘斯铁尔尼克、В. И. 索伯列夫(杨从仁译).泛

函数分析概要. 北京:科学出版社,1955.

[14] 关肇直,张恭庆,冯德兴. 线性泛函分析入门. 上海:上海科学技术出版社,1979

[15] Martin Schechter, Principles of functional analysis, London, 1971

[16] И. M. 盖尔芳特,Г. E. 希洛夫(林坚冰译). 广义函数(i). 北京:科学出版社,1965

[17] 国防科技大学应用数学教研室编. 实变函数论习题解答. 长沙:湖南科学技术出版社,1980.

图书在版编目(CIP)数据

实变函数与泛函分析/郭大均等编. —2版. —济南:山东大学出版社,2005.7(2016.7重印)

ISBN 978—7—5607—2987—9

Ⅰ. 实…

Ⅱ. 郭…

Ⅲ. ①实变函数—高等学校—教材②泛函分析—高等学校—教材

Ⅳ. 017

中国版本图书馆CIP数据核字(2005)第062009号

山东大学出版社出版发行

(山东省济南市山大南路27号　邮政编码:250100)

山　东　省　新　华　书　店　经　销

泰安金彩印务有限公司

850×1168毫米　1/32　18.875印张　474千字

2005年7月第2版　2016年7月第7次印刷

定价:36.80元(全两册)

实变函数与泛函分析

（第二版）

下册

郭大钧　黄春朝　梁方豪　韦忠礼　编

山东大学出版社

目　录

下　册

第七章　距离空间·赋范线性空间

§7·1　距离空间的定义及例

在数学分析中主要是研究有限维欧几里德空间及其上的函数的分析性质. n 维欧几里德空间有许多基本概念,如球、开集、导集、闭集、极限等等,利用这些概念又产生了 R^n 上函数的有界性、连续性、函数列的收敛性、一致收敛性等等重要的数学概念. 我们知道,所有这些概念都可以基于 R^n 中两点 $x=(\xi_1,\cdots,\xi_n)$ 与 $y=(\eta_1,\cdots,\eta_n)$ 间的距离

$$\rho(x,y)=\sqrt{\sum_{i=1}^{n}(\xi_i-\eta_i)^2}$$

来定义. 例如,当我们说 R^n 中点列 $\{x_n\}$ 收敛于一点 $x\in R^n$,那就是指 $\lim\limits_{n\to\infty}\rho(x_n,x)=0$. 所以,"距离"这个概念在数学分析中起着根本的作用. 现在,我们将"距离"这个概念抽象出来移植到一般的抽象集合上去,从而得出距离空间的概念.

定义 1　设 X 是一个集合,如果按某一法则对于 X 中任意二元素 x,y 都有一个非负实数 $\rho(x,y)$ 与之对应,且满足下列条件:

(i) $\rho(x,y)=0 \Longleftrightarrow x=y$,

(ii) $\rho(x,y)=\rho(y,x)$,

(iii) $\rho(x,y)\leqslant\rho(x,z)+\rho(z,y)$,

则称 $\rho(x,y)$ 是 **x 与 y 间的距离**,且称 X×X 上的函数 $\rho=\rho(\cdot,\cdot)$ 为 **X 上的一个距离**,并称 X 按 ρ 成为一个**距离空间**(或**度量空间**),

记作(X,ρ).

在不引起混淆的情况下,往往简单地说 X 是一距离空间,并形象地把 X 的元素称为“点”,把 X 的子集称为“点集”.

距离 ρ 所应满足的条件(i),(ii),(iii) 通常称为距离三公理. 公理(iii) 也称三角不等式或三角形公理. 在 R^3 中三角不等式即表示“三角形任一边之长不超过其余二边长之和”—— 这正是“三角形公理”这个术语的来源.

定义 2 设 X 是以 ρ 为距离的距离空间. 如果 $\{x_n\} \subset$ X, $x \in$ X,有

$$\lim_{n\to\infty}\rho(x_n, x) = 0,$$

则称点列 x_n **趋于(收敛于)** x,或称 x 是 x_n 的**极限**,记作

$$x_n \to x \text{ 或 } \lim_{n\to\infty} x_n = x.$$

有极限的点列称作**收敛列**;如果 $\{x_n\} \subset$ X,有

$$\lim_{n,m\to\infty}\rho(x_n, x_m) = 0, \qquad (7 \cdot 1 \cdot 1)$$

则称 $\{x_n\}$ 是一个**基本列**,或称点列 $\{x_n\}$ 是**本来收敛的**,基本列也称作 Cauchy 列.

显然,收敛列必是基本列. 事实上,如果 $x_n \to x$,则对任意给定的 $\varepsilon > 0$,存在正整数 N,使当 $n > N$ 时 $\rho(x_n, x) < \dfrac{\varepsilon}{2}$,于是当 n, $m > N$ 时

$$\rho(x_n, x_m) \leqslant \rho(x_n, x) + \rho(x_m, x) < \varepsilon,$$

故(7 • 1 • 1) 式成立. 但其逆一般不成立,即在一个距离空间中基本列未必收敛.

例如,取 X 为 R^1 中除去原点后所成之集,按距离

$$\rho(x, y) = |x - y|,$$

X 是一距离空间,

$$x_n = \frac{1}{n} \quad (n = 1, 2, \cdots)$$

是 X 中一基本列，但它在 X 中无极限(因 $0 \overline{\in} X$).

定义 3　如果距离空间 X 中任一基本列都有极限，则称 X 是**完备距离空间**.

例如，由 Cauchy 收敛准则，n 维欧几里德空间 R^n 是完备距离空间.

我们看到，在距离空间中极限的概念是通过距离来定义的. 但是应当注意，一个非空集 X，当它不仅含有一个点时，可以在 X 上定义不同的距离，而且一般地说不同的距离所决定的收敛是不一样的.

例如，在 R^1 中可以定义距离

$$\rho_1(x,y) = |x-y|,$$

也可以定义距离

$$\rho_2(x,y) = \begin{cases} 0, & \text{当 } x = y, \\ 1, & \text{当 } x \neq y, \end{cases}$$

点列 $\left\{\frac{1}{n}\right\}$ 在 ρ_1 下是一收敛列，它以 0 为极限，但在 ρ_2 下却不是收敛列，甚至不是基本列.

如果集合 X 上的两个距离 ρ_1、ρ_2 所决定的收敛相同，我们就说 ρ_1 与 ρ_2 等价. 更确切地说，我们有

定义 4　称集合 X 上的两距离 ρ_1、ρ_2 是等价的，是指对于 X 中任一点列 $\{x_n\}$ 及任一点 $x_0 \in X$，

$$\rho_1(x_n,x_0) \to 0 \Longleftrightarrow \rho_2(x_n,x_0) \to 0.$$

例 7·1·1　在实数集 R^1 中定义

$$\rho_1(x,y) = \frac{|x-y|}{1+|x-y|}, \quad \forall\, x、y \in R^1,$$

则 ρ_1 是 R^1 上的一个距离.

事实上，距离公理中的(i)，(ii) 显然成立. 下证(iii) 成立：由于函数 $\varphi(t) = \dfrac{t}{1+t}$ 是$(0,\infty)$ 上的单调增加函数，再由

$$|x-y| \leqslant |x-z| + |z-y|$$

即得

$$\begin{aligned}\frac{|x-y|}{1+|x-y|} &\leqslant \frac{|x-z|+|z-y|}{1+|x-z|+|z-y|} \\ &\leqslant \frac{|x-z|}{1+|x-z|} + \frac{|z-y|}{1+|z-y|},\end{aligned} \quad (7 \cdot 1 \cdot 2)$$

所以

$$\rho_1(x,y) \leqslant \rho_1(x,z) + \rho_1(z,y).$$

容易看出,这里定义的距离 $\rho_1(x,y)$ 与通常在 R^1 中定义的距离

$$\rho(x,y) = |x-y|$$

是等价的.但在以后如不加声明,凡说 R^1 中距离都是指

$$\rho(x,y) = |x-y|.$$

例 7·1·2 空间 $S(E)$.设 E 是 R^n 中可测集且 $0 < mE < +\infty$.把一切在 E 上几乎处处取有限值的可测函数所成之集记为 $S(E)$,并且把 $S(E)$ 中凡几乎处处相等的函数看成同一个元素,在 $S(E)$ 上定义距离

$$\rho(f_1,f_2) = \int_E \frac{|f_1(x)-f_2(x)|}{1+|f_1(x)-f_2(x)|}\mathrm{d}x,\ \forall f_1,f_2 \in S(E), \quad (7 \cdot 1 \cdot 3)$$

则 $S(E)$ 成为一个完备的距离空间.$S(E)$ 可简记作 S.

证明 ρ 显然满足距离公理(i) 和(ii),下证满足(iii):由(7·1·2) 式知对任 $f_1,f_2,f_3 \in S$ 有

$$\frac{|f_1-f_2|}{1+|f_1-f_2|} \leqslant \frac{|f_1-f_3|}{1+|f_1-f_3|} + \frac{|f_2-f_3|}{1+|f_2-f_3|},$$

两边在 E 上积分即得 $\rho(f_1,f_2) \leqslant \rho(f_1,f_3) + \rho(f_2,f_3)$.

由第五章习题知,S 中 $f_n \to f$ 等价于函数列$\{f_n(x)\}$ 依测度收敛于 $f(x)$.类似地可以证明 S 中$\{f_n\}$ 为基本列等价于函数列$\{f_n(x)\}$ 为“依测度基本列”,即对任意 $\varepsilon > 0$ 都有

$$\lim_{m,n\to\infty} mE[\,|f_n - f_m| \geqslant \varepsilon] = 0\ .$$

由第四章习题知依测度基本列等价于依测度收敛列. 这就说明 S 是完备的. ▌

例 7·1·3　空间 s. 一切实数列 $x=(\xi_1,\xi_2,\cdots)$ 所成之集记为 s. 在 s 中定义距离

$$\rho(x,y)=\sum_{i=1}^{\infty}\frac{1}{2^i}\cdot\frac{|\xi_i-\eta_i|}{1+|\xi_i-\eta_i|},\qquad (7\cdot1\cdot4)$$

其中 $x=(\xi_1,\xi_2,\cdots)$ 及 $y=(\eta_1,\eta_2,\cdots)$ 是 s 中任意的点,则 s 成为一个完备的距离空间. 并且在 s 中 $x_n=(\xi_1^{(n)},\xi_2^{(n)},\cdots)$ 收敛于 $x=(\xi_1,\xi_2,\cdots)$ 等价于对每个固定的自然数 i 都有 $\lim\limits_{n\to\infty}\xi_i^{(n)}=\xi_i$. 请读者参照例 7·1·2 来完成证明.

例 7·1·4　离散距离空间. 设 X 是一个非空集合,在 X 上定义

$$\rho(x,y)=\begin{cases}1, & \text{当 } x\neq y \text{ 时},\\ 0, & \text{当 } x=y \text{ 时},\end{cases}\qquad (7\cdot1\cdot5)$$

则 X 按 ρ 成为一个完备的距离空间(证明留作习题),我们称此(X, ρ) 是一个**离散距离空间**(简称离散空间).

§7·2　赋范线性空间的定义及例

定义 1　设 E 是一个非空集合,K 表示复(或实) 数域. 如果

(i) E 是一个加法群(Abel 群),即定义了 E 中每两个元素 x,y 的加法运算,$x+y\in$ E,满足:

1) $x+y=y+x$;

2) $(x+y)+z=x+(y+z)$;

3) E 中存在零元素 θ,使对任何 $x\in$ E 均有 $x+\theta=x$;

4) 对任一 $x\in$ E,存在加法逆元 $-x$ 使 $x+(-x)=\theta$,

(ii) 定义了 K 中每个数 α 与 E 中每个元素 x 的乘法运算,$\alpha x\in$

E,满足:

1) $1x = x$;

2) $\alpha(\beta x) = (\alpha\beta)x$;

3) $(\alpha+\beta)x = \alpha x + \beta x$;

4) $\alpha(x+y) = \alpha x + \alpha y$,

则称 E 是一个**复(或实)线性空间**.

注 1 我们通常把 $x+(-y)$ 写作 $x-y$,且在不致引起混淆的情况下把 E 中的零元素 θ 写作 0.

注 2 今后凡说“线性空间”而前面不标出“复”、“实”字样时,意指此线性空间既可以是复的也可以是实的.

我们约定今后凡说到数是指实数或复数,而不再指 $\pm\infty$.

例 7·2·1 数列空间. 设 K 是实数域,Q 是某些实数列所组成的集($\mathrm{Q} = \{x = (\xi_1, \xi_2, \cdots)\}$). 定义 Q 中两元素 $x = (\xi_1, \xi_2, \cdots)$ 与 $y = (\eta_1, \eta_2, \cdots)$ 的加法以及数 $\alpha \in K$ 与元素 x 的乘法如下:

$$\left.\begin{aligned} x + y &= (\xi_1 + \eta_1, \xi_2 + \eta_2, \cdots) \\ \alpha x &= (\alpha\xi_1, \alpha\xi_2, \cdots) \end{aligned}\right\}. \qquad (7\cdot2\cdot1)$$

若当 $x, y \in \mathrm{Q}, \alpha, \beta \in K$ 时恒有 $\alpha x + \beta y \in \mathrm{Q}$,则 Q 成为 K 上的一个线性空间. 此线性空间称为**实的数列空间**. 类似地可定义**复的数列空间**(这时 K 为复数域,Q 中元素为复数列).

例 7·2·2 函数空间. 设 K 为实数域,Ω 为 R^n 中的一个点集,F 是 Ω 上某些实值函数所组成的集($\mathrm{F} = \{f\}$). 定义 F 中两元素 f 与 g 的加法以及数 $\alpha \in K$ 与 f 的乘法如下:

$$\left.\begin{aligned} (f+g)(x) &= f(x) + g(x) \quad (\forall\, x \in \Omega) \\ (\alpha f)(x) &= \alpha \cdot f(x) \qquad\quad (\forall\, x \in \Omega) \end{aligned}\right\} \qquad (7\cdot2\cdot2)$$

(即函数普通意义的加法及数乘运算). 若当 $f, g \in \mathrm{F}, \alpha, \beta \in K$ 时恒有 $\alpha f + \beta g \in \mathrm{F}$,则 F 成为 K 上的一个线性空间,此线性空间称为**实的函数空间**. 类似地可定义**复的函数空间**(这时 K 为复数域,F 中元素为 Ω 上的复值函数).

注 1 今后若说到某具体数列空间、函数空间而未说明是"实的"还是"复的"时,意指实、复均可.但为叙述上的方便我们往往只就"实的"情况来证明有关结论.

注 2 R^n 中点集 Ω 上的复值函数 $f(x)$ 必可唯一地表成

$$f(x) = f_1(x) + if_2(x),$$

其中 $f_1(x)$、$f_2(x)$ 是 Ω 上的实值函数.当 f_1,f_2 均为可测函数时称 f 是**可测函数**.当 f_1、f_2 均为可积函数时称 f 是**可积函数**,并且规定

$$\int_\Omega f(x)\mathrm{d}x = \int_\Omega f_1(x)\mathrm{d}x + i\int_\Omega f_2(x)\mathrm{d}x.$$

又当 $|f_1(x) + if_2(x)|$ 为 p 幂可积函数时称可测函数 $f(x)$ 是 p **幂可积函数**等等.

定义 2 设 E 是一个复(或实)线性空间,如果在 E 上定义了一个实值函数 $\|\cdot\|$,它满足下面的"范数公理":

(i) $\|x\| \geqslant 0$; $\|x\| = 0 \Leftrightarrow x = \theta$,

(ii) $\|\alpha x\| = |\alpha| \cdot \|x\| \quad (\alpha \in K)$,

(iii) $\|x+y\| \leqslant \|x\| + \|y\|$,

则称 $\|x\|$ 为**元素 x 的范数**,且称 $\|\cdot\|$ 是 **E 上的一个范数**,并称 E 按 $\|\cdot\|$ 成为一个复(或实)**赋范线性空间**(简称复(或实)**赋范空间**).

对赋范线性空间 E,定义

$$\rho(x,y) = \|x-y\| \qquad (\forall\, x,y \in \mathrm{E}),$$

容易验证 $\rho(x,y)$ 是 E 上的距离.此 $\rho(\cdot,\cdot)$ 称为**范数 $\|\cdot\|$ 所导出的距离**.

今后凡说赋范线性空间上的距离均指其范数所导出的距离,并在此意义下说赋范线性空间是距离空间.

定义 3 如果赋范线性空间 E 按范数所导出的距离是一个完备的距离空间,则称 E 是一个 Banach **空间**(或 **B－型空间**).

下面举一些赋范线性空间的例子,这些例子在泛函分析及其应用中都是很重要的.

例 7·2·3 n 维欧氏空间 R^n. 设

$$x=(\xi_1,\cdots,\xi_n),y=(\eta_1,\cdots,\eta_n)\in R^n,\alpha\in R^1,$$

定义

$$x+y=(\xi_1+\eta_1,\cdots,\xi_n+\eta_n),$$
$$\alpha x=(\alpha\xi_1,\cdots,\alpha\xi_n),$$

并定义 x 的范数为

$$\|x\|=\left(\sum_{i=1}^{n}|\xi_i|^2\right)^{\frac{1}{2}},\qquad(7\cdot2\cdot3)$$

显然 R^n 成为一个 Banach 空间,并且 $\|\cdot\|$ 导出的距离即欧氏距离.

例 7·2·4 连续函数空间 $C[a,b]$. 考察闭区间 $[a,b](a<b)$ 上连续函数 $f(x)$ 的全体所成的集合 $C[a,b]$. 在其中两函数的"加法"以及数与函数的"乘法"按普通的意义定义,那么 $C[a,b]$ 成一线性空间(请予验证),其中函数的范数按下式定义

$$\|f\|=\max_{a\leqslant x\leqslant b}|f(x)|,\qquad(7\cdot2\cdot4)$$

则 $C[a,b]$ 成一 Banach 空间.

事实上,范数的三个公理显然是满足的(请予验证),我们只需再证明完备性. 首先注意,在 $C[a,b]$ 中的收敛

$$\rho(f_n,f)=\|f_n-f\|\to0$$

意味着函数列 $f_n(x)$ 在 $[a,b]$ 上一致收敛于 $f(x)$.

设 $\{f_n\}$ 是 $C[a,b]$ 中一基本列,则对任意 $\varepsilon>0$,存在正整数 N,使当 $n,m>N$ 时

$$\|f_n-f_m\|<\varepsilon,$$

依范数定义(7·2·4),对任一 $x\in[a,b]$ 有

$$|f_n(x)-f_m(x)|\leqslant\|f_n-f_m\|,$$

从而当 $n,m>N$ 时有

$$|f_n(x) - f_m(x)| < \varepsilon,\ \forall x \in [a,b].$$

由此可知，$f_n(x)$ 在$[a,b]$上一致收敛于某连续函数 $f(x)$，亦即

$$\rho(f_n, f) \to 0,\ (n \to \infty).$$

$C[a,b]$ 的完备性得证.

例 7·2·5　空间 $C^m[a,b]$. 考察闭区间$[a,b]$($a<b$) 上 m 次连续可微的函数 $f(x)$ 的全体所成之集 $C^m[a,b]$. 在其中两函数的“加法”以及数与函数的“乘法”按普通的意义定义，那么 $C^m[a,b]$ 成一线性空间，其中函数 $f(x)$ 的范数按下式定义

$$\|f\| = \max_{a\leqslant x\leqslant b}|f(x)| + \max_{a\leqslant x\leqslant b}|f'(x)| + \cdots + \max_{a\leqslant x\leqslant b}|f^{(m)}(x)|, \tag{7·2·5}$$

则 $C^m[a,b]$ 成为一个 Banach 空间.

例 7·2·6　空间 m. 一切有界数列 $x=(\xi_1,\xi_2,\cdots)$ 所成之集记为 m. $x=(\xi_1,\xi_2,\cdots)$，$y=(\eta_1,\eta_2,\cdots)$ 的“加法”及数 α 与 x 的“乘法”按(7·2·1) 来定义，而范数按下式定义

$$\|x\| = \sup_i |\xi_i|, \tag{7·2·6}$$

则 m 成为一个 Banach 空间.

例 7·2·5、例 7·2·6 可仿例 7·2·4 证明之，把它们留给读者.

例 7·2·7　空间 $\mathsf{M}(E)$. 设 E 是 R^n 中的可测集. 令 $\mathsf{M}(E)$ 表示 E 上本质有界的可测函数的全体(即对每一 $f(x)\in\mathsf{M}(E)$ 都有 $L>0$ 使 $|f(x)|\leqslant L$, a.e.)，并且把 $\mathsf{M}(E)$ 中凡几乎处处相等的函数看成同一元素. 对 $f(x)\in\mathsf{M}(E)$ 定义

$$\|f\| = \inf\{L \mid |f(x)| \leqslant L,\ a.e.\}, \tag{7·2·7}$$

则按普通函数的加法与数乘运算 $\mathsf{M}(E)$ 是一线性空间，且按(7·2·7) 式所定义的范数 $\mathsf{M}(E)$ 为一个 Banach 空间. $\mathsf{M}(E)$ 可简记作 M.

我们指出，对每一 $f\in\mathsf{M}$ 必存在 $e\subset E$，$me=0$，使

$$\|f\| = \sup_{x\in E\setminus e}|f(x)|.$$

事实上，对每一自然数 n，$|f(x)| \leqslant \|f\| + \dfrac{1}{n}$, a.e.，因此

存在 $e_n \subset E, me_n = 0$,使当 $x \in E \setminus e_n$ 时有

$$|f(x)| \leqslant \|f\| + \frac{1}{n},$$

令 $e = \bigcup_{n=1}^{\infty} e_n$,则 $me = 0$,且当 $x \in E \setminus e$ 时有

$$|f(x)| \leqslant \|f\| + \frac{1}{n}, \quad n = 1,2,\cdots$$

从而当 $x \in E \setminus e$ 时 $|f(x)| \leqslant \|f\|$,但显然不能有

$$\sup_{x \in E \setminus e} |f(x)| < \|f\| \qquad (否则与(7\cdot 2\cdot 7)\ 矛盾),$$

故

$$\|f\| = \sup_{x \in E \setminus e} |f(x)|.$$

利用上面指出的结论,不难证明 M 是 Banach 空间(留给读者作练习).

例 7·2·8 空间 $L^p(E)(p \geqslant 1)$. 设 E 是 R^n 中的可测集,我们把 E 上的一切 p 幂可积函数 $f(x)$ 所成之集记为 $L^p(E)$,并且把 $L^p(E)$ 中凡几乎处处相等的函数看成同一元素,在 $L^p(E)$ 中两函数的“加法”及数与函数的“乘法”按普通意义定义,而范数按下式定义

$$\|f\| = \left(\int_E |f(x)|^p \mathrm{d}x\right)^{1/p}, \qquad (7\cdot 2\cdot 8)$$

则 $L^p(E)$ 成一 Banach 空间. $L^p(E)$ 可简记作 L^p.

证明　显然 L^p 是线性空间. 以下证明(7·2·8)式确实是定义了 L^p 上的范数. 范数公理(i)、(ii)显然满足. 当 $p = 1$ 时范数公理(iii)也显然满足. 下设 $p > 1$,并设 $q = \frac{p}{p-1}$ (即 $\frac{1}{p} + \frac{1}{q} = 1$)来证范数公理(iii)也满足. 分如下几步进行:

1°. 证明对任意 $A \geqslant 0, B \geqslant 0$ 有

$$AB \leqslant \frac{A^p}{p} + \frac{B^q}{q}. \qquad (7\cdot 2\cdot 9)$$

当 $AB = 0$ 时,(7·2·9)式显然成立. 当 $AB > 0$ 时,考虑函数

$$\varphi(x)=\frac{x^p}{p}+\frac{1}{q}-x\ (x\geqslant 0).$$

由于 $\varphi'(x)=x^{p-1}-1$，故当 $x<1$ 时 $\varphi'(x)<0$，当 $x>1$ 时 $\varphi'(x)>0$，因此 $\varphi(x)$ 在 $x=1$ 达到最小值 0，即对任一 $x\geqslant 0$，$\varphi(x)\geqslant 0$.

令 $x=AB^{-q/p}$，则

$$\frac{A^pB^{-q}}{p}+\frac{1}{q}-AB^{-q/p}\geqslant 0.$$

以 B^q 乘上式并注意到 $q-\dfrac{q}{p}=q(1-\dfrac{1}{p})=1$，即得(7 · 2 · 9) 式.

2°. 证明若 $f\in L^p$，$g\in L^q$，则 $fg\in L^1$，且

$$\left|\int_E f(x)g(x)\mathrm{d}x\right|\leqslant\left(\int_E|f(x)|^p\mathrm{d}x\right)^{1/p}\left(\int_E|g(x)|^q\mathrm{d}x\right)^{1/q}. \tag{7 · 2 · 10}$$

不失一般性可设 $\int_E|f(x)|^p\mathrm{d}x>0$，$\int_E|g(x)|^q\mathrm{d}x>0$.
令

$$\varphi(x)=\frac{f(x)}{\left(\int_E|f(x)|^p\mathrm{d}x\right)^{1/p}},\quad \psi(x)=\frac{g(x)}{\left(\int_E|g(x)|^q\mathrm{d}x\right)^{1/q}},$$

由(7 · 2 · 9) 式，

$$|\varphi(x)\psi(x)|\leqslant\frac{|\varphi(x)|^p}{p}+\frac{|\psi(x)|^q}{q},$$

因而 $\varphi(x)\psi(x)\in L^1$，从而 $f(x)g(x)\in L^1$ 且

$$\int_E|\varphi(x)\psi(x)|\mathrm{d}x\leqslant\int_E\frac{|\varphi(x)|^p}{p}\mathrm{d}x+\int_E\frac{|\psi(x)|^q}{q}\mathrm{d}x.$$

注意到

$$\int_E|\varphi(x)|^p\mathrm{d}x=\int_E|\psi(x)|^q\mathrm{d}x=1$$

及 $\dfrac{1}{p}+\dfrac{1}{q}=1$ 即知(7 · 2 · 10) 式成立.

3°. 证明若 $f \in L^p, g \in L^p$,则

$$\left(\int_E |f(x)+g(x)|^p \mathrm{d}x\right)^{1/p} \leqslant \left(\int_E |f(x)|^p \mathrm{d}x\right)^{1/p} + \left(\int_E |g(x)|^p \mathrm{d}x\right)^{1/p}. \tag{7·2·11}$$

由 $|f(x)+g(x)|^p \leqslant 2^p(|f(x)|^p + |g(x)|^p)$ 即知

$$|f(x)+g(x)| \in L^p,$$

从而

$$|f(x)+g(x)|^{p/q} \in L^q,$$

由(7·2·10)式有

$$\int_E |f(x)|\,|f(x)+g(x)|^{p/q}\mathrm{d}x$$
$$\leqslant \left(\int_E |f(x)|^p \mathrm{d}x\right)^{1/p}\left(\int_E |f(x)+g(x)|^p \mathrm{d}x\right)^{1/q},$$
$$\int_E |g(x)|\,|f(x)+g(x)|^{p/q}\mathrm{d}x$$
$$\leqslant \left(\int_E |g(x)|^p \mathrm{d}x\right)^{1/p}\left(\int_E |f(x)+g(x)|^p \mathrm{d}x\right)^{1/q},$$

将两式相加,并注意到

$$|f(x)+g(x)|^p = |f(x)+g(x)| \cdot |f(x)+g(x)|^{p/q},$$

即得

$$\int_E |f(x)+g(x)|^p \mathrm{d}x \leqslant \int_E |f(x)|\,|f(x)+g(x)|^{p/q}\mathrm{d}x + \int_E |g(x)|\,|f(x)+g(x)|^{p/q}\mathrm{d}x$$
$$\leqslant \left[\left(\int_E |f(x)|^p \mathrm{d}x\right)^{1/p} + \left(\int_E |g(x)|^p \mathrm{d}x\right)^{1/p}\right] \cdot \left(\int_E |f(x)+g(x)|^p \mathrm{d}x\right)^{1/q}.$$

注意到 $1-\frac{1}{q}=\frac{1}{p}$,即知(7·2·11)式成立,亦即

$$\|f+g\| \leqslant \|f\|+\|g\|.$$

最后,证明 $L^p(E)$ 是完备的.设 $\{f_n\}$ 是 $L^p(E)$ 中一基本列,即

$$\lim_{n,m\to\infty}\|f_n-f_m\|=\lim_{n,m\to\infty}\left(\int_E|f_n(x)-f_m(x)|^p\mathrm{d}x\right)^{1/p}=0.\quad(7\cdot2\cdot12)$$

显然可取 $n_1<n_2<n_3<\cdots$ 使 $\|f_{n_{k+1}}-f_{n_k}\|<\frac{1}{2^k}$.将 E 表为可列个有界可测集的并集:

$$E=\bigcup_{r=1}^{\infty}E_r,\ mE_r<+\infty.$$

在 E_r 上对函数 $|f_{n_{k+1}}-f_{n_k}|$ 与 1 应用不等式(7・2・10),

$$\begin{aligned}&\int_{E_r}|f_{n_{k+1}}(x)-f_{n_k}(x)|\mathrm{d}x\\ \leqslant&(mE_r)^{1/q}\left(\int_{E_r}|f_{n_{k+1}}(x)-f_{n_k}(x)|^p\mathrm{d}x\right)^{1/p}\\ \leqslant&(mE_r)^{1/q}\left\|f_{n_{k+1}}-f_{n_k}\right\|,\end{aligned}$$

所以

$$\begin{aligned}&\int_{E_r}\left(\sum_{k=1}^{\infty}|f_{n_{k+1}}(x)-f_{n_k}(x)|\right)\mathrm{d}x\\ =&\sum_{k=1}^{\infty}\int_{E_r}|f_{n_{k+1}}(x)-f_{n_k}(x)|\mathrm{d}x\\ \leqslant&(mE_r)^{1/q}\sum_{k=1}^{\infty}\|f_{n_{k+1}}-f_{n_k}\|\leqslant(mE_r)^{1/q}\leqslant+\infty,\end{aligned}$$

从而级数

$$|f_{n_1}(x)|+\sum_{k=1}^{\infty}|f_{n_{k+1}}(x)-f_{n_k}(x)|\quad(7\cdot2\cdot13)$$

在 E_r 上几乎处处收敛,因而级数(7・2・13)在 E 上几乎处处收敛.于是,级数

$$f_{n_1}(x)+\sum_{k=1}^{\infty}(f_{n_{k+1}}(x)-f_{n_k}(x))$$

在 E 上几乎处处收敛于某可测函数 $f(x)$,即 $f_{n_k}(x)$ 在 E 上几乎处

处收敛于 $f(x)$.

任给 $\varepsilon>0$,由(7·2·12)式知存在 N,使当 $n,m>N$ 时

$$\int_E |f_n(x)-f_m(x)|^p \mathrm{d}x<\varepsilon^p.$$

取 k_0 充分大,使当 $k>k_0$ 时 $n_k>N$,于是当 $n>N,k>k_0$ 时

$$\int_E |f_n(x)-f_{n_k}(x)|^p \mathrm{d}x<\varepsilon^p,$$

令 $k\to\infty$ 并应用 Fatou 引理,得

$$\int_E |f_n(x)-f(x)|^p \mathrm{d}x\leqslant\varepsilon^p.$$

上式说明 $f\in L^p(E)$,且当 $n>N$ 时 $\|f_n-f\|\leqslant\varepsilon$,故

$$f_n\to f \quad (\text{在 } L^p \text{中}).$$

完备性得证. 所以 L^p 是 Banach 空间. ▌

注 1 不等式(7·2·10)与(7·2·11)分别叫做 **Hölder 不等式与 Minkowski 不等式**. 特别当 $p=2$ 时(此时 $q=2$)它们分别是 Cauchy 不等式与 Буняковский 不等式:

$$\left|\int_E f(x)g(x)\mathrm{d}x\right|\leqslant\sqrt{\int_E |f(x)|^2\mathrm{d}x}\sqrt{\int_E |g(x)|^2\mathrm{d}x};$$

$$\sqrt{\int_E |f(x)+g(x)|^2\mathrm{d}x}\leqslant\sqrt{\int_E |f(x)|^2\mathrm{d}x}+\sqrt{\int_E |g(x)|^2\mathrm{d}x}.$$

注 2 在 $L^p(E)$ 中 $f_n\to f$ 即函数列 $f_n(x)$ 在 E 上 p 幂平均收敛于 $f(x)$,可记作 $f_n\to f(L^p)$,特别当 $p=2$ 时即为平方平均收敛,平方平均收敛一般简称为**平均收敛**.

例 7·2·9 空间 $l^p(p\geqslant 1)$. 一切满足条件

$$\|x\|=\left(\sum_{i=1}^{\infty}|\xi_i|^p\right)^{1/p}<+\infty \qquad (7\cdot 2\cdot 14)$$

的数列 $x=(\xi_1,\xi_2,\cdots)$ 的全体记为 l^p. 在 l^p 中元素的"加法"与"数乘"运算定义如(7·2·1),则 l^p 成一线性空间,且按(7·2·14)所定义的范数,l^p 成为一 Banach 空间

(7·2·14)式所定义的非负实值函数显然满足范数公理(i),

(ii),并当 $p=1$ 时也满足范数公理(iii). 当 $p>1$ 时,令 $q=\dfrac{p}{p-1}$,类似于例 7・2・8 可证

$$\left|\sum_{i=1}^{\infty}\xi_i\eta_i\right|\leqslant\left(\sum_{i=1}^{\infty}|\xi_i|^p\right)^{1/p}\left(\sum_{i=1}^{\infty}|\eta_i|^q\right)^{1/q},\quad(7\cdot2\cdot15)$$

及

$$\left(\sum_{i=1}^{\infty}|\xi_i+\eta_i|^p\right)^{1/p}\leqslant\left(\sum_{i=1}^{\infty}|\xi_i|^p\right)^{1/p}+\left(\sum_{i=1}^{\infty}|\eta_i|^q\right)^{1/q}.\quad(7\cdot2\cdot16)$$

不等式(7・2・15) 与(7・2・16) 也分别叫做 Hölder **不等式与 Minkowski 不等式**. 特别当 $p=2$ 时,相应的不等式称为 Cauchy **不等式与** Вуняковскнй **不等式**. 由不等式(7・2・16) 即知当 $p>1$ 时范数公理(*iii*) 也满足. l^p 的完备性的证明留给读者作练习.

如果一个线性空间上已规定有距离,未必能赋予一个范数使其导出的距离与原规定的距离相同.

例如,空间 S(E) 按普通函数的加法与数乘运算成为一线性空间,但在 S(E) 上不能赋予范数使导出的距离与 §7・1 规定的距离 ρ 相同.

事实上,假若能赋予这样的范数 $\|\cdot\|$,令 $f_0(x)\equiv1$,必有

$$\begin{aligned}\|2f_0\|&=\|2f_0-\theta\|=\rho(2f_0,\theta)\\&=\int_E\frac{|2f_0(x)|}{1+|2f_0(x)|}dx=\int_E\frac{2}{1+2}dx=\frac{2}{3}mE,\end{aligned}$$

但 $\|f_0\|=\dfrac{1}{2}mE$,从而 $\|2f_0\|\neq2\|f_0\|$,这与范数公理(*ii*) 矛盾.

§7・3　距离空间中的若干概念・连续映射

7・3・1　距离空间中的若干概念

在 §7・3・1 我们总是设(X,ρ) 是距离空间,并简记作 X.

如果 $X_0 \subset X$,当 $\rho(x,y)$ 中的 x、y 限制取 X_0 中的点时显然仍满足距离三公理,从而 X_0 按距离 ρ 也是一个距离空间. 我们把(X_0,ρ) 称为(X,ρ) 的**子空间**(或简称 X_0 是 X 的距离子空间).

定义 1 设 $x_0 \in X, A \subset X$,定义**点** x_0 **到点集** A **的距离**为

$$\rho(x_0,A) = \inf_{x \in A} \rho(x_0,x).$$

设 $A \subset X, B \subset X$,定义**两点集** A、B **间的距离**为

$$\rho(A,B) = \inf_{\substack{x \in A \\ y \in B}} \rho(x,y).$$

定义 2 设 $x_0 \in X$,r 是一个正数. 点集 $\{x \in X \mid \rho(x,x_0) < r\}$ 称为以 x_0 为中心以 r 为半径的**开球**(或 x_0 的 r **邻域**),记作 $B(x_0,r)$;

点集 $\{x \in X \mid \rho(x,x_0) \leqslant r\}$ 称为以 x_0 为中心以 r 为半径的**闭球**,记作 $\overline{B}(x_0,r)$;

点集 $\{x \in X \mid \rho(x,x_0) = r\}$ 称为以 x_0 为中心以 r 为半径的**球面**(或 $\overline{B}(x_0,r)$ 的**球面**),记作 $S(x_0,r)$.

定义 3 设 $x \in X, A \subset X$. 点 x 称为点集 A 的**内点**是指存在 $r > 0$ 使 $B(x,r) \subset A$;A 的内点的全体称为 A 的**内部**,记为 A°;

如果 $A^\circ = A$,则称 A 是**开集**.

点 x 称为点集 A 的**聚点**是指对任意 $\varepsilon > 0$ 都有

$$(B(x,\varepsilon)\setminus\{x\}) \cap A \neq \varnothing;$$

A 的聚点的全体称为 A 的**导集**,记作 A';$A \cup A'$ 称为 A 的**闭包**,记作 $\overline{A}$.

如果 $A' \subset A$,则称 A 是**闭集**.

第二章 §2·2 与 §2·3 中,所有关于 R^N 中点、点集的定理、命题(及其证明),把其中的"R^N"换成任意距离空间 X,仍然成立.

在 R^n 中,对任意 $x \in R^n$,$r > 0$,总有 $\overline{B}(x,r) = \overline{B(x,r)}$. 但此式对于一般距离空间不成立.

例如,前面定义的离散空间 X,

$$\rho(x,y)=\begin{cases}0, & \text{当 } x=y,\\ 1, & \text{当 } x\neq y,\end{cases}$$

当 X 中含有不止一个点时，对任意 $x\in \mathsf{X}$，有 $\overline{B(x,1)}=\{x\}$ 及 $\bar{B}(x,1)=\mathsf{X}$，从而 $\bar{B}(x,1)\neq\overline{B(x,1)}$. 这与欧氏空间 R^n 中的情形是很不相同的.

命题 1　设(X_1,ρ) 是(X,ρ) 的子空间，则

(i) X_1 中点集 G_1 是(X_1,ρ) 中开集的充要条件是：存在(X,ρ) 中的开集 G 使 $G_1=G\cap\mathsf{X}_1$.

(ii) X_1 中点集 F_1 是 X_1 中闭集的充要条件是：存在 X 中的闭集 F 使 $F_1=F\cap\mathsf{X}_1$.

证明　(i) 充分性由开集的定义立即可知.

下证必要性：设 G_1 是 X_1 中开集，则对每个 $x\in G_1$ 存在 X_1 中的开球 $B_{X_1}(x,r_x)\subset G_1$，从而 $G_1=\bigcup\limits_{x\in G_1}B_{X_1}(x,r_x)$.

相应于 $B_{X_1}(x,r_x)$ 作 X 中的开球 $B_X(x,r_x)$，令 $G=\bigcup\limits_{x\in G_1}B_X(x,r_x)$，则 G 是 X 中的开集，并且

$$\begin{aligned}G\cap\mathsf{X}_1&=\Big(\bigcup_{x\in G_1}B_X(x,r_x)\Big)\cap\mathsf{X}_1\\&=\bigcup_{x\in G_1}(B_X(x,r_x)\cap\mathsf{X}_1)=\bigcup_{x\in G_1}B_{X_1}(x,r_x)=G_1.\end{aligned}$$

(ii) 由于在距离空间中，开集的余集是闭集，闭集的余集是开集，根据(i) 即知(ii) 成立. ▌

注　当 X_1 是 X 的距离子空间时，X_1 中的开(闭) 集未必是 X 中的开(闭) 集.

定义 4　设 $A\subset\mathsf{X}$. 点集 A 称为是**有界**的，是指存在 X 中的球 $B(x_o,r)\supset A$.

定义 5　(i) 设 $M\subset\mathsf{X}$. 若 $A\subset\mathsf{X}$，$\bar{A}\supset M$，则称 A 在 M 中**稠密**.

(ii) 设 $A\subset\mathsf{X}$，若 $\bar{A}=\mathsf{X}$，则称 A 是 X 中的**稠密集**.

(iii) 设 $A\subset\mathsf{X}$，若 $\bar{A}$ 没有内点，则称 A 是 X 中的**稀疏集**.

例如，在 R^1 中有理点集在无理点集中稠密，有理点集是 R^1 中

的稠密集,Cantor 集是 R^1 中的稀疏集.

再例如,由 Weierstrass 多项式逼近定理知多项式的全体(作为$[a,b]$上的函数集)是 $C[a,b]$ 中的稠密集.

实数的全体(作为$[a,b](a<b)$上的常值函数集)是 $C[a,b]$ 中的稀疏集.

命题 2 (i) 设 $M,A\subset \mathsf{X}$. A 在 M 中稠密的充要条件是:对每个 $x\in M$ 恒存在$\{x_n\}\subset A$ 使 $x_n\to x$.

(ii) 设 $A\subset \mathsf{X}$. A 是 X 中稠密集的充要条件是:X 中的任何闭球 $\overline{B}(x,r)$ 总含有 A 中的点.

(iii) 设 $A\subset \mathsf{X}$. A 是 X 中稀疏集的充要条件是:对 X 中的任何闭球 $\overline{B}(x,r)$,都存在闭球 $\overline{B}(x_1,r_1)\subset\overline{B}(x,r)$ 使 $\overline{B}(x_1,r_1)$ 不含有 A 中的点.

证明 (i)、(ii) 显然成立. 下证(iii):

必要性. 假若 X 中存在闭球 $\overline{B}(x_0,r_0)$ 使 $\overline{B}(x_0,r_0)$ 中的任何闭球总含有 A 中的点,则 $\overline{A}\supset B(x_0,r_0)$,于是 A 不是稀疏集,必要性得证.

充分性. 假若 A 不是稀疏集,则 X 中存在闭球 $\overline{B}(x,r)\subset\overline{A}$,于是 $\overline{B}(x,r)$ 中任何闭球总含有 A 中的点. 充分性得证. ▌

7·3·2 连续映射

在 §7·3·2 我们总是设(X,ρ),(X_1,ρ_1)是距离空间,并且分别记作 X、X_1.

设 T 是 X 到 X_1 的映射,对于集合 $A\subset \mathsf{X}_1$,我们把集合$\{x\in X\mid T(x)\in A\}$ 称为 A(在 T 之下)的**原象**,记作 $T^{-1}(A)$.

映射 $T:\mathsf{X}\to\mathsf{X}_1$ 当 X_1 为实数域 R^1 或复数域 Z 时又称为(实值或复值)**泛函**.

定义 6 设 $T:\mathsf{X}\to\mathsf{X}_1$. 所谓 T **在点** $x_0\in \mathsf{X}$ **连续**,是指对于 X 中任意一收敛于 x_0 的点列$\{x_n\}_1^\infty$ 都有

$$Tx_n\to Tx_0\quad(\text{在 }\mathsf{X}_1\text{ 中}).$$

如果 T 在 X 的每个点都连续，则称 T 是 X 到 X_1 的**连续映射**(简称 **T 在 X 上连续**).

例如，当 $x_0 \in X$ 固定时 $\rho(x_0, x)$ 就是 X 上的连续泛函.

事实上，由三角不等式知

$$|\rho(x_0, x) - \rho(x_0, y)| \leqslant \rho(x, y) \quad (\forall x, y \in X),$$

因而当 X 中 $x_n \to x$ 时

$$|\rho(x_0, x_n) - \rho(x_0, x)| \leqslant \rho(x_n, x) \to 0,$$

即 $\rho_1(x_0, x_n) \to \rho(x_0, x)$.

定理 1　设 $T: X \to X_1, x_0 \in X$. T 在点 x_0 连续的充要条件是：对任意 $\varepsilon > 0$，总存在 $\delta > 0$，使当 $y \in X$ 且 $\rho(x_0, y) < \delta$ 时恒有 $\rho(Tx_0, Ty) < \varepsilon$.

证明　充分性. 设 T 满足定理所述(冒号后)的条件. 若在 X 中 $x_n \to x_0$，则存在 $N \in \mathbf{N}$ 使当 $n \geqslant N$ 时，$\rho(x_n, x_0) < \delta$，从而 $\rho_1(Tx_n, Tx_0) < \varepsilon$. 这就是说 $Tx_n \to Tx_0$. 所以 T 在 x_0 连续.

必要性. 假若不然，则存在 $\varepsilon_0 > 0$，使对任意自然数 n 都存在 $x_n \in X$ 使

$$\rho(x_0, x_n) < \frac{1}{n}, \quad \rho_1(Tx_n, Tx_0) \geqslant \varepsilon_0.$$

这就是说在 X 中 $x_n \to x_0$ 但在 X_1 中 Tx_n 不收敛于 Tx_0. 这与 T 在 x_0 连续矛盾. ▌

定理 2　(i) $T: X \to X_1$ 是连续映射的充要条件是：X_1 中每个开集 G 的原象 $T^{-1}(G)$ 是 X 中的开集.

(ii) $T: X \to X_1$ 是连续映射的充要条件是：X_1 中每个闭集 F 的原象 $T^{-1}(F)$ 是 X 中的闭集.

由定理 1 容易看出(i) 成立，由(i) 成立立即可知(ii) 成立.(详细证明留给读者作练习)

§7·4 压缩映象原理及其应用

在这一节,我们设 X 是一个完备的距离空间,T 是一个映 X 中闭集 F 入 F 的映射,即当 $x \in F$ 时,$Tx \in F$.

定理 1 (Banach 压缩映象原理). 如果存在 $\alpha \in [0,1)$,使

$$\rho(Tx, Ty) \leqslant \alpha\rho(x,y), \quad \forall x,y \in F, \qquad (7 \cdot 4 \cdot 1)$$

则在 F 中有唯一的点 x^*,满足

$$Tx^* = x^*. \qquad (7 \cdot 4 \cdot 2)$$

这样的 x^* 称为映射 T 的**不动点**.

证明 任取 $x_0 \in F$,作迭代序列

$$x_{n+1} = Tx_n, \quad n = 0,1,2,\cdots \qquad (7 \cdot 4 \cdot 3)$$

由不等式(7·4·1)知

$$\rho(x_{n+1}, x_n) = \rho(Tx_n, Tx_{n-1}) \leqslant \alpha\rho(x_n, x_{n-1}),$$

由此易得:

$$\rho(x_{n+1}, x_n) \leqslant \alpha^n\rho(x_1, x_0),$$

从而

$$\begin{aligned}\rho(x_{n+p}, x_n) &\leqslant \rho(x_{n+p}, x_{n+p-1}) + \cdots + \rho(x_{n+1}, x_n)\\ &\leqslant (\alpha^{n+p-1} + \alpha^{n+p-2} + \cdots + \alpha^n)\rho(x_1, x_0)\\ &\leqslant \frac{\alpha^n}{1-\alpha}\rho(x_1, x_0). \qquad (7 \cdot 4 \cdot 4)\end{aligned}$$

因为 $0 \leqslant \alpha < 1$,故$\{x_n\}$是 X 中一基本列,再由 X 的完备性及 F 的闭性知 $x_n \to x^* \in F$. 还可知

$$\rho(x_{n+1}, Tx^*) = \rho(Tx_n, Tx^*) \leqslant \alpha\rho(x_n, x^*).$$

在上式两端令 $n \to \infty$,即得 $\rho(x^*, Tx^*) \leqslant 0$,故 $Tx^* = x^*$.

最后证明满足(7·4·2)之 x^* 的唯一性.

若有 $\tilde{x} \in F$,使 $T\tilde{x} = \tilde{x}$,则

$$\rho(x^*, \tilde{x}) = \rho(Tx^*, T\tilde{x}) \leqslant \alpha\rho(x^*, \tilde{x}).$$

由于$\rho(x^*,\tilde{x}) \geqslant 0, 0 \leqslant \alpha < 1$,所以$\rho(x^*,\tilde{x}) = 0$,即$x^* = \tilde{x}$,唯一性得证. ▌

注 1　若在(7·4·4)中命$p \to \infty$,即得

$$\rho(x^*,x_n) \leqslant \frac{\alpha^n}{1-\alpha}\rho(x_1,x_0).$$

这样,我们得到了第n次迭代的误差估计.

注 2　条件(7·4·1)不能减弱为

$$\rho(Tx,Ty) < \rho(x,y),\quad \forall x,y \in F, x \neq y.$$

例如,设$\mathsf{X} = R^1, F = R^1$,

$$Tx = \frac{\pi}{2} + x - \arctan x,$$

那么

$$\begin{aligned}\rho(Tx,Ty) &= |x - \arctan x - y + \arctan y| \\ &= \left|1 - \frac{1}{1+\xi^2}\right| |x-y| \quad (\text{其中 } \xi \in (x,y) \text{ 或}(y,x)) \\ &= \frac{\xi^2}{1+\xi^2}|x-y| < \rho(x,y),\end{aligned}$$

但显然T在F没有不动点.

定理 2　如果有正整数m及常数$\alpha \in [0,1)$存在,使

$$\rho(T^m x, T^m y) \leqslant \alpha\rho(x,y),\quad \forall x,y \in F, \tag{7·4·5}$$

其中T^m表T的m次方,即T连续作用m次的结果,则T在F中具有唯一的不动点x^*,且逐次迭代(7·4·3)收敛于x^*.

证明　应用定理1于T^m,知T^m有唯一不动点$x^* \in F$,即$T^m x^* = x^*$,两边用T作用之,即得$T^m(Tx^*) = Tx^*$,故Tx^*也是T^m的不动点,由T^m不动点之唯一性,得$Tx^* = x^*$,故x^*也是T的不动点. 此外,由于T的不动点也是T^m的不动点,由T^m不动点的唯一性,即知T的不动点是唯一的.

现在证明迭代序列(7·4·3)收敛于x^*. 事实上,对$s \in \{1,2,\cdots,m-1\}$令$y_0 = T^s x_0$,则序列

$$y_{n+1} = T^m y_n,\ n = 0,1,2,\cdots$$

收敛于 x^*,即

$$\lim_{n\to\infty} x_{nm+s} = x^* \quad (s = 0,1,\cdots,m-1),$$

从而

$$\lim_{n\to\infty} x_n = x^*. \ \blacksquare$$

下面我们举几个应用以上定理的例子.

例 7·4·1 微分方程解的存在唯一性问题.

考虑一阶常微分方程初值问题

$$\begin{cases} \dfrac{\mathrm{d}y}{\mathrm{d}x} = f(x,y) & (7\cdot4\cdot6) \\ y|_{x=x_0} = y_0 & (7\cdot4\cdot7) \end{cases}$$

的解.用 R 表矩形

$$x_0 - a \leqslant x \leqslant x_0 + a, y_0 - b \leqslant y \leqslant y_0 + b.$$

设 $f(x,y)$ 在矩形 R 上连续,且关于 y 满足 Lipschitz 条件

$$|f(x,y_1) - f(x,y_2)| \leqslant K|y_1 - y_2|, \quad (7\cdot4\cdot8)$$

记 $M = \max\limits_{x,y\in R}|f(x,y)|$,取正数

$$\delta < \min\left(a, \frac{b}{M}, \frac{1}{K}\right),$$

则方程(7·4·6)在闭区间$[x_0-\delta, x_0+\delta]$上有唯一的解满足初值条件(7·4·7).

证明 首先问题(7·4·6)~(7·4·7)等价于积分方程

$$y(x) = y_0 + \int_{x_0}^{x} f(t,y(t))\mathrm{d}t. \quad (7\cdot4\cdot9)$$

令 C 表$[x_0-\delta, x_0+\delta]$上的连续函数空间,F 表 C 中一切满足

$$\| y(x) - y_0 \| \leqslant b \quad (7\cdot4\cdot10)$$

的 $y(x)$ 所成的集.显然 F 是 C 中的一个闭集.今按下式定义一映射 T

$$Ty(x) = y_0 + \int_{x_0}^{x} f(t,y(t))\mathrm{d}t. \quad (7\cdot4\cdot11)$$

则 T 映 F 入 F.

事实上,设 $y(x) \in F$,则

$$|Ty(x) - y_0| = \left|\int_{x_0}^{x} f(t, y(t))\mathrm{d}t\right| \leqslant M\delta \leqslant b,$$

故 $Ty(x) \in F$.

其次,对任意 $y_1(x), y_2(x) \in F$,有

$$\| Ty_1(x) - Ty_2(x) \| = \max_x \left|\int_{x_0}^{x} f(t, y_1(t))\mathrm{d}t - \int_{x_0}^{x} f(t, y_2(t))\mathrm{d}t\right| \leqslant \max_x \left|\int_{x_0}^{x} K|y_1(t) - y_2(t)|\mathrm{d}t\right|$$

$$\leqslant K\delta \| y_1(x) - y_2(x) \|.$$

注意到 $K\delta < 1$,即知由(7·4·11)所定义的映射 T 满足定理 1 中的条件(7·4·1),从而 T 在 F 中有唯一不动点,即(7·4·9)有唯一解,也即问题(7·4·6)—(7·4·7)在$[x_0 - \delta, x_0 + \delta]$上有唯一解 $y(x)$. ▌

根据定理 1 及其注,问题(7·4·6)—(7·4·7)的解可由迭代序列

$$y_{n+1}(x) = y_0 + \int_{x_0}^{x} f(t, y_n(t))\mathrm{d}t, \quad n = 0, 1, 2, \cdots$$

取极限得到,其中 $y_0(x)$ 可取 F 中任一函数(例如取 $y_0(x) \equiv y_0$),而且有下列估计式

$$|y_n(x) - y(x)| \leqslant \frac{K^n\delta^n}{1 - K\delta} \| y_1(x) - y_0(x) \|.$$

例 7·4·2　Fredholm 型线性积分方程解的存在唯一性问题.考察 Fredholm 型方程

$$\varphi(x) - \lambda\int_a^b k(x, y)\varphi(y)\mathrm{d}y = f(x), \qquad (7·4·12)$$

其中 $f(x) \in L^2[a,b]$, $k(x,y)$ 可测且满足

$$\int_a^b\int_a^b |k(x,y)|^2\mathrm{d}x\mathrm{d}y = M < +\infty.$$

λ 是参数. 如果

$$|\lambda| < M^{-\frac{1}{2}}, \qquad (7·4·13)$$

则方程(7·4·12)在$L^2[a,b]$中有唯一解$\varphi(x)$.

证明 令$X = F = L^2[a,b]$及

$$T\varphi(x) = f(x) + \lambda\int_a^b k(x,y)\varphi(y)\mathrm{d}y, \quad (7\cdot 4\cdot 14)$$

显然T映F入F.方程(7·4·12)在$L^2[a,b]$中的解等价于由(7·4·14)所定义的映射T的不动点.利用Schwarz不等式,对任意$\varphi_1(x),\varphi_2(x) \in F$有

$$\begin{aligned}
&\| T\varphi_1(x) - T\varphi_2(x) \| \\
&= |\lambda| \left\{\int_a^b \left|\int_a^b k(x,y)(\varphi_1(y) - \varphi_2(y))\mathrm{d}y\right|^2 \mathrm{d}x\right\}^{\frac{1}{2}} \\
&\leqslant |\lambda| \left\{\int_a^b \mathrm{d}x\left(\left[\int_a^b |k(x,y)|^2\mathrm{d}y\right]^{\frac{1}{2}}\left[\int_a^b |\varphi_1(y) - \varphi_2(y)|^2\mathrm{d}y\right]^{\frac{1}{2}}\right)^2\right\}^{\frac{1}{2}} \\
&= |\lambda| \left(\int_a^b\int_a^b |k(x,y)|^2\mathrm{d}x\mathrm{d}y\right)^{\frac{1}{2}} \| \varphi_1(x) - \varphi_2(x) \| \\
&= |\lambda| M^{\frac{1}{2}} \| \varphi_1(x) - \varphi_2(x) \| .
\end{aligned}$$

注意到$|\lambda|M^{\frac{1}{2}} < 1$,根据定理1,$T$在$L^2[a,b]$中有唯一不动点$\varphi(x)$,即方程(7·4·12)在$L^2[a,b]$中有唯一解$\varphi(x)$. ▌

例 7·4·3 Volterra型线性积分方程解的存在唯一性问题.设方程

$$\varphi(x) - \lambda\int_a^x k(x,y)\varphi(y)\mathrm{d}y = f(x) \quad (7\cdot 4\cdot 15)$$

其中$f(x)$在$[a,b]$连续,而$k(x,y)$在$[a,b]\times[a,b]$上连续,则对于任何λ,方程(7·4·15)恒有唯一的连续解$\varphi(x)$.

证明 利用定理2.令$F = X = C[a,b]$,

$$T\varphi(x) = f(x) + \lambda\int_a^x k(x,y)\varphi(y)\mathrm{d}y. \quad (7\cdot 4\cdot 16)$$

显然,T映$C[a,b]$入$C[a,b]$,(7·4·15)在$C[a,b]$中的解等价于(7·4·16)所定义的映射T的不动点.

记$M = \max\limits_{a\leqslant x,y\leqslant b} |k(x,y)|$,则对任意$\varphi_1(x)$, $\varphi_2(x) \in F$有

$$|T\varphi_1(x) - T\varphi_2(x)| = |\lambda| \left|\int_a^x k(x,y)(\varphi_1(y) - \varphi_2(y))\mathrm{d}y\right|$$

$$\leqslant |\lambda|(x-a)M\|\varphi_1(x)-\varphi_2(x)\|,$$

$$|T^2\varphi_1(x)-T^2\varphi_2(x)| = |\lambda|\left|\int_a^x k(x,y)(T\varphi_1(y)-T\varphi_2(y))\mathrm{d}y\right|$$

$$\leqslant |\lambda|\int_a^x M|\lambda|(y-a)M\|\varphi_1(x)-\varphi_2(x)\|\mathrm{d}y$$

$$=\frac{1}{2}|\lambda|^2M^2(x-a)^2\|\varphi_1(x)-\varphi_2(x)\|,$$

利用归纳法,容易证明对于自然数 m 有

$$|T^m\varphi_1(x)-T^m\varphi_2(x)|$$

$$\leqslant\frac{1}{m!}|\lambda|^mM^m(x-a)^m\|\varphi_1(x)-\varphi_2(x)\|,$$

从而

$$\|T^m\varphi_1(x)-T^m\varphi_2(x)\|$$

$$\leqslant\frac{|\lambda|^mM^m(b-a)^m}{m!}\|\varphi_1(x)-\varphi_2(x)\|.$$

注意到对任意 u 有$\frac{u^m}{m!}\to 0$,故可取一 m,使

$$\frac{|\lambda|^mM^m(b-a)^m}{m!}<1. \tag{7·4·17}$$

对此 m,不等式(7·4·17)表明 T 满足定理 2 中的条件(7·4·5),由定理 2 即知 T 在 $C[a,b]$ 中有唯一不动点,也即方程(7·4·15)在 $C[a,b]$ 中有唯一解 $\varphi(x)$. ▌

压缩映象原理可以应用于各种方程的解的存在唯一性问题,例如还可以用来证明数学分析中的隐函数存在唯一性定理(参见[5]).

§7·5　距离空间的完备化

7·5·1　距离空间的完备化

距离空间的完备性在泛函分析中有很重要的意义,正如 R^1 的

完备性在数学分析中具有很重要的意义一样.因此,我们需要研究将不完备的距离空间完备化的可能性.正如在数学分析中将无理数(它作为有理数的极限)补入到有理数集而使有理数集完备化一样,对于一般的距离空间我们可以把Cauchy序列作为一个新的点添入原来的空间而使之完备化.

定义1 设X,Y为两个距离空间,其中的距离分别用ρ_1,ρ_2表示.如果存在映X到Y上的一一映射φ,使

$$\rho_2(\varphi x,\varphi y)=\rho_1(x,y)\ (\forall\, x,y\in X),$$

则称X与Y**等距**,而φ称为X到Y的一个**等距映射**.

显然,如果只限于讨论有关距离的性质(如收敛性,完备性等),这时空间是由什么元素组成的并不重要.因此,两个等距的距离空间可以不加区别,即可以把它们看作是相等的.

定义2 设X_0为距离空间,X为完备的距离空间.如果X中有一个稠密子空间X_1(即$\overline{X_1}=X$)与X_0等距,则称X为X_0的**完备化空间**.

定理1 对于任一不完备的距离空间X_0,必存在它的完备化空间X.

* **证明** 考虑X_0中所有可能的基本列$\{x_n\}$,两个基本列$\{x_n\}$,$\{y_n\}$称为等价的,如果$\lim\limits_{n\to\infty}\rho(x_n,y_n)=0$.我们把所有互相等价的基本列归入一类,这样我们就得到许多类,用X表一切等价类所成之集(即把每一类看作X的一个元素).现在,我们按下法在X中引入距离.设$\tilde{x},\tilde{y}\in X$,在$\tilde{x},\tilde{y}$中分别取一基本列$\{x_n\}$,$\{y_n\}$,则$\lim\limits_{n\to\infty}\rho(x_n,y_n)$存在有限.

事实上,我们有

$$\rho(x_n,y_n)\leqslant\rho(x_n,x_m)+\rho(x_m,y_m)+\rho(y_m,y_n),$$

从而

$$\rho(x_n,y_n)-\rho(x_m,y_m)\leqslant\rho(x_n,x_m)+\rho(y_m,y_n),\tag{7·5·1}$$

同理，

$$\rho(x_m, y_m) - \rho(x_n, y_n) \leqslant \rho(x_m, x_n) + \rho(y_n, y_m), \quad (7 \cdot 5 \cdot 2)$$

于是，由(7·5·1)，(7·5·2) 得

$$\begin{aligned} & |\rho(x_n, y_n) - \rho(x_m, y_m)| \\ & \leqslant \rho(x_n, x_m) + \rho(y_n, y_m) \to 0, \qquad (\text{当 } n, m \to \infty), \end{aligned}$$

故 $\rho(x_n, y_n)$ 是一基本列，由柯西收敛准则，即知 $\lim\limits_{n\to\infty} \rho(x_n, y_n)$ 存在有限.

令

$$\rho(\tilde{x}, \tilde{y}) = \lim_{n\to\infty} \rho(x_n, y_n), \qquad (7 \cdot 5 \cdot 3)$$

容易证明 $\rho(\tilde{x}, \tilde{y})$ 与 $\{x_n\}$，$\{y_n\}$ 的选取无关.

事实上，若另取 $\{x_n'\} \in \tilde{x}$，$\{y_n'\} \in \tilde{y}$，则由

$$\rho(x_n, y_n) \leqslant \rho(x_n, x_n') + \rho(x_n', y_n') + \rho(y_n', y_n)$$

知

$$\lim_{n\to\infty} \rho(x_n, y_n) \leqslant \lim_{n\to\infty} \rho(x_n', y_n'),$$

同理，

$$\lim_{n\to\infty} \rho(x_n', y_n') \leqslant \lim_{n\to\infty} \rho(x_n, y_n),$$

故

$$\lim_{n\to\infty} \rho(x_n, y_n) = \lim_{n\to\infty} \rho(x_n', y_n'),$$

因此，$\rho(\tilde{x}, \tilde{y})$ 有明确意义，现在证明这样定义的 $\rho(\tilde{x}, \tilde{y})$ 确是 X 上的距离，即满足距离的三条公理.

$\rho(\tilde{x}, \tilde{y}) = \lim\limits_{n\to\infty} \rho(x_n, y_n) \geqslant 0$.　又

$$\rho(\tilde{x}, \tilde{y}) = \lim_{n\to\infty} \rho(x_n, y_n) = 0$$

$\Longleftrightarrow \{x_n\}, \{y_n\}$ 等价(即，$\{x_n\}$，$\{y_n\}$ 属于同一类).

因此，

$$\rho(\tilde{x}, \tilde{y}) = 0 \Longleftrightarrow \tilde{x} = \tilde{y}.$$

距离公理(ii) 显然满足.

下证 $\rho(\tilde{x},\tilde{y})$ 满足距离公理(iii).

设 $\tilde{x},\tilde{y},\tilde{z}\in \mathsf{X}$. 任取 $\{x_n\}\in\tilde{x},\{y_n\}\in\tilde{y},\{z_n\}\in\tilde{z}$, 则

$$\begin{aligned}\rho(\tilde{x},\tilde{y}) &= \lim_{n\to\infty}\rho(x_n,y_n)\\ &\leqslant \lim_{n\to\infty}[\rho(x_n,z_n)+\rho(z_n,y_n)]\\ &= \lim_{n\to\infty}\rho(x_n,z_n)+\lim_{n\to\infty}\rho(z_n,y_n)\\ &= \rho(\tilde{x},\tilde{z})+\rho(\tilde{z},\tilde{y}).\end{aligned}$$

下面,我们来证明 X 是完备的. 设 $\{\tilde{x}_n\}$ 是 X 中任一基本列,即 $\lim\limits_{n,m\to\infty}\rho(\tilde{x}_n\,\tilde{x}_m)=0$. 在每一 $\tilde{x}_n$ 中取一基本列 $\{x_k^n\}$,对每一自然数 n,可取一 k_n,使当 $k>k_n$ 时

$$\rho(x_k^n,x_{k_n}^n)<\frac{1}{n}. \tag{7·5·4}$$

现在,我们证明 $\{x_{k_n}^n\}$ 是一基本列,我们把只含一个元素的序列称为常驻列. 由 X_0 中元素 x 所构成的常驻列所在的类记作 x^*(因为常驻列是基本列,它必属于某等价类). 我们有

$$\rho(\tilde{x}_n,x_{k_n}^{n*})=\lim_{k\to\infty}\rho(x_k^n,x_{k_n}^n)\leqslant\frac{1}{n}, \tag{7·5·5}$$

$$\begin{aligned}\rho(x_{k_n}^n,x_{k_m}^m) &= \rho(x_{k_n}^{n*},x_{k_m}^{m*})\\ &\leqslant \rho(x_{k_n}^{n*},\tilde{x}_n)+\rho(\tilde{x}_n,\tilde{x}_m)+\rho(\tilde{x}_m,x_{k_m}^{m*})\\ &\leqslant \frac{1}{n}+\frac{1}{m}+\rho(\tilde{x}_n\,\tilde{x}_m),\end{aligned}$$

由此可知

$$\lim_{n,m\to\infty}\rho(x_{k_n}^n,x_{k_m}^m)=0,$$

故 $\{x_{k_n}^n\}$ 是一基本列,它所在的类记为 $\tilde{x}$. 又

$$\begin{aligned}\rho(\tilde{x}_n,\tilde{x}) &\leqslant \rho(\tilde{x}_n,x_{k_n}^{n*})+\rho(x_{k_n}^{n*},\tilde{x})\\ &\leqslant \frac{1}{n}+\rho(x_{k_n}^{n*},\tilde{x})=\frac{1}{n}+\lim_{n\to\infty}\rho(x_{k_n}^n,x_{k_m}^m).\end{aligned}$$

因为$\{x_{k_n}^n\}$是基本列，所以，对任意给定的$\varepsilon>0$存在N，使$\frac{1}{N}<\frac{\varepsilon}{2}$且当$n>N$时有

$$\lim_{m\to\infty}\rho(x_{k_n}^n,x_{k_m}^m)<\frac{\varepsilon}{2}.$$

因此，当$n>N$时有$\rho(\tilde{x}_n,\tilde{x})<\varepsilon$，即

$$\lim_{n\to\infty}\rho(\tilde{x}_n,\tilde{x})=0,$$

于是X的完备性得证.

现在证明，X_0与X中一个稠子空间X_1等距. 令X_1表X中一切含有常驻列的类所组成的集合.

现在，对任一$x\in\mathsf{X}_0$，令x与x^*对应，其中x^*表含常驻列$\{x,x,\cdots\}$的类. 显然，这样的对应是$1-1$的且保持距离不变. 因此，X_0与X_1等距.

余下的只要说明X_1在X中稠密. 事实上，设$\tilde{x}\in\mathsf{X}$，在$\tilde{x}$中任取一基本列$\{x_n\}$，那么，对任意给定的$\varepsilon>0$，存在n，使当$m>n$时，$\rho(x_n,x_m)<\varepsilon$，从而

$$\rho(\tilde{x},x_n^*)=\lim_{m\to\infty}\rho(x_m,x_n)\leqslant\varepsilon,$$

这正说明X_1在X中稠密. ▌

还可证明**一个距离空间的完备化空间在等距意义下是唯一的**：设Y也是X_0的完备化空间，它也有一子空间Y_1，Y_1在Y中稠密且与X_0等距. 于是Y_1必然与X_1等距. $\mathsf{X}_1\to\mathsf{Y}_1$的等距映射用$\varphi_0$表示. φ_0^{-1}就是$\mathsf{Y}_1\to\mathsf{X}_1$的一个等距映射.

对每一$\tilde{x}\in\mathsf{X}$，取

$$\tilde{x}_n\in\mathsf{X}_1(n=1,2,\cdots),\ \tilde{x}_n\to\tilde{x}_n(n\to\infty),$$

令

$$\varphi(\tilde{x})=\lim_{n\to\infty}\varphi_0(\tilde{x}_n)=\lim_{n\to\infty}y_n=y\in\mathsf{Y},$$

$\varphi: \mathsf{X} \to \mathsf{Y}$ 显然是 $1-1$ 的,且由 φ_0 是等距的容易看出 φ 是等距的.

例 7·5·1 设 R_0 为一切有理数按 $\rho(x,y)=|x-y|$ 所成之距离空间,它是不完备的. 显然,它的完备化空间就是一切实数按 $\rho(x,y)=|x-y|$ 所成之距离空间,即一维欧氏空间.

例 7·5·2 设 $P[a,b]$ 为$[a,b]$ 上一切多项式按距离

$$\rho(P,Q)=\max_{a\leqslant x\leqslant b}|P(x)-Q(x)|$$

所成之距离空间,它也是不完备的. 显然 $P[a,b]\subset C[a,b]$. 由于任何连续函数都可以用多项式来一致逼近,故 $P[a,b]$ 在 $C[a,b]$ 中稠密,又 $C[a,b]$ 是完备的,故 $P[a,b]$ 的完备化空间就是 $C[a,b]$.

7·5·2 完备距离空间的两个性质

定理 2 设 X 是完备的距离空间,$B_n=\overline{B}(x_n,r_n)$ 是 X 中一列以 x_n 为中心以 r_n 为半径的闭球,若 $B_n\supset B_{n+1}(n=1,2,\cdots)$ 且 $r_n\to 0(n\to\infty)$,则必有(唯一的)$x^*\in\mathsf{X}$,使 $x^*\in\bigcap\limits_{n=1}^{\infty}B_n$.

证明 对每一 $n\geqslant 1$,当 $m,k>n$ 时,$x_m,x_k\in B_n$, 所以

$$\rho(x_m,x_k)\leqslant\rho(x_n,x_m)+\rho(x_n,x_k)\leqslant 2r_n\to 0,$$

故$\{x_n\}$ 是 X 中基本列,有极限 $x^*\in\mathsf{X}$.

又因为当 $m>n$ 时,$B_m\subset B_n$,故 $x_m\in B_n$. B_n 是闭集,所以

$$x^*=\lim_{m\to\infty}x_m\in B_n\quad(n=1,2,\cdots),$$

即 $x^*\in\bigcap\limits_{n=1}^{\infty}B_n$. ▌

定理 3 完备的距离空间不能表示成可列个稀疏集的并集.

证明 用反证法. 设 X 为完备的距离空间,M_n 是 X 中一串稀疏集合,$\mathsf{X}=\bigcup\limits_{n=1}^{\infty}M_n$.

任取 X 中一闭球 $\overline{B}_1=\overline{B}(x_1,r_1)$,因 M_1 是稀疏集,由定义,存在闭球 $\overline{B}_2=\overline{B}(x_2,r_2)\subset\overline{B}_1$,使 $r_2\in(0,\frac{r_1}{2}]$ 且 $\overline{B}_2\cap M_1=\varnothing$. 类

似的，存在闭球$\overline{B}_3=\overline{B}(x_3,r_3)\subset\overline{B}_2$，$r_3\in(0,\frac{r_2}{2}]$，$\overline{B}_3\cap M_2=\varnothing$。把这种方法继续进行下去，必有一个闭球序列：

$\overline{B}_1\supset\overline{B}_2\supset\overline{B}_3\supset\cdots\supset\overline{B}_n\supset\overline{B}_{n+1}\supset\cdots$，$\overline{B}_{n+1}\cap M_n=\varnothing$，

$$\frac{1}{2}r_1\geqslant r_2,\frac{1}{2}r_2\geqslant r_3,\cdots,\frac{1}{2}r_n>r_{n+1},\cdots,$$

故 $r_n\to 0(n\to\infty)$，由定理 2，存在 $x^*\in\mathsf{X}$，使 $x^*\in\bigcap\limits_{n=1}^{\infty}\overline{B}_n$，所以，对每一 n，$x^*\in\overline{B}_{n+1}$，而 $\overline{B}_{n+1}\cap M_n=\varnothing$，故 $x^*\,\overline{\in}\,M_n(n=1,2,\cdots)$，这与 $x^*\in\bigcup\limits_{n=1}^{\infty}M_n$ 矛盾. ▌

定义 3　距离空间 X 中的点集称为**第一纲集**，是指它可以表示成可列个稀疏集的并；而 X 中不是第一纲集的点集称为**第二纲集**.

由此，定理 3 即是说：完备的距离空间是第二纲集.

§7·6　可分距离空间

定义 1　距离空间 X 称为**可分**的，是指 X 中存在一个有限或可列的点集$\{x_n\}$，$\{x_n\}$在 X 中稠密. 距离空间 X 中的点集 A 称为**可分**的，是指 A 作为 X 的距离子空间是可分的（即 A 中存在一个至多可列的点集$\{x_n\}$，$\{x_n\}$ 在 A 中稠密）.

例 7·6·1　空间 R^n 是可分的，因为坐标为有理数的点（即有理点）的全体是 R^n 中的可列稠密集.

例 7·6·2　空间 $l^p(p\geqslant 1)$ 是可分的.

证明　作 l^p 中的点集

$A=\{(\xi_1,\cdots,\xi_n,0,0,\cdots)\mid$ 诸 ξ_i 为实数，$n\in\mathsf{N}\}$，

$B=\{(\eta_1,\cdots,\eta_n,0,0,\cdots)\mid$ 诸 η_i 为有理数，$n\in\mathsf{N}\}$.

对每个 $x=(\xi_1,\xi_2,\cdots)\in l^p$，取 $x_n=(\xi_1,\cdots,\xi_n,0,0,\cdots)\in A$，则

$$\| x - x_n \|^p = \sum_{i=n+1}^{\infty} |\xi_i|^p \to 0 \quad (n \to \infty),$$

即 $x_n \to x$. 又对每个 x_n,显然可取 $y_n = (\eta_1, \cdots, \eta_n, 0, 0, \cdots) \in B$,使 $\| x_n - y_n \| < \frac{1}{n}$. 所以 $y_n \to x$. 这说明 B 在 l^p 中稠密. B 显然是可列集,故 l^p 可分. ▌

在下面的例子中 P 表示(一元)多项式的全体,P_0 表示有理系数(一元)多项式的全体. 由 §1·4 知 P_0 是可列集.

例 7·6·3 $C[a,b]$ 是可分的. 事实上,P 在 $C[a,b]$ 中稠密,作为 $C[a,b]$ 的子集 P_0 在 P 中稠密,故 P_0 在 $C[a,b]$ 中稠密.

例 7·6·4 $L^p[a,b]$($p \geqslant 1$)是可分的. 这是因为:作为 $L^p[a,b]$ 的子集 P_0 在 P 中稠密,而由 §5·5 知 P 在 $L^p[a,b]$ 中稠密.

下面举两个不可分距离空间的例子.

例 7·6·5 有界数列空间 m 不是可分的.

证明 作 m 中的点集

$$D = \{(\xi_1, \xi_2, \cdots) \mid \xi_i \in \{0,1\}, i = 1, 2, \cdots\},$$

由 §1·5 知 D 不可列. 用反证法证明 m 不可分:假若 m 可分,则存在可列子集 $\{x_n\}$,它在 m 中稠密,从而 $D \subset \bigcup_{n=1}^{\infty} B(x_n, \frac{1}{3})$. 由 D 不可列知 D 中至少有两个不同的点 x'、x'' 含于 $\{B(x_n, \frac{1}{3})\}_1^{\infty}$ 中的某同一个球 $B(x_{n_0}, \frac{1}{3})$ 中,于是

$$\rho(x', x'') \leqslant \rho(x', x_{n_0}) + \rho(x'', x_{n_0}) < \frac{1}{3} + \frac{1}{3} = \frac{2}{3}.$$

但 D 中两个不同的点间的距离为 1. 出现的矛盾说明 m 不可分. ▌

例 7·6·6 本质有界可测函数空间 M 不是可分的. 这可以类似于例 7·6·5 来证明(留作习题).

§7·7　距离空间中集合的列紧性

定义 1　设 X 为一距离空间，$M \subset X$，如果 M 中任一序列都存在收敛子列，则称 M 是**相对紧集**（或**列紧集**）. 如果 M 同时是闭的，则称 M 为**紧集**（或**自列紧集**）. 如果空间 X 是紧的，则称 X 为**紧距离空间**.

例如，由 Bolzano -Weierstrass 定理知，R^n 中的有界集是相对紧集，R^n 中的有界闭集为紧集，但 R^n 不是紧空间.

定义 2　设 X 是距离空间，$M \subset X$，$N \subset X$，$\varepsilon > 0$，如果对于每一 $x \in M$，都有 $y \in N$，使 $\rho(x,y) < \varepsilon$，则称 N 是 M 的一个 ε **一网**.

例如，整数集合就是 R^1 的一个 $\frac{2}{3}$ 一网.

定义 3　设 X 是距离空间，$M \subset X$，如果 M 对任意 $\varepsilon > 0$ 都有由有限个点组成的 ε 一网存在，则称 M 为**全有界的**.

显然，全有界集合必是有界集，反之不然.

定理 1　(Hausdorff) 设 X 是距离空间，$M \subset X$.

(i) 若 M 是相对紧集，则 M 是全有界集.

(ii) 当 X 完备时，若 M 是全有界集，则 M 是相对紧集.

证明　(i) 设 M 是相对紧集. 如果 M 不是全有界的，必存在 $\varepsilon_0 > 0$，使 M 没有有限的 ε_0 一网. 任取 $x_1 \in M$，则必有 $x_2 \in M$，使 $\rho(x_1, x_2) \geqslant \varepsilon_0$（否则，单元素集 $\{x_1\}$ 就是 M 的一个 ε_0 一网）. 由假设 $\{x_1, x_2\}$ 不是 M 的 ε_0 一网，故必有 $x_3 \in M$，使

$$\rho(x_3, x_1) \geqslant \varepsilon_0, \rho(x_3, x_2) \geqslant \varepsilon_0.$$

这样一直推下去，必存在 M 中的一个点列 $\{x_n\}$，当 $n \neq m$ 时 $\rho(x_n, x_m) \geqslant \varepsilon_0$. 显然，$\{x_n\}$ 中没有收敛子列，这与 M 是相对紧集矛盾.

(ii) 设 X 是完备的，$M \subset X$ 全有界. 首先证明，对于任意的 $\varepsilon > 0$，M 中的任一点列 $\{x_n\}$ 必有子列 $\{x_{n_i}\}$，使

$$\sup_{i,j}\rho(x_{n_i},x_{n_j})\leqslant\varepsilon.$$

事实上,由于 M 全有界,故必有有穷的 $\frac{1}{2}\varepsilon$ — 网 $\{x_1',x_2',\cdots,x_k'\}$ 存在,即 M 中的点全含于 k 个半径为 $\frac{\varepsilon}{2}$ 的球中,故至少有一个球中含有 $\{x_n\}$ 中无穷多项 $\{x_{n_i}\}$,显然,$\{x_{n_i}\}$ 中的元素间的距离不超过 ε,即

$$\sup_{i,j}\rho(x_{n_i},x_{n_j})\leqslant\varepsilon.$$

现在设 $\{x_n\}$ 是 M 中任一点列,由上段所证,它有一个子列 $\{x_n^1\}$,使其中任意两个元素的距离不超过 1. 对 $\{x_n^1\}$,又有一个子列 $\{x_n^2\}$,它的任意两个元素间的距离不超过 $\frac{1}{2}$. 这样一直继续下去,我们可得一族子列 $\{x_n^k\}$:

$$\{x_n\}\supset\{x_n^1\}\supset\{x_n^2\}\supset\cdots\supset\{x_n^k\}\supset\{x_n^{k+1}\}\supset\cdots$$

$$\sup_{n,m}\rho(x_n^k,x_m^k)\leqslant\frac{1}{k}.$$

考虑"对角线"序列 $\{x_n^n\}$,则当 $m>n$ 时 $\rho(x_m^m,x_n^n)\leqslant\frac{1}{n}$,因此 $\{x_n^n\}$ 是一基本列,又 X 是完备的,故 $\{x_n^n\}$ 是 $\{x_n\}$ 中的一个收敛子列,从而 M 是相对紧集. ▌

系 1 相对紧集必是有界的.

在一般的距离空间中,有界集未必是相对紧的. 比如,考察 l^2 中一列元素 $x_n=(0,\cdots,0,1,0,\cdots)$(其中 1 是第 n 项),$\{x_n\}$ 是有界集,但 $\rho(x_n,x_m)=\sqrt{2}(n\neq m)$,故 $\{x_n\}$ 就不是相对紧集.

定理 2 (Hausdorff) 设 X 为一完备的距离空间,$M\subset$ X,如果对任何 $\varepsilon>0$,都存在 M 的一个相对紧的 ε — 网,则 M 必是相对紧集.

证明 由定理 1,我们只需证明,对于任意 $\varepsilon>0$,M 有有穷的 ε — 网.

设 N 是 M 的一个相对紧的 $\frac{\varepsilon}{2}$ — 网，因 N 是相对紧的，由定理 1，它是全有界的，因此有有穷的 $\frac{\varepsilon}{2}$ — 网 $\{y_1, y_2, \cdots, y_n\}$. 对任意 $x \in M$，存在 $y \in N$，使 $\rho(x,y) < \frac{\varepsilon}{2}$，对此 y，存在 y_i，使 $\rho(y,y_i) < \frac{\varepsilon}{2}$，所以 $\rho(x,y_i) < \varepsilon$. 因此，$\{y_1, \cdots, y_n\}$ 是 M 的一个有穷 ε — 网，故 M 是全有界的. ▌

定理 1 与定理 2 给出了关于集合列紧性的一般判别法，应用它们，可得出各种具体的距离空间中集合列紧性的判别条件. 下面我们来讨论两个重要空间 $C[a,b]$ 与 $L^p[a,b]$ 中集合列紧性的条件.

定理 3 （Arzela）集合 $M \subset C[a,b]$ 相对紧的充分必要条件是

(i) 集合 M 中的函数一致有界，即存在常数 K，使得一切 $x(t) \in M$，皆有 $|x(t)| \leqslant K \quad (a \leqslant t \leqslant b)$；

(ii) 集合 M 中的函数等度连续，即对任意 $\varepsilon > 0$，存在 $\delta = \delta(\varepsilon) > 0$，使得当 $t_1, t_2 \in [a,b]$，$|t_1 - t_2| < \delta$ 时，对任意 $x(t) \in M$ 有 $|x(t_1) - x(t_2)| < \varepsilon$.

证明　必要性：设 M 是 $C[a,b]$ 中的相对紧集，由定理 1 的系，M 是 $C[a,b]$ 中的有界集，因此，条件(i) 满足. 下证(ii). 任给 $\varepsilon > 0$，由定理 1，存在 M 的一个有穷的 $\varepsilon/3$ — 网 $\{x_1(t), \cdots, x_n(t)\}$，由于 $x_i(t)(i = 1, \cdots, n)$ 在 $[a,b]$ 连续，故一致连续，从而存在 $\delta_i > 0$，使当 $t_1, t_2 \in [a,b]$，$|t_1 - t_2| < \delta_i$ 时有

$$|x_i(t_1) - x_i(t_2)| < \varepsilon/3.$$

令 $\delta = \min\{\delta_1, \cdots, \delta_n\}$. 对任一 $x(t) \in M$，存在 $x_i(t)$，使

$$\rho(x, x_i) = \max_{a \leqslant t \leqslant b} |x(t) - x_i(t)| < \frac{\varepsilon}{3},$$

于是当 $t_1, t_2 \in [a,b]$, $|t_1 - t_2| < \delta$ 时有

$$\begin{aligned}|x(t_1) - x(t_2)| &\leqslant |x(t_1) - x_i(t_1)| \\ &+ |x_i(t_1) - x_i(t_2)| + |x_i(t_2) - x(t_2)| < \varepsilon.\end{aligned}$$

充分性:根据定理 2,只要证明对于任何 $\varepsilon > 0$,都有 M 的相对紧 ε — 网存在.

任给 $\varepsilon > 0$,根据(ii),有 $\delta > 0$,使当 $t_1, t_2 \in [a,b]$, $|t_1 - t_2| < \delta$ 时对所有的 $x(t) \in M$ 有 $|x(t_1) - x(t_2)| < \varepsilon$. 取自然数 n,使 $\dfrac{b-a}{n} < \delta$;把区间$[a,b]$ n 等分,记 $h = \dfrac{b-a}{n}$. 这时显然当 t_1, t_2 同属于某个小区间

$$[a+kh, a+(k+1)h] (k = 0,1,\cdots,n-1)$$

时,对所有的 $x(t) \in M$ 都有 $|x(t_1) - x(t_2)| < \varepsilon$. 现在,对每一 $x(t) \in M$,按下式作一函数 $x_h(t)$,

$$x_h(t) = \begin{cases} x(a+kh), & \text{当 } t = a+kh, k = 0,1,\cdots,n; \\ \lambda x(a+kh) + (1-\lambda)x(a+(k+1)h), & \\ & \text{当 } t = a + \lambda kh + (1-\lambda)(k+1)h \\ & = a + kh + (1-\lambda)h, \\ & k = 0,1,\cdots,(n-1), \ \lambda \in (0,1). \end{cases}$$

显然,$x_h(t)$ 的图形是一条折线,因此 $x_h(t) \in C[a,b]$.

如果 $t = a + kh$,则 $x_h(t) = x(t)$,

如果 $t \in (a+kh, a+(k+1)h)$,则有 $\lambda \in (0,1)$ 使

$t = a + kh + (1-\lambda)h$,此时

$$|x(t) - x(a+kh)| < \varepsilon, \quad |x(t) - x(a+(k+1)h)| < \varepsilon,$$

从而

$$\begin{aligned}&|x(t) - x_h(t)| \\ &= |x(t) - \lambda x(a+kh) - (1-\lambda)x(a+(k+1)h)| \\ &\leqslant \lambda |x(t) - x(a+kh)| \\ &+ (1-\lambda)|x(t) - x(a+(k+1)h)| < \varepsilon.\end{aligned}$$

因此，对所有 $t \in [a,b]$ 皆有 $|x(t) - x_h(t)| < \varepsilon$，故

$$\rho(x, x_h) = \max_{a \leqslant t \leqslant b} |x(t) - x_h(t)| < \varepsilon,$$

故诸 $x_h(t)$ 所成之集 N 成为 M 的一个 ε — 网. 下面证明 N 是相对紧集.

首先，

$$|x_h(t)| \leqslant |x(t) - x_h(t)| + |x(t)| < \varepsilon + K,$$

故诸 $x_h(t)$ 一致有界，特别它们在 $n+1$ 个顶点上的函数值一致有界. 现在设 $\{x_h^m(t)\}$ 是 N 中任一序列，则存在它的一个子列 $\{x_h^{m_i}(t)\}$ 使得在 $n+1$ 个顶点上的函数值一致收敛，设 $x_h^{m_i}(a+kh)$ 收敛于 x_k. 作连续函数

$$x^*(t) = \begin{cases} x_k, & \text{当 } t = a + kh,\ k = 0,1,\cdots,n; \\ \lambda x_k + (1-\lambda) x_{k+1}, & \text{当 } t = a + kh + (1-\lambda)h, \\ \lambda \in (0,1),\ k = 0,1,\cdots,n-1. \end{cases}$$

对任一 $t \in [a,b]$，必有 k，使 $t \in [a+kh, \alpha+(k+1)h]$，于是

$$\begin{aligned} |x_h^{m_i}(t) - x^*(t)| &= |\lambda x_h^{m_i}(\alpha + kh) + (1-\lambda) x_h^{m_i}(\alpha + (k+1)h) \\ &\quad - \lambda x^*(\alpha + kh) - (1-\lambda) x^*(\alpha + (k+1)h)| \\ &\leqslant \lambda |x_h^{m_i}(\alpha + kh) - x_k| + (1-\lambda) |x_h^{m_i}(\alpha + (k+1)h) - x_{k+1}| \\ &\leqslant \max_{0 \leqslant k \leqslant n-1} |x_h^{m_i}(\alpha + kh) - x_k| \to 0,\quad (\text{当 } i \to \infty), \end{aligned}$$

因此 $\rho(x_h^{m_i}, x^*) \to 0$，故 N 是相对紧集. ▌

注　Arzela 定理有着广泛的应用，特别可用它来证明微分方程解的存在性，关于这方面的应用，读者可参考 И, Г. Петровскнй 著“常微分方程论讲义”.

下面讨论 $L^p[a,b]$ $(p > 1)$ 中集合列紧性的条件.

定义 4　设 $x(t) \in L^p[a,b]$ $(p > 1)$，将 $x(t)$ 的定义范围扩充到 $[a,b]$ 之外：当 $t \overline{\in} [a,b]$ 时，令 $x(t) = 0$. 令

$$x_h(t) = \frac{1}{2h} \int_{t-h}^{t+h} x(s)\,\mathrm{d}s \quad (h > 0),$$

函数 $x_h(t)$ 称为 $x(t)$ 的**斯捷克洛夫**(Стеклов) **函数**.

引理 1 $x_h(t) \in C[a,b]$.

事实上,令 $F(t) = \int_{-\infty}^{t} x(s)\mathrm{d}s = \int_{a}^{t} x(s)\mathrm{d}s$,

则

$$x_h(t) = \frac{1}{2h}[F(t+h) - F(t-h)],$$

即知 $x_h(t)$ 是连续的.

引理 2 $\| x_h \| \leqslant \| x \|$,即

$$\left(\int_a^b |x_h(t)|^p \mathrm{d}t\right)^{1/p} \leqslant \left(\int_a^b |x(t)|^p \mathrm{d}t\right)^{1/p}.$$

证明 设 $q = \dfrac{p}{p-1}$,从而 $\dfrac{1}{p} + \dfrac{1}{q} = 1$,那么

$$\int_a^b |x_h(t)|^p \mathrm{d}t = \int_a^b \left(\frac{1}{2h}\left|\int_{t-h}^{t+h} x(s)\mathrm{d}s\right|\right)^p \mathrm{d}t$$

$$\leqslant \frac{1}{(2h)^p}\int_a^b \mathrm{d}t \left(\int_{t-h}^{t+h} \mathrm{d}s\right)^{p/q} \left(\int_{t-h}^{t+h} |x(s)|^p \mathrm{d}s\right)$$

$$= \frac{1}{2h}\int_a^b \mathrm{d}t \int_{-h}^{h} |x(t+\tau)|^p \mathrm{d}\tau$$

$$= \frac{1}{2h}\int_{-h}^{h} \mathrm{d}\tau \int_a^b |x(t+\tau)|^p \mathrm{d}t$$

$$\leqslant \frac{1}{2h}\int_{-h}^{h} \mathrm{d}\tau \int_a^b |x(t)|^p \mathrm{d}t$$

$$= \int_a^b |x(t)|^p \mathrm{d}t,$$

即 $\| x_h \| \leqslant \| x \|$. ▌

引理 3 $\lim\limits_{h \to 0^+} \| x_h - x \| = 0$.

证明 (1°) 设 $x(t)$ 是$[a,b]$上的连续函数,则对任一 $t \in (a, b)$,当 $h > 0$ 充分小时,有$[t-h, t+h] \subset [a,b]$,于是由积分中值定理:

$$x_h(t) = \frac{1}{2h}\int_{t-h}^{t+h} x(s)\mathrm{d}s = x(\xi),$$

其中 $\xi \in (t-h, t+h)$，由此可知，在 (a,b) 中每一点 t 有 $x_h(t) \to x(t)$ (当 $h \to 0^+$).

又 $x(t)$ 连续，故有界：存在 $B > 0$，使 $|x(t)| \leqslant B$，从而有 $|x_h(t)| \leqslant B$. 由 Lebesgue 有界收敛定理知：

$$\lim_{h \to 0^+} \int_a^b |x_h(t) - x(t)|^p \mathrm{d}t = 0,$$

即
$$\lim_{h \to 0^+} \| x_h - x \| = 0.$$

(2°) 现在设 $x(t)$ 是 $L^p[a,b]$ 中任一函数. 对任意给定的 $\varepsilon > 0$，可取连续函数 $y(t)$，使 $\| x - y \| < \dfrac{\varepsilon}{3}$. 注意到 $x(t) - y(t)$ 的 Стеклов 函数是 $x_h(t) - y_h(t)$，由引理 2 知

$$\| x_h(t) - y_h(t) \| \leqslant \| x - y \| < \frac{\varepsilon}{3},$$

从而

$$\begin{aligned} \| x_h - x \| &\leqslant \| x_h - y_h \| + \| y_h - y \| + \| y - x \| \\ &< \| y_h - y \| + \frac{2}{3}\varepsilon. \end{aligned}$$

由 (1°) 中所证知存在 $\delta > 0$，当 $0 < h < \delta$ 时，$\| y_h - y \| < \dfrac{1}{3}\varepsilon$，从而当 $0 < h < \delta$ 时，$\| x_h - x \| < \varepsilon$，即

$$\lim_{h \to 0^+} \| x_h - x \| = 0. \blacksquare$$

定理 4　(Колмогоров) 集合 $M \subset L^p[a,b]$ $(p > 1)$ 为相对紧集的充分必要条件是

(i) M 是 $L^p[a,b]$ 中的有界集；

(ii) 对于 M 中的一切 $x(t)$，当 $h \to 0^+$ 时，$\| x_h - x \|$ 一致趋于零.

证明　必要性. 条件(i) 是显然的，下证条件(ii). 由 M 的紧性和定理 1，对任给 $\varepsilon > 0$，必有有穷 $\dfrac{\varepsilon}{3}$ — 网存在，设为 $x^1(t), x^2(t)$,

$\cdots, x^n(t)$. 由引理 3, 对每一 $i(=1,2,\cdots,n)$, 有 $\delta_i > 0$ 存在, 使当 $0 < h < \delta_i$ 时, 恒有

$$\| x_h^i - x^i \| < \frac{\varepsilon}{3}.$$

对任何 $x(t) \in M$, 都有某 $x^i(t)$, 使 $\| x - x^i \| < \frac{\varepsilon}{3}$,

令 $\delta = \min(\delta_1, \delta_2, \cdots, \delta_n)$, 则当 $0 < h < \delta$ 时,

$$\begin{aligned}\| x_h - x \| &\leqslant \| x_h - x_h^i \| + \| x_h^i - x^i \| + \| x^i - x \| \\ &\leqslant \| x - x^i \| + \| x_h^i - x^i \| + \| x^i - x \| < \varepsilon.\end{aligned}$$

充分性. 由条件(ii), 集合 $M_h = \{x_h(t) \mid x(t) \in M\}$ 当 h 充分小时, 就成为 M 的一个 ε — 网. 因此, 根据定理 2, 要证 M 的列紧性, 只需证明 M_h 的列紧性就行了. 利用定理 3, 只需证明 M_h 一致有界且等度连续(因为在 $C[a,b]$ 中的相对紧集必是 $L^p[a,b]$ 中的相对紧集). 事实上, 设 $\| x \| \leqslant K$ 对 $\forall x(t) \in M$, 则

$$|x_h(t)| \leqslant \frac{1}{2h}\left(\int_{t-h}^{t+h} \mathrm{d}s\right)^{1/q}\left(\int_{t-h}^{t+h} |x(s)|^p \mathrm{d}s\right)^{1/p}$$

$$\leqslant \frac{1}{(2h)^{1/p}}\left(\int_a^b |x(s)|^p \mathrm{d}s\right)^{1/p} \leqslant (2h)^{-1/p} K,$$

故诸 $x_h(t)$ 一致有界. 此外, 有

$$|x_h(t_1) - x_h(t_2)| = \frac{1}{2h}\left|\int_{t_1-h}^{t_1+h} x(s)\mathrm{d}s - \int_{t_2-h}^{t_2+h} x(s)\mathrm{d}s\right|$$

$$\leqslant \frac{1}{2h}\left(\left|\int_{t_1-h}^{t_2-h} x(s)\mathrm{d}s\right| + \left|\int_{t_1+h}^{t_2+h} x(s)\mathrm{d}s\right|\right)$$

$$\leqslant \frac{1}{h} |t_1 - t_2|^{1/q} \left(\int_a^b |x(s)|^p \mathrm{d}s\right)^{1/p}$$

$$\leqslant |t_1 - t_2|^{1/q} h^{-1} K,$$

故诸 $x_h(t)$ 等度连续. ▌

关于 $L^p[a,b]$ 中集的列紧性, 除了上述的 Колмогоров 定理外, 还有如下的

定理 5 (Riesz) 集合 $M \subset L^p[a,b]$ $(p > 1)$ 是相对紧集的充

分必要条件是

(i) M 在 $L^p[a,b]$ 中有界；

(ii) 对于 M 中的一切 $x(t)$，当 $\tau\to 0$ 时，$\|x(t+\tau)-x(t)\|$ 一致趋于零(规定当 $t\overline{\in}[a,b]$ 时，$x(t)=0$).

证明　必要性. (i) 显然，下证(ii). 对任意 $\varepsilon>0$，取 M 的一个有限的 $\frac{\varepsilon}{3}$－网 $x_1(t),\cdots,x_n(t)$，对每一 $i(1\leqslant i\leqslant n)$ 作一连续函数 $y_i(t)$ 使

$$\|x_i(t)-y_i(t)\|<\frac{\varepsilon}{9}.$$

对每一 $y_i(t)$，存在 $\delta_i>0$，使当 $|s|<\delta_i$ 时

$$|y_i(t-s)-y_i(t)|<\frac{\varepsilon}{9(b-a)^{1/p}},$$

那么当 $|s|<\delta=\min\{\delta_1,\cdots,\delta_n\}$ 时

$$\|y_i(t-s)-y_i(t)\|<\frac{\varepsilon}{9},$$

从而当 $|s|<\delta$ 时，

$$\|x_i(t-s)-x_i(t)\|\leqslant\|x_i(t-s)-y_i(t-s)\|+\|y_i(t-s)-y_i(t)\|+\|y_i(t)-x_i(t)\|<\frac{\varepsilon}{3}.$$

现在对任一 $x(t)\in M$，取 $x_i(t)$，使 $\|x(t)-x_i(t)\|<\frac{\varepsilon}{3}$. 当 $|s|<\delta$ 时

$$\begin{aligned}\|x(t-s)-x(t)\|&\leqslant\|x(t-s)-x_i(t-s)\|\\&\quad+\|x_i(t-s)-x_i(t)\|+\|x_i(t)-x(t)\|\\&\leqslant\frac{1}{3}\varepsilon+\frac{1}{3}\varepsilon+\frac{1}{3}\varepsilon=\varepsilon.\end{aligned}$$

充分性. 我们证明，在定理 5 的条件下定理 4 的条件也满足. 由

$$|x_h(t)-x(t)| = \left|\frac{1}{2h}\int_{t-h}^{t+h}x(s)\mathrm{d}s - x(t)\right|$$

$$= \frac{1}{2h}\left|\int_{t-h}^{t+h}x(s)\mathrm{d}s - \int_{-h}^{h}x(t)\mathrm{d}s\right|$$

$$= \frac{1}{2h}\left|\int_{-h}^{h}(x(t+s)-x(t))\mathrm{d}s\right|$$

$$\leqslant \frac{1}{2h}(2h)^{1/q}\left[\int_{-h}^{h}|x(t+s)-x(t)|^p\mathrm{d}s\right]^{1/p}$$

$$= (2h)^{-1/p}\left[\int_{-h}^{h}|x(t+s)-x(t)|^p\mathrm{d}s\right]^{1/p}$$

可知

$$\|x_h(t)-x(t)\|^p \leqslant \int_a^b (2h)^{-1}\int_{-h}^{h}|x(t+s)-x(t)|^p\mathrm{d}s\mathrm{d}t$$

$$= \frac{1}{2h}\int_{-h}^{h}\mathrm{d}s\int_a^b|x(t+s)-x(t)|^p\mathrm{d}t.$$

由此即知定理 4 的条件(ii) 满足. ▌

注　L^p 中点集列紧性的上述两个判别法有着广泛的应用,特别在讨论有关偏微分方程的问题时经常要用到它.

§7·8　关于赋范线性空间的若干概念

7·8·1　空间中的点集·线性同构·范数等价

在 §7·8·1 我们总是设 E 是数域 K 上的赋范线性空间.

设 $\{x_i\}_1^n \subset$ E. 若当 K 中的 n 个数 $\alpha_1,\cdots,\alpha_n$ 不全为 0 时 $\alpha_1x_1+\cdots+\alpha_nx_n$ 必不为 θ,则称元素 $x_1,\cdots,x_n$ **线性无关**;否则,称**线性相关**;和式 $\sum_{i=1}^{n}\alpha_ix_i$ 称为 $x_1,\cdots,x_n$ 的**线性组合**. 设 $A\subset$ E,若 A 中任意有限个元素都线性无关,则称 A 中的所有元素线性无关,或称 A 是一个**线性无关的集**.

设 L 是 E 中某非空集合,如果

$$x_1,\cdots,x_n \in \mathsf{L} \Rightarrow \sum_{i=1}^{n}\alpha_i x_i \in \mathsf{L} \quad (\forall \alpha_i \in K),$$

则称 L 是 E 的一个**线性子空间**，简称做**子空间**，如果子空间 L 又是 E 中闭集，则称 L 是 E 的**闭线性子空间**.

显然，如果 E 完备，则 E 的闭子空间也完备.

线性子空间的一个平移称做**线性流形**. 即，若 L 是 E 的子空间，$x_0 \in \mathsf{E}$，集合 $\mathsf{A} = \{x + x_0 \mid x \in \mathsf{L}\}$ 就叫做一个**线性流形**. 集合 A 也写作 $\mathsf{L} + x_0$. 闭子空间的平移称做**闭线性流形**.

设 $M \subset \mathsf{E}$ 为一个非空集合，集合 $\{\sum_{i=1}^{n}\alpha_i x_i \mid x_i \in M, \alpha_i \in K, n \in \mathsf{N}\}$ 显然构成 E 的一个线性子空间，且是包含 M 的最小子空间，称为**由 M 所决定(生成)的子空间**，记作 $\mathsf{L}(M)$.

显然，$\mathsf{L}(M)$ 的闭包就是包含 M 的最小闭子空间，称为**由 M 决定(生成)的闭子空间**，以 $\overline{\mathsf{L}(M)}$ 表示之.

如果 M 有无穷多个元素，一般来说 $\overline{\mathsf{L}(M)}$ 与 $\mathsf{L}(M)$ 是不相等的.

例如，设 $\mathsf{E} = C[0,1]$，$M = \{x^n \mid n = 1,2,\cdots\} \subset \mathsf{E}$，显然，$\mathsf{L}(M)$ 就是多项式的全体，而 $\overline{\mathsf{L}(M)} = C[0,1]$，故 $\mathsf{L}(M)$ 是 $\overline{\mathsf{L}(M)}$ 的真子集.

由 E 中有限个线性无关的元素 $x_1,\cdots,x_n$ 所生成的子空间 G 叫做 E 的**有限维子空间**. 对此 G，显然 G 中线性无关元的个数不能大于 n，并且，如果 $1 \leqslant r < n$，$x_1^*,\cdots,x_r^*$ 是 G 中一组线性无关元，那么，必有 $x_{r+1}^*,\cdots,x_n^* \in \mathsf{G}$，使得 $x_1^*,\cdots,x_n^*$ 是线性无关的，进而 $\mathsf{L}(x_1^*,\cdots,x_n^*) = \mathsf{G}$，于是我们把 n 称为空间 G 的**维数**. 此时，G 中任一元素 x 都可以唯一地表示成 $x_1,\cdots,x_n$ 的线性组合

$$x = \sum_{i=1}^{n}\alpha_i x_i,$$

此 $\{x_1,\cdots,x_n\}$ 叫做 G 的一个**基底**，而 $\{\alpha_1,\cdots,\alpha_n\}$ 叫做元素 x 关于基底 $\{x_1,\cdots,x_n\}$ 的**坐标**.

设 $x_0 \in \mathsf{E}$,$x_0 \neq 0$,称集合 $\mathsf{L}\{x_0\} = \{\alpha x_0 \mid \alpha \in R^1\}$ 为 E 中一条过原点的**直线**. 设 $x_1, x_2 \in \mathsf{E}$,称集合 $\{\alpha x_1 + (1-\alpha)x_2 \mid \alpha \in [0,1]\}$ 为以 x_1, x_2 为端点的**直线段**. 设 $D \subset \mathsf{E}$,若当 $x_1, x_2 \in D$,$\alpha \in [0,1]$ 时 $\alpha x_1 + (1-\alpha)x_2 \in D$,则称 D 是一个**凸集**. 例如 E 中的开球、闭球都是凸集,E 的线性子空间也是凸集. 以零元 θ 为中心以 1 为半径的闭球称为 E 的**单位球**.

设 $\mathsf{A} \subset \mathsf{E}$,$\mathsf{B} \subset \mathsf{E}$,点集 $\{x+y \mid x \in A, y \in B\}$ 称为 A 与 B 的**线性和**,记作 $A+B$. 设 $\mathsf{E}_1, \mathsf{E}_2$ 是 E 的两个线性子空间,若 $\mathsf{E}_3 = \mathsf{E}_1 + \mathsf{E}_2$ 且对任意 $x_3 \in \mathsf{E}_3$ 都存在唯一的 $(x_1, x_2) \in \mathsf{E}_1 \times \mathsf{E}_2$ 使 $x_3 = x_1 + x_2$,则称 E_3 是 E_1 与 E_2 的**线性直接和**(简称**直和**),记作 $\mathsf{E}_3 = \mathsf{E}_1 \oplus \mathsf{E}_2$.

设 $\mathsf{E}_1, \mathsf{E}_2$ 都是数域 K 上的赋范线性空间. 若映射 $V: \mathsf{E}_1 \to \mathsf{E}_2$ 是一一的,并且对任意 $x, y \in \mathsf{E}_1$,$\alpha, \beta \in K$ 恒有

$$V(\alpha x + \beta y) = \alpha Vx + \beta Vy$$
$$(V(\alpha + \beta y) = \bar{\alpha} Vx + \bar{\beta} Vy),$$

则称 V 是 E_1 到 E_2 的**线性同构映射(共轭线性同构映射** —— 与上面的括号相应). 若 $V: \mathsf{E}_1 \to \mathsf{E}_2$ 即是(共轭)线性同构映射又是等距映射,就称为**(共轭)线性同构等距映射**(或简称为**等距(共轭)线性同构**). 这样的映射显然是**保范**的(即对 $\forall x \in \mathsf{E}_1$,$\|Vx\| = \|x\|$). 若 $\mathsf{E}_1, \mathsf{E}_2$ 间存在着这样的映射,就称 E_1 与 E_2 是**等价的赋范线性空间**. 当限于讨论与线性运算、范数有关的问题(如元素间的线性无关性、点集的闭性等)时,等价的赋范线性空间可以看成是同一个空间,而不加以区别.

设在线性空间 E 上按不同的方式引入了两个范数 $\|\cdot\|_1$ 与 $\|\cdot\|_2$. 若 $\|\cdot\|_1$ 与 $\|\cdot\|_2$ 所导出的距离是等价的(即所决定的收敛是相同的),则称这**两个范数等价**.

命题 1 线性空间 E 上两个范数 $\|\cdot\|_1$ 与 $\|\cdot\|_2$ 等价的充要条件是:存两个正实数 a 与 b 使

$$a\|x\|_2 \leqslant \|x\|_1 \leqslant b\|x\|_2 \quad (\forall x \in \mathsf{E}). \qquad (7\cdot 8\cdot 1)$$

证明　充分性显然. 下证必要性:假若(7·8·1)不成立,譬如(7·8·1)右边的不等式不成立,则对任意自然数 n 都存在 x_n 使

$$\|x_n\|_1 > n\|x_n\|_2.$$

令 $\tilde{x}_n = \dfrac{x_n}{\|x_n\|_1}$,则 $\|\tilde{x}_n\|_1 = 1$,而

$$\|\tilde{x}_n\|_2 = \left\|\frac{x_n}{\|x_n\|_1}\right\|_2 = \frac{1}{\|x_n\|_1}\|x_n\|_2$$

$$< \frac{1}{\|x_n\|_1}\cdot\frac{1}{n}\cdot\|x_n\|_1 = \frac{1}{n} \to 0.$$

于是 $\{\tilde{x}_n\}$ 按 $\|\cdot\|_1$ 不收敛于 θ,按 $\|\cdot\|_2$ 收敛于 θ,从而 $\|\cdot\|_1$ 与 $\|\cdot\|_2$ 不等价. ▌

*7·8·2　商空间

设 E_0 是赋范线性空间 E 的一个闭子空间. 对 E 中任意两元素 x, y,如果 $x - y \in \mathsf{E}_0$,我们就称 x 与 y 等价,记作 $x \sim y$.

容易验证,关系"～"具有

反身性:$x \sim x$;

对称性:$x \sim y \Rightarrow y \sim x$;

传递性:$x \sim y, y \sim z \Rightarrow x \sim z$.

利用等价关系 ～ 把 E 中元素分成一些等价类. 元素 x 所在的等价类记作 $\tilde{x}$. 两个等价类 $\tilde{x}, \tilde{y}$ 作为 E 的子集、或者 $\tilde{x} = \tilde{y}$,或者 $\tilde{x} \cap \tilde{y} = \varnothing$. 等价类的全体记作 E/E_0. 在 E/E_0 中定义线性运算如下:

$$\tilde{x} + \tilde{y} = \widetilde{x+y};$$

$$\alpha\tilde{x} = \widetilde{\alpha x} \quad \alpha \in K,$$

这样定义的线性运算有明确意义,即它与等价类中所取代表元素无关. 比如,我们讨论加法运算.

如果 $\tilde{x}=\widetilde{x_1},\tilde{y}=\widetilde{y_1}$,那么 $x-x_1\in \mathsf{E}_0, y-y_1\in \mathsf{E}_0$,

从而$(x+y)-(x_1+y_1)=x-x_1+y-y_1\in \mathsf{E}_0$,

即 $\widetilde{x+y}=\widetilde{x_1+y_1}$.

类似地也可以讨论数乘运算.

容易看出,按照我们所规定的线性运算,E/E_0 成一线性空间.

现在,我们在 E/E_0 中定义范数.

设 $\tilde{x}\in \mathsf{E}/\mathsf{E}_0$,令

$$\|\tilde{x}\| = \inf_{y\in\tilde{x}}\|y\|, \tag{7·8·2}$$

显然

$$\|\tilde{x}\|\geqslant 0, \|\tilde{0}\| = 0, \|\alpha\tilde{x}\| = |\alpha|\,\|\tilde{x}\|;$$

如果 $\|\tilde{x}\|=0$,则有 $y_n\in\tilde{x}, \|y_n\|\to 0$,而 $z_n=x-y_n\in \mathsf{E}_0$,$\mathsf{E}_0$ 是闭集,故 $x=\lim\limits_{n\to\infty}z_n\in \mathsf{E}_0$,即 $\tilde{x}=\tilde{0}$.

最后证明

$$\|\tilde{x}+\tilde{y}\|\leqslant\|\tilde{x}\|+\|\tilde{y}\|.$$

由 $\|\tilde{x}\|$ 的定义,对每个自然数 n,存在 $x_n\in\tilde{x}, y_n\in\tilde{y}$,使得

$$\|x_n\|\leqslant\|\tilde{x}\|+\frac{1}{n}, \|y_n\|\leqslant\|\tilde{y}\|+\frac{1}{n}.$$

注意到 $x_n+y_n\in\widetilde{x_n+y_n}=\widetilde{x_n}+\widetilde{y_n}=\tilde{x}+\tilde{y}$,因此

$$\begin{aligned}\|\tilde{x}+\tilde{y}\| &\leqslant \|x_n+y_n\|\leqslant\|x_n\|+\|y_n\| \\ &\leqslant \|\tilde{x}\|+\frac{1}{n}+\|\tilde{y}\|+\frac{1}{n}.\end{aligned}$$

令 $n\to\infty$ 即得

$$\|\tilde{x}+\tilde{y}\|\leqslant\|\tilde{x}\|+\|\tilde{y}\|.$$

于是 E/E_0 成为赋范线性空间,称为 E 关于 E_0 的**商空间**. 今后凡说商空间 E/E_0 中的范数都是按(7·8·2)式定义的.

定理 1　设 E 是 *Banach* 空间，E_0 是 E 的闭子空间，则 E/E_0 也是 Banach 空间.

证明　只需证明 E/E_0 是完备的. 设 $\{\tilde{x}_n\}$ 是 E/E_0 中的基本列. 显然可取一自然数列 $\{n_k\}$，使当 $n, m \geqslant n_k$ 时

$$\| \tilde{x}_n - \tilde{x}_m \| < \frac{1}{2^k},$$

特别还可使

$$\| \tilde{x}_{n_k} - \tilde{x}_{n_{k+1}} \| < \frac{1}{2^k}.$$

在 $\tilde{x}_{n_1}$ 中任取一 x_{n_1}，由于

$$\begin{aligned}\frac{1}{2} > \| \tilde{x}_{n_1} - \tilde{x}_{n_2} \| &= \inf_{x \in \tilde{x}_{n_1}, y \in \tilde{x}_{n_2}} \| x - y \| \\ &= \inf_{x \in \tilde{x}_{n_1}, y \in \tilde{x}_{n_2}} \| x_{n_1} - (y - x + x_{n_1}) \| \\ &= \inf_{y' \in \tilde{x}_{n_2}} \| x_{n_1} - y' \|,\end{aligned}$$

因此存在 $x_{n_2} \in \tilde{x}_{n_2}$，使

$$\| x_{n_1} - x_{n_2} \| \leqslant \frac{1}{2},$$

利用归纳法，不难得出，存在一元素列 $\{x_{n_k}\}$，$x_{n_k} \in \tilde{x}_{n_k}$，使

$$\| x_{n_k} - x_{n_{k+1}} \| \leqslant \frac{1}{2^k}, \quad k = 1, 2, \cdots$$

于是，对于 $l > k$ 有

$$\| x_{n_l} - x_{n_k} \| \leqslant \sum_{i=0}^{l-k-1} \| x_{n_{k+i}} - x_{n_{k+i+1}} \| \leqslant \sum_{i=0}^{\infty} \frac{1}{2^{k+i}} = \frac{1}{2^{k-1}},$$

故 $\{x_{n_k}\}$ 是一基本列. 由于 E 完备，因此存在 $x \in E$，使 $\| x_{n_k} - x \| \to 0$，从而

$$\| \tilde{x}_{n_k} - \tilde{x} \| \to 0.$$

由于$\{\tilde{x}_{n_k}\}$是基本列$\{\tilde{x}_n\}$的一个子列,故有

$$\|\tilde{x}_n - \tilde{x}\| \to 0.$$

因此,E/E_0是完备的. ▌

§7·9 无限维赋范线性空间的特征

引理 1 设E是有限维赋范线性空间,$\{x_1,\cdots,x_n\}$为E中一个基底,则必有常数M存在,使得对于任何$x=\sum_{i=1}^{n}\alpha_i x_i \in E$,皆有

$$|\alpha_i| \leqslant M\|x\| \quad (i=1,\cdots,n). \qquad (7\cdot 9\cdot 1)$$

证明 令

$$f(x) = f(\alpha_1,\cdots,\alpha_n) = \|x\|,$$

则$f(\alpha_1,\cdots,\alpha_n)$是$n$元连续函数. 令

$$F = \{(\alpha_1,\cdots,\alpha_n) \mid |\alpha_1| + \cdots + |\alpha_n| = 1\},$$

则F是R^n中的有界闭集,且

当$(\alpha_1,\cdots,\alpha_n)\in F$时, $\qquad x = \sum_{i=1}^{n}\alpha_i x_i \neq 0,$

故

$$f(\alpha_1,\cdots,\alpha_n) = \|x\| > 0,$$

从而f在集合F上达到正的下确界m.

现在设$x=\sum_{i=1}^{n}\alpha_i x_i \neq 0$,则$\sum_{i=1}^{n}|\alpha_i|>0$,令

$$\tilde{x} = \frac{x}{\sum_{i=1}^{n}|\alpha_i|} = \sum_{i=1}^{n}\tilde{\alpha_i}x_i,$$

则$\sum_{i=1}^{n}|\tilde{\alpha_i}|=1$, 即$(\tilde{\alpha_1},\cdots,\tilde{\alpha_n})\in F$,从而

$$\|\tilde{x}\| = f(\tilde{\alpha_1},\cdots,\tilde{\alpha_n}) \geqslant m > 0,$$

即

$$\| x \| \geqslant m \sum_{i=1}^{n} |\alpha_i|.$$

故若令 $M = \frac{1}{m}$,即知(7·9·1)成立. ▌

引理 2　(Riesz)设 E_0 是赋范线性空间 E 的一个闭真子空间,则对于任何 $d \in (0,1)$,都存在 $x_d \in \mathsf{E}$, $\| x_d \| = 1$,使对一切 $x \in \mathsf{E}_0$ 都有

$$\| x_d - x \| \geqslant d.$$

证明　取 $x_1 \in \mathsf{E} \backslash \mathsf{E}_0$,由于 E_0 是闭集,$x_1 \overline{\in} \mathsf{E}_0$,故

$$\rho = \rho(x_1, \mathsf{E}_0) = \inf_{x \in E_0} \| x_1 - x \| > 0.$$

因 $\frac{\rho}{d} > \rho$,故有 $x_0 \in \mathsf{E}_0$ 使 $\| x_1 - x_0 \| < \frac{\rho}{d}$.

令 $x_d = \frac{x_1 - x_0}{\| x_1 - x_0 \|}$,则 $\| x_d \| = 1$.

对任意 $x \in \mathsf{E}_0$,有 $x_0 + \| x_1 - x_0 \| x \in \mathsf{E}_0$,从而

$$\| x_d - x \| = \left\| \frac{x_1 - x_0}{\| x_1 - x_0 \|} - x \right\|$$

$$= \left\| \frac{x_1}{\| x_1 - x_0 \|} - \frac{x_0 + \| x_1 - x_0 \| x}{\| x_1 - x_0 \|} \right\|$$

$$= \frac{\| x_1 - (x_0 + \| x_1 - x_0 \| x) \|}{\| x_1 - x_0 \|} \geqslant \frac{\rho}{\| x_1 - x_0 \|} \geqslant d.$$ ▌

定理 1　赋范线性空间 E 是有限维的充分必要条件是:E 中任一有界集都是相对紧集.

证明　必要性:设 E 是有限维的,以 $\{x_1, \cdots, x_n\}$ 表 E 中一个基底. 设 S 是 E 中一个有界集,即存在一个正常数 β,使对任一 $x \in S$ 有 $\| x \| \leqslant \beta$. 任取 S 中一序列 $y_m = \sum_{i=1}^{n} \alpha_i^{(m)} x_i$, $(m = 1, 2, \cdots)$,则 $\| y_m \| \leqslant \beta$,由引理 1,存在 $M > 0$,使

$$|\alpha_i^{(m)}| \leqslant M \| y_m \| \leqslant M\beta,$$

故对任何 i,数列 $\{\alpha_i^{(m)}\}$ 都是有界的,从而,对此 n 个数列,必可选出一个自然数列 $\{m_k\}$,使得对所有的 $i=1,2,\cdots,n$, $\{\alpha_i^{(m_k)}\}$ 收敛,设

$$\alpha_i^{(m_k)} \to \alpha_i \quad \text{当 } k \to \infty,$$

则

$$y_{m_k} = \sum_{i=1}^{n} \alpha_i^{(m_k)} x_i \to \sum_{i=1}^{n} \alpha_i x_i \in \mathsf{E},$$

故 S 是相对紧集.

充分性:用反证法.设 E 不是有限维的,在 E 中任取一点 x_1,使 $\| x_1 \| = 1$,并令 E_1 表由 x_1 所产生的子空间(显然是一维的).由假定,E_1 是 E 的真子空间.由引理 2 必有 $x_2 \in \mathsf{E}$, $\| x_2 \| = 1$,使 $\rho(x_2, x) \geqslant \dfrac{1}{2}(\forall x \in \mathsf{E}_1)$,特别 $\| x_2 - x_1 \| \geqslant \dfrac{1}{2}$;又令 E_2 表由 $\{x_1, x_2\}$ 所产生的子空间,它也是 E 的真子空间,从而又有 $x_3 \in \mathsf{E}$, $\| x_3 \| = 1$,使 $\rho(x_3, \mathsf{E}_2) \geqslant \dfrac{1}{2}$,特别 $\| x_3 - x_1 \| \geqslant \dfrac{1}{2}$, $\| x_3 - x_2 \| \geqslant \dfrac{1}{2}$;这样可以继续进行下去,即得一元素列 $\{x_n\}$,满足: $\| x_i \| = 1$,且当 $i \neq j$ 时 $\| x_i - x_j \| \geqslant \dfrac{1}{2}$,于是,有界序列 $\{x_n\}$ 没有收敛子列,此与 E 的任一有界集是相对紧集矛盾. ▌

习　题　七

1. 试证：距离空间中收敛列的极限是唯一的.

2. 试证：距离空间 X 中的序列 $\{x_n\}$ 收敛于 $x^* \in X$ 的充分必要条件是 $\{x_n\}$ 的任一子列收敛于 x^*.

3. 设 x,y,z,w 是距离空间 X 中的任意四个点，证明：

(i) $|\rho(x,z)-\rho(y,z)| \leqslant \rho(x,y)$

(ii) $|\rho(x,z)-\rho(y,w)| \leqslant \rho(x,y)+\rho(z,w)$

4. $\rho(x,y)=(x-y)^2$ 是定义在实数集合上的一个距离吗？

5. 若 $\{x_n\}$，$\{y_n\}$ 是距离空间 X 中的两个基本列，证明：$a_n = \rho(x_n, y_n)$ 收敛.

6. 试证：距离空间 X 中任一子集的闭包是闭集.

7. 试证：对距离空间 X 中点集 A 及 $\varepsilon>0$，$\{x \mid \rho(x,A)<\varepsilon\}$ 是开集；$\{x \mid \rho(x,A)\leqslant\varepsilon\}$ 是闭集.

8. 设 $\rho(x,y)$ 是空间 X 上的距离，证明：

$$\widetilde{\rho}(x,y)=\frac{\rho(x,y)}{1+\rho(x,y)}$$

也定义了 X 上元素间的距离.

9. 试证：任一离散空间必是完备的.

10. 设 X 是距离空间，闭集 $A,B\subset X$ 不相交，试证：必有定义在全空间上的连续泛函 $f(x)$，使得：$0\leqslant f(x)\leqslant 1(\forall x\in X)$，且

$$x\in A\Rightarrow f(x)=0;x\in B\Rightarrow f(x)=1.$$

11. 设 A 是赋范线性空间 E 的有限子集，证明：

$$\overline{\mathrm{L}(A)}=\mathrm{L}(A).$$

12. 证明：距离空间中开球是开集，闭球是闭集.

13. 证明：赋范线性空间中，开球的闭包是闭球，闭球的内部是开球.

14. 试证:按 $C[a,b]$ 中范数,$C^m[a,b]$ 是 $C[a,b]$ 的非闭的子空间.

15. 以 R^m 表 R^n 的 m 维子空间,证明 R^n/R^m 是 $n-m$ 维赋范线性空间.

16. 试用纲定理证明:$[0,1]$ 中无理数的全体不能表示成可数个闭集的并.

17. 试证:任一赋范线性空间中的单位球是凸集.

18. 试证:有限维线性空间上的所有范数都是等价的.

19. 设 E 是实赋范线性空间,$\{x_1,\cdots,x_n\}\subset\mathsf{E}$ 是线性无关的 n 个元,$x\in\mathsf{E}$,证明:存在 n 个实数 $\lambda_1',\cdots,\lambda_n'$ 使得

$$\|x-(\lambda_1'+\cdots+\lambda_n')\|$$
$$=\inf_{\lambda_1,\cdots,\lambda_n}\|x-(\lambda_1x_1+\cdots+\lambda_nx_n)\|.$$

20. 设 X 是距离空间,证明 $A\subset\mathsf{X}$ 是稀疏集的充分必要条件是 $\overline{X\backslash\overline{A}}=\mathsf{X}$.

21. 证明:全有界集必可分.

22. 证明:$C^m[0,1]$ 按 $C[0,1]$ 距离的完备化空间为 $C[0,1]$.

23. 证明 $l^p(p\geqslant 1)$ 是完备的.

24. 证明 $F[a,b]$ 上连续函数的全体 $C[a,b]$ 按下式定义距离

$$\rho(x,y)=\int_a^b|x(t)-y(t)|\,\mathrm{d}t\quad\forall\, x,y\in C[a,b]$$

所得的距离空间是不完备的,而 $L^1[a,b]$ 恰是这个距离空间的完备化空间.

25. 试验证 §7・2 例 7・2・5 中的空间 $C^m[a,b]$ 是 Banach 空间,并证明 $C^m[a,b]$ 中元素列依范数收敛等价于函数列及其各阶导数一致收敛.

26. 试验证 §7・2 例 7・2・6 中空间 m 是 Banach 空间.

27. 设 $\mathsf{X}=\{(\xi_1,\xi_2,\cdots,\xi_n,0,0,\cdots)\mid$ 诸 $\xi_i\in R^1,n\in\mathsf{N}\}$,对 $x=(\xi_1,\xi_2,\cdots),y=(\eta_1,\eta_2,\cdots)\in\mathsf{X}$,令 $\rho(x,y)=\sum\limits_{n=1}^{\infty}|\xi_n-\eta_n|$,

证明:ρ是X上的一个距离,从而X成一距离空间;并说明X不是完备的,求出它的完备化空间.

28. 证明 §7·1例7·1·3中的空间s是完备的.

29. 试证:完备距离空间的闭子空间也是完备的.

30. 试证:距离空间的完备子空间必是闭的.

31. 试证:距离空间X是完备的充分必要条件是:闭集串A_n满足$A_1 \supset A_2 \supset \cdots \supset A_n \supset A_{n+1} \supset \cdots$

$$d_n = \sup_{x, y \in A_n} \rho(x, y) \to 0 (n \to \infty) \Rightarrow \bigcap_{n=1}^{\infty} A_n \neq \varnothing.$$

32. 设E是完备的距离空间,$A_n(n=1,2,\cdots)$是E中一串稠密的开集,证明$\bigcap\limits_{n=1}^{\infty} A_n$也是E的稠密集.

33. 设X,X_1是二距离空间,且X是紧的. 又设T:X→X_1是连续映射,证明值域$T(X)$是X_1中的紧集.

34. 试证:相对紧集的闭包是紧的.

35. 试证:紧距离空间上的连续泛函是一致连续的.

36. 设X是紧距离空间,X_1是完备的距离空间,证明:X到X_1的连续映射的全体$C(X \to X_1)$在距离$\rho(x, y) = \sup\limits_{t \in X} \rho_{X_1}(x(t), y(t))$下是完备的距离空间.

37. 试证:R^n中集合M列紧的充分必要条件是M有界;$M \subset R^n$是自列紧的充分必要条件是M为有界闭集.

38. 试证:$C[a,b]$中函数集合M相对紧的充分必要条件是:(1)对每一$t \in [a,b]$,存在$K = K(t) < +\infty$,使$|x(t)| \leqslant K(t)(\forall x \in M)$;(2)$M$中函数等度连续.

39. 试证:任一包含无穷多个元素的离散距离空间不是紧距离空间.

40. 设$k(x,y)$是$[0,1]\times[0,1]$上连续函数,且

$$\int_0^1 \int_0^1 k^2(x, y) \mathrm{d}x \mathrm{d}y < 1,$$

试证,对任意$[0,1]$上的连续函数$g(x)$,方程

$$\int_0^1 k(x,y)f(y)\mathrm{d}y - f(x) = g(x)$$

有唯一的连续解.

41. 设M是Banach空间X中的有界闭凸集,$T:M\to M$满足:$\| Tx - Ty \| \leqslant \| x-y \|$($\forall x,y\in M$).证明,对任意$\varepsilon>0$,必有$x_\varepsilon\in M$,使得

$$\| Tx_\varepsilon - x_\varepsilon \| \leqslant \varepsilon.$$

42. 设M是紧距离空间,$T:M\to M$满足

$$\rho(Tx,Ty) < \rho(x,y) \quad \forall x,y\in M, x\neq y,$$

试证:必有唯一的$x^*\in M$,使$Tx^* = x^*$.

43. 在R^n中定义

$$\rho_1(x,y) = \max_{l\leqslant h\leqslant n} |\xi_k - \eta_k|$$

其中$x=(\xi_1,\xi_2,\cdots,\xi_n)$,$y=(\eta_1,\eta_2,\cdots,\eta_n)$,则$\rho_1(\cdot,\cdot)$是$R^n$上的距离,从而$R^n$按$\rho_1$成一距离空间.

44. 设X是可分的距离空间.$\{G_c \mid c\in J\}$为X的一个开集复盖,则从$\{G_c\}$中可取出可列个集组成X的一个复盖.

45. 设$f(x)$是由距离空间X到距离空间X_1的连续映射,A在X中稠密,证明:$f(A)$在$f(X)$中稠密.

46. 举例说明全有界集不一定是列紧的.

47. 设F_1,F_2是距离空间X中两个紧子集,则存在$x_0\in F_1$,$y_0\in F_2$,使$\rho(F_1,F_2)=\rho(x_0,y_0)$.

48. 证明:$L^p(R^1)(p\geqslant 1)$可分.

49. 证明:$l^p(p\geqslant 1)$中的子集A列紧的充要条件是:

(i) 存在$K>0$,使得对一切$x=(\xi_i)\in A$有$\sum_{i=1}^{\infty}|\xi_i|^p\leqslant K$;

(ii) 对任意给定的$\varepsilon>0$,存在$N>0$,使得当$n>N$时,对一切$x=(\xi_i)\in A$有$\sum_{i=n}^{\infty}|\xi_i|^p<\varepsilon$.

50. 在 $C[a,b]$ 中，集 $\{f \mid 当 t \in B 时, f(t) = 0\}$ 必为闭集，而集 $\{f \mid 当 t \in B 时 |f(t)| < a\}(a > 0)$ 为开集的充要条件是 B 是 $[a,b]$ 中闭集.

51. 证明：空间 $\mathsf{M}[a,b]$ 不可分.

52. 证明：空间 m 与 $C(0,1)$ 的一个子空间等距线性同构.

53. 设 $\mathsf{X}_i(i = 1,2,\cdots)$ 是一列 Banach 空间，令

$$\mathsf{X} = \{x = (x_i) \mid x_i \in X_i, \sum_{i=1}^{\infty} \| x_i \|^p < \infty\}(p > 1),$$

加法与数乘运算按通常数列的加法与数乘定义，令 $\| x \| = \left(\sum_{i=1}^{\infty} \| x_i \|^p\right)^{1/p}$，证明：$\mathsf{X}$ 是 Banach 空间.

54. 设 $V[a,b]$ 表 $[a,b]$ 上右连续的有界变差函数全体，在 $V[a,b]$ 中定义范数 $\| x \| = |x(a)| + \overset{b}{\underset{a}{V}}(x)$，证明：$V[a,b]$ 是 Banach 空间.

55. 设 X 是可分的距离空间，证明：X 至多具有连续势.

56. 设 E 是赋范线性空间，A 是 E 中有界集，证明：A 全有界的充要条件是对任何 $\varepsilon > 0$，都存在 E 的有限维子空间 M_ε，使 A 中每点与 M_ε 的距离都小于 ε.

57. 在距离空间中，证明一个点集为紧集的充要条件是该点集的任何开集复盖都存在着有限子复盖.（提示：参照 §2·5 定理 2 的 Lebesgue 证法）

58. 设 X 为完备的距离空间，$A: \mathsf{X} \to \mathsf{X}$ 在开球 $B(x_0, r)(r > 0)$ 内适合 $\rho(Ax, Ay) < \theta\rho(x, y)(x \neq y)$，其中 $0 < \theta < 1$，在闭球 $\overline{B}(x_0, r)$ 上连续，且 $\rho(x_0, Ax_0) \leqslant \theta(1-\theta)r$. 证明：$A$ 在 $\overline{B}(x_0, r)$ 中有唯一的不动点.

59. 证明可分距离空间的子空间是可分的.

第八章　线性算子

§8·1　线性算子的基本性质

定义 1　设 E_1, E_2 为赋范线性空间，$D \subset E_1$，我们把由 D 到 E_2 的映射 T（记作 $T: D \to E_2$）称为**算子**. D 称为算子 T 的**定义域**，记作 $D(T)$，象集 $\{y \mid y = Tx, x \in D(T)\}$ 称为 T 的**值域**，记作 $R(T)$.

如果 T 把 $D(T)$ 中任一有界集映成有界集，则称 T 为**有界算子**.

如果 $D(T)$ 是 E_1 的子空间，且对任何 $x, y \in D(T)$，$\alpha, \beta \in K$ 有

$$T(\alpha x + \beta y) = \alpha Tx + \beta Ty,$$

则称 T 为**线性算子**.

在 §7·3，我们曾定义了映射的连续性，一般地说，连续性与有界性是两个互不包含的概念，但在后面我们将会看到，对于线性算子，这两个概念是等价的.

命题 1　设 T 是线性算子，则 T 有界的充分必要条件是：存在常数 $M \geqslant 0$，使得

$$\| Tx \| \leqslant M \| x \|, \quad \forall x \in D(T). \qquad (8·1·1)$$

证明　充分性显然，下证必要性. 用反证法，设不存在常数 M 使(8·1·1)式成立，则对每一个自然数 n，有 $x_n \in D(T)$，使

$$\| Tx_n \| > n \| x_n \|, \quad n = 1, 2, \cdots \qquad (8·1·2)$$

由于 T 是线性算子，显然有 $x_n \neq 0$，令 $x_n' = \dfrac{x_n}{\| x_n \|}$ 则

$$\| x_n' \| = 1, \quad x_n' \in D(T),$$

由 T 的线性性质得 $\| Tx_n' \| \geqslant n$,故$\{Tx_n'\}$是无界集,这与 T 把 $D(T)$ 中有界集映成有界集矛盾. ▌

例 8·1·1 设 $x = (x_1, \cdots, x_m) \in R^m$,命

$$y_i = f_i(x_1, \cdots, x_m), \quad i = 1, 2, \cdots, n,$$

则 $f(x) = (f_1(x_1, \cdots, x_m), \cdots, f_n(x_1, \cdots, x_m))$ 为 $R^m \to R^n$ 的一个算子.

例 8·1·2 设给出了无穷矩阵(a_{ij}),$i,j = 1,2,3,\cdots$ 满足条件

$$\sum_{i,j=1}^{\infty} |a_{ij}|^q < \infty, \quad 其中\ q > 1, \qquad (8·1·3)$$

设 $x = (x_1, x_2, \cdots) \in l^p$,令

$$y_i = \sum_{j=1}^{\infty} a_{ij} x_j, \quad y = (y_1, y_2, \cdots), \qquad (8·1·4)$$

定义 $Tx = y$,则 T 是映整个 $l^p\left(p = \dfrac{q}{q-1}\right)$ 入 l^q 的有界线性算子.

证明 由条件(8·1·3),利用 Hölder 不等式知(8·1·4)中级数绝对收敛,

$$\left(\sum_{i=1}^{\infty} |y_i|^q\right)^{1/q} = \left(\sum_{i=1}^{\infty} \left|\sum_{j=1}^{\infty} a_{ij} x_j\right|^q\right)^{1/q}$$

$$\leqslant \left(\sum_{i=1}^{\infty} \left|\left(\sum_{j=1}^{\infty} |a_{ij}|^q\right)^{1/q} \left(\sum_{j=1}^{\infty} |x_j|^p\right)^{1/p}\right|^q\right)^{1/q}$$

$$= \left(\sum_{i=1}^{\infty} \sum_{j=1}^{\infty} |a_{ij}|^q\right)^{1/q} \left(\sum_{j=1}^{\infty} |x_j|^p\right)^{1/p} = M \| x \|,$$

其中 $M = \left(\sum_{i,j=1}^{\infty} |a_{ij}|^q\right)^{1/q}$,故

$$Tx \in l^p, \| Tx \| \leqslant M \| x \|.$$

又 T 显然是线性的. ▌

例 8·1·3 考察 Урысон 算子

$$y = Tx : y(t) = \int_a^b k(t, s, x(s)) \mathrm{d}s,$$

其中三元函数 $k(t,s,u)$ 定义在 $a\leqslant t,s\leqslant b,-\beta\leqslant u\leqslant\beta$ 上,且为 t,s,u 的连续函数,则 T 是映 $C[a,b]$ 中闭球 $\overline{B}(0,\beta)$ 入空间 $C[a,b]$ 的非线性连续算子.

例 8·1·4 在 $C[0,1]$ 上考虑微分算子 D:

$$Dx=\frac{\mathrm{d}}{\mathrm{d}t}x(t).$$

此算子定义在 $C[0,1]$ 中所有具有连续导函数的函数集合上(它显然是 $C[0,1]$ 中的一个真子集,且是一个线性子空间),其值域是整个 $C[0,1]$. 算子 D 显然是线性的,但 D 不是有界的.

事实上,考虑 $C[0,1]$ 中连续函数列 $x_n(t)=\sin n\pi t$, 则 $\|x_n\|=1$, 但

$$\|Dx_n\|=\|n\pi\cos n\pi t\|=n\pi,$$

故 D 不是有界的. 即 D 是一无界线性算子.

下面我们给出线性算子的一些简单性质.

定理 1 如果线性算子 T 在定义域 $D(T)$ 中某点 x_0 连续,则它必在整个定义域上连续.

证明 设 $y_0\in D(T),y_n\in D(T),y_n\to y_0$,因为

$$\begin{aligned}Ty_n&=T(y_n-y_0+x_0-x_0+y_0)\\&=T(y_n-y_0+x_0)-Tx_0+Ty_0,\end{aligned}$$

且 $y_n-y_0+x_0\to x_0$,由 T 在 x_0 连续,即得 $Ty_n\to Ty_0$. ▌

定理 2 线性算子 T 连续的充分必要条件是 T 有界.

证明 充分性. 因为 T 有界,故存在常数 M,使

$$\|Tx\|\leqslant M\|x\|\quad(\forall x\in D(T)),$$

故当 $x_n\to 0$ 时,$\|Tx_n\|\leqslant M\|x_n\|\to 0$,故 $Tx_n\to 0=T(0)$,即 T 在 0 点连续,由定理 1,T 在 $D(T)$ 连续.

必要性. 因为 T 在 $D(T)$ 连续,故在 0 点连续. 如果 T 无界,则对每一自然数 n,有 $x_n\in D(T)$,使 $\|Tx_n\|>n\|x_n\|$,令

$$x_n'=\frac{x_n}{n\|x_n\|},$$

则 $x_n' \to 0$，但 $\| Tx_n' \| > 1$，此与 T 在 0 点连续矛盾. ▌

定义 2（有界线性算子的范数）. 设 E_1, E_2 是两个赋范线性空间，$T: E_1 \to E_2$ 为有界线性算子，称

$$\| T \| = \inf\{M \mid \| Tx \| \leqslant M \| x \|, \forall x \in E_1\} \quad (8 \cdot 1 \cdot 5)$$

为 T 的**范数**.

定理 3　设 $T: E_1 \to E_2$ 为有界线性算子，则

$$\| T \| = \sup_{\| x \| = 1} \| Tx \| = \sup_{x \neq 0} \frac{\| Tx \|}{\| x \|}. \quad (8 \cdot 1 \cdot 6)$$

证明　按定义，我们有

$$\| Tx \| \leqslant \| T \| \| x \|, \quad \forall x \in E_1, \quad (8 \cdot 1 \cdot 7)$$

从而

$$\sup_{\| x \| = 1} \| Tx \| \leqslant \| T \|. \quad (8 \cdot 1 \cdot 8)$$

又对任给 $\varepsilon > 0$，有 $x_\varepsilon \in E_1$ 使

$$\| Tx_\varepsilon \| > (\| T \| - \varepsilon) \| x_\varepsilon \|,$$

令 $x' = \dfrac{x_\varepsilon}{\| x_\varepsilon \|}$，则 $\| x' \| = 1$ 且

$$\| Tx' \| > \| T \| - \varepsilon, \quad (8 \cdot 1 \cdot 9)$$

从而 $\displaystyle\sup_{\| x \| = 1} \| Tx \| \geqslant \| Tx' \| > \| T \| - \varepsilon.$

由 ε 的任意性即知

$$\sup_{\| x \| = 1} \| Tx \| \geqslant \| T \|. \quad (8 \cdot 1 \cdot 10)$$

由(8・1・8)，(8・1・10) 即知

$$\| T \| = \sup_{\| x \| = 1} \| Tx \| = \sup_{x \neq 0} \frac{\| Tx \|}{\| x \|}. \ ▌$$

例 8・1・5　考察具有连续核的积分算子 T

$$y = Tx = \int_0^1 k(t,s) x(s) \mathrm{d}s. \quad (8 \cdot 1 \cdot 11)$$

由于 $k(t,s)$ 是双变元连续函数，故 T 是映 $C[0,1]$ 入 $C[0,1]$ 的线性算子. 下面，我们将说明 T 是有界的，并求出 T 的范数.

对任一 $x(t) \in C[0,1]$,我们有

$$\begin{aligned}\| Tx \| &= \max_{0\leqslant t\leqslant 1}\left|\int_0^1 k(t,s)x(s)\mathrm{d}s\right| \\ &\leqslant \max_{0\leqslant t\leqslant 1}\int_0^1 |k(t,s)|\mathrm{d}s \cdot \| x \|,\end{aligned}$$

从而 T 是有界的,且

$$\| T \| \leqslant \max_{0\leqslant t\leqslant 1}\int_0^1 |k(t,s)|\mathrm{d}s. \qquad (8\cdot 1\cdot 12)$$

又因$\int_0^1 |k(t,s)|\mathrm{d}s$ 是 t 的连续函数,故它在$[0,1]$上某点 t_0 处达到它的最大值,令

$$Z_0(s) = \operatorname{sign} k(t_0,s),$$

则 $Z_0(s)$ 是一可测函数,且$|Z_0(s)| \leqslant 1$. 于是,根据鲁金(Lusin)定理,对每个自然数 n,存在连续函数 $x_n(s)$,$|x_n(s)| \leqslant 1$,使在$[0,1]$上除去一个测度小于$\dfrac{1}{2Mn}$的集 E_n 外(其中 $M = \max\limits_{0\leqslant t,s\leqslant 1} |k(t,s)|$)恒有 $x_n(s) = Z_0(s)$. 于是我们有

$$\begin{aligned}&\left|\int_0^1 k(t,s)Z_0(s)\mathrm{d}s - \int_0^1 k(t,s)x_n(s)\mathrm{d}s\right| \\ &\leqslant \int_0^1 |k(t,s)||Z_0(s) - x_n(s)|\mathrm{d}s \\ &= \int_{E_n} |k(t,s)||Z_0(s) - x_n(s)|\mathrm{d}s \\ &\leqslant 2M \cdot mE_n < \frac{1}{n},\end{aligned}$$

从而对任意 $t \in [0,1]$ 有

$$\begin{aligned}\left|\int_0^1 k(t,s)Z_0(s)\mathrm{d}s\right| &< \left|\int_0^1 k(t,s)x_n(s)\mathrm{d}s\right| + \frac{1}{n} \\ &\leqslant \| T \| \| x_n \| + \frac{1}{n},\end{aligned}$$

特别,

$$\left|\int_0^1 k(t_0,s)Z_0(s)\mathrm{d}s\right| = \int_0^1 |k(t_0,s)|\mathrm{d}s$$

$$\leqslant \|T\| \|x_n\| + \frac{1}{n} \leqslant \|T\| + \frac{1}{n},$$

令 $n \to \infty$,即得

$$\int_0^1 |k(t_0, s)| \mathrm{d}s \leqslant \|T\|. \qquad (8 \cdot 1 \cdot 13)$$

由(8・1・12)、(8・1・13) 即得

$$\|T\| = \max_{0 \leqslant t \leqslant 1} \int_0^1 |k(t,s)| \mathrm{d}s. \blacksquare$$

例 8・1・6　设 $q > 1, \frac{1}{p} + \frac{1}{q} = 1$. 若(8・1・11) 式中 $k(t, s)$ 可测而且满足:

$$\int_0^1 \int_0^1 |k(t,s)|^q \mathrm{d}t\mathrm{d}s \leqslant M < \infty,$$

则 $k(t,s)$ 所决定的算子 T 是 $L^p[0,1] \to L^q[0,1]$ 的线性有界算子,并且 $\|T\| \leqslant M^{1/q}$.

事实上,当 $x(t) \in L^p[0,1]$ 时

$$\begin{aligned} |Tx(t)| &= \left| \int_0^1 k(t,s)x(s)\mathrm{d}s \right| \\ &\leqslant \left(\int_0^1 |k(t,s)|^q \mathrm{d}s \right)^{1/q} \left(\int_0^1 |x(s)|^p \mathrm{d}s \right)^{1/p} \\ &= \left(\int_0^1 |k(t,s)|^q \mathrm{d}s \right)^{1/q} \|x\|, \end{aligned}$$

从而

$$\begin{aligned} \left(\int_0^1 |Tx(t)|^q \mathrm{d}t \right)^{1/q} &\leqslant \left(\int_0^1 \int_0^1 |k(t,s)|^q \mathrm{d}s\mathrm{d}t \right)^{1/q} \|x\| \\ &\leqslant M^{1/q} \|x\|, \end{aligned}$$

所以 $Tx \in L^q[0,1]$,且有 $\|T\| \leqslant M^{1/q}$. $\blacksquare$

§8・2　有界线性算子空间

8・2・1　空间 $\mathscr{B}(\mathrm{E}_1 \to \mathrm{E}_2)$

设 $\mathrm{E}_1, \mathrm{E}_2$ 为赋范线性空间,我们以 $L(\mathrm{E}_1 \to \mathrm{E}_2)$ 表示由 E_1 到 E_2

的线性算子的全体，类似于函数的初等运算，我们也可以引入算子的初等运算.

设 $T_1, T_2 \in L(\mathsf{E}_1 \to \mathsf{E}_2)$，$\alpha$ 是数，定义算子 $T_1 + T_2$，αT_1 如下：对任何 $x \in \mathsf{E}_1$，命

$$(T_1 + T_2)x = T_1 x + T_2 x;$$
$$(\alpha T_1)x = \alpha(T_1 x),$$

这样所定义的 $T_1 + T_2$，αT_1 显然都属于 $L(\mathsf{E}_1 \to \mathsf{E}_2)$. 称 $T_1 + T_2$ 为算子 T_1 与 T_2 的**和**，αT_1 为数 α 与算子 T_1 的**积**. 容易知道，按照上述的线性运算，$L(\mathsf{E}_1 \to \mathsf{E}_2)$ 成一线性空间.

我们以 $\mathscr{B}(\mathsf{E}_1 \to \mathsf{E}_2)$ 表由 E_1 到 E_2 的有界线性算子的全体，并记 $\mathscr{B}(\mathsf{E}) = \mathscr{B}(\mathsf{E} \to \mathsf{E})$. 显然，若 $T_1, T_2 \in \mathscr{B}(\mathsf{E}_1 \to \mathsf{E}_2)$，$\alpha$ 是数，则 $T_1 + T_2 \in \mathscr{B}(\mathsf{E}_1 \to \mathsf{E}_2)$，$\alpha T_1 \in \mathscr{B}(\mathsf{E}_1 \to \mathsf{E}_2)$，从而 $\mathscr{B}(\mathsf{E}_1 \to \mathsf{E}_2)$ 也是一线性空间.

定理 1 $\mathscr{B}(\mathsf{E}_1 \to \mathsf{E}_2)$ 按通常的线性运算及算子范数成为一赋范线性空间.

证明 $\mathscr{B}(\mathsf{E}_1 \to \mathsf{E}_2)$ 为一线性空间，已如前述. 我们只需验证上节所定义的算子范数满足范数的三条公理.

(i) $\| T \| = \sup\limits_{\| x \| = 1} \| Tx \| \geqslant 0$. 又

$$\| T \| = 0 \Leftrightarrow \sup_{\| x \| = 1} \| Tx \| = 0$$

$$\Leftrightarrow \| Tx \| = 0\ (\forall\, x \in \mathsf{E}_1) \Leftrightarrow T = 0.$$

(ii) $\| (T_1 + T_2)x \| = \| T_1 x + T_2 x \| \leqslant \| T_1 x \| + \| T_2 x \|$，两边在单位球面上取上确界即知

$$\| T_1 + T_2 \| \leqslant \| T_1 \| + \| T_2 \|.$$

(iii) $\| \alpha T \| = |\alpha| \| T \|$ 是显然的. ▌

自然，$\mathscr{B}(\mathsf{E}_1 \to \mathsf{E}_2)$ 未必是完备的，但我们有

定理 2 若 E_2 是完备的，则 $\mathscr{B}(\mathsf{E}_1 \to \mathsf{E}_2)$ 也是完备的.

证明 设 $\{T_n\} \subset \mathscr{B}(\mathsf{E}_1 \to \mathsf{E}_2)$ 是一基本列，即

$$\lim_{n,m\to\infty} \| T_n - T_m \| = 0,$$

于是对每一 $x \in \mathsf{E}_1$，

$$\| T_n x - T_m x \| \leqslant \| T_n - T_m \| \, \| x \| \to 0 \quad \text{当 } n,m \to \infty,$$

从而$\{T_n x\}$是 E_2 中的基本列，由于 E_2 完备，故 $T_n x$ 在 E_2 中收敛于一元素，于是，我们可定义一由 E_1 到 E_2 的算子 T

$$Tx = \lim_{n\to\infty} T_n x, \quad \forall x \in \mathsf{E}_1. \tag{8·2·1}$$

显然，(8·2·1) 式所定义的算子是线性算子，又由于$\{T_n\}$是基本列，故$\{\| T_n \|\}$有界，设 M 为$\{\| T_n \|\}$的一个上界，即

$$\| T_n \| \leqslant M, \quad n = 1,2,\cdots \tag{8·2·2}$$

于是对任一 $x \in \mathsf{E}_1$ 有

$$\| T_n x \| \leqslant \| T_n \| \, \| x \| \leqslant M \| x \|, \quad n = 1,2,\cdots \tag{8·2·3}$$

取极限即得

$$\| Tx \| \leqslant M \| x \|, \quad \forall x \in \mathsf{E}_1, \tag{8·2·4}$$

故 T 是有界的，即 $T \in \mathscr{B}(\mathsf{E}_1 \to \mathsf{E}_2)$. 最后证明：

$$\| T_n - T \| \to 0, \quad \text{当 } n \to \infty. \tag{8·2·5}$$

任给 $\varepsilon > 0$，由假定，存在 N，使当 $n,m \geqslant N$ 时

$$\| T_n \quad T_m \| < \varepsilon,$$

从而对任何 $x \in \mathsf{E}_1$，$\| x \| = 1$ 有

$$\| T_n x - T_m x \| = \| (T_n - T_m)x \| < \varepsilon,$$

令 $m \to \infty$，即得当 $n > N$ 时

$$\| T_n x - Tx \| \leqslant \varepsilon \quad \forall x \in \mathsf{E}_1, \| x \| = 1,$$

从而

$$\| T_n - T \| = \sup_{\| x \| = 1} \| T_n x - Tx \| \leqslant \varepsilon,$$

故 $\| T_n - T \| \to 0 (n \to \infty)$ 成立. ▌

8·2·2　有界线性算子的乘积与逆算子

按通常的做法可以定义两个有界线性算子的乘积：$(AB)x = A(Bx)$. 类似地可定义任意有限个有界线性算子的乘积 $AB\cdots C$ 及

幂 A^n. 我们还规定 $A^0 = I$, I 为恒等算子. 由

$$\|(AB)x\| \leqslant \|A\| \|Bx\| \leqslant \|A\| \|B\| \|x\|$$

可知

$$\|AB\| \leqslant \|A\| \|B\|.$$

类似地有

$$\|A_1A_2\cdots A_n\| \leqslant \|A_1\| \|A_2\| \cdots \|A_n\|$$

及

$$\|A^n\| \leqslant \|A\|^n.$$

由此不难推出,若 $A_n \to A$, 则 $A_nB \to AB$, $BA_n \to BA$.

命题 1 设 E 是 Banach 空间, $A \in \mathscr{B}(\mathsf{E})$, $\|A\| < 1$, 则 $(I-A)^{-1}$ 存在且属于 $\mathscr{B}(\mathsf{E})$, 并有

$$(I-A)^{-1} = \sum_{n=0}^{\infty} A^n \quad (\text{按算子范数收敛}).$$

证明 因为 $\|A\| < 1$, 所以 $\sum_{n=0}^{\infty} \|A\|^n$ 收敛. 由

$$\left\| \sum_{i=1}^{p} A^{n+i} \right\| \leqslant \sum_{i=1}^{p} \|A^{n+i}\| \leqslant \sum_{i=1}^{p} \|A\|^{n+i}$$

知部分和序列 $\sum_{i=0}^{n} A^i$ 是 $\mathscr{B}(\mathsf{E})$ 中基本列,由定理 2 知 $\mathscr{B}(\mathsf{E})$ 是完备空间,故存在 $B \in \mathscr{B}(\mathsf{E})$ 使

$$B = \lim_{n\to\infty} \sum_{i=0}^{n} A^i = \sum_{n=0}^{\infty} A^n.$$

易知

$$(I-A)B = (I-A)\sum_{n=0}^{\infty} A^n = \sum_{n=0}^{\infty} A^n - A\sum_{n=0}^{\infty} A^n = I,$$

$$B(I-A) = \left(\sum_{n=0}^{\infty} A^n\right)(I-A) = \sum_{n=0}^{\infty} A^n - \sum_{n=0}^{\infty} A^{n+1} = I.$$

所以 $(I-A)^{-1} = B \in \mathscr{B}(\mathsf{E})$. ▍

例 8·2·1 设 $K(x,y) \in C([a,b]\times[a,b])$,

$$M = \max_{a \leqslant x, y \leqslant b} |K(x,y)| < (b-a)^{-1}.$$

利用命题 1 可以证明积分方程

$$\varphi(x) = \int_a^b K(x,y)\varphi(y)\mathrm{d}y + f(x) \qquad (8 \cdot 2 \cdot 6)$$

对每一固定的 $f(x) \in C[a,b]$ 在 $C[a,b]$ 中有唯一解，此解为

$$\varphi_0(x) = \int_a^b R(x,y) f(y)\mathrm{d}y + f(x),$$

其中 $R(x,y) = \sum_{n=1}^{\infty} K^{(n)}(x,y)$ （一致收敛），

$$K^{(n)}(x,y) = \underbrace{\int_a^b \cdots \int_a^b}_{n-1} K(x,x_1)K(x_1,x_2)\cdots$$
$$\cdots K(x_{n-1},y)\mathrm{d}x_1\mathrm{d}x_2\cdots\mathrm{d}x_{n-1}.$$

命题 2　设 $\mathsf{E}_1,\mathsf{E}_2$ 是 Banach 空间，若 $A \in \mathscr{B}(\mathsf{E}_1 \to \mathsf{E}_2)$，$A^{-1}$ 存在且属于

$$\mathscr{B}(\mathsf{E}_2 \to \mathsf{E}_1), \quad B \in \mathscr{B}(\mathsf{E}_1 \to \mathsf{E}_2)$$

且

$$\| B - A \| < \| A^{-1} \|^{-1},$$

则 B^{-1} 存在且属于 $\mathscr{B}(E_2 \to E_1)$，并有

$$\| B^{-1} - A^{-1} \| \leqslant \frac{\| B - A \| \, \| A^{-1} \|^2}{1 - \| B - A \| \, \| A^{-1} \|}.$$

证明　由 $B = A - (A-B) - A(I - A^{-1}(A-B))$ 及

$$\| A^{-1}(A-B) \| \leqslant \| A^{-1} \| \, \| A - B \| < 1$$

即知 B^{-1} 存在且属于 $\mathscr{B}(\mathsf{E}_2 \to \mathsf{E}_1)$. 此时

$$B^{-1} = (I - A^{-1}(A-B))^{-1}A^{-1}.$$

然后利用命题 1 可得

$$B^{-1} - A^{-1} = \left(\sum_{i=1}^{\infty} (A^{-1}(A-B))^i\right)A^{-1}.$$

所以

$$\| B^{-1} - A^{-1} \| \leqslant \sum_{i=1}^{\infty} (\| A^{-1} \| \| A - B \|)^i \| A^{-1} \|$$
$$\leqslant \| B - A \| \| A^{-1} \|^2 / (1 - \| B - A \| \| A^{-1} \|). \blacksquare$$

例 8·2·2 设 $K(x,y) \in C([a,b] \times [a,b])$，考虑积分方程

$$\varphi(x) - \int_a^b K(x,y)\varphi(y)\mathrm{d}y = f(x) \quad (\text{简记为 } B\varphi = f). \tag{8·2·7}$$

由 Weierstrass 多项式逼近定理，$K(x,y)$ 可以用二元多项式 $P(x,y)$ 任意一致逼近. 作辅助积分方程

$$\varphi(x) - \int_a^b P(x,y)\varphi(y)\mathrm{d}y = f(x) \quad (\text{简记为 } A\varphi = f). \tag{8·2·8}$$

(8·2·8) 的求解可化归为线性代数方程组的求解，且(8·2·8) 的解可以看成是(8·2·7) 的近似解. 若(8·2·8) 对任意 $f(x) \in C[a,b]$ 有唯一解，便可利用命题 2 来讨论(8·2·7) 的解的存在唯一性，并可估计(8·2·8) 的解作为(8·2·7) 的近似解的误差.

8·2·3 有界线性算子的强收敛

在空间 $\mathscr{B}(\mathsf{E}_1 \to \mathsf{E}_2)$ 中，$\{T_n\}$ 按范数收敛于 T，即 $\| T_n - T \| \to 0$，它等价于在 E_1 的单位球上 $\{T_n x\}$ 一致收敛于 Tx，因此通常把 $\{T_n\}$ 按范数收敛于 T 称作 $\{T_n\}$ **一致收敛**于 T. 正如函数列可以定义种种不同意义的收敛，对于有界线性算子列 $\{T_n\}$ 也可以定义其他意义的收敛.

定义 1 设 $\{T_n\} \subset \mathscr{B}(\mathsf{E}_1 \to \mathsf{E}_2)$，$T \in \mathscr{B}(\mathsf{E}_1 \to \mathsf{E}_2)$，如果对每一 $x \in \mathsf{E}_1$ 皆有 $\| T_n x - Tx \| \to 0 (n \to \infty)$，则称 $\{T_n\}$(作为有界线性算子列) **强收敛**于 T.

命题 3 设 $\{T_n\} \subset \mathscr{B}(\mathsf{E}_1 \to \mathsf{E}_2)$，$T \in \mathscr{B}(\mathsf{E}_1 \to \mathsf{E}_2)$，若 T_n 强收敛于 T，则 $\| T \| \leqslant \varliminf_{n \to \infty} \| T_n \|$.

证明 设 $x \in \mathsf{E}_1$，则 $Tx = \lim_{n\to\infty} T_n x$，所以

$$\| Tx \| = \lim_{n \to \infty} \| T_n x \| \leqslant \varliminf_{n \to \infty} \| T_n \| \| x \|,$$

因此 $\| T \| \leqslant \varliminf_{n\to\infty} \| T_n \|$. ▌

若有界线性算子列一致收敛则必强收敛,但其逆不真.

例 8·2·3　设 $f_0: l^2 \to R^1$ 为: $f_0(x) = 0 \quad (\forall x \in l^2)$. 又设 $f_n: l^2 \to R^1$ 为:

$$f_n(x) = \xi_n \quad (\forall x = (\xi_1, \xi_2, \cdots) \in l^2).$$

显然诸 f_n 及 f_0 均为 l^2 到 R^1 的有界线性算子,并且$\{f_n\}$强收敛于 f_0(因为对每个 $x \in l^2$, $f_n(x) \to 0$),但$\{f_n\}$按范数不收敛于 f_0(因为 $\| f_n - f_0 \| = \| f_n \| = 1$).

§8·3　共鸣定理及其应用

8·3·1　共鸣定理

定理 1　(共鸣定理) 设 E_1 为 Banach 空间,E_2 为赋范线性空间,$\{T_n\} \subset \mathscr{B}(\mathsf{E}_1 \to \mathsf{E}_2)$,如果对每一 $x \in \mathsf{E}_1$ 皆有

$$\sup_n \| T_n x \| < +\infty, \qquad (8 \cdot 3 \cdot 1)$$

则必有

$$\sup_n \| T_n \| < +\infty. \qquad (8 \cdot 3 \cdot 2)$$

证明　用反证法. 设$\sup\limits_n \| T_n \| = +\infty$,则易知在任何闭球上$\{\| T_n x \|\}$都无界. 事实上,设$\{\| T_n x \|\}$在某闭球$\overline{B}(x_0, r)$上有界,即

$$\| T_n x \| \leqslant M = \text{常数}, \ \forall x \in \overline{B}(x_0, r), \quad n = 1, 2, \cdots$$

对任何 $y \in \mathsf{E}_1$, $y \neq 0$,令 $x = \dfrac{r}{\| y \|} y + x_0$,则 $x \in \overline{B}(x_0, r)$,从而

$$\| T_n x \| \leqslant M,$$

即

$$\left\| \frac{r}{\| y \|} T_n y + T_n x_0 \right\| \leqslant M, \qquad (8 \cdot 3 \cdot 3)$$

由假定$\sup\limits_n \| T_n x_0 \| = A < +\infty$,从而由(8·3·3)得

$$\| T_n y \| \leqslant \frac{M+A}{r} \| y \|,$$

由 $y \in \mathsf{E}_1$ 的任意性,即知

$$\| T_n \| \leqslant \frac{M+A}{r} < +\infty, \quad n = 1,2,\cdots$$

此与 $\sup\limits_n \| T_n \| = +\infty$ 矛盾.

现在,在 E_1 中任取一开球 $B_0 = B(x_0, r_0)$,在 B_0 上$\{\| T_n x \|\}$无界,从而必有 T_{n_1} 及 $x_1 \in B_0$,使

$$\| T_{n_1} x_1 \| > 1,$$

由 T_{n_1} 的连续性,有开球 $B_1 = B(x_1, r_1) \subset B_0$,使

$$\| T_{n_1} x \| > 1, \quad \forall x \in \overline{B}_1,$$

这里可取 $r_1 < \frac{1}{2} r_0$. 类似的,$\{\| T_n x \|\}$在 B_1 上无界故有 T_{n_2} 及 $x_2 \in B_1$,使

$$\| T_{n_2} x_2 \| > 2,$$

由 T_{n_2} 的连续性,又有 $B_2 = B(x_2, r_2) \subset B_1 (r_2 < \frac{1}{2} r_1)$ 使

$$\| T_{n_2} x \| > 2, \quad \forall x \in \overline{B}_2.$$

这样继续下去,我们可得$\{T_n\}$的一个子列$\{T_{n_k}\}$以及一串闭球$\{\overline{B}_k\}$:$\overline{B}_1 \supset \overline{B}_2 \supset \cdots$ 且 $r_k \to 0$,并使

$$\| T_{n_k} x \| \geqslant k, \quad \forall x \in \overline{B}_k, \quad (k = 1,2,\cdots).$$

于是有唯一的一点 $x^* \in \bigcap\limits_{k=1}^{\infty} \overline{B}_k$,从而

$$\| T_{n_k} x^* \| \geqslant k, \quad k = 1,2,\cdots$$

故$\sup \| T_n x^* \| = +\infty$,此与假设矛盾. ▌

8·3·2 有界线性算子列强收敛的充要条件

定理 2 设 E_1、E_2 是两个 Banach 空间,$\{T_n\} \subset \mathscr{B}(\mathsf{E}_1 \to \mathsf{E}_2)$. T_n 强收敛于某 $T \in \mathscr{B}(\mathsf{E}_1 \to \mathsf{E}_2)$ 的充分必要条件是:

(i) $\{\|T_n\|\}$ 有界；

(ii) 存在 E_1 中的稠密集 D，使对每一 $x\in D$，序列 T_nx 收敛.

证明　充分性. 依条件，存在 $M>0$，使

$$\|T_n\|\leqslant M\quad n=1,2,\cdots \tag{8·3·4}$$

设 $x\in\mathsf{E}_1$. 任给 $\varepsilon>0$，可取 $x'\in D$，使 $\|x-x'\|<\dfrac{\varepsilon}{4M}$，对此 $x'\in D$，可取自然数 N，使当 $n,m\geqslant N$ 时，

$$\|T_nx'-T_mx'\|<\frac{\varepsilon}{4},$$

从而当 $n,m\geqslant N$ 时

$$\begin{aligned}\|T_nx-T_mx\| &= \|T_n(x-x')-T_m(x-x')+T_nx'-T_mx'\|\\ &\leqslant(\|T_n\|+\|T_m\|)\|x-x'\|+\|T_nx'-T_mx'\|<\varepsilon,\end{aligned}$$

故 $\{T_nx\}$ 是 E_2 中基本列，从而收敛，令

$$Tx=\lim_{n\to\infty}T_nx,\quad \forall x\in\mathsf{E}_1,$$

则 $T:\mathsf{E}_1\to\mathsf{E}_2$ 是线性算子，然后由

$$\|Tx\|\leqslant\varliminf_{n\to\infty}\|T_n\|\,\|x\|\leqslant M\|x\|$$

知 $T\in\mathscr{B}(\mathsf{E}_1\to\mathsf{E}_2)$.

必要性. (i) 由共鸣定理得出，(ii) 是显然的. ▌

8·3·3　共鸣定理应用举例

共鸣定理在数学上有着广泛的作用，下面给出几个应用的例子.

例 8·3·1　设 $p>1$，$g(t)$ 是区间 $[a,b]$ 上的可测函数. 如果对任何 $x(t)\in L^p[a,b]$ $(\dfrac{1}{p}+\dfrac{1}{q}=1)$，积分 $\displaystyle\int_a^b x(t)g(t)\mathrm{d}t$ 恒存在，那么 $g(t)\in L^q[a,b]$.

证明　对每个自然数 n，令 $g_n(t)=\begin{cases}g(t), & |g(t)|\leqslant n,\\ 0, & |g(t)|>n,\end{cases}$

则 $g_n(t)$ 是有界可测函数. 作 $L^p[a,b]$ 上的线性泛函

$$F_n(x)=\int_a^b x(t)g_n(t)\mathrm{d}t \qquad (x(t)\in L^p[a,b]).$$

利用 Hölder 不等式，易知 $F_n(x)$ 是 $L^p[a,b]$ 上的有界线性泛函. 由题设易知 $|x(t)g(t)|$ 可积. 因为

$$|x(t)g_n(t)|\leqslant|x(t)g(t)|,$$

由积分控制收敛定理，

$$\lim_{n\to\infty}F_n(x)=\int_a^b x(t)g(t)\mathrm{d}t.$$

由定理 1 即知 $\{\|F_n\|\}$ 有界. 然后由

$$\begin{aligned}F_n(\operatorname{sign}g_n(t)|g_n(t)|^{q-1})&=\int_a^b|g_n(t)|^q\mathrm{d}t\\&\leqslant\|F_n\|\,\|\operatorname{sign}g_n(t)|g_n(t)|^{q-1}\|_{L^p}\\&=\|F_n\|\cdot\left(\int_a^b|g_n(t)|^q\mathrm{d}t\right)^{1/p},\end{aligned}$$

即知

$$\left(\int_a^b|g_n(t)|^q\mathrm{d}t\right)^{1/q}\leqslant\|F_n\|.$$

因此 $\left\{\int_a^b|g_n(t)|^q\mathrm{d}t\right\}$ 有界. 最后由

$$\int_a^b|g(t)|^q\mathrm{d}t=\lim_{n\to\infty}\int_a^b|g_n(t)|^q\mathrm{d}t<\infty$$

即得 $g(t)\in L^q[a,b]$. ▌

例 8·3·2 (机械求积的收敛性问题) 对于 $x(t)\in C[0,1]$，一般来说求 $\int_0^1 x(t)\mathrm{d}t$ 的精确值是困难的，往往只能求它的近似值. 对每个自然数 n，取 $[0,1]$ 中一组分点

$$0\leqslant t_0^{(n)}<t_1^{(n)}<\cdots<t_n^{(n)}\leqslant1$$

及相应的一组数

$$A_0^{(n)},A_1^{(n)},\cdots,A_n^{(n)},$$

用 $\sum\limits_{k=0}^{n}A_k^{(n)}x(t_k^{(n)})$ 作为 $\int_0^1 x(t)\mathrm{d}t$ 的近似值，即

$$\sum_{k=0}^{n} A_k^{(n)} x(t_k^{(n)}) \approx \int_0^1 x(t)\mathrm{d}t \quad (\text{机械求积分式}).$$

首先我们可以选取 $A_k^{(n)}(k=0,1,2,\cdots,n)$，使上式至少对次数 $\leqslant n$ 的多项式 $x(t)$ 都是精确地成立. 例如，只要取

$$(A_0^{(n)}, A_1^{(n)}, \cdots, A_n^{(n)})$$

$$= (1, \frac{1}{2}, \cdots, \frac{1}{n+1}) \begin{pmatrix} 1 & t_0^{(n)} & {t_0^{(n)}}^2 & \cdots {t_0^{(n)}}^n \\ 1 & t_n^{(n)} & {t_n^{(n)}}^2 & \cdots {t_n^{(n)}}^n \end{pmatrix}^{-1}$$

就可以使机械求积分式对次数 $\leqslant n$ 的多项式都是精确成立的，此时，对任意多项式 $x(t)$ 都有

$$\sum_{k=0}^{n} A_k^{(n)} x(t_k^{(n)}) \to \int_0^1 x(t)\mathrm{d}t. \qquad (8 \cdot 3 \cdot 5)$$

现在的问题是，$(8 \cdot 3 \cdot 5)$ 能否对所有的 $x(t) \in C[0,1]$ 都成立？记

$$f_n(x) = \sum_{k=1}^{n} A_k^{(n)} x(t_k^{(n)})$$

显然，f_n 是 $C[0,1]$ 上的有界线性泛函，于是上面的问题即为在什么条件下才能对每一 $x \in C[0,1]$，$f_n(x)$ 都收敛于 $\int_0^1 x(t)\mathrm{d}t$？

定理3　设上述机械求积公式对于次数 $\leqslant n$ 的多项式都是精确成立的，那么要 $(8 \cdot 3 \cdot 5)$ 对所有 $x(t) \in C[0,1]$ 都成立的充分必要条件是存在常数 M，使 $\sum_{k=0}^{n} |A_k^{(n)}| \leqslant M \quad (n=1,2,\cdots)$.

证明　由前面所述，$f_n(x)$ 是 $C[0,1]$ 上的有界线性泛函. 由

$$|f_n(x)| \leqslant \sum_{k=0}^{n} |A_k^{(n)}| \, \|x\| \ (\forall x \in C[0,1])$$

得

$$\|f_n\| \leqslant \sum_{k=0}^{n} |A_k^{(n)}|. \qquad (8 \cdot 3 \cdot 6)$$

其次可取 $[0,1]$ 上的连续函数 $x_n(t)$ 使适合

$$x(t_k^{(n)}) = \mathrm{sign} A_k^{(n)} \ (k = 0,1,\cdots,n) \text{ 且 } \| x_n \| = 1,$$

于是

$$f_n(x_n) = \sum_{k=0}^{n} | A_k^{(n)} | \leqslant \| f_n \| \| x_n \| = \| f_n \|.$$

结合(8・3・6)即得

$$\| f_n \| = \sum_{k=0}^{n} | A_k^{(n)} |. \qquad (8 \cdot 3 \cdot 7)$$

利用(8・3・7)及共鸣定理即知定理的条件是必要的.

反之,设定理的条件满足,由于多项式全体在 $C[0,1]$ 中稠密,并注意到(8・3・7),根据定理2知必有$[a,b]$上的连续线性泛函 f 使

$$f(x) = \lim_{n\to\infty} f_n(x) \qquad \forall\, x \in C[0,1].$$

因而当 $x(t)$ 是多项式时

$$f(x) = \int_0^1 x(t)\mathrm{d}t.$$

然后由 f 的连续性及多项式全体在$C[0,1]$中的稠密性即知,对任何 $x(t) \in C[0,1]$ 都有 $f(x) = \int_0^1 x(t)\mathrm{d}t$ 即

$$\lim_{n\to\infty} f_n(x) = \int_0^1 x(t)\mathrm{d}t.$$

亦即(8・3・5)对所有 $x \in C[0,1]$ 成立. ▌

系1 如果诸 $A_k^{(n)} \geqslant 0$,那么(8・3・5)对所有的 $x(t) \in C[0,1]$ 都成立.

证明 当 $A_k^{(n)} \geqslant 0$ 时

$$1 = \int_0^1 1\mathrm{d}t = \lim_{n\to\infty} f_n(1) = \lim_{n\to\infty} \sum_{k=0}^{n} A_k^{(n)},$$

故有 M 存在,使定理中条件得到满足. ▌

例 8・3・3 (拉格朗日插值公式的发散问题)对每个自然数 n,在$[a,b]$内任取 n 个分点 $a \leqslant t_1^{(n)} < t_2^{(n)} < \cdots < t_n^{(n)} \leqslant b$,作多项式

$$l_k^{(n)}(t)=\frac{\prod\limits_{\substack{i=1\\i\neq k}}^{n}(t-t_i^{(n)})}{\prod\limits_{\substack{i=1\\i\neq k}}^{n}(t_k^{(n)}-t_i^{(n)})},\quad n=1,2,\cdots\quad 1\leqslant k\leqslant n.$$

对 $x(t)\in C[a,b]$，作拉格朗日插值多项式

$$L_n x(t)=\sum_{k=1}^{n}x(t_k^{(n)})l_k^{(n)}(t).$$

$L_n(n=1,2,\cdots)$ 可以看成是映 $C[a,b]$ 到 $C[a,b]$ 的线性算子. L_n 显然是有界线性算子. 可以证明

$$\|L_n\|=\max_{a\leqslant t\leqslant b}\sum_{k=1}^{n}|l_k^{(n)}(t)|.$$

在函数逼近论中已经证明上式右端大于 $\frac{\ln n}{8\sqrt{\pi}}$（可参见那汤松著《函数构造论》下册第一章），故 $\{\|L_n\|\}$ 无界，由共鸣定理可知，$L_n x(t)$ 不能在 $C[a,b]$ 中对每个 $x(t)$ 都收敛.

§8·4　开映射定理与逆算子定理·闭图像定理

在这一节中我们将介绍本节标题所列的几个关于 Banach 空间线性算子的基本定理. 这些定理在理论与应用上都是十分重要的.

8·4·1　开映射定理与逆算子定理

引理 1　设 M 是赋范线性空间 E 中稠密集，$y\in\mathsf{E}$，$y\neq 0$，则存在 $y_n\in M(n=1,2,\cdots)$ 使

(i) $y=\sum\limits_{n=1}^{\infty}y_n$,

(ii) $\|y_n\|\leqslant\frac{3}{2^n}\|y\|\quad(n=1,2,\cdots)$.

证明 任取 $y_1 \in M$,使 $\| y - y_1 \| \leqslant \frac{1}{2} \| y \|$,则

$$\| y_1 \| \leqslant \frac{3}{2} \| y \|;$$

然后再取 $y_2 \in M$,使

$$\| (y - y_1) - y_2 \| \leqslant \frac{1}{2^2} \| y \|,$$

于是

$$\| y_2 \| \leqslant \| y - y_1 - y_2 \| + \| y - y_1 \| \leqslant \frac{3}{2^2} \| y \|.$$

一般地,利用 M 的稠密性,可选取 $y_n \in M$,使

$$\| (y - y_1 - \cdots - y_{n-1}) - y_n \| \leqslant \frac{\| y \|}{2^n}, \quad (8 \cdot 4 \cdot 1)$$

于是

$$\begin{aligned} \| y_n \| &\leqslant \| y - y_1 - \cdots - y_{n-1} \| + \| y - y_1 - \cdots - y_n \| \\ &\leqslant \frac{3}{2^n} \| y \|. \end{aligned} \quad (8 \cdot 4 \cdot 2)$$

由$(8 \cdot 4 \cdot 1)$即知 $y = \lim\limits_{k \to \infty} \sum\limits_{n=1}^{k} y_n = \sum\limits_{n=1}^{\infty} y_n$ 且 y_n 满足(ii). ▌

定理 1 (开映射定理) 设 E、F 是 Banach 空间,T:$\mathsf{E} \to \mathsf{F}$ 是线性有界算子,且 $T(\mathsf{E}) = \mathsf{F}$,则存在常数 $K > 0$,使对任意 $y \in \mathsf{F}$,存在 $x \in \mathsf{E}$ 满足 $Tx = y$ 且 $\| x \| \leqslant K \| y \|$.

证明 对每一自然数 n,令

$$M_n = \{ y \in \mathsf{F} \mid \text{存在 } x \in \mathsf{E} \text{ 使 } Tx = y \text{ 且 } \| x \| \leqslant n \| y \| \}.$$

显然,M_n 具有如下性质:

(i) 当 $n \geqslant m$ 时,$M_m \subset M_n$;

(ii) 设 λ 是数,则 $\lambda M_n \subset M_n$;

(iii) $\bigcup\limits_{n=1}^{\infty} M_n = \mathsf{F}$.

1°. 因 F 是完备空间,它是第二纲集,由(iii)知必存在 n_0,M_{n_0}

不是稀疏集，即存在一个球 $B(y_0,r)\subset\overline{M}_{n_0}$，由(i)，可设 $y_0\in M_{n_0}$.

2°. 取 $n_1\geqslant 4n_0(1+\frac{2\|y_0\|}{r})$，下面证明 $\overline{M}_{n_1}=\mathsf{F}$.

设 $y\in\mathsf{F}, y\neq 0$，令 $z=\frac{r}{2}\cdot\frac{y}{\|y\|}$，则 $y_0+z\in B(y_0,r)$，由 1° 所证，存在

$$y_n'\in M_{n_0}(n=1,2,\cdots)$$

使

$$y_n'\to y_0+z(n\to\infty),$$

从而

$$z_n=y_n'-y_0\to z(n\to\infty).$$

因为 $\|z\|=\frac{r}{2}$，不失一般性可设

$$\frac{r}{4}<\|z_n\|=\|y_n'-y_0\|<r.$$

现在取 $x_n'\in\mathsf{E}(n=1,2,\cdots)$ 及 $x_0\in\mathsf{E}$ 使

$$Tx_n'=y_n',\qquad \|x_n'\|\leqslant n_0\|y_n'\|\quad(n=1,2,\cdots),$$

$$Tx_0=y_0,\quad \|x_0\|\leqslant n_0\|y_0\|,$$

则

$$T(x_n'-x_0)=y_n'-y_0=z_n,$$

且

$$\begin{aligned}\|x_n'-x_0\| &\leqslant \|x_n'\|+\|x_0\|\leqslant n_0\|y_n'\|+n_0\|y_0\|\\ &\leqslant n_0(\|y_n'-y_0\|+\|y_0\|)+n_0\|y_0\|\leqslant n_0(r+2\|y_0\|)\\ &=4n_0(1+\frac{2\|y_0\|}{r})\cdot\frac{r}{4}\leqslant n_1\|z_n\|,\end{aligned}$$

故

$$z_n\in M_{n_1}(n=1,2,\cdots).$$

令 $y_n=\frac{2}{r}\|y\|z_n$，则

$$y_n \to \frac{2}{r} \| y \| z = y,$$

由(ii),$y_n \in M_{n_1}$. 因 $y \in \mathsf{F}$ 是任意的,故 $\overline{M}_{n_1} = \mathsf{F}$.

3°. 证明 $K = 3n_1$ 即合定理要求.

设 $y \in \mathsf{F}, y \neq 0$, 由 2° 并根据引理 1,存在

$$y_n \in M_{n_1} (n = 1, 2, \cdots)$$

使

$$y = \sum_{n=1}^{\infty} y_n \quad 且 \quad \| y_n \| \leqslant \frac{3}{2^n} \| y \|,$$

对每个 y_n,可取 $x_n \in \mathsf{E}$ 使

$$Tx_n = y_n \text{ 且 } \| x_n \| \leqslant n_1 \| y_n \|,$$

于是

$$\sum_{n=1}^{\infty} \| x_n \| \leqslant \sum_{n=1}^{\infty} n_1 \| y_n \| \leqslant \sum_{n=1}^{\infty} \frac{3}{2^n} n_1 \| y \| = 3n_1 \| y \|,$$

由 E 完备知

$$\sum_{n=1}^{\infty} x_n = x \in \mathsf{E}, \| x \| \leqslant \sum_{n=1}^{\infty} \| x_n \| \leqslant 3n_1 \| y \|$$

且

$$Tx = \sum_{n=1}^{\infty} Tx_n = \sum_{n=1}^{\infty} y_n = y. \blacksquare$$

定理 2 (Banach 逆算子定理) 设有界线性算子 T 将 Banach 空间 E 一一对应地映成 Banach 空间 F,则 T 的逆算子 T^{-1} 是有界线性算子.

证明 根据假定,T^{-1} 是存在的,且是线性算子. 由定理 1,存在常数 K 使当 $Tx = y$ 时 $\| x \| \leqslant K \| y \|$,即 $\| T^{-1} y \| \leqslant K \| y \|$,故 T^{-1} 是有界线性算子. ▍

系 1 设 E 为线性空间,它在范数 $\| \cdot \|_1$ 与 $\| \cdot \|_2$ 下均为 Banach 空间,如果存在常数 $M_1 > 0$,使得

$$\|x\|_1 \leqslant M_1 \|x\|_2 (\forall x \in \mathsf{E}),$$

则必存在 $M_2 > 0$,使得

$$\|x\|_2 \leqslant M_2 \|x\|_1 (\forall x \in \mathsf{E}).$$

证明留作习题.

4.2　闭图像定理

定义 1　设 E_1、E_2 是两个实(复)赋范线性空间,记

$$\mathsf{E}_1 \times \mathsf{E}_2 = \{(x,y) \mid x \in \mathsf{E}_1, y \in \mathsf{E}_2\},$$

在 $\mathsf{E}_1 \times \mathsf{E}_2$ 上定义线性运算如下:对任意的$(x_1,y_1),(x,y) \in \mathsf{E}_1 \times \mathsf{E}_2$ 及实(复)数 α,定义

$$(x,y)+(x_1,y_1) = (x+x_1, y+y_1),$$
$$\alpha(x,y) = (\alpha x, \alpha y),$$

而对 $\mathsf{E}_1 \times \mathsf{E}_2$ 中元(x,y)定义其范数为

$$\|(x,y)\| = (\|x\|^2 + \|y\|^2)^{1/2}$$

或 $$\|(x,y)\|_1 = \|x\| + \|y\|,$$

或 $$\|(x,y)\|_2 = \max\{\|x\|, \|y\|\},$$

容易验证 $\|\cdot\|$、$\|\cdot\|_1$、$\|\cdot\|_2$ 是彼此等价的范数),则 $\mathsf{E}_1 \times \mathsf{E}_2$ 在此范数下成一赋范线性空间,称为 E_1 与 E_2 的**乘积赋范性线空间**,仍记作 $\mathsf{E}_1 \times \mathsf{E}_2$.类似地可定义乘积赋范线性空间 $\mathsf{E}_1 \times \mathsf{E}_2 \times \cdots \times \mathsf{E}_n$.

显然,如果 E_1、E_2 皆为 Banach 空间,那么 $\mathsf{E}_1 \times \mathsf{E}_2$ 也是 Banach 空间.

定义 2　设 E_1,E_2 是 Banach 空间,$D \subset \mathsf{E}_1$,$T: D \to \mathsf{E}_2$,令

$$G(T) = \{(x, Tx) \mid x \in D\} \subset \mathsf{E}_1 \times \mathsf{E}_2,$$

$G(T)$ 叫做算子 T 的**图像**.若 $G(T)$ 是 $\mathsf{E}_1 \times \mathsf{E}_2$ 中的闭集,则称 T 是**闭算子**.

引理 2　T 是闭算子的充分必要条件是:当 $x_n \in D = D(T)$,$x_n \to x_0 \in \mathsf{E}_1$,$Tx_n \to y_0 \in \mathsf{E}_2$ 时 $x_0 \in D(T)$ 且 $Tx_0 = y_0$.

证明留作习题.

定理 4 （闭图像定理） 设 $\mathsf{E}_1, \mathsf{E}_2$ 是 Banach 空间，$D \subset \mathsf{E}_1$，$T: D \to \mathsf{E}_2$ 是线性算子，若 T 是闭算子且 $D = D(T)$ 是 E_1 中闭子空间，则 T 连续.

证明 因为 D 是 E_1 的一个闭子空间，故它本身按 E_1 上范数可视为一个 Banach 空间，又 T 是线性算子，易知 $G(T)$ 是 $\mathsf{E}_1 \times \mathsf{E}_2$ 中一个线性子空间，再由假定，$G(T)$ 是闭集，故 $G(T)$ 是 $\mathsf{E}_1 \times \mathsf{E}_2$ 的一个闭子空间，从而，按 $\mathsf{E}_1 \times \mathsf{E}_2$ 上范数，$G(T)$ 也是一个 Banach 空间. 今定义线性算子 $A: G(T) \to D(T)$ 如下：

$$A(x, Tx) = x, \quad \forall (x, Tx) \in G(T),$$

则 A 是一一的.

事实上，若 $x_1 = x_2$，则 $Tx_1 = Tx_2$，从而

$$(x_1, Tx_1) = (x_2, Tx_2).$$

A 显然有界，于是，根据逆算子定理，A 有有界逆

$$A^{-1}: D(T) \to G(T),$$

从而

$$\|(x, Tx)\| = \|A^{-1}x\| \leqslant \|A^{-1}\| \|x\| \quad \forall x \in D(T),$$

于是

$$\|Tx\| \leqslant \|(x, Tx)\| \leqslant \|A^{-1}\| \|x\| \quad \forall x \in D(T).$$

由此可知 T 有界. ▍

注 1 若 $D(T)$ 不是闭子空间，则从 T 是闭算子推不出 T 连续.

例如，令 $\mathsf{E}_1 = \mathsf{E}_2 = C[0,1]$，$\quad Tx = \dfrac{\mathrm{d}}{\mathrm{d}t}x(t)$，

$$D = D(T) = \{x(t) \mid x(t) \text{ 在}[0,1]\text{上具有连续的导函数}\}.$$

我们已经知道，上面所定义的微分算子不是连续线性算子. 下面我们证明 T 是闭算子.

事实上，设

$$x_n \in D(T), x_n \to x_0 \in C[0,1],$$

$$Tx_n(t)=x_n'(t)\to y_0(t)\in C[0,1],$$

则由数学分析中已知的定理知 $x_0(t)$ 在$[0,1]$上连续可微且

$$x_0'(t)=y_0(t)(0\leqslant t\leqslant 1)$$

即 $Tx_0=y_0$. 于是根据引理 2,T 是闭算子.

注 2　若线性算子 T 连续,$D(T)$ 是 Banach 空间 E_1 的闭子空间. 则易知 T 必是闭的.

由此可得:若 $\mathsf{E}_1,\mathsf{E}_2$ 是 Banach 空间,$T:\mathsf{E}_1\to\mathsf{E}_2$ 为线性算子,则 T 连续的充分必要条件是 T 为闭算子.

闭图像定理常用于偏微分方程的理论中,因为对于微分算子,要直接验证它的连续性往往比较困难,但要验证它是闭算子常较容易.

习　题　八

1. 设 $T_1, T_2, T_3, T_4: R^2 \to R^2$ 分别由下式定义：

$T_1: (x_1, x_2) \longmapsto (x_1, 0)$

$T_2: (x_1, x_2) \longmapsto (0, x_2)$

$T_3: (x_1, x_2) \longmapsto (x_2, x_1)$

$T_4: (x_1, x_2) \longmapsto (rx_1, x_2)$

试证它们是有界线性算子，求出它们的范数，并说明它们的几何意义.

2. 设 X, Y 是赋范线性空间，$T: \mathsf{X} \to \mathsf{Y}$ 是线性算子，试证：若 T 有界，则 T 的零子空间 $N(T) = \{x \in \mathsf{X} \mid Tx = 0\}$ 是 X 的闭子空间.

3. 证明：若 X 是有限维的赋范线性空间，则线性算子 $T: \mathsf{X} \to \mathsf{X}$ 必是有界的.

4. 设 $D: C^1[0,1] \to C[0,1], Dx(t) = x'(t)$，在

$$\| x(t) \|_C = \max_{0 \leqslant t \leqslant 1} | x(t) |, \quad x(t) \in C[0,1]$$

$$\| x(t) \|_{C^1} = \| x(t) \|_C + \| x'(t) \|_C, \quad x(t) \in C^1[0,1]$$

所定义的范数下，D 是有界线性算子吗？试证之.

5. 设 $\sup\limits_{n \geqslant 1} | \alpha_n | < \infty$，在 l^1 中定义线性算子：

$$y = Tx = (\alpha_i \xi_i), \quad \forall x = (\xi_i) \in l^1$$

证明：T 是有界线性算子，且 $\| T \| = \sup\limits_{n \geqslant 1} | \alpha_n |$.

6. 证明上题中的 T 存在有界逆的充要条件是 $\inf\limits_{n \geqslant 1} | \alpha_n | > 0$.

7. 设 $p > 1, \dfrac{1}{p} + \dfrac{1}{q} = 1$，无穷阵 (α_{ij}) 适合条件：

$$\sum_{k=1}^{\infty} \left(\sum_{j=1}^{\infty} | \alpha_{kj} |^q \right)^{\frac{p}{q}} < \infty,$$

作算子 T 如下：$y = Tx, x = (\xi_i) \in l^p, y = (\eta_k)$：

$$\eta_k = \sum_{j=1}^{\infty} \alpha_{kj}\, \xi_j \quad (k = 1,2,3,\cdots)$$

证明：T 是 l^p 到 l^p 的有界线性算子.

8. 设 E 是 Banach 空间，证明：$\mathscr{B}(\mathsf{E})$ 中可逆算子的全体是 $\mathscr{B}(\mathsf{E})$ 中的开集.

9. 设 A、$B \in \mathscr{B}(\mathsf{E})$，$A^{-1} \in \mathscr{B}(\mathsf{E})$，证明：若 $AB = BA$. 则 $A^{-1}B = BA^{-1}$.

10. 举例说明共鸣定理中空间 E_1 完备的条件不能去掉.

11. 证明 Гелфанд 引理：设 E 是 Banach 空间，$p(x)$ 是 E 上泛函，满足条件：

(i) $p(x) \geqslant 0$；

(ii) $\alpha \geqslant 0$ 时，$p(\alpha x) = \alpha p(x)$；

(iii) $p(x_1 + x_2) \leqslant p(x_1) + p(x_2)$；

(iv) 当 $x_n \in \mathsf{E}, x_n \to x \in \mathsf{E}$ 时，$p(x) \leqslant \varliminf_{n\to\infty} p(x_n)$，

证明：必存在 $M > 0$，使对一切 $x \in \mathsf{E}$ 都有 $p(x) \leqslant M \| x \|$.

12. 设(η_i)为一数列，证明：若对一切$(\xi_i) \in l^q (1 < q < \infty)$级数 $\sum_{i=1}^{\infty} \xi_i \eta_i$ 收敛，则$(\eta_i) \in l^p \quad (p = \dfrac{q}{q-1})$.

13. 证明 §8·4 引理 2.

14. 设 T 是由 Banach 空间 E 到赋范线性空间 F 的线性算子，令 $M_n = \{x \in \mathsf{E} \mid \| Tx \| \leqslant n \| x \| \}, n = 1,2,\cdots$ 证明：总有 M_{n_0} 在 E 中稠密.

15. 证明 §8·4 系 1.

16. 试用闭图像定理证明逆算子定理.

17. 举一个具有无界逆的有界线性算子的例.

第九章　线性泛函

§9·1　线性泛函的基本性质

(有界)线性泛函作为(赋范)线性空间到它的数域上的(有界)线性算子,具有某些特殊的性质.

定理1　设E是数域K上的线性空间,f是E上的非零线性泛函,记$N(f)=f^{-1}(0)$($N(f)$称为f的**零子空间**),再设$x_0\in$ E,$f(x_0)\neq 0$,则对任意的$x\in$ E,存在**唯一**的$y\in N(f)$及$\alpha\in K$使

$$x=y+\alpha x_0. \tag{9·1·1}$$

证明　设$x\in$ E,取$\alpha=\dfrac{f(x)}{f(x_0)}$,然后令

$$y=x-\alpha x_0, \tag{9·1·2}$$

则$f(y)=0$,所以$y\in N(f)$,从而

$$x=y+\alpha x_0,\qquad y\in N(f),\alpha\in K.$$

下证唯一性.事实上,若

$$x=y'+\alpha' x_0\quad (y'\in N(f),\alpha'\in K),$$

则必有

$$f(x)=f(y')+\alpha' f(x_0)=\alpha' f(x_0),$$

由此可知$\alpha'=\alpha$,从而$y'=y$. ▌

定理1是说对于E上的任一非零线性泛函f,E可以表示成f的零子空间与一个一维子空间的直和.

定理2　设E是赋范线性空间,f是E上线性泛函,则f连续

的充分必要条件是 f 的零子空间 $N(f)$ 是 E 的闭子空间.

证明　必要性. 设 f 是连续线性泛函,又设 $x_n \in N(f)$, $x_n \to x$,那么由 f 的连续性可得 $f(x) = \lim\limits_{n\to\infty} f(x_n) = 0$,因此 $x \in N(f)$,所以 $N(f)$ 是闭集.

充分性. 设 $N(f)$ 是闭集,如果 f 不是有界线性泛函,则

$$\sup_{\|x\|=1} |f(x)| = \infty.$$

因此必有点列 $x_n \in \mathsf{E}$, $\|x_n\| = 1\ (n = 1,2,\cdots)$ 使

$$|f(x_n)| \geqslant n.$$

令

$$y_n = \frac{x_1}{f(x_1)} - \frac{x_n}{f(x_n)},$$

则

$$\left\| y_n - \frac{x_1}{f(x_1)} \right\| = \left\| -\frac{x_n}{f(x_n)} \right\| = \frac{1}{|f(x_n)|} \to 0 \quad (n \to \infty)$$

且 $f(y_n) = 0$,故 $y_n \in N(f)$,但是 $f\left(\dfrac{x_1}{f(x_1)}\right) = 1$,所以

$$\frac{x_1}{f(x_1)} \overline{\in} N(f),$$

此与 $N(f)$ 是闭集矛盾. 因此 f 是有界的. ▌

设 E 是数域 K 上的赋范线性空间,我们把定义在 E 上取值于 K 的有界线性泛函的全体(即 $\mathscr{B}(\mathsf{E} \to \mathsf{K})$)记作 E^*,称为 E 的**共轭空间**,因为数域 K 是完备的,所以由 §8·2 定理 2 知 E^* 是 Banach 空间.

§9·2　有界线性泛函的延拓

我们自然要问,在一般的赋范线性空间中,是否存在非零的连续线性泛函,这一节的目的之一就是要解决这个问题.

9·2·1 Zorn 引理

定义 1 一个非空集合 X 称做**有序集**(简称为**序集**),是指对 X 中的某些元之间定义了一个**序关系**"$\leqslant$",它满足

1) 对任意的 $x \in X$,都有 $x \leqslant x$(自反性);

2) 对任意的 $x, y \in X$,如果 $x \leqslant y, y \leqslant x$,则 $x = y$(反对称性);

3) 对任意的 $x, y, z \in X$,如果 $x \leqslant y, y \leqslant z$,则 $x \leqslant z$(传递性).

设 $M \subset X$(X 是序集,下同),如果对任意的 x、$y \in M$,关系 $x \leqslant y$ 与 $y \leqslant x$ 中至少有一个成立,则称 M 为 X 的**全序子集**. 设 $x^* \in X, M \subset X$,如果对任意的 $x \in M$ 都有 $x \leqslant x^*$ ($x^* \leqslant x$),则称 x^* 为 M 的**上界**(相应地,**下界**). 设 $x^* \in X$,如果不存在 $x \in X$ 使 $x^* \leqslant x$($x \leqslant x^*$),则称 x^* 为**极大元**(相应地,**极小元**).

Zorn 引理 如果序集 X 的每个全序子集都有上界(下界),那么序集 X 中必有极大元(极小元).

这个引理实际上与下面的**选择公理**等价:

Zermelo 选择公理 设 $S = \{M_\alpha \mid \alpha \in I\}$ 是由两两不相交的非空集 M_α 所组成的集族,那么存在集合 L 具有性质:

1) $L \subset \bigcup\limits_{\alpha \in I} M_\alpha$;

2) 对每个 M_α, $L \cap M_\alpha$ 恰含一个元.

上述引理与公理等价性的证明比较难,我们把它略去.

9·2·2 线性空间上的线性泛函的延拓

定义 1 设 E 为线性空间, $p(x)$ 为定义在 E 上的非负值泛函.

(i) 如果 $p(x+y) \leqslant p(x) + p(y)$ ($\forall x, y \in$ E),则称 $p(x)$ 是**次可加泛函**;

(ii) 如果 $p(\alpha x) = \alpha p(x)$ ($\forall x \in$ E, $\alpha > 0$),则称 $p(x)$ 是**正齐性泛函**;

如果具有(i)(ii)两个性质,则称 $p(x)$ 是**次可加正齐性泛函**.

例 9·2·1　设E是赋范线性空间,$k \geqslant 0$,则 $p(x) = k\|x\|$ 是一个次可加正齐性泛函.

* **例 9·2·2**　设 M 为实赋范线性空间E的一个以0为内点的凸子集,则“Minkowski”泛函 $p(x)$:

$$p(x) = \inf\{\alpha \mid \alpha > 0, \alpha^{-1}x \in M\} \qquad (9\cdot 2\cdot 1)$$

是一个次可加正齐性连续泛函.

由定义容易看出,当 $x \in M$ 时 $p(x) \leqslant 1$,当 $x \in M^{\circ}$ 时 $p(x) < 1$,当 $x \overline{\in} M$ 时 $p(x) \geqslant 1$.

定义 2　设 f, g 分别是定义在 $D(f)$、$D(g) \subset$ E上的线性泛函,称 f 是 g 的一个**线性延拓**,如果

1) $D(f) \supset D(g)$

2) $x \in D(g) \Rightarrow f(x) = g(x)$.

定理 1　设E为实线性空间.若在E的子空间 E_0 上定义了一个线性泛函 f_0,满足 $f_0(x) \leqslant p(x)$,($\forall x \in E_0$),这里 $p(x)$ 为E上一个次可加正齐性泛函,那么必存在一个定义在整个E上的线性泛函 f,满足

1) $f(x) \leqslant p(x) \quad \forall x \in E$;

2) $x \in E_0 \Rightarrow f(x) = f_0(x)$.

* **证明**　若 $E_0 = E$,则定理的结论是平凡的.现在设 $E_0 \neq E$.

1°. 我们证明,在 $E_0 \neq E$ 时,f_0 必可线性延拓成 f_1,使得

$$f_1(x) \leqslant p(x) \quad \forall x \in D(f_1); \qquad (9\cdot 2\cdot 2)$$

$$x \in D(f_0) \Rightarrow f_1(x) = f_0(x); \qquad (9\cdot 2\cdot 3)$$

$$D(f_0) \subsetneqq D(f_1) \subset E \qquad (9\cdot 2\cdot 4)$$

取 $x_0 \in E \setminus E_0$,令

$$E_1 = \{\alpha x_0 + y \mid \alpha \in R^1, y \in E_0\}.$$

对任意的 $y', y'' \in E_0$,有

$$f_0(y')-f_0(y'')=f_0(y'-y'')\leqslant p(y'-y'')$$
$$=p(y'+x_0-y''-x_0)\leqslant p(y'+x_0)+p(-y''-x_0),$$

因此

$$-f_0(y'')-p(-y''-x_0)\leqslant p(y'+x_0)-f_0(y').$$

y',y'' 既是 E_0 中任意的两点，那么就有

$$\sup_{y\in E_0}\{-p(-y-x_0)-f_0(y)\}\leqslant \inf_{y\in E_0}\{p(y+x_0)-f_0(y)\},$$

从而存在实数 c 满足

$$\sup_{y\in E_0}\{-p(-y-x_0)-f_0(y)\}\leqslant c\leqslant \inf_{y\in E_0}\{p(y+x_0)-f_0(y)\}$$

于是，对任意 $y\in E_0$ 有

$$c+f_0(y)\geqslant -p(-y-x_0); \tag{9·2·5}$$
$$c+f_0(y)\leqslant p(y+x_0). \tag{9·2·6}$$

在 E_1 上定义泛函 f_1：

$$f_1(\alpha x_0+y)=\alpha c+f_0(y),$$

则 f_1 为 f_0 在 E_1 上的线性延拓.(9·2·3)(9·2·4) 显然满足.

下面证明(9·2·2) 也满足. 设 $x=\alpha x_0+y,\alpha\neq 0$. 当 $\alpha<0$ 时，注意到(9·2·5)：

$$f_1(x)=\alpha c+f_0(y)=\alpha\left[c+f_0\left(\frac{1}{\alpha}y\right)\right]$$
$$\leqslant -\alpha p\left(-\frac{1}{\alpha}y-x_0\right)=p(y+\alpha x_0)=p(x).$$

当 $\alpha>0$ 时，注意到(9·2·6)：

$$f_1(x)=\alpha c+f_0(y)=\alpha\left[c+f_0\left(\frac{1}{\alpha}y\right)\right]$$
$$\leqslant \alpha p\left(\frac{1}{\alpha}y+x_0\right)=p(y+\alpha x_0)=p(x).$$

无论哪种情况，(9·2·2) 都满足.

2°. 设 G 为 f_0 的满足

$$g(x)\leqslant p(x)\quad x\in D(g)$$

的线性延拓 $g(x)$ 的全体. 在 G 中引入序关系如下：

$$g_1, g_2 \in G, g_1 \leqslant g_2 \text{ 是指 } D(g_1) \subset D(g_2)$$

且

$$x \in D(g_1) \Rightarrow g_2(x) = g_1(x).$$

这样，G 成一序集. 今证 G 的每个全序子集都有上界. 事实上，设 M 为 G 的任意一个全序子集，令 $\mathsf{D} = \bigcup_{g \in M} D(g)$ 那么，D 是 E 的一个线性子空间. 今在 D 上定义

$$f^*(x) = g(x), \quad \text{如果 } x \in D(g), g \in M.$$

由于 M 是全序的，$f^*(x)$ 的值与 g 的取法无关. 不难看出，f^* 是 D 上的线性泛函，且满足

$$f^*(x) \leqslant p(x), \tag{9·2·7}$$

从而 $f^* \in G$. 显然，f^* 是 M 的上界，因此，根据 Zorn 引理，G 本身有一个极大元 f. 如果 $D(f) \neq \mathsf{E}$，根据前面 1° 的讨论，必存在 f 的一个线性延拓 f_1，满足(9·2·2) 且 $D(f) \subsetneqq D(f_1)$，这与 f 的极大性矛盾. 因此 $D(f) = \mathsf{E}$. ▌

由于复线性空间可以把它看作实线性空间，而复空间上线性泛函的实部和虚部都可以看作是实线性泛函，因此，定理 1 对于复空间仍然成立. 当然，它们的表现形式是有所不同的.

定义 3　非负值次可加泛函 $p(x)$ 称为**对称的**，如果 $\alpha \in K$ 时

$$p(\alpha x) = |\alpha| p(x). \tag{9·2·8}$$

* **定理 2**　设 $p(x)$ 是复线性空间 E 上的对称非负值次可加泛函，$f_0(x)$ 是定义在 E 的线性子空间 E_0 上的线性泛函，满足

$$|f_0(x)| \leqslant p(x) \ \ \forall x \in \mathsf{E}_0 \tag{9·2·9}$$

那么，必存在一个定义在整个 E 上的线性泛函 $f(x)$，满足

1) $|f(x)| \leqslant p(x) \ \ \forall x \in \mathsf{E}$;

2) $x \in \mathsf{E}_0 \Rightarrow f(x) = f_0(x)$.

证明　把 E 看作实空间，设

$$f_0(x) = \varphi_0(x) + i\psi_0(x),\ x \in \mathsf{E}_0$$

其中 $\varphi_0(x)$,$\psi_0(x)$ 各表示 $f_0(x)$ 的实部与虚部. 把 E_0 也看作 E 的实线性子空间,那么,容易验证 φ_0,ψ_0 是 E_0 上的实线性泛函. 现在由

$$\begin{aligned} i[\varphi_0(x) + i\psi_0(x)] &= if_0(x) = f_0(ix) \\ &= \varphi_0(ix) + i\psi_0(ix) \end{aligned}$$

可得

$$\varphi_0(ix) = -\psi_0(x),\ \forall\, x \in \mathsf{E}_0. \qquad (9 \cdot 2 \cdot 10)$$

根据(9·2·9)式,$\varphi_0(x) \leqslant p(x)$ ($\forall\, x \in \mathsf{E}_0$),从而,按定理1,$\varphi_0$ 可以延拓成全 E 上的实线性泛函 φ,满足 $\varphi(x) \leqslant p(x)$ ($\forall\, x \in \mathsf{E}$). 令

$$f(x) = \varphi(x) - i\varphi(ix),\ \forall\, x \in \mathsf{E}, \qquad (9 \cdot 2 \cdot 11)$$

则

$$x \in \mathsf{E}_0 \Rightarrow f(x) = \varphi(x) - i\varphi(ix) = \varphi_0(x) + i\psi_0(x) = f_0(x).$$

再由(9·2·11),我们有

$$\begin{aligned} f(ix) &= \varphi(ix) - i\varphi(-x) = \varphi(ix) + i\varphi(x) \\ &= i[\varphi(x) - i\varphi(ix)] = if(x), \end{aligned}$$

从而不难看出,对任意复数 α 及 x、$y \in \mathsf{E}$ 有

$$f(\alpha x) = \alpha f(x),\ f(x+y) = f(x) + f(y).$$

因此,f 是 E 上线性泛函,余下的还要证明 f 满足 1).

如果 $f(x) = 0$,条件 1) 自然满足. 当 $f(x) \neq 0$ 时,设

$$\theta = \arg f(x) \quad (\text{此处 } \arg f(x) \text{ 表 } f(x) \text{ 的幅角}),$$

则

$$|f(x)| = e^{-i\theta} f(x) = f(e^{-i\theta}x) = \varphi(e^{-i\theta}x) \leqslant p(e^{-i\theta}x) = p(x).$$

这里我们用到 $f(e^{-i\theta}x)$ 的虚部为零及 $p(\alpha x) = |\alpha| p(x)$ 这一事实. ▌

9·2·3 连续线性泛函的保范延拓

定理 3 (Hahn—Banach) 设 E 是赋范线性空间,f_0 为定义在 E 的子空间 E_0 上的有界线性泛函,那么,必存在 E 上的有界线性泛

函 f,满足

1) $\| f \| = \| f_0 \|_{E_0}$;

2) $x \in E_0 \Rightarrow f(x) = f_0(x)$.

证明　取 $p(x) = \| f_0 \|_{E_0} \| x \|$,那么 $p(x)$ 是 E 上的非负值次可加对称泛函,且

$$|f_0(x)| \leqslant p(x) \quad (\forall x \in E_0).$$

由定理 1,2,f_0 可以延拓成全 E 上的线性泛函 f,满足

$$|f(x)| \leqslant p(x) = \| f_0 \|_{E_0} \| x \|, \forall x \in E \tag{9·2·12}$$

从而,由算子范数的定义,有

$$\| f \| \leqslant \| f_0 \|_{E_0}. \tag{9·2·13}$$

但由于 f 是 f_0 的延拓,范数不会减少,自然有 $\| f_0 \|_{E_0} \leqslant \| f \|$,因此 $\| f \| = \| f_0 \|_{E_0}$. ▌

系 1　设 E 是赋范线性空间,$x_0 \in E$,$x \neq 0$,则必有 E 上的连续线性泛函 f,使

$$f(x_0) = \| x_0 \|, \| f \| = 1.$$

证明　在 $E_0 = L\{x_0\} = \{tx_0 | t \in K\}$ 上定义 f_0:

$$f_0(x) = f_0(tx_0) = t \| x_0 \|,$$

则 $f_0(x_0) = \| x_0 \|$, $\| f_0 \|_{E_0} = 1$,然后利用定理 3,f_0 可保持范数地延拓成 E 上的线性泛函 f,那么,f 满足定理的条件. ▌

系 2　设 E 是赋范线性空间,$x_0 \in E$,如果对任何 $f \in E^*$ 都有 $f(x_0) = 0$,则 $x_0 = 0$.

这是系 1 的直接结果.

系 3　设 E_0 是赋范线性空间 E 的子空间,$y_0 \in E$,若 $\rho(y_0, E_0) = d > 0$,那么必有 $f \in E^*$,满足

1) $f(x) = 0 \quad \forall x \in E_0$;

2) $f(y_0) = 1$;

3) $\| f \| = \dfrac{1}{d}$.

证明 在子空间 $\mathsf{E}_1=\{x+ty_0\,|\,x\in\mathsf{E}_0,t\in K\}$ 上定义一个泛函 f_0:对 $y=x+ty_0$,令

$$f_0(x+ty_0)=t, \qquad (9\cdot 2\cdot 14)$$

则条件 1),2) 显然满足,且对任一 $y=x+ty_0(t\neq 0)$ 有

$$|f_0(y)|=|t|=\frac{|t|\,\|y\|}{\|y\|}=\frac{\|y\|}{\left\|\dfrac{x}{t}+y_0\right\|}$$

$$=\frac{\|y\|}{\left\|y_0-\left(-\dfrac{x}{t}\right)\right\|}\leqslant\frac{1}{d}\|y\|,$$

从而

$$\|f_0\|_{\mathsf{E}_1}\leqslant\frac{1}{d} \qquad (9\cdot 2\cdot 15)$$

另一方面,对任意的 $x\in\mathsf{E}_0$ 有

$$1=|f_0(x-y_0)|\leqslant\|f_0\|_{\mathsf{E}_1}\|x-y_0\|,$$

故

$$\|f_0\|_{\mathsf{E}_1}\geqslant\frac{1}{\|x-y_0\|},\quad \forall x\in\mathsf{E}_0,$$

所以

$$\|f_0\|_{\mathsf{E}_1}\geqslant\sup_{x\in\mathsf{E}_0}\frac{1}{\|x-y_0\|}=\frac{1}{d}, \qquad (9\cdot 2\cdot 16)$$

结合(9·2·15),(9·2·16) 即得

$$\|f_0\|_{\mathsf{E}_1}=\frac{1}{d}.$$

然后利用定理 3 即得证. ▌

§9·3 某些空间上有界线性泛函的表示

9·3·1 有限维线性空间上线性泛函的表示

设 E^n 是 n 维线性空间. $\{e_1,\cdots,e_n\}$ 是它的一个基. f 是 E^n 上的

任一线性泛函，令 $c_i = f(e_i)(i = 1, \cdots, n)$，那么，对任一 $x = \sum_{i=1}^{n} \xi_i e_i \in E^n$，

$$f(x) = \sum_{i=1}^{n} \xi_i f(e_i) = \sum_{i=1}^{n} \xi_i c_i. \qquad (9 \cdot 3 \cdot 1)$$

反过来，对任一 n 元数组 $(c_1, \cdots, c_n)$ 可按 $(9 \cdot 3 \cdot 1)$ 定义 E^n 上的一个线性泛函，所以 $(9 \cdot 3 \cdot 1)$ 是 E^n 上线性泛函的一般表示形式.

9·3·2　$C[a,b]$ 上有界线性泛函的表示

定理 1　设 f 是 $C[a,b]$ 上的连续线性泛函，则存在唯一的 $g(t) \in V_0[a,b]$，满足

1) $f(x) = \int_a^b x(t) \mathrm{d}g(t), \forall x(t) \in C[a,b]$；

2) $\| f \| = \overset{b}{\underset{a}{\mathrm{V}}}(g)$.

其中 $V_0[a,b]$ 表 $[a,b]$ 上满足

$$g(a) = 0, g(t) = g(t+0) \quad (t \in (a,b))$$

的有界变差函数 $g(t)$ 的全体. $\overset{b}{\underset{a}{\mathrm{V}}}(g)$ 表 $g(t)$ 的全变差.

证明　令 B 表 $[a,b]$ 上有界函数的全体. B 按通常函数的加法运算及数与函数的乘法运算成一线性空间. 对 $x(t) \in$ B，令

$$\| x \| = \sup_{t \in [a,b]} | x(t) |, \qquad (9 \cdot 3 \cdot 2)$$

则易验证 $(9 \cdot 3 \cdot 2)$ 所定义的 $\| \cdot \|$ 是 B 上的范数，在此范数下 B 是一 Banach 空间. 显然，$C[a,b]$ 是 B 的子空间（事实上它是 B 的闭线性子空间），设 f 是 $C[a,b]$ 上的连续线性泛函，根据线性泛函的延拓定理，我们可以把 f 保持范数地延拓到 B 上，延拓后的泛函我们仍记作 f.

以 $X_\xi(t)$ 表 $[a,b]$ 上 $[a,\xi](a < \xi \leqslant b)$ 的特征函数，并简单地记作 X_ξ. 我们规定 $X_a = 0$. 置

$$g_1(\xi) = f(X_\xi),$$

按定义,我们有 $g_1(a)=0$. 我们证明 $g_1(\xi)$ 是有界变差函数. 任作一组分点

$$a=\xi_0<\xi_1<\cdots<\xi_n=b,$$

记 $\varepsilon_i=\text{sign}[g_1(\xi_i)-g_1(\xi_{i-1})]$,那么

$$\sum_{i=1}^{n}|g_1(\xi_i)-g_1(\xi_{i-1})|=\sum_{i=1}^{n}\varepsilon_i[g_1(\xi_i)-g_1(\xi_{i-1})]$$

$$=\sum_{i=1}^{n}\varepsilon_i[f(X_{\xi i})-f(X_{\xi i-1})]=\sum_{i=1}^{n}f(\varepsilon_i(X_{\xi i}-X_{\xi i-1}))$$

$$=f(\sum_{i=1}^{n}\varepsilon_i(X_{\xi i}-X_{\xi i-1}))\leqslant\|f\|\,\|\sum_{i=1}^{n}\varepsilon_i(X_{\xi i}-X_{\xi i-1})\|$$

$$=\|f\|.$$

这就证明了 $g_1(\xi)$ 是有界变差函数且

$$\overset{b}{\underset{a}{\mathrm{V}}}(g_1)\leqslant\|f\|.\qquad(9\cdot3\cdot3)$$

根据 §6·4 定理 6,存在 $g\in \mathrm{V}_0[a,b]$,它满足:当 t 为 g_1 的连续点及 $t=a,b$ 时

$$g(t)=g_1(t)-g_1(a)=g_1(t)\text{ 且 }\overset{b}{\underset{a}{\mathrm{V}}}(g)\leqslant\overset{b}{\underset{a}{\mathrm{V}}}(g_1).$$

设 $x(t)\in C[a,b]$,我们证明

$$f(x)=\int_a^b x(t)\mathrm{d}g(t).$$

根据连续函数的 Stieltjes 积分的性质,对任一族分点

$$a=t_0^{(n)}<t_1^{(n)}<\cdots<t_{m_n}^{(n)}=b,$$

只要 $\delta_n=\max\limits_{1\leqslant i\leqslant m_n}(t_i^{(n)}-t_{i-1}^{(n)})\to0$,就有

$$\int_a^b x(t)\mathrm{d}g(t)=\lim_{n\to\infty}\sum_{i=1}^{m_n}x(\xi_i^{(n)})[g(t_i^{(n)})-g(t_{i-1}^{(n)})],$$

其中 $\xi_i^{(n)}\in[t_{i-1}^{(n)},t_i^{(n)}]$. 注意到有界变差函数的不连续点的全体至多可数,因此,我们可以选取上述诸分点都是 $g_1(t)$ 的连续点,且 $\delta_n\to0$. 令

$$x_n(t)=\sum_{i=1}^{m_n}x(\xi_i^{(n)})(X_{t_i^{(n)}}-X_{t_{i-1}^{(n)}})$$

由 $x(t)$ 的一致连续性，阶梯函数 $x_n(t)$ 一致收敛于 $x(t)$，即在B中 $\|x_n-x\|\to 0(n\to\infty)$，从而

$$\begin{aligned}f(x)&=\lim_{n\to\infty}f(x_n)=\lim_{n\to\infty}\sum_{i=1}^{m_n}x(\xi_i^{(n)})f(X_{t_i^{(n)}}-X_{t_{i-1}^{(n)}})\\&=\lim_{n\to\infty}\sum_{i=1}^{m_n}x(\xi_i^{(n)})[g_1(t_i^{(n)})-g_1(t_{i-1}^{(n)})]\\&=\lim_{n\to\infty}\sum_{i=1}^{m_n}x(\xi_i^{(n)})[g(t_i^{(n)})-g(t_{i-1}^{(n)})]=\int_a^b x(t)\mathrm{d}g(t),\end{aligned}$$

于是 $g(t)$ 满足定理的条件 1).

然后，由 §6·4 定理 5，

$$|f(x)|=\left|\int_a^b x(t)\mathrm{d}g(t)\right|\leqslant\|x\|\overset{b}{\underset{a}{\mathrm{V}}}(g),$$

即得 $\|f\|\leqslant\overset{b}{\underset{a}{\mathrm{V}}}(g)$. 上面已证 $\overset{b}{\underset{a}{\mathrm{V}}}(g)\leqslant\overset{b}{\underset{a}{\mathrm{V}}}(g_1)\leqslant\|f\|$，故得

$$\|f\|=\overset{b}{\underset{a}{\mathrm{V}}}(g).\qquad(9\cdot3\cdot4)$$

因此，定理中条件 2) 也满足.

最后，根据 §6·4 定理 6 易知满足上述条件的 $g(t)$ 是唯一的. ▍

注　任意给定 $g(t)\in \mathrm{V}_0[a,b]$，根据 §6·4 的有关定理，可知

$$f(x)=\int_a^b x(t)\mathrm{d}g(t)$$

定义了 $C[a,b]$ 上的一个有界线性泛函 f，因此定理 1 实际上给出了一个由 $C[a,b]$ 的共轭空间到 $\mathrm{V}_0[a,b]$ 的保范线性同构映射 V，在映射 V 的意义下我们可以把 $C[a,b]^*$ 与 $\mathrm{V}_0[a,b]$ 看作是一个空间，并记作 $C[a,b]^*=\mathrm{V}_0[a,b]$.

9·3·3 $L^p[a,b]$ 与 $l^p(p>1)$ 上有界线性泛函的表示

定理2 设 $f(x)$ 是 $L^p[a,b](p>1)$ 上的线性连续泛函，则存在唯一的 $y(t)\in L^q[a,b](\frac{1}{p}+\frac{1}{q}=1)$ 满足

1) $f(x)=\int_a^b x(t)y(t)\mathrm{d}t,\quad \forall x(t)\in L^p[a,b]$；

2) $\|f\|=\|y\|=\left(\int_a^b |y(t)|^q\mathrm{d}t\right)^{1/q}$.

* **证明** 不失一般性，仅就实 $L^p[0,1]$ 来证明本定理. 考虑 $L^p[0,1]$ 中 $[0,t)$ 的特征函数

$$u_t(\xi)=\begin{cases}1, & 0\leqslant\xi<t;\\ 0, & t\leqslant\xi\leqslant 1.\end{cases}\tag{9·3·5}$$

则 $u_t(\xi)\in L^p[0,1]$，令

$$g(t)=f(u_t).\tag{9·3·6}$$

1°. 证明 $g(t)$ 绝对连续.

设 $\delta_i=(T_i,t_i)$ 为含于 $[0,1]$ 中任意一组互不相交的开区间 $(i=1,2,\cdots,n)$. 记 $\varepsilon_i=\mathrm{sign}(g(t_i)-g(T_i))$，则有

$$\begin{aligned}\sum_{i=1}^n|g(t_i)-g(T_i)|&=\sum_{i=1}^n\varepsilon_i(g(t_i)-g(T_i))\\&=\sum_{i=1}^n\varepsilon_i[f(u_{t_i})-f(u_{T_i})]\\&=\sum_{i=1}^n f(\varepsilon_i(u_{t_i}-u_{T_i}))\leqslant\|f\|\left\|\sum_{i=1}^n\varepsilon_i(u_{t_i}-u_{T_i})\right\|\\&=\|f\|\left(\int_a^b\left|\sum_{i=1}^n\varepsilon_i(u_{t_i}-u_{T_i})\right|^p\mathrm{d}t\right)^{1/p}\\&=\|f\|\left(\sum_{i=1}^n\int_{\delta_i}\mathrm{d}t\right)^{1/p}\\&=\|f\|\left(\sum_{i=1}^n(t_i-T_i)\right)^{1/p},\end{aligned}$$

因此 $g(t)$ 在 $[0,1]$ 上绝对连续.

2°. 令 $y(t) = g'(t)$，则

$$g(t) = g(0) + \int_0^t y(t)\mathrm{d}t. \qquad (9 \cdot 3 \cdot 7)$$

又因 $g(0) = f(u_0) = f(0) = 0$，故得

$$g(t) = \int_0^t y(t)\mathrm{d}t, \qquad (9 \cdot 3 \cdot 8)$$

即

$$f(u_t) = \int_0^t y(t)\mathrm{d}t = \int_0^1 u_t(\xi)y(\xi)\mathrm{d}\xi, \qquad (9 \cdot 3 \cdot 9)$$

从而对于任一阶梯函数

$$z(t) = \sum_{i=1}^n c_i\left[u_{\frac{i}{n}}(t) - u_{\frac{i-1}{n}}(t)\right]$$

（其中 c_i 为常数），有

$$f(z(t)) = \int_0^1 z(t)y(t)\mathrm{d}t. \qquad (9 \cdot 3 \cdot 10)$$

3°. 对于任一有界可测函数 $x(t)$，存在一串一致有界的阶梯函数 $z_n(t)$，它几乎处处收敛于 $x(t)$. 依 Lebesgue 控制收敛定理并注意到(9・3・10)

$$\lim_{n\to\infty} f(z_n) = \lim_{n\to\infty}\int_0^1 z_n(t)y(t)\mathrm{d}t = \int_0^1 x(t)y(t)\mathrm{d}t.$$

又由于 $z_n(t) \to x(t)$ a. e. 且 $z_n(t)$ 一致有界，故由 Lebesgue 有界收敛定理

$$\| z_n(t) - x(t) \| = \left(\int_0^1 | z_n(t) - x(t) |^p \mathrm{d}t\right)^{1/p} \to 0,$$

从而

$$\lim_{n\to\infty} f(z_n) = f(x), \qquad (9 \cdot 3 \cdot 11)$$

即对于有界可测函数 $x(t) \in L^p[0,1]$ 有

$$f(x) = \int_0^1 x(t)y(t)\mathrm{d}t. \qquad (9 \cdot 3 \cdot 12)$$

4°. 下证 $y(t) \in L^q[0,1]$.

$$\text{令}\ x_n(t) = \begin{cases} |y(t)|^{q-1}\operatorname{sign}y(t), & \text{当}\ |y(t)| \leqslant n; \\ n^{q-1}\operatorname{sign}y(t), & \text{当}\ |y(t)| > n. \end{cases}$$

于是诸 $x_n(t)(n = 1,2,3,\cdots)$ 都是有界可测函数,从而根据上面的证明有

$$f(x_n) = \int_0^1 x_n(t)y(t)\mathrm{d}t,$$

于是

$$\begin{aligned} |f(x_n)| &\geqslant f(x_n) = \int_0^1 x_n(t)y(t)\mathrm{d}t \\ &= \int_0^1 |x_n(t)||y(t)|\mathrm{d}t \geqslant \int_0^1 |x_n(t)||x_n(t)|^{\frac{1}{q-1}}\mathrm{d}t \\ &= \int_0^1 |x_n(t)|^p\mathrm{d}t. \end{aligned} \qquad (9 \cdot 3 \cdot 13)$$

另一方面

$$|f(x_n)| \leqslant \|f\| \cdot \|x_n\| = \|f\| \left(\int_0^1 |x_n(t)|^p\mathrm{d}t\right)^{1/p}. \qquad (9 \cdot 3 \cdot 14)$$

由(9・3・13)(9・3・14)即得

$$\left(\int_0^1 |x_n(t)|^p\mathrm{d}t\right)^{1/q} \leqslant \|f\|, \qquad (9 \cdot 3 \cdot 15)$$

但显然在[0,1]上几乎处处有

$$\lim_{n\to\infty}|x_n(t)| = |y(t)|^{q-1},$$

故由(9・3・15),利用 Fatou 引理即得

$$\left(\int_0^1 |y(t)|^{(q-1)p}\mathrm{d}t\right)^{1/q} \leqslant \|f\|,$$

即

$$\left(\int_0^1 |y(t)|^q\mathrm{d}t\right)^{1/q} \leqslant \|f\|, \qquad (9 \cdot 3 \cdot 16)$$

从而知 $y(t) \in L^q[0,1]$.

5°. 下证对任何 $x(t) \in L^p[0,1]$ 有 1) 式成立.

由于 $y(t) \in L^q[0,1]$，故积分$\int_0^1 x(t)y(t)\mathrm{d}t$ 存在；其次，存在有界可测函数列 $x_n(t)$，使

$$\| x_n - x \| = \left(\int_0^1 |x_n(t) - x(t)|^p \mathrm{d}t\right)^{1/p} \to 0,$$

从而

$$\lim_{n\to\infty} f(x_n) = f(x). \qquad (9 \cdot 3 \cdot 17)$$

利用 Hölder 不等式可得

$$\left|\int_0^1 [x_n(t) - x(t)]y(t)\mathrm{d}t\right|$$
$$\leqslant \left(\int_0^1 |x_n(t) - x(t)|^p \mathrm{d}t\right)^{1/p} \left(\int_0^1 |y(t)|^q \mathrm{d}t\right)^{1/q} \to 0,$$

故

$$\lim_{n\to\infty}\int_0^1 x_n(t)y(t)\mathrm{d}t = \int_0^1 x(t)y(t)\mathrm{d}t,$$

即

$$\lim_{n\to\infty} f(x_n) = \int_0^1 x(t)y(t)\mathrm{d}t. \qquad (9 \cdot 3 \cdot 18)$$

由(9・3・17)，(9・3・18) 即得

$$f(x) = \int_0^1 x(t)y(t)\mathrm{d}t. \qquad (9 \cdot 3 \cdot 19)$$

故定理条件 1) 得证.

6°. 由 Hölder 不等式，对任何 $x(t) \in L^p[0,1]$，

$$|f(x)| = \left|\int_0^1 x(t)y(t)\mathrm{d}t\right|$$
$$\leqslant \left(\int_0^1 |y(t)|^q \mathrm{d}t\right)^{1/q} \left(\int_0^1 |x(t)|^p \mathrm{d}t\right)^{1/p},$$

故

$$\| f \| \leqslant \left(\int_0^1 |y(t)|^q \mathrm{d}t\right)^{1/q}. \qquad (9 \cdot 3 \cdot 20)$$

再注意到(9・3・16) 即得

$$\| f \| = \left(\int_0^1 | y(t) |^q \mathrm{d}t\right)^{1/q}.$$

7°. 最后证明唯一性. 设 $y^*(t) \in L^q[0,1]$ 也满足

$$f(x) = \int_0^1 x(t) y^*(t) \mathrm{d}t, \forall x(t) \in L^p[0,1],$$

则对任一 $x(t) \in L^p[0,1]$ 有

$$\int_0^1 x(t)(y(t) - y^*(t)) \mathrm{d}t = 0,$$

从而

$$\int_0^1 | y(t) - y^*(t) | \mathrm{d}t = 0,$$

所以 $y(t) = y^*(t)$ a. e. 即 $y = y^*$. ▌

注 任给 $y(t) \in L^q[a,b](\frac{1}{p} + \frac{1}{q} = 1)$,作

$$f(x) = \int_a^b x(t) y(t) \mathrm{d}t \quad \forall x(t) \in L^p[a,b],$$

由 Hölder 不等式可知 f 是 $L^p[a,b]$ 上的一个有界线性泛函,再由定理 2, $\| f \| = \| y \|$. 所以定理 2 实际上给出了一个 $L^p[a,b]^*$ 到 $L^q[a,b]$ 的保范的线性同构映射. 在此映射意义下我们可以把它们看作同一个空间,并记作

$$L^p[a,b]^* = L^q[a,b] \quad (\frac{1}{p} + \frac{1}{q} = 1).$$

类似地可证

定理 2′ 设 f 是 $l^p (p > 1)$ 上连续线性泛函,则存在唯一的 $y = (\eta_i) \in l^q \ (\frac{1}{p} + \frac{1}{q}) = 1$,使

1) $f(x) = \sum_{i=1}^{\infty} \xi_i \eta_i, \quad \forall x = (\xi_i) \in l^p$;

2) $\| f \| = \| y \|_{l^p}$

定理 2′ 即是说 $l^{p*} \subset l^q (\frac{1}{p} + \frac{1}{q} = 1)$. 我们很容易看出,实际

上 $l^{p*}=l^q(\frac{1}{p}+\frac{1}{q}=1)$.

9·3·4　$L^1[a,b]$ 与 l^1 上有界线性泛函的表示

定理 3　设 f 是 $L^1[a,b]$ 上的有界线性泛函，则存在唯一的 $y(t)\in \mathsf{M}[a,b]$，适合

1) $f(x)=\int_a^b x(t)y(t)\mathrm{d}t,\quad \forall x(t)\in L^1[a,b]$；

2) $\|f\|=\|y\|_{\mathsf{M}}$.

定理 3′　设 f 是 l^1 上的有界线性泛函，则存在唯一的 $y=(\eta_i)\in m$，适合

1) $f(x)=\sum_{i=1}^{\infty}\xi_i\eta_i,\quad \forall x=(\xi_i)\in l^1$；

2) $\|f\|=\|y\|_m$.

定理 3 与定理 3′ 即是说 $L^{1*}\subset \mathsf{M}$，$l^{1*}\subset m$. 我们很容易看出，实际上 $L^{1*}=\mathsf{M}$，$l^{1*}=m$.

§9·4　共轭算子

定义 1　设 E_1、E_2 为赋范线性空间，$A:\mathsf{E}_1\to\mathsf{E}_2$ 为连续线性算子. 对 $\varphi\in\mathsf{E}_2^*$，令

$$f(x)=\varphi(Ax)\quad \forall x\in\mathsf{E}_1. \tag{9·4·1}$$

显然，$f\in\mathsf{E}_1^*$. 于是，利用(9·4·1)可诱导出一个算子 $A^*:\varphi\longmapsto f$，称它为 A 的**共轭算子**.

定理 1　连续线性算子 A 的共轭算子 A^* 也是连续线性算子，且

$$\|A^*\|=\|A\|. \tag{9·4·2}$$

证明　A^* 是线性算子很明显，读者可自行验证. 下证 A^* 连续且有(9·4·2). 对任意的 $\varphi\in\mathsf{E}_2{}^*$，由(9·4·1)，

$$|f(x)| = |\varphi(Ax)| \leqslant \|\varphi\| \|Ax\|$$
$$\leqslant \|\varphi\| \|A\| \|x\|, \quad \forall x \in \mathsf{E}_1,$$

所以 $\|f\| \leqslant \|A\| \|\varphi\|$,即 $\|A^*\varphi\| \leqslant \|A\| \|\varphi\|$,于是

$$\|A^*\| \leqslant \|A\|, \qquad (9 \cdot 4 \cdot 3)$$

由此可知 A^* 有界. 另一方面,对任一 $x \in \mathsf{E}_1$,若 $Ax \neq 0$,根据 §9 · 2 系 1,存在 $\varphi \in \mathsf{E}_2^*$,使 $\varphi(Ax) = \|Ax\|$, $\|\varphi\| = 1$,于是

$$\|Ax\| = \varphi(Ax) = (A^*\varphi)(x) \leqslant \|A^*\varphi\| \|x\|$$
$$\leqslant \|A^*\| \|\varphi\| \|x\| = \|A^*\| \|x\| \qquad (9 \cdot 4 \cdot 4)$$

而当 $Ax = 0$ 时(9 · 4 · 4) 自然成立,故(9 · 4 · 4) 对所有 $x \in \mathsf{E}_1$ 都成立,因此有

$$\|A\| \leqslant \|A^*\|. \qquad (9 \cdot 4 \cdot 5)$$

结合(9 · 4 · 3)、(9 · 4 · 5) 即得(9 · 4 · 2). ▌

例 9 · 4 · 1 设 $k(t,s)$ 是$[0,1]\times[0,1]$上的可测函数,$q > 1$

$$且\int_0^1\int_0^1 |k(t,s)|^q \mathrm{d}t\mathrm{d}s = M < \infty,$$

考察积分算子 A:

$$Ax(t) = \int_0^1 k(t,s)x(s)\mathrm{d}s \quad \forall x(t) \in L^p[0,1].$$

由 §8 · 1 知 $A: L^p[0,1] \to L^q[0,1]$ $\left(\frac{1}{p} + \frac{1}{q} = 1\right)$ 是有界线性算子,现在求 $A^*: L^q[0,1]^* \to L^p[0,1]^*$.

设 $f \in L^q[0,1]^*$,存在 $y(t) \in L^p[0,1]$ 使

$$f(x) = \int_0^1 x(t)y(t)\mathrm{d}t, \quad \forall x \in L^q[0,1].$$

于是对任一 $x(t) \in L^p[0,1]$ 有

$$(A^*f)(x) = f(Ax) = \int_0^1 Ax(t)y(t)\mathrm{d}t$$
$$= \int_0^1\int_0^1 k(t,s)x(s)y(t)\mathrm{d}s\mathrm{d}t = \int_0^1 x(s)\left(\int_0^1 k(t,s)y(t)\mathrm{d}t\right)\mathrm{d}s$$

$$= \int_0^1 x(t)\left(\int_0^1 k(s,t)y(s)\mathrm{d}s\right)\mathrm{d}t,$$

所以 $A^* f$ 可以由函数 $\int_0^1 k(s,t)y(s)\mathrm{d}s = g(t)$ 来表示，于是，如果把 f 与 $y(t)$ 看作等同、把 $A^* f$ 与 $g(t)$ 看作等同，则 A^* 可以写成

$$A^* y(t) = \int_0^1 k(s,t)y(s)\mathrm{d}s.$$

共轭算子具有下列简单性质：

(i) $(A+B)^* = A^* + B^*$；

(ii) $(\alpha A)^* = \alpha A^*$；

(iii) $(AB)^* = B^* A^*$；

(iv) $(A^{-1})^* = A^{*-1}$.

§9·5　弱* 收敛与弱收敛·自反空间

9·5·1　E 到 E** 的自然嵌入映射

设 E 是赋范线性空间. 由于 E 的共轭空间 E^* 也是赋范线性空间，所以 E^* 也有共轭空间 E^{**}，E^{**} 又称为 E 的**二次共轭空间**. 下面我们来考察 E 与 E^{**} 的关系.

对每个 $x \in \mathsf{E}$，作 E^* 上的泛函 x^{**} 如下：

$$x^{**}(f) = f(x) \quad (\forall f \in \mathsf{E}^*).$$

显然 x^{**} 是 E^* 上的线性泛函. 由于

$$|x^{**}(f)| = |f(x)| \leqslant \|x\| \cdot \|f\|,$$

所以 $x^{**} \in \mathsf{E}^{**}$，并且

$$\|x^{**}\| \leqslant \|x\|. \tag{9·5·1}$$

我们称 x^{**} 为 E^{**} 中与 x 相对应的元素，并且称映射

$$J: x \longmapsto x^{**} \quad (\forall x \in \mathsf{E})$$

为 E 到 E^{**} 的**自然嵌入映射**.

命题 1　赋范线性空间 E 到 E^{**} 的自然嵌入映射 J 有如下性质:

(i) $J(\alpha x+\beta y)=\alpha Jx+\beta Jy$　($\forall x、y\in E,\alpha,\beta\in K$);

(ii) $\|Jx\|=\|x\|$ ($\forall x\in E$);

从而 J 是 E 到 $J(E)$ 的线性同构且保范的对应.

证明　显然(i) 成立. 下证(ii) 成立:设 $x\in E$. 当 $x=\theta$ 时显然(ii) 成立. 当 $x\neq\theta$ 时由 Hahn－Banach 定理的系知存在

$$f_0\in E^*,\|f_0\|=1,使 f_0(x)=\|x\|.$$

记 $x^{**}=Jx$,则

$$x^{**}(f_0)=f_0(x)=\|x\|,$$

从而 $\|x^{**}\|\geqslant\|x\|$. 再由(9·5·1) 知 $\|x^{**}\|=\|x\|$,(ii) 得证. ▌

由于 J 是 E 到 J(E) 的线性同构且保范的对应,为了讨论问题方便,我们往往在此对应 J 的意义下把 E 与 J(E) 看成是同一空间,因此把 $J(E)\subset E^{**}$ 简记作 $E\subset E^{**}$,并说 E 是 E^{**} 的(赋范线性)子空间,从而把 Jx 简记作 x,并说 x 是 E^* 上的一个有界线性泛函.

定义 1　设 E 是赋范线性空间,若 $E=E^{**}$(即自然嵌入映射 $J:E\rightarrow E^{**}$ 是满射的),则称 E 是**自反空间**.

由 §9·3·3 的结论不难得知,L^p,$l^p(p>1)$ 都是自反空间. 但是,L^1,l^1 不是自反空间,$C[a,b]$ 也不是自反空间(这可以利用 §9·5·3 定理 1 来证明).

9·5·2　弱* 收敛与弱收敛

定义 2　设 E 是赋范线性空间,所谓 E^* 中的点列$\{f_n\}$ **弱* 收敛于** $f\in E^*$,是指对于每个 $x\in E$ 均有

$$\lim_{n\to\infty}f_n(x)=f(x).$$

这时点 f 称为点列$\{f_n\}$ 的**弱* 极限**,记作 $f_n\xrightarrow{弱^*}f$.

注　"$\{f_n\}$ 作为 E^* 中的点列弱* 收敛于 f"实际就是"$\{f_n\}$

作为E到数域K的有界线性算子序列强收敛于f". 但是我们一般只采用前一个说法而不采用后一个说法. 有些书中，为了与弱*收敛作对照，把E^*中点列按范数的收敛又称为强收敛.

在E^*中，若$\{f_n\}$按范数收敛于f，则$\{f_n\}$弱*收敛于f. 但其逆不真(见 §8·2 例8·2·3). 由 §8·2 命题3可知，在E^*中若$\{f_n\}$弱*收敛于f，则$\varliminf\limits_{n\to\infty}\|f_n\| \geqslant \|f\|$.

由 §8·3 定理2立即可知

命题2　设E是Banach空间，$\{f_n\}\subset E^*$，$f\in E^*$，则$\{f_n\}$弱*收敛于f的充要条件是：

(i)$\{\|f_n\|\}$有界；

(ii) 对E中某稠密集D的一切元x均有$\lim\limits_{n\to\infty} f_n(x) = f(x)$.

定义3　设E是赋范线性空间，所谓E中的点列$\{x_n\}$**弱收敛**于$x\in E$，是指对于每个$f\in E^*$均有

$$\lim_{n\to\infty} f(x_n) = f(x).$$

这时点x称为点列$\{x_n\}$的**弱极限**，记作$x_n \xrightarrow{弱} x$.

注　"$\{x_n\}$作为E中的点列弱收敛于x"也可以说是"$\{x_n\}$作为E^{**}中的点列弱*收敛于x". 有些书中，为了与弱收敛作对照，把E中点列按范数的收敛又称为强收敛.

由于E^*也是赋范线性空间，所以E^*中的点列也有弱收敛的概念. 由于$E\subset E^{**}$，根据弱、弱*收敛的定义立即知，E^*中点列的弱收敛蕴涵弱*收敛，但其逆不真.

由定义3后的注立即可知

命题3　设E是赋范线性空间，$\{x_n\}\subset E$，$x\in E$，则$\{x_n\}$弱收敛于x的充要条件是：

(i) $\{\|x_n\|\}$有界；

(ii) 对E^*中某稠密集D的一切元f均有$\lim\limits_{n\to\infty} f(x_n) = f(x)$.

注　要特别注意，有某些赋范线性空间(例如$C[a,b]$)，其中

的点列$\{x_n\}$即使对每个$f \in \mathsf{E}^*$相应的$\{f(x_n)\}$都收敛，$\{x_n\}$也未必就弱收敛于E中的某元(参见[12]).

*9·5·3 可分赋范空间的某些性质

定理1 如果赋范线性空间E的共轭空间E^*是可分的，那么E也是可分的.

证明 E^*可分，故E^*中有一可数稠密集$\{g_n\}_1^\infty$. 不妨设诸$g_n \neq \theta$. 取$f_n = \|g_n\|^{-1} \cdot g_n$，则$\{f_n\}$是$\mathsf{E}^*$的单位球面

$$S = \{f \in \mathsf{E}^* \mid \|f\| = 1\}$$

中的稠密集. 由$\|f_n\| = 1$知可选取$x_n \in \mathsf{E}$，$\|x_n\| = 1$，使

$$|f_n(x_n)| > \frac{1}{2}.$$

设E_0是在E中由$\{x_n\}_1^\infty$生成的闭线性子空间，易知E_0是可分的. 下证$\mathsf{E} = \mathsf{E}_0$.

用反证法. 假若$\mathsf{E}_0 \neq \mathsf{E}$，则存在$x_0 \in \mathsf{E}$使$\rho(x_0, \mathsf{E}_0) = d > 0$. 由Hahn−Banach定理的系知存在$f_0 \in \mathsf{E}^*$使$\|f_0\| = 1$且对每个$x \in \mathsf{E}_0$均有$f_0(x) = 0$. 于是

$$\begin{aligned}\|f_n - f_0\| &= \sup_{\|x\|=1} |f_n(x) - f_0(x)| \\ &\geqslant |f_n(x_n) - f_0(x_n)| = |f_n(x_n)| > \frac{1}{2}.\end{aligned}$$

对一切n均$\|f_n - f_0\| > \frac{1}{2}$而$f_0 \in S$，这与$\{f_n\}$在$S$中稠密矛盾. 可见$\mathsf{E} = \mathsf{E}_0$可分. ▌

定理2 如果赋范线性空间E是可分的，那么其共轭空间E^*中的任一有界点列必含有弱*收敛子列(即E^*是局部弱*列紧的).

证明 由E可分知其中有一可数稠密集$\{x_n\}_1^\infty$. 设$\{f_n\}$是E^*中的有界点列，则$\{f_n(x_1)\}$是有界数列，因此可从$\{f_n\}$中选出子列$\{f_n^{(1)}\}_1^\infty$使$\{f_n^{(1)}(x_1)\}$收敛. 同理又可从$\{f_n^{(1)}\}$中选出子列$\{f_n^{(2)}\}_1^\infty$，使$\{f_n^{(2)}(x_2)$收敛. 如此类推. 由归纳法可得

$$f_1^{(1)}, f_2^{(1)}, f_3^{(1)}, \cdots$$
$$f_1^{(2)}, f_2^{(2)}, f_3^{(2)}, \cdots$$
$$\cdots\cdots$$

其中每一个序列都是前一个序列的子列.用对角线法取

$$f_1^{(1)}, f_2^{(2)}, \cdots, f_n^{(n)}, \cdots$$

显然对每个 x_n,数列 $f_1^{(1)}(x_n), f_2^{(2)}(x_n), f_3^{(3)}(x_n), \cdots$ 都收敛.由§8·3定理2知$\{f_n^{(n)}\}$必弱*收敛于某个 $f \in \mathsf{E}^*$.定理得证. ▌

*9·5·4　自反空间的某些性质

定理3　如果赋范线性空间 E 是自反的,那么它的任意闭线性子空间 E_0 也是自反的.

证明　因为 $\mathsf{E}_0 \subset \mathsf{E}_0^{**}$,故要证明 $\mathsf{E}_0 = \mathsf{E}_0^{**}$,只需证明:对于每个 $x_0^{**} \in \mathsf{E}_0^{**}$,必有一个 $x_0 \in \mathsf{E}_0$,使

$$x_0^{**}(f) = f(x_0) \quad (\forall f \in \mathsf{E}_0^*). \qquad (9\cdot 5\cdot 2)$$

对于任一 $\varphi \in \mathsf{E}^*$,φ 在 E_0 上的限制 $\varphi|_{\mathsf{E}_0}$ 仍是线性泛函,且

$$\|\varphi|_{\mathsf{E}_0}\| = \sup_{\substack{x\in \mathsf{E}_0\\ \|x\|=1}} |\varphi|_{\mathsf{E}_0}(x)| \leqslant \sup_{\|x\|=1} |\varphi(x)| = \|\varphi\|. \qquad (9\cdot 5\cdot 3)$$

作算子 $T:\mathsf{E}^* \to \mathsf{E}_0^*$ 使 $T\varphi = \varphi|_{\mathsf{E}_0} = f \in \mathsf{E}_0^*$.由(9·5·3)知 T 是有界线性算子.依§9·4定理1,$T^*:\mathsf{E}_0^{**} \to \mathsf{E}^{**} = \mathsf{E}$ 也是有界线性算子.

由§9·2定理3,对每一 $f \in \mathsf{E}_0^*$,必存在它在全 E 上的保范延拓 φ.于是 $\varphi|_{\mathsf{E}_0} = f$,也即 $T\varphi = f$.从而

$$x_0^{**}(f) = x_0^{**}(T\varphi) = (T^* x_0^{**})(\varphi) = \varphi(x_0),$$

其中我们令 $x_0 = T^* x_0^{**}$,因而

$$x_0 \in \mathsf{E}^{**} = \mathsf{E}.$$

如果我们再证出 $x_0 \in \mathsf{E}_0$,便知 $\varphi(x_0) = f(x_0)$,从而可得(9·5·2).

现在证明 $x_0 \in \mathsf{E}_0$.用反证法.若 $x_0 \in \mathsf{E}\backslash\mathsf{E}_0$,则由 Hahn－

Banach 定理的系,存在 $\varphi_0 \in \mathsf{E}^*$,使得

$$\varphi_0(x) = 0, \quad \forall\, x \in \mathsf{E}_0; \quad \varphi_0(x_0) = 1.$$

这意味着 $T\varphi_0 = f_0 = 0$,从而

$$0 = x_0^{**}(f_0) = x_0^{**}(T\varphi_0) = (T^* x_0^{**})(\varphi_0) = \varphi_0(x_0) = 1.$$

这是不可能的. 因此 $x_0 \in \mathsf{E}_0$. ▌

定理 4 如果 E 是自反空间,那么 E 中的任一有界点列必含有弱收敛子列(即 E 是局部弱列紧的).

证明 设$\{x_n\}$是 E 中的有界点列,记$\{x_n\}$所生成的闭线性子空间为 E_0,则 E_0 可分. 由定理 3 知 E_0 也自反. 因而 E_0^{**} 可分,再由定理 1 知 E_0^* 也可分. 于是由定理 2 知 E_0^{**} 中任一有界点列必含有弱*收敛子列.

设 J 是 E_0 到 E_0^{**} 的自然嵌入映射. 则$\{Jx_n\}$是 E_0^{**} 中的有界点列,因而有子列$\{Jx_{n_i}\}$弱*收敛于某点 $x_0^{**} \in \mathsf{E}_0^{**}$. 记 $J^{-1}x_0^{**}$ 为 x_0,则 $x_0 \in \mathsf{E}_0$. 由弱*收敛的定义知对每个 $f \in \mathsf{E}_0^*$ 均有 $(Jx_{ni})(f) \to (Jx_0)(f)$,亦即 $f(x_{n_i}) \to f(x_0)$.

对任意 $\varphi \in \mathsf{E}^*$,显然 φ 在 E_0 上的限制 $\varphi|_{\mathsf{E}_0} \in \mathsf{E}_0^*$,所以

$$\varphi(x_{n_i}) = \varphi|_{\mathsf{E}_0}(x_{ni}) \to \varphi|_{\mathsf{E}_0}(x_0) = \varphi(x_0).$$

这就是说在 E 中$\{x_{n_i}\}$弱收敛于 x_0. 定理得证. ▌

* §9·6 凸集分离定理

作为 Hahn－Banach 定理的应用,在这一节中讲述几个有关凸集分离的定理. 在平面上,两个不相交的凸集 A 与 B,必有一条直线 l 分离 A 与 B. 即存在一直线 l,使 A,B 分别在 l 的两侧. 在三维欧氏空间,两个不相交的凸集 A,B,必存在一平面分离 A,B. 这一节中,我们要把这个事实推广到一般的赋范线性空间中去. 为了简单,我们只讨论实空间中的情形.

记平面上的点 $x=(x_1,x_2)$，则平面上直线的方程具有形式

$$ax_1+bx_2=r. \qquad (9\cdot 6\cdot 1)$$

如果令

$$f(x)=f(x_1,x_2)=ax_1+bx_2,$$

那么 f 就是平面上的一个线性泛函，且(9·6·1)可写成

$$f(x)=r. \qquad (9\cdot 6\cdot 2)$$

于是，一条直线 l 分离 A,B，可叙述成：存在一个 R^2 上的线性泛函 f，及一数 r，使

$$\begin{cases} f(x)\leqslant r, & \text{当 } x\in A; \\ f(x)\geqslant r, & \text{当 } x\in B. \end{cases} \qquad (9\cdot 6\cdot 3)$$

定义 1　E_0 称为是赋范线性空间 E 的一个**极大子空间**，是指 E_0 是 E 的一个闭的真子空间，且对任一 $x_0\in\mathsf{E}\backslash\mathsf{E}_0$，$\mathsf{E}_0\cup\{x_0\}$ 生成整个 E. 极大子空间 E_0 的一个平移

$$L=\{x+x_0\,|\,x\in\mathsf{E}_0\}=\mathsf{E}_0+x_0$$

称为 E 的一个**超平面**.

定理 1　L 是赋范线性空间 E 的超平面的充分必要条件是存在一非零线性连续泛函 f 及实数 r 使

$$L=H_f^r, \qquad (9\cdot 6\cdot 4)$$

其中 $H_f^r=\{x\in\mathsf{E}\,|\,f(x)=r\}$.

证明　设 L 是一超平面，则 $L=\mathsf{E}_0+x_0$，其中 E_0 是 E 的极大子空间，故存在一 E 上非零线性连续泛函 f，使对任一 $x\in\mathsf{E}_0$ 有 $f(x)=0$. 设 $f(x_0)=r$. 显然，$L\subset H_f^r$.

现在，设 $x\in H_f^r$，令 $y=x-x_0$，则

$$f(y)=f(x-x_0)=f(x)-f(x_0)=0,$$

由于 E_0 是 E 的极大子空间，故必 $y\in\mathsf{E}_0$，从而，$x=y+x_0\in L$，即 $H_f^r\subset L$，因此，$L=H_f^r$.

现在设(9·6·4)成立. 令 $\mathsf{E}_0=\{x\in\mathsf{E}\,|\,f(x)=0\}$. 显然，$\mathsf{E}_0$ 是 E 的真闭子空间. 现在设 $x_1\in\mathsf{E}\backslash\mathsf{E}_0$，则 $f(x_1)\neq 0$，对任一 $x\in\mathsf{E}$，令

$$z=x-\frac{f(x)}{f(x_1)}x_1,$$

则 $z \in \mathsf{E}_0$，$x = z + \dfrac{f(x)}{f(x_1)} x_1$，这说明 $\mathsf{E}_0 \cup \{x_1\}$ 生成 E，故 E_0 是极大子空间. 任取一 $x_0 \in L$，则 $f(x_0) = r$，从而 $L = \mathsf{E}_0 + x_0$. ▌

这样，所谓一个集合 $A \subset \mathsf{E}$ 在超平面 $L = H_f^r$ 一侧，可以用线性泛函描写成：

$$\text{存在 } f \in \mathsf{E}^* \text{ 及 } r \text{ 使 } x \in A \Rightarrow f(x) \geqslant r \quad (\text{或} \leqslant r).$$

定义 2 所谓一个超平面 L 分离集合 A、B，是指存在一个连续线性泛函 f 及实数 r 使得 $L = H_f^r$，且

$$\begin{cases} f(x) \leqslant r, & (\text{或} \geqslant r) \quad \forall x \in A; \\ f(x) \geqslant r, & (\text{相应地}, \leqslant r) \quad \forall x \in B. \end{cases}$$

如果上式中用"$>$"与"$<$"来分别代替"$\geqslant$"和"$\leqslant$"，那么，我们就说 $L = H_f^r$ **严格分离** A，B.

定理 2 设 E 是实赋范线性空间，A 为 E 的具有内点的非空凸子集，又设 $x_0 \overline{\in} A$，则必存在一个超平面 H_f^r 分离 A 与 x_0.

证明 不失一般性可设 0 为 A 的一个内点，那么它的 Minkowski 泛函 $p(x)$ 是一个非零连续正齐性次可加泛函，满足

$$p(x) \leqslant 1 \quad (\forall x \in A), \quad p(x_0) \geqslant 1.$$

首先在 E 的一维子空间 $\mathsf{E}_0 = \{\lambda x_0 \mid \lambda \in R^1\}$ 上定义一线性泛函 f_0：

$$f_0(x) = f_0(\lambda x_0) = \lambda p(x_0),$$

由于 $p(x)$ 是非负的，故在 E_0 上显然有

$$f_0(x) \leqslant p(x).$$

根据 Hahn－Banach 定理，f_0 必可延拓到全 E 上，记作 f，满足

$$f(x) \leqslant p(x),$$

从而有

$$\left.\begin{aligned} & f(x_0) = f_0(x_0) = p(x_0) \geqslant 1, \\ & f(x) \leqslant p(x) \leqslant 1 \qquad \forall x \in A. \end{aligned}\right\} \qquad (9 \cdot 6 \cdot 5)$$

因为 0 是 A 的内点，所以 f 显然连续. 由$(9 \cdot 6 \cdot 5)$ H_f^r 分离 A 与 x_0. ▌

定理 3 设 A 和 B 为实赋范线性空间 E 的两个非空凸集，A 有内点，$A^\circ \cap B = \varnothing$（$A^\circ$ 表 A 的内点的全体），那么存在超平面 H_f^r

分离 A 与 B，即存在一个非零连续线性泛函 $f(x)$ 使得

$$\begin{cases} f(x) \geqslant r, & \forall\, x \in A; \\ f(x) \leqslant r, & \forall\, x \in B. \end{cases}$$

证明　在证明本定理时要用到下述结论：设 E 为赋范线性空间，M 为 E 的子集，$M+y$ 为 M 的一个平移，则 x 为 $M+y$ 内点的充分必要条件为 $x-y$ 为 M 的内点（留作习题）。

现在我们来证明本定理. 令

$$M = A^\circ - B = \{x - y \mid x \in A^\circ, y \in B\},$$

容易验证 M 是凸集，又可知 $M = \bigcup\limits_{y\in B}(A^\circ + (-y))$，而 $A^\circ + (-y)$ 是开集，故 M 是开集. 还不难得知，$0 \notin M$

事实上，假若 $0 \in M$，则存在 $x_0 \in A^\circ$ 及 $y_0 \in B$ 使 $0 = x_0 - y_0$，从而 $x_0 = y_0$，但这与 $A^\circ \cap B = \varnothing$ 的题设矛盾.

根据定理 2，存在超平面 $H_f^{r_0}$ 分离 M 与 0. 亦即

$$\begin{cases} f(z) \geqslant r_0, & \forall\, z \in M; \\ f(0) \leqslant r_0. \end{cases}$$

即对于任一 $x \in A^\circ, y \in B$，

$$f(x) - f(y) \geqslant r_0,$$
$$0 \leqslant r_0.$$

x, y 既然是任意的，即得

$$\inf_{x\in A^\circ} f(x) \geqslant \sup_{y\in B} f(y),$$

于是可取 r 使

$$\inf_{x\in A^\circ} f(x) \geqslant r \geqslant \sup_{y\in B} f(y),$$

即得

$$\begin{cases} f(x) \geqslant r, & \forall\, x \in A^\circ; \\ f(x) \leqslant r, & \forall\, x \in B. \end{cases}$$

由于 f 连续，故得

$$\begin{cases} f(x) \geqslant r, & \forall\, x \in A; \\ f(x) \leqslant r, & \forall\, x \in B. \end{cases}$$ ▍

习　题　九

1. 设 f_1、f_2 是 E 上两个线性泛函，证明：若 $f_1^{-1}(0)=f_2^{-1}(0)$，则 $f_1=kf_2$.

2. 设 $\{x_n\}$ 是赋范线性空间 E 中一元素列，证明：$y\in\overline{\mathrm{L}\{x_n\}}$ 的充分必要条件是：对任意 $f\in \mathrm{E}^*$，若 $f(x_n)=0\ (n=1,2,\cdots)$ 则 $f(y)=0$.

3. 设 $f\in E^*$，$\|f\|=1$，$N=\{x\in \mathrm{E}\mid f(x)=0\}$，证明：对任意 $x\in \mathrm{E}$，$|f(x)|=\rho(x,N)$.

4. 设 E 是赋范线性空间，又设当 f_1、$f_2\in \mathrm{E}^*$，$\|f_1\|=\|f_2\|=1$，$f_1\neq f_2$ 时恒有 $\|f_1+f_2\|<2$，若 f_0 是定义在 E 的子空间 E_0 上的有界线性泛函，证明 f_0 的保范延拓是唯一的.

5. 记 $l_0^2=\{(\xi_1,\xi_2,\cdots)\mid$ 只有有限个 $\xi_i\neq 0\}$，l_0^2 上元 $x=(\xi_i)$ 的范数定义为 $\|x\|=\left(\sum\limits_{i=1}|\xi_i|^2\right)^{\frac{1}{2}}$，试在 l_0^2 上造出一个无界的线性泛函.

6. 设 $f(x)$ 为 m 上的线性泛函：对 $\forall\, x=(\xi_i)\in m$ 有 $f(x)=\xi_{i_0}$（i_0 为固定的自然数）. 试证 f 是 m 上的有界线性泛函，并求出 f 的范数.

7. 设 $p>1$，试证 $l^{p*}=l^q\quad (q=\dfrac{p}{p-1})$.

8. 证明 §9・3 定理 3′.

9. 设 X 是赋范线性空间，$x_1,\cdots,x_n$ 是 X 中 n 个线性无关的元，$\alpha_1,\cdots,\alpha_n$ 是一组数，证明：

(1) 存在 $f\in \mathrm{X}^*$ 使 $f(x_i)=\alpha_i\quad(1\leqslant i\leqslant n)$；

(2) 对(1)中的 f，$\|f\|\leqslant M$ 的充要条件是：对任何数 $t_1,\cdots,t_n$，都成立

$$\left|\sum_{i=1}^{n}t_i\alpha_i\right|\leqslant M\left\|\sum_{i=1}^{n}t_i x_i\right\|.$$

10. R^n 按范数 $\|x\|=\max\limits_{1\leqslant i\leqslant n}|\xi_i|$ $(x=(\xi_i,\cdots,\xi_n))$ 成为赋范线性空间，问 R^n 的共轭空间是什么？

11. 证明：无穷维赋范线性空间的共轭空间是无穷维的.

12. 设 f 是定义在 $C[a,b]$ 上的线性泛函，且对一切 $x(t)\in C[a,b]$，$x(t)\geqslant 0$，都有 $f(x)\geqslant 0$，证明 f 是 $C[a,b]$ 上的连续线性泛函.

13. 设 $T:l^p\to l^p$　$(p>1)$ 定义为：$x=(\xi_1,\xi_2,\cdots)$，$Tx=(0,\xi_1,\xi_2,\cdots)$，求 T^*.

14. 证明：空间 $C[a,b]$ 中点列 $\{x_n\}$ 弱收敛于 x_0 的充要条件是：存在常数 M 使 $\|x_n\|\leqslant M$　$(n=1,2,\cdots)$，并且对任何 $t\in[a,b]$ 都有 $\lim\limits_{n\to\infty}x_n(t)=x_0(t)$.

15. 证明：$l^p(p>1)$ 中点列 $x_n=(\xi_i^{(n)})$ 弱收敛于 $x=(\xi_i)$ 的充要条件是：存在常数 M 使 $\|x_n\|\leqslant M\ (n=1,2,\cdots)$. 且

$$\lim_{n\to\infty}\xi_i^{(n)}=\xi_i\quad(i=1,2,\cdots).$$

16. 设 $\{f_n\}\subset L^p[0,1]$ $(p>1)$，f_n 依测度收敛于 $f\in L^p[0,1]$ 且 $\{\|f_n\|\}$ 有界，证明：f_n 弱收敛于 f.

17. 举例说明，在 $L^2[-\pi,\pi]$ 中弱收敛的函数列未必依测度收敛.

18. 设 c_0 是由一切收敛于 0 的数列组成的线性空间，$x=(\xi_i)\in c_0$ 的范数定义为 $\|x\|=\sup\limits_i|\xi_i|$，证明 c_0 是Banach空间，求出它的共轭空间.

19. 设 E_0 是赋范线性空间 E 的闭子空间，$\{x_n\}\subset\mathsf{E}_0$，$x_n\xrightarrow{\text{弱}}x\in\mathsf{E}$，证明：$x\in\mathsf{E}_0$.

20. 证明：在 n 维欧氏空间 R^n 中弱收敛与强收敛等价.

21. 证明：l^1 中弱收敛与强收敛等价.

22. 试在 $L^p[0,1]$ $(1 < p < \infty)$ 中造一个弱收敛但不强收敛的点列.

23. 证明:任何有限维赋范线性空间都是自反的.

24. 证明:l^1 不是自反空间.

25. 证明:Banach 空间 E 自反的充要条件是 E^* 自反.

26. 设 E 不是自反空间,证明:$E, E^*, E^{**}, E^{***}, \cdots$ 是互不相同的空间.

27. Banach 空间 E 称为**弱序列完备**的,是指:对每个 $f \in E^*$, $\lim\limits_{n\to\infty} f(x_n)$ 存在 $\Rightarrow$ 存在 $x \in E$ 使 x_n 弱收敛于 x. 证明

(i) 自反空间都是弱序列完备的;

(ii) l^1 是弱序列完备的.

28. 设 E 是实 Banach 空间,M 为 E 的一个非空闭凸集,$x_0 \overline{\in} M$;证明:存在超平面严格分离 M, x_0.

29. 设 M 为实 Banach 空间 E 中的非空闭凸集,$x_n \in M(n=1, 2, \cdots)$, $x_n \xrightarrow{弱} x_0 \in E$,证明:$x_0 \in M$.

30. 设 A、B 是实 Banach 空间 E 中两个凸集,$\rho(A,B) = d > 0$,证明:存在超平面分离 A, B.

第十章　全连续线性算子

§10·1　全连续算子的定义和性质

定义 1　设 E_1 和 E_2 是两个距离空间，如果算子 $A: E_1 \to E_2$ 把 E_1 中任一有界集映成 E_2 中的列紧集，则称 A 为一**紧算子**，连续的紧算子称作**全连续算子**.

显然，如果 E_1, E_2 是两个赋范线性空间，$A: E_1 \to E_2$ 是线性算子，那么 A 是紧算子与 A 是全连续算子是等价的. 事实上，由于列紧集是有界集，若 A 是紧算子，则把 E_1 中的有界集映成 E_2 中的有界集，从而 A 有界，因而连续.

但一般来说，连续算子未必是全连续的，例如，l^2 中的恒同算子 I 是连续的，但不是全连续的，因为 I 把 l^2 中的单位球映成 l^2 中的单位球，而 l^2 中的单位球不是列紧集.

从定义我们立即可得，线性算子 A 全连续的充分必要条件是：对 E_1 中任一有界序列 $\{x_n\}$，元素列 $\{Ax_n\}$ 都有收敛子列.

例 10·1·1　设 $E_1 = E_2 = C[a,b]$，于是，如果核 $k(t,s)$ 是正方形 $a \leqslant t, s \leqslant b$ 上的连续函数，那么，下式定义的积分算子

$$A: C[a,b] \to C[a,b], \quad Ax(t) = \int_a^b k(t,s)x(s)\mathrm{d}s = y(t)$$

是全连续的. 简言之，具连续核的线性积分算子是连续函数空间上的全连续算子.

证明　设 $\{x(t)\}$ 是 $C[a,b]$ 中任一有界集，即存在常数 K，

$\|x(t)\| \leqslant K$. 我们证明$\{x(t)\}$的象集$\{y(t)\}$是列紧集. 根据 Arzela 定理,只需证明$\{y(t)\}$一致有界且等度连续.

$\{y(t)\}$之一致有界性很明显,事实上,设

$$M = \max_{a \leqslant t, s \leqslant b} |k(t,s)|,$$

则

$$|y(t)| = \left|\int_a^b k(t,s)x(s)\mathrm{d}s\right| \leqslant MK(b-a).$$

下面证明$\{y(t)\}$等度连续. 事实上,任给$\varepsilon > 0$,由于$k(t,s)$一致连续,知必有$\delta > 0$存在,使当$|t_1 - t_2| < \delta$时,对所有$s \in [a,b]$都有

$$|k(t_1,s) - k(t_2,s)| < \frac{\varepsilon}{K(b-a)},$$

从而

$$|y(t_1) - y(t_2)| = \left|\int_a^b (k(t_1,s) - k(t_2,s))x(s)\mathrm{d}s\right| < \varepsilon.$$

故$\{y(t)\}$等度连续. ▌

定理 1 E_1 是赋范线性空间,E_2 是 Banach 空间,$A_n:\mathsf{E}_1 \to \mathsf{E}_2 (n = 1,2,\cdots)$为全连续线性算子,$A:\mathsf{E}_1 \to \mathsf{E}_2$ 为线性有界算子,如果$\|A_n - A\| \to 0\ (n \to \infty)$,那么$A$也是全连续的.

证明 只需证明对E_1中任一有界点集M,$A(M)$为E_2中的列紧集. 为此,又只需证明,对任一$\varepsilon > 0$,$A(M)$有列紧的$\varepsilon-$网.

设$\|x\| \leqslant K\ (\forall x \in M)$,因$\|A_n - A\| \to 0$,故存在$n_0$,$\|A_{n_0} - A\| < \frac{\varepsilon}{K}$. 于是,对任一$x \in M$,

$$\|A_{n_0}x - Ax\| \leqslant \|A_{n_0} - A\| \cdot \|x\| < \varepsilon.$$

即列紧集$A_{n_0}(M)$是$A(M)$的一个$\varepsilon-$网. ▌

注 当E_2是 Banach 空间时,定理 1 表明$\mathscr{B}(\mathsf{E}_1 \to \mathsf{E}_2)$中全连续线性算子的全体成一闭线性子空间.

例 10·1·2 $\mathsf{E}_1 = \mathsf{E}_2 = L^2[a,b]$,$k(t,s) \in L^2[a,b;a,b]$那么积

分算子 A：

$$y(t)=Ax(t)=\int_a^b k(t,s)x(s)\mathrm{d}s$$

是全连续的，简言之，具平方可积核的线性积分算子是 L^2 空间上的全连续算子.

证明　设 $\left(\int_a^b\int_a^b |k(t,s)|^2\mathrm{d}s\mathrm{d}t\right)^{\frac{1}{2}}=M<+\infty$，则

$$\begin{aligned}\|Ax\| &= \left(\int_a^b\left|\int_a^b k(t,s)x(s)\mathrm{d}s\right|^2\mathrm{d}t\right)^{\frac{1}{2}}\\ &\leqslant \left(\int_a^b\int_a^b |k(t,s)|^2\mathrm{d}s\int_a^b |x(s)|^2\mathrm{d}s\mathrm{d}t\right)^{\frac{1}{2}}\leqslant M\|x\|,\end{aligned}$$

故

$$\|A\|\leqslant M. \tag{10·1·1}$$

1°.　先设 $k(t,s)$ 是连续的，则

$$\begin{aligned}|Ax(t)| &= \left|\int_a^b k(t,s)x(s)\mathrm{d}s\right|\\ &\leqslant \left(\int_a^b |k(t,s)|^2\mathrm{d}s\right)^{\frac{1}{2}}\left(\int_a^b |x(s)|^2\mathrm{d}s\right)^{\frac{1}{2}}\\ &= \left(\int_a^b |k(t,s)|^2\mathrm{d}s\right)^{\frac{1}{2}}\|x\|.\end{aligned}$$

上式表明 A 把 $L^2[a,b]$ 中任一有界（依 $L^2[a,b]$ 中范数）集映成一致有界的函数集.

$$\begin{aligned}|Ax(t_1)-Ax(t_2)| &= \left|\int_a^b (k(t_1,s)-k(t_2,s))x(s)\mathrm{d}s\right|\\ &\leqslant \left(\int_a^b |k(t_1,s)-k(t_2,s)|^2\mathrm{d}s\right)^{\frac{1}{2}}\|x\|.\end{aligned}$$

由于 $k(t,s)$ 一致连续，因此上式表明 A 把 $L^2[a,b]$ 中的有界集映成之函数集等度连续，从而 A 把 $L^2[a,b]$ 中的有界集映成 $C[a,b]$ 中的列紧集，从而也映成 $L^2[a,b]$ 中的列紧集. 从而 A 全连续.

2°. 现在设 $k(t,s)\in L^2[a,b;a,b]$，由于连续函数集在 L^2 中稠密，故必存在 $[a,b;a,b]$ 上的连续函数列 $k_n(t,s)$，使

$$\lim_{n\to\infty}\int_a^b\int_a^b |k_n(t,s)-k(t,s)|^2 \mathrm{d}s\mathrm{d}t = 0. \quad (10\cdot 1\cdot 2)$$

考虑算子 A_n：

$$A_n x(t) = \int_a^b k_n(t,s)x(s)\mathrm{d}s,$$

由 1° 所证 A_n 是全连续的，由(10·1·1)(10·1·2) 知：

$$\| A_n - A \| \leqslant \left(\int_a^b\int_a^b |k_n(t,s)-k(t,s)|^2 \mathrm{d}s\mathrm{d}t\right)^{1/2} \to 0.$$

故由定理 1 即知 A 全连续. ▌

定理 2 全连续算子 $A:\mathsf{E}_1 \to \mathsf{E}_2$ 的值域是可分的.

证明 令

$$B_n = \{x \in \mathsf{E}_1 \mid \| x \| < n\},$$

记 $G_n = A(B_n)$，由于 A 是全连续的，故 G_n 是列紧的，从而有可数稠集 T_n，$T = \bigcup_{n=1}^{\infty} T_n$ 也是可数集，显然 T 在 $G = \bigcup_{n=1}^{\infty} G_n$ 中稠密. 由于 $\mathsf{E}_1 = \bigcup_{n=1}^{\infty} B_n$，故 A 的值域

$$A(\mathsf{E}_1) = \bigcup_{n=1}^{\infty} A(B_n) = \bigcup_{n=1}^{\infty} G_n = G,$$

即可数集合 T 在 A 的值域中稠密. ▌

定理 3 全连续算子 $A:\mathsf{E}_1 \to \mathsf{E}_2$ 必将弱收敛列变成强收敛列.

证明 设 $x_n \xrightarrow{\text{弱}} x_0$，令 $Ax_n = y_n$，$Ax_0 = y_0$，我们证明

$$\| y_n - y_0 \| \to 0.$$

假若不然，则必有 $\varepsilon > 0$ 及子列 $\{y_{n_k}\}$ 存在，使

$$\| y_{n_k} - y_0 \| > \varepsilon \quad k = 1,2,3,\cdots \quad (10\cdot 1\cdot 3)$$

由于 $\{x_{n_k}\}$ 弱收敛，故 $\{\| x_{n_k} \|\}$ 有界(§9·5 命题 3)，从而由 A 之全连续性知，$\{y_{n_k}\}$ 必有子列 $\{y_{n_{k\,i}}\}$ 收敛于某元 $y_0' \in \mathsf{E}_2$. $y_{n_{k\,i}}$ 也弱收敛于 y_0'，即

$$Ax_{n_{k\,i}} \xrightarrow{\text{弱}} y_0'. \quad (10\cdot 1\cdot 4)$$

但另一方面，由于 $x_{n_k i} \xrightarrow{\text{弱}} x_0$，故对任一 $\varphi \in \mathsf{E}_2{}^*$，有

$$\varphi(Ax_{nki}) = A^*\varphi(x_{nki}) \to A^*\varphi(x_0) = \varphi(Ax_0),$$

即

$$Ax_{nki} \xrightarrow{\text{弱}} Ax_0 = y_0, \qquad (10 \cdot 1 \cdot 5)$$

于是，由(10・1・4)、(10・1・5)得 $y_0 = y_0{}'$，此与(10・1・3)矛盾. ▌

注　由上证明过程还可见，线性连续算子把弱收敛列变成弱收敛列. 由此也可看出，全连续性这个性质确比连续性强.

引理 1　设 E 为赋范线性空间，$\varphi, \varphi_n \in \mathsf{E}^*$，$\{\|\varphi_n\|\}$ 有界，x，$x_n \in \mathsf{E}$，若 $\varphi_n \xrightarrow{\text{弱}^*} \varphi$，$x_n \to x$，则

$$\lim_{n\to\infty} |\varphi_n(x_n) - \varphi(x)| = 0. \qquad (10 \cdot 1 \cdot 6)$$

证明　由假定 $\{\|\varphi_n\|\}$ 有界，设 $\|\varphi_n\| \leqslant M$，则

$$\begin{aligned}|\varphi_n(x_n) - \varphi(x)| &\leqslant |\varphi_n(x_n) - \varphi_n(x)| + |\varphi_n(x) - \varphi(x)| \\ &\leqslant \|\varphi_n\| \|x_n - x\| + |\varphi_n(x) - \varphi(x)| \\ &\leqslant M\|x_n - x\| + |\varphi_n(x) - \varphi(x)| \to 0 \quad (\text{当 } n \to \infty). \ ▌\end{aligned}$$

定理 4　设 E_1，E_2 为赋范线性空间，则全连续线性算子 $A: \mathsf{E}_1 \to \mathsf{E}_2$ 的共轭线性算子 $A^*: \mathsf{E}_2{}^* \to \mathsf{E}_1{}^*$ 也是全连续线性算子.

证明　显然，我们只需证明，对 $\mathsf{E}_2{}^*$ 中任一有界序列 $\{\varphi_n\}$，必存在一个子列 $\{\varphi_{n_k}\}$ 使得 $\{A^*\varphi_{n_k}\}$ 强收敛于 $\mathsf{E}_1{}^*$ 中某元素 f.

由定理 2，$G = A(\mathsf{E}_1)$ 是可分的，设 T 为 G 的一个可数稠集. 用对角线法，可选取 $\{\varphi_n\}$ 的一个子列 $\{\varphi_{n_k}\}$ 使对一切 $y \in T$，数列 $\{\varphi_{n_k}(y)\}$ 都收敛. 由 §8・3 定理 2(注意，在充分性的证明过程中，并不要求 E_1 是 Banach 空间)，对一切 $y \in \overline{T} = \overline{G}$，$\{\varphi_{n_k}(y)\}$ 都收敛. 这意味着，$\varphi_{n_k}|_{\overline{G}}$ 弱*收敛于 G^* 中某元 φ_0. 依 Hahn－Banach 定理，φ_0 可保范地延拓到全 E_2，记作 φ. 设

$$f = A^*\varphi, \qquad (10 \cdot 1 \cdot 7)$$

则对任一 $x \in \mathsf{E}_1$ 有

$$\lim_{k\to\infty}\varphi_{n_k}(Ax) = \varphi_0(Ax) = \varphi(Ax) = f(x). \tag{10·1·8}$$

下面,我们证明

$$\lim_{k\to\infty}\| A^* \varphi_{n_k} - f \| = 0. \tag{10·1·9}$$

事实上,若(10·1·9)不成立,则必存在 $\eta > 0$ 及 $\{\varphi_{n_k}\}$ 的一个子列 $\{\varphi_{n_{k_i}}\}$ 使得

$$\| A^* \varphi_{n_{k_i}} - f \| \geqslant \eta, \quad i = 1,2,3,\cdots \tag{10·1·10}$$

于是,对每一 i,存在 $x_i \in \mathsf{E}_1$,$\| x_i \| = 1$,使

$$| A^* \varphi_{n_{k_i}}(x_i) - f(x_i) | > \frac{1}{2}\eta, \tag{10·1·11}$$

即

$$| \varphi_{n_{k_i}}(Ax_i) - \varphi(Ax_i) | > \frac{1}{2}\eta. \tag{10·1·12}$$

为书写方便,记 $\widetilde{\varphi}_i = \varphi_{n_{k_i}}|_{\overline{G}}$,此时,(10·1·12) 成为:

$$| \widetilde{\varphi}_i(Ax_i) - \varphi_0(Ax_i) | > \frac{1}{2}\eta. \tag{10·1·13}$$

由于 $\{x_i\}$ 有界,故 $\{Ax_i\}$ 有收敛子列 $\{Ax_{i_m}\}$,设 $Ax_{i_m} \to y^* \in \overline{G}$,再注意到 $\widetilde{\varphi}_i \xrightarrow{\text{弱}^*} \varphi_0 \in \overline{G}^*$,$\{\| \widetilde{\varphi}_i \|\}$ 有界,则由引理 1 得

$$| \widetilde{\varphi}_{i_m}(Ax_{i_m}) - \varphi_0(y^*) | \to 0, \quad \text{当 } m \to \infty. \tag{10·1·14}$$

但另一方面,利用(10·1·13),

$$\begin{aligned}
&| \widetilde{\varphi}_{i_m}(Ax_{i_m}) - \varphi_0(y^*) | \\
\geqslant &| \widetilde{\varphi}_{i_m}(Ax_{i_m}) - \varphi_0(Ax_{i_m}) | - | \varphi_0(Ax_{i_m}) - \varphi_0(y^*) | \\
> &\frac{1}{2}\eta - \| \varphi_0 \| \, \| Ax_{i_m} - y^* \|.
\end{aligned}$$

注意到 $\| Ax_{im} - y^* \| \to 0$，即知上式与(10・1・14) 矛盾. 因此(10・1・9) 成立. ▌

§10・2　全连续线性算子方程的 Riesz — schauder 理论

在实 $L^2[a,b]$ 中考察 Fredholm 积分方程

$$x(t) - \int_a^b k(t,s)x(s)\mathrm{d}s = y(t) \qquad (10 \cdot 2 \cdot 1)$$

及其共轭方程

$$\varphi(t) - \int_a^b k(s,t)\varphi(s)\mathrm{d}s = f(t). \qquad (10 \cdot 2 \cdot 2)$$

其中假定实积分核 $k(t,s) \in L^2[a,b;a,b]$. 著名的 Fredholm 三定理如下所述：

Fredholm 第一定理　或是(i)：对任何 $y(t) \in L^2[a,b]$，在 $L^2[a,b]$ 中方程(10・2・1) 都有唯一的解 $x(t)$，

或是(ii)：(10・2・1) 所对应的齐次方程

$$x(t) - \int_a^b k(t,s)x(s)\mathrm{d}s = 0 \qquad (10 \cdot 2 \cdot 3)$$

在 $L^2[a,b]$ 中有非零解；二者必居其一且只居其一.

Fredholm 第二定理　(i) 如果(10・2・1) 对任何 $y(t) \in L^2[a,b]$ 在 $L^2[a,b]$ 中都有唯一的解 $x(t)$，那么，对于任何 $f(t) \in L^2[a,b]$，方程(10・2・2) 在 $L^2[a,b]$ 中也必有唯一解 $\varphi(t)$；反过来也成立.

(ii) 齐次方程(10・2・3) 与其共轭齐次方程

$$\varphi(t) - \int_a^b k(s,t)\varphi(s)\mathrm{d}s = 0 \qquad (10 \cdot 2 \cdot 4)$$

都只有有限个线性无关的解，而且它们线性无关解的个数相同.

Fredholm 第三定理 如果齐次方程(10·2·5)有非零解,那么非齐次方程(10·2·1)($y(t)$ 固定)有解的充分必要条件是:对于共轭齐次方程(10·2·4)的任何解 $\varphi(t)$,$y(t)$ 都满足

$$\int_a^b \varphi(t)y(t)\mathrm{d}t = 0. \qquad (10\cdot 2\cdot 5)$$

同样,方程(10·2·2)有解的充分必要条件是:对方程(10·2·3)的任何解 $x(t)$,$f(t)$ 都满足

$$\int_a^b x(t)f(t)\mathrm{d}t = 0. \qquad (10\cdot 2\cdot 6)$$

注 当 $k(t,s)\in C[a,b;a,b]$ 时,把 $L^2[a,b]$ 换为 $C[a,b]$,上述三个定理仍然成立.

上述三个定理是 Fredholm 在本世纪初就连续核建立的.后来 Carleman 证明了对于平方可积核上述三个定理仍然成立.本世纪 30 年代,Riesz 与 Schauder 又把这些定理推广到一般的全连续算子方程.近来,人们又把此理论推广到各种线性拓扑空间中去.下面,我们介绍 Banach 空间中全连续线性算子方程的 Riesz - Schauder 理论.

下面,假设 E 是 Banach 空间,A:E → E 为全连续线性算子.

考察算子方程

$$x - Ax = y, \qquad (10\cdot 2\cdot 7)$$

及其共轭算子方程

$$\varphi - A^*\varphi = f. \qquad (10\cdot 2\cdot 8)$$

我们有下面三个定理:

定理 1 或是(i):对任何 $y\in$ E,非齐次方程(10·2·7)在 E 中都具有唯一的解 x,或是(ii):对应的齐次方程

$$x - Ax = 0 \qquad (10\cdot 2\cdot 9)$$

在 E 中有非零解;二者必居其一且仅居其一.

定理 2 (i) 如果方程(10·2·7)对任何 $y\in$ E 在 E 中都具有

唯一解 x,那么对任一 $f\in \mathsf{E}^*$ 方程(10·2·8)在 E^* 中也必具有唯一的解 φ,反过来也成立.

(ii) 齐次方程(10·2·9)与其共轭方程

$$\varphi - A^*\varphi = 0 \tag{10·2·10}$$

都只具有有限个线性无关的解,并且它们线性无关的解的个数相同.

定理 3　如果齐次方程(10·2·9)在 E 中有非零解,那么,非齐次方程(10·2·7)(对固定的 $y\in \mathsf{E}$)在 E 中有解的充分必要条件是:对于方程(10·2·10)的任何解 φ 都有

$$\varphi(y) = 0. \tag{10·2·11}$$

同样,方程(10·2·8)(对于固定的 $f\in \mathsf{E}^*$)在 E^* 中有解的充分必要条件是:对于方程(10·2·9)的任何解 x 都有

$$f(x) = 0. \tag{10·2·12}$$

注　我们注意到,当 $\mathsf{E}=L^2[a,b]$,A 表具实平方可积核 $k(t,s)$ 的线性积分算子

$$Ax(t) = \int_a^b k(t,s)x(s)\mathrm{d}s$$

时,上述三个定理就变成前面所列的 Fredholm 三个定理.

我们通过证明一些引理,逐步实现上述三个定理的证明.

引理 1　如果对任何 $y\in \mathsf{E}$,方程(10·2·7)在 E 中都有解,那么方程(10·2·9)在 E 中只有零解.

证明　记 $T=I-A$,其中 I 表不变算子.假定(10·2·9)在 E 中有非零解 x_1,即 $x_1\neq 0$ 满足

$$Tx_1 = x_1 - Ax_1 = 0.$$

令

$$\mathsf{E}_n = \{x \mid x\in \mathsf{E}, T^n x = 0\},\quad n = 1,2,3,\cdots$$

显然 E_n 是 E 的闭子空间且

$$\mathsf{E}_1 \subset \mathsf{E}_2 \subset \cdots \subset \mathsf{E}_{n-1} \subset \mathsf{E}_n \subset \cdots$$

由假设,(10・2・7) 对任何 $y \in \mathsf{E}$ 都有解,故必存在一点列$\{x_n\}_2^\infty \subset \mathsf{E}$,使

$$Tx_2 = x_1, Tx_3 = x_2, \cdots, Tx_n = x_{n-1}, \cdots$$

于是对所有 $n = 2,3,\cdots$

$$T^n x_n = T^{n-1} x_{n-1} = \cdots = T_1 x_1 = 0,$$

$$T^{n-1} x_n = x_1,$$

即 $x_n \in \mathsf{E}_n, x_n \overline{\in} \mathsf{E}_{n-1}$. 由此可知 E_{n-1} 是 E_n 的真子空间. 于是根据 Riesz 引理,存在 $y_n \in \mathsf{E}_n, \| y_n \| = 1$,使

$$\rho(y_n, \mathsf{E}_{n-1}) \geqslant \frac{1}{2}, \quad (n = 2,3,\cdots).$$

由于当 $n > m$ 时,$y_m + Ty_n - Ty_m \in \mathsf{E}_{n-1}$,故

$$\| Ay_n - Ay_m \| = \| y_n - (y_m + Ty_n - Ty_m) \| \geqslant \frac{1}{2}.$$

因此$\{Ay_n\}$ 不含收敛子列,此与 A 的全连续性矛盾. ▌

系 1 如果对任何 $y \in \mathsf{E}$ 方程(10・2・7) 在 E 中都有解,那么它的解必唯一.

证明 设 x_1, x_2 是方程(10・2・7) 的解,则$\tilde{x} = x_1 - x_2$ 就是方程(10・2・9) 的解,由定理 1,(10・2・9) 只有零解,故$\tilde{x} = 0$,即 $x_1 = x_2$. ▌

系 2 如果对任何 $f \in \mathsf{E}^*$,方程(10・2・8) 在 E^* 中都有解,那么,它的解必唯一;并且,此时方程(10・2・10) 在 E^* 中只有零解.

证明 对 A^* 应用引理 1 及其系 1 即得. ▌

引理 2 $T = I - A$ 的值域 $\mathsf{G} = T(\mathsf{E})$ 是 E 的闭子空间,从而 G 按 E 中范数也成一 Banach 空间.

证明 显然,我们只需证明 G 是 E 中闭集.

设 $y_n = Tx_n \to y_0$,我们要证存在 $x_0 \in \mathsf{E}$,使 $y_0 = Tx_0$. 令

$$\mathsf{N} = \{x \mid x \in \mathsf{E}, Tx = 0\},$$

则 N 是 E 的一个闭线性子空间. 然后令

$$\alpha_n = \rho(x_n, \mathsf{N}),$$

如果 α_n 中有无穷多个数等于 0，那么 $\{x_n\}$ 中就相应地有一子列 $\{x_{nk}\} \subset \mathsf{N}$. 从而

$$y_{nk} = 0, k = 1, 2, \cdots$$

因此 $y_0 = 0$，此时只需取 $x_0 = 0$. 于是不失一般性，可设 $\alpha_n > 0$. 于是存在 $w_n \in \mathsf{N}$，使

$$\alpha_n \leqslant \| x_n - w_n \| \leqslant \left(1 + \frac{1}{2}\right)\alpha_n, \quad (n = 1, 2, \cdots). \tag{10·2·13}$$

首先，我们证明 $\{\alpha_n\}$ 有界. 如果不然，则有 $\{\alpha_n\}$ 的一个子列

$$\alpha_{n_k} \to \infty \quad (\text{当 } k \to \infty),$$

令 $z_{nk} = \dfrac{x_{nk} - w_{nk}}{\| x_{nk} - w_{nk} \|}$，则 $\| z_{nk} \| = 1$，且

$$Tz_{nk} = \frac{Tx_{nk}}{\| x_{nk} - w_{nk} \|} = \frac{y_{nk}}{\| x_{nk} - w_{nk} \|},$$

由 $y_{n_k} \to y_0$，得 $Tz_{nk} \to 0$.

然后，由 A 全连续及 $\{z_{nk}\}$ 有界，可知存在一个子列 $\{z_{n_{k_i}}\}$ 使

$$Az_{nki} \to z_0 \in \mathsf{E},$$

从而

$$z_{nki} = Tz_{nki} + Az_{nki} \to z_0.$$

于是 $Tz_0 = \lim\limits_{k \to \infty} Tz_{nki} = 0$，故 $z_0 \in \mathsf{N}$. 令 $u_{nk} = z_{nk} - z_0$，则

$$u_{nki} \to 0 \quad (\text{当 } i \to \infty). \tag{10·2·14}$$

另一方面，由于

$$\begin{aligned} x_{nk} - w_{nk} - \| x_{nk} - w_{nk} \| z_0 &= \| x_{nk} - w_{nk} \| (z_{nk} - z_0) \\ &= \| x_{nk} - w_{nk} \| u_{nk} \end{aligned}$$

及 $w_{nk} + \| x_{nk} - w_{nk} \| z_0 \in \mathsf{N}$，$\rho(x_n, \mathsf{N}) = \alpha_n$，即知

$$\begin{aligned} \alpha_{nk} &\leqslant \| x_{nk} - w_{nk} - \| x_{nk} - w_{nk} \| z_0 \| \\ &= \| x_{nk} - w_{nk} \| \| u_{nk} \| \leqslant \frac{3}{2}\alpha_{nk} \| u_{nk} \|. \end{aligned}$$

因此得出 $\|u_{nk}\| \geqslant \frac{2}{3}$,此与(10・2・14) 矛盾.故$\{\alpha_n\}$有界.

令$\tilde{x}_n = x_n - w_n$,由(10・2・13) 即知$\{\tilde{x}_n\}$有界,且 $T\tilde{x}_n = y_n$.

由 A 全连续,可取$\{\tilde{x}_n\}$ 的一个子列$\{\widetilde{x}_{nk}\}$ 使$\{A\tilde{x}_{n_k}\}$ 收敛于某 y^* $\in \mathsf{E}$. 于是

$$\tilde{x}_{nk} = T\tilde{x}_{nk} + A\tilde{x}_{nk} \to y_0 + y^* \in \mathsf{E},$$

令 $x_0 = y_0 + y^*$,即得

$$Tx_0 = \lim_{k\to\infty} T\tilde{x}_{nk} = \lim_{k\to\infty} y_{nk} = y_0,$$

故 $y_0 \in \mathsf{G}$. ▌

系 3 存在常数 $M > 0$,使对每一 $y \in T(\mathsf{E})$,存在 $x \in \mathsf{E}$,使 $Tx = y$,且

$$\|x\| \leqslant M\|y\|. \tag{10・2・15}$$

证明 由引理 2,$\mathsf{G} = T(\mathsf{E})$ 是一 Banach 空间,把 T 看作是 E 到 G 的算子,然后根据 §8・4 定理 1,即知(10・2・15) 成立. ▌

引理 3 对固定的 $y \in \mathsf{E}$,(10・2・7) 有解的充分必要条件是:对(10・2・10) 的任何解 $\varphi \in \mathsf{E}^*$,都有 $\varphi(y) = 0$.

证明 必要性.设(10・2・7) 有解 x,φ 为(10・2・10) 的任一解,则

$$\begin{aligned}\varphi(y) &= \varphi(x - Ax) = \varphi(x) - \varphi(Ax)\\ &= \varphi(x) - A^*\varphi(x) = (\varphi - A^*\varphi)(x) = 0.\end{aligned}$$

充分性.设对某 $y \in \mathsf{E}$,方程(10・2・7) 无解,即 $y \overline{\in} T(\mathsf{E}) = \mathsf{G}$,由引理 2,$\mathsf{G}$ 是 E 的闭子空间,从而 $\rho(y, \mathsf{G}) = d > 0$,根据 Hahn – Banach 定理的系,存在 $\varphi \in \mathsf{E}^*$,使

$$\varphi(y) = 1, \varphi(z) = 0, \quad (\forall z \in \mathsf{G}),$$

于是,对一切 $x \in \mathsf{E}$,都有 $\varphi(Tx) = 0$,即:

$$\begin{aligned}0 &= \varphi(x - Ax) = \varphi(x) - \varphi(Ax)\\ &= \varphi(x) - A^*\varphi(x) = (\varphi - A^*\varphi)(x).\end{aligned}$$

由 $x \in \mathsf{E}$之任意性,即知 $\varphi - A^*\varphi = 0$,即 φ 是方程(10・2・10) 的

解，但 $\varphi(y)=1\neq 0$. ▌

引理 4　对固定的 $f\in \mathsf{E}^*$，方程(10·2·8) 有解的充分必要条件是：对方程(10·2·9) 的任何解 x，都有 $f(x)=0$.

证明　必要性. 设(10·2·8) 有解 φ，则对(10·2·9) 的任一解 x，有

$$f(x)=(\varphi-A^*\varphi)(x)=\varphi(x)-A^*\varphi(x)$$
$$=\varphi(x)-\varphi(Ax)=\varphi(x-Ax)=\varphi(0)=0.$$

充分性. 设对(10·2·9) 的任何解 x，f 都满足 $f(x)=0$. 我们在子空间 $\mathsf{G}=T(\mathsf{E})$ 上定义一个泛函 φ：

$$\varphi(y)=f(x)\quad \forall\, y=Tx,x\in \mathsf{E},\qquad (10\cdot 2\cdot 16)$$

则 $\varphi(y)$ 的值与 x 的选取无关.

事实上，若 $Tx_1=Tx_2=y$，则 $T(x_1-x_2)=0$，即 x_1-x_2 是(10·2·9) 的解，故 $f(x_1-x_2)=0$，即 $f(x_1)=f(x_2)$.

φ 显然是线性的. 再根据系 3，存在 $M>0$，对每一 $y\in \mathsf{G}$，存在 $x\in \mathsf{E}$，使

$$Tx=y\quad 且\ \|x\|\leqslant M\|y\|.$$

于是

$$|\varphi(y)|=|f(x)|\leqslant \|f\|\,\|x\|\leqslant M\|f\|\,\|y\|,$$

故 φ 是 G 上的有界线性泛函. 根据 Hahn－Banach 定理，可将 φ 保范地延拓到整个 E 上，延拓后的泛函仍记作 φ，于是 $\varphi\in \mathsf{E}^*$，且对任何 $x\in \mathsf{E}$ 有

$$(\varphi-A^*\varphi)(x)=\varphi(x)-\varphi(Ax)=\varphi(Tx)=f(x),$$

因 x 是任意的，故 $\varphi-A^*\varphi=f$. 即(10·2·8) 有解 φ. ▌

定理 1 的证明　1°. 设(10·2·9) 在 E 中无非零解，即(10·2·9) 只有零解 0. 于是由引理 4，对任何 $f\in \mathsf{E}$，方程(10·2·8) 在 E^* 中都有解，再由系 2，方程(10·2·10) 只有零解 0. 然后由引理 3，对任何 $y\in \mathsf{E}$ 方程(10·2·7) 在 E 中有解，此时解显然唯一.

2°. 设对任何 $y\in \mathsf{E}$，方程(10·2·7) 在 E 中都有解，则由引理

1,方程(10・2・9)只有零解. ▌

定理 3 的证明 由引理 3、4 直接得. ▌

定理 2(i) 的证明 设对任何 $y \in \mathsf{E}$,方程(10・2・7)在 E 中都具有唯一解,那么,由引理 1,方程(10・2・9)只有零解 0,从而对任一 $f \in \mathsf{E}^*$,由引理 4,方程(10・2・8)都有解,由系 2,解必唯一.

反之,设方程(10・2・8)对任何 $f \in \mathsf{E}^*$ 有唯一解,由系 2,方程(10・2・10)在 E^* 中只有零解,然后根据引理 3,对任意的 $y \in \mathsf{E}$,方程(10・2・7)有解,再由系 1,解必唯一. ▌

定理 2 的(ii) 证明由下述诸引理来完成.

引理 5 设 $A: \mathsf{E} \to \mathsf{E}$ 为全连续线性算子,则

$$\mathsf{N} = \{x \mid x \in \mathsf{E}, Ax = x\}$$

是 E 的一个有限维子空间.

证明 N 显然是 E 的闭子空间,为证 N 是有限维的,只需证明 N 的任一有界集是列紧集.

事实上,设 $M \subset \mathsf{N}$ 为一有界集,则对任一 $x \in M, Ax = x$,故 $M = A(M)$,由于全连续算子把有界集映成列紧集,故 $M = A(M)$ 为一列紧集,从而 N 是有限维的. ▌

引理 6 设 $\varphi, \varphi_1, \cdots, \varphi_n \in \mathsf{E}^*$, $\varphi_1, \cdots, \varphi_n$ 线性无关,如果从

$$x \in \mathsf{E}, \varphi_1(x) = \cdots = \varphi_n(x) = 0$$

可推出 $\varphi(x) = 0$,则 φ 必为 $\varphi_1, \cdots, \varphi_n$ 的线性组合.

证明 用归纳法证明,当 $n = 1$ 时,$\varphi_1 \neq 0$,故存在 $x_0 \in \mathsf{E}$,使 $\varphi_1(x_0) \neq 0$,对任一 $x \in \mathsf{E}$,令

$$x_1 = x - \frac{\varphi_1(x)}{\varphi_1(x_0)} x_0,$$

则

$$x_1 \in \mathsf{E}, \quad \varphi_1(x_1) = 0,$$

从而按假设有 $\varphi(x_1) = 0$,即

$$\varphi(x)=\frac{\varphi(x_0)}{\varphi_1(x_0)}\varphi_1(x).$$

令 $\alpha=\dfrac{\varphi(x_0)}{\varphi_1(x_0)}$，由 x 之任意性，即知 $\varphi=\alpha\varphi_1$.

设结论当 n 时成立，我们来证对 $n+1$ 结论也成立. 设 $\varphi_1,\varphi_2,\cdots,\varphi_n,\varphi_{n+1}$ 线性无关，按归纳法假设，必存在一 x_{n+1}，使

$$\varphi_1(x_{n+1})=\cdots=\varphi_n(x_{n+1})=0 \text{ 但 } \varphi_{n+1}(x_{n+1})\neq 0.$$

令

$$\widetilde{\varphi}=\varphi-\frac{\varphi(x_{n+1})}{\varphi_{n+1}(x_{n+1})}\varphi_{n+1},$$

则 $\widetilde{\varphi}$ 是 $\varphi_1,\cdots,\varphi_n$ 的线性组合.

事实上，设 $x\in \mathsf{E}$，$\varphi_1(x)=\cdots=\varphi_n(x)=0$，

令
$$\widetilde{x}=x-\frac{\varphi_{n+1}(x)}{\varphi_{n+1}(x_{n+1})}x_{n+1},$$

则

$$\varphi_i(\widetilde{x})=\varphi_i(x)-\frac{\varphi_{n+1}(x)}{\varphi_{n+1}(x_{n+1})}\varphi_i(x_{n+1})=0\quad (i=1,\cdots,n),$$

$$\varphi_{n+1}(\widetilde{x})=\varphi_{n+1}(x)-\varphi_{n+1}(x)=0,$$

从而依假定必有 $\varphi(\widetilde{x})=0$，即

$$\varphi(x)-\frac{\varphi_{n+1}(x)}{\varphi_{n+1}(x_{n+1})}\varphi(x_{n+1})=0,$$

亦即

$$\left(\varphi-\frac{\varphi(x_{n+1})}{\varphi_{n+1}(x_{n+1})}\varphi_{n+1}\right)(x)=\widetilde{\varphi}(x)=0.$$

这样，我们从 $x\in\mathsf{E}$，$\varphi_1(x)=\cdots=\varphi_n(x)=0$ 推出 $\widetilde{\varphi}(x)=0$，故 $\widetilde{\varphi}$ 是 $\varphi_1,\cdots,\varphi_n$ 的线性组合，即

$$\varphi-\frac{\varphi(x_{n+1})}{\varphi_{n+1}(x_{n+1})}\varphi_{n+1}=\sum_{i=1}^{n}\alpha_i\varphi_i,$$

令 $\alpha_{n+1}=\dfrac{\varphi(x_{n+1})}{\varphi_{n+1}(x_{n+1})}$，即得

$$\varphi=\sum_{i=1}^{n+1}\alpha_i\varphi_i. \blacksquare$$

系 4 设 $\varphi_1,\cdots,\varphi_n\in \mathsf{E}^*$, $\varphi_1,\cdots,\varphi_n$ 线性无关,必有 $x_1,\cdots,x_n\in \mathsf{E}$,使

$$\varphi_i(x_j)=\delta_{ij}=\begin{cases}1, & \text{当 } i=j;\\ 0, & \text{当 } i\neq j.\end{cases}$$

引理 7 令

$$\mathsf{N}=\{x\,|\,x\in \mathsf{E}, Ax=x\},\quad \mathsf{N}^*=\{\varphi\,|\,\varphi\in \mathsf{E}^*, A^*\varphi=\varphi\},$$

则 N 的维数与 N^* 的维数相同.

证明 由引理 6,N 与 N^* 都是有限维的,设 N 的维数为 n,N^* 的维数为 n^*,由定理 1 及定理 2 的(i),若 n,n^* 中有一个为 0,则另一个也必为 0,此时引理 7 的结论显然成立. 下面,我们设

$$n\geqslant 1,\quad n^*\geqslant 1,\quad r=\min\{n,n^*\}.$$

设 $x_1,\cdots,x_n$ 为 N 的一个基,则根据 Hahn-Banach 定理,存在 $\psi_1,\cdots,\psi_n\in \mathsf{E}^*$,满足

$$\psi_i(x_j)=\delta_{ij}\quad (i,j=1,\cdots,n).\qquad (10\cdot 2\cdot 17)$$

再设 $\varphi_1,\cdots,\varphi_{n^*}$ 为 N^* 的一个基,由系 4,存在 $z_1,\cdots,z_{n^*}\in \mathsf{E}$,满足

$$\varphi_i(z_j)=\delta_{ij},\quad (i,j=1,\cdots,n^*).\qquad (10\cdot 2\cdot 18)$$

现在,我们考察线性算子 B:

$$Bx=Ax+\sum_{i=1}^{r}\psi_i(x)z_i,\quad \forall\, x\in \mathsf{E}\qquad (10\cdot 2\cdot 19)$$

及其共轭线性算子 B^*:

$$B^*\varphi=A^*\varphi+\sum_{i=1}^{r}\varphi(z_i)\psi_i,\quad \forall\,\varphi\in \mathsf{E}^*.$$

$$(10\cdot 2\cdot 20)$$

显然,B,B^* 都是全连续的.

1°. 证明 $n^*=r$. 否则,$n^*>r=n$,此时,我们首先证明 $x-Bx=0$ 只有零解,即

$$x \in \mathsf{E}, x = Bx \Rightarrow x = 0. \qquad (10 \cdot 2 \cdot 21)$$

事实上,设 $x_0 \in \mathsf{E}, x_0 = Bx_0$,即

$$x_0 = Ax_0 + \sum_{i=1}^{r} \psi_i(x_0) z_i, \qquad (10 \cdot 2 \cdot 22)$$

注意到(10・2・18),对每一 $\varphi_j (j = 1, \cdots, r = n)$

$$\begin{aligned}\varphi_j(x_0) &= \varphi_j(Ax_0) + \sum_{i=1}^{r} \psi_i(x_0)\varphi_j(z_i) \\ &= A^* \varphi_j(x_0) + \psi_j(x_0)\varphi_j(z_j) \\ &= \varphi_j(x_0) + \psi_j(x_0),\end{aligned}$$

因此

$$\psi_j(x_0) = 0, \quad (j = 1, \cdots, r = n). \qquad (10 \cdot 2 \cdot 23)$$

代入(10・2・22),即得 $x_0 = Ax_0$,故 $x_0 \in \mathsf{N}$,可设 $x_0 = \sum_{i=1}^{n} \alpha_i x_i$.
利用(10・2・23) 即得:

$$0 = \psi_j(x_0) = \sum_{i=1}^{n} \alpha_i \quad \psi_j(x_i) = \alpha_j,$$

从而 $x_0 = \sum_{i=1}^{n} \alpha_i x_i = 0$. 即(10・2・21) 获证.

利用定理 1,对任一 $y \in \mathsf{E}$,方程 $x - Bx = y$ 在 E 中有唯一解,取 $x^* \in \mathsf{E}$ 使 $x^* - Bx^* = z_{n+1}$,由(10・2・18)

$$\varphi_{n+1}(z_{n+1}) = 1, \qquad (10 \cdot 2 \cdot 24)$$

但

$$\begin{aligned}\varphi_{n+1}(z_{n+1}) &= \varphi_{n+1}(x^* - Bx^*) = \varphi_{n+1}(x^*) - \varphi_{n+1}(Bx^*) \\ &= \varphi_{n+1}(x^*) - \varphi_{n+1}(Ax^*) - \sum_{i=1}^{r} \psi_i(x^*)\varphi_{n+1}(z_i) \\ &= \varphi_{n+1}(x^* - Ax^*) = (\varphi_{n+1} - A^* \varphi_{n+1})(x^*) = 0,\end{aligned}$$

此与(10・2・24) 矛盾. 因此,$n^* \leqslant r$.

2. 证明 $n = r$, 否则,$n > r = n^*$. 此时, 我们首先证明

$\varphi - B^* \varphi = 0$ 只有零解. 即

$$\varphi \in \mathsf{E}^*, \varphi = B^* \varphi \Rightarrow \varphi = 0. \qquad (10 \cdot 2 \cdot 25)$$

事实上,设 $\varphi_0 \in \mathsf{E}$, $\varphi_0 = B^* \varphi_0$,即

$$\varphi_0 = A^* \varphi_0 + \sum_{i=1}^{r} \varphi_0(z_i) \psi_i. \qquad (10 \cdot 2 \cdot 26)$$

注意到(10・2・17),对每一 $x_j (j = 1, \cdots, n^* = r)$

$$\begin{aligned} \varphi_0(x_j) &= A^* \varphi_0(x_j) + \sum_{i=1}^{r} \varphi_0(z_i) \psi_i(x_j) \\ &= \varphi_0(Ax_j) + \varphi_0(z_j) \psi_j(x_i) \\ &= \varphi_0(x_j) + \varphi_0(z_j), \end{aligned}$$

故得

$$\varphi_0(z_j) = 0, \quad j = 1, \cdots, n^*. \qquad (10 \cdot 2 \cdot 27)$$

代入(10・2・26) 得

$$\varphi_0 = A^* \varphi_0. \qquad (10 \cdot 2 \cdot 28)$$

因此 $\varphi_0 \in \mathsf{N}^*$,可设 $\varphi_0 = \sum_{i=1}^{r} \alpha_i \varphi_i$,再注意到(10・2・27) 及(10・2・18),

$$0 = \varphi_0(z_j) = \sum_{i=1}^{r} \alpha_i \varphi_i(z_j) = \alpha_j, \quad j = 1, \cdots, r = n^*.$$

因此,$\varphi_0 = 0$,即(10・2・25) 得证.

应用定理 1 于 B^* 即知存在 $\widetilde{\varphi} \in \mathsf{E}^*$,使 $\widetilde{\varphi} - B^* \widetilde{\varphi} = \psi_{r+1}$,于是由(10・2・17) 及(10・2・20) 得

$$\begin{aligned} 1 &= \psi_{r+1}(x_{r+1}) = \widetilde{\varphi}(x_{r+1}) - B^* \widetilde{\varphi}(x_{r+1}) \\ &= \widetilde{\varphi}(x_{r+1}) - A^* \widetilde{\varphi}(x_{r+1}) - \sum_{i=1}^{r} \widetilde{\varphi}(z_i) \psi_i(x_{r+1}) \\ &= \widetilde{\varphi}(x_{r+1}) - \widetilde{\varphi}(Ax_{r+1}) = \widetilde{\varphi}(x_{r+1}) - \widetilde{\varphi}(x_{r+1}) = 0. \end{aligned}$$

此矛盾说明 $n = r$.

由 1°, 2° 即得 $n = n^* = r$. ▌

由引理 5,7 即得定理 2 的(ii).

注　定理 1(通常称之为二择一定理) 的优点在于,存在性是唯一性的必然结果. 这对于许多问题来说,是方便的.

§10·3　全连续线性算子的谱

定义 1　设 E 是 Banach 空间,A:E→E 为有界线性算子,令 $A_\lambda = A-\lambda I$,其中 $\lambda \in K$. 如果$(A-\lambda I)^{-1}$ 存在且是定义在整个 E 上的有界线性算子,则称 λ 是 A 的**正则值(正则点)**;正则值的全体称为 A 的**正则集**,记为 $\rho(A)$;$R_\lambda = A_\lambda{}^{-1}(\lambda \in \rho(A))$ 称为算子 A 的**预解式**. 不是 A 的正则值的 λ 称为 A 的**谱点**;A 的谱点的全体称为 A 的**谱集**(简称作**谱**),记为 $\sigma(A)$. 如果方程

$$Ax-\lambda x=0 \qquad (10·3·1)$$

有非零解,则称 λ 为 A 的**特征值(固有值)**,而(10·3·1) 的非零解称为 A 的对应于特征值 λ 的**特征元(特征向量或固有元)**. 显然,如果 λ 是 A 的特征值,$A-\lambda I$ 就不可能有逆算子. 所以特征值 λ 必是谱点. A 的特征值的全体称为 A 的**点谱**.

由 §8·4 的逆算子定理,易证 λ 是 A 的正则值的充分必要条件是 $A-\lambda I$ 将 Banach 空间 E 一一对应地映成 E.

设 E 是 Banach 空间,A:E→E 是全连续线性算子. 用$\frac{1}{\lambda}A$ 代替 A 进行讨论,根据上一节的理论,易得下面的三个定理.

定理 1　全连续线性算子 A 的非零谱点全是特征值.

定理 2　全连续线性算子 A 与它的共轭算子 A^* 有相同的谱.

定理 3　如果 $\lambda \neq 0$ 是全连续线性算子 A 的特征值,则 λ 也是 A^* 的特征值,且 A 的对应于 λ 的特征子空间(即由 A 的对应于 λ 的特征向量所张成的子空间) 与 A^* 的对应于 λ 的特征子空间都是有限维的,它们的维数相等.

下面再介绍一个关于全连续线性算子谱的定理.

引理 1 设 $A:E\to E$ 是有界线性算子,则 A 的对应于不同特征值的特征向量线性无关.

证明 设 $x_i\neq 0(i=1,2)$ 是 A 的对应于 $\lambda_i(i=1,2)$ 的特征向量,且 $\lambda_1\neq\lambda_2$. 设

$$\alpha_1x_1+\alpha_2x_2=0, \qquad (10\cdot 3\cdot 2)$$

则

$$A(\alpha_1x_1+\alpha_2x_2)=0,$$

即

$$\alpha_1\lambda_1x_1+\alpha_2\lambda_2x_2=0, \qquad (10\cdot 3\cdot 3)$$

用 λ_1 乘(10・3・2) 两边再与(10・3・3) 相减即得

$$\alpha_2(\lambda_1-\lambda_2)x_2=0,$$

因 $(\lambda_1-\lambda_2)x_2\neq 0$,所以 $\alpha_2=0$;同理可证 $\alpha_1=0$. 所以 x_1 与 x_2 线性无关.

现在设结论对 $n(\geqslant 2)$ 个对应于不同特征值的特征向量成立. 设 $x_1,\cdots,x_n,x_{n+1}$ 是分别对应于不同特征值 $\lambda_1,\cdots,\lambda_n,\lambda_{n+1}$ 的 $n+1$ 个特征向量,设

$$\sum_{i=1}^{n}\alpha_i x_i+\alpha_{n+1}x_{n+1}=0, \qquad (10\cdot 3\cdot 4)$$

以 A 作用(10・3・4) 两边即得

$$\sum_{i=1}^{n}\alpha_i\lambda_i x_i+\alpha_{n+1}\lambda_{n+1}x_{n+1}=0, \qquad (10\cdot 3\cdot 5)$$

用 λ_{n+1} 乘(10・3・4) 两边再与(10・3・5) 相减得

$$\sum_{i=1}^{n}\alpha_i(\lambda_i-\lambda_{n+1})x_i=0,$$

由归纳法假定,$x_1,\cdots,x_n$ 线性无关,所以

$$\alpha_i(\lambda_i-\lambda_{n+1})=0 \quad (i=1,\cdots,n),$$

但 $\lambda_i-\lambda_{n+1}\neq 0$,因此 $\alpha_i=0(i=1,\cdots,n)$,代回(10・3・4) 又得

$\alpha_{n+1}=0$，所以 $x_1,\cdots,x_n,x_{n+1}$ 是线性无关的. 按归纳法原理，任意有限个对应于不同特征值的特征向量线性无关. ▌

定理 4　全连续线性算子 A 的谱没有非零聚点.

证明　用反证法. 设 $\sigma(A)$ 有一非零聚点 λ，则存在 $\lambda_i\in\sigma(A)$ $(i=1,2,\cdots)$，使

$$\lambda_i\to\lambda\quad(i\to\infty),\qquad 且\ \lambda_i\neq\lambda_j(i\neq j).$$

由定理 1，诸 λ_i 全是特征值，故存在 $x_i\in\mathsf{E}$，$x_i\neq 0$ 使

$$Ax_i=\lambda_i x_i\quad(i=1,2,\cdots),$$

由引理 1，$\{x_i\}$ 线性无关. 设 $x_1,\cdots,x_n$ 张成的子空间为 E_n，那么 $\mathsf{E}_n\subsetneqq\mathsf{E}_{n+1}$，依 Riesz 引理，可取 $y_n\in\mathsf{E}_n$，$\|y_n\|=1$ 使

$$\rho(y_n,\mathsf{E}_{n-1})>\frac{1}{2}\qquad(n=2,3,\cdots).$$

因为 A 全连续，$\{y_n\}$ 有界，故 $\{Ay_n\}$ 有收敛子列 $\{Ay_{n_k}\}$，再由 λ_n 收敛于 $\lambda\neq 0$，可知 $\{\frac{1}{\lambda_{n_k}}Ay_{n_k}\}$ 也收敛. 另一方面，设 $y_n=\sum\limits_{i=1}^{n}\alpha_i^{(n)}x_i$，则

$$\begin{aligned}y_n-\frac{1}{\lambda_n}Ay_n&=\sum_{i=1}^{n}\alpha_i^{(n)}x_i-\frac{1}{\lambda_n}\sum_{i=1}^{n}\alpha_i^{(n)}\lambda_i x_i.\\&=\sum_{i=1}^{n-1}(\alpha_i^{(n)}-\frac{\lambda_i}{\lambda_n}\alpha_i^{(n)})x_i\in\mathsf{E}_{n-1}.\end{aligned}$$

所以，当 $n>m$ 时，

$$y_n-\frac{1}{\lambda_n}Ay_n+\frac{1}{\lambda_m}Ay_m\in\mathsf{E}_{n-1}.$$

因此，

$$\left\|\frac{1}{\lambda_n}Ay_n-\frac{1}{\lambda_m}Ay_m\right\|=\left\|y_n-(y_n-\frac{1}{\lambda_n}Ay_n+\frac{1}{\lambda_m}Ay_m)\right\|\geqslant\frac{1}{2},$$

此与前面所证 $\{\frac{1}{\lambda_{n_k}}Ay_{n_k}\}$ 收敛矛盾. ▌

* §10·4 全连续线性算子的分解

在这一节中恒设 E 是 Banach 空间，$A:E\to E$ 是全连续线性算子，$A_\lambda = A-\lambda I$，且对 $\lambda\neq 0$，记

$$F_n(\lambda)=\{x\in E\mid A_\lambda^n x=0\}\quad n=0,1,2,\cdots$$

引理 1 设 $T:E\to E$ 为线性算子，令

$$F_n=\{x\in E\mid T^n x=0\}\quad n=0,1,2,\cdots \tag{10·4·1}$$

如果存在 $n_0\geqslant 0$ 使 $F_{n_0+1}=F_{n_0}$，则对任一 $n>n_0$ 皆有 $F_n=F_{n_0}$.

证明 因为当 $T^n x=0$ 时必有 $T^{n+1}x=0$，所以

$$F_0\subset F_1\subset\cdots\subset F_n\subset F_{n+1}\subset\cdots \tag{10·4·2}$$

设 $n=n_0+k$，我们对 k 用归纳法证明本引理. 当 $k=1$ 时，依假定 $F_{n_0+1}=F_{n_0}$. 设当 $k=m$ 时，$F_{n_0+m}=F_{n_0}$. 当 $k=m+1$ 时，设 $x\in F_{n_0+m+1}$，则

$$T^{n_0+m}(Tx)=T^{n_0+m+1}x=0.$$

由 F_n 之定义，$Tx\in F_{n_0+m}$. 而按归纳法假设，$F_{n_0+m}=F_{n_0}$，故 $Tx\in F_{n_0}$，这意味着 $T^{n_0}(Tx)=0$，即 $T^{n_0+1}x=0$，所以 $x\in F_{n_0+1}=F_{n_0}$，由 $x\in F_{n_0+m+1}$ 之任意性即得 $F_{n_0+m+1}\subset F_{n_0}$，再注意到(10·4·2)即得 $F_{n_0+m+1}=F_{n_0}$. 根据归纳法原理，对任一 $n>n_0$ 皆有 $F_n=F_{n_0}$. ▌

引理 2 $F_n(\lambda)(n=0,1,\cdots)$ 是 E 的有限维子空间，且存在 $n_0\geqslant 0$，使当 $n\geqslant n_0$ 时 $F_n(\lambda)=F_{n_0}(\lambda)$.

证明 先证每个 $F_n(\lambda)$ 是有限维的. 首先，按规定 $A_\lambda^0=I$(I 为恒等算子)，故 $F_0(\lambda)=\{0\}$ 是 0 维子空间. $F_1(\lambda)$ 显然是有限维的. 而当 $n\geqslant 2$ 时

$$A_\lambda^n=(A-\lambda I)^n=\sum_{i=1}^n C_n^i(-\lambda)^{n-i}A^i+(-\lambda)^n I,$$

故 $F_n(\lambda)$ 就是全连续算子 $\sum\limits_{i=1}^n C_n^i(-\lambda)^{n-i}A^i$ 对应于 $-(-\lambda)^n$ 的特征

子空间，由上节定理 3，$F_n(\lambda)$ 是有限维的（如果 $-(-\lambda)^i$ 不是 $\sum_{i=1}^{n} C_n^i(-\lambda)^{n-i}A^i$ 的特征值，那么 $F_n(\lambda)=\{0\}$）.

下面用反证法证明引理中所要求的 n_0 存在.

如果不存在满足引理要求的 n_0，那么根据引理 1，必有

$$F_0(\lambda) \subsetneqq F_1(\lambda) \subsetneqq F_2(\lambda) \subsetneqq \cdots \qquad (10 \cdot 4 \cdot 3)$$

于是，根据 Riesz 引理，对每一 $n \geqslant 0$，必存在 $x_{n+1} \in F_{n+1}(\lambda)$，$\| x_{n+1} \| = 1$ 使 $\rho(x_{n+1}, F_n(\lambda)) \geqslant \frac{1}{2}$，而当 $n \geqslant 1$ 时，由 $F_n(\lambda)$ 的定义易知 $A_\lambda x_n \in F_{n-1}(\lambda)$，所以，当 $n > m \geqslant 1$ 时

$$\frac{1}{\lambda}A_\lambda x_m + x_m - \frac{1}{\lambda}A_\lambda x_n \in F_{n-1}(\lambda),$$

因此

$$\begin{aligned} &\left\| \frac{1}{\lambda}Ax_n - \frac{1}{\lambda}Ax_m \right\| \\ &= \left\| x_n - \left(\frac{1}{\lambda}A_\lambda x_m + x_m - \frac{1}{\lambda}A_\lambda x_n\right) \right\| \geqslant \frac{1}{2}, \end{aligned}$$

从而 $\| Ax_n - Ax_m \| \geqslant \frac{1}{2}|\lambda| > 0$，所以 $\{Ax_n\}$ 不可能有收敛子列，此与 A 的全连续性矛盾. ▌

结合引理 1 与引理 2 即得

定理 1　对任意的 $\lambda \neq 0$，必存在自然数 γ，使当 $n > \gamma$ 时 $F_n(\lambda) = F_\gamma(\lambda)$，而当 $0 \leqslant n < \gamma$ 时 $F_n(\lambda) \subsetneqq F_{n+1}(\lambda)$.

注　由定理 1 可知，如果 $\lambda \neq 0$ 不是 A 的特征值，则对所有的自然数 n，皆有 $F_n(\lambda) = \{0\}$，因此我们感兴趣的是当 $\lambda \neq 0$ 是 A 的特征值的情形.

以下 γ 的意义皆与定理 1 同，根据引理 2，$F_\gamma(\lambda)$ 是 E 的有限维子空间，$F_\gamma(\lambda)$ 的维数 $\dim(F_\gamma(\lambda))$ 称为特征值 λ 的**代数重数**，而把 $F_1(\lambda)$ 的维数称为特征值 λ 的**几何重数**.

引理 3 设$\lambda \neq 0$是A的特征值,则$\mathsf{F}_\gamma(\lambda)$是$A$的不变闭子空间,即$\mathsf{F}_\gamma(\lambda)$是$\mathsf{E}$的闭子空间且对任一$x \in \mathsf{F}_\gamma(\lambda)$都有$Ax \in \mathsf{F}_\gamma(\lambda)$.

证明 $\mathsf{F}_\gamma(\lambda)$是有限维的,故总是闭子空间.下证$\mathsf{F}_\gamma(\lambda)$是$A$的不变子空间.设$x \in \mathsf{F}_\gamma(\lambda)$,则

$$(A-\lambda I)^\gamma x = 0, \quad (A-\lambda I)^{\gamma+1} x = 0,$$

因此

$$(A-\lambda I)^\gamma Ax = (A-\lambda I)^{\gamma+1} x + \lambda(A-\lambda I)^\gamma x = 0.$$

由$\mathsf{F}_n(\lambda)$的定义,$Ax \in \mathsf{F}_\gamma(\lambda)$,所以$\mathsf{F}_\gamma(\lambda)$是$A$的不变子空间.

注 由证明过程易知,对所有$n \geqslant 1$,$\mathsf{F}_n(\lambda)$皆为A的不变子空间.

以下恒记$\mathsf{G}(\lambda) = (\mathrm{A}-\lambda \mathrm{I})^\gamma(\mathsf{E})(\lambda \neq 0)$.由§10·2引理2易知$G(\lambda)$是$\mathsf{E}$的闭子空间.

引理 4 $\mathsf{G}(\lambda)$是A的不变闭子空间.

证明 设$x \in \mathsf{G}(\lambda)$,$x \neq 0$,则有$y \in \mathsf{E}$使

$$(A-\lambda I)^\gamma y = x,$$

从而

$$(A-\lambda I)^\gamma Ay = Ax,$$

即$Ax \in \mathsf{G}(\lambda)$,故$\mathsf{G}(\lambda)$是$A$的不变闭子空间. ▌

引理 5 $\mathsf{F}_\gamma(\lambda) \cap \mathsf{G}(\lambda) = \{0\}$.

证明 如果不然,则有

$$x \in \mathsf{F}_\gamma(\lambda) \cap \mathsf{G}(\lambda), x \neq 0.$$

由$x \in \mathsf{G}(\lambda)$,故存在$y \in \mathsf{E}$使

$$(A-\lambda I)^\gamma y = x,$$

因为$x \neq 0$,所以,$y \overline{\in} \mathsf{F}_\gamma(\lambda)$.但是,$x \in \mathsf{F}_\gamma(\lambda)$,所以

$$0 = (A-\lambda I)^\gamma x = (A-\lambda I)^\gamma (A-\lambda I)^\gamma y = (A-\lambda I)^{2r} y,$$

从而

$$y \in \mathsf{F}_{2\gamma}(\lambda).$$

此与 $F_{2\gamma}(\lambda)=F_\gamma(\lambda)$ 矛盾. 所以 $F_\gamma(\lambda)\cap G(\lambda)=\{0\}$. ▌

定理 2　$E=F_\gamma(\lambda)\oplus G(\lambda)$. 即对任一 $x\in E$,必可唯一地表示成

$$x=u+v,\quad u\in F_\gamma(\lambda),v\in G(\lambda). \qquad (10\cdot4\cdot4)$$

证明　记 $(A-\lambda I)^\gamma=B-\lambda' I$,其中 $B=\sum_{i=1}^{\gamma}C_\gamma^i(-\lambda)^{\gamma-i}A^i$ 是全连续线性算子,$\lambda'=\lambda(-\lambda)^{\gamma-1}$. 根据引理 4,$G(\lambda)$ 是 A 的不变子空间,故它也是 B 的不变子空间,把 B 看成是映 $G(\lambda)$ 到 $G(\lambda)$ 的线性算子,它也是全连续的. 再由引理 5,方程

$$(B-\lambda' I)x=0$$

在 $G(\lambda)$ 中只有零解,所以,对任意的 $y\in G(\lambda)$,方程

$$(B-\lambda' I)x=y$$

在 $G(\lambda)$ 中都有唯一解. 于是,对任一 $x\in E$,令

$$y=(A-\lambda I)^\gamma x=(B-\lambda' I)x\in G(\lambda),$$

由上面的讨论,有唯一的 $v\in G(\lambda)$ 使得

$$(A-\lambda I)^\gamma v=(B-\lambda' I)v=y=(A-\lambda I)^\gamma x,$$

从而 $(A-\lambda I)^\gamma(x-v)=0$,即 $x-v=u\in F_\gamma(\lambda)$. 即

$$x=u+v\quad u\in F_\gamma(\lambda)\quad v\in G(\lambda).$$

如果 $u'\in F_\gamma(\lambda),v'\in G(\lambda)$ 且 $x=u'+v'$,则

$$u+v=x=u'+v',$$

即 $u-u'=v'-v$,但 $u-u'\in F_\gamma(\lambda),v'-v\in G(\lambda)$,由引理 5

$$u-u'=v'-v\in F_\gamma(\lambda)\cap G(\lambda)=\{0\},$$

所以 $u=u',v=v'$,即表示式 $(10\cdot4\cdot4)$ 是唯一的. ▌

注　设 $T_1=(B-\lambda' I)|_{G(\lambda)}$,则 T_1 将 $G(\lambda)$ 一一对应地映成 $G(\lambda)$. 而 $G(\lambda)$ 是 Banach 空间 E 的闭子空间,所以 $G(\lambda)$ 也是 Banach 空间. 由逆算子定理,$T_1^{-1}:G(\lambda)\to G(\lambda)$ 是有界线性算子. 于是,定理 2 中的 v 可写成

$$v=T_1^{-1}(A-\lambda I)^\gamma x. \qquad (10\cdot4\cdot5)$$

利用分解式(10·4·4)可定义 E 到 E 的映射 P_1、P_2：

$$P_1 x = u, \quad P_2 x = v. \qquad (10\cdot 4\cdot 6)$$

由(10·4·5)可知 $P_2 = T_1^{-1}(A-\lambda I)^{\gamma}$ 是有界线性算子，再由 $P_1 = I - P_2$ 知 P_1 也是有界线性算子. 我们称 P_1, P_2 分别为 E 到子空间 $\mathsf{F}_\gamma(\lambda)$, $\mathsf{G}(\lambda)$ 的投影算子. 按 P_1, P_2 的定义，显然有 $P_1^2 = P_1$, $P_2^2 = P_2$，此外还有

$$P_1 A = AP_1, \quad P_2 A = AP_2, \quad P_1 P_2 = 0. \qquad (10\cdot 4\cdot 7)$$

事实上，设 $x \in \mathsf{E}$，令 $u = P_1 x$, $v = P_2 x$ 则 $x = u + v$. 故 $Ax = Au + Av$，因 $u \in \mathsf{F}_\gamma(\lambda)$, $v \in \mathsf{G}(\lambda)$，而 $\mathsf{F}_\gamma(\lambda)$ 及 $\mathsf{G}(\lambda)$ 是 A 的不变子空间，所以 $Au \in \mathsf{F}_\gamma(\lambda)$, $Av \in \mathsf{G}(\lambda)$，由 P_1, P_2 的定义即知

$$Au = P_1 Ax, \quad Av = P_2 Ax.$$

即 $AP_1 x = P_1 Ax$, $AP_2 x = P_2 Ax$. $P_1 P_2 = 0$ 是显然的.

定理 3(对应于特征值 λ_0 的分解定理) 设 E 是 Banach 空间，A: $\mathsf{E} \to \mathsf{E}$ 为全连续线性算子，$\lambda_0 \neq 0$ 是 A 的特征值，则存在有限秩线性算子 S(即 S 的值域是有限维的)及全连续线性算子 R 使得 $A = S + R$ 且满足

(i) $SR = RS = 0$；

(ii) λ_0 是 S 的特征值，λ_0 是 R 的正则值；

(iii) 当 $\lambda \neq \lambda_0$, $\lambda \neq 0$ 时 λ 是 S 的正则值；

(iv) 设 $\lambda \neq \lambda_0$, $\lambda \neq 0$，那么，λ 为 A 的正则值的充分必要条件是 λ 为 R 的正则值.

证明 设 P_1, P_2 是 E 到子空间 $\mathsf{F}_\gamma(\lambda_0)$ 与 $\mathsf{G}(\lambda_0)$ 的投影算子. 令

$$S = AP_1, \quad R = AP_2$$

则 $S + R = A(P_1 + P_2) = A$. 由于 $\mathsf{F}_\gamma(\lambda_0)$ 是有限维的且是 A 的不变子空间，所以 $S(\mathsf{E}) \subset \mathsf{F}_\gamma(\lambda_0)$，$S$ 是有限秩的. R 显然是全连续的. 再由(10·4·7)可得

$$SR = AP_1 AP_2 = A^2 P_1 P_2 = 0,$$

$$RS = AP_2AP_1 = A^2P_2P_1 = 0.$$

(i) 得证.

(ii) 的证明. 先证 λ_0 是 S 的特征值，设 $x \neq 0$ 是 A 的对应于特征值 λ_0 的一个特征向量，即 $Ax - \lambda_0 x = 0$，所以

$$x \in \mathsf{F}_1(\lambda_0) \subset \mathsf{F}_\gamma(\lambda_0),$$

由 P_1 的定义，$P_1x = x$，所以 $Sx = AP_1x = Ax = \lambda_0 x$. 这说明 x 是 S 的一个对应于 λ_0 的特征向量，所以 λ_0 是 S 的特征值. 为证 λ_0 是 R 的正则值，根据前节定理 1，只需证明 λ_0 不是 R 的特征值.

事实上，如果 λ_0 是 R 的特征值，则存在 $x \neq 0$，使

$$Rx = AP_2x = \lambda_0 x.$$

但 $P_2x \in \mathsf{G}(\lambda_0)$，$\mathsf{G}(\lambda_0)$ 是 A 的不变子空间，故有

$$x \in \mathsf{G}(\lambda_0), \tag{10·4·8}$$

从而 $P_2x = x$，所以 $Ax = AP_2x = \lambda_0 x$，这样一来，

$$x \in \mathsf{F}_1(\lambda_0) \subset \mathsf{F}_\gamma(\lambda_0),$$

注意到(10·4·8) 即得 $x \in \mathsf{F}_\gamma(\lambda_0) \cap \mathsf{G}(\lambda_0)$，与引理 5 矛盾.

(iii) 的证明. 如果 $\lambda \overline{\in} \{\lambda_0, 0\}$ 是 S 的特征值，则有 $x \neq 0$ 使

$$Sx = \lambda x. \quad 但\ Sx \in \mathsf{F}_\gamma(\lambda_0),$$

因此 $x \in \mathsf{F}_\gamma(\lambda_0)$，从而 $P_1x = x$，于是，

$$Ax = AP_1x = Sx = \lambda x.$$

这说明 x 是 A 的对应于 λ 的特征向量，从而不是 A 的对应于 λ_0 的特征向量，所以 $x \overline{\in} \mathsf{F}_1(\lambda_0)$. 但已证 $x \in \mathsf{F}_\gamma(\lambda_0)$，故

$$(A - \lambda_0 I)^\gamma x = 0.$$

设 m_0 是使 $(A - \lambda_0 I)^m x = 0$ 的自然数 m 的最小者，由上面的讨论，$m_0 > 1$. 记 $y = (A - \lambda_0 I)^{m_0 - 1}x \neq 0$，则

$$\begin{aligned}(A - \lambda I)y &= (A - \lambda I)(A - \lambda_0 I)^{m_0 - 1}x \\ &= (A - \lambda_0 I)^{m_0 - 1}(A - \lambda I)x = 0,\end{aligned}$$

$$(A - \lambda_0 I)y = (A - \lambda_0 I)^{m_0}x = 0,$$

所以

$$(A-\lambda I)y=(A-\lambda_0 I)y=0,$$

由此可得$(\lambda-\lambda_0)y=0$,但$\lambda-\lambda_0\neq 0$,所以$y=0$,此与$y\neq 0$矛盾.此矛盾说明λ是S的正则值.

(iv) 的证明.必要性.设$\lambda\overline{\in}\{\lambda_0,0\}$是$A$的正则值,如果$\lambda$不是$R$的正则值,它必是$R$的特征值,故有$x\in\mathsf{E},x\neq 0$使

$$Rx=\mathrm{AP}_2x=\lambda x,$$

但$\mathrm{AP}_2x=\mathrm{P}_2Ax\in\mathsf{G}(\lambda_0)$,所以$x\in\mathsf{G}(\lambda_0)$,从而$\mathrm{P}_2x=x$,由此可得$Ax=AP_2x=Rx=\lambda x$,这就是说$\lambda$是$A$的特征值,此与$\lambda$是$A$的正则值的假设矛盾,所以$\lambda$是$R$的正则值.

充分性.设$\lambda\overline{\in}\{\lambda_0,0\}$是$R$的正则值,由(iii),$\lambda$也是$S$的正则值.为证$\lambda$是$A$的正则值,只需证明$\lambda$不是$A$的特征值,即只需证明$A$没有对应于$\lambda$的非零的特征向量.事实上,若$x\in\mathsf{E}$适合$Ax=\lambda x$,则

$$\mathrm{AP}_1\mathrm{P}_1x=\mathrm{AP}_1x=\mathrm{P}_1Ax=\lambda\mathrm{P}_1x$$
$$\mathrm{AP}_2\mathrm{P}_2x=\mathrm{AP}_2x=\mathrm{P}_2Ax=\lambda\mathrm{P}_2x$$

即$S(\mathrm{P}_1x)=\lambda\mathrm{P}_1x,R(\mathrm{P}_2x)=\lambda\mathrm{P}_2x$.因$\lambda$不是$S$与$R$的特征值,故必有$\mathrm{P}_1x=\mathrm{P}_2x=0$,从而$x=\mathrm{P}_1x+\mathrm{P}_2x=0$.这说明$A$没有对应于$\lambda$的非零的特征向量,所以$\lambda$是$A$的正则值. ▌

习　题　十

1. 设 A 是将赋范线性空间 E_1 映入 E_2 的线性有界算子，试证：如果 E_1 和 E_2 中有一个是有限维的，那么 A 必是全连续的.

2. 设 E 是无限维的线性赋范空间，$I:\mathsf{E}\to\mathsf{E}, Ix = x$. 试证：$I$ 不是全连续的.

3. 设 E 为 Banach 空间，$A:\mathsf{E}\to\mathsf{E}$ 全连续，试证 $I-A$ 映 E 中的有界闭集为有界闭集.

4. 设 E 为自反 Banach 空间，$A:\mathsf{E}\to\mathsf{E}$ 为有界线性算子，且 A 把 E 中弱收敛序列映成强收敛序列，试证 A 是全连续的.

5. 设 $\sum\limits_{i=1}\sum\limits_{j=1}{a_{ij}}^2<+\infty$,

$$A:x=(\xi_1,\xi_2,\cdots)\longmapsto y=(\eta_1,\eta_2,\cdots)\quad(\forall\, x\in l^2),$$

其中

$$\eta_i=\sum_{j=1}^{\infty}a_{ij}\,\xi_j\quad i=1,2,\cdots$$

证明 A 是全连续线性算子.

6. $A:l^2\to l^2$ 由下式定义：$\forall\, x=(\xi_1,\xi_2,\cdots)\in l^2$,

$$Ax=(\xi_1,\frac{1}{2}\xi_2,\frac{1}{3}\xi_3,\cdots,\frac{1}{n}\xi_n,\cdots).$$

证明：A 是全连续线性算子.

7. 试求题 5 中 A 的共轭线性算子 A^*.

8. 设 $K(x,y)$ 是全平面上勒贝格可积函数，且

$$\int_{-\infty}^{\infty}\int_{-\infty}^{\infty}|K(x,y)|^2\mathrm{d}x\mathrm{d}y<\infty,$$

作 $L^2(-\infty,\infty)$ 上线性算子 A：

$$(Af)(x)=\int_{-\infty}^{\infty}K(x,y)f(y)\mathrm{d}y.$$

问 A 是否 $L^2(-\infty,\infty)$ 上全连续算子?

9. 设 $\sum_{k,j=1}^{\infty}|a_{jk}|^2<\infty$,记 $e_n=(0,\cdots,0,1,0,\cdots)$(第 n 个坐标为1,其余为0),A 为 l^2 上线性算子:$Ae_k=\sum_{j=1}^{\infty}a_{jk}e_j$. 证明:$A$ 是 l^2 上全连续线性算子.

10. 在 l^2 中取 e_k 如上题,U 是 l^2 上线性算子:

$$Ue_k=\frac{1}{k}e_{k+1},\quad k=1,2,\cdots$$

证明:U 是 l^2 上全连续线性算子.

11. 设 E_1、E_2 为两个 Banach 空间,$T_1,T_2:\mathsf{E}_1\to\mathsf{E}_2$ 是全连续线性算子,证明:$\alpha T_1+\beta T_2$ 也是全连续的,其 α、β 是数.

12. 设 $\mathsf{E}_1,\mathsf{E}_2,\mathsf{E}_3$ 是 Banach 空间,$T_1:\mathsf{E}_1\to\mathsf{E}_2$,$T_2:\mathsf{E}_2\to\mathsf{E}_3$ 是有界线性算子,证明:如果 T_1,T_2 中有一个是全连续的,则 $T_2T_1:\mathsf{E}_1\to\mathsf{E}_3$ 也是全连续的.

13. 设 E 是无限维赋范线性空间,$T:\mathsf{E}\to\mathsf{E}$ 为全连续线性算子,证明:如果 T 有逆算子 $T^{-1}:T(\mathsf{E})\to\mathsf{E}$,则 T^{-1} 无界.

14. 举例说明 §10·2 引理 5 中关于 A 是全连续的假定是不可缺少的.

15. 证明 §10·3 定理 1—3.

16. 设 $(Ax)(t)=tx(t)$. A 为 $C[0,1]$ 上线性算子,它是有界的,证明 $\sigma(A)=[0,1]$,且 A 没有特征值.

17. 设 A:复 $C[0,2\pi]\to$ 复 $C[0,2\pi]$:

$$(Ax)(t)=e^{it}x(t),\quad x(t)\in C[0,2\pi],$$

证明:$\sigma(A)=\{\lambda\mid|\lambda|=1\}$.

18. 设 $A:l^2\to l^2$:

$$Ax=A(\xi_1,\xi_2,\cdots)=(\xi_2,\xi_3,\cdots)$$

试求 $\sigma(A)$.

19. 在 l^2 中定义算子 T：

$$Tx = T(\xi_i) = (0, -\xi_1, -\xi_2, \cdots, -\xi_i, \cdots)$$

证明：T 没有特征值，$\rho(T) = \{\lambda \mid |\lambda| > 1\}$，且当 $|\lambda| > 1$ 时，$\| R_\lambda \| = (|\lambda| - 1)^{-1}$.

20. 设 A 为复 Banach 空间 E 上的有界线性算子，λ 为 A^n 的特征值，证明：λ 的 n 次根中至少有一个是 A 的特征值.

21. 设 A 为 Banach 空间 E 上的有界线性算子，$\{A_n\} \subset \mathscr{B}(\mathsf{E})$，$\| A_n - A \| \to 0$，证明：若 λ_0 是 A 的正则值，那么对充分大的 n，λ_0 也是 A_n 的正则值，

22. 设 E 为 Banach 空间，$T \in \mathscr{B}(\mathsf{E})$，设 $\lambda, \mu \in \rho(T)$，证明：$R_\lambda - R_\mu = (\lambda - \mu) R_\lambda R_\mu$. 其中 $R_\lambda = (T - \lambda I)^{-1}$.

23. 设 E 为 Banach 空间，$T_i \in \mathscr{B}(\mathsf{E})(i = 1,2)$，且 $T_1 T_2 = T_2 T_1$，设 $\lambda \in \rho(T_1) \cap \rho(T_2)$，证明：

$$R_\lambda(T_2) - R_\lambda(T_1) = (T_1 - T_2) R_\lambda(T_1) R_\lambda(T_2),$$

其中 $R_\lambda(T_i) = (T_i - \lambda I)^{-1}, i = 1,2$.

24. 设 E 是 Banach 空间，若 λ_1, λ_2 是 $A \in \mathscr{B}(\mathsf{E})$ 的正则值，证明：$(A - \lambda_1 I)^{-1}(A - \lambda_2 I)^{-1} = (A - \lambda_2 I)^{-1}(A - \lambda_1 I)^{-1}$.

25. 设 E 是 Banach 空间，$A: \mathsf{E} \to \mathsf{E}$ 为有界线性算子，$\lambda_n (n = 1, 2, \cdots)$ 是 A 的一列正则值，且 $\lambda_n \to \lambda_0$，试证：如果存在正数 M，使对所有 $n = 1,2,\cdots$ 有 $\| (A - \lambda_n I)^{-1} \| \leqslant M$，则 λ 也是 A 的正则值.

26. 设 E 为 Banach 空间，$A: \mathsf{E} \to \mathsf{E}$ 为有界线性算子，$\lambda_n \in \rho(A), n = 1,2,\cdots, \lambda_n \to \lambda_0 \in \sigma(A)$. 试证 $\{ \| (A - \lambda_i I)^{-1} \| \}$ 是无界的.

27. 设 E 为 Banach 空间，$A: \mathsf{E} \to \mathsf{E}$ 为有界线性算子，设 $\lambda \in \overline{\rho(A)} \cap \sigma(A)$，试证：存在 $\{x_n\} \subset \mathsf{E}$，$\| x_n \| = 1 (n = 1,2,\cdots)$，使 $(A - \lambda I) x_n \to 0$.

28. 举例说明，存在非零的全连续线性算子，它没有非零谱.

29. 对 §10·4 定理 3 中的分解式 $A = S + R$，证明方程

$$A^* \varphi - \lambda_0 \varphi = f \quad (f \in \mathsf{E}^* \text{ 固定})$$

有解的充分必要条件是:对方程

$$Sx - \lambda_0 x = 0$$

的一切解 x,都有 $f(x) = 0$.

第十一章　Hilbert 空间上的线性算子

§11·1　Hilbert 空间

11·1·1　Hilbert 空间的定义

定义 1　设 E 是复(实) 数域 K 上的线性空间,若按某一法则对于 E 中任意一对元素 x、y,都有 K 中一数(x,y) 与之对应,且满足下面的"内积公理":

(i) $(\alpha x, y) = \alpha(x,y)$,　$(\forall \alpha \in K)$;

(ii) $(x+y,z) = (x,z)+(y,z)$;

(iii) $(y,x) = \overline{(x,y)}$

　　(当 K 为实数域时,此等式为$(y,x) = (x,y)$);

(iv) $(x,x) \geqslant 0$,且$(x,x) = 0$ 当且仅当 $x = 0$.

则称 E 为**复(实) 内积空间**,并称(x,y) 为 x 与 y 的**内积**.

命题 1　若 E 是内积空间,则

$$\| x \| = \sqrt{(x,x)} \tag{11·1·1}$$

定义了 E 中元素的范数,从而 E 在(11·1·1) 所定义的范数下成为赋范线性空间.

证明　(1°)　由(iv) 显然有 $\| x \| \geqslant 0$ 且

$$\| x \| = 0 \Leftrightarrow x = 0;$$

(2°) $\| \alpha x \| = \sqrt{(\alpha x, \alpha x)} = \sqrt{\alpha\,\overline{\alpha}(x,x)} = |\alpha|\,\| x \|$;

(3°) 首先,对任意的 $\lambda \in K$,$x,y \in$ E 都有

$$(x+\lambda y, x+\lambda y) \geqslant 0,$$

即

$$(x,x)+\lambda(y,x)+\bar{\lambda}(x,y)+|\lambda|^2(y,y) \geqslant 0.$$

取 $\lambda=-\dfrac{(x,y)}{(y,y)}$ 即得下述 Schwarz 不等式

$$|(x,y)| \leqslant \|x\| \|y\|, \qquad (11\cdot 1\cdot 2)$$

从而

$$\begin{aligned}\|x+y\|^2 &= (x+y,x+y)\\ &= (x,x)+(x,y)+(y,x)+(y,y)\\ &\leqslant \|x\|^2+2\|x\| \|y\|+\|y\|^2\\ &= (\|x\|+\|y\|)^2,\end{aligned}$$

故有

$$\|x+y\| \leqslant \|x\|+\|y\|. \qquad (11\cdot 1\cdot 3)$$

因此,(11・1・1) 式所定义的 $\|x\|$ 确是 E 中元 x 的范数. 所以内积空间在(11・1・1) 式所定义的范数下成一赋范线性空间. ▌

在内积空间中按(11・1・1) 式所定义的范数称为**由内积所导出的范数**,以后凡谈到内积空间都认为它是按(11・1・1) 式定义了范数的赋范空间.

定义 2 如果内积空间 E 在(11・1・1) 式所定义的范数下是完备的赋范线性空间,则称 E 为 **Hilbert 空间**.

注 今后凡说到“内积空间”(或“Hilbert 空间”) 而未标明“复”,“实”时,意指它既可以是复的,也可以是实的.

例 11・1・1 设 Ω 是 R^n 中可测集,在复 $L^2(\Omega)$ 上定义元素 f,g 的内积为

$$(f,g)=\int_\Omega f(x)\,\overline{g(x)}\,\mathrm{d}x,$$

显然复 $L^2\Omega$ 成为一个 Hilbert 空间.

例 11・1・2 在复 l^2 上定义元素 $x=(\xi_1,\xi_2,\cdots)$, $y=(\eta_1,$

$\eta_2,\cdots)$ 的内积为

$$(x,y)=\sum_{i=1}^{\infty}\xi_i\,\overline{\eta_i},\text{显然复 } l^2 \text{ 成为一个 Hilbert 空间.}$$

根据命题 1，内积空间必是赋范线性空间，从而 Hilbter 空间必是 Banach 空间. 我们自然要问：在什么条件下一个赋范线性空间 E 可以定义内积$(\cdot,\cdot)$，使得 $\|x\|^2=(x,x)$?下面的定理就回答这个问题.

定理 1 （内积空间的特征）赋范线性空间 E 为内积空间的充分必要条件是它的范数满足公式

$$\|x+y\|^2+\|x-y\|^2=2(\|x\|^2+\|y\|^2). \tag{11·1·4}$$

证明　必要性. 设 E 为内积空间，则

$$\begin{aligned}&\|x+y\|^2+\|x-y\|^2=(x+y,x+y)+(x-y,x-y)\\&=(x,x)+(x,y)+(y,x)+(y,y)+(x,x)-(x,y)\\&-(y,x)+(y,y)=2(\|x\|^2+\|y\|^2).\end{aligned}$$

充分性. 首先设 E 是实空间，令

$$(x,y)=\frac{1}{4}(\|x+y\|^2-\|x-y\|^2), \tag{11·1·5}$$

则显然有$(x,y)=(y,x)$，$(x,x)=\|x\|^2$，故内积公理(iii)，(iv)满足. 由条件(11·1·4)，有

$$\begin{aligned}&(x,z)+(y,z)=\frac{1}{4}(\|x+z\|^2-\|x-z\|^2\\&+\|y+z\|^2-\|y-z\|^2)\\&=\frac{1}{4}\left(\left\|\frac{x+y}{2}+z+\frac{x-y}{2}\right\|^2+\left\|\frac{x+y}{2}+z-\frac{x-y}{2}\right\|^2\right)\\&-\frac{1}{4}\left(\left\|\frac{x+y}{2}-z+\frac{x-y}{2}\right\|^2+\left\|\frac{x+y}{2}-z-\frac{x-y}{2}\right\|^2\right)\\&=\frac{1}{2}\left(\left\|\frac{x+y}{2}+z\right\|^2+\left\|\frac{x-y}{2}\right\|^2\right)\end{aligned}$$

$$-\frac{1}{2}\left(\left\|\frac{x+y}{2}-z\right\|^2+\left\|\frac{y-x}{2}\right\|^2\right)$$

$$=\frac{1}{2}\left(\left\|\frac{x+y}{2}+z\right\|^2-\left\|\frac{x+y}{2}-z\right\|^2\right) \qquad (11\cdot1\cdot6)$$

$$=2\left(\frac{x+y}{2},z\right).$$

在(11·1·6)中令 $y=0$,(并注意到,由(11·1·5)式有 $(0,z)=0$) 即得

$$(x,z)=2(\frac{x}{2},z). \qquad (11\cdot1\cdot7)$$

在(11·1·7)中以 $x+y$ 代 x,并注意到(11·1·6),得

$$(x+y,z)=(x,z)+(y,z). \qquad (11\cdot1\cdot8)$$

故内积公理(ii)满足.在(11·1·8)中令 $y=-x$,得

$$(-x,z)=-(x,z). \qquad (11\cdot1\cdot9)$$

同样由(11·1·8),对任何正整数 m 有

$$(mx,y)=m(x,y), \qquad (11\cdot1\cdot10)$$

$$(x,y)=(m\cdot\frac{1}{m}x,y)=m(\frac{1}{m}x,y),$$

从而

$$(\frac{1}{m}x,y)=\frac{1}{m}(x,y). \qquad (11\cdot1\cdot11)$$

由(11·1·9),(11·1·10),(11·1·11),对任何有理数 r 有

$$(rx,y)=r(x,y). \qquad (11\cdot1\cdot12)$$

最后注意到,按(11·1·5)所定义的内积 (x,y) 是 x,y 的连续函数——因为范数是连续的——即知,对任何实数 α 有

$$(\alpha x,y)=\alpha(x,y),$$

即内积公理(i)满足.

当 E 是复空间时,只需令

$$(x,y)=\frac{1}{4}[(\|x+y\|^2-\|x-y\|^2)$$

$$+i(\|x+iy\|^2-\|x-iy\|^2)],\qquad(11\cdot1\cdot13)$$

类似地可证，$(11\cdot1\cdot13)$ 所定义的双变元函数 (x,y) 满足内积的四条公理，且 $\|x\|^2=(x,x)$. 详细证明留给读者. ▌

注　公式 $(11\cdot1\cdot4)$ 叫做**中线公式**，因为它的几何意义是：由两矢量 x 与 y 所张成的平行四边形中，四边边长平方之和等于两对角线长平方之和. $(11\cdot1\cdot5)$ 与 $(11\cdot1\cdot13)$ 称为**极化恒等式**，它们分别指出了实、复内积空间中范数与内积的关系.

11·1·2　直交分解

定义 3　设 E 表一内积空间，$x,y\in \mathsf{E}$，若 $(x,y)=0$，则称 x **与** y **直交**（正交），记为 $x\perp y$.

设 M 表 E 的子集，$x\in\mathsf{E}$，若对任一 $y\in M$ 有 $x\perp y$. 则称 x **与** M **直交**，记为 $x\perp M$，$\{x|x\in\mathsf{E},x\perp M\}$ 称为 M 的**直交余空间**，记为 $M^{\perp}$.

注　$M^{\perp}$ 必是 E 的一个闭子空间，事实上，设 $x,y\in M^{\perp}$，$\alpha,\beta\in K$，对任意 $z\in M$，有

$$(\alpha x+\beta y,z)=\alpha(x,z)+\beta(y,z)=0,$$

故 $\alpha x+\beta y\in M^{\perp}$，从而，$M^{\perp}$ 是一个子空间，又由内积的连续性知，$M^{\perp}$ 必是一个闭集.

引理 1　（变分引理）设 M 是 Hilbert 空间 H 的一个非空闭凸子集，$x\in\mathsf{H}$，则必存在唯一的 $y_0\in M$，使

$$\|x-y_0\|=\rho(x,M)=\inf_{y\in M}\|x-y\|.$$

证明　不妨设 $\rho(x,M)=d>0$（因为当 $d=0$ 时，结论显然），则必有一序列 $\{y_n\}\subset M$，使 $\|y_n-x\|\to d(n\to\infty)$，于是

$$\|y_n-y_m\|^2=\|(y_n-x)+(x-y_m)\|^2$$
$$=2(\|y_n-x\|^2+\|x-y_m\|^2)-\|(y_n-x)-(x-y_m)\|^2$$

$$= 2(\| y_n - x \|^2 + \| x - y_m \|^2) - 4 \| x - \frac{y_n + y_m}{2} \|^2$$

$$\leqslant 2(\| y_n - x \|^2 + \| x - y_m \|^2) - 4d^2,$$

由此可知$\{y_n\}$是一基本列,故有极限 y_0,又 M 是闭集,因此 $y_n \to y_0 \in M$,由范数的连续性,即有 $\| x - y_0 \| = \lim\limits_{n \to \infty} \| x - y_n \| = d$.

下面证明这样的 y_0 是唯一的.若不然,有 $y^* \neq y_0$,也使

$$\| x - y^* \| = d = \inf_{y \in M} \| x - y \|,$$

则

$$\| (x - y_0) + (x - y^*) \|^2 + \| y_0 - y^* \|^2$$
$$= 2(\| x - y_0 \|^2 + \| x - y^* \|^2) = 4d^2,$$

从而

$$\| x - \frac{y_0 + y^*}{2} \|^2 < d^2,$$

即

$$\| x - \frac{y_0 + y^*}{2} \| < d,$$

但 $\frac{y_0 + y^*}{2} \in M$,此与 d 的定义矛盾. ▌

定理 2 (直交分解定理) 设 M 是 Hilbert 空间 H 的一个闭子空间,则 H 中元素 x 必可唯一地表示成

$$x = y + z, \quad y \in \mathsf{M}, \quad z \in \mathsf{M}^{\perp}. \qquad (11 \cdot 1 \cdot 14)$$

证明 H 的闭子空间 M 是一闭凸集,对 $x \in \mathsf{H}$,由引理 1,存在 $y \in \mathsf{M}$,使

$$\| x - y \| = \rho(x, \mathsf{M}).$$

令 $z = x - y$,则 $\rho(z, \mathsf{M}) = \| z \|$.下证 $z \perp \mathsf{M}$.若不然,则必有 $y_1 \in \mathsf{M}$,使

$$(y_1, z) = \alpha \neq 0. \quad \bar{\alpha}(y_1, z) = (\bar{\alpha} y_1, z) = \bar{\alpha}\alpha > 0.$$

令

$$y^* = \frac{\bar{\alpha} y_1}{\|\bar{\alpha} y_1\|}, \quad \alpha^* = \frac{\bar{\alpha}\alpha}{\|\bar{\alpha} y_1\|},$$

则$(y^*, z) = \alpha^* > 0$,从而

$$\begin{aligned}\| z - \alpha^* y^* \|^2 &= (z - \alpha^* y^*, z - \alpha^* y^*) \\ &= \| z \|^2 - 2\alpha^*(z, y^*) + \alpha^{*2} \\ &= \| z \|^2 - \alpha^{*2} < \| z \|^2,\end{aligned}$$

此与 $\rho(z, \mathsf{M}) = \| z \|$ 矛盾,故 $z \perp \mathsf{M}$. 也即

$$x = y + z, \quad y \in \mathsf{M}, \quad z \perp \mathsf{M}.$$

最后再证明分解是唯一的. 设另有

$$x = y' + z', y' \in \mathsf{M}, z' \perp \mathsf{M},$$

则 $y - y' = z' - z$,从而

$$(y - y', y - y') = (y - y', z' - z) = 0,$$

于是 $y - y' = 0$ 即 $y = y'$,从而 $z = z'$. 唯一性得证. ▍

注　在分解式(11・1・14)中,y 称为 x 在 M 上的投影. 若 x 有分解式(11・1・14),则

$$\| x \|^2 = \| y \|^2 + \| z \|^2.$$

此即欧氏空间中**勾股弦定理**的推广.

11・1・3　就范直交系

定义 4　内积空间 E 中元素列$\{e_i\}$叫做**就范直交系**,如果

$$(e_i, e_j) = \begin{cases} 0, & i \neq j. \\ 1, & i = j. \end{cases}$$

定理 3　设$\{h_k\}$是内积空间 E 中一线性无关序列,则必有就范直交系$\{e_k\}$存在,使 h_k 可表为 $e_1, \cdots, e_k$ 的线性组合,且 e_k 可表为 $h_1, \cdots, h_k$ 的线性组合.

证明　令 $g_1 = h_1, e_1 = g_1 / \| g_1 \|$,显然有 $\| e_1 \| = 1$. 令

$$a_{11} = 1 / \| g_1 \|, b_{11} = \| g_1 \|,$$

则

$$e_1 = a_{11} h_1, \qquad h_1 = b_{11} e_1.$$

下面,我们用归纳的办法定义$\{e_k\}$:设已定义了 $e_1,\cdots,e_k$,它满足

$$(e_i,e_j)=\begin{cases}0, & i\neq j\\ 1, & i=j,\end{cases}\quad 1\leqslant i,\ j\leqslant k;$$

$$e_i=\sum_{j=1}^{i}a_{ij}\,h_j,\qquad h_i=\sum_{j=1}^{i}b_{ij}\,e_j,\quad i=1,2,\cdots,k.$$

令

$$g_{k+1}=h_{k+1}-\sum_{i=1}^{k}(h_{k+1},e_i)e_i.\qquad(11\cdot1\cdot15)$$

按归纳法假设,$e_i(1\leqslant i\leqslant k)$ 是 $h_1,\cdots,h_i$ 的线性组合,故 $\sum_{i=1}^{k}(h_{k+1},e_i)e_i$ 是 $h_1,\cdots,h_k$ 的线性组合,从而 $g_{k+1}\neq 0$. 令

$$e_{k+1}=g_{k+1}/\parallel g_{k+1}\parallel,$$

并记

$$\parallel g_{k+1}\parallel=b_{k+1,k+1},\quad (h_{k+1},e_i)=b_{k+1,i},$$

则

$$h_{k+1}=\sum_{i=1}^{k+1}b_{k+1,i}\,e_i,$$

$$e_{k+1}=\parallel g_{k+1}\parallel^{-1}h_{k+1}-\sum_{i=1}^{k}\parallel g_{k+1}\parallel^{-1}(h_{k+1},e_i)e_i.$$

$$(11\cdot1\cdot16)$$

把 $-\sum_{i=1}^{k}\parallel g_{k+1}\parallel^{-1}(h_{k+1},e_i)e_i$ 写成 $h_1,\cdots,h_k$ 的线性组合的形式,设为 $\sum_{i=1}^{k}a_{k+1,i}\,h_i$,并令 $\parallel g_{k+1}\parallel^{-1}=a_{k+1,k+1}$,则(11・1・16)可写成

$$e_{k+1}=\sum_{i=1}^{k+1}a_{k+1,i}\,h_i.\qquad(11\cdot1\cdot17)$$

根据我们的做法,显然有

$$\parallel e_{k+1}\parallel=1,\quad 且(e_{k+1},e_i)=0\quad(i=1,2,\cdots,k);$$

于是按归纳法原理，我们求出了一列$\{e_k\}$，它满足定理条件. ▌

本定理证明中所述的将线性无关列变成就范直交系的方法叫做 Gram－Shmidt 直交化方法.

定理 4　(最小二乘法原理) 设$\{e_i\}$是内积空间 E 中一就范直交系，$x \in$ E，记 $c_k = (x, e_k)$，则对固定的自然数 n，

$$\| x - \sum_{k=1}^{n} c_k e_k \| = \min\{ \| x - \sum_{k=1}^{n} \alpha_k e_k \| \mid \alpha_1 \in K, \cdots, \alpha_n \in K \}. \tag{11·1·18}$$

证明　由于

$$(x - \sum_{k=1}^{n} c_k e_k, e_i) = (x, e_i) - \sum_{k=1}^{n} c_k (e_k, e_i)$$
$$= c_i - c_i = 0 (i = 1, \cdots, n),$$

故对任何一组 $\alpha_1, \cdots, \alpha_n$，有

$$\| x - \sum_{k=1}^{n} \alpha_k e_k \|^2 = \| (x - \sum_{k=1}^{n} c_k e_k) + \sum_{k=1}^{n} (c_k - \alpha_k) e_k \|^2$$
$$= \| x - \sum_{k=1}^{n} c_k e_k \|^2 + \sum_{k=1}^{n} | c_k - \alpha_k |^2$$
$$\geqslant \| x - \sum_{k=1}^{n} c_k e_k \|^2,$$

由此，即得(11·1·18). ▌

定义 5　设$\{e_k\}$为内积空间 E 中一就范直交系，$x \in$ E，则称 $c_k = (x, e_k)$，$k = 1, 2, \cdots$ 为元素 x 关于就范直交系$\{e_k\}$的 **Fourier 系数**，而 $\sum_{k=1}^{\infty} c_k e_k$ 称为 x 的 **Fourier 级数**.

定理 5　在内积空间 E 中，任何元素 x 的 Fourier 系数所成之序列$(c_1, c_2, \cdots)$属于 l^2，且

$$\sum_{k=1}^{\infty} | c_k |^2 \leqslant \| x \|^2. \tag{11·1·19}$$

证明　由于对任何自然数 n，皆有

$$0 \leqslant \| x - \sum_{k=1}^{n} c_k e_k \|^2 = \left(x - \sum_{k=1}^{n} c_k e_k , x - \sum_{k=1}^{n} c_k e_k\right)$$

$$= (x,x) - \left(x, \sum_{k=1}^{n} c_k e_k\right) - \left(\sum_{k=1}^{n} c_k e_k , x\right) + \left(\sum_{k=1}^{n} c_k e_k , \sum_{k=1}^{n} c_k e_k\right)$$

$$= \| x \|^2 - \sum_{k=1}^{n} \bar{c}_k c_k - \sum_{k=1}^{n} \bar{c}_k c_k + \sum_{k=1}^{n} c_k \bar{c}_k = \| x \|^2 - \sum_{k=1}^{n} | c_k |^2 ,$$

然后令 $n \to \infty$ 即知(11・1・19) 成立. ▌

不等式(11・1・19) 称为 Bessel 不等式.

定理 6 (Riesz－Fiesher 定理) 设$\{e_k\}$是 Hilbert 空间 H 中一就范直交系,$(c_1, c_2, \cdots) \in l^2$,则存在唯一的 $x \in$ H 使

(i) $(x, e_k) = e_k, \quad k = 1,2,\cdots$

(ii) $\| x \|^2 = \sum_{k=1}^{\infty} | c_k |^2$.

证明 令

$$x_n = \sum_{k=1}^{n} c_k e_k , \quad n = 1,2,\cdots$$

当 $n > m$ 时

$$\| x_n - x_m \|^2 = \left(\sum_{k=m+1}^{n} c_k e_k , \sum_{k=m+1}^{n} c_k e_k\right) = \sum_{k=m+1}^{n} | c_k |^2 ,$$

由$(c_k) \in l^2$ 知$\{x_n\}$是一基本列,它收敛,设

$$x = \lim_{n\to\infty} x_n = \sum_{k=1}^{\infty} c_k e_k ,$$

则有

$$(x, e_k) = \lim_{n\to\infty} (x_n, e_k) = \lim_{n\to\infty} \left(\sum_{j=1}^{n} c_j e_j , e_k\right) = c_k ,$$

$$\| x \|^2 = \lim_{n\to\infty} \| x_n \|^2 = \lim_{n\to\infty} \left(\sum_{k=1}^{n} c_k e_k , \sum_{k=1}^{n} c_k e_k\right) = \sum_{k=1}^{\infty} | c_k |^2 .$$

满足(i)(ii) 的元素 x 的存在性得证. 下证唯一性.

设 $x' \in$ H 也满足(i)(ii),则

$$\|x-x'\|^2=\lim_{n\to\infty}\|x_n-x'\|^2$$
$$=\lim_{n\to\infty}\left(\sum_{k=1}^{n}c_k e_k-x',\sum_{k=1}^{n}c_k e_k-x'\right)$$
$$=\lim_{n\to\infty}\left[\left(\sum_{k=1}^{n}c_k e_k,\sum_{k=1}^{n}c_k e_k\right)-\left(\sum_{k=1}^{n}c_k e_k,x'\right)-\left(x',\sum_{k=1}^{n}c_k e_k\right)+(x',x')\right]$$
$$=\lim_{n\to\infty}\left(\|x'\|^2-\sum_{k=1}^{n}|c_k|^2\right)=\lim_{n\to\infty}\sum_{k=n+1}^{\infty}|c_k|^2=0$$

所以 $x'=x$. ▌

定义 6　设$\{e_k\}$是内积空间 E 中就范直交系.

(i) 如果对任意的 $x\in$ E 皆有

$$\sum_{k=1}^{\infty}|(x,e_k)|^2=\|x\|^2,$$

则称$\{e_k\}$是**完备的**.

(ii) 如果 E 中不存在非零元素与所有的 $e_k(k=1,2,3,\cdots)$ 都直交,则称$\{e_k\}$是**完全的**.

定理 7　设$\{e_k\}$是 Hilbert 空间 E 中的就范直交系,则下述各条等价:

1) $\{e_k\}$是完备的;

2) $\{e_k\}$是完全的;

3) 由$\{e_k\}$所产生的闭子空间是整个 E;

4) 对任何 $x\in$ E,有 $x=\sum_{k=1}^{\infty}(x,e_k)e_k$;

5) 对任何 $x,y\in$ E,下面的“Parseval 等式”成立:

$$(x,y)=\sum_{k=1}^{\infty}(x,e_k)\cdot\overline{(y,e_k)}.$$

证明 1)⇒2). 设 $x\in$ E,因$\{e_k\}$是完备的,由

$$\|x\|^2=\sum_{k=1}^{\infty}|(x,e_k)|^2$$

即知，当 $x \neq 0$ 时 $(x,e_k)(k=1,2,\cdots)$ 不能全为零，这就意味着 E 中不存在非零元素与所有的 $e_k(k=1,2,\cdots)$ 都直交，因此，$\{e_k\}$ 是完全的.

2)⇒3). 设 $\{e_k\}$ 所产生的闭子空间为 E_0. 根据直交分解定理，只需证明 $E_0^{\perp}=\{0\}$.

设 $x \in E_0^{\perp}$，那么，对任一 $z \in E_0$ 有 $(x,z)=0$，特别，对每一 $e_k \in E_0$ 有 $(x,e_k)=0$，再由 $\{e_k\}$ 的完全性即得 $x=0$，即 $E_0^{\perp}=\{0\}$.

3)⇒4). 设 $x \in E$，因 $\{e_k\}$ 产生的闭子空间是整个 E，故存在

$$x_n=\sum_{k=1}^{n} c_k^{(n)} e_k \quad (n=1,2,\cdots),$$

使 $\|x-x_n\| \to 0(n\to\infty)$. 根据定理 4，我们有

$$\left\| x-\sum_{k=1}^{n}(x,e_k)e_k \right\| \leqslant \|x-x_n\|,$$

从而

$$\left\| x-\sum_{k=1}^{n}(x,e_k)e_k \right\| \to 0 \quad (n\to\infty),$$

即

$$x=\sum_{k=1}^{\infty}(x,e_k)e_k.$$

4)⇒5). 设 x、$y \in E$，由条件，我们有

$$x=\sum_{k=1}^{\infty}(x,e_k)e_k=\lim_{n\to\infty}\sum_{k=1}^{n}(x,e_k)e_k;$$

$$y=\sum_{k=1}^{\infty}(y,e_k)e_k=\lim_{n\to\infty}\sum_{k=1}^{n}(y,e_k)e_k,$$

然后由内积的连续性即得

$$\begin{aligned}(x,y)&=\lim_{n\to\infty}\left(\sum_{k=1}^{n}(x,e_k)e_k,\sum_{k=1}^{n}(y,e_k)e_k\right)\\&=\lim_{n\to\infty}\sum_{k=1}^{n}(x,e_k)\overline{(y,e_k)}\end{aligned}$$

$$= \sum_{k=1}^{\infty} (x, e_k) \overline{(y, e_k)}.$$

5) $\Rightarrow$ 1). 显然. ▌

注　Hilbert 空间 H 中的完备就范直交系$\{e_n\}$又称为 H 的**就范直交基**，由定理 7，每一 $x \in$ H 皆可唯一地写成 $\sum\limits_{k=1}^{\infty} c_k e_k$ 的形式，我们把$(c_1, c_2, \cdots)$称为元素 x 在基$\{e_k\}$下的**坐标**.

定理 8　任何无穷维的、可分的 Hilbert 空间 H 中一定有完备的就范直交系存在。

证明　由于 H 可分，故存在一可数稠集$\{g_k\}$. $\{g_k\}$产生的闭子空间是整个 H. 现在，先按下法求出$\{g_k\}$的一个线性无关的子集：我们可设 $g_1 \neq 0$. 若 g_2 与 g_1 线性相关，则将 g_2 去掉，一般地，如果 g_k 与 $g_1, \cdots, g_{k-1}$ 线性相关，则将 g_k 去掉，这样继续下去，$\{g_k\}$中所留下的元素所成之集是线性无关的(即其中任意有限个元素都是线性无关的)，记这个集合为$\{h_k\}$. 显然，$\{h_k\}$所产生的闭子空间与$\{g_k\}$所产生的闭子空间相同，也是整个 H. 由于 H 是无穷维的，因此，$\{h_k\}$仍是一个可数集. 于是，根据定理 3，存在就范直交系$\{e_k\}$，使得 h_k 可用 $e_1, \cdots, e_k$ 线性表示，而 e_k 可用 $h_1, \cdots, h_k$ 线性表示. 因此，$\{e_k\}$所产生的闭子空间与$\{h_k\}$所产生的闭子空间相同，也是整个 H. 这样，根据定理 7，就范直交系$\{e_k\}$就是完备的. ▌

例 11·1·3　三角函数系

$$\frac{1}{\sqrt{2\pi}}, \frac{\cos x}{\sqrt{\pi}}, \frac{\sin x}{\sqrt{\pi}}, \cdots, \frac{\cos nx}{\sqrt{\pi}}, \frac{\sin nx}{\sqrt{\pi}}, \cdots$$

是实 $L^2[-\pi, \pi]$ 中的一个完备就范直交系.

证明　所述的三角函数系是就范直交系极易验证. 下面，我们证明它是完备的. 因为 $L^2[-\pi, \pi]$ 是 Hilbert 空间，因此，我们只要证明它是完全的. 设 $f(x) \in L^2[-\pi, \pi]$，且 $\int_{-\pi}^{\pi} f(x) \mathrm{d}x = 0$ 及

$$\int_{-\pi}^{\pi} f(x) \begin{matrix} \cos nx \\ \sin nx \end{matrix} \mathrm{d}x = 0 \quad (n = 1,2,\cdots),$$

我们证明 $f(x) \equiv 0$.

1° 先设 $f(x)$ 连续. 如果 $f(x)$ 不恒等于 0,则存在 $\varepsilon > 0$ 及 $[x_0 - \delta, x_0 + \delta] \subset [-\pi, \pi]$ $(\delta > 0)$ 使

$$f(x) \geqslant \varepsilon, (\text{或 } f(x) \leqslant -\varepsilon) \quad \forall x \in [x_0 - \delta, x_0 + \delta].$$

不失一般性,我们设 $x_0 = 0$,令

$$T_n(x) = (1 + \cos x - \cos\delta)^n, \quad n = 1,2,\cdots$$

则 $T_n(x)$ 是一三角多项式,从而有

$$\int_{-\pi}^{\pi} f(x) T_n(x) = 0. \tag{11·1·20}$$

但是,

$$\int_{-\pi}^{\pi} f(x) T_n(x) \mathrm{d}x = \int_{-\delta}^{\delta} f(x) T_n(x) \mathrm{d}x$$
$$+ \int_{-\pi}^{-\delta} f(x) T_n(x) \mathrm{d}x + \int_{\delta}^{\pi} f(x) T_n(x) \mathrm{d}x$$
$$\geqslant \varepsilon \int_{-\delta}^{\delta} T_n(x) \mathrm{d}x - \int_{-\pi}^{-\delta} |f(x)| \mathrm{d}x - \int_{\delta}^{\pi} |f(x)| \mathrm{d}x$$

而

$$\int_{-\delta}^{\delta} T_n(x) \mathrm{d}x \geqslant \int_{-\frac{\delta}{2}}^{\frac{\delta}{2}} T_n(x) \mathrm{d}x \geqslant \int_{-\frac{\delta}{2}}^{\frac{\delta}{2}} \left(1 + \cos \frac{\delta}{2} - \cos\delta\right)^n \mathrm{d}x$$
$$= \delta \left(1 + \cos \frac{\delta}{2} - \cos\delta\right)^n \to +\infty \quad (n \to \infty),$$

因此,对充分大的 n,我们有

$$\int_{-\pi}^{\pi} f(x) T_n(x) \mathrm{d}x > 0.$$

它与(11·1·20) 矛盾.

2° 在一般情形,令

$$F(x) = \int_{-\pi}^{x} f(t) \mathrm{d}t - \frac{1}{2\pi} \int_{-\pi}^{\pi} \int_{-\pi}^{z} f(t) \mathrm{d}t \mathrm{d}z,$$

它是$[-\pi,\pi]$上的连续函数，且

$$\int_{-\pi}^{\pi} F(x)\mathrm{d}x = 0,$$

又对 $n \geqslant 1$ 有

$$\begin{aligned}
&\int_{-\pi}^{\pi} F(x) \begin{matrix}\cos nx\\ \sin nx\end{matrix} \mathrm{d}x \\
&= \int_{-\pi}^{\pi}\left[\int_{-\pi}^{x} f(t)\mathrm{d}t - \frac{1}{2\pi}\int_{-\pi}^{\pi}\mathrm{d}z\int_{-\pi}^{z} f(t)\mathrm{d}t\right]\begin{matrix}\cos nx\\ \sin nx\end{matrix}\mathrm{d}x \\
&= \int_{-\pi}^{\pi}\int_{-\pi}^{x} f(t)\mathrm{d}t \cdot \frac{1}{n}\mathrm{d}\begin{pmatrix}\sin nx\\ -\cos nx\end{pmatrix} \\
&= \frac{1}{n}\int_{-\pi}^{x} f(t)\mathrm{d}t\begin{pmatrix}\sin nx\\ -\cos nx\end{pmatrix}\Bigg|_{x=-\pi}^{\pi} \mp \frac{1}{n}\int_{-\pi}^{\pi} f(x)\begin{matrix}\sin nx\\ \cos nx\end{matrix}\mathrm{d}x \\
&= 0.
\end{aligned}$$

根据 1° 中所证，$F(x) \equiv 0$，从而 $f(x) \equiv 0$. ▌

类似可证，$\{e^{2in\pi x} \mid n = 0, \pm 1, \pm 2, \cdots\}$ 是复 $L^2[0,1]$ 中的一个完备的就范直交系. 再如，$e_1 = (1,0,0,\cdots)$，$e_2 = (0,1,0,\cdots)\cdots$ 是 l^2 上的一个完备就范直交系.

定理 9　任何一个无穷维的、可分的复(实)Hilbert 空间 H 与复(实)l^2 之间都存在等距的线性同构.

证明　取定 H 中一个完备的就范直交系$\{e_k\}$. 对任意的 $x \in$ H，用(c_k)表 x 关于$\{e_k\}$的 Fourier 系数. 由定理 5，$\overline{x} = (c_1, c_2, \cdots) \in l^2$. 作对应 $\varphi: x \longmapsto \overline{x}$. $\varphi:$ H $\to l^2$ 显然是线性映射. 由于$\{e_k\}$是完备的，所以 φ 是保范的，从而 φ 是等距映射. 再由定理 6，φ 满射. 所以 $\varphi:$ H $\to l^2$ 是等距的线性同构. ▌

定理 9 说明，任何两个无穷维的、可分的复(实)Hilbert 空间都存在等距的线性同构. 根据极化恒等式知所述的同构映射还保持内积不变(即$(\varphi x, \varphi y) = (x, y)$). 所以当限于讨论与线性运算及内积有关的问题时，可把如此的两个空间看成同一个空间而不予区别.

§11·2 Riesz 表示定理

设H是一Hilbert空间,(x,y)为H中元素x、y的内积,如果固定y,那么对每一$x \in \mathsf{H}$,(x,y)对应于一个确定的数.当x在H上变化时,(x,y)可以看作是定义在H上的线性泛函.由内积的性质(Schwarz不等式),$f(x)=(x,y)$是有界线性泛函,且$\|f\|=\|y\|$.

在本节中,我们主要证明

定理1 对于Hilbert空间H中每一有界线性泛函f,必存在唯一的$y \in \mathsf{H}$,使得

$$f(x)=(x,y),\ \forall x \in \mathsf{H} \tag{11·2·1}$$

且

$$\|y\|=\|f\|. \tag{11·2·2}$$

证明 令$\mathsf{M}=\{x \mid x \in \mathsf{H}, f(x)=0\}$,显然M是H的闭子空间.如果$\mathsf{M}=\mathsf{H}$,则取$y=0$,(11·2·1)式自然满足.现设$\mathsf{M} \neq \mathsf{H}$,此时$\mathsf{M}^{\perp} \neq \{0\}$,从而有$y_0 \in \mathsf{M}^{\perp}$,$y_0 \neq 0$存在,可设$\|y_0\|=1$.令

$$y=\overline{f(y_0)}y_0,$$

下证此y即满足(11·2·1).事实上,对任一$x \in \mathsf{H}$,令

$$x_0=x-\frac{f(x)}{f(y_0)}y_0,$$

则$f(x_0)=0$,从而$x_0 \in \mathsf{M}$,于是$(x_0,y_0)=0$,即

$$0=\left(x-\frac{f(x)}{f(y_0)}y_0,y_0\right)=(x,y_0)-\frac{f(x)}{f(y_0)}(y_0,y_0)$$

$$=(x,y_0)-\frac{f(x)}{f(y_0)},$$

故得

$$f(x)=f(y_0)(x,y_0)=(x,\overline{f(y_0)}y_0)=(x,y),$$

即(11·2·1) 式成立.

现在设 $y^* \in \mathsf{H}$ 满足(11·2·1),则对任一 $x \in \mathsf{H}$ 有:

$$(x,y-y^*)=0,$$

特别取 $x=y-y^*$,即得 $\|y-y^*\|=0$,故 $y=y^*$,也就是说,满足(11·2·1) 的 y 必是唯一的.

最后证明 $\|f\|=\|y\|$ 由 Schwarz 不等式:

$$|f(x)|=|(x,y)|\leqslant\|x\|\,\|y\|$$

即得 $\|f\|\leqslant\|y\|$. 另一方面,在(11·2·1) 中取 $x=y$,即得

$$\|f\|\,\|y\|\geqslant|f(y)|=|(y,y)|=\|y\|^2,$$

故得 $\|f\|\geqslant\|y\|$,因此 $\|f\|=\|y\|$. ▌

下面我们由 Riesz 表示定理来说明 Hilbert 空间的"自共轭性".

设 H 是 Hilbert 空间,对每个 $f \in \mathsf{H}^*$,由 Riesz 表示定理,存在唯一的 $y_f \in \mathsf{H}$ 满足

$$f(x)=(x,y_f)\quad(\forall x \in \mathsf{H})\text{ 且 }\|y_f\|=\|f\|.$$

由此我们可以作一个 H^* 到 H 的映射 $V: f\longmapsto y_f$. 由 Riesz 定理知 V 是保范映射. 对每一 $y \in \mathsf{H}$,显然 $(x,y)=f_y(x)$ 定义了 H 上一个有界线性泛函 f_y,并且 $Vf_y=y$,因此 V 满射. 还容易验证,$V: \mathsf{H}^* \to \mathsf{H}$ 是共轭线性同构,即 $V(\alpha f_1+\beta f_2)=\bar{\alpha}Vf_1+\bar{\beta}Vf_2$,因此 $V: \mathsf{H}^* \to \mathsf{H}$ 是保范的共轭线性同构. 我们称此映射为 H^* 到 H 的**自然映射**. 通过自然映射 V 我们可以在 H^* 中定义内积 $(f_1,f_2)=\overline{(Vf_1,Vf_2)}$,显然,此内积导出的范数与 H^* 上原有的范数一致,所以 H^* 是一 Hilbert 空间. 为了讨论问题方便,我们往往在自然映射 V 的意义下把 H^* 等同于 H,因而把 $V(\mathsf{H}^*)=\mathsf{H}$ 简单地记作 $\mathsf{H}^*=\mathsf{H}$,并说 H 的共轭空间是 H 自身. Hilbert 空间的这一性质称为自共轭性. 由自共轭性不难看出 Hilbert 空间必为自反空间.

§11·3 自共轭算子的谱

在本章中自§11·3往后,恒设H是Hilbert空间,并且当无特别声明时恒设所说到的算子是H→H的.

11·3·1 Hilbert 共轭算子

以下总设$V:\mathsf{H}^*\to\mathsf{H}$是自然映射,$A:\mathsf{H}\to\mathsf{H}$是有界线性算子.

由§9·4知,算子A有共轭算子$A^*:\mathsf{H}^*\to\mathsf{H}^*$;还知,一个算子$B:\mathsf{H}^*\to\mathsf{H}^*$为$A$的共轭算子的充要条件是:算子$B$满足条件

$$(Bf)(x)=f(Ax),\quad \forall x\in\mathsf{H},\quad f\in\mathsf{H}^*. \tag{11·3·1}$$

定义1 若H→H的算子A'满足条件

$$(x,A'y)=(Ax,y),\quad \forall x\in\mathsf{H},\quad y\in\mathsf{H}, \tag{11·3·2}$$

就称A'是A的**Hilbert共轭算子**.

A的共轭算子与A的Hilbert共轭算子有何关系?下面我们来讨论这个问题.

A的共轭算子A^*是$\mathsf{H}^*\to\mathsf{H}^*$的,由$A^*$按下式作算子$A^{(*)}$:

$$A^{(*)}:Vf\longmapsto V(A^*f)\ (\forall f\in\mathsf{H}^*), \tag{11·3·3}$$

因为$V:\mathsf{H}^*\to\mathsf{H}$既是共轭线性同构对应又是保范对应,由$A^*:\mathsf{H}^*\to\mathsf{H}^*$是有界线性算子立即知$A^{(*)}$是H→H的有界线性算子(注意,当$f$取遍$\mathsf{H}^*$时$Vf$取遍H).由(11·3·1)知

$$(A^*f)(x)=f(Ax),\quad \forall x\in\mathsf{H},\quad f\in\mathsf{H}^*,$$

从而

$$(x,V(A^*f))=(Ax,Vf),\quad \forall x\in\mathsf{H},\quad f\in\mathsf{H}^*,$$

记 $Vf = y$,则 $V(A^* f) = A^{(*)}y$,由上式得

$$(x, A^{(*)}y) = (Ax, y), \quad \forall x \in \mathsf{H}, \quad y \in \mathsf{H}, \tag{11·3·4}$$

因此 $A^{(*)}$ 是 A 的 Hilbert 共轭算子.

又设 $A': \mathsf{H} \to \mathsf{H}$ 是 A 的 Hilbert 共轭算子,则 A' 满足(11·3·2),再由(11·3·4) 便知

$$(x, A'y) = (x, A^{(*)}y), \quad \forall x \in \mathsf{H}, \quad y \in \mathsf{H},$$

从而对 $\forall y \in \mathsf{H}$ 恒有 $A'y = A^{(*)}y$,即 $A' = A^{(*)}$.

综上所述知,A 的 Hilbert 共轭算子是存在的并且是唯一的(我们暂约定以 A' 记之),它恰是由 A 的共轭算子 A^* 按(11·3·3) 式所作出的有界线性算子 $A^{(*)}$.

由于 V 是 H^* 到 H 的保范的共轭线性同构对应,§11·2 指出可以在对应 V 的意义下把 H^* 与 H 看成是等同的,由于 A^* 与 A' 有上述的关系,我们自然也可以在对应 V 的意义下把 A^* 与 A' 看成是等同的,事实上,A^* 与 A' 中任何一个的性质清楚了,借助于对应 V 进行“翻译”,另一个的性质也就立即清楚了. 由于 A 的 Hilbert 共轭算子 A'(比 A^*)更便于利用内积来进行讨论,今后我们将把它(而不是 A^*)作为直接研究对象,并约定:略去其名称“Hilbert 共轭算子”中的“Hilbert”字样,且改用符号 A^*(而不再用 A')记之. 今后若在原来意义下使用术语“共轭算子”、符号“A^*”,则需要特别声明.

根据定义 1,读者很容易证明共轭算子的下列简单性质:

(i) $(A_1 + A_2)^* = A_1^* + A_2^* \quad (A_1, A_2 \in \mathscr{B}(\mathsf{H}))$;

(ii) $(\lambda A)^* = \bar{\lambda} A^* \quad (\lambda \in K)$;

(iii) $(A_1 A_2)^* = A_2^* A_1^* \quad (A_1, A_2 \in \mathscr{B}(\mathsf{H}))$;

(iv) 若 $A^{-1} \in \mathscr{B}(\mathsf{H})$,则$(A^*)^{-1} = (A^{-1})^*$;

(v) $A^{**} = A$ (A^{**} 意指$(A^*)^*$);

(vi) $\| A^* \| = \| A \|$.

注 注意上面的性质(ii) $(\lambda A)^* = \bar{\lambda} A^*$,它与§9·4的性质(ii)$(\lambda A)^* = \lambda A^*$不同,前条中的"$*$"是指取Hilbert共轭算子,后条中的"$*$"是指取原来意义下的共轭算子. 两种共轭算子在性质上的这一不同之点是由于V是H^*到H的共轭线性同构对应而不是线性同构对应造成的,这一不同显然是非实质性的.

11·3·2 自共轭算子

定义2 设H为Hilbert空间. 有界线性算子$A:\mathsf{H}\to\mathsf{H}$称为**自共轭的**,如果$A^* = A$.

例11·3·1 设$\mathsf{H} = L^2[a,b]$(复的),考虑线性积分算子

$$y(t) = Ax(t) = \int_a^b k(t,s)x(s)\mathrm{d}s, \quad x(t) \in L^2[a,b],$$

其中$k(t,s) \in L^2[a,b,\ a,b]$(复的). 易知,$A:\mathsf{H}\to\mathsf{H}$是有界线性算子. 由于

$$\begin{aligned}(Ax,y) &= \int_a^b \left(\int_a^b k(t,s)x(s)\mathrm{d}s\right)\overline{y(t)}\mathrm{d}t \\ &= \int_a^b\int_a^b k(t,s)x(s)\,\overline{y(t)}\mathrm{d}t\mathrm{d}s \\ &= \int_a^b \left(\overline{\int_a^b \overline{k(t,s)}y(t)\mathrm{d}t}\right)x(s)\mathrm{d}s,\end{aligned}$$

所以

$$A^* y(t) = \int_a^b \overline{k(s,t)}y(s)\mathrm{d}s. \qquad (11\cdot3\cdot5)$$

因此,A是自共轭的充分必要条件是

$$k(t,s) = \overline{k(s,t)}. \qquad (11\cdot3\cdot6)$$

对于实积分核而言,由上可知,A为自共轭的充分必要条件是$k(t,s)$为对称核.

例11·3·2 在$L^2[0,1]$(复的)上考虑算子A:

$$Ax(t) = tx(t),$$

那么算子A是自共轭的. 事实上,对任意$x(t),y(t) \in L^2[0,1]$

有

$$(Ax,y)=\int_0^1 tx(t)\,\overline{y(t)}\,\mathrm{d}t=\int_0^1 x(t)\,\overline{ty(t)}\,\mathrm{d}t$$
$$=(x,Ay).$$

注　由(11·3·2)及定义 2 知，A 是自共轭的充分必要条件为，

$$(Ax,y)=(x,Ay),\quad \forall x,y\in \mathrm{H}.$$

对自共轭线性算子，有下列结论：

1）若 A_1,A_2 是自共轭算子，则 A_1+A_2 也是自共轭的；

2）若 A 是自共轭算子，λ 为实数，则 λA 也是自共轭的；

3）若 A_1,A_2 都是自共轭算子，则 A_1A_2 是自共轭算子的充分必要条件是 A_1 与 A_2 可交换，即 $A_1A_2=A_2A_1$；

4）若 A_n 是自共轭算子，A 为有界线性算子，若

$$\|A_n-A\|\to 0\quad (n\to\infty),$$

则 A 也是自共轭算子.

事实上，

$$\|A_n-A^*\|=\|A_n^*-A^*\|=\|(A_n-A)^*\|$$
$$=\|A_n-A\|\to 0,$$

由极限的唯一性，即得 $A=A^*$.

5）若 A 为自共轭算子，则(Ax,x) 必为实数.

事实上

$$\overline{(Ax,x)}=(x,Ax)=(Ax,x).$$

定义 3　设 $A:\mathrm{H}\to\mathrm{H}$ 是自共轭算子，令

$$m=\inf_{\|x\|=1}(Ax,x),M=\sup_{\|x\|=1}(Ax,x),$$

分别称 m,M 为 A 的**下界与上界**.

定理 1　设 $A:\mathrm{H}\to\mathrm{H}$ 是自共轭算子，m,M 分别为 A 的下界和上界，则

$$\|A\| = \max\{|m|,|M|\} = \sup_{\|x\|=1}|(Ax,x)|. \tag{11·3·7}$$

证明 记

$$N = \max\{|m|,|M|\} = \sup_{\|x\|=1}|(Ax,x)|,$$

当 $\|x\| = 1$ 时

$$|(Ax,x)| \leqslant \|Ax\|\|x\| \leqslant \|A\|\|x\|^2 = \|A\|, \tag{11·3·8}$$

从而

$$N \leqslant \|A\|. \tag{11·3·9}$$

下面证明 $\|A\| \leqslant N$,为此只需证明,对任一 $z \in \mathsf{H}$,有

$$\|Az\| \leqslant N\|z\|.$$

当 $Az = 0$ 时,上式显然成立.

下设 $Az \neq 0$,取 $\lambda^2 = \dfrac{\|Az\|}{\|z\|}$,并令 $u = \dfrac{1}{\lambda}Az$,即得

$$\begin{aligned}
\|Az\|^2 &= (Az,Az) = (A\lambda z, A\frac{1}{\lambda}z) \\
&= \frac{1}{4}[(A(\lambda z+u),\lambda z+u)-(A(\lambda z-u),\lambda z-u)] \\
&\leqslant \frac{1}{4}N[\|\lambda z+u\|^2+\|\lambda z-u\|^2] \\
&= \frac{1}{2}N[\lambda^2\|z\|^2+\frac{1}{\lambda^2}\|Az\|^2] \\
&= N\|z\|\|Az\|,
\end{aligned}$$

于是

$$\|Az\| \leqslant N\|z\|. \tag{11·3·10}$$

由(11·3·9)、(11·3·10) 即得(11·3·7). ▌

11·3·3 自共轭算子的谱

在第十章中我们引进了线性算子谱的概念,下面我们研究

Hilbert 空间中自共轭线性算子谱的性质. 以下, 我们恒设 H 是 Hilbert 空间, A:H → H 是自共轭线性算子.

定理 2　A 的特征值必是实数.

证明　设 λ 是特征值, $x \neq 0$ 是对应于 λ 的特征向量, 则

$$(Ax, x) = (\lambda x, x) = \lambda \| x \|^2,$$

于是

$$\lambda = \frac{(Ax, x)}{\| x \|^2}.$$

注意到 (Ax, x) 是实数, 即知 λ 是实数. ▌

定理 3　对应于 A 的相异特征值的特征向量必直交.

证明　设 $x \neq 0, y \neq 0$ 是分别对应于不同特征值 λ 与 μ 的特征向量(由定理 2, $\lambda \neq \mu$ 皆为实数), 即

$$\left.\begin{aligned} Ax &= \lambda x \\ Ay &= \mu y \end{aligned}\right\}. \tag{11·3·11}$$

由于 A 是自共轭的, 故有

$$(Ax, y) = (x, Ay),$$

再注意到(11·3·11)即得

$$\lambda(x, y) = \mu(x, y),$$

由 $\lambda \neq \mu$ 即知 $(x, y) = 0$. ▌

下面, 我们设 $\lambda \in K$, 且记

$A_\lambda = A - \lambda I$,　$\mathsf{E}_\lambda = \{x \in \mathsf{H} \mid \mathsf{A}_\lambda x = 0\}$,　$\mathsf{G}_\lambda = \mathsf{A}_\lambda(\mathsf{H})$.

定理 4　$\overline{\mathsf{G}_\lambda} = \mathsf{E}_\lambda^{\perp}$, 从而 $\mathsf{H} = \overline{\mathsf{G}_\lambda} \oplus \mathsf{E}_\lambda$.

证明　对 $\lambda = a + ib \in K$(a, b 为实数), 当 $b \neq 0$ 时, 由定理 2 知 $\mathsf{E}_\lambda = \{0\}$, $\mathsf{E}_{\bar\lambda} = \{0\}$, 而当 $b = 0$ 时, $\lambda = \bar\lambda$, 因此, 对任意的数 $\lambda \in K$, 皆有 $\mathsf{E}_\lambda = \mathsf{E}_{\bar\lambda}$. 设 $z \in G_\lambda^{\perp}$, 则

$$(A_\lambda x, z) = 0, \quad \forall x \in \mathsf{H}.$$

故有

$$(x, A_{\bar\lambda} z) = 0, \quad \forall x \in \mathsf{H},$$

从而 $A_{\bar{\lambda}}z=0$,即 $z\in \mathsf{E}_{\bar{\lambda}}=\mathsf{E}_{\lambda}$,因此,$\mathsf{G}_{\lambda}{}^{\perp}\subset \mathsf{E}_{\lambda}$.

反之,设 $z\in \mathsf{E}_{\lambda}=\mathsf{E}_{\bar{\lambda}}$,则对任意的 $x\in \mathsf{H}$ 有

$$0=(x,A_{\bar{\lambda}}z)=(A_{\lambda}x,z),$$

所以,$z\in \mathsf{G}_{\lambda}{}^{\perp}$,故 $\mathsf{E}_{\lambda}\subset \mathsf{G}_{\lambda}{}^{\perp}$. 因而 $\mathsf{E}_{\lambda}=\mathsf{G}_{\lambda}{}^{\perp}$,从而 $\overline{\mathsf{G}}_{\lambda}=\mathsf{E}_{\lambda}{}^{\perp}$,因此 $\mathsf{H}=\overline{\mathsf{G}}_{\lambda}\oplus \mathsf{E}_{\lambda}$. ▌

系 1 (i) λ 是 A 的正则值的充分必要条件是:$\mathsf{G}_{\lambda}=\mathsf{H}$;

(ii) λ 是 A 的谱点的充分必要条件是:$\mathsf{G}_{\lambda}\neq \mathsf{H}$;

(iii) λ 是 A 的特征值的充分必要条件是:$\overline{\mathsf{G}}_{\lambda}\neq \mathsf{H}$.

证明留作习题.

定理 5 λ 是 A 的正则值的充分必要条件是:存在常数 $c>0$,使对一切 $x\in \mathsf{H}$ 皆有

$$\| A_{\lambda}x\|=\| Ax-\lambda x\| \geqslant c\| x\|. \quad (11\cdot 3\cdot 12)$$

证明 必要性. 设 λ 是正则值,则 $A_{\lambda}{}^{-1}:\mathsf{H}\to \mathsf{H}$ 是有界线性算子,于是,对任一 $x\in \mathsf{H}$,令 $y=A_{\lambda}x$,则 $x=A_{\lambda}{}^{-1}y$,所以

$$\| x\|=\| A_{\lambda}{}^{-1}y\| \leqslant \| A_{\lambda}{}^{-1}\| \| y\|=\| A_{\lambda}{}^{-1}\| \| A_{\lambda}x\|,$$

从而,只需令 $c=\| A_{\lambda}{}^{-1}\|^{-1}$,即得(11・3・12).

充分性. 由(11・3・12)知,$\mathsf{E}_{\lambda}=\{0\}$,从而,由定理 4,$\overline{\mathsf{G}}_{\lambda}=\mathsf{H}$. 下面证明 $\mathsf{G}_{\lambda}=\overline{\mathsf{G}}_{\lambda}$,即证 G_{λ} 是闭集. 设 $y_n\in \mathsf{G}_{\lambda}$,$y_n\to y^*$. 对每一 n,取 $x_n\in \mathsf{H}$,使 $y_n=A_{\lambda}x_n$,由(11・3・12)

$$\| y_n-y_m\|=\| A_{\lambda}(x_n-x_m)\| \geqslant c\| x_n-x_m\|,$$

从而 $\{x_n\}$ 也是一基本列. 设 $x_n\to x^*\in \mathsf{H}$,由 A_{λ} 的连续性

$$A_{\lambda}x^*=\lim_{n\to\infty}A_{\lambda}x_n=\lim_{n\to\infty}y_n=y^*,$$

即 $y^*\in \mathsf{G}_{\lambda}$. 这说明 G_{λ} 是闭集,即 $\mathsf{G}_{\lambda}=\overline{\mathsf{G}}_{\lambda}=\mathsf{H}$. 由定理 4 的系 1(i)即知 λ 是正则值. ▌

由于(11・3・12)等价于:对任一 $x\in \mathsf{H}$,$\| x\|=1$,有

$$\| A_{\lambda}x\| \geqslant c>0,$$

因此,我们可得:

系 2　λ 是 A 的谱点的充分必要条件是：有点列 $x_n \in \mathsf{H}$，$\| x_n \| = 1\ (n = 1,2,\cdots)$，使

$$\| A_\lambda x_n \| = \| Ax_n - \lambda x_n \| \to 0 \quad (当\ n \to \infty).$$

定理 6　当 H 是复空间时任何 $\lambda = \alpha + i\beta(\beta \neq 0)$ 都是 A 的正则值.

证明　事实上，对任一 $x \in \mathsf{H}$，只要注意到 (Ax,x) 是实数，便可得：

$$\begin{aligned}\| A_\lambda x \| \| x \| &\geqslant |(A_\lambda x,x)| = |\lambda(x,x) - (Ax,x)| \\ &= |\alpha(x,x) + i\beta(x,x) - (Ax,x)| \\ &\geqslant |\beta(x,x)| = |\beta| \| x \| \| x \|,\end{aligned}$$

从而

$$\| A_\lambda x \| \geqslant |\beta| \| x \|.$$

根据定理 5 即知 λ 是正则值. ▌

定理 7　m,M 分别表 A 的下界与上界，即 $m = \inf\limits_{\| x \| = 1}(Ax,x)$，$M = \sup\limits_{\| x \| = 1}(Ax,x)$，则 A 的谱完全含于实轴上的闭区间 $[m,M]$ 中.

证明　由定理 6，A 的谱含于实轴上.

1° 当实数 $\lambda < m$ 时：

$$\begin{aligned}\| A_\lambda x \| \| x \| &\geqslant (A_\lambda x,x) = (Ax,x) - \lambda(x,x) \\ &\geqslant m(x,x) - \lambda(x,x) = (m-\lambda) \| x \|^2,\end{aligned}$$

从而

$$\| A_\lambda x \| \geqslant (m-\lambda) \| x \|.$$

因 $m - \lambda > 0$，根据定理 5，λ 是正则值.

2° 当实数 $\lambda > M$ 时，类似地可证得

$$\| A_\lambda x \| \geqslant (\lambda - M) \| x \|,$$

从而 λ 也是正则值. ▌

定理 8　A 的上界 M 与下界 m 都是谱点.

证明 $$\inf_{\|x\|=1}(A_m x,x)=\inf_{\|x\|=1}[(Ax,x)-m(x,x)]$$
$$=\inf_{\|x\|=1}(Ax,x)-m=m-m=0;$$
$$\sup_{\|x\|=1}(A_m x,x)=\sup_{\|x\|=1}(Ax,x)-m=M-m\geqslant 0.$$

根据定理 1 知：$\|A_m\|=M-m$，且存在一元素列 $x_n\in \mathrm{H}$，$\|x_n\|=1\quad(n=1,2,\cdots)$ 使
$$(A_m x_n,x_n)\to M-m,\quad(\text{当 } n\to\infty),\tag{11·3·13}$$
从而
$$\begin{aligned}&\|A_M x_n\|^2=(Ax_n-Mx_n,Ax_n-Mx_n)\\&=(Ax_n-mx_n+mx_n-Mx_n,Ax_n-mx_n+mx_n-Mx_n)\\&=(A_m x_n-(M-m)x_n,A_m x_n-(M-m)x_n)\\&=(A_m x_n,A_m x_n)-2(M-m)(A_m x_n,x_n)+(M-m)^2\\&\leqslant\|A_m\|^2\|x_n\|^2-2(M-m)(A_m x_n,x_n)+(M-m)^2\\&=2(M-m)^2-2(M-m)(A_m x_n,x_n)\to 0,\text{当 } n\to\infty.\end{aligned}$$
因此
$$\|A_M x_n\|\to 0.\tag{11·3·14}$$
根据系 2，M 是谱点.

关于 m 是谱点可类似地证明，留作习题. ▌

系 3 自共轭线性算子的谱一定是非空的.

例 11·3·3 设 $A=I$，即 A 是不变算子，于是 $A_\lambda=(1-\lambda)I$，由此可知它只有一个特征值 $\lambda=1$，其余的 λ 都是正则值，且
$$R_\lambda=A_\lambda^{-1}=\frac{1}{1-\lambda}I.$$

例 11·3·4 在例11·3·2 中我们已证明：算子 A
$$Ax(t)=tx(t)$$
是 $L^2[0,1]$ 上的自共轭算子. 现在我们证明闭区间$[0,1]$恰好是 A 的谱. 事实上，由于
$$(Ax,x)=\int_0^1 t|x(t)|^2\mathrm{d}t,$$

故当 $\| x \| = \left(\int_0^1 |x(t)|^2 \mathrm{d}t\right)^{1/2} = 1$ 时，恒有 $0 \leqslant (Ax,x) \leqslant 1$. 由此可知 $0 \leqslant m \leqslant M \leqslant 1$，因此，只需证明 $[0,1]$ 中任何 λ 都是 A 的谱点.

显然存在一个正数 $\varepsilon < \frac{1}{2}$ 使 $[\lambda,\lambda+\varepsilon]$（或 $[\lambda-\varepsilon,\lambda]$）完全含于 $[0,1]$ 中，令

$$x_\varepsilon(t) = \begin{cases} \dfrac{1}{\sqrt{\varepsilon}}, & t \in [\lambda,\lambda+\varepsilon]; \\ 0, & t \overline{\in} [\lambda,\lambda+\varepsilon]. \end{cases}$$

于是

$$\| x_\varepsilon \| = \left(\int_0^1 x_\varepsilon^2(t)\mathrm{d}t\right)^{1/2} = \left(\int_\lambda^{\lambda+\varepsilon} \frac{1}{\varepsilon}\mathrm{d}t\right)^{1/2} = 1,$$

且

$$\begin{aligned} \| A_\lambda x_\varepsilon \| &= \left(\int_0^1 (tx_\varepsilon(t) - \lambda x_\varepsilon(t))^2 \mathrm{d}t\right)^{1/2} \\ &= \left(\int_\lambda^{\lambda+\varepsilon} (t-\lambda)^2 \frac{1}{\varepsilon}\mathrm{d}t\right)^{1/2} = \left(\frac{1}{\varepsilon} \cdot \frac{1}{3}(t-\lambda)^3 \Big|_\lambda^{\lambda+\varepsilon}\right)^{1/2} \\ &= \frac{1}{\sqrt{3}}\varepsilon \to 0 \quad (\text{当 } \varepsilon \to 0) \end{aligned}$$

于是根据系 2，λ 是谱点.

§11·4　自共轭全连续算子的谱分解

在这一节中恒设 H 是 Hilbert 空间，A:H→H 是自共轭全连续线性算子，且 $A \neq 0$.

结合 §10·1 ~ §10·3 及 §11·3 的结果，可得下列明显的结论（命题 1 ~ 4）：

命题 1　A 有非零特征值，A 的所有特征值全是实数.

命题 2 A只有有限个或可列个特征值λ_n. 如果A有可列个特征值$\lambda_1,\lambda_2,\cdots$ 则$\lambda_n\to 0$. A的对应于每个非零特征值的特征子空间是有限维的.

下面记

$$\mathsf{E}(\lambda)=\{x\in\mathsf{H}\,|\,Ax-\lambda x=0\},$$
$$\mathsf{G}(\lambda)=(A-\lambda I)(\mathsf{H}),$$

其中$\lambda\in K$,在这个记号下$\mathsf{E}(0)$就是A的零子空间,$\mathsf{G}(0)$是A的值域$A(\mathsf{H})$.

命题 3 $\mathsf{E}(\lambda)=\mathsf{G}(\lambda)^{\perp}$. 当$\lambda\neq 0$时,$\mathsf{G}(\lambda)$是$\mathsf{H}$的闭子空间,从而

$$\mathsf{H}=\mathsf{E}(\lambda)\oplus\mathsf{G}(\lambda).\quad \mathsf{H}=\mathsf{E}(0)\oplus\overline{\mathsf{G}(0)}.$$

命题 4 当$\lambda_1\neq\lambda_2$时$\mathsf{E}(\lambda_1)\perp\mathsf{E}(\lambda_2)$.

引理 1 $\mathsf{E}(\lambda)$与$\mathsf{G}(\lambda)$都是A的不变子空间.

证明 设$x\in\mathsf{G}(\lambda)$,则有$y\in\mathsf{H}$使$x=(A-\lambda I)y$,所以

$$Ax=(A-\lambda I)Ay,$$

即$Ax\in\mathsf{G}(\lambda)$,所以$\mathsf{G}(\lambda)$是A的不变子空间. $\mathsf{E}(\lambda)$显然是A的不变子空间. ▌

引理 2 设$\{\lambda_1,\lambda_2,\cdots\}$是$A$的非零特征值的全体,则

$$\bigcap_n\mathsf{G}(\lambda_n)=\mathsf{E}(0).$$

证明 设$\mathsf{N}=\bigcap_n\mathsf{G}(\lambda_n)$. 因为每个$\mathsf{G}(\lambda_n)$都是$\mathsf{H}$的闭子空间,所以$\mathsf{N}$是$\mathsf{H}$的闭子空间,从而$\mathsf{N}$也是一个 Hilbert 空间. 下证$\mathsf{N}\subset\mathsf{E}(0)$. 根据引理1易知$\mathsf{N}$是$A$的不变子空间. 所以把$A$看成是$\mathsf{N}$上的算子时它也是自共轭全连续线性算子. 如果$A$在$\mathsf{N}$上不是零算子,则它有非零特征值$\lambda$,于是必有$n_0$使$\lambda=\lambda_{n_0}$. 这样一来,

$$\mathsf{N}\cap\mathsf{E}(\lambda_{n_0})\neq\{0\}.$$

但$\mathsf{N}\subset\mathsf{G}(\lambda_{n_0})$,故

$$\mathsf{E}(\lambda_{n_0})\cap\mathsf{G}(\lambda_{n_0})\neq\{0\},$$

此与 $\mathsf{E}(\lambda_{n0}) = \mathsf{G}(\lambda_{n0})^{\perp}$ 矛盾. 所以 A 作为 N 上的算子是零算子, 即对所有 $x \in \mathsf{N}, Ax = 0$. 所以 $\mathsf{N} \subset \mathsf{E}(0)$. 其次, 由命题 3,4 易知

$$\mathsf{E}(0) \subset \mathsf{G}(\lambda_n)(n = 1,2,\cdots),$$

所以

$$\mathsf{E}(0) \subset \bigcap_n \mathsf{G}(\lambda_n) = \mathsf{N},$$

从而　$\mathsf{N} = \mathsf{E}(0)$, 即　$\mathsf{E}(0) = \bigcap_n \mathsf{G}(\lambda_n)$. ▌

现在设 $\{\lambda_1, \lambda_2, \cdots\}$ 是 A 的全体非零特征值, 由命题 2, 每个 $\mathsf{E}(\lambda_i)$ 都是有限维的. 设 $\mathsf{E}(\lambda_i)$ 的维数为 k_i. 在每个 $\mathsf{E}(\lambda_i)$ 中取一个就范直交基底 $\{x_1^{(i)}, \cdots, x_{k_i}^{(i)}\}(i = 1,2,\cdots)$. 由命题 4 易知

$$\{x_j^{(i)} \mid 1 \leqslant j \leqslant k_i, i = 1,2,\cdots\}$$

是 H 中一个就范直交系, 把它的元排成一列并记为 $e_1, e_2, \cdots, e_k, \cdots$ 并用 μ_k 表 e_k 所对应的特征值(以下 e_k, μ_k 的意义皆如此). $\{e_k\}$ 所张成的闭子空间记为 M. 因为

$$e_k \perp \mathsf{E}(0) \quad (k = 1,2,\cdots),$$

所以 $\mathsf{M} \perp \mathsf{E}(0)$, 从而 $\mathsf{M} \subset \overline{\mathsf{G}(0)}$.

定理 1　$\mathsf{H} = \mathsf{M} \oplus \mathsf{E}(0)$, 从而 $\mathsf{M} = \overline{\mathsf{G}(0)}$.

证明　设 $x \in \mathsf{H}$, 记

$$y = \sum_k (x, e_k) e_k \in \mathsf{M}, \quad z = x - y.$$

因为

$$(z, e_k) = (x, e_k) - (y, e_k) = 0 (k = 1,2,\cdots),$$

所以

$$z \perp \mathsf{E}(\lambda_i)(i = 1,2,\cdots).$$

由命题 3,

$$z \in \mathsf{G}(\lambda_i)(i = 1,2,\cdots),$$

所以

$$z \in \bigcap_i \mathsf{G}(\lambda_i) = \mathsf{E}(0)(\text{引理 } 2).$$

所以

$$\mathsf{H} = \mathsf{M} \oplus \mathsf{E}(0).$$

但已知

$$\mathsf{H} = \overline{\mathsf{G}(0)} \oplus \mathsf{E}(0), \quad \mathsf{M} \subset \overline{\mathsf{G}(0)}.$$

所以 $\mathsf{M} = \overline{\mathsf{G}(0)}$. ▌

系 1 $\{e_k\}$ 是H中完备就范直交系的充分必要条件是:零不是 A 的特征值.

系 2 设 $y \in \overline{\mathsf{G}(0)}$,那么,存在 $x \in \mathsf{H}$ 使 $y = Ax$ 的充分必要条件是级数

$$\sum_k \frac{(y, e_k)}{\mu_k} e_k \tag{11·4·1}$$

收敛.

由定理 1 不难证明下面的定理 2、3.

定理 2 H中存在一个由 A 的特征向量组成的完备就范直交系。

定理 3 对任何 $x \in \mathsf{H}$

$$Ax = \sum_k (Ax, e_k) e_k = \sum_k (x, Ae_k) e_k = \sum_k \mu_k (x, e_k) e_k.$$

定理 4 设 $\lambda \neq 0, \lambda \neq \mu_k (k = 1, 2, \cdots)$,则 $A - \lambda I$ 有定义在整个H上的有界逆 $(A - \lambda I)^{-1}$,且对任一 $x \in \mathsf{H}$ 有

$$(A - \lambda I)^{-1} x = -\frac{1}{\lambda} x - \frac{1}{\lambda} \sum_k \frac{\mu_k}{\lambda - \mu_k} (x, e_k) e_k. \tag{11·4·2}$$

证明 因为全连续线性算子的非零谱点都是特征值,故在定理条件下 λ 是 A 的正则值,所以 $(A - \lambda I)^{-1}$ 存在且有界. 下证(11·4·2).

首先指出,(11·4·2) 右端级数收敛. 事实上,当 A 有无穷多个特征值时必有 $\mu_k \to 0 (k \to \infty)$,所以

$$\alpha = \sup_k \left| \frac{\mu_k}{\lambda - \mu_k} \right| < \infty.$$

由此可知

$$\sum_k \left| \frac{\mu_k}{\lambda - \mu_k}(x, e_k) \right|^2 \leqslant \sum_k \alpha^2 \mid (x, e_k) \mid^2 \leqslant \alpha^2 \| x \|^2.$$

由 Riesz-Fiesher 定理即知(11・4・2) 右端级数对任何 x 都收敛.
设

$$y = -\frac{1}{\lambda}x - \frac{1}{\lambda}\sum_k \frac{\mu_k}{\lambda - \mu_k}(x, e_k)e_k, \qquad (11 \cdot 4 \cdot 3)$$

则

$$(y, e_k) = -\frac{1}{\lambda}(x, e_k) - \frac{\mu_k (x, e_k)}{\lambda(\lambda - \mu_k)} = -\frac{(x, e_k)}{\lambda - \mu_k}.$$

由定理 3,

$$Ay = \sum_k \mu_k (y, e_k) e_k = -\sum_k \frac{\mu_k}{\lambda - \mu_k}(x, e_k)e_k. \qquad (11 \cdot 4 \cdot 4)$$

比较(11・4・3)(11・4・4) 即得

$$y = -\frac{1}{\lambda}x + \frac{1}{\lambda}Ay,$$

所以 $x = Ay - \lambda y$ 即$(A - \lambda I)^{-1} x = y$. ▌

当$\lambda \neq 0$ 是 A 的特征值时我们有

定理 5　设$\lambda = \lambda_{i0}$,则方程

$$Ax - \lambda_{i0}\, x = y \qquad (11 \cdot 4 \cdot 5)$$

有解的充分必要条件是 $y \perp \mathsf{E}(\lambda_{i_0})$,当有解时方程(11・4・5) 的一般解是

$$x = -\frac{1}{\lambda_{i0}}y - \frac{1}{\lambda_{i0}} \sum_{\mu_k \neq \lambda_{i_0}} \frac{\mu_k}{\lambda_{i_0} - \mu_k}(y, e_k)e_k + \omega,$$

其中 $\omega \in \mathsf{E}(\lambda_{i0})$.

这个定理的证明不难,留作习题.

作为前面定理的应用例子，我们给出

定理 6 设 $k(x,y)\in$ (实)$L^2([a,b]\times[a,b])$，$k(x,y)=k(y,x)$，A 表以 $k(x,y)$ 为核的积分算子：

$$A\varphi(x)=\int_a^b k(x,y)\varphi(y)\mathrm{d}y,\ \forall\,\varphi\in(\text{实})L^2[a,b],$$

则：(i) A 有有限个或可列个特征值$\{\lambda_i\}$；

(ii) A 的对应于每个非零特征值 λ_i 的特征子空间是有限维的；

(iii) $L^2[a,b]$ 中存在一个由 A 的特征函数组成的完备就范直交系$\{\varphi_i(x)\}$；

(iv) 设 φ_i 所对应的特征值为 μ_i，则

$$k(x,y)=\sum_i\mu_i\,\varphi_i(x)\varphi_i(y)\quad(\text{按平均收敛}).\tag{11·4·6}$$

证明 因为 A:$L^2[a,b]\to L^2[a,b]$ 是自共轭全连续线性算子(见 §10·1 例 10·1·2 及 §11·3 例 11·3·1). 所以结论(i)(ii)(iii) 可以由命题 2 及定理 2 得出. 下证(iv). 首先容易看出

$$\Phi_i(x,y)=\varphi_i(x)\varphi_i(y)(i=1,2,\cdots)$$

是 $L^2([a,b]\times[a,b])$ 中一个就范直交系. 所以级数

$$\sum_i(k,\Phi_i)\Phi_i(x,y)$$

在 $L^2([a,b]\times[a,b])$ 中收敛. 即

$$\sum_i\Big(\int_a^b\int_a^b k(x,y)\varphi_i(x)\varphi_i(y)\mathrm{d}x\mathrm{d}y\Big)\varphi_i(x)\varphi_i(y)$$

$$=\sum_i\Big(\int_a^b\mu_i\varphi_i(x)\varphi_i(x)\mathrm{d}x\Big)\varphi_i(x)\varphi_i(y)=\sum_i\mu_i\varphi_i(x)\varphi_i(y)$$

在 $L^2([a,b]\times[a,b])$ 中收敛.

根据定理 3，对任何 $\varphi(x)\in L^2[a,b]$ 有

$$\int_a^b k(x,y)\varphi(y)\mathrm{d}y=\sum_i\mu_i\Big(\int_a^b\varphi_i(y)\varphi(y)\mathrm{d}y\Big)\varphi_i(x)$$

(在 $L^2[a,b]$ 中上式右端级数收敛于左端)，所以对任何 $f(x) \in L^2[a,b]$，

$$\begin{aligned}&\int_a^b\int_a^b k(x,y)\varphi(y)f(x)\mathrm{d}y\mathrm{d}x\\&= \sum_i \mu_i \int_a^b\int_a^b \varphi_i(y)\varphi_i(x)\varphi(y)f(x)\mathrm{d}y\mathrm{d}x\\&= \int_a^b\int_a^b \Big(\sum_i \mu_i\varphi_i(x)\varphi_i(y)\Big)\varphi(y)f(x)\mathrm{d}y\mathrm{d}x,\end{aligned}$$

再注意到形如 $\varphi(y)f(x)$ 的函数及其有限线性组合的全体在 $L^2([a,b]\times[a,b])$ 中稠密，故按平均收敛

$$k(x,y) = \sum_i \mu_i\varphi_i(x)\varphi_i(y). \quad \blacksquare$$

§11·5 投影算子

设 L 是 Hilbet 空间 H 的一个闭子空间，由直交分解定理，

$$\mathsf{H} = \mathsf{L} \oplus \mathsf{L}^\perp$$

即对任一 $x \in \mathsf{H}$，皆可唯一地表示成

$$x = y + z,$$

其中 $y \in \mathsf{L}, z \in \mathsf{L}^\perp$. 利用此直交分解，我们可定义一个算子

$$P_L : x \longmapsto y.$$

显然，$P_L(\mathsf{H}) = \mathsf{L}$. 我们称 P_L 为将 H 投影到子空间 L 上的**投影算子**. 容易验证，P_L 是有界线性算子，且当 $\mathsf{L} \neq \{0\}$ 时，$\| P_L \| = 1$.

事实上，设

$$x_1 = y_1 + z_1, x_2 = y_2 + z_2, y_1, y_2 \in \mathsf{L}, z_1, z_2 \in \mathsf{L}^\perp,$$

则

$$\alpha x_1 + \beta x_2 = (\alpha y_1 + \beta y_2) + (\alpha z_1 + \beta z_2),$$

因 $\mathsf{L}, \mathsf{L}^\perp$ 都是 H 的子空间，故

$$\alpha y_1 + \beta y_2 \in \mathsf{L}, \quad \alpha z_1 + \beta z_2 \in \mathsf{L}^\perp,$$

从而

$$P_L(\alpha x_1+\beta x_2)=\alpha y_1+\beta y_2=\alpha P_L x_1+\beta P_L x_2,$$

故 P_L 是线性的. 又对任一 $x\in\mathsf{H}, x=y+z, y\in\mathsf{L}, z\in\mathsf{L}^{\perp}$,有 $z\perp y$,从而

$$\begin{aligned}\|x\|^2&=\|y+z\|^2=\|y\|^2+\|z\|^2\\&\geqslant\|y\|^2=\|P_Lx\|^2,\end{aligned}$$

故 $\|P_L\|\leqslant 1$. 又若 $x\in\mathsf{L}, x\neq 0$,则 $P_Lx=x$,故

$$\|x\|=\|P_Lx\|\leqslant\|P_L\|\,\|x\|,$$

因此 $\|P_L\|\geqslant 1$,从而 $\|P_L\|=1$.

定理 1 线性算子 $P:\mathsf{H}\to\mathsf{H}$ 是投影算子的充分必要条件是:

1) P 是自共轭算子,

2) $P^2=P$.

证明 必要性. 设 P 是投影算子,$P(\mathsf{H})=\mathsf{L}$. 对任意 $x_1, x_2\in\mathsf{H}$,令 $y_1=Px_1, y_2=Px_2$,则:

$$z_1=x_1-y_1\in\mathsf{L}^{\perp},\quad z_2=x_2-y_2\in\mathsf{L}^{\perp},$$

从而

$$\begin{aligned}(Px_1,x_2)&=(y_1,y_2+z_2)=(y_1,y_2);\\(x_1,Px_2)&=(y_1+z_1,y_2)=(y_1,y_2),\end{aligned}$$

故

$$(Px_1,x_2)=(x_1,Px_2).$$

即 P 是自共轭的.

又对任一 $y\in\mathsf{L}$,有 $Py=y$,及对任一 $x\in\mathsf{H}$ 有 $Px\in\mathsf{L}$,故

$$P^2x=P(Px)=Px,$$

即 $P^2=P$.

充分性. 设 $P=P^2$ 是自共轭算子,$\mathsf{L}=P(\mathsf{H})$,则 L 是 H 的一个子空间. 我们证明 L 是 H 的闭子空间. 设 $y_n\in\mathsf{L}, y_n\to y$,则有 $x_n\in\mathsf{H}, Px_n=y_n$. 从而

$$Py_n=P^2x_n=Px_n=y_n,$$

但由 P 的连续性知，$Py_n \to Py$，因此 $y_n \to Py$，再由极限的唯一性，$y = Py \in \mathsf{L}$，即 L 是闭的. 现在我们证明 $P = P_L$. 为此，显然只需证明对任意 $x \in \mathsf{H}$，有 $x - Px \perp \mathsf{L}$. 又因为 $P(\mathsf{H}) = \mathsf{L}$，故只需证明，对任意的 $x, x' \in \mathsf{H}$，有 $x - Px \perp Px'$. 但这可由 P 的自共轭性及 $P^2 = P$ 推出：

$$\begin{aligned}(x - Px, Px') &= (P(x - Px), x') = (Px - P^2 x, x') \\ &= (Px - Px, x') = 0. \ \blacksquare\end{aligned}$$

定义 1　如果 $P_{L_1} P_{L_2} = 0$，则称投影算子 P_{L_1} 与 P_{L_2} 是**直交**的，记作 $P_{L_1} \perp P_{L_2}$.

注　$P_{L_1} P_{L_2} = 0$ 的充分必要条件是 $P_{L_2} P_{L_1} = 0$.

事实上，若 $P_{L_1} P_{L_2} = 0$，则

$$0 = 0^* = (P_{L_1} P_{L_2})^* = P_{L_2}^* P_{L_1}^* = P_{L_2} P_{L_1}$$

反之，$P_{L_2} P_{L_1} = 0$，则

$$P_{L_1} P_{L_2} = P_{L_1}^* P_{L_2}^* = (P_{L_2} P_{L_1})^* = 0^* = 0.$$

引理 1　$P_{L_1} \perp P_{L_2}$ 的充分必要条件是 $\mathsf{L}_1 \perp \mathsf{L}_2$.

证明　必要性. 设 $P_{L_1} \perp P_{L_2}$，即 $P_{L_1} P_{L_2} = 0$，则对任意 $x_1 \in \mathsf{L}_1, x_2 \in \mathsf{L}_2$，皆有

$$(x_1, x_2) = (P_{L_1} x_1, P_{L_2} x_2) = (x_1, P_{L_1} P_{L_2} x_2) = (x_1, 0) = 0.$$

充分性. 设 $\mathsf{L}_1 \perp \mathsf{L}_2$，则对任意 $x \in \mathsf{H}$，皆有 $P_{L_2} x \in \mathsf{L}_2$，从而 $P_{L_1} P_{L_2} x = 0$. 即 $P_{L_1} P_{L_2} = 0$. $\blacksquare$

定理 2　$P_{L_1} + P_{L_2}$ 仍是投影算子的充分必要条件是 $P_{L_1} \perp P_{L_2}$. 且在此时有

$$P_{L_1} + P_{L_2} = P_{L_1 \oplus L_2}. \tag{11·5·1}$$

证明　必要性. 设 $P_{L_1} + P_{L_2}$ 是投影算子，则根据定理 1，有

$$(P_{L_1} + P_{L_2})^2 = P_{L_1} + P_{L_2},$$

因此有

$$P_{L_1} P_{L_2} + P_{L_2} P_{L_1} = 0, \tag{11·5·2}$$

以 P_{L_1} 左乘之，即得

$$P_{L_1}P_{L_2}+P_{L_1}P_{L_2}P_{L_1}=0,\qquad(11\cdot5\cdot3)$$

再以 P_{L_1} 右乘上式,即得

$$P_{L_1}P_{L_2}P_{L_1}=0,\qquad(11\cdot5\cdot4)$$

由(11·5·3)、(11·5·4) 即知 $P_{L_1}P_{L_2}=0$.

充分性.设 $P_{L_1}\perp P_{L_2}$,则

$$P_{L_1}P_{L_2}=P_{L_2}P_{L_1}=0,$$

从而

$$(P_{L_1}+P_{L_2})^2=P_{L_1}^2+P_{L_1}P_{L_2}+P_{L_2}P_{L_1}+P_{L_2}^2=P_{L_1}+P_{L_2},$$

再注意到 $P_{L_1}+P_{L_2}$ 也是自共轭的,根据定理 1 即知 $P_{L_1}+P_{L_2}$ 是投影算子.

最后证明(11·5·1) 式.由引理 1 知 $\mathsf{L}_1\perp\mathsf{L}_2$.设 $x\in\mathsf{H}$,则

$$(P_{L_1}+P_{L_2})x=P_{L_1}x+P_{L_2}x=y_1+y_2\in\mathsf{L}_1\oplus\mathsf{L}_2.$$

又若 $x\in\mathsf{L}_1\oplus\mathsf{L}_2$,可设 $x=y_1+y_2$,$y_1\in\mathsf{L}_1$,$y_2\in\mathsf{L}_2$,于是

$$(P_{L_1}+P_{L_2})x=P_{L_1}x+P_{L_2}x=y_1+y_2=x,$$

由此可知(11·5·1) 式成立. ▌

定理 3 $P_{L_1}P_{L_2}$ 仍是投影算子的充分必要条件是 P_{L_1} 与 P_{L_2} 可交换,即 $P_{L_1}P_{L_2}=P_{L_2}P_{L_1}$.且在此有

$$P_{L_1}P_{L_2}=P_{L_1\cap L_2}.\qquad(11\cdot5\cdot5)$$

证明 必要性.设 $P_{L_1}P_{L_2}$ 是投影算子,则根据定理 1,有

$$P_{L_1}P_{L_2}=(P_{L_1}P_{L_2})^*=P_{L_2}{}^*P_{L_1}{}^*=P_{L_2}P_{L_1}.$$

充分性.若 $P_{L_1}P_{L_2}=P_{L_2}P_{L_1}$,则 $P_{L_1}P_{L_2}$ 是自共轭的且

$$(P_{L_1}P_{L_2})^2=P_{L_1}P_{L_2}P_{L_1}P_{L_2}=P_{L_1}^2P_{L_2}^2=P_{L_1}P_{L_2},$$

根据定理 1 即知 $P_{L_1}P_{L_2}$ 是投影算子.

最后证明(11·5·5) 式.事实上,若 $x\in\mathsf{H}$,则

$$P_{L_1}P_{L_2}x=P_{L_2}P_{L_1}x,$$

故 $P_{L_1}P_{L_2}x\in\mathsf{L}_1\cap\mathsf{L}_2$.又若 $x\in\mathsf{L}_1\cap\mathsf{L}_2$,则

$$P_{L_1}P_{L_2}x=P_{L_1}x=x,$$

因此(11·5·5) 成立. ▌

定义 2　如果 $P_{L_1}P_{L_2}=P_{L_2}$，则称 P_{L_2} 是 P_{L_1} 的**部分算子**，记为 $P_{L_2}\leqslant P_{L_1}$.

注　显然，$P_{L_2}\leqslant P_{L_1}$ 的充分必要条件是 $P_{L_2}P_{L_1}=P_{L_2}$.

引理 2　$P_{L_2}\leqslant P_{L_1}$ 的充分必要条件是 $\mathsf{L}_2\subset\mathsf{L}_1$.

证明　若 $P_{L_1}P_{L_2}=P_{L_2}$，则

$$\mathsf{L}_2=P_{L_2}(\mathsf{H})=P_{L_1}P_{L_2}(\mathsf{H})=P_{L_1}(\mathsf{L}_2)\subset\mathsf{L}_1.$$

反之，若 $\mathsf{L}_2\subset\mathsf{L}_1$，则对任意 $x\in\mathsf{H}$，$P_{L_2}x\in\mathsf{L}_2\subset\mathsf{L}_1$，故 $P_{L_1}(P_{L2}x)=P_{L_2}x$. 即 $P_{L_1}P_{L_2}=P_{L_2}$. ▌

定理 4　$P_{L_2}\leqslant P_{L_1}$ 的充分必要条件是：对任意的 $x\in\mathsf{H}$，皆有

$$\|P_{L_2}x\|\leqslant\|P_{L_1}x\|.\tag{11·5·6}$$

证明　必要性. 由 $P_{L_2}P_{L_1}=P_{L_2}$，那么对任意 $x\in\mathsf{H}$ 有

$$\|P_{L_2}x\|=\|P_{L_2}P_{L_1}x\|\leqslant\|P_{L_2}\|\,\|P_{L_1}x\|\leqslant\|P_{L_1}x\|.$$

充分性. 设(11·5·6)对任意 $x\in\mathsf{H}$ 成立，那么，当 $x\in\mathsf{L}_2$ 时，

$$\|x\|=\|P_{L_2}x\|\leqslant\|P_{L_1}x\|\leqslant\|P_{L_1}\|\,\|x\|\leqslant\|x\|,$$

因此

$$\|P_{L_1}x\|=\|x\|.\tag{11·5·7}$$

但 $x=P_{L_1}x+(x-P_{L_1}x)$，$x-P_{L1}x\in\mathsf{L}_1{}^{\perp}$，故

$$\|x\|^2=\|P_{L_1}x\|^2+\|x-P_{L_1}x\|^2,$$

从而，再注意到(11·5·7)，即得

$$x-P_{L_1}x=0.$$

即 $x=P_{L_1}x\in\mathsf{L}_1$，即 $\mathsf{L}_2\subset\mathsf{L}_1$. 由引理 2，$P_{L_2}\leqslant P_{L_1}$. ▌

定理 5　$P_{L_1}-P_{L_2}$ 是投影算子的充分必要条件是 $P_{L_2}\leqslant P_{L_1}$. 且在此时有

$$P_{L_1}-P_{L_2}=P_{L_1\ominus L_2},\tag{11·5·8}$$

其中 $\mathsf{L}_1\ominus\mathsf{L}_2$ 表 L_2 在 L_1 中的直交余空间.

证明　充分性. 设 $P_{L_2}\leqslant P_{L_1}$，于是

$$\mathsf{L}_1=\mathsf{L}_2\oplus(\mathsf{L}_1\ominus\mathsf{L}_2).$$

根据定理 2

$$P_{L_1}=P_{L_2}+P_{L_1\ominus L_2}$$

从而

$$P_{L_1} - P_{L_2} = P_{L_1 \ominus L_2}$$

是投影算子,且有表示式(11·5·8).

必要性.设 $P_{L_1} - P_{L_2}$ 是投影算子,记为 P_L,即

$$P_{L_1} - P_{L_2} = P_L,$$

则

$$P_{L_2} + P_L = P_{L_1}.$$

根据定理2,此时有表示式

$$P_{L_2} + P_L = P_{L_2 \oplus L}, \quad L_2 \perp L,$$

故 $L_1 = L_2 \oplus L$,即 $L_2 \subset L_1$,亦即 $P_{L_2} \leqslant P_{L_1}$. ▌

系1 若 $P = P_L$ 是投影算子,则 $I - P$ 也是投影算子,且

$$I - P = P_{L^{\perp}}.$$

§11·6 非负算子

定义1 设 $A: H \to H$ 是自共轭算子,如果对任意 $x \in H$,皆有 $(Ax, x) \geqslant 0$,则称 A 是**非负算子**,记作 $A \geqslant 0$.非负算子称为**正算子**,如果至少对某 $x \in H$,有 $(Ax, x) > 0$,亦即,若 $A \geqslant 0$ 且 $A \neq 0$,则称 A 为正算子,记作 $A > 0$.

定义2 设 A, B 都是自共轭算子,如果 $A - B \geqslant 0$,则称 A **不小于** B(或称 B 不大于 A),记为 $A \geqslant B$(或 $B \leqslant A$),而如果 $A - B > 0$,则称 A **大于** B(或称 B 小于 A),记为 $A > B$($B < A$).

注1 设 A, B 自共轭.易知,$A \geqslant B$ 的充分必要条件是对一切 $x \in H$ 皆有

$$(Ax, x) \geqslant (Bx, x). \tag{11·6·1}$$

而 $A > B$ 的充分必要条件是,除(1)外还至少对某 $x_0 \in H$ 有

$$(Ax_0, x_0) > (Bx_0, x_0). \tag{11·6·2}$$

注2 对任何自共轭算子 A,皆有 $A^2 \geqslant 0$.

注3 对任何投影算子 P,皆有 $0 \leqslant P \leqslant I$.

定理 1　若 $A \geqslant 0, B \geqslant 0$ 且 $AB = BA$，则 $AB \geqslant 0$.

证明　不失一般性，设 $A \neq 0$. 分两步证明.

1° 定义一算子列 $A_n, n = 1,2,\cdots$

$$A_1 = \frac{1}{\| A \|}A, \quad A_{n+1} = A_n - A_n^2, \quad n = 1,2,\cdots \tag{11·6·3}$$

我们证明 $0 \leqslant A_n \leqslant I$. 用归纳法.

首先，显然有 $0 \leqslant A_1 \leqslant I$；

现在设 $0 \leqslant A_n \leqslant I$，则 $0 \leqslant I - A_n \leqslant I$，由

$$\begin{aligned}(A_n^2(I - A_n)x, x) &= (A_n(I - A_n)x, A_n x) \\ &= ((I - A_n)A_n x, A_n x) \geqslant 0,\end{aligned}$$

得

$$A_n^2(I - A_n) \geqslant 0. \tag{11·6·4}$$

同理可得

$$A_n(I - A_n)^2 \geqslant 0. \tag{11·6·5}$$

由(11·6·4)、(11·6·5) 即得

$$A_n - A_n^2 = A_n^2(I - A_n) + A_n(I - A_n)^2 \geqslant 0.$$

即

$$A_{n+1} \geqslant 0. \tag{11·6·6}$$

再由假设 $I - A_n \geqslant 0$，及 $A_n^2 \geqslant 0$ 得

$$I - (A_n - A_n^2) = (I - A_n) + A_n^2 \geqslant 0,$$

即

$$I \geqslant A_n - A_n^2 = A_{n+1}. \tag{11·6·7}$$

结合(11·6·6)(11·6·7) 即知 $0 \leqslant A_{n+1} \leqslant I$. 按归纳法原理对所有 $n = 1,2,\cdots$ 皆有 $0 \leqslant A_n \leqslant I$.

2° 由(11·6·3) 知

$$\begin{aligned}A_1 &= A_1^2 + A_2 \\ &= A_1^2 + A_2^2 + A_3 \\ &= \cdots \\ &= A_1^2 + \cdots + A_n^2 + A_{n+1}.\end{aligned}$$

因为 $A_{n+1} \geqslant 0$,所以

$$A_1^2 + \cdots + A_n^2 \leqslant A_1, n = 1,2,\cdots \quad (11 \cdot 6 \cdot 8)$$

于是,对任意 $x \in \mathsf{H}$,有

$$\sum_{i=1}^{n} \| A_i x \|^2 = \sum_{i=1}^{n} (A_i x, A_i x) = \sum_{i=1}^{n} (A_i^2 x, x)$$

$$= ((\sum_{i=1}^{n} A_i^2) x, x) \leqslant (A_1 x, x).$$

这意味着级数 $\sum_{i=1}^{\infty} \| A_i x \|^2$ 收敛,从而 $\| A_i x \| \to 0$(当 $i \to \infty$).这样一来,我们有

$$\sum_{i=1}^{n} A_i^2 x = A_1 x - A_{n+1} x \to A_1 x, \quad (n \to \infty). \ (11 \cdot 6 \cdot 9)$$

由于 A 与 B 可交换,由 A_n 的定义,所有的 A_n 都与 B 可交换.所以,对任意 $x \in \mathsf{H}$ 有

$$(ABx, x) = \| A \| (A_1 Bx, x) = \| A \| (\sum_{i=1}^{\infty} A_i^2 Bx, x)$$

$$= \| A \| \sum_{i=1}^{\infty} (A_i^2 Bx, x) = \| A \| \sum_{i=1}^{\infty} (BA_i x, A_i x) \geqslant 0.$$

即 $AB \geqslant 0$. ▌

引理 1 设自共轭算子列 $\{A_n\}$ 以及自共轭算子 B 满足条件:

i) $A_1 \leqslant A_2 \leqslant \cdots \leqslant A_n \leqslant A_{n+1} \leqslant \cdots \leqslant B$;

ii) 任意两个 A_{n_1}, A_{n_2} 可交换,且每个 A_n 与 B 也可交换.

那么 $\{A_n\}$ 必强收敛于某自共轭算子 A,且

$$A_n \leqslant A \leqslant B, \quad n = 1,2,\cdots \quad (11 \cdot 6 \cdot 10)$$

证明 令

$$\widetilde{A}_n = B - A_n,$$

则 $\widetilde{A}_n \geqslant 0$,且 $\widetilde{A}_n$ 与 $\widetilde{A}_m$ 可交换,$\widetilde{A}_n$ 与 $\widetilde{A}_n - \widetilde{A}_m$ 也可交换;并且,当 $n < m$ 时,$\widetilde{A}_n - \widetilde{A}_m \geqslant 0$,从而当 $n < m$ 时

$$\widetilde{A}_n(\widetilde{A}_n-\widetilde{A}_m)\geqslant 0,(\widetilde{A}_n-\widetilde{A}_m)\widetilde{A}_m\geqslant 0,$$

因此

$$\widetilde{A}_n^2\geqslant \widetilde{A}_n\widetilde{A}_m\geqslant \widetilde{A}_m^2(n<m). \qquad (11\cdot 6\cdot 11)$$

由(11・6・11),对任意 $x\in \mathsf{H}$:

$$\|\widetilde{A}_n x\|^2=(\widetilde{A}_n{}^2x,x)\geqslant(\widetilde{A}_n\widetilde{A}_m x,x)\geqslant(\widetilde{A}_m{}^2x,x)$$

$$=\|\widetilde{A}_m x\|^2\geqslant 0\quad (n<m). \qquad (11\cdot 6\cdot 12)$$

(11・6・12) 表明$\{(\widetilde{A}_n^2x,x)\}$是一单调下降的非负数列,因而是一基本列,从而

$$\|\widetilde{A}_n x-\widetilde{A}_m x\|^2=(\widetilde{A}_n x-\widetilde{A}_m x,\widetilde{A}_n x-\widetilde{A}_m x)$$

$$=(\widetilde{A}_n x,\widetilde{A}_n x)-2(A_n x,A_m x)+(\widetilde{A}_m x,\widetilde{A}_m x)$$

$$\leqslant|(\widetilde{A}_n^2x,x)-(\widetilde{A}_m^2x,x)|\to 0\quad (n,m\to\infty).$$

因此,$\{\widetilde{A}_n x\}$也是基本列,又因为$A_n=B-\widetilde{A}_n$,所以$\{A_n x\}$也是基本列,从而必收敛,设

$$\lim_{n\to\infty}A_n x=Ax\qquad \forall x\in \mathsf{H}, \qquad (11\cdot 6\cdot 13)$$

因为$\{\|A_n\|\}$有界,所以 A 是有界线性算子. 设 x、$y\in \mathsf{H}$,由

$$(Ax,y)=\lim_{n\to\infty}(A_n x,y)=\lim_{n\to\infty}(x,A_n y)=(x,Ay)$$

知,A 也是自共轭算子,最后由$(A_n x,x)$单调上升,且$(A_n x,x)\leqslant(Bx,x)$,得知

$$(A_n x,x)\leqslant\lim_{n\to\infty}(A_n x,x)\leqslant(Bx,x),$$

即

$$A_n\leqslant A\leqslant B. \ \blacksquare$$

定理 2　设$A\geqslant 0$,则有唯一的$B\geqslant 0$存在,使$A=B^2$,并且,任何与 A 可交换的线性算子也与 B 可交换.

证明 不失一般性,可设 $A \leqslant I$,否则,我们以 $\frac{A}{\|A\|}$ 代替 A 进行讨论.令

$$B_0 = 0, \quad B_{n+1} = B_n + \frac{1}{2}(A - B_n{}^2) \quad n = 0,1,\cdots \tag{11·6·14}$$

显然,所有的 $B_n(n = 0,1,\cdots)$ 都是自共轭算子,并且,

(i) 所有的 B_n 与 A 可交换;

(ii) 某线性算子如果与 A 可交换,则它也必与所有的 B_n 可交换.

因此,特别有 $B_nB_m = B_mB_n$,由

$$\begin{aligned} I - B_{n+1} &= I - B_n - \frac{1}{2}(A - B_n{}^2) \\ &= \frac{1}{2}(I - B_n)^2 + \frac{1}{2}(I - A) \end{aligned} \tag{11·6·15}$$

可知,对所有的 n,皆有 $B_n \leqslant I$,然后由

$$\begin{aligned} B_{n+1} - B_n &= B_n - B_{n-1} + \frac{1}{2}(B_{n-1}^2 - B_n^2) \\ &= (B_n - B_{n-1})\left[I - \frac{1}{2}(B_n + B_{n-1})\right] \end{aligned} \tag{11·6·16}$$

及

$$B_1 - B_0 = \frac{1}{2}A \geqslant 0 \tag{11·6·17}$$

不难看出,对所有 $n = 0,1,\cdots$ 皆有 $B_{n+1} \geqslant B_n$.即$\{B_n\}$是单调上升的有界序列.根据引理1,$\{B_n\}$ 强收敛于某非负算子 B.在强收敛意义下在(11·6·14)两边取极限即得

$$B = B + \frac{1}{2}(A - B^2),$$

从而 $A = B^2$.由于任何与 A 可交换的线性算子与所有的 B_n 可交换,因而也与 B 可交换.最后还要证明 B 的唯一性.

设 $B' \geqslant 0, B'^2 = A$ 且任意与 A 可交换的线性算子与 B' 可交换. 于是, B 与 B' 可交换. 任取 $x \in \mathsf{H}$, 令 $y = (B - B')x$, 则

$$
\begin{aligned}
(By, y) + (B'y, y) &= ((B + B')y, y) \\
&= ((B + B')(B - B')x, y) = ((B^2 - B'^2)x, y) \\
&= ((A - A)x, x) = 0.
\end{aligned}
$$

由于 $(By, y) \geqslant 0, (B'y, y) \geqslant 0$, 故

$$(By, y) = (B'y, y) = 0.$$

由存在性的证明, 可取 $C \geqslant 0$, 使 $C^2 = B$, 于是

$$(Cy, Cy) = (C^2 y, y) = (By, y) = 0.$$

上式表明 $Cy = 0$, 从而 $By = C^2 y = 0$, 同理可证, $B'y = 0$, 从而

$$
\begin{aligned}
\| Bx - B'x \|^2 &= (Bx - B'x, Bx - B'x) \\
&= ((B - B')y, x) = 0,
\end{aligned}
$$

故 $Bx = B'x$. 由此可知 $B = B'$. ▌

满足定理条件的 B 叫做 A 的正平方根, 记为 $\sqrt{A}$ 或 $A^{\frac{1}{2}}$.

例 11·6·1　在 $L^2[0,1]$ 上考虑算子 A:

$$Ax(t) = tx(t),$$

显然 $A > 0$, 其正平方根 $A^{\frac{1}{2}}$ 由下式给出:

$$A^{\frac{1}{2}} x(t) = \sqrt{t}x(t).$$

§11·7　自共轭算子的谱分解

11·7·1　自共轭全连续算子的谱分解(续 §11·4)

在 §11·4 中我们讨论了自共轭全连续算子 A 的谱. 由 §11·4 定理 2, 对任意的 $x \in \mathsf{H}$,

$$Ax = \sum_{k \geqslant 1} \mu_k (x, e_k) e_k, \qquad (11 \cdot 7 \cdot 1)$$

式中 μ_k 为 e_k 所对应的特征值. 回忆 §11·4 引理 2 前面关于 e_k 及

$x_j^{(i)}$ 的说明,那么(11・7・1)式可以写成

$$Ax = \sum_{n \geqslant 1} \lambda_n \left(\sum_{j=1}^{k_n} (x, x_j^{(n)}) x_j^{(n)} \right). \qquad (11 \cdot 7 \cdot 2)$$

以 $\mathsf{E}(\lambda_n)$ 表 A 的对应于 λ_n 的特征子空间,$P_{\lambda n}$ 表在 $\mathsf{E}(\lambda_n)$ 上的直交投影算子,那么

$$\sum_{j=1}^{k_n} (x, x_j^{(n)}) x_j^{(n)} = P_{\lambda n} x.$$

于是

$$Ax = \sum_{n \geqslant 1} \lambda_n P_{\lambda n} x,$$

即按算子的强收敛有

$$A = \sum_{n \geqslant 1} \lambda_n P_{\lambda n}. \qquad (11 \cdot 7 \cdot 3)$$

(11・7・3)式表明 Hilbert 空间上的全连续自共轭算子可以按谱进行分解. 在有限维情形下它相当于把对称阵化为对角形. 表达式(11・7・3)通常称为**全连续自共轭算子 A 的谱分解**.

Hilbert空间上的自共轭算子一般来说没有形如(11・7・3)式的谱分解,下面将看到它有与(11・7・3)类似的积分形式的谱分解.

11・7・2 自共轭算子的谱分解

引理 1 设自共轭算子 A 与 B 满足 $AB = BA, A^2 = B^2$. 令

$$\mathsf{L} = \{x \mid (A - B)x = 0\}, \quad P = P_L,$$

则投影算子 P 满足下列三个条件:

1) 与 $A - B$ 可交换的任何线性连续算子与 P 可交换;

2) 如果 $Ax = 0$,则 $Px = x$;

3) $A = (2P - I)B$.

证明 1) 设线性连续算子 C 与 $A - B$ 可交换. 于是,当 $y \in \mathsf{L}$ 时,必有 $Cy \in \mathsf{L}$. 对任意 $x \in \mathsf{H}, Px \in \mathsf{L}$,从而

$$CPx \in \mathsf{L}, \quad PCPx = CPx,$$

由 x 之任意性得 $CP = PCP$. 由于 C^* 与 $A-B$ 可交换,同理可得 $C^*P = PC^*P$. 然后,由下式即得 $CP = PC$:

$$PC = (C^*P)^* = (PC^*P)^* = PCP = CP.$$

2) 设 $Ax = 0$,则

$$\|Bx\|^2 = (Bx,Bx) = (B^2x,x) = (A^2x,x) = (Ax,Ax) = 0,$$

即 $Bx = 0$, $(A-B)x = Ax - Bx = 0$,所以 $x \in \mathsf{L}$,当然有 $Px = x$.

3) 由于 $(A-B)(A+B) = A^2 - B^2 = 0$,故对任意 $x \in \mathsf{H}$,有 $(A+B)x \in \mathsf{L}$,从而

$$P(A+B)x = (A+B)x, \forall x \in \mathsf{H},$$

即 $P(A+B) = A+B$. 再由 $P(A-B) = (A-B)P = 0$ 即得

$$P(A+B) - P(A-B) = A+B,$$

即 $A = (2P-I)B$. ▌

引理 2　对于每个自共轭算子 A,令

$$\mathsf{L} = \{x \mid (A - \sqrt{A^2})x = 0\}, \quad I_+ = P_L.$$

则所得的投影算子 I_+ 满足

1) 任何与 A 可交换的线性连续算子均与 I_+ 可交换;

2) 若 $Ax = 0$,则 $I_+x = x$;

3) $AI_+ \geqslant 0, A(I-I_+) \leqslant 0$.

证明　令 $B = \sqrt{A^2}$. A、B 满足引理 1 的条件.

$$\mathsf{L} = \{x \mid (A-B)x = 0\}, I_+ = P_L.$$

1) 任何与 A 可交换的线性连续算子与 B 可交换,从而与 $A-B$ 可交换,由引理 1,它也与 I_+ 可交换. 2) 显然成立.

3) 显然 $(A-B)I_+ = 0$,由于 $B \geqslant 0, I_+ \geqslant 0$, B 与 I_+ 可交换,根据 §11·6 定理 1, $BI_+ = I_+B \geqslant 0$,于是 $AI_+ = BI_+ \geqslant 0$. 由引理 1,

$$A = (2I_+ - I)B,$$

故

$$A(I-I_+)=(2I_+-I)B(I-I_+)$$
$$=(2I_+-I)(I-I_+)B=-(I-I_+)B\leqslant 0. \blacksquare$$

注 由 $A=(2I_+-I)B$ 知 $BI_+=\frac{1}{2}(A+B)$，又

$$AI_+=(2I_+-I)BI_+=I_+B=BI_+,$$

故得

$$AI_+=\frac{1}{2}(A+B);$$

$$A(I-I_+)=\frac{1}{2}(A-B).$$

显然 $A=AI_++A(I-I_+)$.

算子 AI_+ 叫做 A 的正部分算子，记为 A_+；$A(I-I_+)$ 叫做 A 的负部分算子，记为 A_-. 由引理 2 知 $A_+\geqslant 0, A_-\leqslant 0$.

定理 1 （自共轭算子的谱分解）设 A 是自共轭算子，则必有投影算子族$\{E_\lambda\}(-\infty<\lambda<+\infty)$存在，满足

1) E_λ 必与任何与 A 可交换的线性连续算子可交换；

2) 若 $\lambda<\mu$，则 $E_\lambda\leqslant E_\mu$；

3) 在强收敛意义下，E_λ 右连续，即对任何 $x\in \mathsf{H}$，

$$\lim_{\mu\to\lambda+0}E_\mu x=E_\lambda x;$$

4) 当 $-\infty<\lambda<m$ 时，$E_\lambda=0$；而当 $M\leqslant\lambda<+\infty$ 时，$E_\lambda=I$；这里 m、M 分别表 A 的下界与上界. 并且

$$A=\int_{-\infty}^{+\infty}\lambda\mathrm{d}E_\lambda=\int_{m-\varepsilon}^{M}\lambda\mathrm{d}E_\lambda, \qquad (11\cdot 7\cdot 4)$$

其中 ε 是任意正数，式中积分理解为积分和在算子空间中一致收敛意义下的极限.

证明 对于任何实数 λ，应用引理 2 于 $-A_\lambda=\lambda I-A$，把所得的投影算子记作 E_λ.

1) 与 A 可交换的线性连续算子均与 $-A_\lambda$ 可交换，由引理 2，

投影算子族$\{E_\lambda\}$满足定理的条件 1). 特别,E_λ 与 E_μ 可交换.

条件 2) 的证明:设 $\lambda < \mu$,根据引理 2 我们有

$$(\lambda I - A)E_\lambda \geqslant 0, \quad (\mu I - A)(I - E_\mu) \leqslant 0. \tag{11·7·5}$$

把 $I - E_\mu \geqslant 0, E_\lambda \geqslant 0$ 与(11·7·5)中两式分别相乘,并注意到它们彼此可交换,即得

$$(\lambda I - A)E_\lambda(I - E_\mu) \geqslant 0;$$
$$(\mu I - A)(I - E_\mu)E_\lambda \leqslant 0.$$

它们两边分别相减,即得

$$(\lambda I - \mu I)E_\lambda(I - E_\mu) \geqslant 0,$$
$$(\lambda - \mu)E_\lambda(I - E_\mu) \geqslant 0.$$

因 $\lambda - \mu < 0$,故有

$$E_\lambda(I - E_\mu) \leqslant 0. \tag{11·7·6}$$

另一方面,由 $E_\lambda \geqslant 0, I - E_\mu \geqslant 0, E_\lambda$ 与 $I - E_\mu$ 可交换,根据 §11·6 定理 1,又有

$$E_\lambda(I - E_\mu) \geqslant 0. \tag{11·7·7}$$

结合(11·7·6),(11·7·7) 即得

$$E_\lambda(I - E_\mu) \geqslant 0,$$

即

$$E_\lambda \leqslant E_\mu.$$

条件 3) 的证明:由条件 2),$(E_\lambda x, x)$ 是 λ 的增函数,即当 $\lambda < \mu$ 时,$(E_\lambda x, x) \leqslant (E_\mu x, x)$ 因此 $\lim\limits_{\mu \to \lambda+0}(E_\mu x, x)$ 存在有限. 从而当 μ_1,$\mu_2 \to \lambda + 0$ 时,

$$\begin{aligned}\|E_{\mu 1}x - E_{\mu 2}x\|^2 &= ((E_{\mu 1} - E_{\mu 2})x, (E_{\mu 1} - E_{\mu 2})x) \\ &= \|((E_{\mu 1} - E_{\mu 2})^2 x, x)\| = \|((E_{\mu 1} - E_{\mu 2})x, x)\| \\ &= \|(E_{\mu 1}x, x) - (E_{\mu 2}x, x)\| \to 0,\end{aligned}$$

从而 $\lim\limits_{\mu \to \lambda+0} E_\mu x$ 存在,令

$$\lim_{\mu\to\lambda+0} E_\mu x = E_{\lambda+0}\, x.$$

容易看出 $E_{\lambda+0}$ 是投影算子,且 $E_{\lambda+0} \geqslant E_\lambda$. 下面证明 $E_{\lambda+0} = E_\lambda$. 设 $\mu > \lambda$,则

$$E_\mu(E_\mu - E_\lambda) = E_\mu - E_\lambda;$$
$$(I - E_\lambda)(E_\mu - E_\lambda) = E_\mu - E_\lambda.$$

再由

$$(\mu I - A)E_\mu \geqslant 0, \quad (\lambda I - A)(I - E_\lambda) \leqslant 0$$

可得

$$(\lambda I - A)(E_\mu - E_\lambda) = (\lambda I - A)(I - E_\lambda)(E_\mu - E_\lambda) \leqslant 0; \tag{11·7·8}$$

$$(\mu I - A)(E_\mu - E_\lambda) = (\mu I - A)E_\mu(E_\mu - E_\lambda) \geqslant 0. \tag{11·7·9}$$

在(11·7·8)、(11·7·9) 中令 $\mu \to \lambda + 0$,则在算子强收敛意义下有

$$(\lambda I - A)(E_{\lambda+0} - E_\lambda) \leqslant 0;$$
$$(\lambda I - A)(E_{\lambda+0} - E_\lambda) \geqslant 0,$$

因此

$$(\lambda I - A)(E_{\lambda+0} - E_\lambda) = 0,$$

即对任意 $x \in \mathsf{H}$,有

$$(\lambda I - A)(E_{\lambda+0} - E_\lambda)x = 0.$$

根据引理 2 的 2),即得

$$E_\lambda(E_{\lambda+0} - E_\lambda)x = (E_{\lambda+0} - E_\lambda)x,$$

但

$$E_\lambda(E_{\lambda+0} - E_\lambda) = E_\lambda - E_\lambda = 0,$$

故 $(E_{\lambda+0} - E_\lambda)x = 0$,因此 $E_{\lambda+0} = E_\lambda$.

最后证明 4).

1°. 证明当 $\lambda < m$ 时, $E_\lambda = 0$. 如果 $E_\lambda \neq 0$,则必有 $x \in \mathsf{H}$, $\|x\| = 1$,使 $E_\lambda x = x$,于是

$$(Ax,x)-\lambda(x,x)=((A-\lambda I)x,x)$$
$$=((A-\lambda I)E_\lambda x,x)\leqslant 0,$$

从而$(Ax,x)\leqslant\lambda<m$,此与 m 是 A 的下界矛盾.

2°. 类似于 1° 的证明,可得当 $\lambda>M$ 时,$E_\lambda=I$,然后利用 E_λ 的右连续性,$E_M=I$.

3°. 证明等式(4). 考虑$(m-\varepsilon,M]$ 的任一分划:

$$m-\varepsilon=\lambda_0<\lambda_1<\cdots<\lambda_n=M.$$

记

$$\Delta_i=(\lambda_{i-1},\lambda_i](i=1,2,\cdots,n),\quad E(\Delta_i)=E_{\lambda_i}-E_{\lambda_{i-1}}.$$

注意到(11・7・8),(11・7・9),我们有

$$\lambda_{i-1}E(\Delta_i)\leqslant AE(\Delta_i)\leqslant\lambda_iE(\Delta_i),(i=1,2,\cdots,n),$$

从而

$$\sum_{i=1}^n\lambda_{i-1}E(\Delta_i)\leqslant\sum_{i=1}^nAE(\Delta_i)\leqslant\sum_{i=1}^n\lambda_iE(\Delta_i).$$

注意到$\sum_{i=1}^nE(\Delta_i)=I$,即得

$$\sum_{i=1}^n\lambda_{i-1}E(\Delta_i)\leqslant A\leqslant\sum_{i=1}^n\lambda_iE(\Delta_i).$$

任取 $\xi_i\in\Delta_i,i=1,2,\cdots,n$,则

$$\sum_{i=1}^n(\lambda_{i-1}-\xi_i)E(\Delta_i)\leqslant A-\sum_{i=1}^n\xi_iE(\Delta_i)$$
$$\leqslant\sum_{i=1}^n(\lambda_i-\xi_i)E(\Delta_i),$$

令 $\delta=\max\limits_{1\leqslant i\leqslant n}(\lambda_i-\lambda_{i-1})$,则

$$-\delta I\leqslant A-\sum_{i=1}^n\xi_iE(\Delta_i)\leqslant\delta I.$$

注意到 $A-\sum_{i=1}^n\xi_iE(\Delta_i)$ 是自共轭算子,由 §11・3 定理 1 即知

$$\| A - \sum_{i=1}^{n} \xi_i E(\Delta_i) \| \leqslant \delta,$$

从而

$$A = \lim_{\delta \to 0+} \sum_{i=1}^{n} \xi_i (E_{\lambda_i} - E_{\lambda_{i-1}}) = \int_{m-\varepsilon}^{M} \lambda \mathrm{d} E_\lambda.$$

由于当 $\lambda \geqslant M$ 时 $E_\lambda = I$,当 $\lambda < m$ 时,$E_\lambda = 0$,故上式右端的积分又可写成$\int_{-\infty}^{+\infty} \lambda \mathrm{d} E_\lambda$,因此

$$A = \int_{m-\varepsilon}^{M} \lambda \mathrm{d} E_\lambda = \int_{-\infty}^{+\infty} \lambda \mathrm{d} E_\lambda. \ \blacksquare$$

注 1 可以证明满足定理条件1) — 4) 的投影算子族$\{E_\lambda\}$ 是唯一的,$\{E_\lambda\}$ 叫做自共轭算子 A 所决定的**谱族或单位分解**;而积分表达式(11 · 7 · 4) 叫做**自共轭算子 A 的谱分解**.

注 2 (11 · 7 · 4) 中的积分既然是积分和按一致收敛的极限,而算子的一致收敛性蕴含强收敛性,因此对任何 $x \in \mathsf{H}$,有

$$Ax = \lim_{\delta \to 0+} \sum_{i=1}^{n} \xi_i (E_{\lambda_i} x - E_{\lambda_{i-1}} x) = \int_{m-\varepsilon}^{M} \lambda \mathrm{d} E_\lambda x.$$

再根据内积的连续性,对任意 x、$y \in \mathsf{H}$,有

$$(Ax, y) = \int_{m-\varepsilon}^{m} \lambda \mathrm{d}(E_\lambda x, y).$$

例 11 · 7 · 1 在 $L^2[-1,1]$ 中考察自共轭线性算子 A:

$$Ax(t) = tx(t),$$

我们有 $-A_\lambda x(t) = (\lambda - t)x(t)$,记 $B_\lambda = \sqrt{A_\lambda^2}$,则 B_λ:

$$B_\lambda x(t) = |t - \lambda| x(t),$$

从而相应于定理 1,投影算子 E_λ 所投影的子空间:

$$\begin{aligned} & \{x \mid (-A_\lambda - B_\lambda)x = 0\} \\ = & \{x(t) \mid [(\lambda - t) - |\lambda - t|]x(t) = 0\} \\ = & \{x(t) \mid x(t) = 0 \text{ 于}[\lambda, 1] \text{ 上}\}, \end{aligned}$$

于是,当 $\lambda < -1$ 时 $E_\lambda = 0$,而当 $\lambda \geqslant 1$ 时,$E_\lambda = I$.

11·7·3　自共轭算子的函数

下面我们利用自共轭算子 A 的谱族 $\{E_\lambda\}$ 来定义 A 的函数.

设 $F(\lambda)$ 是定义在 $(m-\varepsilon,M]$ 上的复(实)值阶梯函数，即存在 $(m-\varepsilon,M]$ 的一个分划 $m-\varepsilon=\lambda_0<\lambda_1<\cdots<\lambda_n=M$，使 $F(\lambda)$ 在每个半开区间 $\Delta_i=(\lambda_{i-1},\lambda_i]$ $(i=1,2,\cdots,n)$ 上取常数值 c_i. 我们定义

$$F(A)=\int_{m-\varepsilon}^{M}F(\lambda)\mathrm{d}E_\lambda=\int_{-\infty}^{+\infty}F(\lambda)\mathrm{d}E_\lambda=\sum_{i=1}^{n}c_iE(\Delta_i). \tag{11·7·10}$$

$F(A)$ 称做对应于函数 $F(\lambda)$ 的**算子 A 的函数**.

定理 2　按(11·7·10)所定义的算子 A 的函数具有下列性质：

(i) 若 $F(\lambda)=aF_1(\lambda)+bF_2(\lambda)$，则

$$F(A)=aF_1(A)+bF_2(A);$$

(ii) 若 $F(\lambda)=F_1(\lambda)F_2(\lambda)$，则

$$F(A)=F_1(A)F_2(A);$$

(iii) $\overline{F}(A)=[F(A)]^*$，这里 $\overline{F}(\lambda)$ 表示 $F(\lambda)$ 的共轭函数；

(iv) $\|F(A)\|\leqslant\max|F(\lambda)|$；

(v) $F(A)$ 与任何与 A 可交换的线性连续算子可交换.

证明　(i)(ii)的证明. 将 $(m-\varepsilon,M]$ 分成有限个半开区间 Δ_i $(i=1,2,\cdots,n)$，使 $F_1(\lambda),F_2(\lambda)$ 在每个 Δ_i 上皆取常数值，分别记为 $c_i^{(1)}$ 与 $c_i^{(2)}$；于是对于(i)的情形

$$\begin{aligned}F(A)&=\sum_{i=1}^{n}(ac_i^{(1)}+bc_i^{(2)})E(\Delta_i)\\&=\sum_{i=1}^{n}ac_i^{(1)}E(\Delta_i)+\sum_{i=1}^{n}bc_i^{(2)}E(\Delta_i)\\&=aF_1(A)+bF_2(A).\end{aligned}$$

对于(ii)的情形，由于当 $i\neq j$ 时，$E(\Delta_i)\perp E(\Delta_j)$，故

$$F(A) = \sum_{i=1}^{n} c_i^{(1)} c_i^{(2)} E(\Delta_i)$$
$$= \Big(\sum_{i=1}^{n} c_i^{(1)} E(\Delta_i)\Big)\Big(\sum_{i=1}^{n} c_i^{(2)} E(\Delta_i)\Big)$$
$$= F_1(A)F_2(A).$$

(iii) 的证明

$$[F(A)]^* = \Big[\sum_{i=1}^{n} c_i E(\Delta_i)\Big]^* = \sum_{i=1}^{n} \bar{c}_i E(\Delta_i)$$
$$= \overline{F}(A).$$

(iv) 的证明

$$\| F(A)x \|^2 = (F(A)x, F(A)x)$$
$$= (\overline{F}(A)F(A)x, x) = \sum_{i=1}^{n} |c_i|^2 (E(\Delta_i)x, x)$$
$$\leqslant (\max|F(\lambda)|)^2 \sum_{i=1}^{n} (E(\Delta_i)x, x)$$
$$= (\max|F(\lambda)|)^2 \| x \|^2.$$

(v) 是显然的. ▎

现在设 $F(\lambda)$ 是 $(m-\varepsilon, M]$ 上的任一连续复(实)值函数,于是存在一阶梯函数列 $\{F_n(\lambda)\}$,它在 $(m-\varepsilon, M]$ 上一致收敛于 $F(\lambda)$,由定理 2 的(iv),我们有

$$\| F_n(A) - F_m(A) \| \leqslant \max \| F_n(\lambda) - F_m(\lambda) \| \to 0$$
$$(\text{当 } n, m \to +\infty).$$

由此易知,$\{F_n(A)\}$ 是 $\mathscr{B}(\mathrm{H})$ 中的基本列,由于 $\mathscr{B}(\mathrm{H})$ 是完备的,因此 $F_n(A)$ 一致收敛于某连续线性算子 B,容易证明 B 与 $\{F_n(\lambda)\}$ 的选择无关,我们称 B 为对应于函数 $F(\lambda)$ 的**算子 A 的函数**,记为 $F(A)$ 或写作 $\int_{m-\varepsilon}^{M} F(\lambda)\mathrm{d}E_\lambda$:

$$F(A) = \int_{m-\varepsilon}^{M} F(\lambda)\mathrm{d}E_\lambda = \int_{-\infty}^{+\infty} F(\lambda)\mathrm{d}E_\lambda$$

$$= B = \lim_{n\to\infty} F_n(A). \qquad (11 \cdot 7 \cdot 11)$$

由于诸 $F_n(A)$ 都具有定理 2 中的性质(i) ～ (v)，故 $F(A)$ 也具有上述的性质(i) ～ (v). 特别，我们有

$$A^n = \int_{m-\varepsilon}^{M} \lambda^n \mathrm{d}E_\lambda = \int_{-\infty}^{+\infty} \lambda^n \mathrm{d}E_\lambda.$$

11・7・4　应用于谱的讨论

上面，我们定义了自共轭算子 A 的函数，下面，我们应用它来研究算子 A 的谱的若干性质.

定理 3　(正则值与预解式)λ_0 是自共轭算子 A 的正则值的充分必要条件是：下列诸条件有一个成立：

1)　$\lambda_0 \in K$ 不是实数；

2)　λ_0 是实数，但在$[m,M]$之外；

3)　$\lambda_0 \in [m,M]$，但有开区间$(\alpha,\beta) \subset [m,M]$，$\lambda_0 \in (\alpha,\beta)$，使当 λ 在$[\alpha,\beta]$上变化时 E_λ 保持不变，即 E_λ 在$[\alpha,\beta]$上是常算子.

此外，当 λ_0 是正则值时，预解式 $R_{\lambda_0} = (A-\lambda_0 I)^{-1}$ 有下面的积分表达式

$$R_{\lambda_0} = \int_{m-\varepsilon}^{M} \frac{1}{\lambda-\lambda_0} \mathrm{d}E_\lambda. \qquad (11 \cdot 7 \cdot 12)$$

证明　充分性. 在 1) 或 2) 的情形，对充分小的正数 ε，$f(\lambda) = \dfrac{1}{\lambda-\lambda_0}$ 是$(m-\varepsilon,M]$上的连续函数，从而根据定理 2 的(ii) 有

$$\begin{aligned}
&\int_{m-\varepsilon}^{M} \frac{1}{\lambda-\lambda_0} \mathrm{d}E_\lambda \int_{m-\varepsilon}^{M} (\lambda-\lambda_0) \mathrm{d}E_\lambda \\
&= \int_{m-\varepsilon}^{M} (\lambda-\lambda_0) \mathrm{d}E_\lambda \int_{m-\varepsilon}^{M} \frac{1}{\lambda-\lambda_0} \mathrm{d}E_\lambda \\
&= \int_{m-\varepsilon}^{M} (\lambda-\lambda_0) \cdot \frac{1}{\lambda-\lambda_0} \mathrm{d}E_\lambda = \int_{m-\varepsilon}^{M} \mathrm{d}E_\lambda = I,
\end{aligned}$$

又由于 $\displaystyle\int_{m-\varepsilon}^{M} (\lambda-\lambda_0) \mathrm{d}E_\lambda = A - \lambda_0 I$，故

$$f(A)A_{\lambda_0}=A_{\lambda_0}f(A)=I.$$

由此可知,λ_0 是 A 的正则值,且

$$R_{\lambda_0}=A_{\lambda_0}^{-1}=f(A)=\int_{m-\varepsilon}^{M}\frac{1}{\lambda-\lambda_0}\mathrm{d}E_\lambda.$$

在 3) 的情形,我们把$(m-\varepsilon,M]$ 分成三个区间$(m-\varepsilon,\alpha]$,$(\alpha,\beta]$,$(\beta,M]$,显然可作函数

$$\varphi(\lambda)=\begin{cases}\dfrac{1}{\lambda-\lambda_0}, & \text{当}\ \lambda\ \overline{\in}\ (\alpha,\beta);\\ \text{线性函数}, & \text{当}\ \lambda\in[\alpha,\beta],\end{cases}$$

那么 $\varphi(\lambda)$ 是$(m-\varepsilon,M]$ 上的连续函数. 由于

$$\begin{aligned}&\int_{m-\varepsilon}^{M}\varphi(\lambda)\mathrm{d}E_\lambda\int_{m-\varepsilon}^{M}(\lambda-\lambda_0)\mathrm{d}E_\lambda\\&=\int_{m-\varepsilon}^{M}(\lambda-\lambda_0)\mathrm{d}E_\lambda\int_{m-\varepsilon}^{M}\varphi(\lambda)\mathrm{d}E_\lambda\\&=\int_{m-\varepsilon}^{M}\varphi(\lambda)(\lambda-\lambda_0)\mathrm{d}E_\lambda=\int_{m-\varepsilon}^{\alpha}\varphi(\lambda)(\lambda-\lambda_0)\mathrm{d}E_\lambda\\&+\int_{\alpha}^{\beta}\varphi(\lambda)(\lambda-\lambda_0)\mathrm{d}E_\lambda+\int_{\beta}^{M}\varphi(\lambda)(\lambda-\lambda_0)\mathrm{d}E_\lambda\\&=\int_{m-\varepsilon}^{\alpha}\varphi(\lambda)(\lambda-\lambda_0)\mathrm{d}E_\lambda+\int_{\beta}^{M}\varphi(\lambda)(\lambda-\lambda_0)\mathrm{d}E_\lambda\\&=(E_\alpha-0)+(I-E_\beta)=I,\end{aligned}$$

即

$$\varphi(A)A_{\lambda_0}=A_{\lambda_0}\varphi(A)=I,$$

因此 λ_0 是正则值,且

$$R_{\lambda 0}=A_{\lambda 0}^{-1}=\varphi(A)=\int_{m-\varepsilon}^{M}\varphi(\lambda)\mathrm{d}E_\lambda.$$

但由于 E_λ 在$[\alpha,\beta]$ 上是常算子, 故对任何函数 $\psi(\lambda)$, 皆有 $\int_{\alpha}^{\beta}\psi(\lambda)\mathrm{d}E_\lambda=0$,因此$\int_{m-\varepsilon}^{M}\varphi(\lambda)\mathrm{d}E_\lambda$ 可写成$\int_{m-\varepsilon}^{M}\dfrac{1}{\lambda-\lambda_0}\mathrm{d}E_\lambda$.

必要性. 只需证明,如果正则值 λ_0 不属于 1),2) 两种情形,它

必属于情形 3). 也就是说,如果正侧值 $\lambda_0 \in [m,M]$,则必存在开区间 $(\alpha,\beta) \subset [m,M]$, $\lambda_0 \in (\alpha,\beta)$ 使 E_λ 在 $[\alpha,\beta]$ 上是常算子.

事实上,根据 §11·3 定理 8, m,M 都是 A 的谱点,因此 $\lambda_0 \in (m,M)$. 取开区间 (α,β): $\lambda_0 \in (\alpha,\beta) \subset [m,M]$,且满足

$$(\beta-\alpha)\|R_{\lambda 0}\| < \frac{1}{2}, \qquad (11·7·13)$$

对任意 $x \in \mathsf{H}$, $\|x\| = 1$,我们有

$$\begin{aligned}\left|\left(\int_\alpha^\beta(\lambda-\lambda_0)\mathrm{d}E_\lambda x, x\right)\right| &= \left|\int_\alpha^\beta(\lambda-\lambda_0)\mathrm{d}(E_\lambda x, x)\right| \\ &\leqslant \int_\alpha^\beta|\lambda-\lambda_0|\mathrm{d}(E_\lambda x, x) \leqslant (\beta-\alpha)\int_\alpha^\beta \mathrm{d}(E_\lambda x, x) \\ &= (\beta-\alpha)(E(\Delta)x, x) \leqslant (\beta-\alpha)\|E(\Delta)\|,\end{aligned}$$

式中 $E(\Delta) = E_\beta - E_\alpha$. 因此

$$\left\|\int_\alpha^\beta(\lambda-\lambda_0)\mathrm{d}E_\lambda\right\| \leqslant (\beta-\alpha)\|E(\Delta)\|. \qquad (11·7·14)$$

于是,由

$$\begin{aligned}E(\Delta) &= E(\Delta)R_{\lambda_0}A_{\lambda_0} = R_{\lambda_0}E(\Delta)A_{\lambda_0} \\ &= R_{\lambda 0}\int_\alpha^\beta \mathrm{d}E_\lambda\int_{-\infty}^{+\infty}(\lambda-\lambda_0)\mathrm{d}E_\lambda = R_{\lambda 0}\int_\alpha^\beta(\lambda-\lambda_0)\mathrm{d}E_\lambda\end{aligned}$$

注意到(11·7·14),我们有

$$\begin{aligned}\|E(\Delta)\| &\leqslant \|R_{\lambda 0}\| \left\|\int_\alpha^\beta(\lambda-\lambda_0)\mathrm{d}E_\lambda\right\| \\ &\leqslant \|R_{\lambda 0}\|(\beta-\alpha)\|E(\Delta)\| \\ &\leqslant \frac{1}{2}\|E(\Delta)\|.\end{aligned}$$

最后一个不等式是根据(11·7·13)得出. 因此 $E(\Delta) = 0$,即 $E_\beta = E_\alpha$,由于 E_λ 是单调增加的,因此 E_λ 在 $[\alpha,\beta]$ 上是常算子. ▌

定理 3 的一个直接结果是

系 自共轭算子 A 的实正则值之全体构成实轴上一开集,从而 A 的谱是实轴上一闭集.

定理 4(特征值) λ_0 是自共轭算子 A 的特征值之充分必要条件是:λ_0 是 E_λ 的不连续点,即 $E_{\lambda_0} \neq E_{\lambda_0-0}$.

证明 必要性. 设 λ_0 是 A 的特征值. 取 $x_0 \in \mathrm{H}, x_0 \neq 0$,使 $A_{\lambda 0}x_0 = (A-\lambda_0 I)x_0 = 0$,于是

$$\int_{m-\varepsilon}^{M}(\lambda-\lambda_0)^2\mathrm{d}(E_\lambda x_0, x_0) = ((A-\lambda_0 I)^2 x_0, x_0) = 0.$$

由于$(\lambda-\lambda_0)^2 \geqslant 0$,$(E_\lambda x_0, x_0)$ 是 λ 的单调增加函数,故对任何 $\delta > 0$ 皆有

$$\int_{\lambda_0+\delta}^{M}(\lambda-\lambda_0)^2\mathrm{d}(E_\lambda x_0, x_0) = 0.$$

但在积分区间内$(\lambda-\lambda_0)^2 \geqslant \delta^2$,因此有

$$0 \geqslant \delta^2\int_{\lambda_0+\delta}^{M}\mathrm{d}(E_\lambda x_0, x_0) = \delta^2((I-E_{\lambda_0+\delta})x_0, x_0)$$
$$= \delta^2 \|(I-E_{\lambda_0+\delta})x_0\|^2,$$

因此

$$E_{\lambda_0+\delta}x_0 = x_0, \qquad (11 \cdot 7 \cdot 15)$$

令 $\delta \to 0^+$,即得

$$E_{\lambda_0}x_0 = E_{\lambda_0+0}x_0 = x_0. \qquad (11 \cdot 7 \cdot 16)$$

同理,由

$$\int_{m-\varepsilon}^{\lambda_0-\delta}(\lambda-\lambda_0)^2\mathrm{d}(E_\lambda x_0, x_0) = 0$$

并注意到 $E_{m-\varepsilon} = 0$ 可得

$$E_{\lambda_0-\delta}x_0 = 0,$$

令 $\delta \to 0^+$,即得

$$E_{\lambda_0-0}x_0 = 0. \qquad (11 \cdot 7 \cdot 17)$$

由(11 · 7 · 16),(11 · 7 · 17) 即知,$E_{\lambda_0-0} \neq E_{\lambda_0}$,即 λ_0 是 E_λ 的不连续点. 由(11 · 7 · 16),(11 · 7 · 17) 我们还可顺便地得出

$$(E_{\lambda_0}-E_{\lambda_0-0})x_0=x_0,$$

即 x_0 属于投影算子 $E_{\lambda_0}-E_{\lambda_0-0}$). 所投影的子空间,即

$$x_0\in(E_{\lambda_0}-E_{\lambda_0-0})(\mathsf{H}). \qquad (11\cdot7\cdot18)$$

充分性. 设 $E_{\lambda_0}\neq E_{\lambda_0-0}$. 由于 E_{λ_0}, E_{λ_0-0} 都是投影算子, $E_{\lambda_0-0}\leqslant E_{\lambda_0}$, 故 $E_{\lambda_0}-E_{\lambda_0-0}=E(\Delta_0)$ 也是投影算子. 由条件,

$$E(\Delta_0)(\mathsf{H})=\mathsf{L}_0\neq\{0\}.$$

任取一 $x_0\in\mathsf{L}_0$, $x_0\neq0$, 则必有

$$E(\Delta_0)x_0=x_0.$$

根据 §11・5 定理 4, 我们有

$$E_{\lambda_0}(\mathsf{H})=E_{\lambda_0-0}(\mathsf{H})\oplus\mathsf{L}_0,\quad \mathsf{L}_0\perp E_{\lambda_0-0}(\mathsf{H}),$$

从而

$$E_{\lambda_0-0}x_0=0,\quad E_{\lambda_0}x_0=x_0.$$

此外, 当 $\lambda<\lambda_0$ 时, $E_\lambda\leqslant E_{\lambda_0-0}$, 故有

$$E_\lambda x_0=0,\quad \forall\lambda<\lambda_0.$$

现在, 对任意 $\tau>0$, 记

$$\Delta=(\lambda_0-\tau,\lambda_0],\quad E(\Delta)=E_{\lambda_0}-E_{\lambda_0-\tau},$$

则有

$$E(\Delta)x_0=x_0,$$

再注意到 A 与 $E(\Delta)$ 可交换, 即得

$$Ax_0=AE(\Delta)x_0=\left(\int_{-\infty}^{+\infty}\lambda\mathrm{d}E_\lambda\int_{\lambda_0-\tau}^{\lambda_0}\mathrm{d}E_\lambda\right)x_0=\int_{\lambda_0-\tau}^{\lambda_0}\lambda\mathrm{d}E_\lambda x_0;$$

$$\lambda_0x_0=\lambda_0E(\Delta)x_0=\int_{\lambda_0-\tau}^{\lambda_0}\lambda_0\mathrm{d}E_\lambda x_0.$$

因此

$$Ax_0-\lambda_0x_0=\int_{\lambda_0-\tau}^{\lambda_0}(\lambda-\lambda_0)\mathrm{d}E_\lambda x_0,$$

注意到(11・7・14) 式,

$$\|Ax_0-\lambda_0x_0\|=\|\int_{\lambda_0-\tau}^{\lambda_0}(\lambda-\lambda_0)\mathrm{d}E_\lambda x_0\|$$

$$\leqslant \left\| \int_{\lambda_0-\tau}^{\lambda_0} (\lambda - \lambda_0) \mathrm{d}E_\lambda \right\| \| x_0 \|$$
$$\leqslant \tau \| E(\Delta) \| \| x_0 \| = \tau \| x_0 \|.$$

由于τ是任意的,故知 $\| Ax_0 - \lambda_0 x_0 \| = 0$,即 x_0 是对应于 λ_0 的特征向量.这样,我们证明了,任一 $x \in (E_{\lambda_0} - E_{\lambda_0 - 0})(\mathsf{H})$,$x \neq 0$,都是 A 的对应于 λ_0 的特征向量. ▌

注 由定理 4 的证明过程中可以看出:若 λ_0 是 A 的特征值,则

$$(E_{\lambda_0} - E_{\lambda_0 - 0})(\mathsf{H}) = \{x \mid Ax = \lambda_0 x\}.$$

* §11·8 双线性泛函

本节恒设 H 为复数域 K 上的 Hilbert 空间.设

$$\varphi(x, y) = (x, y),$$

我们知道,$\varphi(x,y)$ 作为 H 上的二变元函数,具有如下性质:

1) $\varphi(x,y)$ 是变元 x 的线性泛函,即

$$\varphi(\alpha x + \beta y, z) = \alpha\varphi(x,z) + \beta\varphi(y,z); \quad (11 \cdot 8 \cdot 1)$$

2) $\varphi(x,y)$ 关于 y 是共轭线性的,即

$$\varphi(x, \alpha y + \beta z) = \bar{\alpha}\varphi(x,y) + \bar{\beta}\varphi(x,z); \quad (11 \cdot 8 \cdot 2)$$

3) $\varphi(x,y) = \overline{\varphi(y,x)}$; $\quad (11 \cdot 8 \cdot 3)$

4) $|\varphi(x,y)| \leqslant \| x \| \| y \|$. $\quad (11 \cdot 8 \cdot 4)$

我们把 H 上满足(11·8·1)与(11·8·2)的二元泛函称为**双线性泛函**.如果二元泛函还满足(11·8·3),则称它为 **Hermite 泛函**.

定义 1 设 $\varphi(\cdot,\cdot)$ 是 H 上的双线性泛函,如果存在常数 c,使

$$|\varphi(x,y)| \leqslant c \| x \| \| y \|, \quad (11 \cdot 8 \cdot 5)$$

则称 φ 为**有界的双线性泛函**,此时,记

$$\| \varphi \| = \sup_{\| x \| \leqslant 1, \| y \| \leqslant 1} |\varphi(x,y)|,$$

称为 $\varphi(\cdot,\cdot)$ 的范数.

如同线性算子，我们有

$$\|\varphi\| = \inf\{c \mid |\varphi(x,y)| \leqslant c\|x\|\|y\|, \forall x,y \in \mathrm{H}\}. \tag{11·8·6}$$

设 $A:\mathrm{H}\to\mathrm{H}$ 是连续线性算子，令

$$\varphi(x,y) = (Ax,y), \tag{11·8·7}$$

容易验证，$\varphi(\cdot,\cdot)$ 是一个双线性泛函，且

$$|\varphi(x,y)| = |(Ax,y)| \leqslant \|Ax\|\|y\| \leqslant \|A\|\|x\|\|y\|. \tag{11·8·8}$$

因此，$\varphi(\cdot,\cdot)$ 是一有界双线性泛函，且 $\|\varphi\| \leqslant \|A\|$.

由(11·8·7) 所定义的双线性泛函 $\varphi(\cdot,\cdot)$ 称作由算子 A 导出的泛函. 如果算子 A 是自共轭的，则

$$\varphi(x,y) = (Ax,y) = (x,Ay) = \overline{(Ay,x)} = \overline{\varphi(y,x)}. \tag{11·8·9}$$

因此，每一自共轭线性算子导出一个 Hermite 泛函.

对 $x\in\mathrm{H}$ 在(11·8·8) 中令 $y = Ax$，我们有

$$\|Ax\|^2 = |(Ax,Ax)| = |\varphi(x,Ax)| \leqslant \|\varphi\|\|x\|\|Ax\|,$$

因此，

$$\|Ax\| \leqslant \|\varphi\|\|x\|, \forall x\in\mathrm{H}, \tag{11·8·10}$$

从而

$$\|A\| \leqslant \|\varphi\| \tag{11·8·11}$$

因此，$\|A\| = \|\varphi\|$.

定理 1　对于双线性泛函 φ，下列命题等价：

(i) $\varphi(x,y)$ 是 Hermite 泛函；

(ii) $\varphi(x,x)$ 是实数；

(iii) $\mathrm{Re}\varphi(x,y) = \mathrm{Re}\varphi(y,x)$.

证明　(i)⟹(ii). 由 $\varphi(x,y) = \overline{\varphi(y,x)}$ 得

$$\varphi(x,x) = \overline{\varphi(x,x)}.$$

故 $\varphi(x,x)$ 是实数.

(ii)⟹(iii). 由 $\varphi(x,y)$ 是双线性泛函,我们有

$$\varphi(x,y)=\frac{1}{4}[\varphi(x+y,x+y)-\varphi(x-y,x-y)$$
$$+i\varphi(x+iy,x+iy)-i\varphi(x-iy,x-iy)],$$
$$\varphi(y,x)=\frac{1}{4}[\varphi(y+x,y+x)-\varphi(y-x,y-x)$$
$$+i\varphi(y+ix,y+ix)-i\varphi(y-ix,y-ix)],$$

故
$$\mathrm{Re}\varphi(x,y)=\mathrm{Re}\varphi(y,x)$$
$$=\frac{1}{4}[\varphi(x+y,x+y)-\varphi(x-y,x-y)]$$

(iii)⟹(i). 这由

$$\mathrm{Im}\varphi(x,y)=\mathrm{Im}(-i)\varphi(ix,y)=-\mathrm{Re}\varphi(ix,y)$$
$$=-\mathrm{Re}\varphi(y,ix)=-\mathrm{Re}(-i)\varphi(y,x)=-\mathrm{Im}\varphi(y,x),$$

及条件 $\mathrm{Re}\varphi(x,y)=\mathrm{Re}\varphi(y,x)$ 即得 $\varphi(x,y)=\overline{\varphi(y,x)}$. ▌

定义 2 Hilbert 空间 H 上的泛函 $\varphi(\cdot)$ 如果满足:

1) $\varphi(\alpha x)=|\alpha|^2\varphi(x)$, (11・8・12)

2) $\varphi(x+y)+\varphi(x-y)=2(\varphi(x)+\varphi(y))$, (11・8・13)

则称 ψ 为 H 上的**二次泛函**.

根据定义,如果 $\varphi(\cdot,\cdot)$ 是 H 上的双线性泛函,令 $\varphi(x)=\varphi(x,x)$,那么 $\varphi(x)$ 是 H 上的二次泛函.

二次泛函 φ 称为**有界的**,如果 $\sup\limits_{\|x\|=1}\|\varphi(x)\|<+\infty$,这时记 $\|\varphi\|=\sup\limits_{\|x\|=1}\|\varphi(x)\|$,称为 φ 的**范数**.如果对一切 $x\in$ H,$\varphi(x)$ 是实数,则称 φ 是**实二次泛函**.

定理 2 设 $\varphi(x)$ 是 H 上的二次泛函,令

$$\psi(x,y)=\frac{1}{4}[\varphi(x+y)-\varphi(x-y)+i\varphi(x+iy)-i\varphi(x-iy)]$$

则 $\psi(x,y)$ 是 H 上的双线性泛函,且

$$\psi(x,x)=\varphi(x). \tag{11·8·14}$$

证明　由定义,(11·8·14) 显然成立,下面证明 $\psi(x,y)$ 是双线性泛函.

$$\begin{aligned}
&\psi(x,z)+\psi(y,z)\\
&=\frac{1}{4}[\varphi(x+z)-\varphi(x-z)+i\varphi(x+iz)-i\varphi(x-iz)]\\
&+\frac{1}{4}[\varphi(y+z)-\varphi(y-z)+i\varphi(y+iz)-i\varphi(y-iz)]\\
&=\frac{1}{4}[\varphi(x+z)+\varphi(y+z)-\varphi(x-z)-\varphi(y-z)]\\
&+\frac{i}{4}[\varphi(x+iz)+\varphi(y+iz)-\varphi(x-iz)-\varphi(y-iz)]\\
&=\frac{1}{4}\left[2\varphi\left(\frac{x+y}{2}+z\right)+2\varphi\left(\frac{x-y}{2}\right)-2\varphi\left(\frac{x+y}{2}-z\right)\right.\\
&\left.-2\varphi\left(\frac{x-y}{2}\right)\right]+\frac{i}{4}\left[2\varphi\left(\frac{x+y}{2}+iz\right)+2\varphi\left(\frac{x-y}{2}\right)\right.\\
&\left.-2\varphi\left(\frac{x+y}{2}-iz\right)-2\varphi\left(\frac{x-y}{2}\right)\right]\\
&=\frac{1}{2}\left[\varphi\left(\frac{x+y}{2}+z\right)-\varphi\left(\frac{x+y}{2}-z\right)\right.\\
&\left.+i\varphi\left(\frac{x+y}{2}+iz\right)-i\varphi\left(\frac{x+y}{2}-iz\right)\right]\\
&=2\psi\left(\frac{x+y}{2},z\right),
\end{aligned} \tag{11·8·15}$$

令 $y=0$,则

$$\psi(x,z)=2\psi\left(\frac{x}{2},z\right),$$

在上式中,以 $x+y$ 代替 x 即得

$$\psi(x+y,z)=2\psi\left(\frac{x+y}{2},z\right), \tag{11·8·16}$$

把(11·8·16) 式与(11·8·15) 式对照即得

$$\psi(x,z)+\psi(y,z)=\psi(x+y,z). \qquad (11\cdot 8\cdot 17)$$

余下的,完全可仿照 §11·1 定理1的证明得出

$$\psi(\alpha x,z)=\alpha\psi(x,z). \qquad (11\cdot 8\cdot 18)$$

还可以类似地证明

$$\psi(x,y+z)=\psi(x,y)+\psi(x,z), \qquad (11\cdot 8\cdot 19)$$

$$\psi(x,\alpha y)=\bar{\alpha}\psi(x,y). \qquad (11\cdot 8\cdot 20)$$

(11·8·17)—(11·8·20) 正说明 $\psi(x,y)$ 是双线性的. ▌

满足 $\psi(x,x)=\varphi(x)$ 的双线性泛函 $\psi(x,y)$ 称为由**二次函数** φ **所决定的双线性泛函**.

定理 3 每个实二次泛函 $\varphi(\cdot)$ 决定唯一的 Hermite 泛函 $\psi(\cdot,\cdot)$,如果 φ 有界则 ψ 也有界,且

$$\|\psi\|=\|\varphi\|. \qquad (11\cdot 8\cdot 21)$$

证明 设 $\psi(x,y)$ 为定理2中所定义的双线性泛函,因为 φ 是实二次泛函,因此容易看出 $\psi(x,y)=\overline{\psi(y,x)}$,即 $\psi(\cdot,\cdot)$ 是 Hermite 泛函.再者,每一双线性泛函具有极分解式

$$\psi(x,y)=\frac{1}{4}[\psi(x+y,x+y)-\psi(x-y,x-y)$$
$$+i\psi(x+iy,x+iy)-i\psi(x-iy,x-iy)],$$
$$(11\cdot 8\cdot 22)$$

因此每一二次泛函决定唯一的一个双线性泛函.

现在设 φ 有界,我们证明(11·8·21).

对任意的 $x,y\in \mathsf{H}$,取复数 $\lambda=e^{i\theta}$,使得 $\lambda\psi(x,y)$ 为实数,于是

$$\lambda\psi(x,y)=\mathrm{Re}\lambda\psi(x,y)=\mathrm{Re}\psi(\lambda x,y)$$
$$=\frac{1}{4}[\varphi(\lambda x+y)-\varphi(\lambda x-y)],$$

从而

$$|\psi(x,y)|=\frac{1}{4}|\varphi(\lambda x+y)-\varphi(\lambda x-y)|$$

$$\leqslant \frac{1}{4}\|\varphi\|[\|\lambda x+y\|^2+\|\lambda x-y\|^2]$$

$$=\frac{1}{2}\|\varphi\|(\|x\|^2+\|y\|^2),$$

取实数 $t \neq 0$,则

$$|\psi(x,y)|=|\psi(tx,\frac{y}{t})|$$

$$\leqslant \frac{1}{2}\|\varphi\|(\|tx\|^2+\|\frac{y}{t}\|^2),$$

特别,取 $t=\left(\frac{\|y\|}{\|x\|}\right)^{1/2}$,得

$$|\psi(x,y)| \leqslant \|\varphi\|\|x\|\|y\|.$$

这说明 ψ 是有界的,且

$$\|\psi\| \leqslant \|\varphi\|,$$

但显然有 $\|\varphi\| \leqslant \|\psi\|$,因此

$$\|\psi\|=\|\varphi\|. \blacksquare$$

系 1　设 $\varphi(\cdot,\cdot)$ 是 H 上的双线性泛函,$\varphi(x,x)$ 恒为实数,且存在 $c>0$,使

$$|\varphi(x,x)| \leqslant c\|x\|^2, \forall x \in \mathrm{H},$$

则

$$|\varphi(x,y)| \leqslant c\|x\|\ \|y\|, \forall x,y \in \mathrm{H}.$$

系 2　设 $\varphi(\cdot,\cdot)$ 是 H 上的双线性泛函,且

$$\mathrm{Re}\varphi(x,y)=\mathrm{Re}\varphi(y,x),$$

若存在 c 使

$$|\varphi(x,x)| \leqslant c\|x\|^2, \forall x \in \mathrm{H},$$

则

$$|\varphi(x,y)| \leqslant c\|x\|\ \|y\|, \forall x,y \in \mathrm{H}.$$

系 3　设 $\varphi(\cdot,\cdot)$ 是定义在 H 上的 Hermite 泛函,若存在 c,使

$$|\varphi(x,x)| \leqslant c\|x\|^2, \forall x \in \mathsf{H},$$

则

$$|\varphi(x,y)| \leqslant c\|x\|\|y\|, \forall x,y \in \mathsf{H}.$$

定理 4 设 $\varphi(\cdot,\cdot)$ 是 H 上有界双线性泛函，则必存在唯一的有界线性算子 $A:\mathsf{H} \to \mathsf{H}$，使

$$\varphi(x,y) = (Ax,y), \forall x,y \in \mathsf{H}, \tag{11·8·23}$$

且

$$\|A\| = \|\varphi\|. \tag{11·8·24}$$

证明 对每一固定的 $y \in \mathsf{H}$，令

$$\varphi_y(x) = \varphi(x,y), \forall x \in \mathsf{H},$$

显然，$\varphi_y(\cdot)$ 是 H 上的线性泛函. 由

$$|\varphi_y(x)| = |\varphi(x,y)| \leqslant \|\varphi\|\|y\|\|x\| \tag{11·8·25}$$

知 $\varphi_y(x)$ 是 H 上的连续线性泛函，且

$$\|\varphi_y\| \leqslant \|\varphi\|\|y\|. \tag{11·8·26}$$

根据 Riesz 表示定理，存在唯一的 $y^* \in \mathsf{H}$，使

$$\varphi_y(x) = (x,y^*), \tag{11·8·27}$$

且

$$\|\varphi_y\| = \|y^*\|. \tag{11·8·28}$$

这样，利用(11·8·27)我们决定了一个 $\mathsf{H} \to \mathsf{H}$ 的算子 $B: y \longmapsto y^*$. 于是，(11·8·27)可写成

$$\varphi(x,y) = \varphi_y(x) = (x,y^*) = (x,By). \tag{11·8·29}$$

现在，对任意的 $x,y,z \in \mathsf{H}$，$\alpha,\beta \in K$，有

$$\begin{aligned}\varphi(x,\alpha y + \beta z) &= \bar{\alpha}\varphi(x,y) + \bar{\beta}\varphi(x,z)\\ &= \bar{\alpha}(x,By) + \bar{\beta}(x,Bz)\\ &= (x,\alpha By + \beta Bz),\end{aligned}$$

因此，

$$B(\alpha y + \beta z) = \alpha By + \beta Bz, \tag{11·8·30}$$

从而 B 是 $\mathsf{H}\to\mathsf{H}$ 的线性算子，再由(11・8・26)、(11・8・28)，我们有

$$\|By\| = \|\varphi_y\| \leqslant \|\varphi\|\,\|y\|,\ \forall\, y\in\mathsf{H}, \tag{11・8・31}$$

因此 B 是有界线性算子，然后令 $A = B^*$，则得

$$\varphi(x,y) = (x,By) = (Ax,y). \tag{11・8・32}$$

由(11・8・31)、(11・8・32) 及 $\|A\| = \|B^*\| = \|B\|$ 即知(11・8・24) 成立.

算子 A 的唯一性是显然的. ▌

系 4　设 $\varphi(\cdot,\cdot)$ 是 H 上的有界 Hermite 泛函，则存在唯一的自共轭算子 $A:\mathsf{H}\to\mathsf{H}$，使

$$\varphi(x,y) = (Ax,y),\ \forall\, x,y\in\mathsf{H}, \tag{11・8・33}$$

且

$$\|\varphi\| = \|A\|. \tag{11・8・34}$$

证明　算子 A 的存在唯一性及(11・8・33)，(11・8・34) 由定理 4 给出，然后由

$$\begin{aligned}(Ax,y) &= \varphi(x,y) = \overline{\varphi(y,x)}\\ &= \overline{(Ay,x)} = (x,Ay)\end{aligned}$$

知 A 是自共轭的. ▌

定理 5　设 $\varphi(\cdot)$ 是 H 上的实有界二次泛函，则存在唯一的有界自共轭算子 $A:\mathsf{H}\to\mathsf{H}$，使

$$\varphi(x) = (Ax,x),\ \forall\, x\in\mathsf{H}, \tag{11・8・35}$$

且

$$\|\varphi\| = \|A\|. \tag{11・8・36}$$

证明　由定理 3，存在唯一的有界 Hermite 泛函 $\psi(x,y)$，使

$$\varphi(x) = \psi(x,x) \tag{11・8・37}$$

且

$$\|\psi\| = \|\varphi\|. \qquad (11 \cdot 8 \cdot 38)$$

由系 4,存在唯一的有界自共轭算子 $A:\mathsf{H}\to\mathsf{H}$,满足

$$\psi(x,y) = (Ax,y); \qquad (11 \cdot 8 \cdot 39)$$

$$\|A\| = \|\psi\|. \qquad (11 \cdot 8 \cdot 40)$$

由此,并注意到(11・8・37),即知有

$$(Ax,x) = \psi(x,x) = \varphi(x), \qquad (11 \cdot 8 \cdot 41)$$

$$\|A\| = \|\psi\| = \|\varphi\|. \blacksquare \qquad (11 \cdot 8 \cdot 42)$$

定义 3 定义在 Hilbert 空间 H 上的双线性泛函 $\varphi(\cdot,\cdot)$ 称为**强迫的**,如果存在 $c>0$,使

$$\varphi(x,x) \geqslant c\|x\|^2, \forall x \in \mathsf{H}.$$

定理 6 设 $\varphi(\cdot,\cdot)$ 是 Hilbert 空间 H 上的有界、强迫的双线性泛函,那么,对每一有界线性泛函 $f\in\mathsf{H}^*$,存在唯一的元素 $y\in\mathsf{H}$,使

$$\varphi(x,y) = f(x), \forall x \in \mathsf{H}.$$

证明 按条件,$\varphi(\cdot,\cdot)$ 是 H 上的有界 Hermite 泛函. 依系 4,存在唯一的自共轭算子 $A:\mathsf{H}\to\mathsf{H}$,满足

$$\varphi(x,y) = (x,Ay), \forall x,y \in \mathsf{H},$$

从而存在 $c>0$ 使

$$(y,Ay) = (Ay,y) = \varphi(y,y) \geqslant c\|y\|^2, \forall y \in \mathsf{H},$$

再由 §11・3 定理 5,A 是可逆的,即 A 是 H 上的一一映射. 于是,对 $f\in\mathsf{H}^*$,依 Riesz 表示定理,可取 $y^*\in\mathsf{H}$, $\|y^*\| = \|f\|$ 使

$$f(x) = (x,y^*), \forall x \in \mathsf{H}.$$

设 $y = A^{-1}y^*$,则对任意 $x\in\mathsf{H}$ 有

$$f(x) = (x,y^*) = (x,Ay) = \varphi(x,y). \qquad (11 \cdot 8 \cdot 43)$$

满足(11・8・43) 的 y 显然是唯一的. $\blacksquare$

$*$ §11·9　保范算子

本节恒设 H 是复 Hilbert 空间.

定义 1　设 $U:\mathsf{H}\to\mathsf{H}$ 为线性算子,若

$$\|Ux\| = \|x\| \quad \forall x\in\mathsf{H} \tag{11·9·1}$$

则称 U 为**保范算子**. 此时,如果 $U(\mathsf{H})=\mathsf{H}$,则称 U 为**酉算子**.

显然,如果 $U:\mathsf{H}\to\mathsf{H}$ 是酉算子,那么,当 $x,y\in\mathsf{H},x\neq y$ 时,

$$\|Ux-Uy\| = \|U(x-y)\| = \|x-y\| \neq 0,$$

因此,$U:\mathsf{H}\to\mathsf{H}$ 是一一映射,根据逆算子定理,$U^{-1}:\mathsf{H}\to\mathsf{H}$ 存在,从而 U^{-1} 也是酉算子.

其次,由

$$\begin{aligned}(Ux,Uy) &= \frac{1}{4}[\|Ux+Uy\|^2-\|Ux-Uy\|^2 \\ &\qquad +i\|Ux+iUy\|^2-i\|Ux-iUy\|^2] \\ &= \frac{1}{4}[\|x+y\|^2-\|x-y\|^2+i\|x+iy\|^2-i\|x-iy\|^2] \\ &= (x,y)\end{aligned} \tag{11·9·2}$$

可知,酉算子保持内积不变.

再由(11·9·2),我们有

$$(x,y) = (Ux,Uy) = (U^*Ux,y),\forall x,y\in\mathsf{H}, \tag{11·9·3}$$

因此,

$$U^*U = I, \tag{11·9·4}$$

于是

$$U^* = U^{-1} \tag{11·9·5}$$

反之,若 $U:\mathsf{H}\to\mathsf{H}$ 存在逆算子 U^{-1} 且满足(11·9·5),则

$$(Ux,Uy) = (x,U^*Uy) = (x,y),$$

因此,U 是酉算子.

综上所述,我们得

定理 1 设 U:H→H 为有界线性算子,则下述命题等价:

(i) U 是酉算子;

(ii) $U(\mathrm{H}) = \mathrm{H}$ 且 $(Ux, Uy) = (x, y), \forall x, y \in \mathrm{H}$;

(iii) U^{-1} 存在且 $U^{-1} = U^*$(即 $U^*U = UU^* = I$).

例 11·9·1 设 A:H→H 为自共轭有界线性算子,于是存在谱族$\{E_\lambda\}$使

$$A = \int_{-\infty}^{+\infty} \lambda \mathrm{d}E_\lambda,$$

设连续函数 $f(\lambda)$ 满足 $|f(\lambda)| = 1$,则

$$U = f(A) = \int_{-\infty}^{+\infty} f(\lambda)\mathrm{d}E_\lambda$$

是酉算子. 事实上,

$$U^*U = \overline{f}(A)f(A) = \int_{-\infty}^{+\infty} \overline{f}(\lambda)f(\lambda)\mathrm{d}E_\lambda = \int_{-\infty}^{+\infty} \mathrm{d}E_\lambda = I,$$

$$UU^* = f(A)\overline{f}(A) = \int_{-\infty}^{+\infty} f(\lambda)\overline{f}(\lambda)\mathrm{d}E_\lambda = \int_{-\infty}^{+\infty} \mathrm{d}E_\lambda = I.$$

定理 2 设 A:H→H 为有界自共轭算子,则

$$U = (A - iI)(A + iI)^{-1}$$

是酉算子,1 是 U 的正则值且

$$A = i(I + U)(I - U)^{-1}. \qquad (11 \cdot 9 \cdot 6)$$

证明 因 A 是自共轭有界线性算子,$\pm i$ 是 A 的正则值,因此,$U = (A - iI)(A + iI)^{-1}$ 是映 H 是 H 的有界线性算子. 又因为

$$U[(A + iI)(A - iI)^{-1}] = [(A + iI)(A - iI)^{-1}]U = I,$$

所以 U 为 H 上的可逆算子,从而 $U(\mathrm{H}) = \mathrm{H}$,且

$$U^{-1} = (A + iI)(A - iI)^{-1}.$$

再由

$$\begin{aligned} U^* &= [(A - iI)(A + iI)^{-1}]^* = [(A + iI)^{-1}(A - iI)]^* \\ &= (A - iI)^*[(A + iI)^{-1}]^* = (A + iI)(A - iI)^{-1}, \end{aligned}$$

所以 $U^* = U^{-1}$,由定理 1,U 是酉算子.

下证 1 是 U 的正则值,为此只需证明:1°. 1 不是 U 的特征值;2°. $(U - I)(\mathrm{H}) = \mathrm{H}$.

1°. 若 $x \in \mathsf{H}, Ux = x$，令 $y = (A + iI)^{-1}x$，则

$$Ux = [(A - iI)(A + iI)^{-1}](A + iI)y = (A - iI)y = x,$$

从而 $y = 0$，由此又得出 $x = 0$，因此 1 不是 U 的特征值.

2°. 设 $y \in \mathsf{H}$，取 $x \in \mathsf{H}$ 使 $y = (A + iI)^{-1}x$，即

$$x = (A + iI)y, \tag{11·9·7}$$

$$Ux = (A - iI)y, \tag{11·9·8}$$

因此

$$Ux - x = -2iy,$$

即

$$(U - I)x = -2iy, \quad (U - I)\frac{i}{2}x = y,$$

因此 $(U - I)(\mathsf{H}) = \mathsf{H}$. ▌

例 11·9·2　在空间 $\mathsf{H} = L^2(-\infty, +\infty)$ 中，对常数 $s \in R^1$，定义算子 $T: \mathsf{H} \to \mathsf{H}$ 如下

$$Tx(t) = x(t + s),$$

算子 T 称为平移算子，它是西算子.

定理 3　设 $U: \mathsf{H} \to \mathsf{H}$ 为西算子，则 $\sigma(U)$ 包含在复平面的单位圆周上.

证明　设 $|\lambda| \neq 0$，当 $|\lambda| < 1$ 时，级数 $\sum\limits_{n=0}^{\infty} \lambda^n U^{*n+1}$ 绝对收敛，且

$$(U - \lambda I)\sum_{n=0}^{\infty} \lambda^n U^{*n+1} = \left(\sum_{n=0}^{\infty} \lambda^n U^{*n+1}\right)(U - \lambda I) = I,$$

而当 $|\lambda| > 1$ 时，级数 $-\sum\limits_{n=0}^{\infty} \dfrac{1}{\lambda^{n+1}} U^n$ 绝对收敛，且

$$(U - \lambda I)\left(-\sum_{n=0}^{\infty} \frac{1}{\lambda^{n+1}} U^n\right) = \left(-\sum_{n=0}^{\infty} \frac{1}{\lambda^{n+1}} U^n\right)(U - \lambda I) = I.$$

因此当 $|\lambda| \neq 1$ 时 $U - \lambda I$ 有有界逆，即 λ 是 U 的正则值. ▌

现在，我们讨论 Hilbert 空间上西算子 U 的谱分解问题，下面，

我们恒设

$$A=\frac{1}{2}(U+U^*),\quad B=\frac{1}{2i}(U-U^*),$$

容易验证,A, B 为H上的自共轭线性有界算子.算子 A, B 分别称为 U 的实部、虚部.

通过直接计算,我们有

$$A^2+B^2=I, \tag{11·9·9}$$

从而,对任一 $x\in$ H,

$$\begin{aligned}\|Ax\|^2+\|Bx\|^2&=(Ax,Ax)+(Bx,Bx)\\&=(A^2x,x)+(B^2x,x)=(x,x)\\&=\|x\|^2,\end{aligned} \tag{11·9·10}$$

因此,$\|A\|\leqslant 1$, $\|B\|\leqslant 1$.

现在、设$\{G_\mu\}$为 A 的谱族,$\{F_\lambda\}$为 B 的谱族.按定义,A 与 B 可交换,所以 G_μ 与 F_λ 也可交换,从而 $G_\mu F_\lambda=F_\lambda G_\mu$ 也是投影算子.

引理 1 设

$$I_1=(\mu_1,\mu_2],(\mu_1\leqslant\mu_2),\quad I_2=(\lambda_1,\lambda_2](\lambda_1\leqslant\lambda_2),$$

若 $\mu\in I_1,\lambda\in I_2\Rightarrow\mu^2+\lambda^2<1$(或 >1),则

$$(G_{\mu_2}-G_{\mu_1})(F_{\lambda_2}-F_{\lambda_1})=0. \tag{11·9·11}$$

证明 因 $G_{\mu_2}-G_{\mu_1}$ 与 $F_{\lambda_2}-F_{\lambda_1}$ 皆为投影算子且可交换,那么$(G_{\mu_2}-G_{\mu_1})(F_{\lambda_2}-F_{\lambda_1})$也是投影算子.如果(11·9·11)不真,则存在 $x\in$ H, $\|x\|=1$,使

$$(G_{\mu_2}-G_{\mu_1})(F_{\lambda_2}-F_{\lambda_1})x=x,$$

从而

$$G_{\mu_2}x=F_{\lambda_2}x=x,$$
$$G_{\mu_1}x=F_{\lambda_1}x=0.$$

于是

$$Ax=\int_{-\infty}^{+\infty}\mu\mathrm{d}G_\mu x=\int_{\mu_1}^{\mu_2}\mu\mathrm{d}G_\mu x,$$

$$\min_{\mu\in I_1}|\mu|\leqslant\|Ax\|\leqslant\max_{\mu\in I_1}|\mu|.$$

同理

$$\min_{\lambda\in I_2}|\lambda|\leqslant\|Bx\|\leqslant\max_{\lambda\in I_2}|\lambda|.$$

因此在定理条件下，必有 $\|Ax\|^2+\|Bx\|^2<1$（或 >1），此与(11・9・10)式矛盾. ▌

根据 §9・7 定理 1，然后利用引理 1，

$$A=\int_{-1-\varepsilon}^{1}\mu\,\mathrm{d}G_\mu=-G_{-1}+\int_{-1^+}^{1}\mu\,\mathrm{d}G_\mu$$

$$=-G_{-1}(F_1-F_{-1^-})+(F_1-F_{-1})\int_{-1^+}^{1}\mu\,\mathrm{d}G_\mu+F_{-1}\int_{-1^+}^{1}\mu\,\mathrm{d}G_\mu$$

$$=-G_{-1}(F_0-F_{0^-})+(F_1-F_0)\int_{-1^+}^{1}\mu\,\mathrm{d}G_\mu$$

$$+(F_0-F_{-1})\int_{-1^+}^{1}\mu\,\mathrm{d}G_\mu+F_{-1}\int_{-1^+}^{1}\mu\,\mathrm{d}G_\mu$$

$$=-G_{-1}(F_0-F_{0^-})+(F_1-F_0)\int_{0}^{1}\mu\,\mathrm{d}G_\mu+(F_1-F_0)\int_{-1^+}^{0}\mu\,\mathrm{d}G_\mu$$

$$+(F_0-F_{-1})\int_{-1^+}^{0}\mu\,\mathrm{d}G_\mu+(F_0-F_{-1})\int_{0}^{1}\mu\,\mathrm{d}G_\mu$$

$$=-G_{-1}(F_0-F_{0^-})+(F_1-F_0)(G_1-G_{1^-})$$

$$+(F_1-F_0)\int_{0^+}^{1^-}\mu\,\mathrm{d}G\,\mu+(F_1-F_0)\int_{-1^+}^{0^-}\mu\,\mathrm{d}G_\mu$$

$$+(F_0-F_{-1})\int_{-1^+}^{0^-}\mu\,\mathrm{d}G_\mu+(F_0-F_{-1})(G_1-G_{1^-})$$

$$+(F_0-F_{-1})\int_{0^+}^{1^-}\mu\,\mathrm{d}G_\mu$$

$$=\int_{1^-}^{0^+}\mu\,\mathrm{d}(G_{1^-}-G_{\mu^-})(F_1-F_0)+\int_{0^-}^{-1^+}\mu\,\mathrm{d}(G_{0^-}-G_{\mu^-})(F_{1^-}-F_0)$$

$$-G_{-1}(F_0-F_{0-})+\int_{-1^+}^{0^-}\mu\,\mathrm{d}(G_\mu-G_{-1})(F_0-F_{-1})$$

$$+\int_{0^+}^{1^-}\mu\,\mathrm{d}(G_\mu-G_0)(F_0-F_{-1})+(G_1-G_{1-})(F_0-F_{0-})$$

$$=\int_{0^+}^{\frac{\pi}{2}^-}\cos\theta\,\mathrm{d}(G_{1^-}-G_{\cos\theta^+})(F_{\sin\theta}-F_0)$$

$$+\int_{\frac{\pi}{2}^+}^{\pi^-}\cos\theta\,\mathrm{d}(G_{0^-}-G_{\cos\theta^+})(F_{1^-}-F_{\sin\theta^+})$$

$$+G_{-1}(F_0-F_{0^-})\cos\pi+\int_{\pi^+}^{\frac{3}{2}\pi^-}\cos\theta(\mathrm{d}G_{\cos\theta}-G_{-1})(F_{0^-}-F_{\sin\theta^+})$$

$$+\int_{\frac{3}{2}\pi^+}^{2\pi^-}\cos\theta \mathrm{d}(G_{\cos}-G_0)(F_{\sin\theta}-F_{-1})$$

$$+(G_1-G_{1-})(F_0-F_{0^-})\cos 2\pi. \qquad (11\cdot 9\cdot 12)$$

类似地

$$B=\int_{0^+}^{\frac{\pi}{2}^-}\sin\theta \mathrm{d}(G_{1^-}-G_{\cos\theta^+})(F_{\sin\theta}-F_0)$$

$$+\int_{\frac{\pi}{2}^+}^{\pi^-}\sin\theta \mathrm{d}(G_{0^-}-G_{\cos\theta^+})(F_{1^-}-F_{\sin\theta^+})$$

$$+(G_0-G_{0^-})(F_1-F_{1^-})\sin\frac{\pi}{2}$$

$$+\int_{\pi^+}^{\frac{3}{2}\pi^-}\sin\theta \mathrm{d}(G_{\cos\theta}-G_{-1})(F_{0^-}-F_{\sin\theta^+})$$

$$+(G_0-G_{0-})(F_{-1}-F_{-1^-})\sin\frac{3}{2}\pi$$

$$+\int_{\frac{3}{2}\pi^+}^{2\pi^-}\sin\theta \mathrm{d}(G_{\cos\theta}-G_0)(F_{\sin\theta}-F_{-1}). \qquad (11\cdot 9\cdot 13)$$

现在,令

$$E_\theta=\begin{cases}(G_{1^-}-G_{\cos\theta^+})(F_{\sin\theta}-F_0), & \theta\in[0,\frac{\pi}{2});\\ (G_{1^-}-G_0)(F_{1^-}-F_0)+(G_0-G_{0^-})(F_1-F_{1^-}), & \theta=\frac{\pi}{2};\\ E_{\frac{\pi}{2}}+(G_{0^-}-G_{\cos\theta^+})(F_{1^-}-F_{\sin\theta^+}), & \theta\in(\frac{\pi}{2},\pi);\\ E_{\frac{\pi}{2}}+(G_{0^-}-G_{-1})(F_{1^-}-F_0)+G_{-1}(F_0-F_{0^-}), & \theta=\pi\\ E_\pi+(G_{\cos\theta}-G_{-1})(F_0-F_{\sin\theta^+}), & \theta\in(\pi,\frac{3}{2}\pi);\\ E_\pi+(G_{0^-}-G_{-1})(F_{0^-}-F_{-1})+(G_0-G_{0^-})F_{-1}, & \theta=\frac{3}{2}\pi;\\ E_{\frac{3}{2}\pi}+(G_{\cos\theta}-G_0))(F_{\sin\theta}-F_{-1}), & \theta\in(\frac{3}{2}\pi,2\pi);\\ E_{\frac{3}{2}\pi}+(G_{-1}-G_0)(F_{0^-}-F_{-1})+(G_{1^-}-G_{1^-})(F_0-F_{0^-}), & \theta=2\pi.\end{cases} \qquad (11\cdot 9\cdot 14)$$

则表达式(11·9·12)(11·9·13)可写成

$$A=\int_0^{2\pi}\cos\theta \mathrm{d}E_\theta,\qquad B=\int_0^{2\pi}\sin\theta \mathrm{d}E_\theta.$$

(11·9·15)

(11·9·14)式中，$E_{\frac{i}{2}\pi}(i=1,2,3,4,0)$ 的值，利用引理 1，可直接写成

$$E_{\frac{\pi}{2}}=(G_{1^-}-G_{0^-})(F_1-F_0),$$

$$E_\pi=G_{1^-}(F_1-F_{0^-}),$$

$$E_{\frac{3}{2}\pi}=G_{1^-}(F_1-F_{0^-})+(G_0-G_{-1})F_0,$$

$$E_{2\pi}=I,\qquad E_0=0.$$

按 E_θ 的定义，E_θ 在强收敛下右连续，且当 $0\leqslant\theta_1\leqslant\theta_2\leqslant 2\pi$ 时，$E_{\theta 1}\leqslant E_{\theta 2}$，$E_\theta$ 显然是投影算子. 又如果有界线性算子 C 与 U 可交换，即 $CU=UC$，则 $U^*C=CU^*$，从而 $CA=AC$，$CB=BC$，因此，C 与 G_u，F_λ 皆可交换，从而 E_θ 与 C 也可交换. 最后，

$$U=A+iB=\int_0^{2\pi}\cos\theta \mathrm{d}E_\theta+i\int_0^{2\pi}\sin\theta \mathrm{d}E_\theta=\int_0^{2\pi}\mathrm{e}^{i\theta}\,\mathrm{d}E_\theta.$$

于是，我们得出

定理 4　设 U:H → H 是酉算子，则必存在 H 上的投影算子族 $\{E_\theta \| 0\leqslant\theta\leqslant 2\pi\}$，满足

1)　$E_0=0$，$E_{2\pi}=I$；如果有界线性算子 C 与 U 可交换，则 E_θ 与 C 也可交换；

2)　当 $0\leqslant\theta_1\leqslant\theta_2\leqslant 2\pi$ 时，$E_{\theta_1}\leqslant E_{\theta_2}$；

3)　在强收敛意义下，E_θ 右连续；

4)　$U=\int_0^{2\pi}\mathrm{e}^{i\theta}\,\mathrm{d}E_\theta$.

注　定理中的投影算子族 $\{E_\theta\}$ 称为酉算子 U 的谱族.

如果令

$$C=\int_0^{2\pi}\theta \mathrm{d}E_\theta,$$

则可验证,C:H → H 是有界自共轭线性算子. 于是,根据算子函数的定义,我们有

$$U = e^{ic},$$

这样,我们就证明了

系 1 设 U:H → H 为酉算子,则必存在 H 上的有界自共轭线性算子 A,使 $U = e^{iA}$.

利用谱分解定理,还可推出

系 2 数 $e^{i\theta_0}$ $(0 < \theta_0 < 2\pi)$ 是酉算子 U 的正则值的充分必要条件是,存在 $\delta > 0$,使得 U 的谱族 E_θ 在 $[\theta_0 - \delta, \theta_0 + \delta]$ 上是常算子;1 为 U 的正则值的充分必要条件是,存在 $\delta > 0$,使当 $\theta \in (0, \delta)$ 时 $E_\theta = 0$,当 $\theta \in (2\pi - \delta, 2\pi)$ 时 $E_\theta = I$.

系 3 数 $e^{i\theta}$ $(0 < \theta \leqslant 2\pi)$ 是酉算子 U 的特征值的充分必要条件是 $E_\theta \neq E_{\theta^-}$.

系 2、系 3 可仿 §11·7 的方法来证明. ▌

* §11·10 正常算子

前面,我们讨论了 Hilbert 空间中有界自共轭算子的性质及谱分解,并利用自共轭算子的谱分解定理证明了酉算子的谱分解定理. 在这一节,我们将简单地讨论更广泛的一类算子 —— 正常算子.

定义 1 设 H 是复 Hilbert 空间,A:H → H 为有界线性算子,如果 $AA^* = A^*A$,则称 A 为**正常算子**.

对于 H 上的有界线性算子 A,令

$$A_1 = \frac{A + A^*}{2}, A_2 = \frac{A - A^*}{2i},$$

容易看出,A_1, A_2 都是有界自共轭算子,且

$$A = A_1 + iA_2.$$

类似于酉算子情形，我们分别称 A_1, A_2 为 A 的实部和虚部. 当 A 为正常算子时，容易验证 A_1 与 A_2 可交换；反之，若 A_1 与 A_2 可交换：$A_1A_2 = A_2A_1$，则 A 与 A^* 也可交换：$AA^* = A^*A$，从而 A 是正常算子. 这样，我们得到

定理1 设H为复Hilbert空间，有界线性算子 A:H→H为正常算子的充分必要条件是它的实部与虚部可交换.

现在设 A:H→H为正常算子. A 的实部和虚部 A_1、A_2 都是有界自共轭算子，设其上界与下界分别是 M_1, M_2, m_1, m_2. $\{E_\lambda^{(1)}\}$，$\{E_\lambda^{(2)}\}$ 分别为对应于 A_1, A_2 的谱族. 因为 A_1 与 A_2 可交换，根据§11·7定理1，$E_\lambda^{(1)}$ 与 $E_\lambda^{(2)}$ 可交换，因此，$E_{\lambda\mu} = E_\lambda^{(1)}E_\mu^{(2)} = E_\mu^{(2)}E_\lambda^{(1)}$ 也是投影算子.

对复数 $z = x + iy$，令

$$E_z = E_{x+iy} = E_x^{(1)}E_y^{(2)},$$

由上所述，E_z 是投影算子，它满足

1) 当 $x < m_1$（或 $y < m_2$）时 $E_z = 0$，且当 $x \geqslant M_1, y \geqslant M_2$ 时 $E_z = I$；

2) $\lim\limits_{x' \to x+} E_{x'+iy} = \lim\limits_{y' \to y+} E_{x+iy'} = E_{x+iy}$；

3) 当 $x_1 \leqslant x_2, y_1 \leqslant y_2$ 时 $E_{x_1+iy_1} \leqslant E_{x_2+iy_2}$.

现在，设 $\Delta = (a,b] \times (c,d]$，记

$$\begin{aligned} E(\Delta) &= E_{b+id} - E_{b+ic} - E_{a+id} + E_{a+ic} \\ &= E_b^{(1)}E_d^{(2)} - E_b^{(1)}E_c^{(2)} - E_a^{(1)}E_d^{(2)} + E_a^{(1)}E_c^{(2)} \\ &= (E_b^{(1)} - E_a^{(1)})(E_d^{(2)} - E_c^{(2)}), \end{aligned}$$

及 $R = [m_1, M_1] \times [m_2, M_2]$，

$$R_\varepsilon = (m_1 - \varepsilon, M_1] \times (m_2 - \varepsilon, M_2]，其中 \varepsilon > 0.$$

如果对某 $\varepsilon > 0$ 有 $\Delta \cap R_\varepsilon = \varnothing$，则显然有 $E(\Delta) = 0$.

对任意固定的 $\varepsilon > 0$，任作两组分点

$$m_1 - \varepsilon = x_0 < x_1 < \cdots < x_n = M_1;$$

$$m_2 - \varepsilon = y_0 < y_1 < \cdots < y_m = M_2;$$

记

$$\Delta_{lr} = (x_{l-1}, x_l] \times (y_{r-1}, y_r],$$

$$\delta_{lr} = [(x_l - x_{l-1})^2 + (y_r - y_{r-1})^2]^{\frac{1}{2}},$$

$$\delta = \max_{\substack{1 \leqslant l \leqslant n \\ 1 \leqslant r \leqslant m}} \delta_{lr}.$$

在 Δ_{lr} 中任取一点(ξ_l, η_r),作和式

$$\begin{aligned}
&\sum_{\substack{1 \leqslant l \leqslant n \\ 1 \leqslant r \leqslant m}} (\xi_l + i\eta_r) E(\Delta_{lr}) \\
&= \sum_{l=1}^{n} \sum_{r=1}^{m} (\xi_l + i\eta_r)(E_{x_l}^{(1)} - E_{x_{l-1}}^{(1)})(E_{y\,r}^{(2)} - E_{y\,r-1}^{(2)}) \\
&= \sum_{l=1}^{n} \sum_{r=1}^{m} \xi_l (E_{x_l}^{(1)} - E_{x_{l-1}}^{(1)})(E_{y\,r}^{(2)} - E_{y\,r-1}^{(2)}) \\
&+ i \sum_{l=1}^{n} \sum_{r=1}^{m} \eta_r (E_{x_l}^{(1)} - E_{x_{l-1}}^{(1)})(E_{y\,r}^{(2)} - E_{y\,r-1}^{(2)}) \\
&= \sum_{l=1}^{n} \xi_l (E_{x_l}^{(1)} - E_{x_{l-1}^{(1)}}) + i \sum_{r=1}^{m} \eta_r (E_{y\,r}^{(2)} - E_{y\,r-1}^{(2)}),
\end{aligned}$$

于是有

$$\lim_{\delta \to 0^+} \sum_{\substack{1 \leqslant l \leqslant n \\ 1 \leqslant r \leqslant m}} (\xi_l + iy_r) E(\Delta_{lr}) = A_1 + iA_2.$$

把上述极限记作

$$A = \iint_{R_\varepsilon} z \, \mathrm{d}Ez. \tag{11·10·1}$$

最后,我们注意到

$$\begin{aligned}
\| Ax \|^2 &= (Ax, Ax) = ((A_1 + iA_2)x, (A_1 + iA_2)x) \\
&= ((A_1 - iA_2)(A_1 + iA_2)x, x) \\
&= ((A_1^2 + A_2^2)x, x) = \| A_1 x \|^2 + \| A_2 x \|^2,
\end{aligned}$$

所以,

$$\| A_1 \| \leqslant \| A \|, \| A_2 \| \leqslant \| A \|.$$

根据自共轭算子上、下界的性质,我们有

$$-\|A\| \leqslant m_1, m_2, M_1, M_2 \leqslant \|A\|.$$

这样,我们证明了

定理 2　(正常算子的谱分解) 设H为复Hibert空间,A:H→H为正常算子,则必存在投影算子族$\{E_Z\}$,它与任何与A可交换的有界线性算子可交换,满足1),2),3)且有(11·10·1)式成立.且有

$$-\|A\| \leqslant m_1, m_2, M_1, M_2 \leqslant \|A\|.$$

定理2中的投影算子族$\{E_Z\}$称作算子A的平面谱族.

注　按定义,(11·10·1)可写成

$$A = \iint_{R_\varepsilon} z\,\mathrm{d}E_z = \int_{m_1-e}^{M_1}\int_{m_2-\varepsilon}^{M_2}(x+iy)\,\mathrm{d}E_x\,\mathrm{d}E_y$$

$$= \iint_{R^2} z\,\mathrm{d}E_x\,\mathrm{d}E_y = \iint_{R^2} z\,\mathrm{d}E_z.$$

类似于自共轭算子情形,对于任一连续函数$f(z) = f(x+iy)$,可以定义算子函数

$$f(A) = \iint_{R_e} f(z)\,\mathrm{d}E_z = \iint_{R^2} f(z)\,\mathrm{d}E_z.$$

系 1　设A为正常算子,$\{E_z\}$为A的平面谱族,则z_0是A的正则点的充分必要条件是存在矩形Δ,z_0为Δ的内点,且$E(\Delta) = 0$.

证明　设z_0为Δ的内点且$E(\Delta) = 0$.类似于§11·7定理3的证明,引入算子

$$R_{z_0} = \iint_{R^2} \frac{1}{z - z_0}\,\mathrm{d}E_z.$$

易证

$$R_{z_0}(A - z_0 I) = (A - z_0 I)R_{z_0} = I,$$

因此,z_0是A的正则值.

反之,如果对于任一以$z_0 = x_0 + iy_0$为内点的矩形Δ,皆有

$E(\Delta) \neq 0$,那么,对任意自然数 n 记

$$\Delta_n = (x_0 - \frac{1}{n}, x_0 + \frac{1}{n}] \times (y_0 - \frac{1}{n}, y_0 + \frac{1}{n}],$$

则 $E(\Delta_n) \neq 0$. 任取一 $x_n \in E(\Delta_n)(\mathrm{H})$, $\| x_n \| = 1$,那么,对任意 Δ,只要 $\Delta \cap \Delta_n = \varnothing$,就有 $E(\Delta)x_n = 0$,于是

$$\begin{aligned}(A - z_0 I)x_n &= \iint_{R^2} (z - z_0)\,\mathrm{d}E_z x_n \\ &= \iint_{\Delta_n} (z - z_0)\,\mathrm{d}E_z x_n,\end{aligned}$$

因此,

$$\| (A - z_0 I)x_n \| \leqslant \frac{2}{n} \| x_n \| = \frac{2}{n},$$

所以 z_0 不是 A 的正则值. ▌

习 题 十 一

1. 证明：§11·1(11·1·13) 式所定义的(·，·) 满足内积的四条公理.

2. 设 H 是实内积空间，$x,y \in H$，证明：$x \perp y$ 的充要条件是 $\|x+y\|^2 = \|x\|^2 + \|y\|^2$.

3. 设 X 是由 t 的所有次数不高于 2 的实多项式和零多项式所组成的实线性空间，定义

$$\varphi(x,y) = \int_0^1 x(t)y(t)\mathrm{d}t, \quad x、y \in X,$$

证明：$\varphi(x,y)$ 定义了 X 上的一个内积，且在这个内积下 X 是完备的.

4. 空间 X 如上题，设 $Y = \{x(t) \in X \mid x(0) = 0\}$，问 Y 是 X 的闭子空间吗？试证之.

5. 设 H 是 Hilbert 空间，$\{x_n\} \subset H$，$x \in H$，证明：$x_n \to x(n \to \infty)$ 的充要条件是 $\|x_n\| \to \|x\|$，且$(x_n,x) \to (x,x)(n \to \infty)$.

6. 设 A 为 Hilbert 空间 H 的线性子空间，证明：

(1) $A \subset A^{\perp\perp}(=(A^{\perp})^{\perp}$；

(2) $A^{\perp\perp} = \overline{A}$.

7. 设 M 是 Hilbert 空间 H 中的非空集合，证明：$M^{\perp}$ 是 H 的闭子空间.

8. 设 M 是 Hilbert 空间 H 的子空间，证明 $\overline{M} = H$ 的充要条件是：$x \perp M \Rightarrow x = 0$.

9. 求出第 3 题中空间 X 的一个就范直交基.

10. 求一 $n(n = 0,1,2)$ 次多项式 $P_n(t)$，使得：按 $L^2[-1,1]$ 中范数，$\|e^t - P_n(t)\|$ 极小.

11. 设 L_1, L_2 是 Hilbert 空间 H 的子空间，$L_1 \perp L_2$，$L = L_1 \oplus$

L_2,证明:L 是闭子空间的充要条件是 L_1,L_2 均为闭子空间.

12. 举例说明内积空间中完全就范直交系未必是完备的.

13. 设$\{e_k'\}$,$\{e_k\}$ 是 Hilbert 空间 H 中两个就范直交系,且 $\sum_k \| e_k - e_k' \|^2 < 1$,证明:当$\{e_k\}$ 完备时,$\{e_k'\}$ 也完备.

14. 举出一些线性赋范空间 E,E 上的范数不能由内积导出.

15. 设 H_1,H_2,$\cdots\mathsf{H}_n$,$\cdots$ 是一列内积空间,令

$$\mathsf{H} = \{(x_i) \mid x_i \in \mathsf{H}_i, \sum_i \| x_i \|^2 < \infty\},$$

当(x_i)、$(y_i) \in \mathsf{H}$ 时规定

$$\alpha(x_i) + \beta(y_i) = (\alpha x_i + \beta y_i)\ (\alpha,\beta \text{ 是数}),$$

$$((x_i),(y_i)) = \sum_i (x_i, y_i),$$

证明:H 是内积空间;如果所有的 H_n 都是 Hilbert 空间,则 H 也是 Hilbert 空间.

16. 设H是内积空间,M和N是H的子集,证明:如果$M \perp N$,则 $M \subset N^{\perp}$,$N \subset M^{\perp}$,且$(M \cap N)\backslash\{0\} = \varnothing$.

17. 设f是Hilbert空间H的子空间H_0上的有界线性泛函,证明:f在H上存在唯一的保范延拓.

18. 设T为Hilbert空间H上的有界线性算子,$\| T \| \leqslant 1$,证明:$\{x \mid Tx = x\} = \{x \mid T^* x = x\}$.

19. 设H为Hilbert空间,A,B为H上的线性算子,证明:如果$(Ax, y) = (x, By)$ 对任意 $x, y \in \mathsf{H}$ 成立,则 A、B 都是有界的.

20. 设 H 是复内积空间,$A \in \mathscr{B}(\mathsf{H})$,证明:如果对任意的 $x \in \mathsf{H}$ 都有$(Ax, x) = 0$,则 $A = 0$;对实空间,此结果成立否?

21. 设 H 是 Hilbert 空间,$T \in \mathscr{B}(\mathsf{H})$,记 N 为 T 的零子空间,R 为 T^* 的值域,证明 $N \perp R$.

22. 设 T 为 $L^2[a,b]$ 上的自共轭全连续线性算子,且存在 $L^2[a,b]$ 中完备就范直交系$\{e_n\}$使$\sum_n \| Te_n \|^2 < \infty$,证明:存在 a

$\leqslant t,s \leqslant b$ 上的平方可积函数 $K(t,s)$ 适合 $K(t,s) = \overline{K(s,t)}$，且对一切 $x(t) \in L^2[a,b]$，

$$(Tx)(t) = \int_a^b K(t,s)x(s)\mathrm{d}s.$$

23. 设 H 为 Hilbert 空间，$\{e_n\}$ 为 H 中完备的就范直交系，证明：如果对任何 n,m 皆有 $(e_n, Te_m) = \overline{(e_m, Te_n)}$，则 T 为自共轭算子.

24. 设 H 为 Hilbert 空间. $T \in \mathscr{B}(\mathrm{H})$，若存在 $\alpha_0 > 0$ 使 $(Tx,x) \geqslant \alpha_0(x,x)(\forall x \in \mathrm{H})$，则称 T 为正定的. 证明：凡正定算子必有有界逆算子 T^{-1}，且 $\|T^{-1}\| \leqslant \dfrac{1}{\alpha_0}$.

25. 设 E^n 为 n 维酉空间，T 为 $n \times n$ 复矩阵. 定义 $T: E^n \to E^n$：$x \longmapsto x\mathrm{T}$. 写出 T^* 的矩阵表示.

26. 如果 $T: E^n \to E^n$ 由一对角阵表示，证明：T 自共轭的充要条件是 T 的矩阵是实矩阵.

27. 设 $A: l^2 \to l^2$ 由下式定义：$Ax = A(\xi_i) = (\lambda_i \xi_i)$，其中 $\{\lambda_i\}$ 为一有界数列，求 A^*.

28. 在上题中，若 λ_i 都是实数，证明：A 是自共轭的，且 $\lambda_i (i = 1,2,\cdots)$ 都是 A 的特征值. 如果 $\{\lambda_i\} \subset [a,b]$，问在什么条件下有 $[a,b] \subset \sigma(A)$.

29. 设 $\mathrm{H}_0 \subsetneqq \mathrm{H}$ 是 H 的闭子空间，求投影算子 $P: \mathrm{H} \to \mathrm{H}_0$ 的上界和下界.

30. 设 A,B 为 Hilbert 空间 H 上的有界自共轭线性算子，设 $A \geqslant B$，$B \geqslant A$，证明：$A = B$.

31. 设 $A: \mathrm{H} \to \mathrm{H}$ 为有界线性算子，证明：AA^* A^*A 皆为非负自共轭算子.

32. 设 H 为 Hilbert 空间，$A \in \mathscr{B}(\mathrm{H})$，证明：对任意 $\lambda > 0$，$A^*A + \lambda I$ 存在有界逆.

33. 设 H 为 Hilbert 空间，$A \in \mathscr{B}(\mathrm{H})$，证明：$A$ 全连续的充要条

件是 A^*A 全连续.

34. 设 P_1,P_2 为可交换的投影算子,证明:$P=P_1+P_2-P_1P_2$ 也是投影算子.

35. 设$\{e_k|k=1,2,\cdots\}$是 Hilbert 空间 H 中的就范直交系,L 是$\{e_k\}$张成的闭线性子空间,证明:H 到 L 上的投影算子 P 可表示成

$$Px=\sum_k(x,e_k)e_k.$$

36. 设 P 是 Hilbert 空间 $L^2[a,b]$ 中投影算子,如果对$[a,b]$上任何有界可测函数 φ,都有

$$P(\varphi f)=\varphi Pf,\quad f\in L^2[a,b],$$

证明:存在$[a,b]$的可测子集 M,使

$$PL^2[a,b]=\{f|\ 当\ x\overline{\in}M\ 时,f(x)=0\}.$$

37. 设 H 是 Hilbert 空间,$\{P_n\}$是 H 中一列两两直交的非零投影算子,又设$\{\lambda_n\}$是一有界数列,证明:存在 $A\in\mathscr{B}(\mathrm{H})$ 使

$$A=(强)\lim_{N\to\infty}\sum_{n=1}^N\lambda_nP_n,$$

且$\{\lambda_n\}$是 A 的特征值,A 的对应于 λ_n 的特征子空间是 $P_n(\mathrm{H})$.

38. 设 $T:l^2\to l^2,T(\xi_1,\xi_2\cdots)=(0,0,\xi_3,\xi_4,\cdots)$ 求 T 的正平方根.

39. 设 $I\geqslant A\geqslant\delta I\ (1>\delta>0)$,证明:迭代序列

$$B_0=0,B_{n+1}=B_n+\frac{1}{2}(A-B_n{}^2),\quad n=0,1,\cdots$$

一致收敛于 $\sqrt{A}$.

40. 设 $T:l^2\longmapsto l^2:(\xi_i)\to(\frac{1}{i}\xi_i)$,求 T 的一个就范直交待征向量组;求出 T 的谱族.

41. 对上题中的 T,证明

$$T=\sum_{j=1}^{\infty}\frac{1}{j}P_j,$$

其中 P_j 表在由 $e_j=(\delta_{ji})$ 所张成的子空间上的投影算子.

42. 设 T 是 Hilbert 空间 H 上的自共轭算子,$\{E_\lambda\}$ 为 T 的谱族,证明:T 的值域的闭包是$[(I-E_0)+E_{0^-}](\mathsf{H})$.

43. 在 28 题中,证明 A 的谱$\sigma(A)=\overline{\{\lambda_n\}}$. 并证明 A 的谱族满足

$$(E_\lambda x,y)=\sum_{\lambda_i\leqslant\lambda}\xi_i\eta_i,\qquad x=(\xi_i),\quad y=(\eta_i).$$

* 第十二章　抽象函数·Banach 代数

§12·1　抽象函数

设K为复(实)数域,$G \subset K$,E为赋范线性空间,我们把G到E的映射称为抽象函数,记作$x(t)(t \in G)$. 抽象函数$x(t)$称为在$t_0 \in G$连续,是指当$t \in G, |t - t_0| \to 0$时,$\| x(t) - x(t_0) \| \to 0$. 如果$x(t)$在$G$上每一点连续,我们就说$x(t)$在$G$上连续. 显然,如果$x(t)$是$G$上的连续抽象函数,那么,$\| x(t) \|$就是通常的$G$上连续实值函数. 因此,如果$G$是$K$中有界闭集,那么,$\| x(t) \|$作为通常实值连续函数在$G$上有界,并在$G$上达到上确界和下确界;此外,类似于数学分析中所用的方法,还可证明,若抽象函数$x(t)$在有界闭集G中连续,则必一致连续,即对任一$\varepsilon > 0$,存在$\delta > 0$,使当$t_1, t_2 \in G, |t_1 - t_2| < \delta$时$\| x(t_1) - x(t_2) \| < \varepsilon$.

显然,如果$x(t)$是G上的抽象连续函数,那么,对每一$f \in$ E*,$f(x(t))$就是通常的复(实)值连续函数.

定义1　定义在$G \subset K$上,在赋范线性空间E中取值的抽象函数$x(t)$称为在$t_0 \in G$处**强可导**(或称**强可微**),如果存在$x_0 \in$ E使

$$\lim_{\tau \to 0} \frac{x(t_0 + \tau) - x(t_0)}{\tau} = x_0, \qquad (12 \cdot 1 \cdot 1)$$

即

$$\lim_{\tau\to 0}\left\| \frac{x(t_0+\tau)-x(t_0)}{\tau}-x_0\right\| = 0,$$

我们称 $x(t)$ 在 t_0 处**弱可导**(或称**弱可微**),如果存在 $x_0\in \mathsf{E}$,使对每一 $f\in \mathsf{E}^*$ 都有

$$\lim_{\tau\to 0}f(\frac{x(t_0+\tau)-x(t_0)}{\tau}) = f(x_0) \qquad (12\cdot 1\cdot 2)$$

这时,x_0 就称为 $x(t)$ 在 t_0 处的**强导数**(相应地,**弱导数**). 如果 $x(t)$ 在 t_0 强可导,它在 t_0 处的强导数记作 $x(t_0)$. 如果 $x'(t)$ 在 G 上处处强可导(相应地,弱可导),我们就说 $x(t)$ 在 G 上强可导(相应地,弱可导).

类似地,我们还可定义 $x(t)$ 的 n 阶导数 $x^{(n)}(t)$ 与 n 阶弱导数.

定理 1 若 $x(t)$ 在 G 上某点强可导,则必弱可导. 且有

$$f'(x(t_0)) = f(x'(t_0)).$$

证明 设 $\displaystyle\lim_{\tau\to 0}\frac{x(t_0+\tau)-x(t_0)}{\tau} = x_0 = x'(t_0)$

则

$$\begin{aligned} f(x'(t_0)) &= f(\lim_{\tau\to 0}\frac{x(t_0+\tau)-x(t_0)}{\tau}) \\ &= \lim_{\tau\to 0}\frac{f(x(t_0+\tau))-f(x(t_0))}{\tau} \\ &= f'(x(t_0)) \end{aligned}$$

系 1 设 G 为复平面 K 中开区域,E 为复 Banach 空间,若 $x(t)$ 在 G 上强可导,则对每一 $f\in \mathsf{E}^*$,$f(x(t))$ 是 G 上的解析函数.

证明 根据定理 1,$f(x(t)$ 是 G 上的可微复值函数. 根据复变函数论中的熟知定理,$f(x(t))$ 在 G 上任意阶可微. 它是 G 上的解析函数. ▌

当 E 是复 Banach 空间,G 为复平面 K 中的开区域,$x(t)\in \mathsf{E}$ $(t\in G)$ 为 G 上连续抽象函数,当 $x(t)$ 在 G 上强可导时,我们称 $x(t)$ 为 G 上的解析抽象函数.

定理 2 设 $x(t)$ 是在全复平面上定义的有界解析抽象函数，那末，$x(t)$ 在 E 中取常值 $x(0)$. 即 $x(t)\equiv x(0)$.

证明 根据系 1，对每一 $f\in\mathsf{E}^*$，$f(x(t))$ 是全平面上的解析函数，且 $|f(x(t))|\leqslant\|f\|\,\|x(t)\|$，因此，$f(x(t))$ 在全复平面上有界，根据解析函数的 Liouville 定理，$f(x(t))$ 在 K 上取常值，即

$$f(x(t)-x(0))=f(x(t))-f(x(0))\equiv 0.$$

因 $f\in\mathsf{E}^*$ 是任意的，故 $x(t)-x(0)=0$. 即 $x(t)$ 在 K 上取常值 $x(0)$. ▌

现在，我们讨论连续抽象函数的曲线积分.

设 G 是复平面 K 中一个区域，$\Gamma\subset G$ 是一条可度长的曲线，$x(\lambda)$ 是定义在 G 上并在 Banach 空间 E 取值的连续抽象函数. 在 Γ 上取定一个方向，设 $\lambda_0,\lambda_1,\cdots,\lambda_n$ 是 Γ 上沿着这个方向顺序排列的一组分点(当 Γ 是一条非封闭曲线时，λ_0 与 λ_n 分别为 Γ 的始端和末端，当 Γ 是一条封闭曲线时，$\lambda_0=\lambda_n$). Γ 上以 λ_{i-1} 与 λ_i 为端点的曲线段记作 $(\lambda_{i-1},\lambda_i)$，任取 $\xi_i\in(\lambda_{i-1},\lambda_i)$. 对于每个这样的分划(记作 D) 作有限和

$$S_D=\sum_{i=1}^{n}x(\xi_i)(\lambda_i-\lambda_{i-1}).$$

令 $\delta(D)=\max\limits_{1\leqslant i\leqslant n}|\lambda_i-\lambda_{i-1}|$，不难证明，当 $\delta(D)\to 0$ 时，S_D 的极限存在且属于 E，这个极限就称为连续抽象函数 $x(\lambda)$ 在 Γ 上的积分，记作

$$\begin{aligned}\int_\Gamma x(\lambda)\,\mathrm{d}\lambda&=\lim_{\delta(D)\to 0}S_D\\&=\lim_{\delta(D)\to 0}\sum_{i=1}^{n}x(\xi_i)(\lambda_i-\lambda_{i-1}).\end{aligned}\qquad(12\cdot 1\cdot 3)$$

现在，设 $f\in\mathsf{E}^*$，由 $(12\cdot 1\cdot 3)$，我们得到

$$f\Big(\int_\Gamma x(\lambda)\,\mathrm{d}\lambda\Big)=f\Big(\lim_{\delta(D)\to 0}\sum_{i=1}^{n}x(\xi_i)(\lambda_i-\lambda_{i-1})\Big)$$

$$= \lim_{\delta(D)\to 0} \sum_{i=1}^{n} f(x(\xi_i))(\lambda_i - \lambda_{i-1})$$

$$= \int_\Gamma f(x(\lambda))\mathrm{d}\lambda. \qquad (12 \cdot 1 \cdot 4)$$

根据积分表达式(12 · 1 · 4) 及系 1,我们得到

定理 3　若抽象函数 $x(\lambda)$ 在闭曲线 Γ 所围的区域 G 内解析且在 $\overline{G}$ 上连续,那么

$$\int_\Gamma x(\lambda)\mathrm{d}\lambda = 0.$$

证明　设 $y = \int_\Gamma x(\lambda)\mathrm{d}\lambda \in \mathsf{E}$,根据表达式(4),对 $f \in \mathsf{E}^*$ 有

$$f(y) = f\left(\int_\Gamma x(\lambda)\mathrm{d}\lambda\right) = \int_\Gamma f(x(\lambda))\mathrm{d}\lambda.$$

根据系 1,$f(x(\lambda))$ 在 Γ 所围的区域 G 内解析,$f(x(\lambda))$ 在 G 上连续,由平常复变函数论中的 Cauchy 定理,我们有

$$\int_\Gamma f(x(\lambda))\mathrm{d}\lambda = 0,$$

因此,$f(y) = 0$. 由于 $f \in \mathsf{E}^*$ 是任意的,所以 $y = 0$,即

$$\int_\Gamma x(\lambda)\mathrm{d}\lambda = 0. \blacksquare$$

定理 4　设 G 是复平面 K 中的开区域,E 为 Banach 空间. $x(\lambda) \in \mathsf{E}$ $(\lambda \in G)$ 是 G 上的解析抽象函数,那么,对每一非负整数 n,$x(\lambda)$ 的 n 阶强导数 $x^{(n)}(\lambda)$ 存在(规定 $x^{(0)}(\lambda) = x(\lambda)$),且有

$$x^{(n)}(\lambda) = \frac{n!}{2\pi i}\int_\Gamma \frac{x(z)}{(z-\lambda)^{n+1}}\mathrm{d}z. \qquad (12 \cdot 1 \cdot 5)$$

其中 Γ 可取为任意一个以 λ 为内点、含于 G 内的圆的圆周.

证明　当 $n = 0$ 时,对任一 $f \in \mathsf{E}^*$,根据 Cauchy 公式,有

$$f(x(\lambda)) = \frac{1}{2\pi i}\int_\Gamma \frac{f(x(z))}{z-\lambda}\mathrm{d}z = \frac{1}{2\pi i} f\left(\int_\Gamma \frac{x(z)}{z-\lambda}\mathrm{d}z\right).$$

由于 $f \in \mathsf{E}^*$ 是任意的,因此

$$x(\lambda) = \frac{1}{2\pi i}\int_{\Gamma} \frac{x(z)}{z-\lambda}\mathrm{d}z.$$

现在设(12・1・5)对 n 成立,当 $|\tau|$ 充分小时,$\lambda+\tau$ 也属于 Γ 的内部,我们有

$$\begin{aligned}&\frac{x^{(n)}(\lambda+\tau)-x^{(n)}(\lambda)}{\tau}\\&=\frac{n!}{2\pi i}\int_{\Gamma}\frac{1}{\tau}\left[\frac{x(z)}{(z-\lambda-\tau)^{n+1}}-\frac{x(z)}{(z-\lambda)^{n+1}}\right]\mathrm{d}z,\end{aligned} \tag{12・1・6}$$

当 $\tau\to 0$ 时,(12・1・6)右端被积函数一致收敛,从而

$$\begin{aligned}x^{(n+1)}(\lambda)&=\lim_{\tau\to 0}\frac{x^{(n)}(\lambda+\tau)-x^{(n)}(\lambda)}{\tau}\\&=\lim_{\tau\to 0}\frac{n!}{2\pi i}\int_{\Gamma}\frac{1}{\tau}\left[\frac{x(z)}{(z-\lambda-\tau)^{n+1}}-\frac{x(z)}{(z-\lambda)^{n+1}}\right]\mathrm{d}z\\&=\frac{n!}{2\pi i}\int_{\Gamma}\left(\lim_{\tau\to 0}\frac{1}{\tau}\left[\frac{x(z)}{(z-\lambda-\tau)^{n+1}}-\frac{x(z)}{(z-\lambda)^{n+1}}\right]\right)\mathrm{d}z\\&=\frac{(n+1)!}{2\pi i}\int_{\Gamma}\frac{x(z)}{(z-\lambda)^{n+2}}\mathrm{d}z.\end{aligned} \tag{12・1・7}$$

于是,公式(12・1・5)对 $n+1$ 也成立.根据归纳法原理对所有自然数 n,(12・1・5)成立. ▌

定理 5 (Taylor 展开). 以 G 表示复平面上的圆形区域 $\{\lambda \mid |\lambda-\lambda_0|<\rho_0\}$. 设 $x(\lambda)$ 是 G 上的抽象解析函数,那么在这圆域中有

$$x(\lambda)=\sum_{n=0}^{\infty}\frac{x^{(n)}(\lambda_0)}{n!}(\lambda-\lambda_0)^n,\quad \forall\lambda\in G. \tag{12・1・8}$$

证明 以 Γ_ρ 表以 λ_0 为中心,$\rho(0<\rho<\rho_0)$ 为半径的圆周.令 $M_\rho=\sup\limits_{\lambda\in\Gamma_\rho}\|x(\lambda)\|$,则 $0\leqslant M_\rho<+\infty$. 根据定理 4

$$\begin{aligned}\|x^{(n)}(\lambda_0)\|&=\frac{n!}{2\pi}\left\|\int_{\Gamma_\rho}\frac{x(z)}{(z-\lambda_0)^{n+1}}\mathrm{d}z\right\|\\&\leqslant\frac{n!}{2\pi}\int_{\Gamma_\rho}\frac{\|x(z)\|}{|z-\lambda_0|^{n+1}}\mathrm{d}s\leqslant\frac{n!}{2\pi}\cdot M_\rho\cdot\rho^{-n-1}\cdot 2\pi\rho\end{aligned}$$

$$= n!M_\rho \rho^{-n},$$

从而

$$\sum_{n=0}^{\infty} \frac{\| x^{(n)}(\lambda_0) \|}{n!} |\lambda - \lambda_0|^n \leqslant \sum_{n=0}^{\infty} M_\rho \rho^{-n} |\lambda - \lambda_0|^n.$$

对任一 $\lambda \in G$,只需取 $|\lambda - \lambda_0| < \rho < \rho_0$,即知(12 · 1 · 8) 右端级数对任一 $\lambda \in G$ 绝对收敛,从而(12 · 1 · 8) 右端收敛于 E 中某元 $y(\lambda)$. 现在考虑平常的解析函数 $f(x(\lambda))$,其中 $f \in \mathsf{E}^*$. 根据平常解析函数的 Taylor 展开定理,并注意到,对每一 n,

$$f^{(n)}(x(\lambda_0)) = f(x^{(n)}(\lambda_0)),$$

我们有

$$\begin{aligned} f(x(\lambda)) &= \sum_{n=0}^{\infty} \frac{f^{(n)}(x(\lambda_0))}{n!}(\lambda - \lambda_0)^n \\ &= \sum_{n=0}^{\infty} \frac{f(x^{(n)}(\lambda_0))}{n!}(\lambda - \lambda_0)^n \\ &= f\left[\sum_{n=0}^{\infty} \frac{x^{(n)}(\lambda_0)}{n!}(\lambda - \lambda_0)\right] = f(y(\lambda)). \end{aligned}$$

由于 $f \in \mathsf{E}^*$ 是任意的,因此 $x(\lambda) = y(\lambda)$. 从而(12 · 1 · 8) 成立. ▍

定理 6(**Laurent**) **展开**) 设 $x(\lambda)$ 是环形区域 G:

$$0 \leqslant \rho_1 < |\lambda - \lambda_0| < \rho_2 \leqslant +\infty$$

内的抽象解析函数,那末,$x(\lambda)$ 可展成 Laurent 级数

$$x(\lambda) = \sum_{n=-\infty}^{+\infty} a_n(\lambda - \lambda_0)^n, \quad \forall \lambda \in G, \qquad (12 \cdot 1 \cdot 9)$$

其中

$$a_n = \frac{1}{2\pi i}\int_\Gamma x(\lambda)(\lambda - \lambda_0)^{-n-1} \mathrm{d}\lambda.$$

积分围道为任一以 λ_0 为中心,$\rho \in (\rho_1, \rho_2)$ 为半径的圆周.

证明　根据定理 3,a_n 与积分围道 Γ 的半径选取无关,设

$$M_\rho = \max_{|\lambda-\lambda_0| = \rho} \| x(\lambda) \|,$$

则

$$\| a_n \| \leqslant M_\rho \rho^{-n},$$

当 $\rho_1 < |\lambda - \lambda_0| < \rho_2$ 时，取 ρ 满足 $|\lambda - \lambda_0| < \rho < \rho_2$，即知级数

$$\sum_{n=1}^{\infty} a_n (\lambda - \lambda_0)^n$$

绝对收敛；取 ρ 满足 $\rho_1 < \rho < |\lambda - \lambda_0|$，当 $n \leqslant -1$ 时，

$$\| a_n (\lambda - \lambda_0)^n \| \leqslant M_\rho \left(\frac{\rho}{|\lambda - \lambda_0|} \right)^{-n},$$

由此可知，级数

$$\sum_{n=-1}^{-\infty} a_n (\lambda - \lambda_0)^n$$

也绝对收敛. 因此，(12・1・9) 右端对每一 $\lambda(\rho_1 < |\lambda - \lambda_0| < \rho_2)$ 绝对收敛，然后，对 $f \in \mathsf{E}^*$，利用

$$f(a_n) = \frac{1}{2\pi i} \int_\Gamma f(x(\lambda))(\lambda - \lambda_0)^{-n-1} \mathrm{d}\lambda,$$

及

$$f\Big(\sum_{n=-\infty}^{+\infty} a_n (\lambda - \lambda_0)^n \Big) = \sum_{n=-\infty}^{+\infty} f(a_n)(\lambda - \lambda_0)^n,$$

再根据平常解析函数的 Laurent 展开定理

$$\begin{aligned} f(x(\lambda)) &= \sum_{n=-\infty}^{+\infty} f(a_n)(\lambda - \lambda_0)^n \\ &= f\Big(\sum_{n=-\infty}^{+\infty} a_n (\lambda - \lambda_0)^n \Big). \end{aligned}$$

由于 $f \in \mathsf{E}^*$ 是任意的，故(12・1・9) 成立. ▍

注 这里我们再强调指出，级数(12・1・9) 对环形区域中每一 λ 是绝对收敛的.

当 $\rho_2 = +\infty$ 时，我们有

系 2 设抽象函数 $x(\lambda)$ 在区域$\{\lambda \mid |\lambda - \lambda_0| > \rho_0\}$ 内解析，若 $\| x(\lambda) \|$ 在无穷远处有界，即存在 $M > 0, \rho_1 > \rho_0$，使得

$$|\lambda-\lambda_0|>\rho_1 \Rightarrow \|x(\lambda)\| \leqslant M,$$

则

$$x(\lambda)=\sum_{n=0}^{\infty} C_n(\lambda-\lambda_0)^{-n}, \qquad (12 \cdot 1 \cdot 10)$$

其中

$$C_n=\frac{1}{2\pi i}\int_{\Gamma} x(\lambda)(\lambda-\lambda_0)^{n-1}\,\mathrm{d}\lambda.$$

积分围道 Γ 取任一以 λ_0 为中心，$\rho>\rho_0$ 为半径的圆周.

证明　根据定理 6，只需证明(12 · 1 · 9) 中

$$a_n=0, \quad (n>0). \qquad (12 \cdot 1 \cdot 11)$$

事实上，记

$$M_\rho=\max_{|\lambda-\lambda_0|=\rho}\|x(\lambda)\|,$$

当 $\rho>\rho_1$ 时，$M_\rho \leqslant M$. 从而，当 $n>0$ 时

$$\|a_n\|=\frac{1}{2\pi}\left\|\int_{\Gamma} x(\lambda)(\lambda-\lambda_0)^{-n-1}\,\mathrm{d}\lambda\right\| \leqslant M\rho^{-n}.$$

令 $\rho \to +\infty$，即得 $\|a_n\|=0$. 从而(12 · 1 · 10) 成立. ▎

§ 12 · 2　Banach 代数

设 E 为 Banach 空间，我们知道，$\mathscr{B}(\mathrm{E})=\mathscr{B}(\mathrm{E}\to\mathrm{E})$ 按算子范数也成一 Banach 空间，且若 $T_1, T_2 \in \mathscr{B}(\mathrm{E})$，那末 $T_1T_2 \in \mathscr{B}(\mathrm{E})$，且 $\|T_1T_2\| \leqslant \|T_1\|\,\|T_2\|$. 这就是说，在 Banach 空间 $\mathscr{B}(\mathrm{E})$ 中，除了加法运算外，还可定义乘法运算，且乘法运算按算子范数还是连续的. 对于这类具有乘法运算的 Banach 空间，我们称它为 Banach 代数. 下面，我们就详细地来讲述它.

定义 1　设 R 为数域 K 上的赋范线性空间，如果在 R 中定义了乘法运算，它满足

1) $x(yz)=(xy)z$;

2) $x(y+z)=xy+xz$;

3) $(x+y)z=xz+yz$;

4) 对固定的 $y\in \mathrm{R}$,当 $x_n\to x\in \mathrm{R}$ 时,$x_n y\to xy$,$yx_n\to yx$,则称R为**赋范代数**;如果R是Banach空间,则称R为**Banach代数**.

例 12·2·1 设E为Banach空间,在 $\mathscr{B}(E)$ 中,令 $(T_1T_2)x=T_1(T_2x)$,则可验证,$\mathscr{B}(E)$ 是一Banach代数.

例 12·2·2 数域 K 按通常的加法运算和乘法运算,是一Banach代数.

例 12·2·3 在 $C[0,1]$ 中,对 $x(t)$、$y(t)\in C[0,1]$,令 $(xy)(t)=x(t)y(t)$,在这样定义的乘法运算下,$C[0,1]$ 是一Banach代数.

例 12·2·4 设 $L(Z)=\{(\cdots,\xi_n,\cdots,\xi_{-1},\xi_0,\xi_1,\cdots,\xi_n\cdots)\mid \sum\limits_{i=-\infty}^{+\infty}|\xi_i|<+\infty\}$,对 $x=(\cdots,\xi_{-n},\cdots,\xi_{-1},\xi_0,\xi_1,\cdots,\xi_n,\cdots)$,令 $\|x\|=\sum\limits_{i=-\infty}^{+\infty}|\xi_i|$,容易验证 $L(Z)$ 是一Banach空间. $L(Z)$ 中元素的加法运算定义为:

$$x=(\xi_i),y=(\eta_i),\quad \alpha x+\beta y=(\alpha\xi_i+\beta\eta_i).$$

我们再在 $L(Z)$ 中引入乘法运算:$x=(\xi_i)$,$y=(\eta_i)$ 令

$$\zeta_i=\sum_{k=-\infty}^{+\infty}\xi_{i-k}\eta_k=\sum_{k=-\infty}^{+\infty}\xi_k\eta_{i-k},\qquad (12\cdot 2\cdot 1)$$

定义 $xy=(\zeta_i)$,则 $L(Z)$ 成一Banach代数.

在上述例子中我们看到,Banach代数中的乘法,一般地说,不满足交换律,但对例12·2·2～3中的乘法运算是满足交换律的.如果Banach代数R中的乘法满足交换律,我们就称R为**赋范环**.

定义 2 设R为Banach代数,$e\in \mathrm{R}$ 称为左(右)**单位元**,如果对所有 $x\in \mathrm{R}$ 都有

$$ex = x,(\text{相应地},xe = x).$$

注　若R同时有左单位元 e 和右单位元 e'，则必有 $e = e'$，这由等式 $e = ee' = e'$ 可以看出. 这时，我们就简单地称 e 为单位元.

例如，例 12·2·1 中的不变算子 $I: Ix = x$ 是 $\mathscr{B}(E)$ 中的单位元；例 12·2·2 中的数 1 就是 K 中单位元；例 12·2·3 中的 $x(t) \equiv 1$ 就是 $C[0,1]$ 中的单位元，例 12·2·4 中的 $e = (\delta_i)$ ($\delta_i = \begin{cases} 1 \text{ 当 } i = 0 \\ 0 \text{ 当 } i \neq 0 \end{cases}$) 是 $L(Z)$ 的单位元. 但是，并非所有的 Banach 代数都有单位元，没有单位元的 Banach 代数的例子可参看关肇直著《泛函分析讲义》第二章 §7.

定义 3　数域 K 上的 Banach 代数 R 的子集 N 称为 R **赋范子代数**，如果 N 按 R 中运算与范数为一赋范代数；如果 N 又是闭的，则称 N 为 R 的 **Banach 子代数**.

例 12·2·5　设 Banach 代数 R 中有单位元 e，令

$$\mathrm{N} = \{\alpha e \mid \alpha \in K\}$$

则 N 是 R 的 Banach 子代数，如果把 α 与 αe 看成等同，我们也可以说，数域 K 是 R 的子代数.

定义 4　数域 K 上的 Banach 代数 R_1 与 R 称为**同构**，如果存在由 R_1 到 R 上的线性映射 φ，满足

1) $\| \varphi(x) \| = \| x \|$；

2) $\varphi(xy) = \varphi(x)\varphi(y)$，

映射 φ 就称为 R_1 与 R 间的一个同构映射.

定理 1　每个 Banach 代数 R 必同构于一个具有单位元的 Banach 代数的子代数.

证明　如果 R 有单位元，结论自然成立，此时 R 与本身同构. 设 R 没有单位元. 设 e 是一抽象元素，令

$$\mathrm{R}' = \{x + \lambda e \mid x \in \mathrm{R}, \lambda \in K\}.$$

在 R′ 中定义运算

$$(x+\lambda e)(y+\mu e)=xy+\lambda y+\mu x+\lambda\mu e;$$
$$(x+\lambda e)+(y+\mu e)=(x+y)+(\lambda+\mu)e;$$
$$\|x+\lambda e\| = \|x\|+|\lambda|.$$

容易验证,R′ 是一 Banach 代数,且 R 是 R′ 的一个子代数. ▌

以后,如不特别声明,总设 R 有单位元.

下设 R 是 Banach 代数,对于 $x\in \mathrm{R}$,我们定义一个 $\mathrm{R}\to\mathrm{R}$ 的算子 A_x,如下:

$$A_x y = xy,\qquad \forall\, y\in \mathrm{R},$$

则由

$$A_x(\alpha y+\beta z)=x(\alpha y+\beta z)=\alpha xy+\beta xz=\alpha A_x y+\beta A_x z$$

知,A_x 是线性算子. 根据 Banach 代数的定义,当 $y_n\to y$ 时,$xy_n\to xy$,这意味着,当 $y_n\to y$ 时,$A_x y_n\to A_x y$. 因此,对每一 $x\in \mathrm{R}$ 所决定的线性算子 A_x 是一有界线性算子.

其次,当 x、$y\in \mathrm{R}$,$x\neq y$ 时必有 $A_x\neq A_y$. 这由

$$A_x e = xe = x, A_y e = ye = y$$

可以看出.

令 $\mathscr{B}_0=\{A_x \mid x\in \mathrm{R}\}\subset \mathscr{B}(\mathrm{R})$,由

$$\begin{aligned}(\alpha A_x+\beta A_y)z &= \alpha A_x z+\beta A_y z=\alpha xz+\beta yz\\ &=(\alpha x+\beta y)z=A_{(\alpha x+\beta y)}z \qquad \forall\, z\in \mathrm{R}\end{aligned}$$

可知,$\mathscr{B}_0$ 是 $\mathscr{B}(\mathrm{R})$ 的线性子空间. 再由

$$\begin{aligned}(A_xA_y)z &= A_x(A_y z)=A_x(yz)\\ &=x(yz)=(xy)z,\quad \forall\, z\in \mathrm{R}\end{aligned}$$

即得 $A_xA_y=A_{xy}\in \mathscr{B}_0$,因此,$\mathscr{B}_0$ 是 $\mathscr{B}(\mathrm{R})$ 的赋范子代数.

引理 1 设 $A:\mathrm{R}\to\mathrm{R}$ 为有界线性算子,$A\in\mathscr{B}_0$ 的充分必要条件是,对任意 $y,z\in \mathrm{R}$ 有

$$A(yz)=(Ay)z. \qquad (12\cdot 2\cdot 2)$$

证明 充分性:设 e 是 R 中单位元,由条件,对任一 $y\in \mathrm{R}$,

$$Ay=A(ey)=(Ae)y,\quad \forall\, y\in \mathrm{R},$$

令 $x = Ae$，即得 $A = A_x$. 反之，设 $A = A_x$，则

$$A(yz) = A_x(yz) = x(yz) = (xy)z = (A_x y)z = (Ay)z. \blacksquare$$

引理 2　设 $A_n \in \mathscr{B}_0, A_n \to A \in \mathscr{B}(\mathrm{R})$，则 $A \in \mathscr{B}_0$.

证明　设 $y、z \in \mathrm{R}$，则

$$Ayz = \lim_{n\to\infty} A_n yz = \lim_{n\to\infty}(A_n y)z = (Ay)z$$

根据引理 1，$A \in \mathscr{B}_0$. ▌

于是，根据引理 2，$\mathscr{B}_0$ 是 $\mathscr{B}(\mathrm{R})$ 的 Banach 子代数.

现在考虑 $\mathscr{B}_0 \to \mathrm{R}$ 的映射 $T: TA_x = x$. 由前面所述，T 是 1—1 线性映射. 其次，由

$$\frac{\| x \|}{\| e \|} = \frac{\| xe \|}{\| e \|} \leqslant \sup_{y\neq 0} \frac{\| xy \|}{\| y \|} = \sup_{y\neq 0} \frac{\| A_x y \|}{\| y \|} = \| A_x \|$$

即得 $\| TA_x \| = \| x \| \leqslant \| e \| \, \| A_x \|$. 因此 T 是有界线性算子，根据逆算子定理，T 有有界逆 $T^{-1}: \mathrm{R} \to \mathscr{B}_0$，即

$$\| A_x \| = \| T^{-1} x \| \leqslant \| T^{-1} \| \, \| x \|.$$

定理 2　若 Banach 代数 R 中有单位元 e，必可赋于一个等价的范数 $\| \cdot \|_1$，使

1）$\| \mathrm{e} \|_1 = 1$；

2）$\| xy \|_1 \leqslant \| x \|_1 \| y \|_1$，　$\forall x, y \in \mathrm{R}$.

证明　利用前面的记号，令 $\| x \|_1 = \| A_x \|$，则

$$\| x \| = \| TA_x \| \leqslant \| T \| \, \| A_x \| = \| T \| \, \| x \|_1,$$

$$\| x \|_1 = \| A_x \| = \| T^{-1} x \| \leqslant \| T^{-1} \| \, \| x \|,$$

因此，$\| \cdot \|_1$ 与 $\| \cdot \|$ 等价，且

1）$\| e \|_1 = \| A_e \| = 1$（注意，$A_e$ 实际上就是 R 上的恒同映射）.

2）$\| xy \|_1 = \| A_{xy} \| = \| A_x A_y \|$

$$\leqslant \| A_x \| \, \| A_y \| = \| x \|_1 \| y \|_1. \blacksquare$$

根据定理 2，我们在下面总设具有单位元的 Banach 代数 R 中的范数满足定理 2 的条件，即 $\| e \| \doteq 1, \| xy \| \leqslant \| x \| \, \| y \|$.

定义 5　以 e 表 Banach 代数 R 中的单位元，$x, y \in \mathrm{R}$，若 $xy =$

e,则称 x 为 y 的**左逆元**,y 为 x 的**右逆元**.这时,我们也说 y 有左逆(相应地,x 有右逆).如果 R 中元 x 同时有左逆元 y_l,又有右逆元 y_r,那么,由 $y_l = y_l e = y_l(xy_r) = (y_l x)y_r = ey_r = y_r$,可知左逆元和右逆元必相等,这时,我们简单地称 x 有逆,x 的**逆元**通常记作 x^{-1}.如果 x 在 R 中有逆,则称 x 为**正则元**,否则称 x 为**奇异元**.

一般地说,一个元素有左逆,它未必有右逆,反过来也一样.比如,在 l^2 中考虑算子 A、B,其定义如下:设 $x = (\xi_1, \xi_2, \cdots) \in l^2$,

$$Ax = (0, \xi_1, \xi_2, \cdots)$$

$$Bx = (\xi_2, \xi_3, \cdots)$$

则 $BAx = B(Ax) = B(0, \xi_1, \xi_2, \cdots) = (\xi_1, \xi_2, \cdots) = x$ 因此,$BA = I$,即 A 有左逆,B 有右逆,但是,显然,A 没有右逆,B 没有左逆.

引理 3 设 $x \in$ R,若 $\|x\| < 1$,则 $e - x$ 有逆元 $(e-x)^{-1}$,且

$$(e-x)^{-1} = e + \sum_{n=1}^{\infty} x^n. \qquad (12 \cdot 2 \cdot 3)$$

证明 因级数 $1 + \sum_{n=1}^{\infty} \|x\|^n$ 收敛,故(3) 右端级数绝对收敛,从而 $e + \sum_{n=1}^{\infty} x^n$ 收敛于 R 中某元 y.且

$$\begin{aligned}(e + \sum_{n=1}^{\infty} x^n)(e-x) &= (e + \sum_{n=1}^{\infty} x^n) - (e + \sum_{n=1}^{\infty} x^n)x \\ &= e + \sum_{n=1}^{\infty} x^n - (x + \sum_{n=1}^{\infty} x^{n+1}) \\ &= e + \sum_{n=1}^{\infty} x^n - \sum_{n=1}^{\infty} x^n = e.\end{aligned}$$

同理可证,$(e-x)(e + \sum_{n=1}^{\infty} x^n) = e$.因此(12 · 2 · 3) 成立.▌

引理 4　若 $x,y\in \mathsf{R}$ 都有逆，则 xy 也有逆，并且

$$(xy)^{-1}=y^{-1}x^{-1}.$$

证明　设 x,y 有逆 x^{-1},y^{-1}，则

$$(xy)(y^{-1}x^{-1})=x(yy^{-1})x^{-1}=xx^{-1}=e;$$

$$(y^{-1}x^{-1})(xy)=y^{-1}(x^{-1}x)y=e,$$

因此 xy 有逆 $(xy)^{-1}=y^{-1}x^{-1}$. ▌

定理 3　Banach 代数 R 中正则元的全体是 R 中开集.

证明　正则元的全体记作 $G(\mathsf{R})$. 设 $x\in G(\mathsf{R})$，取 $\varepsilon>0$，使

$$\varepsilon\|x^{-1}\|<1,$$

当 $y\in \mathsf{R}$，$\|y-x\|<\varepsilon$ 时，

$$y=x-(x-y)=x[e-x^{-1}(x-y)].$$

因

$$\|x^{-1}(x-y)\|\leqslant\|x^{-1}\|\|x-y\|<\|x^{-1}\|\varepsilon<1,$$

由引理 3，$e-x^{-1}(x-y)$ 有逆，又 x 有逆，根据引理 4，

$$y=x[e-x^{-1}(x-y)]$$

也有逆，即 $y\in G(\mathsf{R})$. ▌

定理 4　映射 $x\mid\rightarrow x^{-1}$ 是 $G(\mathsf{R})$ 上的连续映射，即

$$x_n\in G(\mathsf{R}),x_n\rightarrow x\in G(\mathsf{R})\Rightarrow x_n{}^{-1}\rightarrow x^{-1}.$$

证明　设 $x_n\rightarrow x$，依乘法的连续性，有

$$x_nx^{-1}\rightarrow xx^{-1}=e. \qquad (12\cdot 2\cdot 4)$$

因此存在 N，当 $n\geqslant N$ 时，$\|x_nx^{-1}-e\|<\dfrac{1}{2}$. 根据引理 3，

$$\begin{aligned}(xx_n^{-1})^{-1}&=[e-(e-x_nx^{-1})]^{-1}\\&=e+\sum_{m=1}^{\infty}(e-x_nx^{-1})^m,\end{aligned}$$

从而

$$\| xx_n^{-1} \| = \| (x_n x^{-1})^{-1} \| \leqslant \| e \| + \sum_{m=1}^{\infty} \| (e - x_n x^{-1})^m \|$$

$$\leqslant 1 + \sum_{m=1}^{\infty} \| e - x_n x^{-1} \|^m < 2,$$

因此

$$\begin{aligned} \| e - xx_n^{-1} \| &= \| xx_n^{-1}(x_n x^{-1} - e) \| \\ &\leqslant \| xx_n^{-1} \| \| x_n x^{-1} - e \| \\ &\leqslant 2 \| x_n x^{-1} - e \| \to 0, \end{aligned}$$

即 $xx_n^{-1} \to e$. 从而

$$x_n^{-1} = (x^{-1}x)x_n^{-1} = x^{-1}(xx_n^{-1}) \to x^{-1}. \blacksquare$$

定义 6 设R是Banach代数,$\lambda \in K$,如果 $x - \lambda e$ 是R中正则元,则称复数 λ 为 $x \in$ R 的**正则值**,否则,就称 λ 是 x 的**谱点**.

x 的正则值的全体记为 $\rho(x)$,称为 x 的**正则值集**,或称**豫解集**;x 的谱点的全体记为 $\sigma(x)$,称为 x 的**谱集**或简称为**谱**. 当 $\lambda \in \rho(x)$ 时,$(x - \lambda e)^{-1}$ 记作 $R(\lambda, x)$,

引理 5 设$0 \leqslant \alpha_{n+m} \leqslant \alpha_n \alpha_m (n, m = 1, 2, \cdots)$,则

$$\lim_{n \to \infty} \alpha_n^{\frac{1}{n}} = \inf_n \alpha_n^{\frac{1}{n}}.$$

证明: 设 $\alpha = \inf \alpha_n^{\frac{1}{n}}$,对于任意给定的正数 ε,存在 N,使

$$\alpha_N^{\frac{1}{N}} < \alpha + \varepsilon,$$

对于任一自然数 n,令 $n = mN + q\ (0 \leqslant q < N)$. 从而

$$\begin{aligned} \alpha_n^{\frac{1}{n}} &= (\alpha_{mN+q})^{\frac{1}{n}} \leqslant (\alpha_{mN} \cdot \alpha_q)^{\frac{1}{n}} \\ &\leqslant (a_N^{\ m} \cdot a_q)^{\frac{1}{n}} = \alpha_q^{\frac{1}{n}} \cdot \alpha_N^{\frac{m}{N}} \\ &\leqslant \alpha_1^{\frac{q}{n}} \cdot (\alpha + \varepsilon)^{\frac{Nm}{n}}. \end{aligned}$$

注意到 $\alpha_1^{\frac{q}{n}} \to 1, \dfrac{N_m}{n} \to 1$,故得

$$\overline{\lim_{n \to \infty}} \alpha_n^{\frac{1}{n}} \leqslant \alpha + \varepsilon,$$

$\varepsilon > 0$ 既然是任意的，所以

$$\overline{\lim_{n\to\infty}}\alpha_n^{\frac{1}{n}} \leqslant \alpha = \inf_n \alpha_n^{\frac{1}{n}},$$

从而　$\lim\limits_{n\to\infty}\alpha_n^{\frac{1}{n}} = \alpha = \inf\limits_n \alpha_n^{\frac{1}{n}}$ ▌

引理 6　对任一 $a \in \mathrm{R}$ 有

$$\lim_{n\to\infty}\|a^n\|^{\frac{1}{n}} = \inf_n \|a^n\|^{\frac{1}{n}}. \qquad (12 \cdot 2 \cdot 5)$$

证明　令 $\alpha_n = \|a^n\|$，则

$$\alpha_{n+m} = \|a^n \cdot a^m\| \leqslant \|a^n\|\,\|a^m\| = \alpha_n \cdot \alpha_m,$$

然后利用引理 5 即可. ▌

定理 5　设 $\lambda_0 \in \rho(a)$. 则当

$$|\lambda - \lambda_0| < \left[\lim_{n\to\infty}\|R(\lambda_0, a)^n\|^{\frac{1}{n}}\right]^{-1}$$

时，$\lambda \in \rho(a)$. 且

$$R(\lambda, a) = \sum_{n=0}^{\infty}(\lambda - \lambda_0)^n R(\lambda_0, a)^{n+1}. \qquad (12 \cdot 2 \cdot 6)$$

证明　令

$$z = \sum_{n=0}^{\infty}(\lambda - \lambda_0)^n R(\lambda_0, a)^{n+1},$$

则右端级数当 $|\lambda - \lambda_0| < \left[\lim\limits_{n\to\infty}\|R(\lambda_0, a)^n\|^{\frac{1}{n}}\right]^{-1}$ 时绝对收敛，于是，

$$z(a - \lambda e) = z[(a - \lambda_0 e) - (\lambda - \lambda_0)e]$$

$$= \left[\sum_{n=0}^{\infty}(\lambda - \lambda_0)^n R(\lambda_0, a)^{n+1}\right](a - \lambda_0 e)[e - (\lambda - \lambda_0)R(\lambda_0, a)]$$

$$= \left[e + \sum_{n=1}^{\infty}(\lambda - \lambda_0)^n R(\lambda_0, a)^n\right]e - (\lambda - \lambda_0)R(\lambda_0, a)] = e.$$

同理，$(a - \lambda e)z = e$. 因此

$$z = (a - \lambda e)^{-1} = R(\lambda, a).$$

即 $\lambda \in \rho(a)$. ▌

定理 6　$R(\lambda, a)$ 是 $\rho(a)$ 上的解析抽象函数.

证明 设$\lambda_0 \in \rho(a)$,依定理5,存在$\varepsilon > 0$使当$|\lambda - \lambda_0| < \varepsilon$时,

$$R(\lambda,a) = \sum_{n=0}^{\infty}(\lambda - \lambda_0)^n R(\lambda_0,a)^{n+1}$$

从而

$$\frac{R(\lambda,a) - R(\lambda_0,a)}{\lambda - \lambda_0} = \sum_{n=1}^{\infty}(\lambda-\lambda_0)^{n-1}R(\lambda_0,a)^{n+1}$$

令$\lambda \to \lambda_0$,即得

$$\lim_{\lambda\to\lambda_0}\frac{R(\lambda,a) - R(\lambda_0,a)}{\lambda - \lambda_0} = R(\lambda_0,a)^2 \in \mathsf{R}. \blacksquare$$

定理 7 设$a \in \mathsf{R}$,$r = \lim\limits_{n\to\infty}\| a^n \|^{\frac{1}{n}}$,那末,当$|\lambda| > r$时,$\lambda \in \rho(a)$,且

$$R(\lambda,a) = -\Big[\lambda^{-1}e + \sum_{n=1}^{\infty}\lambda^{-n-1}a^n\Big]. \qquad (12 \cdot 2 \cdot 7)$$

证明 当$|\lambda| > r$时,级数$\sum\limits_{n=1}^{\infty}\lambda^{-n}a^n$绝对收敛,故

$$-(\lambda^{-1}e + \sum_{n=1}^{\infty}\lambda^{-n-1}a^n)$$

收敛于R中一元z.且

$$z(a - \lambda e) = -(\lambda^{-1}e + \sum_{n=1}^{\infty}\lambda^{-n-1}a^n)(a - e\lambda) = e;$$

$$(a - \lambda e)z = -(a - \lambda e)(\lambda^{-1}e + \sum_{n=1}^{\infty}\lambda^{-n-1}) = e.$$

即$-(\lambda^{-1}e + \sum\limits_{n=1}^{\infty}\lambda^{-n-1}a^n) = (a - \lambda e)^{-1} = R(\lambda,a)$. $\blacksquare$

注 根据定理7,若$\lambda \in \sigma(a)$,则$|\lambda| \leqslant \lim\limits_{n\to\infty}\| a^n \|^{\frac{1}{n}}$.从而

$$r(a) = \sup_{\lambda\in\sigma(a)}|\lambda| \leqslant \lim_{n\to\infty}\| a^n \|^{\frac{1}{n}}.$$

我们称$r(a)$为a的**谱半径**.

定理 8 设$a \in \mathsf{R}$,则$r(a) = \lim\limits_{n\to\infty}\| a^n \|^{\frac{1}{n}}$.

证明　当 $|\lambda| > \|a\|$ 时，

$$\|R(\lambda,a)\| = \|\lambda^{-1}e + \sum_{n=1}^{\infty}\lambda^{-n-1}a^n\|$$

$$\leqslant \sum_{n=0}^{\infty}|\lambda|^{-n-1}\|a\|^n = \frac{1}{|\lambda|}\cdot\frac{1}{1-\frac{\|a\|}{|\lambda|}}$$

$$= \frac{1}{|\lambda| - \|a\|}.$$

因此，当 $|\lambda| > \|a\| + 2$ 时，$\|R(\lambda,a)\| \leqslant \frac{1}{2}$.

根据上节系 2，

$$R(\lambda,a) = \sum_{n=0}^{+\infty}c_{-n}\lambda^{-n},(|\lambda| > r(a)) \qquad (12 \cdot 2 \cdot 8)$$

且(12 · 2 · 8) 式右端对每一 $\lambda(|\lambda| > r(a))$ 是绝对收敛. 其中

$$c_{-n} = \frac{1}{2\pi i}\int_{\Gamma}R(\lambda,a)\lambda^{n-1}\mathrm{d}\lambda,$$

这里，Γ 可取任意一个以 0 为圆心，$\rho(> r(a)$ 为半径的圆. 特别，取 $\rho = \|a\| + 2$，则

$$c_{-n} = \frac{1}{2\pi i}\int_{\Gamma} -(\lambda^{-1}e + \sum_{k=1}^{\infty}\lambda^{-k-1}a^k)\lambda^{n-1}\mathrm{d}\lambda$$

$$= \sum_{k=0}^{\infty}\frac{1}{2\pi i}\int_{\Gamma} -\lambda^{n-k-2}a^k\mathrm{d}\lambda,$$

故 $c_0 = 0, c_{-n} = -a^{n-1}$，其中 $a^0 = e$. 于是

$$R(\lambda,a) = \sum_{n=1}^{\infty}c_{-n}\lambda^{-n} = -\sum_{n=1}^{\infty}a^{n-1}\lambda^{-n}$$

$$= -[\lambda^{-1}e + \sum_{n=1}^{\infty}\lambda^{-n-1}a^n], \quad (|\lambda| > r(a))$$

$$(12 \cdot 2 \cdot 9)$$

且右端级数当 $|\lambda| > r(a)$ 时绝对收敛，即

$$|\lambda|^{-1}+\sum_{n=1}^{\infty}|\lambda|^{-n-1}\|a^n\| \qquad (12\cdot2\cdot10)$$

收敛. 但当 $|\lambda|<\varlimsup\limits_{n\to\infty}\|a^n\|^{\frac{1}{n}}$ 时(12・2・10)发散,因此,

$$r(a)\geqslant\varlimsup_{n\to\infty}\|a^n\|^{\frac{1}{n}}$$

于是,根据定理 7 下的注,我们即知 $r(a)=\lim\limits_{n\to\infty}\|a^n\|^{\frac{1}{n}}$. ▌

现在设 $x\in \mathsf{R}$,那末,$\sum\limits_{k=0}^{n}\alpha_k x^k=p(x)\in \mathsf{R}$(其中 $x^0=e$),它称为 x 的**多项式**.

下面的定理是讨论 x 的多项式的谱与 x 的谱的关系.

定理 9 设 R 是 Banach 代数,$x\in \mathsf{R}$,$p(x)$ 是 x 的多项式,那末

$$\sigma(p(x))=\{p(\lambda)\,|\,\lambda\in\sigma(x)\}. \qquad (12\cdot2\cdot11)$$

证明 设 $\lambda\in\sigma(x)$,我们证明

$$p(\lambda)\in\sigma(p(x))$$

即证 $p(x)-p(\lambda)e$ 是奇异元. 事实上,因

$$p(x)-p(\lambda)e=\sum_{k=0}^{n}(\alpha_k x^k-\alpha_k\lambda^k e)\quad(\text{其中 }\lambda^0=1)$$

$$=\sum_{k=1}^{n}\alpha_k(x-\lambda e)(x^{k-1}+\lambda x^{k-2}+\cdots+\lambda^{k-1}e)$$

$$=(x-\lambda e)\sum_{k=1}^{n}\alpha_k(x^{k-1}+\lambda x^{k-2}+\cdots+\lambda^{k-1}e)$$

$$=(x-\lambda e)p_1(x)=p_1(x)(x-\lambda e),$$

若 $p(x)-p(\lambda)e$ 有逆元 z,则

$$(x-\lambda e)p_1(x)z=z(x-\lambda e)p_1(x)=zp_1(x)(x-\lambda e)=e.$$

因此 $(x-\lambda e)$ 有左逆又有右逆,从而 $x-\lambda e$ 有逆. 故得矛盾,因此 $p(\lambda)\in\sigma(p(x))$.

现在证明

$$\sigma(p(x)) \subset p(\sigma(x)).$$

设 $\lambda \overline{\in} p(\sigma(x))$，考虑 $\lambda - p(t)$ 的因式分解

$$\lambda - p(t) = \alpha(t - \lambda_1)\cdots(t - \lambda_n),$$

于是，当 $t \in \sigma(x)$ 时，$\lambda - p(t) \neq 0$，故

$$\lambda_1, \cdots, \lambda_n \overline{\in} \sigma(x).$$

因此

$$(x - \lambda_i e)^{-1} \in \mathsf{R} \quad (i = 1, 2, \cdots, n).$$

现在，

$$p(x) - \lambda e = -\alpha(x - \lambda_1 e)\cdots(x - \lambda_n e)$$

因 $x - \lambda_i e$ $(i = 1, \cdots, n)$ 皆有逆，故 $p(x) - \lambda e$ 也有逆，即 $\lambda \overline{\in} \sigma(p(x))$。因此，$\sigma(p(x)) \subset p(\sigma(x))$。▌

* 第十三章　凸锥理论

为了研究 Banach 空间 E 中算子方程的正解问题，必须在空间 E 中建立序结构 $\geqslant$，自然，这种序结构必须与 E 中的线性结构相符，即

1) $x \geqslant y \Rightarrow x + z \geqslant y + z$;

2) $x \geqslant y, \lambda \geqslant 0 \Rightarrow \lambda x \geqslant \lambda y$.

这样，E 即成一半序空间，利用这种序结构即可定义 E 中的正元 $x: x \geqslant 0$. E 中正元素的全体成为 E 中的一个锥形集. 但在实际问题中，我们是把具有某些性质的元称为正元，然后利用正元集合来定义半序 $\geqslant$，使得由 $\geqslant$ 所给出的正元集与原来的正元集一致，这样一来，原来的所谓正元素集合 P 也必然就是一锥形集，因此，对 Banach 空间锥体的研究是很有意义的. 凸锥理论在研究算子方程的正解问题中起着重要的作用. 在这一章中我们将介绍关于凸锥理论的基础知识.

§ 13 • 1　线性半群与锥

定义 1　Banach 空间 E 中子集 P 称为(线性) **半群**，如果

1) $x \in P, \lambda \geqslant 0 \Rightarrow \lambda x \in P$;

2) $x, y \in P \Rightarrow x + y \in P$.

若 P 含有内点，则称 P 为**体半群**. 半群 P 称为非平凡的，是指至少存在一点 $x \in P$，使 $-x \overline{\in} P$.

由定义,任一半群都是凸集,且空间 E 中原点(零元素)$0 \in P$. 设 $P \subset \mathsf{E}$ 是一半群,我们用 $\mathring{P}$ 表 P 的内部,以 $\dot{P}$ 表集合 $P \setminus \{0\}$.

利用 E 中线性半群 P,我们可以在 E 中引入一个半序关系. 我们定义,

如果 $x - y \in P$,则称 $x \geqslant y (y \leqslant x)$;

如果 $x - y \in \dot{P}$,则称 $x > y (y < x)$;

如果 $x - y \in \mathring{P}$(当 $\mathring{P} \neq \varnothing$),则称 $x \gg y (y \ll x)$.

按定义,$x \geqslant 0$ 意味着 $x \in P$. 如果存在 E 中元 $z \neq 0$,使 $z \in P, -z \in P$,那么,关系 $x \geqslant y$ 与 $x \leqslant y$ 在 $x \neq y$ 时可以同时成立. 如果 E 中不存在这样的非零元素 z:使 $z \in P, -z \in P$,那么,由 $x \geqslant y, x \leqslant y$ 可以推出 $x = y$.

命题 1　关系"$\leqslant$"具有下述性质:

a) 如果 $x \leqslant y, y \leqslant z$,则 $x \leqslant z$;

b) 如果 $x \leqslant y$,则 $-x \geqslant -y$;

c) 如果 $x_1 \leqslant y_1, x_2 \leqslant y_2$,则 $x_1 + x_2 \leqslant y_1 + y_2$;

d) 如果 $x \geqslant y, \lambda \geqslant 0$,则 $\lambda x \geqslant \lambda y$.

命题中的结论很容易根据定义直接验证.

命题 2　若 P 是体半群,即 $\mathring{P} \neq \varnothing$,则有下述结论成立:

1) 如果 $x \gg y, \lambda > 0$,则 $\lambda x \gg \lambda y$;

2) 如果 $P \neq \mathsf{E}, u \gg 0$,则 $-u \overline{\in} P$;

3) 如果 $x \leqslant y, y \leqslant z$ 中有一个"$\leqslant$"改为"$\ll$",则 $x \ll z$;

4) 如果 $x_1 \ll y_1, x_2 \ll y_2$,则 $x_1 + x_2 \ll y_1 + y_2$;

5) 对任一 $x \in \mathsf{E}$,存在 $u, v \in P$ 使 $x = u - v$.

证明　1),3),4) 显然.

2) 因 $u \in \mathring{P}$,故存在 $\rho > 0$,使

$$B(u, \rho) \subset P \quad (\text{其中 } B(u, \rho) = \{x \in \mathsf{E} \mid \| x - u \| < \rho\}),$$

于是对任一 $a\in P$ 有 $B(u+a,\ \rho)\subset P$,因此如果 $-u\in P$,那么取 $a=-u$ 即得 $B(0,\rho)\subset P$,再由半群的定义即得 $\mathsf{E}\subset P$,从而 $\mathsf{E}=P$,它与 $\mathsf{E}\neq P$ 的假设矛盾.

5) 事实上,任取一 $u_1\gg 0$,设 $B(u_1,\rho)\subset P$,那么对任一 $x\in\mathsf{E}$,$x\neq 0$,有

$$u_1\pm\frac{\rho}{2}\frac{x}{\|x\|}\gg 0,$$

从而 $\dfrac{2\|x\|}{\rho}u_1\pm x\gg 0$,现在设

$$u=\frac{1}{2}\left(\frac{2\|x\|}{\rho}u_1+x\right),\quad v=\frac{1}{2}\left(\frac{2\|x\|}{\rho}u_1-x\right),$$

则 u、$v\in P$ 且 $x=u-v$. ▍

定义 2 如果 $P\subset\mathsf{E}$ 为闭线性半群,且 $x\in P,x\neq 0\Rightarrow -x\overline{\in}P$,那么就称 P 为**锥**.

锥既是线性半群,它在 E 中产生一个半序关系,此半序关系具有性质

$$x\geqslant y,y\geqslant x\Rightarrow x=y.$$

如同线性半群一样,一般的锥 P 未必有内点,如果 $\mathring{P}\neq\varnothing$,则称 P 为**体锥**.

例 13·1·1 $C[a,b]$ 中非负函数的全记作 C^+,则 C^+ 是一体锥,$L^p(\Omega)$ 中非负函数的全体记作 L_+^p,它是一个锥,但不是体锥.

例 13·1·2 设 E 为 Banach 空间,$x\in\mathsf{E},x\neq 0$,则对任一 $\rho\in(0,\|x\|)$,集合 $P=\{\lambda z\,|\,\lambda\geqslant 0,\|z-x\|\leqslant\rho\}$ 是 E 中体锥.

事实上,因为 $B(x,\rho)\subset P$,所以 $\mathring{P}\neq\varnothing$. P 是线性半群也是明显的. 余下的还要验证 P 是闭集且 $y\in P,y\neq 0\Rightarrow -y\overline{\in}P$.

设 $y_n\in P,y_n\to y_0$. 依定义,存在

$$\lambda_n \geqslant 0, \quad z_n \in \overline{B}(x,\rho) \quad 使\ y_n = \lambda_n z_n.$$

$\{z_n\}$ 有界，如果存在 $\lambda_{nk} \to 0$，则 $y_0 = 0 \in P$. 于是可设 $\lambda_n \geqslant \lambda > 0$. 因为

$$\| z_n \| \geqslant \| x \| - \rho = \rho_0 > 0,$$

所以

$$\lambda_n = \| y_n \| / \| z_n \| \leqslant \| y_n \| / \rho_0,$$

故 $\{\lambda_n\}$ 也有界. 不失一般性，可设 $\lambda_n \to \lambda_0 (n \to \infty)$，于是

$$z_n = \frac{1}{\lambda_n} y_n \to \frac{1}{\lambda_0} y_0 = z_0.$$

由 $z_n \in \overline{B}(x,\rho)$ 推出 $z_0 \in \overline{B}(x,\rho)$，因此 $y_0 = \lambda_0 z_0 \in P$.

现在设 $y \in P, y \neq 0$. 按定义，

$$y = \lambda z_1 (\lambda > 0, \| z_1 - x \| \leqslant \rho).$$

若 $-y = -\lambda z_1 \in P$，则有

$$-y = \mu z_2 (\mu > 0, \| z_2 - x \| \leqslant \rho),$$

因此 $-\lambda z_1 = \mu z_2$. 从而

$$\begin{aligned}(\lambda + \mu) \| x \| &= \| \lambda x + \mu x \| = \| \lambda x - \lambda z_1 + \lambda z_1 + \mu x \| \\ &= \| \lambda x - \lambda z_1 + \mu x - \mu z_2 \| \leqslant (\lambda + \mu)\rho.\end{aligned}$$

此与 $\rho < \| x \|$ 矛盾.

定义 3　E 中锥 P 称为正规的，如果存在 $\delta > 0$，使对任意 $x, y \in P$, $\| x \| = \| y \| = 1$ 有 $\| x + y \| \geqslant \delta$. 此时，$\delta > 0$ 称为锥 P 的一个**正规常数**.

定理 1　设 P 是 Banach 空间 E 中锥，则下列条件等价：

1) P 是正规的；

2) 存在常数 $\delta > 0$，使对任意 x、$y \in P$ 有

$$\| x + y \| \geqslant \delta \max\{ \| x \|, \| y \| \};$$

3) $x_n, y_n \in P, x_n + y_n \to 0 \Rightarrow x_n \to 0$;

4) 存在常数 $N > 0$，使　$0 \leqslant x \leqslant y \Rightarrow \| x \| \leqslant N \| y \|$.

证明 1)⇒2):设 P 是正规的,于是存在 $\delta_1 > 0$,使对任意

$$x,y \in P, \| x \| = \| y \| = 1 \quad 有$$

$$\| x + y \| \geqslant \delta_1.$$

设 $x,y \in P, \| x \| \geqslant \| y \| > 0$,于是

$$\begin{aligned}
&2\| x + y \| = \| x + y \| + \| x + y \| \\
&= \| x \| \left\| \frac{x}{\| x \|} + \frac{y}{\| x \|} \right\| + \| x + y \| \\
&= \| x \| \left\| \frac{x}{\| x \|} + \frac{y}{\| y \|} - \left(\frac{1}{\| y \|} - \frac{1}{\| x \|}\right) y \right\| + \| x + y \| \\
&\geqslant \delta_1 \| x \| - \| x \| + \| y \| + \| x \| - \| y \| \\
&= \delta_1 \| x \|,
\end{aligned}$$

取 $\delta = \frac{1}{2}\delta_1$,即得

$$\| x + y \| \geqslant \delta \| x \| = \delta \max(\| x \|, \| y \|).$$

2)⇒3):设 $x_n, y_n \in P, x_n + y_n \to 0 (o \to \infty)$,由 2),存在 $\delta > 0$,使

$$\| x_n + y_n \| \geqslant \delta \max(\| x_n \|, \| y_n \|) \geqslant \delta \| x_n \|.$$

在上式中,令 $n \to \infty$,即知 $x_n \to 0$.

3)⇒4),在 3) 的假定下,如果 4) 不成立,那么,必有 $x_n, y_n \in P$,使

$$0 \leqslant x_n \leqslant y_n, \| x_n \| > n \| y_n \|.$$

不失一般性,可设 $\| x_n \| = 1$. 于是 $y_n \to 0$ $(n \to \infty)$. 由

$$y_n = x_n + (y_n - x_n), \quad y_n - x_n \in P,$$

由 3),$x_n \to 0$,此与 $\| x_n \| = 1$ 矛盾.

4)⇒1):设 $x,y \in P, \| x \| = \| y \| = 1$,由

$$x \leqslant x + y$$

及 4),存在 N(与 x,y 无关),使

$$\| x \| \leqslant N \| x + y \| ,$$

即

$$\| x + y \| \geqslant \frac{1}{N} \cdot \blacksquare$$

注　E 中锥 P 如果满足定理 1 中的条件 4)，我们就说，锥 P 中的元素的范数是**半单调的**.

定理 2　若 E 中锥 P 是正规的，则任何区间

$$[x_1, x_2] = \{x \in \mathrm{E} \mid x_1 \leqslant x \leqslant x_2\}$$

是有界的.

证明　设 $x \in [x_1, x_2]$，则有 $0 \leqslant x - x_1 \leqslant x_2 - x_1$，由于锥 P 是正规的，由定理 1，存在 $N > 0$，使

$$\begin{aligned} \| x \| &= \| x_1 + x - x_1 \| \leqslant \| x_1 \| + \| x - x_1 \| \\ &\leqslant \| x_1 \| + N \| x_2 - x_1 \| . \blacksquare \end{aligned}$$

定理 3　设实 Banach 空间 E 中锥 P 是正规的，$u_0 \in \dot{P}$，令

$$\mathrm{E}_{u_0} = \{x \in \mathrm{E} \mid \text{存在}\ \lambda \geqslant 0\ \text{使} - \lambda u_0 \leqslant x \leqslant \lambda u_0\},$$

则 E_{u_0} 是 E 的一个线性子空间，且对于 $x \in \mathrm{E}_{u_0}$，

$$\| x \|_{u_0} = \inf\{\lambda \mid \lambda \geqslant 0, -\lambda u_0 \leqslant x \leqslant \lambda u_0\} \tag{13·1·1}$$

定义了 E_{u_0} 中元的范数，称作 x 的 **u_0 — 范数**. u_0 — 范数具有性质

i) 存在 $K > 0$，使 $\| x \| \leqslant K \| x \|_{u_0}$；

ii) E_{u_0} 在 u_0 — 范数下是完备的，从而是 Banach 空间，

iii) 在 u_0 — 范数下 $P_{u_0} = P \cap \mathrm{E}_{u_0}$ 是 E_{u_0} 的**正规锥**.

证明　E_{u_0} 是 E 的线性子空间是显然的. 我们首先证明(13·1·1) 确实定义了 E_{u_0} 中元的范数. 当 $x = 0$ 时，显然 $\| x \|_{u_0} = 0$. 若 $x \in \mathrm{E}_{u_0}$，$x \neq 0$，由于

$$-\lambda u_0 \leqslant x \leqslant \lambda u_0 \Longleftrightarrow -\lambda u_0 \leqslant -x \leqslant \lambda u_0 .$$

故 $\| x \|_{u_0} = \| -x \|_{u_0}$. 从而 $\| \alpha x \|_{u_0} = |\alpha| \| x \|_{u_0}$. 其次，因

$x \neq 0$，故 x 与 $-x$ 中至少有一个不属于 P，不失一般性，可设 $-x \overline{\in} P$. 因 P 是闭集，故 $\rho(-x,P)=d>0$，于是由 $-\lambda u_0 \leqslant x \leqslant \lambda u_0$ 得 $-x+\lambda u_0 \in P$，从而 $\|\lambda u_0\| \geqslant d$，由此即知 $\lambda \geqslant d/\|u_0\|$，从而 $\|x\|_{u_0}>0$.

现在证明三角不等式. 设 $x,y\in \mathrm{E}_{u_0}$，由

$$-\lambda_1 u_0 \leqslant x \leqslant \lambda_1 u_0,\ -\lambda_2 u_0 \leqslant y \leqslant \lambda_2 u_0$$

可得

$$-(\lambda_1+\lambda_2)u_0 \leqslant x+y \leqslant (\lambda_1+\lambda_2)u_0,$$

从而

$$\begin{aligned}\|x+y\|_{u_0} &= \inf\{\lambda \mid \lambda \geqslant 0, -\lambda u_0 \leqslant x+y \leqslant \lambda u_0\}\\ &\leqslant \inf\{\lambda_1+\lambda_2 \mid \lambda_1,\lambda_2 \geqslant 0, -\lambda_1 u_0 \leqslant x \leqslant \lambda_1 u_0,\\ &\qquad -\lambda_2 u_0 \leqslant y \leqslant \lambda_2 u_0\}\\ &= \inf\{\lambda_1 \mid \lambda_1 \geqslant 0, -\lambda_1 u_0 \leqslant x \leqslant \lambda_1 u_0\}\\ &\qquad + \inf\{\lambda_2 \mid \lambda_2 \geqslant 0, -\lambda_2 u_0 \leqslant y \leqslant \lambda_2 u_0\}\\ &= \|x\|_{u_0}+\|y\|_{u_0}.\end{aligned}$$

现在证明性质 i)，设 $x\in \mathrm{E}_{u_0}$，$\alpha=\|x\|_{u_0}$，则

$$-2\alpha u_0 \leqslant x \leqslant 2\alpha u_0,$$

从而 $0 \leqslant x+2\alpha u_0 \leqslant 4\alpha u_0$，由于 P 是正规的，故存在 $N>0$ 使

$$\|x+2\alpha u_0\| \leqslant N\|4\alpha u_0\|,$$

从而

$$\begin{aligned}\|x\| &\leqslant \|x+2\alpha u_0\|+\|-2\alpha u_0\|\\ &\leqslant 4N\alpha\|u_0\|+2\alpha\|u_0\| = K\alpha = K\|x\|_{u_0},\end{aligned}$$

其中 $K=4N\|u_0\|+2\|u_0\|$.

再证性质 ii). 设 $\{x_n\}$ 是 E_{u_0} 中一基本列，即

$$\|x_n-x_m\|_{u_0} \to 0 \quad (n,m\to\infty),$$

由 i) 的结果，

$$\|x_n-x_m\| \leqslant K\|x_n-x_m\|_{u_0},$$

故 $\{x_n\}$ 是 E 中基本列，由 E 的完备性知，存在 $x^* \in \mathrm{E}$，使

$$\| x_n - x^* \| \to 0 \quad (n \to \infty).$$

现在,对任意给定的 $\varepsilon > 0$,存在自然数 N,使当 $n,m \geqslant N$ 时恒有 $\| x_n - x_m \|_{u_0} \leqslant \varepsilon$,从而

$$-\varepsilon u_0 \leqslant x_n - x_m \leqslant \varepsilon u_0, \quad (n,m \geqslant N).$$

在上式中固定 n,而令 $m \to \infty$,即得

$$-\varepsilon u_0 \leqslant x_n - x^* \leqslant \varepsilon u_0 \quad (n \geqslant N),$$

从而 $\| x_n - x^* \|_{u_0} \leqslant \varepsilon\ (n > N_2)$,由此可知 $x^* \in \mathsf{E}_{u_0}$ 且

$$\| x_n - x^* \|_{u_0} \to 0 \quad (n \to \infty).$$

最后证明 iii). 事实上,设 $0 \leqslant x \leqslant y$,由于由 $0 \leqslant y \leqslant \lambda u_0$ 可推出 $0 \leqslant x \leqslant \lambda u_0$,从而可得:$\| x \|\ u_0 \leqslant \| y \|\ u_0$,即 P_{u_0} 是正规的(定理 1). ▌

注　容易看出,P_{u_0} 是 E_{u_0} 中一个体锥. 事实上,u_0 是 P_{u_0} 的一个内点.

定义 4　如果 E 中任一单调上升的有界序列:

$$x_1 \leqslant x_2 \leqslant \cdots \leqslant x_n \leqslant x_{n+1} \leqslant \cdots \leqslant y \in \mathsf{E}$$

都有极限,则称锥 P **是正则的**.

定理 4　若锥 P 是正则的,则 P 必是正规的.

证明　用反证法. 如果 P 不是正规的,则必有

$$\{x_n\},\{y_n\} \subset P, \| x_n \| = \| y_n \| = 1,$$

而

$$\| x_n + y_n \| \leqslant \frac{1}{2^n},$$

于是级数 $\sum\limits_{n=1}^{\infty}(x_n + y_n)$ 收敛,令

$$u = \sum_{i=1}^{\infty}(x_i + y_i), \quad z_n = \sum_{i=1}^{n} x_i,$$

显然,$z_n \leqslant u(n = 1,2,\cdots)$ 且是单调上升的. 但是

$$\| z_{n+1} - z_n \| = \| x_n \| = 1$$

. 此与锥 P 的正则性相矛盾. ▌

定义 5 设 P 是 E 中锥,若对任一 $x \in \mathsf{E}$,都存在 $y,z \in P$,使

$$x = y - z$$

则称锥 P 是**再生的**.

定理 5 体锥是再生的.

证明 体锥是体半群,然后由命题 2 之 5) 即知体锥是再生的. ▌

定理 4 证明了正则的锥必是正规的,但相反的结论不真,即在一般的 Banach 空间中正规锥未必是正则的.

例 13·1·3 考虑 $C[0,1]$ 中非负函数锥 C^+,它是正规的,因为,对 $x(t) \geqslant 0, y(t) \geqslant 0$,我们有

$$\| x(t) + y(t) \| \geqslant \max(\| x(t) \|, \| y(t) \|).$$

根据定理 1,C^+ 是正规的. 但它不是正则的. 设

$$x_n(t) = 1 - t^n \quad (n = 1,2,\cdots),$$

它是一单调上升有界序列,但它在 C^+ 中没有极限,这说明 C^+ 不是正则的.

定理 6 设 P 为 Banach 空间 E 中体锥,$u_0 \in \mathring{P}$,则 P 是正规的充分必要条件是 $[-u_0, u_0] = I_{u_0}$ 有界.

证明 必要性已由定理 2 得出,下证充分性.

取正数 $\rho > 0$,使 $\overline{B}(u_0, \rho) \subset P$. 则对任一 $x \in \mathsf{E}, x \neq 0$,有 $u_0 \pm \rho \dfrac{x}{\| x \|} \in P$,即

$$-\frac{\| x \|}{\rho} u_0 \leqslant x \leqslant \frac{\| x \|}{\rho} u_0. \qquad (13 \cdot 1 \cdot 2)$$

设 $x, y \in P, \| x \| = \| y \| = 1$,命 $\mu = \| x + y \|$,依 $(13 \cdot 1 \cdot 2)$ 式有

$$-\frac{\mu}{\rho} u_0 \leqslant x + y \leqslant \frac{\mu}{\rho} u_0,$$

从而

$$-\frac{1}{\rho}u_0 \leqslant \frac{-x-u}{\mu} \leqslant \frac{x}{\mu} \leqslant \frac{x+y}{\mu} \leqslant \frac{1}{\rho}u_0,$$

即　$\frac{\rho}{\mu}x \in I_{u_0}$. 根据 I_{u_0} 有界的假设,存在正数 α(它与 $x \in \mathsf{E}$ 无关)使$\frac{\rho}{\mu}\|x\| \leqslant \alpha$,即 $\mu \geqslant \frac{\rho}{\alpha} = \delta$. 这意味着 $\|x+y\| \geqslant \delta$. x、y 既是任意的,按定义 P 是正规的. ▌

若 P 是 E 中体锥,$u_0 \in \mathring{P}$,那么,从集合论观点,有 $\mathsf{E}_{u_0} = \mathsf{E}$,因此,对每一 $x \in \mathsf{E}$,可以定义u_0－范数 $\|x\|_{u_0}$. 若 P 是正规的,E 在 $\|\cdot\|_{u_0}$ 下成一 Banach 空间.

定理 7　设 P 是 Banach 空间 E 中正规的体锥,$u_0 \in \mathring{P}$,则对任一 $x \in \mathsf{E}$,有 $\|x\|_{u_0} \leqslant K\|x\|$,其中 K 是与 x 无关的正常数.

证明　设 $x \in \mathsf{E}$, $\|x\| = 1$. 因 $u_0 \in \mathring{P}$,故存在正数 ρ,使

$$u_0 + \overline{B}(0,\rho) \subset P,$$

因此,$u_0 \pm \rho x \in P$,这意味着 $\pm \rho x \leqslant u_0$,即

$$-\frac{1}{\rho}u_0 \leqslant x \leqslant \frac{1}{\rho}u_0.$$

所以 $\|x\| u_0 \leqslant \frac{1}{\rho}$. 现在设 $x \in \mathsf{E}, x \neq 0$,则

$$\left\| \frac{x}{\|x\|} \right\|_{u_0} \leqslant \frac{1}{\rho}$$

从而 $\|x\| u_0 \leqslant \frac{1}{\rho}\|x\|$. ▌

由定理 3 及定理 7 即得:

定理 8　设 P 是 Banach 空间 E 中的正规体锥,$u_0 \in \mathring{P}$,则 $\|\cdot\|_{u_0}$ 与 $\|\cdot\|$ 等价.

§13·2 正线性泛函

定义 1 设 P 为 Banach 空间 E 中线性半群，$f \in \mathrm{E}^*$ 称为（相对于 P）**非负线性泛函**（记作 $f \geqslant 0$），如果 $x \in P \Rightarrow f(x) \geqslant 0$；非负线性泛函 f 称为**正的**（记作 $f > 0$），如果至少存在一元 $x_0 \in P$，使 $f(x_0) > 0$.）

E^* 中（相对于线性半群 P）非负线性泛函的全体记为 P^*，P^* 显然也是线性半群，称为 P 的共轭半群.

按定义，P^* 显然是闭线性半群；此外，若 $f > 0$，则 $-f \overline{\in} P^*$.

利用线性半群 P^*，我们也可在 E^* 中引入半序关系"$\geqslant$"("$\leqslant$")，$f, g \in \mathrm{E}^*$，称 $f \geqslant g$，如果 $x \in P \Rightarrow f(x) \geqslant g(x)$.

显然，如果 $f \in P^*$，$x \geqslant y$，则有 $f(x) \geqslant f(y)$.

引理 1 设 P 为 E 中体半群，如果可加泛函 f 满足

$$f(x) \geqslant 0 \qquad \forall\, x \in P \tag{13·2·1}$$

那么，$f \in \mathrm{E}^*$，从而 $f \in P^*$.

证明 首先注意到，由 f 的可加性，那么，对任一有理数 λ，有 $f(\lambda x) = \lambda f(x)$.

任取 $u \gg 0$，有理数 $\rho > 0$，使 $B(u, \rho) \subset P$. 于是，对任一 $x \in \mathrm{E}$，$\| x \| \leqslant 1$，有

$$u \pm \rho x \geqslant 0,$$

从而，由(13·2·1)可得

$$f(u) \pm \rho f(x) \geqslant 0$$

即 $|f(x)| \leqslant \dfrac{1}{\rho} f(u)$ $(\forall\, x \in \mathrm{E}, \| x \| \leqslant 1)$，因此，$f$ 在单位球上有界，从而 $f \in \mathrm{E}^*$. ▌

引理 2 如果 $f \geqslant 0$，$B(u, \rho) \subset P$，那么

$$f(u) \geqslant \rho \| f \| .$$

证明　对任一 $e \in \mathsf{E}, \| e \| = 1$,那么,

$$f(u \pm \rho e) = f(u) \pm f(\rho e) \geqslant 0$$

所以,

$$f(u) \geqslant \rho |f(e)| \ (\forall e \in \mathsf{E}, \| e \| = 1); \quad \text{即}$$

$$f(u) \geqslant \rho \| f \| . \blacksquare$$

此引理说明,如果 P 是体半群,$f \neq 0, f \geqslant 0$,那么 $f > 0$,从而 $-f \overline{\in} P^*$,因而有

系 1　若 P 是体半群,P^* 必是锥.

定理 1　**(正线性泛函的延拓)** 设 $P \subset \mathsf{E}$ 为体半群,设子空间 $\mathsf{G} \subset \mathsf{E}$ 至少含有一个严格正元 $u \gg 0$,那么,定义于 G 上的正线性泛函 $f(x)$,可以延拓成 E 上的正线性泛函.

证明　按条件,存在 $u \in \mathsf{G}, \rho > 0$,使 $B(u, \rho) \subset P$,设 $y_0 \in \mathsf{E} \backslash \mathsf{G}$,以 x', x'' 表 G 中这样的两元:

$$x' \leqslant y_0 \leqslant x'', \tag{13·2·2}$$

比如由 $u \pm \rho \dfrac{y_0}{\| y_0 \|} \in P$,可取

$$x' = -\frac{\| y_0 \|}{\rho} u, \quad x'' = \frac{\| y_0 \|}{\rho} u.$$

由(13·2·2),$f(x') \leqslant f(x'')$,取 ξ,使

$$\sup f(x') \leqslant \xi \leqslant \inf f(x''). \tag{13·2·3}$$

这里,上(下)确界取于满足(13·2·2)的 $x'(x'')$ 上.

现在考察线性子空间是 $\mathsf{G}_0 \supset \mathsf{G}$,其中,$\mathsf{G}_0$ 由所有形状为 $y = x + ty_0$ 的元素组成的(式中 $x \in \mathsf{G}$,t 为实数).令

$$\varphi(y) = f(x) + t\xi,$$

易证函数 φ 是 G_0 上的正线性泛函(即对任一 $x \in P \cap \mathsf{G}_0 \Rightarrow \varphi(x) \geqslant 0$).$\varphi$ 的线性性质是显然的;φ 的正性,是因为若 $y = x + ty_0 \geqslant 0 (t \neq 0)$,那么

$$y_0 \geqslant -\frac{x}{t}\ (\text{当}\ t > 0), \quad y_0 < -\frac{x}{t}\ (\text{当}\ t < 0);$$

由(13・2・3)

$$\xi \geqslant -\frac{1}{t}f(x)\ (\text{当}\ t > 0\ )\ \text{及}\ \xi \leqslant -\frac{1}{t}f(x),\ (\text{当}\ t < 0).$$

在两种情形,皆有

$$\varphi(y) = f(x) + t\xi \geqslant 0.$$

类似于泛函延拓定理的证明,可把 f 延拓成整个 E 上的正线性泛函,然后再由引理 1,延拓后的泛函是有界线性泛函. ▌

系 2 对于任意一个非平凡体半群,至少存在一个正泛函.

证明 设 P 是一个非平凡的体半群,任取 $u \gg 0$,则 $-u \overline{\in} P$(请予验证) 于是,可在由 u 生成的一维子空间上可定义一正线性泛函,然后由定理 1,它可延拓成整个 E 上的有界线性正泛函. ▌

定理 2 设 $P_1(\subset \mathrm{E})$ 为体半群,P_2 为任意半群,且 $P_2 \cap \mathring{P}_1 = \varnothing$,那么必存在这样的 $f \in \mathrm{E}^*$,$f \neq 0$,使得

$$x \in P_1 \Rightarrow f(x) \geqslant 0\ (\leqslant 0);$$

$$x \in P_2 \Rightarrow f(x) \leqslant 0\ (\text{相应地},\ \geqslant 0).$$

证明 P_1,P_2 既为半群,它们就都是凸集,由 P_1 是体平群,因此 $\mathring{P}_1 \neq \varnothing$,根据凸集分离定理(§9・6. 定理 3),存在 $f \in \mathrm{E}^*$,$f \neq 0$,及实数 γ,使

$$x \in P_1 \Rightarrow f(x) \geqslant \gamma\ (\text{或} \leqslant \gamma);$$

$$x \in P_2 \Rightarrow f(x) \leqslant \gamma\ (\text{相应地},\ \geqslant \gamma).$$

再注意到 $0 \in P_1 \cap P_2$,即得 $\gamma = 0$. ▌

系 3 如果 $P \subsetneqq \mathrm{E}$ 为闭半群,则必存在 $f \in \mathrm{E}^*$,$f \neq 0$ 使 $x \in P \Rightarrow f(x) \geqslant 0$.

证明 以 $x_0 \in \mathrm{E} \backslash P$,$\| x_0 \| = 1$,因 P 闭,那么

$$\rho(x_0, P) = \inf_{x \in P} \| x - x_0 \| = d > 0.$$

令

$$\overline{B} = \overline{B}(x_0, d) = \{x \in \mathsf{E} \mid \| x - x_0 \| \leqslant d\},$$

$$P_1 = \{\lambda x \mid x \in \overline{B}, \lambda \geqslant 0\},$$

由 § 13・1 例 13・1・2，P_1 是体锥，$\mathring{P}_1 \neq \varnothing$. 显然，$P \cap \mathring{P}_1 = \varnothing$，根据定理 1，存在 $f \in \mathsf{E}$，$f \neq 0$，使

$$x \in P \Rightarrow f(x) \geqslant 0;$$

$$x \in P_1 \Rightarrow f(x) \leqslant 0. \blacksquare$$

系 4　如果 $P \subsetneqq \mathsf{E}$ 为体半群，G 为 E 的子空间，且 $\mathsf{G} \cap \mathring{P} = \varnothing$，那么必存在正线性泛函 f，使 $x \in \mathsf{G} \Rightarrow f(x) = 0$.

证明　G 为子空间，因此也是线性半群，由定理 2，存在 $f \in \mathsf{E}^*$，$f \neq 0$ 使

$$x \in P \Rightarrow f(x) \geqslant 0; \tag{13・2・4}$$

$$x \in G \Rightarrow f(x) \leqslant 0. \tag{13・2・5}$$

由于 G 是子空间，从而对任意 $x \in \mathsf{G}$ 有 $f(x) = 0$. 由(13・2・4)，f 是非负泛函，再根据引理 2，f 就是正泛函. ▌

定理 3　设 P 为一线性半群，$x_0 \in \mathsf{E}$，$\rho(x_0, P) = d > 0$，则存在线性泛函 $f \in P^*$，$f \neq 0$，使

$$f(x_0) \leqslant -d \| f \|.$$

此外，若 P 是体半群，那么，对于 P 的每个边界元 y_0，存在正线性泛函 f，使 $f(y_0) = 0$.

证明　如同证明系 3 那样，取

$$P_1 = \{z = \lambda(x_0 + u) \mid \lambda \geqslant 0, \| u \| \leqslant d\},$$

则 P_1 是体半群，$P \cap \mathring{P}_1 = \varnothing$ 由定理 2，存在 P 上非负线性泛函 $f \neq 0$，使

$$f(z) = \lambda f(x_0 + u) \leqslant 0, \qquad \forall z \in P_1$$

因此,

$$f(x_0) \leqslant - f(u) \quad (\forall u \in \mathrm{E}, \| u \| \leqslant d),$$

从而

$$f(x_0) \leqslant - \sup_{\| u \| \leqslant d} |f(u)| = - d \| f \|.$$

当 P 为体半群,$y_0 \in \mathrm{E}$ 为 P 的边界元时取 G 为由 y_0 所生成的子空间,即 $\mathrm{G} = \{\lambda y_0 | \lambda \in R^1\}$,再利用系 4,即知存在 $f > 0$ 使 $f(y_0) = 0$. ▌

系 5 设 P 为线性半群,$x_0 \in \overline{P}$ 的充分必要条件是对所有 $f \in P^*$ 有 $f(x_0) \geqslant 0$.

系 6 设 $P \neq \mathrm{E}$ 为体半群,$x_0 \in \mathring{P}$ 的充分必要条件是,对所有 $f \in P^*$,$f \neq 0$,有 $f(x_0) > 0$.

注 显然,若 P 是半群,那么 $\overline{P}$ 也是半群,且 $P^* = \overline{P}^*$.

定理 4 设 P 为闭半群,若 $x_0 \in P$,$-x_0 \overline{\in} P$ 则存在正泛函 $f \in P^*$,使 $f(x_0) > 0$.

证明 因 $-x_0 \overline{\in} P$,P 闭,则 $\rho(-x_0, P) = d > 0$. 则定理 3,存在 $f \in P^*$,$f \neq 0$,使

$$f(-x_0) \leqslant - d \| f \| < 0$$

从而, $f(x_0) \geqslant d \| f \| > 0$. ▌

定理 5 设 P 是 Banach 空间 E 的一个再生锥,则 P^* 是 E^* 中的锥,称为 P 的**共轭(对偶)锥**.

证明 由于 P^* 是闭线性半群,因此,为证 P^* 是锥,只需证明,对任一 $f \in P^*$,$f \neq 0$,必有 $-f \overline{\in} P^*$.

事实上,如果不然,必存在 $f_0 \in P^*$,$f_0 \neq 0$,且 $-f_0 \in P^*$. 于是,对任一 $u \in P$,有

$$f_0(u) \geqslant 0, \qquad -f_0(u) \geqslant 0,$$

从而

$$f_0(u)=0,\quad \forall u\in P.$$

现在设 $x\in \mathsf{E}$,因 P 是再生的,故存在 $u,v\in P$,使 $x=u-v$,由此可知

$$f_0(x)=f_0(u)-f_0(v)=0$$

即 $f_0=0$,它与假设矛盾. ▌

系 7　若 P 是生成Banach空间 E 的锥,那么,对每一 $f\in P^*$, $f\neq 0$,必有 $x_0\in P$,使

$$f(x_0)>0.$$

系 8　若 P 是 Banach 空间 E 中体锥,则 P^* 是 E^* 中锥.

定理 6　设 P 是可分 Banch 空间 E 中锥,那么,存在线性泛函 $f\in \mathsf{E}^*$,使对所有 $x\in P$,有

$$f(x)>0. \tag{13·2·6}$$

证明　设 $\{x_n\}\subset B(0,1)$ 为球 $B(0,1)$ 的可数稠集,再设 $R=B^*\cap P^*$,其中 B^* 为 E^* 中单位球. 由于 E 可分,因此 B^* 是弱 * 列紧. 在 R 中引入距离 $d(\cdot,\cdot)$:设 f_1, $f_2\in B^*$,令

$$d(f_1,f_2)=\sup_n\frac{|f_1(x_n)-f_2(x_n)|}{n},$$

容易验证,在此距离下 R 是一完备距离空间,且

$$f_n\to f_0(\text{在距离 } d \text{ 下})\Leftrightarrow f_n\xrightarrow{\text{弱}^*}f_0.$$

因此由 B^* 的弱 * 列紧性推出 R 是 $d(\cdot,\cdot)$ 紧集,R 作为距离空间就是可分的,因而在 R 中存在一可数稠集 $\{f_n\}$. 现在令

$$f=\sum_{n=1}^{\infty}\frac{f_n}{2^n},$$

因它按 E^* 中范数收敛,故 $f\in \mathsf{E}^*$,又因诸 $f_n\in P^*$,P^* 是线性半群,故 $f\in P^*$. 现在我们证明,对任一 $x\in P$,$x\neq 0$,有 $f(x)>0$.

如果不然,必存在 $x_0\in P$,$x_0\neq 0$,使 $f(x_0)=0$. 从而对所有的 n,$f_n(x_0)=0$. 因 P 是锥,故 $-x_0\,\overline{\in}\,P$,由定理 4,必有 $\overline{f}\in P^*$, $\overline{f}(x_0)>0$. 可设 $\|\overline{f}\|<1$. 从而 $\{f_n\}$ 中必有一个子列 $\{f_{n_k}\}$ 按距

离 $d(\cdot,\cdot)$ 收敛于 $\overline{f}$. 因而 $f_{nk} \xrightarrow{弱^*} \overline{f}$. 于是 $f_{n_k}(x_0) \to \overline{f}(x_0) > 0$. 此与 $f_{n_k}(x_0) = 0$ 矛盾. ▌

定理 7 设 P 是 Banach 空间 E 中一个体锥, $u \in \mathring{P}$, $f \in \mathsf{E}^*$, 则存在 $g,h \in P^*$ 使 $f = g - h$ 的充分必要条件是: f 在

$$I_u = \{x \in \mathsf{E} \mid -u \leqslant x \leqslant u\}$$

上有界.

证明 设 $f = g - h, g,h \in P^*$. 于是, 对任一 $x \in I_u$ 有

$$-g(u) \leqslant g(x) \leqslant g(u), -h(u) \leqslant h(x) \leqslant h(u),$$

从而

$$\begin{aligned}|f(x)| &= |g(x) - h(x)| \leqslant |g(x)| + |h(x)| \\ &\leqslant |g(u)| + |h(u)|.\end{aligned}$$

即 f 在 I_u 上有界. 充分性. 设 $f \in \mathsf{E}^*$ 在 I_u 上有界. 即

$$\mu = \sup_{x \in Iu} |f(x)| < +\infty.$$

不失一般性, 设 $\|u\| = 1$. 否则, 以 $\dfrac{u}{\|u\|} = u_0 \in \mathring{P}$ 代替 u.

取 $\rho > 0$, 使 $\overline{B}(u,\rho) \subset P$. 从而对任一 $x \in \mathsf{E}, x \neq 0$, 有

$$u \pm \rho \frac{x}{\|x\|} \in P, \quad 即 -u \leqslant \rho \frac{x}{\|x\|} \leqslant u.$$

于是

$$\left| f(\rho \frac{x}{\|x\|}) \right| \leqslant \mu, \quad 或写成 |f(x)| \leqslant \frac{\mu}{\rho} \|x\|.$$

当 $x \in \dot{P}$, $0 \leqslant y \leqslant x$ 时,

$$0 \leqslant \frac{\rho}{\|x\|} y \leqslant \frac{\rho}{\|x\|} x \leqslant u,$$

所以 $\dfrac{\rho}{\|x\|} y \in Iu$, 从而

$$\left|f\left(\frac{\rho}{\|x\|}y\right)\right|\leqslant \mu,$$

即

$$|f(y)|\leqslant \frac{\mu}{\rho}\|x\|,\quad \forall\, 0\leqslant y\leqslant x. \quad (13\cdot 2\cdot 7)$$

现在令

$$p(x)=\sup_{0\leqslant y\leqslant z} f(y),$$

由$(13\cdot 2\cdot 7)$，$p(x)$对一切$x\in P$有定义. 显然当$x\in P$时，$p(x)\geqslant 0$，$p(x)\geqslant f(x)$，且$p(\lambda x)=\lambda p(x)(\lambda\geqslant 0)$. 此外，当$x,y\in P$时

$$\begin{aligned} p(x)+p(y) &= \sup_{0\leqslant z_1\leqslant x} f(z_1)+\sup_{0\leqslant z_2\leqslant y} f(z_2) \\ &= \sup_{\substack{0\leqslant z_1\leqslant x \\ 0\leqslant z_2\leqslant y}} f(z_1+z_2)\leqslant \sup_{0\leqslant z\leqslant x+y} f(z)=p(x+y). \end{aligned}$$

令$\mathsf{L}_0=\{\lambda u\,|\,\lambda\in R^1\}$，在$\mathsf{L}_0$上定义

$$g_0(\lambda u)=\lambda p(u),$$

则g_0是L_0上的非负连续线性泛函. 且当$x\in P\cap \mathsf{L}_0$时，.

$$g_0(x)=g_0(\lambda u)=\lambda p(u)=p(\lambda u)=p(x).$$

现在设$\mathsf{L}\supset \mathsf{L}_0$，且$g_0$已延拓成$\mathsf{L}$上的非负线性泛函$g$，满足当$x\in P\cap \mathsf{L}$时，$g(x)\geqslant p(x)$，如果$\mathsf{L}\neq \mathsf{E}$，取$x_0\,\overline{\in}\,\mathsf{L}$，令

$$\mathsf{L}_1=\{x+\lambda x_0\,|\,x\in \mathsf{L},\lambda\in R^1\},$$

那么，L_1中元素v可唯一地表示成$v=x+\lambda x_0$的形状. 由

$$-\frac{\|x_0\|}{\rho}u\leqslant x_0\leqslant \frac{\|x_0\|}{\rho}u$$

及$u\in \mathsf{L}_0\subset \mathsf{L}$知存在$y,z\in \mathsf{L}$，使

$$x_0+y\in P,\quad z-x_0\in P.$$

于是，对任意满足$-y\leqslant x_0\leqslant z$的$\mathsf{L}$中元$y,z$，

$$y+z=(y+x_0)+(z-x_0)\in P$$

所以$y+z\in P\cap \mathsf{L}$. 且

$$g(y)+g(z)=g(y+z)\geqslant p(y+z),$$

但

$$p(y+z)=p(y+x_0+z-x_0)\geqslant p(y+x_0)+p(z-x_0),$$

所以

$$p(y+x_0)-g(y)\leqslant -p(z-x_0)+g(z).$$

令

$$\alpha_1=\sup_{\substack{y\in L\\ y+z_0\in P}}[p(y+x_0)-g(y)],$$

$$\alpha_2=\inf_{\substack{y\in L\\ y-x_0\in P}}[-p(y-x_0)+g(y)],$$

则 $\alpha_1\leqslant\alpha_2$. 任取实数 γ_0,使

$$\alpha_1\leqslant\gamma_0\leqslant\alpha_2.$$

对每一 $v=x+\lambda x_0\in \mathsf{L}_1$,令

$$g_1(v)=g(x)+\lambda\gamma_0\quad(x\in\mathsf{L},\lambda\in R^1),$$

显然,$g_1(v)$ 是 L_1 上的线性泛函,且它是 g 在 L_1 上的延拓. 现在证明,g_1 是 L_1 上的非负泛函. 设 $v=x+\lambda x_0\in P\cap L_1$,那么

1) 当 $\lambda>0$ 时,$\dfrac{x}{\lambda}+x_0\in P$,从而

$$p\left(\frac{x}{\lambda}+x_0\right)-g\left(\frac{x}{\lambda}\right)\leqslant\alpha_1\leqslant\gamma_0;$$

$$p(x+\lambda x_0)-g(x)\leqslant\lambda\gamma_0;$$

2) 当 $\lambda<0$ 时,$-\dfrac{x}{\lambda}-x_0\in P$,从而

$$-p\left(-\frac{x}{\lambda}-x_0\right)+g\left(-\frac{x}{\lambda}\right)\geqslant\alpha_2\geqslant\gamma_0,$$

$$p(x+\lambda x_0)-g(x)\leqslant\lambda\gamma_0.$$

因此,对任一 $v\in\mathsf{L}_1\cap P$,恒有

$$g_1(v)=g(x)+\lambda\gamma_0\geqslant p(v),$$

从而 g_1 是 L_1 上的非负线性泛函,因此也是连续的.

利用 Zorn 引理,即知,$g_1(x)$ 可以延拓成全 E 上非负线性泛函

$g(x)$,满足,当 $x \in P$ 时,

$$g(x) \geqslant p(x) \geqslant f(x)$$

特别,$g \in P^*$.现在令

$$h(x) \equiv g(x) - f(x)$$

则 $h \in P^*$,且 $f = g - h$. ▌

系 9　若 E 中体锥 P 是正规的,那么 P^* 是 E^* 的再生锥.

§13·3　正线性算子

在这一节中,我们主要研究映 Banach 空间中锥入自身的全连续线性算子的某些性质.

定义 1　设 E 为 Banach 空间,P 为 E 中锥,线性算子 A:E→E 称为**正的**,如果 $A(P) \subset P$.

定理 1　设 P 是 E 中锥,$A:E \to E$ 为线性有界算子,那么,$A(P) \subset P \Leftrightarrow A^*(P^*) \subset P^*$.

证明　设 $A(P) \subset P$.对任一 $x \in P$ 有 $Ax \in P$,那么,对 $f \in P^*$,$x \in P$ 有

$$A^* f(x) = f(Ax) \geqslant 0,$$

因此 $A^* f \in P^*$.

反之,设 $A^*(P^*) \subset P^*$.若 $A(P) \not\subset P$,则必有 $x_0 \in P$,但 $Ax_0 \overline{\in} P$,于是存在 $f \in P^*$,使 $f(Ax_0) < 0$,即 $A^* f(x_0) < 0$,此与 $A^* f \in P^*$ 矛盾. ▌

定理 2　设 P 为体锥,$A(P) \subset P$.若存在 $x_0 \in$ E 使 $Ax_0 \gg 0$,那么对所有 $x \gg 0$ 有 $Ax \gg 0$.

证明　由 $A(P) \subset P$,可知,当 $x_1 \geqslant x_2$ 时,有 $Ax_1 \geqslant Ax_2$.设 $x \gg 0$,则存在 $\delta > 0$,使 $x \gg \delta x_0$ 从而 $Ax \geqslant A(\delta x_0) = \delta Ax_0 \gg 0$. ▌

定理 3　设 $P \subset$ E 为体锥,$\Gamma = \{A\}$ 为一正线性算子族,且 Γ

中元两两可交换. 如果 Γ 在 $\mathring{P}$ 中有公共不动点 v,那么,

$$\Gamma^* = \{A^* \mid A \in \Gamma\}$$

在 P^* 中有公共不动点 φ:$A^*\varphi = \varphi\ (\forall A \in \Gamma)$.

证明 对 $x \in \mathsf{E}$,令

$$\| x \|_v = \inf\{t \mid -tv \leqslant x \leqslant tv\}$$

显然 $\| x \|_v$ 具有下列性质:

1° $\| x \|_v \geqslant 0$;

2° $\| x + y \|_v \leqslant \| x \|_v + \| y \|_v$;

3° $\| \lambda x \|_v = |\lambda| \, \| x \|_v$;

由 $-tv \leqslant x \leqslant tv$ 可得,当 $A \in \Gamma$ 时,$-tAv \leqslant Ax \leqslant tAv$,又 $Av = v$,故

4° $\| Ax \|_v \leqslant \| x \|_v$.

考虑集合

$$\mathsf{G} = \left\{ \sum_{i=1}^{n} (A_i x_i - x_i) \mid x_i \in \mathsf{E}, A_i \in \Gamma, n \in N \right\}$$

其中 N 表自然数集. 显然,G 是 E 的子空间. 我们证明,

$$\mathsf{G} \cap \mathring{P} = \varnothing.$$

否则,设 G 含有 P 的某一内点 y,它可表示为

$$y = \sum_{i=1}^{n} (A_i x_i - x_i), \qquad (13 \cdot 3 \cdot 1)$$

故存在 $\rho > 0$,使 $y > \rho v$.

设 m 为某一自然数,置

$$B_m = \frac{1}{m^n} \sum_{k_1, \cdots, k_n = 1}^{m} A_1^{k_1} \cdots A_n^{k_n}, \qquad (13 \cdot 3 \cdot 2)$$

那么,$BP \subset P$,因此

$$B_m y \geqslant \rho B_m v = \rho v, \ \| B_m y \|_v \geqslant \rho. \qquad (13 \cdot 3 \cdot 3)$$

另一方面,由性质 4°

$$\| A_1^{k_1} \cdots A_n^{k_n} x_j \|_v \leqslant \| x_j \|_v.$$

再由(13·3·1)(13·3·2)，

$$m^n B_m y = \Big(\sum_{k_1,\cdots,k_n=1}^{m} A_1^{k_1}\cdots A_n^{k_n}\Big)\Big(\sum_{i=1}^{n}(A_i x_i - x_i)\Big)$$

$$= \sum_{k_1,\cdots,k_n=1}^{m}\sum_{i=1}^{n}(A_1^{k_1}\cdots A_n^{k_n})(A_i x_i - x_i)$$

$$= \sum_{i=1}^{n}\sum_{k_1,\cdots,k_n=1}^{m}(A_1^{k_1}\cdots A_{i-1}^{k_{i-1}}A_{i+1}^{k_{i+1}}\cdots A_n^{k_n})\cdot(A_i^{k_i+1} - A_i^{k_i})x_i$$

$$= \sum_{i=1}^{n}\Big[\sum_{k_1,\cdots,k_{i-1},k_{i+1},\cdots,k_n=1}^{m} A_1^{k_1}\cdots A_{i-1}^{k_{i-1}}A_{i+1}^{k_{i+1}}\cdots A_n^{k_n}(A_i^{m+1}x_i - A_i x_i)\Big]$$

上式右端共有 $2n\cdot m^{n-1}$ 项. 故得

$$\| m^n B_m y \|_v \leqslant 2nm^{n-1}\| x_i \|_v \leqslant 2nm^{n-1} d,$$

其中 $d = \max\limits_{1\leqslant i\leqslant n}\| x_i \|_v$. 从而 $\| B_m y \|_v \leqslant \dfrac{2n}{m}d$. 令 $m\to+\infty$，即得 $\| B_m y \|_v \to 0$，它与(13·3·3)矛盾. 因此，$\mathsf{G}\cap \mathring{P} = \varnothing$. 于是，有 $\varphi\in P^*$，使 $\varphi(\mathsf{G}) = 0$，特别，对任一 $A\in\Gamma, x\in \mathsf{E}$ 有

$$\varphi(Ax - x) = 0, \text{即}(A^*\varphi - \varphi)x = 0,$$

这意味着，对于任一 $A\in\Gamma$，$A^*\varphi = \varphi$. ▌

系 1　设 $P\subset\mathsf{E}$ 是体锥，$A:\mathsf{E}\to\mathsf{E}$ 为有界线性算子，$A(P)\subset P$. 若 A 在 $\mathring{P}$ 中有不动点 v，则 A^* 在 P^* 也有不动点 φ.

定理 4　设 P 为 Banach 空间 E 中锥且 $\mathsf{E} = P - P$. $A:\mathsf{E}\to\mathsf{E}$ 为全连续线性算子，$A(P)\subset P$. 若 A 有非零固有值，那么，A 必有一正固有值 ρ，满足：$\rho\geqslant|\lambda|$，$\forall\lambda\in\sigma(A)$；而与 ρ 对应的至少有一正固有元 v(即 $v\in\dot{P}$，$Av = \rho v$)，同时存在 $\varphi\in\dot{P}^*$，使 $A^*\varphi = \rho\varphi$.

证明　1°. 先设 A 有一个按绝对值最大的正固有值 λ_0，在此假定下，我们证明，存在 $v\in P$，$\varphi^*\in P^*$，使 $Av = \lambda_0 v$，$A^*\varphi = \lambda_0\varphi$.

$R_\lambda = (A - \lambda I)^{-1}$ 在 λ_0 的邻域中可展成

$$R_\lambda = \sum_{i=-n}^{\infty} C_i (\lambda - \lambda_0)^i, \quad C_{-n} \neq 0, \qquad (13 \cdot 3 \cdot 4)$$

C_i 是有界线性算子,展开式右端按算子范数收敛(证明见复旦大学数学系主编《实变函数论与泛函分析概要》1963 年第二版附录 §4). 由于 P 是再生锥,$C_{-n} \neq 0$,故必存在 $u \in P$,使 $C_{-n}u \neq 0$.

由(13·3·4) 得

$$(\lambda - \lambda_0)^n R_\lambda = \sum_{i=0}^{\infty} C_{-n+i} (\lambda - \lambda_0)^i,$$

于是

$$\begin{aligned}(\lambda - \lambda_0)^n R_\lambda u &= \sum_{i=0}^{\infty} C_{-n+i} (\lambda - \lambda_0)^i u \\ &= C_{-n}u + \sum_{i=1}^{\infty} (\lambda - \lambda_0)^i C_{-n+i} u.\end{aligned}$$

令 $\lambda \to \lambda_0$,即得

$$C_{-n}u = \lim_{\lambda \to \lambda_0} (\lambda - \lambda_0)^n R_\lambda u. \qquad (13 \cdot 3 \cdot 5)$$

此外,当 $\lambda > \lambda_0$ 时,

$$R_\lambda u = (A - \lambda I)^{-1} u = -\sum_{n=0}^{\infty} \frac{A^n}{\lambda^{n+1}} u,$$

因为 $A^n u \in P$,故 $-R_\lambda u \in P$. 特别当 $\lambda \to \lambda_0 + 0$ 时依(13·3·5)式可得出 $-C_{-n}u \in P$. 令 $v = -C_{-n}u$,并注意到

$$(A - \lambda I)R_\lambda = I \Rightarrow AR_\lambda = \lambda R_\lambda + I,$$

即得

$$\begin{aligned}Av = A(-C_{-n}u) &= \lim_{\lambda \to \lambda_0} [-(\lambda - \lambda_0)^n AR_\lambda u] \\ &= \lim_{\lambda \to \lambda_0} [-(\lambda - \lambda_0)^n (\lambda R_\lambda + I) u] \\ &= \lim_{\lambda \to \lambda_0} [-\lambda(\lambda - \lambda_0)^n R_\lambda u] - \lim_{\lambda \to \lambda_0} (\lambda - \lambda_0)^n u \\ &= \lambda_0 \lim_{\lambda \to \lambda_0} [-(\lambda - \lambda_0)^n R_\lambda u] \\ &= \lambda_0 v.\end{aligned}$$

注意，在上面的证明过程中，$u \in P$ 是任意一个满足 $C_{-n}u \neq 0$ 的 P 中元，由此可知，$-C_{-n}(P) \subset P$. 现在，由(13·3·4)可得

$$R_\lambda^* = \sum_{i=-n}^{\infty} C_i^* (\lambda - \lambda_0)^i. \qquad (13 \cdot 3 \cdot 6)$$

取 $\varphi \in P^*$，使 $\varphi(v) > 0$，命

$$\psi = -C_{-n}^* \varphi,$$

那么，对任意 $x \in P$ 有

$$\psi(x) = -C_{-n}^* \varphi(x) = \varphi(-C_{-n}x) \geqslant 0,$$

故 $\psi \in P^*$. 再由

$$\psi(u) = (-C_{-n}^* \varphi)u = \varphi(-C_{-n}u) = \varphi(v) > 0$$

知 $\psi \neq 0$. 现在，由(13·3·6)得

$$-(\lambda - \lambda_0)^n R_\lambda^* = -C_{-n}^* - \sum_{i=1}^{\infty} C_{-n+i}^* (\lambda - \lambda_0)^i,$$

从而

$$\begin{aligned}
\psi &= -C_{-n}^* \varphi = \lim_{\lambda \to \lambda_0} \sum_{i=0}^{\infty} [-C_{-n+i}^* (\lambda - \lambda_0)^i] \varphi \\
&= \lim_{\lambda \to \lambda_0} [-(\lambda - \lambda_0)^n R_\lambda^* \varphi];
\end{aligned}$$

$$\begin{aligned}
A^* \psi &= A^* (-C_{-n}^* \varphi) \\
&= A^* \lim_{\lambda \to \lambda_0} [-(\lambda - \lambda_0)^n R_\lambda^* \varphi] \\
&= \lim_{\lambda \to \lambda_0} [-(\lambda - \lambda_0)^n A^* R_\lambda^* \varphi] \\
&= \lim_{\lambda \to \lambda_0} [-(\lambda - \lambda_0)^n (\lambda R_\lambda + I)^* \varphi] \\
&= \lambda_0 \psi.
\end{aligned}$$

2°. 设 A 的按绝对值最大的诸固有值之中有一个是正数的整数次方根，即

$$Au = \lambda_0 u, \lambda_0^n > 0.$$

于是，A^n 有固有值 $\lambda_0^n > 0$. 因为 $A^n(P) \subset P$，A^n 的固有值皆可表成 A 的固有值 λ 的 n 次方，所以 λ_0^n 就是 A^n 的按绝对值最大的正固有

值,依 1° 所证,必存在 $v \in P, v \neq 0$,使

$$A^n v = \lambda_0^n v.$$

令

$$v' = \sum_{i=1}^{n} |\lambda_0|^{n-i} A^{i-1} v, \tag{13·3·7}$$

则 $v' \in P$. 显然,$v' \neq 0$,事实上,若 $v' = 0$,则有

$$|\lambda_0|^{n-1} v = -\sum_{i=2}^{n} |\lambda_0|^{n-i} A^{i-1} v,$$

从而必有 $\lambda_0 = 0$ 或 $v = 0$. 它与前面的假设矛盾. 由(13·3·7) 即得

$$\begin{aligned} Av' &= \sum_{i=1}^{n} |\lambda_0|^{n-i} A^i v = \sum_{i=1}^{n-1} |\lambda_0|^{n-i} A^i v + |\lambda_0|^n v \\ &= |\lambda_0| \sum_{i=1}^{n} |\lambda_0|^{n-i} A^{i-1} v = |\lambda_0| v'. \end{aligned}$$

上式表明,若 A 的按绝对值最大的诸固有值中,有一个是正数的整数次方根,它必有一个按绝对值最大的正固有值 ρ. 依 1° 所证,对此固有值 ρ, A, A^* 有对应于 ρ 的正固有元 v 及 ψ.

3°. 设 λ_0 是 A 的按绝对值最大的固有值中实数部分最大的一个固有值

$$\lambda_0 = \rho(\cos\theta_0 + i\sin\theta_0),$$

由 2° 所证,若 λ_0 不是正数,那么,θ_0 就不可能是 2π 的有理数倍. 对于 A 的任一固有值λ_i,若$|\lambda_i| < \rho$,那么,当 $\varepsilon > 0$ 充分小时,$|\lambda_j + \varepsilon\lambda_j^2| < \rho$. 当$|\lambda_j| = \rho$ 时,我们令

$$\lambda_j = \rho(\cos\theta_j + i\sin\theta_j),$$

于是

$$\begin{aligned} \lambda_j + \varepsilon\lambda_j^2 &= \rho(\cos\theta_j + i\sin\theta_j) + \varepsilon\rho^2(\cos2\theta_j + i\sin2\theta_j) \\ &= (\rho\cos\theta_j + \varepsilon\rho^2\cos2\theta_j) + i(\rho\sin\theta_j + \varepsilon\rho^2\sin2\theta_j) \\ |\lambda_j + \varepsilon\lambda_j^2| &= \rho[1 + \varepsilon^2\rho^2 + 2\varepsilon\rho\cos\theta_j]^{1/2}. \end{aligned}$$

因 $\cos\theta_j \leqslant \cos\theta_0$，故 $|\lambda_j+\varepsilon\lambda_j^2| \leqslant |\lambda_0+\varepsilon\lambda_0^2|$.

现在对小正数 $\varepsilon>0$，考虑算子

$$A_\varepsilon = A+\varepsilon A^2,$$

那么 A_ε 的谱是数集

$$\{\lambda_j+\varepsilon\lambda_j^2 \mid \lambda_j \in \sigma(A)\}$$

根据上面的讨论，对充分小的 $\varepsilon>0$，$\lambda_0+\varepsilon\lambda_0^2$ 是 A_ε 的按绝对值最大的固有值. 现在取 $\varepsilon>0$ 充分小，且使 $\lambda_0+\varepsilon\lambda_0^2$ 的幅角是 2π 的有理数倍，即使 $\lambda_0+\varepsilon\lambda_0^2$ 是某正数的整数次方根. 那么由 2° 所证，$|\lambda_0+\varepsilon\lambda_0^2|$ 就是 A_ε 的按绝对值最大的固有值. 注意到，当 $\lambda_j \neq \lambda_0, \bar{\lambda}_0$ 时，$|\lambda_j+\varepsilon\lambda_j| < |\lambda_0+\varepsilon\lambda_0^2|$，且 A_ε 的固有值皆可表成 $\lambda_j+\varepsilon\lambda_j^2$ 的形式，故必有

$$|\lambda_0+\varepsilon\lambda_0^2| = \lambda_0+\varepsilon\lambda_0^2$$

$$\text{或} |\lambda_0+\varepsilon\lambda_0^2| = \bar{\lambda}_0+\varepsilon\bar{\lambda}_0^2.$$

只要取 ε 足够小，即可知道 $\lambda_0>0$. ▌

定理 5　设 E 是 Banach 空间，P 为 E 的再生锥. A：E → E 为全连续线性算子，$A(P)\subset P$. 若存在 $u\in P$，$\|u\|=1$ 及正数 γ、自然数 p，使

$$A^p u \geqslant \gamma u, \tag{13·3·8}$$

则 A 必有一个非零固有值，而且在其按绝对值最大的诸固有值中必有一个是正的且不小于 $\sqrt[p]{\gamma}$. 记此正固值为 $\rho(\geqslant\sqrt[p]{\gamma})$，且 A 有一个对应于 ρ 的正固有元 $v'\in\dot{P}$：

$$Av' = \rho v'.$$

A^* 有一个固有元 $\psi\in\dot{P}^*$：

$$A^*\psi = \rho\psi.$$

证明　根据定理 4，只需证明 A 的谱半径 $\geqslant\sqrt[p]{\gamma}$. 由(13·3·8)，

$$A^{np}u \geqslant \gamma^n u.$$

现在取 $f \in P^*, f(u) > 0$,则

$$\gamma^n f(u) = f(\gamma^n u) \leqslant f(A^{np}u) \leqslant \| f \| \| A^{np}u \| \\ \leqslant \| f \| \| A^{np} \| \| u \| = \| f \| \| A^{np} \|,$$

故

$$\| A^{np} \| \geqslant \gamma^n \cdot \frac{f(u)}{\| f \|},$$

从而

$$\lim_{n\to\infty} \sqrt[np]{\| A^{np} \|} \geqslant \sqrt[p]{\gamma},$$

从而

$$\lim_{n\to\infty} \sqrt[n]{\| A^n \|} = \lim_{n\to\infty} \sqrt[np]{\| A^{np} \|} \geqslant \sqrt[p]{\gamma}.$$

即 A 的谱半径 $\gamma(A) \geqslant \sqrt[p]{\gamma}$. 由于谱是闭集,故 A 的按绝对值最大的固有值中有一个是正的,它等于谱半径. ▌

系 2 设 P 为 Banach 空间 E 中锥,$A:\mathsf{E}\to\mathsf{E}$ 为全连续线性算子,$A(P)\subset P$,若存在 $u_0 \in P$, $\| u_0 \| = 1$ 及 $\gamma > 0$,使

$$Au_0 \geqslant \gamma u_0,$$

则 A 必有一正固有值,它对应于一个正固有元.

证明 令 $\mathsf{E}_0 = P - P$,则 $\mathsf{E}_0 \subset \mathsf{E}$ 为 E 的闭子空间. A 在 E_0 上的限制仍记作 A. 由于 $A(P)\subset P$,故 $A(\mathsf{E}_0)\subset \mathsf{E}_0$. 因此,$A$ 可看作映 E_0 入 E_0 的全连续线性算子,且 P 是生成 E_0 的锥. 于是由定理 5 即知 A 在 E_0 中有一正固有值,对应于这个正固有值,A 有一正固有元 $v \in P$. ▌

定义 2 设 E 是 Banach 空间,P 为 E 中体锥. $A:\mathsf{E}\to\mathsf{E}$ 为有界线性算子. 称 A 按 P 是**强正的**,如果对每一 $x \in \dot{P}$,存在 $n = n(x)$,使 $A^n x \gg 0$.

定理 6 若 A 按 P 强正,则对每一 $x \in \dot{P}$ 有 $Ax \in \dot{P}$.

证明 任取一 $x \in \dot{P}$,有 $n = n(x)$,使

$$A^n x \gg 0,$$

令 $v = A^{n-1}x$，则 $Av \gg 0$. 于是，根据定理 2. 对所有 $x \in \mathring{P}$ 有 $Ax \gg 0$. ▌

定理 7　设 P 是 Banach 空间 E 中体锥. $A:\mathsf{E} \to \mathsf{E}$ 为有界线性算子，$A(P) \subset P$. 设有 $v \gg 0$，$\rho > 0$ 使 $Av = \rho v$，那么对任一 $x \gg 0$，元列 $\{\rho^{-p}A^p x\}$ 与 P 的边界间的距离 $d > 0$.

证明　设 $x \gg 0$. 取 $\delta > 0$ 使 $x \geqslant \delta v$. 则

$$\rho^{-p}A^p x \geqslant \rho^{-p}A^p \delta v \geqslant \delta v \quad (p = 1,2,3,\cdots)$$

现在取 $\alpha > 0$，使

$$B(\delta v,\alpha) = \{x \in \mathsf{E} \mid \| \delta v - x \| < \alpha\} \subset P,$$

则

$$B(\rho^{-p}A^p x,\alpha) = B(\delta v,\alpha) + \rho^{-p}A^p x - \delta v \subset P$$

即 $\{\rho^{-p}A^p x\}$ 与 P 的边界间的距离 $d \geqslant \alpha > 0$. ▌

定理 8　设 $A:\mathsf{E} \to \mathsf{E}$ 为全连续线性算子，P 是 E 中体锥. A 按 P 是强正的，那么，算子 A 具有下列性质：

1) A 在 P 中恰有一个固有元 v，$\| v \| = 1$，它对应于正固有值 ρ

$$Av = \rho v;$$

2) 共轭算子 A^* 在 P^* 中恰有一个固有元 ψ，$\| \psi \| = 1$，使

$$A^* \psi = \rho\psi,$$

且 ψ 是严格正泛函，即 $x \in P, x \neq 0 \quad \Rightarrow \quad \psi(x) > 0$；

3) 与这些固有元相应的固有值 ρ 是简单的，即它的秩等于 1，且按绝对值大于 A 的其他固有值.

反之，如果 A 是全连续线性算子，$A(P) \subset P$，且具有性质 1) ~ 3)，那么 A 是按 P 强正的.

证明　设 A 是按 P 强正的. 依定理 6，对 $x \gg 0$ 有 $Ax \gg 0$. 取 $\gamma > 0$ 充分小，则有

$$Ax \geqslant \gamma x.$$

又由于体锥是再生的,故由定理 5,A 有一正固有值 ρ,它按绝对值不小于 A 的其他固有值,且存在 $v \in \mathring{P}$,$\psi \in \mathring{P}^*$ 使

$$Av = \rho v, A^* \psi = \rho\psi.$$

由于 A 是强正的,故有 $n = n(v)$,使

$$A^n v = \rho^n v \gg 0,$$

即 $v \gg 0$. 下面证明 ψ 是严格正的.

设 $x \in P$,$x \neq 0$,则有 $n = n(x)$ 使 $A^n x \gg 0$,由 §13·1引理2,$\psi(A^n x) > 0$,从而

$$\psi(x) = \rho^{-n}(A^{*n}\psi)(x) = \rho^{-n}\psi(A^n x) > 0.$$

现在证明固有值 ρ 的秩等于1,即证它的代数重数等于1. 为此只需证明,若 $x_0 \in \mathsf{E}$,$x_0 \neq 0$,存在自然数 m,使

$$(A - \rho I)^m x_0 = 0 \qquad (13 \cdot 3 \cdot 9)$$

必有 $x_0 = \lambda v (\lambda \in R^1)$.

设 m 是满足(13·3·9)的最小自然数. 令

$$y_0 = (A - \rho I)^{m-1} x_0,$$

依假定 $y_0 \neq 0$ 且

$$Ay_0 = \rho y_0. \qquad (13 \cdot 3 \cdot 10)$$

我们首先指出,y_0 必与 v 线性相关,如若不然,则对任一 $t \in R^1$,$v + ty_0 \neq 0$,且

$$A(v + ty_0) = Av + Aty_0 = \rho v + \rho t y_0 = \rho(v + ty_0).$$

由于 y_0 与 $-y_0$ 中必有一个不属于 P,故必有 $t_0 \in R^1$,使 $v + t_0 y_0$ 属于 P 的边界. 但由于 A 是强正的,又有 $v + t_0 y_0 \gg 0$,这是矛盾的. 因此 y_0 必与 v 线性相关,即有 $\lambda \in R^1$,使 $y_0 = \lambda v$. 下面证明 $y_0 = x_0$. 为此只需证明 $m = 1$. 实际上,若 $m > 1$,则

$$\begin{aligned}\lambda\psi(v) = \psi(\lambda v) = \psi(y_0) &= \psi[(A - \rho i)^{m-1} x_0] \\ &= [(A^* - \rho I)^{m-1}\psi](x_0) = 0\end{aligned}$$

从而 $\psi(v)=0$，这是不可能的. 因此 $x_0=y_0=\lambda v$，即 ρ 是简单的.

现在证明 v 是 A 的唯一的含于 P 中的固有元，设 $v_1\in P, Av_1=\rho_1 v_1$，因 $AP\subset P$，故 $\rho_1>0$，又由于 ρ 是单重的，故 $\rho_1<\rho$. 那么

$$\rho^{-n}A^n v_1=\rho^{-n}\rho_1{}^n v_1=\left(\frac{\rho_1}{\rho}\right)^n v_1\to 0,\text{当 } n\to\infty.$$

此与定理 7 矛盾. 同理，ψ 是 A^* 的唯一属于 P^* 的固有元. 事实上，若还有 $\psi_1\neq\psi, \psi_1\in\mathring{P}^*$，使 $A^*\psi_1=\rho_1\psi_1$，由 ρ 的简单性，有 $\rho_1<\rho$，从而

$$\rho\psi_1(v)=\psi_1(\rho v)=\psi_1(Av)=A^*\psi_1(v)=\rho_1\psi_1(v),$$

所以 $\psi_1(v)=0$，此与 $v\gg 0$（从而 $\psi_1(v)>0$）矛盾.

余下的，还要证明 ρ 按绝对值大于 A 的其他固有值. 如果不然，必有 $\lambda_0\neq\rho, |\lambda_0|=\rho, x_0\in \mathsf{E}, x_0\neq 0$ 使

$$Ax_0=\lambda_0 x_0.$$

设 $\lambda_0=\rho e^{i\theta}, \theta\neq 0$，由上面所证，$x_0\overline{\in} P$. 取 $t\in R^1$，使 $v+tx_0$ 属于 P 的边界，显然 $v+tx_0\neq 0$. 设 $x=v+tx_0$，取一自然数列 $n_k\uparrow$，使 $e^{in_k\theta}\to 1(k\to\infty)$，我们可设 $n_1>n(x)$，则

$$\begin{aligned}\rho^{-n_k}A^{n_k}x&=\rho^{-n_k}A^{n_k}(v+tx_0)\\&=\rho^{-n_k}A^{n_k}v+\rho^{-n_k}A^{n_k}tx_0\\&=v+te^{in_k\theta}x_0\to v+tx_0=x.\end{aligned}$$

但 $A^{n_1}x\gg 0$，故依定理 7，$\{\rho_k^{-n}A^{n_k}x\}$ 与 P 的边界的距离 $d>0$，此与 $\rho^{-n_k}A^{n_k}x\to x$ 矛盾.

现在证明逆命题. 设 $A:\mathsf{E}\to\mathsf{E}$ 为全连续线性算子，$A(P)\subset P$，且 1)—3) 成立. 设 ψ 是 A^* 的对应于 ρ 的固有元，v 是 A 的对应于 ρ 的固有元，$v\in P, \psi\in P^*$ 严格正，即对 $x\in P, x\neq 0\Rightarrow\psi(x)>0$. 特别，$\psi(v)>0$. 把 ψ 规范化，可设 $\psi(v)=1$. 令

$$A_1x=Ax-\rho\psi(x)v,\quad x\in\mathsf{E},\qquad(13\cdot 3\cdot 11)$$

那末，除了 ρ 外 A_1 与 A 有相同的固有值，且 ρ 不是 A_1 的固有值. 事

实上,设λ是A的固有值,$y \in \mathsf{E}$是A的对应于λ的固有元:$Ay = \lambda y (y \neq 0, \lambda \neq 0, \rho)$,那么,由

$$\lambda\psi(y) = \psi(Ay) = (A^*\psi)(y) = \rho\psi(y)$$

可知$\psi(y) = 0$,所以

$$A_1 y = Ay - \rho\psi(y)v = Ay = \lambda y$$

反之,设$\lambda \neq 0, y \in \mathsf{E}, y \neq 0, A_1 y = \lambda y$,那末

$$\begin{aligned}\lambda\psi(y) &= \psi(A_1 y) = \psi(Ay - \rho\psi(y)v) \\ &= \psi(Ay) - \rho\psi(y) = (A^*\psi)(y) - \rho\psi(y) \\ &= \rho\psi(y) - \rho\psi(y) = 0,\end{aligned}$$

故

$$Ay = A_1 y + \rho\psi(y)v = A_1 y = \lambda y.$$

ρ显然不是A_1的固有值.否则,设ρ是A_1的固有值,y是A_1的对应于ρ的固有元,由上所证y就是A的对应于ρ的固有元,由性质2),$y = rv$,所以

$$A_1 y = Ay - \rho\psi(y)v = \rho rv - \rho rv = 0.$$

得出矛盾.这样一来,A_1的谱半径

$$\lim_{n\to\infty} \sqrt[n]{\| A_1{}^n \|} = \rho_1 < \rho. \qquad (13 \cdot 3 \cdot 12)$$

由(13·3·11),

$$Ax = A_1 x + \rho\psi(x)v, \forall\, x \in \mathsf{E}. \qquad (13 \cdot 3 \cdot 13)$$

设$A^n x = A_1^n x + \rho^n \psi(x)v$,那末,根据(13·3·13)有

$$\begin{aligned}A^{n+1}x &= A(A^n x) = A_1 A^n x + \rho\psi(A^n x)v \\ &= A_1(A_1^n x + \rho^n\psi(x)v) + \rho\psi(A^n x)v \\ &= A_1{}^{n+1}x + \rho^n\psi(x)A_1 v + \rho\psi(A^n x)v.\end{aligned}$$

注意到

$$A_1 v = 0, \psi(A^n x) = \psi(A_1{}^n x + \rho^n\psi(x)v) = \psi(A_1{}^n x) + \rho^n\psi(x),$$

即得:

$$A^{n+1}x = A_1{}^{n+1}x + \rho^{n+1}\psi(x)v + \rho\psi(A_1{}^n x)v \qquad (13 \cdot 3 \cdot 14)$$

但对任一 $x \in \mathsf{E}$

$$\psi(A_1 x) = \psi(Ax - \rho\psi(x)v) = (A^* \psi)(x) - \rho\psi(x)$$
$$= \rho\psi(x) - \rho\psi(x) = 0,$$

因此 $\psi(A_1{}^n x) = \psi(A_1(A_1{}^{n-1} x)) = 0$. 代入(13・3・14) 即得

$$A^{n+1} x = A_1{}^{n+1} x + \rho^{n+1}\psi(x)v. \qquad (13 \cdot 3 \cdot 15)$$

依归纳法原理，对所有 n 有

$$\rho^{-n}A^n x - \psi(x)v = \rho^{-n}A_1{}^n x,$$

从而由(13・3・12) 可得

$$\lim_{n\to\infty} \| \rho^{-n}A^n x - \psi(x)v \| = \lim_{n\to\infty} \| \rho^{-n}A_1{}^n x \| = 0.$$

但当 $x \in \mathring{P}$ 时，$\psi(x) > 0$，故 $\psi(x)v \gg 0$，从而必有 n，使

$$\rho^{-n}A^n x = \psi(x)v + \rho^{-n}A_1{}^n x \gg 0,$$

也即：$A^n x \gg 0$. ▌

系 3　设 P 为 E 的体锥，$A: \mathsf{E} \to \mathsf{E}$ 线性全连续，$A(\mathring{P}) \subset \mathring{P}$，则 A 在 P 中有唯一的固有元 $v \gg 0$，对应于 v 的固有值 $\rho > 0$ 按绝对值大于 A 的其他固有值，且 ρ 是简单的.

系 4　设 P 为 E 的体锥，$\Gamma = \{A\}$ 为全连续线性算子族，Γ 中算子两两可交换，且对 $A \in \Gamma$，$A(\mathring{P}) \subset \mathring{P}$. 那末，必存在 $v \in P$，使

$$Av = \rho_A v, \quad A \in \Gamma.$$

证明　Γ 中每个 A 是按 P 强正的，根据定理 8，A 在 P 中有唯一的固有元 $v \gg 0$，$\| v \| = 1$，$Av = \rho_A v$. 现在设 $A_1 \in \Gamma$，则

$$A_1 A v = \rho_A A_1 v = A A_1 v$$

此式说明，$A_1 v$ 也是 A 的正固有元. 由于 A 的固有值 ρ_A 是简单的，故 $A_1 v = rv$，即 v 也是 A_1 的固有元，从而 $A_1 v = \rho_{A_1} v$.　A_1 既然是任意的，那么 v 就是 Γ 中诸 A 的公共固有元. ▌

注　根据定理 3，$\Gamma^* = \{A^*\}$ 在 P^* 中有唯一的公共固有元 $\psi \in P^*$，$\| \psi \| = 1$.

* 第十四章　广义函数

在这一章中，我们将介绍广义函数的某些基本运算及其性质，为了以后的叙述的方便，我们先引入一些记号.

设 R^n 是 n 维欧几里得空间，$x=(x_1,\cdots,x_n)\in R^n$，它的**模(范数)**定义为

$$\|x\| = (\sum_{i=1}^{n}|x_i|^2)^{\frac{1}{2}}.$$

设 N 为整数集，$N^n=\{p=(p_1,\cdots,p_n)\mid p_i\in N, i=1,\cdots,n\}$，记

$$|p| = \sum_{i=1}^{n}|p_i|,$$

若 p、$q\in N^n$，定义 $p+q=(p_1+q_1,\cdots,p_n+q_n)$.

我们再在 R^n 中引入一个**半序关系**：设 $x,y\in R^n$，$x=(x_i)$，$y=(y_i)$，若 $x_i\leqslant y_i\quad(i=1,\cdots,n)$，则称 $x\leqslant y$. 若 $x_i<y_i\quad(i=1,\cdots n)$，则称 $x<y$. 类似地可定义 N^n 中两元 p,q 的半序关系.

设 $x\in R^n$，$p\in N^n$，记 $x^p={x_1}^{p_1}\cdots {x_n}^{p_n}$，则 n 个变元的多项式可写作

$$P(x)=\sum_{|p|\leqslant m}a_p x^p.$$

当 a_p 是常数时，$P(x)$ 就称为常系数多项式，当 a_p 是 x 的实(或复)函数时，就称 $P(x)$ 为变系数多项式.

最后，我们引入偏导数记号

$$\partial_i=\frac{\partial}{\partial x_i}\quad 1\leqslant i\leqslant n;$$

$$\partial = \frac{\partial}{\partial x} = (\frac{\partial}{\partial x_1}, \cdots, \frac{\partial}{\partial x_n});$$

$$\partial^p = (\frac{\partial}{\partial x})^p = \frac{\partial^{p_1}}{\partial {x_1}^{p_1}} \cdots \frac{\partial^{p_n}}{\partial {x_n}^{p_n}}$$

$$= \frac{\partial^{|p|}}{\partial {x_1}^{p_1} \cdots \partial {x_n}^{p_n}} = \frac{\partial^{|p|}}{\partial x^p}.$$

及偏微分算子

$$P(x, \frac{\partial}{\partial x}) = \sum_{|p| \leqslant m} a_p(x) (\frac{\partial}{\partial x})^p$$

$$= P(x, \partial) = \sum_{|p| \leqslant m} a_p(x) \partial^p.$$

§14·1　基本函数空间与广义函数

定义 1　设 $\varphi(x)$ 是定义 R^n 上的函数，集合 $\{x \in R^n \mid \varphi(x) \neq 0\}$ 的闭包称为函数 $\varphi(x)$ 的**支集（支柱）**，记作 $\mathrm{supp}\varphi$.

定义 2　定义在 R^n 上具有各阶连续偏导数且支集有界的实函数 $\varphi(x)$ 的全体记作 K，称 K 为一个基本函数空间，K 中的函数 $\varphi(x)$ 称作**基本函数**或**检验函数**.

显然，两个基本函数相加或一个基本函数与实数相乘，其结果仍是一个基本函数，因此，按通常的函数的代数运算 K 成一实线性空间.

例 14·1·1　设 $a > 0$，令

$$\varphi(x, a) = \begin{cases} \exp\left(-\dfrac{a^2}{a^2 - \| x \|^2}\right), & \text{当 } \| x \| < a; \\ 0, & \text{当 } \| x \| \geqslant a. \end{cases}$$

其中 $\exp(x) = e^x$，容易看出，$\varphi(x, a)$ 具有各阶连续偏导数，且它的支集就是 $\{x \in R^n \mid \| x \| \leqslant a\}$，（$R^n$ 中以原点为中心，a 为半径

的闭球),因此,$\varphi(x,a)\in \mathrm{K}$. 通过变数替换,可知 $\varphi(x-b,a)=$

$$\begin{cases}\exp\left(-\dfrac{a^2}{a^2-\|x-b\|^2}\right), & 当\ \|x-b\|<a;\\ 0, & 当\ \|x-b\|\geqslant a.\end{cases}$$

也是一个基本函数. 例 14·1·1 表明空间 K 是非零空间. 下面定理表明,空间 K 中具有充分多的非零函数.

设

$$\varphi(x,1)=\begin{cases}c\exp\left(-\dfrac{1}{1-\|x\|^2}\right), & 当\ \|x\|<1;\\ 0, & 当\ \|x\|\geqslant 1.\end{cases}$$

其中 $c>0$ 满足

$$\int_{R^n}\varphi(x,1)\mathrm{d}x=1.$$

然后,对任一局部可积函数 $f(x)$,定义

$$\begin{aligned}f_h(x)&=h^{-n}\int_{R^n}\varphi\left(\frac{x-y}{h},\ 1\right)f(y)\mathrm{d}y\\&=h^{-n}\int_{\|x-y\|\leqslant h}\varphi\left(\frac{x-y}{h},\ 1\right)f(y)\mathrm{d}y.\end{aligned}$$

定理 1 设 $f(x)$ 连续,那末,当 $h\to 0^+$ 时,$f_h(x)$ 在任一有界区域 Ω 中一致收敛于 $f(x)$.

证明 设 $\Omega\subset\overline{B}(0,r)=\{x\in R^n\mid \|x\|\leqslant r\}$. 按定义,我们有

$$\begin{aligned}f_h(x)&=h^{-n}\int_{\|x-y\|\leqslant h}\varphi\left(\frac{x-y}{h},1\right)f(y)\mathrm{d}y\\&=\int_{\|z\|\leqslant 1}\varphi(z,1)f(x-h,z)\mathrm{d}z.\end{aligned}$$

其中 $z=\dfrac{x-y}{h}$. 因此

$$\sup_{\Omega}|f(x)-f_h(x)|$$

$$= \sup_{\Omega}\left|\int_{\|z\|\leqslant 1}\varphi(z,1)(f(x)-f(x-hz))\mathrm{d}z\right|$$

$$\leqslant \sup_{\Omega}\int_{\|z\|\leqslant 1}\varphi(z,1)\,|f(x)-f(x-hz)|\,\mathrm{d}z$$

$$\leqslant \sup_{x\in\Omega,\ \|z\|\leqslant 1}|f(x)-f(x-hz)|$$

$$\leqslant \sup_{\substack{x,y\in B(0,r+1)\\ \|x-y\|\leqslant h}}|f(x)-f(y)|. \qquad (\text{当 } h<1)$$

因为 $f(x)$ 是 R^n 上的连续函数，它必在有界区域上一致连续，因此定理的结论成立. ▌

注　按 $f_h(x)$ 的定义，对每一 $h>0$，$f_h(x)$ 显然具有各阶连续偏导数，并且如果 $f(x)$ 的支集有界，那么 $f_h(x)$ 的支集也有界. 此时，当 $h\to 0^+$ 时，$f_h(x)$ 在整个空间上一致收敛于 $f(x)$. 具有紧支集的连续函数的全体通常记作 $C_0(R^n)$，于是，定理 1 说，按上确界范数，K 在 $C_0(R^n)$ 中稠密.

下面，我们引入空间 K 中函数列收敛性的概念.

定义 3　设 $\{\varphi_n \mid n=1,2,\cdots\}\subset$ K，$\varphi(x)\in$ K，如果：(i) 存在一个有界集 $\Omega\subset R^n$，使 $\mathrm{supp}\varphi_n\subset\Omega\ (n=1,2,\cdots)$，即函数列 $\varphi_n(x)$ 的支集是一致有界的；(ii) 函数列 $\{\varphi_n(x)\}$ 及其各阶偏导数 $\{\partial^p\varphi_n\}$ 都（在 R^n 上）一致收敛于 $\partial^p\varphi$，则称 φ_n 在 K 中收敛于 φ，记作 $\varphi_n \xrightarrow{\mathrm{K}} \varphi$ 或 $\varphi_n \longrightarrow \varphi(\mathrm{K})$，这里（及以后）我们规定 $\partial^0\varphi(x)\equiv\varphi(x)$.

例 14·1·2　设 $\varphi_n(x)=\dfrac{1}{n}\varphi(x-n,1)$ 则 $\varphi_n(x)$ 连同各阶偏导数在 R^n 上一致收敛于 0，但它并不在 K 中收敛于 0，因为，所有这些函数的支集不是一致有界的.

现在，我们分析一下 K 中函数列的收敛性概念.

设 $B(r)$ 为一个具有正半径 r 的闭球. 设 $\varphi_n \xrightarrow{\mathrm{K}} \varphi$. 根据定义，必存在一个 $B(r)$，使得

$$\mathrm{supp}\varphi_n\subset B(r)\quad (n=1,2,\cdots),\ \mathrm{supp}\varphi\subset B(r).$$

现在,我们考虑 K 中所有支集含于 $B(r)$ 中的子集 $K(B(r))$,显然它是 K 的一个线性子空间,于是 $\varphi_n \xrightarrow{K} \varphi$ 等价于存在一个 $B(r)$,使 $\{\varphi_n\} \subset K(B(r))$,$\varphi \in K(B(r))$,且 $\partial^p \varphi_n$ 一致地收敛于 $\partial^p \varphi (p \in N^n)$.

对于 K 的子空间 $K(B(r))$,我们可以很自然地引入距离.

$$\rho(\varphi,h) = \sum_p \frac{1}{|p|!2^{|p|}} \frac{\max|\partial^p\varphi(x) - \partial^p h(x)|}{1+\max|\partial^p\varphi(x) - \partial^p h(x)|}.$$

这样,φ_n 在 K 中收敛于 φ 就等价于存在一个 $B(r)$,φ_n 按 $K(B(r))$ 中的距离收敛于 φ.

但是,我们要指出,尽管我们可以对 K 的每个子空间 $K(B(r))$ 定义距离,使得 K 中函数列 φ_n 在 K 中收敛等价于 φ_n 在某个 $K(B(r))$ 上按距离收敛,但却不能在 K 中定义距离,使得 K 中函数列的收敛性与按 K 中所定义的距离收敛性等价.

事实上,设 $\rho(\cdot,\cdot)$ 是 K 上的一个距离函数,对每一固定的自然数 k,记 $b_k = (k,\cdots,k) \in R^n$,令

$$\varphi_n{}^{(k)}(x) = \frac{1}{n}\varphi(x-b_k,1)$$

则

$$\varphi_n{}^{(k)}(x) \xrightarrow{K} 0,(n \to \infty).$$

于是存在 $n_k > 0$,使当 $n \geqslant n_k$ 时,

$$\rho(\frac{1}{n}\varphi(x-b_k,1),0) < \frac{1}{2^k},$$

然后令

$$\varphi_n(x) = \frac{1}{n_k}\varphi(x-b_k,1),$$

则

$$\rho(\varphi_k,0) < \frac{1}{2^k},$$

从而 $\varphi_k(x)$ 按距离收敛于 0. 但是因诸 φ_k 的支集不是一致有界的，所以函数列 φ_k 不是在 K 中收敛于 0，这就证明了，K 中无论以什么方式定义距离，它都不能与原来的收敛意义等价.

但是，由于要在 K 上进行各种分析运算，我们就必需考虑 K 中算子或泛函的连续性概念.

定义 4　设算子 A:K → K，$\varphi(x) \in$ K，如果对任意的 $\{\varphi_n(x)\}$ ⊂ K

$$\varphi_n \xrightarrow{\mathrm{K}} \varphi \Rightarrow A\varphi_n \xrightarrow{\mathrm{K}} A\varphi,$$

则称 A 在 φ 点连续；若 A 在 K 中的每一点连续，则称 A 在 K 连续，此时称 A 为连续算子.

定义在 K 上的泛函的连续性概念可类似地给出.

例 14·1·3　对每一 $p \in \mathrm{N}^n$，求导运算

$\partial^p : \varphi \longmapsto \partial^p \varphi \quad \forall \varphi \in$ K

就是定义在 K 上的连续线性算子.

定义 5　称定义在基本函数空间 K 上的连续线性泛函为**广义函数**. K 空间上广义函数的全体称为**广义函数空间**，利用通常共轭空间的记法，把广义函数空间记作 K*.

设 f 是广义函数，f 在点 $\varphi \in$ K 的值，写成对偶的形式，记作 (f,φ).

例 14·1·4　设 $f(x)$ 是 R^n 上的一个局部可积函数，用下式定义 K 上的泛函 F

$$F(\varphi) = \int_{R^n} f(x)\varphi(x)\mathrm{d}x, \quad \forall \varphi(x) \in \mathrm{K}, \tag{14·1·1}$$

则 F 是一连续线性泛函，我们把 F 叫作由局部可积函数 f 所**界定**的广义函数.

事实上，由于 $\varphi(x) \in$ K，$\varphi(x)$ 的支集有界，所以，(14·1·1) 式右端的积分实际上只在有界区域中进行，因此 F 对每一 $\varphi \in$ K

有明确定义，F 的线性性质是明显的，其次，设 $\{\varphi_n\} \subset \mathsf{K}$，$\varphi_n \xrightarrow{\mathsf{K}} 0$，根据定义，存在一有界闭集 Ω，使 $\mathrm{supp}\varphi_n \subset \Omega$，$n = 1,2,\cdots$ 从而

$$F(\varphi_n) = \int_\Omega f(x)\varphi_n(x)\mathrm{d}x. \qquad (14 \cdot 1 \cdot 2)$$

然后，再由 $\varphi_n(x)$ 一致收敛于 0，即知(14・1・2) 右端收敛于 0，即 $F(\varphi_n) \to 0$，因此 F 是 K 上的连续线性泛函.

由局部可积函数 f 的界定的泛函，以后我们仍把它记作 f，(14・1・1) 式可写成

$$(f,\varphi) = \int_{R^n} f(x)\varphi(x)\mathrm{d}x. \qquad (14 \cdot 1 \cdot 3)$$

现在设 $\varphi_n \in \mathsf{K}$，$\varphi \in \mathsf{K}$，$\varphi_n \xrightarrow{\mathsf{K}} \varphi$，则有 $\Omega \subset R^n$ 为有界闭集，使

$$\mathrm{supp}\varphi_n \subset \Omega, \quad \mathrm{supp}\varphi \subset \Omega.$$

于是对任一局部可积函数 $f(x)$，有

$$f(x)\varphi_n(x) \to f(x)\varphi(x)\ a.e.,$$

且存在 $M > 0$ 使

$$|f(x)\varphi_n(x)| \leqslant M|f(x)|.$$

然后用积分控制收敛定义，我们有

$$\begin{aligned}\lim_{n\to\infty}\int_{R^n} f(x)\varphi_n(x)\mathrm{d}x &= \lim_{n\to\infty}\int_\Omega f(x)\varphi_n(x)\mathrm{d}x \\ &= \int_\Omega f(x)\lim_{n\to\infty}\varphi_n(x)\mathrm{d}x = \int_{R^n} f(x)\varphi(x)\mathrm{d}x.\end{aligned}$$

上式说明，极限号与积分号可交换顺序.

形如(14・1・3) 的连续线性泛函是 K 上线性泛函的例子，但是否所有 K 上的连续线性泛函都可以表成(14・1・3) 的形式呢？下面我们举一个简单的例子，说明存在 K 上的连续线性泛函不能表为(14・1・3) 的形式.

例 14・1・5 令

$$(\delta,\varphi) = \varphi(0) \qquad (14 \cdot 1 \cdot 4)$$

显然(14・1・4)式所定义的泛函是K上的连续线性泛函，我们证明它不能表成(14・1・1)的形式.

事实上，若存在一局部可积函数 $f(x)$ 使

$$(\delta,\varphi)=\varphi(0)=\int_{R^n}f(x)\varphi(x)\mathrm{d}x,$$

特别取例14・1・1中的 $\varphi(x)=\varphi(x,a)$，则对任一 $a>0$，有

$$\int_{R^n}f(x)\varphi(x,a)\mathrm{d}x=\varphi(0,a)=e^{-1}.\qquad(14\cdot1\cdot5)$$

但另一方面

$$\left|\int_{R^n}f(x)\varphi(x,a)\mathrm{d}x\right|\leqslant\int_{\|x\|\leqslant a}|f(x)\varphi(x,a)|\mathrm{d}x$$

$$\leqslant\int_{\|x\|\leqslant a}|f(x)|\mathrm{d}x\to0,\quad(a\to0).$$

它与(14・1・5)式矛盾.

由(14・1・4)式所定义的广义函数 δ，就是所谓的 δ-函数，记作 $\delta(x)$. 在实用上我们还常常遇到所谓平移的 δ-函数 $\delta(x-x_0)$，它由下式定义

$$(\delta(x-x_0),\varphi(x))=\varphi(x_0),\qquad(14\cdot1\cdot6)$$

定义在K上，可以表成(14・1・3)的形式的连续线性泛函称为**正则泛函(正则广义函数)**，其余的连续线性泛函称为**奇异泛函(奇异广义函数)**. $\delta(x)$ 是奇异广义函数的例子.

我们把由公式

$$(f,\varphi)=c\int_{R^n}\varphi(x)\mathrm{d}x=\int_{R^n}c\varphi(x)\mathrm{d}x$$

所定义的正则广义函数 f 称为常数 c，例如，广义函数“1”定义如下

$$(1,\varphi)=\int_{R^n}\varphi(x)\mathrm{d}x.$$

根据定义，每个正则广义函数 f，对应于一个局部可积函数 $f(x)$，若对所有 $\varphi(x)\in$ K 都有

$$(f,\varphi)=\int_{R^n}f(x)\varphi(x)\mathrm{d}x=0$$

则易知,$f(x)=0$ a.e.,于是定义在 K 上的正则广义函数所对应的局部可积函数的值,除了一个在零测度集上的值外,是唯一确定的.如果我们把几乎处处相等的两个局部可积函数看作是同一函数,那么,上述讨论表明,不同的局部可积函数 $f_1(x)$,$f_2(x)$ 界定不同的广义函数.于是正则广义函数与局部可积函数之间可建立1—1对应关系.在此对应意义下我们可以把局部可积函数的全体看作是广义函数的一个子集.显然,它是 K^* 的一个线性子空间.

以后,对于一般(正则的或奇异的)广义函数 f,我们也用 $f(x)$ 这个记号来表示,当然,对于奇异广义函数,"$f(x)$"这个记法只是形式上的表示.对于一般的广义函数 $f(x)$,说"$f(x)$ 在 x_0 点的值为 $f(x_0)$"一般是没有意义的.利用上面的形式记号,我们有时也把 (f,φ) 形式地记作 $\int f(x)\varphi(x)\mathrm{d}x$(当 $f(x)$ 是正则泛函时,这种形式记法与原来的定义一致).例如,我们有 $\int\delta(x)\varphi(x)\mathrm{d}x=\varphi(0)$.

虽然我们不能说广义函数 $f(x)$"在 x_0 点的值等于0",但是我们却可以引入表明广义函数局部性质的

定义 6 设 U 为点 x_0 的一个邻域,称广义函数 $f(x)$ 在点 x_0 邻域 U 中等于0,如果对任一 $\varphi(x)\in K$,

$$\mathrm{supp}\varphi\subset U\Rightarrow(f,\varphi)=0.$$

设 $G\subset R^n$ 为一开域,$f(x)$ 为广义函数,如果对任一 $\varphi(x)\in K$,

$$\mathrm{supp}\varphi\subset G\Rightarrow(f,\varphi)=0,$$

则称 $f(x)$ 在 G 上等于0.

设 $f(x)$,$g(x)$ 为两个广义函数,如果对任意 $\varphi(x)\in K$,

$$\text{supp}\varphi(x) \subset G \Rightarrow (f,\varphi) = (g,\varphi),$$

则称 $f(x)$ 与 $g(x)$ 在 G 上相等，特别，一个广义函数 $f(x)$ 如果在开域 G 中的某个正则泛函相等，那么我们就说 $f(x)$ 在 G 中是正则的. 例如广义函数 $\delta(x-x_0)$ 在 $R^n\setminus\{x_0\}$ 上是正则的，并且等于 0.

如果广义函数 $f(x)$ 在点 x_0 的任一邻域中都不等于零，那么我们就称 x_0 为广义函数 $f(x)$ 的**质点**，广义函数 $f(x)$ 的质点的全体称为 $f(x)$ 的**支集**，记作 $\text{supp} f(x)$.

上面我们讨论了广义函数的某些基本概念，现在我们简单地讨论一下广义函数的线性运算与极限运算.

设 $f(x),g(x)\in \mathsf{K}^*$，$\alpha\in R^1$，其加法运算与数乘运算定义为

$$(f+g,\varphi) = (f,\varphi)+(g,\varphi),\ \forall\,\varphi\in \mathsf{K};\quad (14\cdot 1\cdot 7)$$

$$(\alpha f,\varphi) = \alpha(f,\varphi),= (f,\alpha\varphi),\ \forall\,\varphi\in \mathsf{K}.\quad (14\cdot 1\cdot 8)$$

容易验证，由(14·1·7)、(14·1·8)所定义的 $f+g$ 与 αf 都是 K 上的连续线性泛函，特别当 f,g 是正则泛函时，它们分别对应于局部可积函数 $f(x),g(x)$，那么 $f+g,\alpha f$ 也是正则泛函，它们所对应的局部可积函数分别为 $f(x)+g(x)$ 与 $\alpha f(x)$.

按(14·1·7)(14·1·8)所定义的线性运算，K^* 成一线性空间.

在一般分析学中，还可定义两个函数间的乘法. 但在广义函数中却很难用通常的办法来定义任意两个广义函数的乘法运算，这只要注意到，两个局部可积函数相等，其积未必是局部可积函数. 下面我们利用一个无穷次可微函数与一个基本函数相乘仍是一个基本函数这一事实，来定义一个无穷次可微函数 $\alpha(x)$ 与一个广义函数 $f(x)$ 的乘积 $\alpha(x)f(x)$：

$$(\alpha f,\varphi) = (f,\alpha\varphi),\quad \forall\,\varphi\in \mathsf{K}.\qquad (14\cdot 1\cdot 9)$$

为了说明这个定义的合理性，我们需要证明，当 $\alpha(x)\in C^\infty$（C^∞ 表无穷次可微函数集合），$f\in \mathsf{K}^*$ 时，$\alpha f\in \mathsf{K}^*$.

事实上，设 $\varphi,\ \psi\in \mathsf{K}$，$\lambda$、$\mu\in R^1$，则

$$(\alpha f,\lambda\varphi+\mu\psi)=(f,\alpha(\lambda\varphi+\mu\psi))$$
$$=(f,\lambda\alpha\varphi+\mu\alpha\psi)=(f,\lambda\alpha\varphi)+(f,\mu\alpha\psi)$$
$$=\lambda(f,\alpha\varphi)+\mu(f,\alpha\psi)=\lambda(\alpha f,\varphi)+\mu(\alpha f,\psi),$$

因此 αf 是 K 上线性泛函.

现在,设 $\varphi_n(x)\in \mathrm{K}$,$\varphi_n\xrightarrow{\mathrm{K}}0$,显然,$\alpha\varphi_n\in\mathrm{K}$,$\alpha\varphi_n\xrightarrow{\mathrm{K}}0$,因此,

$$(f,\alpha\varphi_n)\to 0,\quad (n\to\infty)$$

即

$$(\alpha f,\varphi_n)\to 0,\quad (n\to\infty)$$

这说明 αf 是连续的,即 $\alpha f\in\mathrm{K}^*$.

最后,我们定义 K^* 中的极限概念.

定义 7 设$\{f_n\}\subset\mathrm{K}^*$,$f\in\mathrm{K}^*$,若

$$\lim_{n\to\infty}(f_n,\varphi)=(f,\varphi),\quad \forall\,\varphi\in\mathrm{K},$$

则称序列$\{f_n\}$收敛于 f,记作 $f_n\xrightarrow{\mathrm{K}^*}f$.

我们看出,上面所定义的收敛概念相当于通常的弱* 收敛概念.

例 14·1·6 设 $f_n(x)(n=1,2,\cdots)$ 为局部可积函数,如果存在局部可积函数 $f(x)$,$F(x)$,使 $f_n(x)$ 按测度收敛于 $f(x)$,且

$$|f_n(x)|\leqslant F(x),$$

则 $f_n(x)\xrightarrow{\mathrm{K}^*}f(x)$.

现在,我们利用广义函数序列的收敛性来定义广义函数所构成的级数的收敛性.

设$\{f_n\,|\,n=1,2,\cdots\}\subset\mathrm{K}^*$,$f\in\mathrm{K}^*$,若

$$S_n=\sum_{i=1}^{n}f_i,\quad n=1,2,\cdots$$

收敛于 f,则称级数

$$\sum_{n=1}^{\infty}f_n=f_1+f_2+\cdots$$

收敛于 f，记作 $f = \sum_{n=1}^{\infty} f_n$.

由定义、容易证明下列结论：

1. 若广义函数列收敛，则其极限是唯一的；

2. 极限运算是线性的，即若 $\lim_{n\to\infty} f_n = f$，$\lim_{n\to\infty} g_n = g$，则

$$\lim_{n\to\infty}(\alpha f_n + \beta g_n) = \alpha f + \beta g.$$

例 14·1·7　设 $f_n(x)(n = 1,2,\cdots)$ 为局部可积函数，如果 $\sum_{n=1}^{\infty} |f_n(x)|$ 在每一有界区域中一致收敛于某局部可积函数，则 $\sum_{n=1}^{\infty} f_n$ 收敛于由函数 $\sum_{n=1}^{\infty} f_n(x) = f(x)$ 所对应的广义函数 f.

§ 14·2　广义函数的微分

我们知道，对于通常的函数不是都能进行微分运算，但在这一节中，我们将给出广义函数微分的定义，并证明每一广义函数都有导数，这些导数自身也是广义函数，从而证明了任一广义函数都是无穷次可微的. 此外我们还要指出：当 f 是正则泛函且它所对应的局部可积函数为通常的可微函数时，f 的导数 f' 就是对应于 $f'(x)$ 的正则泛函，因此在这里所定义的广义函数的微分是通常可微函数微分的自然推广.

在给出一般广义函数的导数定义之前，我们先来考虑一个特殊情形.

设 $f(x)$ 为 R^1 上的连续函数，且在通常意义下有连续导函数那么，对每一 $\varphi \in \mathrm{K}$，我们有

$$\int_{-\infty}^{+\infty} f'(x)\varphi(x)\mathrm{d}x = f(x)\varphi(x)\Big|_{-\infty}^{+\infty} - \int_{-\infty}^{+\infty} f(x)\varphi'(x)\mathrm{d}x$$

$$= -\int_{-\infty}^{+\infty} f(x)\varphi'(x)\mathrm{d}x,$$

于是我们有

$$(f'(x),\varphi(x)) = -(f(x),\varphi'(x)). \qquad (14 \cdot 2 \cdot 1)$$

反之,如果存在某 $h(x)$,满足

$$(h(x),\varphi(x)) = -(f(x),\varphi'(x)), \forall \varphi(x) \in \mathsf{K},$$

则必然有 $h(x) = f'(x)$,因此根据表达式(1),我们自然地引入

定义 1 设 f 是单变量基本函数空间 K 上的线性连续泛函(即 $f(x)$ 是单变量广义函数),由公式

$$(g,\varphi) = -(f,\varphi'), \forall \varphi \in \mathsf{K}, \qquad (14 \cdot 2 \cdot 2)$$

所定义的泛函 g 称为泛函 f 的**导数**,并记作 f' 或$\dfrac{\mathrm{d}f}{\mathrm{d}x}$.

为了说明这个导数定义的正确性,我们证明 g 也是基本函数空间 K 上的连续线性泛函.

首先,对于每一基本函数 $\varphi(x)$,$\varphi'(x)$ 也是基本函数,因此(14・2・2)式右端有明确意义,从而 g 是定义在 K 上的泛函. 根据定义,g 显然是线性的.

余下还要证明 g 在 K 上连续. 设 $\{\varphi_n(x) \mid n = 1,2,\cdots\} \subset \mathsf{K}$,$\varphi(x) \in \mathsf{K}$,$\varphi_n \xrightarrow{\mathsf{K}} \varphi$,那么按定义也有 $\varphi_n' \xrightarrow{\mathsf{K}} \varphi'$. 然后根据 f 的连续性可得$(f,\varphi_n') \to (f,\varphi')$,按定义此即$(g,\varphi_n) \to (g,\varphi)$,这就证明了 g 是 K 上的连续线性泛函.

由定义可以看出:

1. 当 $f(x)$ 为连续可微函数时,其导数 $f'(x)$ 与作为广义函数的导数是一致的;

2. 每个广义函数 f 都有导数,其导数仍是广义函数,从而推出每个广义函数都是无穷次可微的.

关于广义函数的微分,如同通常函数的微分一样,有如下的公式:

$$(f+g)' = f' + g', \forall f,g \in \mathsf{K}^*. \qquad (14 \cdot 2 \cdot 3)$$

当 α 为数时:

$$(\alpha f)' = \alpha f', \forall f \in \mathsf{K}^*. \qquad (14 \cdot 2 \cdot 4)$$

当 $\alpha(x) \in C^\infty, f \in \mathsf{K}^*$ 时：

$$(\alpha f)' = \alpha' f + \alpha f'. \qquad (14 \cdot 2 \cdot 5)$$

我们来证(14・2・5). 事实上，由

$$\begin{aligned}((\alpha f)', \varphi) &= -(\alpha f, \varphi') \\ &= -(f, \alpha\varphi') = -(f, (\alpha\varphi)' - \alpha'\varphi) \\ &= -(f, (\alpha\varphi)') + (f, \alpha'\varphi) \\ &= (f', \alpha\varphi) + (f, \alpha'\varphi) \\ &= (\alpha f' + \alpha' f, \varphi),\end{aligned}$$

所以(14・2・5) 式成立.

用归纳法容易定义单变量广义函数的高阶导数：

$$(f^{(n)}, \varphi) = (-1)^n (f, \varphi^{(n)}). \qquad (14 \cdot 2 \cdot 6)$$

在多变量情形，依照定义 1，我们定义广义函数 $f(x)$ 对每个独立变量 $x_1, \cdots, x_n$ 的偏导数$\dfrac{\partial f}{\partial x_i}$ $(i = 1, \cdots, n)$：

$$\left(\frac{\partial f}{\partial x_i}, \varphi\right) = \left(f, -\frac{\partial \varphi}{\partial x_i}\right). \qquad (14 \cdot 2 \cdot 7)$$

当 $f(x)$ 是正则广义函数，它作为通常的函数有连续偏导数时，与单变量情形相类似，公式(14・2・7) 可由分部积分得出，且 $\dfrac{\partial f}{\partial x_i}$ 就是对应于$\dfrac{\partial f(x)}{\partial x_i}$ 的正则广义函数. 对于一般的广义函数 f，与单变量情形一样，可以验证公式(14・2・7) 的合理性.

设 $p \in N^n$ 为一多重指标，$f \in \mathsf{K}^*$，广义函数 f 的 p 阶导数由下式定义：

$$\left(\frac{\partial^{|p|} f}{\partial x_1^{p_1} \cdots \partial x_n^{p_n}}, \varphi\right) = (-1)^{|p|} \left(f, \frac{\partial^{|p|} \varphi}{\partial x_1^{p_1} \cdots \partial x_n^{p_n}}\right). \qquad (14 \cdot 2 \cdot 8)$$

由于每一局部可积函数唯一地对应于一个广义函数，因此在上述意义下每一局部可积函数也有各阶导数.

定理 1 广义函数的混合导数与微分的顺序无关.

证明 我们仅证明

$$\frac{\partial^2 f}{\partial x_1 \partial x_2} = \frac{\partial^2 f}{\partial x_2 \partial x_1}, \qquad (14 \cdot 2 \cdot 9)$$

其余可类似证明之. 事实上,由

$$\left(\frac{\partial^2 f}{\partial x_1 \partial x_2}, \varphi\right) = \left(\frac{\partial f}{\partial x_2}, -\frac{\partial \varphi}{\partial x_1}\right) = \left(f, \frac{\partial^2 \varphi}{\partial x_2 \partial x_1}\right)$$
$$= \left(f, \frac{\partial^2 \varphi}{\partial x_1 \partial x_2}\right) = \left(\frac{\partial^2 f}{\partial x_2 \partial x_1}, \varphi\right)$$

即知(14・2・9) 式成立. ▌

为了能把广义函数 $f(x)$ 的导数写成增量比的极限形式,我们要首先讨论广义函数的平移.

我们先从正则广义函数入手. 设 $f(x)$ 是一个正则广义函数,那么对任一 $h \in R^n$,我们有

$$(f(x+h), \varphi(x)) = \int_{R^n} f(x+h)\varphi(x)\mathrm{d}x$$
$$= \int_{R^n} f(x)\varphi(x-h)\mathrm{d}x = (f(x), \varphi(x-h)).$$

我们自然地把表达式

$$(f(x+h), \varphi(x)) = (f(x), \varphi(x-h) \qquad (14 \cdot 2 \cdot 10)$$

推广到一般的广义函数 $f(x)$. (14・2・10) 右端对任一 $\varphi(x) \in \mathsf{K}$ 是有明确意义,它定义了K上的一个连续线性泛函(广义函数),称为 $f(x)$ 沿 h 的一个**平移**,记作 $f(x+h)$,于是对于 R^n 中的任一单位向量 e,当 $t \neq 0$ 进,表达式

$$\left(\frac{f(x+te)-f(x)}{t}, \varphi(x)\right) = \frac{(f(x+te)-f(x), \varphi(x))}{t}$$

有明确意义.

在单变量情形,对任一 $\Delta x \neq 0$,我们有

$$\left(\frac{f(x+\Delta x)-f(x)}{\Delta x}, \varphi(x)\right) = \left(f(x), \frac{\varphi(x-\Delta x)-\varphi(x)}{\Delta x}\right).$$

注意到,

$$\text{当 } \Delta x \to 0 \text{ 时}, \quad \frac{\varphi(x-\Delta x)-\varphi(x)}{\Delta x} \xrightarrow{\mathsf{K}} -\varphi'(x),$$

再由 f 的连续性,即得

$$\left(f(x), \frac{\varphi(x-\Delta x)-\varphi(x)}{\Delta x}\right) \to (f(x), -\varphi'(x))$$
$$= (f'(x), \varphi(x)), (\text{当 } \Delta x \to 0).$$

因此,我们有

$$\lim_{\Delta x \to 0}\left(\frac{f(x+\Delta x)-f(x)}{\Delta x}, \varphi(x)\right) = (f'(x), \varphi(x)).$$

由 $\varphi(x) \in \mathsf{K}$ 之任意性,根据广义函数极限的定义,我们得到

$$\lim_{\Delta x \to 0} \frac{f(x+\Delta x)-f(x)}{\Delta x} = f'(x) \in \mathsf{K}^*$$

在多变量情形也可以类似地进行讨论.

下面,我们举几个求广义函数的导数的例子.

例 14·2·1　设

$$\theta(x) = \begin{cases} 0, & \text{当 } x < 0; \\ 1, & \text{当 } x > 0. \end{cases}$$

它是一局部可积函数,它所界定的广义函数也记作 $\theta(x)$. 那么,按广义函数导数的定义,$\theta'(x)$ 对基本函数 $\varphi(x)$ 的作用为

$$(\theta'(x), \varphi(x)) = (\theta(x), -\varphi'(x))$$
$$= -\int_{-\infty}^{+\infty} \theta(x)\varphi'(x)\mathrm{d}x$$
$$= -\int_{0}^{+\infty} \varphi'(x)\mathrm{d}x = -\varphi(x)\Big|_{0}^{+\infty} = \varphi(0),$$

因此,按 δ- 函数的定义,我们有

$$\theta'(x) = \delta(x).$$

用同样的方法,容易证明

$$\theta'(x-h) = \delta(x-h).$$

例 14·2·2　设 $f(x)$ 是分段连续的函数,并设 $f(x)$ 只有有限个间断点 $x_1,x_2,\cdots,x_k$,对应于 x_i 的跃度为 $h_i(i=1,\cdots,k)$. 此外,设 $f'(x)$ 除了有限个点外处处存在并连续. 我们来求由函数 $f(x)$ 所界定的广义函数 $F(x)$ 的导数.

按定义,我们有

$$
\begin{aligned}
(F'(x),\varphi(x)) &= (F(x),-\varphi'(x)) \\
&= -\int_{-\infty}^{+\infty} f(x)\varphi'(x)\mathrm{d}x \\
&= -\sum_{i=0}^{k}\int_{x_i}^{x_{i+1}} f(x)\varphi'(x)\mathrm{d}x.
\end{aligned}
$$

此处我们约定 $x_0=-\infty,x_{k+1}=+\infty$,于是

$$
\begin{aligned}
(F'(x),\varphi(x)) &= -\sum_{i=0}^{k}\left[f(x)\varphi(x)\Big|_{x_i}^{x_{i+1}}-\int_{x_i}^{x_{i+1}} f'(x)\varphi(x)\,\mathrm{d}x\right] \\
&= \sum_{i=1}^{k} h_i\varphi(x_i)+\sum_{i=0}^{k}\int_{x_i}^{x_{i+1}} f'(x)\varphi(x)\,\mathrm{d}x \\
&= \sum_{i=1}^{k} h_i(\delta(x-x_i),\varphi(x))+\int_{-\infty}^{+\infty} f'(x)\varphi(x)\,\mathrm{d}x,
\end{aligned}
$$

所以

$$
F'(x)=f'(x)+\sum_{i=1}^{k} h_i\delta(x-x_i).
$$

这就是说,$F(x)$ 的导数可表示成由 $f'(x)$ 所界定的正则泛函与奇异泛函 $\sum\limits_{j=1}^{k} h_j\delta(x-x_j)$ 的和.

例 14·2·3　设 $-1<\lambda<0$, 令

$$
f(x)=\begin{cases}0, & x\leqslant 0;\\ x^{\lambda}, & x>0.\end{cases}
$$

设它所对应的正则广义函数为 $\lambda(x)$,求 $\lambda'(x)$.

按定义,我们有

$$
(\lambda'(x),\varphi(x)) = -(\lambda(x),\varphi'(x))
$$

$$= -\int_{-\infty}^{+\infty} f(x)\varphi'(x)\mathrm{d}x = -\int_{0}^{+\infty} x^{\lambda}\varphi'(x)\mathrm{d}x$$

$$= -\lim_{\varepsilon\to 0^+}\left\{x^{\lambda}[\varphi(x)-\varphi(0)]\Big|_{\varepsilon}^{+\infty} - \int_{\varepsilon}^{+\infty}\lambda x^{\lambda-1}[\varphi(x)-\varphi(0)]\mathrm{d}x\right\}$$

$$= \lim_{\varepsilon\to 0^+}\left\{\varepsilon^{\lambda}[\varphi(\varepsilon)-\varphi(0)] + \int_{\varepsilon}^{+\infty}\lambda x^{\lambda-1}[\varphi(x)-\varphi(0)]\mathrm{d}x\right\}$$

$$= \int_{0}^{+\infty}\lambda x^{\lambda-1}[\varphi(x)-\varphi(0)]\mathrm{d}x.$$

最后积分的收敛性容易看出,我们把它称为积分$\int_{0}^{+\infty}\lambda x^{\lambda-1}\varphi(x)\mathrm{d}x$ 的有穷部分.在此意义下,我们自然地把 $\lambda(x)$ 的导数用 $\lambda'(x) = \lambda x_{+}^{\lambda-1}$ 表示,这样我们得出

$$(\lambda'(x),\varphi(x)) = (\lambda x_{+}^{\lambda-1},\varphi(x))$$
$$= \int_{0}^{+\infty}\lambda x_{+}^{\lambda-1}[\varphi(x)-\varphi(0)]\mathrm{d}x.$$

我们看到,$\lambda x_{+}^{\lambda-1}$ 已不是正则泛函了.

例 14·2·4　在三维空间 R^3 中,设 $r = (x_1^2 + x_2^2 + x_3^2)^{\frac{1}{2}}$,由 $\frac{1}{r}$ 所界定的正则广义函数仍记作$\frac{1}{r}$,以 Δ 表 Laplace 算子,那么对 $\varphi(x)\in K$ 我们有

$$(\Delta\frac{1}{r},\varphi) = (\frac{1}{r},\Delta\varphi) = \int_{R^3}\frac{1}{r}\Delta\varphi(x)\mathrm{d}x$$
$$= \lim_{\varepsilon\to 0^+}\int_{r>\varepsilon}\frac{1}{r}\Delta\varphi(x)\mathrm{d}x$$

利用 Green 公式,并注意到,当 $\|x\|$ 充分大时 $\varphi(x) = 0$,我们得到

$$(\Delta\frac{1}{r},\varphi)$$
$$= \lim_{\varepsilon\to 0^+}\left[\int_{r>\varepsilon}\varphi(x)\Delta\frac{1}{r}\mathrm{d}x - \int_{r=\varepsilon}\frac{1}{r}\frac{\partial\varphi}{\partial r}\mathrm{d}s + \int_{r=\varepsilon}\varphi(x)\frac{\partial}{\partial r}\frac{1}{r}\mathrm{d}s\right]$$
$$= -4\pi\varphi(0),$$

因此，　$\Delta \frac{1}{r}=-4\pi\delta(x)$.

用类似的方法,可以得到

$$\Delta \frac{1}{r^{n-2}}=-(n-2)\Omega_n\delta(x).$$

其中 $n\geqslant 3$ 为空间维数, $r=\left(\sum_{i=1}^{n}x_i^2\right)^{\frac{1}{2}}$, Ω_n 为 n 维空间单位球面的面积. 而当 $n=2$ 时,有

$$\Delta \ln \frac{1}{r}=-2\pi\delta(x).$$

定理 2　设 $\{f_n\}_1^{\infty}\subset \mathsf{K}^*$, $f\in \mathsf{K}^*$, 若 $\lim\limits_{n} f_n=f$, 则

$$\lim_{n}\frac{\partial f_n}{\partial x_j}=\frac{\partial f}{\partial x_j}$$

证明　因为对任意 $\varphi\in \mathsf{K}$,有

$$\left(\frac{\partial f_n}{\partial x_j},\varphi\right)=\left(f_n,-\frac{\partial \varphi}{\partial x_j}\right)$$
$$\to\left(f,-\frac{\partial \varphi}{\partial x_j}\right)=\left(\frac{\partial f}{\partial x_j},\varphi\right),$$

所以定理结论成立. ▌

系 1　若 $\sum\limits_{n=1}^{\infty}f_n=f$,则　$f'=\sum\limits_{n=1}^{\infty}f'_n$.

上面定理及系表明,微分运算与极限运算总可以交换顺序;任意收敛的广义函数的级数总可以逐项求导数.

例 14·2·5　设 $f_k(x)=\frac{1}{k}\sin kx$, $f(x)\equiv 0$, 那么, $f_k(x)$ 在古典意义下一致收敛于 $f(x)\equiv 0$. 因此, $f_k(x)$ 所对应的广义函数 f_k 也收敛于 $f=0$. 由定理 1, $f_k{}'$ 也收敛于 0(但是, $f'_k(x)=\cos kx$ 在古典意义下是不收敛的). 因此在广义函数意义下我们可以认为

$$\lim_{k\to\infty}\cos kx = 0.$$

事实上,这也可以由下面的直接计算中得到:

$$(f'_k,\varphi)=\int_{-\infty}^{+\infty}\cos kx\varphi(x)\mathrm{d}x$$

设 $\varphi(x)$ 在区间$[-a,a]$外等于零,那么上式等于

$$\int_{-a}^{a}\cos kx\varphi(x)\mathrm{d}x=\frac{1}{k}\int_{-a}^{a}\sin kx\varphi'(x)\mathrm{d}x\to 0\quad(k\to+\infty).$$

§14·3　广义函数的卷积

在讨论广义函数的卷积之前,我们先讨论一下广义函数的直积.

我们以 X 表 R^n 上的基本函数空间,Y 表 R^m 上的基本函数空间,Z 表 R^{n+m} 上的基本函数空间. 设 $f(x)$ 为 X 上的广义函数,$g(y)$ 为 Y 上的广义函数,$\varphi(z)=\varphi(x,y)$ 为 Z 中的基本函数. 对每一固定的 x,$\varphi(x,y)$ 作为 y 的函数,它是 Y 中的基本函数,因此

$$\psi(x)=(g(y),\varphi(x,y))\qquad(14\cdot3\cdot1)$$

对每一 x 有定义. 由

$$\frac{\varphi(x+\Delta x_i,y)-\varphi(x,y)}{\Delta x_i}\to\frac{\partial\varphi(x,y)}{\partial x_i}$$

及泛函 $g(y)$ 的连续性得

$$\frac{\psi(x+\Delta x_i)-\psi(x)}{\Delta x_i}=\left(g(y),\frac{\varphi(x+\Delta x_i,y)-\varphi(x,y)}{\Delta x_i}\right)$$

$$\to\left(g(y),\frac{\partial\varphi(x,y)}{\partial x_i}\right),$$

$$\frac{\partial\psi(x)}{\partial x_i}=\left(g(y),\frac{\partial\varphi(x,y)}{\partial x_i}\right).\qquad(14\cdot3\cdot2)$$

类似地,对任意 $p\in\mathsf{N}^n$,我们有

$$\frac{\partial^{|p|}\psi(x)}{\partial x^p}=\left(g(y),\frac{\partial^{|p|}\varphi(x,y)}{\partial x^p}\right).\qquad(14\cdot3\cdot3)$$

上面的论证表明 $\psi(x)\in C^\infty$;其次,由于 $\varphi(x,y)$ 的支集有界,因此 $\psi(x)$ 的支集也有界,从而 $\psi(x)\in \mathsf{X}$. 于是

$$(f(x),\psi(x))=(f(x),(g(y),\varphi(x,y))\qquad(14\cdot3\cdot4)$$

对所有 $\varphi(x,y)\in \mathsf{Z}$ 有意义. 由于 f 及 g 都是连续线性泛函,因此 $(14\cdot3\cdot4)$ 式右端定义了 Z 上的一个连续线性泛函,这个泛函我们记作

$$h(z)=h(x,y)=f(x)\times g(y),\qquad(14\cdot3\cdot5)$$

它称为泛函 $f(x)$ 对泛函 $g(y)$ 的直积.

例 14·3·1 设 $\varphi_1(x)\in \mathsf{X}$,$\varphi_2(y)\in \mathsf{Y}$,令

$$\varphi(x,y)=\varphi_1(x)\cdot\varphi_2(y)$$

则 $\varphi(x,y)\in \mathsf{Z}$. 于是,对 $f(x)\in \mathsf{X}^*$,$g(y)\in \mathsf{Y}^*$,有

$$\begin{aligned}&(f(x)\times g(y),\varphi(x,y))\\&=(f(x),(g(y),\varphi_1(x)\varphi_2(y)))\\&=(f(x),\varphi_1(x)(g(y),\varphi_2(y)))\\&=(f(x),\varphi_1(x))(g(y),\varphi_2(y)).\end{aligned}$$

例 14·3·2 求 $\delta(x)\times\delta(y)$.

设 $\varphi(x,y)\in \mathsf{Z}$,则

$$\begin{aligned}&(\delta(x)\times\delta(y),\varphi(x,y))\\&=(\delta(x),(\delta(y),\varphi(x,y)))\\&=(\delta(x),\varphi(x,0))\\&=\varphi(0,0)=\varphi(0),\end{aligned}$$

所以

$$\delta(x)\times\delta(y)=\delta(x,y)=\delta(z).$$

例 14·3·3 设 $f(x)$,$g(y)$ 为两个正则泛函,则

$$\begin{aligned}&(f(x)\times g(y),\varphi(x,y))\\&=\left(f(x),\int_{R^m}g(y)\varphi(x,y)\mathrm{d}y\right)\end{aligned}$$

$$= \int_{R^n}\int_{R^m} f(x)g(y)\varphi(x,y)\mathrm{d}y\mathrm{d}x$$

$$= \int_{R^{n+m}} f(x)g(y)\varphi(x,y)\mathrm{d}x\mathrm{d}y,$$

因此 $f(x)\times g(y)$ 就是正则泛函 $f(x)g(y)$.

定理 1　设 X,Y,Z 为三个基本函数空间,$f(x)\in \mathrm{X}^*$,$g(y)\in \mathrm{Y}^*$,$h(z)\in \mathrm{Z}^*$,则

$$f(x)\times g(y) = g(y)\times f(x);\qquad (14\cdot 3\cdot 6)$$

$$f(x)\times[g(y)\times h(z)] = [f(x)\times g(y)]\times h(z).\qquad (14\cdot 3\cdot 7)$$

定理的结论很容易按定义通过直接计算来验证.

定理 2　设 $f\in \mathrm{X}^*$,$g\in \mathrm{Y}^*$,f,g 的支集分别为 F 和 G,则 $h = f\times g$ 的支集为 $F\times G$.

证明　设$(x_0,y_0)\overline{\in} F\times G$,则 $x_0\overline{\in} F$ 与 $y_0\overline{\in} G$ 至少有一个成立.不失一般性,设 $x_0\overline{\in} F$,根据广义函数支集的定义,存在 x_0 的一个邻域 U_{x_0},使得

$$\varphi(x)\in \mathrm{X},\ \mathrm{supp}\varphi\subset U_{x0}\Rightarrow(f,\varphi) = 0.$$

现在,任取一 $\varphi(x,y)\in \mathrm{Z}$(Z 为 R^{n+m} 上的基本函数空间),满足$\mathrm{supp}\varphi(x,y)\subset U_{x0}\times R^m$,那么,对任一 $y\in R^m$,$\varphi(x,y)$ 作为 R^n 上的基本函数,有$\mathrm{supp}\varphi(x,y)\subset U_{x_0}$,于是,

$$(f(x)\times g(y),\varphi(x,y)) = (g(y),(f(x),\varphi(x,y)))$$

$$= (g(y),0) = 0,$$

因此(x_0,y_0)不属于 $f\times g$ 的支集.

其次,设$(x_0,y_0)\in F\times G$,那么对 x_0 的任一邻域 U,存在 $\varphi_1(x)\in \mathrm{X}$,$\mathrm{supp}\varphi_1\subset U$,且

$$(f,\varphi_1)\neq 0;$$

同样,对 y_0 的任一邻域 V,存在 $\varphi_2(y)\in \mathrm{Y}$,使$\mathrm{supp}\varphi_2\subset V$,且

$$(g,\varphi_2)\neq 0.$$

然后令

$$\varphi(x,y)=\varphi_1(x)\varphi_2(y),$$

则 $\varphi(x,y)\in \mathrm{Z}$, $\mathrm{supp}\varphi\subset U\times V$,且

$$(f\times g,\varphi)=(f\times g,\varphi_1\varphi_2)=(f,\varphi_1)(g,\varphi_2)\neq 0,$$

因此$(x_0,y_0)\in \mathrm{supp} f\times g$,即 $F\times G=\mathrm{supp} f\times g$. ▌

下面我们讨论广义函数的卷积.

首先,设 $f(x)$,$g(x)$ 是直线上两个绝对可积函数,我们知道,$f(x)$ 与 $g(x)$ 的卷积由下式定义:

$$\begin{aligned}h(x)=f(x)*g(x)&=\int_{-\infty}^{+\infty}f(\xi)g(x-\xi)\mathrm{d}\xi\\&=\int_{-\infty}^{+\infty}f(x-\xi)g(\xi)\mathrm{d}\xi.\end{aligned}$$

由

$$\begin{aligned}\int_{-\infty}^{+\infty}|h(x)|\mathrm{d}x&=\int_{-\infty}^{+\infty}\left|\int_{-\infty}^{+\infty}f(\xi)g(x-\xi)\mathrm{d}\xi\right|\mathrm{d}x\\&\leqslant\int_{-\infty}^{+\infty}\int_{-\infty}^{+\infty}|f(\xi)g(x-\xi)|\mathrm{d}\xi\mathrm{d}x\\&=\int_{-\infty}^{+\infty}|f(\xi)|\left(\int_{-\infty}^{+\infty}|g(x-\xi)|\mathrm{d}x\right)\mathrm{d}\xi\\&=\int_{-\infty}^{+\infty}|f(\xi)|\mathrm{d}\xi\int_{-\infty}^{+\infty}|g(x)|\mathrm{d}x<+\infty\end{aligned}$$

可知,$h(x)$ 也是绝对可积函数,所以,它也界定一个广义函数 $h(x)$,它可由积分定义为,

$$\begin{aligned}(h(x),\varphi(x))&=\int_{-\infty}^{+\infty}h(x)\varphi(x)\mathrm{d}x\\&=\int_{-\infty}^{+\infty}\left(\int_{-\infty}^{+\infty}f(\xi)g(x-\xi)\mathrm{d}\xi\right)\varphi(x)\mathrm{d}x\\&=\int_{-\infty}^{+\infty}\int_{-\infty}^{+\infty}f(\xi)g(x-\xi)\varphi(x)\mathrm{d}x\mathrm{d}\xi\\&=\int_{-\infty}^{+\infty}\int_{-\infty}^{+\infty}f(\xi)g(\eta)\varphi(\xi+\eta)\mathrm{d}\eta\mathrm{d}\xi\end{aligned}\tag{14·3·8}$$

利用(14・3・8)式,我们把对应$(h(x),\varphi(x))$形式地写作

$$(f(x)*g(x),\varphi(x))$$
$$=(f(x),(g(y),\varphi(x+y))) \qquad (14\cdot3\cdot9)$$
$$=(f(x)\times g(y),\varphi(x+y)). \qquad (14\cdot3\cdot10)$$

最后两个表达式的写法只是形式上的记法,这是因为当$\varphi(x)$为R^1上的基本函数时,$\varphi(x+y)$作为$R^1\times R^1$上的函数,它的支集不再是有界的了,因此,它已不是$R^1\times R^1$上的基本函数.

从上面的讨论我们看到,当$f(x),g(x)$为绝对可积函数时,其卷积对应于一个广义函数,此时表达式(14・3・10)可以给予明确的意义.而当$f(x)$或$g(x)$不是绝对可积函数时,积分表达式(14・3・8)可能没有意义,此时表达式(14・3・10)也就没有意义.特别,对于一般的广义函数,表达式(14・3・10)也可能没有意义.因此我们的第一个任务是讨论在什么条件下,表达式(14・3・10)能有明确意义,且能由它定义一个广义函数?

上面的讨论也可以推广到多变量情形.

定义 1　两个广义函数$g(x),f(x)$的**卷积**定义为

$$(g*f,\varphi)=(g(y)\times f(x),\varphi(x+y)),\quad \forall\varphi\in\mathsf{K}. \qquad (14\cdot3\cdot11)$$

下面我们给出几个$g*f$仍是广义函数的条件.

定理 1　若广义函数$g(x),f(x)$的支集有一个是有界的,那么(11)式所定义的$g*f$为K上的一个连续线性泛函.

证明　先设$f(x)$的支集有界.由定义

$$(g*f,\varphi)=(g(y)\times f(x),\varphi(x+y))$$
$$=(g(y),(f(x),\varphi(x+y))) \qquad (14\cdot3\cdot12)$$

对每一$y\in R^n$,$\psi(y)=(f(x),\varphi(x+y))$有定义,显然$\psi(y)$是$R^n$上的无穷次可微函数.设

$$\operatorname{supp}f\subset B_{r_1}=\{x\in R^n\mid\|x\|\leqslant r_1\},$$
$$\operatorname{supp}\varphi\subset B_{r_2}=\{x\in R^n\mid\|x\|\leqslant r_2\},$$

当 $\|y\| > r_1 + r_2$ 时,因为 $f(x)$ 的支集含于球 B_{r_1} 内,而当 $\|x\| \leqslant r_1$ 时 $\|x+y\| > r_2$,因此

$$(f(x), \varphi(x+y)) = 0.$$

这意味着 $\psi(y) = (f(x), \varphi(x+y))$ 的支集含于球 $B_{r_1+r_2}$ 内,所以 $\psi(y)$ 是一基本函数.再由(14·3·12)式可知$(g*f, \varphi)$ 定义了K上的一个连续线性泛函.

现在设 $g(y)$ 的支集有界,$\psi(y) = (f(x), \varphi(x+y))$ 作为 y 的函数是无穷次可微的.这时函数 $\psi(y)$ 的支集虽然无界,但 $g(y)$ 的支集有界.设

$$\mathrm{supp} g \subset B_r = \{x \in R^n \mid \|x\| \leqslant r\},$$

因(g, φ) 的值与 φ 在 B_r 外的值无关,因此$(g(y), (f(x), \varphi(x+y)))$ 仍有明确意义,且是K上的线性泛函.再由 g 的支集有界,容易看出,由(14·3·11)所定义的泛函也是连续的. ▌

定理 2 若广义函数 $f(x)$,$g(x)$ 的支集同一方向有界,则由(14·3·11)所定义的 $g*f$ 为K上的连续线性泛函,从而是一广义函数.

这里所说的 f,g 支集同一方向有界,是指存在一 $a \in R^n$,使

$$\mathrm{supp} f \subset \{x \in R^n \mid x \leqslant a\}, \quad \mathrm{supp} g \subset \{x \in R^n \mid x \leqslant a\}$$

$$(\text{或}\ \mathrm{supp} f \subset \{x \in R^n \mid x \geqslant a\}, \quad \mathrm{supp} g \subset \{x \in R^n \mid x \geqslant a\}).$$

证明 不失一般性,设 $f(x)$,$g(x)$ 的支集上端有界.

考虑函数 $\psi(y) = (f(x), \varphi(x+y))$,它是一个无穷次可微函数.我们首先证明,$\psi(y)$ 的支集下端有界.设 $\varphi(x) \in$ K,

$$\mathrm{supp} \varphi \subset B_r = \{x \in R^n \mid \|x\| \leqslant r\}.$$

令

$$b = (-r, -r, \cdots, -r) \in R^n, \quad U = \{x \in R^n \mid x \geqslant -a+b\}.$$

其中 $a = (a_1, \cdots, a_n) \in R^n$ 为 $f(x)$ 的支集的一个上界.当 $y \overline{\in} U$ 时,则有某 $i\ (1 \leqslant i \leqslant n)$ 使 $y_i < -a_i - r$,于是对任意 $x \leqslant a$ 有

$$(x+y)_i = x_i + y_i \leqslant a_i + y_i < -r,$$

从而 $\|x+y\| > r$,故 $\varphi(x+y) = 0$,由此得出

$$\psi(y)=(f(x),\varphi(x+y))=0.$$

这就说明supp$\psi\subset U$,即$\psi(y)$的支集下端有界.这样一来,$\psi(y)$与$g(y)$的支集的交是有界的,从而公式(14·3·11)右端有意义,它定义了K上的一个线性泛函.容易看出,这时$g*f$是连续的. ▌

例 14·3·1 计算$\delta*f$及$D\delta*f$.其中D表任一微分算子$\frac{\partial^{|p|}}{\partial x^p}$.

(1°) 根据定义

$$\begin{aligned}(\delta*f,\varphi)&=(\delta(y)\times f(x),\varphi(x+y))\\&=(\delta(y),(f(x),\varphi(x+y)))\\&=(f(x),\varphi(x))=(f,\varphi),\end{aligned}$$

因此对任一广义函数f,我们有

$$\delta*f=f.$$

(2°) $$\begin{aligned}(D\delta*f,\varphi)&=(D\delta(y),(f(x),\varphi(x+y)))\\&=(\delta(y),(f(x),(-1)^{|p|}D\varphi(x+y)))\\&=(f(x),(-1)^{|q|}D\varphi(x))=(Df,\varphi),\end{aligned}$$

因此

$$D\delta*f=Df.$$

同理,我们还可得

$$\delta*Df=Df,$$

因此我们有

$$D\delta*f=\delta*Df=Df.$$

由于泛函的卷积是用直积来定义的,而直积是可交换的,因此泛函的卷积也是可交换的,即

$$f*g=g*f.$$

定理 3 下述卷积的微分公式成立:

$$D(f*g)=Df*g=f*Dg. \qquad (14\cdot3\cdot13)$$

证明 按定义,我们有

$$\begin{aligned}(D(f*g),\varphi) &= (f*g,D^*\varphi)\\ &= (f(y),(g(x),D^*\varphi(x+y)))\\ &= (f(y),(Dg(x),\varphi(x+y)))\\ &= (f*Dg,\varphi),\end{aligned}$$

及

$$\begin{aligned}(D(f*g),\varphi) &= (f(x)*g(x),D^*\varphi(x))\\ &= (f(x),(g(y),D*\varphi(x+y)))\\ &= (f(x),D^*(g(y),\varphi(x+y)))\\ &= (Df(x),(g(y),\varphi(x+y)))\\ &= (Df*g,\varphi),\end{aligned}$$

因此(14·3·13)成立.

在证明中,符号 D^* 的意义如下:设 $D=\dfrac{\partial^{|p|}}{\partial x^p}$,那么

$$D^*=(-1)^{|p|}\frac{\partial^{|p|}}{\partial x^p}. \blacksquare$$

定理 4 **(卷积的连续性)** 如果下列条件之一成立:

1) 泛函列 $\{f_n\}$ 的支集一致有界;

2) 泛函 g 的支集有界;

3) 泛函列 $\{f_n\}$ 和泛函 g 的支集同一方向一致有界,则

$$f_n\to f\Rightarrow f_n*g\to f*g.$$

证明 1) 按卷积的定义,对任意的基本函数 φ,有

$$(f_n*g,\varphi)=(f_n(y),(g(x),\varphi(x+y))). \tag{14·3·14}$$

设

$$\psi(y)=(g(x),\varphi(x+y)),$$

则 $\psi(y)$ 为一无穷次可微函数. 依条件,设

$$\operatorname{supp}f_n\subset\Omega,\quad n=1,2,\cdots,\Omega$$

为一有界集. 取一球 B,使 $\Omega\subset B$,然后取一基本函数 $\psi_1(y)$,使

$$\psi_1(y)=\psi(y),\forall\, y\in B,$$

则

$$(f_n(y),\psi(y))=(f_n(y),\psi_1(y)).\qquad(14\cdot 3\cdot 15)$$

然后,由 $f_n\to f$ 得出

$$(f_n(y),\psi_1(y))\to(f(y),\psi_1(y))=(f(y),\psi(y)),$$

即

$$\begin{aligned}(f_n*g,\varphi)&=(f_n(y),(g(x),\varphi(x+y)))\\&\to(f(y),(g(x),\varphi(x+y)))\\&=(f*g,\varphi).\end{aligned}$$

因此

$$f_n*g\to f*g.$$

2) 当 g 的支集有界时,

$$\psi(y)=(g(x),\varphi(x+y))$$

是一基本函数,此时结论显然成立.

3) 不失一般性,设 f_n 和 g 的支集都是上方有界. 于是,如同证明定理 2 时所指出的,$\psi(y)=(g(x),\varphi(x+y))$ 的支集下方有界. 取 $a<b$,满足

$$\begin{aligned}&\mathrm{supp}f_n\subset\{x\in R^n\,|\,x<b\},n=1,2,\cdots\\&\mathrm{supp}\psi\subset\{x\in R^n\,|\,x>a\}.\end{aligned}$$

然后,取一基本函数 $\psi_1(x)$,使

$$\psi_1(x)=\psi(x)\ (a\leqslant x\leqslant b),$$

则

$$(f_n,\psi)=(f_n,\psi_1)\to(f,\psi_1)=(f,\psi),$$

即

$$f_n*g\to f*g.\ \blacksquare$$

系 1　设广义函数 $f=f_t$ 与参数 t 有关,且存在导数$\dfrac{\partial f}{\partial t}$,如果下列条件之一满足:

1) 泛函 f_t 的支集一致有界;

2) 广义函数 g 的支集有界;

3) 泛函 f_t 与 g 的支集在同一方向一致有界,则

$$\frac{\partial}{\partial t}(f * g) = \frac{\partial f_t}{\partial t} * g.$$

证明 只需注意到,导数 $\frac{\partial f_t}{\partial t}$ 是 $\frac{f_{t+\Delta t} - f_t}{\Delta t}$ 当 $\Delta t \to 0$ 时的极限,则结论可由定理 4 直接得出. ▎

§14·4 广义函数的 Fourier 变换

在这一节中,我们简单地介绍广义函数的 Fourier 变换的概念.

在这一节中,设 K 为单变量复基本函数空间,$\varphi(x)$ 为一单变量基本函数,其 Fourier 变换定义为

$$\psi(\sigma) = \int_{-\infty}^{+\infty} \varphi(x) \mathrm{e}^{i\sigma x} \mathrm{d}x \qquad (14 \cdot 4 \cdot 1)$$

由于 $\varphi(x)$ 的支集有界,上述积分实际上只在有界区间上进行,因此对复数 $s = \sigma + i\tau$ 也可以定义相应的复变量函数 $\psi(s)$;

$$\psi(s) = \psi(\sigma + i\tau) = \int_{-\infty}^{+\infty} \varphi(x) e^{i(\sigma+i\tau)x} \mathrm{d}x. \quad (14 \cdot 4 \cdot 2)$$

因为积分(14·4·2)允许对复参数 $s = \sigma + i\tau$ 进行微分,所以,$\psi(s)$ 是全复平面上的解析函数.

$\varphi(x)$ 的 Fourier 变换我们记作 $\widetilde{\varphi}(x)$,或记作 $F[\varphi(x)]$.

命题 1 设 $\varphi(x) \in$ K,则

$$F[\varphi^{(q)}(x)] = (-is)^q F[\varphi(x)] \qquad (14 \cdot 4 \cdot 3)$$

证明 设 $q = 1$,按定义

$$F[\varphi'(x)] = \int_{-\infty}^{+\infty} \varphi'(x) \mathrm{e}^{ixs} \mathrm{d}x$$

$$= \mathrm{e}^{ixs}\varphi(x)\Big|_{-\infty}^{+\infty} - \int_{-\infty}^{+\infty} is\varphi(x)\mathrm{e}^{ixs}\mathrm{d}s$$

$$= - isF[\varphi(x)],$$

然后利用归纳法即得(14・4・3). ▌

利用公式(14・4・3),设 $p(t)$ 为一常系数多项式,则有

$$F[P(\frac{\mathrm{d}}{\mathrm{d}x})\varphi(x)] = P(-is)F[\varphi(x)]. \quad (14\cdot 4\cdot 4)$$

定理 1　设 $\varphi(x) \in \mathrm{K}$, $\mathrm{supp}\varphi \subset [-a,a]$, $s = \sigma + i\tau$,则 $\varphi(x)$ 的 Fourier 变换 $\psi(s) = F[\varphi(x)]$ 是满足

$$|s|^q |\psi(s)| \leqslant c_q e^{a\tau} \quad (14\cdot 4\cdot 5)$$

的解析函数.

证明　$\psi(s)$ 为解析函数已如前述,我们证明(14・4・5).

由公式(14・4・3)

$$|s|^q |\psi(s)| = |\int_{-\infty}^{+\infty} \varphi^{(q)}(x)\mathrm{e}^{isx}\mathrm{d}x|$$

$$\leqslant \int_{-a}^{a} |\varphi^{(q)}(x)| |\mathrm{e}^{i(\sigma+i\tau)x}| \mathrm{d}x$$

$$\leqslant \mathrm{e}^{a|\tau|}\int_{-a}^{a} |\varphi^{(q)}(x)| \mathrm{d}x$$

$$= c_q e^{a|\tau|},$$

故(14・4・5) 成立. ▌

我们把满足估计式(14・4・5) 的解析函数的全体所组成的集合称为空间 Z. 显然 Z 是一线性空间. 根据定理 1,Fourier 变换 F 是映 K 到 Z 的线性变换. 现在,我们证明 F:K → Z 是映上的,即

定理 2　若 $\psi(s) \in \mathrm{Z}$,则必存在 $\varphi(x) \in \mathrm{K}$,使

$$F[\varphi(x)] = \psi(s) \quad (14\cdot 4\cdot 6)$$

且　$\mathrm{supp}\varphi \subset [-a,a]$.

证明　令

$$\varphi(x) = \frac{1}{2\pi}\int_{-\infty}^{+\infty} \psi(\sigma)\mathrm{e}^{-ix\sigma}\mathrm{d}\sigma.$$

利用 Cauchy 公式,对任意实数 τ,上述积分可改写成

$$\varphi(x)=\frac{1}{2\pi}\int_{-\infty}^{+\infty}\psi(\sigma+i\tau)\mathrm{e}^{-ix(\sigma+i\tau)}\mathrm{d}\sigma$$

$$=\frac{1}{2\pi}\mathrm{e}^{\tau x}\int_{-\infty}^{+\infty}\psi(\sigma+i\tau)\mathrm{e}^{ix\sigma}\mathrm{d}\sigma,$$

因为,根据(14·4·5)式

$$|\psi(s)|\leqslant c_0\mathrm{e}^{a|\tau|},$$

$$|s|^2|\psi(s)|\leqslant c_2\mathrm{e}^{a|\tau|}$$

所以

$$|\psi(s)|\leqslant\frac{c}{1+|s|^2}\mathrm{e}^{a|\tau|}\leqslant\frac{c}{1+\sigma^2}\mathrm{e}^{a|\tau|},\tag{14·4·8}$$

其中 $c=\max\{c_0,c_2\}$. 因此(14·4·7)中积分局部一致收敛. 用同样的方法可证,(14·4·7)式可以在积分号下对 x 微分(微分后的函数的积分仍是局部一致收敛的). 因此 $\varphi(x)$ 任意次可微,且

$$\varphi^{(q)}(x)=\frac{1}{2\pi}\int_{-\infty}^{+\infty}(-is)^q\psi(s)\mathrm{e}^{-isx}\mathrm{d}s.$$

现在证明,当 $|x|>a$ 时 $\varphi(x)=0$. 由(14·4·8),我们有

$$|\varphi(x)|\leqslant\frac{1}{2\pi}\mathrm{e}^{\tau x}\int_{-\infty}^{+\infty}\frac{c}{1+\sigma^2}\mathrm{e}^{a|\tau|}\mathrm{d}\sigma=\frac{c'}{2\pi}\mathrm{e}^{\tau x+a|\tau|}.$$

当 $x>a$ 时,令 $\tau\to-\infty$,即知 $\varphi(x)=0$,而当 $x<-a$ 时,令 $\tau\to+\infty$, 则得 $\varphi(x)=0$.

因此 $\varphi(x)$ 是一基本函数.

余下只要证明,$\psi(s)=F[\varphi(x)]$.

设 $s=\sigma+i\tau$,则

$$\int_{-\infty}^{+\infty}\varphi(x)e^{\tau(\sigma+i\tau)x}\mathrm{d}x$$

$$=\int_{-\infty}^{+\infty}\left[\frac{1}{2\pi}\int_{-\infty}^{+\infty}\psi(u+i\tau)\mathrm{e}^{-i(u+i\tau)x}u\right]\mathrm{e}^{i(\sigma+i\tau)x}\mathrm{d}x$$

$$= \frac{1}{2\pi}\int_{-\infty}^{+\infty}\left[\int_{-\infty}^{+\infty}\psi(u+i\tau)\mathrm{e}^{i(\sigma-u)x}\mathrm{d}u\right]\mathrm{d}x$$

$$= \lim_{T\to\infty}\frac{1}{2\pi}\int_{-T}^{T}\left[\int_{-\infty}^{+\infty}\psi(u+i\tau)\mathrm{e}^{i(\sigma-u)x}\mathrm{d}u\right]\mathrm{d}x$$

$$= \lim_{T\to\infty}\frac{1}{2\pi}\int_{-\infty}^{+\infty}\psi(u+i\tau)\left[\int_{-T}^{T}\mathrm{e}^{i(\sigma-u)x}\mathrm{d}x\right]\mathrm{d}u$$

$$= \lim_{T\to\infty}\frac{1}{2\pi}\int_{-\infty}^{+\infty}\psi(u+i\tau)\cdot 2\,\frac{\sin T(\sigma-u)}{\sigma-u}\mathrm{d}u$$

$$= \lim_{T\to\infty}\frac{1}{\pi}\int_{-\infty}^{+\infty}\psi(\sigma+i\tau+\xi)\,\frac{\sin T\xi}{\xi}d\xi$$

$$= \psi(\sigma+i\tau) = \psi(s). \blacksquare$$

结合定理 1,2,我们得到

定理 3　Fourier 变换 $F:\mathsf{K}\to\mathsf{Z}$ 是一代数同构.

定理 4　设 $\psi(s) = F[\varphi(x)]$,则

1) $FF[\varphi(x)] = 2\pi\varphi(-x)$;

2) 设 $P(t)$ 为常系数多项式,则

$$p\left(\frac{\mathrm{d}}{\mathrm{d}s}\right)F[\varphi(x)] = F[P(ix)\varphi(x)];$$

3) $F[\varphi(x-h)] = \mathrm{e}^{ish}F[\varphi(x)]$;

4) $F[e^{ixh}\varphi(x)] = \psi(s+h)$.

证明　1) 根据定理 2,

$$\varphi(-x) = \frac{1}{2\pi}\int_{-\infty}^{+\infty}\psi(\sigma)\mathrm{e}^{i\sigma x}\mathrm{d}\sigma$$

$$= \frac{1}{2\pi}F[\psi(\sigma)] = \frac{1}{2\pi}FF[\varphi(x)],$$

因此 1) 成立.

2) 设 $\psi(s) = F[\varphi(x)] = \int_{-\infty}^{+\infty}\varphi(x)\mathrm{e}^{isx}\mathrm{d}x$,则

$$\frac{\mathrm{d}}{\mathrm{d}s}\psi(s) = \int_{-\infty}^{+\infty}ix\varphi(x)\mathrm{e}^{isx}\mathrm{d}x,$$

即

$$\frac{\mathrm{d}}{\mathrm{d}s}F[\varphi(x)] = F[ix\varphi(x)]. \qquad (14 \cdot 4 \cdot 9)$$

利用归纳法即得

$$\frac{\mathrm{d}^q}{\mathrm{d}s^q}F[\varphi(x)] = F[(ix)^q\varphi(x)], \qquad (14 \cdot 4 \cdot 10)$$

然后由 Fourier 变换的线性性质,即得

$$P(\frac{\mathrm{d}}{\mathrm{d}s})F[\varphi(x)] = F[P(ix)\varphi(x)]. \quad (14 \cdot 4 \cdot 11)$$

3) $F[\varphi(x-h)] = \int_{-\infty}^{+\infty}\varphi(x-h)\mathrm{e}^{isx}\,\mathrm{d}x = \int_{-\infty}^{+\infty}\varphi(x)\mathrm{e}^{is(x+h)}\,\mathrm{d}x$

$$= \mathrm{e}^{ish}\int_{-\infty}^{+\infty}\varphi(x)\mathrm{e}^{isx}\,\mathrm{d}x = \mathrm{e}^{ish}F[\varphi(x)].$$

4) $F[\mathrm{e}^{ixh}\varphi(x)] = \int_{-\infty}^{+\infty}\mathrm{e}^{ixh}\varphi(x)\mathrm{e}^{isx}\,\mathrm{d}x = \int_{-\infty}^{+\infty}\varphi(x)\mathrm{e}^{i(s+h)x}\,\mathrm{d}x$

$$= \psi(s+h). \blacksquare$$

定义 1 设 $\{\psi_n(s)\} \subset \mathsf{Z}$, 称序列 $\psi_n(s)$ 收敛于零, 是指 $F^{-1}[\varphi_n(s)] = \varphi_n(x) \xrightarrow{\mathsf{K}} 0$.

根据定理 3,我们利用空间 K 与空间 Z 之间的一一对应关系,对于空间 K 上的每一个线性运算对应着空间 Z 上的一个线性运算.

定义 2 设 f 是 K 上的一个广义函数,f 的 Fourier 变换 $F[f] = g$ 定义为

$$(g,\psi) = 2\pi(f, JF^{-1}[\psi]) = 2\pi(f, J\varphi). \qquad (14 \cdot 4 \cdot 12)$$

其中,$J:\varphi(x) \longmapsto \varphi(-x)\ (\varphi \in \mathsf{K})$.

由定义,我们看到 K 上广义函数 f 的 Fourier 变换 $g = F[f]$ 已不是 K 上的泛函,而是 Z 上的泛函.

当 f 为绝对可积函数 $f(x)$ 所界定的正则广义函数时,按定义

$$\begin{aligned}(F[f],\psi) &= 2\pi(f(x),\varphi(-x)) \\ &= 2\pi\int_{-\infty}^{+\infty} f(x)\varphi(-x)\mathrm{d}x \\ &= 2\pi\int_{-\infty}^{+\infty} f(x)\,\frac{1}{2\pi}\int_{-\infty}^{+\infty}\psi(\sigma)\mathrm{e}^{i\sigma x}\,\mathrm{d}\sigma\mathrm{d}x \\ &= \int_{-\infty}^{+\infty}\psi(\sigma)\int_{-\infty}^{+\infty} f(x)\mathrm{e}^{i\sigma x}\,\mathrm{d}x\mathrm{d}\sigma.\end{aligned}$$

因此 g 就是由

$$g(s) = \int_{-\infty}^{+\infty} f(x)\mathrm{e}^{isx}\,\mathrm{d}x$$

所界定的 Z 上的广义函数，它与通常的 Fourier 变换一致. 所以广义函数的 Fourier 变换是通常函数 Fourier 变换的自然推广.

关于广义函数的 Fourier 变换，也有与定理 4 相类似的公式：

$$P(\frac{\mathrm{d}}{\mathrm{d}s})F[f] = F[P(ix)f], \qquad (14 \cdot 4 \cdot 13)$$

$$F[P(\frac{\mathrm{d}}{\mathrm{d}x})f] = P(-is)F[f]. \qquad (14 \cdot 4 \cdot 14)$$

我们只需证明当 $p(t) = t$ 时，公式(14・4・13)、(14・4・14)成立.

$$\begin{aligned}(F[ixf],\psi) &= 2\pi(ixf, JF^{-1}[\psi]) = 2\pi(f, ixJF^{-1}[\psi]) \\ &= (F[f], F[-ix\varphi(x)]) = (F[f], -\frac{\mathrm{d}}{\mathrm{d}s}F[\varphi]) \\ &= (\frac{\mathrm{d}}{\mathrm{d}s}F[f],\psi),\end{aligned}$$

所以

$$F[ixf] = \frac{\mathrm{d}}{\mathrm{d}s}F[f]. \qquad (14 \cdot 4 \cdot 15)$$

再由

$$(F[\frac{\mathrm{d}}{\mathrm{d}x}f],\psi) = 2\pi(\frac{\mathrm{d}}{\mathrm{d}x}f, JF^{-1}[\psi])$$

$$= 2\pi(\frac{\mathrm{d}}{\mathrm{d}x}f, J\varphi) = 2\pi(f, J\frac{\mathrm{d}}{\mathrm{d}x}\varphi)$$

$$= (F[f], F[\frac{\mathrm{d}}{\mathrm{d}x}\varphi]) = (F[f], -isF[\varphi])$$

$$= (-isF[f], \psi),$$

即得

$$F[\frac{\mathrm{d}}{\mathrm{d}x}f] = -isF[f]. \qquad (14 \cdot 4 \cdot 16)$$

例 14·4·1 求 $F[\delta]$.

按定义

$$(F[\delta], F[\varphi]) = 2\pi(\delta, J\varphi) = 2\pi\varphi(0),$$

然后由

$$\varphi(x) = \frac{1}{2\pi}\int_{-\infty}^{+\infty}\psi(s)\mathrm{e}^{-isx}\mathrm{d}s$$

得

$$2\pi\varphi(0) = \int_{-\infty}^{+\infty}\psi(s)\mathrm{d}s,$$

因此,

$$F[\delta] = 1, \quad F^{-1}[1] = \delta.$$

例 14·4·2 求 $F[1]$.

按定义

$$(F[1], F[\varphi]) = 2\pi(1, J\varphi)$$

$$= 2\pi\int_{-\infty}^{+\infty}\varphi(-x)\mathrm{d}x = 2\pi\int_{-\infty}^{+\infty}\varphi(x)\mathrm{d}x$$

$$= 2\pi\int_{-\infty}^{+\infty}\varphi(x)\mathrm{e}^{isx}\mathrm{d}x\Big|_{s=0}$$

$$= 2\pi\psi(0) = 2\pi(\delta, \psi),$$

所以

$$F[1] = 2\pi\delta, \quad F^{-1}[\delta] = \frac{1}{2\pi}.$$

例 14·4·3　求 $F[x^n]$.

$$\begin{aligned}(F[x^n],F[\varphi(x)]) &= 2\pi(x^n,\varphi(-x))\\ &= 2\pi\int_{-\infty}^{+\infty}x^n\varphi(-x)\mathrm{d}x = 2\pi(-1)^n\int_{-\infty}^{+\infty}x^n\varphi(x)\mathrm{d}x\\ &= 2\pi i^n\frac{\mathrm{d}^n}{\mathrm{d}s^n}\int_{-\infty}^{+\infty}\varphi(x)\mathrm{e}^{isx}\mathrm{d}x\Big|_{s=0}\\ &= 2\pi(\delta,i^n\frac{\mathrm{d}^n}{\mathrm{d}s^n}\psi) = 2\pi((-i)^n\frac{\mathrm{d}^n}{\mathrm{d}s^n}\delta,\psi),\end{aligned}$$

所以

$$F[x^n] = 2\pi(-i\frac{\mathrm{d}}{\mathrm{d}s})^n\delta(s).$$

类似地,对常系数多项式 $P(x)$ 有

$$F[P(x)] = 2\pi P(-i\frac{\mathrm{d}}{\mathrm{d}s})\delta(s).$$

例 14·4·4　求广义函数 e^{bx} 的 Fourier 变换.

因为级数

$$\mathrm{e}^{bx} = \sum_{n=0}^{\infty}\frac{b^n}{n!}x^n$$

在空间 K* 中收敛,因此

$$\begin{aligned}F[e^{bx}] &= \sum_{n=0}^{\infty}\frac{b^n}{n!}F[x^n] = \sum_{n=0}^{\infty}2\pi\frac{b^n}{n!}(-i\frac{\mathrm{d}}{\mathrm{d}s})^n\delta(s)\\ &= 2\pi\delta(s-ib).\end{aligned}$$

此结果也可由

$$\begin{aligned}(F[e^{bx}],F[\varphi(x)]) &= 2\pi(\mathrm{e}^{bx},\varphi(-x))\\ &= 2\pi\int_{-\infty}^{+\infty}\mathrm{e}^{bx}\varphi(-x)\mathrm{d}x = 2\pi\int_{-\infty}^{+\infty}\varphi(x)\mathrm{e}^{-bx}\mathrm{d}x\\ &= 2\pi\psi(ib)\end{aligned}$$

得出.

利用例 14·4·4 的结果,我们来求作为广义函数的 $\sin bx$ 和 $\cos bx$ 的 Fourier 变换:

$$F[\sin bx] = F\left[\frac{e^{ibx} - e^{-ibx}}{2i}\right] = i\pi[\delta(s-b) - \delta(s+b)].$$

$$F[\cos bx] = F\left[\frac{e^{ibx} + e^{-ibx}}{2}\right] = \pi[\delta(s-b) + \delta(s+b)].$$

§14·5 广义微分方程

我们考虑微分方程

$$\sum_{i=0}^{n} a_i(x) y^{(i)}(x) = b(x). \qquad (14\cdot5\cdot1)$$

其中我们假定 $a_i(x)(i=0,\cdots,n)$ 是无穷次可微函数，$b(x)$ 是已知函数.

如果 $b(x)$ 是一局部可积函数，那么它界定一个广义函数，这个广义函数仍记作 $b(x)$. 于是，古典微分方程(14·5·1)也可以看作广义函数微分方程. 如果微分方程(14·5·1)在古典意义下有解 $y(x)$，那么这个古典解也是在广义意义下的解，因此广义函数的微分方程是普通线性微分方程的直接推广.

作为例子，考虑最简单的方程

$$\frac{dy}{dx} = 0. \qquad (14\cdot5\cdot2)$$

我们证明，在广义函数类中，这个方程只有常数解 $y=c$，即广义方程(14·5·2)除了古典解外无其他解.

方程(14·5·2)等价于方程

$$(y', \varphi) = (y, -\varphi') = 0, \forall \varphi \in K. \qquad (14\cdot5\cdot3)$$

由(14·5·3)，我们看到，对于任意的基本函数 $\varphi_0(x)$，如果它是某基本函数的导数，就有 $(y, \varphi_0) = 0$. 可以证明(见习题1)，基本函数

$\varphi_0(x)$ 是某一基本函数导数的充分必要条件是

$$\int_{-\infty}^{+\infty} \varphi_0(x)\mathrm{d}x = 0. \qquad (14 \cdot 5 \cdot 4)$$

现在任取一基本函数 $\varphi_1(x)$，它满足

$$\int_{-\infty}^{+\infty} \varphi_1(x)\mathrm{d}x = 1. \qquad (14 \cdot 5 \cdot 5)$$

设 $\varphi(x)$ 为一基本函数，令

$$\varphi_0(x) = \varphi(x) - \varphi_1(x)\int_{-\infty}^{+\infty} \varphi(\xi)\mathrm{d}\xi, \qquad (14 \cdot 5 \cdot 6)$$

则

$$\int_{-\infty}^{+\infty} \varphi_0(x)\mathrm{d}x = 0.$$

因此 $\varphi_0(x)$ 可表为某基本函数的导数，从而有

$$(y, \varphi_0) = 0, \qquad (14 \cdot 5 \cdot 7)$$

于是

$$\begin{aligned}(y, \varphi) &= (y, \varphi_1)\int_{-\infty}^{+\infty} \varphi(\xi)\mathrm{d}\xi + (y, \varphi_0) \\ &= (y, \varphi_1)\int_{-\infty}^{+\infty} \varphi(\xi)\mathrm{d}\xi.\end{aligned}$$

令$(y, \varphi_1) = c$，则

$$(y, \varphi) = c\int_{-\infty}^{+\infty} \varphi(\xi)\mathrm{d}\xi = \int_{-\infty}^{+\infty} c\varphi(\xi)\mathrm{d}\xi.$$

由 $\varphi \in \mathrm{K}$ 之任意性即知 $y = c$. 即广义方程除了古典解（常数解）外无其他解.

定理 1　方程

$$\frac{\mathrm{d}y}{\mathrm{d}x} = f \qquad (14 \cdot 5 \cdot 8)$$

（其中 f 为广义函数）在广义函数类中有解，我们把这个解称为广义函数 f 的原函数，记作）

$$y = \int f\mathrm{d}x.$$

证明 方程(14·5·8)等价于方程

$$(y,-\varphi')=(f,\varphi),\quad \forall\varphi\in\mathrm{K}.\qquad(14\cdot5\cdot9)$$

以 Φ_0 表集合 $\{\varphi'(x)\mid\varphi(x)\in\mathrm{K}\}$. 显然 Φ_0 是K的一个线性子空间. 由(14·5·9),利用 f 定义了 Φ_0 上的一个线性泛函 y,因此为了得到(14·5·8)的解只要把 y 延拓到整个K上,使它成为K上的连续线性泛函.

为此目的,任取一基本函数 $\varphi_1(x)$,使它满足

$$\int_{-\infty}^{+\infty}\varphi_1(x)\mathrm{d}x=1$$

设 $\varphi(x)\in\mathrm{K}$,令

$$\varphi_0(x)=\varphi(x)-\varphi_1(x)\int_{-\infty}^{+\infty}\varphi(x)\mathrm{d}x,\quad(14\cdot5\cdot10)$$

则 $\varphi_0(x)\in\Phi_0$. 现在,分别作K上的线性泛函 y_0,y_1:

$$(y_0,\varphi)=(y,\varphi_0),\qquad(14\cdot5\cdot11)$$

$$(y_1,\varphi)=\int_{-\infty}^{+\infty}c\varphi(x)\mathrm{d}x,\qquad(14\cdot5\cdot12)$$

然后令

$$g=y_0+y_1=y_0+c,$$

那么当 $\varphi\in\Phi_0$ 时,

$$(g,\varphi)=(y_0,\varphi)+(c,\varphi)=(y,\varphi),$$

因此 g 是 y 的延拓,且对任一 $\varphi\in\mathrm{K}$ 有 $\varphi'\in\Phi_0$,从而

$$(g,\varphi')=(y,\varphi')=(f,-\varphi)$$

即 g 为(14·5·9)的解,从而 g 是广义微分方程(14·9·8)的一般解. ▌

定理2 设方程(14·5·8)右端函数 $f(x)$ 连续,则(14·5·8)的广义解 $g(x)$ 也是古典解.

证明 根据定理1,(14·5·8)的广义解可表成

$$g(x)=y_0(x)+C$$

因此,要证 $g(x)$ 是古典解,只需证明 $y_0(x)$ 是正则泛函,它对

应于一个连续可微函数.

设 $F'(x)=f(x)$，对 $\varphi(x)\in \mathrm{K}$，$\varphi_0(x)$ 定义如(14・5・10). 令

$$\varphi^*(x)=\int_{-\infty}^{x}\varphi_0(\xi)\mathrm{d}\xi,$$

则 $\varphi^{*\prime}(x)=\varphi_0(x)\in\Phi_0$，因此

$$\begin{aligned}(y_0,\varphi)&=(y,\varphi_0)=(y,\varphi^{*\prime})\\&=(f,-\varphi^*)=(F',-\varphi^*)\\&=(F,\varphi^{*\prime})=(F,\varphi_0)\\&=(F(x),\varphi(x)-\varphi_1(x)\int_{-\infty}^{+\infty}\varphi(x)\mathrm{d}x)\\&=(F(x),\varphi(x))-\int_{-\infty}^{+\infty}F(x)\varphi_1(x)\mathrm{d}x\int_{-\infty}^{+\infty}\varphi(x)\mathrm{d}x\end{aligned}$$

我们只需取 $F(x)$ 满足 $\int_{-\infty}^{+\infty}F(x)\varphi_1(x)\mathrm{d}x=0$ 即得

$$(y_0,\varphi)=(F(x),\varphi(x)),\quad \forall\varphi\in K.$$

由此可知

$$y_0(x)\equiv F(x).$$

从而

$$g(x)=F(x)+c.$$

即 $g(x)$ 为方程(14・5・8)的古典解. ▌

根据前面的讨论，我们看到，为了研究微分方程的解，我们可以把一般微分方程看作广义微分方程，求其广义解. 由于广义函数有着较好的分析性质，这样做有时要比直接讨论原来的微分方程容易. 在求得广义解后，如果能证明广义解是正则的且对应的局部可积函数具有足够多次的连续可微性，那么广义解就是古典解.

作为例子，我们考虑常系数微分方程

$$\sum_{i=0}^{n}a_iE^{(n-i)}(x)=\delta(x).\qquad(14\cdot5\cdot13)$$

它相应的齐次方程

$$\sum_{i=0}^{n} a_i E^{(n-i)}(x) = 0 \qquad (14 \cdot 5 \cdot 14)$$

有 n 个线性无关解 $u_1(x),\cdots,u_n(x)$. 令

$$F(x) = \begin{cases} A(x) = \sum_{i=1}^{n} \alpha_i u_i(x), & \text{当 } x > 0; \\ B(x) = \sum_{i=1}^{n} \beta_i u_i(x), & \text{当 } x < 0. \end{cases}$$

其中 $\alpha_i, \beta_i (i = 1,\cdots,n)$ 是待定的常数. $F(x)$ 界定的广义函数记为 $E(x)$. 记 $h_k = A^{(k)}(0) - B^{(k)}(0)$, $(k = 0,1,\cdots,n-1)$,并约定当 $k < 0$ 时 $h_k = 0$,则有

$$E^{(n-i)}(x) = F^{(n-i)}(x) + \sum_{j=1}^{n-i} h_{n-i-j}\delta^{(j-1)}(x),$$

于是

$$\sum_{i=0}^{n} a_i E^{(n-i)}(x) = \sum_{i=0}^{n} a_i F^{(n-i)}(x) + \sum_{i=0}^{n} a_i \left[\sum_{j=1}^{n-i} h_{n-i-j}\delta^{(j-1)}(x)\right]$$

$$= \sum_{i=0}^{n} a_i h_{n-i-1}\delta(x) + \sum_{i=0}^{n} a_i \left[\sum_{j=2}^{n-i} h_{n-i-j} \cdot \delta^{(j-1)}(x)\right].$$

由此可知,只需取系数 α_i, β_i 满足

$$h_k = 0, k = 0,1,\cdots, n-2, h_{n-1} = \frac{i}{a_0},$$

则得

$$\sum_{i=0}^{n} a_i E^{(n-i)}(x) = \delta(x).$$

为此只需令 $\gamma_i = \alpha_i - \beta_i, i = 1,\cdots,n$,并注意到

$$h_k = A^{(k)}(0) - B^{(k)}(0)$$

$$= \sum_{i=1}^{n} (\alpha_i - \beta_i) u^{(k)}(0) = \sum_{i=1}^{n} \gamma_i u^{(k)}(0),$$

只要解方程组

$$\begin{cases} \sum_{i=1}^{n} \gamma_i u_i^{(k)}(0) = 0,\ k = 0,1,\cdots,n-2; \\ \sum_{i=1}^{n} \gamma_i u^{(n-1)}(0) = \dfrac{1}{a_0}. \end{cases} \quad (14 \cdot 5 \cdot 15)$$

即可确定 $F(x)$，由常微分方程论，我们知道方程组(14・5・15)的系数矩阵是非退化的，因此这个方程组总是可解的，因此方程(14・5・13)也总是可解的.

不过，我们要指出，因为解 $E(x)$ 是由 $\gamma_i = \alpha_i - \beta_i$ 来确定，因此方程(14・5・13)的解可以差一个相应齐次方程(14・5・14)的任意解.

我们把方程(14・5・13)的解称为方程

$$P(D)u = \sum_{i=0}^{n} a_i u^{(n-i)}(x) = \mu(x) \quad (14 \cdot 5 \cdot 16)$$

的基本解.(14・5・16)右端的 $\mu(x)$ 为广义函数.

最后，我们要指出

定理 3　设 $E(x)$ 是方程(14・5・16)的基本解，则 $u(x) = \mu(x) * E(x)$ 是方程(14・5・16)的解.

证明　事实上，我们有

$$\begin{aligned} P(D)u &= P(D)[\mu(x) * E(x)] \\ &= \mu(x) * P(D)E(x) \\ &= \mu(x) * \delta(x) = \mu(x). \ \blacksquare \end{aligned}$$

习　题　十　四

1. 设 $\varphi(x)$ 是 R^1 上的基本函数,试证:$\varphi(x)$ 是某基本函数的导数的充分必要条件是:

$$\int_{-\infty}^{+\infty}\varphi(x)\mathrm{d}x=0.$$

2. 设广义函数 $f(x)$ 在任一点的邻域中等于零,试证:$f(x)\equiv 0$,即

$$(f,\varphi)=0,\quad \forall\,\varphi\in \mathsf{K}.$$

3. 试证,若广义函数列收敛,则其极限唯一.

4. 证明:若广义函数列$\{f_n\}$,$\{g_n\}$ 分别收敛于 f,g,则对实数 α,β 有

$$\alpha f_n+\beta g_n\to\alpha f+\beta g\quad (n\to\infty).$$

5. 设$\{f_n(x)\}$为一局部可积函数列,且存在一局部可积函数 $F(x)$,满足

$$|f_n(x)|\leqslant F(x),\quad n=1,2,\cdots$$

设 $\lim\limits_{n\to\infty}f_n(x)=f(x)$ 处处成立,证明,广义函数列$\{f_n\}$收敛于 f.

6. 设 $f_n(x)=\dfrac{1}{\pi}\dfrac{n}{1+n^2x^2}$　$n=1,2,\cdots$ 证明,$\{f_n(x)\}$所界定的广义函数列$\{f_n\}$以 $\delta(x)$ 为极限.

7. 设 $f_\lambda(x)=\dfrac{1}{\pi}\dfrac{\sin\lambda x}{x}$,证明:$\lim\limits_{\lambda\to\infty}f_\lambda(x)=\delta(x)$.

8. 设 $\ln x^+=\begin{cases}\ln x, & x>0,\\ 0, & x\leqslant 0,\end{cases}$　证明:

$$((\ln x^+)',\varphi)=\int_0^{+\infty}\frac{\varphi(x)-\varphi(0)\theta(1-x)}{x}\mathrm{d}x,$$

其中　$\theta(x)=\begin{cases}1, & x>0,\\ 0, & x\leqslant 0.\end{cases}$

9. 求 $\delta(x)$ 的导数.

10. 设 $f(x)=\sum\limits_{n=-\infty}^{+\infty}c_ne^{inx}$,求广义函数 $f(x)$ 的 Fourier 变换 $F[f]$.

参　考　书　目

[1] И. П. 那汤松(徐瑞云译). 实变函数论. 北京:人民教育出版社,1958.

[2] 陈建功. 实函数论. 北京:科学出版社,1958

[3] 江泽坚,吴智泉. 实变函数论. 北京:人民教育出版社,1961

[4] 夏道行等. 实变函数论与泛函分析. 北京:人民教育出版社,1978

[5] 郑维行,王声望. 实变函数与泛函分析概要. 北京:人民教育出版社,1980

[6] 周民强. 实变函数论. 北京:北京大学出版社,2001

[7] E. Kamke(吴莲溪译). 勒贝格—斯蒂尔吉斯积分. 北京:高等教育出版社. 北京:1965

[8] P. R. Halmos, Measure Theory, D. Van Nostrand, New York, 1950. (有中译本. 测度论. 北京:科学出版社,1958)

[9] B. R. Gelbaum and J. M. H. Olmsted, Counter examples in Analysis, Holden－Day, Inc., 1964(有中译本. 分析中的反例. 上海:上海科学技术出版社,1980)

[10] G. Klambauer(孙本旺译). 数学分析. 长沙:湖南教育出版社,1981

[11] 郭大钧,陈玉妹,裘卓明. 数学分析.(第二版)济南:山东科学技术出版社,2000

[12] 关肇直. 泛函分析讲义. 北京:高等教育出版社,1958

[13] Л. А. 刘斯铁尔尼克,В. И. 索伯列夫(杨从仁译). 泛函数分析概要. 北京:科学出版社,1955

[14] 关肇直，张恭庆，冯德兴. 线性泛函分析入门. 上海：上海科学技术出版社，1979

[15] Martin Schechter. Principles of functional analysis. London, 1971

[16] И. M. 盖尔芳特，Г. E. 希洛夫(林坚冰译). 广义函数(i). 北京：科学出版社，1965

[17] 国防科技大学应用数学教研室编. 实变函数论习题解答. 长沙：湖南科学技术出版社，1980

图书馆在版编目(CIP)数据

实变函数与泛函分析/郭大均等编. —2 版. —济南:山东大学出版社,2005.7(2016.7 重印)

ISBN 978—7—5607—2987—9

Ⅰ. 实…

Ⅱ. 郭…

Ⅲ. ①实变函数—高等学校—教材②泛函分析—高等学校—教材

Ⅳ. 017

中国版本图书馆 CIP 数据核字(2005)第 062009 号

山东大学出版社出版发行

(山东省济南市山大南路 27 号　邮政编码:250100)

山 东 省 新 华 书 店 经 销

泰 安 金 彩 印 务 有 限 公 司

850×1168 毫米　1/32　18.875 印张　474 千字

2005 年 7 月第 2 版　2016 年 7 月第 7 次印刷

定价:36.80 元(全两册)